Von Peter Berling erschien bei BASTEI-LÜBBE:

11956 Franziskus oder Das zweite Memorandum

PETER
BERLING

⊕

DIE
KINDER DES
GRAL

BASTEI-LÜBBE-TASCHENBUCH
Band 12060

1.– 7. Auflage 1994
8.–10. Auflage 1995
11.–12. Auflage 1996
13. Auflage 1997

© 1991 by Gustav Lübbe Verlag GmbH,
Bergisch Gladbach
Ungekürzte Taschenbuchausgabe
Printed in Germany

Einbandgestaltung: Achim Kiel AGD/BDG,
PENCIL CORPORATE ART Braunschweig
Maße des Originals 642 mm × 1363 mm × 100 mm unter Verwendung
von Kettenhemden, Schwertern, Wehrgehängen
und verrosteten Eisenblechen.
Die Titelschrift GRAL hat ihre Vorbilder in der
lateinisch-irischen Halbunziale (Book of Lindisfarne/8. Jh.),
die sich in vielen Variationen bis in hochmittelalterliche
Manuskripte nachweisen läßt.
Untertitel und Autorenname sind lombardischen Initialen
des 13. Jahrhunderts nachempfunden.
Die Künstler danken dem Waffenmeister im Fundus
des Staatstheaters Braunschweig.
Buchillustrationen: Achim Kiel und Thomas Przygodda,
PENCIL CORPORATE ART Braunschweig.
Karten: Brigitte Findeiß,
PENCIL CORPORATE ART, nach Angaben des Autors.

Satz: Kremerdruck GmbH, Lindlar-Hartegasse
Druck und Bindung: Ebner Ulm
ISBN 3-404-12060-4

Der Preis dieses Bandes versteht sich einschließlich
der gesetzlichen Mehrwertsteuer.

DEM ERINNERN GEWIDMET
Elgaine de Balliers
NEC SPE NEC METU

INHALT

ANMERKUNG
DES VERFASSERS 10

DRAMATIS PERSONAE 11

PROLOG 15
Dem Andenken der Kinder aus königlichem Blut

I. MONTSÉGUR 21
Die Belagerung · Die Montagnards · Die Barbarcane
Die Kapitulation · Die letzte Nacht
Interludium Nocturnum · Maxima Constellatio

II. DIE BERGUNG 65
Loba die Wölfin
Le trou' des tipli'es · Le Bucher · Xacbert de Barbera
Der Esel des heiligen Franz · Les Gitanes
An den Gestaden Babylons

III. IN FUGAM PAPAE 105
Mappa Mundi · Der Verfolgten Wahn
Schnittpunkt zweier Fluchten · Der Bombarone

IV. VERWISCHTE SPUREN 161
Wider den Antichrist · Eine Haremsgeschichte
Das Opfer des Beccalaria · Der Große Plan
Tod in Palermo · Wasserspiele · Ein Diener zweier Herren
Die Gräfin von Otranto · Diebe auf Reisen

V. DAS OHR DES DIONYSOS 241
Die Fontäne · Eine Tür ohne Klinke
Quéribus · Die Höhle der Muräne · Die falsche Spur
Ein blinder Stollen · Weibergeschichten · Aigues Mortes
Leere Betten · Die Sänfte · Böses Erwachen

VI. CANES DOMINI 301
Ein einsamer Wolf · In Acht und Bann · Der Amalfitaner
La Grande Maitresse · Der Überfall
Gewitter über Apulien · Zerschlagenes Geschirr · Das Blitzen
Die königlichen Kinder · Erhebende Zweifel · Die Lawine

VII. DIE SARATZ 371
Der Graue Kardinal · Die Brücke der Sarazenen
Glühende Eisen · Die Räucherkirche
Byzantinische Verschwörung · Die Hirtinnen

VIII. SOLSTIZ 423
Des Bischofs Schatzkammer · Der Liebesdienst
Die Speisefolge · Der Tag vor der Hochzeit
Ein seekranker Franziskaner · Der Herzenshüter

IX. DIE FÄHRTE DES MÖNCHS 471
Ein heißes Bad · Die Mausefalle · Ein Brief ohne Absender
Roberto der Kettensprenger · Ärger in Ostia · William der Unglücksrabe
Eine Schnur im Wasser

X. CHRYSOKERAS 525
Die Äbtissin · In Erwartung der Dinge
Falsificatio Errata · Die Triëre

XI. IM LABYRINTH DES KALLISTOS 573
Der Pavillon menschlicher Irrungen · Venerabilis
Der letzte Gang · Der Sträfling des Legaten

XII. CONJUNCTIO FATALIS 621
Die Generalprobe · Die Stunde der Mystiker · Die Nacht des Styx
Der Friedhof der Angeloi · In der Sonne des Apoll

XIII. DIE OFFENBARUNG 689
Aufstellung, Ausfall und Parade · Das Spiel des Asha
Im Hades · Die Rochade · Die Ehre Otrantos · Der Gral entrückt
Trionfo finale

ANHANG 738
Anmerkungen mit Übersetzungen der fremdsprachlichen Zitate
Dank für Mitarbeit und Quellen

ANMERKUNG
DES VERFASSERS

Die in diesem Buch auszugsweise zitierten Aufzeichnungen des Franziskaners William von Roebruk (*1222) galten lange Zeit als in arabischen Bibliotheken verschollen. Niemand suchte nach ihnen, niemand bemühte sich um eine Übersetzung. Teile gingen, trotz vielfacher arabischer Abschriften, im Laufe der Jahrhunderte verloren. Aus ihren Resten – und anderen Quellen – hat der Autor die hier wiedergegebene Geschichte rekonstruiert. Ihre Einleitung ist ein Schreiben, das der Minorit wohl am Vorabend seiner Reise zu den Mongolen zu treuen Händen seines Ordensbruders Lorenz von Orta (Portugal) hinterließ, eine Mission, die ihn in den Jahren 1253–1255 als Gesandten König Ludwig IX. von Frankreich nach Karakorum, dem Sitz des Großkhans, führte. Das Dokument befand sich bei den ›Starkenberg-Rollen‹ und ist hier in gekürzter Form wiedergegeben.

Die ›Roebruksche Chronik‹ selbst setzt kurz vor 1244 ein, dem Jahr der Kapitulation der Gralsburg Montségur sowie auch des endgültigen Verlustes von Jerusalem. Sie ist überwiegend in latinesker Sprache verfaßt, enthält jedoch zahlreiche Zitate und Verse in den damals geläufigen Idiomen des Mittelmeerraumes, so unter anderem in Provençalisch, Griechisch und Arabisch. Diese wurden zum Teil original beibehalten, und ihre Übersetzung befindet sich im Anhang. Um dem interessierten Leser den Einstieg in die Geschichte zu erleichtern, hat der Autor vor jedem Unterkapitel Ort und Zeit notiert, wie auch mit dem Vermerk »Chronik« die Transkription des Originaltextes William von Roebruks gekennzeichnet. Dem Text vorangestellt ist ein ausführliches Personenverzeichnis, das zur besseren Übersicht parteilich gegliedert ist. Im Anhang befindet sich zudem ein ausführliches Glossarium, das chronologisch auf im Text erwähnte historische Fakten und Daten eingeht.

DRAMATIS PERSONAE

DER CHRONIST

Willem von Roebruk, *gen. ›William‹,*
vom Orden der Minderen Brüder

DIE KINDER

Roger-Ramon-Bertrand, *gen. ›Roç‹*
Isabelle-Constance-Ramona, *gen. ›Yeza‹*

IM DIENST DES GRAL

DIE KATHARER Pierre Roger Vicomte de Mirepoix,
Kommandant des Montségur
Ramon de Perelha, *Kastellan*
Esclarmonde de Perelha, *seine Tochter*
Bertrand de la Beccalaria, *Baumeister*
Roxalba Cecilie Stephanie von Cab d'Aret,
gen. ›Loba, die Wölfin‹
Xacbert de Barbera, *gen. ›Lion de Combat‹,*
Herr von Quéribus
Alfia von Cucugnan, *Amme*

DIE PRIEURÉ Marie de Saint-Clair, *gen. ›La Grande Maitresse‹*
Guillem de Gisors, *ihr Stiefsohn, Tempelritter*
Gavin Montbard de Bethune, *Präzeptor des*
Tempels von Rennes-le-Château
John Turnbull, *alias Conde Jean-Odo du Mont-*
Sion, ehem. Botschafter des Kaisers beim Sultan

DIE ASSASSINEN   Tarik ibn-Nasr, *Kanzler der Assassinen von Masyaf*
Crean de Bourivan, *Sohn John Turnbulls, zum Islam konvertiert*

IM DIENST FRANKREICHS

König Ludwig IX., *gen. der Heilige*

Graf Jean de Joinville,
   Seneschall der Champagne, Chronist
Hugues des Arcis, *Seneschall von Carcassonne*
Oliver de Termes, *katharischer Renegat*
Yves der Bretone
Jordi, *Hauptmann der Montagnards*

IM DIENST DER KIRCHE

Papst Innozenz IV.

ZISTERZIENSER   Rainer von Capoccio, *der ›Graue Kardinal‹*
Fulco de Procida, *Inquisitor*

DOMINIKANER   Vitus von Viterbo,
   Bastardsohn des Rainer von Capoccio
Matthäus von Paris, *Archivar*
Simon de Saint-Quentin
Andreas de Longjumeau
Anselm de Longjumeau, *gen. ›Fra' Ascelin‹, sein jüngerer Bruder*

FRANZISKANER   Lorenz von Orta
Giovanni del Piano di Carpinis, *gen. ›Pian‹*
Benedikt von Polen
Bartholomäus von Cremona
Walter dalla Martorana

IN FRANKREICH	Pierre Amiel, *Erzbischof von Narbonne*
	Monsignore Durand, *Bischof von Albi*
AUS DER TERRA SANCTA	Albert von Rezzato, *Patriarch von Antiochia*
	Galeran, *Bischof von Beirut*
ZU KONSTANTINOPEL	Nicola della Porta, *Lateinischer Bischof*
	Yarzinth, *sein Koch*

IM DIENST DES REICHES

Kaiser Friedrich II., *auch genannt der Staufer*

CORTONA	Elia Baron Coppi von Cortona, *ehem. Generalminister der Franziskaner, gen. ›Il Bombarone‹*
	Gersende, *seine Haushälterin*
	Biro, *Wirt der Schenke ›Zum Güldenen Kalb‹*
OTRANTO	Laurence de Belgrave, *Gräfin von Otranto, gen. ›Die Äbtissin‹*
	Hamo L'Estrange, *ihr Sohn*
	Clarion von Salentin, *ihre Ziehtochter*
	Guiscard der Amalfitaner, *ihr Kapitän*
AUS DER TERRA SANCTA	Sigbert von Öxfeld, *Komtur des Deutschen Ritterordens*
	Konstanz von Selinunt, *alias Fassr ed-Din Octay, gen. ›Der Rote Falke‹*
DIE SARATZ	Rüesch-Savoign, *eine Saratz-Tochter*
	Xaver, *ihr Vater*
	Alva, *ihre Mutter*
	Firouz, *ihr Verlobter*
	Madulain, *ihre Base*
	Zaroth, *der Podestà*

SONSTIGE

Roberto, *der Kettensprenger*
Ruiz, *der Pirat*
Ingolinde von Metz, *eine Hur*
Aibeg und Serkis, *zwei nestorianische
    Abgesandte der Mongolen*

PROLOG

In memoriam infantium ex sanguine regali
Dem Andenken der Kinder aus königlichem Blut
(Aus der Chronik des William von Roebruk)

Goldglühendes Licht einer für mich schon versunkenen Abendsonne lag noch auf der Ketzerfeste, als wolle Gott sie für unser Auge noch einmal emporheben in ihrer Verblendetheit, bevor sein Zorn sie zerschmettern würde als Strafe für ihre Sünden. Wir waren eben erst am Fuße des Pog eingetroffen, und bei uns unten im Tal herrschten schon die schwarzvioletten Schatten der schnell hereinbrechenden Nacht. So trat mir der Montségur ein erstes Mal entgegen, und ich erschauerte ungewollt, ärgerlich über mich selbst. Noch hielt ich Gott für den Unsrigen, von der Rechtschaffenheit meiner katholischen *vocatio* überzeugt, die mich ausgesandt hatte, am Ausbrennen dieser Eiterbeule ruchloser Häresie teilzuhaben.

Ich, William von Roebruk, ein dralles Bauernschlitzohr aus dem Flämischen, in der ärmlichen Kutte meines Ordens der Minderen Brüder und dank eines gräflichen Stipendiums mit dem Hochmut eines *studiosus parisiensis* im Herzen, allwo ich die Universität besuchte, ich fühlte mich wie der Großinquisitor: »Zittere, katharische Schlangenbrut, dort oben im falschen Glanz einer heidnischen Sonne! Bald wird ein anderes Feuer euch leuchten, wenn erst aus den Scheiterhaufen eure gottlosen Seelen zur Hölle fahren!«

Heute, nach zehn Jahren – und über dreißig und bald kahlköpfig –, kann ich nur lächeln, wehmütig lächeln über den armen, ahnungslosen Franziskaner-Tölpel an der Schwelle zu einer nie geträumten Welt großer, geheimnisvoller, wilder und gemeiner, ja perfider Geister, wie er da stand am nicht erkannten Rand eines Hexenkessels voller Abenteuer, Nöte und Verderben – vor dem Eintritt, ach was, dem Hineinstürzen in ein Leben, gestößelt und gequirlt in Leidenschaft, Neid, Intrigen und Haß. Ein Leben, das in mir mehr einen Spielball sah, den es nach Lust und Laune herumwarf, auf daß mir noch Hören und Sehen vergehen sollte. Alles das vermochte ich nicht zu erahnen, doch ich erinnere mich eines Schauers im Angesicht der Gralsburg in jenem Licht. Munsalvätsch!

Begonnen hat es mit mir wohl an einem fernen anderen Ort. Das gräfliche Geschlecht derer vom Hennegau hatte aus Freude, einen der ihren zum Kaiser von Konstantinopel gekürt zu sehen, auch die Pfarrei zu Roebruk mit einer Stiftung bedacht: ein letztgeborener, viel-, wenn nicht gar mehr versprechender Knabe des Dorfes durfte, den priesterlichen Konsens vorausgesetzt, zur höheren Ehre Gottes studieren. Ich war der Jüngste, leider! Und so und mit kirchlichem Segen, sprich *obolus,* hatte mein Vater mich ins nächste Franziskanerkloster geprügelt, ohne sich um mein Protestgeschrei zu kümmern. Die Tränen meiner Mutter galten auch weniger meiner Not als der Sorge, ich vermöchte ihren Ehrgeiz zu enttäuschen, einen ruhmreichen Missionar zu ihren Söhnen zu zählen. Auch ein von Heiden erschlagener Märtyrer wäre ihnen nur recht gewesen!

Ich überstand das Noviziat, dank heimlich zugesteckter Kuchen, ohne körperlichen Schaden zu nehmen, was mir schon den Glorienschein des Auserwählten verlieh. Alsbald erhob ich das Betteln aus dem niedrigen Stand einer Tugend zu einer sich stets verleugnenden, sich gleichwohl selbst vergoldenden Kunst, so daß es mir nicht schwerfiel, meine Ordensoberen, kaum, daß die Tonsur mich verunzierte, zu überzeugen, mir einen Platz an der Universität zu beschaffen. Mein Vater legte sich stolz eine Schweinemast zu, meine Mutter hoffte noch heftiger auf eine Art wundersame Kanonisierung, zumindest Seligsprechung. Mit nicht einmal neunzehn Lenzen verfrachtete man mich – *viribus unitis* – nach Paris.

Ha, welche Stadt, doch welch teures Pflaster! Hier verfeinerte ich meine ordensmäßig anerzogene Gabe des Schnorrens zu hoher Blüte. Almosen? Welch demütigendes Konzept unwürdigen Daseins! Ich hielt die Gesellschaft derer aus, die mich aushielten: freien Austausch gegenseitiger Gunstbeweise möchte ich es genannt wissen!

Dem schwer vermeidbaren Studium der klassischen Theologie entzog ich mich weitgehend, mein ›Missionarsgewissen‹ immerhin beschwichtigend, indem ich das Arabische als Pflichtfach auf mich nahm, um mich für den unerbetenen Fall zu wappnen, meine Kustoden würden eines Tages auf die Idee kommen – meine Mutter ließ nicht locker! –, mich in die Wüsten der *Terra Sancta* zu deportieren! Dort müßte ich die Heiden, wenn schon nicht um mein Leben, wenigstens um einen Schluck Wasser anflehen können. Die Macht des wohldozierten Wortes hatte mich schon immer beeindruckt, weshalb ich auch die Disziplinen der freien Predigt und der strengen Form der Liturgie nie vernachlässigte.

Dann suchte mein König jemanden, der ihm die Sprache der Muslime beibringen könnte. Ludwig der Heilige spielte wohl schon seinerzeit mit dem erhebenden Gedanken, den Sultan persönlich zur Rede zu stellen, um ihn von seinem heidnischen Glauben abzubringen. Nicht weniger mag ihn bewogen haben, daß sein kaiserlicher Cousin Friedrich diese Zunge glänzend beherrschte und darob viel Rühmens war. Für den hochfahrenden Herrn Studiosus, den ich damals spielte, ein erstaunliches Ansinnen, schien mir dieses Idiom doch ein gering geschätzter Behelf für von chronischer Schwindsucht Befallene, die Freude daran finden, sich gegenseitig anzuhusten und anzuspucken! Wenn ich heute dem Vortrag arabischer Dichter lausche, könnte ich vor Scham über meine jugendliche Ignoranz im Boden versinken, erhebt mich der Wohlklang ihrer Verse doch in lichte Höhen sonst nirgendwo erfahrener sprachlicher Schönheit.

Mein König hatte weit weniger im Sinn. Sich den ehrwürdigen Meister Ibn Ikhs Ibn-Sihlon, bei dem ich lernte, an den Hof kommen zu lassen traute er sich wohl nicht recht. So wurde ich als harmloser Mittler auserkoren, denn alle hielten mich für diesem Idiom besonders zugetan.

Zu einem geregelten Unterricht kam es nie. Wenn er mich kurz empfing, zog es mein Souverain vor, mit mir zu beten, oder ich mußte ihm Geschichten von Saint-François erzählen, den ich allerdings gar nicht mehr persönlich erlebt habe, was ich, um ihn nicht zu enttäuschen, stets geschickt überspielte. Wir waren's beide so zufrieden.

Es muß ein wüster Alptraum gewesen sein, der meinen Herrn und allergnädigsten Gebieter heimsuchte, oder es waren seine Gebresten, Blutarmut und Rotlauf, unter denen er litt, oder plagten ihn seine sonstigen geistlichen Berater – zu denen ich mich kaum zählen durfte? Seit Wochen lagen sie ihm in den Ohren, endlich den letzten Stachel der Ketzerei aus dem seit langem geschlagenen und geschundenen Fleisch des Südens zu reißen. Wahrscheinlich waren es die Einflüsterungen seines obskuren Beichtvaters Vitus von Viterbo, vom Papst persönlich geschickt, die ihn drängten, die Madonna zu versöhnen und den frechen Inquisitorenmord von Avignonet zu rächen. Jedenfalls schwor der fromme Mann der allerheiligsten Jungfrau, nunmehr dem Ketzernest auf dem Pog de Montségur den Garaus zu machen. Jenem Maulwurf Roms – ich bekam ihn nie zu Gesicht – mögen unsere gemeinsamen Gebete ein Dorn im Auge gewesen sein, so daß ich mich eines Tages von königlicher Güte überschüttet sah: Ich erhielt das Privileg, bei dem Unternehmen gegen die Katharerfeste mitzuwirken – als Feldkaplan eines Provinz-Seneschalls, der schon zwei hatte und eigentlich keinen mehr wollte.

Der Viterbese sorgte dafür, daß ich sofort meine Bestallungsurkunde in die Hand gedrückt kriegte und in Marsch gesetzt wurde. Ich sah einen eintönigen Aufenthalt auf dem Lande vor mir, packte ein paar Bücher ein, die hoffentlich der Bibliothek nicht zu sehr fehlen würden, um dem Stumpfsinn eines Feldlagers in der Provinz meine geistige Weiterbildung entgegensetzen zu können, verabschiedete mich auch nicht von meinen treusorgenden Eltern, die mich und mein Ordenshaus in der Kapitale immerhin erfreulich regelmäßig mit Schweinswürsten und Speck versehen hatten, und begab mich lustlos auf die mir zugemutete Reise in den dumpfen Süden. Ich sollte weder Dorf noch Paris noch die lieblichen Gestade Flanderns je wiedersehen.

Einmal ins Mittelmeer getaucht, geriet ich in die Strudel von Skylla und Charybdis; sie sogen mich in die Tiefe, rissen mich fort, warfen mich an Strände, von denen ich nie geträumt hatte – oder doch? Waren das nicht die endlosen Wüsten, die steinigen Gebirge, in denen der Versucher mich auf den Turm führte, jene Einöden, vor denen ich mich als Bub und noch als Novize geängstigt hatte, welche ich nun durchzog, durch die ich gezogen wurde, kleiner Bauer im gigantischen Schach der Großen dieser Welt. Bald Läufer, bald Springer – bedroht von finsteren Türmen, umschmeichelt von hohen Damen, Figur welchen Königs?

Anfangs diente ich noch Ludwig in bedingungsloser Loyalität. Er war mein guter Souverain; fehlte ich seiner, schämte ich mich, soweit mein Sinn für Scham entwickelt war. Doch in dem Maße, in dem ich ihn aus dem Auge verlor, schwand auch mein flämisch bodenständiges Selbstverständnis. Ich war entwurzelt. Andere Kräfte schoben mich bis an den Rand des Universums, warfen mich von dem übersichtlichen Brett, das mir so klar in Schwarz und Weiß aufgeteilt zu sein schien. Stellten mich zurück ins Spiel, wenn ich mich schon längst aufgegeben hatte, jagten mich, vergaßen mich. War Schwarz das Gute, für das es dem Mönch der *Ecclesia catolica* zu kämpfen galt? War das rote Tatzenkreuz der Templer noch Signum Christi? Das grüne Tuch der Muslim, Versprechen oder Verdammnis? Die Feldzeichen der Mongolen, Brandeisen des Teufels? Oder die weißen, wehenden Gewänder der Katharer – verhießen sie doch das Paradies? Ich erfuhr Barmherzigkeit von den Assassinen, bedingungslose Treue von den Tataren, fand Freunde unter christlichen Rittern und Edelmut bei den arabischen Emiren. Ich erlebte Gift, Niedertracht und gräßlichen Tod, ich sah Liebe und Opfer, doch kein Schicksal hat mich mehr bewegt als das der Kinder – der Infanten des Grals.

Ihrem Andenken fühle ich mich verpflichtet. Sie waren mir verwandt, als seien es die Meinen. Sie waren die zarten Figuren der Hoffnung, die von gnadenlosen Gewalten über das Spielbrett geschoben wurden, das kindliche Herrscherpaar im ›Großen Plan‹. Mein König und meine Königin! Mit ihrem Ende zerstob der Traum von Frieden und Glück für den Rest der Welt. Ich war nur eine kleine unwichtige Figur, die überleben durfte. Sie wurden geopfert, noch bevor die Partie zu Ende ging.

Von ihnen will ich berichten ...

I
MONTSÉGUR

Die Belagerung
Montségur, Herbst 1243

Als schroffer Felskegel ragt der Montségur aus der zerklüfteten Niederung – entrückt, wie nicht von dieser Welt und nur himmlischen Heerscharen sich öffnend, so sie denn aus ihrer Engelsperspektive eine Handbreit platten Grundes erspähen, um ihre Himmelsleiter aufzusetzen. Naht ein menschlicher Eindringling vom Norden her, scheint der Berg zum Greifen nah wie ein abgesetzter Helm, den eine Zauberhand steil in die Höhe hebt, je näher sein Fuß der Flanke rückt. Schleicht er sich, dem Trug des weich abfallenden Bergrückens erliegend, von Osten an, wirft ihn der gereckte Schild des Roc de la Tour zurück, wenn er ihn nicht in die gischtige Klamm des Lasset schleudert, der sich so tief in die Felsen geschnitten hat, daß von dort unten nicht einmal mehr die Kuppe des Berges, geschweige denn die Burg zu sehen ist. Nur im Südwesten lädt nach geschwungenem Hang ein bewaldeter Sattel ein Doch kaum hat der keuchende Kletterer den Schutz des Unterholzes verlassen, zieht die nackte Geröllhalde steil nach oben. Und genau über ihm kragen die Mauern. Er kann das Tor erkennen, und er weiß, es wird sich ihm nicht öffnen. Sein Herz klopft wild, sein Atem geht stoßweise, die Luft ist dünn – blauviolett leuchten die Gipfel der nahen Pyrenäen herüber, auch in diesem Altweibersommer des Jahres 1243 schon mit Schnee bedeckt. Der Wind fährt raschelnd durch die Blätter des Buchsbaumes. Der Eindringling hört das Zwitschern des Armbrustbolzens nicht, der ihm die Kehle aufreißt, ihn an den Stamm des Bäumchens nagelt. Sein Blut quillt wie aus einem erquickenden Quell, nach dem er sich während des Aufstieges so gesehnt. Es sprudelt hervor in den Stößen seines ermattenden Herzschlags. Die grauen Felsen über ihm verwachsen mit den Mauern, werden hell, licht wie der Himmel dahinter, die Sinne haben ihn verlassen, bevor er rückwärts in das dunkle Grün des Waldes stürzt, den er nicht hätte verlassen sollen.

Das Feldlager hatte sich auf dem gegenüberliegenden Wiesenhang breitgemacht, in respektvoller Distanz zum Pog und in sicherer Entfernung vor der Reichweite der Steinschleudern. In seiner Mitte hatten die beiden Anführer ihre Zelte aufgeschlagen: Pierre Amiel, Erzbischof von Narbonne und Legat des Papstes, der sich die Vernichtung der »Synagoge Satans« eifernd aufs Panier geschrieben, und in gebührendem, wenn nicht gesuchtem Abstand zu diesem lagerte Hugues des Arcis, Seneschall von Carcassonne, den der König zum militärischen Führer der Unternehmung bestellt hatte.

Obgleich der Legat dem Heer wie jeden Morgen die Messe gelesen hatte – viel lieber wäre er wohl an dessen Spitze mit Leitern und Türmen gegen die Ketzerfestung gestürmt –, kniete der Seneschall auch zum abendlichen Angelus-Läuten vor seinem Zelt zum Gebet nieder, umgeben von seinen drei Feldkaplanen, als deren einer William von Roebruk amtierte.

Der Erzbischof, dem zuviel gebetet und zuwenig gekämpft wurde, wartete mühsam beherrscht das Amen ab: »Das Heil Eurer Seele solltet Ihr weniger im Frieden mit Gott als im Kampf gegen seine Feinde suchen!«

Der Seneschall genoß es, sich noch nicht erhoben zu haben, hielt die Augen geschlossen und die Hände gefaltet – weiß zeichneten sich die Knöchel seiner gepreßten Fäuste ab –, aber er schwieg.

»Diese Art schonender Belagerung praktizierte der Graf von Toulouse lange genug, und mein Herr Papst –«

»Ich diene dem König von Frankreich«, unterbrach ihn hier Hugues des Arcis; er hatte sein seelisches Gleichgewicht wiedergefunden und ließ in Ruhe seinen Ärger an seinem geistlichen Gegenspieler aus, »und werde – so Gott will – getreulich seinen Befehl ausführen: Einnahme des Montségur!«

Er stand auf und entließ seine Kaplane mit einer schroffen Handbewegung. »Die Ketzerverfolgung, die Euch so am Herzen liegt, muß sich diesem Primat beugen. Sie von einem Toulouse zu erwarten zeugt von wenig politischem Fingerspitzengefühl: handelt es sich doch bei den Verteidigern um seine eigenen ehemaligen Vasallen, oft sogar um Blutsverwandte!«

»*Faidits!*« schnaubte der Erzbischof. »Treulose Verräter, Aufrührer! Und der hier zuständige Lehnsherr, der Vicomte von Foix, hält es nicht einmal für nötig, bei uns zu erscheinen!«

Der Seneschall wandte sich zum Gehen: »Sein Nachfolger ist längst bestimmt: Guy de Levis, Sohn des Kampfgefährten des großen Montfort! Soll er für ihn das Eisen aus dem Feuer holen!«

Pierre Amiel heftete sich geifernd an seine Fersen. »Feuer? Das solltet Ihr hinauftragen und in das Nest dieser Teufelsbrut werfen, auf daß sie alle in Rauch und Flammen zur Hölle fahren!«

Wortlos bückte sich der Seneschall und zog einen brennenden Ast aus einer der Feuerstellen. »Die Fackel der Inquisition!« höhnte er und streckte dem verdutzten Erzbischof das flammende Holz entgegen. »Tragt sie hinauf! Wenn Ihr unterwegs genug blast oder die heilige Jungfrau Euch ihren Odem leiht, wird sie schon nicht verlöschen!«

Da der Legat keine Anstalten machte, den schwelenden Ast entgegenzunehmen, warf ihn der Seneschall zurück in die Glut und schritt von dannen. Sein Gefolge, das solche Auftritte von ihm gewöhnt war, mochte sich ein Lachen nicht verkneifen.

Die Dämmerung brach herein; überall leuchteten jetzt die Lagerfeuer auf. Die Marketenderweiber füllten die Bottiche, und die Soldaten drehten die Spieße, weil die Jagd in den Wäldern des Corret und das Plündern der Bauern des Taulats heute etwas gebracht hatten. Sonst wären nur gesammelte Eicheln und Kastanien und das harte Brot geblieben, das die Fourageure verteilten.

Die Mannschaften waren Söldner. Ihre Herren, die Kreuzritter, waren Noble aus dem Norden, die sich dem Wunsch ihres Souverain Ludwig nicht widersetzen mochten, Schmeichler, die seine Gunst zu erringen trachteten, oder einfach Abenteurer, die sich – die Lehen und Pfründe waren längst vergeben – wenigstens Beute und sonstigen Gewinn versprachen, zumal die Kirche jedem Teilnehmer vollkommenen Ablaß und Vergebung aller Sünden zugesichert hatte.

Die Mauern des Montségur, dessen stärkste Flanke im stumpfen Winkel auf das Heerlager herabsah, waren in das Gold der untergehenden Sonne getaucht.

»Wie viele mögen es wohl sein?« Esclarmonde de Perelha, die junge Tochter des Kastellans, trat furchtlos an die zinnenlose Brüstung der Mauer und schaute hinab ins Tal. »Sechstausend, zehntausend?«

Der Vicomte Pierre-Roger de Mirepoix, Schwager Esclarmondes und Kommandant der Festung, lächelte. »Es sollte Euch nicht berühren«, sanft drängte er sie zurück, »solange sie nicht in der Lage sind, auch nur hundert unter die Wälle zu schicken.«

»Aber sie werden uns aushungern —«

»Bislang hat jeder der Herren da unten sein Zelt nach Gutdünken aufgeschlagen, sich landsmannschaftlich voneinander absetzend.« Der Mirepoix wies mit der Hand über Hang, Hügel und Täler. »Diese dümmliche Arroganz, unterstützt von der zerklüfteten, unübersichtlichen Umgebung und den dunklen Wäldern, vor denen sie sich fürchten, hat für uns zur angenehmen Folge, daß ihr Belagerungsring mehr Löcher aufweist als der Käse aus den Pyrenäen, den man uns wöchentlich frisch hier heraufbringt.«

Es war offensichtlich, daß er ihr Mut zusprechen wollte. Schon ihr Name verpflichtete Esclarmonde dem Vorbild der berühmtesten Katharerin, jener ›Schwester‹ Parsifals, die vor nun bald vierzig Jahren den Montségur hatte ausbauen lassen. Auch die junge Esclarmonde war eine *parfaite*, eine Reine. Ihr leibliches Leben war in höchster Gefahr, wenn der Berg des Heils nicht standhalten sollte. Doch solche Gefahr achtete sie gering.

»Der Gral —«, sagte sie leise, ihre einzige Sorge dem Vicomte mitteilend, »sie sollen ihn nicht erfahren, noch Hand an ihn legen können.«

Zwei kleine Kinder waren unbemerkt hinter sie getreten. Der Junge umklammerte furchtsam die Beine der jungen Frau, während das zierliche Mädchen, keck an den Mauersims trat, einen Stein in die Tiefe warf und verzückt seinem Aufschlag lauschte, der erst den Kommandanten auf sie aufmerksam machte.

»Ihr sollt doch nicht hier oben –«, entfuhr es ihm, da sah er schon die Amme von der Treppe herbeistürzen, die vom Burghof steil hinaufführte. Er gab der Kleinen einen Klaps, griff sie am Schlafittchen und drückte sie der Dienerin in die Hand. Esclarmonde strich dem Jungen übers Haar, der artig der Frau folgte.

»Wie lange noch?« wandte sich Esclarmonde wieder an den Vicomte.

Der Festungskommandant schien in Gedanken versunken. »Friedrich kann uns nicht im Stich lassen ...« Doch seiner Stimme gelang es nicht, den Zweifel zu verbergen.

»Der Staufer tritt das Heil mit den Füßen«, sagte sie ohne Bitternis, »sein eigenes – wieviel mehr erst das seines Blutes. Verlaßt Euch nicht auf ihn – um ihretwillen!« Sie warf einen Blick auf die beiden Kinder, die alles daransetzten, der Amme den Abstieg auf der steilen Steintreppe zu erschweren.

»Es gibt eine höhere Macht. Ich schwöre Euch, Esclarmonde, sie werden gerettet werden. Seht her!« Er schritt hinüber zur Ostecke, wo sich das überdachte Observatorium befand. »Diese Seite, wo der Lasset aus den Tabor-Bergen durch die tief eingeschnittene Schlucht tost, ist völlig unbewacht geblieben.«

Esclarmonde grüßte mit zusammengelegten Handflächen die weißgekleideten Greise, Parfaits wie sie, die von der Plattform den Lauf der aufblinkenden Gestirne beobachteten.

»Neben der mangelnden Disziplin unserer Feinde«, fuhr der Mirepoix fort, »hilft uns vor allem, daß viele der geworbenen Truppen mit uns sympathisieren. So die aus dem Camon, ehemalige Lehnsleute meines Vaters – sie lagern unterhalb des Roc de la Tour.« Er bemühte sich der jungen Frau Zuversicht einzuflößen. »Solange er in unserer Hand ist, reißt die Verbindung zur Außenwelt nicht ab – und so besteht durchaus Hoffnung ...«

»Ach, Pierre-Roger«, sie legte ihre Hand auf seine Schulter, »hofft nicht auf die Außenwelt, versperrt sie doch nur den Blick auf die Tür zum Paradies. Das Paradies jedoch ist die Gewißheit, die uns keiner nehmen kann!«

Sie entließ ihn mit einem heiteren Lächeln.

Dunkelheit hatte inzwischen den Montségur umfangen, dafür leuchteten die Sterne um so heller. Unten im Tal glimmten die Feuer, doch die zotigen Gesänge, das Kreischen der Huren und das Fluchen der Soldateska beim Würfelspiel und beim Saufen drang nicht bis zur Spitze des Berges herauf.

Die Stimmung im Lager war schlecht. Es nahte der Herbst. Sie hockten hier nun schon ein gutes halbes Jahr. In den ersten Tagen hatten etliche Draufgänger Sturmangriffe auf eigene Faust versucht und sich dabei blutige Nasen geholt. Die strategische Lage und die Feuerkraft der Festung hatte nicht umsonst über zwei Generationen hinweg allen Attacken getrotzt.

Der Seneschall wußte darum und hielt sich zurück, obgleich der päpstliche Legat ihn ständig drängte. Doch auch Hugues des Arcis wurde ob der untätigen Warterei am Fuße des Pogs immer unleidlicher. Er ließ seine Feldkaplane mehrmals am Tage die Messe lesen, als ob Beten seine militärische Lage hätte verbessern können. So war auch in dieser Nacht der Franziskaner zum Beten angetreten, als dem Seneschall die Eingebung kam.

»Baskische Gebirgsjäger!« eröffnete er William, der gewohnheitsgemäß niedergekniet war. »Wir sollten sie sogleich anwerben, für teures Geld, auch wenn sie sich kaum aufmachen werden, bevor die Ernte eingebracht ist!«

»Gelobt sei der Herr und die heilige –«, begann William.

»Heb deinen flämischen Arsch«, schnaubte der Seneschall, »und reich mir lieber den Krug rüber! Darauf müssen wir trinken!«

Die Montagnards
Montségur, Winter 1243/44 (Chronik)

Im Spätherbst traf das Korps der ›Montagnards‹ aus dem fernen Baskenland bei uns ein. Mein Herr, der Seneschall, ließ sie gar nicht erst im Feldlager kampieren, sondern führte sie persönlich um die Nordwestecke des Pogs herum, unter den Roc de la Portaille, hinter dem die Wand am steilsten aufragt, daß man den Donjon des Montségur von unten kaum noch sehen kann. Hier ließ er sie rasten.

Zum Neid meiner Mitbrüder hatte er nur mich erwählt, ihn zu begleiten. Am Nachmittag brachen wir wieder auf und schlängelten uns unter der Nordwand, vor jedem Blick geschützt, durch die hohen Tannen des Waldes von Serralunga, dessen Ausläufer hier bis an den Fels heranreichen.

Ich ging hinter Jordi, einem der Hauptleute der Basken. Nur mit Mühe gelang es mir, mit ihm Schritt zu halten und ihn in ein Gespräch zu verwickeln, wobei wir uns mit einem Gemisch italienischer und latinesker Brocken behalfen. Ich hatte nicht die leiseste Ahnung, wohin unser geheimer Zug führen sollte.

»Roc de la Tour«, beschied er mich knapp.

Und ich keuchte stolpernd: »Warum?«

»Eine Wurst, die man schneiden will, muß man erst mal zubinden. Und das hat man dort vergessen«

Ich schwieg. Zum einen, weil mir bei seinen Worten sofort Hungergefühle aufstiegen, zum anderen weil mir beim Gedanken ans Essen der ›Gral‹ durch den Kopf schoß, von dem hier alle im Lager munkelten, aber worüber mir keiner auch nur eine im geringsten befriedigende Antwort geben konnte. Es mußte mehr sein als ein Schatz, eine Labsal, die keinen Durst mehr verspüren ließ, ein himmlisches Manna, das einen armen Mönch wie mich über alle irdische Mühsal erhob.

»Suchen wir den Schatz, diesen Gral?« bohrte ich vorsichtig, weil ich mich schämte, es nicht besser zu wissen, und weil ich schon oft die wunderlichsten, schroffsten Reaktionen erlebt hatte, wenn unsereins auf den eigentlichen Grund unseres Kreuzzuges zu sprechen kam.

»Nein, William«, grinste Jordi, »es geht um einen Haufen wertloser Steine, um die sich keiner gekümmert hat, weswegen sie für die Verteidiger des Montségur zum bequemen Mauseloch geworden sind, durch das sie ihren Nachschub holen – doch jetzt kommt die Katze!«

Er lachte pfiffig, und ich wußte soviel wie zuvor, immerhin aber ungefähr, wo der Roc de la Tour lag: am äußersten Nordostpunkt des Pog, dort wo sich der Sattel des Berges senkte und den Lasset wieder freigab.

»Warum gehen wir nicht durch die Schlucht, die viel kürzer sein soll?«

»Ganz einfach, weil dort die Templer wachen und längst unser Kommen hinaufsignalisiert hätten!«

»Das sind doch christliche Ritter«, schnaubte ich empört, »wie könnt Ihr denken, sie hielten es mit den Ketzern?«

»Du hast nach dem Gral gefragt, Franziskaner? Da hast du die Antwort!« Er schritt jetzt schneller und gab mir so zu verstehen, daß er mir nichts weiter sagen wollte.

Bald waren wir am Fuße des Felsen angekommen, wo die Leute aus dem Camon lagerten. Der Empfang war frostig, wenn nicht feindselig. Sie begrüßten den Seneschall förmlich, die Basken hingegen gar nicht. »Verräter!« hörte ich sie zischeln.

Mittlerweile war es dunkel geworden. Der Seneschall verbot, was die Stimmung nicht gerade hob, jedes Feuer, um Lichtsignale zu verhindern.

Über uns, dem Auge halb verborgen hinter schnell ziehenden Wolkenfetzen, reckte sich das Vorwerk der Ketzerfeste in die mondlose Nacht. Die Montagnards hatten sich die braungegerbten Gesichter zusätzlich noch mit Ruß geschwärzt. Sie trugen keine Rüstungen, keine schweren Waffen – nur engsitzende Lederwämse und zweiseitig geschliffene Dolche, deren Griffe über die Schulter und aus den Stiefeln ragten.

Auf Befehl des Seneschalls segnete ich sie, jeden einzelnen. Als die Reihe an Jordi kam, flüsterte ich nach dem Kreuzzeichen: »Die Mutter Gottes behüte ...«

Doch er zog aus seinem Hosenschlitz eine schwarze Katzenpfote hervor. »Spuck drauf«, raunte er mir zu, »wenn du mir wohl willst.«

Ich täuschte einen Hustenanfall vor und tat ihm den Gefallen.

Die Montagnards bewegten sich wirklich wie Raubkatzen, sie

verständigten sich durch Tierschreie; kaum daß sie in die Felswand eingestiegen waren, wurden sie alsbald unseren Blicken entzogen.

Ich verbrachte den Rest der Nacht trinkend, meinem Seneschall Gesellschaft leistend. Wir schwiegen und lauschten in die Höhe. Ob ich es mir nur einbildete oder dem Bericht Jordis erlegen war, jedenfalls sah ich das Geschehen deutlich vor mir, so als hätte ich es selbst miterlebt:

Die Montagnards erklommen zügig die Höhe des Roc de la Tour, doch eng ins schroffe Gestein gepreßt warteten sie reglos, bis das Morgengrauen einsetzte.

Die Verteidiger des Vorwerks, katalanische Armbrustschützen, hatten die ganze Nacht ins Dunkel gestarrt, denn die Ankunft der Basken war ihnen nicht verborgen geblieben. Als der Morgen endlich dämmerte, schien die Gefahr für diese Nacht gebannt. Die Anspannung ihrer Augenlider ließ nach. Es verging noch in trügerischer Stille die Zeit eines Ave Maria – die Montagnards sprangen die übernächtigten Verteidiger an, im Sprung zogen sie ihre Dolche – Röcheln, Stöhnen, dumpfer Fall – ein paar Felsbrocken prasselten, dazwischen das Zwitschern der Bolzen – die Katalanen zogen sich über den bewaldeten Höhenrücken unter die schützenden Burgmauern zurück. Die Basken wagten nicht, ihnen zu folgen. Auf Distanz waren die Armbrustiers überlegen, doch es war noch zu dunkel, und so ließen diese davon ab, die Montagnards wieder vom Roc zu vertreiben.

Damit war die letzte, uns jedenfalls bekannte, Verbindung der Belagerten mit der Außenwelt abgeschnürt, der Ring um den Montségur geschlossen.

Den Rest erzählte mir Jordi, als ich ihn Tage später im Lager wiedertraf. Unten im Tal hatte der findige Monseigneur Durand, seines Zeichens eigentlich Bischof von Albi, seine berühmten Wurfmaschinen zerlegen lassen; diese zogen die Basken jetzt an Seilen herauf. Doch die Verteidiger konnten dank eines ebenso genialen *catapulteurs*, Bertrand de la Beccalaria, die Scharte wieder auswetzen. Der Ingenieur aus Capdenac hatte die von ihm geleitete Dombauhütte zu Montauban spontan im Stich gelassen, als er von der Not seiner Freunde erfuhr, und war in letzter Minute mit seinen Helfern noch in die Festung geschmuggelt worden. Seine transportablen Steinschleudern wurden auf dem Pas de Trébuchet in Stellung gebracht und erwiderten den Beschuß der Angreifer so wirkungsvoll, daß an weiteres Vordringen nicht zu denken war.

Der Höhenrücken, bewaldet und durchzogen von versteckten Passagen zwischen den Felsen, mal unter, mal über dem Grund, voller Höhlen und geheimen Ausfallpforten, blieb in der Hand der Katalanen. Die Montagnards beschränkten sich auf das Halten des eroberten Brückenkopfes. Doch von dort aus reichte die Wurfkraft ihrer Maschinen nicht weiter als bis zur Barbacane, dem wuchtigen Außenwerk des Montségur.

»An die Mauern der Burg selbst kommen wir nicht heran!«

»Und warum schickt man Euch keine Verstärkung?« wollte ich schlauer Stratege wissen, »und rückt dem Teufelsnest mit seiner Schlangenbrut nicht endlich auf den Pelz?«

»Weil«, Jordi pfiff zwischen den Zähnen, »weder der Herr Seneschall noch der Herr Erzbischof besonders gute Kletterer sind – noch ihr lahmes Fußvolk!« Er lachte. »Außerdem erfüllen wir unseren Zweck!«

In der Tat: Tag und Nacht wuchteten und hämmerten jetzt die Wurfmaschinen des Monsignore Durand ihre mörderischen Brokken blind über den Wald in die Mauern der letzten Außenbastionen; sehr zum Vergnügen des päpstlichen Legaten. »In der Barbacane zermalmen wir jetzt die Ketzer, wie der Stößel in den Mörser fällt«, frohlockte Jordi.

»Sterbend erhalten sie das *consolamentum*, die Letzte Ölung dieser Irrgläubigen, auf daß sie in der Hölle besser schmurgeln«, wußte ich hohnvoll zu ergänzen.

»Doch auch die Verteidiger lassen ihre todbringenden Schleudern sprechen, knicken unsere Leiber, fegen die ungeschützt Anstürmenden vom steilen Geröllhang hinab in die Schründe, an derem Ende uns der Herr Erzbischof als himmlischer Türschließer schon erwartet!«

»Und Euch, Jordi, macht Euch nichts den Tod fürchten?«

»Ich verlass' mich auf besseren Zauber!« lachte er. »Mir ist geweissagt, ich würde nur zu meinen Ahnen kehren, wenn um mich versammelt sei die Trinität eines römischen Bischofs, eines häretischen Templers und eines franziskanischen Gralhüters! Da kann ich lange warten!«

»Weiß Gott! Zumal wir Minoriten höchstens Schafe hüten«, rief ich aus. »Und welchen heidnischen Hexenkünsten verdankt Ihr diesen Schutz?« Ich war neidisch auf ihn, dem solches prophezeit ward, hatte ich doch nur mit der Anrufung der Jungfrau und etlicher Heiliger aufzuwarten. Allerdings war mein Leben auch nicht in Gefahr, wenn mir nicht gerade ein verirrter Stein auf den Kopf fiel. »Verratet es mir!«

»Habt Ihr nie von der weisen Frau gehört, die ...? Seltsam.« Jordi musterte mich mit einem Blick, der Argwohn und Belustigung zugleich ausdrücken konnte. »Sie kennt Euch!«

Jordi zog es vor, nichts weiter verlauten zu lassen, aber ich lief ihm nach. Er wurde unwillig: »›Haltet mir bloß diesen franziskanischen Unglücksraben, der da durch euer Lager streicht, vom Leibe!‹ hat sie gesagt, wenn du es genau wissen willst. ›Ich will ihn nicht zwischen den Füßen!‹«

Ich verstand sehr wohl, daß dies auch Jordis Haltung mir gegenüber entsprach. Ich ärgerte und schämte mich. Wir gingen uns von da an aus dem Wege. Vor allem aber war ich sehr beunruhigt.

Kurz darauf hieß es für die Montagnards zurück auf den Pog. Diesmal wurde überhaupt nicht gesegnet, und wenn, wären meine Mitbrüder an der Reihe gewesen. So hatte ich keine Gelegenheit, Jordi noch einmal zu sprechen und danach zu fragen, was es mit mir und dieser Wahrsagerin auf sich habe.

Sie war unter dem Namen ›Loba die Wölfin‹ bekannt. Eine wahrscheinlich katharische Hexe, soviel hatte ich inzwischen im Lager in Erfahrung gebracht, die im Walde von Corret hauste und auf deren Sprüche gut Verlaß sei.

Gewappnet mit der Schlichtheit meines Gemüts, neigte ich mehr und mehr dazu, sie zur Rede zu stellen über ihre Weisheiten bezüglich meiner Person. Ich würde sie schon verdauen; denn sagte nicht der Herr: »Alles, was da feil ist auf dem Fleischesmarkt, das esset und forschet nicht nach, auf daß ihr das Gewissen nicht beschweret.«

Die Stellen über das Essen hatte ich mir immer gemerkt. Und was der Herr so freundlich meinem Magen zugestand, das mochte erst recht für meinen Kopf gelten.

Die Barbacane
Montségur, Winter 1243/44

Unter schweigend erbrachtem Blutzoll – auch das hatte Loba die Wölfin dem Hauptmann der Montagnards vorausgesagt: »Der Mantel der Nacht bietet keinen Schutz gegen blinde Geschosse!« – erklommen die Basken den Pas de Trébuchet und erdolchten und erwürgten in erbitterten Handgemengen dessen Katapultbesatzung. Während die Verteidiger der Barbacane noch argwöhnisch ins Dunkle gelauscht und sich gewundert hatten, warum das vertraute Zischen und Scheppern der Schleudern so plötzlich verstummte, waren die Basken bereits über sie hergefallen. Zu spät ertönte die Alarmglocke. Die Schlaftrunkenen wurden niedergemacht, bevor aus der Burg Hilfe kommen konnte.

Als der Tag graute, starrten die Montagnards mit Grausen in die senkrecht abfallende Tiefe, die sie in der Finsternis durchstiegen hatten.

»Der Besitzwechsel der Barbacane richtet sich so schnell gegen uns Verteidiger des Montségur«, beschied oben auf der Burgmauer Bertrand de la Beccalaria seinen Gastgeber fast emotionslos, »wie die Miliz des Monsignore Durand braucht, um die *adoratrix murorum*, sein gigantisches Katapult, dort in Stellung zu bringen!«

»Wir können sie nicht hindern«, trotzte sich Ramon de Perelha, der Kastellan, Zuversicht ab, »aber wir werden auch diese Prüfung durchstehen.«

Bald donnerten hundert Pfund schwere, roh behauene Granitkugeln gegen die Burg. Die über vier Meter dicke Ostmauer hielt stand, aber das auf ihr errichtete Gebälk des Observatoriums wurde sofort zerfetzt, und die im Hof darunter liegenden Dächer wiesen immer mehr Löcher auf.

›In Abständen eines hastig heruntergebeteten Rosenkranzes‹ – so der Spott des Kastellans – fauchten die Geschosse heran. Gefolgt von krachenden Einschlägen, wenn sie ein hölzernes Ziel fanden, begleitet von dumpfem Aufprall, wenn sie sich in den Boden des Schloßhofes bohrten. Sie zermürbten die Gemüter der Frauen und Kinder, die verängstigt in den Kasematten hockten.

Nicht alle ließen sich von den großen Marmeln sonderlich beeindrucken. Der kleine schüchterne Junge und das Mädchen hatten sich vor ihrer Amme unter den Stufen der Steintreppe versteckt, die zum Observatorium hinaufführte. Sie hielten sich bei jedem Pfeifen, das sie über ihren Köpfen vernahmen, die Augen zu und wetteten blind auf das Ziel: ›Dach‹ oder ›Hof‹. Sodann verfolgten sie mit Enthusiasmus den Schaden in den Dachziegeln und das Kullern der Kugeln im Sand, den man auf das Pflaster aufgebracht hatte, um ein Springen der Geschosse zu verhindern.

Eine besonders große Marmel kam langsam auf das Versteck der Kinder zugerollt, was zur Entdeckung der beiden durch die aufgelöste Amme führte. Sie fuchtelte verzweifelt mit den Armen, daß die Kinder zu ihr kommen sollten, doch die betasteten interessiert den runden Stein, der vor ihnen zum Stillstand gekommen war. Soldaten nötigten sie mit freundlichem Zureden, ihre Höhle zu verlassen, und trugen sie – immer im Schatten der Mauer – hastig hinüber zum schützenden Donjon, bevor das nächste Geschoß heranschwirrte.

»Die Garnison gibt die Hoffnung keineswegs auf«, berichtete Ramon Perelha mit gewissem Stolz dem Kommandanten, dem Vicomte de Mirepoix. »Noch halten die katalanischen Armbrustschützen den Zugang zur Burg nach allen Seiten frei, noch halten sich die Verluste der Kämpfenden in Grenzen, noch können alle Wehren ausreichend bemannt werden ...«

»Auch in Anbetracht der Tatsache, daß die *parfaits* selbst bei der größten Bedrohung niemals zu den Waffen greifen würden«, fügte der leitende Ingenieur sarkastisch hinzu.

»Wenn sie das täten«, entgegnete ihm der junge Kommandant, »dann würden sie sich selber aufgeben, und der Montségur wäre verraten, noch bevor er kapitulieren müßte!«

»Davon kann überhaupt nicht die Rede sein!« unterbrach sie der Kastellan barsch. »Vorräte und Feuerholz sind reichlich vorhanden, die Zisternen wohl gefüllt!«

Die Kapitulation
Montségur, Frühjahr 1244 (Chronik)

Die täglichen Messen für das Seelenheil meines Herrn Seneschall lasen meine beiden Kollegen aus dem Nivernais, ohne daß mein Mitwirken erwünscht war. Sie sahen Hugues des Arcis sowieso selten genug, und dann drückte er neuerdings sporenklirrend auf das Tempo ihrer Litanei, während ich dumm herumstand.

Dabei hatte der Oberkommandierende gar keine Eile, denn das hatte er bald allen Beteiligten klarmachen können, den Erzbischof natürlich ausgenommen: Im Sturm war dieser Berg mit seiner stolzen Burg auch jetzt nicht zu nehmen – es sei denn unter wahnwitzigen Blutverlusten! Ich hatte also viel Zeit zum Beten, wobei ich neugierig durch die verschiedenen Feldlager schlenderte.

Überall fand ich Ritter, die mißmutig ihre Schlachtrosse striegelten; denn hier bot sich, weiß Gott, keinerlei Gelegenheit, *macte anime* in den Kampf zu galoppieren, um den Gegner mit schwerer Lanze aus dem Sattel zu werfen.

So traf ich auch Gavin, den Templer. Dieser hochedle Herr Montbard de Bethune war der Präzeptor des nahe gelegenen Ordenshauses von Rennes-le-Château und hatte sich mit einer Abteilung seiner Ritter herbegeben, ohne eigentlich mit von der Partie zu sein: dem Seneschall konnte der Orden sich nicht unterstellen, und auch der Erzbischof hatte keine Befehlsgewalt über ihn. So nahm Gavin den Status eines Beobachters ein, hatte sein Zelt an der schönsten Stelle am Rande der Lasset-Schlucht aufgeschlagen und sein Gefolge im Umkreis lagern lassen. Mit ihm freundete ich mich an, und wir hatten in der Folge eine Reihe von sehr sonderbaren Gesprächen.

Gavin entstammte – wie der stolz angefügte Name seiner Mutter verriet – diesem Lande. Die Bethunes waren Lehnsleute und – durch mehrfache Blutsbande – auch Verwandte der Grafen von Toulouse. Gavin hatte den Trencavel noch *in persona* gekannt und war auch bei Carcassonne einst dabeigewesen. Ich ersparte mir, ihn zu fragen, auf wessen Seite. Carcassonne war ihm eine Erinnerung, an der er offensichtlich schwer trug, was mich wiederum sehr irritierte.

Gavin mußte, dem Grau seines struppig melierten Bartes nach zu schließen, die Fünfzig bereits überschritten haben. In der Umgebung des Pog kannte er sich bestechend gut aus. So war er bestens informiert über dessen Besatzung, die er – bei über einem Dutzend ihm namentlich bekannter Ritter – samt Knappen, Sergeanten und angeworbenen Hilfstruppen auf über vierhundert wehrtüchtige Männer einschätzte. Die *parfaits*, wie er diese Ketzer ehrerbietig nannte, machten sicher mit ihren Familien weitere zweihundert Köpfe aus.

Gavin wußte zu gut Bescheid, er mußte schon dort oben geweilt haben, in diesem Ketzernest! Bestanden etwa doch irgendwelche verborgenen Querverbindungen zwischen den Templern und Katharern? Schließlich munkelte man über eine gemeinsame Leiche in einer unbekannten Gruft. Einen versteckten, streng gehüteten Schatz – diesen Gral? Obskure Götzenriten? Die geheime Regel des Ordens – wer weiß, was sie an Ungeheuerlichkeiten enthielt?

»Ist es denn wahr«, fragte ich Gavin und bekreuzigte mich schnell, »daß diese von Gott und dem Heiligen Geist Verlassenen nicht nur unseren Herrn Papst verhöhnen, die jungfräuliche Geburt unseres Heilands anzweifeln, seine Gottessohnschaft verleugnen, sondern auch seinen Tod am Kreuze für uns?«

»Gott verläßt niemanden«, wies mich der Templer zurecht, mit einem Ernst, der mich zwang, über diesen Satz mit all seinen Konsequenzen nachzudenken. Doch sofort brach wieder sein Sarkasmus durch: »*Quidquid pertinens vicarium, parthenogenesem, filium spiritumque sanctum* – schon die Trinität ist ihnen zuviel.«

Verspottete er die Kirche? Wollte er mich verführen, meinen festen Glauben an die Sakramente zum Wanken bringen? War der Versucher in Gavin gefahren und des roten Kreuzes ungeachtet unter seinen weißen Mantel geschlüpft?

»Ihnen reicht das ›Eine Göttliche Wesen‹ – und sein Widerpart, das luziferische Element ...«

Also doch! »Ergo glauben sie an den Bösen, verehren ihn womöglich insgeheim?«

»Glaubt Ihr nicht an den Teufel, Bruder William?« Gavin lachte dröhnend über mich erschrockenen Mönch, der ihn anstarrte, als sei ihm Der-heilige-Gott-sei-bei-Uns gerade mit Pech- und Schwefelgestank begegnet. »Armer Bruder William«, sagte er, »es gibt Dinge zwischen Himmel und Assisi, die sich ein Franziskaner nicht in seinen schlimmsten Hungervisionen vorstellen kann!«

Amüsiert betrachtet er meinen Bauch, über dem sich die braune Kutte beängstigend spannte, obgleich ich hier im Feldlager jeden Tag sicher etliche Pfunde – na ja, Unzen – verlor. Ich schämte mich, und Gavin weidete sich an meiner Verlegenheit.

»Der Tempel Salomonis zu Jerusalem liegt auf einem anderen Sephirot als die Portiuncula; er ist ein magischer Ort – das gleiche gilt auch für den Montségur da oben!«

Ich schwieg; ich war zutiefst verwirrt. Welche Abgründe taten sich da auf?

Oder sollte ich mich fragen, zu welchen Höhenflügen ist der menschliche Geist fähig?

Unser zum Stillstand gekommenes Vordringen – ich fühlte mich durch meine Gebete mit den tapferen Basken da oben verbunden, als sei ich selbst – Gott bewahre! – in vorderster Linie dabei, ermutigte den Ketzerkommandanten und seinen Kastellan, einen Ausfall zu wagen, um die ›Maueranbeterin‹ auf der Barbacane zum Schweigen zu bringen.

In einer windig-trockenen Winternacht – günstig, um Pech und Feuer an die Maschine zu legen – schlich sich ein kleiner Trupp – ausgesuchte Teufel! – aus einem verborgenen Seitenauslaß. Aber die Verteidiger verfügten leider auch über ein baskisches Hilfskontingent, das frech auf Rache an den ›verräterischen‹ Landsleuten brannte, unseren braven Montagnards, denen sie vorwarfen, ›im Judaslohn der französischen Unterdrücker zu stehen‹.

So verkehrte sich die Welt dieser Bergbauernlümmel: Kein Gedanke daran, daß sie mit ihren Untaten ihrer heiligen Mutter, der Kirche, in den Rücken fielen! Nein, selbst im Sold des Bösen – und solcherart verdorbenen Sinnes, daß sie geschworen hatten, die Unsrigen sollten ›mit durchschnittener Kehle an dem Blutgeld ersticken‹.

Fast hätte die vertraute Sprache den Überraschungsangriff gelingen lassen, doch schnell unterschied Mundart – Dank der heiligen Mutter Gottes! – zwischen Freund und Feind, und es kam zu einem wüsten Tumult.

Der Waffenlärm tönte bis hinab zu uns ins Tal, wo am Fuß des Pog Bischof Durand entsetzt die ersten Flammen am Gebälk seines kostbaren Katapults züngeln sah.

Ich war zu ihm getreten. »Maria voll der Gnaden!« betete ich laut. Was konnte ich sonst zur Rettung der *adoratrix murorum* beitragen?

»Halt die Schnauze mit deinem Geflenne!« brüllte er mich an. »Sorg lieber dafür, daß sich der Wind dreht!«

Ich ließ mich nicht verdrießen. »*Laudato si' mi signore per il frate vento*«, fiel mir die passende Zeile meines Heiligen Franziskus ein, »*et per aere et nubilo et sereno –*«

»Es ist nicht zu fassen!« heulte der Bischof auf und schlug mit seinem Stab nach mir, während über uns in beizendem Pechrauch und flackerndem Feuerschatten Mann gegen Mann kämpfte. Losungsworte, Flüche, Todesschreie zerflatterten im eisigen Wind.

»Soll ich denn nicht beten?« fragte ich kleinlaut.

»Nein, blasen!« Gavin lachte voller Sarkasmus. Er hatte sich im Dunkeln unbemerkt zu uns gesellt. Schweigend starrten wir in die Höhe, Körper stürzten über die Klippen und zerschellten Hunderte von Metern tiefer in den Felswänden. Schließlich behielt unsere Besatzung der Barbacane die Oberhand, konnte die Anstürmenden zurückjagen und die Brandherde löschen.

»Laudate e bendicite mi' Signore et rengratiate e serveateli cum grande humilitate!« Gavin hatte diesen Abschluß des *cantico* zitiert – ich hatte mich nicht mehr getraut, das Maul aufzumachen. Der Bischof warf ihm einen Blick zu, als wolle er sichergehen, ob der Templer noch ganz bei Trost sei. Ich war stolz auf ihn, hatte er doch damit die Ehre eines kleinen Minoriten wiederhergestellt.

»Die Anführer der Verteidiger sollten sich bewußt sein«, gab Monsignore Durand zu bedenken, »daß sie solche Ausfälle nicht beliebig wiederholen können, ohne die Zahl der Kampfeswilligen auf der Burg ernstlich zu schwächen.«

»Sie könnten noch lange aushalten«, sinnierte der Templer, ohne dabei seinen Blick vom Montségur zu wenden.

»Doch nicht ewig!« Der Bischof war kein Fanatiker des Glaubens, sondern ein pragmatischer Techniker.

»Ein einsamer Adlerhorst«, Gavin gab sich nicht die geringste Mühe, seine Sympathien zu kaschieren, »in einem Lande, wo längst keine Vögel mehr singen.«

Es hätte mir arg schwärmerisch geklungen, wenn da nicht so viel Trauer mitgeschwungen hätte – und seltsamerweise ging der Bischof auf diesen Ton ein, statt den Templer zu maßregeln. »Und keine Rettung«, konstatierte er leise, der mir noch eben so grob über den Mund gefahren, »weit und breit in Sicht!« Die beiden wechselten einen Blick, der mir verdächtigen Konsens offenbarte.

»Rettende Hilfe nicht, doch Trost: Sie werden sich mit ihrem Bischof beraten«, gab der Templer seine Vermutungen preis, mit einer Sicherheit, die mich verwirrte, nicht aber den katholischen Bischof von Albi.

»Bertrand en-Marti wird nach langem meditativem Gebet für seine Brüder und Schwestern im Glauben ›Bereitschaft‹ erklären.«

Durand hatte den Gedanken ohne jede Häme fortgeführt und überließ es Gavin, ihn zu Ende zu bringen.

»Ja, sich einzurichten auf den letzten Opfergang!«

Welch ein Zusammenspiel mir verborgener und so unterschiedlicher Kräfte. Meine Anwesenheit störte sie auch gar nicht. Ich war Luft, ein Staubkorn. ›Liebe deine Feinde‹. Konnte man das Christuswort so ernst nehmen? William, sagte ich mir, wahrscheinlich hat es dir das Leben bisher zu einfach gemacht – oder du selbst hast es zu leicht genommen?

Da brachten sie die ersten Toten und Verletzten ins Tal. Ich wußte plötzlich, daß Jordi dabeisein würde. Aber dagegen stand die seltsame Todesprophezeiung, die der Baske mir anvertraut hatte. Oder war Gavin am Ende ein häretischer Templer? – Durant konnte man sicher als römischen Bischof bezeichnen, doch mich wohl kaum als einen Hüter des Gral. Trotzdem wollte ich mich lieber davonschleichen.

»He, Francescone!« rief mich Monsignore Durand zurück, »hiergeblieben! Jetzt ist Salbung gefragt – oder fürchtest du dich, dem Tod ins brechende Auge zu schauen, bevor du es mit sanfter Hand verschließt?« Er winkte mich zu sich und wies auf den Körper, der gerade zu seinen Füßen achtlos abgesetzt worden war.

Jordis Brustkorb war zerschmettert, aber er atmete noch und sah mich großen Augen an. »Bist du es, William –?« Da trat der Templer zu uns. »Bist du der Hüter –?«

Ich legte ihm schnell die Hand auf die Lippen. »Sag mir, was hat sie wirklich über mich gesagt?«

»Ich muß sterben, Minorit!« röchelte er leise. »Über mir stehen schon ein Templer und ein Bischof.« Sein Atem ging stoßweise. *»Et tu mi rompi le palle!«*

Ich kam mir schlecht vor – mir war schlecht – aber ich wollte es wissen, bevor er Lobas Worte, die mich betrafen, mit ins Grab nahm.

»Du mußt nicht sterben, Jordi«, versicherte ich mehr mir als ihm. »Ich bin nicht der Schatzmeister des Gral!«

»Doch!« keuchte er. »Du bist der Hüter des Schatzes, der Reisende ans Ende der Welt – von der Kirche gehetzt, von Königen geehrt – du, der dicke Mönch aus Flandern, dessen Schicksal sich erfüllen wird – wie das meine, bevor der Montségur gefallen –«

Hastig fiel ich auf's Knie und brachte mein Ohr an seine Lippen. »Sprich! ... Sprich weiter!«

»Scher dich zum Teufel!« Blut quoll ihm jetzt aus dem Munde. »Templer, Bischof und ein fetter Minorit! Laß mich in Frieden ...«

Er hatte aufgehört, die Lippen zu bewegen. Ich lauschte noch eine Weile, dann schloß ich seine Lider, machte das Kreuzzeichen über ihm. Eine Übelkeit stieg in mir auf, wie ich sie sonst nur nach Völlerei verspürt hatte. Es war nicht das Sterben von Jordi, das mich berührte, sondern daß sein Tod mir von dunklen Mächten kündeten, die auch nach meinen Leben griffen.

Am nächsten Sonntag morgen, als ob der *treuga dei* alle feindseligen Handlungen ruhten – was mich im Kampf gegen Ketzer eine die Kirche kränkende, unnötige Schonfrist dünkte –, ließ der Kommandant der Festung den Seneschall des Königs wissen, daß er bereit sei, die Konditionen einer Kapitulation zu erörtern.

Allein diese Formulierung zeugte von unglaublicher Arroganz: Nur bedingungslose Übergabe und Unterwerfung auf Gnade oder Ungnade erschien mir treuem und naivem Sohn der Kirche angebracht! Ich hütete mich gleichwohl, Gavin meine Einstellung zu offenbaren, als ich ihm – nicht ganz zufällig – in der Lasset-Schlucht über den Weg lief.

Es hatte fast so ausgesehen, daß mein Herr, der Seneschall, mich zu den Verhandlungen mitnehmen würde, aber dem hatten sich seine Kaplane erfolgreich widersetzt. So mußte ich unten bleiben, während sie im Gefolge des Herrn von Arcis sich den Pog hinaufquälen durften. Das Treffen mit Pierre-Roger de Mirepoix, dem Kommandanten, sollte irgendwo auf halber Höhe stattfinden.

»Werden wir die Kapitulation annehmen?« begann ich das Gespräch unverfänglich.

»Ihr Pfaffen«, bekam ich gleich einen Streich übergebraten, »würdet Euch wohl gern verweigern!« Der Templer machte sich über mich lustig. »Die Kriegsleute, die für Euch ihre Haut zu Markte tragen, sind es leid, noch länger zu warten. Das gilt vor allem für jene, die aus Lehnspflicht – nicht aus Überzeugung! – jetzt bereits den zehnten Monat in diesem unwirtlichen Gebirge hocken. Also werden sie darauf drängen, die Belagerung zu beenden –«

»Und was ist mit der Bestrafung?« rutschte es mir heraus.

Der Templer schenkte mir nur einen mitleidvollen Blick, der mich zutiefst beschämte, ging aber nicht darauf ein. »Hugues des Arcis braucht den Erfolg – braucht ihn mehr als einen Sieg! Sein Auftrag lautet – im Namen des Königs von Frankreich –, den Montségur zu besetzen, nicht Rache zu üben! Ich nehme an, er wird ihn zu erfüllen suchen, wie wenig auch immer der Kirche die Konditionen schmecken werden.«

Der Präzeptor begab sich zum Zelt des Seneschalls, der mittlerweile von seiner Bergtour zurück sein mußte; ich folgte ihm. Ohne daß er mich dazu aufgefordert hätte, trottete ich hinter ihm her wie ein zugelaufener Hund.

Solcherhalb bereitete es ihm wohl Vergnügen, mir weitere Lektionen wie Hiebe zu erteilen.

»Zu überstimmen ist nur Pierre Amiel«, ließ er mich wissen, ohne sich nach mir umzudrehen. »Der Erzbischof giert wie Ihr, Bruder William, nach den Seelen der dort oben verborgenen Ketzer, nicht um sie zu bekehren, nein, um sie als schwarze Rauchfahnen aus den Flammen geradewegs zur Hölle fahren zu sehen!«

Das wollte ich nun nicht auf mir sitzen lassen. »Einem reuigen Sünder sollt' allemal verziehen werden.«

»Und wer sich keiner Schuld bewußt ist, woher soll der das Gefühl der Reue beziehen?« peinigte mich der Templer, an dessen Lippen ich hing, der sich über mich lustig machte und den ich fürchtete. »Solch ein Widerruf, den Ihr verlangt, das wäre erst der Sündenfall eines ›Reinen‹! Da zieht er den Tod vor – und damit allein verdient er schon deine Achtung, William!«

Ich zog den Schwanz ein; er hatte ja recht – die Mauern meiner religiösen Erziehung bekamen Risse, das aufliegende Gebälk meiner theologischen Studien ächzte und knackte. Und so schwieg ich und ließ mich ein wenig hinter ihn zurückfallen; denn wir waren am Stander unseres Feldherren angelangt.

»... der Garnison freien Abzug«, hörte ich ihn zum Erzbischof sagen, der schon aufbrausen wollte, »aber alle anderen haben sich dem Inquisitionstribunal zu stellen!« Das entzückte Pierre Amiel sichtlich, während es mich plötzlich erschauern machte. »Die Übergabe wird nach eines halben Mondes Länge erfolgen!« fügte der Seneschall wie nebensächlich noch hinzu.

»Wie das?«, begehrte der Erzbischof – eine Falle witternd und auf jeden Fall um sein alsbaldiges Vergnügen gebracht, empört auf.

»*Conditio sine qua non!*« beschied ihn Hugues des Arcis abschließend. »Ich bin froh, mit dieser rein zeitlichen Konzession die Lösung gefunden zu haben, und Ihr, Eminenz, solltet mit dem Beispiel der Geduld vorangehen!«

Der Erzbischof verließ den Platz, sein Ärger hing ihm nach wie eine Furzwolke. Gavin folgte einem unauffälligen Zeichen des Seneschalls und betrat hinter ihm dessen Zelt. Ich setzte mich auf einen Stein.

Es war Abend geworden, eine plötzliche feiertägliche Ruhe umwehte den stoisch aufragenden Pog, eine unwirkliche Stille – nicht des Friedens, mehr des Abgehobenseins von Zeit und Raum. Ging sie von meinem Herzen aus? Oder von den Menschen, die sich dort oben hinter den schweren Mauern der Burg zusammengeschart hatten?

Verlegen blickte ich um mich, und ich sah viele ihre Häupter entblößen. Soldaten, Hauptleute, Ingenieure, Sappeure, Armbrustiers, Schützen, Ritter und Knappen schauten stehend hinauf. Der Ring der Belagerer verharrte in schweigender Spannung, voller Unsicherheit über das, was sich, für unsere Augen nicht sichtbar, für unsere Köpfe unverständlich, wohl bei den Eingeschlossenen abspielen und insbesondere vorbereiten mochte.

Ich kniete nieder und betete. Ich betete für die Männer, Frauen und Kinder des Montségur!

In den letzten Strahlen der untergehenden Sonne – die Täler sind längst ins Violett einer schnell hereinbrechenden Dämmerung getaucht – leuchtete die Gralburg auf der steilen Höhe des so lange umkämpften Pog noch einmal auf im blassen Azur eines wolkenlosen Frühlingshimmels.

Knapp noch drei Wochen waren es bis zum Passahfest, Anno Domini 1244.

Die erste verging wie im Fluge; die Spannung der unmittelbaren Kriegsführung, des täglichen Handwerks, war gewichen und hatte dem Bedürfnis nach Erholung, nach Schlaf, Platz gemacht. Sie ging einher mit dem Ordnen der Ausrüstungsgegenstände für den Abtransport. Doch dann, als alles, was an Vorkehrungen für die große Stunde zu treffen war, bereit stand, trat eine Leere ein, die alsbald aufs Gemüt schlug. Ein Belagerungsheer, das nicht belagert, war ja auch wohl ein Unding.

Das Warten zerrte an den Nerven. Wir begannen die Tage der zweiten Woche zu zählen. Auf Geheiß des Seneschalls, der uns jetzt noch weniger benötigte denn zuvor, wanderten wir Prediger durch das Lager, um mit unseren frommen Gebeten der Soldateska Geduld und Friedfertigkeit einzuflößen, denn schon flackerten die ersten Streitigkeiten zwischen den verschiedenen Kontingenten auf: Schlägereien wegen eines Weibsbildes, Messerstechereien beim Würfelspiel, geboren aus Suff, Langeweile und schlechter Laune. Wir beteten auch mit denen, die dafür gehenkt wurden.

Ich traf auf den Bischof Durand aus Albi, in dessen Lager Aufbruchstimmung herrschte. Er beaufsichtigte in Hosen und Wams das Zerlegen und Verpacken seiner Schleudermaschinen, von denen nur ein Bündel von Balken, zusammengerollter Seile und ein Haufen geschmiedeten Eisens übrigblieb. »Ist das die *adoratrix murorum?*« fragte ich enttäuscht angesichts des armseligen Gerippes einer so glorreichen Konstruktion.

»Ach, meine Singdrossel aus Assisi!« begrüßte er mich polternd. »Die *adoratrix* hockt noch da oben im Fels, bis auch der letzte Verteidiger abgezogen ist!« Er wischte sich den Schweiß von der Stirn. »Du wärst mir ein schöner Stratege, sie schon vorher zu demontieren! Vertrauen ist wie der Glaube an den Allmächtigen, Tatsachen erst schaffen Gewißheit!«

Der Scholar in mir fühlte sich durch solche Gottesinterpretation herausgefordert. »Ist doch unser Schöpfer weder Tat noch Ding –«, hub ich an.

»Doch«, unterbrach er meine Rede. »Beides! Deine armselige Gewißheit macht ihn dazu, obgleich Er als Täter es nicht nötig hat!«

»Also, kann ich ihm auch vertrauen im Gebet?«

»Ihm schon, aber nicht den Menschen!«

Ich glaube, auch er nahm mich nicht sehr ernst. Auch wirkte er auf mich, mit seinen aufgekrempelten Ärmeln, nicht wie ein Bischof. Ich sah mich schon in das Spiel eines Geistes verwickelt, dem ich nicht gewachsen war, als mein Seneschall vorbeiritt und mir winkte, daß ich ihm folgen sollte. Er war in Begleitung von Gavin Montbard de Bethune, der aber nicht erkennen ließ, daß wir uns kannten.

Ich hechelte hinter den Rössern her bis zum Rundzelt des Erzbischofs. Pierre Amiel, in vollem Ornat, stürzte heraus, kaum daß er uns kommen hörte, faßte sich dann aber schnell, wohl um seine Erscheinung als höchster kirchlicher Würdenträger und *Legatus Papae* voll auf uns wirken zu lassen.

»Warum«, hub er an, »machen wir dem kein Ende? Diese Ketzerbrut –«

»Eminenz«, schnitt Hugues des Arcis ihm das zu erwartende Lamento ab, das stets in geifernden Hetztiraden zu gipfeln pflegte, »weil ich mein Wort gegeben habe und weil die gewährte Frist von fünfzehn Tagen billig ist – gemessen an dem Leben meiner Soldaten, die ich verlieren würde, wollte ich das Kapitulationsabkommen brechen und Menschen angreifen, die –«

»Ketzer!« schnaubte der Erzbischof. »Als Vertreter –«

»Ich handle im Namen des Königs von Frankreich!« setzte der Seneschall energisch dagegen, der nicht begriffen hatte, warum Pierre Amiel mitten in seiner Erklärung abgebrochen hatte: Hinter ihnen, auf der flach abgetragenen leichten Anhöhe, wo der Altar für die täglichen Messen errichtet war, erschien, eskortiert von acht Tempelrittern, eine schwarze Sänfte. Ebenso viele Träger, Sergeanten in dunklem Tuch, trugen sie und setzten sie jetzt ab.

Der Vorhang öffnete sich einen Spalt, und ein Abakus kam zum Vorschein, der den Vorhang leicht beiseite schob. Eine feine, weiße Hand war kurz zu sehen. Der Befehlsstab winkte einen der Templer herrisch zu sich. Es war ein auffallend junger Ritter, mit fast mädchenhaften Zügen; doch Gavin war ihm bereits zuvorgekommen und hatte schon die Sänfte erreicht. Er stieg ab, beugte zu meinem Erstaunen das Knie und empfing in dieser Haltung wohl die Erlaubnis oder Aufforderung zu berichten. Wir konnten alle, die wir vor dem Zelt standen oder zu Pferde saßen, wie der Seneschall, nicht ein Wort von dem erhaschen, was dort geredet wurde.

»*La Grande Maitresse!*« nahm sich Monsignore Durand die Kühnheit heraus Hugues des Arcis zuzuflüstern. »So ist das eben: Wir beulen uns die Köpfe ein, und der Orden kassiert.«

Der Mann des Königs neigte sich vorsichtig herab: »Es ist noch viel einfacher, mein Lieber, es gibt weder Sieger noch Besiegte! Die Hand, die oben in der Festung das Schwert niederlegt, ist die gleiche, die es hier unten entgegennimmt –«

»Und wir braven Kämpfer und klugen Strategen«, antwortete ihm leise Durand, »die wir uns als Staffage haben herschicken lassen, wir haben uns eingebildet, für den wahren Glauben und die rechte Krone zu streiten – Narren, die wir sind!«

Er verstummte, denn der junge Templer lenkte sein Pferd auf unsere Gruppe zu, langsam gefolgt von Gavin, der noch ein letztes Wort mit dem geheimnisvollen Besuch gewechselt hatte. Dann hatte der Abakus hinter dem schwarzen Samtvorhang kurz zweimal geklopft, und die Träger nahmen die düstere Sänfte wieder auf. Kein Wappen, nicht einmal das rote Tatzenkreuz des Ordens zierte sie.

»Guillem de Gisors, Eminenz!« stellte sich der Ritter mit einem knappen Kopfnicken vor.

»Was habt Ihr dem Legaten des Heiligen Vaters zu sagen?« ging ihn Pierre Amiel provozierend an; er zitterte vor Wut.

»Die Mitteilung lautet«, sagte der Junge mit heller Stimme, *pacta sunt servanda!*« Er wartete keine Antwort des Erzbischofs ab, sondern gab seinem Pferd die Sporen, um zu dem abziehenden Trupp aufzuschließen.

Hugues des Arcis lächelte. »Bald ist die bewilligte Zeit um«, suchte er den versteinerten Legaten aufzurichten, dessen Zähne knirschten, »noch zwei Tage —«

»— in denen Eure Wachsamkeit«, explodierte jetzt der Erzbischof, »um ein weiteres nachlassen wird!« Es war nicht Hohn, sondern ehrliche Sorge, die aus seinen Worten sprach. »Was von dieser verschlagenen Brut der Häresie, die weder die allerheiligste Jungfrau noch Gesetz noch gegebene Worte anerkennt, dazu benutzt werden könnte, sich der gerechten Strafe durch Flucht zu entziehen!«

Hugues des Arcis war nicht nur des zermürbenden Krieges leid, sondern auch der Querelen mit diesem rachsüchtigen Vertreter der Kurie. »Die Besatzung hat freien Abzug, und — so wie ich diese Katharer einschätze, wird keiner vor Eurem höchsten Gericht davonlaufen, selbst in der Gewißheit, daß Ihr keine Gnade kennt — noch Barmherzigkeit!« Der alte Haudegen verbarg sein Unbehagen nicht. »Ihr werdet genug warme, zuckende Leiber für Euer Autodafé zusammenbekommen, Eminenz! Männer, noch mehr Frauen, alte, junge, Greise und Kinder!«

Er wandte sich ab, grüßte knapp den Präzeptor und den Bischof von Albi, Pierre Amiel ließ er abrupt stehen. Dieser suchte mit einladender Geste den Bischof auf seine Seite zu ziehen, doch Monsignore Durand war zu Gavin auf einen Felsblock gestiegen und ignorierte diesen kläglichen Versuch ekklesialer Kumpanei. Der Erzbischof zog beleidigt ab.

»Ist man höchsten Ortes zufriedengestellt?« wandte sich Durand behutsam an den Ordensritter.

»Eine Rettung fragt nicht nach Frieden, sie muß sich damit begnügen, das zu Rettende in Sicherheit zu bringen.«

»Wo ist noch Sicherheit«, gab der Bischof leise zu bedenken, »nachdem der ›mont ségur‹ keine mehr bieten kann –?«

»Der Munsalvaetsch bleibt auf ewig der Hort des rettenden Heils«, sagte Gavin gedankenverloren, »der Tröster ...«

»Ich denke, mit Verlaub«, Durand blieb seinen pragmatischen Grundsätzen treu, »es ist das Heil, das es jetzt zu retten gilt?«

»Daran ist gedacht.« Gavin Montbard de Bethune, Präzeptor des Ordens der Templer, in seinem weißen Umhang mit dem blutrot leuchtenden Tatzenkreuz, starrte unbeweglich hinauf zum Montségur, über den inzwischen ebenfalls das Dunkel hereingebrochen war.

Die letzte Nacht
Montségur, Frühjahr 1244

Bis Mitternacht waren es nur noch wenige Stunden, dann war Äquinox! Die *parfaits*, die sich der Beobachtung der Himmelskonstellationen gewidmet hatten – trotz der Beschießung und weitgehenden Zerstörung ihrer astronomischen Geräte –, verließen über die schmale, steile Steintreppe das Observatorium. Im Schloßhof von Montségur versammelten sich Verteidiger und Schutzbefohlene um ihren Bischof Bertran en-Marti. Alle Katharer waren festlich gekleidet, viele verschenkten ihre Habe an die Soldaten der Garnison, als Dank für die aufopfernde Verteidigung – auch, weil sie keines irdischen Besitzes mehr bedurften. Die ›Reinen‹ hatten mit ihrem diesseitigen Leben abgeschlossen.

Zwei lange Wochen hatten Bertran en-Marti zur Verfügung gestanden, um die Gläubigen auf den letzten Schritt vorzubereiten. Sie hatten das *consolamentum* erhalten. Jetzt konnten sie das Fest zusammen begehen, das nunmehr, lange ersehnt, anstand: die gemeinsame Feier der *maxima constellatio*. Die Freude auf dieses Ereignis, Ergebnis einer spirituellen Präparation ohnegleichen, überstrahlte alles, was danach noch kommen mochte, auf der letzten, noch zu durchleidenden Wegstrecke vor dem Eingang ins Paradies.

Zwei der zu diesem Gange Vorbereiteten mußte en-Marti allerdings von der Teilnahme ausnehmen: die beiden *parfaits* waren auserwählt, sich und vor allem bestimmte Gegenstände und Dokumente in Sicherheit zu bringen, und zwar jetzt, sofort!

Die Belagerer waren der Meinung, inzwischen alle Bewegungen aus und in den Montségur unter Kontrolle zu haben, doch die Sturmtruppen, insbesondere die Montagnards und Durands Katapulteure hatten sich nie getraut, den zerklüfteten und dicht bewachsenen Höhenrücken, der sich ostwärts der Festung, vorbei an der Barbacane, dem Pas de Trebuchet bis zum Roc de la Tour hinzog, wirklich zu besetzen. Sie hockten am Rande der Klippen, die ihnen Schutz vor den weitreichenden Bolzen der Katalanen boten, und dachten gar nicht daran, das unheimliche Gelände, aus dem bisher kein einziger Späher zurückgekommen war, auf seine geheimen Pfade hin zu untersuchen. Es hieß, sie führten von der Burg aus direkt in Höhlen und Öffnungen in den steil abfallenden Wänden des Pog, also unter ihren Füßen hindurch.

Da der Mond hell schien, wurden die Auserwählten durch die dunklen Gänge geführt, oft hörten sie über ihren Köpfen die Stimmen der anderen. In einer Grotte, die sich am Ausgang zum unsichtbaren Spalt verengte, wurden sie samt dem kostbaren Gut in weiße Laken gehüllt, verschnürt und an langen Tauen auf der nur schwer bewachbaren Ostseite über die Klippen zur Lasset-Schlucht abgeseilt. Das Tosen des Flusses übertönte jegliches Geräusch. Den Eingang zu diesem Felseinschnitt riegelten des Nachts die Templer unter Montbard de Bethune ab.

Unten erwartete sie ein Trägertrupp, der Lastesel bereithielt. Gerade als die bergsteigerisch erfahrenen baskischen Söldner die Seile wieder hochziehen wollten, tauchten aus dem Dunkel der gischtübersprühten Klamm zwei Ritter auf.

Sie waren vermummt, ihre Brustpanzer wiesen keine Wappen auf, noch trugen sie Helmzier. Sie hatten das Visier heruntergelassen und führten ihre Pferde am kurzen Halfter.

Der eine von ihnen war von hünenhafter Statur; sein Topfhelm, sein Kettenhemd entsprachen der deutschen Machart. Sein Begleiter war schlank, und seine Rüstung war kostbare Arbeit des Orients, wie man sie als Beute nur im Heiligen Land erringen konnte. Sie sprachen beide kein Wort, sondern griffen stumm nach den herabhängenden Seilen.

Die Fluchthelfer waren ratlos und eingeschüchtert ob der bloßen Schwerter in der Hand der Fremden. Da erschien oberhalb der Klamm ein Templer. Er nickte nur kurz sein Einverständnis und verschwand wieder.

Den Helfern drängte die Zeit. Sie hüllten die Ritter hastig in die freigewordenen Tücher, und die Basken zogen sie hinauf.

In der versteckten Grotte begrüßte sie mit gedämpfter Stimme der Schloßherr: »Ich befürchtete schon« – er umarmte den mächtigen Älteren –, »Ihr würdet nicht mehr kommen, Ritter des Kaisers – oder gar zu spät« – er umarmte den Jüngeren –, »Prinz von Selinunt.«

»Beides unbegründet«, lachte dieser und lüftete den ziselierten Gesichtsschutz, »wenn auch das letzte Wegstück sich nur für Schwindelfreie eignet!« Seine scharfgeschnittenen Züge, sein gutturaler Akzent verrieten den Landesfremden. »Helft dem Sigbert aus seiner Hülle!« Er wies auf seinen mächtigen Begleiter, der Schwierigkeiten hatte, sich aus seinem Laken zu befreien. »Als Seidenraupe ist er nicht zierlich genug!«

Der Angesprochene riß sich den Helm vom grauen Haupt. »Lieber einem Dutzend Feinde ins Auge geschaut«, grummelte er, »als noch mal einen Blick in diese grausige Tiefe!«

»Euer Todesmut, Komtur, gereicht dem Kaiser zur Ehre.«

»Friedrich weiß von nichts!« entgegnete der bärbeißige Sigbert. »Und dabei wollen wir es auch belassen.«

Sie wurden ins Innere der Burg geführt, wo gerade in feierlichem Zuge die *parfaits* und die *credentes*, jeder mit einer brennenden Kerze, singend in den Rittersaal des Donjon strömten. Dann wurde die Saaltür geschlossen. Sie mußten draußen warten.

»Christen, die ihre Auferstehung noch vor ihrem Tode feiern?« flüsterte der Mann, der sich Konstanz von Selinunt nannte, respektlos. Sein Alter war schwer zu bestimmen, sein dunkler Teint, sein gut ausrasierter Backenbart, besonders aber seine scharfgekrümmte Hakennase, verliehen ihm das Aussehen eines Raubvogels, was durch seine unruhigen dunklen Augen noch verstärkt wurde.

Der alte Ritter ließ sich Zeit. »Tod? – Sie achten ihn gering, sie leugnen ihn«, brummte er bärbeißig, »– das ist ja ihre Häresie!« Sigbert von Öxfeld, langgedientes Mitglied des Deutschen Ritterordens, war ein Hüne von Mann: Alemannen-Schädel, glattes Kinn, Falten wie ein gutmütiger Bernhardiner.

Da die Soldaten und Ritter, die mit ihnen stehen, in ergriffenem Schweigen verharrten, sprachen auch sie nicht weiter miteinander; auch stellten sie keine Fragen.

Interludium Nocturnum
Montségur, Frühjahr 1244 (Chronik)

In die Schwarze Magie, in die Mystik der Kabbala eingeführt zu werden, war seit Studienbeginn heimliches Sehnen des dicklichen Bauernjungen aus Flandern gewesen. Kaum in Paris angekommen, ließ ich keine alchemistische Vorführung, keine Geisterbeschwörung aus. Während ich tagsüber die Vorlesungen des stupenden Dominikaners Albertus hörte, den sie schon damals Magnus, den Großen, nannten, zog ich des Nachts durch die Gassen in der Schar meines englischen Mitbruders Roger Baconius, Magister Artium und *doctor mirabilis;* er war's, der aus dem flämischen »Willem« den mundanen »William« machte, ein Name, den ich mir gern zu eigen machte. Ich besuchte auch den berühmten Astrologus Nasir ed-Din el-Tusi und drängte mich auf der Universität zu den Vorlesungen des Ibn al-Kifti, eines weithin gepriesenen Medicus, um von ihnen Einblick in die Geheimnisse die Orients zu erlangen.

Indes, all dies verblaßte zu unbeschwertem, farblosem Spuk und zu Spökenkiekerei angesichts der Tatsache, daß in dem tiefen Walde jenseits des Lasset eine leibhaftige Hexe lauerte, die mich nicht nur bei Namen und Gestalt kannte, sondern auch über mein Schicksal geheimes Wissen besaß.

Die präzise vorhergesagten Umstände beim Tod des Basken waren unheimlich genug – gut, mit dem ›Gralhüter‹ hatte sie wohl geirrt; ich hatte jedenfalls keinen bemerkt. Aber das ständige Geraune vom Gral ließ mir keine Ruhe mehr.

Diese Loba wartete auf mich, auch wenn sie das Gegenteil verkündet hatte – das halten Frauen so, erst recht eine Hexe. Sie saß im dunklen Tann des Corret wie eine Spinne – und ich dummer, dicker Brummer schwirrte noch herum, das Licht umkreisend, von dem selbiger, studierter *theologus* obdrein, wissen müßte, daß es ihm die Flügel, wenn nicht gar Leib und Seel' zu versengen vermag. Solcher Art war die Unruhe, die mich in jener Nacht umhertrieb.

Ich hatte den Soldaten unterhalb des Pog eine Zeitlang zugeschaut, wie sie unter der Anleitung des Profoß die riesigen Scheiterhaufen errichteten. Dicke Pfosten an den Ecken, kräftige Querbalken, junges Holz, das lange standhält, gut untermischt mit trockenem Reisig oder Stroh. Einen ›bon bucher‹ zu bauen ist eine richtige Kunst. Ich konnte sie jedoch nicht von Herzen bewundern, denn beim Besuch des Erzbischofs, der sich händereibend vom Fortgang der Arbeiten überzeugte, wurde mir flau im Magen, und ich suchte das Weite; das heißt, ich beschloß erst mal, Gavin Montbard de Bethune mit den Fragen heimzusuchen, die mir auf der Seele brannten. Indes, am Eingang der Lasset-Schlucht hielten mich seine Sergeanten auf, die mich doch genau kannten.

»Es geht jetzt nicht«, sagten sie fest. »Die Ritter haben sich versammelt!«

Ich spürte, daß jedes Insistieren zwecklos war, und ich trollte mich wieder. Aber meine Neugier war geweckt, hatte ich doch Lichtschein zwischen den Zelten gesehen.

Ich stieg seitlich in den Wald hoch. Es war schon ein unheimliches Unterfangen in einer solchen Nacht. Geister und Elfen beherrschen die Stunden zur Tagundnachtgleiche. Es knackte im Holz, und die Bäume rauschten, obgleich kein Wind wehte. Plötzlich vernahm ich Hufgetrampel über mir. Durch einen schmalen Saumpfad, der sich wohl im verborgenen in die Höhe ziehen mußte, ritten zwei schneeweiße Gestalten; ihre Gesichter waren verhüllt. Etliche Kobolde rannten neben den Mauleseln mit, keiner sprach ein Wort – schon war der Spuk vorbei.

Angesichts dessen war ich auf meine Knie gefallen und hatte mich in das niedere Gestrüpp des Waldbodens gepreßt. Ich brauchte nur noch zu beten. Da die Weißgekleideten aus der Lasset-Schlucht gekommen waren, mußten sie zwangsläufig das Zeltlager der Templer passiert haben. Oder waren es Ritter des Ordens selbst gewesen? Sollte ich Gavin danach fragen? Ängstlich wandte ich mich um, dann richtete ich mich auf.

Durch die Baumstämme sah ich unter mir die Zelte der Templer. Wo sonst ein munteres Kommen und Gehen herrschte, war jetzt Stille eingezogen. Eine lange Tafel war vor dem Zelt Gavins aufgebaut. Sie war mit weißem Linnen gedeckt. Darauf standen drei silberne siebenarmige Leuchter. Am Kopfende lag ein Totenschädel auf dem Tuch. Das flackernde Kerzenlicht ließ seine dunklen Augenhöhlen leben; er warf mir schreckliche Blicke zu. Ich wagte kaum noch einmal hinunterzuschauen. Ihm gegenüber stand Gavin, und vor ihm lag ein aufgeschlagenes Buch.

Je fünf ältere Ritter flankierten die Tafel. Alle schienen sie zu warten, wenn auch keine Geste der Ungeduld es verriet. Dann öffnete sich hinter ihnen das Zelt, und derselbe schöne Tempelritter mit den mädchenhaften Zügen, den ich zuvor bei der schwarzverschleierten Sänfte gesehen, geleitete am Arm eine weißgekleidete Gestalt. Von ihren Zügen konnte ich rein gar nichts erkennen, denn der Kopf war von einer spitz zulaufenden Haube bedeckt, deren Tuch über das Gesicht bis zur Schulter fiel und nur zwei Augenschlitze freiließ. Sie bewegte sich langsam und mit Würde und trug auf beiden Händen einen so kostbaren Abakus, wie ich ihn noch nie erschaut. Der Schaft war wohl aus massivem Gold. Ein doppelter Schlangenleib ringelte sich – der eine elfenbeinern, der andere aus Ebenholz – um den Stab, dessen beide Enden in einen Adlerkopf ausliefen, welcher das eine Haupt der Schlange mit seinem Schnabel zerbiß, während das andere ihm ins Genick stieß. Der junge Templer führte den Vermummten zur Stirnseite der Tafel, wo dieser den Abakus feierlich niederlegte. Der Schöne entfernte sich. Noch immer war kein Laut zu hören.

Obgleich ich so weit von dem Schauspiel entfernt im Gesträuch kauerte, brannte sich das Bild in meinen Sinn, als würde mir allein der Abakus flammenzüngelnd gezeigt. Lebend wanden sich die verflochtenen Leiber der Schlangen – war es die weiße, war es die schwarze, die tückisch zubiß, oder erlitten beide beides?

»Der Stein«, riß mich die Stimme des Weißgekleideten aus meinen Gedanken, »ward zum Kelch!« War es ein Mann, der da sprach, war's eine Frau? Ich hätte es nicht sagen können. Der Nachtwind wehte die Worte zu mir herauf; sie wurden von den Bäumen zwischen uns gespalten, verwirbelt, verrauscht. »Der Kelch empfing das Blut ...«

Sublimation, schoß es mir durch den Kopf, meiner okkulten Kenntnisse gedenkend, die Überhöhung des einen durch das andere. Wem wurde da welches Geheimnis enthüllt? Ging es um den Gral?

»Als Maria von Magdala hier an Land ging, führte sie das Heilige Blut mit sich, trug es in sich«, erscholl die Stimme des Verhüllten. »Eingeweihte Druidenpriester, erwartungsvolle Schriftgelehrte des alten Judentums nahmen sie auf, ließen sie niederkommen, Fleisch werden ...«

Gesta Dei per los Francos – spielte er darauf an, auf diese ständig angemahnte Bevorzugung der französischen Nobilität durch den lieben Gott? Wir waren zwar hier nicht in Frankreich, aber kräftig dabei, es hierhin auszubreiten, da mochte Gott schon seine Vorsorge getroffen haben!

»Das Blut! Ewig kreisender Strom, pulsierend, lebend!« rief der alte Druide. »Es bedarf nicht der Transsubstantiation, es entzieht sich ihr, es vergeistigt sich, wird Geist, wird zum ›Wissen um das Blut‹ ...«

Sublimatio ultima, dachte ich befriedigt, doch verwirrt; ein handfester Kelch wäre mir lieber gewesen, meinetwegen mit ein paar eingetrockneten Tröpfchen dieser erregenden Flüssigkeit!

Der Alte – oder war es doch eine Priesterin – hatte sich erschöpft und hielt sich, wie von einem leichten Schwindel gepackt, an dem Tisch fest; hoffentlich, dachte ich, zerrt er das Tischtuch nicht herunter, samt Schädel und Abakus – doch keiner der Ritter sprang zur Hilfe, wie sich auch seit dem Beginn jenes Rituals keiner gerührt hatte.

»Das Wissen um das letzte Geheimnis«, fuhr die raunende Stimme fort, »ist zwar nicht gefährdet, wohl aber die es tragen und weiterreichen sollen. Das verpflichtet uns ... Euch, unseren Schwertarm, anzurufen, der Ihr Euren Adel diesem Blut verdankt ... schützt ... im Geist der Liebe ... rettet das Heil!«

Ich hatte weder verstanden, in wessen Namen hier gesprochen wurde, noch, wen es zu schützen galt. Wind und Blätter hatten die Worte verschluckt. Die Templer, Gavin an der Spitze, traten jetzt dicht um die Erscheinung; sie legten ihre Rechte auf den Schädel und senkten die Knie. Sie murmelten etwas, das mir wie ein Schwur klang. Eine elitäre, arrogante Bande, dachte ich mir als Sohn von Bauern aus Flandern, nur wer vom fränkischen Urstamm und von Geblüt ist, wird von ihr aufgenommen! Der weißgekleidete Geheimnisträger, ranghoher Meister einer Sekte, die anscheinend bedeutend genug war, den stolzen Templern Weisungen zu erteilen, die eigentlich nur dem Papst persönlich zu gehorchen hatten, er reichte dem knienden Gavin seinen Stab zum Kuß, und die Ritter erhoben sich schweigend. Der junge Guillem von Gisors – der Name fiel mir in just diesem Moment wieder ein – erschien, gefolgt von zehn Knappen. Sie nahmen hinter den Rittern Aufstellung, während er die weißgekleidete Gestalt behutsam wegführte.

Meine Gedanken waren in Aufruhr. Wenn es denn der ›Gral‹ war, von dem er gesprochen hatte – *lapis excillis, lapis ex coelis* – wir hatten uns in Paris über den Passus bei Wolfram von Eschenbach nächtelang die Köpfe heißgeredet –, so kam der wohl aus der Fremde. Maria von Magdala, die Hur – was hatte sie damit zu tun?

Glaubten diese Verblendeten etwa, der Heiland habe sich soweit herabgelassen? Ihre Leibesfrucht als ›Heiliges Blut‹ zu verehren, hieß das nicht, Maria, die Wahre und Einzige, verraten? Hat mein Jesus gefehlt? Ich mag mir sein Glied als Mann nicht vorstellen, beim Pieselhörnchen des Knäbleins hört's auf! *Pax et bonum!* – ein Fehltritt mit dieser liederlich-listigen Frauensperson, die ihm die Füße ölend vielleicht nähergekommen war? – Aber selbst wenn Er sich in einem Lebewesen manifestiert hätte, war das schon ein Grund, davon soviel Aufhebens zu machen? Der *Ecclesia catolica*, der legitimen Erbin des Messias, eine dubiose Blutlinie entgegenzustellen? Aus Unzucht geborenes Blut, ohne heiliges Sakrament der Ehe, diese Ehren zu erweisen?

Irgend etwas konnte in meiner anklagenden Gedankenkette nicht stimmen: Wenn mein Herr Papst ohne Fehl war, mußte dies nicht auch für Jesum Christum, unsern Herrn, meinen wie seinen, gelten? Hat er, Er, also mit der von Magdala gevögelt – doch irgend jemandem paßte es nicht –, und zur Strafe sollen wir Mönche und Priester bis zum heutigen Tag an nichts dergleichen mehr denken, geschweige denn es in die schöne Tat umsetzen! *Wir* büßen für die Sünden des Herrn – nicht umgekehrt!

Mich schauderte. Zum erstenmal verfluchte ich meine vermaledeite Neugier, die mich hierhingetrieben hatte; denn ich war ganz offensichtlich Zeuge von etwas geworden, das nicht für die Augen und Ohren Außenstehender bestimmt war. Und wenn ich auch nicht alles begriff von dem, was sich hier so mystisch abspielte, und das eine oder andere vermutlich gründlich mißverstanden hatte, war mir doch eines klar: Ich hatte an den Zipfel eines Geheimnisses gerührt, das über den Horizont eines kleinen Franziskaners hinausging. Und ich sollte wohl besser den Mund halten über das, was ich hier gesehen hatte, wenn ich nicht in große Schwierigkeiten für Leib und Seele kommen wollte.

William, sagte ich mir, dort in meinem Gebüsch kauernd, nun bist du doch wider Willen Hüter eines Gralgeheimnisses geworden. Wenig ahnte ich zu diesem Zeitpunkt, daß meine Verwicklung in das große Geheimnis gerade erst begonnen hatte.

Auf der Lichtung war es still. Dem Präzeptor zur Rechten und zur Linken saßen die altgedienten Ritter des Ordens, und hinter jedem stand ein Jüngling mit einem Krug in der Hand. Sie schwiegen und rührten sich nicht, kein Zucken war zu vernehmen. Dann schlug der Montbard-Bethune mit seinem Stab kurz auf den Tisch. Sie hoben die Becher, die vor ihnen standen, und tranken. Ein weiterer Schlag, sie setzten ab, die jungen Ritter füllten nach, während Gavin eine Seite im Buch umblätterte. Er trank nicht. Wieder verfielen sie in diese kontemplative Erstarrung – ich weiß nicht, wie lange ich auf dieses strenge Schauspiel starrte, bis mich drei Schläge aus meiner Verzauberung rissen. Die Ritter bliesen jeder eine Kerze aus, erhoben sich, küßten die hinter ihnen stehenden Mundschenke auf Wangen und Lippen – Gavin löschte das letzte Licht, und die Szenerie versank im Dunkeln.

Vorsichtig, bei jedem knackenden Zweig unter meinen Füßen zusammenfahrend, schlich ich mich aus dem Wald und ward wieder bei der Wache vorstellig.

Ich wurde zu Gavin geführt, der auf einem Feldstuhl vor seinem Zelt saß. Der lange Tisch samt Kerzen und Schädel war verschwunden. Das Licht des Lagerfeuers ließ das rote Tatzenkreuz auf seinem Gewand leuchten wie frisches Blut.

»Mönchlein«, sagte er mit einer Spur seiner üblichen Ironie, »was treibt dich um, zu dieser Zeit. Weißt du nicht, wie gefährlich es ist, in dieser Nacht durch die Wälder zu streifen?«

Mir schlug das Herz bis zum Halse. Er weiß nichts; er kann es nicht wissen, daß ich ...! Ich führte den Gedanken nicht zu Ende, doch der Teufel, der sich von jeder Schuld nährt, trieb mich zu sagen: »Wem dient der Orden der Ritter vom Tempel eigentlich?« Denn der Gedanke war mir nicht mehr aus dem Kopf gegangen.

Er blieb ganz ruhig. »Wie der Name schon sagt: dem Schutz des Tempels von Jerusalem –«

»– weswegen der Großmeister in Akkon residiert!« wagte ich frech einzuwerfen.

Gavin biß sich auf die Lippen, fuhr aber beherrscht fort: »– und dem Erhalt des Christentums in Outremer insgesamt.«

»Und sonst nichts?« hakte ich nach. »Kein Mysterium? Kein ... Schatz?«

»Ist dir die *Terra Sancta* nicht kostbar genug?« spottete er, wenn auch sichtbar ungehaltener, doch ich bohrte weiter:

»Ich meine den Schatz im Schatz, das eigentlich Schützenswerte – den Orden hinter dem Orden, den eigentlichen Lenker, den großen Steuermann, von dem man munkelt. Was ist mit der ›Grande Maitresse‹, die unlängst –«

»Wer hat dir diesen Namen genannt?« fauchte er. Sein Blick wurde lauernd, fast böse. »Nimm ihn nicht wieder in Mund!« verwarnte er mich heftig, und ich schwor es mir auf der Stelle. Ich hatte mir das Maul ohnehin schon verbrannt.

»Nicht alles, was einer unbefugt aufschnappt«, belehrte er mich dann mit einer gefährlichen Milde, »darf er auch ungestraft nachplappern.« Er sah mich lange an. »Mönchlein«, lächelte er, »deucht dich etwa, euch sei von Kathedern oder in euren Betstühlen der rechte Umgang mit der Esoterik gelehrt worden? Nicht einmal das Evangelium Johannis wird euch richtig interpretiert – und von den apokryphen wißt ihr nicht einmal, daß sie existieren! Hüte dich, William – der Versucher kommt in mancherlei Gestalt daher.«

Da hatte er nicht unrecht, doch der Teufel gab mir wohl noch einen letzten Tritt. Gavin hatte sich erhoben und wollte mich stehenlassen, aber ich zupfte ihn am Ärmel. »Was ist das Heil?« fragte ich. »Das Heil, das es zu erretten gilt?«

Der Präzeptor drehte sich langsam zu mir um. »William, es nicht zu wissen und es doch zu suchen, das könnte für dich die Rettung sein – doch noch geheilt zu werden.«

Ich suchte nach einem Ansatzpunkt, um meine Frage nach der *sublimatio* in Worte zu kleiden, die mich nicht als Lauscher verraten würden. Vom Blut der Hur wollte ich lieber nicht anfangen; vielleicht war sie eine höchst geheime Heilige des Ordens, und ich war des Todes, vielleicht stammten alle Templer von ihr ab, auch Gavin de Monfort-Bethune.

Er enthob mich meiner Nöte. »Wie in jedem Märchen, William«, zeigte er mir jetzt wieder sein väterlich-überhebliches belehrendes Gesicht, »hast du drei Fragen gehabt, und nun geh zu Bett!«

Er war wieder in diesen ironischen Ton verfallen, den er mir gegenüber anzuschlagen beliebte, und ich ärgerte mich darüber. Um mich mit meinem »Wissen« aufzuspielen, setzte ich, einer spontanen Eingebung folgend, dagegen: »Soll ich vielleicht Loba die Wölfin um Rat angehen? Vielleicht weiß sie eine Antwort auf meine Fragen? Sie ist eine kluge Frau und kann auch heilen!«

»*Baucent à la rescousse!*« Jetzt erntete ich blanken Hohn. »Törichtes Marketender-Geschwätz!« bürstete er mich ab. »Eine Legende, zwar nicht so alt wie mein Bart, aber zumindest seitdem Troß und Weiber sich hier am Fuß des Pog langweilen – pure Erfindung!«

Dieser Ausbruch des sonst so beherrschten Templers hätte mich stutzig machen sollen, weckte aber nur meinen Trotz. »Es gibt die Alte wirklich, leibhaftig in Fleisch und Blut«, beharrte ich, »man hat mir sogar den Weg beschrieben, und so werde ich nun –«

Gavin unterbrach mich mit unerwarteter Strenge. »Die Regula des heiligen Franz ist keine Initiation der Adepten! Hütet Euch davor, William, Euch unvorbereitet in Situationen zu begeben, denen Ihr – mangels geeigneter Einweisung nicht gewachsen seid! Geht schlafen und vergeßt die Alte!«

»Nicht in dieser Nacht«, entgegnete ich entschlossen, »sie ist voller Magie – es ist die letzte Nacht des Montségur!«

»Mönchlein«, drohte er mir mit gespielter Resignation, um gleich wieder in seine schneidende Ironie zu verfallen, »Mönchlein, es ist nicht die letzte, sondern *die* Nacht. Und gerade weil du nichts über die *maxima constellatio* weißt, ziehst du dir besser die Bettdecke über den Kopf.«

»Wie soll ich denn je des ›Großen Werks‹ teilhaftig werden?« Mich empörte seine elitäre Arroganz, doch kleinlaut fügte ich hinzu: »Irgendwo muß man ja mal anfangen!«

»Lies die Bücher – oder besser: Bleib bei deinen Leisten: Bete!«

Ich nickte wie einverständig. Du hältst mich nicht länger davon ab, dachte ich bei mir, das Geheimnis zu ergründen und meine Rolle darin.

Ich verabschiedete mich; es war wohl kurz vor Mitternacht, und ich beschloß, diese Hexe noch in selbiger Nacht aufzusuchen. Hatte mich der Seneschall doch schon davon in Kenntnis gesetzt, daß mit Ende des Feldzuges auch meine Dienste wieder vom König verlangt würden, er habe schon nach mir gefragt. Morgen sollte ich reisen. Also mußte ich jetzt handeln – oder ich würde mein Leben lang keine Ruhe mehr finden!

Wahrscheinlich hätte ich besser daran getan, die letzte Gelegenheit zu nutzen und wegzulaufen, solange ich noch konnte. Aber vielleicht war es auch schon zu spät. *Deus vult!*

Maxima Constellatio
Montségur, Frühjahr 1244

Eine sternklare Nacht. Auf den Wällen und Zinnen des Montségur ragen regungslos die Silhouetten der Wächter gegen den Himmel. Im Burghof standen die Männer der Garnison schweigend in Gruppen beisammen, die üblichen Lagerfeuer waren gelöscht. Die Soldaten waren in den Schatten der hohen Mauern getreten; nicht daß sie noch Schutz vor einem der schweren Geschosse suchten, es war das unausgesprochene Verlangen, die Stille des Ortes auch durch keine Bewegung mehr zu stören, um denjenigen, die sich mit den Katharern im Rittersaal vereint hatten, ihre Achtung und letzte Ehrerbietung zu zeigen. Es fiel kein Wort, und doch herrschte über dem Montségur nicht das lähmende Schweigen des Todes; eine erwartungsvolle Stille war eingezogen. Die Luft lebte, die Mauern atmeten, und die Sterne über ihnen glitzerten und funkelten derart, daß manch einer meinte, sie singen zu hören, und wenn eine Sternschnuppe ihren Bogen über das Firmament zog, so könnte er denken, sie wäre von hier aufgestiegen, um in den Weiten der großen Kuppel zu verglühen.

Im Inneren der Burg warteten die Ritter in der Vorhalle zum Saal. Dicht gedrängt verharrten sie, selbst auf den Stufen der Freitreppe. So geschlossen der Kreis auch war, so stark die Spannung auch auf ihnen lastete, den Raum unmittelbar vor der Tür betrat keiner. Weniger, um sich nicht dem Verdacht des Lauschens auszusetzen, es schien sie eine unsichtbare Bannmeile von der Geistigkeit derer auszugrenzen, die sich hinter die eichenen Flügel des Portals zurückgezogen hatten.

Viele der außerhalb Wartenden wußten da drinnen ihre Frauen, Mütter und Schwestern; auch wußten sie, daß keiner von den im Saal Versammelten am folgenden Tag mit ihnen den Montségur durch das Haupttor verlassen würde. Wenn es Kämpfe und Auseinandersetzungen gegeben hatte, jetzt waren sie ausgestanden. Die Entscheidung derer, die das *consolamentum* empfingen, war unwiderruflich. Sie nahmen es mit Freude an, öffnete es ihnen doch das Tor zum Paradies. So unterdrückten Freunde und Angehörige jedes Schluchzen, derweil einigen eine Zähre verräterisch über die Wange lief, und in der Enge der Gewölbe war das leiseste Stöhnen dem Nebenmann doch vernehmbar. Hände suchten und preßten sich, schwer ging der Atem .

Sigbert, der bärbeißige Komtur des Deutschen Ritterordens streichelte einem Jungen, der abseits allein auf das Portal starrte, über die Haare. Das Kind entzog sich der zärtlichen Geste. Sein Blick war hart. Trauer erfüllte den alten Recken.

Nach einer Stunde öffnete sich ein Portal einen Spaltbreit, und heraus traten die junge Esclarmonde und Pierre-Roger de Mirepoix mit ihrem Gefolge.

Konstanz von Selinunt, der neben Sigbert stand, konnte der Versuchung nicht widerstehen, schnell einen Blick in den halbdunklen Raum zu werfen. Verdeckt durch die im Vordergrund Knienden war seine Stirnseite in ein magisches Licht getaucht, dessen Quell er nicht auszumachen vermochte. Seine Augen tasteten sich durch eine Welt, die sich ihm verschloß, eine Tropfsteinhöhle, erstarrte Wunder, Fremdheit des Weges – seine Gedanken eilten zurück an die sonnige Oberfläche: Esclarmunda, Leuchten der Welt, Reinheit des Lichts – Erinnerungen, die zu vergessen ihm auferlegt war. Er zwang sich zurück auf den Mons Salvatz, in den Raum hinter der Tür.

Was sahen die Menschen dort, das ihm verborgen blieb? Was erzeugte diese Helle ohne Schatten, ohne Flackern, die die Versammelten überstrahlte? Oder ging das Leuchten gar von ihnen aus, Widerglanz höchster geistiger Konzentration, Loslösung von den Gesetzen der Materie, von der Bürde der Körperlichkeit? Konstanz kam das Gespräch in den Sinn, das er einst mit einem alten Sufi geführt hatte, über die Befreiung des Leibes von Schmerz und Todesangst durch die Ekstase der Meditation. Waren die ›Reinen‹ auf diesem Weg so weit fortgeschritten, daß sich für sie das Tor zum Paradies schon aufgetan hatte?

Er schaute verstohlen zu Sigbert hinüber, doch sein väterlicher Freund, der Komtur, stand breitbeinig, auf sein Schwert gestützt, und hielt den Kopf andächtig gesenkt. Sigbert machte sich keine Gedanken über das Woher und Warum. Sein Sinnen war praktischer Art: Er dachte an das, was vor ihnen lag. Und er betete still für das Gelingen.

Der dicht geschlossene Kreis um Esclarmonde, der schweigend die Köpfe zusammengesteckt hatte, während die Arme einander zärtlich umschlangen, öffnete sich nun gegen die vor der Tür Wartenden. Kammerfrauen brachten der jungen Herrin zwei in überdimensionale Steckkissen gewickelte Kinder herbei, von denen nur Mund und Nase herausschauten. Sie wirkten wie Mumien; dennoch – oder war es nur die Unwirklichkeit des Augenblicks – ging etwas Erhabenes, Erdenfernes von den Gesichtern aus. Es waren der scheue Knabe und das hellhaarige Mädchen. Man hatte sie wohl mit einem Schlaftrunk betäubt.

»*Diaus Vos benesiga!*« Die Tochter Ramons küßte die kleinen Gesichter noch einmal, bevor sie das kostbare Gut den beiden Fremden in die Arme drückte. Sie hielt unmerklich inne, als sie das Bündel mit dem zartblonden Mädchenantlitz in die Hände von Konstanz gleiten ließ; ein Leuchten des Erkennens trat in ihr Auge: »Um der Minne willen, Ritter, übertragt die Liebe, mit der

Ihr mir dienen wolltet, auf diese Kinder! *Aitals Vos etz forz, qu'el les pogues defendre!*«

Da beugte der fremde Ritter sein Knie und antwortete: »Das will ich Euch gern schwören, *N'Esclarmunda. Vostre nom significa que Vos donatz clardat al mon et etz monda, que no fes non dever. Aitals etz plan al ric nom tanhia.*«

Wortlos wandte sie sich ab und trat zurück in das Dunkel. Sichtlich verlegen nahm Sigbert, der den Jungen hielt, wahr, daß alle vor dem Portal Wartenden niederknieten, als er vorüberschritt.

Sie traten in den unterirdischen Gang ein. Der Kommandant begleitete die Ritter bis zu dem schmalen Auslaß der Grotte in den Klippen, wo sich die Basken ihrer annahmen. Die eingewickelten Kinder wurden ihnen vor die Brust geschnürt, bevor sie selbst in Linnen gehüllt, mit Stricken um ihre Hüften und unter ihren Achseln gegürtet wurden.

»Denkt daran, Freunde«, sagte der Verteidiger des Montségur mit belegter Stimme, Stolz und Trauer zugleich waren herauszuhören, »diese Kinder sind unser Vermächtnis und unsere Hoffnung zugleich, sie sind ...« Tränen hinderten ihn am Weitersprechen, während die beiden Ritter, die Bündel fest an sich gepreßt, über den Rand der Klippen verschwanden. »*Ay, efans, que Diaus Vos gardaz!*«

II
DIE BERGUNG

Loba, die Wölfin
Montségur, Frühjahr 1244 (Chronik)

»Was ist der Gral?«

Ich wußte, ich hatte diese Frage nicht stellen, das Wort nicht aussprechen dürfen – aber nichts bewegte mich mehr, als hinter sein Geheimnis zu gelangen. Ich kauerte nun schon eine Ewigkeit, zumindest die lange Nacht in der Hütte der Alten. Loba war nicht das verhutzelte Kräuterweibchen, das ich mir vorgestellt hatte, noch eine zahnlose Hexe; auch wies ihre Behausung keine der Ingredienzen auf wie Foeti von Lurchen in verschlossenen Gläsern oder Giftnattern und anderes Getier, nicht mal eine Kristallkugel warf schimmernd magisches Licht und erhellte meine Zukunft. Die ›Wölfin‹ trug ihren Namen wohl ob ihrer muskulösen Erscheinung, ihres scharfgeschnittenen Profils, das allerdings ihr Gebiß – ich konnte keine Zahnlücke entdecken – in bedrohlicher Form hervorhob. Mit Schaudern stellte ich mir vor, wie sie ihre Zähne in den Hals eines Zickleins schlagen mochte oder den Kopf eines Huhns mit einem Biß abtrennte. Es waren vor allem aber ihre Bewegungen, die ihr diesen raubtierhaften Anstrich gaben, lauernd, gleitend und dann plötzlich zuschlagend! So hatte sie auch mich gebannt, kaum daß ich in diesem steinernen Alkoven Platz genommen hatte. Mit wenigen raschen Schnitten legte sie meine Seele bloß, sezierte meine Hoffnungen und Ängste, biß in meinen Schutzschild von Tugend und Moral, spuckte meinen Glauben aus, wie die Schalen eines Krustentiers. Ich lag mehr, als daß ich saß, zurückgelehnt, meinen Kopf in den kühlen Stein gepreßt und verfolgte willenlos ihr Tun.

Loba schwieg und ließ mich im eigenen Saft schmoren. Nur gelegentlich nahm sie ein paar grüne Blätter, frisch gebrochene Zweige und schob sie bedächtig in die Flammen, daß es knisterte und knackte. Der Geruch belebte mein Gehirn und machte meine geheimsten Gedanken kreisen, immer schneller; mein Kopf drohte zu platzen; sie drängten mit aller Gewalt nach außen – die Felsmulde hielt die Schädeldecke schützend zusammen, wie eine unsichtbare Hand! Schweiß lief über mein Gesicht. In einem Kesselchen brodelte ein Sud aus Kräutern, deren erdig-muffiger Dunst mich beruhigte, mich betäubte, mein Aufbegehren verdampfen ließ und nur meine Lügen vor mir ausbreitete, wie weiße Knöchlein einer Kröte.

Kein Wort war zwischen uns gefallen, kein einziges. Loba hatte mich nichts gefragt, und ich hatte keinen Satz über die Lippen gebracht, bis jetzt zu diesem einen, der mich bewegte, und als er gesagt war, wußte ich, daß ich der Antwort nicht, ja, keiner Antwort würdig war. Mich fröstelte.

Hufschlag heranpreschender Pferde im Wald, Unruhe, gedämpft erregte Stimmen der vor der Hütte lagernden *faidits*, Waffengeklirr, die Tür wird aufgerissen: zwei Gestalten in verdreckten weißen Umhängen drängen in den Raum.

»*Les enfants du mont!*«

Sie halten zwei Bündel hoch, wie Trophäen.

Die Alte hat sich erhoben, steht vor ihrem glimmenden Herdfeuer – eine heidnische Priesterin vor ihrem Altar.

Loba reckt ihren Druidenstab. »*Salvaz!*« flüstert sie voller Ehrfurcht, Erleichterung schwingt mit.

Da entdecken die beiden Ritter mich, einen Franziskanermönch, das hölzerne Christenkreuz auf der Brust... »*Verrat!*« zischt der Jüngere, sein Schwert blitzt auf.

»*Salvaz!*« Loba, die Wölfin, wirft mit einer raschen Bewegung eine Handvoll Pulver ins Feuer – es prasselt funkenstiebend auf, eine dicke weiße Rauchwolke wallt empor, trennt mich von meinem Angreifer. Durch den wabernden Nebel erfasse ich noch, daß der Ältere sich einmischt, den Stoß abdrängt, Feuersterne schwirren durch milchige Schwaden. Mein Kopf klingt wie eine dröhnende Glocke – weit wirft mich der Schlag zurück...

Der Frühling zieht mit lauer Luft ins Land, was viele erst jetzt, mit befreiten Sinnen wahrnehmen. Friede kehrt in die Herzen, sanftes Licht...

Ich wurde aus meinem langen Traum gerissen; gerade als er so schön wurde, erwachte ich aus meiner Ohnmacht: Man hatte mich vor die Hütte getragen, ich lag gefesselt, mein Kopf schmerzte und war verbunden. Es war immer noch stockfinstere Nacht, und über mir stand Gavin Montbard de Bethune.

»Habe ich dir nicht gesagt, Bruder William, ein Lamm aus der Herde des heiligen Franz sollte nicht des Nachts im dunklen Wald in der Höhle einer Wölfin herumschnuppern? Aus den Fängen des Falken, aus den Pranken des Bären konnte ich dich grad' noch retten!« grinste mein seltsamer Lehrmeister im Rock der Templer, und er wies auf die beiden Ritter, welche mich keines Blickes würdigten.

Aus dem Kamin der Hütte stieg in unregelmäßigen Abständen noch immer der milchweiße Rauch, der wohl mein Leben gerettet hatte. Ein Signal für fremde, ferne Augen, die vom Himmel hoch den dunklen Wald von Corret beobachteten: Munsalvätsch! Ja, ihnen dort oben galt das Zeichen – das Zeichen der Rettung?

»Und was geschieht mit mir?« flüsterte ich aufgeregt, jedoch ohne Furcht, nur benommen. Mein Schädel! Ich kann ihn nicht einmal betasten.

»Du wirst eine Reise antreten«, lächelte Gavin und riß von meinem Hemd einen breiten Streifen ab. »Das ist noch gut und billig für einen naseweisen Mönch zur falschen Stund' am falschen Ort!«

Um uns hatten sich die *faidits* erhoben, die vor der Hütte lagerten, als ich dicker Esel dort aufkreuzte, den sie keineswegs erwarteten. Auch jetzt betrachtete mich keiner besonders liebevoll oder gar mit Mitgefühl.

Gavin verband mir die Augen. »Loba«, hörte ich ihn sagen, »hat die Beule deiner Wißbegierde mit heidnischen Kräutern verarztet. Du wirst den Ritt überstehen!« Ich wurde auf ein Pferd gehoben, die Fesseln wurden gelöst.

»Füge zur Neugier, Minorit«, knurrte eine Stimme mit typisch alemannischem Akzent, wohl die des Älteren, »nicht die Dummheit falschen Heldentums hinzu, sonst ...«

»– sonst hat sein Orden einen Märtyrer mehr!« mischte sich der Jüngere ein, der mir nach dem Leben trachtete, und das, schien es, immer noch. »Nur daß Fettwänste selten kanonisiert werden!« Sein Organ war guttural, wie ich es nur von Mauren und Juden kannte, es ging unter im Gelächter der *faidits*.

»Er wird nicht fliehen«, beschwichtigte mein Templer und gab dem Gaul, der mich tragen mußte, einen Schlag auf die Kruppe. »Leb wohl, Bruder William! Wenn du nicht in den Himmel kommen solltest, werden wir uns wiedersehen! *Vive Dieu Saint-Amour!*«

Le trou' des tipli'es
Okzitanien, Frühjahr 1244 (Chronik)

Wir ritten durch die Nacht, Wege, auf denen uns anscheinend nur wenige begegneten. Meine Augenbinde war leicht verrutscht, so daß ich rechts und links neben mir Stiefel in den Steigbügeln wahrnehmen konnte, in denen kurze Stiletts steckten, was meine Hände schön ruhig die Zügel halten ließ – der Morgen graute, ich sah den Waldboden unter den Hufen der Pferde. Da keiner mit mir sprach, hatte ich Zeit, meine Gedanken zu ordnen, in Anbetracht der Lage, in die ich mich selbst gebracht, gar kein leichtes Unterfangen. Angst verspürte ich nicht: Hätten sie mich töten wollen – als unbequemen Mitwisser –, hätten sie es gleich tun müssen, was dieser leicht erregbare Wüstenfalke ja auch versucht hatte. Jetzt konnte nur ein unbedachter Schritt von mir dazu noch Anlaß bieten – oder ein unvorhersehbares Ereignis, das sie in Panik versetzen könnte. Vor ersterem wollt' ich mich gern hüten, der Rest lag in den Händen der seligen Gottesmutter.

»*Ave Maria, gratia plena ...*«, betete ich leise vor mich hin. Was hatte ich auch bei diesem »letzten Kreuzzug gegen den ketzerischen Montségur« verloren? Hatte nicht der heilige Franz uns Brüder immer wieder eindringlich ermahnt, uns kein »Wissen« verschaffen zu wollen, sondern nur Gottes Wort zu leben und zu verkünden? Recht geschah mir aufgeblasener »Geistesgröße«,

Schimpf und Schande dem pflichtvergessenen Diener der Armut, einer Armut, die der »Herr« William von Roebruk verachtete. Lächerlicher Schwärmer, der sich erdreistete, in wilden fernen Ländern nicht etwa schlicht das Evangelium zu predigen, sondern seine eigenen klugen »Erkenntnisse« zu verbreiten! Doch in meinem Innersten war ich froh, diese Träume eines aufgeklärten Missionars einer besseren, sprich abendländischen Welt an warmen Kaminen der Hauptstadt zu träumen, bei einem guten Glase köstlichen Burgunders zu »philosophieren«, nach einem fetten Mahle in der königlichen Küche, wo mir das Gesinde ehrfürchtig lauschte und gern feine Bratenstücke, Überfluß der allerhöchsten Tafel, aufhob – für den armen Bruder vom »Orden der ewig Hungrigen von Assisi«. Doch nun hatte sich der Spieß gewendet, hatte mich aufgespießt und statt unter den warmen Röcken der Köchinnen des Louvre bequem durchgefüttert zu werden, hing ich mit knurrendem Magen und stechendem Schädelweh im Sattel und sah nicht einmal, wohin mich das Schicksal trug.

Plötzlich griff jemand mir in die Zügel und brachte mit fester Hand mein Pferd zum Stand, auch die anderen um mich herum verharrten. Nur noch ein leises Schnauben der Tiere war zu vernehmen und der heftig gehende Atem der Reiter. In die Stille hinein hörte ich deutlich Hufgetrappel. Es drang aus dem Tal zu uns herauf.

»Schwarze Pest!« zischte leise mein Bewacher neben mir.

»Die Raben flattern zur Richtstätte – sie müssen sich sputen«, flüsterte ein anderer, »sonst sind die Seelen schon davongeflogen!«

Hufschlag und Eisenklirren entfernten sich. »Der Herr Inquisitor«, knurrte die Stimme des Deutschen, der uns befehligte, »bemüht sich in blinder Hast! Was er sucht –«, lachte er polternd, sich und sein Gefolge von der Spannung befreiend, »– führen wir vor der Nase ihm davon! Auf, Mannen!« Und unser Zug setzte sich wieder in Trab.

Wir ritten scharf den ganzen Tag und die halbe Nacht, immer durch dunkle Wälder, auf Pfaden, wo uns nur wenige begegneten, die uns schweigend Platz machten, ohne daß wir sie anrufen mußten. Endlich schienen wir auf einer Burg eingetroffen zu sein, ich erkannte es am Hufschlag auf gepflastertem Weg und der Dunkelheit eines Torbogens.

Die Pferde hielten, eine mir unbekannte Stimme sagte: »Danke, Brüder – ich konnte nicht mit Euch reiten, ich wäre dort oben geblieben und hätte ihr Schicksal teilen wollen!«

»*Insha'allah!* Dagegen sind wir gefeit«, ließ sich lachend der Jüngere meiner Begleiter vernehmen: »Sigbert von Öxfeld steht fest im Credo seines deutschen Ordens, und ich ...«

Er führte seine Worte nicht mehr weiter aus, denn nun lachten alle.

Man half mir vom Pferd und nahm mir die Binde ab. Wir befanden uns in einem düsteren Burghof, der wie eine von hektischer Betriebsamkeit beherrschte Baustelle wirkte. Gewaltige Balkenkonstruktionen sah ich im Fackellicht, hölzerne Türme, in denen sich Räder drehten, Seile mit Kübeln liefen, die in der Tiefe verschwanden, wenn sie nicht mit Gestein beladen nach oben gezogen würden.

»Crean de Bourivan«, stellte sich der Ritter vor, der uns hier erwartet hatte. Er war nicht alt, doch sein von Narben zerfurchtes Gesicht, sein früh ergrautes Haar zeigten mir, daß er viel von der Welt erfahren hatte, viel Leid vor allem. Seine grauen Augen waren voll tiefer Trauer und Müdigkeit am Leben, auch wenn er mich jetzt wach musterte.

»Ein Spatz aus Assisi!« ließ sich der jüngere Ritter vernehmen, der mich wie ein Falke nicht aus dem Auge ließ. »Er geriet uns zwischen die Hufe, als die exzellenten Roßäpfel grad warm dampfend herabfielen, und der Montbard hieß uns ihn auflesen und mit uns führen, statt ihm sein Spatzenhirn ...«

»Der Präzeptor bürgt für ihn«, mischte sich der Ältere grummelnd ein, der sich mehr für den Sinn dieses befestigten Bergwerks interessierte als für meine Person.

»Schlauer Templer!« verkündete unser neuer Anführer. »Mit einem echten Minoriten reist es sich leichter durchs Land! Doch

Euch, lieber Konstanz von Selinunt«, fügte er leicht hinzu, »darf ich bitten, nicht gerade Pferdemist als Umschreibung für das höchste Gut zu verwenden!«

Der so Gerügte verbeugte sich, Hand aufs Herz, zur Entschuldigung. Crean schnitt mir die Fesseln durch und ließ mir zu essen geben.

»Dein Leben, William, hängt von deiner Einsicht ab.« Ich stürzte mich mit Heißhunger auf das karge Mahl. »Verrätst du uns, fährst du zur Hölle – ansonsten lass' ich dich frei, sobald wir in Sicherheit sind!«

Er erwartete keine Antwort, ich nickte ergeben mit vollem Mund und schaute mich verstohlen um. Hier wurde in der Tiefe des Berges unter dem Schutz der hohen Mauern sicher nach Erz oder noch edlerem Metall gegraben, denn bewaffnete Tempelritter bewachten die Arbeiter im Innern des Gevierts, wie sie auch oben auf dessen Zinnen nach außen in den dunklen Wald spähten. Waren sie auf eine Goldmine gestoßen? Ich sah keinerlei Anlage zum Waschen des geförderten Gerölls, noch schien sich sonst jemand darum zu kümmern, außer daß die Bauleute die brauchbaren Steine verwendeten, um die eingerüsteten Wälle und Bastionen zu verstärken, sie noch höher zu ziehen. Schon jetzt waren die Wachen oben auf den Mauerkronen im flackernden Licht der Sturmlaternen kaum noch auszumachen.

Außer mir nahm nur der ältere Ritter Notiz von den Arbeiten. Ich hatte ihn richtig als Teutonen eingeschätzt, er nannte sich ›Sigbert‹ und war wohl vom ›Orden der Deutschen Schwertbrüder‹, hier im Lande der *langue d'oc* eine höchst rare Erscheinung. Er sprach mit den Maurern und Bergleuten. Sie waren Deutsche aus dem Bergischen Land. Ich hütete mich, zu erkennen zu geben, daß ich ihr Idiom gut verstand. Die Arbeiter wirkten wortkarg, ja, so schien mir, eingeschüchtert.

»Die Grube hat keinen Namen«, antwortete ein Zimmermannsgeselle, »Wir sagen dazu: ›trou' des tipli'es‹.« Das sollte wohl ›Loch der Templer‹ heißen. »Wir sind nicht weit von einem Dorf namens Bugarach, doch dürfen wir dort nicht hin –«

»– und was –?«

»An die Arbeit!« erscholl ein Kommandoruf von oben, und die Leute entfernten sich schnell, bevor Sigbert sie weiter aushorchen konnte.

Konstanz kehrte mit Crean und den beiden Bündeln zurück, die wie unnatürlich große Steckkissen wirkten. Tatsächlich wickelten sie daraus zwei Kinder, längst dem Säuglingsalter entwachsen. Sie mochten vier oder fünf Jahre alt sein, ein Junge und ein Mädchen, sie blond und er dunkelhaarig.

Aus dem Festungstor schritt Guillem de Gisors, jener knabenhafte Tempelritter, den ich im Gefolge der ›Grande Maitresse‹ und bei jenem seltsamen Ritual nachts im Walde gesehen hatte. Er würdigte mich keines Blickes, sein Auge war zärtlich auf die Kinder gerichtet. Sie wirkten immer noch benommen von einem Betäubungstrank, den man ihnen eingegeben hatte, oder sie waren starr vor Erschöpfung. Sie taten mir leid. Ich hätte gern gewußt, wie sie geheißen wurden. Getauft waren sie sicher nicht!

Le Bucher
Camp des Cremats, Frühjahr 1244 (Chronik)

Wir brachen wieder auf, noch bevor der Morgen graute. Die Augen wurden mir nicht mehr verbunden. Crean de Bourivan, der sich im Lande auskannte, ritt vorweg, dann kamen die *faidits*. Sie umgaben den mit einer Plane gedeckten Karren, auf dem ich saß und in dem hinten die Kinder im Heu schliefen. Der Deutsche Sigbert und der mir etwas suspekte Konstanz bildeten die Nachhut.

Wir bewegten uns rasch vorwärts, gen Südosten auf Wegen, die abseits von den großen Straßen und Städten lagen. Wenn wir rasteten, dann bei Freunden, die nicht fragten und uns oft einen Teil des Weges begleiteten, bis sie uns in die Obhut anderer übergeben konnten. Es müssen geheime Erkennungszeichen gewesen sein, denn nie hörte ich jemanden eine Frage stellen, noch daß der Bourivan sich je ausweisen mußte. So schweiften meine Gedanken nicht in die ferne – oder nahe Zukunft, ich nahm mein Schicksal gleichmütig, *insha'allah*; ja, insgeheim war ich beglückt, an einer so streng geheimen Mission teilzuhaben, wie sie ansonsten nur edlen Rittern zufällt.

Ich drehte mich oft um nach den schlafenden Kindern und dachte an den Montségur. Ich weiß heute nicht mehr, wie viele meiner Bilder sich mit dem vermischt haben, was mir später über das Ende erzählt wurde. Mich hatten Kräfte aus dem Feld gerissen, die so stark waren, daß sie sich vorher ankündigen konnten; sie hatten mich in ein Spiel geworfen, das mich fiebern ließ. Fieberträumen glichen meine Visionen, die mich auf dem Kutschbock überfielen und bei hellichtem Tage in einen Zustand der Lähmung versetzten, aus dem ich einige Male schweißgebadet hochschreckte, um jedoch sofort wieder von ihnen eingeholt zu werden. Visionen vom Montségur ...

Zur frühen Morgenstunde öffnet sich eine kleine Ausfallpforte, die vorher niemand gesehen hatte. Die vereinbarte Übergabefrist ist abgelaufen. Heraus treten der junge Graf Pierre-Roger de Mirepoix, gefolgt von seiner Frau, seinem Bruder und dem Kastellan, Ramon de Perelha. Sie werden begleitet von den meisten ihrer Ritter, die den Montségur und all jene, die auf ihm Zuflucht suchten, so gut und ausdauernd verteidigt hatten. Dank Gavin kenne ich sie alle beim Namen und obgleich ich sie nie in meinem Leben gesehen habe, fällt es mir, dem spalierstehenden Zuschauer, ganz leicht, Figuren und Titel einander zuzuordnen. Es ist wie ein Aufzug zu einem festlichen Turnier, ich sehe ihre stolz gereckten Fahnen. Sie führen Hab und Gut mit sich, ihre Pferde und ihre Rüstung, wie auch Sergeanten und Hilfstruppen. Selbst landesweit gesuchte *faidits* läßt der Seneschall ziehen. Doch allen ist auferlegt, zuvor das Schauspiel, das sich der Herr Erzbischof ersonnen, mit anzusehen.

Wie unter einem Zwang folge ich dem Geschehen; ich will nicht Zeuge sein von dem, was sich nun ergeben muß. Ich wehre mich ...

... und fand mich, mit den Händen um mich schlagend, auf dem Bock des Karrens wieder, von dem ich im dösigen Tagschlaf fast gefallen wäre. Ich drehte mich erschreckt nach den Kindern um, aus einer törichten Angst heraus, sie könnten in meine Bilder von Montségur zurückgeschlüpft sein, sich versteckt auf die furchbare Gefahr zubewegen, deren Vorstellung ich mir noch ausgespart hatte, doch sie lagen hinten im Heu und wälzten sich unruhig im Schlaf. Mit der Beruhigung, daß alles nur ein böser Traum war. fiel auch ich wieder in meinen seherischen Zustand zurück, und – ich wollte es doch wohl sehen, heimlich schauernd wurde ich zum erregten Gaffer ...

Um Mittag schwingen die Flügel des Haupttores weit auf, und langsam, in langer Reihe, zu zweit oder zu dritt eng aneinandergeschmiegt, ziehen die Ketzer den steinigen Hang hinunter. Die Frauen, geführt von der schönen Esclarmonde, gehen voran. Sie haben festliches Weiß angelegt, ihre Blicke sind gefaßt und heiter. An der Spitze der Männer schreitet der greise Bischof Bertran en-Marti, umgeben von den *parfaits*, gefolgt von den *credentes*, für die die Aufnahme in die Gemeinschaft der Minnekirche zusammenfällt mit ihrem leiblichen Tod. Unter ihnen waren auch etliche der Ritter und Knappen, wie auch manch einfacher Soldat. Sie hatten in der letzten Nacht das *consolamentum* genommen, um heute mit ihren Freunden deren Schicksal zu teilen.

Ein feierlicher Zug, als schwebten Engel vom Himmel herab. Licht umstrahlt sie, wie eine Glorie – ich will mich an dieser köstlichen Vision festhalten, will aus ihr auftauchen wie aus einem tiefen, klaren Wasser, in das von oben die Sonne scheint, ich will die grausame Wirklichkeit nicht über sie kommen lassen; denn ich, William von Roebruk, weiß, was ihnen angetan wird, meine Augen haben ihn gesehen – *le bucher*, den riesigen Scheiterhaufen, fachmännisch im Geviert getürmt –, weniger in der stillen und sicher auch vergeblichen Hoffnung, sein Anblick würde doch noch einen der zum Flammentod Entschlossenen reumütig in den Schoß der Alleinseligmachenden zurückfinden lassen, als vielmehr in der lustvollen Freude, das Leid der Opfer durch solcherart Vorgeschmack der Höllenpein verlängern zu können.

Doch beiderlei Gefallen erweisen die Katharer dem Legaten Roms und seinem Inquisitor nicht: Sie haben mit dem irdischen Leben abgeschlossen – sie wissen, daß die Passage schmerzensreiche Passion bedeutet, das ist der Fährpreis; sie sehen nur noch das Ziel, und das liegt hinter diesem zu durchschreitenden Feuerbogen.

Über zweihundert Männer, Frauen, Greise und Kinder besteigen, am Hang vor dem Feldlager angekommen, singend den Holzstoß, dessen Strohunterfütterung sogleich entzündet wird.

Ich stelle mir den schwarzen Inquisitor vor, der – in letzter Minute eingetroffen – seines furchtbaren Amtes waltet: »Bereuet!« ruft er den Kleinen zu, die an den Händen ihrer Mütter, auf ihren Armen an ihm vorbeiziehen. »Tuet Buße!« Reißt er sie ihnen weg, um sie vor der gräßlichen Verletzung durch das Feuer zu retten? Nein! Er hetzt sie geifernd in die Glut. »Verbrennt sie alle!« schreit er, drängt und stößt. Dichter Qualm verhüllt alsbald die Gerichtsstätte und erstickt, im Verein mit der aufwabernden Lohe den Atem der zu Richtenden, oft bevor die Flammen nach ihren Leibern greifen können.

Ich lure zitternd nach den zuckend sich aufbäumenden Leibern, ich will sehen, wie die reine Schönheit der Esclarmonde verdirbt. Doch es ist mir nicht vergönnt; es gelingt mir auch nicht, mich loszureißen, dem Feuer zu entgehen, das flammenzüngelnd nach mir greift. Ich werde nicht wach, obgleich die Gefahr wächst, wie eine Rauchwolke, daß einer der Büttel des Erzbischofs in mir den Ketzer erkennt, mich ergreift, schleift, hineinstößt in die sengende Hitze, ich brenne, ich schreie ...

Ich erwachte auf meinem Kutschbock – mein Schrei hing noch in der Luft, ich bemerkte das an dem Stirnrunzeln Sigberts, der zu meinem Karren aufgeschlossen hatte, um nach den mir anvertrauten Kindern zu sehen. Ich schämte mich. Der gräßliche Laut aus meiner erstickenden Kehle mußte sie aufgeweckt haben; sie greinten leise. Der Deutschritter warf mir einen Blick zu, der mich zur Obacht mahnen sollte, doch mein aufgerührtes Gemüt hastete zurück zum Ort des Geschehens, um wenigstens nicht das Entsetzen auf den Gesichtern der betroffenen Zuschauer zu versäumen ...

Und so schleicht sich ein dicker Franziskaner, der längst auf dem Weg zurück zu seinem König sein sollte und daher von niemandem gesehen werden darf, in ihre Reihen, drängelt sich zwischen sie, versteckt sich unter ihnen, weidet sich an dem versteinerten Antlitz des Kastellans, der das Sterben seiner Frau, zusammen mit ihrer alten Mutter und seiner einzigen Tochter mit ansehen muß. Mit ihnen verbrennt so manch edles Blut; ausnahmslos sind die Frauen ihren Männern in den Tod gefolgt, sie sind es auch gewesen, die ihnen in den Tagen der *endura* tröstend und liebend beigestanden und sie in ihrem Beschluß bestärkt haben.

Als die prasselnde Glut in sich zusammengefallen ist, hängt der Rauch noch lange in den Tälern ...

Er verdüsterte auch noch lange mein Gemüt, ein schwer lastender Vorhang, der sich nicht aufziehen lassen wollte – und der Geruch! Dieser entsetzliche Gestank verbrannten Fleisches – ich wurde ihn nicht los, ich schnupperte ihn zwischen den duftenden Feldblumen, den sprießenden Frühlingsgräsern. Es war ein warmer Nachmittag, Tag der Übergabe des Montségur, wir hatten den Wald verlassen und ritten durch hügeliges Wiesengelände. Unüberhörbar fühlten sich die *faidits* hier zu Hause, ihre Zurufe, ihr Gelächter schienen jetzt keinen Lauscher mehr zu fürchten ...

»*Maman, maman!*« Eine klägliche Kinderstimme drang an mein Ohr. »*Ma maman!*« Ich versuchte zu unterscheiden, ob Bub oder Mädchen, drehte mich aber nicht um; ich vermochte den vorwurfsvollen, traurig fragenden Blicken nicht standhalten. Meine eigene Situation sollte mir nichtig erscheinen, gemessen an dem Schicksal der beiden Bündel Menschlein, die ich kurz in den Armen der zwei Ritter gesehen hatte. Sie waren der Grund für die argwöhnisch-strenge Behandlung, die mir widerfuhr, dessen war ich mir so sicher, wie daß ich den Tod ihrer Mutter auf dem Scheiterhaufen gesehen hatte.

Was hatte ein auf den Papst eingeschworener Orden wie der der Templer mit diesen Ketzern gemein? Hielten es die Ritter unterm roten Tatzenkreuz doch insgeheim mit dem Teufel? Die verwunschene Burg im Walde, hütete sie vielleicht den Zugang zur Hölle? Wonach gruben sie dort im Pakt mit Dämonen, denen sie ihre Seele verschrieben hatten? Und die Kinder?

Ich schielte nach hinten. Das kleine Mädchen, das ein feines, herbes Profil hatte und fast weißblonde Locken, sah mir mit grüngrauem Blick in die Augen. Kein Vorwurf, keine Klage, aber helle Animosität. Ich gehörte für sie zu den Schuldigen, zu denen, die sich schuldig gemacht hatten.

»Wie heißt du?« versuchte ich ihre Gunst zu erringen.

Sie verstärkte ihren Blick um eine Prise Verachtung, bevor sie sich wieder zu ihrem Gefährten hinabbeugte, der jetzt still vor sich hin weinte. Sie streichelte ihn wie eine Mutter, und ich wandte mich geschlagen ab von der zerbrechlichen Pietà der beiden Kinder.

Immer noch trübte der Rauch des Scheiterhaufens wie Nebelschwaden meine Augen, biß in meine Nase, wollte sich nicht verziehen, soviel ich mir von der *ratio* her und vor allem *de jure* klarmachte, daß nichts als ein Autodafé von Ketzern stattgefunden hatte, die es nicht anders wollten. Oder waren sie ein Opfer gewesen? Ein Opfer für wen?

Xacbert de Barbera
Okzitanien, Sommer 1244

Der kleine Trupp hielt weiter gen Osten, anstatt zur Küste hinab zu schwenken. Crean de Bourivan fürchtete, daß die nahe gelegenen Häfen allesamt überwacht würden, selbst wenn die Templer erfolgreich ausgestreut haben mochten, die Flüchtlinge vom Montségur seien über die hohen Pyrenäen entkommen.

Der Weg, den er quer durch das Roussillon einschlug, war nicht minder beschwerlich. Oft mußten die *faidits* absitzen und dem Gefährt, auf dem William und die Kinder reisten, in die Speichen greifen. Die steinigen Pfade schlängelten sich die Kämme der schroffen Gebirgszüge entlang, was den Vorteil hatte, daß man sah, was sich in den Tälern bewegte, aber keine Chance ließ, einem entgegenkommenden Feind auszuweichen. Und so standen ihnen plötzlich hinter einer Felsbiegung prächtig gerüstete Ritter gegenüber.

Sigbert und Konstanz zogen ihre Schwerter und drängten ihre Pferde dicht neben den Karren. Doch die *faidits* jubelten dem Fremden zu und schwenkten zur Begrüßung die Waffen:

»*Lion de combat!*« schrien sie. »Freund und Beschützer!« Und aus der Reihe löste sich eine wilde, bärtige Gestalt und preschte auf den Karren und dessen Begleiter zu.

Crean hatte sein Pferd gezügelt, aber seine Lanze gesenkt.

»Edle Herren!« rief der Bärtige. »Fürchtet Euch nicht! Wir wollten nur sichergehen, daß die Infanten des Gral nicht an Quéribus vorüberziehen, ohne die Gastfreundschaft Xacbert de Barberas in Anspruch genommen zu haben.«

Ohne eine Antwort abzuwarten, setzte sich der Zug in Bewegung, die Ritter vornweg.

Wenn der Burgherr derartigen Wert auf die Anwesenheit der Kinder legte, um ihnen seinen Respekt zu erweisen, war sein Verhalten indes kaum angetan, dies zu bezeugen. Kaum hatte Xacbert seine überrumpelten Gäste hinter die hohen Mauern seiner Burg geleitet, so schleppte er Sigbert, Crean und Konstanz in die Trinkstube des mächtigen Donjon, um sie mit den Köstlichkeiten seines Weinkellers zu bewirten. Für die übrigen, die *faidits* und William samt den Kindern, erging dagegen nur eine knappe Anweisung an das Gesinde, sie zu beköstigen.

Es war der Mönch, der darauf bestand, daß für seine kleinen Schutzbefohlenen ein Badezuber herzurichten sei – sie waren schließlich seit Tagen unterwegs. Bis zur Erfüllung dieses Begehrs blieben er und die Kinder sich selbst überlassen.

Xacbert forderte die Ritter auf, Platz an der Tafel zu nehmen, und die Schenken trugen die Krüge herein, füllten die Pokale. »Auf den Gral und seine Erben!« rief der Burgherr, trank und wischte sich den Wein vom wildwuchernden Barthaar. Nur Sigbert hielt mit bei dem kräftigen Zug, Konstanz tat ihm sichtbar nur kurz Bescheid, ohne sich zu setzen, und Crean lehnte höflich aber bestimmt ab.

»Ich wollte Euch nicht kränken, Bourivan«, polterte Xacbert gutmütig. »Ich sehe immer noch den Sohn Okzitaniens vor mir und vergaß der anderen Wege, die Ihr seitdem eingeschlagen.«

Crean lächelte. »Aus dem wilden Knaben, der gleich Euch, Xacbert, für die Freiheit seiner Heimat stritt, ist längst ein Asket geworden –«

»– dem dennoch seine Körperlichkeit zu schaffen macht!« zog Konstanz das Wort an sich. »Ihm geht es sicher wie mir: Mehr als des Labsals für unsere Kehlen bedürfen wir der Reinigung; ein Bad in heißem Wasser wäre uns noch willkommener als der kühlste Wein.«

Xacbert wirkte leicht verdrossen ob dieses Ansinnens, das ihm das Saufen zu vergällen drohte. Er gab aber dennoch sofort Anweisung, das Badehaus vorzubereiten.

»Dann eben Wasser *und* Wein!« knurrte er.

»Ich danke Euch für die Mühe«, Konstanz ließ sich nicht beirren, »die Ihr Euch mit uns Fremdlingen macht. Wir wissen alle«, fügte er listig hinzu, »wenig einer von dem anderen, nicht einmal, welcherart die Wege sind, die uns hier zusammengeführt haben.«

»Wir sind Ritter im Dienste eines unsichtbaren Ordens«, wies ihn Sigbert zurecht und hob seinen Pokal gegen Xacbert, »und wir dienen, ohne zu fragen.«

Crean hielt sich still abseits, aber Konstanz dachte nicht daran, seine Wißbegierde zu bändigen. »Ich will Euch nicht nach dem Geheimnis des Gral befragen«, sagte er und nahm einen herzhaften Schluck, um Xacbert und Sigbert damit versöhnlicher zu stimmen, »aber vielleicht könnt Ihr uns etwas über den Kreis der Personen berichten, der hinter dieser Legende steht, die –«

»Legende? Die Gralsfamilie ist kein Hirngespinst!« unterbrach ihn der Burgherr schroff. »Die edlen Trencavel waren Männer und Frauen aus Fleisch und Blut, ich hab' sie noch gekannt.«

»Erzählt!« sagte Sigbert, der sich schon nachfüllen ließ. »Uns sang Wolfram von Eschenbach von diesem ›Schneidmittendurch‹, dem tumben Parsifal ...«

»Er war auch nicht auf den Kopf gefallen«, eiferte sich Xacbert; »er war nur zu gut für diese Welt.« Der Herr von Quéribus fühlte sich nun als Chronist gefordert, zumal auch Crean nun heranrückte. »Die Vescomtes von Carcassonne, dem Hause Okzitanien wohl verschwippt und verschwägert, waren Lehnsleute der Könige von Aragon. Wie Ihr wißt, diente auch ich Jakob dem Eroberer –«

»Ihr wart in Mallorca dabei!« lobte ihn Crean, und Xacbert kam in Fahrt:

»Das war schon das Ende«, er nahm einen tiefen Schluck, »aber am Anfang stand der Kreuzzug des Simon de Montfort. Der gute Trencavel, Roger-Ramon II., den Ihr Deutschen den ›Parsifal‹ heißt, verteidigte Carcassonne. Die alte Gotenfeste, sie hatte schon Karl dem Großen getrutzt, war uneinnehmbar. Sie war angefüllt mit katharischen Flüchtlingen, deren Auslieferung der Vescomte verweigerte. Da bot ihm der Legat des Papstes Unterhandlung an.

Ein junger Templer, Gavin Montbard de Bethune, versicherte ihm freies Geleit. Das Wort wurde gebrochen, der edle Trencavel gefangen, eingekerkert und zu Tode gebracht. Aragons Hilfe kam zu spät und endete schlecht. Die Franzosen rissen das Land an sich, Okzitanien wurde Provinz, die ›Reinen‹ verbannt.«

Die Knechte meldeten, das Bad sei bereitet. Gutgelaunt griff Xacbert seinen Pokal, hieß seine Gäste und die Schenken mit den Krügen folgen. Über Treppen und Gänge gelangten sie in das in den Fels geschlagene Badehaus, wo ein großer Zuber sie dampfend erwartete.

Sie entledigten sich ihrer Kleider.

»Ich hoffe«, wandte sich der Burgherr an Sigbert, »der abstinente Herr de Bourivan trinkt uns das Wasser nicht aus, sonst müssen wir im Saft der Reben baden!«

Sie lachten beide und stiegen in das warme Naß, in dem Crean schon Platz genommen hatte.

»Ich weiß mich zu beherrschen«, parierte dieser freundlich, »und nach solch einer Androhung allemal. Ihr habt wohl lange keinen Wein mehr gestampft, Xacbert, daß Ihr vergessen habt, wie klebrig der ist.«

»Für die Füß'«, vermittelte Sigbert, »mag Wasser gut sein, für meinen Schlund ziehe ich Wein allemal vor. Reicht mir den Becher, junger Emir«, sagte er zu Konstanz, »und gebt uns die Ehr'; das Gesetz des Koran ist bis Quéribus nicht vorgedrungen!«

Der so Angesprochene hockte sich zu ihnen. »Ihr täuscht Euch, guter Sigbert. Nicht weit von hier blies einst Roland in sein Horn.« Aber er lächelte.

So blieb nur Crean standhaft, als die Pokale von den Schenken neu aufgefüllt wurden. Mägde traten an den Rand des Bottichs und begannen, den Rittern mit Bürsten und grobgewirkten Tüchern den Rücken zu schrubben und sie aus Kübeln mit Güssen zu bedienen.

»Nach dem Fall von Carcassonne«, fuhr Xacbert in seiner Erzählung fort, »verzog ich mich das erste Mal über die Pyrenäen und bekriegte mit Jakob die Ungläubigen – mit Verlaub, junger Herr«, dies an Konstanz gewandt – »worauf der Herr Papst den eingefleischten Ketzer Xacbert von der Exkommunikation löste.« Er lachte sein dröhnendes Landsknechtslachen. »Zurück im heimatlichen Languedoc schloß ich mich mit Oliver von Termes dem Sohn des Trencavel, Ramon-Roger III., an, und wir versuchten, Carcassonne zurückzuerobern. Der junge Vescomte fand den Tod, Oliver unterwarf sich Ludwig, und ich zog mich hierher zurück. Das Geschlecht der Trencavel gilt seitdem als erloschen, doch munkelte man seit längerem unter den *faidits*, daß auf dem Montségur zwei Kinder aufwüchsen, die es weiterführten. Daß man Euch zu ihrer Rettung entsandte, edle Herren, läßt mich hoffen, dereinst den Tag erleben zu dürfen ...«

»Und so lange werdet Ihr Quéribus noch halten können?« fragte Sigbert nach einem tiefen Zug. Er stülpte seinen leeren Becher in das schwappende Badewasser: »Letzter Hort der ›Reinen‹ im französischen Meer.«

»Danach frag' ich nicht! Der Fels von Quéribus ist immer noch *terre de Languedoc* – bis zum Untergang!«

Er hob seinen Pokal und trank auf sein Schicksal und blickte dabei herausfordernd auf Crean. »So hielt es auch Herr Lionel vom Belgrave, dort wo man Euch im Umgang mit dem Schwert unterwies!«

»Heute eine namenlose Ruine«, bemerkte Crean voller Sarkasmus; »nur noch eine Weinlage erinnert an den glorreichen Namen.«

»So laßt uns auf die alten Zeiten trinken!« rief Xacbert. »Wie wir dem Montfort vor Toulouse den Helm zerdellt: ›*E venc tot dreit la peira lai on era mestiers / E feric lo comte sobre l'elm, qu'es d'acers...*‹«, sang der bärtige Haudegen, und Crean, des *cançó* mächtig, fiel ein:

»›*Que'ls olhs e las cervelas e'ls caichals estremiers, / E'l front e las maichelas li partie a certiers, / E'l coms cazec en terra mortz e sagnens e niers!*‹«

Sie hoben ihre Becher und tranken.

Der Esel des heiligen Franz
Quéribus, Sommer 1244 (Chronik)

»Die Pferde können auf der Burg trinken, dort ist das Wasser weit besser«, hatte die fürsorgliche Anweisung des bärtigen Burgherrn an die *faidits* gelautet, bevor er, ohne sich weiter um uns zu kümmern, seinem Schlachtroß die Sporen gab und mit seinem ritterlichen Gefolge den in den Felsen eingeschnittenen Hohlweg nach oben davonstob.

Wir waren ihm *nolens volens* mit unserem Karren gefolgt, trotz des gemauerten Ziehbrunnens am Wegesrand, der uns so verlockend zu einer Erfrischung geladen hatte. Aber eine Einladung Xacbert de Barberas schlug man wohl besser nicht aus.

Schon die nächste Krümmung des Weges ließ vor uns den gewaltigsten Donjon aufragen, den meine Augen je gesehen; ein Brocken wie von Gigantenfaust auf die Spitze des schroffen Berges getürmt, schien er jeden Feind zu verhöhnen. Der Burghof war relativ eng und vollgestopft mit katharischen Flüchtlingen, doch spürte ich gleich den Kampfgeist, der hier noch herrschte, nicht diese abgehobene Resignation, dieses ›Vergeistigte‹, wie auf dem Munsalvätsch!

Mich ärgerte, nicht meinetwegen, sondern um der Kinder willen, die rüde Behandlung, die uns der ungebärdige Kriegsmann angedeihen ließ – nämlich gar keine –, während er mit unseren edlen Herren im Donjon verschwunden war. Noch vom Kutschbock herab hielt ich das neugierig herangelaufene Gesinde an, uns ein heißes Bad zu bereiten.

»Da müßt Ihr Euren starken Leib ins Waschhaus bemühen«, entgegnete mir eine junge Magd mit keckem Lachen. »Dort wollen wir Euch von Herzen gern striegeln und mit Wechselgüssen das Blut zur Wallung bringen!«

»Dann wollen wir mal sehen«, kicherte eine andere, »wer härter ist, meine Bürste oder Euer...«, und alle lachten.

»Alle sollt ihr's erleben«, rief ich laut, »wenn du mit mir in den Zuber steigst!« Frechheit kann man nur mit *provocatio auctoritatis* übertrumpfen. »Weil ich verlange, daß ihr den Bottich hierher bringt – zum Bad unter freiem Himmel.« Sie trollten sich schnatternd, doch letztlich, wie es schien, bereit, meinem Wunsch nachzukommen.

»Ich muß mal an die Mauer!« hörte ich hinter mir die Stimme des Jungen. Ich rutschte von meinem Bock und hob ihn herunter.

Sofort war auch das kleine Mädchen da. »Meinst du«, funkelte es mich an, »ich kann kein Pipi?!«

Also bot ich auch ihr meinen Arm, aber sie bestand darauf, vom Wagen auf die Steine zu springen. Gerade noch konnte ich sie auffangen.

»Yeza kann allein!« belehrte sie mich leicht lispelnd, während der Junge nach meiner Hand faßte.

Wir gingen zur Mauer. Beide schauten mich erwartungsvoll an. »Wer weiter kann!« sagte Yeza. Da ihr Spielgefährte seinen Fiephahn aus der Hose nestelte und ich schließlich die Herzen der Kinder erringen wollte, raffte ich also die Kutte und griff nach meinem Stößel.

Wir pißten gegen die Mauer, und ich war glatter Verlierer. Dann mußte ich mich nochmals niederhocken, um Yeza Gesellschaft zu leisten, und da im Burghof kein Grashalm mehr stand, griff ich in die Tasche und zauberte einige Huflattichblätter hervor, die ich immer eingesteckt halte. Ich wischte ihr den kleinen Hintern ab, und wir waren Freunde – dachte ich.

»Ich heiße Roger-Ramon«, sagte der Junge. »Du kannst aber einfach ›Roç‹ zu mir sagen!«

»Roche!« wiederholte ich.

»Nein, *Rodsch!*« verbesserte mich Yeza, lispelnd vor Aufregung, »so, wie ich richtig Isabella heiße, und wie heißt du?«

»Ich bin ein Bruder des heiligen Franziskus«, hub ich an.

»Du bist William«, klärte mich Roç auf, »ein Esel, hat Sigbert gesagt.«

Ich schluckte und scheuchte sie zum Karren zurück, auf den sie sogleich kletterten, um mich von oben mit ›iiiah-yyyah‹-Geschrei zu verspotten.

»Ich werd' euch die Geschichte von Franziskus und den Eseln erzählen!« Ich wuchtete mich auf meinen Bock, und die Kinder wälzten sich mit ›iiiah-yyyah‹ zu meinen Füßen im Heu. »Ein alter Esel –«

»William! William!« riefen sie.

»Also gut, William, der alte Esel«, lenkte ich sanft ein, »beklagt sich beim heiligen Franz über sein schweres Schicksal –«

»Yyyhi –«, alberte Yeza, aber Roç knuffte sie, daß sie still wurde, und ich fuhr fort:

»›Ich hab' mein Leben lang als Tragtier geschuftet, meine Kruppe ist abgewetzt, mein Fell löchrig, die Ohren zerzaust und meine gelben Zähne abgebrochen. Des Nachts schrei' ich vor Hunger...‹«

»Er kann doch Gras fressen, soviel er will?« warf Roç ein.

»Wenn man ihn läßt!« sagte ich. »›Nie befreit man mich von meinem Traggestell, belädt mich mit Säcken und Körben, die mich schier zu Boden pressen, bergrauf und bergrunter muß ich traben, sonst setzt's auch noch Schläge mit dem Stock, ich könnt umfallen vor Müdigkeit, vor Schmerzen in den Knochen, den Wunden, auf denen Fliegen sich tummeln, die meine mickerige Quaste nicht mehr erreicht – ich bin die elendste Kreatur auf Erden, hilf mir, Bruder!‹«

»Und hilft er ihm?« wollte Roç wissen, der andächtig zugehört hatte, während Yeza einen Strauß vertrockneter Blumen aus dem Heu zusammenraffte.

»Bruder Franziskus kommen die Tränen ob des Esels Leid, und er tröstet ihn. ›Schau‹, sagt er, ›auf Gott, und sieh, wie er dir gleicht. Hat er nicht den Mund wie du, von Pein verzerrt? Hat er nicht die Trauer deiner schönen großen Augen, unter samtenen Wimpern? Und die Ohren? Hat er sie nicht dem Herrn Jesu langgezogen, damit er vom Himmel deine Plagen erhört, ist es doch seine Haut, die er zu Markte trägt, sein Rücken trägt das Leid der Welt und erhält die Schläge obendrein – iiaaah, iiaah, schreit er, wie ihr im Schmerz, den er wie ihr erduldet. Wer den Herrn schimpft mit euren Namen, der weiß nicht, daß Gott lächelt ob solcher Komplimente.‹ Da lachten die Esel glücklich und schrien allesamt: ›Yyyah-yaah!‹«

»Willst du nun ein Esel sein, William?« fragte mich Roç ernsthaft.

»Ich weiß nicht«, überlegte ich. »Was könnt' ich mir noch besseres wünschen, wenn Gott selbst ein Esel ist!«

Yeza überreichte mir den Blumenstrauß. »Du mußt ihn nicht fressen, William, aber du kannst daran riechen«, und sie legte blitzschnell ihre Ärmchen um meinen Hals und umarmte mich.

»Von wem ist diese lästerliche Legende, doch nimmer von diesem Heiligen aus Assisi?« amüsierte sich Konstanz, der mir unbemerkt zugehört hatte.

»Ihr habt recht!« mußte ich eingestehen. »Sie ist von Bruder

Roberto di Lerici, der dafür vierzig Streiche mit dem Eselsziemer bekam und vierzig Tage unterm Joch!«

»In meiner Heimat hätte man ihm den Kopf abgeschnitten. Du sollst dir kein Bild machen...«

»William ist kein Esel!« baute sich Roç in Verteidigungsstellung vor mir auf.

Konstanz fuhr lachend fort: »Ihr Christen! Da verbrennt ihr die Reinen als Häretiker und macht euch Gott den Allmächtigen allerliebst familiär und gemein mit Vater, Mutter, Sohn und Krippengetier –«

Ich schwieg betroffen. Für mich stammte dieser Konstanz, den die Gefährten manchmal als ›Prinz‹ titulierten, aus dem Morgenland; sicher war er ein Moslem. Gerade deshalb fuchste es mich, daß ich ihm nicht widersprechen konnte.

Erst jetzt schleppten die Knechte einen gewaltigen Badezuber herbei und stellten ihn vor dem Karren hin, während die Mägde unterm ›Juk‹, wie wir in Flandern sagen, je zwei Holzeimer voll dampfenden Wassers herantrugen.

Doch bevor sie noch das Bad einlassen konnten, traten Crean und Sigbert aus dem Donjon. Unser Anführer zerstörte mit knapper Geste unsere Vorfreude und half dem Deutschen aufs Pferd. Sigbert schien dem Weine tapfer zugesprochen und wohl als einziger dem Burgherrn, der hinter ihnen erschien, Paroli geboten zu haben; denn Crean schien genauso stocknüchtern zu sein wie Konstanz.

»Wann trifft man hier schon *inter pocula* einen so standfesten Ritter des Kaisers!« Xacbert de Barbera schnaubte vor Rührung in sein Schneuztuch, küßte den Kindern die Hände, schlug dem wankenden Sigbert nochmals freundschaftlich auf die Schenkel, bevor wir – ungebadet, dafür unter Eskorte, darauf hatte der Burgherr bestanden – von Quéribus aus uns nun nach Nordosten wandten.

Les Gitanes
Camargue, Sommer 1244 (Chronik)

In dem Maße, in dem wir okzitanischen Boden verließen, suchte Crean wieder mehr den Schutz der Wälder. Umsichtig und oft abgesessen folgten wir Wildbachläufen, und in Hohlwegen umwikkelten wir die Räder. So tasteten wir uns durch die Provence.

Die Kinder waren meist wach und unterhielten sich leise in der *langue d'oc*, wohl um mich nichts verstehen zu lassen. Ich lächelte ihnen aufmunternd zu.

Yeza war die furchtlosere von beiden. Tröstend legte sie immer wieder ihre Arme um den verschreckten Roç, der sich ängstlich ins Heu drückte, jedesmal wenn uns ein Wagen oder Reiter begegnete.

Es waren mehr und mehr dunkelhäutige Gitanos, die die gleichen Wege zogen wie unser kleiner Trupp. Ihre Frauen waren farbenprächtig, grell gekleidet und hockten meist inmitten einer ansehnlichen Kinderschar auf ihren mit Hausrat und Handelsware voll beladenen Karren: Wir waren in die Camargue eingedrungen!

Yeza kam zu mir auf den Kutschbock gekrochen, um neugierig am Treiben des fahrenden Volkes teilzuhaben, aber sofort schloß der bärbeißige Sigbert zu uns auf und hieß mich dafür zu sorgen, daß niemand die Kinder zu Gesicht bekomme. Yeza kletterte folgsam zurück – nicht ohne ihm hinter seinem Rücken die Zunge herauszustrecken.

Gegen Abend gelangten wir an ein Lager der Gitanos, die um ein offenes Feuer hockten. Unsere *faidits* wechselten mit dem Anführer Worte in einer Sprache, die ich noch nie gehört hatte, doch sie genügten, um jegliches Mißtrauen auszuräumen. Stolz wiesen sie Creans Goldstücke zurück und machten uns ehrfürchtig Platz in ihrer Runde, um ihren Bratspieß mit uns zu teilen, Hase und Igel, mit Knoblauchzehen, nelkengespickten Zwiebeln und Knollen vom wilden Fenchel versetzt.

Crean beredete sich mit dem Stammesältesten, der etwas Französisch sprach, und ich hörte, wie dieser vor den Leuten des Königs warnte, die an der Küste ›ihrer‹ Camargue eine neue Stadt bauten, einen Hafen, befestigt wie eine riesige Burg mit Straßen und Steinhäusern darin, was die Gitanos besonders empörte. Überall wimmle es von fremden Handwerkern, die Bäume fällten und Steine schlugen, und von Soldaten, die – statt diese zu bewachen – Jagd auf Wildesel machten und auf die jungen Frauen seines Volkes. In den nächsten Tagen würde der König dort erwartet, der in eigener Person sich vom Fortgang der Arbeiten überzeugen wolle.

Mit uns am Feuer hockten auch zwei Fremde, die bei dieser Auskunft aufmerksam reagierten und miteinander flüsterten. Mir kam es vor, als sprächen sie Arabisch. Ihr auffälliges Verhalten war dem stets wachen Auge des Konstanz von Selinunt nicht entgangen. Er setzte sich wie zufällig zu ihnen, da er sie aber nicht ansprach, maß ich meiner Beobachtung weiter keine Bedeutung zu. Als es Zeit zum Schlafen war, lagerte ich mich abseits und wurde unbeachteter Zeuge eines leise geführten Disputs zwischen meinen Rittern.

»Es sind Assassinen«, gab sich Konstanz geheimnisvoll, und sofort zuckte die Hand des alten Sigbert zum Schwert.

»Was geht uns das an!« suchte Crean beide zu beschwichtigen, und ich hatte den Eindruck, daß ihm diese Entdeckung äußerst unangenehm war.

Sigbert erlebte ich zum ersten Mal leicht nervös. »Ohne Auftrag wären sie kaum hier –«

»Sicher ist ein altgedientes Mitglied des Deutschen Ordens das ausersehene Ziel ihrer Dolche!« spöttelte Konstanz. »Ich würde an deiner Stelle heute nacht –«

»Solange sie uns nicht stören«, ging Crean abschließend dazwischen, »ist es klüger, sie zu vergessen!« Unserem Anführer lag nichts an der weiteren Erörterung der Geschichte, die ihn weniger beunruhigte als ärgerte. »Gute Nacht, meine Herren!«

Nachdem ich die Kinder, die in mir inzwischen eine Art dicke Amme sahen, liebevoll zugedeckt hatte, versuchte ich zu beten. Für wen? Für mich? Ich könnte vielleicht im Schutz der Dunkelheit fliehen. Das Land um mich war wild, ungezähmt waren seine

Bewohner – und die Kutte eines Minderbruders, mochte er noch so bettelarm sein, erschien mir alles andere, als ein sicherer Schutz! Selbst wenn ich auf Ludwigs Leute stoßen würde – was soll ich meinem frommen Souverain erzählen? Ich sei entführt worden von einem Komplott der Templer, des Deutschen Ritterordens, der *faidits* und des Sultans – mittels einer Hexe im Walde, Loba, der Wölfin, die müsse er doch sicher kennen!

Ach ja, und die Kinder! Was würde dann mit den Kindern geschehen? Für sie betete ich und bemühte mich dann, Schlaf zu finden, doch immer wieder schob sich der Montségur vor meine Augen, wie die Wolken vor den Mond. War der Gral doch ein ›Ding‹, das in den Tiefen einer Esoterik, die mir fremd war, militante Orden christlichen Rittertums mit der ›Minnekirche‹ verband? Waren Roger und Yezabel ›Kinder der Liebe‹ – wessen? –, daß ihretwegen Vertreter so konträrer Interessen, ja Glaubensfeinde, sich zu einer solchen Rettungsaktion zusammenfanden? Was war das ›Exzellente‹, das *ex coelis* an ihnen? Roger, der Junge, den auch die *faidits* nur ›Roç‹ riefen, war ein scheuer Charakter, still, aber oft von ernster Würde. Sein dunklerer Teint, seine braunen Augen deuteten auf mediterranes Erbe hin; er konnte ein Kind Okzitaniens sein, sprach auch die *langue d'oc* flüssig, zur Freude der *faidits*, die ihn verehrten wie einen kleinen König. Yeza war schon vom Aussehen her ein Fremdkörper, und ihre forsche Art war ganz anders, als sich kleine Mädchen des Südens zu verhalten hatten. Sie gab sich nicht als ›Prinzessin aus dem Land zwischen Morgen und Abend‹, wie Konstanz sie mal galant titulierte, sondern wie ein als Mädchen verkleideter Knappe, dem der Sinn nach Ruhmestaten und Abenteuer steht. Sie war forsch, keck, oft frech. Der bärbeißige Sigbert hatte sie in sein Herz geschlossen. Doch Hinweise auf ihre Herkunft gaben beide nicht, und Crean wagte ich erst recht nicht zu fragen.

Ich kontrollierte noch einmal, ob sie auch gut zugedeckt waren. Sie schliefen bereits fest, ihre Arme fest ineinander verschränkt. Ein Lächeln lag über ihren müden Gesichtern, ein Zauber ging von ihnen aus, der mich unmerklich gefangennahm.

Die *faidits* begannen zotige Sirventes zu trällern, die vor allem von König Ludewig und seinen Pfaffen handelten. Ich vermochte lange keinen Schlaf zu finden. Seltsame Traumgesichte suchten mich heim.

Über den bläßlichen Rauchfahnen des erlöschenden Scheiterhaufens, welche wie tiefhängende Wolken am Pog entlangstreichen, ragt die Burg unversehrt gen Himmel, der uns allen ist. Auch für Ketzer?

Als der letzte Besatzer die Festung verlassen hat, stürmen die Franzosen, die Söldner vorweg, durch das offene Burgtor. Die Plünderer sehen sich reich belohnt, denn die Katharer hatten auf ihrer letzten Reise nichts mitgenommen, doch der kurz darauf eintreffende Erzbischof findet nicht das, wonach er sucht, so sehr er auch seine Soldaten jeden Winkel ausforschen läßt, sie in die Tiefen der Kavernen, selbst als Taucher in das dunkle Wasser der Zisterne hetzt: Der geheimnisvolle »Gral«, kostbarer Schatz der verdammten Ketzer, läßt sich nicht finden – und fragen kann er keinen mehr.

Pierre Amiel ist begleitet von seinem Kollegen, dem Bischof Durand, der auf der Barbacane die Demontage seines Augapfels, der *adoratrix murorum* beaufsichtigt hatte und nun – von fachmännischer Neugier getrieben – einen Blick hinter die Mauern werfen wollte, die seiner Steinschleuder so unbeeindruckt widerstanden. Ihn amüsiert die vergebliche Suche, das hastige Abklopfen der Wände, das Herumgestochere in der Zisterne und im Schutt der Ziegel; selbst den steinigen Boden des Burghofes läßt der Legat an einigen Stellen aufhacken. Nichts! Sie stoßen nur auf die sinistre Gestalt des Inquisitors, den Dominikanermönch, der erst zum Autodafé der Ketzer aus dem Nichts erschienen war, sich keinem vorgestellt hatte und nun hier oben herumstöbert. Was suchte er? Was hatte er hier zu suchen?!

»Wollt Ihr ernten, was Ihr nicht gesät?« geht der Legat erbost den dunklen Mönch an. »Der Schatz gehört denen, die darum gekämpft –«

Der hochgewachsene Mönch, er ist von kräftiger, ja grobschlächtiger Statur, wendet sich mit provozierender Langsamkeit, er würdigt den Legaten nur eines geringschätzenden Blickes. »Er gehört dem König von Frankreich«, grollt er, »wie jedes Ding! Ihr werdet ihn auch nicht finden. Der Kirche gebühren die sündigen Seelen – und bestenfalls die Leiber, denen sie innewohnten.«

»Waren sie Ketzer, so wurden sie verbrannt!« Pierre Amiel läßt sich einschüchtern, und der Inquisitor beißt zu.

»Es konnte Euch gar nicht schnell genug gehen!« poltert er. »Ihr seid der Inquisition auf schlimme Weise in den Arm gefallen. Ein erklärter Feind der Kirche hätte ihr nicht bösartiger Schaden zufügen können. Ihr habt die Mäuler gestopft, die sprechen sollten, Ihr habt die Gehirne ausgelöscht, die wissen konnten – und wußten!«

Der Legat ist aschfahl geworden wie die nackten Steinwände, die sie umgeben; er ringt nach Worten für eine angemessene Erwiderung, eine Zurechtweisung dieses Unverschämten. So nutzt Durand die Stille.

»Das mystische Heilssymbol der ›Reinen‹ ist entschwunden«, spricht er leise, wie zu sich selbst, »nachdem es seinen Gläubigen offenbart ward und ihnen letzten Trost gespendet.« Wer ihn nicht genau kannte, wußte nie, ob er spottete oder nur auf den Leim locken wollte.

Der Inquisitor mißt ihn mit einem Blick, nicht wie man einen Gegner taxiert, sondern wie ein Henker, der Maß nimmt. »Ihr seid weit entfernt vom Sprachgebrauch unserer heiligen *Ecclesia catolica*, doch in gefährlicher Nähe ketzerischen Gedankenguts, Exzellenz!« bedenkt er die Intervention des Bischofs von Albi, um sogleich unerschrocken und mit einem hemmungslosen Donnerwetter wieder über den Legaten herzufallen: »Ihr habt den Gral gerettet, weil dieser in Eurem begrenzten, rachsüchtigen – und, wie ich sehe, auch goldgierigen Verstande, so Ihr denn welchen habt! – nichts als einen ›Schatz‹ darstellt!«

Pierre Amiel hatte Zeit gehabt, seine Widerstandskraft zu mobilisieren. »Was ist denn die Wahrheit des verfluchten Grals –

wißt Ihr sie?« bellt er los. »Könnt Ihr sie anfassen? Hand auf sie legen? Wer seid Ihr überhaupt, daß Ihr so mit mir zu reden Euch erdreistet!«

»Vitus von Viterbo«, gibt dieser ruhig zurück und läßt die beiden Bischöfe stehen.

Ihre Figuren verblassen vor meinem inneren Auge, zurück bleibt nur der schwarze übergroße Schatten des Inquisitors. Er wächst und wächst. Er greift nach mir. Ich recke ihm in meiner Not mein hölzernes Kruzifix entgegen, es verbrennt mir in den Händen, verwandelt sich zu einer Quelle sprühenden Lichtes, das mich blendet – aber es verjagt den drohenden Schatten, er löst sich in Rauch auf. In meinen Händen halte ich den ›Gral‹. Als ich ihn näher betrachten will, gar furchtsam zärtlich wie ein pochendes Herz, da sind sie leer ...

Verwirrt über meine ketzerischen Gedanken, fiel ich, Dank der verzeihenden Mutter Gottes, endlich in erlösenden Tiefschlaf.

Es herrschte noch mondhelle Nacht, als Crean uns weckte. Er und seine Gefährten trugen jetzt die weißen Mäntel der Templer, auch die *faidits* steckten in den schwarzen Überwürfen der *armigieri* des Ordens mit dem roten Tatzenkreuz, die allesamt unter dem Heu meines Karrens verstaut gewesen waren.

Im Morgengrauen überraschte uns dichter Nebel. Wir schlossen enger auf, doch kaum daß ich den weißen Mantel des vorwegreitenden Crean ausmachen konnte. Hinter uns plötzlich das Getrampel von Pferdehufen und das holpernde Geräusch eines rasch näher kommenden Gefährts.

»Platz dem Profoß des Königs!« rief eine heisere Stimme. »Aus dem Weg!«

Gerade noch konnte ich meinen Karren zur Seite lenken, da sprengten schon die Soldaten vorbei, und hinter ihnen ratterte ein offener Wagen. Drei Leichen lagen darin, Erschlagene, klaffende Wunden, ich sah das Blut in ihren bleichen Gesichtern, doch was mich am meisten entsetzte, war die Figur des Gefangenen, dessen stechende Augen mich im Vorbeifahren anstarrten wie der Teufel!

Ich kannte diese Augen. Er war Student mit mir zusammen in Paris gewesen. Ein stiller, mir immer etwas unheimlicher Geselle, der sich abschloß von uns anderen, die wir das Leben in der Capitale nicht zu kurz kommen ließen. Der verbissene junge Kanonikus sprach schnell Arabisch besser als wir alle. Auch jetzt trug er noch die abgewetzte Priestersoutane, die er nie ablegte, soweit ich mich erinnere. Heiliger Gott sei bei uns!

Schnell schlug ich das Kreuz. Und schon war der Spuk vorbei, im Nebel verschwunden. Die Hände der *faidits* lösten sich vom Knauf ihrer Eisen, die sie unwillkürlich umklammert hatten. Da der Bursche angekettet stand, muß er der Mörder gewesen sein! Soweit war es gekommen mit den Dienern der Kirche!

An den Gestaden Babylons
Marseille, Sommer 1244 (Chronik)

Am späten Nachmittag erreichten wir Marseille. So stelle ich mir das griechische Konstantinopel vor, das Sündenbabel, bevor wir dem wahren katholischen Glauben dort zum Sieg verhalfen. Diese, von Sümpfen umgebene Hafenstadt der Provence ist nicht Teil unseres christlichen Frankreichs, das ist bereits verruchter Orient, Eiterbeule am Körper abendländischer Rechtschaffenheit. Fremdländer dunkler Hautfarbe, in langen Gewändern, mit Ketten aus Ambra, Jaspis und Elfenbein um den Hals, sie bemühen sich nicht ihre Andersartigkeit in Scham zu verstecken, nein, die tragen ihren Unglauben provokativ an unseren Gotteshäusern vorbei: Sizilianer, lasse ich mir sagen, also Untertanen des schändlichen Stauferkaisers! Dazwischen sogar Pechschwarze, mit Goldringen in den Nasen. Das sind die armen Heiden, die unseren Herrn Jesus nicht ablehnen oder gar bekämpfen: Sie kennen ihn nicht! So sind ihre Seelen noch nicht verloren, so in solch Wilden überhaupt eine Seele wohnt!

In dem Trubel, dem Geschrei und dem Gestank der Fischmärkte, der Geschäftigkeit der Basare, fiel unser Trupp nicht auf.

Wir bahnten uns den Weg durch seidigglänzende Stoffballen aus Damaskus, offene Säcke mit duftenden Gewürzen und Sandelholz aus Alexandria, Amphoren aromatischer Essenzen aus Tunis. Auf der Mole stapelten sich Fässer, Kästen und Körbe, die von gerade angekommenen Seglern entladen, versteigert und von Lastträgern weggeschleppt wurden.

Das Schiff, das uns erwarten sollte, war noch nicht eingetroffen, erfuhr Crean vor einer Taverne von einem Zwielichtigen, der sofort wieder in dem Gewimmel verschwand. Also würden wir in dieser Absteige die Nacht verbringen.

Dem zahnlosen Patron fuhr diese Ehre als Schreck in die Glieder, die seiner elenden Hütte von solch erlauchter Reisegesellschaft widerfahren sollte. Ein Goldstück ließ jeden Einwand verstummen, nicht jedoch das Gebrüll, Gefluch, Gekreisch der Matrosen, der Dirnen im Schankraum. Aber es verebbte für eines Schluckes Länge; schließlich wurden solche Orte nicht jeden Tag von Tempelrittern samt Entourage aufgesucht, noch von Franziskanern, die auf sich hielten! Doch dann rissen sie ihre Mäuler wieder auf, wandten sich die Blicke wieder von uns ab – bis auf die von zwei Gestalten in einer Ecke, die ich sofort wiedererkannte: die beiden ›Assassinen‹!

Wir erhielten den besten Tisch geräumt, das Gesindel machte eilfertig Platz, und wir setzten uns zum Mahl, das bald zum Umtrunk ward. Ein tolosanischer Hufschmied und ein Färbergesell aus dem Arriège empörten sich neben mir mit gedämpfter Stimme über das Wüten der Inquisition in ihrer Heimat:

»... aus den Waisenhäusern, ja selbst aus den Krippen der Pfarrhäuser zerren sie die Kinder!«

»Sie machen Jagd auf jedes, das laufen und sprechen kann, vom dritten Lebensjahre an aufwärts bis hinauf zum siebenten, für das sich nicht ein Elternpaar verbürgt, dessen Geburt und Taufe nicht von der Kirche bestätigt.«

»König Herodes«, keifte ein Fischweib dazwischen, »hat es nicht ärger getrieben!«

»Und besonders grausam schurigeln sie das fahrende Volk, das sie verdächtigen, Ketzerkindern Unterschlupf zu bieten, denen schlagen sie auch die eigene Brut tot, spießen sie auf vor ihren Augen – es ist eine Schand'!«

»Paßt nur auf«, wandte sich der Hufschmied an mich, »daß Eure beiden Balgen« – er zeigte auf Yeza und Roç, die Gott sei Dank zu müde waren, um dem immer lauter und erregter geführten Gespräch im Lärm der Taverne zuzuhören – »ihnen nicht in die Hände fallen, falls Ihr in die Ketzergegend wollt.«

Ich hütete mich zu sagen, daß wir grad von dort kämen, und lächelte gequält. »Sie sind christlich«, flüsterte ich, »und von Stande.« Ein hinweisender Blick auf meine Templer unterstrich die Glaubwürdigkeit meiner Angaben.

Sigbert und Konstanz begaben sich ins Freie, um nach dem Schiff Ausschau zu halten. Ich brachte die Kinder zu Bett, in einem Verschlag, in dem die Frau des Wirtes hurtig frisches Stroh aufschüttete. Sie hatten sich erstaunlich ruhig in das Abenteuer geschickt, nachdem Crean ihnen von einer langen Reise erzählt hatte, an deren Ende sie ihre Amme wieder in die Arme schließen würde. Hoffentlich löste mich dieses Milchweib bald ab, denn mit der Mutter mochte ich nicht mehr rechnen. Für mich gehörte die Dame zu den Ketzerinnen, die den Feuertod für ihren Irrglauben ihren Mutterpflichten vorgezogen hatte – sonst wären die Kinder ja nicht weggebracht worden!

Oder drohte ihnen Gefahr? Mörderische Verfolgung von der üblen Art, wie in der Schankstube die Leute zu berichten wußten. Warum ließ der Herodes die kleinen Kindlein umbringen? Weil er des einen Christkindes habhaft werden wollte. Warum aber sandte die Kirche ihre Würgeengel aus? Das Alter stimmte so ungefähr.

Ich war gewarnt, und mein Unwissen bedrückte mich. Yeza und jetzt auch Roger fanden alles bisher Geschehene furchtbar aufregend, keiner weinte mehr, dafür war ihre Neugier immer schwerer zu stillen. Ich beantwortete geduldig alle Fragen, wobei ich der Zufriedenheit der Kleinen meist den Vorzug vor der Wahrhaftigkeit gab. Lehrt nicht auch die Kirche, die Beglückung durch den Glauben über menschliche Besserwisserei zu stellen?

Ich wartete, bis sie endlich eingeschlafen waren. Gerade wollte ich wieder den Schankraum betreten, als die Tür aufgerissen wurde: Soldaten des Königs! Ich sah, wie die *faidits* aufspringen wollten und Crean sie niederdrückte auf die Bank. Zur Tür kam ein edler Herr herein, umgeben von einem stattlichen Gefolge, aus dem sich ein Ritter löste und auf Crean zuging:

»Oh, der Herr von Bourivan!« rief er scheinbar arglos erfreut, »seit wann im Orden?«

Crean hatte sich sofort gefaßt. »In geheimer Mission!« beschied er den Erstaunten, der jetzt mißtrauisch nachfragte: »Dienen wir dem gleichen König?«

Ich nestelte hastig meine Bestallungsurkunde mit König Ludwigs Siegel aus meiner Brusttasche – ich führe sie immer am Leibe mit – und trat schnell hinzu: »Wir sind auf dem Weg zu ihm!« Ich wedelte mit dem Dokument. »Die Herren sind zu meiner Eskorte abkommandiert!« fügte ich weltläufig hinzu. »Mit wem habe ich armer Bruder William, Prior des Ordo Fratrum Minorum, die Ehre?«

Crean stellte verdutzt seinen Landsmann Oliver de Termes vor, und der wiederum beeilte sich, seinen hochstehenden Begleiter, den Grafen Jean de Joinville, ins rechte Licht zu rücken, der sich in diesen Hafen begeben habe, um Schiffsraum für sich und seinen Vetter nebst ihren Vasallen zu bestellen; denn man wolle den König von Frankreich bei seinem anstehenden Kreuzzug begleiten. Crean bat die Herren an unseren Tisch, den die *faidits* in ihren *armigieri*-Kutten gern räumten, war ihnen doch die Nähe französischer Soldaten gar sehr zuwider, die jetzt stehend einen Schutzwall – oder eine Gefängnismauer? – um uns bildeten. So wehrte ich bescheiden ab, dort Platz zu nehmen, wenngleich an Flucht nicht zu denken war. Ich dachte an die Kinder und hoffte, sie schliefen fest.

»Und wie könnt Ihr es wagen, Herr Oliver« – Crean hatte seine Sicherheit wiedergefunden, und Angriff ist bekanntlich die beste Verteidigung –, »den edlen Seneschall der Champagne in diese Spelunke zu führen?«

Joinville enthob seinen Attaché der Antwort. »In geheimer Mission ...!« Er lächelte mir zu, und ich machte bescheiden schweigend mein ›frommes‹ Gesicht, die Hände vor dem Bauch faltend. »Wir kommen gerade vom allerchristlichen König, der zu Aigues Mortes«, erläuterte er bereitwillig, »seinen Bauplatz inspiziert, wo er uns um ein anderes Mal leuchtendes Beispiel seines Sinnes für menschliche Gerechtigkeit und gottgewollte Ordnung gab. König Ludwig verließ gerade die Kapelle, das erste Gebäude, das er in seiner Kreuzfahrerstadt hatte errichten lassen, als er den Karren des Profosses von Paris erblickte, mit den Leichen von drei Männern darauf, die ein Priester erschlagen hatte. Es waren aber Sergeanten der Krone. Er ließ den Profoß Bericht erstatten, und es kam zutage, daß diese in einsamen Straßen Leute überfallen und ausgeplündert hatten, und keiner hatte es gewagt, sie anzuzeigen, weil sie doch des Königs Rock trugen.«

Der Graf schien mir ein arger Schwätzer zu sein, doch mußte er wohl über politische Fähigkeiten – oder Beziehungen – verfügen, sonst wäre er nicht Seneschall! Jedenfalls mußten wir uns den Kriminalreport lang und breit anhören, während wir wie auf glühenden Kohlen saßen, ich zumindest in der begründeten Furcht, die Kinder könnten jeden Moment schlaftrunken bei uns auftauchen, was sie gern taten – Roç, wenn er schlecht geträumt hatte, Yeza aus purer Neugier. Auch Crean war bemüht, seine Nervosität zu verbergen.

»So«, fuhr Joinville ungerührt fort, »lief ihnen auch dieser schmächtige Kleriker in die Arme; sie zogen ihn aus bis aufs Hemd und jagten ihn unter Hohngelächter davon. Der rannte, ohne ein Wort zu sagen, zu seiner Schlafstelle und erschien plötzlich wieder mit einer Armbrust und einem Schwert. Die drei Sergeanten lachten noch immer, als er den ersten von ihnen mitten durchs Herz schoß; da nahmen die beiden anderen Reißaus. Der eine versuchte durch einen Gartenzaun zu entkommen, doch unser Priesterlein schlug ihm ein Bein ab, daß es allein im Stiefel steckte. Dann lief er dem anderen nach, der jetzt gellend um Hilfe schrie, bis ein Hieb ihm den Schädel bis zum Kiefer spaltete. Keinerlei Reue zeigend, stellte sich der Priester dann dem Arm des Gesetzes, so daß der Profoß ihn ohne Gegenwehr mitnehmen konnte.«

Meine Hoffnung, die Geschichte könne damit ihr Bewenden haben, wollte sich nicht erfüllen. Wie nur von mir wahrgenommen, waren Konstanz und Sigbert zurückgekehrt, hielten sich aber im Hintergrund. Wozu die Situation noch damit belasten, daß auch sie dem Grafen vorgestellt werden müßten! Unter welchem *nom-de-guerre?* Die Ritter vom Tempel sind durchwegs vom fränkischem Adel, zumindest erwartet man auf dem Boden Frankreichs nicht gerade einen unverkennbaren Deutschen und noch weniger einen Sizilianer – wenn er denn einer war! Gefahr drohte auch weniger von dem Erzähler der Moritat als von diesem Oliver, wohl einem Abtrünnigen der katharischen Sache, wie mir sein Name verriet, jetzt im Dienste des Königs. Renegaten müssen sich immer verdienter machen als verdient!

»›Junger Mann‹«, ließ der Joinville den König sagen, »›Eure Courage hat Euch um die Chance gebracht, fürderhin das Amt eines Priesters zu versehen. Doch für solchen Mut will ich Euch in meine Dienste nehmen, Ihr sollt mit mir übers Meer ziehen. Wie nennt Ihr Euch?‹

›Yves der Bretone‹, vermeldete der Profoß, dem diese Wendung recht unvermittelt ankam.

›Ich tue dies nicht allein um Euretwillen, Yves, sondern weil ich wünsche, daß ein jeder sieht‹, endete der König, ›daß Schandtaten nicht ungestraft bleiben!‹

Wir alle, die wir diesem Akt salomonischer Weisheit beiwohnen durften, jubelten unserem ›Höchsten Schiedsrichter‹ zu.«

Beifallheischend schaute sich der Graf um, als er mit dieser Apotheose geendet; er schaute erwartungsvoll auf Crean – schnell klatschte ich applaudierend in die Hände. Joinville dankte es mir wieder mit diesem mitwisserischen Lächeln, das nun den Herrn von Termes veranlaßt – mich mit einbeziehend –, flüsternd uns den wahren Grund ihres Hierseins anzuvertrauen:

»Und einem so gütigen Herrn –«, eröffnet er, »man sollt es nicht für möglich halten«, das ist die einschmeichelnde ›Betroffenheit‹, die unser Herr de Bourivan so schmerzlich vermissen läßt – »trachten Verruchte nach dem Leben!«

Da Crean sich auch jetzt keine befriedigende Reaktion abzuringen vermochte, zog ich den Part des Angesprochenen noch weiter an mich, nicht ohne Eitelkeit. Eifrig beugte ich mich vor.

»Der Alte vom Berge«, fährt Oliver verschwörerisch fort, »hat seine vergeschworenen Fanatiker auf den König angesetzt –«

Jetzt zeigte sich plötzlich auch Crean interessiert, allerdings ungläubig, abwehrend, ja fast protestierend. »Wie das?« entfuhr es ihm.

»Dem obersten Herrscher dieser Teufel mißfällt es, daß unser Souverain einen Kreuzzug vorbereitet –«

»– und so soll er meuchlings aus dem Wege seines tugendhaften Lebens geräumt werden«, mischte sich Joinville ein, die Schilderung gern übernehmend, »wie wir wissen – und diese Wahnwitzigen scheuen sich ja keineswegs, ihre Untaten vorher anzukündigen, da sie sich in deren Ausführung für unfehlbar halten« – er senkte seine Stimme, ganz wohl war ihm auch nicht dabei –, »sind zwei ›Assassinen‹ bereits in der Gegend gesehen worden!«

Ich mißachtete den kurzen Blick Creans, den dieser mir beschwörend zuwarf.

»Wir müssen sie dingfest, unschädlich machen, bevor sie –«, zischte Oliver, und ich konnte mich endlich als loyaler Diener meines Königs hervortun:

»Ich habe sie gesehen!« Ich ließ meine gewichtige Aussage leise und langsam auf der Zunge zergehen. »Sie sind hier, unter diesem Dach!«

Ich wandte mich vorsichtig um, wollte verstohlen auf die beiden Fremden weisen, aller Griffe fuhren zu den Schwertern, doch der Platz, wo diese gesessen hatten, war leer. Die Spannung löste sich auf meine Kosten; alle lachten, ich wurde ausgelacht und beim alsbaldigen Abschied mit keinem weiteren Gruß mehr bedacht.

Wir waren wieder unter uns. Sigbert und Konstanz berichteten, daß das Schiff morgen früh zur Stelle sein werde. Dann erst richtete Crean das Wort an mich, der ich – nach gekränktem Stolz – nun Lob erwartete und Bestätigung.

»Bruder William«, sagte er in seiner nachdenklichen Art, »du hast klug gehandelt, als du dich loyal vor uns und die Kinder stelltest – doch von Torheit oder Schlimmeren noch zeugte dein Versuch, dem Schicksal in den Arm fallen zu wollen!« Crean wandte sich an seine beiden Gefährten. »Ein Franziskaner mag es mit seinem Seelenheil vereinbaren können, für Häscher Spitzeldienst zu leisten, aber sich gegen die *faida* zu stellen heißt Gott versuchen! Sie zu verraten eine Schmach – nur durch Blut abzuwaschen! Danke deinem Schöpfer, daß es nicht dazu kam!«

Seine Heftigkeit übertrug sich auf mich, ich vergaß meine Situation: »Aufgeputschte heidnische Meuchelmörder!« begehrte ich auf. »Solche verraten ist Christenpflicht!«

Crean beherrschte sich, indem er mich ignorierte und seine Worte an die anderen richtete: »So ignorant kann sich nicht einmal ein Minorit geben, selbst wenn sie ihr Gehirn den Amseln angeglichen haben: Die Ismaëliten sind tiefgläubige Moslem und keine Heiden noch berauschte Mörder! Sie handeln im Auftrag einer höheren Gerechtigkeit als dieser gefühlsduselige Ludwig, der es duldet, daß in seinem Reich Priester sich als Richter aufspielen, und der Totschläger als beispielhaft hinstellt! Dieser König, der die edelsten seiner Untertanen der Kirche, der Inquisition, dem Scheiterhaufen ausliefert, dieser ›Heilige‹ soll jetzt auch noch mit einem Heer beutegieriger, skrupelloser Abenteurer über das Land herfallen, das sie zur Unterstreichung ihres Besitzanspruchs in ›Terra Sancta‹ umtauften, dem sie nichts als Friedlosigkeit und Verderben bringen werden? – Oh, ich bete von ganzem Herzen, daß diese beiden Männer ihr Leben erst dann lassen, wenn sie ihre noble Aufgabe erfüllt haben!«

Der Herr von Bourivan hatte sich in Rage geredet; es war besser, ihn nicht noch mehr zu reizen. »Und jetzt, William von Roebruk, kannst du gehen und für das Gegenteil beten; damit befindest du dich dann in bester christlicher Gesellschaft, doch bild dir nicht im Traume oder sonstiger Inbrunst ein, daß Jesus Christus mit dir ist!«

Ich schwieg, scheinbar beschämt, in Wahrheit verwirrt und verletzt. Mit gesenktem Kopf, den mir niemand abschlug, zog ich mich in den Verschlag zu den Kindern zurück. Wahrscheinlich ist auch Crean ein Renegat, sage ich mir, was würde er sich sonst so aufregen! Du mußt noch viel lernen, William von Roebruk.

Am Morgen drängelten wir uns durch die Menschenmenge, ich hielt verstohlen Ausschau nach den beiden Fremden, doch ich sah zwar verdächtige Visagen noch und noch: Nordmänner mit ihren plattgedrückten Nüstern, die flachsblonden Strähnen zu Zöpfchen geflochten, Totschlag in den blauen Augen, langgezogene Nasenrücken der Goten in Fortsetzung ihrer niedrigen Stirn, hinter der dumpfe Triebe brüteten, und die Hakengiebel der Byzantiner, gekrümmt wie ihre Dolche voller Falschheit, oder noch schärfer die der Armenier, bei denen man die eigenen Finger nachzählen mußte, wenn sie einem die Hand gereicht hatten – doch von den Assassinen keine Spur, was mich erleichterte; sicher hatten sie sich nicht von einem Joinville fassen lassen!

Konstanz führte uns zielstrebig zu einer abgelegenen Mole, wo ein Segler uns erwartete. Kaum waren wir an Bord – die *faidits* blieben zurück und winkten, die Kinder waren ganz aufgeregt –, legten wir ab. Als wir am äußersten Wachtturm der Hafenbucht vorbeisegelten, wandte sich der hünenhafte Deutsche mir zu:

»Prophezeiungen soll sich keiner entgegenstemmen, zumal, wenn sie aus dem Munde einer Hellsichtigen wie ›Loba‹ stammen: ›Hüter des Schatzes‹ bist du gewesen wie auch ›Reisender bis ans Ende der Welt‹; ob dich deine Kirche deswegen hetzt oder dein König dich dafür ehrt, wird dich die Zukunft lehren.«

Ich schaute hilfesuchend zu Crean hinüber, doch der stand mit den beiden Kindern am Bug und starrte aufs Meer hinaus. Die Worte der Hexe waren ihm wohl auch geläufig. Mir wurde angst und bange.

»Doch das Heil der Kinder«, fuhr Sigbert fort, »soll nun nicht länger mit deiner Person verknüpft sein, die durch dummen Zufall – kaum durch Berufung! – unsere Straße kreuzte, Zeuge ihrer Rettung wurde, die allein unsere heilige Aufgabe ist.«

Er trat auf mich zu, ich hatte ihn nie eine so lange Rede führen hören. »Es steht zu hoffen, Bruder William«, sprach er freundlich, »daß du schwimmen kannst!«

Als wolle er mich umarmen, packte er mich mit seinen riesigen Pranken unter der Schulter, während der lautlos hinzugesprungene Konstanz mir meine Beine nach hinten wegzog. Wie einen Netzfang minderwertigen Krustengetiers warfen sie mich mit Schwung über die Reling ins Wasser.

Ich seh' noch die Gesichter der Kinder dahinter, erschrocken der Knabe, mit weit aufgerissenen Augen und händchenklatschend vor Vergnügen die kleine Yeza. Dann mühte ich mich, paddelnd wie ein Hund, die Uferböschung zu gewinnen, bevor meine vollgesogene Kutte mich in die Tiefe zog, keuchend fühlte ich Grund unter den Füßen.

Ein Beutel kam geflogen. »Nimm's, *poverello!*« rief Crean. »Wir Assassinen lassen uns zwar kaufen, aber nichts schenken – schon gar nicht das Leben!«

Ich war zu Tode erschrocken. In was für ein Verschwörergesindel war ich da geraten? Schlotternd stand ich am Ufer. Ich wagte nicht, ihnen nachzuwinken. So entschwanden sie vor meinen Augen, bald nur noch ein kleiner Punkt im Meer ...

III
IN FUGAM PAPA

Mappa Mundi
Castel Sant' Angelo, Sommer 1244

Sie hatten die flache Barke den Tiber mehr hinaufgerudert denn -gesegelt. Die Bootsleute, Fischer aus Ostia, wo der Fluß neben den versandeten und versumpften Hafenanlagen des Claudius ins Meer mündet, hatten sich von dem Passagier außer dem festgesetzten Fährlohn kein ordentliches Trinkgeld versprochen. Dennoch willigten sie ein. Er war ein grobschlächtiger Dominikaner unbestimmten Alters, wohl ein Welscher, der, die schwarze Kapuze tief ins kantige Gesicht gezogen, wortkarg über ihr Lamento hinweggegangen war. Doch fühlten sie auch während der Fahrt seine harten Augen auf sich gerichtet, daß sie die üblichen Scherze unterließen und fast mißmutig ihre anstrengende Arbeit verrichteten. Um so verblüffter waren sie, als er sie mit einer französischen Goldmünze entlohnte, bevor er unterhalb der Engelsburg an Land sprang. Er nahm kräftigen Schritts die Uferböschung, doch bevor er den herabhängenden Glockenstrang ziehen konnte, öffnete sich die hochgelegene schmale Pforte wie ein Fallsteg, den er steil hinaufsteigen mußte; und schon hatten die Mauern die dunkle Gestalt verschluckt.

Vitus von Viterbo war kein Franzose, er stammte aus der Umgebung der nördlichsten Bastion des Kirchenstaates. Die Viterbesen galten, oft ungefragt, als besonders päpstlich, dafür sorgten schon die Capoccios; und in deren Dienst stand Vitus, auch noch, als ihn der Papst nach Paris entsandt hatte, weniger um ein Ohr dicht an den Lippen des frommen Ludwig zu haben, als vielmehr dessen eifrige Frömmigkeit in die richtigen Bahnen zu lenken. Doch auch als Beichtvater des Königs war Vitus ein Mann Capoccios geblieben. Ihm zu berichten war er nach Rom gekommen.

Er kannte sich aus in dem Gewirr von Korridoren und Rampen im Bauch des Grabmals, das Generationen von Schutz suchenden oder die Öffentlichkeit fliehenden Päpsten wie nachträglich eingezogenes Gedärm samt Mägen, Nieren und Testikel in den Tumulus des Hadrian gewühlt hatten. Durch Öllämpchen nur schwach erleuchtet, zog sich der Gang auch für den Eingeweihten gleichsam durch ein dreidimensionales Labyrinth, stieg an, wenn er in die Tiefe gleiten wollte, schraubte sich in Spiralen im Zickzack, wenn er verborgene Zugänge meiden, zu Falltüren führen sollte.

Kein Wachsoldat trat ihm entgegen, verlangte Paßwort oder griff ihn ab nach versteckten Waffen – das Castell Sant' Angelo bewachte sich selber. Es war die geheime Kommandozentrale der Kurie; hier lagerten in trockenen Kammern die *archivi secreti*, reihten sich die Truhen der Kriegskasse unter eisernen Gittern in einer aufgelassenen Zisterne, und zuunterst moderten »auf unbestimmte Zeit« in den Grüften *personae sine gratia*, von denen der Stuhl Petri seine gütige Hand abgezogen hatte.

Mit der Sicherheit, die langjähriger Dienst verleiht, durchschritt Vitus auf klobigen Pfeilern ruhende Bögen, passierte brückenartig schwebende Balustraden, von denen Flaschenzüge ihre dicken Taue abspulten, um ihre Last in nicht identifizierbaren Verliesen abzusetzen, Treppenkästen nach oben in die Veduten und Gesimse stießen, um – dem Auge unsichtbar – Auslässe zu bedienen, von denen nur die wußten, die sie zu bedienen hatten, ob sie ins Nichts oder in neue Gewölbe zielten.

Endlich öffnete sich vor ihm der große Saal der »Mappa Mundi«. Das erste Mal, daß er Menschen sah. Zwei Franziskaner turnten auf einem Leitergerüst herum, das vor die Weltkarte geschoben war, die drei Wände des Raumes vom Boden bis zur Kuppel bedeckte. Sie begann im äußersten Westen mit dem Oceanus, dem Weltenmeer, bevor sich beim Dschebel al-Tarik das Wüstenreich des Miramolin und El Andaluz berührten. Das *Mare Nostrum* wallte in Kopfhöhe über der mauretanischen Küste mit ihren Sklavenmärkten, knickte bei Karthago, dem Herrschaftsbereich des Emir von Tunis, in die mittlere Wand mit der Bucht der Syrte, erhob sich wieder mit der Cyrenaica, unterhalb derer sich (*hic sunt leones*) die Wüste bis zur Fußleiste erstreckte, bis dann mit dem Erreichen der dritten Wandfläche das Delta des Nils sich in sein

Blau ergoß, dessen Armen Kairo wie ein funkelnder Reif aufgesetzt war und dessen mächtiger Lauf auf dem verbleibenden Sockelrest nicht versickerte. Bei Gaza stieg dann unvermittelt das Heilige Land empor, die *Terra Sancta*, mit einem Jerusalem im Strahlenkranz, *Divina Hierosolyma* – das Damaskus der feinen Klingen und Stoffe und des Paulus, dann das babylonische Bagdad, all die vielen Städte des Kalifen um sich herum verblassend hinter sich lassend. Und noch weiter im Osten die *terra incognita* der Tataren, die ja keine Städte haben. An der Küste folgten dem ruhmreichen Tripolis die Berge der Assassinen, das altehrwürdige Patriarchat von Antiochia, um dann bei den Armeniern, denen man nicht trauen kann, noch einmal die Landmasse von Asia Minor ins Meer stürzen zu lassen. Wie ein Fischlein schwamm Cyprus, die Insel der Aphrodite, in diesem Becken. Die mächtige Landzunge der Seldschuken leckte am Bosporus am Goldenen Horn von Konstantinopel, das Schwarze Meer nichts als ein großer See, und dahinter wieder das Reich der Mongolenkhane, deren Seidenstraße sich im dunklen verlor.

Im Gewühl der griechischen Eilande erfolgte der Knick zur Mittelfläche, es ging nun über Achaia und Epirus die dalmatinische Adria aufwärts. Dem alten Byzanz, nun ein brüchiges »lateinisches« Kaiserreich, folgte Ungarn, und das Auge des Betrachters geriet beim in Vergessenheit geratenen Patriarchat von Aquileja in den Bann der Serenissima. Nach Süden im blauen Mittelmeer hing der umstrittene Stiefel Italien, am umgekrempelten Stulpen die Lombardische Liga des Reiches, um die Wade das verrutschte Strumpfband des Patrimonium Petri mit Roma Aeterna, *caput mundi*, als glänzende Schnalle, juwelenverziert, darunter die apulische Ferse, das neapolitanische Schienbein, der Calabreser Rist des verhaßten Stauferimperiums, dessen Spitze das Königreich Sizilien wie einen lästigen Stein zu treten schien. Weiter oben tanzten Sardinien und Korsika im Machtbereich der genuesischen Wellen. Doch zurück, hinauf in den Norden! Nach Überquerung der Alpenkette folgten gen Osten die Herzogtümer von Schwaben, Bayern und Österreich, danach die Königreiche von Böhmen und

Polen – und dahinter immer noch das wüste Steppenland der Mongolen, die sich hier ›Goldene Horde‹ nannten. Ein Reich ohne Maßen, man mag grad' froh sein, daß die Flächen der Mappa Mundi seine Ausdehnung nicht erfassen können! Im Norden die Inseln der Dänen und Wikinger im Eismeer, über das Gebiet der Sachsen wechselt der unsichtbare Riesenfinger, den Rhein überquerend, zur Westwand.

Er gleitet über Lotharingien und Flandern nach Frankreich hinein, bis nach Paris. Jenseits des normannischen Kanals der gekrümmte Klumpen England, in stetem Hader mit dem bockigen Irland, dem stolzen Schottland. Die Bretagne gen Süden verlassend, das minnigliche Aquitanien, das ketzerische Tolosa, über die Pyrenäen hinweg ins christliche Aragon, bedrängt vom allerchristlichen Kastilien, während sich in El Andaluz das islamische Kalifat der Almohaden behäbig ausgebreitet hat.

»Eines Tages wird die eiserne Faust unserer *reconquista* diese Mohrenköpfe genau bei Gibraltar wieder aus Iberia quetschen, wie zuckrigen Eierschaum aus dem Spitzbeutel, und das Wort ›Christus‹ in feinen Lettern auf ihre Sandwüste schreiben!«

Der sich solchermaßen begeisternde Franziskaner auf der Leiter war ein untersetzter Glatzkopf, in dessen teigigem Gesicht ein wasserblaues Augenpaar schwamm. Er hatte die stark hervortretenden Backenknochen der östlichen Marken des Reiches, wo die Mission der Minoriten ihre eifrigsten Gefolgsleute rekrutierte.

Benedikt von Polen steigerte sich in eine seltsame Mischung von Heidenhaß und Freßtraum.

»Hör zu, Lorenz«, wandte er sich an seinen schmächtigen Mitbruder, »und hör auf, dir die Finger zu schlecken!« Ihn ärgerte es, sich veralbert zu sehen. »Denn es wird Blut sein, daß wir aus ihnen pressen werden, es wird in der Hitze gerinnen, und sie werden daran ersticken, sie werden verdursten, weil ihre Brunnen vom Irrglauben vergiftet sind, sie werden verhungern, weil sie das Herz des Heilands nicht ...«

»Bruder«, belächelte ihn von der Höhe des Gerüsts der mit ›Lorenz‹ Angesprochene, »du solltest ein Stück Brot aus deinem Sack beißen, ehe du dir den Leib unseres Herrn als Sonntagsbraten vorstellst!«

Benedikt erblickte, sich umwendend, den Fremden zwischen den Säulen, der schweigend die Weltenkarte studiert hatte, ohne ihnen ein »*Pace e bene!*« oder sonst einen Gruß zu entbieten. Vitus war hierher bestellt; er war zu früh gekommen und wurde prompt bestraft, indem er das Geschwätz dieser Minoriten über sich ergehen lassen mußte; denn nun fühlten sich beide angehalten, den schweigsamen Gast zu unterhalten, gerade weil er sich's anmerken ließ, wie wenig Wert er darauf legte.

Benedikt hatte inzwischen seinen Mitbruder auf dem schwankenden Gerüst ereicht, das vor der rechten Seite des Mittelfeldes stand, dort wo die Ostgrenze des Heiligen Römischen Reiches verlief. Die Weltkarte, dünnes Pappelholz auf unsichtbare Eichenrahmen aufgezogen und sorgfältig grundiert und in kräftigen Kalkfarben ausgeführt, wies wenig geographische Merkmale auf, wenn nicht gerade Fluß oder Gebirgszug auch naturgegebene Trennlinien bedeuteten, sondern beschrieb vor allem den Verlauf der feudalen Grenzen. Die beiden Mönche waren damit beschäftigt, in den teutschen Ostmarken die Spuren der Tatareneinfälle vor drei Jahren zu beseitigen.

Mit spitzen Nadeln aufgesteckte bauchige Holzfiguren, mit einem Kreuz gekrönt, bedeuteten Abteien, Bischofssitze und sonstige unverrückbare kirchliche Niederlassungen – wenn ihnen nicht gerade Ungemach durch Verlust, Brandschatzung oder Umwandlung in eine Moschee widerfuhr –, während die weltlichen Landesherren samt ihren Heeren durch Wappenfähnchen mobil gehalten wurden. Lorenz entnahm einem Körbchen einige der solcherart in Sicherheit gebrachten Klöster und bepflasterte damit das verwüstete Schlesien, während Benedikt das Mongolenheer unter Batu fluchtartig gen Osten versetzte.

»Hätte dein ketzerischer Kaiser meinem König geholfen, wie die Ritter des Deutschen Ordens, hätte Herzog Heinrich nicht zu Liegnitz sein Leben lassen müssen, und hätte ...«

»Hätte, hätte!« Lorenz fährt ihm erregt über den Mund. »Hätte

Unser Herr Papst Friedrich nicht davon abgehalten, wäre es gar nicht so weit gekommen. Hat der Kaiser nicht alle Fürsten dieser Erde unverzüglich dazu aufgerufen, ›sich diesen Eindringlingen entgegenzustellen‹? Schlußendlich war sein Kriegsruhm es, der sie in die Flucht schlug!«

»Daß ich nicht lache!« Benedikt widmete sich jetzt den mongolischen Feldzeichen, die er Ungarn räumen ließ. »Flucht? Warum überfielen sie dann den armen König Bela, dessen Bruder sie am Sajofluß erschlugen, und nur die Drohung unseres Herrn Papstes, sich mit dem Priesterkönig Johannes zu verbünden, hat das Gesindel schließlich davongejagt.«

Lorenz von Orta, mit seinem lichten Kranz kleiner Löckchen, in deren Blond längst ein Silbergrau vorherrschte, war zwar von der Statur her ein spindeldürres Kerlchen, aber er ließ sich von dem Polen keineswegs den Schneid abkaufen noch sich von seiner kaiserverehrenden Linie abbringen:

»Herr Gregor ist vor Schreck ob ihrer Greuel sofort gestorben, und den Priester Johannes hat noch keine Christenseele je von Angesicht zu Angesicht gesehen! Ich sage dir, was diese Mongolen zittern und zagen machte ...«

»Der frevelhafte Staufer hatte diese Unholde zwar herbeigerufen, der Christenheit zum Verderbnis«, mischte sich jetzt trocken, fast verärgert der Besucher am Fuß des Gerüstes ein, »doch abziehen ließ sie der Tod Ögedais, ihres Großkhans – und sonst nichts!« Vitus war gereizt und eigentlich kaum gelaunt, den beiden Minoriten eine Lektion zu erteilen. »Wenn ihr Kuriltay einen Nachfolger gekürt hat, werden sie wiederkommen, und wir werden ihnen wieder nichts entgegenzusetzen haben!«

»Das Wort Christi allzumal!« Oben auf der Empore über der einzigen freien Wand des Saales hatte sich eine verborgene Tür geöffnet, und eine hagere Gestalt war an die Balustrade getreten.

»Der graue Kardinal!« flüsterte Benedikt erschrocken; fast hätte er das Kreuzzeichen geschlagen. Die Figur im anthrazitfarbenen Umhang mit einer das Gesicht völlig verdeckenden Kapuze hielt sich zusätzlich eine Maske vor, wie sie im Karneval gern zur

Verkleidung benutzt wurde; sie war gleichfalls mausgrau, und nichts Lustiges ging von ihr aus. Auch der forsche Lorenz war eingeschüchtert.

»Seine Heiligkeit hat zwölf neue Kardinäle ernannt«, wandte sich die Maske von oben herab an Vitus. »Begebt Euch in das ›Archiv für Reichsangelegenheiten‹, dort wird Euch Bruder Anselm mit weiteren Schritten vertraut machen.« Mit einer herrischen Geste war Vitus entlassen und machte sich sofort auf den Weg. »Ihr, Bruder Benedikt, treuer Sohn der Kirche«, der Kardinal warf ein Bündel verschnürtes Papier hinunter, die der Pole sich eilte aufzuklauben, »Ihr seid beauftragt, die Namen der Erwählten im Register einzutragen – und Ihr, Lorenz von Orta, begebt Euch so lange in den Karzer, bis Ihr das Wasser von den Wänden schleckt und so Eure Zunge zu hüten lernt.« Die graue Gestalt wandte sich um und war wieder verschwunden.

»Das kann nur Rainer von Capoccio gewesen sein«, knurrte der gemaßregelte kleine Mönch, und stieg folgsam die Leiter hinab. »Niemand haßt den Kaiser so wie er!«

»Still!« zischte Benedikt entsetzt. »Du wirst dich noch ums Leben plappern.«

»Während du zum Kardinal-Scribenden aufsteigst!« höhnte feixend Lorenz, als er den Polen ratlos und bleich mit der Liste in der Hand dastehen sah; denn Benedikt, das wußte er, konnte nicht mal seinen eigenen Namen schreiben, geschweige denn den anderer. »Los!« rief er mit gutmütiger Schroffheit. »Gib schon her und bring mir die Feder, Tinte und eine Kerze ins Kellerloch. Ich mach' das schon.«

»Danke, Bruder«, flüsterte Benedikt und blickte sich furchtsam um. »Ich würde dir ja gern auch etwas Brot bringen, wenn ...«

»...wenn du dich vor der aufsichtführenden Vogelscheuche nicht gar so fürchten tätest!« Benedikt zog den Kopf ein. »Es könnte auch der Jakob von Preneste sein?« setzte er neugierig hinzu.

»Der ist schon so gut wie tot, wie auch der Colonna, im Februar, so ganz plötzlich, sein Vorgänger in diesem makabren Amt der *spaventa passeri!* Nein, das war Capoccio!«

Benedikt hielt sich die Ohren zu ob dieser frechen Sprache seines Mitbruders, der jetzt fröhlich summend den Saal verließ, um die Stiegen in die Tiefe hinabzusteigen.

Sonnenlicht fiel durch eine hoch oben in der Kuppel befindliche runde Öffnung auf die Regale, zwischen denen Vitus mit dem Mönch Anselm wandelte, Dominikaner wie er und jüngerer Bruder des berühmten Andreas von Longjumeau.

»›*Omnes praelati / papa mandante vocati / et tres legati / veniant huc usque ligati.*‹«

»Wer den Schaden hat, braucht für den Spott nicht zu sorgen, Fra' Ascelin«, rügte Vitus den Jüngeren. »Es war ein schwerer Schlag für den Heiligen Vater – und der eigentliche Anlaß für sein schwaches Herz, nicht länger für diese undankbare Welt zu schlagen – zu sehr hatte ihn die Infamie der Pisaner und Ezios, dieses kaiserlichen Bastards, getroffen ...«

»Aber zugegebenermaßen ein genialer Schachzug des bösen Widersachers: die frommen Prälaten auf hoher See von den genuesischen Galeeren zu kapern, als sie sich zum friedlichen Konzil vereinen wollten, das den Staufer sicher verdammt hätte ...?«

»Verdammt ist der Metzgersbalg so oder so – letztes Jahr mußte er sie doch freilassen, und die, welche die Kerkerspein überlebt haben, hassen ihn nun bis zu seiner erfolgten Vernichtung; gerade wurden zwölf neu ernannt, sicher keine Freunde Friedrichs ...!«

»Wie Galfried von Mailand?« unterbrach Ascelin mit lauerndem Spott. »Der Kardinalbischof von Sabina galt doch als zumindest kein Feind des Staufers? Mußte Coelestin IV. deswegen nach vierzehn Tagen Papat schon von uns gehen?«

»Ach, viele verließen uns in letzter Zeit«, bedauerte Vitus. »Nicht nur wir verloren unseren Vater gleich zweimal im gleichen Jahr, auch unserem Freund Friedrich verstarb mal wieder – tief betrauert – eine seiner Kebsen im Kindsbett, dann sprang ihm sein Erstgeborener in den Freitod, um sich diesem Scheusal von Vater zu entziehen.«

»Wie müßt Ihr ihn hassen«, bemerkte Ascelin frei heraus, »daß

Ihr blind dafür geworden seid, daß eine Bosheit nur die nächste nach sich zieht.«

»Unser neuer Papst Innozenz IV. hat sofort den Bannfluch des großen Gregor bestätigt. Wollt Ihr einen Exkommunizierten verteidigen? Ich warne Euch, Anselm von Longjumeau!«

»Nichts liegt mir ferner«, lenkt Ascelin ein, ohne sich einschüchtern zu lassen, »ich bewahre mir nur den gesunden *sensus politicus*. Ich hoffe, Ihr bedenkt – in der Verantwortung unserer *Ecclesia catolica* – bei Eurem Tun auch die Sicherheit des Heiligen Vaters. Ginget Ihr nicht auch Herrn Rainer beim Verrat von Viterbo zur Hand?«

»Ich bin stolz darauf!« funkelt ihn Vitus an. »Jede Heimtücke, jeder Wortbruch gegen den Antichristen und seine Brut bringt mich dem Himmelreich näher!«

»Das könnte auch Friedrich Euch besorgen«, murmelte Ascelin trocken, »wenn er's nicht andere büßen läßt.«

»Auf welcher Seite steht Ihr eigentlich, Bruder?«

»Ich bin ein *canis Domini* wie Ihr, Bruder – was kann ich nun für Euer löbliches Unterfangen tun, wie Euch zu Diensten sein?«

Der Viterbese zögerte ob dieses so ironisch vorgetragenen Umschwungs seines Gesprächspartners. Hatte andererseits nicht der Graue Kardinal ihn an diesen Ordensbruder verwiesen? Als ob sein Mißtrauen an höherer Stelle Gehör gefunden habe, ertönte deutlich die Stimme – von wo?

»Sprich, Vitus von Viterbo! Oder willst du dein Mißtrauen gegen mein Vertrauen wägen?«

Vitus war zusammengezuckt, Fra' Ascelin lächelte auffordernd.
»Es geht um die Kinder«, flüsterte der Viterbese. »Diese Ketzerbälge, diese Stauferbrut.«

Vitus wurde zum Verschwörer. »Sie sind aus dem Montségur entkommen! Ein gewisser William von Roebruk, auch einer von diesen unzuverlässigen braunen Spatzen unseres Vogelfreundes von Assisi, ist seit der Nacht vor der Übergabe spurlos aus dem Feldlager verschwunden. Ich will zwar nicht behaupten, daß er mit diesem Komplott zu tun hat ...«

»Ist das ein Grund, im Languedoc ein Blutbad unter Waisen ihres Alters anzurichten? Herodes nennen sie dich, der Kirche Scham und Schande!«

»Wir haben«, verteidigte sich Vitus, »nach Überprüfung der Identität noch ein jedes aufgegriffene Kind seinen Eltern, seinem Heim oder einem Kloster zurückgegeben, keinem ein Haar gekrümmt – da seht Ihr, wie man die Inquisition verleumdet!«

»›Wo Rauch ist, ist auch Feuer‹, sagt das Volk. Die Ketzer triumphieren: ›Da seht ihr die heilige katholische Kirche – eine gemeine Kindsmörderin!‹ – und du stehst mit leeren Händen da!«

»Alle Häfen werden überwacht!« gab Vitus klein bei.

»In Marseille wurden sie gesichtet«, ließ sich die unsichtbare Stimme noch einmal vernehmen; sie verbarg ihre Enttäuschung nicht. *»Beratet Eure nächsten Schritte wohl!«*

Vitus hatte sich verschluckt und blickte um sich, dann nach oben in die Höhe. Doch er sah nur Schränke und Borde, angefüllt mit vertraulichen Dokumenten, Spitzelberichten, Personalakten, Fälschungen und geheimen Urteilen, offiziellen Bullen und nicht publiken Verträgen. »Ich dachte mir«, druckste er, »ein ungetreuer Franziskaner kann eigentlich nur eine Adresse anlaufen: Elia von Cortona ...«

»Wir haben ein Auge auf den Bombarone, Bruder, sei beruhigt«, nahm Ascelin das Gespräch wieder auf, »doch wahrscheinlich ist, daß dieser Minorit nur benutzt wurde, um eine falsche Fährte zu legen. Wer auch immer den Plan geschmiedet hat, er wird seine Ausführung nicht in die Hände eines solchen ...«

»Ihr habt recht!« Vitus hatte jetzt volles Vertrauen zu seinem Gegenüber und wollte gerade wieder ansetzen, als ihn Ascelin brüsk unterbrach und ihm Schweigen gebot. Ein Rascheln war zu hören. Hinter einer Regalwand auf einer hohen Bibliotheksleiter hockte Lorenz, wie eine zerzauste Eule, auf den Knien einen Skizzenblock, und zeichnete mit Rötel. Ganz offensichtlich waren die beiden Dominikaner seine Studienobjekte.

»Komm da runter!« befahl Ascelin. Lorenz ließ sich Zeit, beendete sein Werk mit ein paar kühnen Strichen.

»Solltest du nicht im Kerker sein?« bemerkte Ascelin leichthin, während er ihm den Block abnahm.

»Nur bis ich das Wasser von den Wänden lecke«, grinste Lorenz, »das hab' ich sogleich getan.«

»Weiß der Kardinal das?« versuchte Ascelin sich Strenge zu verleihen.

»Er weiß alles«, antwortete Lorenz frohgemut.

Vitus hatte inzwischen das Blatt in Augenschein genommen. Es zeigte ein gelungenes Portrait, wenn auch leicht übertrieben, von ihm, aber keine Studie von Ascelin, nicht mal die Andeutung einer Skizze. Das machte ihn stutzig.

»Was soll das?!« fuhr er den schmächtigen Minoriten an.

»Ihr habt einen so markanten Kopf«, schmeichelte ihm der Künstler mutig mit einem Blick auf die mächtigen Pranken seines Gegenüber, »daß ich nicht widerstehen konnte.«

Vitus fletschte verlegen sein Gebiß mit den mächtigen Kinnladen, als er ihm gönnerhaft den Block zurückreichte.

»Lorenz von Orta genießt gewisse Narrenfreiheit«, lächelte Ascelin. »Der Trott hier im Castell, Tag und Nacht im Dienst der Kurie, geheim wie verantwortungsvoll, braucht immer wieder eine provokatorische Auffrischung, sonst fressen wir uns hier gegenseitig auf!«

»Es tut mir leid«, brummte Vitus, kaum daß Lorenz sich entfernt hatte, »daß ich Euch anfangs mißtraute. So lang bin ich nun schon im Außendienst, daß ich mit den Gepflogenheiten der guten alten Engelsburg nicht mehr so vertraut bin.« Ascelin lächelte ihm aufmunternd zu, was Vitus sogleich mißverstand. Er verfiel in einen vertraulichen Plauderton: »Was also wißt Ihr hier über die Kinder, Fra' Ascelin?«

»Ihr wißt genug! Genug, um Euch an die Erledigung Eurer Aufgabe zu machen. Bruder Vitus von Viterbo, Ihr werdet in der Sala Mappa Mundi erwartet!«

Die Stimme des Grauen Kardinals zeigte auch diesmal keine Regung. Doch Vitus wußte, mit wem er es zu tun hatte. Er war froh, entlassen zu sein. Dieser Lorenz von Orta mochte Narrenfreiheit genießen, für andere war hier ein falsches Wort das letzte. Er verabschiedete sich mit einem Nicken von seinem Ordensbruder und verließ das Archiv für Imperiale Angelegenheiten.

Im großen Saal schrubbte Benedikt von Polen den Boden. Lorenz hatte einen Eimer mit roter Farbe vom Gerüst gestoßen. Die Spritzer reichten hinauf bis nach Neapel, und auch in der Terra Sancta waren Kleckse, aber ein roter Schwall ergoß sich, wohl vom Sturz des Eimers, von Osten her über Bagdad bis nach Syrien.

Vitus stand noch unschlüssig vor der Mappa Mundi herum, dachte an Aufstieg und Fall, an viel vergossenes Blut, als eine Pergamentenrolle zu seinen Füßen aufschlug. Von nun an wurden ihm die Aufträge wohl schriftlich erteilt, damit ›Er‹ ihn besser nageln könnte. Er bückte sich und hob sie auf. Beim Wiederaufrichten fiel sein Blick auf den gekreuzigten Christus in der Ecke, und er tat sich leid.

Der Verfolgten Wahn
Sutri, Sommer 1244 (Chronik)

Als ich mich zu Marseille aus dem Wasser gerettet hatte, war mein Lebensmut dahin. Ich traute mich nicht mehr, dem Seneschall, geschweige denn meinem König, unter die Augen zu treten. Die wenigen Tage der Reise mit den Kindern hatten mich von meiner bisherigen Existenz abgeschnitten. Ich kroch auf das Ufer wie ein Schiffbrüchiger auf ein fremdes Eiland. Gut – ich war gezwungen worden, ich hätte die alte Hexe als Zeugin vor Gericht zitieren können – doch was hatte ich bei der zu suchen? Und Gavin? Er würde mich verleugnen – oder an ein Inquisitionstribunal überweisen lassen. Bestenfalls würde man mich in einem geheimen Kerker ermorden lassen. Ich war ein *idiota*, genaugenommen ohne Identität. Ich hatte sie verloren. Ich konnte jedem erzählen, mein Name sei William, aus Roebruk in Flandern – gut, dahin hätte ich zurückkehren können, meinen Eltern die Schande zu bereiten.

Ich war nahe daran, ins Wasser zurückzugehen, als ein pisanisches Kaufmannsschiff sich dicht an mir vorbeischob. Die Italiener hatten mehr Spaß als Mitleid mit dem klatschnassen Mönch. Ich stopfte meinen Beutel, einziges handfestes Beweisstück meiner früheren Existenz, unter die Kutte und sprang. Ich paddelte, bis ich das erste ausgestreckte Ruder erreichte, hilfreiche Hände zogen mich an Bord.

Ich machte mich so nützlich wie mir möglich, bestrafte mich mit selbst auferlegtem Fasten, doch die meiste Zeit mußte ich für den Kaufherrn, einen gewissen Plivano, beten. Wir segelten durch genuesische Gewässer! Zwar umfuhren wir des Nachts die Inseln mit ihren Garnisonen und versteckten uns tagsüber in verschwiegenen Buchten, aber er hatte furchtbare Angst.

Endlich erreichten wir die Toscana. Bevor sie den Arno aufwärts ruderten, wurde ich – reich beschenkt, ich hatte ihm Glück gebracht – am Ufer abgesetzt. Es war vor allem ein kostbarer, knallroter Brokatmantel, innen mit Seide ausgeschlagen, und ein gleichfarbenes samtenes Gewand. Dazu Beinwerk und Safianstiefel. Ich fühlte mich wie ein Künstler, wie einer dieser berühmten italienischen Portrait-Maler, die ich am Hofe Ludwigs gesehen hatte, denen jeder geschmeidige Pinselstrich mit Gold aufgewogen wurde, denen Fürsten und Fortuna lächelten; als so einen begnadeten Herrn sah ich mich in meinem neuen Reisehabit. Meine Franziskanerkutte, eh vom Meerwasser stinkend, warf ich weg. Nur das Holzkreuz behielt ich.

Ich wanderte die Küste hinab. Erstaunt aufblickende Fischer, die ihr Netzwerk flickten, heischten meinen Segen, den ich ihnen auch gern erteilte – sah man mir doch den Diener Gottes an? Von den braven Leuten ließ ich mir den nächsten Gasthof weisen.

Vor dem einsam gelegenen Anwesen an der nach Rom führenden Aurelia stand ein Fuhrwerk, seltsam aufgeputzt mit Glöckchen und farbigen Bändern. Es war ein zweirädriger Karren, der gleich hinter dem Kutschbock zeltartig verschlossen war. Ein buckliger Knecht von kräftiger Statur versorgte das Pferd und maß mich abschätzenden Blickes.

Die Gaststube war leer. Es dauerte lange, bis der Wirt erschien, zerzaust und sich die Hosen im Schlurfen hochziehend, als er mich, den hohen Gast, erblickte. Ich ließ mir das Zimmer im Obergeschoß zeigen, orderte für den nächsten Morgen ein Pferd und für jetzt gleich Wein, Brot und Käse.

Der mundfaule Kerl bedankte sich nicht einmal. Ich mußte ihn wohl beim Beilager mit seinem Weibe gestört haben. Er stand dennoch unschlüssig herum, so daß ich mich genötigt sah, ihm schon im voraus eine Goldmünze hinzuwerfen. Er fing sie im Fluge auf, blinzelte mir blöd komplizenhaft zu und stampfte die Treppe hinunter. *Pace e bene!*

Ich hatte mich kaum ausgestreckt, als die Tür aufging und eine wundervolle Dame mich mit: »Hallo, schöner Fremder!« begrüßte.

Sie trug all das Gewünschte vor sich auf einem Tablett, aber ich starrte über den Käse hinweg auf ihren wogenden Busen, der – kaum durch ein Band gestützt – den Hauptteil des Angebotenen ausmachte. Sie hatte pechschwarzes Haar und schlimm glitzernde Augen. Sie setzte alles vor meinem Bett mit solch aufreizender Langsamkeit auf den Boden, daß unsere Köpfe fast zusammenstießen, als sie sich wieder aufrichtete und mich anlachte.

Ohne mich zu fragen, nahm sie mein Bein, klemmte es sich mit rascher Drehung von hinten zwischen ihre Schenkel und zog mir mit gekonntem Griff den ersten Stiefel aus. Für den zweiten schaute sie nur auffordernd über die Schulter, so daß es an mir war, ihr das Bein zu reichen, doch statt danach zu greifen, lüpfte sie ihr Gewand, und ihre ganze nackte Herrlichkeit stand füllig vor meinen Augen; meine Hände gehorchten mir nicht mehr, sie setzten sich in Bewegung wie zwei trunkene Gänse.

»Das Bein, hoher Herr!« gurrte sie, den Schritt nun auch noch leicht spreizend, so daß mir die Sinne vergehen wollten. Bebend tastete ich mich durch diesen sich öffnenden Triumphbogen versprochener Wonnen, aufgeregt bemüht, mit meiner Stiefelspitze nicht an die herabhängenden Zweiglein dieses dunklen Gartens der Lust zu rühren. Wie eine marmorne Pforte schloß sich ihr Gesäß, der Rock fiel verdeckend herab, während sich ihr Fleisch an mein Beinkleid preßte und ich kaum gewahr ward, wie sie mir den zweiten Stiefel abstreifte.

Sie gab mein Bein auch nicht frei, sondern bückte sich – mir immer noch abgewandt – und nur dem gluckernden Geräusch konnte ich entnehmen, daß sie uns Wein einschenkte. Jetzt erst lockerte sie den Druck ihrer Schenkel, ließ mich zitternd noch einmal die ganze Länge der Innenkante ihrer warmen Haut entlangfahren, bis ich wieder den Boden berührte, und drehte sich dann zu mir um, in jeder Hand einen Becher. Sie reichte mir den meinen, setzte sich zu mir aufs Bett, und wir begannen zu essen.

»Ich bin die Ingolind' aus Metz«, klärte sie mich strahlend auf. »Ingolinda *la grande puttana!*« fügte sie hinzu, als ich nur freundlich nickte. Sie schnitt vom Käse die Rinden ab und fütterte mich mit mundgerechten Brocken.

»Du kannst mich William nennen«, sagte ich gönnerhaft, »und wir können auch französisch –«

»Dachte ich mir's, William«, plauderte Ingolind munter drauflos, »die feine Lebensart lernt man nur in Paris!«

Sie rupfte von den Trauben, die sie auch mitgebracht hatte, eine einzelne, nahm sie zwischen ihre Lippen und brachte sie meinem sich gierig öffnenden Munde dar, ließ sie geschickt entgleiten, und schon war ich Gefangener ihrer herrlichen Brüste, in deren Tal dem Dürstenden nun die Früchte zerplatzend entgegenfielen. Genügend rollten auch über mich, meine Hose bedeckend, daß die Dame aus Metz sich nun bemüßigt fühlte, ihrerseits nichts umkommen zu lassen. Mit der Fingerfertigkeit eines Taschendiebs legte sie mir den Traubenstößel frei, küßte ihn schmatzend zur Begrüßung, raffte das Kleid und ließ ihn im feucht-glitzernden Keller verschwinden, und wir stampften den Wein mit wilden Stößen.

Seit meiner Verbannung aus den Mägdestuben des königlichen Schlosses zu Paris, den weichen Bäuchen der gutmütigen Köchinnen, den zachen Flanken der Wäscherinnen, die nie Zeit hatten, sich für ein Scherzwort aufzurichten, den kichernden Zofen, die – mit Rücksicht auf ihre Roben – sich nur stehend in die Ecken drängen ließen, nach all diesen vertrauten Schobern, in die ich meine Lust hatte einfahren dürfen, war mir dann im Feldlager und auf meiner bisherigen Fahrt über Land und Meer keine Dame mehr untergekommen. Und jetzt dieses Vollweib über mir!

Ingolinde aus Metz wußte, warum sie Hur geworden war. Und sie ließ es mich wissen! Erst als wir allen Wein verschüttet, alle Trauben zermanscht hatten und ich schon dachte, ich seh' ihn nie lebend wieder, reduzierte sie lachend den Rhythmus unserer Kelterei, ohne jedoch die geringsten Anstalten zu machen, die ans Angelusläuten, den verdienten Feierabend, gemahnen mochten. Und mein Kellermeister ist nicht der Typ, der als erster geht.

Als hätte sie den Widerstreit zwischen Herr und Gescherr erraten: »Du brauchst morgen kein Pferd, ich fahre dich, wohin du willst, aber am Abend will ich noch einmal von dir geritten werden!« Sprach's und küßte mich auf den Mund, bevor ich widersprechen konnte.

»Ich muß zum Papst!« fuhr es mir heraus, ohne daß ich je daran gedacht hatte. Doch statt der erhofften einschüchternden Wirkung lachte Ingolinda *la grande puttana* schallend.

»Das will ich auch!« Sie stieg von mir herab – »bis morgen früh« –, warf ihm eine Kußhand zu, »bis morgen nacht!«, und verließ mein Zimmer so frank, wie sie gekommen war.

Ich war zu müde, mich auch nur zu entkleiden, schlief sofort ein und schlecht weiter, was zur Folge hatte, daß ich in aller Herrgottsfrühe erwachte.

Ich schlich mich hinaus zum Brunnen, fand dort den mürrischen Wirt, der mir wieder mit der gleichen schmierigen Vertraulichkeit zublinzelte. Ich gab ihm noch drei Goldstücke, deutete dabei unmißverständlich auf das Hurenwägelchen und ließ mir das Pferd vorführen, eine Mähre. Samt Burschen, einem Tölpel, verließ ich leise die Herberge, aus der ich Ingolindes Schnarchen zu hören glaubte, und setzte meine Reise gen Süden fort.

Ich war mir nicht im geringsten klar, wie es mit mir weitergehen sollte – schlecht wird's mit dir enden, William! Aus diesem Zweifel wurde ich jäh gerissen – wir hatten das etruskische Tarquinia erreicht, ohne von Räubern überfallen worden zu sein, von denen vor allem die Maremma wimmelte. Allzu auffällig war wohl meine Kleidung, ich muß wie ein ausgelegter Köder gewirkt haben, hinter mir eine zuschnappende böse Falle, kaum daß ein dreister Wegelagerer die Hand nach mir ausstreckte. Dabei war niemand hinter mir außer dem tumben Filippo, der wortlos hinter mir her trottete und das Pferd besser versorgte als mich.

Plötzlich tauchte vor uns ein Trupp Berittener auf, Päpstliche! Ich erschrak, immer noch mit dem schlechten Gewissen eines nicht angemessenen Kleides. Der Hauptmann erwies mir jedoch seine Reverenz, um dann vorwurfsvoll zu bemerken:

»Welch Leichtsinn, mit Verlaub! Eure Eminenz sollten nicht so unbeschützt reisen! Die anderen Herren Kardinäle sind längst in Sutri um den Herrn Papst versammelt. Erlaubt, daß wir Euch geleiten!«

Jetzt war mein Schreck noch mal so groß: Er hielt mich für einen Purpurträger und wollte mich in diesem Aufzug zum Heiligen Vater bringen. Ich war sprachlos, was man mir als Ausländer auch zubilligte, nur soviel verstand ich gut: »Woher kommt Ihr so spät?«

»Die Pisaner –«, setzte ich an.

»Oh, diese heimtückischen Verbrecher!« ließ er mich Gott sei Dank nicht ausreden. »Schätzt Euch glücklich, diesen Piraten entkommen zu sein; aber auch hier ist es sehr gefährlich«, fügte er hinzu, seine Schutzfunktion unterstreichend, »es wimmelt von Kaiserlichen!«

Ich entließ Filippo, dem ich die Mähre abkaufte zu einem Preis, für den man in meinem Dorf ein Vierer-Gespann hätte erwerben können. Er wollte dennoch maulig werden, aber der Hauptmann jagte ihn fort.

»Einer aus der Gegend von Pisa! Seid froh, daß er Euch des Nachts nicht Kopf und Beutel abgeschnitten hat!«

Wir ritten schweigsam landeinwärts. In meinem wirren Kopf kreiste nur ein Gedanke: So konnte ich dem Heiligen Vater unmöglich unter die Augen treten, welche Schmach für den Orden, welche Pein! Von den hochnotpeinlichen Verhören ganz abgesehen, denen man mich aussetzen würde! Von Skylla zur Charybdis! Oh, hätte ich doch nur meine Kutte nicht weggeworfen! Heiliger Franz, so strafst du die Hochmütigen! Ich mußte dieses rote Höllengewand, das mir jetzt auf der Haut brannte, wieder loswerden, es eintauschen gegen jedwelchen Lumpen! Doch wie? Wäre ich eines armen Bruders ansichtig geworden, hätte ich eine Notdurft vorgetäuscht – selbst dessen hätte es nicht bedurft: mein Gedärm rebellierte längst vor Angst und Erregung! Reiß dich zusammen, William, behalt einen klaren Kopf: kein Franziskaner hätte sich auf den Tausch eingelassen, keiner hätte dir sein braunes Ehrenkleid der Armut verkauft, und falsche wie du laufen halt nicht überall herum!

»Wieso ist der Papst denn in Sutri?«

Kaum waren diese Worte meinem dummen Munde entschlüpft, bereute ich sie schon. Als Kardinal sollte ich wohl wissen, was den Heiligen Vater aus Rom vertrieben hatte, doch der Hauptmann lächelte nachsichtig.

»In Civitacastellana hättet Ihr ihn nicht mehr angetroffen, dessen Befestigung erschien dem edlen Herrn von Capoccio nicht mehr ausreichend als Garantie für die Sicherheit seiner Heiligkeit –«

Er maß mich eines prüfenden Blickes, den ich auf meine Person bezogen empfand. Ich wußte mir nicht anders zu helfen, als ihm »verschmitzt« zuzuzwinkern.

»Wohl mit Recht, so wie der Kardinal bisher höchstselbst den Staufer gereizt!« fügte er, Vertrauen fassend, seine eigene Meinung hinzu. »Wem ich so übel mitspiele, wie ...« Es kamen ihm nun doch Bedenken ob meines Standpunktes.

»Ich bin Franzose aus dem Norden«, beeilte ich mich zu versichern, »all diese römischen Intrigen –«

»Und ich bin Genuese«, dankte er mir für die Möglichkeit, sein Herz auszuschütten; »wir werfen uns zwar in die Bresche für Papst Innozenz, der vorher unser hochverehrter Bischof war – und als solcher gut Freund mit dem Kaiser, ungeachtet dessen, daß dieser Pisa stets bevorzugt hat, doch wir sind nicht reichsfeindlich!«

»Zum Besten der Christenheit«, seufzte ich, ganz verantwortungsvoller Purpurträger, auf dessen Schultern das Leid der Kirche lastete. »Die beiden sollten sich einigen!«

»Recht habt Ihr, Eminenz, doch es gibt unter Euch Rotröcken, pardon für die *vox populi*, einige schwarze Wölfe – nicht Schafe! –, die genau das zu verhindern wissen. Der Heilige Vater hatte sich nach Civitacastellana begeben, weil viele verständige Männer wie Ihr, Eminenz, ihn drängten, sich mit dem Kaiser zu verständigen. Friedrich war, ›wie eine Löwin, der man ihr Junges geraubt‹, aus der Toscana herbeigestürmt, um Viterbo wieder aus den Klauen des übelsten aller Wölfe, Eures Kollegen Rainer von Capoccio, zu reißen, der es auf infame Weise in seinen – höchstpersönlichen – Besitz gebracht hatte –«

»Und der Papst konnte nicht –?« fragte ich empört, weil mir das alles völlig fremd war, was ich aber nicht zeigen durfte.

»Dem Heiligen Vater blieb nur, den Ahnungslosen zu spielen, er rügte den Kardinal öffentlich und belegte die Viterbesen – die am wenigsten dafür konnten – mit einer Geldbuße.«

»Die er für seine Kriegskasse einsackte?« fügte ich intuitiv hinzu.

Der Hauptmann nickte, mißbilligend und verständnisvoll zugleich. »Innozenz«, besann er dessen Situation, »ist von unbestimmter Furcht erfüllt, einmal Friedrich überhaupt gegenüberzutreten –«

»Wozu die Sorge vor der Tücke des Staufers durchaus berechtigt«, trug ich mein Scherflein bei, das dankend angenommen wurde.

»– der sich per Handstreich seiner Person bemächtigen könnte! Zum anderen«, fuhr der gesprächsselige Hauptmann fort, »mag da die Angst sein, es möchte ihm so ergehen, wie seinem Vorgänger, der, kaum daß er gewisse Friedensbereitschaft dem Kaiser gegenüber hatte erkennen lassen –«

»– erstaunlich schnell von Gott an Seine Seite berufen ward!«

»Der Graue Kardinal!« flüsterte er, und da war das erste Mal, daß ich von dieser geheimnisvollen Institution hörte, diesem personifizierten Machtwillen einer weltlich orientierten Kurie, der offenbar dem Papst mit dieser unausgesprochenen Drohung wie ein Alb im Genick saß. »Nur solange es dem Heiligen Vater gelingt, den Bannfluch gegen Friedrich aufrechtzuerhalten, ist er seines Lebens sicher!« vertraute mir dieser Hauptmann des päpstlichen Heeres das Dilemma an, und ich hatte schließlich begriffen, daß eine Lösung des Problems nicht einfach sein mochte.

»Doch gerade den will der Kaiser *a priori* gelöscht sehen!« riet ich auf gut Glück – einen würdigen Abschluß suchend.

Ich hatte ihn rechtzeitig gefunden, denn vor uns tauchte die Burg von Sutri zwischen den Bäumen auf. Ich hätte gern noch mehr über die feinen Gespinste der Kurie erfahren, doch mein Hauptmann galoppierte jetzt an die Spitze seines Trupps, wohl auch in Respekt vor dem gefürchteten Rainer von Capoccio, der anscheinend – mehr als ein gewöhnlicher Kardinal – hier die Fäden zog wie ein Puppenspieler. An ihnen hing also auch mein Herr Papst; William von Roebruk, kleiner Mönch in angemaßtem Purpur – du bist nur ein Staubkorn, auf das diese hohen Herren aus Versehen treten, wenn du ihnen nicht lästig ins Auge fliegst – dann wirst du allerdings zerquetscht, wie eine Laus – und mir wurde wieder ganz schlecht. Was verstärkt wurde durch den Anblick des schwarzen Gemäuers, das sich hinter Wällen aus bemoosten Tuffsteinquadern, die weit älter sein mußten als das römische Imperium, düster erhob. Vulkangestein, schoß es mir durch den Kopf, so müssen die verborgenen Pforten der Hölle beschaffen sein, durch die heraufsteigend der Böse seine Herrschaft auf Erden behauptet. Hierhin verschleppt er die armen Seelen, die ihm durch Leichtsinn, Neugier oder unchristlichen Lebenswandel anheimgefallen. Weh dir, William, wahrscheinlich hat er dein Kommen schon erschnüffelt! Es ging an einem römischen Amphitheater vorbei, das, wie aus den dunklen Mauern gekerbt, mich gleich wieder an einen Tanzboden von Hexen und Kobolden gemahnte – hier feiert Beelzebub seine Walpurgisnacht, wenn er durch eine der Kavernen aus den Tiefen seines Kastells emporsteigt, oder mit seiner Beute hohnlachend hinabfährt!

Wir ritten durch einen Hohlweg – kein Entrinnen! – hoch zur Burg. Meine Eskorte stieg ab, erwies mir die Reverenz, ich belohnte sie reichlich aus meinem Beutel, die Wachen am Tor hoben salutierend die Spieße, und ich schritt den steinernen Aufgang hoch.

Auch die zweite Postenkette am Treppenhaus ließ mich anstandslos passieren. Würden sie mich doch ergreifen, entlarven, ins tiefste Verlies werfen! Alles besser als diese gräßliche Schicksalsmacht, die den armen William aus Roebruk wie einen aufgeplusterten Pfau, feuerrot dazu, unbarmherzig vor den Thron Seiner Heiligkeit schiebt.

Ich hielt Ausschau nach einer letzten Fluchtmöglichkeit, doch überall hasteten Bedienstete, grüßten mich devot Diakone, standen Bewaffnete herum. Wie gern wäre ich hinter der Tür einer Kammer einfach verschwunden, wäre aus einem Fenster in den Graben gesprungen, hätte mich an einem Ort menschlicher Bedürfnisse eingeschlossen ...

Immer näher geriet ich den Räumen – ich merkte es an der zunehmenden Hektik und dem Gedränge –, in denen sich meine Hinrichtung vollziehen würde. Da trat ein junger Dominikaner an mich heran, ein blasses, durchgeistigtes Gesicht.

»Verzeiht meine Störung, Eminenz, aber Ihr solltet Euch jetzt dringend umziehen!«

Ich erschrak zutiefst, fühlte mich ertappt, war verwirrt und hörte mich sagen – der Teufel muß in diesen Kleidern stecken! –: »Ich muß zum Heiligen Vater, mein Sohn!«

Bin ich wahnsinnig, fordere mein Schicksal heraus? Doch zum Glück ließ sich der junge Dominicus nicht überfahren, er lächelte nachsichtig – mit Purpurträgern ist Nachsicht angebracht, vor allem, wenn sie so dürftig an Jahren und dabei so beleibt sind wie ich – typisches Mastkalb einer geschobenen Karriere! »Der Heilige Vater erwartet Euch reisefertig«, sagte er fest und schnippte nach einem Pagen: »Geleite den Herrn Kardinal in einen freien Raum und bring ihm die Kleidung«; er taxierte mich sachlich, leicht mitleidig: »Passende Kleidung!«

Mit einem flüchtigen Nicken überließ er mich dem Pagen, der eilfertig: »Geht in Ordnung, Fra' Ascelin!« rief und mir vorauseilte. Er schubste mich fast in eine Kammer, in der nur ein Bett und ein Stuhl standen: »Wir müssen uns sehr beeilen, alle sind schon bereit!«

Ich witterte die einmalige Chance und zückte meinen Beutel. »Wenn du mir ein einfaches Ordenskleid, eine Kutte der Franziskaner vielleicht ...!?«

»Haben wir alles auf Lager, hoher Herr.« Er steckte die Münze weg. »Äh, eigentlich soll's ja nichts Ekla-Eklek-Ekklesiastisches sein«, stammelte er verlegen. »Ihr wollt ja wirken wie ein weltlicher Herr ...«

»Wenn ich dem Herrn dieser Welt in die Hände falle, erkennt der mich in jeder Verkleidung«, tröstete ich ihn. »Ich aber möchte im bescheidensten Kleid vor den Thron meines Schöpfers treten!« endete ich salbungsvoll, und der Junge verschwand beeindruckt.

Ich konnte es nicht fassen. Schnell entledigte ich mich der roten Gewänder, warf sie auf den Boden. Ich wollte nicht undankbar sein, hatten sie mich doch sicher bis hierhin gebracht. Also hob ich sie wieder auf, breitete sie säuberlich aufs Bett. Wer weiß, vielleicht brauchte ich sie noch – oder war es doch besser, keine Spur zu hinterlassen? Ein Wandschrank, ich öffnete die Tür, Moderduft schlug mir entgegen, aus einem Spalt in der Rückwand. Sie ließ sich zur Seite schieben – ein Geheimgang?

Wenn ich jetzt nicht floh, durfte ich meinem himmlischen Beschützer keinen Vorwurf mehr machen! Also tastete ich mich in Unterhosen vorwärts, doch schon nach der ersten Ecke war die Flucht beendet. Eine Holzwand, wahrscheinlich wieder ein begehbarer Schrank. Gerade wollte ich den Rückzug antreten, da vernahm ich Stimmen.

»... *ist der eitle Herr von Cortona auf den Köder hereingefallen?*«

»Elia giert geradezu danach, seinem Gebieter zu Gefallen zu sein, Eminenz!« Das war doch die Stimme des jungen Dominikaners, der mich im Flur abgefangen hatte – Fra' Ascelin! »Ich denke, noch heute nacht werden dreihundert tuskische Reiter im

Schutz der Dunkelheit hier einfallen, um den Herrn Papst zu ergreifen!«

Mir brach der Schweiß aus: Da wurde gegen den höchsten Vertreter der Christenheit konspiriert, und ich, William von Roebruk, den es eigentlich gar nicht geben durfte, zwischen Purpur und Kutte, nämlich in Unterhosen zwischen zwei Schränken, ich war einziger Zeuge und konnte nicht eingreifen. Also zurück, bevor der Page ... Doch meine Neugier war stärker.

»... *und wann wird der Bote, aus Kampfwunden blutend, hoffe ich, mit dieser Nachricht aus Civitacastellana eintreffen?*« Die Stimme des Fragers hatte etwas, das mir durch Mark und Bein ging, ich begann zu zittern.

»Wann Ihr wollt, Eminenz!« antwortete der Dominikaner. Ich preßte mein Auge an ein Astloch; war das vielleicht der schreckliche Capoccio – oder gar der ›Graue Kardinal‹ selbst? Mir schlugen die Zähne klappernd aufeinander. Ich sah nur eine Hand, die sich aus einem Ärmel schob und flüchtig das Profil des schmalen Mönches, der einen Ringkuß andeutete.

»*Wartet, Anselm von Longjumeau*«, wurde der zurückgehalten. »*Was hat es mit diesen Infanten auf sich, die der Staufer aus dem Montségur hat retten lassen?*« Eine längere Pause entstand, bevor eine Antwort kam – während mir der Schweiß ausbrach: Jetzt hatte Satan mich auf seiner Gabel aufgespießt! Mich fröstelte.

»Ob Friedrich davon weiß, ist keineswegs gesichert«, entgegnete der Dominikaner nachdenklich. »Es waren zwei ihm in Treue verpflichtete Ritter, die dort erschienen, einer vom Deutschen Orden zu Starkenberg und ein Ungläubiger, den unser oberster Beschützer der Christenheit eigenhändig zum Ritter geschlagen hat –«

»*Ich weiß*«, kam die Stimme des Kardinals, »*der Sohn des Wesirs. Schade, daß wir davon keinen Gebrauch machen können – jetzt nicht und hier nicht!*«

Ich glaubte einen Seufzer zu hören. Mir hingegen fiel ein Stein vom Herzen. Sie waren also entkommen, bisher! Und von mir war nicht die Rede? Sollte ich mich ärgern aus gekränktem Stolz? –

Wohl besser froh sein. Die da hinter der Wand machten nicht den Eindruck, sie würden viel Federlesens mit einem kleinen Franziskaner machen, der – ob wissentlich und willentlich oder auch nicht – an einer Verschwörung dieses Ausmaßes gegen die Kirche beteiligt war.

»*Was mich interessiert, ist nicht ihre Herkunft noch ihr Fluchtweg, sondern ihre Bestimmung. Was macht sie Euch Franzosen so begehrenswert?*«

Die Pause, die der Fragende einlegte, ließ mir Muße, um das Schicksal der Kleinen zu bangen, denen soviel Aufmerksamkeit von so unheimlichen Personen geschenkt wurde.

»*Selbst Vitus von Viterbo hat anscheinend vergessen, weswegen wir ihn an den Hof von Paris delegiert haben. Er benimmt sich, als sei er Gesandter des Königs in besonderer Mission! Nichts als diese Kinder hat er im Kopf!*« Der Kardinal war hörbar verärgert.

»König Ludwig weiß nichts von der Gefahr, die für das Haus Capet von diesen Kindern ausgeht –«

»*Ausgehen könnte*«, seine Eminenz erlaubte sich für einen Augenblick den Anflug einer zwischenmenschlichen Regung, »*nachdem ihr* Canes Domini *die Witterung aufgenommen habt?*«

»Wir haben sie im Moment verloren.« Fra' Ascelin formulierte dieses Eingeständnis so leichthin wie möglich. Schweigen trat ein.

Es klopfte. »Wir haben ein Schreiben für den Elia von Cortona abgefangen...«

»Gebt es her«, sagte Fra' Ascelin, doch der Kardinal muß es ihm unwirsch aus der Hand gerissen haben; denn die Schranktür wurde aufgerissen. »*Das hat Zeit bis –*«, und direkt mir vor die Brust flog eine Pergamentrolle.

Ich war wie erstarrt, denn das einfallende Licht hatte mich geblendet, und ich fürchtete atemlos, entdeckt worden zu sein.

»*Sorgt dafür, daß es mit eingepackt und mir vorgelegt wird!*« befahl Seine Eminenz, offensichtlich mit anderen Problemen beschäftigt, und die Schranktür schlug zu.

»*Ich stelle fest*«, der Kardinal hatte seine Unnahbarkeit wiedergefunden und seine Stimme ihren eisigen Ton, »*der Kaiser weiß von nichts, der König weiß von nichts, der Papst weiß von nichts – jedenfalls nicht, daß ich wüßte – nur mein geheimer Dienst hat anscheinend so wenig zu tun, daß er sich Konspirationen ersinnt, die es gar nicht –«*

»Verzeiht mir, Eminenz, es gibt noch andere Mächte –«

»– deren Kopf Ihr Euch jetzt bitte nicht länger zerbrecht, Anselm von Longjumeau«, unterbrach ihn schroff die kalte Stimme, *»somit könnt Ihr Euch endlich den Aufgaben widmen, die zur Zeit dringlicher anstehen!«*

Schweigen, Schritte, eine Tür schloß sich.

Der Teufel ritt mich in Unterhosen. Mein Generalminister Elia war zwar abgesetzt als solcher und obendrein noch im Kirchenbann, doch war er immer noch wer – vielleicht sollte ich mich an ihn wenden? Ein bestimmt schmerzlich vermißtes Mitbringsel würde ihn mir sicher gewogen machen. Ich tastete im dunklen Schrank nach der Rolle, als sei's eine Giftnatter, und schob sie mir mutig in die Unterhose; wo sonst sollte ich sie auch verstecken? Wenn man mich erwischte, war ich sowieso ›fällig‹, mit einem Strick um den Hals zum Fall ins Leere – ob nun als einfacher Spion oder als Dieb obendrein – und was, sagte ich mir, heißt hier schon Diebstahl?

Ich hastete zurück in meine Kammer und warf mich aufs Bett, gerade im richtigen Augenblick. Der Page kam zurückgerannt: »Dies ist zwar eine schwarze, braune gab's in der Größe keine, aber das spielt ja keine Rolle!«

Er mußte es wissen. Ich wußte gar nichts, durfte es mir aber nicht anmerken lassen. Also schlüpfte ich in die Benediktinerkutte. »Wartet hier, bis man Euch holt!« beschied mich der Knabe und schloß die Tür.

William von Roebruk im Vorzimmer des Papstes. Sollte das ein Wink sein, sollte ich vielleicht *ihm* meine Geschichte beichten, mein Gewissen erleichtern, mich von meinen Zweifeln erlösen lassen – »in Deine Hand gebe ich mein Schicksal»? Ja, das war der Schritt, den ich gehen mußte, dafür hat mich der Herr diesen Weg hierher geleitet. Die Wege des Herrn sind unergründbar, doch will ich Seinem Zeichen folgen, jetzt, hier, sofort. Mußte ich den Heiligen Vater nicht warnen vor dem, was sich hinter seinem Rücken abspielte? Denn der Herr erleuchtet und beschützt mich, Ihm will ich gehorchen!

Ich öffnete behutsam die Tür und stahl mich auf den Flur. Das Gewimmel hatte nachgelassen, eine merkwürdige Spannung lastete in der Luft. Wie vor einem Gewitter. Auch meine Seele bedurfte der Reinigung! Ich hatte mir immer geträumt: der Heilige Vater in lichten hohen Räumen, die Wände mit kostbaren Gobelins behangen, Zeugen der machtvollen Geschichte der Kirche und ihrer Märtyrer und an den Decken farbenfrohe Fresken, Szenen der himmlischen Herrschaft und Glorie. Doch jetzt befand ich mich in bedrückend dunklen Gängen; kaum ein Sonnenstrahl brach herein, die ersten Räume, die ich zögernd betrat, waren karg und schmucklos, ja heruntergekommen. Die gleiche Postenkette, die noch soeben vor mir salutiert hatte, versperrte mir jetzt zwar nicht den Weg, aber ihr Offizier ließ mich nach verborgenen Stichwaffen abtasten – die Rolle in der Hose bestand ihre Feuerprobe; sie brannte mir nicht auf der Haut, sondern lehnte wie ein aufgerichteter Eiszapfen dort, wo eigentlich der meine seinen Stammplatz hatte.

Wie ein Arretierter wurde ich in die Gemächer geleitet, die provisorisch als Amtsräume hergerichtet waren. Als Kardinal hätte ich erhobenen Hauptes, oder ›in Gedanken versunken‹ durch sie hindurchschreiten können!

So hatte ich mir das Vorzimmer zum Thron Seiner Heiligkeit nicht vorgestellt. Ein halbverfallener Kamin, in dem zu nasses Holz bläulichen Rauch mangels Abzug in den überfüllten Raum entweichen ließ, würfelnde Soldaten in der Ecke und in der Mitte, wie eine Barriere, ein länglicher Eichentisch voller Fettflecken, Rotweinpfützen und Essenskrümmel, hinter dem ein Secretarius, ohne aufzuschauen, herablassend nach meinem Begehr fragte. Mir fehlten die Worte.

»Zu wem seid Ihr bestellt?« fügte er mürrisch dem vorangegangenen, knappen: »Der Nächste!« hinzu.

»Meine Seele ist verwirrt«, antwortete ich wahrheitgemäß; er würdigte mich eines knappen, mißbilligenden Blickes.

»Kein Wunder in diesem Tollhaus«, scherzte ein hinauseilender Schreiber, den Arm voller Dokumentrollen und grinste mir aufmunternd zu.

»Sie bedarf der Hilfe –«, setzte ich meine unvorbereitete Erklärung fort.

»Ach du lieber Gott! Jetzt bloß keine Bittsteller!« zischte ein hagerer Prälat dem Secretarius zu, bevor er sich an uns vorbeischob und in der offenen Tür verschwand, die zu den hinteren Räumen führte. Dorthin mußte ich gelangen, dies war nur das Fegefeuer. Hatte ich Narr erwartet, direkt vor den Heiligen Vater geführt zu werden, der sich alsbald, meiner ansichtig, von seinem Thron erhob und mit den Worten: ›Endlich seid Ihr gekommen!‹ den niederknienden Mönch aus Roebruk zu sich aufhob und gütig sprach: ›Sag uns allen, was dich bedrückt, William!‹ Aber wie sollte der Papst mich erkennen, trug ich doch nicht einmal meine braune Kutte der Franziskaner?

Der Sekretär trommelte mit den Fingern auf die Tischplatte. Das riß mich aus meinen Träumen.

»Ich muß wissen, was es mit den Kindern auf sich hat«, flüsterte ich in meiner Verzweiflung. »Ich kann die seltsame Begebenheit nur dem allerhöchsten Ohr anvertrauen; dem Heiligen Vater will ich beichten!«

Einige der Anwesenden verdrehten die Augen zur verrußten Decke, andere kicherten. Der Secretarius schien den Umgang mit verirrten Vögeln gewohnt zu sein.

»Der Heilige Vater ist in einer wichtigen Besprechung«, beschied er den törichten Mönch mit höflicher Routine. »Wenn Ihr Euer Gesuch – mit genauer Beschreibung der Vision, sowie der bisher Euch entstandenen Kosten – schriftlich aufsetzen könnt, wird es Seiner Heiligkeit unterbreitet werden!« Damit war ich für ihn entlassen.

Er hatte nicht mit meinem flämischen Dickschädel gerechnet. »Sie sind aus Fleisch und Blut«, empörte ich mich, meine Stimme hebend, »ich muß den edlen Papst selber sprechen.« Ob meiner Kühnheit fiel ich nun doch ins Flüstern.

Aus dem Nebenzimmer, hinter der Tür, fragte eine Stimme; es war dieser Fra' Ascelin: »Was ist die Nachricht?« Und der Sekretär rief zurück, »Dringend und geheim!« – »Blutet er?« Der Sekretär schaute ungläubig auf meine Hände und Füße, als solle er die Wundmale Christi an ihnen entdecken. Ich wies lächelnd meine Handflächen vor. »Nein, er ist gesund!«

»Dann schmeißt ihn raus!« Dem kam ich zuvor; ehe jemand mich halten konnte, rannte ich aus diesem Raum voller gefährlicher Narren. In der Tür wäre ich fast mit einem Boten zusammengeprallt; blutend an Stirn und Arm, sein Lederkoller in Fetzen, gefolgt von einem Knäuel aufgeregter Wachsoldaten, die nicht wußten, ob sie ihn stützen oder hindern sollten, bahnte er sich seinen Weg zum Vorzimmer des Audienzsaales.

»Verrat, Verrat!« keuchte er. »Der Staufer –!«

Der Sekretär war aufgesprungen: »Haltet ihn!« Ich dachte, es galt mir; von panischer Angst gebeutelt, stürzte ich durch die Gänge, die Stiegen hinab, brach von hinten kommend durch die verwirrten Wachen, die gerade hastig dabei waren, die schweren Torflügel zu schließen.

So entrann ich dieser Burg des Teufels! Wer hatte mich nur geheißen, dorthin zu gehen? Ich rutschte auf dem Steinpflaster aus, stolperte dann über eine Baumwurzel, Feuer toste um meinen Kopf, und ich blieb wie betäubt liegen.

Mir kam Lobas Hütte in den Sinn, der Schlag, die aufprasselnden Flammen! Hufgetrampel und Waffengerassel zerrten mich in die Gegenwart zurück. Vor mir der Baum. Ich entwickelte eine für meine Leibesfülle ungeahnte Behendigkeit und kletterte stöhnend in sein Astwerk. Erst als ich, weit über mannshoch, den Blicken meiner Verfolger entzogen war, hielt ich inne. Der Böse hat es auf dich abgesehen, William, doch wieder bist du ihm entwischt! Noch außer Atem bemerkte ich, daß die Dämmerung eingefallen war und mich im Blattwerk gnädig umhüllte. Herr, ich danke dir!

Im Vertrauen auf IHN stieg ich so hoch hinauf, daß ich über die

Mauern blicken konnte. Überall in den Fenstern der Burg flackerte nun Licht, huschten Fackeln und Schatten, erschollen Rufe und Befehle, auch Jammern war zu hören. Meine Phantasie malte sich aus, wie im Schlafgemach des Papstes die Kämmerer Innozenz beim Ankleiden behilflich waren, wie im Vorzimmer der Kardinal Rainer auf Eile drängte und sein Hirtenhund Fra' Ascelin durch die Räume hechelte und meine verkleideten Kollegen zusammentrieb. Auch der Papst legte nicht etwa Ornat an, sondern die Kleidung eines einfachen Reisigen. Erregt drängten sich seine Kardinäle und Prälaten um ihn, alle, wie er, in unauffälliger Kluft, würde nicht hie und da ein kostbares Schwert blitzen, oder der Ring am Finger, hätte man sie leicht für eine wahllos zusammengewürfelte Jagdgesellschaft halten können.

Im Burghof scharrten die Pferde und schnaubten. Auf den Zinnen zogen Bogenschützen auf. Ich wagte kaum noch zu atmen, ein Rascheln, ein Huster, und sie würden mich in einen Heiligen Sebastian verwandeln, bevor ich den Boden wieder erreicht hätte.

Die Torflügel öffneten sich, eine Vorhut sprengte heraus, bald gefolgt von der berittenen Armada. Dort, wo das Gedrängel am dichtesten war und die Schilde am höchsten, dort mußte er stekken, der arme Papst in der Hand des Teufels! Wohin mochte er ihn wohl diesmal entführen?

Rasselnd und stampfend verschwand das höllische Gelichter im Dunkel der Nacht, nur ein paar Fackeln leuchteten noch auf, wie Glühwürmchen. Die Bogenschützen verließen scherzend ihre Posten. »So ist er geritten dahin, der Herre Papst!« Ich mag es gar nicht fassen, aber es wird wohl so sein.

Als auch das Tor wieder geschlossen war, wagte ich mich hinunter aus meinem luftigen Versteck und trollte mich – wohin soll ich mich wenden?

Schnittpunkt zweier Fluchten
Civitavecchia, Sommer 1244

Das Schiff, das sie aus Marseille übers tyrrhenische Meer geführt hatte, war mit sechs wilden Gesellen bemannt, so daß es mit den drei Rittern und ihren Pferden voll ausgelastet war; die Kinder fielen nicht ins Gewicht. Doch es war alt, und als sie auf der Insel Elba das letzte Mal Trinkwasser und Nahrungsmittel an Bord nahmen, ließ Crean de Bourivan es noch einmal mit Pech und Harz abdichten, zumal der Hafen von Civitavecchia noch ziemlich weit im Süden lag.

Die fremdländische Besatzung, die ein gewisser Ruiz kommandierte, hatte bisher nicht gemeutert, war ihnen doch für die Übergabe ihrer Fracht dort an die Gewährsleute ein so reichlicher Lohn versprochen worden, daß sie sich jeder danach ein Schiff leisten konnten und der Capitan sogar deren drei. Sie behaupteten zwar, Gold sei keinesfalls die Triebkraft ihres Handelns, und gaben vor, aus Andaluz zu stammen, sprachen aber einen mit griechischen Brocken durchsetzten Dialekt, den nur Crean – aufgrund seiner Zeit in Achaia – mühsam verstand. Er war seinerseits ihr direkter Ansprechpartner, was darauf hindeutete, daß die Burschen, ebenso wie er, irgendwie dem mittelmeerumspannenden Netz der gotischen Korsarenbruderschaft zuzurechnen waren. So kannten sie auch keine Furcht, wenn sie auch Vorsicht walten ließen, genuesischen wie auch pisanischen Schiffen aus dem Weg zu gehen.

In der Höhe des ins Meer vorgeschobenen Silberberges war zwar kein Leck zu entdecken, doch das Brackwasser im Kiel stieg immer höher, und sie mußten mit dem Schöpfen beginnen. Die Kinder zeigten keine Angst; sie krochen zwischen den Pferden herum, die es ihnen besonders angetan hatten, und beteiligten sich vergnügt mit ihren Essensschälchen an der lästigen Aufgabe der Matrosen, das Wasser aus dem Boot in das Wasser des Meeres zu kippen. Doch die Brühe stieg unaufhörlich, und Ruiz schlug das Steuer Richtung Küste ein. Es war Mittag, und eine günstige Brise trieb sie schräg auf den Strand zu.

»Dort oben liegt Tarquinia«, vermeldete Ruiz, »es sind nur noch wenige Meilen, vielleicht –«

»Wir schaffen es nicht«, schnaufte Sigbert, »wir müssen hier an Land gehen.«

Crean überlegte kurz. »Legt die Pferde flach und bedeckt sie mit Netzen, bevor man uns vom Ufer aus sehen kann!«

»Dann laßt uns auch die Segel reffen und wenigstens mit einem Netz fischen, alles andere wäre auffällig«, setzte Ruiz hinzu, und so wurde verfahren.

Für Roç und die kleine Yeza war es eine besonders aufregende Erfahrung, endlich konnten sie den großen Tieren aus der Nähe in die Augen schauen und in die Nüstern, ihnen Grashalme ins Maul stopfen und auf ihren mächtigen Leibern herumklettern, zumal sich die Erwachsenen nicht um sie kümmern konnten. Sie kamen mit den Pferden unters Netz und trösteten streichelnd und patschend die nervösen Leiber mit dem glatten Fell und den peitschenden Schwänzen.

»Gebt acht auf die Hufe!« mahnte sie Konstanz, und Roç erwiderte beleidigt: »Wir tun ihnen schon nicht weh!«

»Jetzt versteckt euch und seid still!« rief Crean.

Nur von Ruderschlägen getrieben, ein ausgeworfenes Netz hinter sich herschleppend, näherte sich das Schiff der Küste auf Sichtweite, doch was sie sahen, ließ sie sofort in ihrem Vorhaben innehalten. Kleine Gruppen Berittener sprengten die Küstenstraße auf und ab, und jedesmal wenn man dachte, nun sei die Luft rein, erschien ein neuer Spähtrupp auf den Hügeln, als würden sie Ausschau halten, einen feindlichen Angriff erwarten, allerdings nicht vom Meer aus, sondern vom Hinterland.

»Zuviel Ehr für uns!« knurrte Sigbert, der jetzt zusammen mit Konstanz schon beim Schöpfen mithelfen mußte, solange zwei Mann sich mit dem Netz abquälten.

»Nur keine Fische jetzt«, scherzte Konstanz, »dann säuft der Kahn endgültig ab!« Groß war die Gefahr nicht, denn Ruiz und seine Mannen zeigten im Fischerhandwerk keinerlei Erfahrung.

»Einer muß an Land und sich nach Civitavecchia zu unseren

Gewährsleuten durchschlagen«, sagte Crean. »Wer weiß, was dort los ist. All die Miliz verheißt nichts Gutes.«

»Ich schwimm' an Land«, Sigbert hatte sein Hemd schon abgestreift, »nehme ein paar Barsche und Schollen mit für den Markt –«

»Allah! Damit machst du dich bei den Fischern beliebt«, spottete Konstanz. »Außerdem brauchst du nur den Mund aufzumachen, um als Deutscher erkannt zu werden – die Reiter dort waren päpstliche –«

»Ihr, Roter Falke, kommt noch viel weniger in Frage, in Euch wittert jeder gleich den Spion – und wenn Ihr auch nicht am Galgen landet, stürzt Ihr doch den Kaiser in erhebliche Konflikte, wenn man Euch arretiert – ich gehe selber!« Crean war schließlich der Führer des Unternehmens und mochte so bestimmen. »Ihr treibt bei anbrechender Dunkelheit bis tausend Fuß vom Leuchtfeuer; dort werde ich Euch mit einem Boot auffischen.«

»Hoffentlich nicht«, meinte der junge Emir, immer noch zum Scherzen aufgelegt. »Bis dahin sollten wir unseren Kahn noch über Wasser halten können!«

»Dann schöpft!« antwortete Crean und sprang ins Wasser. Bald konnten sie den Kopf des Schwimmers im Gegenlicht der Nachmittagssonne nicht mehr ausmachen.

»Ist Ertrinken gefährlich?« fragte die kleine Yeza den Ordensritter.

»Nur wenn man zuviel Wasser schluckt«, tröstete der Alte sie grimmig und streichelte über ihr flachsblondes Haar.

Alle Mann schöpften, Ruiz briet die ersten aus Versehen ins Netz gegangenen Fische am offenen Feuer, wobei erst mal Roç' Proteste überwunden werden mußten; quicklebendige zappelnde Seeteufel und Brassen mit Schlag und Messer zum Verstummen zu bringen, um sie dann auch noch zu rösten, widerstrebte seinen Empfindungen. Er weigerte sich mitzuessen. Erst als die verständigere Yeza ihn mit mundgerechten Brocken fütterte, schluckte er die Bissen runter.

Sie hatten sich wieder weit genug von der Küste entfernt und trieben langsam gen Süden.

In der Hafenstadt nahm das Leben nach außen seinen normalen Gang, doch waren den Bürgern die Reitertrupps nicht entgangen, die in nächster Umgebung der Mauern auftauchten und wieder verschwanden, als wollten sie die Stärke der Verteidigung auspionieren, bevor sie zum Angriff ansetzten. Dabei war doch Civitavecchia fest in päpstlicher Hand, und dieser Griff wurde auch aus gutem Grund nicht gelockert, denn das romnahe Ostia war stets den Launen der römischen Kommune ausgesetzt, und die waren meist nicht papstfreundlich. Besonders, seit sich Innozenz ins nördliche Latium begeben hatte, wickelte die Kurie einen großen Teil ihres Reiseverkehrs über diesen alten Hafen der Etrusker ab.

Am Morgen war ein Segler aus Beirut eingetroffen und hatte zwei hohe geistliche Würdenträger aus dem Heiligen Lande gebracht. Obgleich der Kommandant des Hafens ihnen im Vertrauen mitteilte, sie könnten hier auf den Heiligen Vater warten, der bald eintreffen müsse, bestanden sie darauf, nach Civitacastellana eskortiert zu werden, weil sie – aus sicherer Quelle – es besser zu wissen glaubten, daß Innozenz sich dort aufhielte.

Ihr Drang, den Heiligen Vater zu Gesicht zu bekommen, hielt sie jedoch nicht davon ab, in der Hafentaverne erst mal eine Kostprobe toskanischen Weines zu verlangen, was den Lokalpatriotismus des Wirtes herausforderte. Er kredenzte ihnen auf seine Kosten den besten einheimischen Tropfen, bis man sie aufs Pferd heben und dort anbinden mußte.

Als sie wankend und unter herbem Gelächter den Ort verlassen hatten, erfuhr die inzwischen zahlreiche Gästeschar von ihren zurückgebliebenen Matrosen mit Schaudern, welch furchtbares Unglück sich im Heiligen Land ereignet hatte.

Der Bootsmann war der beste Erzähler. Er hatte pechschwarze Haut und trug einen kleinen Goldring durch einen Nasenflügel und einen riesengroßen im rechten Ohr. Das linke fehlte.

»Die Khoresmier«, sagte er und rollte das Wort gräßlich auf der Zunge, »ein wilder Reiterstamm, sind auf der Flucht vor den noch entsetzlicheren Tataren« – er schmatzte sie wie rohes Fleisch – »nach Syrien eingedrungen. Da Damaskus sich als allzu gut befestigt erweist, wenden sie sich plötzlich gegen Jerusalem, das ahnungslos schlummernde –«, er verdrehte die Augen, bis nur noch das Weiße zu sehen war, »sie überrumpeln die Wachen –«, mit der flachen Hand demonstrierte er an eigener Kehle das Halsaufschlitzen, »brechen die Tore, schänden die Nonnen, metzeln die Priester und alle, die sich nicht in die Zitadelle retten können, sie steigen dabei nicht mal von ihren schnellen Pferden, sondern alles geschieht im vollen Galopp!« Der Wirt spendierte dem Erzähler und seinen Freunden eine Runde. »Der Stadthalter«, fuhr der Bootsmann genüßlich fort, »wendet sich in Ermangelung eines christlichen Heeres an die muselmanischen Nachbarn –«

»Schande! - Schande!«-Rufe setzten ein. »Wo bleiben den unsere Kreuzritter?« Beim Hilfsersuchen an die Ungläubigen schwoll der Protest der Zuhörer zu einem Sturm der Entrüstung. Der Bootsmann gebot Ruhe. »Die Muslime schlagen sich zwar nicht für die Christen, doch sie erwirken freien Abzug für die Bevölkerung der Stadt, die sich in die Davidsburg gerettet hat. Die Juden trauen dem Frieden nicht und bleiben. Sechstausend Christen ziehen vertrauensvoll nach Jaffa, Joppe, wie wir es nennen – na, und was soll ich Euch sagen? Dreihundert kommen dort lebend an!«

Zorn, Empörung und ohnmächtige Wut schrien jetzt durcheinander. »Jerusalem verloren? Ja, endgültig verloren! Das heilige Grab nur noch ein Trümmerhaufen! Herr, vergib uns unsere Schuld! Oh, mein geliebtes Zion!« Viele weinten.

Unter Tränen füllte der Wirt den Matrosen nach, auch ihnen liefen heiße Zähren über die Wangen. Jammern und Wehklagen drang aus der Taverne, setzte sich fort, wie unsichtbare Polypenarme, stieß in die Straßen und Gassen der Stadt ...

Auf dem glitzernden Meer ein winziger Punkt, das Schifflein aus Marseille mit den Kindern an Bord. Unter dem Kommando von Sigbert, dem hünenhaften Ordensritter, schöpfte die Besatzung wie wild, doch immer neues Wasser sickerte durch die morschen Planken, und ihre Kräfte drohten zu ermüden.

»Bald haben wir nur noch die Wahl zwischen der Höhle des

Löwen und den Rachen der Haie«, versuchte Konstanz die gedrückte Stimmung nicht in Verzweiflung abgleiten zu lassen.

»Oder es kommt ein Schiff gefahren und birgt uns aus der Seenot ...«, sagte Sigbert tagträumend und wies auf das offene Meer, wo im Süden am Horizont ein Segel erschien – nicht eines, mehrere! Sie blähten sich gewaltig im Wind und hielten direkt auf das Schifflein zu; deutlich waren die weißen Kreuze auf dem braunroten Tuch auszumachen.

»Die Flotte der Genuesen!« brüllte Sigbert zornig. »Hört auf zu winken, zu Boden mit den Pferden!«

Das war leichter gebrüllt als bewerkstelligt, denn die Tiere waren es längst leid, halb im Wasser zu liegen, und sträubten sich. Konstanz zwang sie nieder, und die Kinder hockten sich zu den Köpfen der Pferde und streichelten und tatschten ihnen Zuversicht, während wieder eines der Netze über sie gebreitet wurde. Ruiz hatte das andere noch mal ausgeworfen und steuerte das Boot aus der Fahrtrichtung der Kolosse, die sich näherschoben und auf den Hafen von Civitavecchia zuhielten.

Zum Schrecken aller füllte sich das Netz, so daß Sigbert, um keinen Verdacht zu erregen, befahl, es einzuholen. Ein Schwarm von zappelnden, silbrigen, schnappenden und springenden Leibern ergoß sich in das sowieso schon durch Leckwasser und mit schweren Pferden bedenklich überladene Bootsinnere, doch der glitzernde Fang verbarg das Geheimnis des Schiffes vor den Augen der jetzt dicht vorübergleitenden Genuesen. Sie winkten, und Sigbert, Konstanz und die Marseiller, alle mit nacktem Oberkörper, winkten zurück.

»Jetzt aber raus mit dem Zeug!« schrie Konstanz, kaum daß die Flotte vorübergerauscht war. »Wir saufen ab!« Und mit beiden Händen begannen sie die köstliche Beute wieder ins Meer zurückzuwerfen, bis auf ein paar kleine, die nun, von Roç und Yeza einträchtig geschützt, ihr Leben im Kiel des Schiffes fortsetzten.

Wieder schöpften alle, doch das Wasser wollte nicht sinken, es stieg – sie erwarteten angstvoll den Abend und die schützende Dunkelheit.

Papst Innozenz IV. und seine Entourage, darunter auch der Kardinal Rainer von Capoccio, waren die ganze Nacht scharf geritten und auch ohne Rast den darauffolgenden Tag. Nur in der Mittagshitze des Tolfa-Gebirges hatten sie sich kurz in einer römischen Therme erfrischt und waren des Abends endlich im befestigten Hafen von Civitavecchia eingetroffen.

Hier wartete Vitus von Viterbo mit der stattlichen genuesischen Flotte auf sie, die er von Rom heraufgeführt hatte. Dreiundzwanzig Galeeren, eine jede mit über hundert Ruderern und unzählig viel Bewaffneten.

Statt fröhlicher Begeisterung – so jedenfalls hatte sich Seine Heiligkeit die Gefühle der durch seinen überraschenden Besuch beglückten Bevölkerung vorgestellt – herrschten in Civitavecchia Niedergeschlagenheit und Trauer ob des verlorenen Jerusalems und wohl auch manch geheimer Zorn; denn wenn dieser leidige Streit zwischen Friedrich und der Kurie nicht wäre, hätte der Kaiser längst im Heiligen Land eingreifen können, und eine solch furchtbare Schmach wäre der Christenheit erspart geblieben. Es waren die einfachen Leute, die so empfanden und darunter litten. Für die Honoratioren der Stadt wie auch für die Gesandtschaft der eben eingetroffenen Genueser, den Admiral an ihrer Spitze, war es eine dumme Inkonvenienz, die sie nicht davon abhalten sollte, das Kommen des Heiligen Vaters mit einem Festbankett zu feiern. Doch Innozenz besaß Gespür für die Sehnsüchte und Ängste des Volkes. Er hielt eine Messe im Freien ab, in der er den Verlust der heiligen Stätten bitterlich beweinte, und deren Wiedererlangung feierlich beschwor.

Der Kardinal Rainer streute *coram publico* an der Seite des Papstes kniend Asche auf sein Haupt und verfluchte insgeheim dieses Jerusalem, das alles Mitgefühl auf sich zog, wo doch einzig die bösartige Verfolgung durch den Staufer, diesen *incubus* der Kirche, an den Pranger zu stellen war. Kaum hatte er sich wieder erhoben, die Tränen getrocknet und die Asche abgeschüttelt, hieß er sofort den Vitus von Viterbo zu sich kommen. Jerusalem mochte verloren sein, hier ging es um das Schicksal der *Ecclesia romana!*

Der Kardinal erwartete seinen ›Büttel‹, wie lästerliche Zungen des Kastells ihr seltsames Verhältnis – oder eher Mißverhältnis zwischen klugem Kopf und tumber Pranke – höhnten, auf den Zinnen der Hafenfeste. Er ließ sich nicht gern mit Vitus in der Öffentlichkeit sehen.

»Mein Morgenstern!« empfing der Capoccio den mürrisch die Stufen Hocheilenden, eine Begrüßung, auf die Vitus ein jedes Mal erneut hereinfiel, wohl in der unterschwelligen Hoffnung, einmal die Zärtlichkeit der schaumgeborenen Venus in der Eiseskälte dieses unnahbaren Machtmenschen verspüren zu können; doch der dachte nur an die dreinschlagende Brauchbarkeit eines eisenbewehrten Knüppels.

»Unsere zahlreiche Mannschaft vergnügt sich im Hafen«, warf der Kardinal ihm schneidend vor, »anstatt einen waffenstarrenden Kordon um die Stadt zu bilden!«

»Der Schutz der Mauern ist –« versuchte Vitus gegenzuhalten, doch der Kardinal entzog ihm sogleich das Wort:

»– ist kein sonderlich Hindernis für den Kaiser, wenn ihm die Flucht von Innozenz hinterbracht wird!«

»Und warum sollte er ihn hindern wollen? Jubeln wird der Antichrist!«

»Vitus!« Der Kardinal schaute erstaunt auf, immer wieder verblüfft von der tiefsitzenden Ignoranz des Viterbesen. »Der Kaiser will den Papst nicht vertreiben, sondern ihn sich erhalten, mit Sitz in Rom von Friedrichs Gnaden, Erster Priester des Heiligen Römischen Reiches – nicht mehr und nicht weniger! Willfährig dem Staufer zu Diensten!« höhnte der Capoccio.

»Umbringen lassen tät' er ihn!« brauste Vitus erregt auf. »Innozenz – verzeiht, der Heilige Vater – wär' seines Lebens nicht mehr sicher!«

»Ich sehe, du verstehst beide nicht: Dem Staufer nützt ein toter Papst nicht, der nächste wäre womöglich noch renitenter! Der Kaiser will eine Stockpuppe mit Tiara auf dem Stuhl Petri, aber keinen Unruhe stiftenden Märtyrer im Exil!«

»Und was will der Papst?«

Der Capoccio antwortete nicht. Anselm von Lungjumeau war im Treppenaufgang erschienen.

»Fra' Ascelin!« rief der Kardinal leutselig und wohl auch befreit; er schätzte den Ehrgeiz, die Brillanz des jungen Dominikaners. »Kommt nur her und erteilt dem Herrn von Viterbo eine Lehre von viertelstündiger Dauer über den Interessenkonflikt zwischen Ecclesia und Imperium, nur zu!«

Er trat zurück an die Brüstung und nahm zwischen den Zinnen Platz, während der Dominikaner sich übertrieben höflich vor Vitus verbeugte.

»Das Papsttum«, hub er an, »muß sich von der stauferischen Klammer befreien, die vom deutschen Norden her herandrängt und ihre Marken schon bis Tuskien und Spoleto vorgeschoben hat, während im Süden das Unkraut des normannischen Königreichs wuchert; sein Wildwuchs umschlingt schon Gaeta.« Ascelin räusperte sich und beobachtete Vitus, der die Rede wie ein Büffel mit gesenktem Haupt über sich ergehen ließ. »Wenn wir der Kirche ihren angestammten Besitzstand erhalten wollen, muß eine der beiden Klammern aufgebogen werden, am besten beide! Mit den Staufern wird's keine Einigung geben; zu begehrlich und erfolgreich haben sie schon die Früchte der Macht gekostet –«

»Also«, mischte sich der Kardinal ein; sein Blick wanderte versonnen von Vitus und dessen Lehrmeister über Hafen und Meer, »wenn man einen Baum nicht stutzen kann, muß man ihm den Stamm kappen, bevor die Wurzeln die Mauern des Kirchleins zerdrücken!«

»Angenommen, dies gelingt dem großen Gärtner«, suchte Vitus sich einzuschmeicheln, »was geschieht dann im wild wachsenden Garten Europas?«

»Ein Pflänzchen nach Sizilien, vielleicht sogar ein zweites nach Neapel, von uns gehegt und gepflegt«, lächelte Fra' Ascelin, »eine undurchdringliche Hecke von freien Städten in der Lombardei, und jenseits der Alpen mag sich jeweils der unbändigste Stammessproß als König behaupten – will er Kaiserwürden, muß er sich, fein sittsam beschnitten, mit einem Körbchen voll erlesener

Früchte als *donum* nach Rom bequemen, um sich vor der schönsten und größten aller Blumen zu verneigen —«

»Nie seh ich Friedrich in solcher Demutsgebärde«, wagte Vitus einzuwerfen, doch ein grausamer Blick des Kardinals ließ ihn gleich wieder verstummen.

»So werden ihm Katzen in die Wurzeln pissen!« Die Stimme des jungen Dominikaners war plötzlich schrill. »Läuse seine Triebe verätzen! Raupen und anderes Ungeziefer werden seine Blätter fressen, die Vögel des Himmels werden seine Früchte zerhacken und wildes Getier seine Zweige brechen, und des Nachts —«

»— sägt Ihr an seinem Stamm?« spottete Vitus.

»Für derart Handgreifliches seid Ihr zuständig, Vitus von Viterbo«, beschied ihn kühl der Kardinal, der von der Mauer aus beide nicht aus den Augen gelassen hatte. »Doch ist die Stunde der Gerechtigkeit noch nicht gekommen.«

»Weswegen wir gezwungen sind«, fuhr Ascelin erregt fort, »das Symbol der Reinheit und himmlichen Güte, die römische Christrose samt ihrem Rosenhag, kurzfristig zu verpflanzen, in den sicheren Garten des frommen Ludwig —«

»Und nun sputet Euch«, unterbrach der Kardinal ungeduldig und verließ seinen Platz auf der Mauer, »und sorgt dafür, daß wir dies vollbringen können, ohne daß uns der Staufer —«

»Seine Streitmacht liegt ein weiteres Mal ohnmächtig vor unserem heldenmütigen Viterbo!« trumpfte Vitus auf.

»Nur, daß er es bisher verschone«, seufzte der Kardinal, wohl mehr in Erkenntnis, daß aus Vitus nie ein brauchbarer Stratege werden würde, denn aus Mitleid für beider Heimatstadt, »um die Verhandlungen nicht zu beeinträchtigen.«

»Auf der gut gepflasterten Straße von Tarquinia könnte Friedrich schneller hiersein, als uns lieb ist. Das ist es, was ich eigentlich hatte melden wollen«, beendete der Dominikaner seinen Diskurs, küßte den Ring des Kardinals und zog sich mit einer leichten Verbeugung gegen Vitus durch den Treppenaufgang zurück.

Vitus, einen Kopf größer als der Kardinal, wirkte diesem dennoch wie aus dem Gesicht geschnitten, nur daß seine Züge wesentlich bäuerlicher, grober waren. Er stand vor dem herrischen Capoccio wie ein gemaßregelter Scholar. »Ja, Vater – sofort werd' –«

»Nenn mich gefälligst nicht Vater, auch nicht, wenn wir allein sind! Die Macht der Gewohnheit impliziert den Fehltritt!«

Doch der Rüffel regte den Widerstand des Blutes. »Eminenz«, entgegnete Vitus grollend, »eines – nicht mehr allzu fernen – Tages, steht zu hoffen, werde ich ›Heiliger‹ voransetzen dürfen. Bis dahin müßt Ihr Euch – auch *privatissime* – mit der schlichten Form begnügen. Schon meiner Mutter zu Ehren!«

»Ein Dickschädel wie sie!« lachte der Kardinal. »Nur daß du statt Stroh zu viele Flausen darin beherbergst. Auf, ans Werk!«

Vitus stand wie ein gereizter Stier. Wie er seinen Vater haßte! Nicht, weil der sich nicht zu seinem eigen Fleisch und Blut bekennen wollte – was er leicht gekonnt hätte! –, sondern weil er kraft dieser ›Leibeigenschaft‹ den Sohn, der mittlerweile auch die Vierzig überschritten hatte, immer noch wie einen hergelaufenen Bauernlümmel, wie einen tumben Knecht traktierte.

»Unsere Seele ist entronnen wie ein Vogel der Schlinge des Jägers, der Strick ist zerrissen!« Aus dem Festsaal dröhnte, leicht berauscht, eine Stimme.

»Sie feiern ihre Flucht wie einen Sieg!« bemerkte Vitus bitter. »Sie hätten gewiß weniger zu spaßen, wenn sie den Sieger kennen würden!«

Der, auf den dieser Bemerkung gemünzt war, überhörte sie geflissentlich. Wer so blöd war, derlei in Worte zu fassen, konnte eigentlich nicht lange leben – auf jeden Fall es zu nichts Gescheitem bringen! Bedauerlich!

»Was stehst du noch herum?« herrscht Capoccio seinen Bastardsohn unwillig an. Sein Zorn stieg auf. »Muß ich dir Beine machen?«

»Macht Sie lieber den Herrschaften dort oben«, gab Vitus patzig zurück. »Euer Rang impliziert die ehrenvolle Aufgabe, die Festtafel jetzt aufzulösen: die Gefahr lauert da draußen auf dem Meere. Sie vergrößert sich mit jeder Minute, die wir länger hier verweilen. Die Flotte der Pisaner hat Übung darin, Kardinalsbarsche im Netz zu fangen, und sie bedarf dazu keiner kaiserlichen Order!«

»Was einer nicht in den Beinen hat, muß er im Kopf haben. Du hast recht, mein Sohn.« Capoccio schaute hinab auf den Hafen. »Welch ein Fischzug! Nicht nur Genuas einziger Admiral mit schnappenden Kiemen« – eine Vorstellung, die dem Kardinal Freude zu bereiten schien, welche er jedoch für sich behalten konnte –, »nein, auch der *vicarius Petri*, einzigartiges Exemplar, einmalig in seiner schillernden Erscheinung, zappelt in den – nein, nicht heute, nicht so!« Weder denken noch aussprechen!

Als hätte Vitus die verräterischen Gedanken erahnt – in der Kurie lauerte jeder Fisch darauf, den vor ihm zu fressen –, kam ihm in den Sinn, wie gut ihn selbst der Purpur kleiden würde. Doch sein Einzug in dieses Aquarium der *papabiles* hing erst mal davon ab, daß sein ehrgeiziger Vater noch lange Hecht im Karpfenteich blieb – und nicht im höchsten Ornat die gierigen Bisse Nachdrängender abzuwehren hatte.

»Zur Ablenkung eventueller Angriffe vom Wasser aus schlage ich vor, Eminenz« – das Rangverhältnis war wiederhergestellt –, »alle Fischerboote ausfahren zu lassen mit dem Befehl, die genuesischen Galeeren bis auf die hohe See zu geleiten. Einmal dort, wird es des Nachts auch den Pisanern kaum möglich sein, den davoneilenden Schwarm noch rechtzeitig zu orten; ihn zu stellen, bedarf es aber ihrer geballten Flotte!«

»Ich hoffe, du erwartest kein Lob, mein Sohn – außer, daß ich dich stolz so nenne – mach dich endlich an die Arbeit, Vitus!« Der Kardinal reichte ihm die Hand zum Ringkuß, und Vitus von Viterbo verschwand in der Dunkelheit.

Das Bankett war zu Ende, die Soldaten bildeten einen doppelten Kordon um Hafen und Stadt; keiner hatte mehr Zutritt. Die Fischer wurden aus ihren Häusern geholt, Wehklagen der Weiber, die das Schlimmste befürchteten; die Unwilligen wurden zu ihren Booten geprügelt, und jede Hand wurde gezwungen, die Barken ins Wasser zu schieben und sich zum Auslaufen bereitzuhalten.

Kurz darauf begab sich der Papst, geleitet vom Admiral, auf dessen Galeere, während die Kardinäle auf die anderen verteilt wurden.

Man legte ab. Im Gewimmel der sie flankierenden Fischerboote waren die Genuesen tatsächlich kaum auszumachen. Über hundert Segel wurden gesetzt, und der tausendfache Ruderschlag ließ das Wasser im Hafenbecken aufschäumen. Schnell glitt die stattliche Flottille hinaus aufs nächtliche Meer.

»Gehen wir schlafen.« Der Kardinal hatte das Manöver mit Befriedigung betrachtet. »Das heißt: Ich gehe und du wachst!«

Vitus hatte nichts anderes erwartet. »Tag und Nacht!«

»Und beim geringsten Vorfall laß mich sofort wecken!«

»Nur wenn der Kaiser selber kommt, Eminenz, und wohlverdiente Ruh'!«

Die Fischer, als sich die Genuesen von ihnen gelöst hatten, schon mal auf See, refften ihre Segel und warfen ihre Netze aus. Als habe der übers Meer enteilende Heilige Vater sie besonders gesegnet, machten alle reichlichen Fang.

In dem Trubel und dem Glück, so volle Netze einziehen zu können, kümmerte sich niemand um das fremde Boot, das sich unauffällig unter sie mischte und ihnen in der Meute folgte, als sie in den frühen Morgenstunden wieder den Hafen ansteuerten. Dabei hätte sie stutzig machen müssen, daß es drei Pferde trug, in voller Montur, und drei Ritter in ihrer Rüstung. Sie hatten wieder die weißen Tuniken der Templer übergeworfen und gingen mitten in Civitavecchia an Land, kaum daß ihr Schiff den kiesigen Boden berührt hatte. Keiner achtete auch auf die Bündel, die zwei von ihnen in den Armen hielten.

Die Soldaten, die den Hafen bewachen sollten, hatten sofort, als sie die Fischer heimkommen sahen, ihre Stellungen geräumt und beeilten sich, ihren Nachtschlaf nachzuholen. Auch Vitus hatte noch einmal die Postenkette vor der Stadt inspiziert – »Keinen reinlassen, bis die Sonne hell am Himmel steht!« – und war dann auf einem der Türme eingenickt.

Die drei Ritter bahnten sich hoch zu Roß ihren Weg durch die morgendliche Stadt, in der jetzt alles zu Bett ging. Sie hatten das

Tor gen Süden bereits verlassen, als sie aufgehalten wurden. Konstanz' und Creans Hände suchten den Griff ihrer Waffen, doch der alte Sigbert winkte ab. Er ließ sich den Lieutenant kommen, der die Straßenbarrikade befehligte. Der hatte auch etwas geschlafen und war leicht verwirrt.

»Wie lautet die Parole?« raunzte ihn Sigbert an.

»Keinen reinlassen!«

»Gut, mein Sohn«, schnarrte der im *codex militiae* erfahrene Ordensritter. »Keine Vorfälle?«

»Nein, mein Herr!«

»Weitermachen!« Sigbert gab sich gnädig. Er winkte lässig dem Schlaftrunkenen zu, der die ganze Zeit unsicher auf die beiden Deckenbündel gestarrt hatte, in denen die Kinder verborgen waren. »Weitermachen! Augen aufhalten! Der Feind schläft nicht!«

Aus der Decke im Arm Creans schälte sich Yeza und schnitt dem jungen Lieutenant eine Grimasse.

»Was ist mit diesen Kindern?« raffte der sich nun auf zu fragen.

»Auf höchstes Geheiß bringen wir sie zur Taufe«, schnarrte Sigbert und wollte seinem Pferd die Sporen geben.

»Wir sind Ketzerkinder!« krähte da Yeza vergnügt, und nun wurde auch Roç wach, den Konstanz vor sich im Sattel hielt. »Wo ist der Papa?« Die päpstlichen Soldaten umringten den kleinen Trupp.

»Gebt nichts darauf«, beschwichtigte Sigbert autoritär, »er meint den Heiligen Vater.«

»Den Popanz-Papa!« beharrte Roç eigensinnig, und die Soldaten lachten. Sigbert warf ihnen einige Münzen zu. Die Sperre wurde eilfertig weggeräumt, und der Trupp konnte passieren.

Inzwischen einigermaßen munter geworden, trug der Lieutenant in sein Wachbuch ein: »Es verließen die Stadt am Morgen des Freitags, welcher dem Johannes Baptista geweiht, A.D. 1244 ein Meister des Tempels mit zwei Rittern des gleichen Ordens. Sie führten zwei Kinder mit sich, beiderlei Geschlechts.«

Kurz darauf verließen sie die nach Rom führende Via Aurelia und wandten sich landeinwärts.

Der Bombarone
Cortona, Sommer 1244 (Chronik)

Dort wo unterhalb Cortonas die Straßen von Siena und Perugia, Arezzo und Orvieto zusammentreffen, lag die Taverne ›Zum güldenen Kalb‹.

Es war an ihr nichts Besonderes, im Gegenteil, sie war eine ziemlich heruntergekommene Bruchbude, doch keiner konnte sich entsinnen, sie je anders erlebt zu haben. Es gehörte noch eine ›Herberge‹ dazu, was nur besagte, daß man in den Nebengebäuden, Ställen, auf blankem Boden schlafen konnte, es sei denn, man erwarb von Biro, dem Wirt, einige Handvoll Heu, die er einem zum Futterpreis teuer verkaufte. Das Essen, das er seinen Gästen vorsetzte, war so miserabel, daß selbst Franziskaner vorher schnell noch ein paar Knochen und Brotrinden zusammenbettelten, bevor sie das Haus betraten. Und doch war das Güldene Kalb stets rammelvoll, und viele hausten in seinen Mauern für Wochen und Monate.

Das lag an Biro. Er war die einzig zuverlässige und völlig neutrale Nachrichtenübermittlung zwischen Apennin und den Albaner Bergen. Für bare Münze erhielt der Kunde, wonach er verlangte: Neuigkeiten, Gerüchte, diskrete Weitergabe von Botschaften, auch Unterdrückung derselben, Fehlinformationen und Verschwiegenheit. Die Höhe der Löhnung zeitigte die bevorzugte Behandlung vor anderen, die dasselbe wollten – oder das genaue Gegenteil!

Der Ort selbst unterlag gewissermaßen einer ständigen *treuga Dei*, einem absoluten Fehdeverbot. Nicht daß Biro und seine Knechte besonders fromm gewesen wären – die ärmliche verfallene Kapelle, die verloren zwischen den verwahrlosten Bauten stand, zeugte jedenfalls nicht davon; ihre Glocke wurde nur geläutet, wenn im großen Schankraum der Taverne eine Nachricht von Bedeutung zu haben war.

So verkehrte dort jede Art lichtscheues Gesindel: Abgehalfterte Landsknechte aus dem Reich, Sbirren der Serenissima, Spione der

Kurie und Häscher aus Palermo, gedungene Meuchelmörder, unterwegs zu ihrem Auftrag – oder noch zu dingen –, flüchtige Diebe und Hochverräter, Soldatenwerber und Marketenderinnen, Gaukler und Wahrsagerinnen, Hehler und Huren – sie alle hockten einträchtig nebeneinander, die meisten auf der Durchreise, alle auf der Suche. Wer Stunk machte, flog raus – die Schankknechte sorgten schon dafür, daß der Stänkerer sich dabei etliche Rippen brach; wer dann noch nicht genug hatte oder das Messer zog, der verschwand – und keiner fragte nach ihm.

Das war die Regel des Biro, und hier war sie Gesetz. Sein Schutz erlaubte es auch Bettelmönchen und fetten Prälaten, reichen Händlern und braven Bauern, dort einzukehren, die stickige, wüste Luft einer verdorbenen Welt ängstlich, verächtlich, auf jeden Fall erregt durch die Nase zu ziehen und dann zufrieden mit der eigenen Wohlanständigkeit wieder ihrer Wege zu gehen. Biro, seine Gäste, seine Kundschaft – er machte da einen feinen Unterschied! – waren also allerhand voneinander gewöhnt, und das machte seinen Ruf aus.

Man hatte mir auf meinem Weg durch die Toscana, wie wohl jedem, der nicht recht wußte, was und wohin er eigentlich wollte, dringend empfohlen, bei ihm vorbeizuschauen. Er stand vor der Tür seiner Taverne, als ich – immer noch im schwarzen Habit der Benediktiner –, von meinem Pferde stieg, das hatte mein immer noch gut gefüllter Pisaner Beutel mir erlaubt. Ich zückte ihn auch gleich, damit Biro wußte, daß ich einiges von ihm wissen wollte.

»Du siehst aus wie ein verkleideter Franziskaner« – Biro sprach jedermann mit ›du‹ an, das gehörte zum Geschäft und zum Ruhm –, »der sich anders nicht traut, seinen General zu besuchen«, empfing er mich mit einem Grinsen, während ich errötete. »Dabei drängt sich heute alles, ihm die Aufwartung zu machen!«

Er biß auf meine Münze und steckte sie weg. »Hoher Besuch!« Für mein Gold hatte ich Anrecht auf diese Information. »Der Patriarch von Antiochia, begleitet vom Bischof von Beirut. Sie waren nicht einmal bis Civitacastellana gelangt, wo sie den Papst eigensinnigerweise zu treffen wünschten.« Biro amüsierte sich bei seiner Erzählung über die beiden Würdenträger, war aber gleichzeitig auch ein bißchen stolz, daß sie sich ins Güldene Kalb verirrt hatten. »Sie fielen schon unterwegs einer kaiserlichen Vorhut in die Hände!«

»Wie leichtsinnig!« entfuhr es mir, doch Biro konnte mich beruhigen:

»Gott ist mit den Einfältigen! Der stauferische Offizier schickte sie weiter nach Viterbo, wo einer von Friedrichs Oberhofrichtern die Belagerung befehligte –«

»– und da flatterte ihr Schutzengel nun endgültig davon?« Er sollte mich nicht für einen bigotten Papisten halten.

»O nein!« lachte Biro. »Dessen bedürfen die beiden nicht, die sind noch ahnungsloser als Engel! So kam es, daß der besonnene Mann, statt ihnen kurzen Prozeß zu machen – denn sie bekannten lauthals, zum Papst zu wollen –, nicht Hand an sie legte, sondern sie an Elia verwies, der dem Kaiser mit Rat und Tat zur Seite steht und sich den Kopf zerbrechen mochte, wie mit ihnen zu verfahren sei –«

»Und der General hat sie –?«

»– hat sie noch gar nicht zu Gesicht bekommen, denn stärker als ihr Sehnen, vor den Heiligen Vater zu treten, ist ihre Sucht nach vielen Tropfen unseres toskanischen Weines – seit gestern abend sitzen sie –«, er deutete zufrieden hinter sich, aus dem Schankraum erscholl ein Stimmengewirr wie auf der Eröffnung des Laterankonzils und dem Schließen des Bazars von Konstantinopel gleichzeitig, »da drin, schlucken und lamentieren und bechern und fabulieren wie Märchenerzähler des Orients!«

Gleich wollt' ich hinein, doch Biro hielt mich am Rockzipfel: »Wenn du so da reinkommst, halten die dich für den Emissär des Heiligen Vaters, der sie abholen kommt, und du wirst sie nicht mehr los!«

»Drehen wir den Spieß um!« sagte ich. »Stell mich ihnen vor als einen sündigen Mönch, der durch ihre Vermittlung beim Papst sich Fürsprache und Gnade erhofft.«

»So siehst du auch aus!« sagte der gewitzte Patron und schob mich in den Schankraum. Kein Mensch drehte sich nach uns um, alle hingen an den Lippen der beiden hohen Priester, die trotz des wallenden weißen Bartes des Älteren und der topfförmigen Kopfbedeckung des zweiten kein Bild der Würde vermittelten. Sie hatten ihre vom Wein schweren Köpfe mit dem einen Arm auf der Tischplatte abgestützt und hielten sich mit der anderen Hand an ihren Bechern fest.

»... anstatt das Heilige Jerusalem sofort wieder zu besetzen –«

»Die wilden Khoresmier waren nach dem Morden, Plündern und Sengen sogleich weitergefegt«, ergänzte ihn sein Begleiter und wischte mit großer Geste über die vom Wein nassen Eichenbretter.

»Und boten sich den Ägyptern an«, korrigierte ihn der Weißbart. »Was war mit Jerusalem?« Er hatte den Faden verloren, nahm einen kräftigen Schluck, die Leute lachten. »Oh«, murmelte er, »jetzt weiß ich es wieder, es wird ein Heer aufgestellt, die Barone von Akkon –«

»Sechshundertundsiebzehn Ritter«, sprang ihm sein Begleiter zur Seite, bei dem sich die Trunkenheit in penibler Genauigkeit bemerkbar machte, »dazu die Ritterorden, die ja dem Papst direkt unterstehen –«

»Wir müssen zum Heiligen Vater!« fiel dem Alten ein. »Noch einen letzten Becher, und dann –!«

Das löste wieder Heiterkeit aus; wahrscheinlich war dieser Vorsatz schon etliche Male im Toskaner ertränkt worden.

»Also die Orden je dreihundert, die Deutschen etwas weniger –«

»Macht wieviel?« Das Zählen bereitete Schwierigkeiten, das Publikum half, was die Verwirrung noch steigerte. Die beiden tranken, mit jedem Schluck löste sich die Zunge. »Auf jeden Fall: gewaltig!«

»Dazu gesellt sich noch ein stattliches Muslimen-Aufgebot des Ismail von Damaskus –«

Das war nun für die Weinbauern, Viehhändler und braven Handwerker aus der Toskana unfaßlich; sie glaubten es nicht. »Dagegen!« riefen sie. »*Dagegen!*«

»Nein, *dazu!*« Der Weißbart schlug mit der Faust auf die Tafel, daß die Becher tanzten: »Bundesgenossen!«, und sein Begleiter führte aus: »Dazu Mansur Ibrahim, Fürst von Homs mit seiner Streitmacht.«

»Man sollt' es nicht für möglich halten!« riefen die Leute. »So was nennt sich nun Kreuzzug!«

»Selbst An-Nasir von Kerak, ein erbitterter Feind der Christen, erscheint mit seinen Beduinen und reiht sich in das Heer ein...«

Inzwischen hatten sich alle Besucher der Taverne um den Tisch geschart und waren sich bald einig: Die beiden da sind Märchenerzähler aus dem Morgenland, Narren, die uns zum Narren halten wollen, denn so etwas kann es ja nicht geben! Das Gelächter schwoll an.

»Und was passiert dann?« provozierten sie den Fortgang der unglaublichen Schilderung. »Dann fassen sich alle an den Händen –?«

»Ja, so war's!« beteuerte der weißhaarige Patriarch, dem jemand den Becher umgestoßen hatte. »Alle marschieren gemeinsam«, und der Bischof nahm die Becher auf dem Tisch und stellte die Schlachtordnung auf; »vereint ziehen sie gegen den Erzfeind Ägypten...«

Den Zuhörern verschlug es die Sprache.

»Gegen den Sultan von Kairo! Dessen Heer« – er sammelte weitere Trinkgefäße ein, um es darzustellen, man ließ sie ihm –, »immer noch zahlenmäßig unterlegen, wenn auch durch die Khoresmier verstärkt« – er zog eine Kanne von Jerusalem ab, das von einem abgegessenen Teller voller Hühnerknochen dargestellt wurde –, »befehligt ein blutjunger Emir namens Rukn ed-Din Baibars, genannt ›der Bogenschütze‹. Bei Gaza, in den Dünen trat man sich gegenüber...«

»Weiter, weiter!« drängten die ungläubig verwirrrten, staunenden Zuhörer, doch da traten Soldaten des Elia in die Taverne, bahnten sich ihren Weg durch die Menge und forderten die beiden hohen geistlichen Würdenträger unmißverständlich auf, ihnen auf der Stelle zu folgen.

Murren in der Menge, doch letztlich erhob sich keine Hand, sie in Schutz zu nehmen. Vielleicht waren die beiden auch irgendwelche Hochstapler, Schwänke erzählende Gaukler, denn diese Schulter-an-Schulter-Fabel von unseren christlichen Rittern und diesen Heiden – das darf doch nicht wahr sein!

Doch Biro hielt die Eskorte auf, und die Soldaten nahmen seine Einladung auch gerne an; sie abzulehnen erschien auch ihrem Anführer nicht ratsam. So kamen die beiden Geistlichen noch zu einem ›allerletzten‹ Schluck.

Mich winkte der Patron beiseite. »Eil schon vorweg, hinauf zur Burg, dann kannst du dich den Herren unauffällig anschließen, denn der Bombarone empfängt nicht jeden! Ich halte sie noch etwas hin!«

Ich dankte ihm mit einer weiteren Goldmünze und machte mich eilends auf den Weg.

Das Kastell der Barone Coppi von Cortona lag am Hang in den Hügeln über dem Ort. Eine Doppelmauer verband es, sich hinaufschlängelnd, mit dem Stadtpalais und schützte auch die Zufahrt. Immer noch in der mir fremden schwarzen Kutte schritt ich den Torweg hoch.

Eigentlich war es jedem ordentlichen Minoriten bei Strafe des Ordensausschlusses strengstens untersagt, mit Elia von Cortona, dem zwiefach exkommunizierten ehemaligen Generalminister unseres Ordens, Umgang zu pflegen, aber in dieser Aufmachung kannte mich ja keiner, und in meiner Situation – ich hatte sicher schon schlimmere Sünden auf mein Haupt gehäufelt – kam es darauf nun auch nicht mehr an.

Ich war noch nicht oben angelangt, als die Kutsche, eskortiert von den Soldaten mit dem Stemma des von der Kirche abtrünnigen Elia, an mir vorbei über das Steinpflaster rollte. Die beiden hohen geistlichen Würdenträger – wie das mein Gewissen beruhigte! – waren in ziemlich unwürdigem Zustand; sie waren, um es kurz zu sagen, sturzbesoffen! Man mußte ihnen aus dem Wagen helfen und sie ins Haus führen. Da sich keiner um mich kümmerte, folgte ich ihnen, und das wiederum machte alle glauben, ich gehörte dazu.

So trat ich vor Elia, der in seinem reichgeschmückten Arbeitszimmer hinter seinem Tisch saß und sich nicht einmal die Mühe machte, sich unseretwegen zu erheben. Mit einladender, selbstsicherer Geste wies er uns, den beiden Geistlichen und meiner Wenigkeit, Sitzgelegenheiten zu und erwartete, daß wir unser Begehr vortrügen. Aber es folgten nur ein paar Rülpser und ziemlich albernes Gekicher.

Elias Auge wanderte zu mir, ich konnte nur hilflos mit den Schultern zucken. »Ich mache Euch nicht für ihren Zustand verantwortlich«, sprach er mich an, »doch wenigstens solltet Ihr sie mir vorstellen!«

Ich senkte beschämt den Blick. Jetzt dachte er sicher, ich sei auch nicht ganz nüchtern, doch ihre Namen kannte ich nicht, und meine eigene Geschichte wollte ich nicht in Gegenwart Dritter vor ihm ausbreiten.

Der Anführer der Soldaten meldete daraufhin laut wie ein Zeremonienmeister: »Seine Eminenz Albertus von Rezzato, Patriarch von Antiochia!« Er wies knapp auf den hageren Alten mit wallendem weißen Bart, der zornig in die Runde schaute, aber beharrlich schwieg. »Seine Exzellenz Galeran, Bischof von Beirut!« Der fühlte sich nun endlich angesprochen und sagte: »Wir wollen den Heiligen Vater sehen!«

Elia schaute erstaunt auf: »Von Herzen gerne!« Er ging bewundernswert elastisch auf das Spiel ein, dessen Ziel und Regeln auch er nicht kennen konnte. »Berichtet mir von unserem teuren Syrien, wo ich selbst einst als Kustos weilen durfte – natürlich nur, soweit es meinem Ohr zukommt. Ach, wie oft vermisse ich seine lieblichen Reize, seine friedlichen –«

Hier unterbrach ihn Albert mit einem fast cholerischen Ausbruch:

»Friedlich?« rief er höhnisch. »Jerusalem ist verdorben, das Königreich am Rande des Abgrunds, die Ungläubigen triumphieren!« Und Galeran fiel lamentierend ein, mit weinerlichem Pathos:

»In den Dünen von Gaza bei Herbiya oder La Forbie, wie wir sagen, zersplitterte unser Glück, eitler Waffenruhm! Erschlagen ist der Meister des Tempels und sein Marschall, gefangen der vom Hospital – stellt Euch vor: dreiunddreißig Templer konnten sich nach Askalon retten, dazu sechsundzwanzig Johanniter und drei Deutsche Ordensritter! – Wir sind verloren«, schluchzte er, »wenn Ihr uns nicht helft!«

»Wie oft haben wir den Heiligen Vater angefleht, angebettelt«, grollte jetzt auch der Patriarch und erhob sich schwankend. »Jetzt fordere ich vom Haupt der Christenheit, daß es seine geballte Kraft in das Land lenkt, das auch ihm heilig sein sollte, zu dessen Schutz und Rettung sein großer Vorgänger Urban einst alle rief«, er rülpste laut, »statt hier seine egoistischen Streitigkeiten mit Kaiser und Welt auszutragen! Wenn seine Anschuldigungen gegen den Staufer zu Recht bestehen, will ich ihm ja gern meine Konzilsstimme leihen, diesen in seine Schranken zu weisen, aber Innozenz, als unser aller Vater, hat auch die Pflicht –«

»Wir wollen zum Papst«, pflichtete ihm Galeran bei und versuchte aufzustehen. Elia klatschte in die Hände, und eine stattliche Frau erschien. Sie brachte einen Krug Weines und Becher. Ich griff auch zu. Bald war außer gelegentlichen Ausbrüchen Alberts und dem immer mal wieder quengelnd vorgebrachten Wunsch Galerans, den Papst endlich sehen zu dürfen, nichts von Interesse mehr aus ihnen herauszuholen.

Bevor sie von ihren Stühlen sanken, befahl der Bombarone seiner Haushälterin, Gersende geheißen, die beiden Herren mit Hilfe der Soldaten auf ein Zimmer zu schaffen, damit sie ihren Rausch ausschliefen. Dann wandte er sich mir zu.

»*Pax et bonum*«, eröffnete ich meinen Vortrag. »Übersehet, werter Elia, dieses Gewand. Ich bin Minorit – so gut oder schlecht wie Ihr!«

Er ließ mich fortfahren. »Ich bin Bruder William von Roebruk und bin in Not, helft mir!« änderte ich meine Taktik, als ich merkte, daß er sich sonst nicht rühren ließ. Ich erzählte ihm meine bisherigen Abenteuer vom Montségur bis nach Marseille, von der Fahrt übers Meer und von meinem Versuch, dem Papst zu beichten.

Elia hatte mich nicht unterbrochen, doch zeigte er sich zunehmend beunruhigt, besonders als ich ihm meine spärlichen Vermutungen, mehr als Schlußfolgerungen, über die Herkunft der Kinder vortrug.

»Es sind Königskinder«, legte ich bedeutsam fest, damit auch meine eigenen Zweifel mit einem Satz auslöschend. »Sie sind zu Großem ausersehen«, fügte ich begeistert hinzu, »Gemahnt Euch nicht alles an die Nacht von Bethlehem? Die Konstellation der Gestirne, die Verfolgung durch die Schergen des Herodes, Sankt Georg und Sankt Michael, die als Ritter verkleideten Schutzengel«, ich geriet zunehmend in Emphase, »das rettende Schiff – ging nicht zu Marseille Maria Magdalena an Land?«

»Gewiß! Aber du fielst ins Wasser!«

»Ich wurde über Bord geworfen –!«

Elia hieß mich schweigen. Er stand auf und zog aus den Regalen an der Wand verschiedene Folianten, er blätterte:

»Und was glaubst du, Bruder William, welchem realen Hause sie zuzuordnen sind? Sind es Bruder und Schwester? Was unterscheidet sie?«

»Sie sind wie liebende Geschwister, wenn auch ihre Wesensart, ihr Aussehen grundverschieden ist – und wieder auch nicht!« Ich bemühte mich, eine genaue Beschreibung von Roger und der kleinen Yeza zu geben, nachdem Elia meine umschweifigen, widersprüchlichen Erklärungen heftig rügte. »Ich erlaube mir zu denken«, wagte ich abschließend zu bemerken, »daß zwei Elemente aus den Umständen herzuleiten sind: der Ort, die Ketzerburg, spricht für katharisch-okzitanisches Blut –«

»Warum nicht ein Fehltritt aus König Arthurs erlesener Tafelrunde!« spottete der Bombarone, was mich aber nicht beirrte.

»Warum nicht? Leiten doch Wissende, zu denen ich Euch zähle, den heiligen Gral vom *sang réal* her?«

»Ketzermystik«, schnaubte Elia verächtlich. »Ihr hättet sie mit den anderen verbrennen sollen!«

»So würdet Ihr nicht sprechen«, ich war wütend ob soviel Gefühlsroheit, »wenn Ihr sie hättet im Arm halten dürfen! Ich werde Euch kein Wort mehr sagen. Ich bereue –«

»Ich wollte nur deine Gesinnung prüfen, Bruder William; laß mich deine Hypothese weiterspinnen: Die Retter? Du sagst, sie seien Ritter unseres Kaisers. Der Kaiser, da kann ich dir Brief und Siegel geben, hat mit Ketzern nichts am Hut, von seiner Krone ganz zu schweigen! Ganz sicher jetzt und heute nicht!«

»Und doch«, fiel ich ein, »es muß –«

»Laßt mich ausreden: Und doch kann es sich um stauferisches, sein eigen Fleisch und Blut handeln!« Er wägte seine Gedanken mehr als seine Worte ab. »Nur, zur Stund' müßte er es verleugnen, sogar verfolgen!« Er schenkte meinen Becher nach; eine Art Verschwörung bahnte sich an. »Ich habe schon vieles auf mich genommen, was der Kaiser aufgrund von Rang und Stellung von sich weisen mußte. Es wäre nicht die erste Dynastie, zu deren Erhalt etwas gegen den Willen oder hinter dem Rücken der sorglos Herrschenden getan wurde. Von treuen Dienern, William!« Er hob sein Glas, wir tranken. »Wer weiß, ob es nicht ein Fingerzeig Gottes war, der dich zu mir und nicht zu Innozenz geführt hat.«

Ich bildete mir ein, sein Wohlwollen endgültig errungen zu haben. Er rief Gersende herein, jene stattliche Dame, die ihm nicht nur den Haushalt führte, sondern anscheinend auch sein Vertrauen genoß. »Laß diese Patriarchen schlafen, solange sie wollen. Sie sind meine Gäste; sie sollen es bleiben, solang' es irgend geht – gib dem Wirt vom Kalb Bescheid, daß sie auf unsere Rechnung saufen sollen. Alles ist billig, so lange sie nicht mit Innozenz vereint gegen Friedrich stimmen!«

»Sie werden sich hier wohlfühlen!« versicherte Gersende. »Falls sie nicht der Schlagfluß dahinrafft, oder ihre Leber den Dienst aufgibt, werden sie noch hier sein, wenn Ihr aus Apulien zurückkehrt«

»Ich werde William mit mir nehmen«, eröffnete ihr – nicht etwa mir – der Bombarone. »So macht der merkwürdige Wunsch meines alten Freundes Turnbull, mich nach so vielen Jahren dringend wiedersehen zu wollen – und das ausgerechnet am Ende der Welt, in Apulien –, plötzlich Sinn!« Elia wirkte trotz allem sehr nachdenklich. Ganz klar war ihm der Grund – auch vor dem Hintergrund meiner Geschichte und der Sache mit den Kindern – wohl doch nicht. »Es liegt mir fern, dich in Ketten zu legen, William«, sagte er dann. »Doch sei mein unsichtbarer Gast; ich will nicht, daß man dich noch sieht. Du bist vom Antlitz der Erde verschwunden. In wenigen Tagen reisen wir.«

Ich stand auf und spürte dabei, wie mich etwas in meiner Hose drückte. Das Pergament! Ich hatte es völlig vergessen. Mein Gott! Ich konnte doch vor meinem Generalminister nicht die Kutte lüpfen und mir in die Hose fassen. Ich schämte mich. Am liebsten wäre ich im Boden versunken.

Was das sonnenbeschienene Antlitz der Erde anbelangte, geschah dem auch so. Ich wurde in die Tiefen von Küche und Keller verbannt. Doch unsere Abreise verschob sich von Tag zu Tag. Und desgleichen mein Vorsatz, dem Bombarone nun endlich das für ihn bestimmte Schriftstück auszuhändigen.

Ich hatte die Rolle sofort, kaum daß ich allein war, ans Tageslicht befördert – das heißt, von Rolle konnte wohl kaum noch die Rede sein: Es war ein Klumpen und roch sehr streng. In solchem Zustand konnte ich es ihm weder überreichen noch mich erklären. Ich versteckte das Pergament und hoffte, daß mir der Herr oder die gütige Jungfrau zu einer Eingebung verhülfen, wie es von Engelshand getragen eines Tages plötzlich auf seinem Schreibpult liegen würde, verknittert, aber nicht mehr so verräterisch duftend. Ich wagte auch nicht, es zu öffnen und darin zu lesen, wie wichtig es denn wohl sein könnte.

Ich schlief schlecht; nichts Rechtes wollte mir einfallen. So vergingen Wochen. Elia vertröstete mich mit der baldigen Abreise, und ich ›vertröstete‹ ihn, indem ich weiter auf einen Fingerzeig des Himmels wartete.

IV
VERWISCHTE
SPUREN

Wider den Antichrist
Aigues Mortes, Sommer 1244

Das Mauerquadrat von Aigues Mortes war in die ›tote Lauge‹, die Sümpfe der Camargue gesetzt worden, weil König Ludwig in seinem frömmlerischen Starrsinn nicht auf das sowohl arg sündige als auch unbestreitbar imperiale Marseille zurückgreifen wollte, andererseits aber eines Kreuzzugshafens bedurfte. Da er ein gewaltiges Heer zu sammeln dachte, war er vorausschauend genug, seinen eigenen Glaubenseifer hintanstellend, auch gewaltige Verspätungen seiner zum Heiligen Krieg aufgerufenen Vasallen einzurechnen. Also baute er gleich eine ganze Stadt mit festen Steinhäusern. In einem solchen Häuschen, sie sahen aus eins wie's andere, tagte ein Consortium gleichgesinnter Dominikaner – halb Inquisitionstribunal, halb Vorauskommando des päpstlichen Konzils. Daß vor den Fenstern der Galgen stand und die Beine der Gehenkten ihnen stets vor Augen waren, störte sie nicht im mindesten.

»Wir brauchen präsentables Material gegen den Staufer«, eröffnete gespreizt Andreas von Longjumeau die Seduta. »Der päpstliche Wille, ein Konzil zu seiner Vernichtung abzuhalten, ist allen Anwesenden geläufig – das Beste wäre vorführbares, lebendes Material, das Schmach und Untaten des Antichrist bezeugt!«

Die Angesprochenen – ihr Kreis war absichtlich klein gehalten worden – waren sein jüngerer Bruder Anselm, ›Fra' Ascelin‹ gerufen, ein ehrgeiziges Bürschchen, seinem Bruder, einem eitlen Pfau, an Geistesschärfe weit überlegen; Matthäus von Paris, ein namhafter Chronist, der zudem das geheime Documentarium der Kurie verwaltete und das Ohr des Grauen Kardinals besaß, und schließlich eine Person, die weder dem Ordo Praedicatorum angehörte noch den anderen bekannt war: Yves, der Bretone. Er saß hier als Observant; denn er vertrat die französische Krone, und auf deren Grund und Boden hatte man sich schließlich versammelt. Seine Gastrolle hinderte ihn auch nicht, als erster den Mund aufzumachen, und es war auch gleich kaum verhüllte Häme, die er den älteren Longjumeau spüren ließ.

»Innozenz hat sich gerade erst nach Genua gerettet«, sagte er, »da denkt Ihr schon an eine Massenversammlung von Kardinälen. Die müssen erst mal ernannt, dann bereit sein, ihre Haut durch Stauferland und übers Meer zu diesem Markt zu tragen!«

»Euer König zeigt sich entgegenkommender als Ihr, Yves – das Konzil wird zustande kommen, und wenn erst in Jahresfrist, und wenn auf französischem Boden!«

»Das wage ich aufrichtig zu bezweifeln, Monsignore – doch laßt Euch davon nicht aufhalten«, schloß der Bretone spitz.

Fra' Ascelin sah sich genötigt, seinem düpierten Bruder zur Hilfe zu kommen: »Wir, der gelehrte Bruder Matthäus und meine Wenigkeit, haben vorsorglich ein Programm entwickelt, das Ihr, werter Bruder, so es Euer Gefallen findet, dem Heiligen Vater unterbreiten solltet, sobald er Muße und Sinn für solche Elaborate hat. Es besteht aus Themata und Verhaltensproposita für eine Rede, von der die Verfasser glauben, daß sie den gewünschten, den notwendigen Erfolg zeitigen wird.« Er hielt inne und lächelte Matthäus spitzbübisch auffordernd zu, damit dieser sich auch hinter den gemeinsamen Vorschlag stellte – ihm, dem jüngeren Bruder, würde Andreas es nie abnehmen. Aus Prinzip nicht! »Da unser *scriptum* auch einige Vorschläge betreffs Gestik und Mimik enthält, die niemand wie Ihr, Andreas, dem Heiligen Vater nahebringen kann, gestattet, daß wir es zweistimmig vortragen: ich den eigentlichen Text und Fra' Ascelin den« – er warf einen Seitenblick auf Yves, doch Andreas nickte huldvoll Bedenkenlosigkeit – »vertraulich zu behandelnden Kommentar –«

»*Intricata* im Castel Sant' Angelo *composita* und von Mönchen *cantata*, noch dazu im Wechselgesang! Das muß ich mir nicht anhören!« sagte Yves schroff. »Ich komme wieder, wenn Wesentliches ansteht«, und er ging hinaus.

Andreas gab indigniert ein Zeichen, mit dem Vortrag zu beginnen. Matthäus und Ascelin erhoben sich, legten die eng beschriebenen Seiten vor sich auf ein Lektionar.

»Wir müssen schweres Katapult auffahren«, sagte Matthäus einleitend, »denn die Könige von England und Frankreich werden Beobachter entsenden, die unserer Sache keineswegs geneigt sind, wie Ihr gesehen habt, – und der Kaiser wird sich durch seine besten Juristen vertreten lassen, seine Großhofrichter. Die Stimmung wird gegen uns sein, die Verurteilung des Staufers durchaus keine ausgemachte Sache, unsere Prälaten könnten schwanken; sie drohen auf die falschen Beteuerungen guten Willens und friedlicher Lösungen hereinzufallen. Dem ist vorzubeugen!«

»Einzug im festlichen Ornat«, deklamierte nun Ascelin, der sich Mühe gab, dem Ernst der Sache zu entsprechen. »Anrufung des Heiligen Geistes – feierlich! –, danach betont ›gemeinsames‹ Gebet als Einstimmung – und dann längeres Schweigen der Besinnung. Predigt keinesfalls zu früh oder zu hastig beginnen!«

»Thema«, ergriff Matthäus das Wort: »›Ihr alle, die ihr des schweren Weges zieht, merket auf und sehet, ob es einen Schmerz gibt wie meinen Schmerz!‹«

»Klagelieder des Jeremias!« erläuterte Ascelin. »Erstes, noch verhaltenes Schluchzen!«

»Ausführung«, sagte Matthäus, der über ein sonores, wohlklingendes Organ verfügte: »Seine Heiligkeit vergleicht Ihren Schmerz mit den fünf Wunden des Gekreuzigten. Erster Schmerz: ›Ob der unmenschlichen, die ganze Christenheit zugrunde richtenden Tataren.‹«

»Aufrüttelnde Klage!« fiel Ascelins helle Stimme ein. »Breiter Konsens kann vorausgesetzt werden!«

»Zweiter Schmerz: ›Ob des schismatischen Abfalls der Griechischen Kirche, die sich vom Schoß der Mutter, als wäre sie eine Stiefmutter, wider Recht und Vernunft getrennt und abgewendet!‹«

»Tiefe Betrübnis«, sagte Ascelin. »Still erduldetes Leiden!«

»Dritter Schmerz: ›Ob des Aussatzes der und anderer irrgläubiger Sekten,der sich bereits in vielen Städten der Christenheit, besonders jedoch in der Lombardei eingeschlichen und sie befleckt!‹«

»Noch verhaltene, aufkommende Empörung!« flüsterte Ascelin konspirativ. »Unruhe!«

»Vierter Schmerz: ›Ob des Heiligen Landes, wo die abscheulichen Choresmier die Stadt Jerusalem – unter entsetzlich vergossenem Christenblut –‹«

Matthäus wurde unterbrochen, weil die Tür aufgerissen wurde. Yves vollzog die Störung mit offener Schadenfreude. »Euer tüchtiger Bruder Vitus von Viterbo hat zwei dieser Gitanos gefangen, die irgendwelche entlaufenen Kinder gesehen haben!« Er schob Vitus in den Raum, der zwei armselige Zigeuner hinter sich an einem Strick schleifte; alle drei waren von Schlamm bedeckt, als hätten sie sich in den Sümpfen der Camargue gewälzt. Yves blieb unschlüssig in der Tür stehen und warf einen Blick zurück auf den Galgenbaum, um nach einem freien Platz zu spähen. So entging ihm, daß Ascelin dem Vitus mit schnellem Blick Schweigen gebot und auch seinen Bruder Andreas vergatterte, den Mund zu halten.

Vitus trug den Sachverhalt sicherheitshalber selber vor: »Sie haben den Flüchtigen Obdach gewährt. Es waren drei Ritter vom Orden der Templer –«

»Das wissen wir doch längst, lieber Vitus!« unterbrach ihn Ascelin sofort.

»Doch nicht«, parierte Vitus gekränkt in seinem Jägerstolz, »daß zwei von ihnen Arabisch sprachen – und zwar mit zwei ebenfalls dort befindlichen Assassinen!«

»Die beiden Ismaëliten hat mein König längst reich beschenkt wieder heimgeschickt!« fuhr Yves spöttisch dazwischen.

»Also kann ich diese Gitanos laufen lassen?« knurrte Vitus, machte aber keine Anstalten, seinen Gefangenen die Stricke zu lösen.

»Nein«, sagte Yves trocken, »Teilnahme an einer Konspiration zum Zwecke, den König zu ermorden: Hochverrat! Sie werden aufgehängt!«

Die beiden Gitanos verstanden wohl kein Französisch; sie muckten nicht. Aber Vitus begehrte auf: »Sie haben nichts getan, sie wußten von nichts!«

»Unwissenheit schützt vor Strafe nicht«, entgegnete kühl der Bretone. »Wollt Ihr dem Gesetz in den Arm fallen?«

»Ihr solltet nicht so sprechen, Yves!« Vitus schwoll die Stirn vor ohnmächtigem Zorn. »Hat Euch nicht der gleiche König mit offenen Armen aufgenommen, statt Euch den Händen des Henkers zu überantworten?«

»Bin ich der König?« höhnte Yves und schob die beiden Gitanos aus der Tür. »Um welche flüchtigen Kinder handelt es sich?« drehte er sich noch einmal fragend um.

»Ach«, sagte Fra' Ascelin schnell, »es geht um die Folgen eines Fehltritts im Hause Capoccio!«

Das einsetzende Gelächter – nur Vitus konnte nicht mitlachen – überzeugte den Bretonen von der Belanglosigkeit der Sache, und er ging. Bald darauf konnten sie durch das Fenster sehen, wie der Profoß den Unglücklichen die Stricke um den Hals legte.

»Wo waren wir stehengeblieben?« nörgelte Andreas von Longjumeau.

»Vergossenes Christenblut«, fiel Matthäus wieder ein, »zerstört und geschändet«, und Ascelin setzte hinzu: »Sich in's Heftige steigernde Emotion – wenn irgend möglich von Schluchzern unterbrochen! Vielleicht gegen Ende Wiederholung des Ausrufes: ›O mein armes, heiliges Jerusalem!‹, möglichst mit tränenerstickter Stimme! – dann Warten: durchlittene große Pause –«

Vor den Fenstern setzte ein Heulen und Wehklagen ein. Zigeunerweiber hatten die Wachen beiseite gedrängt und scharten sich mit ihren Kindern an Brust und Hand um das Schafott. Das Heulen ging in ein Wimmern über. Zwei Paar Beine zappelten noch kurz und schwangen dann still wie verwelkte Blumenstengel im Herbstwind.

Ascelin fuhr fort: »Auch die hartgesottenen Parteigänger des Staufers müssen sich fragen lassen: ›Warum?‹ – Leise einsetzend die Antwort ...«

Er nickte Matthäus zu, der versonnen das Baumeln betrachtet hatte.

»Der fünfte und größte Schmerz aber: ›Ob des Fürsten –‹«

»Namen nicht nennen!« ermahnte Ascelin.

»›– des Fürsten, der dies alles verhindern könnte –‹«

»Unausgesprochen: Es aber unterläßt! Warum?«

»›– nennt er sich doch der Welt oberster weltlicher Herr, Herr über alle Könige –‹«

»Was die Engländer und vor allem die Franzosen nicht gern hören!« kommentierte Ascelin sanft, sich quasi bei Matthäus für seine ständigen Unterbrechungen entschuldigend, doch der lächelte nachsichtig:

»›– der der Schirmvogt der Kirche Christi sein sollte, tatsächlich aber zum erbittertsten Gegner geworden, grausam ihren treuen Dienern nachstellt, allen den genannten Feinden heimlich in die Hand spielt, sich mit ihnen schamlos gemein macht und Tag und Nacht auf das Verderben unserer allerheiligsten Mutter, der *Ecclesia catolica* Verderben sinnt!‹«

»Hier kann der Heilige Vater«, fiel Ascelin erregt ein, »vor Schmerz und Trauer nicht mehr fortfahren: Weinen! Weinen! Eine Woge des Mitleids muß das Konzil überschwemmen wie ein Sturzbach bitterer, heißer Zähren! Nicht nachlassen, am besten sich stützen lassen – und gebeugt weiterschluchzen, wenn möglich zu Boden stürzen und dort im stummen, immer wieder von Schluchzern und Tränen unterbrochenen Gebet verharren, bis alle dem Heiligen Vater wohlgesinnten Prälaten es ihm gleichgetan, und den Widersachern das Wort im Mund erstirbt!«

»Gute Arbeit, Matthäus!« lobte Andreas. »Lernt man dergleichen auf Sankt Albans?« Der winkte bescheiden lächelnd ab, wies anerkennend auf den jungen Dominikaner, der sich mit seiner Theatralik völlig verausgabt hatte. »Doch hängt alles von der Sprachgewalt des Heiligen Vaters ab. Wir vertrauen mit unseren ›kleinen Anregungen‹ seinem gloriosen schauspielerischen Talent in der Darstellung des ›Schmerzenmannes‹, das auch die Front der Verteidiger Satans erst bröckeln, dann einstürzen lassen wird!«

»Viel besser wäre«, meldete sich jetzt Vitus zu Wort, der dem Wechselspiel der beiden Mönche mit Schwierigkeiten hatte folgen können und meist finster vor sich hin gebrütet hatte, »viel besser wäre, dem Staufer diese Ketzerkinder anzuhängen! Seine Haremsausschweifungen könnten läßlich erscheinen, aber bewußte Vermischung mit Ketzerblut, das würde auch seine königlichen Vettern abstoßen!«

»Gut, Vitus von Viterbo!« sagte Andreas von Longjumeau, »das sei dein Beitrag zur Vernichtung des Antichristen – vorausgesetzt, du schaffst die Brut rechtzeitig zum Konzilsbeginn herbei, mitsamt den geständigen Kebsen!«

Eine Haremsgeschichte
Otranto, Sommer 1244

Die Burg lag gegenüber der Stadt auf den Resten einer griechischen Tempelanlage. Sie hatte ihren eigenen Hafen und bewachte den des alten Hydruntum, wie Otranto hieß, bevor es erst die Araber, dann die Normannen in ihren Besitz gebracht hatten. Friedrich II. hatte die äußerste Befestigung seiner apulischen Stammlande spontan seinem alten Admiral Enrico geschenkt, als er von dessen später Heirat mit Laurence de Belgrave erfuhr.

Hier war also die ›Äbtissin‹, wie man jene bemerkenswerte Frau allenthalben nannte, nach stürmischen Jahren vor Anker gegangen, hatte das Lehen behalten, auch als der Graf auf Malta kurz darauf das Zeitliche segnete. Der Grund dafür war weniger der Respekt des Staufers für die energische Dame, deren Loyalität er nie in Zweifel ziehen mußte, als vor allem der Umstand, daß sie ihn umsichtig von der Aufzucht eines Mädchens befreit hatte, dessen Obhut sie damals – gleichsam mit ihrer Eheschließung – übernommen hatte. Der Kaiser hing an seinen Bastardkindern und hatte der kleinen Clarion ordentliche Einkünfte und den Titel einer Gräfin von Salentin verliehen. Mittlerweile war das Kind neunzehn, und jede natürliche Mutter hätte längst nach einem passenden Brautwerber Ausschau gehalten.

Doch nicht so Laurence, die inzwischen die Fünfzig *discretissime* überschritten, aber nur wenig von ihren Reizen eingebüßt hatte. Sie war immer noch Circe, die große Zauberin, wenn sie auch längst keine Männer mehr in Schweine verwandelte – eher in Schafböcke und Hornochsen! Sie war strenger geworden. Sie hatte längst andere Wege gefunden, sich Männer zu unterwerfen.

Sie war klug, klüger als die meisten, die sie um Rat angingen. Sie war mächtig, weil sie die Waffen bestimmte und niemand vorauszusehen vermochte, welche Wahl sie traf. Und sie genoß Protektion. Die offensichtliche des Kaisers – man munkelte, sie sei seine Geliebte gewesen, die einzige, die sich geweigert habe, ihm ein Kind zu gebären. Sie galt auch als Hexe, und die Leute in Otranto fürchteten sie. Aber es wäre keinem der dort mit ihren Familien ansonsten vom Fischfang lebenden hundertsechzig Ruderern, die ihre Triëre bemannten, eingefallen, sich gegen diesen Frondienst aufzulehnen.

Die Gräfin von Otranto war im Lauf der Jahre eine Institution geworden wie der befestigte Leuchtturm, das einzige, was sie auf der gegenüberliegenden Stadtseite auf ihre Kosten unterhielt. Unabhängig von allen feudalen Wirren, von Parteipolitik, Machtkämpfen und imperialen Auseinandersetzungen, doch in ein Netz von Beziehungen verknüpft, die weit über Otranto, Apulien und das Meer hinausreichten.

Geheimnisvolle Mächte! Mit dem Teufel sei sie im Bunde! In der Stadt duldete sie einen Bischof, sie machte auch der Kirche gelegentliche Zuwendungen, doch die Burg durfte der Herr Bischof nur betreten, wenn er gerufen wurde. Er wurde nie gerufen.

Laurence stand auf dem Söller der normannischen Burganlage und unterhielt sich mit Sigbert von Öxfeld, Komtur des Deutschen Ordens. Sie hatten sich – auch der Teutone war nicht mehr der Jüngste – in Fortünen und Schicksalsschlägen vergangener Tage verloren, hatten, mit Bedacht und jede Blöße behutsam vermeidend, unendlich viele gemeinsame Fäden herausgezogen, die das Leben für sie, für alle hier auf der Burg – durch Zufall oder Fügung – Anwesenden gewoben hatte. Und sie beobachteten so von oben her die anderen, aufmerksam, wachsam – ohne dabei Gefühle zu verraten.

»*Bismillahi al-rahmani al-rahim!*«

Auf einer Katapultplattform der tiefer gelegenen Ringmauer beteten zwei Männer kniend gen Mekka.

»*Qul a'udhu birabbi al-nasi ...*«

Sie hatten einen kostbaren Teppich ausgebreitet, und sie trugen nicht mehr die lästige Rüstung ihrer Reise noch die schützenden Tuniken der Templer: Crean de Bourivan und Konstanz von Selinunt hatten die leichte Dschellaba übergeworfen, in provozierend leuchtenden Farben und reich und kostbar geschmückt. Hier am Hofe der Gräfin war Toleranz keine Frage höfischer Sitte, sondern das Lebenselixier, dessen die Herrin selbst mehr bedurfte als alle ihre Gäste und Schutzbefohlenen.

»*... maliki al-nasi, ilahi al-nasi ...*«

Leise drang der Singsang der Suren vom Winde getragen über die Gärten und Höfe.

»*... min scharri al-waswasi al-chanasi; alladhi yususu fi suduri al-nasi, min al-dschinnati wa al-nasi.*«

»Und dort habt Ihr Arabisch gelernt?« Laurence spann den Faden fort, nachdem sie einen prüfenden Blick auf die Wasserspiele zu ihren Füßen geworfen hatte. Ihr Perlen funkelte zwar in der Sonne, wurde aber von der Brandung übertönt, die unterhalb der Burg an die äußere Wallmauer schlug.

»Nein, erst weigerte ich mich«, entsann sich Sigbert in seiner bedächtigen Art. »Ich fand es unwürdig für einen christlichen Ritter, der ich doch hatte werden wollen. Ich hatte in der Garde des Bischofs von Assisi –«

»Ach«, unterbrach ihn die Gräfin belustigt, »doch nicht etwa Guido?«

»Doch – ich diente ihm schlecht –!«

»Dem dicken Scheusal konnte man nicht schlechter servieren, als seine unstillbare Freßlust verdiente – ach, mein Bruderherz!«

»Wie!?«

»Wir hatten die gleiche Mutter – eine grandiose Person! – der Samen so verschiedener Väter machte wohl *la petite différence!* Männer!« sagte Laurence, und es schwang kaum Anerkennung für das andere Geschlecht in diesem Ausruf. »Doch sagt, Öxfeld! Öxfeld?! – Hattet Ihr einen älteren Bruder?«

»Oh, ja!« Sigbert war fasziniert von dem Gespräch mit dieser Frau, von der er so viel gehört, von der keiner Genaues wußte. »Gunter! Seinetwegen kam ich nach Assisi, er war Kurier der bischöflichen Garde – wieso?«

Laurence schaute versonnen übers Meer. »Er folgte mir nach Konstantinopel, fahnenflüchtig! Er hatte sich wohl einen anderen Lohn versprochen, als ich ihm auszuzahlen bereit war. Er nahm dann Dienst beim Villehardouin. Ich habe nie wieder von ihm gehört.«

Beide schwiegen, Sigbert enttäuscht, weil er einen Augenblick gehofft hatte, eine Spur des Verschollenen aufzutun.

»Ich habe Euch von Eurer eigenen Geschichte fortgeführt.« Laurence fühlte keine Schuld, aber das Schweigen war ihr in diesem Zusammenhang unbehaglich. »Warum verließet Ihr Guido und Assisi?«

»Amors Geschoß!« lachte Sigbert; im Rückblick fühlte er sich dazu in der Lage. »Der Bischof hatte mich – völlig zu Recht – in den Karzer gesteckt. Anna befreite mich, und ich war so überrumpelt, daß wir zusammen flohen. Kopflos! Kinder, die wir waren – und verliebt! Wir waren von dem Fieber befallen, unsere Lust auf Abenteuer, unsere Jugend mit der Wiedergewinnung Jerusalems in einen Topf zu werfen. Der Kreuzzug der Kinder! Wir ließen uns mitreißen in diesem Strom von Freiheit und Gläubigkeit, von dieser undifferenzierten Liebe zu Jesus und unseren eigenen Körpern –«

Sigbert sann den Ereignissen des Jahres 1213 nach, in denen in ganz Europa die Kinder davonliefen mit der Sucht nach einem anderen Leben, einem Leben in Christo, in einem Paradies unausgegorener Freuden, in einem die Überwindung aller Hemmnisse beiseite fegenden Taumel.

»Anfangs zogen wir gemeinsam durch das Land gen Süden, wurden auch vom Papst in Rom empfangen, der uns nichts anderes anzuempfehlen wußte, als nach Hause zurückzukehren. Also zogen wir weiter zu den Häfen im Süden. Anna war fünfzehn, ich kaum zwei Jahre älter. Sie wollte nicht länger das kleine Mädchen sein; sie hatte mir den Karzer nicht heimlich aufgetan, damit ich jetzt wie ein älterer Bruder händchenhaltend an ihrer Seite schritt. Sie verlangte nach mir als ihrem Mann« – Sigbert hatte doch Mühe, seine ihm damals zugedachte Rolle richtig einzuschätzen. »Ich hatte ein hohes Verständnis von wahrer Liebe – und dachte vielleicht etwas verächtlich von der fleischlichen. Wir waren nie allein. Anna hätte es nicht gestört, aber ich empfand Scham bei dem Gedanken, so unter den Augen aller zu kopulieren, wie es gar viele machten. Ich schob die erste Nacht, die erste für uns beide, denn auch sie war noch jungfräulich, immer wieder hinaus, auf eine ›würdigere‹ Gelegenheit. Dann traten neue Strömungen in unserem Zug zutage – kleine eifernde Novizen und blasse, verkniffene Nonnen übernahmen das Kommando. Es wurde auf strenge Trennung der Geschlechter geachtet. Wir sahen uns nur noch sporadisch, heimlich – kaum, daß wir verstohlen Küsse austauschen konnten. Dann erreichten wir den Hafen von Amalfi. Wir wurden auf verschiedene Schiffe verladen – und dann –« Sigbert unterbrach seinen Erzählfluß. Es kam ihn doch härter an, als er sich das anfangs vorgestellt hatte. Vielleicht hatte er noch nie jemand so zusammenhängend über sein Leben berichten können.

Laurence ließ ihm Zeit, drängte nicht durch neugierige Fragen. Sie wußte im Prinzip, was damals geschehen war. »Ihr fielt in die Hände maurischer Sklavenhändler?«

»Ja«, sagte Sigbert bitter, »wir waren verkauft – von Christen verkauft! –, als wir die Schiffe bestiegen. Über Annas Schicksal machte ich mir keine Illusionen. Ich hatte sie aus den Augen verloren, als wir Amalfi verließen. Ich kam nach Ägypten, wurde von der Frau eines Gelehrten aus Alexandria ersteigert, der mich bald aus dem Hause haben wollte, jedenfalls tagsüber, wenn er nicht da war. So nahm er mich mit zur großen Bibliothek, unter dem Vorwand, daß ich seine Bücher tragen mußte. Als er ein gewisses Interesse für seine Schriften bei mir bemerkte, ließ er mir Unterricht in Arabisch und Griechisch erteilen und nahm mich unter seine

Studenten auf. Eines Tages erschien ein hochgebildeter Emir und war entzückt von meinem Wissen über die verschiedensten, verborgenen Werke dieser größten Bibliothek der Welt, in der ich mir vorstellen konnte, lesend und notierend den Rest meines Lebens zu verbringen. Doch dem, selbst unausgesprochenen, Begehr einer so hochgestellten Persönlichkeit mochte sich mein Herr nicht widersetzen. Ich wurde verschenkt, beziehungsweise gegen andere Geschenke oder Gunstbeweise eingetauscht. Ich hatte Glück: Der Emir war ein leutseliger Herr, den Christen gegenüber frei von Vorurteilen –«

»Und weiter?« Sigbert fiel gar nicht auf, daß seine geduldige Zuhörerin plötzlich ein Interesse zeigte, das über die übliche Teilnahme an seinem Schicksal hinausging. »Ihr kamt also bis nach Kairo?«

»Mein neuer Herr eröffnete mir gleich, daß er nicht gedächte, mich als Sklaven zu betrachten, zumal ich ein Deutscher sei, deren Kaiser er äußerst schätzen gelernt habe und deren Sprache er schon dessenthalben zu verstehen wünsche. Er führte mich in seinem Palast als ›Hauslehrer‹ ein, damit bei seinem Personal gar keine Zweifel über meine Stellung aufkämen. Er ließ sich meine Geschichte erzählen, soweit ich sie jetzt vor Euch ausgebreitet habe. Sie muß ihn zutiefst erschüttert haben. Er umarmte mich und sagte: ›Du bist ein freier Mann. Du kannst mein Haus verlassen, und ich will dich reich beschenken. Willst du aber bleiben, dann ist es auch dein Haus!‹ Ich verstand nicht im geringsten, was sein bisher freundliches Verhalten so ins Emphatische übersteigert haben mochte. Er schickte in seinen Harem, und durch die Tür trat, unverschleiert: Anna! Sie war schmal geworden, zerbrechlich; sie war damals wohl schon krank. Sie lächelte mir zu und nahm zu Füßen ihres Herrn Platz, der seinen Tränen freien Lauf ließ. Ich war sprachlos und verbarg mein Gesicht in meinen Händen, statt sie zu begrüßen. Erst als sich des Emirs Arm um meine Schulter legte, schaute ich wieder auf. Neben Anna stand ein Knabe. ›Fassr ed-Din, unser Sohn‹, sagte der Emir ...«

»... *Qul a'udhu birabbi al-falqi, min scharri ma chalaka* ...«

»... und ich spürte, daß er sie beide liebte. Ich ging auf ihn zu und umarmte ihn. ›Allah hat dich gesegnet mit diesen Eltern‹, sagte ich, so feierlich ich konnte. ›Laß mich dein älterer Freund sein.‹ Der Junge hatte mich erst wie einen unwillkommenen Eindringling betrachtet, faßte aber schnell Vertrauen zu mir. ›Ich habe mir immer einen Ritter des Kaisers zum Freund gewünscht!‹ Ich vermochte ihn nicht zu enttäuschen. So ward ich zum ›Ritter Sigbert‹, lange bevor ich Kairo verließ und in den Orden eintrat. Anna – zwölf Jahre waren vergangen – starb bald darauf, und ich wurde für Fassr Vater und Mutter zugleich.«

»... *wa min scharri al-naffathati fil-uqadi, wa min scharri hasidin idha hasada.*«

Sie traten beide an die Brüstung und schauten hinüber zur Ringmauer, wo Crean und Konstanz jetzt ihre Gebete beendet hatten und den Teppich wieder einrollten. »Welche Vision einer *pax mediterranea*«, bemerkte die Gräfin leicht spöttisch. »Ein zu den Ismaëliten konvertierter Christ – wenn auch mehr ketzerischen Ursprungs – und ein vom Kaiser in den Ritterstand erhobener Muselmane. Beide im Gebet zu einem Gott vereint –«

»Nichts bleibt Euch also verborgen«, wandte sich Sigbert, wie aus einem Traum erwacht, an die Gräfin. »Ihr wißt demnach über die Identität von Konstanz?«

»Es ist wie verhext«, sinnierte Laurence, »alle, die mir in meinem Leben begegnen, sind miteinander verstrickt wie Gefangene in einem Spinnennetz. Dabei spinne ich weder die Fäden, noch bin ich die gefräßige Spinne, die ihre Beute aussaugt – doch immer kreuzen sich unter meinen Händen Wege, die – wenn's mit rechten Dingen zuginge – nie aufeinandertreffen dürften!«

»Magie ist eine Gabe, kein Gehabe.« Sigbert war noch viel zu benommen von seiner eigenen Geschichte, als daß er auf ihre Sorgen eingehen mochte. »Es wird schon mit Eurem außerordentlichen Leben zu tun haben, daß Ihr Leuchtfeuer und Hafen für so viele seid – sonst wären wir – und vor allem die Kinder – nicht gerade hier!?«

»Die Kinder«, sagte Laurence, »wo stecken sie eigentlich?«

»Vorhin spielten sie im Garten und schlichen sich an unser junges Paar heran –« Er deutete hinunter zum Springbrunnen, auf dessen Rand Clarion gesessen hatte, zu ihren Füßen einen Jüngling, dessen fremdländischer Gesichtsschnitt dem Ritter gleich aufgefallen war. Jetzt umkreisten beide die Fontäne; es war nicht auszumachen, ob im verliebten Spiel oder im Groll. Clarion spielte mit dem Jüngeren wie ein Kätzchen, etwas, was die Gräfin sichtlich mit Unbehagen sah. Eine steile Zornesfalte trat auf ihre Stirn, doch dann besann sie sich. Als ob sie die beiden zur Ordnung rufen wollte, wandte sie sich streng an Sigbert: »Hamo, mein Sohn, und Clarion sind kein Paar, aber sie sind auch keine Geschwister, obgleich sie so aufgewachsen sind.«

»Ich dachte –«, lenkte Sigbert leicht entschuldigend ein.

»Ihr dürft vermuten.« Laurence war bemüht, dem Gespräch eine andere Richtung zu geben. »Oder vielleicht überrascht es Euch auch nicht, daß ich in der Lage bin, Eure Geschichte zu Ende zu erzählen, gleichsam als Beweis meiner Hexerei –« Sie lachte bitter. »Der Name Eures Emirs ist Fakhr ed-Din. Sein Sultan beauftragte ihn mit den geheimen Verhandlungen, die er mit Friedrich führte. So gewann er des Kaisers Gunst und Vertrauen, die ihren äußeren Ausdruck darin fanden, daß sein Lieblingssohn Fassr am Hofe von Palermo aufgenommen und vom Staufer eigenhändig zum Ritter geschlagen wurde: Konstanz von Selinunt, Euer Zögling! Um sich zu revanchieren, sandte der Emir zu des Kaisers Hochzeit mit Yolanda, der jungen Königin von Jerusalem, die Schönste seiner Töchter, Anaïs – ihre Mutter soll eine Nachkommin des großen Salomon gewesen sein –, als Brautjungfer nach Brindisi. Anaïs war auch kaum älter als die dreizehnjährige Kindsbraut, doch bereits in voller Geschlechtsreife erblüht und sich dessen kokett bewußt. Der Staufer, sicher betrunken, aber auch nüchtern von ebenso unersättlicher wie unsensibler Sexualität« – es war Laurence anzumerken, wie sehr sie dieser Typ Mann anwiderte; nie war sie die Geliebte des Kaisers, dachte sich Sigbert –, »Friedrich fand wohl im Brautbett keine Befriedigung seiner gewalttätigen Geilheit, so ließ er von Yolanda bald ab – ihren Sohn empfing sie erst zwei Jahre später – und wandte sich den Mädchen zu, die vor der Tür als Zofen wachten. Anaïs stach alle anderen aus, sie zierte sich nicht, der Kaiser nahm sie im Stehen *a tergo*, vor den Augen der anderen, während hinter der Tür die gedemütigte Braut in ihre Kissen schluchzte. Anaïs wurde schwanger; eine Aufnahme in den Harem des Kaisers zu Palermo – die von ihrem Vater durchaus eingerechnet war – empfahl sich nicht, da Yolanda ihre Schmach an ihr gerächt hätte. So wurde sie zur Niederkunft der alten Mutter seines Admirals übergeben –«

»Enrico Pescatore – Euer Gatte?« hakte Sigbert nach.

»Wir waren uns damals noch nicht begegnet«, wies Laurence seine aufkommende Neugier ab. »Als ich meine Hand dem Grafen reichte« – sie betonte dies so, daß man den Wert erkennen konnte, den sie auf den Umstand legte, daß es – zumindest für sie – keine Liebesheirat gewesen war, geschweige denn Lust –, »war Clarion, die Tochter des Kaisers, bereits zwei Jahre alt. Um diese Zeit starb Yolanda –«

»Bei der Geburt unseres Königs Konrad«, fügte Sigbert hinzu, auch um zu zeigen, daß er zu folgen vermochte.

»– im Wochenbett, und Anaïs, von Friedrich schmerzlich vermißt, konnte endlich in den Harem aufgenommen werden. Clarion blieb hier und wurde von mir wie mein eigen Fleisch und Blut erzogen, zusammen mit Hamo, von dem ich bald darauf genas.«

»So ist also Clarion die Enkelin meines Emirs und Nichte von Konstanz, was dieser sicher nicht weiß –?«

»Nicht zu wissen braucht«, bemerkte Laurence knapp, »es sei denn, das Kind macht ihm weiterhin schöne Augen, was sich jedoch mit Eurer baldigen Abreise von selbst erledigen dürfte!«

»Verjagt uns deshalb nicht aus dem Paradies«, hielt ihr Sigbert entgegen, den Affront überspielend. »In dem Alter sind alle Mädchen bemüht, ihre Wirkung auf Männer festzustellen, was nicht heißen muß, daß sie auch bereit sind, sich jedem hinzugeben – –«

»Clarion benimmt sich wie eine brandige Katze!« zürnte die Gräfin, und ein Blick hinab zum Brunnen war nicht dazu angetan, sie vom Gegenteil zu überzeugen. »Selbst Blutschande würde sie lustvoll in Kauf nehmen, ob nun Bruder oder Oheim – ein geiles Luder!«

Sigbert war dieser Ausbruch unangenehm, aber er war viel zu sehr mit seinen eigenen Gedanken beschäftigt, als daß er irgend etwas hätte sagen können.

Vom Meer her wehte der Duft wilden Rosmarins und würzigen Thymians, vermischt mit dem salzigen Geschmack der Gischt, die aus den Felsen stob. Die Mauern hinaufwirbelnd traf er auf die leichten Schwaden, die den Jasminhecken entströmten, die starken Geruchsfahnen der blaßvioletten Lilien von betäubender Schwere. Unsichtbare Aromawolken umschmiegten Lust und Weh wie *pizzicato*-Zupfer auf der Saite einer Laute, die, von irgendwoher ertönend, irgendwo hinschwanden zwischen Steinen und Meer.

Das Opfer des Beccalaria
Montauban, Herbst 1244

Der Besucher, der über die akkurat behauenen Kapitell-Steine und Säulenprofile des Dombauplatzes von Saint-Pierre stieg, sah nicht aus wie ein Bischof. Monsignore Durand trug den braunen Habit eines Jägers, und es war ein Jagdausflug, der ihn hierher nach Montauban geführt hatte. Er war allein gekommen, hatte sein Pferd, von dem das erlegte Wildpret baumelte, am Fuße des gewaltigen Gerüstes angebunden, und als seine Frage an die Steinmetzen nach dem Meister mit einer Daumenbewegung nach oben beantwortet wurde, hatte er sich an den Aufstieg gemacht.

Sprosse für Sprosse die Leiter erklimmend, überkam ihn die Bewunderung über die Kühnheit der schlanken Linienführung, mit der die Pfeiler in der Chorwand gut hundert Fuß frei in die Höhe ragten, ehe sie in spitzen Bögen abgefangen wurden. ›So was sollten wir uns zu Albi auch ruhig trauen‹, schoß es ihm in den Sinn, ›und leisten!‹ Er wechselte vom leicht schwankenden Baugerüst auf den Laufgang unterhalb des Triforiums und fand den gesuchten Zugang zu einer der engen Wendeltreppen, die versteckt in die Arkaden eingelassen waren. Gut und gern ein Schock steiler Stufen zählte er, sich im Dunkeln drehend, daß ihm fast schwindelig ward, bevor er am obersten Lichtgaden wieder ins Freie taumelte. Der Anblick raubte ihm den verbliebenen Atem: Sicher fünfzig Fuß schossen die Rippen der hohen Fenster wie Speere in den Himmel, einen Himmel, den sie mit ihrem filigranen Maßwerk schon vorwegnahmen. Monsignore Durand sah hinab auf den blinkend sich windenden Lauf des Tarn und hinter dem dunklen Grün der Wälder des Montech ragte die blaue Kette der Pyrenäengipfel. Diesmal bestieg er die Leiter weit vorsichtiger und konzentrierte seinen Blick fest auf die nächste Sprosse, bis er oben war, wo der schmale Gewölbeansatz durch einige Bretterbohlen verbreitert war. Dann sah er auch gleich den Baumeister. Bertrand de la Beccalaria beaufsichtigte das Abnehmen der hölzernen Leergerüste, die das Setzen der Strebebögen gestützt hatten. »Solch feinzierlich' Steinwerk«, ging er schnaufend, aber lachend auf den Gesuchten los, »hätt' nicht den ersten Schuß Eurer Katapulte überstanden, Meister, geschweige denn ein heftiges Räuspern meiner *adoratrix!* Ich entbiete Euch Gruß und Hochachtung!« Der Angesprochene hatte kaum aufgeblickt, seine Augen waren dem gespannten Tau der Tretwinde gefolgt, bis das klobige Holzstück auf der tiefer gelegenen Gerüstebene aufgesetzt hatte. Dem verständigen Durand fiel auf, wie jung an Jahren eigentlich der Baumeister noch sein mußte, auch wenn sein Haar früh ergraut war. Beccalaria bewegte sich mit der Geschicklichkeit eines Steinbocks im Fels. »Ihr wollt, steht zu hoffen, Eure Andachtsschleuder nicht auch hier einsetzen, Monsignore« entgegnete er spöttisch. »Sanctus Petrus ist ein Gemäuer, das fest auf katholischen Fundamenten steht – und«, er wies auf die kühn geschwippten Streben, die in halsbrecherischer Arbeit von den Zimmerleuten von ihrer Bretterverschalung befreit wurden, »das einzige, was ich fürchte, ist der Winter und sein Frost!« Er kam auf den Bischof zu und schüttelte ihm die Hand. »Wir haben Frieden«, sagte Durand, »und die Zerstörerin ruht zerlegt und eingefettet, ich hoffe, sie nicht noch einmal hervorholen zu müssen – Aufbauen, dem Herrn zu höchster Ehr, wie Ihr hier, das sollten wir!« Doch Beccalaria schien nicht von der plötzlichen Friedfertigkeit des kriegerischen Bischofs überzeugt: »Die Mauern von Quéribus fordern die Überzeugungskraft Eurer *adoratrix* nicht heraus?«

»Das geht die Kirche nichts mehr an, jedenfalls nicht den Bischof von Albi, – das ist allein Sache des Königs von Frankreich – und vielleicht noch die des Herrn von Termes!«

»Oliver?« fragte der Baumeister leise nach, und dem Bischof entging nicht, daß sich seine Züge verdunkelten, doch ohne eine Bestätigung abzuwarten ging Beccalaria seinen Besucher direkt an: »Weswegen, Exzellenz, seid Ihr gekommen? Doch nicht um alte ›Waffenbrüderschaft‹ aufzuwärmen?«

»Welch liebenswerter Euphemismus, Meister – ich kam als aufrichtiger Bewunderer Eurer vielgerühmten Baukunst. Auch wir in Albi tragen uns mit dem gottgefälligen Gedanken –«

»Und das schon lange«, unterbrach ihn der Beccalaria, »doch der Geiz und die Engstirnigkeit Eurer wohlbetuchten Bürger läßt sie mit ihren fetten Ärschen auf verschlossenen Säckeln und Truhen hocken, statt für das Heil ihrer Seelen den vom Bischof gewünschten Bau einer Kathedrale zu finanzieren!«

»So ist es!« seufzte der Angesprochene. »Aber dies ist nicht der wahre Grund Eures persönlichen Erscheinens –?« Monsignore Durand schaute lange auf das unter ihm liegende Land, die Stadt am Fluß, die Burgen und Klöster auf den Hügeln, die Marktflecken und Höfe in den Tälern, zwischen Feldern und Wäldern. Ein Bild des Friedens, wohlanständig und gottesfürchtig – doch trügerisch. Der Geist der Ketzerei schwelte immer noch unter den Dächern wie nicht abgezogener Rauch, und hinter den Mauern glimmte das Feuer der Auflehnung gegen die aufgezwungene Herrschaft der Franzosen. »Auf dem Montségur gab es zwei Kinder«, eröffnete der Bischof seine Mission wie ein Märchen, »ein Bub und ein Mädchen –?«

»Ihr führtet Euren Krieg gegen viele Kinder«, gab ihm der Baumeister schroff heraus. »Ich war zu beschäftigt, ihren Zufluchtsort zu schützen, als daß ich mich im einzelnen um sie gekümmert hätte!«

»Ah ja?« sagte der Bischof. »Es gab also für den Baumeister einer christlichen Kirche keinen besonderen Grund, seinen Arbeitsplatz zu verlassen – außer Sympathie für die Ketzer?«

»Als ich hörte«, antwortete Beccalaria düster gesenkten Hauptes, »daß Ihr Euer geistliches Gewand an den Nagel gehängt hattet, um mit einer todbringenden Steinschleuder –«

»Lassen wir das!« unterbrach ihn Durand freundlich. »Ich bin nicht gekommen, um mit Euch Kriegsgreuel gegeneinander aufzurechnen ...« Er legte dem Baumeister freundschaftlich die Hand auf die Schulter und zwang ihn, seinen Blick, statt in die Tiefe zu starren, in die lichte Weite schweifen zu lassen. »Laßt mich die Geschichte anders beginnen: Vor fünf Jahren reiste eine hochstehende Dame, man sagt aus dem bedeutendsten ältesten Adel Frankreichs, bestens eskortiert und *incognito* nach Fanjeaux. Dort, im Kloster von Notre-Dame de Prouille, wurde von den Nonnen ihre Tochter erzogen, streng abgeschirmt und ebenfalls unter falschem Namen – aus sicher gutem Grund!« Der Bischof beobachtete den neben ihm Stehenden aus den Augenwinkeln, doch dessen Blick war nun in die Ferne gerichtet, wo aus dem Dunst die schneebedeckten Wipfel der Pyrenäen ragten. »Blanchefleur, so wurde das Mädchen gerufen, war in jenem Jahr sechzehn geworden, ein hübsches, empfindsames Kind. Die Mutter, wir können sie wohl ›die Herzogin‹ nennen –« er versuchte das Zeichen eines Einverständnisses zu erhaschen, aber Beccalaria schaute stumm den dahinziehenden Wolken nach – »eröffnete ihrer Tochter, die schon des längeren gerätselt hatte – denn mit zunehmendem Alter und Fortschritten in den Künsten der Algebra konnte sie sich ausrechnen, daß zum Zeitpunkt ihrer Geburt ihre Mutter schon seit drei Jahren Witwe war –, welchen Namen und Rang ihr natürlicher Vater trug. Blanchefleur reagierte darob keineswegs – wie von der Herzogin erwartet – stolz und glücklich, sondern ziemlich verstört, und ihr Schrecken nahm noch zu, als die Herzogin ihrer

Tochter eröffnete, daß sie Großes und Wichtiges in dynastischen Beziehungen mit ihr vorhabe. Was, sagte die hohe Dame nicht. Nachdem sie sich solcherart von der Ehereife ihrer Tochter überzeugt und sie auf ihr Glück vorbereitet hatte, reiste sie wieder ab. Blanchefleur hatte ziemlich abweichende Vorstellungen von ihrem Glück, ich weiß das, weil ich ihr Beichtvater war. Blanchefleur liebte, keusch, aber sehnsüchtig und jetzt wild entschlossen, einen jungen Adeligen von – nunmehr war es ihr gewiß – bei weitem niedrigeren Rang und noch arm dazu – so arm, daß er nicht einmal Ritter geworden war, sondern es vorgezogen hatte, sein Leben mit seiner Hände Arbeit und der Ingenuität seines Kopfes zu verdienen. Er wollte Baumeister werden und arbeitete damals als Geselle bei allfälligen Renovierungsarbeiten der Klosterkirche, die noch vom heiligen Dominikus gegründet war. Blanchefleur und der junge Ingenieur trafen sich manchmal im Klostergarten und ergingen sich in Phantasien über die Möglichkeiten, immer höhere, schlankere Kathedralen zu errichten, auf magischen Punkten der Erde, die man aus dem Wissen um den Lauf der Sterne errechnen konnte und deren Streben himmelwärts, wie Ihr wißt, nur von dem richtigen Anbringen, von Krümmung, Neigung, Stärke und Auflager des Strebwerks abhängt. In diesem Punkt kamen sie sich näher. Der junge Architekt zeichnete seine Träume, und die begabte Schülerin berechnete deren Maße, Kurven und Lasten des Nachts in ihrer Zelle. Anfangs trafen sie sich zufällig, doch bald heimlich häufiger, schließlich regelmäßig. Über die Liebe, die sich für einen Außenstehenden leicht errechnen ließ, wagten sie nicht zu sprechen – sie drückten sie aus in Zetteln und Skizzen mit Rissen und Schnitten und mathematischen Formeln, die sie sich verstohlen zusteckten.

Als nun Blanchefleur von ihrer Mutter vernommen hatte, daß dieses verzückte Träumen in Gleichungen des Pythagoras, Thales und Euklids ein rasches, rohes Ende haben würde, entschied sie zu handeln. Nicht etwa, daß sie ihrem Herzensingenieur ihre Liebe offenbarte, nein, sie beauftragte ihn kühl, für ihre Flucht aus dem Kloster zu sorgen – das Weitere würde sich schon finden –«

Der Bischof unterbrach hier den sprudelnden Strom seiner Erzählung, um nun endlich einen Beitrag seines schweigenden Zuhörers einzufordern, doch Beccalaria starrte abweisend in das Land; sein Blick ging weit weg durch Wolken und Berge. So fuhr der Monsignore enttäuscht fort:

»Das Weitere fand sich auch: Blanchefleur gelangte nach Montreal, dem vereinbarten Treffpunkt mit ihrem Baumeister. Doch der erschien nicht. Statt dessen fiel sie in die Hände des jungen Trencavel, Sohn Eures Parsifals!« Beccalaria zeigte mit keinem Zucken, inwieweit ihn die Geschichte berührte. »Ramon-Roger III. war im Begriff, Carcassonne, sein väterliches Erbe, zurückzuerobern, und hatte hier das heimliche Hauptquartier seiner um ihn gescharten Rebellen und *faidits* errichtet. Der Vicomte, ein Ritter im besten Mannesalter, mit dem Charisma seines so tragisch verendeten Vaters und immer noch vom verwelkenden Strahlenkranz des Gralsmythos umflort, behandelte seine schöne Gefangene mit Zuvorkommenheit, soweit ihm seine konspirativen Machenschaften Zeit und Gedanken dazu ließen. Er warb nicht um sie, und sie wartete auf ihren – immer mehr verblassenden – Helden, der nicht kam und nichts von sich hören ließ. Am Vorabend zum entscheidenden Angriff auf Carcassonne wurde Blanchefleur aus freien Stücken die Geliebte des Trencavels. Am Morgen küßte er das scheue Mädchen, das ihm die Nacht zart und hingebungsvoll versüßt, und ritt in die Schlacht, in der er fiel. Sie mußte, mit Hilfe der wenigen Getreuen, die überlebt hatten, fliehen – von Ort zu Ort, von Versteck zu Versteck, in einem Lande, das ihr fremd war und in dem sie außer dem untreuen Gesellen keine Freunde hatte. Oliver von Termes, ein Waffengefährte des glücklosen Trencavel, brachte die Hochschwangere schließlich auf dem Montségur in Sicherheit –«

»Nein!« sagte de la Beccalaria. »Oliver verriet sie ein zweites Mal! Ich fand sie im Elend und dem Sterben nahe und trug sie auf meinen Armen – ein Pferd hatte ich nicht – bis oben in die Gralsburg. Ich hatte mich, in ritterlicher Entführung völlig unbedarft, an Oliver gewandt, den meine Familie kannte und mit dem ich mich in meinen Sympathien für den Glaubensweg der Reinen und in der Liebe zu unserer Heimat, dem Languedoc, einig wußte, und ihn um Rat und Hilfe bei dem für mich allein schwierigen Unternehmen gebeten. Oliver nahm alles – allzugern! – in die Hand. Er diente die leichte Beute hinter meinem Rücken dem Trencavel an, dessen Gefolgsmann er war; er hieß mich in Villeneuve de Montreal – nicht einfach Montreal, das weiß ich genau! – warten und keinen Mucks von mir geben – ›und wenn es Tage dauern sollte!‹ Er ließ mich dort von Unbekannten aufstöbern, jämmerlich verprügeln und – unter Androhung des Todes – davonjagen, und so dauerte es Monate, bis ich die Spur der flüchtenden Blanchefleur aufnehmen konnte und sie endlich fand. Oliver hatte sie schmählich im Stich gelassen. Gleich nach dem mißglückten Versuch der Eroberung von Carcassonne hatte er sich dem König von Frankreich zur Verfügung gestellt, war also zur anderen Seite übergelaufen – Blanchefleur schenkte kurz darauf, ich hab sie nicht mehr gesehen, auf dem Montségur einem Knaben das Leben. Sie gab ihm den Namen ›Roger-Ramon-Bertrand‹!«

»Das brachte mich auf Eure Spur«, sagte der Bischof mit belegter Stimme. »Sie tauchte noch einmal kurz ohne das Kind in Prouille auf, verließ es dann aber, um in einem unbekannten Kloster vor der Welt, vor allem aber vor den Nachforschungen ihrer Mutter für den Rest ihres Lebens sicher zu sein; mehr vertraute sie mir nicht an.«

»Und wie das Schicksal so spielt«, sagte der Baumeister, »hat sie vielleicht mit der Wahl des Vaters für diesen Sohn die hochzielenden Erwartungen ihrer Mutter – falls diese in die Richtung gingen, die ich vermute – weitaus besser getroffen, als die hohe Herrin es planen oder wünschen konnte. Die Blutsbande mit dem aussterbenden Haus der Trencavel kommen der direkten heiligen Linie, der des Gral, verdammt nahe!«

Das klang verbittert, und der Bischof konnte es nicht lassen, den so Verletzten im weiten Mantel der Kirche aufzufangen: »Es gibt nur ein ›Heiliges Blut‹, das unseres Herrn Jesus Christus!«

»Richtig«, gestand Beccalaria zu.

»Den Gläubigen zeigt es der Priester in der Heiligen Monstranz.«

Der Baumeister schüttelte den Kopf. »Für die Wissenden rinnt es in den Adern des Adels, der sich zur Gralsfamilie, den wahren Erben des Messias aus dem königlichen Hause David, rechnen darf –!«

»Wer war also die Mutter Eurer Blanchefleur, daß Ihr so gewiß seid, in dem Kinde Roger-Ramon-Bertrand offenbare sich so einzigartige Kulmination königlichen Blutes?«

»Ich weiß es nicht, und ich weiß auch nicht, wer der Vater war. Und wenn ich es wüßte –«

»Wer der Vater war, kann ich Euch sagen: der Kaiser! Doch von Euch will ich hinter das Geheimnis der Herzogin geführt werden.«

»Die Mühe hättet Ihr Euch sparen können. Ich habe nie danach gefragt und kann durchaus mein Leben beschließen, ohne es zu wissen!«

Beider Blicke fielen auf eine schwarze Kutsche, begleitet von Bewaffneten, die in einer Staubwolke den Weg auf die Baustelle zu nahm.

»Er wird Euch keine Mühen ersparen, und Ihr werdet reden müssen, bevor Ihr Euer Leben beschließen dürft«, sagte der Bischof leise und keineswegs drohend, eher mit einem Ton des Bedauerns. »Ihr solltet fliehen, Bertrand – dort kommt der Inquisitor –«

»Viele Fragen bleiben unbeantwortet«, sagte der Baumeister und beugte sich weit vor, um genau verfolgen zu können, wie das düstere Gefährt unten vor der Öffnung für das Portal hielt und die Reiter absprangen und den Bauplatz zu umstellen begannen. Der Bischof versuchte ihn am Ärmel zurückzuzerren, er war ehrlich besorgt. »Ihr könnt über die Wendeltreppen flüchten, unten steht mein Pferd, in Albi –«

»Eure Kathedrale«, unterbrach ihn freundlich Beccalaria, und es gelang ihm für einen Augenblick die Befürchtungen des anderen zu zerstreuen, »und viele Kathedralen«, sagte er begütigend, »bleiben ungebaut!«

Mit diesem letzten Wort tat er einen Schritt rückwärts, als hätte er unachtsam vergessen, daß hinter ihm der Abgrund war, und stürzte in die Tiefe, nicht etwa im freien Fall: Er schlug erst schräg aufs untere Strebwerk auf, prallte ab, dann wurde sein Körper gegen den Pfeiler geschleudert, bevor er auf dem Dach der Apsis liegenblieb! Dann brach ganz langsam, als würde Gottes Hand die Steine lösen, der angeschlagene Bogen auseinander, und die sorgsam behauenen Steine folgten ihrem Meister, erst einer, dann zwei, drei, schließlich alle – ihr Stürzen übertönte das kratzende Geräusch des Risses in dem dazugehörigen Strebepfeiler, er wankte unentschlossen, sein des Widerstandes beraubtes Gewicht neigte sich, und er brach zusammen, worauf auch das gegenüberliegende, gestützte Wandstück nicht mehr an sich hielt, es kippte in einer ruhigen Bewegung nach außen, zerschlug im Fall die Streben der anderen Pfeiler, riß sie mit sich, bis wie ein Buschfeuer, das sich von drehenden Winden nach beiden Seiten ausbreitet, rechts und links die Arkaden, die Pfeiler, die Wände im Getöse von splitterndem Holz und berstendem Gestein, in aufstiebenden Wolken von Mörtelstaub zusammenfielen und von Saint-Pierre nur noch eine Ruine übrig war, aus der ein Turm aufragte.

Der Große Plan
Cortona, Sommer 1244 (Chronik)

»*De profundis clamavi ad te, Domine* ...«

Mit einem Morgengebet begann mein Tag im Keller von Cortona.

Anfangs suchte mich Elia noch gelegentlich auf, entschuldigte sich quasi für die Verzögerung, indem er mich in seine Pläne einweihte, eine Kirche und ein Kloster zu errichten, dem heiligen Franziskus geweiht. Er zeigte mir die Entwürfe und klagte über die störrische Kommune, die ihm zwar den notwendigen Baugrund in Aussicht gestellt habe, aber die Ausfertigung der Urkunde von Woche zu Woche verschleppe. Doch nachdem dann einige Zeit – mehr als ein Monat – ins Land gegangen war, sah ich ihn kaum noch, und wenn, dann hastig, abweisend nervös, und schließlich vergaß er mich wohl ganz.

Ich kannte mich inzwischen im weiträumigen Untergrund des Kastells gut aus. Frau Gersende ließ mir des Nachmittags freien Zutritt zum Weinkeller, und des Nachts gestattete sie mir für ein paar Stunden, im Küchenhof Luft zu schnappen. Was sie mir nicht gestattete, war, ihr bei solchen Gelegenheiten schnell unter die Wäsche zu fahren. Und die Schlafkammern der Mägde lagen hoch unterm Dach. Gersende war eine tugendsame Frau, mütterlich, hilfsbereit und zupackend, aber den, der es so gut gebräucht, den packte sie nicht.

So ergab ich mich dem geregelten Trunke, und da meine Kammer gleich neben den Fässern lag, hing stets ein benebelnder Weindunst über meinem Lager, wie ein weiches Federkissen, und ich schlief meinen Rausch vom Vortag – die Nacht war ja nur zum Pinkeln da – bis in die Mittagsstunden aus. Wie beneidete ich die beiden Priester aus dem Heiligen Land, die jeden Abend mehr grölend als singend aus dem ›Güldenen Kalb‹ in ihre Betten torkelten. Ich konnte sie nur hören; sehen oder gar sprechen durfte ich sie nicht.

Ich wurde immer fetter, was ich vor allem den abweisenden Scherzen der Mägde entnehmen konnte. Mein Begehr, angefeuert durch die Erinnerung an meine holde Ingolinde, sie in ihren Betten oder im Heu oder sonstwie liegend, stehend, sitzend, mit meiner Manneskraft zu beglücken, erschlaffte.

Plötzlich kam mir eines Tages das Pergament aus Sutri wieder in den Sinn, längst nicht mehr siedendheiß, sondern eher als eine Möglichkeit, meinem lurchenhaften Dahindämmern eine Wende zu geben.

Gleich schlurfte ich zu Frau Gersende und bat sie um Feder, Tinte und Pergament. Ich wollte schreiben, dem Herrn zu Ehren und zur Beruhigung meines Gewissens. Ich sagte ihr nicht, daß ich eine würdige Abschrift der Botschaft an ihren Herrn herzustellen gedachte, aber das tat auch nicht not, denn sie begrüßte mein

Vorhaben wohl schon, damit ich auf andere Gedanken kam, als ihr und den Mägden mit geilem Grinsen auf die Röcke zu starren, wenn nicht darunter.

Gersende brachte mir also das Gewünschte, dazu auch Talglichter, und ich zog mich in meinen Verschlag zurück, holte heimlich das Dokument aus seinem Versteck, glättete es, so gut es ging, und begann zu lesen ...

»Vielfältig verschlungen ist das Siegel des Geheimen Bundes, die Speerspitze des Glaubens stößt aus dem Kelch der Lilie, das Trigon durchdringt den Kreis und schwebt über den Wassern. Wem es bestimmt ist zu wissen, der weiß, wer zu ihm spricht!

Wer die Wahrheit sucht, tut gut daran, sich in Gottes Wort zu vertiefen, wie es in der Bibel geschrieben steht. Er tut nicht gut daran, den Kirchenvätern zu vertrauen. Sie waren keine Suchenden wie er, sondern Deuter der Schrift, die sie nach Gutdünken auslegten zu ihrem eigenen Nutz und Frommen.

Wer die Wahrheit sucht, kann aber auch Gott bitten, ihm Einblick in das große Buch der Geschichte zu gewähren. Gott schreibt nicht mit der Tinte der *scribentes*, sondern mit dem Leben der Menschen und Völker.

Als es Gott gefiel, das Volk Israël aus seiner Auserwähltheit zu erlösen, es von der erdrückenden Last zu befreien, unter der es nicht die Kraft aufbrachte, andere Völker an dem Einen Gott teilhaben zu lassen; als Er sah, daß sich die Seelen der Kinder Israël verhärteten wie Leder in der Sonne und brüchig wurden, sandte Er Propheten aus, von der Größe Seines Reiches zu zeugen.

Als erster trat auf Johannes, der Täufer. Er blieb ein Rufer in der Wüste; denn das Volk war verstockt, und seine Ohren waren taub.

Auf ihn folgte Jesus aus dem Hause David, der sein Leben hingab. Aber seine Jünger drehten ihm die Botschaft der Liebe im Munde um und verfälschten das Vermächtnis seines Opfers.

Und schließlich erschien Mohammed, der den irrenden Völkern den einfachen Weg wies, ohne Schuld und Vergebung, den geraden Weg ins Paradies durch ein frommes und gerechtes Leben auf Erden.

Wie Gott Israël straft seit dem Auszug aus Ägypten, so zürnt Er den Muslimen seit der Hedschra, dem Auszug aus Mekka. Seitdem ist das Erbe Mohammeds zerrissen zwischen denen, die blind nur die Sunna, die Botschaft, hören, und denen, die taub nur auf die Schia, die Blutslinie starren. Gott allein weiß, welcher Weg der richtige ist. Die Muslime wissen es nicht.

Stumm vor Zorn aber ist der Herr, wenn er das Ungeheuer betrachtet, das die Nachfolger Christi in die Welt gesetzt haben. So wie sie sich selbst aus eigenen Gnaden ernannten, schufen sie die sich selbst fortpflanzende, sich selbst gebärende Kirche. Noch dient sie Ihm, die anderen zu strafen: die Juden mit Vertreibung ›zerstreut in alle Welt‹; den Islam mit Spaltung, die beide Glieder den Schlägen aussetzt, welche das Ungeheuer mit seinen Schwänzen austeilt, während seine Tentakel sie würgen, erpressen und berauben.

Aber die blutige Spur, die das Tier wie eine Schleppe hinter sich herzieht, ist auch ein Versprechen, daß Gott der Herr die Missetaten nicht vergessen wird. Gott allein weiß, wann der Tag des Gerichts kommen wird, aber er wird kommen! Denn die Greuel der Nachfolger Christi schreien zum Himmel.

Als erstes leugneten sie die Leiblichkeit des Jesus von Nazareth. In ihrem Wahn und in ihrer Vermessenheit gingen sie so weit, ihn zu Gottes Sohn zu erklären, zum Nebengott. Und damit nicht genug: Sie erhoben auch seine Mutter zu einer die Mutterschaft verhöhnenden göttlichen Jungfer und füllten so den eben gereinigten Tempel – dem Einen Gott, nur Ihm allein geweiht – mit allerlei Nebenaltären.

Dann buhlten sie um die Gunst der Römer, denn in deren

Hauptstadt, *caput mundi*, sollte das eitle Ungeheuer nisten, seine Arme ausstrecken, alle Menschen an seine Brust ziehen und die erwürgen, die es nicht anbeteten.

Diese Bedrohung wandte sich auch gegen jene Christen, die dem Auftrag des Jesus gefolgt waren: ›Gehet hin in alle Welt‹, und sein Wort die lehrten, die Ohren hatten zu hören. Es waren der Jünger ja zwölf gewesen, die so ausgesandt waren.

Saulus war keiner von ihnen und ward zu Damaskus auch nicht zum Apostel, sondern zu Paulus, Paulus dem Strategen. Paulus traf die schicksalschwere Entscheidung für das Rom der Caesaren – nicht für Bagdad, die Wiege der Menschheit, nicht für Alexandria, den Hort ihrer Geistigkeit, und schon gar nicht für das Jerusalem der Väter. Ihm verdanken wir die Krake, nicht dem braven Fischersmann Petrus. Paulus brachte das Tier dorthin, wo es sich nur zum Ungeheuer entwickeln konnte.

Um sich bei Rom einzuschmeicheln, machten die Häupter der Kirche alsdann vergessen, daß es die Römer gewesen waren, die – in strikter Anwendung ihres *codex militaris* – den Jesus von Nazareth, *Rex Iudaeorum*, gekreuzigt hatten. Sie schoben es seinem eigenen Volke, den Juden, in die Schuhe, den Messias ermordet zu haben. So erhoben sie ihn zum Märtyrergott, ja, zu Gott selbst – und das Tier stieß die erste Giftwolke aus seinen Nüstern, die seitdem unheilschwanger über der Welt wabert, den Haß auf die Kinder Israël und ihre Kindeskinder. Nichts eint eine Gefolgschaft so sehr wie ein gemeinsamer Feind.

Das Tier hatte die Botschaft des Gekreuzigten an sich gerissen und aufgesogen, seinen Leib, und, wie es vermeinte, auch sein Blut. Nichts erboste das Tier in Rom so sehr wie die Erkenntnis, daß die Blutslinie des Hauses David nicht erloschen war, sein Samen sich fortpflanzte. Da Jesus jetzt ein Gott war, war seine Sippe – soweit nicht mit ihm zusammen vergöttlicht – dem Tier ein Dorn im Auge. Also wurde seine Frau als Hure verschrien; seine Söhne, Bar-Rabbi und die anderen, wurden Straßenräubern gleichgestellt. Wer sich vor der Kreuzigungsjustiz der Römer retten konnte, wurde totgeschwiegen.

Ein ähnliches Schicksal erlitten die Gemeinden der übrigen Apostel. Kaum war das Tier aus den Katakomben gekrochen, hinauf auf den Thron der römischen Staatskirche, begann eine grimme Verfolgung derer, die vom rechten Glauben abwichen. Erst wurden sie als Sektierer verunglimpft, dann als Häretiker an den Pranger gestellt. Wer sich dem Anspruch der *Ecclesia catolica* – so nannte sich das Ungeheuer jetzt –, allein die Schlüssel zum Himmelreich zu besitzen, nicht beugte, verfiel dem Bann. Holz und Stroh wurden unter den Pranger gehäuft. Das Tier, in die Fußspuren des Imperiums getreten, spie nicht mehr nur Gift, sondern nun auch Feuer. Die ersten Scheiterhaufen loderten.

Und der Rest der Welt? Die Anhänger des Propheten Mohammed, den Gott nach Jesus entsandt hatte – und Gott wußte, was er tat –, sie wurden zum Heer der ›Ungläubigen‹, zu Heiden. Waren sie sanft und gutwillig und küßten das Kreuz, dann konnte man sie taufen. Ließen sie sich nicht bekehren, war es besser, sie gleich totzuschlagen.

Nun mußten wir in den letzten Jahren erfahren, daß weit hinten im Osten noch riesige Völkerscharen leben, für deren Herrscher wir, hier um das *Mare Nostrum* geschart, mit unserem *caput mundi* nur ›Rest der Welt‹ sind. Was soll, von unserer Seite aus, mit ihnen geschehen? Und wie werden sie ihrerseits mit uns verfahren?

Das Tier hatte sich auf einen bröckelnden Felsen gesetzt: Das Imperium Romanum brach auseinander.

Ostrom, Byzanz, aufgrund seiner Lage zwischen Orient und Okzident anfangs das weitaus mächtigere Teilreich, hatte keine Schwierigkeiten, weltliche und geistliche Macht getrennt zu halten und dennoch am gleichen Ort zu vereinen. Man verstand sich als Bollwerk gegen die Völker der aufgehenden Sonne und als Mittler zugleich.

Das Tier saß in Westrom. Im Niedergang des Reiches ging die imperiale Macht erst an germanische Soldatenkaiser, dann an das ›Sacrum Imperium Romanum‹ in der Hand der Deutschen. Doch die von ihren Anfängen an auf irdischen Erfolg abgerichtete Kirche war keineswegs gewillt, auf den Primat der Macht zu verzichten. Die ›Päpste‹, so nannten sich die obersten Priester des Ungeheuers, schmückten sich mit der Tiara, der dreifachen Krone, auf dem Haupt und zeigten ihren angehäuften Reichtum ohne Scham: Sie sahen sich als die wahren Nachfolger der Caesaren. Diese *vicarii Christi*, Stellvertreter des Gottessohnes, heischten Gehorsam und befahlen huldigende Fürsten vor ihren Thron. Dem Patriarchen von Byzanz wie auch dem deutschen Kaiser muteten sie zu, sich vor dem Tier zu verneigen. So beschwor Rom das Schisma herauf und den Streit um die Investitur: Wer setzt wen ein? Der Papst den Patriarchen? Der Kaiser den Papst?

Seit dem Untergang des Römischen Reiches und dem Eindringen der einst barbarischen Völker aus dem Norden und Osten hatte sich das Antlitz des *Orbis Mundi* verändert. Colonia, London, Paris waren längst keine in die keltisch-germanische Wildnis vorgeschobene Garnisonen mehr, sondern Mittelpunkte von mächtigen Landen. Carolus Magnus hatte noch caesarengleich über die Welt der untergehenden Sonne geboten. Danach bildeten sich zwar eigenständige Königreiche, doch über allen stand, als eine Institution von Gottes Gnaden, der ›Kaiser‹!

Im Westen, auf der iberischen Halbinsel, und im Süden Italiens, der zu Byzanz gehörte, hatte der Okzident zwar Einbrüche der jungen Kraft des Islam zu ertragen. Dafür dehnte sich das Reich immer weiter nach Osten aus, unterwarf die Könige von Böhmen, Polen und Ungarn seiner Lehnspflicht, missionierte den Norden, und aus den Grenzmarken wurden Herzogtümer.

Der König von Frankreich hätte es den Deutschen gerne gleichgetan, doch ihm verblieb wenig Raum, und er hatte nicht die Autorität der Kaiserkrone.

Der reiche Südwesten, Toulouse unddas Languedoc, war weder ihm noch Rom botmäßig. Hier hatten sich Gnosis und Mani wie Tau auf fruchtbarer Erde niedergeschlagen, war das ›sang réal‹, das königliche Blut, zum ›San Gral‹, dem Heiligen Gral geworden.

Der Legende nach waren hier die Kinder Jesu an Land gegangen, waren von den Juden im Exil aufgenommen worden. Ihr Blut, das der Belissen, hatte sich erst mit den keltischen, dann mit den gotischen Königen vermischt. Das Haus Okzitanien, die Merowinger, die Trencavel, ja, die gesamte Nobilität des Landes leitet sich von ihnen ab. Hier entstand der Begriff des Adels, der von Gott gewollten Bevorzugung eines bestimmten Blutes. Sein Land, diese jahrhundertelang in sich geschlossene Insel der Seligen, mit ihrer eigenen Sprache, der ›langue d'oc‹, ein Land mit eigenen Gesetzen, den *leys d'amor*, und seiner eigenen Religion, in der das Paradies nahe war und ein Papst nicht vorkam, schenkte dem Okzident die Poesie der Minne und der Troubadoure. Es gerät erst in das begehrliche Auge Frankreichs und in das schele Roms, als sich im zweiten Millennium nach Christi Geburt das Abendland noch einmal – unheilvoll, selbstzerstörerisch – in Bewegung setzt.

Rom war längst nicht mehr Mittelpunkt des Abendlandes; die Apenninhalbinsel war zum Anhängsel geworden. Die Lombardei, einst Kernstück des Reiches, versuchte dessen Vormundschaft abzuschütteln. Das ›Patrimonium Petri‹, so nannte mittlerweile das Tier sein Gehege, war inzwischen zum eigenen Staat, zum Kirchenstaat, geworden. Den blühenden, aber wilden Süden des Landes, das ehemalige ›Königreich Beider Sizilien‹ hatte inzwischen eine Handvoll normannischer Abenteurer den Arabern entrissen.

Die Päpste waren an den Rand des Geschehens gedrängt worden, das sich immer weiter nach Norden, West und Ost verlagert hatte, und sie wurden nur noch ab und an von den Machthabern besucht – meist heimgesucht.

Das konnte das Tier nicht ertragen. Ohne Not beschwor Rom das offizielle Schisma herauf. Byzanz weigerte sich nun endgültig, die Oberhoheit des Papstes anzuerkennen.

Etwa ein Jahrzehnt später kommt es zu einem folgenschweren Gefecht im Norden Europas. Die Normannen setzen über den Kanal und erobern das Königreich England, wodurch auf französischem Boden die Kräfte aus dem Gleichgewicht geraten und fortan mit sich selbst befaßt sind, ohne Rücksicht auf Kaiser und Papst.

Ein weiteres Jahrzehnt danach demütigt Papst Gregor VII. den deutschen König Heinrich IV., indem er ihn vor der Burg von Canossa mehrere Tage warten läßt, bevor er ihn vom Kirchenbann befreit. Heinrich rächt sich, er treibt Gregor in die Engelsburg, läßt sich durch einen Gegenpapst zum Kaiser krönen. Gregor ruft die Normannen Süditaliens zu Hilfe, aber die wüten in Rom derart, daß es zum Aufstand der Römer kommt. Gregor muß mit den Normannen aus der Stadt flüchten, stirbt im Exil in Salerno.

In dieser Not ruft sein Nachfolger Urban II. auf dem Konzil von Clermont zum Kreuzzug auf. »*Deus lo volt!*«

Ob Gott den Kreuzzung gewollt hat, steht dahin; gewiß gehörte er zu den Geißeln, mit denen Er die Menschheit zu züchtigen gedachte, und was Er will, läßt Er auch geschehen.

Das Tier hatte diese Lawine aus Blut und Tränen, Haß, Gier und Verblendung mutwillig losgetreten. Das Ungeheuer hatte wohl insgeheim damit gerechnet, eines Tages von der empörten Menge in Stücke gerissen, erschlagen und verbrannt zu werden – aber nicht, übergangen und in der Folge vergessen zu werden.

Der Kreuzzug war nichts anderes als die trotzige Demonstration des Papsttums, an der Spitze des gesamten Abendlandes zu stehen, die Fürsten zu einem solchen Schritt bewegen zu können. Es waren deren zweit- und drittgeborene Söhne, ohne Aussicht auf ein Erbe oder Lehen, die sich das Kreuz an den Mantel hefteten und sich an die Spitze des Zuges setzten. Ihnen folgte das Heer der Armen – flüchtige Strauchdiebe, Schinderknechte, Hurentreiber, Galgenstricke, Wegelagerer, Beutelschneider, Schnappsäcke und sonstiges Gesindel – und dazu kamen die Weiber, die käuflichen und die beseelten, die liederlichen und die fürsorglichen, die liebenden und die enttäuschten. Dazu kamen die Mönche und Priester, verludert oder voll glühendem Reformeifer, fanatische Bekehrer und solche, die sich neue Pfründe erhofften. Solcherart war der Zug, der sich durch Europa wälzte.

Wüste Pogrome eilten ihm voraus; die Giftsaat des Tieres ging auf. Juden totschlagen war eine gute Fingerübung für das, was man den Heiden zugedacht hatte. Und das Ungeheuer hatte ja völligen Ablaß aller Sünden versprochen – für die wenigen, die aus christlichem Gewissen das Kreuz genommen hatten. Den von weltlichen Gründen Bewegten winkte über das Seelenheil hinaus der Gewinn ungeheurer Reichtümer.

Viele träumten von einem Garten Eden, der seit der Vertreibung aus dem Paradies unbevölkert geblieben war, von verlassenen Palästen, in denen Schatztruhen offen standen, gefüllt mit Gold und Juwelen – und das Tier ließ sie träumen. Viele meinten, die ›Ungläubigen‹ harrten wie Kinder in Erwartung ihrer Eltern sehnsüchtig auf das Kommen der Kreuzfahrer. Viele dachten überhaupt nichts und wunderten sich um so mehr darüber, ein in Jahrhunderten gewachsenes Feudalgefüge vorzufinden, Zivilisation und Wissenschaft, der unseren weit überlegen.

Diejenigen, die das Gift des Tieres nicht blind, taub und gefühllos gemacht hatten, empfanden die Erfahrung des Heiligen Landes als einen Schlag ins Gesicht. Aber auch das Tier wurde schwer getroffen: Aus dem Morgenland drangen nicht nur Duftwässer und ätherische Öle in die Poren des Abendlandes, nicht nur die Kunst der Liebe, des Tanzes, der Musik, des Gesanges, der Poesie, sondern vor allem Geister, Geister der Philosophie, Geister des freien Gedankens. Geister, die das Abendland nicht mehr losließen, so sehr das Tier auch schnaubte und Feuer spuckte. Es spürte, daß dieser Wind des Orients seinen Giftodem eines Tages vertreiben würde und daß es in der klaren Luft der Vernunft nicht mehr zu gedeihen vermöchte.

Der erste Kreuzzug nahm seinen glorreichen Abschluß mit der Einnahme von Jerusalem. Die Eroberer wateten drei Tage lang im Blut der erschlagenen Muselmanen, der erwürgten Juden, der niedergemetzelten Christen der Stadt. Dann riefen sie das ›Ewige Königreich von Jerusalem‹ aus und verteilten Land, Burgen und Städte unter sich, unter den noblen Führern auf. Die mitgezogenen Armen, soweit sie nicht umgekommen waren durch Hunger, Durst, Hitze und Kälte, durch Schlachten oder in der Sklaverei, blieben das, was sie schon vorher gewesen waren.

Es dauerte drei Generationen, bis sich die arabische Welt von dem Entsetzen erholt hatte, bis sie unter einer Hand geeint war – es mußte erst ein Saladin auftreten, der von Syrien bis Kairo alle Macht auf sich vereinigte. Dann aber war es um die Christen schnell geschehen. Nach der Schlacht bei den Hörnern von Hattin ging ihnen Jerusalem wieder verloren. Nicht so, wie sie es gewonnen hatten – o nein! Saladin vergoß nicht das Blut von Besiegten. Er beschämte sie? O nein! Sie kannten keine Scham.

Aber sie überlebten. Unter den Nachfolgern Saladins zerfiel die Macht des Islam in drei große Zentren: Bagdad als überhöhter Ort, Thron des obersten Herrschers aller Gläubigen, des Kalifen; das reiche Damaskus, stark in seinem Streben nach Freiheit und Unabhängigkeit und dadurch selbst den Christen offen; und schließlich der Sitz des Sultans, das mächtige Kairo, Gefangener seiner ruhmreichen Vergangenheit und seiner Söldnerheere. Dazwischen viele kleinere und größere Emirate, die mal mit der einen, mal mit der anderen Seite zusammengingen. Es ging längst nicht mehr um die Durchsetzung eines Glaubens; auch die kriegerischen Eroberungen waren seit langem ausgestanden. Es ging nur noch um Handel und Häfen. Es herrschte zwar kein Frieden, aber eine kaum unterbrochene Folge von Waffenstillständen: Mal zahlen die Emirate von Homs und Hama Tribut an den christlichen Herrn von Beirut, mal erheben die Assassinen Steuern von Sidon und Tripolis; die Engländer leihen sich das Heer von Mossul und führen es gegen die Franzosen von Jaffa oder Tyros. Und der Hof des ›Königreichs von Jerusalem‹ residiert in Akkon.

Hundert Jahre sind seit dem Beginn der Kreuzzüge vergangen. Unter der glühenden Sonne des Morgenlandes hat jeder sein schattiges Plätzchen gefunden, ob Christ oder Moslem; man hat sich zusammengefunden. Da kreißt das Tier und gebiert ein Ungeheuer, einen Purpurträger, wie ihn die Welt noch nicht gesehen: Innozenz III.

Seine Instinkte hatten das Tier nicht im Stich gelassen. Es witterte das Heraufziehen einer Gefahr: Irgendwo schmiedete Gott ein Eisen, das ihm die Gurgel aufschlitzen konnte.

Das Eisen waren die Staufer, die das deutsche Königtum erblich gemacht hatten und seit dem großen Barbarossa den Kaisertitel gleich dazu. Dessen Sohn heiratet die letzte Normannenprinzessin, Erbin des Königreiches Beider Sizilien.

Was das Tier immer befürchtet hatte, war eingetreten: die Vereinigung des Südens mit dem Reich, ›unio regnis ad imperium‹, und das Patrimonium Petri dazwischen in tödlicher Umklammerung!

Dem kaiserlichen Paar wird zu Jesi ein Sohn geboren: Friedrich II. Innozenz, der selbst mit dem Anspruch der Weltherrschaft der Päpste sein Amt angetreten hatte, adoptiert den jungen Staufer; das Tier versucht Friedrich mit seinen Tentakeln zu umgarnen, ihm das Gift der Gefügigkeit einzuspritzen.

Mit Innozenz auf dem Stuhle Petri ist dem Ungeheuer ein Haupt von ungeahnter Gefährlichkeit erwachsen. Es schlägt nicht blind um sich, sondern es greift versteckt an, es versetzt tödliche Stiche, unter denen das gesamte Abendland erschauert.

Mit teuflischer List wird der nächste Kreuzzug mit Hilfe Venedigs, das seine Händlermacht beachtlich ausweiten kann, gegen das schismatische Byzanz umgeleitet. Der oströmische Patriarch, dem Papsttum so lange ein Dorn im Auge, muß fliehen. Daß damit der Damm des Abendlandes gen Osten zerstört wird, kümmert den haßerfüllten Reiter auf der Bestie wenig.

Bösartig führt Innozenz den nächsten Schlag gegen die Ketzer, die Katharer Okzitaniens. Ihre Häresie, dem Prunk der römischen Amtskirche die Bedürfnislosigkeit der eigenen Priester entgegenzustellen, den düsteren Drohungen der Dominikaner die freudige Gewißheit des Paradieses, der Käuflichkeit und Vetternwirtschaft der *Ecclesia catolica* die freiwillige Opferbereitschaft der ›Reinen‹ – das alles war dem Tier seit eh zuwider. Jetzt war der Tag der Rache gekommen.

Dem Frankreich der Capets versprach das Ungeheuer Land und Titel des reichen Südwestens, und die Machtgier der Könige in Paris setzte sich über alle Bedenken hinweg. So wurde der ›Kreuzzug gegen den Gral‹ entfesselt, der Krieg gegen die Albigenser. Wenn das Ungeheuer sich seinen Namen nicht schon vorher verdient hatte, jetzt erwarb es sich ihn mit einer Grausamkeit, die kein Scheusal auf Erden zuvor bewiesen.

Im Flammenodem des Tieres verbrannten die Städte. Katholiken, Katharer und Juden – »Verbrennt sie alle!« lautete die Losung Roms. »Am Tag des Jüngsten Gerichts wird der Herr die Seinen schon finden!« Das Ungeheuer wälzte sich durch das Languedoc, stülpte sich über Toulouse und Carcassonne, würgte Béziers und Termes, folterte mit den Krallen der Inquisition, zertrat die Kultur des lieblichen Okzitanien und löschte Menschen und Sprache aus.

Als das Tier sich derart gelabt hatte am Blut Unschuldiger, wandte es sich seinem Mündel zu. Friedrich war nach dem frühen Tod seiner Eltern schon als Knabe auf den Thron gelangt. Der junge Staufer war zwar so weit vergiftet, daß auch er bis auf den heutigen Tag in den Katharern nichts als auszurottende Ketzer sehen mag. Aber mit seiner klaren Idee von der Stellung des Kaisers entwand er sich der Umarmung seines Vormunds.

Innozenz wurde vom Schlagfluß dahingerafft. Doch dem Leib des Ungeheuers erwuchs sofort ein neuer Drachenkopf: Gregor IX. Unter ihm setzte dann unerbittlich die Verfolgung der Staufer ein. Dem jetzigen Papst, Innozenz IV., rinnt der Geifer aus dem Maul, wenn er schwört, Friedrich und sein ›Natterngezücht‹ zu vernichten. Oh, warum nimmt der Kaiser nicht all seine Kraft zusammen und erschlägt das entsetzliche Tier, verbrennt es in einem riesigen Scheiterhaufen auf dem Castel Sant' Angelo, daß die Mauern ob der Hitze bersten, und verstreut seine Asche in alle Winde!

Wir stehen heute vor dem Beginn eines neuen Kreuzzuges, eines großen und sorgsam vorbereiteten Unternehmens von Ludwig IX., König von Frankreich. Ich, als Schreiber dieses Memorandums, wage vorherzusagen, wie er enden wird: in einer Katastrophe.

Jerusalem ist für immer verloren. Selbst wenn wir es zurückgewinnen sollten, werden wir es nicht halten können. Es ist nicht mehr mit einem Kreuzzug getan: Gewaltige Heerscharen müßten als Besatzer in der *Terra Sancta* stehen, um das Eroberte verteidigen zu können. Hundertfünfzig Jahre voller Greuel und Ungerechtigkeiten, Bedrohung und Haß haben auf beiden Seiten so viel Verbitterung erzeugt, daß kein Frieden, keine Versöhnung mehr in Sicht ist.

Das alles erfüllt mich mit tiefer Trauer und Besorgnis. Für jemanden wie mich, dem das Mittelmeer nicht *Mare Nostrum* der Römer ist, sondern *mediaterra*, also Bindeglied, nicht Trenngraben zwischen den Ländern des Morgen- und Abendlandes, ist der Zeitpunkt gekommen, verantwortungsvoll dieser beschämenden Entwicklung gegenzusteuern.

Ich bin ein Sohn des Languedoc, wo für mich der Kelch des Abendlandes stand – dort und nicht in Rom, und das schon lange vor der Ankunft des Tieres! Wenn mich sein giftiger Odem auch in das Exil des Orients getrieben hat, denke ich immer noch als Okzitanier:

Ich kann im Wahlkönigtum den Finger Gottes nicht erblicken. Der gesalbte Herrscher wird gegeben, eingegeben!

Aber die Dynastie, derer das mediterrane Reich bedarf, gibt es nicht. Noch nicht!

Herr, ich bitte dich um Erleuchtung, welche Elemente des Abendlandes dem Schmelztiegel beizugeben sind, welchen Adern der Lebenssaft entströmen soll, welche Tropfen Bluts der göttlichen Mischung unerläßlich sind. Herr, laß mich des *lapis excillis* teilhaftig werden, um das Große Werk zu vollbringen!

Sicher ist die Basis in der Nachkommenschaft des Hauses David, im aussterbenden Geschlecht der Trencavel. Ihr Anspruch ist unzweifelbar und erfüllt mein Herz mit Stolz; ihr Blut kreist beiderseits der Pyrenäen und vertritt ganz Okzitanien.

Und dann der Adel Frankreichs! War es nicht der große Bernhard aus dem Hause Chatillon-Montbard, der initiierte, daß der Orden des Tempels gegründet wurde, seine Aufgabe erhielt und erfüllte? Ein Geschlecht, das es ebenfalls zu bedenken gilt, sind die normannischen Hüter der Eiche von Gisors. Damit wäre auch das England der Anjou und Aquitaniens einbezogen.

Aus dem Deutschen kommt nur das Gewächs der Staufer in Betracht; ich spüre ihren Drang zur Verbindung mit dem ›sang réal‹. Sie verfügen über eine Kraft, die dem Hause Okzitaniens verlorengegangen ist. *Stupor mundi.* Friedrich wird ihren Triumph nicht mehr erleben, aber sein Samen wird aufgehen in den zukünftigen Herrschern.

Ich vermag heute nur für das Abendland zu sprechen. Sein Blut, das des höchsten Adels, ist gerettet; die Vermischung mit der Idee des von Gott gewollten Kaisertums hat stattgefunden. Unsere Aufgabe ist nunmehr, die Vereinigung mit der Nachkommenschaft des Propheten Mohammed, der Schia, herbeizuführen. Deshalb unser Pakt mit den Assassinen vom Stamme Ismaëls, den Hütern des anderen Blutes. Und so wird sich über die gemeinsame arianische Herkunft, über den großen Zaraostra, über die Lehre des Mani der Kreis dann schließen: eine dynastische Verknüpfung der Nachfolge beider Propheten vereint in der Welt Kalifat und Kaisertum und mündet im Geiste in die höchste *sublimatio*, in den Gral.

Nun ist nur noch das Reich zu schaffen, das Reich der Versöhnung von Orient und Okzident, das Reich der Friedenskönige. Wo soll das Zentrum dieses Reiches liegen? Roms Name ist für alle Zeiten besudelt. Palermo? Würde es von der arabischen Welt angenommen werden? Ja, wenn wir dem Islam gleichberechtigte Rückkehr nach Sizilien zumindest anbieten könnten. Das aber wird nicht geschehen, solange das Tier herrscht, ob in Rom oder im französischen Exil.

Liegt das Zentrum in Jerusalem, dann kümmert es – wie wir gesehen haben – die Fürsten des Abendlandes wenig. Es sei denn, alle würden sich mit Geld und Macht und vor allem mit Inbrunst für ein solches ›Divina Hierosolyma‹ des Friedens einsetzen. Aber würde das nicht zur Unterdrückung der arabischen Völker führen, des islamischen Glaubens? Und auch das Kalifat von Bagdad und das Sultanat von Kairo müßten seine Oberhoheit anerkennen, anstatt um seinen Besitz zu zerren, und Damaskus müßte seinen großsyrischen Traum aufgeben und stolz in den Schatten der heiligen Stätten treten. Kaum vorstellbar! Ebensowenig ist es vorstellbar, daß sich die Christen jetzt zu einer Duldung Andersgläubiger durchringen, die sie seit Menschenaltern nicht mehr aufbrachten. Zudem wären nun auch die Muslime nicht mehr bereit, einer solchen Wendung Glauben zu schenken. Also müssen wir Abschied nehmen von Jerusalem.

Müßten also die Religionen neu bedacht werden? Auszuschließen von jeder zu formenden Gemeinschaft ist als erstes das Tier. Aber auch der Islam weist inzwischen Züge von Intoleranz auf. Lediglich die Minnekirche des Gral bietet sich für eine solch übergreifende Aufgabe an. Besinnung auf den Ursprung: Jesus von Nazareth, Prophet wie Mohammed – das ist auch für den Islam annehmbar. Beider dynastisches Blut ist vorhanden, wenn auch im Verborgenen.

Wir schreiben das Jahr des Herrn 1244. Das Volk Israël wartet noch immer auf den Messias, und für den Islam sind 622 Jahre seit der Hedschra vergangen. Beide, Christentum wie Islam, leiden noch immer unter dem Tier, dieser furchtbaren Geißel Gottes. Mit ihnen leiden all die Christen, die sich Zugang zu der unverfälschten Botschaft des Jesus von Nazareth verschaffen konnten und im geheimen – verfolgt und verfemt – nach ihr zu leben trachten. Die Welt wartet.

Die Eins wurde zur Zwei; verdoppelt vier, zusammen drei und eins sind acht, wie vier und vier. 1244. Sechshundertzweiundzwanzig Jahre nach der Geburt des Propheten Jesus verließ der Prophet Mohammed die heilige Stadt Mekka. Seitdem sind wieder 622 Jahre verstrichen. 1244 ist das Jahr des endgültigen Verlustes von Jerusalem für die Christen und der Apotheose der Reinen vom Montségur, Schwelle des Neuen Zeitalters. Ein neues Reich wird kommen, das Reich der Friedenskönige, das Reich des Gral. Sein Licht wird brechen aus der Finsternis, in der es verborgen liegt. Sein Wiedererscheinen auf Erden ist die Voraussetzung für die Herrschaft des göttlichen Paares, der Friedenskönige, der Vermittler.

Der Ort ihres Herrschens sollte dagegen in den Hintergrund treten. Sicher muß das Mittelmeer Bindeglied, nicht Trenngraben sein. Die Städte sind verworfen. Doch himmlisch wäre eine Insel im Meer. *Lapis ex coelis.* Eine Insel? Zypern wäre dem Abendland zu entrückt, Rhodos ist zu griechisch, desgleichen Kreta, trotz seiner uralten Traditionen. Malta? Seine Lage als Mittler ist unvergleichlich, seine Tempel zeugen von Gottes Wohlgefallen. Ein Schiff? Ein Schiff, das auf dem Meer fährt, ohne daß jemand genau weiß, wo es sich gerade befindet – das wäre das Angemessene! Das Herrscherpaar sollte nicht greifbar sein, keinen Hafen zu seinem Schutz anlaufen müssen, nicht in die Hände irgendwelcher Mächte fallen. Eine königliche Flotille auf dem Meer, jederzeit zum Handeln bereit, erreichbar, aber unnahbar, stets gegenwärtig, aber nicht faßbar – höchste Autorität, höchstes Geheimnis.

Gegeben mit eigener Hand an einem geheimen Ort, übermittelt dem Freunde durch Boten am Tage, an dem ich erfuhr, daß der Montségur gefallen, die Kinder aber gerettet. Der Große Plan nehme also seinen Lauf. Der Berg Zion möge sein Hüter sein.«

Ich hatte den Weinkrug, den ich mir bereitgestellt hatte, nicht einmal angerührt. Jetzt nahm ich einen großen Schluck. Mein Gott, was für eine ungeheuerliche Ketzerei! Mein Kopf war wie gelähmt von dem, was ich gelesen – von apokalyptischen Schrecken und hehren Visionen, die in meinem Geist bereits wieder zu verblassen begannen, als weigere er sich, das Gelesene aufzunehmen. Dann tauchte ich die Feder ein und begann mit der Abschrift.

Ich schrieb, ohne mitunter zu wissen, was ich schrieb, nur ununterbrochen vom immer häufigeren Massieren meiner klammen Finger und gelegentlicher achtloser Nahrungsaufnahme, den ganzen Abend und die Nacht hindurch, den nächsten Tag und noch in die Nacht hinein – dann war ich fertig. Frevelhaftes Werk des Versuchers. Er und kein anderer mußte es mir in die Hose praktiziert haben. Verbrennen hätte ich es sollen. Doch Kabbala hin, Kabbala her: 6 und 2 waren 8, und auf die Zwei kam es an – das Friedenskönigspaar. Und 622 und 622 ergaben eben 1244!

Meine Kopie sah so aus, wie das Original einstmals ausgesehen haben mochte, wenn nicht besser. Ich rollte beides behutsam zusammen und versteckte es unter meinem Lager. Und wie zur Belohnung für mein löbliches Tun – es waren inzwischen gut drei Monde vergangen, seit ich in Cortona eingetroffen war – brachten mir Soldaten des Elia ein Paar weite lederne Reithosen, die mir indes trotzdem viel zu eng waren.

Zwar hatte ich gehofft, meine franziskanische Identität wiederzuerlangen – ich lief und schlief und soff immer noch in der Benediktinerkutte herum, derer ich herzlich leid war –, doch jetzt war mir alles gleich, denn nun würde ja endlich die Reise angetreten.

Ich suchte die vertrauenswürdige Gersende in der Küche, damit sie meinem Beinkleid mit Flicken, Schnur und Ahle zur Hilfe käm. Ich fand sie in einem Gewölbeteil des Tiefkellers, der sonst mit einer schweren Eisentür verschlossen blieb. Es roch modrig, und an der Decke hingen Fledermäuse. Ein alter Maurer säuberte unter ihrer Aufsicht eine Vertiefung in der Wand.

»Rest eines römischen Friedhofs«, ließ sie mich verschwörerisch wissen, um mich sofort davonzujagen. »Hier hast du nichts verloren, William«, verwies sie mich des Ortes. »Warte in der Küche auf mich!«

Dies Gebot war natürlich dazu angetan, mich lauten Schrittes hinauseilen zu lassen, um dann auf Zehenspitzen bis zur Eisentür zurückzukehren.

Gersende hielt ein ölgetränktes Tuch über beide Arme gebreitet, das sie vorhin bei meinem überraschenden Kommen sofort zusammengeschlagen hatte. Sie mußte darin wohl etwas sehr Kostbares verbergen.

»Ein Splitter des wahren Heiligen Kreuzes«, erzählte sie plaudernd dem alten Maurer, der wohl das Vertrauen des Hauses genoß. »Es soll ein Splitter von dem Splitter sein, den die heilige Helena ihrem Sohn Konstantin schenkte. Der Bombarone hat die

Reliquie vom Kaiser Johannes Dukas bekommen, dafür daß er dem Vatatses eine Tochter des Kaisers Friedrich besorgte.« Sie lachte schelmisch, in ganz anderem Ton, als ich von ihr gewohnt war, und ich sah jetzt in ihrer Hand die verzierte Elfenbeinschatulle, die in einer Ebenholzkassette verschlossen war, als sie die Reliquie dem Maurer wies.

»Glaubt Ihr an so was?« fragte der unbeeindruckt.

»Meine Stellung gebietet es mir.« Sie zwinkerte dem Alten zu. »Gleich der Tugendhaftigkeit, die jeder Fremde an mir kennt.«

Da lachte auch der Maurer ein meckerndes Lachen.

Gersende schlug das Tuch vorsichtig über dem Kästlein zusammen. »Nun mauert es ein, Meister, daß niemand es finden kann – Ihr wißt, wie man Löcher unsichtbar verputzt!« Jetzt hatten beide ihren schallenden Spaß. »Der Bombarone geht auf Reisen«, fügte sie hinzu, »wer weiß, wie lange. Das Stück könnte derweil Begehrliche anziehen – und ich bin ja nur ein schwaches Weib...«

Ich schlich zurück und wartete, bis sie in der Küche auftauchte, und zeigte ihr das Beinkleid.

»Das will ich Euch gern passend machen!« sprach sie, wieder ganz das scheinheilige Luder, und beim Messen meines Bauches kam sie ihm nicht zu nahe. »Wer weiß, wie lange Ihr fortbleibt!«

»Ich wünschte, wir würden die Reise in den Süden endlich beginnen«, antwortete ich und dachte: Und ob ich dann wiederkomm', das steht noch dahin. Ich gab ihr die Hose.

Während sie nähte, huschte ich aus der Küche, lief in meine Kammer, wühlte unterm Bett das verkrumpelte Original des Pergaments hervor – an dessen Inhalt in seiner nach Scheiterhaufen stinkenden Gefährlichkeit ich kaum je zu denken wagte – und schlich mit selbigem sowie einem schnell eingesteckten Goldstück aus meinem Beutel noch einmal zurück in den mir verbotenen Tiefkeller. Ich erreichte den alten Maurer gerade noch, bevor er den Schlußstein eingefügt hatte.

Ich drückte ihm die Münze in die Hand und bat ihn, mein ›Testament‹ – wie ich es flugs nannte – mit einzumauern. Er tat es gerne, wenn er sich auch über den zusammengebackenen Klumpen gewundert haben muß. Ich wartete noch ab, bis er das Reliquienversteck verputzt hatte und rannte dann hurtig zurück in die Küche zu Gersende. Weniger Hast hätt's auch getan.

Ich drosselte den Einlauf aus meinem Lieblingsfaß und rannte des Nachts hüpfend und springend im Kreise, um mich auf den Ritt gen Süden vorzubereiten. Jetzt hätt' mir ein anderer Ritt gutgetan. Doch da blieb die gute Gersende ohne jedes Verständnis.

Es zog sich noch einmal drei Wochen hin, ehe ich endlich die Kruppe eines Gauls zwischen die Schenkel bekam und mich mit meinem Bombarone auf den Weg machte.

Tod in Palermo
Palermo, Sommer 1244

Die Sonne stand senkrecht über Palermo. Die rosa Kuppeln des kleinen Kirchleins von San Giovanni degli Eremiti, in Sichtweite des Normannen-Palastes, spendeten den darunter gelegenen Räumen der früheren Moschee wenig Kühle. Durch das Gitter des offenen Fensters der Sakristei sah man die fleischigen Früchte an den spitznadeligen Kakteen im angefügten Kreuzgang.

»Es muß vor drei, vier Jahren gewesen sein«, flüsterte der Benediktiner. »Eine junge Frau mit ihrem Vater, Ketzer alle beide, begeben sich zu Friedrich, um Hilfe für den Montségur zu erflehen, gegen Frankreich und natürlich gegen uns, die allein seligmachende Kirche Roms und Seine Heiligkeit, den Papst.«

»Wäre da nicht eine Allianz«, entgegnete sein Vertrauensmann, der Sakristan, und blätterte in seinen Annalen, »mit England in Betracht zu ziehen? Nach ruhmreichem Aufenthalt im Heiligen Land kehrt Richard von Cornwall, Bruder der Kaiserin, im Mai Anno Domini 1241 zurück und wird vom Kaiser mit höchsten Ehrem empfangen...«

»Und da entspricht es den orientalischen Riten der Hurerei an diesem Schweine-Hof«, nahm der Benediktiner begierig den Faden auf, »dem lieben Gast und Schwager –«

»– der erst einunddreißig Lenze zählte –«

»– eine Kebse von Stand ins Bett zu legen? Ketzerin hin, Heidenmädchen her, wie sie der Harem ja auch zu bieten hat!«

»Der Staufer war erst im April von der Belagerung Faënzas zurückgekehrt, wohin ihn Elia begleitet hatte. Sie schicken Richard mit allerlei Vollmacht ausgestattet nach Rom, mit dem Hintergedanken, daß er selbst erfährt, wie verbittert Gregor seinen Feind verfolgt, den Antichristen Friedrich –!«

»Und danach um so herzhafter die ›Tochter Arthurs‹, die Ketzerprinzessin, bespringt –«

»– und haften bleibt wie ein brandiger Köter –«

»– mit nunmehr handfesten englischen Interessen im Languedoc!«

»Und ist es so der läufigen Ketzerhündin widerfahren?«

»Ich lag nicht dazwischen«, grinste der Sakristan. »Aber du, Bruder, solltest es dir so aufschreiben, in Wursthaut wickeln und verschlucken!«

»Ich habe in der Chronik der Capella Palatina einen Eintrag gefunden«, vertraute der Benediktiner seinem Informanten an, »der am Ersten des Monats Dezember gleichen Jahres die Kaiserin im Kindbett sterben läßt. Könnte nicht Friedrich selbst, geil und schamlos, wie wir ihn kennen, in der Zeit hoher Schwangerschaft –?«

»Hütet Eure Zunge, Bruder«, fauchte der Sakristan, »wenn Euch am Rest Eures Leibes noch gelegen ist.«

»Mein Darm wird ein schweigendes Grab sein, grad' der rechte Ort für alles, was diesen Bastard betrifft!«

»Der Staufer hat erst unlängst zwei Männer gastlich bewirtet, dann den einen laufen geheißen, den anderen schlafen geschickt, nur um danach zu sehen, wer von den beiden besser verdaut ...«

»Na, und?«

»Der Schläfer zweifellos, fanden die Ärzte heraus, als sie die Mägen aufgeschnitten hatten!«

Der Benediktiner würgte die Pergamentwurst hinunter.

Alsdann begab er sich hinüber in die Martorana, ein Kirchlein, das im Volk auch Santa Maria dell' Ammiraglio heißt und gleichfalls unweit des Domes liegt.

Die verschleierte Frau, die ihn erwartete, war eine der Zofen Kaiserin Isabellas gewesen. Sie kniete in einer der vordersten Bänke, und der Benediktiner begab sich zu einem der Beichtstühle, von denen er wußte, daß sie am Nachmittag nicht besetzt waren. Die Frau folgte ihm nach einiger Zeit.

»Was Ihr sucht, Pater«, sprach sie hastig, »hat sich zwei Jahre früher zugetragen und entspricht wohl Euren Vorgaben betreffs des Alters der Kinder. Im Jahre 1239 tauchte durch englische Vermittlung, daher weiß ich es von meiner Herrin, hier bei Hof der Herr Ramon de Perelha auf, Kastellan des Montségur, begleitet von seiner Tochter und seinem Gefolge. Esclarmonde war ein schönes Mädchen, fein und zart und rein wie ein Engel – was meine Herrin etwas beunruhigte, denn sie wußte aus leidvoller Erfahrung, wie Friedrich mit Töchtern von Bittstellern umzuspringen pflegte.

Doch hier drohte dem ehelichen Frieden des kaiserlichen Paares keine Gefahr. Esclarmondes Keuschheit war evident, wenn sie auch unsere Kirchgänge mied.

Und dann war da noch zur gleichen Zeit ein stattlicher junger Muslim von sechsundzwanzig blühenden Jahren, den der Kaiser ›Roter Falke‹ rief und hielt wie seinen eigenen Sohn. Der heidnische Emir verliebte sich gar zu sehr in Esclarmonde und machte ihr den Hof in aller minniglichen Sitte, wie es sich geziemt. Doch Esclarmonde verhielt sich, bei allem Liebreiz, ablehnend und ging auf das Werben des schönen, kriegerischen Emirs nicht ein, gleich ob er für sie ins Turnier ritt oder mit wohlklingender Stimme für sie sang.

Der Kaiser machte ihr, in Gegenwart ihres Vaters, spöttische Vorhaltungen, ob sie die Blüte ihrer Jahre als Nonne zu versäumen gedenke. Esclarmonde antwortete ihm selbst, daß sie sich höherer Minne geweiht habe, worin für eines Mannes Gunst weder Raum sei noch Zeit. Sie sei Dienerin des Gral, und er täte gut daran, dem Montségur ritterlichen Beistand zu senden. Der Kaiser war ärgerlich über ihr Begehr. Weder wolle er der Kirche, wie sie ihn auch anfeinde, diesen Tort antun, noch dem König Ludwig, der ihm bisher nicht in den Rücken gefallen, so sehr ihn der Herr Gregor auch aufstachele. ›Und Ihr, Esclarmonde, tätet gut daran, mit Eures Schoßes Freuden dem Vater und seiner Burg einen tüchtigen Recken zu gewinnen, der seiner Lanze Stoß Euch wie Eure Feinde gar kräftig spüren läßt!‹

Damit war die Unterredung beendet. Der Rote Falke setzte sein Werben fort; schon um der Minne willen war er frohen Mutes, wenn ihm auch klar sein mußte, daß ihm Esclarmonde nicht nach Ägypten folgen, noch er sich für den Montségur entscheiden würde.

Doch dann starb erst Hermann von Salza, der Großmeister des Deutschen Ordens und des Kaisers einziger Freund, und ein paar Tage später tat der Papst den Staufer erneut in den Bann; ich glaube, es war Palmsonntag –«

»Gründonnerstag«, korrigierte der Benediktiner, und man merkte seiner Stimme an, daß er ungeduldig wurde.

»Friedrich geriet erst in Trauer, dann in Wut, dann in Raserei und Tücke. Er bestellte sich Esclarmonde zu einer Aussprache in seine Gemächer, allein... Er muß wie ein Tier über sie hergefallen sein. Noch am nächsten Morgen, in aller Herrgottsfrühe, läßt er sie und ihren Vater und alles Gefolge an Bord eines seiner Schiffe bringen, nach Barcelona, von wo die Aragonesen sie zurück auf den Montségur eskortierten. Esclarmonde hatte weder geschrien noch geklagt; sie verlor über die Vergewaltigung kein Wort. Sie konnte sich auch nicht von ihrem Verehrer, dem jungen Emir, verabschieden, der sich Vorwürfe ob ihrer überstürzten Abreise machte und in tiefen Kummer verfiel.

Friedrich besänftigte sein schlechtes Gewissen damit, daß er ihn an Ostern zum Ritter schlug und ihm auch den Titel eines Prinzen von Selinunt verlieh. Er selbst begab sich – sein alter Widersacher Gregor war im August verstorben – nach Pisa, wo Elia zu ihm stieß.«

»Wenn also aus dieser erzwungenen Begegnung dem Staufer ein weiterer Bastard entsprungen wär', dann müßte er zwischen

Christfest und Dreikönig auf dem Montségur das Licht der Ketzerwelt erblickt haben.«

»Wenn ...«, sagte die Frau und erhob sich. »Meine Herrin sah keine Veranlassung, den Mantel des Schweigens von diesem Vorfall zu lüften, noch fürderhin ihn zu verfolgen.«

Sie verließ die Kirche. Der Benediktiner wartete noch eine angemessene Zeitspanne. Draußen war Palermo in das orangerote Licht der untergehenden Sonne getaucht. Er eilte zurück nach San Giovanni.

Der Kirchenraum war leer; ungewöhnlich zur Stunde der Vesper. Die Tür zur Sakristei stand offen. Der Sakristan hing von der Decke in Verlängerung der Eisenkette, die das Gestell für die Öllämpchen trug. Die Schnur um seinen Hals war dünn und schnitt in das blau angelaufene Fleisch, nur die heraushängende Zunge war noch dunkler getönt. Unter ihm war ein Hocker umgestürzt, doch es sah kaum nach Selbstmord aus – es roch geradezu nach Hinrichtung.

Der Geruch war es, der dem Benediktiner vor allem aufs Gedärm schlug. Er schloß die Tür zum Altarraum und hockte sich in eine Ecke.

Er hatte noch nicht ausgeschissen – es war inzwischen dunkel geworden –, da erschien vor dem Gitterwerk des Fensters eine Silhouette und klopfte das vereinbarte Signal. Der Benediktiner erhob sich wankend und sah den Mönch, das Gesicht von der herabgezogenen Kapuze fast verhüllt. Für ihn war jetzt nur eines wichtig: nicht allein gelassen zu werden mit dem Toten an der Kette und dem unsichtbaren Henker im Genick.

Er schob zögernd die Pergamentwurst durch die Eisenstäbe, die der Kapuzenmann hastig an sich nahm. »Willst du nicht wissen, wo ich sie verborgen hatte?« versuchte er des Boten Neugier zu erwecken. »Riechst du es nicht?« Verzweifelt klammerte sich der Benediktiner an das Gatter. »Aber ich weiß inzwischen noch mehr, die Wahrheit ...!«

Doch die Dunkelheit hatte den anderen verschluckt.

Er wollte ihm hinterherschreien, doch er besann sich eines

Besseren. Er verbarrikadierte die Tür, um so die Nacht abzuwarten. Er trat wieder ans Fenster und starrte hinaus auf die Kakteen, deren Früchte jetzt im silbrigen Mondlicht leuchteten. Die Zikaden hatten zu schreien aufgehört.

Kein Mensch weit und breit, kein Laut, und doch lauerten da draußen die Häscher. Er zog sich zurück und wagte nicht, zum Toten aufzuschauen. Er baute die Barrikade wieder ab, wobei er jedes Geräusch vermied. Er mußte den Sprung in die Nacht wagen, und einen anderen Ausgang gab es nicht.

Da klopfte es wieder am Fenster. Der Benediktiner stolperte ans Gitter und preßte sein Gesicht erwartungsvoll zwischen die Stäbe.

Eine spitze Nase tauchte vor ihm auf, ein schielendes Auge. Zu spät begriff er, daß es nicht der Bote war.

Die Schlange schnellte vor; sie züngelte nicht, sondern schlug ihre Zähne mit blitzschnellem Stich in seine Lippen. Er riß sich los und fiel taumelnd zurück in den Raum.

Wasserspiele
Otranto, Sommer 1244

»So habt Ihr am eigenen Leibe gespürt«, sprach die Gräfin von Otranto, »wie der Nornen Wirken wenig Freud' und manche Pein verursacht, wie auch das Wissen um Zuviel zur Last werden kann. Μηδὲν ἄγαν!«

»Ihr tragt es mit Anmut und Würde, Gräfin«, tröstete sie in seiner bärbeißigen Art der Deutschritter, »und Ihr habt mich neugierig auf mehr gemacht – noch ist das Schiff nicht zu sehen, das Ihr erwartet ...«

Er war zu ihr getreten, und sie schauten beide auf das Meer hinaus. Da Laurence seiner Einladung nicht folgte, sah sich Sigbert von Öxfeld veranlaßt, das Schweigen zu lösen. Er tat es stokkend und unbeholfen.

»Als der Kaiser dann endlich Jerusalem besuchte, wurde ich

von meinem Emir dem gleichfalls anwesenden Großmeister der Deutschen Ritter vorgestellt und in den Orden aufgenommen.« Auf der glatten blauen Fläche, die sich samten unter ihnen ausbreitete, war noch immer nichts zu entdecken. »Meine Verbindung zu Fakhr ed-Din ist nie abgerissen. Als Friedrichs Freund, der Sultan el-Kamil, starb, erhob sein Sohn und Nachfolger Ayub ihn zum Großwesir Ägyptens ...«

Wenn beide dachten, ein Gespräch ohne Zeugen geführt zu haben, hatten sie sich getäuscht. Hinter den Terracotta-Vasen, die dickbauchig die Brüstung säumten, lauerten die Kinder. Yeza hatte wie immer ihren kleinen Spielgefährten angeführt. Sie waren vom Garten die schrägen Wasserrinnen hochgeklettert, waren – wie oft hatte es ihnen Laurence verboten – auf allen vieren über das vorspringende Dach gekrochen und hatten sich dann unterhalb der Brüstung hochgehangelt. Yeza stellte Roç auf den abschüssigen Ziegeln an die Wand, ließ ihn die kleinen Hände falten und benutzte den schwankenden Jungen über Schulter und Kopf als Trittleiter. Dann zog sie sich an der überhängenden Bougainvillea hoch, bis sie flach in der Rinne hinter den Vasen lag. Sie verzog keine Miene, als er ihren ausgestreckten Arm fast ausrenkte, um sich neben sie zu pressen, vor den Blicken der Erwachsenen, deren Stimmen sie über sich hörten, durch die Brüstung und die davor verankerten Vasen geschützt.

Sich sonnende Eidechsen kehrten bald zutraulich zurück, denn die Kinder rührten sich nicht – schon gar nicht, als sie vernahmen, daß sie gesucht wurden. Selbst von unten waren sie kaum zu entdecken; wer hätte die farbigen Stoffetzen von den üppig wuchernden Strelizia unterscheiden können, und ihre braunen Arme und Beine hoben sich gegen die Ziegelmauer kaum ab, zumal die überhängenden Oleandersträucher, die vom Wind bewegten Jasminbüsche und Stauden des Hibiskus unruhig sich bewegende Schatten warfen.

Dann wurde es ihnen zu langweilig, und die Ameisen begannen über sie zu krabbeln.

»Ich weiß jetzt alles«, flüsterte Yeza.

»Was ist ein Harem?« wollte Roç erklärt haben, aber sie legte ihm den Finger auf den Mund.

Sie schoben sich auf dem Bauch aus der Gefahrenzone bis zur hochgelegenen Zisterne, die brackiges Regenwasser vom Winter enthielt, das nur zum Blumengießen zu gebrauchen war. Yeza wußte, wie man den Schieber öffnete, so daß ein ordentlicher Schwall sich in die Rinne ergoß. Jetzt war das Moos wieder schön glitschig, und sie konnten auf dem Po hinunterrutschen. Unten stand ein riesiger Bottich, in den man unweigerlich plumpste, wenn der Schwung zu groß war. Selbst Clarion hatte ihnen erklärt, wie gefährlich Ertrinken sei, aber es war eher der schlechte Geschmack des Wassers und vor allem der laute Platsch, der Roç veranlaßte, Yeza von diesem geliebten Abschluß abzubringen. »Für den Bottich gibt's Haue für uns beide«, raunte er. Also zu gefährlich. So bremsten sie vorher ab und sprangen genau in die Blumenbeete. Dort war die Erde weicher.

Yeza zog ihn in den Schatten der Arkaden. Durch das dunkle Grün der Orangenbäume konnten sie sehen, wie Konstanz und Crean jetzt zur Fontäne traten, auf deren Rand sich immer noch Clarion räkelte.

Konstanz, der die Saiten seiner Laute ebenso meisterlich zu schlagen wußte, wie er die Klinge führte, hatte das Instrument mitgebracht.

»*Oi llasso nom pensai si forte* ...«, sang er die glutäugige Schönheit an und ließ sich zu ihren Füßen nieder, während Crean sich auf den Rand schwang und sich ihr gegenüber setzte. »*... nom pensai si forte mi paresse lo dipartir di madonna mia* ...«

Hamo hatte sich schmollend entfernt, als er die Ritter auftauchen sah, die er bewunderte, deren Anziehungskraft auf Clarion ihn aber wütend machte. Warum war er nicht älter? Dann wär' auch er ein Ritter, und Clarion würde ihn ganz anders behandeln: anhimmeln würde sie ihn, und er würde sie nicht beachten, sondern Schwert und Schild nehmen und übers Meer davonsegeln. Lange würde sie ihm nachwinken und weinen um seinetwegen.

»Ach, du dort droben, nimmer hätt' ich gedacht, daß mir so

schwer ankäm«, tönte leise die gutturale Stimme des jungen Emirs hinter ihm her, »das Scheiden von meiner Liebsten: ... *mi paresse lo dipartir di madonna mia.*«

Es klang nicht so, als würde der Sänger sehr unter dem bevorstehenden Abschied leiden. ›*Madonna mia!*‹

»Komm, laß uns zur Fontäne laufen, dann ärgert sich Clarion«, schlug Roç vor. »Wir können sie bespritzen!«

»Nein!« befahl zu seinem Erstaunen diesmal Yeza. »Das sind Kindereien! Wir spielen jetzt ›Braut nackt von Brindisi‹!«

»Nackt?« wehrte sich Roç. »Ich habe ›Nacht‹ verstanden.«

»Das ist egal, nachts ist man sowieso nackt, also zieh dich aus!« Sie wartete gar nicht lange ab, sondern zog ihm sein Kittelchen über den Kopf.

»Und du?«

»Ich bin der Kaiser, du die Brautjungfer!« bestimmte sie bündig. »Stell dich vor die Tür und schlaf!«

»Im Stehen?« Roç war zwar gar nicht überzeugt, schloß aber die Augen.

Yeza schlich sich von hinten an ihn heran und umarmte ihn. »Du darfst die Augen nicht aufmachen«, flüsterte sie, »ich nehme dich jetzt im Stehen.«

»Was soll ich dir denn geben?« fragte Roç, der alles mit sich machen ließ.

»Gib mir dein Kettchen, dann sind wir Mann und Frau, und ich zieh' mich auch aus.«

»Ein Kaiser zieht sich nicht aus!« protestiert Roç.

»Doch«, sagte Yeza und streifte ihr Kleidchen ab. »Nachts ist jeder nackt.«

Sie umklammerte Roç heftig, ohne dabei zu vergessen, ihm die Kette abzunehmen. Sie legte sie an und lief zum Bottich, doch der war zu hoch, um sich darin spiegeln zu können.

Roç wartete brav mit geschlossenen Augen im Halbdunkel der Arkaden und fröstelte leicht. Ein Tritt von Yezas nacktem Fuß in die Kniekehlen ließ ihn taumeln, weckte aber seinen Widerstand; sie gerieten ins Handgemenge, stürzten beide zu Boden. Roç blieb keuchend Sieger. Sie lagen aufeinander und lauschten ihrem Atem, ihrem Herzschlag.

»Und jetzt?« fragte Roç.

»Jetzt ist Morgen, der Kaiser verläßt die Braut nackt –«

»Brautnacht! Du lernst es nie!«

»Jetzt ziehen wir uns wieder an«, sagte Yeza, »und machen Clarion eine Freude!«

»Wir pflücken ihr einen Brautstrauß!«

Kurz darauf plünderten sie einträchtig die Blumenbeete.

Clarion, die die graugrünen Augen der Gräfin auf sich ruhen oder mehr wie eine Ohrfeige brennen fühlte, hatte sich sofort sittsam aufgerichtet, als die beiden Ritter sich zu ihr gesellten.

Sie war sich nicht schlüssig, welchem sie den Vorzug geben sollte. Konstanz von Selinunt war sicher der stattlichere; er war jünger, drahtig, hatte etwas Raubtierhaftes, das ihr Blut reizte, aber auch alarmierte. Außerdem tat er so, als sei sie noch ein kleines Mädchen, eines von vielen, die so ein schöner Edelmann haben konnte, wenn er nur mit dem Finger schnippte.

Crean war da ganz anders. Er war nicht schön, hatte ein vernarbtes Gesicht, sein Haar zeigte an den Schläfen schon leichtes Grau. Er ging gebeugt und hatte wohl schon viel Leid gesehen. Seine Frau sei ihm gestorben, hieß es. Er war still und hörte ihr zu, ohne ihr das Gefühl zu geben, daß sie nur dummes Zeug plapperte. Und sie spürte, daß er sie begehrte.

»Holde Maid«, eröffnete Konstanz den Reigen; er spielte mit ihr wie mit der Laute in seiner schlanken Hand, »dein Mund schimmert durch das Laub wie eine letzte ungepflückte Kirsche, doch es ist dem Perlensaum deiner weißen Zähne selbst bestimmt, die reife Frucht zu zerbeißen!«

Clarion richtete ihren Blick fest auf Crean, als sie antwortete – bemüht, sich nicht zu blamieren.

»Leicht ist es dem Falken, von oben herab zu spotten, er kreist und fliegt, wohin und wann er will. Die kleine Kirsche kann sich nicht vor seinem Blick verstecken – seien es der Blätter noch so viel. Sie kann nicht fliehen. Sie muß warten, bis einer sie pflückt oder der Wind sie vom Baum schüttelt – sie kann sich nicht selber küssen!«

»Ihr seid ein bemerkenswertes Geschöpf, Clarion von Salentin«, verneigte sich Crean vor ihr. »Ich wollte, ich könnte Euch –«

»Nehmt Euch in acht!« warnte Konstanz schnell. »Denkt den Satz nicht zu Ende und erhebt Euren Blick nicht nach oben! Die Hüterin des Kirschgartens steht über Euch, den blitzenden Speer wurfbereit in kampferprobter Hand!«

In der Tat war auf dem Söller Laurence wie eine feinfühlige Eidechse an den Rand der Brüstung geschnellt, als sie die beiden Ritter sich ihrer Ziehtochter nähern sah. Clarion schlug die Augen nieder und lächelte Crean nur verstohlen ihren Dank.

»Ihr seid eine Dichterin von hohem Rang, ich wünschte mir, ich hätte die Gabe, meine geheimsten Regungen in so traurige Worte zu fassen, wie Tautropfen schmiegen sie sich an die einsame Kirsche –«

»Wie Tränen um ihren einsamen Mund! Crean, Ihr seid auch nicht schlecht«, spottete Konstanz, und sein offenes Lachen löste die Spannung. Die smaragdenen Augen der Wächterin waren verschwunden. »Dank unserem Sigbert müssen wir der alten Dame nicht auch noch den Hof machen!«

»Mir auch nicht, Konstanz«, empörte sich das Mädchen, »zumal Ihr es nur zum Anlaß nehmt, Euch über mich lustig zu machen! Ach, Crean, helft mir!«

Doch der ist gleich einen halben Schritt zurückgetreten. »Das Leben wird Euch helfen, Clarion, Ihr seid noch jung –«

»Nicht mehr jung genug, um nicht am eigenen Leib Tag und Nacht – vor allem nachts! – den Moderduft zu spüren. Wißt Ihr, wie das ist« – Clarion stampfte heftig auf –, »am eigenen Leibe zu verfaulen?«

»Wenn Ihr mir gestattet«, setzte ihr Konstantin entgegen, »meinen unzüchtigen Blick auf das zu richten, was ich sehe, und mir erlaubt, an das zu denken, was Ihr mir verbergt, kann ich euch versichern, schönste Clarion, Fallobst sieht anders aus!«

»Oh, ich danke Euch für solchen Trost; aber ich will gern vorher ... ach, ich will nicht in das Bett eines alten Mannes fallen!«

»Habt nur Vertrauen in das Leben«, beeilte sich Crean jetzt wieder zu versichern, was Clarion noch wütender machte. »Ihr werdet – ich spüre es – noch zwischen vielen Männern wählen können.«

»Wenn alle sich so verhalten wie Ihr, lahmer Crean de Bourivan, der spürt, statt zuzugreifen, oder wie Ihr, eitler Konstanz, der lose daherredet, statt wie ein Mann zu handeln – oh, ich hasse Euch!«

Ein Diener zweier Herren
Cortona, Herbst 1244

In der Küche des Kastells zu Cortona stand Gersende, die Haushälterin, an dem riesigen Herd und rührte in einem winzigen Kessel. Sie hatte nur für wenige zu sorgen; denn das Kastell war von seinem Herrn und seiner Besatzung entblößt.

Sie sah den schmächtigen Mann in der braunen Kutte der Minderen Brüder nicht, der sich, die Kapuze tief ins Gesicht gezogen, von hinten an sie heranschlich. Er bückte sich, lüpfte ihr mit geübtem Griff den Rock und kniff sie herzhaft in den Hintern.

Gersende fuhr herum, und auch wenn sie nur auf die braune Kapuze blickte, rief sie sogleich aus: »Ach Lorenzo«, und drückte den kleinen Minoriten an ihre Brust. »Gut, daß du kommst.«

Lorenzo küßte sie, ohne die Hand vom eroberten Platz zu entfernen, verstärkte im Gegenteil noch seinen Griff.

»Geiler Minorit!« scherzte sie. »Ich beschwer' mich beim General, wenn er zurück ist! Vor einer Woche ist er abgereist.«

Lorenz von Orta nahm so zur Kenntnis, daß der Herr außer Hauses war, und bedrängte Gersende um so heftiger. »Du weißt doch, Liebste, wir Franziskaner sind so pickrige Vögelein!«

Sie schlug ihm energisch auf die zudringliche Hand. »Wir haben Gäste!«

Kaum gesagt und auseinander, tauchten Albert und Galeran in der Tür auf, rotgedunsen die Gesichter, verquollen von Schlaf und Rausch, doch sogleich bereit, ihrem Säuferleben neue Dimensionen zu verleihen. Beim Anblick Lorenz von Ortas fielen ihnen der Papst und das Konzil wieder ein. Sie redeten wirr auf ihn ein, daß sie nun endlich den Heiligen Vater sehen müßten, und er sei sicher auch ausgeschickt, sie zu holen.

Lorenz wandte sich hilfesuchend an Gersende, die ihm zuflüsterte, alles zu unternehmen, daß die beiden Schluckspechte nie zum Konzil des Papstes gelangten!

Gersende stellte den beiden Kirchenmännern ihr ›Frühstück‹ hin – Brot, Speck, harte Eier und einen gewaltigen Krug jungen Weines – und zog Lorenz mit sich in die Küche.

»Eigentlich sollt' ich ja den Bombarone warnen!« vertraute er der Haushälterin an. »Die Engelsburg verdächtigt ihn, einem gewissen William als Anlauf zu dienen, der Graue Kardinal hat ein scharfes Auge auf unseren Herrn Elia wegen des Verbleibs gewisser Kinder...«

»Ich weiß von keinen Kindern«, versicherte ihm Gersende, »doch dieser William war schon hier, allein, und der Herr hat ihn eiligst mit sich geführt, zur Gräfin von Otranto!«

»Otranto?« Lorenz verzagte. »Aber das liegt doch –«

»Im tiefsten Apulien«, bestätigte Gersende seine Befürchtung. »Am Ende der Welt!«

»Dann kann ich's auch nicht helfen.« Lorenz zog das Portrait hervor, das er von Vitus in der Engelsburg gefertigt hatte. »Das ist der Häscher des Kardinals«, er übergab es ihr, »merk dir die Visage gut!«

»Welch hübsches Bild!« lobte ihn Gersende. »Wie begabt du bist, Lorenz!«

»Der Bursche ist gefährlich«, murmelte der kleine Mönch, geschmeichelt. »Ich muß jetzt gehen!«

Aus dem Raum, in dem die Würdenträger zechten, ertönte Lärm, als sei einer vom Hocker gefallen und der Krug zerbrochen. »Ach, Lorenz«, bat die Haushälterin und drückte ihn herzlich,

»schaff mir diese beiden Trunkenbolde vom Hals, die mir jede Nacht die Betten vollkotzen!«

»Wohin?«

»Führ sie in den Wald, ersäuf sie in einem Fluß – alles, nur weg von hier – und daß sie niemals den Papst erreichen!«

So geschah es, daß Lorenz von Orta gefolgt von dem Patriarchen von Antiochia und dem Bischof von Beirut die Burg des Elia verließ. Er wußte nicht, wohin mit ihnen. Sie aber wußten genau, wohin sie wollten:

»Zum ›Güldenen Kalb‹!«

»Nur ein letztes Gläschen vor der langen Reise, guter Bruder!«

Ihrer Gewohnheiten unkundig, ließ sich Lorenz breitschlagen.

Vor der Taverne, auf die Albert und Galeran ortskundig zusteuerten, stand ein einzelnes Pferd angebunden; es trug eine schwarze Schabracke und machte einen sinistren Eindruck.

»L'inquisitore!« vermeldeten die davor spielenden Kinder eingeschüchtert und zeigten mit den Fingern bedeutungsvoll auf den Gaul.

Nun reiste ein Dominikaner-Inquisitor selten allein, vor allem nicht in Ausübung seines Amtes. Er liefe Gefahr, von der Bevölkerung erschlagen zu werden. Dieser hier mußte daher von einer Spezies sein, die ihrer körperlichen Erscheinung oder Kraft soweit vertrauen konnte, daß sie auf begleitende Wachen verzichten konnte und wollte. Also ein einsamer Wolf – oder der Teufel selbst. Lorenz war nicht erstaunt, in dem fast menschenleeren Schankraum Vitus von Viterbo am Tisch zu finden.

Der war auch nicht überrascht, eher übel gelaunt: »Was machst du hier?« knurrte er Lorenz an, seine Feindseligkeit nicht verbergend.

»Seine Eminenz, der Patriarch von Antiochia!« stellte der kleine Minorit Albert vor, die Unfreundlichkeit des Empfanges übersehend. »Und seine Exzellenz, der Bischof von Beirut. Sie wollen, daß ich sie zum Papst bringe.«

»Elia hat uns versprochen«, maulte Galeran sogleich, »wir würden den Heiligen Vater sehen!«

»Den Heiligen Geist vielleicht auch?« spottete Vitus ärgerlich, ohne sich zu erheben. Es kam ihm nicht in den Sinn, an diesem Ort zwei hohe Würdenträger der *Terra Sancta* in schlichter, wenn nicht schlechter Gesellschaft eines Franziskaners anzutreffen, der offensichtlich das Gebot des Ordens mißachtete, mit dem verfemten Generalminister zu verkehren. Oder tat er's in geheimer Mission, von der er, Vitus, nichts wissen sollte?

»Elia ist mit William von Roebruk in den Süden.« Er beobachtete die Wirkung seiner Worte auf Lorenz. »Der Herr Papst hat sich dagegen auf den Weg nach Lyon gemacht, um auf einem Konzil den Staufer und seine Anhänger zu verdammen!« Vitus fügte nicht hinzu: ›So demnächst auch dich, Lorenz von Orta!‹

Der Franziskaner ließ sich nicht irre machen in seiner freundlichen Beharrlichkeit: »Das ist kein Widerspruch in sich, werter Vitus!«

Sie setzten sich an den Tisch des Viterbesen, und Biro, der Wirt, servierte unaufgefordert eine Kanne des edlen Roten.

»Der Papst erwartet dich in Lyon«, ließ Vitus jetzt die Katze aus dem Sack, »wegen einer Mission nach Antiochia –«, und jetzt war Lorenz doch perplex, oder log dieser Dominikaner einfach so dummdreist? Vitus wollte ihn aus der Reserve locken. Lorenz schaute freundlich drein, doch Albert zeigte sich in zunehmendem Maße beunruhigt, ja indigniert.

»Weswegen?« grollte der Patriarch, was Vitus veranlaßte, genüßlich fortzufahren: »Du sollst die Anweisung des Heiligen Vaters durchsetzen, diejenigen Griechen, welche die Oberhoheit des Papstes anerkennen, mit den Lateinern auf die gleiche Stufe zu stellen –«

»Ich bin der Patriarch von Antiochia!« explodierte jetzt Albert polternd. »Der Papst kann nur mit mir sprechen.« Er lief rot an, sein Bart zitterte. »Eine solche Mission ist unnötig, ungehörig, unverzeihlich« – er schnappte nach Luft –, »ungeheuerlich!« Und sein Begleiter fühlte sich verpflichtet, ihm zur Hilfe zu kommen. »Ein Grieche«, lamentierte er wie um Entschuldigung heischend, »ist zwar des Menschen bester Freund –«

Aber da war er beim Patriarchen an die falsche Adresse gekommen. »Der Heilige Stuhl kann und darf die Orthodoxen nicht auf die gleiche Stufe stellen wie seine treuen Diener!«

»Wir wollen zum Papst!« insistierte Galeran, auf den schon gar keiner hörte.

»Soll ich also nach Antiochia?« fragte Lorenz belustigt.

»Nein«, fauchte Vitus entnervt, »nach Lyon!«

»Elia wollte uns zum Papst bringen«, jammerte Galeran, und Albert, der jetzt keinem mehr traute, setzte erleuchtet hinzu: »Wenn der Generalminister sich gen Süden gewandt hat, dann ist der Papst vielleicht gar nicht in Lyon?«

Weder Vitus noch Lorenz hatten Lust, diesen versandeten Klerikern aus dem Königreich Jerusalem zu erklären, daß der Herr von Cortona und Seine Heiligkeit Innozenz IV. durchaus verschiedene Wege gehen konnten. »Und was willst du hier?« fragte Lorenz statt dessen unvermittelt sein Gegenüber. »Wolltest du vielleicht zu Elia?«

»Ich setze meinen Fuß nicht über die Schwelle eines von der Kirche Verstoßenen, ich« – Lorenz ließ ihm die Zeit, sich eine Lüge auszudenken –, »ich bin auf dem Weg nach Lyon!«

Darauf hatte der Franziskaner nur gewartet: »Vitus, mein Bruder«, sagte er, »wenn du sagst, daß du nach Lyon willst, weiß ich, daß du weißt, daß ich dir keinen Glauben schenke. Warum also sagst du, daß du nach Lyon willst?«

Vitus wollte empört auffahren, aber Lorenz ließ ihn nicht zu Wort kommen. »Ich schenke dir aber Glauben, und da du schon nach Lyon reist, kannst du die beiden Herrschaften auch gleich mitnehmen!«

Sprach's, stand auf und war schon in der Tür.

»Wohin willst du?« rief Vitus alarmiert hinter ihm her.

»Wohin du nicht willst!« Lorenz deutete eine Verbeugung gegen alle am Tisch Sitzenden an. »Zu Elia natürlich!«

Er schloß die Tür hinter sich. Draußen band er den Rappen los und gab ihm einen Schlag auf die Kruppe; der Gaul trottete davon.

Lorenz schlug den Weg gen Assisi ein, dort konnte er mit Brüdern beten und dann bis zur Adriaküste weiterwandern, denn – des Umwegs ungeachtet – per Schiff würde er schneller in Otranto sein als zu Fuß. Abgesehen davon, daß ihm so kein Häscher des Grauen Kardinals folgen konnte.

Denn das war offensichtlich der große Fehler seines Herrn und Meisters Elia gewesen, daß er diesen verdächtigen William von Roebruk, an dessen Fersen, wie man sah, schon die exzellenten Bluthunde hingen, daß er diesen somit verräterischen Köder mit sich durchs Land schleppte und ausgerechnet dahin, wo die Kinder wahrscheinlich versteckt waren. Zu große Vorsicht ist ebenso töricht wie allzuviel Klugheit! Worte des heiligen Franz!

Lorenz eilte, Cortona hinter sich zu bringen, und mäßigte seine Schritte erst, als er den schmalen Weg übers Gebirge erreicht hatte. Unter ihm spiegelte sich der Trasimenische See im Sonnenschein. Er war mit seinem Gewissen keineswegs im reinen, so selbstbewußt er auch diesem offenkundigen Agenten der Kurie gegenüber aufgetreten war. Die Aufforderung des Papstes, sich bei ihm wegen dieser Mission einzufinden, nicht nur grundlos zu mißachten, sondern sich sogar subversiver Umtriebe schuldig zu machen konnte ihm das Genick brechen. Und daß solches ihm blühte, dafür würde dieser Vitus schon sorgen.

Das Geräusch eines in seinem Rücken sich schnell nähernden Gefährts – auf dieser einsamen Straße – ließ ihn zusammenfahren. Sollte er in die Büsche springen? Verwirrt schaute er sich um, als er Glöckchen klingeln hörte – das konnte der böse Feind kaum sein!

Ein putziges Wägelchen näherte sich schnell. Farbige Bänder flatterten an seinem geschlossenen Verdeck. Er trat zur Seite; hinten in der Öffnung thronte lockend die Versucherin. Sie winkte ihm im Vorbeirollen lachend zu: »Hallo, schöner Fremder!«

Während Lorenz noch wie angewurzelt stand ob dieser Begegnung mit der Sünde und beschämt die Augen niederschlug, wendete der Karren halsbrecherisch auf dem steil abfallenden Ziehweg und hielt neben ihm.

»Steigt ein«, lockte das schönreife Weib.

Lorenz schlug abwehrend das Kreuz, wies standhaft in entgegengesetzte Richtung. »Ich will nach Assisi!«

»Seid still!« befahl sie ihm leise, und Lorenz hörte jetzt deutlich den Hufschlag eines herangaloppierenden Pferdes. Er nahm sich ein Herz und schwang sich in das Innere des Wagens, wo er sofort – die Nase voraus – in weichen Kissen versank, von denen eine kundige Hand noch etliche über ihn häufte, während das Hurenwägelchen schon wieder bergabwärts holperte.

Der Reiter kam näher, Lorenz hielt den Atem an. Direkt an seinem Ohr dröhnte die Stimme des Viterbesen: »Kebse, hast du einen Mönch gesehen?«

»O ja«, gurrte die gute Frau, »er rannte, als ob der Teufel hinter ihm her sei – oder der Henker!«

Mit einem nicht mehr verständlichen Fluch hatte Vitus seinem Pferd schon wieder die Sporen gegeben und war bald hinter der nächsten Kehre nach oben entschwunden.

»Seinen Verfolgern soll ein guter Bruder Christi immer entgegenkommen!« lachte die kluge Sünderin und gab Lorenz einen Klaps auf den Hintern zum Zeichen, daß die Gefahr vorüber war. Lorenz richtete sich vorsichtig auf, blieb aber im Dunkeln.

»Damit wir uns nicht mißverstehen«, sagte sie, ohne sich umzuwenden. »Ich habe Euch nur aus dem Weg geräumt, weil ich mir eine Auskunft verspreche –«

Lorenz rückte auf den Knien etwas näher an sie heran, aber immer noch so, daß ihr Rücken ihn verdeckte. »Ich suche einen feinen hohen Herren, welcher im gleichen Schloß des Bombarone verkehrte, aus dem ich auch Euch kommen sah. Er nennt sich William!«

»William?« erwiderte Lorenz unsicher, obgleich ihm sofort klar war, um wen es ging. »Kennst du ihn?«

Zum ersten Mal drehte sie sich zu ihm um, und Lorenz sah das Funkeln der Liebe in ihren dunklen Augen.

»Nehmen wir's mal an«, murmelte er und versuchte, Zeit zu gewinnen. Eine absurde Idee nistete sich in seinem Gehirn ein. »Was willst du von ihm?«

»Ich will ihn wiedersehen!« Sie wandte sich brüsk ab.

Darf eine Hure schluchzen? Lorenz beeilte sich, sie seines Mitgefühls zu versichern, in Wirklichkeit baute er sie bereits in seinen Plan ein.

»Beschreib ihn mir!« Er nestelte verdrücktes Papier aus seiner Kutte und wühlte in seinem Beutel nach der Rötelkreide.

»Jung, fest im Fleische«, schnalzte Ingolinde in der Erinnerung schwelgend. »Zarte Haut, und in der Hose –«

»Sein Gesicht!« unterbrach sie Lorenz rügend.

»Rund, dickschädelig, kräftiges, welliges rotes Haar – weicher Mund, starke Nase, leicht gebogen, buschige Brauen –«

»Sprecht nur weiter«, munterte Lorenz sie auf. Sein Rötel flog geschwind über das Pergament, korrigierte, unterstrich. »Seine Augen?«

»Große Kinderaugen, grau, nein, grünbraun.«

»Hell?«

»Nein, eher dunkel – mandelförmiger.« Sie nahm jetzt regen Anteil am Entstehen des Bildes, zumal Lorenz des besseren Lichts wegen an ihre Seite gerückt war. »Das Kinn viel betonter, doch runder – und der Hals«, jetzt lachte sie wieder, »etwas kürzer, eigentlich wie ein Bursch' vom Lande!«

Lorenz gab seiner Arbeit die letzten Glättungen, wellte das Haar und sparte auch an Schatten nicht. »Ja, das ist mein William!« jubelte das Freudenmädchen. »Nun müßt Ihr mich auch zu ihm führen!«

»Haltet an«, sagte Lorenz und zog ihr das Bild weg, das sie schon als ihr Eigen betrachtete.

»Ich kauf' es Euch ab, Ihr seid ein großer Künstler!«

»Kommen wir ins Geschäft«, schlug Lorenz vor. »Ich sage dir Weg und Ziel, und du überbringst dafür eine Nachricht –?«

»Gebt nur her!« Sie streckte ihre Hand aus, doch Lorenz ließ sie zappeln.

»Hört mir gut zu, haltet Euch an den Weg, sonst erreicht Ihr das Nest zu spät und Euer Vögelchen ist schon wieder ausgeflogen.« Lorenz mimte den Magister. »Ihr begebt Euch stracks nach

Ancona, verlangt den Hafenkommandanten persönlich und sagt, Euch schickt der ›General‹ und Ihr müßtet zur ›Äbtissin‹. Er wird Euch eine Schiffspassage geben. Hier ist das Geld –«

Doch die Dame aus Metz winkte ab. »Behaltet es gleich, für meines Herzens Launen mag ich selber aufkommen, gebt mir nur das Bild!«

Lorenz hatte in der Zwischenzeit einige Zeilen auf griechisch daruntergekritzelt, von dem er mit Recht annahm, daß auch eine so umtriebige Hur sie nicht lesen konnte: ›Die große Hure Babylon sucht den Vater der beiden Kinder, von dem sie weiß, daß er bei Euch weilt.‹

»Versteckt es gut«, mahnte er, »wenn falsche Finger es bei Euch finden, wird Euer schöner Rücken und der sich anschließende sensible Körperteil durch Striemen so verunziert werden, daß Ihr Euren Beruf –«

»Vergeßt meinen Hintern, grad' er wird meinen William schützen!« sagte sie und wollte sich das Bild unter den Rock schieben.

»Halt«, rief Lorenz, »laßt mich erst noch darüberpinkeln, sonst ist alles verwischt, bevor –«

»Auf meinen William brunz' ich selber, Meister – habt Vertrauen zu mir!«

Lorenz hatte. »Und noch eines: Wenn Ihr am Ziele ankommt, dann fragt nach der ›Gräfin‹ – auf keinen Fall nach der ›Äbtissin‹!« fügte er heiter hinzu. »Sonst setzt es noch bösere Hiebe, als jeder Henkersgehülf' sie mit Freuden austeilt! Also zeigt das Bild der Gräfin – danach mögt Ihr es behalten!«

»Danach halt' ich mich ans Original!« lachte Ingolind aus Metz, gab ihrem Fuhrknecht ein Zeichen und rollte mit ihrem Hurenwägelchen davon. Die Glöckchen bimmelten, und die bunten Bänder der Liebe flatterten.

Sie waren wieder in Cortona angekommen, und Lorenz schaute ihr lange nach, seufzte tief und beschloß, bei Gersende auf dem Schloß vorbeizuschauen, bevor er sich, mit Pferd und Burschen versehen, nun doch auf die Reise nach Lyon zum Papst aufmachen würde.

Jeder ist sich selbst am nächsten, dachte er. Und wenn Gott den Elia warnen und die Kindlein beschützen wollte, würde er die Hur mit der Botschaft sicher nach Otranto geleiten. Bruder William mußte ein arger Bock sein, daß so eine ihm durch ganz Italien nachreiste!

Die Gräfin von Otranto
Otranto, Herbst 1244

»Das Schiff! Das Schiff!«

Roç und Yeza hatten es zuerst gesehen. Sie stürmten die enge Treppe hinauf vom Garten zur Ringmauer.

Clarion sprang auf und folgte ihnen, ohne auf die Begleitung der beiden Ritter zu warten, die zu ihren Füßen in der Sonne lagen. Konstanz hatte sie mit arabischen Liebesliedern besungen, während Crean ihr in seiner stillen, dafür um so eindringlicheren Art den Hof gemacht hatte.

Welch grausames Spiel! Beiden war die Minne nur ein Zeitvertreib, und sie dachten gar nicht daran, die so blumig vorgetragenen Absichten oder das beredte Schweigen in zupackende Tat umzusetzen.

Die Gräfin hatte sich, wie schon oft während des langen Sommers, mit dem Komtur des Deutschen Ordens auf der Bastion getroffen. Sie verstanden sich gut, auch ohne daß sie viele Worte wechselten, ob sie sich unterhielten oder dem Meer zusahen und den Düften nachhingen, die Farben wahrnahmen, die die Blätter veränderten oder nur der herbstlichen Stille lauschten.

Die Gräfin war an die Brüstung getreten. Sie sah die vertraute Triëre, ›ihr‹ Schiff, das einzige, was sie in der Erinnerung an den alten Pescatore mit so etwas wie Dankbarkeit erfüllte. Die Segel waren wegen des unzureichenden Windes gerefft; wie ein hundertfüßiger Wasserfloh glitt es über das Meer.

Im kleinen Hafenbecken unter der Burg senkte sich die Zugbrücke rasselnd zur Mole, die Träger nahmen Aufstellung, eine

Sänfte war bereitgestellt. Mit Besorgnis sah Laurence, daß ihr Sohn sich dort unten eingefunden hatte.

»Ihr solltet mit Hamo sprechen«, sagte sie, ohne ihren Blick abzuwenden, zu Sigbert. »Es ist an der Zeit, daß er dieses Frauenhaus für ein paar Jahre verläßt und in fremden Burgen Leder und Eisen in die Hände bekommt, statt hier an meinem Rocksaum oder an der Unterwäsche Clarions zu hängen. Hamo ist jetzt sechzehn. Er ist zu zart, zu weich, zu verträumt. Er muß gegerbt werden, vom Wüstensand, vom Salz des Meeres. Er muß kämpfen lernen, Sigbert – oder er kann Otranto nicht halten, wenn ich mal nicht mehr bin!«

»Ich kann ihn mit nach Starkenberg nehmen«, entgegnete der Ritter offen. »Doch nur, wenn er selber will. Die Arbeit im Heiligen Land ist mühsam geworden, zumindest für den Deutschen Orden, nachdem Konrad sein Erbe nie angetreten hat und wir Kaisertreuen in der Minderzahl sind. Er muß zu Opfern bereit sein und zur Härte gegen sich selbst!«

»Redet mit ihm!« Laurence eilte ins Innere der Burg, um alles für den Empfang vorzubereiten.

Es war alles vorbereitet. Die Gräfin hielt ihr Gesinde in straffer Zucht.

»Oh«, rief Yeza, »die werden sogar getragen! – Können die nicht mehr laufen?« Tatsächlich waren inzwischen die Träger mit der Sänfte der Gräfin an Bord gegangen, und die beiden alten Herren bestiegen sie ohne Verzug, so den Blicken aller entzogen.

»Die haben gesehen, wie neugierig und naseweis du bist, deswegen verstecken sie sich«, frotzelte Konstanz die Kleine, doch Yeza gibt sich nicht so schnell geschlagen. »Von da unten kann man nicht mal einen Pfeil zwischen die Schießscharten schießen, also sieht mich auch keiner – denn ich bin ja nicht so blöd und steig rauf, wo mich jeder treffen kann.«

Das war an die Adresse des Spielgefährten gerichtet, der auf eine der Zinnen geklettert war, und der stieg auch prompt darauf ein. »Du warst noch nie da unten, weil wir da nicht hindürfen«, fügte er bedauernd hinzu, »woher willst du's denn wissen – und außerdem haben Mädchen auf den Wällen nichts zu suchen – im Krieg!«

»Sigbert hat's mir genau erklärt, und der versteht was von Kriegs!«

»Wir haben aber keinen Krieg – leider!« mischte sich jetzt auch Hamo ein, der sich abseits gehalten hatte.

»Wünsch dir keinen«, mahnte ihn Crean, doch Hamo stampfte auf. »Ich werde ihn suchen!«

Clarion verstand seine Aggressionen und wollte ihm den Arm um die Schulter legen. »Verlaß mich nicht!«

Doch Hamo schüttelte sie ab. »Du hast doch genug Ritter um dich, die sich darum reißen, dich zu beschützen!«

»Clarion!« Die Stimme der Gräfin duldete keinen Widerspruch. Clarion entfernte sich von den sie umgebenden Männern und begab sich durch den Turmeinstieg ins Haus.

Crean folgte ihr in gebührendem Abstand, schon um nicht auf der engen Wendeltreppe mit ihr allein zu sein. Er wollte seinen Vater sehen, ›John‹, ihn allein umarmen, und das, bevor er in die strenge Pflicht der Bruderschaft genommen wurde, der er angehörte.

›John‹, das war John Turnbull, emeritierter Sonderbotschafter beim Kaiser, Ehrenkomtur des Deutschen Ordens zu Starkenberg und im Alter – er war inzwischen fünfundsiebzig – Träger und Inhaber ungezählter Auszeichnungen und meist höchst geheimer Ämter. Der Titel, der ihm am meisten bedeutete – und er hatte in seinem Leben viele Namen geführt –, war der eines ›Conde du Mont-Sion‹.

Der andere alte Herr, den die Triëre aus dem Heiligen Land abgeholt hatte, war sein unmittelbarer Vorgesetzter Tarik ibn-Nasr, Kanzler der Assassinen von Masyaf, wo die syrische Dependence der Sekte ihren Sitz unterhielt. Er war ein trockener Gelehrter, kein charismatisches Oberhaupt wie ›der Alte vom Berge‹. Tarik war bestenfalls ein geschickter Politiker, richtig für diese Zeit, wo es in der terra sancta nicht mehr um Ausbreitung, Eroberung und Machterwerb ging, sondern allenfalls ums Überleben.

Der Kanzler hielt große Stücke auf Crean, hatte ihn, den Konvertiten, ausgezeichnet durch sein Vertrauen. Crean wollte ihm keinen Grund zur Rüge geben, aber er mochte auch nicht darauf verzichten, seinem alten Vater zu zeigen, wie sehr er sich freute, ihn lebend wiederzusehen. Gefühle zu unterdrücken war eine der ersten Initiationsstufen innerhalb der komplizierten und rigiden Hierarchie der Assassinen. Statt Gefühlen wurde Askese, Devotion und Ekstase anerzogen. Der Befehl des Meisters war kein einfaches Gebot, sondern verzückt zu erfüllende Aufgabe. Das hatte den Assassinen den Ruf einer fanatischen Mördersekte eingebracht. Ihre tiefreligiösen Vorstellungen, ihre hohe Geistigkeit wurden dabei gern übersehen, von den meisten Christen nicht verstanden oder ignoriert.

Sein Vater war da eine Ausnahme. Johns zwischen den Welten urchristlichen, sprich ketzerischen Glaubens und islamischen Fundamentalismus schwebender, stets freier, aufrührerischer Geist hatte ihn, den einzigen Sohn, früh beeinflußt, aber erst spät mit den ismaëlitischen Assassinen zusammengebracht.

»Crean!« Die Umarmung Johns, der ihn am Fuß der Treppe erwartet hatte, war so herzlich wie immer, so selten sie sich sahen, doch schmerzlich empfand er die Gebrechlichkeit des Vaters. »Hast du Tarik noch nicht begrüßt?«

»Er hat mich noch nicht rufen lassen!« Hatte bei John jetzt die Altersvergeßlichkeit begonnen? Sonst hätte er sich selber sagen können, daß Crean seinem Kanzler wohl kaum schon die Aufwartung hätte machen können. »Das hat doch Zeit«, begütigte er seine Schroffheit; mit John konnte man nicht mehr so forsch umspringen, frech die Klingen wechseln, wie er das gewohnt war gegenüber seinem Erzeuger, den er nie Vater, sondern immer nur bei seinem Vornamen gerufen hatte – so, wie der sich das auch wünschte. »Komm, erzähl mir erst, wie's in Outremer zugeht!?«

»Tempel versus Hospital, Venedig gegen Genua, Genua gegen Pisa«, scherzte Turnbull, froh, wieder den alten Ton gefunden zu haben. »Laß mich wenigstens von den Kindern hören, sind sie gerettet?«

»Aber John!« Crean war einigermaßen entsetzt über die Frage. »Sie sind doch hier und wohlauf!«

»Sehr wichtig, ungeheuer wichtig! Du weißt doch –«

»Gewiß doch, John, deswegen hast du mir doch die besten Ritter beigesellt, um sicherzugehen, daß ich diesen ehrenvollen Auftrag auch erfüllen konnte – im Sinne der Prieuré!«

»Gut so, gut so, berichte!« Die beiden bestiegen den inzwischen verwaisten Söller, und Crean berichtete ...

Die Kinder waren inzwischen eilends den Hauptaufgang herabgelaufen, dessen Stufen so flach angelegt waren, daß man selbst hoch zu Roß bis in den großen Empfangssaal der Burg hinaufsprengen konnte, was sehr beeindruckend war. Konstanz und Sigbert hatten es ihnen einmal vorgemacht. Doch jetzt wollten sie einen Blick in die Sänfte werfen und sich die beiden Neuankömmlinge genauer anschauen.

Sie kamen nur bis zur Mittelwache, dort, wo die Stiegen eine Falltür verbargen, mit der man Roß und Reiter in die Tiefe stürzen lassen konnte. Die Wachen wußten genau, daß sie die Kinder nicht passieren lassen durften, und Yeza und Roç wußten das auch; also warteten sie, hinter den Beinen der Soldaten versteckt, bis die Sänfte um die Ecke bog. Sie trug nur einen Passagier, der allerdings erregte Yezas Entzücken.

»Er hat einen Turban, einen richtigen Turban!«

Doch Roç beschäftigte viel mehr das Verschwinden des anderen Herrn, den er genauso hatte einsteigen sehen.

»Der andere ist wohl schon bei der Wendeltreppe ausgestiegen«, überlegte er laut und sachkundig, schwieg aber dann schnell, weil er den geheimen Einlaß gar nicht kennen durfte.

Er rannte hinter Yeza her, die neben der sich aufwärts bewegenden Sänfte hüpfte und immer noch rief: »Ein richtiger Musselmann mit Turban!«

Tarik blinzelte ihr zu und klopfte mit seinem Stock an die Vorderwand, so daß die Träger innehielten. Er reichte Yeza seine Hand und zog sie zu sich ins Innere, wo er ihr den gegenüberliegenden

Platz anwies. Er sagte kein Wort, und sie lächelten sich an, als nach zwei Stockstößen die Sänfte sich wieder in Bewegung setzte.

Roç war enttäuscht zurückgeblieben; als er aber sah, daß die Wache ihm keine Aufmerksamkeit mehr schenkte, schlüpfte er zu dem griechischen Amor in der Nische und hebelte an dessen Bogen. Ein Schlitz in der Wand öffnete sich, so wie er mit aller Kraft den Druck verstärkte. Da er schmal war, genügte ihm schon ein armdicker Spalt, um sich hindurchzuzwängen.

Roç spürte die ihm vertraute feuchte Luft der Gänge zwischen den Mauern, der geheimen Treppen und der zwischen den Stockwerken eingearbeiteten *intercapedine*, den Fluchtkammern. Es war eine Welt für sich. Ärgerlich war nur, daß Yeza nicht bei ihm war. Ihr konnte er seine Entdeckungen erklären, und sie hatte Einfälle, sie zu verwenden. Es war einfach lustiger mit ihr, so anstrengend sie auch sein konnte! Roç seufzte und machte sich auf seine Runde.

»... Der Orden kann dir Heimat sein!« hörte er eine Stimme.

Es herrschte langes Schweigen, und Roç wollte schon weiterwandern, als er Hamos Antwort vernahm:

»Danke, Herr Sigbert, für Eure großmütige Geste, aber ich wäre des Ordo Equitum Theutonicorum nicht wert noch würdig –«

»Das zu entscheiden obliegt den Oberen –« unterbrach der Ritter solche Verzagtheit, aber er schätzte die Einsichten seines jugendlichen Gegenüber damit völlig falsch ein.

»Ist nicht sein wahrer Name in voller Länge ›Ritter und Brüder des deutschen Hauses unserer lieben Frauen zu Jerusalem‹?« Sigbert nickte einverständig. »Meine Frau Mutter hat mich so erzogen, daß in meinem Kopf nur eine ›liebe Frau‹ existiert – sie duldet keine Maria neben sich, eher noch eine Magdalena!« Hamo war bitter, aber kühl im Gegensatz zu Sigbert.

»Aber in deinem Herzen, Hamo, da muß es doch –«

»Ich habe kein Herz«, unterbrach ihn Hamo bockig, »und ich will auch keine Heimat; ich will Fremde!« Als er die Ratlosigkeit des Ritters bemerkte, setzte er noch eines obendrauf. »Ich bin der einsame Wolf, ich will keinem Rudel angehören, mich keiner Ordenszucht unterwerfen. Otranto ist zu klein für mich – die Gräfin täuscht sich, ich will es nicht erben.«

»Überleg es dir gut«, versuchte Sigbert ihn zu beschwichtigen, doch nun wurde Hamos Stimme abweisend.

»Ich werde gehen und will sie nie mehr wiedersehen! Ihr könnt ihr das sagen oder auch nicht!«

»Ein Gespräch zwischen Männern« – Sigbert versuchte zu retten, was zu retten war –, »sollte auch zwischen Männern bleiben, Hamo, und das sind wir Ritter allemal in erster Linie.«

»Ob ich ein Ritter werde, wird sich zeigen; vielleicht ende ich auch als Dieb, Spion, Meuchelmörder oder als sonst ein Galgenvogel – oder ich werde Entdeckungsreisender!«

»Eine weite Palette!« versuchte Sigbert zu scherzen, um das Gespräch zu einem versöhnlichen Abschluß zu bringen. »Also sehen wir uns doch vielleicht mal wieder: Das Heilige Land ist voll von solchen Abenteurern, und viele enden dann doch als Ritter, die Enttäuschten in der Zucht eines Ordens, die unzüchtigen in der Enttäuschung der Ehe!«

»Erzählt mir von solchen, denen beides erspart blieb ...«

Hier beschloß Roç, seine Wanderung wieder aufzunehmen. Erbauliche Geschichten aus dem Heiligen Land hingen ihm zum Halse raus. Als wenn es sonst nichts gäbe! Und Hamo war ein Spinner! In Wirklichkeit wollte er bloß Clarion heiraten. Aber die wollte ihn nicht. Er sei zu jung! – Ob Yeza das auch zu ihm sagen würde, wenn er sie zur Braut nahm? Das mußte er sich noch gut überlegen. Im Gegensatz zu Hamo hatte Roç noch Zeit ...

Laurence betrat den Speisesaal und überflog die gedeckte Tafel. Es war Mittag, und sie liebte keine schwere Kost. Jeder konnte sich nehmen, was ihm beliebte. Es waren der Platten und Schüsseln reichlich aufgetragen. Würzig angerichtete Salate aus Octopi und Muscheln, Calamares und Gambaretti, in Öl und Weinessig eingelegte Artischocken, Oliven, gebratene Sardinen und Auberginen in Scheiben, dampfende, frisch abgebrühte Langusten und schon erkalteter, gekochter junger Schwertfisch. Zitronen und Orangen leuchteten farbig dazwischen, in den Krügen gekühlter Wein und frisches Wasser. Alles war bereit, nur die Pünktlichkeit der Gäste ließ zu wünschen übrig.

Laurence trat an eines der hohen Fenster – es würde auch ein Abschiedsessen sein. Unten im Hafen schaukelte ihre Triëre und wurde von den Bootsleuten gesäubert, aufgetakelt und beladen. Noch heute nachmittag würde sie mit dem Herrn von Öxfeld und dem Grafen von Selinunt wieder in See stechen. Sie hatten ihre Mission erfüllt, und Sigbert würde sich wieder auf Starkenberg vergraben und Konstanz sich zum Emir Fassr ed-Din zurückverwandeln. Sie kehrten nach Syrien zurück.

Als erster trat, leise und bescheiden, Tarik, der Kanzler, ein. Laurence klatschte in die Hand. Ein Becken temperierten Wassers, auf dem Rosenblüten schwammen, wurde dem Gast gereicht, damit er sich die Fingerspitzen netzen konnte.

»So muß ich, Exzellenz« – sie nahm selbst eines der Tücher, um dem hohen Gast die Hände abzutrocknen –, »wenigstens nicht ganz alleine speisen. Die anderen vergessen die gebotene Höflichkeit wohl über Begrüßungsfreuden und Abschiedsschmerz.«

»Pünktlichkeit sollte über menschlichen Regungen stehen wie Ehrfurcht und Gehorsam!« pflichtete ihr Tarik bei. »Ich werde Crean de Bourivan bestrafen!«

»Vergebt ihm um meinetwillen!« Laurence befürchtete – mit Recht – daß er meinte, was er sagte. »Er wird noch bei seinem Vater sein!«

»Mit dem Eintritt in unseren Orden läßt jeder jede familiäre Bindung hinter sich; er muß das lernen.«

»Aber diesmal noch ungestraft, ja?« Sie konnte charmant sein und war sich ihrer Wirkung auf Männer immer noch bewußt.

Er lächelte ihr zu, wie er vorher Yeza zugeblinzelt hatte, als sie erschrocken am Ende der Rampe die Gräfin hatte stehen sehen und sich eines Donnerwetters gewiß war. Schnell hatte er den Vorhang zugezogen, und die Kleine war auf der anderen Seite entwischt. Tarik war heute gütig gelaunt, fast heiter. Er hob den Daumen zum Gnadenzeichen.

231

»Versteht mich nicht falsch, Gräfin, ich liebe Crean wie einen Sohn. Ich habe ihn aufgenommen in der schweren Zeit, als sein Weib erschlagen wurde und er mit seinen beiden Töchtern von Blanchefort fliehen mußte –«

»Wie geht's den beiden?« versuchte Laurence dem Gespräch eine etwas heitere Note zu geben. »Sind sie verheiratet?«

»Das kann man so nicht sagen«, schmunzelte Tarik. »Als damals das ganze Elend über die Familie hereinbrach, und der gute alte John sich völlig unfähig zeigte, irgendwelche Initiative zugunsten seines Sohnes zu ergreifen, wandte er sich an mich. Da habe ich die drei erst mal in Persien in Sicherheit gebracht, wo wir herrschen und unser Hauptquartier ist. Crean wurde ja von der Inquisition so grimmig verfolgt, daß in christlichen Ländern, also auch in Syrien, seines Bleibens nicht war. Es waren dann seine heranwachsenden Töchter, die bei uns zu bleiben wünschten und freiwillig in den Harem unseres Großmeisters gingen –«

»Seltsame Geschöpfe«, erlaubte sich Laurence einzuwerfen. »Wie kann eine freie Frau –«

»Wie frei sind Frauen wirklich?« unterbrach sie milde der Kanzler. »Ihr seid eine Ausnahme. Doch sonst? Der Harem gestattet ein Leben in Geborgenheit, Schönheit, Muße – und vor allem ohne Angst vor Vergewaltigung.«

»Außer daß die arme Frau sich ständig bereithalten darf für die Gelüste des Eigentümers, dem sie auch noch Liebe und Leidenschaft vorspielen muß!« empörte sich Laurence.

»Ihr verkennt die Spielregeln eines gut geführten Harems. Leidenschaft zu entfachen und zu empfinden ist eine erlernbare Kunst – und die Liebe –?« Er lächelte ihr zu. »Sie kommt und geht. Sie ist nicht Sache des Harem. Habt Ihr etwa das Problem der Liebe gelöst?«

In dem Moment traten der alte Turnbull und Crean in den Saal. Während John sich setzte, nahm Crean hinter dem Stuhl seines Kanzlers Aufstellung. Tarik zeigte durch keinen Blick Unmut oder Vergebung.

Dann traf auch Sigbert ein, der sich knapp gegenüber Laurence verbeugte. »Euer Sohn läßt sich entschuldigen. Er ist zum Hafen, um sich um das Schiff zu kümmern!«

»Habt Ihr ihn sprechen können, Sigbert?«

»Ohne das gewünschte Ergebnis: Hamo will sich seine Hände wohl beschmutzen, aber nicht im Zeichen des schwarzen Kreuzes auf weißem Tuch!«

Erst jetzt fiel allen auf, daß er zum ersten Mal wieder die Tunika eines deutschen Ritters trug. Sigbert war sozusagen reisefertig. Nicht so Konstanz, der jetzt eilends eintrat, leicht zerzaust. »Die Kinder sind ganz außer sich vor Aufregung und Schmerz über unsere ›Fahnenflucht‹, wie Roç mir zornig an den Kopf warf. Und Yeza hat mir fast die Haare ausgerissen, so klammerte sie sich an mich. Ihr einziger Trost ist, daß Crean noch bleibt – sonst würden sie sofort mit uns segeln, das hat mir Roç versichert!«

Laurence war etwas ungehalten ob dieser Schilderung vor aller Ohren, was noch verstärkt wurde, als Clarion als letzte schweigend an ihrer Seite Platz nahm, die Augen vom Weinen noch gerötet.

In die peinliche Stille griff Tarik ein, indem er sich aufmunternd an Crean wandte: »Bitte nehmt Platz mit uns, Crean de Bourivan, wir sind hier nicht in Masyaf, und« – er lachte sein leises Lachen, das die anderen dankbar aufnahmen – »ich bin incognito!«

»Wieso?« sagte der alte John, der nicht alles mitbekommen hatte, und nun lachten alle aus vollem Hals. Sie machten sich über die Tafel her, der Wein kreiste, und es war ein großes Familienfest.

Als die Sonne sich senkte, mahnte Laurence zum Aufbruch. Die Kinder kamen hereingestürmt, Yeza brachte drei ausgerupfte Lilien; sie gab die Feuerlilie an Konstanz und die weiße an Sigbert, denen sie auch beiden auf den Schoß kletterte und die sie mit einem Küßchen bedachte. Alle waren nun gespannt, wem die dritte Blume zufallen würde, die betäubend duftende, blaßviolette Reine Innocente. Yeza lief um den Tisch herum und überreichte sie feierlich dem Kanzler.

»Du hast uns versprochen, wir dürften dir beim Packen helfen«, zerrte Roç in die Stille hinein am Arm von Konstanz.

Laurence hob die Tafel auf. Sie trat mit Tarik und John an die Fenster.

»Jetzt müssen wir hier noch auf Elia warten«, sagte John. Crean begleitete seine Freunde hinunter zum Hafen, wo die Triëre fertig zum Auslaufen wartete. Die Deckmannschaft hob zum Salut ihre scharf geschliffenen Lanzenruder.

Crean umarmte den hünenhaften Sigbert: »Ich danke Euch für Eure Umsicht und Eure Festigkeit. Sie hat mich vor mancher Torheit bewahrt. Laßt mich Euer Freund bleiben, wenn wir uns wiedersehen!« Dann umarmte er Konstanz, der ihm mit den Worten zuvorkam: »Ich danke Euch, Crean de Bourivan, für dieses gemeinsam durchlebte Abenteuer, dafür, daß Euer Herr Vater den Ungläubigen für würdig befand, an der Bergung der Kinder teilzunehmen. Wann immer Ihr meines Armes bedürft, zählt auf mich – *Allahu akbar!*«

»*Wa Muhammad rasululah!*« antwortete Crean und wollte sich abwenden, doch da trat Sigbert vor.

»Wir alle haben einem großen Plan gedient, wir waren Rädchen, und es war auch nur die erste Stufe, wir wissen es nicht – wir dürfen es nicht wissen, und wir wollen es auch nicht –«

»Sagst du!« unterbrach ihn Konstanz. »Ich bin neugierig genug –«

Doch Sigbert ließ sich in seiner großen Geste nicht unterbrechen. »Laßt uns hier schwören, daß wir ihnen immer dienen werden, wenn man uns ruft!«

Er zog sein Schwert, und Konstanz tat es ihm gleich. Da Crean unbewaffnet war, reichte er ihnen die Hand zum Schwur. Er sah seine Freunde ungern scheiden.

Sie drehten sich noch einmal um und winkten hinauf.

Crean warf einen Blick zurück zur mächtigen Burg zu ihren Häuptern. Irgendwo da oben auf der Ringmauer standen die kleinen, zerbrechlichen Figürchen von Yeza und Roç. Sie winkten zurück.

»Wenn ich Ritter werde«, sagte Roç, »dann kann mir keiner mehr verbieten, andere Ritter aufs Schiff zu begleiten.«

»Ich wär' schon froh, wir dürften nur bis runter zum Hafen«, schränkte Yeza ein. »Ein Schiff findet man immer.«

Hamo war neben sie getreten. »Ich werde nie ein Ritter werden«, murmelte er, »aber ich werde in die Fremde ziehen und Siege erringen!«

Die Triëre verließ mit verhaltenem Schlag das Hafenbecken, und erst draußen auf dem offenen Meer wurden die Segel gesetzt. Sie entschwand schnell den Blicken aller, die ihr nachschauten.

Diebe auf Reisen
Lucera, Winter 1244/45 (Chronik)

»Wir haben einen anstrengenden Ritt vor uns, bis wir in Lucera endlich wieder auf Friedrich in unbedingter Treue ergebene Menschen stoßen«, klärte mich Elia auf. »Diese Stadt der Sarazenen hat der Kaiser als Kolonie gegründet und mit besiegten islamischen Stämmen aus Sizilien bemannt; von seinen erbitterten Gegnern haben sie sich, abgeschnitten im christlichen Feindesland, zu seiner bis in den Tod ergebenen *guardia del corpo* gewandelt.«

Mich scherte das wenig; ich hatte eine Wandlung anderer Art durchgemacht. Mein Hintern war eine rotblaue Beule und die Innenseite meiner Schenkel rohes Fleisch, das in Fetzen am Sattel hängenblieb, als sie mich breitbeinig von ihm lösten. Vor Schmerz konnte ich nicht einmal mehr schreien, nur die Tränen liefen mir herunter.

Elias Soldaten hielten sie für den Ausdruck von starkem Reuegefühl; keiner kam auf die Idee, daß ich noch nie in meinem Leben länger als ein paar Stunden auf dem Rücken eines Pferdes verbracht hatte, und das in gemächlichem Trab.

Von Cortona aus waren wir durch das kaiserliche Perugia gezogen, hatten unterhalb von Assisi demonstrativ in Portiuncula unser Gebet verrichtet. Obgleich der jetzige Bischof, Bruder Creszenz aus Jesi, dem verbannten Generalminister spinnefeind war, wagte er es doch nicht, seine Wachen gegen uns hinabzusenden – unter den Brüdern waren zu viele, die es mit Elia hielten, und es hätte einen Aufruhr gegeben.

In Foligno herrschte Sedisvakanz, doch es wurde uns empfohlen, nicht die Straße via Spoleto weiterzuziehen, sondern über die Sibyllinischen Berge nach Süden zu gelangen. Hierbei mußte der Bombarone auf den Komfort der Sänfte verzichten und auf den Rücken eines der Pferde wechseln, die seine Leibgardisten mit sich führten.

In Montereale angelangt, wollten wir auf L'Aquila zuhalten, aber der Burgvogt warnte uns: Päpstliche Truppen machten die Gegend unsicher und bemühten sich, die Verbindung der Stadt zu Friedrichs apulischen Festungen abzuschneiden. Wir sollten lieber hier warten, bis Entsatz aus dem Süden den Weg wieder freigekämpft oder er die Päpstlichen in die Flucht geschlagen hätte.

Ich hätte weinen können vor Glück auf die Aussicht, meinem blasenübersäten Arsch für ein paar Tage Ruhe und Kühlung zukommen lassen zu können. Doch Elia entschied sich für den sofortigen Aufbruch, quer übers Gebirge, übers sogenannte Kaiserfeld. Jetzt mußten wir unsere Pferde am Zügel führen. Die anderen fluchten, mir war's recht. Ich war bereit, den ganzen Rest des Weges zu Fuß zu gehen, barfuß! Nur nicht mehr rittlings auf diesen schaukelnden Folterblock aus stählernen Dornen, die bei jedem Huftritt in mich drangen. Ich schwor der Mutter Gottes, nie wieder an eine Frau denken zu wollen, wenn sie mir wenigstens Hoden und Schwanz retten würde!

Der Weg war gefährlich. Zwei von uns stürzten ab. Wir froren des Nachts, und unser Proviant neigte sich dem Ende zu, doch wir erreichten bewohntes Gebiet, bevor wir Hunger leiden mußten.

Noch immer hatte ich keine Gelegenheit, den Mut nicht gefunden, meinem Bombarone die von mir verfertigte Kopie des ›Großen Plans‹, die ich säuberlich verpackt auf meiner Brust mit mir führte, unterzuschieben, ohne mich Fragen oder Vorwürfen auszusetzen.

Wir hatten Popoli und Roccaraso ohne Anstände durchquert und stiegen auf zum Castel del Sangro, als wir auf der Paßstraße zwei Franziskaner einholten, die demütig darum baten, sich uns anschließen zu dürfen; sie wallfahrteten zum heiligen Nikolaus von Bari. Der eine von ihnen, Bartholomäus von Cremona geheißen, war dem Elia wohl bekannt, denn er rief ihn ›Bart‹ und hieß ihn willkommen. Den anderen kannte er nicht einmal dem Namen nach; er nannte sich Walter dalla Martorana und machte auf mich einen verschlagenen Eindruck, hatte er doch eine Nase wie ein Vogelschnabel, und sein linkes Auge schielte.

Elia hielt beide von mir fern, stellte mich ihnen auch nicht als Ordensbruder vor. Mir schoß der Gedanke in den Sinn, wie ich meine Pergamentrolle jetzt endlich über diesen Bart dem Elia zukommen lassen könnte; er machte mir einen recht vertrauenswürdigen Eindruck.

Als wir bald darauf des Abends rasteten, in einer Herberge unterhalb des Kastells, und Elia als Gast in die Burg geladen war, machte ich mich an meinen Bruder heran.

»*Pax et bonum!*« rutschte es mir raus, und Bart fragte:

»Bist du einer von den Unsrigen?«

»Nein!« fing ich mich. »Ich bin der Secretarius des Bombarone und wollte Euch bitten, mir einen Gefallen zu erweisen: Ich habe eine Bittschrift verfaßt und mag sie ihm nicht selbst überreichen...«

»Aber dann steht doch dein Name darunter?« Mein Bruder war mißtrauisch.

»Nein«, sagte ich schnell, »es ist ein genereller Vorschlag, eine ganz allgemein gehaltene Fürbitt.«

Bartholomäus musterte mich. »Wie heißt Ihr denn?«

O Gott, dachte ich, wenn er darauf besteht, dieses Pamphlet ärgster Ketzerei, abgrundtiefer Blasphemie zu lesen, bin ich verloren. Ich hätte es verbrennen sollen. Jetzt brannte es in meiner eigenen Handschrift auf meiner Brust.

»Jan van Flanderen«, war alles, was mir einfiel; auf dem Grund konnte ich bestehen.

»Kennt Ihr da auch einen William« mischte sich plötzlich der Spitznasige ein. »William von Roebruk?«

»Nein, nie – das heißt, doch«, murmelte ich. »Studierte der nicht zu Paris?«

»Er war auf dem Zug gegen den Montségur dabei.« Der schele Blick des Walter della Martorana hatte etwas Lauerndes.

»Gegen wen? Den edlen Herrn kenn' ich nicht!« sagte ich frech.

»Die Ketzerburg!« schritt das Verhör fort.

»Tut mir leid«, meinte ich, »nie davon gehört. Ich verbringe mein Leben seit vielen Jahren schon in Cortona, von der Welt abgeschnitten, mit Studien und Arbeiten für den guten Baron –«

»Gebt schon her«, sagte Bart, »mir ist eingefallen, wie wir's machen. Morgen früh, noch vor der Matutin, werd' ich den Elia wecken und sagen, da sei in der Nacht ein eiliger Bote gekommen und hätte das – nun mal her damit –«, unterbrach er sich selber ungeduldig, und ich nestelte das Pergament aus meinem Hemde und drückte es ihm in die ausgestreckte Hand. Er steckte es weg, ohne einen Blick darauf zu werfen. »... und hätte dieses Schriftstück für ihn abgegeben und sei gleich wieder davon!«

»Und wenn Elia fragt, wie er ausgesehen hat?« fragte ich, in der Rolle des *advocatus diaboli*.

»Düstere Gestalt, groß, knochig, schwarzer Umhang, Rappe«, phantasierte mein Mitbruder Bart mit beachtlicher Überzeugungskraft.

»Ich danke Euch«, sagte ich. Mir war ein Stein vom Herzen gefallen.

»Laßt uns früh zu Bett gehen«, schlug die Spitzmaus vor, »wir müssen früh aus den Federn!«

»Aus dem Heu!« scherzte ich, denn man hatte uns im Stall untergebracht; und ich rollte mich froh in meine Decke und schlief nach dem Gebet gleich ein.

Als ich am Morgen aufwachte, war der Platz der beiden Brüder neben mir leer. Ich sprang auf und rannte zu Elia.

»Waren Bart und dieser Walter schon bei Euch?« fragte ich, aufs höchste alarmiert.

»Die werden noch in Morpheus' Armen schlummern«, beschied mich der Bombarone übelgelaunt. Die Sonne stand schon hoch am Himmel.

»Sie haben mich bestohlen!« schrie ich. »Euch bestohlen!« Ich wischte meine Schlaftrunkenheit beiseite. »Heute nacht kam ein Reiter, ein Bote, und brachte ein Schreiben für Euch. Sie wollten Euch nicht wecken – jetzt weiß ich warum!« zeterte ich aufgeregt.

»Wie sah der Reiter aus?« fragte Elia blaß.

»Dunkle Gestalt, grobschlächtig wie sein Rappe!« sprudelte ich heraus. Mir schob sich plötzlich das Bild des düsteren Inquisitors vom Montségur vor die Augen.

»Und wo ist er hingeritten?« Elia war jetzt alles andere als unbesorgt; ihm war schlecht, speiübel!

»Dem Hufschlag nach hier die Straße hinunter!« log ich.

Der Bombarone sagte nichts und ließ sofort aufsatteln.

Wir waren noch keine zwei Meilen geritten, da lag am Weg ein toter Mann. Es war der Spitznasige. Die Zunge, die ihm aus dem Mund hing, war blauschwarz. Elia drehte mit der Stiefelspitze den Leichnam um und betrachtete den Nacken des Toten.

»Dacht' ich's mir«, sagte Elia und übergab sich.

Von der Pergamentrolle natürlich keine Spur und auch nicht von Bruder Bart. Wir ritten schweigend weiter. Elia begann heftig zu fiebern.

Ich hatte gewiß ein Dutzend Pfunde eingebüßt, als wir in Lucera einzogen. Die lederne Reithose, die mir Gersende eigens erst weiter gemacht hatte, saß nun leicht und locker.

Der Hauptmann der Sarazenen hatte Mitleid mit mir und schickte seinen arabischen Garnisons-Medicus. Der bestrich mich mit einer Salbe, die erst wie feurige Messer brannte, aber dann sehr schnell wundersame Linderung verschaffte. Nicht nur daß, er versprach mir auch, eine Sänfte für den weiteren Weg bereitzustellen. Ich hätte ihm dafür die Füße küssen mögen, auch wenn er ein Heide war.

»Idha dscha'a nasru Allahi wa al-fathu ...«

Wir blieben etliche Wochen bei den Muselmanen; so lange dauerte es, bis der Bombarone wieder bei Kräften war, und ich hatte Zeit, mich zu wundern, wie der Kaiser mitten in christlichen Landen gestatten konnte, daß eine ganze Stadt voller Ungläubiger fünfmal am Tag gen Mekka betete.

»... wa raita al-nas yadchulun fi din Allahi afwadschan, fasabih bihamdi dabbika wa astaghfirhu innahu kana tawaban.«

V
DAS OHR DES DIONYSOS

Die Fontäne
Otranto, Frühjahr 1245

Die erste Frühlingssonne stand vor dem Mittagsläuten zwar noch nicht ganz hoch am Himmel, aber ihre Strahlen brannten dennoch schon sengend heiß auf die Mauern der Burg von Otranto. Nur im Schatten der Innenhöfe und Arkaden war die Muße erträglich, denn auf dem flachen Söller war zwar eine Brise vom Meer aufsteigend als Hauch zu spüren, aber sie brachte keine ausreichende Linderung gegen die über den farbigen Bodenkacheln flimmernde Hitze.

Still lag auch der kleine Hafen am Fuß des äußeren Walls, den die Burg wie die Pranke eines wachsamen Löwen bis an den Rand der Bucht schob. Die wenigen Bootsleute dösten in ihren Unterkünften; die Triëre des Admirals war noch nicht von ihrer Reise in die Terra Sancta zurückgekehrt.

Grund genug für ihre Herrin Laurence, sich immer wieder von ihrem Lager zu erheben, die langen dunklen Vorhänge auf einen Spalt zu öffnen und über das sich schier endlos erstreckende Blau nach Süden zu spähen. Ohne ihren Augapfel, ›ihr‹ Schiff, fühlte sie sich wie amputiert. Seine stets kampf- wie fluchtbereite Präsenz gab ihr das starke Gefühl der Unabhängigkeit. Das von Männern beherrschte Land jederzeit gegen die Freiheit der Meere tauschen zu können: Das war die wahre Freiheit! Sie ließ sich zurückfallen auf den viel zu warmen Damast ihres verwaisten Ehebettes und spürte ärgerlich die Schweißperlen, die überall, ihre Haut kitzelnd, herabrannen – sie versuchte, an nichts zu denken.

Die junge Clarion hatte sich die große Hängematte im tiefen Schatten der Arkaden aufhängen lassen, dort, wo durch die nahen Wasserbehälter die Verdunstung wenigstens einen Hauch von Kühle entstehen ließ. Man konnte sich das zumindest einbilden, ebenso wie daß durch das sanfte Schwingen der Matte ein Luftzug entstand.

»Ich vermutete Euch an Eurem Lieblingsplatz«, hatte Crean gemurmelt. Wozu mußte er sein Erscheinen entschuldigen? »Bei der Fontäne ist es sicher heute am ehesten auszuhalten.«

»Wenn Ihr dort gewesen wäret, Crean de Bourivan, dann hättet Ihr die Kinder gesehen.« Clarion räkelte sich, ihre animalische Körperlichkeit noch mehr zur Geltung bringend. »Sie kennen nichts Schöneres, als jeden naßzuspritzen, der in ihre Nähe kommt.« Clarion rollte sich wie eine auf dem Rücken liegende Katze.

»Die Glücklichen hocken nackt in der Brunnenschale und freuen sich ihres Lebens«, entschärfte Crean sanft ihren Vorwurf. »Beneidenswerte Kindheit!«

Er lag zu ihren Füßen rücklings auf der Erde und hielt sie durch seinen hochgereckten Zeh in leichter Schaukelbewegung. Er hatte sich geweigert, den Platz in der Matte mit ihr zu teilen, wohl wissend, daß nichts zwei Körper so zusammenschmiegt wie solch gemeinsame Nutzung. Man ist gefangen wie ein, nein, zwei Fische im Netz. Sie sehnte sich danach, und Crean wollte es nicht zulassen. Ihr war heiß, aber sie hätte liebend gern die noch größere Glut der Umarmung gespürt, in brennende Flammen würde sie sich dafür werfen, das Wasser aus ihren Poren könnte in Sturzbächen zwischen ihren Brüsten, über ihren Bauch, an ihren Schenkeln herunterlaufen, es könnte doch nicht das Feuer löschen, das in ihr und dort eben ganz besonders brannte. Und genau dort, nur eine Handbreit entfernt, ragte der große Zeh des Mannes unter ihr durch das Gitterwerk, unbeteiligt, und schaukelte sie. Sie hatte sich schon ein paar Zentimeter herangearbeitet, hatte ihre Muskeln spielen lassen – es gelang ihr nicht, und würde sie ihn erreichen, berühren, umklammern, in sich aufsaugen, er würde traurig lächelnd den Fuß wechseln und anderswo wieder einhaken.

Crean spürte ihr Verlangen und hätte es auch gestillt; er war kein Kostverächter – aber nicht hier, als Gefangener zwischen diesen Mauern, über sich eine zum Bersten parate Clarion, einem jener dünnwandigen Tontöpfe gleich, gefüllt mit griechischem Feuer, das sich beim Aufschlag weithin ergoß und nicht mit Wasser zu löschen war. Clarion von Salentin war weniger die natürliche Tochter des Kaisers als – auf fast unnatürliche Art – Stiefkind, Sklavin, Schmuckstück, Komplizin und Gesellin der Gräfin, eines Drachen, der seinen Schatz bewachte. Ein Wunder, daß die einsame Prinzessin nicht in einen festen Turm gesperrt war, zu dem nur die alte Zauberin die Schlüssel verwahrte. Sein Blick schweifte hinauf zu dem hohen Donjon, der inmitten der Burganlage steil und unnahbar über Dächer, Söller und Mauern emporragte. Ein Wunder, daß sie Clarion nicht dort hineingesperrt hatte!

Aber es war nicht nur die eifersüchtige Gräfin, die ihn davon abhielt, Clarions schon schamlosem Drängen nachzugeben, es war auch die Anwesenheit seines Kanzlers, die ihn an sein Gelübde gemahnte. Er hätte es nicht abzulegen brauchen; er konnte es sogar jederzeit widerrufen, doch dann wäre er gleichsam wie ein Stein, wie ein fauler Apfel um mehrere Initiationsstufen nach unten gefallen, geistige Ränge, um die er mühsam gerungen hatte, geistige Freiräume, zu denen er sich aufgeschwungen hatte, in denen er sich losgelöst fühlte und aufgehoben zugleich. Das sollte er hingeben, für ein paar Augenblicke fleischlicher Lust, Sinnenbetörung? Das war es nicht wert, das war keine Frau wert!

Natürlich hätte er seinem Körper diese kurze Befriedigung heimlich verschaffen können, hätte sich, seine Oberen – und mit Vergnügen! – auch die Gräfin betrügen können. Aber Clarion wäre mit einem solchen Knall explodiert, sie hätte wahrscheinlich geschrien vor Wollust, sie hinausgeschrien als befreienden Triumph, daß alle es hörten, die gesamte Burg wäre zusammengelaufen. Und dann wäre sie zusammengebrochen, wenn sie, wieder bei Sinnen, erkannt hätte, daß es für ihn nur ein Schlenker war, ein kurzes Abweichen von einem vorgezeichneten Weg, ein hastiger Schluck kalten Wassers, weil er gerade Durst hatte und der Quell sich anbot. Er hatte gelernt, seinen Körper zu beherrschen, und sie wollte den ihren erstmals erfahren. Crean hatte Mitleid mit ihr.

Clarion war bereit zu leiden, aber vorher wollte sie den Mann. Bedingungslos, hemmungslos, und jetzt! Der Kerl sollte keine Rücksicht nehmen, verdammt! Weder auf ihre ominöse Herkunft noch auf ihre Bindung zu Laurence und am allerwenigsten auf sie selbst. Sie war stärker als viele Männer, wahrscheinlich viel stärker als Crean; sie würde alle überleben! Clarion überlegte, ob sie ihm von der Matte aus ins Gesicht spucken sollte, dem Feigling, oder ob sie sich herausrollen, sich auf ihn stürzen und ihn vergewaltigen sollte –

»Clarion!« Die etwas schrille Stimme der Gräfin schreckte beide auf. »Clarion? Wir haben Gäste!« Das klang mehr wie eine Ausrede, aber es war beiden klar, daß ihr trautes Beisammensein damit sein Ende gefunden hatte.

Crean sprang als erster auf, er beugte sich über die noch in der Wölbung Gefangene und küßte sie auf den Mund. Clarion griff seinen Kopf mit beiden Händen, als wollte sie jetzt noch, in letzter Sekunde, seinen ganzen Körper auf sich ziehen, doch Crean widerstand. Dafür währte der Kuß länger als vorgesehen, zumal ihre Zunge in ihn stieß, als wolle sie ihm zeigen, was sie eigentlich von einem erfahrenen Mann erwartete. Bevor sie sich vollends festsaugen, seine Lippen mit Bissen und sein Gesicht mit ihren spitzen Nägeln zeichnen konnte, besitzergreifende Präliminarien, die er also zu Recht gefürchtet hatte, gelang es Crean – unter Hinterlassung eines Haarbüschels – seinen Kopf zu retten und sich aufzurichten.

»Ich brauch' einen Schluck kaltes Wasser«, sagte er rasch unverfänglich und bereits in sicherer Distanz zur Hängematte, als Laurence wie eine Furie um die Ecke bog. »Heiß heute«, begrüßte er ermattet die Gräfin, die ihn ignorierte, dafür Clarion anfunkelte. »Ich nehme an, Elia ist eingetroffen?« warf er noch als Frage hin, benutzte sie aber nur, um sich schleunigst zu entfernen.

»Hure!« hörte er noch, Clarions Lachen, das Klatschen eines Schlages in ihr Gesicht; die Tränen beider sah er nicht mehr ...

Dafür traf Crean im Weggehen auf Hamo, der ihn feindselig anstarrte; wahrscheinlich hatte er sie belauscht. Darin ähnelten sich die Gräfin und ihr Sohn, beide umlauerten Clarion wie Schakale die Gazelle in der Wüste. Wie sie sich wohl verhielten, wenn keine Gäste auf der Burg waren?

Er kam nicht dazu, es sich auszudenken, denn ein Schwall kalten Wassers traf ihn voll ins Gesicht. Aus dem Brunnen tauchte Yeza auf und quietschte vergnügt: »Die erste Erfrischung ist umsonst!« Und hinter ihr schöpfte Roç mit einer hölzernen Kelle den nächsten Guß. »Wer Wasser will, muß zahlen!«

»Und wer vorbei will, auch!« setzte Yeza nach und spritzte mit der flachen Hand einen weiteren Strahl in Richtung Crean.

»Ich bin ein armer Wanderer und sterbe vor Durst!« bettelte er mit verstellter, krächzender Stimme. »Bitte, habt Erbarmen, einen Schluck Wasser bitte!«

»Wer arm ist, braucht nichts zu zahlen«, erklärte Roç, an Yeza gerichtet, und die hielt ihm auch gleich ihren Becher hin. »Da, Armer, trink soviel du willst!«

Crean nahm nur einen Schluck, bedankte sich und humpelte, ein Bein nachziehend, davon. »Habt Dank, ihr guten Kinder, ihr habt mich reich gemacht...«

Eine Tür ohne Klinke
Otranto, Frühjahr 1245

Der Hauptmann der Sarazenen von Lucera hatte uns einen wegeskundigen Führer mitgegeben, so daß nach nur einer Woche die blaue Bucht des alten Hydruntum vor uns lag.

»Ich versteh' das nicht«, sagte mir Elia, der an meine Sänfte herangeritten war. Es war das erste Mal seit unsere Ankunft in Lucera, daß er mit mir sprach. Er war noch arg blaß um die Nase. »Mein Freund Turnbull bittet mich, ihm ein Schriftstück wieder hierher nach Otranto mitzubringen, das er mir vor einem halben Jahr oder mehr geschickt habe – ungefähr also, William, als der Teufel dich nach Cortona führte –, das aber nie in meine Hände gelangte. Jetzt, kurz vor den Toren von Otranto und dem verabredeten Treffen mit dem Conde du Mont-Sion – sagt dir der Name nichts, William?« – ich schüttelte voller Unschuld den Kopf – »taucht aus dem Nichts der schwarze Höllenhund auf, bringt mir ein Schreiben – hätt' er's geraubt, wäre es mir einsichtig –, und ein Minorit, den ich schon lange im Verdacht habe, dem Castel näherzustehen als seinem General, der stiehlt es! Hat der Unheilsbote denn mit keinem Wort gesagt, worum es sich handelt?«

Ich wackle wieder mit dem Kopf; ich kann ihm nicht helfen. »Vielleicht hat der aufmerksame Kurier uns beobachtet, den Dieb verfolgt und bestraft und hat das Schreiben längst in Otranto für Euch abgegeben«, biete ich an.

»Das macht keinen Sinn, William.«

Ich dachte, damit hätte die Sache ihr Bewenden, als ich Elia plötzlich sagen hörte: »Bindet ihm die Hände auf den Rücken!«

Ich dachte, mein letztes Stündlein hätte geschlagen. Man zerrte mich grob aus meiner Sänfte und zwang mich auf ein Pferd. Auch die Augen wurden mir verbunden.

Ich hörte, wie Elia einen Sarazenen vorwegschickte, uns anzukündigen, denn: »Die Gräfin von Otranto ist dafür bekannt, erst zu schießen und dann nach dem ›Wer da?‹ zu fragen, wenn sich ein Haufen ihrem Kastell nähert, den sie nicht kennt.«

Elia hatte auf die Mitnahme einer kaiserlichen Standarte verzichtet und sich selbst auch nur als einfacher Reisiger gekleidet. Ich hörte uns über eine eisenbeschlagene Bohlenbrücke sprengen, ich wurde, immer noch auf meinem Pferd sitzend, eine steinerne Rampe hinaufgeführt, und dann, nach kurzem Wortwechsel im – mich deucht's – griechischen Idiom, wurde ich abgeladen und, mehr getragen als geleitet, in einen Raum verbracht.

Bevor sich die Tür hinter mir schloß, entknotete jemand meine Handfessel. Die Augenbinde nahm ich mir selber ab und stand in einem großen Raum mit Fenster zum Meer, durch das die Sonne gleißend hereinschien. Es war vergittert. Außer einem Bett, Stuhl und Tisch wies das Zimmer sogar einen Kamin auf, sonst nichts.

Ich ging vorsichtig auf die Tür zu: Sie hatte keine Klinke und war aus massivem Eichenholz. Ich trat an das Fenster und preßte meine Nase zwischen die Eisenbarren. Unten im Garten ging eine stattliche Frau elastischen Schrittes auf Elia zu. Das mußte die berühmte Gräfin sein, eine herbe, schlanke Erscheinung. Sie begrüßte ihn unkompliziert – sie kannten sich offensichtlich – und stellte ihn dann einem älteren Herren vor, der mit ihr nicht Schritt gehalten hatte. Eine schmale Gestalt, sicher schon über die Siebzig, mit einer schneeweißen, lohenden Mähne, die ihm das Aussehen eines Gelehrten oder Künstlers gab.

Sie verschwanden aus meinem Blickfeld. Ich setzte mich auf das Bett und lauschte. Draußen, unterhalb der Mauern, donnerte die Brandung an die Uferwehr, die ich nicht einsehen konnte, ich sah nur die Gischt, die in unregelmäßigen Abständen hochsprühte. Der Teppich vor meinem Bett zuckte. William, du leidest an Einbildungen! Doch hob ich instinktiv meine Füße vom Boden und kauerte mich auf das Lager, gebannt von oben den Teppich anstarrend, der jetzt auch noch eine Falte warf.

Der Teufel hatte mich eingeholt! Ich schlug das Kreuz und schloß die Augen. Es knarzte unter mir. Ich zog die Bettdecke über den Kopf und lag vor Angst steif; Schweiß brach aus allen meinen Poren, mich fror trotz der glühenden Hitze. Ich schaute vorsichtig unter der Decke hervor: Der Teppich war verschwunden! Dafür erhielt ich einen Stoß von unten, unter die Matratze. Mein letztes Stündlein war gekommen! Elia hatte mich hierhergeschleppt, um mich nun in diesem Kastell der Gräfin durch eine raffinierte Vorrichtung ungesehen für immer verschwinden zu lassen! Heiliger Franziskus, steh mir bei in der Stunde des Todes!

Die Teufel zogen mir die Bettdecke weg, von der anderen Seite. Sie waren überall, sie weideten sich an meiner Todesqual. Ich wagte nicht, mich umzudrehen, die Decke glitt von mir weg.

»Das ist er!« sagte eine Kinderstimme. Der Böse erscheint in jedwelcher Form, die ein braver Christ nicht erwartet.

»William?« flüsterte ein kleines Mädchen und stieß von hinten spitz an meinen Kopf. Ich war also schon in der Hölle. Jetzt kamen die zwackenden Torturen, das Stechen mit glühenden Nadeln, das Ausreißen jedes einzelnen Haares, dann das Häuten, das Blenden, das Herausreißen der Zunge, Abschneiden der Nase. Etwas kitzelte mich bereits in deren Löchern, gegen meinen Willen sah ich auf:

Vor mir kniete Yeza an meinem Bett und schwenkte einen Grashalm über mein Gesicht. Sie lachte mich glücklich an:

»Es ist William! Du kannst kommen!«

Unter der Bettkante erschien das Gesicht von meinem kleinen Roç, der sich auf dem Rücken liegend vorschob. »Hilf mir, den Deckel zu halten, er fällt mir sonst auf die Beine!«

Ich sprang auf, schob das Bett beiseite und hielt die Bodenklappe, bis er seine Füße draußen hatte. Dann schloß ich sie vorsichtig. Yeza breitete sofort wieder den Teppich über den Auslaß.

Die beiden Kinder setzten sich auf den Teppich und starrten mich an.

»Du bist unser Gefangener«, sagte Roç. »Du kommst nicht durch das Loch, du bist zu dick!«

»Aber wir können ihn befreien«, wendete sich Yeza an den Jungen. Ein Jahr war vergangen, aus meinen verwirrten Schutzbefohlenen waren kleine, selbstbewußte Persönlichkeiten geworden.

»Wie?« fragte ich.

»Erst mußt du uns versprechen, daß du uns mitnimmst!«

»Warum ist meine Mutter nicht mit dir gekommen?« Yeza beklagte sich nicht, aber ich empfand es als Anklage, zumal ich ihr nicht die Wahrheit sagen konnte, die ich vermutete. Ich wußte ja nicht einmal, wer ihre Mutter war, obgleich ich annahm, daß sie zu denen gehörte, die auf dem Champ des Crémats in die Flammen gegangen waren.

»Eure Mutter ist – Eure Mutter kann jetzt nicht kommen, sie hat keine Zeit«, log ich.

»Das kenn' ich schon«, sagte Roç enttäuscht, »das sagte mir ihre Mutter« – er wies mit dem Kinn auf Yeza –, »auch jedesmal!«

»Habt Ihr denn nicht die gleiche Mutter?« Irgendwie hatte ich sie trotz allem immer für Geschwister gehalten und wollte die Gelegenheit nutzen, jetzt Näheres zu erfahren.

»Das wissen wir nicht so genau«, antwortete Yeza bedächtig. »Er kann meine mithaben!« fügte sie großzügig hinzu.

»Alle wollten meine Mutter sein«, versuchte sich Roç zurückzuentsinnen, »deswegen glaub' ich, ich habe gar keine Mutter!«

»Und euer Vater?« fragte ich dumm.

»Gibt's nich'!« beschied mich Yeza fest.

»Unsere Mutter brauchte keinen!« Roç hatte sich nun doch entschieden.

»Es war ja Kriegs!« klärte mich Yeza auf, und Roç begann sofort, mir lebhaft zu schildern, was er von der Belagerung des Montségur in Erinnerung hatte. »Sie haben auf uns geschossen, mit ganz riesigen Brocken!«

»Mit Steinen«, ergänzte Yeza. »Sie kamen durch die Luft geflogen oder fielen vom Himmel!«

»Ach«, sagte Roç nachsichtig, »das waren Katapulte. Wir hatten auch welche!«

»Es war gefährlich wie Ertrinken!« Darauf beharrte Yeza. »Man mußte aufpassen, daß sie einen nicht an den Kopf trafen wie den —« Ihr fiel der Name nicht ein.

»Und dann?« fragte ich neugierig weiter. »Hat euch denn keiner beschützt? Deine – eure – Mutter?«

»Die hatte keine Zeit – weil sie sich ›bereit‹ machte –«

»Wofür?« bohrte ich.

»Ich weiß nicht, dann sind wir eingeschlafen, und als wir wieder aufwachten, waren wir schon bei dir!«

»Wie bist du rauf auf den Berg gekommen?« wollte Roç wissen.

»Ganz einfach«, fabulierte ich. »Des Nachts, keiner hat mich gesehen!«

»Keiner hat auf dich geschossen?« Roç blieb ungläubig.

»Es war nämlich Kriegs«, pflichtete ihm Yeza bei.

»Ich war ganz leise und sehr flink!«

Die beiden sahen mich zweifelnd an und schwiegen.

»Gut, William«, meinte Roç, »dann kannst du uns ja auch hier wieder rausholen. Wir wollen nämlich nicht hierbleiben!«

Das war mit solcher Bestimmtheit erklärt, daß ich mir Sorgen machte, wie ich sie nicht enttäuschen sollte. »Ich weiß ja nicht einmal, was man mit mir vorhat –«

»Das kannst du hören.« Roç stand auf und winkte mir, ihm zu folgen. Ich dachte erst, es wird etwas mit dem Kamin sein, doch er schritt zielstrebig in die entfernteste Ecke des großen Raumes, der dort eine Viertelrundung aufwies, was mir vorher nicht aufgefallen war. Und die Decke oben war ebenfalls gewölbt und wies im Zenith ein Loch auf. Er zog mich genau unter die Öffnung – ganz klar waren die Stimmen zu vernehmen:

»... ihn hierher mitzuschleppen, lieber Elia, war wirklich nicht nötig!«

Das war wohl die Stimme des alten Herrn, den ich unten im Garten mit der Gräfin gesehen hatte, und Elia antwortete: »Ich wollte in solch delikater Frage nicht allein die Entscheidung treffen – und Euer Schreiben, lieber Freund Turnbull, hat mich ja leider nicht erreicht.«

Also, zählte ich zwei und zwei zusammen, mußte es sich bei dem mit ›Turnbull‹ Angeredeten um niemand anderen als den Verfasser des ›Großen Plans‹ handeln. Da saß ich nun, und über meinen Kopf braute sich die Verschwörung gegen alle mir vertrauten Welten zusammen.

»Soweit mir bekannt, werter Elia –« Diese Stimme kannte ich nicht; sie hatte einen fremdländischen Akzent.

Yeza kam mir zu Hilfe: »Das ist der Musselmann«, flüsterte sie, »mit dem Turban! Einem richtigen Turban –«

»Sei doch still!« rügte sie Roç. »Wir verstehen sonst nichts!«

»– galtet Ihr früher als ein General, der nicht viel Federlesens machte mit seinen Mitbrüdern –« Er räusperte sich, und sein Ausdruck wurde kalt und präzise. »Es war doch allen Eingeweihten dieses Unternehmens von Anfang an klar: Wer es gefährdet, ist des Todes!« Er ließ das lange schweigend im Raum stehen, bevor er fortfuhr: »Jeder weitere Mitwisser kann nur Gefahr bedeuten und ist daher zu eliminieren, und zwar unverzüglich!«

O je, armer William, dachte ich, das ist dein Todesurteil. Hätte ich doch nur nicht auf Elia vertraut; in Cortona hätte ich nachts leicht das Weite suchen können. Jetzt war es zu spät. Ich hoffte auf ein Wort von Elia, doch es meldete sich die Gräfin zu Wort:

»Zu viele Augen haben ihn herkommen sehen. Ich halte es für ungeschickt, ihn auf Otranto verschwinden zu lassen; es würde unnötigen Verdacht auf uns lenken. Lassen wir ihn doch laufen und besorgen seine Liquidierung unterwegs, ungesehen –?« Wie dankbar ich ihr war für diesen Aufschub.

»Ein Unfall auf der Reise –« stimmte ihr auch der alte Herr sofort zu, und Elia nahm das rettende Angebot erleichtert an.

»Er könnte die Baustelle von Castel del Monte besuchen, wo mein Kaiser sich gerade ein Jagdschloß baut – und dabei vom Gerüst stürzen!«

»Warum nicht noch komplizierter?« höhnte der scharfe Muslim. »Ihr wißt wohl nicht, wie schnell und einfach man Verräter beseitigt? Laßt das nur meine Sorge sein, ich habe meine Leute dafür. Ich nehme sie nie umsonst mit, wie sich wieder einmal zeigt!«

»Aber außerhalb meiner Bannmeile!« hakte die Gräfin in besorgter Autorität nach.

»Auf Eure berühmte Gastfreundschaft, liebe Gräfin, wird kein Schatten fallen!«

»Dann laßt uns essen, meine Herren!« Und ich hörte ein zustimmendes Murmeln und sich entfernende Schritte.

»Ah, Mittagessen!« sagte Roç. »Dann müssen wir auch gehen, sonst suchen sie uns!«

»Kriegt William denn kein Essen?« Yeza zeigte wenigstens Mitgefühl für mein leibliches Wohl, obgleich mir jeder Appetit vergangen war. Henkersmahlzeit!

»Nach dem Essen müssen wir immer ins Bett, dann kommen wir dich wieder besuchen!«

Yeza zog den Teppich weg, ich hob die Klappe, und sie schlängelten sich in das Loch, das für mich tatsächlich zu eng war.

Ich rückte das Bett wieder zurecht und legte mich hin. Ich starrte hinauf zu der Öffnung in der Decke und bildete mir ein, eine Schlange käme züngelnd aus ihr gekrochen, der Teufel hatte doch seine Hand im Spiel.

Ἀπάγε Σατανᾶ! Ich sprang auf, griff den Stuhl, um sie zu zerschmettern, doch als ich zur Wölbung in der Ecke kam, war die Erscheinung verschwunden.

Ich lauschte. Außer dem Rauschen des Meeres war nichts zu hören. Ich schlich bis zur Tür und preßte mein Ohr an das Holz. Nichts! Kein Meuchelmörder. Sie würden mich vergiften. Ich mußte die Nahrungsaufnahme verweigern. Ich kroch in mein Bett. Jetzt hatte ich doch Hunger.

Quéribus
Quéribus, Sommer 1245

»Tortur ohne Befragung ist der Heiligen Inquisition unwürdig!«

Der Knecht, der schon die Peitsche erhoben hatte, hielt verdutzt inne, und die Frau nahm die Gelegenheit wahr, ihren zerschundenen Mann wieder aufzurichten, der gefallen oder ohnmächtig die letzten Meter von der geschlossenen Kutsche geschleift worden war. Jetzt hatte das Gefährt angehalten, und sie sah zum ersten Male den Inquisitor, der ihr entstiegen war.

Fulco de Procida entsprach in nichts dem Bild, das man sich gemeinhin von einem Inquisitor machte. Er war zumindest kein Dominikaner, war auch weder hager noch asketisch. In seinem fleischigen Gesicht, das von fettigen, strähnigen Locken gerahmt wurde, brannte nicht das Feuer des heiligen Eifers; es war von der brutalen Gutmütigkeit eines neapolitanischen Fischhändlers.

Man hatte sie aus ihrem Bett gerissen – sie trugen noch das Nachtgewand, weswegen sie sich sehr schämte –, aus ihrer Hütte getrieben und ihnen ohne Angabe von Gründen oder Anklage Stricke um die Handgelenke geschlungen und diese an der Kutsche befestigt. Der Mann stöhnte; sein Hemd war zerrissen, und er blutete aus den aufgerissenen Knien und Ellbogen.

Der Inquisitor betrachtete die Frau. Ihre weißen, blaugeäderten Brüste wurden kaum von dem Band zurückgehalten und unter dem Linnen zeichneten sich die üppigen Formen ihrer Hüften ab.

Sein Habit verriet ihn als Zisterzienser. Er schaute sich um.

Sie befanden sich in einer unwirtlichen Gebirgslandschaft, einer kaum baumbewachsenen und offenbar unbesiedelten Hochebene. Um so mehr erregte ein gemauerter Ziehbrunnen sein Interesse, der sich unweit von ihnen am Wegesrand erhob. Er achtete nicht auf den aufragenden Donjon zu ihren Häuptern, der dem Kundigen eine Burganlage verraten hätte; allerdings verschmolzen Gemäuer und Gestein in der zerklüfteten Gipfellinie zu solcher Einheit, daß ein Auge schon nach ihr hätte suchen müssen.

Doch Fulco von Procida stand anderes im Sinn. Er ließ seine Gefangenen von den Soldaten zum Brunnen führen. Er selbst nahm in der offenen Tür seiner Kutsche Platz und befahl seinen beiden Schreibern, sich hinter ihm auf den Bänken zum Protokoll bereit zu machen. Die Soldaten umstanden den Schauplatz im Kreise, und die Knechte hielten die Opfer an den Stricken, in Erwartung der Befehle ihres Herrn.

»Ihr dientet beide auf dem ketzerischen Montségur«, begann der Inquisitor, eher bekräftigend denn fragend. »Ihr gehöret zu denen, die sich bei der Übergabe mit einem ›Ave Maria‹ Leben und Freiheit erschlichen –«

»Wir sind Christen!« unterbrach ihn der Mann ängstlich, und der Inquisitor lächelte fein.

»Dann werdet Ihr Euch ja bemühen, mir meine Arbeit und Euch Eurer Seelen Frieden zu erleichtern.« Eben noch wohlwollend gesinnt, kippte seine Stimme im nächsten Augenblick in schneidende Strenge: »Wer waren die Kinder, die in letzter Stunde dem Arm der Gerechtigkeit entzogen wurden, wie hießen sie, wie sahen sie aus, was wißt Ihr über sie?«

»Welche Kinder?« sagte der Mann.

Es war genau die Antwort, die er nicht hätte geben dürfen. Der Inquisitor gab seinen Knechten ein Zeichen, und sie stopften ihn kopfüber in den heraufgezogenen Holzkübel des Brunnens. Seine Beine banden sie am Brunnenseil fest. Dann ließen sie ihn langsam hinunter.

Der Mann gab keinen Ton von sich, doch die junge Frau mit den großen weißen Brüsten und dem flachsblonden Haar begann zu wimmern. Tränen der Angst schossen ihr in die hellen Augen.

»Laßt ihn leben!« flehte sie. »Er kann nichts wissen, er war ein einfacher Soldat –«

»Und Ihr, junge Frau?« lockte Fulco. »Seid Ihr uns bereit –«

»Zieht ihn herauf!« schrie sie gellend, »und ich werde Euch alles –«

Sie kam nicht weiter, denn in diesem Moment preschte ein Trupp von vier Rittern um die Wegbiegung.

»Zu den Waffen!« rief die Stimme des Hauptmanns, und die Soldaten des Inquisitors rissen ihre Armbrüste in den Anschlag und reckten die Spieße.

Dank der Umsicht ihres Anführers überschütteten sie die Reiter mit einem Geschoßhagel, der diese erst einmal die gepanzerten Pferde zurückreißen und hinter der Felsnase Deckung suchen ließ. Unter dem Feuerschutz der Armbrustschützen stürmten die Picardiers vor bis zum Ausgang des Hohlwegs; sie versteckten sich hinter Felsbrocken und stemmten ihre Lanzen von beiden Seiten der Bedrohung entgegen.

Die Knechte ließen den Kübel, den sie schon zur Hälfte hochgewunden hatten, fahren, zerrten die Frau zur Kutsche, stießen sie über den Inquisitor, schlugen die Tür zu und gaben den Pferden die Peitsche.

Da sich der hastige Aufbruch auf der den Angreifern abgewandten Seite abgespielt hatte, ließen diese die talwärts holpernde Kutsche unbeachtet entkommen.

Dafür prasselte eine Gesteinslawine von oben auf die Picardiers herab und zwang sie überstürzt, die gute Position zu räumen.

»Auf zum Hauen und Stechen!« brüllte eine mächtige Stimme vom Fels herab, und noch in den Rückzug hinein erfolgte die Attacke der Ritter, an ihrer Spitze die wilde Gestalt eines Schwarzbärtigen, der mit seinem Pferd geradewegs von der Klippe unter die Flüchtenden sprang.

»Xacbert de Barbera!« stieß der Hauptmann entsetzt hervor. »Rette sich, wer kann!«

Die Schützen vermochten nicht zu schießen, um die eigenen Leute nicht zu treffen, und im Nahkampf und dazu noch zu Roß waren die Ritter hoch überlegen. Sie hieben erst die Spieße in Stücke, dann deren Träger, brachen durch bis zum Brunnen, wo sich die restlichen Soldaten des Inquisitors um ihren Hauptmann geschart hatten.

Die vier apokalyptischen Reiter umkreisten die Verbliebenen so dicht wie reißende Wölfe einen verlorenen Haufen Schafe. Jedesmal wenn einer der Soldaten versuchte, seine Armbrust zu spannen, spaltete ihm ein Hieb den Schädel oder trennte den Arm von der Waffe.

Als der Hauptmann sah, wie ihm die letzten seiner Leute weggehauen wurden und der furchtbare Barbera ihn anschrie: »Ohren und Nase werd' ich dir abschneiden, Papist!«, da sprang er in den Brunnen.

Die Höhle der Muräne
Otranto, Herbst 1245

Crean war in der Hängematte eingedöst. Er wachte auf, weniger von dem Kitzeln an seiner Stirn als von einem süßlich-schweren Duft. Er blinzelte und sah unscharf den Kranz weißer Lilien, den ihm eine zarte Hand um das Haupt gewunden hatte.

Sein erster Gedanke galt Clarion. Sie machte sich wohl lustig über seine ›Unschuld‹. Gerade wollte er die Hand heben, um ihn vorsichtig zu entfernen, da erstarrte er in seiner matten Bewegung:

Vor ihm auf seiner Brust, nur wenig entfernt von dem Halsausschnitt seiner Dschellabah, saß ein Skorpion.

Crean hielt den Atem an. Er war jetzt hellwach und fixierte das Tier, bemüht, auch seine Augen nicht zu bewegen. Sie starrten sich gegenseitig an, und es erschien Crean, als würden die Sekunden so langsam verrinnen wie die Schweißtropfen, die seinen Hals hinabkrochen.

Erst dann fiel ihm auf, daß der aufgerichtete Schwanz mit dem Giftstachel nicht wippte, noch die Fühlzangen in Bewegung waren – der Skorpion war tot!

Er schnippte ihn von seiner Brust. Das konnten nur die Kinder gewesen sein!

Er schwang sich aus der Hängematte – das heißt, er wollte, denn sie schlug um, und er landete mit den Händen voraus auf dem Boden. Sie hatten ihn festgebunden! Und nichts ist so ärgerlich, als in ein Netz verstrickt zwischen einem Himmel, der festhält, und einer Erde, auf die man seinen Fuß nicht setzen kann, zu schweben. Eine lächerliche Lage! Um das Maß vollzumachen, erschien jetzt im Fensterrahmen des Söllers das Gesicht von Clarion und schaute mitleidig auf ihn herab.

Mühsam entknotete er die vielen kleinen Schleifchen, mit denen die Gören seine Dschellabah und die Troddeln der Matte verknüpft hatten; schließlich mochte er das gute Stück nicht zerreißen. Endlich hatte er sich befreit, wollte zu der Schönen hinaufwinken, doch sie war längst wieder in der Tiefe des Speisesaals entschwunden.

Crean war von seinem Kanzler nicht aufgefordert worden, an dem Mittagsmahl teilzunehmen, und da er nicht mit den Kindern in der Küche essen mochte und seinem alten Vater nicht weh tun wollte, der für die sehr strengen Rangordnungen des Assassinen-Ordens kein rechtes Verständnis hatte und vielleicht auf sein Recht gepocht hätte, seinen Sohn an seiner Seite sitzen zu sehen, hatte er gegenüber dem alten Herrn vorgegeben, er verspüre keinerlei Hunger.

Jetzt ging er doch in der Küche vorbei, widerstand allen Angeboten und tat den Kindern auch nicht den Gefallen, sich über den Schabernack zu beschweren. Sie wirkten sowieso merkwürdig verschlossen und begrüßten ihn auch nicht mit dem üblichen Freudengebrüll. Sie löffelten still ihre Suppe und sahen sich bedeutungsvoll an, als sie seiner ansichtig wurden – welchen Streich heckten sie jetzt wieder aus?

Crean ging auf das Spiel nicht ein, überwand seine eigenen Hungergefühle und sorgte dafür, daß William auf seinem Zimmer eine gute Mahlzeit serviert wurde.

Er überlegte kurz, ob er selbst sie ihm bringen sollte, ließ den

Gedanken jedoch fallen, weil er nicht wußte, was er auf dessen Fragen antworten sollte. Wie er seinen Kanzler kannte, war William schon ein toter Mann. Was ihm, Crean, leid tat, obgleich er – nach Bericht der erfüllten Mission – mit drei Tagen Schweigehaft bestraft worden war, weil er den Mönch nicht spätestens in Marseille getötet hatte. Was mußte dieser dicke Pechrabe jetzt ein zweites Mal, seinem törichten Riecher folgend, den Weg der Kinder kreuzen?

Crean schlenderte den äußeren Saumpfad zum Hafen hinab. Es gab eine geschützte Treppe, durch den Felsen geschlagen, die direkt und ungesehen dort hinunterführte, doch er hatte Zeit, wollte den Duft der wilden Pflanzen atmen, die den Weg säumten, die davonflitzenden Eidechsen beobachten und die klaren Farben der Sträucher, der Steine und des Meeres in der prallen Sonne in sich aufnehmen.

Unten angekommen, traf er auf Hamo, der ihm aus dem Weg gehen wollte. Crean versuchte um ein anderes Mal, Zugang zu dem seltsamen Jungen zu finden, zumal er die Barriere der Eifersucht wegen Clarion, die Hamo trotzig aufgerichtet hatte, allmählich als lächerlich und lästig empfand.

»Laß uns zusammen rausschwimmen!« schlug er vor, zumal er gleich wahrgenommen hatte, daß Hamo nur ein Tuch um die Lenden geschlungen trug, doch der Junge ging nicht darauf ein.

»Ich war schon im Wasser – bis zu den Korallen bin ich getaucht, das reicht mir für heute.«

Crean warf seine Dschellabah ab und schämte sich seiner weißen Haut.

»Könnt Ihr überhaupt schwimmen?« spottete Hamo. »Ich rette Euch nicht – es wimmelt auch von Haien!« Crean sah das breite Messer, das sich der Junge mit Lederschnüren ans Bein gebunden hatte.

»Warum sollte ein Hai mich fressen, wenn Ihr mich schon derartig abstoßend findet?« gab ihm Crean heraus und sprang kopfüber von der Seeseite der Mole ins Wasser.

Er schwamm zügig hinaus, tauchte ab und zu unter, um sich

zu vergewissern, daß kein Hai in der Nähe war. Hamo hatte nicht übertrieben, das stark besegelte Kap zog die Raubfische an.

»Hallo, schöner Fremder!«

Crean hatte das lautlose Herangleiten des Bootskörpers nicht gehört. Es war ein flacher Lastensegler, und an der niedrigen Reling kniete eine Frau und sah auf ihn herab. Sie hatte ihr Kleid der Hitze wegen hochgerafft, aber mehr als ihr nacktes Bein beeindruckte Crean der füllig ihm dargebotene, wogende Busen.

Ingolinde ließ ihm Zeit, den richtigen Eindruck von ihr zu gewinnen. Ihr Hurenkarren stand hinter ihr auf Deck festgezurrt, und ein paar Matrosen lehnten sich daran. Ihrer Mimik nach zu schließen und den obszönen Gesten, mit denen sie Ingolindes ihnen zugerecktes Hinterteil bedachten, waren sie während der Überfahrt voll auf ihre Kosten gekommen.

Jede Arbeit ist ihres Lohnes wert. Ingolinde hatte ihr Ziel erreicht. Sie hielt Crean, der sich vor ihr an den Wanten festhielt, das zerknitterte Bild Williams entgegen.

»Finde ich diesen Herrn auf der Burg da oben?« gurrte sie und ließ ihre Brustspitzen über Crean hinweg auf das Kastell weisen.

»Ob Ihr ihn findet«, antwortete Crean bedächtig, »hängt erst mal davon ab, ob Euch gestattet wird, ihn zu suchen –«

»Ich soll mich an eine Gräfin halten, ich habe eine Botschaft für sie –«

»Wollt Ihr sie mir nicht anvertrauen?« Crean wußte nicht, wie er sie einordnen sollte. Schon wieder hatte dieser tölpelhafte William eine Spur hinterlassen! Tarik hatte wirklich recht: Der Mönch war in seiner Dummheit unberechenbar und damit höchst gefährlich!

»Ich darf und will sie der Frau Gräfin nur persönlich anvertrauen.« Ingolinde stand auf und steckte Williams Portrait wieder weg; sie stopfte es sich unter den Rock. »William gegen Botschaft!« sagte sie, die Hände in die Hüften gestemmt, und blickte herausfordernd auf Crean herab.

»Legt erst mal an; ich werde sehen, was ich für Euch erreichen kann.« Crean schwamm voraus und zog sich die Felsen hoch.

Hamo hatte die Szene beobachtet. »Ein Stelldichein mit einer allein reisenden Dame?« spottete er. »Meine Mutter wird sich freuen, ihre Bekanntschaft zu machen!«

Crean ging nicht auf ihn ein. »In der Tat«, sagte er trocken, »gilt dieser Besuch nicht mir, sondern der Gräfin. Eilt bitte hinauf und informiert sie, daß eine Nachricht – Elias Mönch betreffend – vorliegt, die nur sie persönlich entgegennehmen soll.«

»Und warum geht Ihr selbst nicht, diesen Bescheid zu überbringen?« Hamo blieb störrisch. »Glaubt Ihr ernsthaft, sie unterbricht ihren Mittagstisch und läuft hier hinunter, um solch einer Person ihre Aufwartung zu machen?«

»Wie Ihr wünscht, junger Herr!« entgegnete Crean. »Dann bringe ich die Dame jetzt hinauf in den Speisesaal mit dem ausdrücklichen Hinweis, daß dies Euer Begehr war ...«

»Das habe ich nicht gesagt, Crean!«

»Ihr habt keine Zeugen«, erwiderte dieser kalt, »und ich kann auch nicht die Verantwortung übernehmen, Euch mit einer ›solchen‹ Person allein zu lassen. Die Sache, um die es geht, ist zu wichtig.«

»Genau!« pflichtete ihm Ingolinde bei, die sich mittlerweile von ihren Matrosen hatte an Land hieven lassen. Sie betrachtete Hamos bronzefarbenen nackten Körper mit Wohlgefallen. Der Junge errötete – er war diesem Blick nicht gewachsen – und trollte sich eilends.

»Ihr habt mir immer noch nicht gesagt, ob ich meinen William nun endlich sehen kann. Er ist doch noch bei Euch, oder?«

»Gewiß doch!« versicherte ihr Crean. »Ich bin mir nicht sicher, ob er um diese Zeit empfängt; er hält jetzt meist Siesta!«

»Sagt ihm bloß: Ingolinde aus Metz wartet auf ihn im Hafen!« Sie war sich ihrer sehr sicher und stolzierte die Mole auf und ab, wohl in der Hoffnung, das Auge des Geliebten würde sie erspähen.

Crean warf seine Dschellabah wieder über und wartete schweigend. Sie tat ihm leid. Unschuldig wie William war sie in eine Sache geraten, aus der sie sein Kanzler nicht lebend entlassen würde – es sei denn, es stellte sich heraus, daß sie von den Kindern nichts wußte. Aber selbst dann: »Sicher ist sicher«, pflegte Tarik zu sagen, und er hatte nicht unrecht. Hätte er sich Williams gleich entledigt, dann gäbe es dieses neue Problem nicht, und Ingolinde aus Metz könnte sich noch lange ihres Lebens erfreuen ...

Die falsche Spur
Otranto, Herbst 1245 (Chronik)

Ich wachte auf, weil es klopfte. Wie immer dachte ich, jetzt kommt die vergiftete Mahlzeit, und war nicht bereit, sie zu essen. Dabei hatte ich sie am Ende jedesmal heruntergewürgt und lebte immer noch. Auch diesmal stand sie schon auf dem Tisch, und das Klopfen kam nicht von der Tür, sondern von unter mir. Ich sprang aus dem Bett und half den Kindern aus der Klappe.

»Du hast ja wieder nicht gegessen!« warf Yeza mir vor, kaum daß sie der Herrlichkeiten auf dem Tisch ansichtig wurde: kalter Hummer, ausgelöstes Kalbfleisch mit gehackten Oliven, Kräutern, Zwiebeln, Öl und Eigelb angemacht, geröstetes Landbrot, nach Knoblauch duftend und mit Nüssen durchsetzt, die heimischen Kakteenfrüchte in Honig eingelegt und mit Zitrusfrüchten mariniert und allerlei gebackenes Naschwerk zu zwei verschiedenen Karaffen Wein, ein heller herber und ein dunkler, fast orangefarbener von schwerer Süße. Roç wollte sofort zugreifen, in der schnellen Einsicht, daß dies alles für eine Person, selbst eine verfressene wie mich, bei weitem zu viel, aber ich riß ihm die Krebspastete weg; sie konnte ja vergiftet sein. Roç war völlig verdattert ob meiner Reaktion.

»Laß mich erst kosten!« versuchte ich mein Verhalten verständlich zu machen. »Ich will sicher sein, daß es dir auch bekommt!«

»Du kannst alles allein essen!« sagte er trotzig.

»Sei doch nicht so gierig«, kam mir Yeza zu Hilfe. »William läßt doch immer erst alles kalt werden, damit es ihm richtig schmeckt.«

»Ich hab' keinen Hunger!« beschied uns Roç und wechselte das Thema. »Da ist eine Frau gekommen, die nach dir fragte, William.« Er ließ mich jetzt zappeln. »Die Gräfin war sehr böse, sie nannte sie eine ›Cortisone‹ oder irgendwie eine Hofdame und traf sich mit ihr in den Pferdeställen, weißt du, diese großen Gewölbe, die unter der Burg liegen, wo auch das Pferdefutter ist ...«

Ich wußte es natürlich nicht, dachte mir aber laut den Umstand: »Dorthin kommt man vom Meer aus, ohne die Burg betreten zu müssen?«

»Richtig«, bestätigte eifrig Roç. »Dort geht auch eine Rutsche ab, für das Getreide und alles, was man zum Essen braucht; es rutscht direkt aufs Schiff –«

»Wenn eins da ist!« berichtigte ihn Yeza. »Ich glaub' nicht, daß die Dame die Rutsche hochgekommen ist –«

»Sie hat natürlich die Treppe genommen, die ist genau daneben, das weiß aber niemand.«

»Und wer war nun die Frau?« drängte ich, ohne auch nur die leiseste Ahnung, um wen es sich handeln könnte. »Hast du sie gesehen?«

»Nein«, sagte Yeza, »wir waren ja auch hinter der Wand, aber die Gräfin war wütend und hat den Bombolone angeschrien, der dich hierhergebracht hat ...«

»Und dich mögen sie auch nicht leiden!« fügte Roç hinzu, offen lassend, ob er sich dem anschloß oder ob er mir meinen kleinlichen Geiz vergeben hatte.

»Aber wir mögen dich leiden, William!« Yeza war bemüht, jeden Zweifel auszuräumen.

Roç hatte sich inzwischen wieder in die Ecke des Raumes begeben. Es war noch nichts zu hören.

»Das ist das Ohr des Nasengotts!« klärte mich Yeza auf.

»Eher sein Nasenloch!« scherzte ich.

»Doch«, sagte Yeza, »Sigbert hat es gesagt: ein Ohr des ›Dio Naso‹, weißt du, der, der an einen denkt, wenn man niest!«

Ich war gerührt: »Wenn Sigbert das gesagt hat ...«, und beließ sie bei dieser Einsicht. Heidenkinder waren sie allemal, und hier, bei der Gräfin, wurden sie sicher auch nicht in Weihwasser gebadet.

»Weißt du, daß Crean noch hier ist?« brachte Roç mich wieder dazu, auf ihn einzugehen. »Er darf aber nicht mit in den Saal da oben, er muß draußen vor der Tür warten!« Roç war stolz auf seine Erkenntnisse, mit denen ich nichts anfangen konnte.

»Wer ist denn der alte Herr?« fragte ich.

»Der ist mit Yezas ›Musselmann‹ zusammen mit unserem Schiff gekommen, mit dem Sigbert und der Rote Falke weggefahren sind.«

»Und wer ist der ›Rote Falke‹?«

»So heißt der Konstanz wirklich, ich meine, bei sich zu Hause«, klärte mich Roç auf, »und der alte Mann ist der Vater von Crean, obgleich er ihn ›John‹ nennt, damit es keiner merkt!«

»Und der ist mit wem zusammen gekommen?«

»Na, mit dem netten Mann mit dem Turban!« Yeza verstand gar nicht, daß ich Schwierigkeiten haben konnte, alle auseinanderzuhalten.

»Und wer ist nun die Frau, die nach mir fragte?«

In diesem Moment ertönten über uns Schritte und Stimmen:

»... da schickt mir jemand eine billige Straßendirne auf den Hals, und die gibt mir ein Kopfbild von Eurem Mönch, Elia« –, die Gräfin mußte vor Empörung beben –, »das sie auch noch wiederhaben will – das heißt, eigentlich will sie diesen William –, und darunter steht angeblich eine wichtige Nachricht, seht her!«

»Das ist Griechisch!« Elias Stimme übersetzte: »›Die große Hure Babylon –‹«

»Eine Unverschämtheit von diesem Weibsbild –!« unterbrach ihn die Gräfin.

Elia las weiter: »›... sucht den Vater der beiden Kinder, von dem sie weiß, daß er bei Euch weilt.‹«

Schweigen im Raum.

»Man sollte diese Kebse und diesen unwürdigen Mönch auf der Stelle zusammen an einen Mühlstein binden und ins Meer werfen!« Das war der freundliche Muslim.

»Mit der großen Hure Babylon«, schaltete sich Elia ein, »ist keineswegs die Überbringerin gemeint, sondern die Kurie«, erläuterte er; »von ihr droht also Gefahr. ›Der Vater der beiden Kinder‹, das zielt auf William in seiner Eigenschaft als der Kirche bisher als einzig bekannte Obhutsperson, von der sie allerdings jetzt auch weiß, daß sie hier in Otranto ist.«

Wieder Schweigen, dann setzte der Muselmann nach: »Von wem hat das Weib eigentlich Bild und Botschaft erhalten?«

»Von einem Mönch, einem Franziskaner mit Lockenkopf, den sie angeblich vor dem Zugriff eines päpstlichen Häschers bewahrt hat«, ergänzte die Gräfin den Bericht von ihrer Unterhaltung mit der aufdringlichen Frauensperson.

»Das kann nur einer gewesen sein: mein Vertrauensmann im Castel Sant' Angelo –« Elia dachte nach. »Eigentlich müßte Lorenz auf dem Weg nach Lyon sein, zum Papst –«

»Schöner Vertrauensmann!« höhnte Yezas Turbanträger.

»Er wollte mich unbedingt warnen, traf mich aber nicht mehr an.« Elia wehrte sich nicht, sein Verhalten wurde offensichtlich von den anderen als töricht angesehen; er hätte mich in die Wüste schicken, auf Cortona einkerkern sollen, wenn er schon nicht übers Herz gebracht hatte, mich durch Gersende vergiften zu lassen. »Lorenz hatte keine Zeit, wurde überdies verfolgt, so wählte er klug und unverdächtig eine reisende Marketenderin als Überbringerin der Botschaft, die sich – wie Gott es so fügt – in diesen unglückseligen William verliebt hatte. Wie heißt sie eigentlich?«

»Ingeliese, Ilselinde oder so ähnlich, eine Deutsche«, legte die Gräfin geringschätzig nach. »Aus Metz!«

Mir fuhr der Schreck ins Glied! Doch dann dachte ich: eine freudige Überraschung! In meiner Lage konnte sie mir nur hilfreich sein. Ihr Auftauchen könnte mich retten. Oder wir würden beide sterben ...

Ein blinder Stollen
Okzitanien, Herbst 1245

Der enge Fleischeskontakt mit der nur spärlich bekleideten Frau – sie trug ja nur ein dünnes Hemd aus Nessel und lag über ihm in der in rasender Fahrt dahinpolternden Kutsche – beraubte den Inquisitor fast der Sinne. Des Sinnes für keusche Enthaltsamkeit, wie sie die Kirche vorschrieb, auf jeden Fall. Ihr waren die Hände gefesselt, und die Wucht des Stoßes, mit der die Knechte sie über ihn geworfen hatten, ließ ihr Handgemenge genau auf sein Gekröse treffen und dort zuckend, rüttelnd, schaukelnd nicht zur Ruhe kommen, und er fühlte, so sehr er sich auch wehrte, betete, fluchte, sein Geschlecht in ihre Hände wachsen. Ihr weißer Busen preßte sich auf sein bartloses Gesicht. Fulco von Procida kniff die Lippen zusammen, um seine Zunge nicht auch noch die Lust verspüren zu lassen, die schon seinen geschlossenen Augen, seiner Nase widerfuhren.

Als die knirschenden Stöße nachließen und das ächzende Schleudern der Kutsche in ruhigere Fahrt überging, wußte Fulco de Procida, daß die unmittelbare Gefahr vorbei war, und die Geilheit wich aus seinen Gliedern, dann aus seinem Kopf.

Er wühlte sich im Halbdunkel des Gefährts unter ihrem Körper hervor, schnaufte verärgert, als er sah, wie sie regungslos liegengeblieben war, wie erschlafft von einem stürmischen Akt, an dem er beteiligt war, ohne Nutznießer gewesen zu sein. Ihr blaugeäderter Busen bebte, und sie weinte, wunderschön wie eine Madonna; ihre hellen Augen kamen so, umkränzt von den flachsblonden Flechten, erst richtig zur Geltung. Er verspürte das Verlangen, ihr das Hemd zärtlich hochzustreifen, über den Hintern, und sie a tergo zu nehmen, nur um nicht in diese wäßrigen Augen schauen zu müssen, die ihn mit Angst und Sehnsucht, ja so verdammt demütig anstarrten.

Die Kutsche hielt und er beeilte sich, ans Fenster zu stürzen.

»*Le trou' des tipli'es!*« meldete der Fuhrknecht und zeigte in den Wald, wo sich ziemlich düster blauschwarze Basaltmauern erhoben. »Ein Castrum der Templer, nicht gerade verschrien für seine Gastfreundlichkeit.«

»Wir haben keine andere Wahl«, sagte der Inquisitor, »und sie können einem Mann des Papstes nicht die Herberge verwehren.«

So rumpelte die Kutsche auf die Burg zu, deren glatte Mauern mit dem Näherkommen unheimlich in die Höhe strebten. Sie zeigten weder Zinnen noch Türme, nur ein leicht angeschrägter Kubus, der fremd zwischen den Tannen herauswuchs, als habe ihn eine Faust vom Himmel dort in das Erdreich gepreßt. Eine Wildwasser führende Schlucht erzwang die Anlage einer Zugbrücke, und das tiefliegende Tor dahinter ließ keinen unbefugten Einblick in das Innere nehmen.

Kaum hatte das Gefährt des Inquisitors die Brücke überquert und war in den Torraum gerollt, fiel ein eisernes Fallgitter hinter ihm, die Brücke ging hoch, und der Besucher sah sich in einer dunklen Steinkammer gefangen. Aus einer Schießscharte kam die knappe Frage nach dem Begehr.

Der Inquisitor bewahrte bei allem Zorn die Ruhe und wies sich als der aus, der er war:

»Ein Diener der Kurie in besonderer Mission.«

Er fragte nach dem Namen der Burg und dem des Präzeptors. Der Inquisitor Fulco von Procida erbäte Unterkunft und Schutz für eine Nacht.

Die Stimme des Pförtners blieb ungerührt. »Die Burg trägt keinen Namen und ist auch keine. Sie kann Euch wohl Sicherheit bieten, aber kein Nachtlager, nicht einmal Heu oder Stroh!«

»Sei's drum!« knurrte der Inquisitor, dem klar wurde, daß ihm auch kein Kommandant die Aufwartung machen würde. Rasselnd wurde das innere Gitter hochgewunden, das Tor schwang auf und entließ die Kutsche aus dem engen Gefängnis in den Burghof. Ein leeres Geviert, keine Treppen führten hinauf zur Mauerkrone, nur auf der Stirnseite, die der Bergwand zu gelegen war, zeigten sich einige verschlossene Tore, groß genug, um Wagen durchzulassen, und erst ziemlich hoch oben in dieser Mauer waren fensterähnliche Scharten eingelassen.

Zwei Sergeanten, das rote Tatzenkreuz auf ihren schwarzen Mänteln gab sie als solche zu erkennen, traten zur Kutsche.

»Ihr fahrt durch das vierte Tor der Apokalypse, durchquert die Grotte des apokryphen Evangeliums, biegt dann links in den zweiten Stollen der Hure Babylon, dann die erste rechts, und Ihr seid in der Kathedrale des Großen Tieres. Dort mögt Ihr Euch zur Ruhe betten mit dem Komfort, den Ihr mit Euch führt. Morgen früh um sechs müßt Ihr uns wieder verlassen!«

»Ich danke Euch von ganzem Herzen«, setzte der Inquisitor an, doch der jüngere Sergeant schnitt ihm die Eloge ab.

»Spart Euch die Dankesworte, merkt Euch statt dessen die Instruktion!«

»Das geringste Abweichen von dem vorgeschriebenen Wege«, setzte der Ältere scharf hinzu, »führt zu unliebsamen Konsequenzen! Gute Nacht!«

Zähneknirschend gab der Inquisitor seinem Fuhrknecht das Zeichen zur Weiterfahrt, in der Hoffnung, daß der Kerl sich die Route eingeprägt habe. Von unsichtbarer Hand öffnete sich das vierte Tor, und sie rollten in die Unterwelt.

Wenn draußen unwirsche Kälte geherrscht hatte, zeigte das Innere des Berges sich in warmem Licht vieler kleiner Öllämpchen, die im Felsen glühten und die Grotten als ein Zauberreich erscheinen ließen. Mal verengten sie sich zu schmalen Passagen, dann taten sich wahre Säle vor dem Besucher auf, auf deren Grund Seen die Pracht der herabhängenden Stalaktiten spiegelten, während in bizarren Gebilden die Stalagmiten aus ihnen emporwucherten.

Sie erreichten die Kathedrale des Großen Tieres. Eine Höhle hoch wie ein Kirchenschiff mit Säulen und Pfeilern und einer widdersphinxähnlich aufgetürmten Figur am Ende, Altar einer grauslichen Gottheit, deren Wirkung durch die Lichteffekte noch bedrohlich verstärkt wurde. Fulco schlug das Kreuzzeichen, als er, aus der Kutsche steigend, ihrer ansichtig wurde.

Er hieß seine Knechte die Frau aus dem Wagen holen und zwischen den beiden Rädern anbinden, so daß die geringste Bewegung der Pferde an ihrem Leib zerren mußte.

»Fahren wir mit der peinlichen Befragung fort«, sprach er mit belegter Stimme, denn die Art ihrer Fesselung ließ jetzt ihren üppigen Körper noch stärker als zuvor durch das Hemd hervortreten, und das flackernde Licht erregte seine Phantasie, ließ es doch ihr zartes Gesicht mit den hellen Augen jetzt begehrlich locken, verführerisch versprechen. Bot sie sich ihm nicht mit glänzenden Lippen an? »Euer Mann war also unwissend, sprach auch nicht schnell genug«, höhnte er genüßlich. »Alfia von Cucugnan, Ihr wißt mehr und brennt darauf, es mir zu sagen?«

Die Frau hatte wieder zu weinen begonnen, als der Inquisitor den Tod des Mannes ansprach, doch ihre Tränen stachelten ihn noch mehr auf.

Auf sein Zeichen bewegte der Fuhrknecht die Pferde, daß ihr einer Arm fast aus der Schulter gerenkt wurde, während der andere sie hinabkrümmte, der Träger ihres Hemdes riß unter der Spannung, ihre Brüste kamen frei, und als die Räder in ihre Ausgangsstellung zurückkehrten, rutschte das Hemd langsam ihre Hüften hinab, legte ihren runden Bauch bloß und dann den Hügel der Scham, goldgelockt, doch nicht so dicht, daß sein Vlies vor stierenden Blicken des Inquisitors und seiner Knechte Schutz geboten hätte. Sie preßte verzweifelt die Schenkel zusammen, ihr Atem ging heftig, was ihren Busen beben ließ.

»Ich – ich war die Amme der Kinder!« stieß sie hervor. »Sie lagen an meinen Brüsten, sie tranken die Milch, die ich ihnen gab!« schrie sie ihren Peinigern entgegen. »Was wollt Ihr noch von mir wissen?«

»Wer war die Mutter?« keuchte Fulco erregt – vor den Knechten wollte er vor sie treten, sein steifes Glied aus Hose und Kuttel nesteln und in diese goldene Vulva stoßen, die sich ihm windend darbot – er riß sich zusammen. »Die Mutter?« schrie er sie an.

»Die Tochter ...«, stöhnte sie und brach ab, denn ein Templer war – von den anderen ungesehen – hinter ihnen aufgetaucht und hatte ihr, den Finger auf seine Lippen gelegt, Zeichen gegeben zu schweigen. Er lächelte der Frau dabei ermutigend zu, als wolle er ihr verkünden, daß ihre Not bald ein Ende haben würde.

Der Inquisitor fuhr herum – und starrte auf das Gold, unbearbeitete Brocken gleißenden Goldes, die der Templer achtlos in einem flachen Körbchen trug.

»Laßt Euch nicht stören in der Ausübung Eurer Pflicht!« murmelte dieser und wollte weitereilen.

»Wo habt Ihr das her?« hielt ihn Fulco zurück.

»Ach«, sagte der Sergeant, »das fällt hier von den Wänden, ein paar Stollen weiter, kaum daß wir es wegschaffen können – Ihr wißt, wie schwer *aurum purum* wiegt!« Und er ging ruhig seines Weges.

Der Inquisitor war verwirrt. »Wessen Tochter?« fuhr er fort, doch die Frau schwieg, sie weinte noch mehr. »Die Tochter des Kastellans?« bohrte er nach, in der Einsicht, daß Zureden ihn weiterbringen würde als Folter. »Esclarmonde de Perelha?« Sie nickte schluchzend. »Es sind beides ihre Kinder, Zwillinge?« Die Frau lächelte ihn an, als sei ihr das Glück zwiefacher Mutterschaft widerfahren. »Und wer ist der Vater, und wie heißen die beiden?«

»Darüber wurde nicht gesprochen«, flüsterte sie, »Esclarmonde tat so, als habe es nie einen gegeben ...«

»Ein Engel!« spottete der Inquisitor. »Doch ist die jungfräuliche Geburt ein Privileg Mariens und der Kirche – also, wer hat die Ketzerin gefickt?«

»Ich weiß es nicht!« hauchte sie errötend, und der Inquisitor verfiel ums andere Mal der Versuchung, die weitere Befragung seinem Instrument zu überlassen; der würde ihr schon die Wahrheit herausstößeln. »Es war keiner auf dem Montségur«, setzte sie hinzu, »ich hätte das gespürt ...«

Wieder betrat ein Templer die Kathedrale; er schleppte einen noch größeren Korb, und zwischen dem Gold blinkten jetzt auch Edelsteine, blutrote Rubinsplitter von herrlicher Leuchtkraft, eine Druse von Smaragden, frisch aus dem Fels gebrochen und Diamanten in ihrer kristallinischen Reinheit, in nie gesehener Größe geklumpt. Dem Inquisitor fielen die Augen fast aus dem Kopf: er starrte dem Sergeanten nach, der schwer an seiner Last trug und in einem Gang verschwand.

»Woher!?« röchelte er. »Die Namen!« schrie er sie unvermittelt an. »Sag mir die Namen, Weib! Oder ...«

Die Frau lächelte ihn unter Tränen an. »Roger-Ramon-Bertrand und Isabella-Constanze-Ramona!« sagte sie stolz.

Da kehrte der erste Templer zurück und sagte mit beiläufigem Ton: »Wenn es Euch interessiert, zeig' ich Euch gern die Höhle, wo wir gerade fördern«, und als er die verhalten-begierige Zustimmung fühlte, fuhr er verschwörerisch fort: »Nehmt Eure Kutsche mit, Ihr werdet es nicht tragen können – es ist so viel«, flüsterte er, »daß es gar nicht auffallen wird, wenn Ihr Euch zur Erinnerung ...« Er lachte aufmunternd. »Ich werde Euch den Weg weisen. Kommt!«

So wurde die Frau hastig losgebunden, der Inquisitor warf ihr seinen Mantel über, damit sie ihre Blöße bedeckte, und sie folgten zu Fuß der Kutsche.

Der Sergeant führte sie durch ein Gewirr von Gängen und Höhlen, einen Weg, den sie alleine nie gefunden hätten. Er wurde immer enger und niedriger, dicke Eichenbohlen gestützt zu beiden Seiten durch hölzerne Stempel, waren zum Schutz des herausgebrochenen Gewölbes eingezogen. ›Hier sind wir vor Ort!‹ jubilierte Fulco innerlich. Seine Gier nach dem Gold stieg, und auch seine Knechte erfaßte das Fieber; sie griffen in die Speichen und zerrten an den Pferden, während die Räder holpernd ihren Weg durch das Geröll nahmen.

Endlich öffnete sich der dunkle Stollen zu einer kleinen Grotte. Hier brannten nur noch wenige Öllampen im Gestein, dennoch ließ ihr Licht hier und da Gold auffunkeln oder edles Kristall, und die Knechte begannen in dem Geröll zu wühlen.

Der Inquisitor wollte sich an der Suche beteiligen, da fiel sein Blick auf die Frau. Der klaffende Mantel gab den Blick auf ihre Schenkel frei, und er ging zu ihr.

Sie ließ sich von ihm zum Wagen führen, glitt vor ihm in sein dunkles Inneres, legte sich zurück und öffnete ihm ihre Schenkel. Ihre Hände waren immer noch gefesselt. Er riß sich die Hose herunter, doch als er sein Glied herausgenestelt hatte, hing es schlaff.

»*Vasama la uallera!*« fluchte Fulco auf neapolitanisch, und entsprechend war sein Zorn auf den Versager.

Der Kopf der Frau lag, umrahmt von den aufgegangenen Flechten, auf dem Boden des Wagen. Wütend vermied er es, ihr ins Gesicht zu schauen, sonst hätte er vielleicht gesehen, wie ihre Augen ihn jetzt kalt und grausam anfunkelten. Bereitwillig streckte sie ihm die Hände hin, und er befreite sie fahrig von ihren Fesseln.

Sie griff schüchtern nach seinem Glied, das er ihr in seiner geballten Faust vorhielt. Sie rutschte aus dem Wagen und ließ sich vor ihm auf die Knie gleiten. Er sah von oben nur ihr Haar, als sie sich vorbeugte, doch ihre Stimme drang klar an sein Ohr: »Ich habe dich belogen!«

»Mach schon voran!« schnaubte der Inquisitor, doch sie ließ sich Zeit:

»Roger und Isabella sind keine Zwillinge. Kurz bevor Esclarmonde niederkommen sollte, was jeder auf dem Montségur wußte, ward ein edles Fräulein hochschwanger und streng geheim auf die Burg gebracht. Die Ärzte richteten es mit Hilfe einer weisen Frau so ein, daß beide gleichzeitig gebaren.« Befriedigt glaubte er zu spüren, daß ihr Widerstand – wenn es denn einer war – merklich nachließ. Er preßte sein Gemächt immer drängender gegen sie, fühlte wie sein fleischiger Schwanz gegen ihre widerstrebenden Zähne stieß. »Soll ich fortfahren, Herr?«

Der Inquisitor wurde geschüttelt von Zweifeln zwischen Geilheit, Wut und Sünde, zwischen strenger Pflichterfüllung und vertaner Zeit. Wieviel Gold könnte er jetzt an sich raffen!

Sie enthob ihn der Entscheidung: »Esclarmonde brachte eine Tochter zur Welt und ihr zur Seite wurde das neugeborene Kind, ein Knäblein, der anderen in die Wiege gelegt. Als ich –«

»Monsignore«, rief leise der Fuhrknecht, er schämte sich, den hohen Herrn bei Ausübung seines Amtes zu stören, »dieser Stollen ist tot, er hat keinen Ausgang, und der Templer ist nicht zurückgekommen –«

»Sucht ihn!« stöhnte der Inquisitor, der sich immer unsicherer wurde, welches Geheimnis ihm nun eigentlich wichtiger sein sollte: das um die Herkunft der Kinder, das der Herkunft des Goldes oder das der letzten Erfüllung im Schoß der Frau?

»*La uallera!*« brüllte er und griff nach seinen Eiern, riß ihr an den Haaren den Kopf zurück und stopfte sie ihr in den erschrocken aufgerissenen Mund. Er spürte das Zucken ihrer Zunge und schloß die Augen. Ihre Hände glitten an ihm hoch, zogen seinen Kopf zu sich herab, ihre Finger glitten tastend um seine Schläfen. Er fühlte das Blut in seinen Schwanz schießen; er wurde hart. »Weiter!« schrie er.

Da biß sie zu. Ihre Zähne bohrten sich in seine geschwollenen Testikel, sie malmte und zerrte, gleichzeitig fuhren ihre Daumennägel in seine Augenhöhlen, ihre Finger krallten sich in sein Wangenfleisch, während die Daumen die Augfäpfel heraushebelten.

Der Aufschrei des Inquisitors verkam zu einem gurgelnden Röcheln. Er schlenkerte seine Arme herum wie Dreschflegel, weil sie nicht wußten, ob sie zwischen die Beine greifen oder sich vor die blutenden Augenhöhlen pressen sollten. Die Frau hatte ihn hintüber in das Geröll gestoßen. Er stürzte rücklings und wand sich schreiend.

Sie spuckte das Blut aus dem Mund und sprang über ihn hinweg. Bevor einer der entsetzten Knechte die Hand nach ihr ausstrecken konnte, rannte sie den Weg zurück, den sie gekommen waren. Sie raste wie von Sinnen an den zwei Sergeanten vorbei, die mit schweren Vorschlaghämmern die Stempel des Stolleneingangs umschlugen. Ihrem dumpfen Fall folgte erst ein Knistern im Gebälk, dann das Krachen der herabstürzenden Gesteinsmassen.

Der Inquisitor und seine Knechte waren mit Kutsche und Pferden in der Grotte verschüttet. Kein Laut drang heraus. Dem Kirchenmann hatte sofort ein Stein den Schädel zerschmettert. Die Knechte verendeten erst Tage, ja Wochen später in der dunklen Höhle, als das Fleisch der Pferde bereits in Verwesung übergegangen war.

Weibergeschichten
Otranto, Herbst 1245 (Chronik)

Das Zünglein des kleinen Geckos schnellte vor und umwickelte die Fliege in genau berechneter Flugbahn, kaum daß sie losschwirren wollte.

Die Fliegen rasteten auf der weißgekalkten Wand, weil am Boden davor die leergegessenen Schüsselchen standen, mit den stark duftenden Resten von saurer Milch mit Honig und dem süßen Saft ausgequetschter Feigen. Das Geschirr hatten die Kinder dort hingestellt, um dem Gecko eine Freude zu machen. Es hatte etwas gedauert, bis das scheue Tier die Einladung angenommen hatte und Yeza es unterließ, ihn streicheln zu wollen. Roç lag bäuchlings am Boden und scheuchte die Fliegen zur Wand. Beide gingen völlig in der Spannung auf, ob die Geduld des Gecko die dumme Ruhelosigkeit der Fliegen überlisten würde.

Ich hatte mir den Stuhl in die Ecke des Nasengottes gerückt und war zunehmend erleichtert über das, was ich hörte, und froh, daß die Kinder nichts davon mitbekamen.

»Wenn ich es recht sehe«, meldete sich John, der Alte, zu Wort, »können wir bis auf weiteres auf einen lebenden William von Roebruk nicht verzichten. Die Gefahr, die es nun einzig und allein zu bannen gilt, ist, die Schergen des Antichristen von den Kindern fernzuhalten, nach deren Blut sie lechzen. Vielleicht stehen die Henker des Papstes schon vor der Tür, vielleicht sind Meuchelmörder schon hier eingedrungen. Das *sang réal* muß sofort –«

»Beruhigt Euch, ehrwürdiger Meister«, unterbrach ihn Elia. Johns Stimme war zitternd vor Erregung abgebrochen. »Noch ist keine Gefahr, Otranto ist sicher –«

»Innen und außen«, beeilte sich die Gräfin zu versichern. »Meine Leute sind mir treu ergeben; sie würden sich für mich in Stücke hacken lassen! Und so erginge es auch jedem Verräter!«

»Die Lage ist ernst«, faßte der kühle Moslem zusammen. »Ohne jetzt Schuldzuweisungen auszuteilen: Der Aufenthaltsort der Kinder ist nicht länger geheim!«

»Die Kinder müssen sofort in Sicherheit gebracht werden!« zeterte der alte John. »Ihr, Tarik, als Kanzler der Assassinen, die Ihr auf das heilige Blut geschworen habt, ihre Rettung –«

»*Venerabile maestro*«, unterbrach ihn nachsichtig der Angesprochene, »laßt uns den gemachten Fehlern keine neuen hinzufügen. Wohl muß dieser William Otranto lebend verlassen, und zwar mit den Kindern. Aber müssen es denn *die* Kinder sein? Wer kennt sie denn? Nur wir. Es muß also doch möglich sein, einen Jungen und ein Mädchen ungefähr gleicher Statur und gleichen Alters aufzutreiben. Ich werde sofort meine Leute ausschicken –«

»Halt!« sagte die Gräfin. »Tarik, ich schätze Eure Übersicht und Eure Entscheidungsfreudigkeit, doch es gäbe unnötig böses Blut in Otranto, wenn Ihr hier wie die Piraten Kinder raubtet. Das Volk würde mich verdammen, und, was schwerwiegender wäre, es gäbe böse Zungen und übles Gerede, und am Ende wär' all der Aufwand umsonst.« Sie überlegte nicht lange. »Wohltätig unterhalte ich am Hafen ein Waisenhaus, dort könnt Ihr Euch bedienen; nach den namenlosen Würmern kräht kein Hahn, zwei Schnäbel weniger!«

»Ach Laurence«, säuselte Elia, »was wären wir ohne Eure Tatkraft!«

»Das, was Ihr seid, Elia, ein schwacher Mann!«

»In dem Fall, Gräfin«, unterband der Assassinenkanzler aufkommenden Streit, »reicht mir Euren starken Arm und begleitet mich zu Euren Küken. Wir haben keine Zeit zu verlieren!«

Das Geräusch von sich entfernenden Stimmen hatte uns überhören lassen, daß jemand in mein Zimmer getreten war. Ein junger Mann.

»Das ist Hamo«, sagte Roç, »der Sohn von Tante Laurence.« Er stand schweigend hinter uns. Wie lange hatte er schon mitgehört? Die Kinder wirkten ziemlich verstört; anscheinend hatten sie doch etwas von dem mitbekommen, was da aus dem Ohr des Nasengottes zu uns herabgeschallt war.

»Sollen wir jetzt fort aus Otranto?« fragte Yeza aufgeregt. »Du hast es doch gehört.«

Roç gab sich überlegen. »Sie wollen uns los sein!« Er dachte angestrengt nach: »Gut ist nur, daß William mit uns segeln kann!«
»Aber das Schiff ist noch nicht da«, wagte Yeza anzumerken.
»Dummerchen! Die nehmen der fremden Frau eben einfach ihr Schiff weg – die können sie sowieso nicht leiden – wetten?«
»Ich finde«, Hamo wirkte sehr erwachsen auf mich, »Ihr müßt jetzt hier verschwinden. Sie werden Euch suchen und sollten Euch nicht bei William finden – wie seid Ihr überhaupt hier reingekommen?«
»Durch die Tür, wie Ihr!« sprang ich schnell ein, gab ihm im übrigen aber meine Unterstützung. »Ihr solltet jetzt besser gehen«, und als ich ihre Ratlosigkeit sah, fügte ich aufmunternd hinzu: »Wir haben ja wieder eine lustige Reise vor uns, da sind wir jeden Tag zusammen.« Das stimmte sie heiter, und sie stürmten aus dem Zimmer, dessen Tür Hamo hatte offen stehen lassen.
»Ihr könnt auch fliehen, William!« lud er mich ernsthaft ein. »Noch habt Ihr die Gelegenheit!«
Doch ich dachte nicht daran. Ich fühlte mich den Kindern verpflichtet, ob ich nun als ihr ›Vater‹ tituliert wurde oder als Mutterersatz, so wie ich mich selbst empfand.
»Was drängt Euch, junger Herr, zu soviel Anteilnahme an einem Unwürdigen?« fragte ich vorsichtig.
»Ich hasse es, wie sie da oben Schicksal spielen – hört nur!«
Der zurückgebliebene John und Elia hatten ihr Gespräch wieder in die Reichweite unseres ›Ohres‹ verlagert.
»Ich werde meine Soldaten zur Verfügung stellen, und wir sollten Tarik vorschlagen, daß er Crean zum Führer bestimmt«, erörterte der Bombarone seinen Plan. »Der Trupp sollte so auffällig wie möglich mit William und den ›Kindern‹ durch die Lande reisen, gen Norden. Dicht an den Grenzen des Patrimonium Petri entlang, doch nicht so nah, daß sie angegriffen und verhaftet werden könnten; denn diese Puppen darf natürlich keiner aus der Nähe zu Gesicht bekommen, nur ihr Ruf muß sich verbreiten, bis zur Engelsburg, bis zum Papst ...!«
»Eine ausgezeichnete Idee, lieber Bombarone«, krächzte John,

»so ausgezeichnet, daß ich mich frage, warum Ihr nicht gleich darauf gekommen seid. Hättet Ihr William direkt von Cortona aus zur Hölle oder zu den Mongolen geschickt –«

»Ehrwürdiger Meister«, Elia gab sich kleinlaut, »hätte ich William laufen lassen sollen, ohne vorher Eure Einwilligung zu holen? In Cortona konnte ich ihn nicht lassen. Wie wir erfahren haben, erdreisten sich die Päpstlichen dort, wie die Mäuse auf den Tischen zu tanzen –«

»Kaum ist Elia, der schwarze Kater, aus dem Haus!« Der alte John hatte seinen Humor nicht verloren.

»Hätte ich Euren *preces armatae* nicht gehorchen sollen, mit denen Ihr mich – kraft Eures hohen Amtes – im Namen jenes Ordens, dem wir beide dienen, hierher bestellt habt? Ich hatte abzuwägen und tat es, nach bestem Wissen und Gewissen! Vergebt mir!«

»Fehler darf die Prieuré nicht verzeihen, unser Pakt mit den Assassinen ist der Garant für die notwendige Konsequenz, aber« – der alte John gab sich menschlich; er durfte es wohl, seine Stellung erhob ihn nicht über jede, aber über gewöhnliche Kritik – »Ihr konntet nicht wissen, daß William verfolgt wurde. Daß er überhaupt noch lebte, hatte Crean, mein Sohn, zu verantworten – Ihr konntet nicht wissen, daß die Kinder hier in Otranto waren. Das System, daß nicht alle in alles eingeweiht sind, hat seine Vor- und Nachteile. Wer nichts weiß, kann auch nichts verraten. Ihr wart unwissend, also kein Verräter, nur von der Glücksgöttin verlassen. Damit müßt Ihr leben. Ich spreche Euch frei.«

Elia schwieg lange. »John Turnbull, Conde du Mont-Sion, Ehrwürdiger Meister, Ihr seid ein kluger Mann – Ihr wißt, daß ich ein Mann des Kaisers bin; Ihr habt auch Euer eigen Fleisch und Blut bedacht. Warum fühlt Ihr kein Mitleid mit William, der auch nur unwissend, aber nicht als Verräter handelte?«

»Weil man Allahs Winken folgen soll«, griff überraschend die schneidende Stimme von Tarik wieder ein. »Aber, wie Euer Philosoph Boëthius es sieht, wenn einer einmal unter das Rad des Schicksal gefallen ist, ist es besser, den Unglücklichen gleich zu erschlagen, bevor er Schaden anrichtet – oder gar wieder zur Höhe aufsteigt. Und wenn eine Fliege gleich zweimal in die Suppe fällt, *venerabile*, dann macht sich sogar der Koch strafbar, der sie herausfischt, ohne sie zu Tode zu bringen!«

»Wir haben«, verkündete mit verletzter Autorität John Turnbull, »eine Lösung gefunden, die die Situation sogar gegenüber dem *status quo ante* verbessert –«

»Das Bessere ist des Guten Feind!« warnte Tarik spöttisch, doch John ließ sich nicht beirren.

»Dazu bedarf es allerdings eines umsichtigen, energischen Führers – wir haben an Crean gedacht –«

»Kommt nicht in Frage!« erklärte Tarik schroff. »Ich mußte schon bereuen, daß ich Crean de Bouviran einmal für dieses Unternehmen zur Verfügung gestellt habe. Er war durch seine Ortskundigkeit prädestiniert und hat doch in der Verantwortung versagt. Ein weiteres Mal verbietet sich schon aus diesem Grunde. Wir sind nicht emotionsbeladen wie Ihr aus dem Abendland, wo man aus Gefühlsduselei eine ›zweite Chance‹ willig erteilt. Und Befehlsgewalt über Crean habe nur ich, *venerabile* John Turnbull!«

»Ich will Euch dennoch, werter Kanzler, den Plan schildern«, mischte sich Elia mißgelaunt ein. Nachdem das Damoklesschwert seiner eigenen Verurteilung von ihm genommen war, hatte er wieder Oberwasser, der alte arrogante Bombarone war zurückgekehrt. »Unser geliebter Heiliger Vater schickt zur gleichen Zeit, die wir hier vergeuden, Missionen in alle Welt: meinen Lorenz von Orta nach Antiochia, desgleichen den Dominikaner Andreas von Longjumeau. Den einen wegen Verhandlungen mit der griechischen Kirche, den anderen, auf daß die Jakobiter seine Oberhoheit anerkennen mögen! Den Bruder des Letzteren, Anselm, nach Syrien und Täbriz –«

»Was, bitte, ist unser Interesse daran?« blaffte Tarik.

»Wartet: Der Franziskaner Giovanni Pian del Carpine bricht gerade auf, um über Süddeutschland und Polen die Tataren zu missionieren. Er soll bis nach Karakorum, an den Hof des Großkhans, reisen –«

»Ja, und?«

»Ihm werden wir William und die Kinder beigesellen; so können wir sicher sein, daß für die nächsten zwei Jahre ihr Schicksal in aller Munde ist, die Herzen bewegt, und – wenn sie dann nicht wieder auftauchen – tief betrauert werden; aber niemals wird ihre Reise angezweifelt werden, von niemandem! Pian ist eine über allen Verdacht erhabene Person, auch – und vor allem – in den Augen des Papstes und seiner Clique! Es geht also nur darum, William und die Kinder bis zu dem Punkt zu führen, wo sich die Wege schneiden – je länger wir zögern, desto weiter entfernt er sich!«

»Ich brauche Crean für andere Aufgaben.« Der Kanzler blieb hart.

»Ich werde sie führen!« erklang plötzlich Hamos Stimme über mir. Es war mir nicht aufgefallen, daß er mein Zimmer längst wieder verlassen hatte – wahrscheinlich hatte er aber dennoch dem Gang der Dinge gelauscht.

»Warte bitte draußen, bis man dich hereinruft!« war die erste Reaktion, die der Gräfin, der nicht anzumerken war, ob sie stolz war auf ihren Sohn, zufrieden, ihn aus dem Haus zu bekommen, oder als Mutter voller Angst und Sorgen. Bevor eine allgemeine Diskussion einsetzen konnte, hatte Laurence die Zügel wieder in der Hand. »Zu Tisch, meine Herren!«

Der Raum über mir leerte sich schnell. Kurz darauf wurde auch mir ein reichliches Abendessen gebracht, und in der Gewißheit, daß man mich noch lebend bis zu den Tataren verfrachten wollte, fraß ich mit größtem Appetit. Vorweg frische Austern, von mir mit Pfeffer bestreut und mit dem Saft einer Zitrone besprüht. Sie zuckten, wie es sich gehört, und meine Lebensgeister erwachten wieder in mir. Jetzt sollte Ingolinde mir gegenübersitzen; wir würden sie uns gegenseitig in den Mund stopfen, sie von unseren Zungen schlürfen. Aber das gute Mädchen aus Metz war wahrscheinlich längst beleidigt und enttäuscht wieder abgereist. Ich tröstete mich mit einer hervorragenden Fischsuppe, schleckte die Schalentiere ab, zerbrach die Krusten, lutschte und leckte und sog an Beinen, Köpfen und Gräten. Die fette, gedünstete Muräne, mit Fenchel und Salbei und schwammigen Morcheln, bekam ich kaum noch herunter. Wie gut hätte mir jetzt ein scharfer Ritt mit Ingolinde, meiner stattlichen Hur, getan! Doch zum Nachtisch gab's nur Trauben ohne ihre feuchten Lippen, kein wogender Busen, kein dunkler Schoß ließ die Beeren tanzen, platzen oder verschwinden. Ich schob sie lustlos in mich rein und sank auf mein Bett.

Die Tür ging auf, und herein traten Elia und die Gräfin. Sie war eine herrische Gestalt, das wohl mit Henna nachgefärbte rote Haar straff zurückgekämmt, grüne Augen von einer leuchtenden Gefährlichkeit. Sie trug kaum Schmuck, einen kostbaren Ring, einen breiten Armreif.

Ich war sofort aufgesprungen. Während sie ans Fenster trat, befahl sie zwei ihrer Wachen, die rechts und links an der Tür Aufstellung genommen hatten: »Holt jetzt Hamo!«

Elia betrachtete die Reste meines Mahles. »William«, sagte er, »du hast dich hoffentlich gut erholt, denn heute nacht geht die Reise für dich weiter –« Ich tat erstaunt und neugierig. »Der Sohn der Gräfin wird das Kommando über meine Soldaten haben, und ich erwarte von dir – zu deinem eigenen Besten – das gleiche einsichtige Betragen wie schon zuvor. Der Versuch, ein Wort mit einem Fremden zu wechseln, bedeutet das Ende deines noch so jungen Lebens, von einem Fluchtversuch ganz zu schweigen!«

»Seid unbesorgt, mein General«, antwortete ich mit der gebotenen Folgsamkeit. »Ich werde gehen, wohin Ihr mich schickt, wenn Ihr befehlt, bis ans Ende der Welt, nur laßt mich gehen – ich meine, macht mich nicht wieder auf einem Pferd sitzen! Noch mal halte ich das nicht durch, da wär mir ein schneller Tod, ein Stich ins Herz lieber als tausend Dolche in meinem –« Ich verschluckte das Wort in Anbetracht der Anwesenheit einer Dame, die mich sowieso schon streng musterte, als ich zur Gegenrede ansetzte.

»Er braucht sich um seinen dicken Arsch«, wandte sie sich an Elia, »nicht zu sorgen. Ich gebe euch eine weitere Sänfte mit, eine für ihn, eine für die Kinder. Das ist auch auffälliger!« Elia nickte, ich auch, voller Dankbarkeit.

»Du wirst«, fuhr Elia fort, »Bruder Pian del Carpine treffen und mit ihm weiterreisen bis zum Großkhan. Du kannst die Kinder bis dorthin mitschleppen oder dich – nach Betreten des mongolischen Reiches – ihrer entledigen. Hauptsache, sie verschwinden spurlos, und ihr kehrt ohne sie zurück!«

Hamo war ins Zimmer getreten und hatte die letzten Sätze mitgehört. Er richtete seine Ansprache an Elia: »Um William mache ich mir keine Sorgen. Er hat verstanden, um was es für ihn geht. Aber um die Kinder. Sie brauchen für die Reise, wenigstens für den Teil, in dem wir im Licht der Öffentlichkeit stehen, unter den argwöhnischen Augen päpstlicher Spitzel, eine weibliche Begleitperson –«

»Nein!« sagte die Gräfin schrill. »Nein!«

»Doch«, sagte Hamo fest und grausam. »Ihr Wohlbefinden, die Erfüllung ihrer Bedürfnisse allein garantieren ihr Wohlverhalten. Werden sie krank, schreien sie ihr Leid heraus, wird die Bevölkerung uns in den Arm fallen – die Entdeckung ihrer Identität ist dann die mögliche Folge, eine Gefahr –«

»– die wir nicht eingehen dürfen!« Der Turbanträger hatte leise den Raum betreten. »Klar gedacht und wohl gesprochen, junger Herr; ich sehe, Ihr seid Eurer Mutter ein würdiger Sohn – und ich nehme, was Euren Charakter angeht, den Vorwurf der Unreife zurück. Es bleibt, das ist nicht Eure Schuld, die Unerfahrenheit. Zusätzliche Risiken wollen wir nicht eingehen!«

»Ich verlange«, sagte Hamo mit leichter Verbeugung, »daß Clarion uns begleitet und sich um die Kinder kümmert!«

»Im Waisenhaus sind drei Ammen, ich verfüge über ein Nonnenstift, du kannst dir jede raussuchen, die du willst. Sie haben auch mehr Übung im Umgang mit Kindern als –«

»Ich bestehe auf Clarion.« Er wandte sich an Tarik, ohne seine Mutter eines Blickes zu würdigen. »Es handelt sich um ein Unternehmen von einer solchen Wichtigkeit und höchsten Vertraulichkeit, daß ich die Verantwortung nicht übernehme, wenn Ihr, Mutter, mir Clarion als Begleitung verweigert.«

Schweigen. Die Gräfin starrte aus dem Fenster, rüttelte kaum merkbar an den Gitterstäben, ihre Knöchel traten weiß hervor.

»Ich werde sie benachrichtigen«, entrang sich ihrer trockenen Kehle. »Sie wird sofort ihre Reisevorbereitungen treffen«, fügte sie dann sachlich hinzu, ohne sich umzudrehen. Sie verließ den Raum schnellen Schrittes.

Das wird sie ihrem Sohn nicht vergessen, dachte ich, diese Frau kann hassen ...

»Ihr, William, folgt mir nun.« Hamo hatte das Kommando übernommen. »Ich möchte vermeiden, daß man Euch noch in diesem Zimmer antrifft.« Ich wußte, er meinte die Kinder, und mir war's auch recht so. Der Abschied hätte mir das Herz zerrissen, hofften sie doch, mit mir reisen zu dürfen.

»William«, sagte Elia, »auch ich muß sofort abreisen, der Kaiser bedarf meiner. Mach unserem Orden der Minderen Brüder keine Schande.« Er klopfte mir aufmunternd auf die Schulter. Etwas wenig für das, was er mir eingebrockt hatte. Doch sind wir alle Diener irgendeines Herrn, und in seinem Falle waren deren, selbst in Anbetracht der Tatsache, daß die Kirche sich von ihm getrennt hatte, zumindest noch zwei geblieben.

Die beiden Wachen nahmen mich in ihre Mitte und führten mich Treppen und Gänge hinunter, einen selten oder nie benutzten Flügel des Kastells, zur Meeresfront hin gelegen. Das mußten wohl die Pferdeställe sein, von denen Roç berichtet hatte. Es herrschte Unruhe, ein Kommen und Gehen. Die Tiere wurden gefüttert und aufgezäumt. Aus den Rüstkammern wurden die Waffen verteilt.

Von der Besatzung der Burg hatte ich bislang nie jemanden zu Gesicht bekommen. Sie betraten wohl den Haupttrakt, in dem ich inhaftiert war, nur im Falle eines feindlichen Angriffs, einer Belagerung. Ich war erstaunt über die vielen Soldaten und Offiziere, die plötzlich das Souterrain des Castells bevölkerten.

Hamo, der hinter uns schritt, ließ die beiden Wachen wegtreten. Wir waren allein.

»Ich bin nicht Euer Henker, William. Gegessen habt Ihr schon, gut und reichlich. Was Ihr die letzte Stunde vor unserem Aufbruch für Eure Verdauung treibt, ist Eure Angelegenheit!«

»Ich hoffe, mein Stuhlgang wird sich rechtzeitig einstellen«, versicherte ich ihm. Hamo lachte.

»Ich meine mehr die seelischen Blähungen, die kleinen Herzensfreuden!« Ich war verwirrt – was hatte er mit mir vor –, zumal seine nächsten Worte meinen Argwohn noch steigerten: »Keiner sieht Euch zu, aber denkt daran, daß die Regel bereits Gültigkeit hat: Ein Wort nur, ein einziges Wort – und Ihr seid des Todes. Und nicht nur Ihr, sondern auch die Person, die es vernahm!«

Er schob mich in eine Kammer und schloß die Tür hinter mir: Auf dem Heu hingestreckt lag vor mir, im Halbdunkel des Raumes, Ingolinde.

»Mein William, endlich!« Sie breitete ihre Arme aus und war bereit, mich an ihren bereits entblößten herrlichen Busen zu ziehen. Ich legte den Finger auf den Mund und versuchte, ihr durch Gestik klarzumachen, daß mir das Sprechen untersagt war. Sie mußte denken, ich spinne, bin infolge Haft und Folter nicht mehr Herr meiner Sinne. »Mein armer Kleiner, was haben sie mit dir gemacht?«

Ich beschloß, ihr den Mund zu stopfen, denn auch unbeantwortete Fragen konnten verräterisch wirken, und ich wollte jetzt, gerade jetzt, nicht sterben! Ich warf mich zu ihr ins Heu, wir rollten in dem weichen, duftenden Bett, das auf so angenehme Weise nackte Haut erregt. Das gute Mädchen aus Metz hatte Sinn für meine Hast, öffnete sogleich ihre weichen Schenkel und nahm mich unfreiwilligen Trappisten zur Brust. Ich rammelte, als ginge es um mein Leben; dabei tat ich es mehr auf Vorrat, denn mit dem Nachlassen des ersten Ungestüms – zwei, drei Wochen hatte ich nur einen Pferderücken als Widerpart meiner Lenden gespürt – wurde mir drückend bewußt, daß nun Monate der einsamen Hose vor mir lagen. Meine Bewegungen erschlafften bei dieser tristen Aussicht, doch gerade diese Trägheit entflammte den Schoß der Dame, der sonst von schnellen Attacken lebte. Sie stöhnte, ihre schönen Augen füllten sich mit Tränen, sie schrie vor Lust, und ich vögelte sie ratlos weiter, immer nur an mein blödes Schicksal denkend, an eisige Nächte in fernen, felsigen, menschenleeren Gebirgen, an Durst und Hitze in Steppe und Wüste, ich erlosch langsam zur völligen Leblosigkeit, nur noch mechanisch Schritt vor Schritt setzend, es federte nur noch der Heuhaufen, doch Ingolinde erbebte unter ihnen, als würden Reiterregimenter, ganze Tatarenhorden über sie herziehen; sie tobte, wand sich, bäumte sich auf und fiel schließlich zurück in die Kuhle aus getrocknetem Gras, die wir uns wie die Kaninchen gerammelt hatten; ihr Busen zitterte.

Endlich schlug sie die tränennassen Augen wieder auf, lächelte mich an.

»Hallo, schöner Fremder!«

Ich küßte sie zärtlich auf den Mund, ohne ihren Schoß im Stich zu lassen, ja bereit für einen neuen Ritt. Es pochte an die Tür.

»Es ist Zeit, William!«

Ingolinde schaute mich fragend an. Ich zog den Abschied nicht in die Länge. Ich erhob mich, klopfte die Halme von meiner Kutte und ließ sie auf dem Lager unserer Lust zurück. Ohne mich noch einmal nach ihr umzudrehen, schloß ich die Tür hinter mir. Die beiden Wachen standen davor und ließen sich nicht anmerken, ob sie uns zugesehen oder -gehört hatten, oder beides. Schweigend führten sie mich zum Haupttor.

Es war bereits tiefe Nacht, wenige Fackeln erhellten das Torgewölbe. Die Zugbrücke war noch nicht heruntergelassen. Man hieß mich warten. Ich bestieg die mir zugewiesene Sänfte und schlief auf der Stelle ein.

Aigues Mortes
Aigues Mortes, Herbst 1245

»Ihr seid eine freie Frau – Ihr könnt gehen, Roxalba Cecilie Stephanie von Cab d' Aret, genannt ›Loba, die Wölfin‹!«

Der Inquisitor, der dem Tribunal vorsaß, war Monsignore Durand, der Bischof von Albi. Aus seinem Ärmel ragte eine Eisenklaue, und sein Hals war in eine steife Ledermanschette gezwängt, die seinem Kopf keinen Bewegungsspielraum ließ. Doch seine blitzenden Augen, die flink durch den Raum wanderten, zeigten, daß er mit seiner Invalidität zurechtkam.

»Den Namen gab Euch Peire Vidal, nicht wahr?« scherzte er zu der Befragten, die sich jetzt erhob und ihr kräftiges Gebiß hinter breiten roten Lippen zeigte, als sie verächtlich antwortete:

»Der Tropf, in minniglicher Sucht erbrannt, verkleidete sich als Wolf – meine Hunde haben ihn arg gebeutelt –«

»– während Ihr es mit Ramon-Drut triebt, dem Infanten von Foix!« hinterfragte lüstern-lauernd der Bischof, doch sie blieb ihm die Antwort nicht schuldig:

»Der Infant hatte die Poesie in seiner Lanze, er sang mir nicht die Ohren voll!«

Der Schreiber des Tribunals legte die Feder beiseite und haspelte monoton das Protokoll des Verhörs herunter, das Loba die unbedenkliche Tätigkeit als Heilkräutersammlerin bestätigte und in dem befriedigenden Satz mündete: »... ist das Glaubensbekenntnis geläufig, wußte das Ave Maria zu sagen, bezeugte ihre Ehrerbietung vor den hier anwesenden Priestern, steht *ergo* unbedenklich im Glauben der katholischen Kirche.«

Loba sah aus dem Fenster des unscheinbaren Steinhauses am Marktplatz von Aigues Mortes, wo neben dem Galgen ein schwarz verkohlter Pfahl aus einem noch glimmenden Aschehaufen ragte, Schicksal, das ihr erspart geblieben war.

»Ihr könnt gehen, Madame«, sagte Durand nochmals höflich, »oder auch der weiteren Verhandlung beiwohnen, damit Ihr eine Vorstellung erhaltet, wie sehr sich die Kirche im Kampf um die Wahrheit müht.«

Loba verharrte unsicher, nahm dann doch Platz. Außer dem Bischof von Albi, der sie hierher zitiert hatte, wie alle verdächtigen Bewohner des Landes um den Montségur, der Grafschaften von Foix und Mirepoix, die man in den Wäldern und Höhlen aufgestöbert hatte, bestand das Tribunal aus dem von Rom entsandten Vitus von Viterbo und dem vom König delegierten Yves. Drei Dominikaner fungierten als Beisitzer. Ein Schreiber und ein Dutzend Soldaten des Inquisitors vervollständigten es.

Loba spürte die neugierigen, mißgünstigen, ja enttäuschten Blicke der Zuschauer in ihrem Rücken. Es waren meist biedere Frauen der Garnison, Fourageure und Waffenschmiede, die sich hier die Zeit um die blutrünstigen Ohren schlugen, nicht etwa bis zum Beginn des Kreuzzuges, sondern nur bis zur nächsten Verurteilung, zum Scheiterhaufen. Manche hätte sie gar zu gern brennen gesehen!

Zur murrenden Enttäuschung des Publikums ließ der Bischof jedoch jetzt den kleinen Saal räumen. Auch die Soldaten wurden vor die Tür geschickt.

Der Schreiber räusperte sich. »Bericht aus Palermo«, faßte er knapp zusammen. »Esclarmonde von Perelha« – niemand bemerkte, wie Loba plötzlich aufhorchte – oder doch? – »kopulierte dort mit dem Exkommunizierten Friedrich, längste Zeit Kaiser und zu verdammender Antichrist! Resultat: eine weitere Bastardtochter, geboren auf der zerstörten Festung Satans, ungetauft, Name: ›Isabella-Constanze-Ramona‹«

»›Isabella‹ steht für die Prätendenz auf die Krone von Jerusalem, ›Constanze‹ für die geballte Hausmacht des Erzeugers, die normannische Mutter, die Verbindung mit Aragon«, erläuterte der Bischof, »und ›Ramona‹ für die okzitanische Linie der Gebärerin des Balges!« Mehr und mehr zeigte sich die Verbitterung des Verkrüppelten, sein Ton wurde geifernd. Yves der Bretone zuckte angewidert die Schultern und verließ den Raum.

Dem Schreiber lag daran, die ihm vorliegenden Informationen loszuwerden: »›Protokoll der verschärften Befragung der Mora von Cugugnan, Köchin auf der Festung des Satans und Schwester der Amme dortselbst, und ergänzende Erkenntnisse Seiner Exzellenz, des Monsignore Durand – durch besonderen Erlaß vom *secretum confessionis* befreit‹«, las er hastig vor. Des Bischofs Augen leuchteten begierig auf, seine eigenen – so teuer bezahlten – Nachforschungen vorgetragen zu hören, aber auch Loba lauschte voller Unruhe. »›Eine Frauensperson namens »Blanchefleur«, Mutter unbekannter Adel Frankreichs, Vater ebenderselbe Friedrich, also selbst Bastardin, kopulierte mit dem Letzten der Linie Trencavel, vormalige Vicomtes von Carcassonne, Ramon-Roger III. Resultat: ein männlicher Bastard, geboren auf eben derselben Feste Satans, ungetauft, Name: »Roger-Ramon-Bertrand«.‹«

»Hier steht ›Roger‹ für den Erzeuger, aber auch für beide Großväter«, klärte der Bischof eifrig seine Zuhörer auf, »›Ramon‹ desgleichen, und ›Bertrand‹ –?« Der Bischof schien mit sich zu ringen. »Tut ja auch weiter nichts zur Sache«, entschuldigte er sich für sein diesbezügliches Schweigen.

»Wir haben es hier mit der klaren, wenn auch schandbaren Absicht des Staufers zu tun«, zog Vitus von Viterbo grollend seine Schlußfolgerung in das nachdenkliche Schweigen Durands hinein und in die aufsteigende Empörung Lobas, »der heiligen Kirche einen Schlag ins Gesicht zu geben, indem dieser Satansdiener gezielt seinen Samen mit Ketzerblut vermengte; heute noch heimlich, doch morgen wird er diese Brut als Herrscher einer ›neuen Welt‹ präsentieren, einer Welt, in der das Amt des höchsten Priesters – oder der Priesterin – mit dem des irdischen Herrschers zusammenfällt – ein ketzerisches Stauferkaiser-Papsttum auf immer und ewig!«

Der Bischof hatte ihm verwundert zugehört. »Das hättet Ihr dem Konzil vortragen sollen, Vitus, doch Ihr kommt zu spät, die Würfel zu Lyon sind schon gefallen.«

»Die Kirche, der Papst haben zwar einen schönen Sieg davongetragen, doch der Antichrist ist nicht vernichtet – noch züngelt die Brut!«

»Habt Ihr je bedacht, Vitus von Viterbo«, entgegnete der Bischof nachdenklich, »daß es sich auch anders verhalten könnte? Daß wir hier einer weltweiten Konspiration gegenüberstehen, in der Satan seinen verderbten Samen, unter Zuhilfenahme von Ketzerblut oder noch Ärgerem, mit der ›Macht auf Erden‹ verbinden will. Denn noch breitet sich das imperiale Spinnennetz von Lübeck bis Akkon, von Nicaea bis Zaragossa, und wenn Friedrich dereinst zur Hölle fährt, dann stehen vielleicht Erben bereit, die nicht unbedingt die Farben der Staufer hochhalten, sondern sich unter einem ganz anderen Banner sammeln: die Heerscharen des

Fürsten der Finsternis! Ich warne Euch: Hier greift ein geheimer Bund nach der Herrschaft. Der Staufer in seiner Deszendenz wird nur benutzt, das neue Herrscherpaar ist Frucht einer bewußten, groß angelegten Planung –«

Durand hatte sich in Rage geredet, Loba wunderte sich, daß er nicht aufgesprungen war; seine Eisenklaue zeichnete seltsame Linien in die Luft – der andere Arm war wohl gelähmt –, als er jetzt mit verklärtem Blick rezitierte: »›*Uf einem grüenen achmardi truoc si den wunsch von pardis daz waz ein dinc, das hiez der gral!*‹«

Da stand Loba auf; ihre Augen funkelten. »Ihr zielt zu hoch – und daneben, meine Herren: Wenn nicht auch Sitten und Gebräuche der Pharaonen eingeführt werden, können Eure zukünftigen Weltenherrscher einander nicht heiraten: Sie sind Geschwister, Zwillinge!«

»Wachen!« brüllte Vitus, und die kamen sofort hereingestürzt. »Fesselt dieses Weib!«

»Keine Not!« fauchte Loba. »Wem sein Augenlicht lieb, bleibe mir fern! Wollt Ihr mich tot oder geständig?«

»Laßt sie reden!« befahl der Inquisitor, und Vitus gab sich drein.

»Das Kind der Blanchefleur war eine Totgeburt: Ich habe den Sud zum *abortus* selbst bereitet, den *foetus* als Dank erhalten.«

»Hexe!« schnaubte Vitus. »Verdammte Hexe!«

Loba lachte ihm ins Gesicht, eine zähnefletschende Wölfin. »Esclarmonde hatte Zwillinge geboren aus einem Verhältnis mit einem Reitknecht, der auf der Burg diente –«

»Elende Lügnerin!« heulte Vitus auf. »Der Kaiser war's!«

»Die Vergewaltigung durch den Staufer hat sie erfunden, weil sie den Zorn ihres Vaters fürchtete. Sie suchte meinen Rat zu spät; über die Dauer der Reise war zuviel Zeit vergangen. Wir versuchten alles, um das werdende Leben abzutöten – was auch nicht ohne Folgen blieb –, doch die Schwangerschaft war zu weit fortgeschritten, und Esclarmonde war ein kräftiges Weibsbild. Die Kinder sind die zwei unseligen Bastarde der Ketzerin, blöd geboren!«

»Kommt näher!« lockte der Inquisitor mit seiner eisernen

Klaue. »Wer hat dich bezahlt für die Abtreibung der kleinen Blanchefleur?« spie er Loba wie eine Schlange sein Gift ins Gesicht. »War es eine hohe Dame?« schrie er sie an mit überschnappender Stimme. »Hast du sie gesehen?«

Loba schüttelte stolz ihre schwarze Mähne.

»Kam sie in einer Sänfte?«

»Nein«, sagte Loba ruhig.

»Sie ist es, sie ist es!« kreischte Durand schrill dazwischen.

Vitus gab den Soldaten ein Zeichen. Je zwei traten rechts und links neben den zeternden Bischof und hoben ihn gleichzeitig hoch, zusammen mit seinem Stuhl. Durand hatte keine Beine mehr. Sie trugen ihn hinaus.

»Nein«, wiederholte Loba, »Blanchefleur wußte nicht, daß ihr Kind tot im Leibe war, als man sie mir brachte. Ich leitete den Abgang erst ein, als ich sicher war, daß die Tochter des Kastellans Zwillinge unterm Herzen trug.« Angelockt durch den spektakulären Auszug des Bischofs, hatte Yves der Bretone wieder den Raum betreten. Er hörte sich auch den Schluß des Berichtes an.

»Blanchefleur«, schloß Loba furchtlos, »hat es nicht gemerkt, daß das Kind neben ihr, als sie erwachte, nicht ihr eigenes war!«

»Als Kindsmörderin gehört sie unters Schwert, als Hexe verbrannt«, sagte Yves. »Übergebt sie mir!«

»Sie hat keinen Mord begangen«, entgegnete Vitus, »und was eine Hexe ist, bestimmt die Kirche.« Er ließ den Bretonen stehen. »Fesselt sie!« wies er die Wachen an, und diesmal ließ es Loba mit sich geschehen.

Draußen hob Vitus sie auf sein Pferd und verließ mit ihr Aigues Mortes. Sie ritten durch die sommerliche Blumenpracht der Camargue, zwischen stark duftenden Sträuchern und aufgelockerten Birkenwäldchen, bis sie an ein offenes Wasser kamen. Vitus sprang ab und hob sie vom Pferd. Sie hatten kein Wort gesprochen bisher.

»Du willst mir mein Leben nehmen«, sagte Loba, es war keine Frage.

Vitus nickte, ohne sie anzuschauen. Sie ging vor ihm auf das Wasser zu, Vögel schwirrten auf.

»Du kannst mir nicht die Wahrheit sagen«, sagte Vitus, »und ich muß die Kinder finden.«

»Mach deine Arbeit gut«, sagte Loba und blieb stehen.

Sie mochte die Fünfzig überschritten haben, sie war immer noch ein stattliches Weib. Er trat hinter sie, legte seine kräftigen Hände um ihren Hals, die Daumen auf den Nackenwirbel und drückte zu, bis ein Knacken ihm verriet, daß ihr Genick gebrochen war. Er beschwerte ihren gefesselten Körper mit zwei schweren Steinen und schleifte sie in den See, bis ihm das Wasser bis zur Hüfte ging. Dann stieg er auf sein Pferd und ritt von dannen.

Der Inquisitor samt seinen Beisitzern, dem Schreiber und dem mitgeführten Protokoll, erreichte Albi nie. Es hieß, *faidits*, angestiftet von Xacbert de Barbera, hätten sie erschlagen, weil sie Loba die Wölfin auf ihrer Heimreise nicht mehr bei sich führten.

Leere Betten
Otranto, Herbst 1245

Nur in dem gräflichen Wohnteil der Burg fiel noch Licht aus den hohen Fenstern. Laurence stand in ihrem Schlafzimmer und starrte hinaus in die Nacht, auf das Meer. Hinter ihr eilte Clarion geschäftig hin und her, zog Kleider aus Schränken und Truhen, hielt sie probehalber an sich, verwarf sie, tauschte sie aus, verstaute Bänder, Gürtel, Tücher und Taschen in verschiedene Reisekörbe, von denen bereits eine beachtliche Anzahl bereit stand, weggetragen zu werden.

»Willst du mich auf immer verlassen?« spottete Laurence. »Zur Erfüllung deiner Aufgabe als Zofe von zwei namenlosen Waisenbälgern brauchst du nicht die Aussteuer einer Prinzessin mitzuschleppen!«

Clarion ging nicht darauf ein, sondern packte verbissen weiter.

»In zwei, drei Monaten bist du spätestens zurück«, suchte die Gräfin einzulenken. »Soviel Bagage belastet dich doch nur, und du wirst auch kaum dazu kommen, von all der Pracht Gebrauch zu machen!« Laurence schritt die Körbe und verschnürten Bündel ab, geringschätzig mit der Fußspitze an sie stoßend.

Ohne ihre Tätigkeit zu unterbrechen – sie hatte jetzt Schmuckschatullen auf dem Bett ausgeleert und begann ihren Inhalt neu zu sortieren –, gab Clarion ihr Antwort:

»Erstens muß ich sie nicht schleppen, dafür gibt es Lasttiere und Personal! Zweitens: Kann ich ein schönes Kleid nur einen einzigen Abend tragen, hat sich die Mühe dafür schon gelohnt!«

Laurence war vor ihr, auf der anderen Seite des Bettes, stehengeblieben. Sie beherrschte ihren Ärger mühsam: »Also doch auf Brautschau?« Sie wühlte mit ihrer Hand in den Ketten, Broschen und Ringen, die von Clarion mühsam hergestellte Übersicht mutwillig zerstörend, griff sich einen Goldreif: »Habe ich dir das alles geschenkt, damit du vor Männern damit prunkst, ihr geiles Gefallen suchst?!«

»Wenn ich nur einem gefalle, nur für eine Nacht –« Clarion kam nicht weiter, Laurence hatte blitzschnell zugeschlagen.

Clarion biß die Zähne aufeinander; ihre Augen funkelten. »Gehört irgend etwas dir, Laurence, dann nimm es bitte an dich. Ich –«

»Du gehörst mir!« Mit dem Satz einer Tigerin war Laurence auf das Bett gesprungen und schlang ihre Arme um Clarions Hüfte. Das Mädchen war so beeindruckt, daß es das Geschmeide in seinen Händen fallen ließ und sich zu ihr niederbeugte. Ungeachtet der spitzen und harten Juwelen, Nadeln und Schnallen stürzten beide auf das Lager.

»Du hast mir befohlen zu reisen«, schluchzte Clarion. »Du hättest es mir ja verbieten können, du hättest mich schützen –«

Laurence suchte und fand ihre Lippen, bevor sie sich seufzend erhob. »Es mußte sein. Die Prieuré hätte mir die Weigerung nicht verziehen.«

Auch Clarion richtete sich wieder auf und trocknete ihre Tränen. »Es ist ja nicht für lang, Laurence – und wenn wir alle Opfer bringen müssen, dann sollten wir es uns nicht unnötig schwermachen.«

»Du hättest dich ja auch weigern können«, entschuldigte Laurence ihre Heftigkeit. »Es hätte nichts genutzt, aber ich hätte gespürt, daß du mich liebst, nur mich!«

Clarion streichelte über das Haar der Gräfin, die sich hilfesuchend an sie lehnte. »Bald bin ich wieder bei dir, bin wieder deine Hur, dein Liebling, dein schamloses Mensch!« Beide mußten lachen. »Was treibt eigentlich diese Dirne«, lenkte Clarion ab und begann wieder Ordnung in die Schatullen zu bringen, »die so scharf auf unseren Mönch ist?«

Laurence war wieder ans Fenster getreten, konnte aber das Schiff des Weibsstücks im kleinen Hafen im Dunkeln nicht mehr ausmachen. Sichtbar flackerte dort unten nur das Leuchtfeuer der Hafeneinfahrt.

»Diese Person besitzt die Frechheit, die Weiterfahrt zu verweigern, bis man ihr William ausliefert. Um Ärger zu vermeiden, hat Hamo ihr für heute nacht gestattet, noch zu bleiben.«

»Und morgen früh sind wir mit ihrem Schatz längst über alle Berge«, frohlockte Clarion. »Sie wird sich wundern!«

»Morgen früh werde ich sie davonjagen!«

»Laß sie wissen«, warf Clarion ein, die von Hamo über Sinn und Zweck der Reise informiert war, »daß William mit den Kindern vor ihr geflohen ist. Je mehr Gerede um die Reise des Mönches William von Roebruk entsteht, desto besser ist sie gelungen – nur deswegen nehme ich auch diesen kostbaren Tand mit, um unterwegs soviel Aufsehen zu erregen wie nur irgend möglich!«

»Liebling, du bist und bleibst eine Hur!« Laurence umarmte ihre Ziehtochter; sie küßten sich wie Ertrinkende, ihre Hände tasteten sich mit zunehmender Gier über ihre Körper, schwankend bereit, nochmals aufs Bett zu fallen. Dann riß Clarion sich los.

»Sie warten auf mich!«

Die Gräfin läutete nach den Trägern, und sie begaben sich durch die nächtliche Burg zum Haupttor, wo sich auch Elia eingefunden hatte, der Hamo die letzten Anweisungen für die Reise gab.

Laurence verabschiedete Clarion vor dem Fallgitter. Sie hatte nicht vor, ihren Sohn zu verabschieden.

In dem dunklen Zimmer, das William beherbergt hatte, knarrte leise die Bodenluke unter dem leeren Bett.

»William?« flüsterte Yezas Stimmchen. »William!«

Keine Antwort. Nur das Mondlicht fiel durch das vergitterte Fenster. Sie stieß die Klappe mit aller Kraft unter die Matratze, einige Male, mit zunehmender Sorge, die sich zur Angst wandelte.

»Er ist weg«, sagte sie traurig zu dem sie haltenden Roç.

»Bist du sicher?«

»Wenn er schläft, schnarcht er«, flüsterte Yeza. »Sie haben ihn weggebracht!«

»Aufs Schiff, Yeza!« knurrte Roç und zog sie heftig an ihren Beinen zurück. Die Klappe knallte über ihren Köpfen. »Aufs Schiff«, fauchte er in wütender Genugtuung, »wie ich dir gesagt habe!«

Sie krochen den Gang zurück, bis sie an eine Maueröffnung kamen, von der aus sie den Lastensegler an der Mole sehen konnten. Er war also noch da.

»Komm!« sagte Roç energisch. »Die legen uns nicht rein!«

Sie stiegen die in der Mauer verborgene Wendeltreppe hinab, sich in völliger Finsterkeit vortastend.

»Ich werde im Zimmer unsere Sachen packen«, ordnete Yeza verschwörerisch an. Wenn es um den entscheidenden Anstoß zu Streichen und Abenteuern ging, war sie immer die erste; für Vorbereitung und Durchführung war Roç zuständig. Aber sie kommandierte: »Und du schleichst dich in die Küche und klaust Schinken und Äpfel. Wir brauchen nämlich Proviant!«

Roç war die Arbeitsteilung recht, und nur, um von seinem Sachwissen auch etwas beizusteuern, ermahnte er sie: »Nimm auch Wollzeug und warme Decken mit, auf dem Meer ist es nachts sehr kalt!«

»Wir treffen uns an der Rutsche, bei den Futterkammern, hinter den Ställen«, flüsterte Yeza. »Die Treppe ist zu gefährlich, jemand könnte uns begegnen.«

»Und dann rutschen wir den Geheimgang runter und kommen genau beim Schiff raus –«

»– oder fallen ins Wasser!« Während Yeza trotz ihrer Phantasie und der schnellen Bereitschaft, etwas auszuhecken, stets auch ein gesundes Mißtrauen bewies, wurde Roç mit zunehmendem Einstieg ins Abenteuer vom aufmerksamen, beharrlichen Forscher zum tollkühnen Draufgänger. Angst kannten sie freilich beide nicht.

»Ach was«, sagte Roç.

»Wir waren bis da unten doch noch nie!« insistierte Yeza.

»Ich weiß es aber!« beharrte Roç.

»Ich weiß, es ist gefährlich, wie Ertrinken«, sicherte ihm Yeza zu. »Deswegen ist es ja auch schön!« Sie lachte ihr silberhelles Elfenlachen im Dunkeln. »Vor allem, wenn's keiner weiß!«

Roç kamen Bedenken: »William müssen wir aber Bescheid sagen! Er muß uns ja auch verstecken!«

»Quatsch!« sagte Yeza. »Wir verstecken uns selber auf dem Schiff, und wenn wir dann auf dem Meer sind, machen wir William eine freudige Überraschung!«

Roç wußte, daß jeder Widerspruch sinnlos war. »Wir müssen uns beeilen, sonst fährt er ohne uns ab!«

So hatte er wenigstens das letzte Wort, und beide machten sich auf den Weg.

Die Sänfte
Otranto, Herbst 1245 (Chronik)

Es war weit nach Mitternacht, als unser Zug aufbrach. Ich war kurz aufgewacht, als sich meine Sänfte in Bewegung setzte. Ich sah noch, wie ein junges Mädchen in die andere stieg – das mußte Clarion sein, Hamos Halbschwester oder zumindest die schöne Ziehtochter der Gräfin.

Zwei Bündel wurden ihr nachgereicht, so wie Yeza und Roç damals von Lobas Hütte fortgeschafft worden waren. Heute würden sich die Kinder, wie ich sie jetzt erlebt hatte, eine solche Verpackung herzlich verbitten!

Wann würde ich sie wohl wiedersehen? Daß ich nicht das letzte Mal ihren Weg gekreuzt hatte, war für mich inzwischen zur Gewißheit geworden. Weit lag Frankreich zurück, sein frommer König und auch der Montségur. Hätten mich nicht die Kinder noch einmal darauf gebracht, für die die verlorene Mutter noch immer ein Problem war, ich hätte ihn längst vergessen. Ich war eingetaucht in ein neues Leben, ich war ein anderer Mensch, mit zufällig noch dem gleichen Namen. Ich befand mich auf eine merkwürdige Art in Gottes Hut, wenngleich ich ihm weniger diente als je zuvor in meinem Leben; ich betete kaum noch, ließ ihn – wie mich – einen guten Mann sein, und doch schenkte er mir reuelosen Genuß und vor allem Selbstvertrauen.

Genau besehen, hatte ich indes wenig Grund, so zuversichtlich gestimmt zu sein. Vor mir lag mit Sicherheit eine strapaziöse Reise, gespickt mit mir noch unbekannten Abenteuern. Unser nächstes Ziel war Lucera. Dort sollten die beigefügten Soldaten der Gräfin gegen Mannschaften aus der sarazenischen Garnison ausgetauscht werden, um Otranto nicht schutzlos zu lassen. Die Sarazenen sollten uns bis Cortona geleiten, wo Elia Anweisung für einen ersten Zwischenaufenthalt erteilt hatte.

»Danach wäre dann auch der gefährlichste Abschnitt passiert, das Durchqueren der Abruzzen, wo Unsicherheit herrscht und sich Päpstliche und Kaiserliche überfallartige Scharmützel liefern. Die späteren Pässe über den Apennin und dann über die Alpen waren fest in der Hand des Staufers – lombardische Unwägbarkeiten mal beiseite gelassen!« Hamo hatte sein Pferd neben meine Sänfte gelenkt, kaum daß wir Otranto verlassen hatten. Ich hatte das Gefühl, daß er ganz froh war, in mir einen vielgereisten und verständigen Gesprächspartner zu haben, bei dem er nicht – wie gegenüber den langgedienten Soldaten, die er jetzt befehligte – den überlegenen, allwissenden Feldherrn spielen mußte.

Doch es war vor allem ein einfacher Sergeant, ein alter, O-beiniger Seeräuber, Guiscard d' Amalfi, auf den sich Hamo verließ. Der Normanne hatte schon dem verstorbenen Grafen als Bootsmann gedient, hatte alle Ecken des Mittelmeeres besegelt, bevor er auf dem Kastell von Otranto als gräflicher Waffenmeister zur Landratte geworden war.

»Guiscard ist ein kartographisches Genie – er hat Land und Wüsten im Kopf wie andere die *Aeneis* des Vergil; mit wenigen Strichen zeichnet er Flüsse, Gebirge mit ihren Furten, Straßen und Pässen in den Sand, deren Proportionen wie auch seine Entfernungsangaben immer genau stimmen, wie du feststellen wirst«, pries Hamo ihn mir.

Sein Defekt war allerdings wie sich schnell herausstellen sollte, daß es nichts auf Erden gab, was er sich nicht zutraute; jede Tollkühnheit schien ihm normal, jeder Wahnwitz eine Herausforderung. Sein Wahnsinn flatterte ihm voran wie eine Fahne und – das war das Schlimme – sprang auf Hamos junge Hundeohren über wie ein Rudel Flöhe.

Ich befand mich in einer schwierigen Lage – Gefangener einerseits und doch von den Nornen eingeladen, an unser aller Schickal mitzuweben. Hamo mochte ich nicht trauen, zu sehr schien mir sein Handeln von verletztem Stolz und törichter Eitelkeit bestimmt und durch keinerlei Erfahrung mit dem rauhen Alltag eines kriegerischen Unternehmens zur Besonnenheit gedämpft. Der Sergeant hingegen war mit allen Wassern gewaschen, Krieg war sein Handwerk, doch leider suchte er das Abenteuer auch, wenn er es nicht schon vorfand.

Hätte ich mich aus allem rausgehalten, hätte ich mich gefühlt wie zwischen zwei Mühlsteinen. So konnte ich mir wenigstens einbilden, mein Rat sei das Wasser, das sich auf die eine oder andere Mühle goß. Wo ich mich schon entschlossen hatte, nicht wegzulaufen, mochte ich auch nicht als störrischer Esel dastehen.

Eine bequeme Sänfte war der erste Lohn für solch positive Einstellung. Um mein übriges leibliches Wohlergehen machte ich mir keine Sorgen. Häftlingsschicksal ist wahrscheinlich nur gräßlich, wenn man ohne Hoffnung und persönliche Ansprache Teil einer grauen Masse ist. Hat sich einer über diese erhoben, Beachtung erzeugt und gefunden, ist gute Behandlung eigentlich die logische Folge. Ich könnte mir den Rest meines Lebens als Sonder-Gefangener gut vorstellen. Gefahr ist nur gegeben, wenn das Interesse der Höheren an dir erlischt, dann lassen sie dich tief fallen, präzise in den Tod, während in dem grauen Heer der Namenlosen ein Überleben gegeben ist. Doch was für ein Leben?

Im Morgengrauen zogen wir an den Mauern von Lecce vorbei. Die zum Markt strömenden Bauern zogen den Hut vor mir ...

Böses Erwachen
Otranto, Herbst 1245

»Die Kinder! Die Kinder sind verschwunden!«

Von diesem Lamento ihrer Zofen und Zimmermädchen wurde die Gräfin jäh aus ihrem Tiefschlaf gerissen. Die Sonne stand schon hoch am Himmel. Sie sprang aus dem Bett, stieß die Ankleiderin, die Badefrau und die Kämmerin beiseite und raste zum Zimmer der Kinder. Die Decken der Betten fehlten, wie auch etliche Wäsche.

»Was steht ihr noch dumm herum?!« fuhr sie Köchin, Amme und Gouvernante an. »Sucht sie!«

Sie ließ die Wachen rufen; keiner hatte die Kinder an diesem Morgen gesehen. Die Soldaten erhielten Zutritt zu den inneren Gärten und den Gebäudeteilen, die sie ansonsten nicht zu betreten hatten.

Crean tauchte auf; er wollte sofort Tarik wecken lassen. Die Gräfin hielt ihn davon ab.

»Ich habe einen furchtbaren Verdacht!« vertraute Laurence ihm an, als sie wieder allein waren. »Gott hat uns gestraft!« Sie zitterte am ganzen Leibe: »Ist es möglich, Crean, daß die Kinder, ich meine, die richtigen, mit den falschen vertauscht wurden?«

Crean schüttelte den Kopf, doch Laurence war nicht zu beruhigen. »Sollte Hamo so weit gegangen sein, mir nicht nur Clarion zu rauben, sondern mir auch noch die Kinder wegzunehmen?«

»Auf keinen Fall! Ich meine, wir sollten zunächst die zuständigen Betreuerinnen befragen.«

Auch dies brachte indes wenig Aufschlußreiches zutage.

»Die Kinder« stellte Crean schließlich fest, »sind anscheinend pünktlich zu Bett gebracht worden; sie waren allerdings auffällig brav – wie mir die Amme unter Tränen gestand, die jeden Abend als letzte sie zudeckt, nie ohne den Versuch zu unternehmen, mit ihnen zu beten. Sie haben sogar gebetet!«

Die Gräfin nahm ihn beiseite: »Ihr wart doch heute nacht dabei. Gab es die geringste Möglichkeit, die Kinder auszutauschen?«

»Nein«, sagte Crean, ohne nachzudenken. »Hamo hatte die falschen Kinder schon am Abend in die Burg kommen lassen. Mit dem Abendessen erhielten sie ein starkes Schlafmittel. Den Schlüssel zu ihrer Kammer hatte er in Verwahrung genommen – aber der Raum ist jetzt leer!«

»Wer« – Laurence war wütend auf sich selber, daß sie den Abmarsch nicht persönlich beaufsichtigt hatte – »wer hat die eingewickelten Kinder kontrolliert, die Clarion in die Sänfte gereicht wurden?« Sie hatte also doch noch von einem Fenster aus alles verfolgt!

»Ich habe die Köchinnen vernommen, die sie aus der Futterkammer geholt haben«, sagte Crean. »Denen wäre eine Verwechslung aufgefallen –«

»Oder sie stecken unter einer Decke mit –«

»– den Kindern!« kam Crean die Eingebung. »Der Schlüssel liegt bei den Kindern! Sie hingen an William. Vielleicht wollten sie mit ihm zusammen ...?«

»Wer«, funkelte die Gräfin aufgebracht, »will denn noch alles mit diesem häßlichen Mönch – erst dieses aufgetakelte Straßenmädchen –«

»Halt!« sagte Crean. »Ist die Hur noch im Hafen?«

»Ich hoffe, sie hat die Segel gesetzt!« schnaubte Laurence, »sonst will ich ihr Beine –«

»Ihr solltet im Gegenteil beten, daß sie noch da ist!« fuhr ihr Crean dazwischen. »Das ist vielleicht des Rätsels Lösung!«

»Wachen!« schrie die Gräfin und hastete hinter Crean her, der sich seinen Weg zur Hafentreppe suchte. »Hier lang!«

Sie eilte ihnen voraus, immer noch im Hemd; wenigstens hatte die Zofe ihr einen Mantel überwerfen können. Die Amme, die Kämmerin, die Gouvernante trippelten aufgeregt hinterher.

Ingolinde hatte gut geschlafen und hoffte beim Aufwachen in ihrem fahrbaren Bett nur eines: auch heute wieder William in die Arme schließen zu können. Es hatte allerdings den Eindruck gemacht, als seien da gewisse Schwierigkeiten zu überwinden.

Es hatte ihr nichts ausgemacht, daß – kaum daß William sie verlassen – ein halbes Dutzend Soldaten die Kammer betreten, sich hastig an ihr gütlich getan und sie dann – von derben Witzen begleitet – gemeinsam zu einer Luke getragen und in eine Futterrutsche geschoben hatten. Sie hatten ihr genug Heu unter den Hintern gepackt, daß sie sich keinen Spreißel einzog, sondern glatt unten vor ihrem Lastensegler auf die Mole plumpste. Das waren halt die kleinen Spritzer, die man in Kauf nehmen mußte! Man konnte sie abwischen! Sie taten der großen Liebe keinen Abbruch.

Sie reckte sich und kroch aus ihrem Kasten. Ihre Matrosen begrüßten sie mit lockeren Sprüchen; vertrauter Umgang, sie gab's ihnen heraus. Ihre Gedanken waren bei William.

Sie wollte sich gerade vom Schiff auf die Mole heben lassen, als am Tor im Felsen, das zu der Festung führte, ein Aufruhr losbrach.

Heraus stürmte die Gräfin, begleitet von Crean, den Ingolinde hier als ersten und als einzigen umgänglichen Menschen kennengelernt hatte; aber dahinter kamen Wachen und ein paar aufgeregte Weibsbilder.

»Wo sind die Kinder?« fauchte die Gräfin sie an. »Ihr habt sie entführt!«

Ingolinde war keine, die sich von einer verblühten Krähe ins Auge hacken ließ, auch wenn die Miene der aufgebrachten hohen Dame im Hemd zur Vorsicht gemahnten.

»Ihr kommt mit so stattlichem Gefolge, Frau Gräfin, konntet Ihr mir nicht auch William mitbringen?«

Laurence mußte an sich halten; das heißt, Crean mußte sie

halten, daß sie nicht ins Wasser stürzte, um dieser frechen Person eigenhändig den Hals umzudrehen.

»Wir suchen die Kinder«, versuchte Crean die Situation zu erläutern. »Vielleicht dachten sie, William sei bei Euch –?«

Ingolinde schien die Welt nicht mehr zu verstehen, oder sie spielte die Ahnungslose mit beachtlichem Talent. »Welche Kinder?« fragte sie. »Ich habe keine. Und William? Ihr wißt doch zu gut, daß er nicht bei mir ist!«

»Schon richtig«, sagte Crean. »Um ihn geht es uns auch gar nicht –«

»Aber mir!« Ingolinde sprühte jetzt vor Kampfeslust, zumal sie gut daran getan hatte, ihr Schiff nicht zu verlassen. »Gebt mir meinen William, dann reden wir weiter!« traute sie sich zu fordern.

»Durchsucht den Kahn!« befahl die Gräfin.

Die Wachen stürzten vor, zogen den Lastensegler – die Matrosen wagten keine Gegenwehr – an den Tauen zur Mole, bis sein Rumpf an die Felsen schlug. Sie sprangen an Bord.

»Ihr werdet nichts finden!« empörte sich Ingolinde und schaute selbstsicher dem Treiben zu.

»Da sind die Kinder!« ertönten Stimmen der Soldaten, die unter Deck gegangen waren, und kurz darauf zerrten sie die verschlafene Yeza und einen erbost um sich schlagenden Roç an die Luft.

Ingolinde war ehrlich erschrocken. Während die Kinder in einer Kette von Hand zu Hand an Land gereicht wurden, wo Amme und Gouvernante sie in Empfang nahmen und sich betreten mit ihnen trollten, fixierte Laurence die Dirne.

»Ich könnte Euch auspeitschen lassen!«

Ingolinde reckte sich in Positur. »So hielt es wohl die Äbtissin?« entgegnete sie, den Blick standhaltend.

Laurence zeigte Wirkung: »Geht zum Teufel!« Sie drehte sich langsam um. »Sorgt dafür, daß sie verschwindet!« wandte sie sich müde an Crean. Sie schien um Jahre gealtert. Gefolgt von ihren noch verbliebenen Frauen strebte sie dem Tor im Felsen zu.

»Ich gehe nicht eher«, rief Ingolinde laut genug zu Crean, daß die Gräfin es noch hören mußte, »bis sie mir meinen William gibt!«

Sie stand da, die Hände in den Hüften. Kein schlechtes Weib, dachte Crean, bevor er ihr die Enttäuschung bereiten mußte.

»William«, sagte er, »ist heute nacht abgereist. Es hat keinen Sinn zu warten.« Er senkte seine Stimme etwas; die Frau tat ihm leid. »Außerdem: Die Gräfin wird Euch von den Katapulten beschießen lassen. Sie sind sehr genau justiert. Ihr könnt hier nur noch – wenn nicht Leben – so doch Mann und Mast verlieren!«

Das hatten auch die Matrosen gehört. Hastig legten sie ab.

Ingolinde zog sich in ihr Hurenwägelchen zurück. Sie weinte.

VI
CANES DOMINI

Ein einsamer Wolf
Castel del Monte, Herbst 1245 (Chronik)

Meine Sänfte schwankte heftig wie ein Schiff in hoher See. Die Reiter trieben auch die Pferde an, die weiter vorn die Sänfte mit Clarion und den Kindern trugen. Ich war einerseits froh, die Bälger nicht sehen zu müssen, fand ich doch die Idee, mit kleinen Menschenleben wie Puppentheater umzugehen, unwürdig und ärgerlich. Mehr aber noch fuchste mich, daß ich auf diese Weise keinen Blick auf die schöne Clarion werfen konnte. Doch Hamo, der unseren Trupp umkreiste wie ein nervöser Hirtenhund seine Schafsherde, sorgte dafür, daß vorerst keiner sie zu sehen bekam; die Vorhänge blieben heruntergelassen. Wir ritten unterhalb der Festung Goia di Colle vorbei, als sich der säbelbeinige Guiscard zu Hamo und mir zurückfallen ließ.

»Schaut jetzt nicht auf«, sagte er mit gedämpfter Stimme, »vom Hügel dort oben beobachtet uns ein einzelner Reiter, der uns schon seit einiger Zeit folgt.« Ich wendete dennoch meinen Blick langsam in die angegebene Richtung und sah die dunkle Silhouette des in einen schwarzen Umhang gehüllten Reiters, der unbewegt unseren Zug unter sich passieren ließ. Er war von achtunggebietender Statur; etwas Unheimliches ging von ihm aus. Irgendwo in dunklen Träumen war mir diese Gestalt schon mehr als einmal erschienen. Rauch, Feuer? Ohne es zu wollen, schlug ich das Kreuz.

»Meinst du, Guiscard«, fragte Hamo spöttisch, der ihn ebenfalls mit einem Blick aus den Augenwinkeln erfaßt hatte, »daß päpstliche Kundschafter sich bis hier nach Apulien wagen, wo der nächste Ast ihnen sicher ist, wenn sie dem Staufer in die Hände fallen?«

»Das ist kein gewöhnlicher Spion«, entgegnete der Amalfitaner. »Der da oben trägt den Rock eines Inquisitors und fürchtet offensichtlich weder Friedrich noch andere Teufel!« Er lachte. »Ihr wolltet doch, junger Herr, daß wir ihre Aufmerksamkeit erregen – nun, das haben wir schon erreicht.« Ich schaute nochmals auf; der Reiter war verschwunden. Obgleich, was ich damals noch nicht wußte, ich seinen Weg schon einmal gekreuzt hatte – und noch viele Male kreuzen würde! –, sollte sich dieses düstere Bild in mein Herz einbrennen. Wenn Hamo ein junger Hund war und wir die Schafe darstellten, dann war Vitus der böse Wolf. Doch wir hatten ja Guiscard, den amalfitanischen Haudegen, den die Gräfin schweren Herzens für das Unternehmen abgestellt hatte. Sein vernarbtes Gesicht zeugte von einigen handfesten Erfahrungen, und er schien zunehmend Lust an unserem Unternehmen zu finden.

»Ihr solltet jetzt nach Westen schwenken«, riet er Hamo, doch der wollte sich nicht beraten lassen.

»Wir reiten auf dem kürzesten Wege nach Lucera«, beschied er den Amalfitaner.

»Ihr seid der Herr«, lenkte Guiscard ein und setzte sich wieder von uns ab. »Damit handelt Ihr«, warf er im Wegreiten ein, »genauso, wie der Feind es erwartet!«

Hamo schwieg. Ich mischte mich behutsam ein: »Seht die Ratschläge des alten Otters als Geschenk, nicht als Demütigung: Der Ruhm bleibt Euer!« Das saß. Hamo gab unmerklich – auch ich sollte seine Einsicht nicht mir zuschreiben dürfen – seinem Gaul die Sporen und schloß auf zur Spitze.

Kurz darauf schwenkten wir gen Altamura und trafen am nächsten Abend auf der Baustelle des Castel del Monte ein, einer befestigten Anlage, die sich der Kaiser in den Wäldern des Monte Pietrosa errichten ließ, welche ihm als sein bevorzugtes Jagdrevier dienten.

Mittlerweile weit in der Welt herumgekommen, habe ich selten einen erhebenderen Anblick genossen. Wie eine abgesetzte Krone liegt diese Burg so leicht auf einem Hügel auf, als würde jeden Augenblick der Kaiser vorbeigeritten kommen und sie im Vorbeigalopp mit seinem Falknerhandschuh aufnehmen, um sie an anderer Stelle sich zur Freude wieder hinzustellen. Ein Jagdschloß der Lust und der Besinnung, als völlig harmonischer Oktaeder gehalten – acht, die Zahl der Vollendung, wie mir Bruder Umberto einst offenbarte –, dessen Ecken durch eingezogene Türme betont werden. Lediglich zwei Stockwerke hoch, ist die Anlage von vornehmer Zurückhaltung, um einen Innenhof gruppiert, dessen Untergrund als gewaltige Zisterne dient. Doch es waren nicht die architektonischen Feinheiten, die Wendeltreppen, die Ausgewogenheit der Räume – noch bar jeden Schmucks und so Beispiel einer reinen Ästhetik von Maß und Zahl; wer würde sie je wieder so sehen? –, die mich andächtig werden und gleichzeitig mein Herz hüpfen ließen; es war das hochadelige Gemüt, das aus der gesamten Anlage sprach, da wir sie zuvor aus der Ferne erblickten.

Noch in der Dämmerung stiegen wir mit besorgter Erlaubnis des Baumeisters über die Leitern auf die Krone eines der acht gleichhohen Türme. Wir waren nur zu dritt – ich, Hamo und der alte Guiscard. Unsere Augen suchten die hügelige Landschaft ab. Da stand er wieder. Unter den Bäumen, die das Ufer des Sees säumten, glaubte er, sich vor unseren Blicken versteckt zu halten.

»Wir sind viel zu weit vom Weg abgekommen«, maulte Hamo, »nur um unseren päpstlichen Schutzengel zu verunsichern!«

»Das ist schon mal der erste Schritt zum Erfolg«, bemerkte der Alte trocken. »Wenn Ihr mir ein oder zwei Glas Wein spendieren wollt, junger Herr, will ich Euch meinen Plan unterbreiten.«

Wir kletterten in der schnell einfallenden Dunkelheit hinab in den Burghof, wo sich Wachsoldaten des Staufers, Elias Reiter, unsere Truppe aus Otranto, Maurer, Zimmerleute und Steinmetzen um ihre Lagerfeuer niedergelassen hatten, während Fischer und Bauern der Umgebung ihre Waren anboten und die Becher kreisten. Nachdem sich das anfängliche Mißtrauen des Kommandanten, welches auf der ziemlich krummen Linie zwischen Herkunftsort und angeblichem Ziel beruhte, schließlich gelegt hatte, durften wir über Nacht in den Mauern verbleiben; ja, er wies Hamo sogar einen überdachten Raum zu, in den wir uns zurückzogen. Sein freundliches Angebot, einige seiner Leute auszuschikken und unseren Verfolger einzufangen, lehnte Hamo verwirrt ab, und weil er eine Erklärung schuldig blieb, sprang ich ein und bat, um der Liebe Christi willen den Päpstlichen nicht zur Gaudi der stauferischen Mannen sogleich am Turm aufzuknüpfen – was der Kommandant sehr bedauerte. Er ließ uns einen Krug Weines bringen und entfernte sich.

»Ihr habt gut daran getan«, beglückwünschte Guiscard unseren jungen Grafen, »nicht die Zunge zu verderben, die noch in Rom von uns zeugen soll, Ihr habt das Zeug zu einem großen Feldherrn!«

Hamo lächelte beschämt, und ich goß noch etwas Öl nach: »Nehmt, lieber Herr, den Rat eines abgewichsten Soldaten an, macht ihn Euch zu eigen; denn daß er noch lebt, zeigt, daß er wohl weiß, wann den Kopf hinhalten, wann ihn nützen, wann ihn einziehen.«

»Locker sind die Zeiten«, pflichtete mir Guiscard zufrieden bei, »und locker sitzen Dolche und Beutel!«

»Es soll Euer Schaden nicht sein«, antwortete Hamo begierig. »Laßt hören!«

»Morgen früh schickt Ihr unsere Leute aus Otranto gen Lucera, damit sie dort eine Kompanie Sarazenen gen Rieti in Marsch setzen –«

»Und wir bleiben schutzlos?!« unterbrach ihn sogleich Hamo.

»Uns bleiben ja die Soldaten des Elia!« Der alte Haudegen ließ sich nicht aus dem Konzept bringen, auf welches auch ich neugierig war. »Und morgen ist hier Wachwechsel, und ein ausreichend bewaffneter stauferischer Trupp zieht gen Benevent –«

»Ah, Ihr wollt ans Meer?« Hamo war der Plan nicht ganz geheuer, doch das Abenteuer begann ihn zu reizen.

»Laßt Euch Zeit, junger Herr, viel Zeit – sputen muß nur ich mich, denn ich werde Euch vorauseilen und alles vorbereiten!«

»Ihr werdet uns fehlen, Guiscard«, sagte ich und meinte es auch so, denn allein mit Hamo, dem jungen Hund, wußte ich nicht, was diesem – allein aus Unsicherheit, mehr als aus Draufgängertum – dann alles einfallen würde.

»Folgt nur dem Plan«, beschwichtigte mich der Amalfitaner und wandte sich wieder Hamo zu: »Vorher laßt Ihr die Soldaten

Eurer Mutter ausschwärmen. Unser unbekannter dunkler Freund muß sich angegriffen, gejagt fühlen. Greifen werden sie ihn eh nicht, aber sie werden den einsamen Wolf reizen. Mir reicht es – von ihm ungesehen – in Richtung Küste zu entkommen. Denn nach einiger Zeit – oder sogar sehr bald – wird unser Schatten verärgert die Finte spüren, wird sich von seinen Verfolgern lösen und sich Euch wieder beigesellen –«

»Und wohin sollen wir ziehen?«

»Reitet im Zickzack, mal gen Benevent, mal gen Salerno, als wolltet Ihr ihn abschütteln, was ihn noch mehr in seinem Stolz kränken wird. Seine Nerven werden strapaziert –«

»Meine auch!« schnaubte Hamo leicht verächtlich. »Wohin also?«

»Wenn Ihr schließlich in gemächlichem Trott Salerno erreicht habt, löst Ihr Euch von den Staufern, gebt den Pferden die Sporen und sprengt in schärfstem Trab bis Amalfi. Dort besteigt Ihr sofort das Schiff, das ich für Euch bereithalten werde. Wir segeln umgehend ab!«

»Und sind unsere Verfolger los?« warf Hamo argwöhnisch ein.

»Wenn Ihr so wollt, junger Herr«, sagte Guiscard, »dann sieht er uns nie wieder. Ich vermag Euch auch zu versichern, daß die Muränen in unserer Bucht kein Stück von Pferd und Reiter übriglassen werden – ganz wie beliebt!«

»Das ist mir zu einfach und zu schnell!« eiferte sich Hamo. »Ich will eine Spur durchs ganze Land legen, Rom soll sich das Maul zerreißen –«

»Ich danke Euch, junger Herr, für die Herausforderung«, Guiscards graue Normannenaugen blitzten, »und nehme sie mit Freuden an. In dem Fall segeln wir nur um das Kap von Sorrent und verstecken uns. Unser Freund wird das nächste Schiff mieten – es wird teuer sein – und sich an die Verfolgung machen. Er wird bis Ostia segeln, Tag und Nacht, denn nun ist er in Panik; er wird die päpstliche Flotte aus dem Tiberhafen holen und einen Sperrgürtel zwischen Civitavecchia und Elba legen, um sicherzugehen, daß wir nicht die Toscana betreten oder gen Pisa entkommen. Er wird des weiteren die päpstlichen Truppen die Cassia hochhetzen, um einen zweiten Gürtel zu legen von Viterbo bis Orvieto; denn er wird – mit Recht – annehmen, daß wir so schnell wie möglich das kaisertreue Perugia oder das Cortona des stauferischen Elia erreichen wollen –«

»Und wie sollen wir das je erreichen?« mischte ich mich kleinlaut ein, denn wenigstens kannte ich die Gegend, von der jetzt die Rede war, während Hamo nie über Neapel hinausgekommen war, das er mal mit seiner Mutter besucht hatte. Alles nördlicher Gelegene war ihm so fremd wie das eisige Nordmeer oder der Oceanus hinter dem Dschebel al-Tarik.

»Wir segeln den Tiber hoch, mitten nach Rom hinein, bis zum Ripahafen bei der Leproseninsel!« Jetzt war auch ich sprachlos.

»Nach Rom!?« Hamo war voller Bewunderung; das war nach seinem Geschmack, als sei er selbst darauf verfallen. »Mitten durch Rom! Quer durch die Höhle des Löwen!«

Der alte Guiscard freute sich diebisch, solch Zuspruch für seinen Wikingerstreich zu finden: »Nirgendwo wird unser Auftauchen weniger erwartet, und bis irgendwer Verdacht schöpft, sind wir schon über die Monti Tiburtini gen Rieti unterwegs!«

»Und dort erwarten uns die Sarazenen«, fügte ich hinzu, schon um zu zeigen, daß ich zu folgen imstande war.

»Sie sind unsere Reserve, sie sollten nur eingreifen, wenn wir verfolgt werden. Im Notfall müssen wir sie opfern, um in ihrem Rücken Spoleto, Perugia – und dann Cortona zu erreichen!«

»So wird's gemacht!« beschied uns Hamo, jetzt ganz Feldherr, wenn auch nicht Herr der Lage. Der römische Handstreich hatte es ihm angetan. Mir war weniger wohl zumute beim Gedanken, unter den Mauern des Castel Sant' Angelo vorbeizuziehen. Und ich dachte auch an die düstere Gestalt unseres Verfolgers, der nicht den Eindruck machte, sich so leicht aufs Kreuz legen zu lassen. Ich schloß die Blindheit in mein Nachtgebet ein, mit der ihn der Herr schlagen möge.

Immerhin leuchtete mir die Taktik des alten amalfitanischen Korsaren ein: dem Stier das rote Tuch zeigen, ihn sticheln, zermürben, entnerven, bis er vor Wut und Ungeduld schäumte – und gleichzeitig die Schärfe seiner Sinneswahrnehmung nachließ –, bis er erschlaffte und nur noch eines flehentlich erhoffte: Es möchte endlich etwas geschehen, auf das er sich stürzen könnte. Wenn auch dieser letzte Antrieb erloschen war, dann erst kam der Stich, gleißend und schnell, wie aus der Sonne. Sein Aufbäumen würde in einen Ausbruch gelber Galle ausarten, denn sein gesundes Gleichgewicht der Sinne war längst ausgeschaltet, zerstört. Hitzig würde er Fehler auf Fehler machen, während wir mit kühlem Kopf den Sieg unangefochten einheimsen mochten. Amen! Wir gingen zu Bett.

Mitten in der Nacht erwachte ich, Stimmen waren draußen laut geworden.

»Der Kaiser! Der Kaiser ist abgesetzt!« Guiscard kam zurück.

»Das Konzil des Papstes zu Lyon hat Friedrich seiner Titel und Würden für verlustig erklärt – nur wird den Staufer das wenig scheren –« Er kroch wieder auf sein Lager: »Hunde bellen den Mond an...«

»... die Karawane zieht weiter«, fügte Hamo hinzu. »Gute Nacht, meine Herren!«

Ich lag noch lange wach. So sicher war ich mir nicht, ob dies nicht doch ein Ereignis von Bedeutung für uns alle war...

In Acht und Bann
Jesi, Herbst 1245

Elia von Cortona hatte – entblößt von seinen eigenen Soldaten – auch in Lucera keine Eskorte erhalten, noch in der Umgebung eine Mannschaft ausheben können. Alle dem Staufer treu ergebenen Apulier blieben erst mal in ihren Festungen hocken und warteten den Gang der Dinge ab.

Der Bombarone schloß sich einem Kommando an, das unter einem von Friedrichs Admirälen die Adria hochsegelte, um sich des für das Reich wichtigen Küstenhafens Ancona zu versichern. Hier grenzte man dicht an eine der Nahtstellen mit dem Patrimonium Petri, und allen Warnungen zum Trotz verließ der Bombarone – nur mit einer kleinen Begleitmannschaft – das kaiserliche Heer, um sich nach Cortona durchzuschlagen.

Er war noch nicht weit ins Landesinnere vorgedrungen – sie ritten gerade durch Jesi –, als gegenüber auf der in die Piazza della Signoria mündenden Straße ein Trupp Bewaffneter auftauchte: Päpstliche! Sie umringten im dichten Kordon den Reisewagen eines Legaten.

Während beide Seiten ihre Pferde zurückrissen und die Fäuste sich um Lanze und Schwertknauf ballten, entstieg der Legat furchtlos seiner Kutsche. Elia erkannte ihn sofort: »Lorenz von Orta!« – und der rief zurück: »Mein General!« und machte sich zum Befremden seiner Begleitung, Schlüsselsoldaten wie Franziskaner, zu Fuß auf, den leeren Marktplatz allein zu überqueren, geradewegs auf den Haufen zu, der sich um das verhaßte kaiserliche Banner scharte.

Elia sprang ab und eilte dem kleinen Mönch, soweit das seine Würde zuließ, gemessenen Schritts entgegen. Da sie beide plötzlich unsicher waren, wer hier wem die Reverenz zu erweisen hatte – der einfache Mönch seinem, wenn auch abgesetzten, ›Generalminister‹ oder der, wenn auch exkommunizierte, Minorit Elia einem Legaten des Heiligen Vaters –, blieben sie verlegen voreinander stehen.

»Ich bin auf dem Weg ins Heilige Land«, brach Lorenz das Schweigen und sah seinem Gegenüber offen ins Gesicht. »In Ancona will ich ein Schiff nehmen.«

»Von da komm' ich gerade«, antwortete Elia, »ich bin mir nicht sicher, ob jetzt dort ein päpstlicher Legat willkommen ist. Der Hafen ist in der Hand des Kaisers!«

»Ich komme von weither, aus Lyon«, sagte Lorenz, Elia einen prüfenden, ja besorgten Blick zuwerfend. »Dort hat man Euch lange erwartet – und schließlich exkommuniziert –, aber das trifft Euch wohl nicht?«

Elia war nicht der Typ, der sich so schnell eine menschliche Regung oder gar Betroffenheit entlocken ließ. Er wäre sogar zu seiner Hinrichtung mit der gleichen melancholischen Miene geschritten, was viele mit Hochnäsigkeit verwechselten. »Das hat der Papst schon letztes Jahr versucht, als mein Nachfolger, der Engländer Aimone, verstorben war und Innozenz in eigener Machtvollkommenheit rasch ein General-Kapitel nach Genua einberief. Damals mußte er meine schriftliche Entschuldigung noch annehmen –«

»Diesmal hat's den notorischen Freund des Staufers erwischt; kein Pardon!«

»Es ist ja nicht das erste Mal!« Ein trauriges Lächeln huschte über Elias schmale Züge.

»Sicher aber das letzte«, tröstete ihn Lorenz, »denn man hat Euch diesmal auch die Ordenszugehörigkeit abgesprochen!«

»Die Weihe als Priester kann mir niemand nehmen!« empörte sich der Bombarone, »und wer der bessere Christ ist –«

»– bestimmt der Pontifex Maximus: Er hat den Kaiser abgesetzt!«

»Das stand zu erwarten«, sagte Elia matt, »und doch trifft mich die Ungeheuerlichkeit! Erzählt, was sich Sinobald di Fieschi dazu hat einfallen lassen?«

»Ich sehe dort Bank und Tisch einer Taverne« sagte Lorenz, »laßt mich meine Stimme anfeuchten und einen geflüsterten Trinkspruch auf Friedrich ausbringen, der zu der ganzen Farce den einzig richtigen Satz gesagt hat: ›Danken sollte ich dem Priester, dem ich bisher die Ehre geben mußte, jetzt aber bin ich jeglicher Verpflichtung ihn zu lieben, zu verehren und Frieden mit ihm zu halten, enthoben!‹«

»Auf das wollen wir trinken, Lorenz!« sagte Elia, und sie ließen ihr Gefolge am jeweiligen Ende der Piazza absteigen und begaben sich beide allein zu Tisch.

»Der Herr Sinobald hielt also Einzug in aller ›*innocentia*‹, über die er heuchlerisch verfügt, wenn es um Durchsetzung seines Willens geht. Nur ein Drittel aller Prälaten war überhaupt erschienen:

Die Deutschen, die Ungarn, die Sizilianer fehlten vollständig, wenn man vom Erzbischof von Palermo absehen will, der zur Verteidigung des Kaisers angereist war. Zur Rechten des Papstes saßen der machtlose Lateinische Kaiser Balduin, der um seine Grafschaft gebrachte Raimund VII. von Toulouse und der Graf Raimund-Berengar der Provence –«

»– den der Herr mit vier Töchtern geschlagen hat, die alle Königinnen werden wollen!« unterbrach ihn Elia, und sie hoben die Becher.

»Zu seiner Linken«, fuhr Lorenz fort, »die Patriarchen von Konstantinopel, der von Aglei und der von Antiochia –«

»So hat dieser weinselige Rauschebart es doch noch geschafft, rechtzeitig zum Konzil einzutreffen?« Der Bombarone ärgerte sich sichtlich, und Lorenz verschwieg klugerweise, daß er selbst sich schließlich des Greises erbarmt und ihn von Cortona bis Lyon mitgeschleppt hatte. So änderte er flugs das Thema:

»Der Herr Papst hielt einen weinerlichen Sermon, in dem er sich nicht entsteißte, seine Leiden mit den fünf Kreuzeswunden Christi zu vergleichen: Das Wüten der Tataren; das Schisma der Griechen, die sich erfrechten, ihn nicht als ihr Oberhaupt anzusehen; das Übel der Ketzerei, die da zu wissen glaubt, wie sich ein wahrer Christ zu verhalten habe; und schließlich die Eroberung Jerusalems –«

»Als ob nicht gerade die Kurie verhindert hätte – und noch verhindert –, daß der Kaiser mit einem Kreuzzug dem Heiligen Land zur Hilfe kommt!« fuhr ihm Elia in die Aufzählung, und Lorenz nickte.

»Und endlich kam seine Heiligkeit auf das zu sprechen, was ihr wirklich auf ihrem von Haß erfüllten Herzen lag: die Feindschaft des Kaisers! Und als ob jemand die Schleusen der Cloaca Maxima geöffnet habe, ergoß sich jetzt der Unflat über den Staufer: Die Sarazenen von Lucera! Sein Harem zu Palermo! Die Verheiratung seiner Tochter mit dem schismatischen Kaiser der Griechen – das angebahnt zu haben wirft man übrigens Euch vor, Elia!«

»Ja, ich weiß. Leider behandelt der Vatatses das Kind auch

noch so schlecht, daß Anna sich wohl beim Patriarchen beschwert hat«, mußte Elia bedauernd einräumen. »Ehevermittlung ist ein undankbares Geschäft, Lorenz!«

Die beiden Franziskaner tranken mit sorgenvollem Gemüt ihre Becher aus und ließen sich nachschenken.

»Auf jeden Fall erregte der Papst viel Mitleid, seinen Augen entströmten Tränenbäche und seine Stimme wurde von ständigem Schluchzen unterbrochen. Der Patriarch von Aquileja versuchte ein Wort für den Kaiser einzulegen, da heulte der Papst auf und drohte ihm den Ring zu entziehen –«

»Braver Mann, der Herzog Berthold!« sagte Elia, »doch war nicht zur Verteidigung unser Großhofrichter aufgestanden!?«

»O doch! Der Herr Thaddäus von Suessa hielt eine kluge Gegenrede und widerlegte die Anklage Punkt für Punkt, ja, er hieb der Fieschi-Sippschaft noch eines über, indem er ihnen Wucher und Günstlingswirtschaft vorwarf, die der Kaiser nicht dulde und die bei Engländern und Franzosen große Abscheu hervorruft. So gelang es Thaddäus, eine Unterbrechung des Tribunals herbeizuführen –«

»Ihr habt den rechten Ausdruck gebraucht, Lorenz: Da erdreistet sich dieser machtgierige, korrupte Priester, über den Kaiser Gericht zu sitzen!«

»Leider nahm Herr Friedrich die Angelegenheit noch immer nicht ernst genug, sonst wär' er mit seinem Heer von Turin herbeigestürmt und hätte den ganzen Schwarm elender Schmeißfliegen in die Luft verjagt – was auch der Papst sehr befürchtete, fühlt er sich doch nicht zum Märtyrer berufen!«

»Weiß Gott nicht!« sagte Elia. »Wer so weltlich denkt und lenkt wie der Herr Sinobald, dem müssen die Heiligen ein Greuel sein. Unsern lieben Francesco hätte er mit Sicherheit als Ketzer verbrannt!«

»Als Ketzer stellte er auch den Kaiser hin, als das Konzil wieder eröffnet ward, wieder unter Tränen. Der Herr Thaddäus bot Friedensgarantien, Schadensersatz, einen sofortigen Kreuzzug des Kaisers – es half alles nichts: Die Päpstlichen hatten sich die Vernichtung des ›Antichristen‹ aufs Panier geschrieben. In entsetzlicher Verbohrtheit senkten sie die Fackeln und löschten sie auf dem steinernen Boden und erklärten Friedrich für abgesetzt, aller Würden und Ämter beraubt!«

»Welch ein Triumph für alle Feinde des Reiches, ja der Christenheit! Welch erbärmliches Schauspiel!« sprach Elia erschüttert und voller Zorn.

»Ich war mit Matthäus von Paris in Turin dabei, als dem Kaiser die Nachricht überbracht wurde. Er war außer sich und schrie nach seiner Krone und setzte sie sich aufs Haupt: ›Zu lange bin ich Amboß gewesen!‹ rief er, furchterregende Blicke um sich werfend ›nun will ich Hammer sein!‹«

»In der Tat«, sagte Elia, »es wird jetzt einige Beulen und Dellen geben, denn wer sollte ihn *realiter* von seinem Thron, aus seiner kaiserlichen Macht stoßen! Gleich werd' ich nach Cortona eilen und –«

»Dort zogen wir gestern durch«, teilte ihm Lorenz mit, »Frau Gersende, die Hüterin Eures Hauses, ließ mich wissen, daß die Kommune – allen Anfeindungen gegen Eure Person zum Trotz – den Ankauf des für den Bau von Kloster und Kirche San Francesco benötigten Geländes bewilligt habe –«

»Endlich eine gute Nachricht in diesen schlechten Tagen!« rief Elia und trank aus, »so will ich keine Zeit verlieren –«

»Wartet!« hielt ihn Lorenz zurück. »Gersende meinte auch voll ängstlicher Sorge, sie hoffe, Ihr würdet Cortona in nächster Zeit meiden; rund um die Stadt machten sich dreist die Päpstlichen aus Viterbo breit, und es sei vielleicht Euer Haupt, auf das der Kardinal Rainer von Capoccio sie angesetzt habe.« Lorenz warf einen abschätzigen Blick auf den kleinen Trupp Soldaten, den der Bombarone zu seinem Schutz mit sich führte. »Ihr solltet besser nach Ancona zurückkehren und dort warten –«

»Mein Platz ist in dieser Stunde an der Seite des Kaisers!« wehrte Elia ab, allerdings schwach; er war kein Held. »Wie wichtig wäre es jetzt«, setzte er beschwörend hinzu, »gerade bei unseren Brüdern für Friedrich einzutreten, auf daß sie nicht leichte Beute werden der Hetzkampagne wider den Verbannten. Ich würde ja gern deinem aufrichtigen Rat folgen, Lorenz« – jetzt ließ er die Katze aus dem Sack –, »wenn du dein päpstliches Legat noch etwas hintanstellen und im Norden, grad in der aufsässigen Lombardei, die Klöster unserer Brüder in Franzisco aufsuchen könntest und *pro imperatore* Stimmung machen würdest –?«

»Und *pro Elia?*« lächelte der kleine Mönch, was der Bombarone prompt falsch verstand:

»Auch in Süddeutschland wäre für dich eine Aufgabe von besonderer Wichtigkeit zu erledigen, nämlich dafür zu sorgen, daß unser Bruder Pian del Carpine nicht gen Osten zieht, bevor William von Roebruk sich zu ihm gesellt – ist der schon in Cortona eingetroffen?«

»Nicht die Spur«, entgegnete Lorenz, »und über die Alpen zieht's mich auch nicht.« Er stand auf. »Ich will's auf meine Kapuze nehmen, für Euch und die gute Sache des Reichs noch eine begrenzte Zeitlang in Italien zu missionieren, doch mit Bedacht«, grinste der Minorit, »sonst trifft auch mich noch der Bannstrahl, weil ich mein Legat so offensichtlich vernachlässige ...«

Elia gab sich mit seinem Erfolg zufrieden. Fast hätte er Lorenz umarmt, doch dann bedachten beide die wachsamen Augen ihres Gefolges und verzichteten auf jede Geste brüderlichen Einvernehmens.

»Außerdem erwischt William den Pian sowieso nicht mehr, denn der sollte gleich nach mir aus Lyon aufbrechen!« warf Lorenz noch im Weggehen hin. »Ihr solltet ihn abhalten, noch im Winter sinnlos die Alpen zu überqueren!«

»Die Wege des Herrn sind –« Elia verschluckte den Rest des Satzes, Lorenz war schon zu weit entfernt, und auch wußte er nicht, ob es recht war, Gott für seine überaus irdischen Machenschaften in die Verantwortung zu nehmen. Sollte William halt sehen, wie weit er kam. Wichtig war hier nicht das Ziel – es gab ja keines –, sondern der Staub, den Williams Zug aufwirbelte. Und würde der unselige Flame für immer im Schnee verschwinden, so wäre das auch gottgewollt!

Während der Trupp des Legaten sich, wie Elia mit Befriedigung feststellte, tatsächlich nach Norden wandte, verharrte er noch unschlüssig auf dem Marktplatz von Jesi. Hier war, so kam es ihm erschauernd in den Sinn, vor mehr als einem halben Jahrhundert in einem rasch aufgeschlagenen Zelt Friedrich geboren worden: *stupor mundi!* Hatte der strahlende Stern seinen Zenit überschritten? Sollte er, Elia, sich weiterhin an des Kaisers Seite in dessen Niedergang hineinziehen lassen, oder war es an der Zeit, Frieden mit der Kirche zu machen, ganz gleich, in welch miserablem Zustand sie sich befand, ganz gleich, welch unwürdiger Priester ihr gerade vorstand?

Ihm fiel sein Kirchenbau ein, den er zu Cortona begonnen hatte. War das nicht auch ein Zeichen der Versöhnung – und nicht nur des Trotzes, wie ihm die Feinde anzukreiden versuchten? Er war alt geworden und er wußte nicht, wie viele Jahre ihm noch gegeben waren. Mehr als die Aufhebung des Kirchenbanns sorgte ihn die Fertigstellung des Gott geweihten Hauses, welches auch eine würdige Schatulle für die Reliquie vom Heiligen Kreuz abgeben sollte, die er aus Byzanz mitgebracht hatte. Vor allem aber sollte es seine Verbundenheit mit Francesco manifestieren, der nach ihm kommenden Welt – wenn schon nicht der unverständigen, in der er leben mußte – zeigen, daß Frater Elia und sein ›*santo poverello*‹ untrennbar waren. Er wär' so gern jetzt weitergereist in das so nahe heimatliche Cortona, um sich an den Fortschritten des Bauwerks zu erfreuen, aber es fehlte ihm der Mut. Auch wollte er keineswegs mit William zusammentreffen, dem klebte die *iella* auf der Stirn wie ein drittes Auge, ›*mal'occhio*‹! Nicht einmal sehen lassen wollte er sich noch mit diesem dicken Frosch des Unglücks! Mochte der doch tolpatschig in sein Verderben springen samt diesen falschen ›Kinder des Gral‹. Damit wollte er, Elia, nichts mehr zu tun haben!

Das gab ihm den Ausschlag, Elia drehte um und kehrte nach Ancona zurück.

Der Amalfitaner
Amalfi/Rom, Herbst 1245

Vitus von Viterbo hatte die ganze Nacht kein Auge zugetan. Zu unruhig ging es auf der Baustelle von Castel del Monte zu. Wie gern hätte er sich hineingeschlichen und heimlich Brand gelegt, nur um dem verhaßten Staufer einen Tort anzutun. Er beherrschte sich. Viel Freude würde Friedrich in nächster Zeit sowieso nicht an dieser Burg haben, mochte er sie auch in rosa Marmor auskleiden lassen, mit kostbaren Teppichen und Gobelins bestücken, die ihm sein Freund, der Sultan schicken würde, sie mit heidnischen Statuen anfüllen, die seine Flotte für ihn aus dem Meer fischte. Lust und Laune würden ihm schon abgehen, diesem Antichrist, sich dort auf der Falkenjagd oder lustwandelnd mit seinem Harem zu vergnügen!

Nein, Vitus sah sein Ziel darin, den Kaiser an viel empfindlicherer Stelle zu treffen: Die Kinder, sein Fleisch und Blut würde er ihm rauben! Das würde den Ketzer, diesen Antichrist, in die Knie zwingen ... Vitus sah sich schon triumphierend vor seinen Vater treten. Die Stauferbälger in den tiefsten Verliesen der Engelsburg, als ein gar nützliches Pfand in den Händen des Grauen Kardinals!

Vom Haß wachgehalten, mit vor Müdigkeit brennenden Augen, starrte Vitus auf die nächtliche Silhouette des Castel del Monte, und je mehr er sie anstarrte, desto mehr erinnerte ihn der Bau an ein Gefängnis und desto besser gefiel ihm, was er sah.

Im Morgengrauen stob ein ungeordneter Haufen aus dem Kastell. Er wandte sich gen Süden, was Vitus für eine Finte hielt. Er konnte nicht wissen, daß es die desertierenden Soldaten des Elia waren, die sich nach den Schreckensnachrichten über den Sturz des Kaisers mit ihren Hauptleuten einig sahen, jetzt keinesfalls weiterzureiten bis nach Cortona, sondern auf schnellstem Wege zurückzukehren, um sich Elia zur Verfügung zu stellen, von dem sie wußten, daß er sich nach Lucera begeben hatte. Um von Hamo keine anderslautende Order zu erhalten oder gar von dessen Leuten gehindert zu werden, fragten sie erst gar nicht, sondern verschwanden.

Auch Hamo hielt ihre Flucht gen Süden für eine bewußte Irreführung, war aber zu stolz, deswegen »seinen« Plan zu ändern. Guiscard drang in ihn, jetzt wenigstens die Leute seiner Mutter zu behalten, doch der junge Graf trat vor die angetretene Mannschaft und sagte laut: »Wer bei mir bleiben will, soll vortreten – der Rest kann nach Hause gehen, wie es euch versprochen war.« Außer Guiscard kamen gerade acht Mann zusammen. Wenigstens konnte der Amalfitaner ihn bewegen, einen Trupp zu bestimmen, der Lucera benachrichtigen sollte, und den Rest darauf zu vergattern, vor dem Heimritt den päpstlichen Spitzel aufzugreifen, der – wie längst alle wußten – seit Tagen ihnen nachspionierte. Völlig ungeordnet und führerlos schwärmten sie aus und begannen Jagd auf Vitus zu machen.

Den alten Wolf kostete es nicht einmal ein Zucken seiner buschigen Augenbrauen, einen seiner Verfolger in den Hinterhalt zu locken, vom Pferd zu reißen und an den Boden zu nageln. Das Messer an der Gurgel, stammelte der Mann alle Informationen, die Vitus noch brauchte; denn daß die stauferische Wachablösung gen Benevent heute fällig war, hatte er längst in Erfahrung gebracht. Es blieb nur noch, welcher Auftrag den Sarazenen zu Lucera erteilt wurde – »Rieti!« keuchte der Mann, und Vitus schnitt ihm die Kehle durch.

Als er vorsichtig zum Castel del Monte zurückkehrte, lag die Baustelle bereits völlig verlassen. Er verkniff sich seine herostratischen Gelüste, eine Fackel an das halbfertige Werk zu legen, riß sein Pferd herum und hetzte in einem Gewaltritt sondergleichen durch ganz Italien, an Rom vorbei, bis nach Viterbo.

Hier gehorchte ihm die Garnison der Capoccios, und mit einem hastig aufgebotenen Heer wandte er sich in Eilmärschen über die Via Salaria den Reatiner Bergen zu, um dort den aus Lucera heranziehenden stauferischen Sarazenen eine Falle zu stellen.

Daß die Kinder und dieser Mönch William bei ihnen sein würden, stand für Vitus fest. Der Feind wollte ihn zwar glauben machen, daß man dem Meer zustrebte, aber sie würden natürlich von Benevent aus die Straße nach Norden ziehen, und diese Straße führte schnurstracks über L'Aquila nach Rieti. Der Kerl aus Otranto hatte ihn nicht angelogen, die Richtung stimmte genau, nur würden die beiden Gruppen sich schon viel früher treffen, um dann gemeinsam den Durchstoß nach Norden zu wagen. Der Wolf konnte warten – und er wartete ...

Die Sarazenen kamen nicht. Als die Kuriere der heimziehenden Otranter in Lucera eintrafen, war ihnen die Kunde von der Absetzung Friedrichs schon vorausgeeilt. So gern der Kommandant sonst der Gräfin in alter Waffenbrüderschaft gefällig war, hielt er es doch diesmal für klüger, seine Truppen zusammenzuhalten und erst einmal des Kaisers Weisungen abzuwarten. Bedauernd schickte er sie mit diesem Bescheid weiter.

Vitus verstärkte seine Wachsamkeit. Ohne den Kardinal oder die Engelsburg zu benachrichtigen, ließ er einen Teil der päpstlichen Flotte aus Ostia ausfahren und die Küste gen Norden patrouillieren, wie es Guiscard vorausgesehen hatte. Der Viterbese zog auch das päpstliche Heer weit auseinander, um gleichfalls sicher zu sein, daß sie ihn nicht auf Nebenstraßen im Gebirge passieren konnten, schob Kundschafter vor bis zum Fucinersee und bis an die Flanken der Abruzzen – doch weder von den Sarazenen noch von den Kindern irgendeine Spur, kein Gerücht, nichts ...

Dem kleinen Trupp aus Otranto war anderes widerfahren. Als Guiscard merkte, daß ihr Verfolger von ihnen abgelassen hatte, blieb er bei Hamo und übernahm das Kommando über die verbliebenen sieben Mann. Sie trennten sich von den Staufern, die weiter auf der Via Appia nach Benevent zogen und hielten direkt auf die Küste zu.

In Amalfi hatte ein aus dem Heiligen Lande zurückkehrendes Geschwader aus Pisa Station gemacht und empört von der Unbill erfahren, die man zu Lyon ihrem Kaiser zugefügt hatte. Mochten die beiden Seerepubliken auch des öfteren in der Tyrrhenia über

Kreuz geraten – die Normannen aus Amalfi galten den Pfeffersäkken aus Pisa als »Vikinghi«, Seeräubergesindel, und die Pisaner denen – ob ihres Inselbesitzes – als sardische Ziegenhirten –, doch in ihrer Kaisertreue mochten sich beide nicht nachstehen. Die Konsuln der Stadt und der pisanische Admiral waren sich schnell einig. Als dann noch Guiscard erschien und etwas von »Kindern aus Stauferblut« murmelte, war es nicht mehr die Frage nach einem Schiff, sondern nur noch die, welches die Hatz nach Rom nicht mitmachen dürfte.

Während Clarion die beiden gewickelten Bündel bewachte – jeder wollte die »Kaiserkinder« berühren –, wurden die Boote flott gemacht, die kleineren ins Schlepptau genommen. Hamo, Clarion und die beiden Kinder, William und Guiscard blieben zusammen, während die übrigen aus Otranto sich auf die amalfitanischen Boote verteilten. So segelte man los ...

Vitus, der hungrige Wolf, bewachte noch immer in den Bergen von Rieti den Paßweg nach Umbrien. Als er dann das Gerücht vernahm, Elia sei mit einem starken Heer in Ancona an Land gegangen, überlegte er, ob er sein Unternehmen besser ruhmlos abbrechen sollte, bevor er von Rom abgeschnitten würde, wenn auch anzunehmen war, daß der Bombarone nur sein Hab und Gut in Cortona sichern wollte.

Die Kinder waren jedenfalls nicht bei ihm; zumindest hatten die Spitzel nichts dergleichen gemeldet. Natürlich wäre das möglich gewesen: Von Castel del Monte war es auch nur ein scharfer Zweitagesritt bis zur adriatischen Küste bei Andria; dort könnte der verräterische Elia sie aufgenommen haben. In dem Fall war er, Vitus, der Dumme, reingelegt wie ein tölpelhafter Bauer von den Trickbetrügern in der Stadt! Denn den Weg nach Cortona konnte er dem Bombarone jetzt nicht mehr abschneiden, abgesehen davon, daß in Umbrien keine Hand sich für den Päpstlichen rühren würde. Im Gegenteil! Alles kaiserliche Verbrecher und gottloses Gesindel!

Während Vitus noch mit sich haderte, hetzte ein blutüberströmter Bote heran, der die Farben der Capoccios trug: Rom überfallen! Pisaner hätten die verbliebene Flotte im Hafen von Ostia in Brand gesetzt und machten jetzt Jagd die Küste aufwärts auf die restlichen Schiffe unter päpstlichem Banner! Normannische Seeräuber segelten den Tiber aufwärts und drängen vor bis zur Engelsburg! Die Bevölkerung fliehe in Scharen aus der Stadt, die Kurie habe sich im Castel Sant' Angelo verschanzt!

Vitus bellte die Befehle zum Sammeln seines Heeres, während er sich vorstellte, wie der Kardinal, der in Abwesenheit des Papstes gern selbst zu Sankt Peter Messe hielt, gezwungen war, mit gerafftem Rock über die Borgo in die Feste zu hasten. Die Stadt entblößt von Flotte und Heer, und das alles nur, weil er, Vitus, irgendwelchen Ketzer- oder Stauferkindern hinterherhechelte, wo doch dieser Bastard einer Fleischerin davon soviel zeugte, wie sein verschnittener Schwanz hergab.

Nein, so konnte er seinem Vater nicht unter die Augen treten. Jetzt mußte er die Entscheidung suchen; das abgeschlagene Haupt des Elia und die aufgespießten Kaiserbälger waren das mindeste, was er dem Kardinal zu Füßen legen würde, bevor er seinen nackten Rücken den Peitschenhieben darbieten wollte, die er tausendfach verdient hatte.

Gerade wollte er den Befehl zum Aufbruch nach Norden geben, als ein weiterer Bote ihm die sofortige Rückkehr nach Rom befahl ...

La Grande Maitresse
Castel Sant' Angelo, Herbst 1245

Herr Rainer von Capoccio, Kardinal-Diakon von Santa Maria in Cosmedin hatte Messe in Sankt Peter gehalten, ein Vorrecht, das er sich herausnahm, solange der Heilige Vater nicht *intra muros* weilte. Er erteilte noch den Segen an einige Landsleute, die aus Viterbo gekommen waren, um ihm ihre Aufwartung zu machen, als er die ersten Schreie vor der Basilika hörte.

Er dachte sofort an Friedrich! Der Kaiser war über die Stadt hergefallen – oder sein wahnwitziger Bastard Enzo! Seine Würde außer acht lassend, begab er sich ziemlich hastig zu dem Einlaß in die Borgomauer, dem befestigten Fluchtkorridor der Päpste, der direkt zum Castel Sant' Angelo führte. Seine Kardinalsrobe raffend, lief er hurtig den über die Dächer ragenden Gang entlang und wagte erst in Reichweite der schützenden Burg einen Blick aus einem der Schlitze zu werfen.

Schemenhaft sah er im Tiberbogen die Langboote der Seeräuber, Feuer und Rauch an den Ufern bis zum Hospital Santo Spirito. Viel Gegenwehr wurde ihnen nicht geleistet; sie kamen näher, und unter ihm liefen Fliehende schreiend durch die Straßen. Er verlor keine weitere Zeit, stürmte durch die Mappa Mundi hinauf auf den untersten Verteidigungsring, sah, daß die Katapulte schon geladen wurden und die Bogenschützen ihre Posten bezogen, so daß er seinen Schritt mäßigte und, etwas außer Atem – er war schließlich nicht mehr der Jüngste –, die steilen Treppen zu seinen privaten Räumen hinaufstieg.

Er entledigte sich seines Ornats, um es gegen die bequemere anthrazitfarbene Soutane zu tauschen, vor der alle in Angst und Schrecken versanken. Auch das war bequem! An und für sich durften die Wachen den oberen Mauerkranz nicht betreten; er haßte es, wenn da Soldaten standen und hinunter in den kleinen Patio starrten, in dem er sich – selten genug – müßig, meist nachgrübelnd erging. Er sah mit Beruhigung, daß jetzt auch dort Bewaffnete aufgezogen waren, doch dann fiel sein Blick in den Hof, ›seinen‹ Hof, den niemand betreten durfte!

Im Hof stand eine schwarze Sänfte.

Dem ›Grauen Kardinal‹ war plötzlich unwohl, ihn fröstelte. Hatte ›sie‹ die Macht im Castel übernommen, war der Richtblock für ihn schon vorbereitet? Sie konnte nur zu seiner Hinrichtung gekommen sein.

Er straffte sich. Von ihm erwartete man Würde, auch in dieser Stunde. Oder war nicht doch noch er Herrscher über den *tumulus* des Hadrian?

Zum Teufel mit der heroischen Geste – er wollte nicht sterben! Vorsichtig äugte er nochmals hinunter. Er sah weder einen von ihrer Templereskorte noch den Henker, und seine Soldaten oben auf den Zinnen kümmerten sich um das, was auf dem Tiber vor sich ging.

Dem Kardinal fiel ein, daß dicht hinter der Sänfte eine Wendeltreppe in die Mauer eingelassen war, die einst von den Zinnen in den Hof führte. Er hatte die Tür unten zumauern lassen, damit keiner der Wachen sie als Abgang benutzte und ihn stören konnte. In halber Höhe der Treppe gab es einen verborgenen Zugang. So konnte er sich ihr nähern, ohne daß sie Zugriff auf ihn hätte.

Er warf einen letzten Blick hinunter. Die Vorhänge der Sänfte waren geschlossen, nichts rührte sich, doch er wußte, ›sie‹ war drinnen und wartete. Warten war ein großer Teil ihrer unheimlichen Macht.

Der Kardinal begab sich direkt aus seinem Ankleidezimmer in die Gänge, die nur ihm gehörten – er war sich da wohl plötzlich nicht mehr ganz so sicher –, und zum erstenmal bereitete ihm das Schleichen im Dunkeln einen Geschmack von der Furcht, die der Graue Kardinal sonst verbreitete. Er betrat die Treppe, und scheußlicher Gestank schlug ihm entgegen. Er hatte nicht bedacht, daß die Wachen den nutzlosen Abgang zum nächstliegenden Abort gemacht hatten. Er verfluchte sie und stieg über die Exkremente hinunter in die Tiefe, wo an Stelle der Tür ein Schlitz offengelassen war. Er hielt sich die Maske vor – lieber hätte er sich die Nase zugehalten – und lehnte sich so weit raus wie möglich.

Das schwarze Tuch bewegte sich. Die Gestalt in der Sänfte ließ ihn – was hatte er auch anderes erwartet – den Abakus kurz sehen, und dann hörte er ihre Stimme:

»Rainer von Capoccio«, sagte sie vorwurfsvoll, »von dort, wo Ihr steht, weht ein schlimmer Duft! Ist Euch übel, daß Ihr mit mir von Eurer Latrine aus sprechen wollt – oder ist es, um mir zu zeigen, wie ich Euch einzuschätzen habe?«

»Ich rieche nichts!« entgegnete der Kardinal fest, »und ich ziehe vor, nicht gesehen zu werden!«

»Nicht mit mir gesehen zu werden?«

»Nein, weil es den, den Ihr jetzt sprecht, nicht sichtbar gibt –«

»Ach«, höhnte sie, »*lo spaventa passeri!* Das graue Gespenst der Engelsburg? Und der ehrenwerte Herr von Capoccio? Ist der heute ausgeflogen, oder macht er sich in die Hosen, weil ein paar amalfitanische Seeräuber sich rudernd den Tiber hochquälen? Seid ohne Furcht, das Castel läßt sich nicht von außen erobern, nur von innen aufbrechen, wie das Messer dem Krebs unter die Schale fährt!«

»Spottet nur, Ihr seid in meiner Hand! Ein Wort von mir, und die Bogenschützen werden von der Mauer jeden Ritter Eurer Eskorte mit Pfeilen durchbohren wie den heiligen Sebastian, und Euer Kopf wird –«

»Ihr irrt zweifach: Der Hydra wächst immer ein Haupt nach, und über Eurem Kopf stehen zwei meiner Leute bereit, vom nächsten Katapult einen Topf griechischen Feuers zu reißen und es in das Loch zu schütten, in dem Ihr steckt! Ich hatte mir unser Gespräch anders vorgestellt, dieses Wiedersehen, das keines ist – nach so langer Zeit!«

»Damals wußte ich noch nicht, wer Ihr seid – heute weiß ich es –«

»Euer Wissen hat Euch nicht zur Vernunft gebracht.«

»Wissen macht selten klüger, es verleiht nur Sicherheit: Ich weiß, wer Euch auf dem Totenbette –«

Diesmal unterbrach sie ihn heftig. »Auch wenn Ihr es wüßtet, könntet Ihr nicht sprechen. Hättet Ihr gesprochen, wäret Ihr längst ein toter Mann!«

»Dann laßt Tote zu Euch sprechen: Als König Philipp im Sterben lag, schickte der Dauphin eine Delegation nach Italien, um zu Ferrentino Zeuge der Versöhnung des Papstes Honorius mit Friedrich zu sein. Der Kaiser legte eines seiner unzähligen Kreuzzugsgelübde ab, und die Franzosen erneuerten das alte Bündnis des Hauses Capet mit den Staufern. An ihrer Spitze eine Dame aus höchstem und ältestem Adel Frankreichs, Witwe in den besten Jahren. Sie reiste in einer schwarzen Sänfte an, Tempelritter eskortierten sie, und ihr Name und ihr Aussehen blieben den meisten verborgen –«

»Namen sind Schall und Rauch.«

»Nicht aber Fleisch im vollen Lebenssaft. Sie war blond – von diesem erregenden Weißblond, das uns Römer rasend macht –, und stattlich, eine Herrscherin, die zu besitzen und zu zähmen einem jeden Mann Herausforderung sein mußte. Doch ihr Ziel stand fest und es war hoch gesteckt. Ihr Treffen mit dem Kaiser – die Kaiserin Konstanze war im Vorjahr verstorben – blieb nicht ohne Folge, zweifellos beabsichtigt: Sie hatte sich von dem Staufer schamlos schwängern lassen, obwohl auf dem Treffen zu Ferrentino die baldige Hochzeit des triebhaften Friedrich mit dem Kind Yolande von Brienne, der zukünftigen Königin von Jerusalem, verhandelt worden war.

Weder die Anwesenheit des Vaters Jean de Brienne noch die des Patriarchen des Heiligen Landes noch des päpstlichen Legaten Pelagius noch die der Großmeister vom Hospital und des Deutschen Ritterordens, der übrigens die schändliche Heirat eingefädelt hatte, minderte das buhlerische Paar Friedrich und –«

»Ehe Ihr jetzt ausfallend werdet, muß ich Euch in einem berichtigen: Ich war es, die Friedrich überredete und überzeugte, sich mit der kleinen Brienne zu vermählen!«

»Wie? Ihr wollt mir weismachen, Euer Trachten und Streben zielte nicht auf die Hand des Staufers!«

»Was weiß die Kirche von der Bedeutung des Blutes? Sie vermag nicht, dynastisch zu denken – und zu handeln.«

»Die Dame kehrte – wenn Euch diese Lesart lieber ist – also erfolgreich zurück. Die natürliche Tochter wurde den Nonnen übergeben und im Kloster Notre Dame de Prouille unter dem Namen ›Blanchefleur‹ erzogen. Wollt Ihr noch mehr wissen?«

»Ich weiß, daß Ihr die Linie bis zu meinem Enkelkind verfolgt habt – in des Wortes übler Bedeutung. Und wenn es Euch auch erstaunt, will ich Euch sagen: Es beruhigt mich!«

»Wollt Ihr mich zum Schutzengel des Erben von Carcassonne ernennen?«

»Sein Erbe ist größer! Und Ihr werdet über ihn wachen bis an das Ende Eurer Tage. Das befreit Euch nicht von den Schulden der Vergangenheit, in denen Ihr Euch die Hölle schon verdient habt! Steht Ihr bequem, Eminenz?«

»Ihr wißt, wo ich stehe.«

»Greifen wir hinein in den Werdegang eines Papstmörders: Perugia! Innozenz III. stirbt plötzlich am Hirnschlag, doch nicht Euer Mentor Ugolino wird vom Konklave gewählt, sondern der alte Honorius. Er erhebt den Täter flugs in den Kardinalsrang und sieht sich den Rest seines Lebens vor. Er starb im Bett.«

»Sagt Ihr!« spöttelte der graue Kardinal hinter seiner Maske.

»Attackierte Euch der große Innozenz nicht scharf genug den verhaßten Staufer?«

»Er hatte nachgelassen«

»Es folgte das Papat Ugolinos als Gregor IX., eine Euch in Gesinnung und Skrupellosigkeit ebenbürtige Seele. Als er verschied, ich nehme an, ohne Euer Zutun, beging das Konklave den Fehler, Gottfried von Castiglione, den Kardinal-Erzbischof von Mailand zu wählen, einen in der Auseinandersetzung mit dem Kaiser aufgeschlossenen Mann. Er trug die Tiara keine zwei Wochen, dann hatte Euer Gift seine Wirkung getan, und die gerührte Christenheit erhielt den Sinobald Fieschi als Innozenz IV. – Wie lange laßt Ihr ihm noch?«

»Er stört mich nicht.«

»Ich weiß, und es ist aus Eurer *vita sicarii* ersichtlich, daß Ihr Euch einzig und allein die Vernichtung des Staufers geschworen habt. Einmal wäre es Euch fast gelungen.« Die Stimme der Frau hinter dem Vorhang mochte ein kleines Lachen nicht verbergen. »Ihr wundert Euch sicher, daß es mir entgangen sein sollte – ich habe es nur aufgehoben: Als ich gehört hatte, daß der *venefex* zur Stelle sein würde, sah ich meinen Plan aufs höchste gefährdet. Durch Zufall ergab sich kurz vor meiner Abreise aus Frankreich, daß eine Adelige aus dem Süden mich bat, sie als Hofdame mitzunehmen. Sie erwies sich als äußerst beschlagen in der Verwendung von Heilkräutern, dem Zubereiten von Tränken aller Art, vor allem aber war sie in der Lage, jedes Gift sofort zu erkennen. Sie war eine herbschöne, großgewachsene Person, ein kräftiges Weib, und strahlte eine tierhafte Sinnlichkeit aus. Wir zogen einander ins Vertrauen.«

»Was konntet Ihr schon von mir wissen?« fragte argwöhnisch der Kardinal.

»Ich hatte mir den Giftmischer der Kurie als einen galligen Greis vorgestellt und war überrascht ob des feurigen Römers, der mir auf dem Treffen von Ferrentino entgegentrat. Ein Eroberer! Seine Augen zogen mich nackt aus, und ich spielte das Spiel mit.

In der Nacht, an die Ihr Euch, wenn auch ungern, erinnern werdet, Eminenz, wart Ihr wohl des festen Glaubens, bei mir nun eine offene Schlafzimmertür einrennen zu können, aber Ihr fandet dort meine Hofdame, im Bett bereitwilligst Eures Ansturms harrend – ich lag zur gleichen Stund' bei Friedrich –, doch Euer glühendes Verlangen stand in wenig Einklang mit –«

»Sie lachte, das Weib lachte!« stöhnte der Kardinal, sich wütend verteidigend, »Sie ging mich an wie – wie ein Krieger!«

»Das war ihre offene Art, aber Eure *réponse* war wohl eher dürftig! *Pourquoi cet éjaculation précoc? Votre coq ce préconisait plus?* Habt Ihr sie nicht wiedererkannt? Oh, Schimpf Euch Männern! Sie war so bereit, Euch zu empfangen, hängt doch die Jungfrau am ersten Stecher, auch wenn es selten einer verdient! Sie hatte so gehofft, daß Ihr kommen würdet, und nicht allein das – sie war vorbereitet auf alles, auch darauf, diesmal eine Empfängnis zu verhüten, aber nicht darauf, daß Ihr Sie nicht mehr erkennen würdet –«

»Sie lief weinend aus dem Zimmer«, grollte der Kardinal mit belegter Stimme, »Aber ich schwöre Euch bei allem, was mir heilig ist: Ich verstehe heute genauso wenig von allem wie damals in Ferentium. Ich weiß nicht, wovon Ihr sprecht, worauf Ihr anspielt!«

»Man sollte Euch dort lebendig einmauern, wo Ihr steht, so daß Ihr Zeit habt, Euch zu erinnern. Erinnert Euch an das Jahr des Herrn 1207. Der junge Zisterzienser-Mönch aus reichem Haus, noble römische Patrizierfamilie, heimliche Herren von Viterbo, nimmt an der Konferenz im Turm von Pamiers teil. Die große Esclarmonde, Hüterin des Gral und als ›Schwester‹ des Parsifal berühmte Beschützerin der Katharer, hatte zu dieser Diskussion geladen. Ihr hattet Euch dem Domenico von Guzman angedient; sein Beispiel der Armut, Strenge und Keuschheit war damals gerade in Mode gekommen.

Auf der Burg von Pamiers lebte zu Gast eine entfernte Nichte der Esclarmonde, ein Mädchen von dreizehn Jahren. Es war Euch ein leichtes, sie zu verführen, zumal Ihr verspracht, den Rock des Herrn schleunigst an den Nagel zu hängen – was auch wohl Eure wahre Bestimmung gewesen wär, Rainer von Capoccio – und sie als Braut auf Euer Schloß nach Viterbo zu führen. Doch wieder an die Fleischtöpfe Roms heimgekehrt – heimgejagt wäre korrekter, denn Dominikus war außer sich ob des Sündenfalls aus den Reihen seines Gefolges –, vergaßt Ihr das Mädchen. In aller Welt habt Ihr verbreitet, Euer Sohn Vitus sei das Kind einer Magd –«

»Das wollt Ihr mir bestreiten?« Die Stimme des Kardinals war lauernd.

»Euer Bastard ist der Sohn einer Ketzerin, und Ihr habt das immer gewußt!«

»Beweist mir das!«

»Wenn Ihr wissen wollt, wer das Kind nach Rom brachte und Euch vor die Tür legte: Es war der heilige Dominikus selber, in seinem ausgeprägten Sinn für Gerechtigkeit auf Erden. Und folgerichtig wurde Vitus auch im Orden erzogen, so daß er wurde, was er heute ist: *canis Domini!* Ein Hund seines Herrn!«

»Das mögt Ihr behaupten, und schließlich, was soll's: Wie viele Mädchen wurden schon von jungen Mönchen sitzengelassen!«

»Aber wenig Kardinäle haben Söhne von Ketzerinnen! Und – damit es Euch beruhigt: Alles, was ich Euch vorhalte, steht geschrieben und ist niedergelegt im Documentarium, an einem Ort, den Ihr nicht finden werdet und den auch Matthäus von Paris nicht kennt!«

Ein Stöhnen ohnmächtiger Wut entrang sich der Brust des

Kardinals. »Diese Hexe! Hätte ich sie doch wiedererkannt, den Hals —«

»Ihr habt es nicht, und sie war es auch, die Euren Mordanschlag auf Friedrich in Ferrentino verhinderte. Aus den schlechten Gefühlen eines Versagers – Euer Ruf als unwiderstehlicher Liebhaber lag Euch sehr am Herzen – entwickeltet Ihr ein augenzwinkerndes Verhältnis des Vertrauens zu meiner Hofdame, so daß sie das Vorrecht genoß, daß alle Pokale, die Ihr dem Kaiser zu seinem Wohle reichtet, durch ihre Hände gingen. Sie roch zum guten Ende das allerfeinste, tückische Gift, als die Schale schon den kaiserlichen Mundschenk passiert hatte, sie stolperte, und Eure Chance war vertan!«

»Aus einem nicht belegbaren Mordversuch an Friedrich kann mir keiner einen Strick drehen. Heute wär's gar eine Tat, für die mich die Kirche selig sprechen würde! Aber ich will doch wissen: Wer war die kleine Hexe aus dem Turm von Pamiers? An ihren Namen kann ich mich nicht entsinnen.«

»Ihr habt nie danach gefragt! Ach, sie hatte auch so gehofft, ihren Sohn einmal wiederzusehen: daß Ihr ihn vielleicht dabeihaben würdet – nun, das ist ihr erspart geblieben. Sie ist nach der Kapitulation des Montségur in den Untergrund gegangen – und ihren *nom de guerre* werd' ich Euch nicht verraten, noch sonst sie Euch ans Messer liefern!«

Die Stimme aus der Sänfte schwieg, und Rainer von Capoccio blieb ebenfalls stumm. So hörten sie beide, in ungewollter Zweisamkeit, das sich steigernde Gefechtsgetöse; es kam näher, den Fluß herauf. Waffenklirren und Schreie drangen bis zu ihnen. Es mußten wohl Scharmützel am Fuß des Kastells toben; denn auf dem tiberzugewandten Mauerring wurden jetzt die Kommandos aufgeregter und das Schwirren und Ächzen der Katapulte heftiger. Ab und zu erschollen auch Jubelrufe von der Plattform zu ihren Köpfen; dann war es den wackeren Schützen wohl gelungen, einen der Gegner zu treffen. Offensichtlich schossen aber die Feinde nicht zurück, zu den Zinnen hinauf, denn bisher hatte kein Pfeil sie erreicht, hatte kein einziger Soldat den Grauen Kardinal belästigt, indem er von der Mauer rücklings in den Hof stürzte, schreiend und sich windend. Es war anzunehmen, daß die Piraten nach Norden durchzubrechen versuchten, was ihnen ja nach Passieren der Engelsburg gelingen mochte; denn in den anschließenden *prati* wurden sie auf dem Ufer *transtiberim* von keiner weiteren Befestigung mehr aufgehalten.

Der Lärm verebbte.

»Dann stillt«, nahm der Graue Kardinal das Wort auf, »mir eine Neugier wenigstens: Was hat die Prieuré bewegt, das durch Jahrhunderte in Okzitanien bewahrte Blut, den Gral, mit einem so elenden Gebräu zu vermengen, wie es durch die Adern der Staufer rinnt? Was ist daran dynastisches Denken und Planen? Ein Geschlecht, dem die Vertilgung bestimmt ist? Könnt Ihr mir das sagen?«

»Ihr mögt wohl recht haben, was die Zukunft der Staufer anbelangt – sie gehen dem Untergang entgegen –, doch Ihr Blut ist würdig und vereint alle Feinde der Capets! Das ist, wie Ihr wissen solltet, für die Prieuré von ebensolcher Bedeutung wie Euch Euer blinder Haß auf die Staufer! Die Kirche, das Papsttum wird in die Hände Frankreichs geraten, beide zusammen werden die Vernichtung der Staufer zuwege bringen – doch wir retten das Blut!«

»Ihr steht also hinter den Kindern?«

»Wir schützen sie und bewahren sie vor dem Übel, bis der Tag kommt, an dem sich ihre Bestimmung offenbaren wird. Ihr wißt um den ›Großen Plan‹, wenn Ihr auch nichts in der Hand habt; denn das Dokument – ja, auch davon weiß ich, Rainer von Capoccio –, das Ihr durch Eure Agenten in Euren Besitz bringen konntet, sei's durch Zufall oder durch Fügung, habe ich an mich genommen. Ihr braucht es nicht schwarz auf weiß; weniger Schriftliches und mehr in den Köpfen würde der Menschheit dienlicher sein.«

»Und wenn ich eine Abschrift angefertigt hätte?« Der Graue Kardinal ließ sich nichts anmerken.

»Habt Ihr aber nicht«, beschied sie ihn kühl. »Es handelt sich auch nur um eine Kopie, eine schlechte – und unautorisiert dazu.

So oder so, Ihr werdet *nolens volens* zum Gelingen des Großen Plans beitragen.«

»Wie könnt Ihr annehmen, daß ich meine Loyalität gegenüber der *Ecclesia catolica* hintanstelle, die mich zu dem gemacht hat, was ich bin, und anstelle dessen armer Kinder Hüter werde?«

»Das ist keine Frage des Glaubens, sondern der Vernunft: Ihr liebt Eure Macht – und wollt sie behalten. So werdet Ihr dafür Sorge tragen, daß Euer Bastard Vitus den königlichen Kindern nicht zu nahe kommt. Weitere Anweisungen werden Euch zugehen, wenn es uns gegeben erscheint. Ich habe Euch nichts weiter zu sagen.«

»Und wenn ich mich weigere?« Die Stimme des Grauen Kardinals klang nicht mehr sehr fest.

»Dann wird Euch das Leben genommen, wie ich es Euch jetzt schon nehmen könnte. Aber vorher wird Vitus vor Euren Augen erschlagen wie ein toller Fuchs, und das Geschlecht der Capoccio wird ausgelöscht werden bis ins dritte Glied. Küßt also den Abakus, und tut wie Euch geheißen!«

Der schwarze Vorhang öffnete sich einen Spaltbreit, und der Befehlsstab der Großmeisterin fuhr heraus wie eine Schlange, direkt in das schmale Fenster

»Nehmt Eure alberne Maske ab!«

Der Kardinal tat es und küßte das Ende des Stabes. Es war eine Teufelsfigur, die begattend auf dem Ebenholz ritt. Ihm streckte sich der Hintern entgegen. Er drückte schweigend seine Lippen auf das Holz, im Zurückziehen schlug sie es ihm unter die Nase, daß er blutete. Er hätte schreien können vor Zorn, aber er biß die Zähne aufeinander. Sein bleiches Gesicht starrte durch die schmale Maueröffnung.

An herabgeworfenen Seilen ließen sich zwei muslimisch gekleidete junge Männer von der Mauer über seinem Kopf herab. Sie waren gewandt wie Katzen und trugen vor sich jeder einen Stab: es waren Klinge in Griff ineinandergesteckte Dolche. Er wußte sofort, wenn er auch noch nie welche gesehen hatte, es waren Assassinen! Sie verneigten sich vor der Sänfte und verschwanden.

Dann traten acht Tempelritter aus dem Schatten der Mauer. Sie schoben ihre Schwerter in die Scheiden und stießen vor sich her Matthäus und die Brüder, die die Schlüssel hatten, und hießen sie wortlos, ihnen wieder aufzuschließen. Acht Sergeanten nahmen die Sänfte auf und trugen sie gemessenen Schrittes aus seinem Blickfeld.

Der Kardinal lauschte bang in die Stille, die ihn plötzlich in seinem Gefängnis umgab, dann vernahm er, wie aus einer anderen Welt, wieder den Kampflärm vom Fluß und über sich das Rufen und Laufen der Soldaten auf der Mauer, das zischende Zurückschnellen der Katapultseile und das klatschende Geräusch der Einschläge im Wasser.

Benommen wankte er die Stufen hoch. Er verspürte kein Bedürfnis, sich seinen Leuten zu zeigen und sie anzufeuern. Er öffnete leise die Geheimtür in halber Höhe der Treppe und schlüpfte hindurch. Als er sie hinter sich verschloß, sah er im Holzwerk, das die genau angepaßten Mauersteine trug, einen Dolch sitzen. Ihn überkam eine unbestimmte Furcht, den Griff zu berühren, und er ließ ihn stecken.

Wieder in seinem Schlafgemach angelangt, fand er ein noch warmes Brötchen auf seinem Bett. Mit der Kaminzange beförderte er es in den Patio und sah zu, wie sich die Tauben darauf stürzten und es zerhackten. Er wünschte, es wäre vergiftet, so sehr gingen sie ihm jetzt aufs Gemüt. Doch keine fiel um. Das Gurren, Trippeln und Flügelschlagen endete erst, als kein Krümel mehr übrig war.

Ihm war schlecht.

Der Überfall
Cortona, Herbst 1245 (Chronik)

Als wir sahen, daß die vorausgefahrenen Pisaner erfolgreich waren – schwarze Rauchwolken kündeten vom Verderben der päpstlichen Flotte im Hafenbecken von Ostia, den Enterkommandos der wieselflinken Amalfitaner folgten die schweren Triëren, die die brennenden Schiffe in den Grund rammten –, hatte uns Guiscard befohlen, daß wir uns flach auf den Boden unseres Bootes legten, und hatte nasse Decken und Korbgeflecht über uns gebreitet. Es war meine erste kurze Begegnung mit Clarion von Angesicht zu Angesicht; wir konnten uns im Dunkel nicht sehen, ich spürte die Nähe ihrer Haut und hörte ihren Atem. Sie hatte die fremden Kinder, die leise vor sich hin greinten, mütterlich an ihren Busen gepreßt, das letzte, was mein Auge neidvoll erhaschte, bevor sich die Finsternis über uns senkte.

Sie hatte mir einen kurzen prüfenden Blick zugeworfen, aber keineswegs damit ermutigt, jetzt den Arm wie zufällig auszustrecken und den wimmernden Bälgern ihren Platz streitig zu machen. Dennoch schob ich meine Hand in ihre Richtung, doch was ich erreichte, war nur das feuchte Haar eines der Kinder. Ich streichelte es behutsam, ja zärtlich, als Ersatz für Unerreichbares.

Hamo hatte durchgesetzt, daß er als einziger von uns keinen Schutz und kein Versteck suchen mußte. Er wollte sehenden Auges erleben, wie nun die Amalfitaner auf ihren flachkieligen Booten den Tiber hochsegelten, wobei sie wegen der Strömung auch in die Riemen greifen mußten. Jedes der Boote war mit ungefähr dreißig Ruderern bemannt, dazu kamen an die zwanzig Bewaffnete. Um mir nicht ganz und gar entgehen zu lassen, was über mir geschah, und auch weil ich mich der Nähe des Mädchenkörpers entziehen wollte, den ich doch nicht zu berühren wagte, veränderte ich meine Lage so, daß ich an den Rand des Bootes zu liegen kam und die Decken etwas lüpfen konnte.

Wir näherten uns den Mauern der Ewigen Stadt. Sie ragten so mächtig auf, daß es mir vermessen erschien, sie mit so kleinen Schiffen herauszufordern. Auch wenn der Vorteil der Überraschung, des eigentlich Undenkbaren, auf unserer Seite war, glitt mein Auge, dicht über dem Wasserspiegel, ihnen entgegen in Bildern von solch gefährlicher Schönheit, wie man sie nur in Träumen erdulden muß.

Die Normannen knieten im Boot, hatten ihre Schilde schräg

aufgestellt zum Schutz gegen Pfeile und hielten selbst die Bogen gespannt. Auch Hamo wurde von Guiscard gezwungen, sich solcherart Deckung zu verschaffen. Neben uns fuhr das Boot mit den Sieben aus Otranto. Sie standen aufrecht, ihre Fäuste umklammerten die Schwertgriffe. Das Banner der Gräfin flatterte gegen Rom.

»Jetzt kommt gleich der Hafen«, hörte ich Guiscard über meinem Kopf. »Wir gehen auf der Lepra-Insel an Land!«

Ich schloß die Decke schnell wieder. Meine Angst überstieg meine Neugier bei weitem. Im Zusammenkrümmen, eine wohl instinktive Schutzhaltung gegenüber der sich nähernden Gefahr, verlor ich meine Sandale. Ich angelte mit dem Fuß nach ihr und stieß dabei gegen etwas Weiches, ein nacktes Bein. Meine Zehen – gut daß Clarion nicht sehen konnte, wie schmutzig sie waren – tasteten sich erschrocken an ihm entlang. Mir kam es vor, als würden sie freundlich empfangen, ich vermeinte eine zitternde Erregung des Fleisches zu spüren, das sich gegen meinen Fuß drängte. Ich erforschte ein Knie, und mutig wanderten die kleinen Ausläufer meiner Gehwerkzeuge weiter, krabbelten einen Schenkel hoch, und noch immer kein Schrei der Empörung, keine brüske Hand, die sie zurechtwies. Ich wagte es nicht zu glauben, über mir begann es tumultuös zu werden, die Ruderer hatten ihre Schlagzahl erhöht, Stiefel traten unruhig auf mir herum, Schreie der Leute vom Ufer drangen nur dumpf zu mir durch die Decken, deren dunkler Schutz jetzt zu meinem Himmel wurde. Energisch reckte ich mich vor, und mein Fuß war im Paradies, in einer dikken Wolle, heiß und köstlich; jetzt galt es nur noch dem großen Zeh, allein die feuchte Furt zu ertasten und zur Pforte vorzudringen. Sie kam mir wie glühende Lava entgegengeflossen, umklammerte den Eindringling, schien ihn in sich aufzusaugen, während wellenartige Stöße uns durchliefen; mein Fuß erst, dann mein Bein begannen in kurzen, rhythmischen Bewegungen, wie man ein Spinnrad tritt, den Garten zu durchfurchen, das Bachbett hinab und hinauf zu gleiten, nach der Quelle bohrend, wo doch das Bohren selber der Quell der Glückseligkeit ist, nur daß sich das Bohrloch immer weiter auftat und sich hart an mir stieß. Ich weiß nicht, wohin es geführt hätte, wenn nicht in diesem Moment der Kiel unseres Schiffes knirschend an der Uferböschung aufgelaufen und alles über unsere Köpfe und Leiber gestiegen und gesprungen wär'. Weiber kreischten, Flüche ertönten. Die Normannen plünderten die Warenlager des Flußhafens, die Händler ließen ihre Stände im Stich, die Bauern ihre Karren.

»Zurück!« hörte ich Guiscard schreien. »Wir müssen weiter, wir müssen das verdammte Kastell hinter uns bringen!«

Doch hatte er wohl wenig Erfolg bei seinen Landsleuten. Da hörte ich Hamo rufen: »Otranto! Otranto, her zu mir!«, und gleich darauf sprangen Körper und Beine auf mich, daß mir nicht nur Hören und Sehen verging – sehen tat ich eh nichts –, sondern auch jegliche Sinnenlust. Genau dahin hatte mich ein schwerer Stiefel getreten und ich zog schmerzerfüllt mein Liebesbein schnell wieder an mich.

Noch hastiger als zuvor ruderten wir weiter flußaufwärts, und es wurde stiller um uns, nur das Plätschern unter mir, der Schlag der Riemen.

»Die Engelsburg!« hörte ich die Stimme Guiscards leise, fast ehrfürchtig flüstern.

Mich beschlich echte Furcht, ich lugte durch den Schlitz und sah vor mir das gewaltige Rund des Gemäuers aufwachsen, uneinnehmbar, drohend. Da spürte ich ihre Hand – wie eine Schlange glitt sie unter meine Kutte, über mein Bein, verwandelte sich in ein warmes Erdhörnchen, das sich in mein Gekröse kuschelte, aus dem *er* aufwuchs wie ein junger Steinpilz nach dem Regen, nur viel schneller, und ebenso geschwind verwandelte sich das muntere Tierlein in die Hand einer kundigen Pflückerin. Während sie noch prüfend den Schaft hinaufglitt, ihn fest unter der Eichel umschloß, verwandelte sich mein Fungus in einen normannischen Donjon, doch Clarion wußte, wie man Türme stürmt ...

»Habt acht! Sie schießen! Pfeile!« riefen aufgeregt die Stimmen über mir; ein seltsames Pfeifen ging durch die Luft, ein Schlag, dann mehrere ließen den Bootskörper erzittern, ein Stöhnen. »Guiscard ist getroffen!« klagte jemand leise. Ich fühlte meinen

Turm zusammenfallen, wie eine Hand sich kühl enttäuscht zurückzog.

»Kümmert euch nicht um mich«, stöhnte Guiscard. »Bringt die Kinder dort drüben an Land!« Er schien vor Schmerzen die Worte kaum herauspressen zu können.

»Wir lassen dich nicht im Stich!« erklärte Hamo fest, dem jetzt wieder die Rolle des Anführers zufiel.

»Beeilt euch!« krächzte der Amalfitaner. »Dort stehen Karren, von geflüchteten Besitzern verlassen!«

»Die nehmen wir uns!« rief Hamo aufgeregt, während unser Boot hart an Land stieß. Ich warf die schweren Decken ab, sprang auf mit klammen Gliedern und schlaffer Lendenzier unterm Rock, wollte Clarion hilfreich die Hand reichen, als jemand schrie: »Vorsicht, wir sind in Reichweite der Katapulte!«

Es rauschte, und wo ich eben noch gelegen, schlug das Geschoß ein, zertrümmerte splitternd den Bootsrumpf, zerbrach ein Ruder wie einen trockenen Span – was ich schon nicht mehr mitbekam; denn der dickere Teil der Stange sprang mir an den Hinterkopf, und ich fiel wie ein nasser Sack vornüber ...

Gewitter über Apulien
Otranto, Winter 1245/46

»Schläfst du?«

»Nein, ich denke an William.«

»Bist du in ihn verliebt?« Roç versuchte gar nicht erst, seine Eifersucht zu unterdrücken, er wußte auch nicht genau, was er für Yeza fühlte, aber er gönnte sie keinem anderen – und immer, das spürte er, würden andere da sein, weil Yeza es so wollte.

»Nein«, sagte sie langsam, aber mit Bestimmtheit. »Ich finde es gemein von ihm, daß er uns allein gelassen hat!«

Es war Nacht in Otranto, kein Mond spiegelte sich auf dem Meer, dunkle Wolken; in der Ferne, drüben am anderen Ufer, Wetterleuchten.

»Hamo und Clarion sind auch weg«, beschwerte sich Roç. »Ich finde es ungerecht, daß andere Kinder reisen dürfen und wir hierbleiben müssen!«

»Das ist ja das richtig Gemeine, wo wir doch die Kinder sind!« Roç, immer um Verständnis der Situation bemüht, um Entschuldigung. »Sie haben ihn weggebracht –«

»Er hätte schreiben können!« Yeza ließ sich nicht so leicht von ihren Vorwürfen abbringen. »Wenn man liebt, dann wehrt man sich!« Das leuchtete Roç ein, vor allem, wenn jemand Yeza liebt, der muß eigentlich um sich schlagen. Dennoch: »Er war ein Gefangener!«

»Das sind wir auch!« sagte Yeza trotzig. Draußen kam die Gewitterwand näher, Donner grummelte. »Du kannst zu mir ins Bett kommen.« Yeza wußte, daß Roç sich fürchtete. Sie war eigentlich müde, aber er würde doch keine Ruhe geben, und sie hatte es gern, wenn er ihr Hemd ungeschickt hochschob, um seinen nackten Körper an den ihren zu schmiegen. Sie würde ihm nie sagen, wie sehr es sie erregte, auch wenn sie dabei gar nicht an ihn dachte. An William? Na, wirklich nicht! Es war fremdes Fleisch, Haut, Sehnen, Haare, Geruch, das Tasten von Fingern, das Drängen eines Knies, das Reiben eines Beines, das Kitzeln am Bauch – das alles liebte sie und ahnte, daß da noch mehr sein müßte, kommen würde. Es war eine so wohlige Gewißheit, gepaart mit Unsicherheit, mit Zittern, Hoffen, Träumen, Erregung.

»Nun komm schon!« sagte Yeza, weil sie sah, daß Roç am Fenster stehengeblieben war und auf die nächtliche, unter den ersten Sturmstößen aufschäumende See hinaus starrte. Roç streifte sein Hemd ab, sein muskulöser, kleiner Körper wurde einen Moment vom Licht des ersten Blitzes erhellt, doch statt erschreckt zurückzuweichen, trat er vor die Brüstung und setzte sich dem einsetzenden Regen aus. Die Tropfen klatschten auf seine Brust, Yeza wußte, er tat es für sie. Roç war ihr tapferer Ritter, der selbst dem Donner trotzte. Sie freute sich auf die nasse Kühle seiner Haut.

»Roç!« rief sie besorgt und wunderte sich über ihr Sehnen, ihn abzulecken, sich glitschig an ihn zu pressen, »es ist gefährlich!«

Von seiner Mutprobe erlöst, rannte Roç zu ihrem Bett. »... wie ertrinken!« machte er sich lachend über sie lustig und schüttelte sein Haar über ihr aus. »Ich bringe Regen für dich!« Doch statt, wie erwartet, zu quietschen, rührte sich Yeza unter dem Schauer der feinen Tropfen nicht. Er brauchte ihr auch das Hemd nicht hochzustreifen; Yeza war nackt.

Die Windbö riß den Vorhang zur Seite, er blähte sich ins Innere. Für einen langen Augenblick war das tobende Meer zu sehen, vom gleißenden Licht wettstreitender Blitze erhellt, der Sturm preßte die Wellen zu gischtigen Kronen, die mit Donnergrollen gegen die Außenmauern des Kastells anrollten.

Andere Blitze, die man nicht sah, knallten wie Peitschenschläge vom mächtigen Gefährt des Sturmgotts, ein Titan, der über die Burg dahinrollte, direkt über die Köpfe der beiden Männer hinweg, die an der Tafel des Saales saßen.

»Die Herbststürme« erklärte John Turnbull, als müßte er sich bei Tarik für das Unwetter entschuldigen, doch der war mit seinen Gedanken woanders. »Hoffentlich ist der Kommandant der Triëre so vernünftig gewesen, rechtzeitig einen sicheren Hafen anzulaufen – sie sollten ja morgen zurück sein.«

»Er sollte sich auskennen!« schnitt Tarik die Besorgnis des Alten fast tadelnd ab. »Wir müssen nun zu einer Entscheidung gelangen.«

»Ach ja, die Kinder«, raffte sich Turnbull auf. »Ob sie wohl schlafen können?«

»Es geht nicht darum, ob sie sich fürchten oder ob sie Blitz und Donner mitten in der Nacht lustig finden«, Tarik wurde leicht sarkastisch, »sondern ob sie hier auf die Dauer in Sicherheit sind. Wird die Macht des Kaisers den Schlag verkraften, oder läutet er das Ende der Staufer auf Sizilien ein und damit auch hier in Apulien?«

»Solange«, Turnbull schien seine Eingebung von weit her zu beziehen; seine Stimme war wie ein Orakel, »solange Ludwig ihm die Freundschaft hält, wer sollte seine Hand nach dem Normannenreich ausstrecken?«

»In Deutschland ist schon ein Gegenkönig aufgestanden«, hielt der Assassinen-Kanzler dagegen, »auch wenn das mehr den Sohn berührt.«

»Solange Friedrich lebt«, sagte Turnbull fest, »wird er Kaiser bleiben und nicht dulden, daß seine Macht irgendwo beschnitten wird, um keinen Zipfel – schon gar nicht den hier von Otranto!«

Der alte John hatte sich erregt, und Tarik wiegelte ab. »Ich bedenke ja nur die neue Lage, als Garant für die Unversehrtheit des Blutes, wozu Ihr, ehrwürdiger Meister, mich ja bestellt habt. Es ist meine Pflicht, vorsichtig zu sein. Übervorsichtig!«

»Die Prieuré de Sion wußte und weiß zu schätzen, daß Euer Orden sich dieser Verantwortung unterzogen hat«, lenkte Turnbull ein. »Wenn Ihr das Verbleiben der Kinder in der Obhut der Gräfin für zu gefährlich haltet...?«

»Ich würde mich wohler in meiner Haut fühlen, wenn sie bei den Assassinen in –«

Ein Durchzug ließ die Vorhänge wehen, Laurence war in die Tür getreten, die der Wind hinter ihr mit einem Knall wieder schloß.

»Vergebt meine Verspätung!« Ihr Haar und ihre Kleidung waren trotz des übergeworfenen Umhanges durchnäßt. »Die Triëre hat am Abend in Tarent rechtzeitig Schutz gesucht und wird wohl morgen hier sein!« Sie sprudelte diese Nachricht heraus, und man spürte ihre Freude über die glückliche Rückkehr des Schiffes. Sie nahm einen Krug Wein und Becher vom Bord, schenkte sich und ihren Gästen ein. »Botschaft von Elia aus Ancona ist ebenfalls eingetroffen: daß Hamo, mein Sohn, mit diesem Mönch und den *pupazzi* wohlbehalten im Anmarsch auf Cortona ist, von wo er ihn sogleich nach Norden weiterschicken würde, und daß es ihm bisher gelungen sei, Pian del Carpine in Süddeutschland aufzuhalten, damit William ihn noch erreichen kann – dies aber nicht mehr lange –«

»Sollte der Einfluß des Generals auf die Minoriten derart nachgelassen haben«, spottete Tarik, »daß sie ihm nicht mehr *sine glossa* gehorchen?«

»Vergeßt nicht seine Exkommunikation und gerade jetzt nicht seine bekannte Freundschaft mit dem abgesetzten Kaiser!« Turnbull nahm die Frivolitäten des Kanzlers offensichtlich für bare Münze.

»Was mich ängstigt«, unterbrach Laurence das Geplänkel, »ist, daß Elia mit keinem Wort Clarion erwähnt ...«

»Was soll sein, liebe Laurence«, beruhigte sie Turnbull. »Daß in dieser Welt der Männer nicht immer von Frauen gesprochen wird, heißt noch lange nicht, daß sie keine Bedeutung haben!«

»Bei allem Respekt«, mischte sich Tarik ein, »vor dem schönen Geschlecht«, es war wohl mehr eine Rüge für den Alten, der Gräfin gegenüber verneigte er sich lächelnd, »und Dank für Eure Gastfreundschaft, die Ihr den Kindern gewährt habt« – Laurence war alarmiert und fuhr herum, biß sich aber auf die Lippen, um den Gast ausreden zu lassen –, »sollten wir Euch mit unserem Beschluß vertraut machen, daß Roger und Isabelle dieses Land verlassen werden.«

Die Gräfin beherrschte sich und nahm unaufgefordert am gegenüberliegenden Kopfende Platz. Aus ihrem Umhangtuch wickelte sie eine Rolle Pergaments, dessen Siegel sie erbrach. Sie überflog es und schob es dann kühl den beiden Männern über den Tisch.

»Es ist das Siegel des Kaisers«, erklärte sie beiläufig und ohne Triumph, »eine Vollmacht, die mich berechtigt, in dieser Frage als Vertreter des Reiches zu sprechen – als Frau, Herr Kanzler.

Um kein Mißverständnis aufkommen zu lassen, meine Herren«, übernahm die Gräfin die Führung des Gespräches, »ich reiße mich wahrhaftig nicht um die Verantwortung für den Schutz der Kinder – zumal«, das war an die Adresse Turnbulls gerichtet, »die Prieuré sich für dieses Unternehmen Verbündete ausgesucht hat, die mit dem Leben anderer Beteiligter wenig Federlesens machen – falls ich die Alternative richtig verstanden habe, Herr Kanzler: Gehorsam oder Tod?«

»Gehorsam bis in den Tod!« verbesserte sie der Angesprochene und schwieg.

»Mit der Triëre sollte«, suchte John die ihm unangenehme Spannung zu lösen, »morgen weitere Weisung bei uns eintreffen – warten wir doch ab, wie das Haupt der Prieuré die Situation beurteilt, sind wir doch alle nur Glieder –«

»Ich habe meine Weisung«, sagte Tarik unbeeindruckt; »sie geht aus dem Vertrag mit uns klar hervor: alle Maßnahmen zu ergreifen, die zum Schutz der Kinder notwendig sind!«

»Laßt uns doch alle, die wir hier versammelt sind, nicht vergessen, daß jede Maßnahme, die wir treffen, das Heil der Kinder zum Ziele haben muß, und nicht, uns gegenseitig zu beweisen, wie treu wir Prinzipien sein können.«

»Ich sehe auch keine unmittelbare Gefahr«, warf die Gräfin ein, »Ich will die Macht des Schutzes durch Euren Orden nicht schmälern, Tarik, doch sehe ich zur Zeit keinen Grund dafür, die Kinder jetzt schon politischen Wirren auszusetzen, die mit dem bevorstehenden Kreuzzug Ludwigs unvermeidlich sind, während hier in normannischen Erblanden die Verhältnisse stabil bleiben werden. Wer will Otranto Friedrich abspenstig machen?« Laurence nahm einen kräftigen Schluck Wein und hob ihren Becher. »Und sollte der Staufer alles verlieren, auch diese letzte Bastion, dann bleibt uns immer noch der Fluchtweg übers Meer!«

»Flucht ist Weibersache«, murrte Tarik. »Der kluge Mann baut vor!«

Sie starrten sich über den Tisch hinweg an, und keiner machte Anstalten nachzugeben.

»Laßt uns zu Bett gehen«, sagte John versöhnlich, »und morgen mit kühlen Köpfen die Entscheidung im Sinne der Sache treffen. Das Gewitter ist vorüber, die Luft ist klar, es wird sicher ein schöner Tag!«

Sie erhoben sich alle, nickten einander zu und verließen den Raum.

Es war noch sehr früh, kaum daß ein fahles Licht am Horizont die Ankunft des neuen Tages verriet. Der Kanzler der Assassinen betrat lautlos das Zimmer seines Eleven, doch das Lager war leer.

Crean hatte sich schon auf die Terrasse begeben, die Matte ausgerollt und sich zum Gebet niedergekniet.

Schweigend nahm Tarik neben ihm Platz und schweigend erwarteten sie, in Ermangelung des Rufes des Muezzin, das erste Auftauchen des Feuerballs im Osten.

»*Bismillahi al-rahmani al-rahim.*«
»*Al-hamdu lillahi l-'alamin.*«
»*Ar-rahmani-rahim.*«
»*Mailiki jaumit din.*«
»*Ijjaka na'budu wa ijjaka nasta'm ...*«

Sie sprachen im Wechselgesang den Anruf Allahs, und ihre Stimmen hallten wie jeden Morgen zu dieser Stunde über die Mauern und Söller der Burg am Meer.

»*... idina siratal mustaqim. Sirata ladsina an'amta 'alaihim, ghairi-l-maghdubi 'alaihim wa lad daallin. Amin.*«

Als sie geendet hatten, war die Helle über die Zinnen geklettert und wärmte ihnen Gesicht und die steifen Glieder, blendete sie mit dem Spiegel der glatten See. Noch immer kniend, wartete Crean, daß der Ältere das Wort an ihn richtete.

»Es wird darauf hinauslaufen, daß wir ohne die Kinder abreisen.« Der Kanzler blinzelte in das gleißende Licht. »Doch nichtsdestoweniger sind alle Spuren zu verwischen. Der alte John kehrt mit mir zurück. So skurril er geworden ist, er wird nicht plaudern. Ebenso müssen wir uns auf die Verschwiegenheit der Gräfin verlassen – zumal sie uns noch einige Zeit als Hüterin des Blutes dienen muß. Doch der Mönch, dieser William von Roebruk, stellt nach Erfüllung seiner Mission nur noch eine Belastung, eine unnötige Gefahr dar. Er ist nach seinem Anschluß an Pian del Carpine, möglichst nach Eintauchen in den Herrschaftsbereich der Goldenen Horde, still und unauffällig zu beseitigen. Eine Aufgabe, die dir zufällt, Crean.«

Der Angesprochene war nicht erstaunt über den Auftrag, er würde ihn auch erfüllen, doch konnte er den leichten Schauer nicht unterdrücken, der ihn jedesmal überkam, wenn seine Vorgesetzten über Menschen entschieden wie über Schachfiguren, wobei das Herausfallen aus dem Brett eben Tod bedeutete und nicht etwa Ablage bis zur nächsten Partie.

»Ich werde ihn nicht mehr erreichen«, warf er ein, nicht aus mangelndem Gehorsam, sondern in Anbetracht der zur Verfügung stehenden Zeit, von der Entfernung ganz zu schweigen.

»Ich dachte nicht«, lächelte Tarik, »daß du jetzt mit gezücktem Dolch selbst loslaufen sollst, sondern daß du mir für die Durchführung verantwortlich bist.« Der Kanzler sah, daß Crean sich nicht wohl fühlte, hielt es aber keineswegs für moralisches Bedenken. »Otranto verfügte früher einmal über eine intakte Signalanlage. Warum sollte sie nicht noch funktionieren? Ich schätze, sie ist in der ausladenden Kuppel des Donjon installiert, weswegen der Zugang zu ihm auch wohl stets verschlossen ist.«

Ihrer beider Blicke wanderten hinauf zum höchsten Turm des Kastells, der sich einsam in der Mitte des Hofes erhob. Man konnte mit bloßem Auge erkennen, daß er hinter der obersten Plattform ein Tor verbarg, welches sich mehr gen Himmel als nach außen öffnen lassen mußte.

»Den Schlüssel kann nur die Gräfin haben«, sagte Crean. »Ich werde sie bitten, mir die Benutzung des Spiegels zu gestatten und mich einzuweisen.«

»Das ist deine Aufgabe«, lächelte Tarik säuerlich. »Mir würde sie den Gefallen vielleicht unter einer Ausrede gern verweigern!«

Tarik zog ein Bündel Lederschnüre aus der Innentasche seiner Dschellabah; jede einzelne wies verschiedene Knoten auf, in unterschiedlicher Dicke. Er reichte sie Crean einzeln, der sie in der Reihenfolge um seine Finger wand, in der er sie erhielt. Crean wollte sich erheben, doch sein Kanzler hielt ihn zurück.

»Abgesehen von diesem Mönch ist da noch das Problem der sonstigen Begleiter der Mission zu den Mongolen –«

»Sie wissen doch nichts«, wagte Crean einzuwerfen. »Eingeweiht sind nur Hamo und Clarion –«

»Sind das keine Personen?« fragte Tarik kalt zurück. »Und sehr unreife dazu?«

»Ihr wollt doch nicht ...«

»Ich denke nur konsequent«, entgegnete Tarik scharf. »Ich weiß auch, daß die beiden diesen William nicht bis zum Großkhan geleiten, sondern hierher zurückkehren werden, wenn wir schon gar nicht mehr da sind –«

»Wir?« fragte Crean.

»Du wirst auf unserer Rückfahrt irgendwo im byzantinischen Herrschaftsbereich abgesetzt. Von dort aus vergewisserst du dich, daß unseren Weisungen, den Mönch betreffend, exakt nachgekommen wurde. Andernfalls mußt du doch noch in eigener Person ins Tatarenreich eindringen und mit dem Dolch in der Hand den Auftrag erledigen – wobei die Chancen, daß du lebend zurückkehrst, verschwindend gering sind. Die Mongolen haben wenig Verständnis für uns Assassinen. Doch ohne meinen Befehl ausgeführt zu haben, erwarte ich dich auch nicht mehr unter den Lebenden, Crean. *Insha'allah.*«

Der Angesprochene verneigte sich tief: »*Alahumma a'inni 'ala dsikrika wa schukrika wa husni 'ibadatik*«, erhob sich unbeweglichen Gesichts und eilte von dannen.

Zerschlagenes Geschirr
Cortona, Herbst 1245 (Chronik)

Als ich wieder zu mir kam, lag ich auf einem der Wagen im Stroh, neben mir zwei der Männer aus Otranto, die leise ächzten. Mein Kopf fühlte sich an wie ein Butterfaß, in dem Vorrat für einen ganzen Winter gestampft worden war; ich tastete an ihn hin, doch statt Milch klebte Blut an meiner Hand.

Vorsichtig richtete ich mich auf. Vor uns lag Cortona, und in dem anderen Karren saß Clarion, neben sich die Kinder, und hielt den Kopf Guiscards im Schoß. Sein ledernes Gesicht war blaß und schweißbedeckt. Wir rollten den befestigten Torweg hoch.

»Das Beste habt Ihr verpaßt, William«, sagte Hamo, der – als einziger zu Pferde – plötzlich neben mir auftauchte. »Wir sind unangefochten durch die Porta Flaminia gerollt. In der Aufregung kontrollierten die Wachen keinen, der die Stadt verlassen wollte – sie fragten uns nur neugierig, ob wir auch die Seeräuber gesehen hätten. Ich zeigte ihnen die Verletzten – in Guiscards Wade steckte noch der abgebrochene Pfeil –, und sie ließen uns passieren. In einem Dorf fanden wir einen Feldscher, der das Geschoß herausgeschnitten und die Wunde versorgt hat. Dann trabten wir weiter gen Norden, den Tiber aufwärts. Plötzlich donnerte uns eine Kavalkade entgegen, Päpstliche, an ihrer Spitze eben der düstere Reiter im schwarzen Umhang, der uns im Süden so hartnäckig verfolgt hat. Ich habe ihn sofort wiedererkannt, er uns nicht, Gott sei Dank! Er hatte kein Auge auf uns; es waren ja auch viele unterwegs, die mit uns Rom fluchtartig verlassen hatten. Keiner der auf Rom zustürmenden Schlüsselsoldaten hielt sich damit auf, unsere Karren, die sie fast von der Straße abgedrängt hatten, näher in Augenschein zu nehmen. Sie preschten vorbei wie eine zornige Hornissenwolke, und wir setzten unsere Reise so rasch fort, wie es der Zustand unserer Verwundeten erlaubte. Ihr gehört nicht dazu, William!« beschloß Hamo seine sprudelnde Erzählung. »Doch mach' ich mir Sorgen um den Alten.«

Er gab seinem Gaul die Sporen und setzte sich wieder an die Spitze des Zuges, und plötzlich flatterte auch wieder das Banner Otrantos uns voran. Welcher Leichtsinn, dachte ich bei mir, dieses verräterische Tuch nicht spätestens in Rom in den Tiber geworfen zu haben. Hätte man uns damit erwischt, baumelten wir jetzt alle von der Engelsbrücke herab, wenn uns nicht Schlimmeres widerfahren wäre.

Wir bogen in die Einfahrt zu Elias hochgelegenem Kastell. Frau Gersende, die Haushälterin, stand im Tor. Vorsichtig wurde Guiscard abgeladen. Clarion nahm die beiden Kinder an der Hand, und ohne mir auch nur einen Blick zu schenken, nein, sie sah durch mich hindurch, als sei ich Luft, verschwand sie im Haus.

Jetzt erst fiel mir auf, daß Clarion seit unserer Abreise weder an Hamo noch an sonst jemanden je das Wort gerichtet hatte, ich hatte sie nie mit jemandem scherzen hören, auch nicht mit den Kindern, die alles stumm, höchstens greinend über sich hatten ergehen lassen. Vielleicht waren sie auch taub. Sehr helle erschienen sie mir nicht. Die Gräfin hatte tief in die Bettenkiste ihres Waisenasylums gegriffen und ein paar Würmer herausgepopelt ans Tageslicht, aus denen selbst Folter kein gescheites Wort hätte herausquetschen können. Schöne »Kaiserkinder«!

Ich wurde zum Abendessen in die Küche gerufen, wo auch Guiscard in halb sitzender, halb liegender Stellung aufgebahrt war und von Frau Gersende liebevoll gefüttert wurde. Die Kinder hatte sie schon zu Bett gebracht.

Von Elia war aus Aquileja Nachricht gekommen, daß eine Order des Kaisers ihn dort noch festhalte, um sich des reputierlichen Patriarchensitzes zu vergewissern. Wir sollten nicht auf ihn warten, uns aber als seine Gäste fühlen.

»Die Wahrheit ist«, vertraute mir Gersende an, »daß vom Papst aufgehetzte Zelanten – also Mitglieder seines eigenen Ordens, stellt Euch vor – den Kirchenbau angegriffen haben, den der Bombarone hier zu Ehren des heiligen Francesco aus eigenen Mitteln errichtet. Zerstören wollten sie den Kirchenbau!« Gersende war ganz außer sich ob dieser Untat. »So hat mein Herr diesem undankbaren Ort erst einmal den Rücken gekehrt.«

Es gab *pasta ai fagioli*, Fladennudeln mit Schweinsbohnen, geriebenem Grana und einem kräftigen Schuß kaltgepreßten Olivenöls, dazu gesottene Eselswürste, die sie Guiscard in mundgerechte Happen vorschnitt. Der Alte blühte unter dieser Fürsorge sichtlich auf, wenn auch jede Bewegung des Beins ihm noch Schmerzen zu bereiten schien.

Lediglich für Hamo und Clarion war das Mahl in der großen Speisehalle an der langen Tafel gerichtet. Die gräflichen »Geschwister«, für die man sie allenthalben hielt, aßen mit eisigem Schweigen; jedenfalls drang zunächst einmal kein Wort durch die offene Tür. Gersende eilte, von Mal zu Mal ihnen vom guten roten Tuskaner nachzuschenken. Doch dann ging's los, erst in stichelnder Lautstärke, die sich schnell und hemmungslos steigerte.

»Ich bin's leid«, zischte Clarion, »diesen Wahnsinn weiter mitzumachen!«

Hamo, wohl froh, daß sie endlich den Mund aufmachte, suchte sich zu entschuldigen. »Wir mußten auffallen –«

»Ich«, höhnte Clarion, »nackt hier auf dem Marktplatz, wäre auffälliger gewesen!«

Hamo suchte sich nicht provozieren zu lassen, Clarion hatte offensichtlich dem Wein schon kräftig zugesprochen.

»Die Kinder«, sagte er erklärend, »sollten mit William zusammen gesehen werden.«

Clarion fühlte sich als dumme Gans zurechtgewiesen und schob nun mit einer Lache nach: »Deinen Mönch kannst' noch nackt dazustellen!«

Der Schlag galt mir, aber Hamo mußte die Wange hinhalten. »Hure!« brüllte er los, und etliches Geschirr zersplitterte an der Wand.

»O Gott, das böhmische Kristall!« stöhnte Gersende, die ein Stück Wurst auf den Zinken, innehielt, Guiscards hungriges Maul zu stopfen. Ich nahm die Gelegenheit wahr und bediente mich schnell und reichlich von den würzigen *salsicce*.

»Maulhuren«, verbesserte sich Hamo trotzig, »tun sich leicht, öffentliches Aufsehen und Ärgernis zu erregen, wenn sie sich im Schutz von Männern wissen, die ihre Haut für sie riskieren!«

»Für was habt ihr denn eure Haut zu Markte getragen?« giftete Clarion zurück. »Keiner hat William und die Kinder zu Gesicht bekommen! Wie Räuber seid ihr rein nach Rom, wie Diebe rausgeschlichen!«

»Sollten wir uns etwa erwischen lassen?!« bellte Hamo zurück. »Du gäbst wirklich einen großartigen Heerführer ab, Clarion von Salentin!«

Hamo war wütend, denn so unrecht hatte sie nicht; er hätte wenigstens die Fahne in Rom lassen sollen, als sichtbaren Beweis für die Verfolger, daß man ihnen ein ordentliches Schnippchen geschlagen hatte.

»Morgen reiten wir weiter!« bestimmte er. »Und du kannst dir ja einfallen lassen, wie alle Welt davon erfährt –«

»Ohne mich!« erklärte Clarion kühl. »Du bist verrückt, ohne

Guiscard – der zwar auch ein Verrückter ist, aber wenigstens kein grüner Junge«, verlachte sie Hamo –, »ohne seine Genesung abzuwarten –«

»Wir haben keine Zeit zu verlieren. William und die Kinder müssen Pian erreichen, um mit ihm –«

»Mich kriegen keine zehn Pferde von hier fort!« beschied ihn Clarion.

»Dann wird eben Gersende die Kinder begleiten!«

»Gersende wird Guiscard pflegen –« Clarion wurde jetzt obstinat.

Hamo explodierte: »Ich befehle dir –!«

»Du hast mir nichts zu befehlen. Du hast nicht einmal Befehlsgewalt über die Soldaten, die mir verblieben sind, und die mich zurück nach Otranto begleiten werden!«

Jetzt krachten wieder Teller und Gläser, Gersende bekreuzigte sich, Guiscard feixte, und ich lud mir geschwind noch mal die Schüssel voll. Der reichlich genossene Tuskaner tat jetzt auch bei Hamo seine Wirkung:

»Ich habe die Fahne«, gellte seine Stimme, »und wenn ihr alle flüchtig werdet, dann werbe ich eben Söldner an! Ich habe die Kasse, ich werde eine Amme mieten für die Kinder, und William werde ich auch mit mir nehmen! Oder willst du mir den Mönch auch streitig machen?«

»Die Amme nimm dir nur, sie soll dich in deine Fahne wickeln und den Mönch gleich dazu!«

»Hüte deine Zunge, Verräterin!« Es knallte ein letztes Glas; es waren wohl keine mehr verblieben.

»Kindskopf!« Clarion rauschte erhobenen Hauptes durch die Küche. »Du wirst sie alle ins Verderben rennen!«

Kaum hatte sie den Raum verlassen, erschien Hamo auf der Schwelle, torkelnd, den leeren Krug in der Hand.

»Wein, werte Frau Gersende!« Die Haushälterin war aufgesprungen, hatte sich wie eine Glucke schützend vor Guiscard gestellt, während ich meine Nase in die Pasta senkte. »Wein!« lallte Hamo. »Oder trinkt ihr auch nicht mehr mit mir?«

Guiscard und ich hoben unsere Becher, in die er uns frisch nachgeschenkt hatte. »Auf die falschen Kinder des Gral«, grölte er und soff gleich aus dem Krug, »und auf alle falschen Weiber dieser Welt!«

Wir tranken schweigend, und er wankte hinaus.

Das Blitzen
Otranto, Winter 1245/46

»Das Schiff, das Schiff! Das Schiff ist wieder da!«

Roç und Yeza waren, vor Aufregung hüpfend, bis an die Ringmauer vorgedrungen, dort wo eine eiserne Tür ihnen den Abstieg zum kleinen Hafen verwehrte. Sie krochen auf die Brüstung, um wenigsten von hier aus mitzubekommen, wie die Ruderer von Bord gingen und die mitgebrachten Waren ausgeladen und auf der Mole gestapelt wurden.

»Ich hab's kommen sehen!« rief Yeza und winkte den Seeleuten zu, die jetzt in die Takelung stiegen, um die gerefften Segel abzunehmen und die scharf geschliffenen Riemen aus ihrer Verankerung lösten.

»Du hast ja noch geschlafen, als es ums Kap gebogen ist«, rügte Roç ihren Enthusiasmus, ohne Erfolg. Yeza ließ sich nicht beirren. »Es kam übers Meer, ich hab's gesehen!«

»Es hat in Tarent übernachtet«, versuchte Roç noch mal seine Logik durchzusetzen, »also mußte es das Kap umsegeln! Du weißt nich' mal, wo Süden is' –!«

»Ein schwarzer Mann!« schrie Yeza, nun ganz aus dem Häuschen. »Er hat eine schwarze Haut und einen Ring in der Nase!«

»Dann ist es ein Mohr!« konstatierte Roç sachlich und bemerkte nicht, wie sich die Pforte öffnete und Laurence hinter ihnen erschien. Yeza sah sie zuerst und sprang ihr von der Brüstung fast um den Hals.

»Ein schwarzer Mann! Ist der für uns?« Die Gräfin schaute verwundert, der Gedanke war ihr gar nicht gekommen, aber warum nicht. Die Kinder brauchten jemanden, der sich nicht nur um sie kümmerte, sondern den sie auch akzeptierten, als Spielgefährten eher denn als Aufpasser.

»Ich schenk' ihn euch!« sagte sie und wollte sich gerade dem Freudengeheul entziehen, als Crean auftauchte und sie höflich zur Seite bat. Roç und Yeza stürmten davon.

Die schwere, eisenbeschlagene Tür, die weit über Kopfhöhe nur mit einer Leiter zu erreichen war, öffnete sich knarrend. Sie schien seit Jahren nicht benutzt worden zu sein. Der normannische Donjon war als letzte Zuflucht der Bewohner des Kastells gedacht, und derlei Mißgeschick hatte Otranto seit Menschengedenken nicht getroffen, zumindest nicht, seit Laurence hier regiert. Das letzte Mal könnte eigentlich nur gewesen sein, als die Staufer die Burg ›übernahmen‹.

Die Gräfin stieg vor Crean die enge, in Stein gehauene Wendeltreppe hoch, bis sie in den ersten fensterlosen Rundraum gelangten. Hier begann dann eine Holzkonstruktion, die, von Stockwerk zu Stockwerk wieder nur mit einer einziehbaren Leiter erreichbar, sich nach oben schraubte. Alles war staubig, und Licht fiel nur durch schräge Scharten ein. Dann verschloß wieder ein Steingewölbe das gesamte Rund; nur in der Mitte war ein Loch, gerade groß genug, eine einzelne Person durchzulassen. Crean folgte der Gräfin, und nach halsbrecherischem Durchqueren von weiteren Stockwerken, von denen jetzt Schießscharten in alle Richtungen gingen, gelangten sie auf eine offene Plattform, die durch einen doppelten Zinnenkranz gesichert war.

Vor ihnen befand sich eine mächtige Steinkuppel, mit einer Art Tor in der Wölbung, das sich aber von außen nicht öffnen ließ. Laurence schob eine der inneren Zinnen zur Seite und legte den Einstieg frei.

Sie krochen unter der Mauer durch in das Gewölbe. Es war stockfinster bis auf ein paar dünne Lichtstrahlen, die durch feine Risse im Holz des Tores drangen. Laurence tastete nach einer Eisenkette, und ächzend klappte das Tor auf, wie ein sich öffnendes

Maul. Das helle Sonnenlicht fiel auf die Kinder, die davor gehockt hatten und über das Erstaunen der beiden Erwachsenen hellauf lachten.

»Wie seid ihr denn –?« forschte die Gräfin streng, brach aber mitten im Satz ab, denn Yeza drehte sich wie ein Kreisel, um das Steigen einer engen Wendeltreppe zu beschreiben; sie drehte sich immer schneller, bis ihr schwindlig wurde.

»Du wirst noch runterfallen!« sagte Crean, der sie aufgefangen hatte.

»Es geht viel schneller als ihr mit eurer Leiter!« brüstete sich Roç selbstbewußt. »Es gibt sogar zwei von diesen Treppen. Die eine geht in den Keller, und die andere – vielleicht bis zum Hafen –«

»Das wissen wir natürlich nicht!« warf Yeza schnell ein. »Aber sie geht tief in die Erde!«

»So«, sagte die Gräfin und überging die Schilderung ihr unbekannter Geheimpfade. »Dann könnt ihr ja auch allein wieder nach unten!«

»Wir bitten darum, hierbleiben zu dürfen?« Yeza wußte Laurence am ehesten zu nehmen – die Gräfin konnte dem Mädchen kaum etwas abschlagen, vielleicht gerade weil es bei jeder Bestrafung verlangte, gleiches Maß wie Roç zu beziehen, ja sich oft für ihn anbot, wobei Laurence klar war, daß Yeza meist auch die eigentlich Schuldige war, die Anstifterin.

Die Gräfin schaute fragend zu Crean, der nickend sein Einverständnis gab. Wie sollten die Kinder verstehen, welche Nachricht er durchzugeben hatte; nicht mal Laurence würde den Kode der Assassinen entziffern können, mochte sie noch soviel Erfahrung mit dem Signalisieren haben.

»Mein ganzes Leben«, freute sich Roç mit dankbarem Blick, »habe ich mir gewünscht zu sehen, wie das hier geht, mit dem Leuchtfeuer – am hellen Tag?«

»Geht zur Seite«, sagte Laurence, »und keinen Mucks!«

Sie zerrte eine verblichene Decke aus dünnem Leder von der gebogenen Holzwand, die sich in ihrem Rücken befand, und der

Spiegel kam zum Vorschein. Er war aus vielen schwarz angelaufenen Silberplatten zusammengesetzt, die in weicher Kurve dem konkaven Rund des Holzrahmens folgten.

»Wir haben nicht mehr viel Zeit«, wandte sie sich an Crean, der sich Mühe gab, ihr behilflich zu sein, aber Laurence war trotz ihres Alters noch keineswegs der Typ von Frau, der sich irgendeinen Handgriff von einem Mann abnehmen ließ. »Es geht nur beim Mittagsstand, wir haben noch eine Viertelstunde, um bereit zu sein.« Sie nahm einen Eimer mit Holzasche – »Ihr könnt euch nützlich machen!« – und verteilte an die Kinder Stofflappen: »Je mehr er glänzt, desto weiter reicht das Blitzen!«

»Donnert er auch?« fragte Yeza ernsthaft und starrte auf den Spiegel, der etliche Flecken aufwies. Roç bemühte sich sogleich, sie wegzureiben, fruchtlos, bis Laurence es ihm zeigte. Die Gräfin spuckte auf den Lumpen, tupfte ihn in die Asche und rieb dann die Schmiere über das Metall, und schon glänzte das Silber.

»Wozu Spucke alles gut is'!« krähte Yeza und machte es ihr sofort nach, während Roç noch ungläubig zuschaute.

Die Gräfin war in der Zwischenzeit hinter den Spiegel getreten, wo ein hölzerner Hocker über Querlatten fest mit dem Rahmen verbunden war. Er stand auch nicht auf dem Stein, sondern schwebte etwa fingerbreit darüber. Laurence wischte den Staub vom Sitz und von den Markierungen, die im Boden eingelassen waren. Sie nahm Platz und prüfte den Lauf der beiden Ketten, die rechts und links von ihr vorbeiführten. Zog sie die eine, schloß sich das Tor, zog sie die andere, riß es das Maul wieder auf.

Crean, der den oberen Teil der Spiegelfläche bearbeitet hatte, wohin die Kinder nicht langten, trat zu ihr. Er streifte sich die erste Lederschnur vom Finger und kontrollierte die Knoten. Laurence sah ihm neugierig zu, vermochte aber in ihrer Reihenfolge und Stärke keinen ihr deutbaren Sinn zu entdecken.

»Kommen wir mit drei Längen aus?« fragte sie sachkundig.

»Zwei«, sagte Crean, »kurz und lang!«

»Seid Ihr bereit?«

Crean nickte.

»Kinder«, befahl die Gräfin, »kommt jetzt nach hinten, das Licht blendet euch sonst **die Augen**!«

Roç und Yeza kauerten sich zur Seite, hinter dem Gestell, sie hielten sich die Hände vors Gesicht und schielten zwischen ihren Fingern durch, in der stillen Hoffnung, doch etwas von den »Blitzen« mitzubekommen.

Laurence zog ruckartig das Tor auf, ließ es drei Herzschläge lang stehen, schloß es wieder, zählte leise bis zehn, öffnete für drei, schloß für drei, öffnete für zehn und wartete.

»Das ist die Kennung für Avlona«, erklärte sie, »kein Geheimnis. Sie stammt noch aus den Zeiten des Kaisers Alexios.«

Sie starrten alle über das Meer, dessen Horizont im Dunst in den blauen Himmel überging, aber nichts war zu sehen.

Laurence wiederholte die Operation: Drei – Pause lang – drei – Pause kurz – zehn!

Sie warteten, ihre Augen brannten. »Da!« schrie Yeza. »Es blinkt!« Tatsächlich blitzte jenseits der Adria ein Licht auf, nicht sonderlich hell, aber gut sichtbar. Laurence prüfte das Signal, bestätigte es dreimal kurz, einmal lang.

»Beginnt!« zischte sie Crean leise zu, der jetzt mit geschlossenen Augen seine Schnur abtastete und ihr die Signalzeiten zurief.

Die Kinder waren bald weniger von dem Auf- und Zuklappen des Tores fasziniert, als von der Gräfin, die wie ein furioser Puppenspieler an ihren Ketten riß, immer wieder zwischendurch hinter sich auf die Markierungen schaute, über die ein Sonnenstrahl punktartig wanderte. Sie versuchten das Loch in der Kuppel zu entdecken, durch das er fiel, wurden aber nicht fündig, weil sie dazu unter den Stuhl der Gräfin hätten kriechen müssen, was diese ihnen barsch untersagte.

Laurence geriet ins Schwitzen und in Rage. Die Zeiteinheiten **ihres** Pulses, die sie erst flüsterte, dann laut zählte und schließlich herausschrie, das Rasseln der Ketten, die ruckartigen Korrekturen, mit denen sie sich, ihren Hocker und damit den ganzen Spiegel in immer neue Positionen brachte, das Knallen der Klappen; Staub wirbelte auf, Laurence hustete, krächzte heiser, warf zwischendurch hastige Blicke auf Creans Schnüre, die dieser – kaum ›gelesen‹ zu Boden fallen ließ, bis dann die letzte durch die Finger geglitten war. Ein letzter Knall. Es war wieder stockfinster.

Als sich die Augen an die Dunkelheit gewöhnt hatten, sah man Laurence zusammengesunken auf ihrem Hocker. Sie atmete schwer. Der Staub legte sich.

Crean deckte mit Hilfe der Kinder, denen es die Sprache verschlagen hatte, den Spiegel wieder ab und reichte dann Laurence seine Hand. Diesmal ließ sie sich stützen, aber nur für kurze Zeit, dann stieg sie die Leitern wieder ohne Hilfestellung hinunter, wie ein junges Mädchen. Sie wartete auch nicht, bis Crean und die Kinder nachgekommen waren, sondern eilte zur Zisterne im Hof, ließ sich einen Eimer frischen Wassers heraufwinden, netzte ihr Gesicht und tauchte dann Hände und Arme lange in das kalte Naß. Sie schickte jemanden von dem ehrfürchtig bis beklommen umstehenden Gesinde zu Crean, er solle den Donjon abschließen und ihr dann den Schlüssel bringen.

Die königlichen Kinder
Lombardei, Winter 1245/46 (Chronik)

»Die königlichen Kinder«, murmelte ich fast unwillig, ein Geheimnis zu enthüllen, »sagen, daß ihr eine weite Reise tun werdet, doch am Ende den Esel unter Preis verkauft!«

Das Bäuerlein, das ehrfürchtig vor meinem »Thron« stand, seine Mütze verlegen mit plumpen Händen wringend, wollte mehr von mir, William von Roebruk, dem großen Magier, bei seiner allerletzten *audienza in pubblico!* »Und find' ich eine Frau?«

Ich, der Ratgeber in allen Lebenslagen, der berühmte Weise, einzig noch lebender Siegelbewahrer der chymischen Hochzeit und Adept des Hermes Trismegistos, im Begriff, dem Okzident für immer den Rücken zu kehren, auf meinem Weg zum Großkhan aller Mongolen und Tataren, ich legte meine Hände auf die Häupter der neben mir stehenden Kinder, schloß die Augen und ließ den Bauern gebührend warten, dann beugte ich mich zu dem Jungen, der jedoch keinen Brocken herausbekam, so neigte ich mein Ohr zu dem Mädchen, das mir zuflüsterte, daß sie dringend Harn lassen müßte, und ich richtete mich wieder auf und sagte: »Am Ende der Straße werdet Ihr das junge Weib treffen, das Euch des Tags zur Hand gehen und des Nachts wärmen wird!«

Für mich war die *consultatio* damit beendet, doch den Bauern drückte noch eine Sorge: »Und muß ich den Esel wirklich so schlecht verkaufen?«

»Nein«, flüsterte ich drohend, »aber dann wirst du keine Frau bekommen!«

Damit entließ ich ihn, und er zog mit seinem Grauen ab. Gezahlt hatte er schon vorher, mehr als er je für ihn erzielen würde.

Hamo, mein Prinz lächelte mir befriedigt zu. Es hatte ihn gewurmt, daß unser Zug durch Italien bis dato so wenig Aufsehen erregt hatte. Der Vorwurf Clarions, diesbezüglich versagt zu haben, hatte wie ein Stachel in seiner Seele gesessen. Trotzig war er mit uns aus Cortona aufgebrochen, doch Gott sei Dank wohl ausgestattet mit Geld und Soldaten. Elia im fernen Aquileja, wo er immer noch die Stellung für seinen Kaiser hielt, hatte wohl das schlechte Gewissen geplagt, dem jungen Grafen von Otranto diese schwierige Reise aufgebürdet zu haben, für deren Anlaß er sich mit Recht schuldig fühlte. Er hatte eine Anzahl ihm ergebener Truppen geschickt und seine Haushälterin angewiesen, Hamo mit allen Mitteln reichlich zu versehen.

Auch eine Amme war gefunden worden, eine Dicke von abgrundtiefer Häßlichkeit. Nicht nur daß sie einen Schweinskopf hatte, zwei behaarte Warzen verunzierten ihr Gesicht, doch sie war gut zu den Kindern, die sie an ihren wogenden Milchbusen drückte. Sie lebten zwar nicht auf, aber sie stellten das Greinen ein und begannen stammelnd ihre bescheidenen Bedürfnisse auszudrücken.

Wir waren unter Umgehung von bekannt antistauferischen Plätzen bis unter die Mauern von Bologna gezogen, Hamo – und ich mit ihm – zerbrach sich den Kopf, was und wie wir es nur anstellen könnten, um unserem Unternehmen mehr Publizität zu verschaffen.

»Wir riskieren Haut und Haar, William«, klagte er mir, »wir leiden unter Hitze, Fliegen, Wolf und Blasen, wir schleppen uns über Geröll und durch Sümpfe, wir fressen Staub und scheißen uns das Gedärm aus dem Leib, doch es kümmert keinen!«

Da stießen wir auf die alte Larissa und ihre Sippe, fahrendes Volk, das sich selbst als Komödianten ansah, doch bestenfalls billige Possen bot. Die Urmutter Larissa, zahnlos und schütter weißhaarig, las in den Handlinien und orakelte, ihre Söhne, Schwiegertöchter, Kindeskinder und Urenkel schlugen Rad, bauten menschliche Pyramiden, entfesselten sich, spuckten Feuer und zauberten die Enkel vom Erdboden fort und Kaninchen und weiße Tauben dafür herbei, sie zogen sich Eier aus den Ohren, prügelten sich mit Holzschwertern, und die Kleinen ritten Turnier auf den Schultern der Großen mit Lanzen, deren Enden wohlweislich mit Stoffknäueln abgepolstert waren. Die Mädchen tänzelten und schlugen Zimbeln und Tamburin, ihre weiten Röcke flogen, zeigten aber nur Beinkleider darunter. Und niemand sah ihnen zu, außer ein paar Schäfern, und die zahlten nicht. Die Soldaten lachten und machten den Zigeunermädchen schöne Augen und derbe Angebote.

Wir hielten bei ihnen an, und Hamo gab ihnen Geld, als ihr Programm sich zu wiederholen drohte, und die Hand der Männer nach den Messern zuckte. Der älteste der Söhne führte uns zu Larissa, und sie jammerte, daß sie und ihre Sippe verhungern müßten, weil die Torwachen sie Theaterleute wie fahrendes Gesindel behandelten, ihnen den Einzug in die Mauern und auf die Märkte verwehre. Ob er, ein kräftiger junger Herr, wie leicht ersichtlich, ihr nicht die verschlossenen Türen öffnen könnte, und sie warf sich zu Boden und küßte Hamos Stiefel.

Da zeigte sich mir zum ersten Mal die reichlich sprudelnde Quelle der Phantasie des Sohnes der »Äbtissin«, seine spontane Vorstellungskraft:

»Ich habe hier den bizarren wie berühmten William von Roebruk«, dachte er laut und wies ehrerbietig auf mich, »und zwei königliche Infanten.« Die Kinder schauten verschüchtert und suchten greinend Schutz in den mächtigen Flanken der fetten Amme. »Sollte es nicht möglich sein, den Maestro Venerabile der Geheimen Künste und seine Kinder der unsichtbaren Krone in Euren werten Kreis einzureihen, ja, sie zur besonderen Attraktion zu erheben?«

Die Uralte verstand nichts von dem, was Hamo im Schilde führte, oder ich konnte nicht verstehen, was ihr zahnloser Orakelmund von sich gab, aber ihr Ältester, Roberto, der Eisensprenger, der Ketten mit seiner nackten Brust zum Platzen brachte, wenn er nicht eine der Tänzerinnen mit Messern einrahmte, hatte die Idee sofort begriffen.

So entstand das »Außerordentliche und kunstvolle Ensemble des kühnen Prinzen von Otranto«.

Ich wurde in einen weiten lila Mantel, der mit silbernen Sternen besetzt war, gesteckt, erhielt einen spitzen Hut, den ein Halbmond zierte, die Kinder bekamen bunte Kittelchen und kleine, wie gülden wirkende Krönchen aufs Haupt, und Hamo entrollte seine Fahne, von der er sich nie getrennt hatte. Ein Herold kündigte unser Kommen an, keine Wache wagte es, uns den Eintritt zu verweigern, wozu geschickt hingeworfene Goldstücke sicher beitrugen, ich hatte wieder einen eigenen Wagen, auf dem ich thronte – die Uralte hatte mir ihre Orakel und ihren Platz vermacht –, die Kinder fuhren, umgeben von den Soldaten, auf einem anderen, und die Enkel bewarfen sie mit Blüten.

So zogen wir von Markt zu Markt, wurden begafft, bestaunt und beraunt, denn Hamo und Roberto wetteiferten darin, sich jedesmal neue Mär über den großen Magier William und die königlichen Kinder einfallen zu lassen. Unser Ruhm eilte uns voraus und zog wie eine breite Schleppe hinter uns her, besonders was unser aufregendes Reiseziel anbetraf, der Hof des fernen, gewaltigen und blutrünstigen Groß-Khans.

So kamen wir auch nach Parma. Wir hatten die Bühne aufgebaut, meinen Thron darauf unter einem Baldachin aufgestellt, und ich versorgte das neugierige Volk mit Sprüchen – und dankte dem lieben Gott im stillen für meine okkulten Studien seinerzeit in Paris, die mir jetzt gut zupaß kamen.

Eine Bürgersfrau – sie sei Witwe – hatte mich gerade verschämt um Rat gegen Bauchgrimmen und für einen Bettgefährten gebeten, als ich mir gegenüber, auf der anderen Seite des Marktes, einen Trupp Reiter sah, Franziskaner wie ich – wie mir siedendheiß bewußt wurde, die einen päpstlichen Legaten eskortierten. Dieser schaute angestrengt zu mir herüber, stieg von seinem Pferd und kam auf mich zu.

»Viel warmes Wasser, innen wie außen«, versuchte ich die Dame schnell abzufertigen, doch sie beharrte auf dem kräftigen Burschen für die einsamen Nächte: »Und der Liebestrank?«, und der alte Franziskaner kam immer näher, von zierlicher Gestalt wie ein Vögelchen, von den Haaren nur noch ein Lockenkranz und um den Mund ein ironisches Lächeln. »Geht täglich ins Badehaus, gute Frau, dort werdet Ihr ihn finden, und er wird Euch von Eures Leibes Pein erlösen!« Sie eilte errötend von dannen, grad' rechtzeitig, bevor mein Bruder in Franziskus an mich herantrat.

Ich lächelte ihm zu, bevor ich die Augen schloß und meine Hände die Scheitel der königlichen Kinder suchten. Der Legat schob sich so dicht an mein Ohr, daß ich seinen Atem spürte.

»Grüße von Ingolinde«, flüsterte er, und als ich nicht zu atmen wagte, geschweige denn zu antworten, fügte er mit leisem Lachen hinzu: »Du bist eine arge Zier des Ordens, Bruder William, aber von mir hast du nichts zu befürchten!«

Ich blinzelte unter halbgeschlossenen Lidern. Seine grauen Augen, mit Lachfältchen umkränzt, hatten wahrlich nichts Bedrohliches. »Ich bin Lorenz von Orta«, sagte er leise, »und auf dem Weg zu unserem General –«

»Elia ist in Aquileja.« Ich faßte Vertrauen zu dem Mann.

»Ich weiß«, zischte Lorenz leise, »ich muß ihn auffordern, vorm Papst zu erscheinen, und gleichzeitig«, seine Stimme senkte sich verschwörerisch, »ihn warnen, sich nach Lyon zu begeben!«

»Elia wird den Teufel tun!« fuhr es mir heraus.

»Genau«, sagte Orta. »Dafür wird er bis auf weiteres im Kirchenbann belassen.«

»Besser im Bann der Kirche als in den Verliesen der Engelsburg!«

»Das gilt auch für Euch, Bruder William. Schaut unauffällig über meine Schulter zu den Arkaden am Ausgang der Piazza – seht Ihr die einsame Gestalt im dunklen Umhang?«

»O Gott!«

»O Teufel!« verbesserte mich Lorenz leise und lachte. »Es ist Vitus von Viterbo.« Mir war nicht nach Lachen zumute; einmal mehr hatte ich Anlaß, mich an Paris zu erinnern. »Der Inquisitor – oder besser, der Häscher des Grauen Kardinals – brennt darauf, Euch und die Kinder, ganz oder in Stücken, nach Rom zu verbringen, um seinen Herrn zu versöhnen. Seit Ihr so frech wart, ihm das Schnippchen zu schlagen, ohne daß er Euch zu fassen bekam, hat sich der arme Vitus nicht mehr unter die Augen seines Herrn gewagt; er wird Euch die Hölle bereiten!«

Jetzt hatte ich also einen Namen für den geheimnisvollen Fremden, der uns durch halb Italien gefolgt war, aber es gefiel mir keineswegs. »Was soll ich nur machen?« jammerte ich. »Wie komm' ich hier weg?«

»Größter aller Magier!« spottete Lorenz. »Ganz einfach: Ihr löst Euch in Luft auf!«

Ich schielte hinüber ins Dunkle der Arkaden, wo immer noch im Schatten einer Säule die düstere Gestalt stand und mich mit glühenden Augen anzustarren schien.

»Verlaßt heute abend die Stadt gen Westen«, flüsterte Lorenz. »Das erwartet er nicht. Nach anderthalb Meilen findet Ihr rechts am Wege eine verbrannte Burg. Dort will ich Euch um Mitternacht treffen. Tötet jeden, der früher oder später kommt!«

Der Herr Legat warf mir eine Münze hin für den langen Rat, den er bei mir eingeholt, und ging zu seiner Eskorte zurück. Die Franziskaner ritten Richtung Osttor davon.

Wir brachen unser Spektakel ab, fragten nach einer Herberge und jeden, den wir trafen, um den Weg dorthin. Wir gaben dem

Wirt Geld für die Nacht, und ich hockte mich mit Hamo und Roberto hin, um zu beratschlagen.

Als es dunkel war, teilte Hamo dem Wirt mit, wir hätten es uns anders überlegt und würden unsere Reise gen Osten auch des Nachts fortsetzen. Weniger seine Warnungen als sein Schweigen belohnten wir reichlich, weckten die Kinder, Frauen und Kindeskinder und machten uns aus dem Staube.

Wir erreichten den angegebenen Ort und fanden dort einen Hirten, der uns eine Anzahl Mönchskutten übergab, mit den Worten: »Bruder William, der größte Sünder der Christenheit, wird in Ketten an den Ort seiner gerechten Bestrafung verbracht! William von Roebruk, der gräßlichen Sünde der Sodomie schuldig! Seht nur den verworfenen Mönch, an sein lüstern Weib mit dem Saukopf gekettet und an den Wurf seiner Lenden : Schweinekinder! So zieht den nördlichen Seen zu und spart nicht an Züchtigungen für diese Scham des Ordens, bespeien soll ihn die Bevölkerung im Lande, denn die Städte müßt ihr meiden!«

»Nie bist du ein Schäfer!« fuhr ich ihn an.

»*Pace e bene!*« grüßte der Minorit lachend und entschwand mit seinen Ziegen im Dunkel der Nacht.

Wir folgten seinem Geheiß, nur daß wir uns von Larissa und ihren Schaustellern trennten. Ein herzzerreißender Abschied, den Hamo der Urmutter vergoldete, was einen Regen von Segenswünschen und Glückbeschwörungen auf uns niedergehen ließ.

Jedoch war es kein Vergleich mit dem Hagel von Geißelhieben, der in nächster Zeit – bei Tag und vor den aufgerissenen Augen von Bauern auf dem Weg zum Markt – auf meinen Rücken prasseln sollte. Das Amt des Folterknechts hatte der bärenstarke Roberto übernommen, der uns von nun an begleitete und sich als kundiger Führer erwies. Zugebenermaßen hatte mich meine vorausgegange Rolle bei weitem mehr ergötzt. Robertos Schläge knallten zwar nur, was die Kinder heulen machte, doch das Sputum, die faulen Eier und stinkenden Gedärme, mit denen man mich in den Dörfern bedachte, die waren handfest und erbost gemeint.

Wir zogen die Seen entlang, die Berge wurden höher, die entfernteren trugen schon Schneekuppen auf den Gipfeln. Und jede Nacht wurde es kälter, dafür aber einsamer, nur noch Einzelgehöfte, deren Bewohner uns immer weniger Beachtung schenkten, ja sie schauten nicht einmal vom Heuen auf; der Herbst neigte sich dem Winter zu.

Erhebende Zweifel
Otranto, Winter 1245/46

Die Sonne ging jetzt schon früh unter zu Otranto, doch Laurence begab sich noch keineswegs zur Ruhe. Es war wieder ein anstrengender Tag gewesen; sie spürte ihre Knochen und verwünschte insgeheim den Tag, an dem sie sich zum erstenmal von Crean hatte breitschlagen lassen, für ihn Botschaften mit dem Spiegel abzusenden. Inzwischen waren auch Antworten und Nachrichten eingetroffen, und jedesmal mußte sie die steilen Treppen hinaufsteigen, den Spiegel einrichten und die Klappe bedienen. Aber was sie am meisten ärgerte, war, daß sie nichts von dem Geheimkode verstand, mit dem die Assassinen sich untereinander verständigten.

Die Gräfin durchmaß energischen Schrittes die Burg, bis sie in der Halle angelangt war, wo Turnbull und Tarik sie erwarteten.

»Wir sind zu der Einsicht gelangt«, empfing sie John, und auch Tarik rang sich ein Lächeln ab, in dessen Schutz er seine vorläufige Niederlage in politischen Gewinn auf lange Sicht umzumünzen gedachte, »daß unsere Kleinen erst einmal hierbleiben sollen, bis sie dem zartesten Kindesalter entwachsen und für die Strapazen der weiten Reise gewappnet sind.«

War Laurence erleichtert, zeigte sie es nicht. Die Rangen waren eine Last – schon jetzt, im zartesten Alter! Eine Belastung, deren Bürde zunehmen würde, doch wollte sie die Kinder sicher nicht hergeben, solange Hamo und vor allem Clarion nicht zurück waren. Roç und Yeza waren ein Pfand, daß ihrem eigenen Fleisch und Blut – dazu zählte sie Clarion – nichts geschah. Außerdem mochte sie die beiden, ihren ungestümen Charakter, ihre Unbändigkeit. Die Gräfin liebte die Kinder auf ihre Weise, Roç wegen seiner ernsthaften Lauterkeit, und Yeza, die Wilde, weil sie ihr selbst so ähnlich war. Sie wollte einfach ja sagen, aber sie mußte gegen den Stachel löcken.

»Was für eine ›weite Reise‹?« platzte sie heraus, wohl wissend, daß man ihr die Auskunft verweigern könnte. Doch Tarik hielt es für angebracht, der Gräfin eine Ahnung von der Größe und Wichtigkeit des Unternehmens zu geben, schon um sie für die Zukunft gefügiger und ihr ihre eigene Einbindung in den ›Großen Plan‹ klarzumachen.

»Ich danke Euch, Gräfin, daß Ihr diese Verantwortung auf Euch nehmt.« Der Kanzler wurde feierlich: »Die Wiege der Menschheit kann nicht länger durch einen Kalifen mit Beschlag belegt werden, der sich auf nichts als die Sunna beruft. Nach Bagdad gehört eine Dynastie, deren Blut sich aus dem des Propheten ableitet –«

»Auch Jesus war ein Prophet«, unterbrach ihn Turnbull mit Entschiedenheit. »Warum einigen wir uns nicht auf eine Formel, die für alle akzeptabel ist, Juden, Christen – genau das ist doch die Kühnheit des ›Großen Planes‹, eine Blutsverbindung des Alten und des Neuen Testaments, des Korans und der Offenbarungen –«

»Also wollt ihr die Kinder gar nicht zum neuen Herrscherpaar machen?« mischte sich Laurence ungefragt ein, voll Empörung. »Denn so wenig ich auch über Schoß und Samen weiß, dem sie entsprossen sind, ein Teil der Schia sind sie wohl kaum! Was für ein Spiel treibt ihr mit ihnen?«

»Wir, die Prieuré de Sion«, entgegnete John ihr scharf, und das war das erste Mal, daß sie die Kälte dieses geheimen Ordens anwehte, der im Hintergrund die Fäden zog und andere die Eisen aus dem Feuer holen ließ, »haben nie und nirgendwo gesagt ›zum‹, sondern immer ›aus‹: *aus* ihnen das neue Herrscherpaar!« Turnbull wurde ungewohnt konziliant, zu viel stand für ihn auf dem Spiel. »Das kann heißen, ›aus‹ beiden, kann aber auch nur eines der beiden Kinder betreffen –«

»Und was würde aus dem anderen?« Die Gräfin wurde zur wachsamen Raubtiermutter bei der Witterung von Schakalen, die ihr Junges umstreifen.

Tarik spürte das. »Ihr erwartet jetzt von mir einen Satz wie: ›Zur Zucht wird aus einem Wurf nur das geeignete Jungtier erhalten, die anderen werden ertränkt!‹ Ist es nicht so?«

»Fahrt nur fort, Euch zu dekuvrieren, Herr Kanzler!« Laurence fühlte die Löwin in sich wachsen. »Was geschieht also mit der nicht lebenswerten Welpin oder dem nutzlosen Welpen?«

Tarik lachte zynisch, was sie noch mehr in Rage brachte. »Ihr sentimentalen Christen habt dafür doch Klöster und Konvente! Wir heidnischen Barbaren, wir töten einfach, was uns stört, und zwar rechtzeitig und ohne viel Aufhebens.«

»Also doch!« sagte Laurence traurig; sie hatte gehofft, das Ganze sei nur ein böser Traum, Zerrbild abgrundtiefer Schlechtigkeit der Menschen. »Und Ihr glaubt, ich werde Euch je noch diese beiden jungen Menschenleben übergeben, sie Eurem ›Großen Plan‹ ausliefern!?«

»Ich glaube«, sagte John, »Ihr übertreibt schon wieder, beide! Denn so fest steht, daß unser Vorhaben, dem wir alle uns verschworen haben – auch Ihr, Laurence –, nicht gefährdet werden darf, auch nicht durch Verunreinigung – und vergossenes Blut ist Verunreinigung –, so sicher ist auch, daß keinem der Kinder ein Leid geschehen soll! Wir brauchen sie!«

»Wie richtig!« fauchte Laurence. »Ihr gebraucht sie – noch!«

»Wie falsch«, sagte Tarik trocken. »Nur falsches Blut verunreinigt, vergossenes hingegen reinigt!« Der Kanzler wartete, ob jemand ihn angreifen würde. »Wir, die Sekte Ismaëls, sind bereit, unter Blutsopfern Bagdad vom Joch des falschen Kalifats zu befreien, im Zangenangriff von Persien und von Syrien aus, wir sind bereit, unser heiliges Blut, das der direkten Nachkommenschaft, zur Verfügung zu stellen, dem Gebot der Schia folgend wie dem Anspruch aus dem königlichen Hause Davids –«

»Heilig Blut im Zweistromland«, spottete Laurence, »geschützt durch die Franken des Königreiches von Jerusalem im Westen und

Alamut im Osten! Denn das habt Ihr unausgesprochen gelassen, werter Kanzler, Eure berechtigte Sorge um die Gefahr, die Euch von dort, von den Mongolen droht. Die Kinder sollen Euch Ismaëliten den notwendigen Einfluß sichern, das Überleben garantieren –« An der Gräfin war ein Staatsmann verlorengegangen – wie sie oft selber meinte. »Nur deshalb seid Ihr bereit, nichtgläubiges Blut zu akzeptieren!«

»Jeder von uns hier hat seine Beweggründe, weswegen er an den Kindern interessiert ist. Es gibt aber noch mehr Unsichtbare, denen an ihrem Verderben liegt, die Himmel und Hölle in Bewegung setzen werden, um unser Vorhaben zunichte zu machen!« Der alte John Turnbull hielt flammenden Appell an die Streitenden. »Laßt uns deswegen zusammenstehen, ihr Überleben, und damit ihre Zukunft sichern!« Er atmete schwer, die Aufregung setzte ihm zu. »Was ist denn gegen eine multireligiöse Erziehung von Roç und Yeza einzuwenden, zwischen Koran und Bibel?«

»Morgen laß ich den Rebbe von Bari kommen!« Laurence nahm die Angelegenheit sarkastisch. Wozu, schoß ihr durch den Kopf, habe ich bisher Pfaff und Nonnen von ihnen ferngehalten, damit solche religiösen Fanatiker und politischen Wirrköpfe die klaren Gemüter der Kleinen vernebeln?

Doch Turnbull begeisterte sich weiter an seiner Idee. »Herrscher, die das Reich Gottes bereits in sich tragen. Die Katharsis ihrer Eltern als treibende Kraft, vereint doch diese gereinigte Form des Christentums alle Lehren in sich, versöhnt alle Religionen«, ereiferte er sich. »Ich sehe«, und er schloß die Augen, »die Kinder in Jerusalem, Stätte des Heiligen Grabes, Stätte auch, von der Mohammmed gen Himmel fuhr, Tempel des –«

»Roç als Papst, Yeza als Kaiserin?« unterbrach ihn ironisch Tarik, und auch Laurence konnte nicht an sich halten: »Und die Weltherrschaft der Prieuré manifestiert sich endlich am historischen Ort!«

»Nicht Herrschaft, nicht Macht: die ›leys d'amor‹!« wehrte sich John emphatisch. »Ein Ende aller Gewalt, die Rückkehr ins verheißene Land –«

»Die Juden werden sich freuen!« Laurence wurde jetzt barsch, sie wies auf die kaiserliche Vollmacht, die auf dem Lektorium ausgerollt war. »Laßt mich den imperialen Standpunkt darstellen, damit hinterher keiner behaupten kann, ich hätte geschwiegen zu Traumgespinsten und konspirativen Luftschlössern: Die Zukunft gehört dem Abendland! Seine oberste Instanz ist der Kaiser. Das Priestertum einer jeglichen Religion« – das war an die Adresse der beiden Alten, deren Sektenhörigkeit sie ärgerte – »hat sich dem unterzuordnen! Ich wollte, Friedrich würde zu diesem Behufe seinen Sitz in Rom nehmen, damit alle Welt sieht, von wem das Leuchten ausgeht!«

»So werdet Ihr die Welt nie vereinen noch befrieden.« Tarik war wütend über den Auftritt der Frau. »Und ich bezweifle auch, daß Euer Herr so denkt –«

»Rom hat der Menschheit nur Unglück gebracht, Unterdrückung und Haß!« lamentierte auch Turnbull. »Weit entfernt vom Heiligen Land ist diese unheilige Stadt!«

»Dann eben Palermo!« bot Laurence an, als ob sie das Geschick der Menschheit mit einem Federstrich verändern könnte. »Sizilien als mediterranes Bindeglied zwischen Morgen- und Abendland!« Ihr kamen Zweifel ob ihrer Vollmacht. »Vorausgesetzt, Friedrich will überhaupt etwas mit ihnen zu tun haben – denn, stauferischen Bluteinschuß vermutet, aber nicht bewiesen, für den Kaiser bleiben sie Ketzerkinder, was sie ja auch sind!«

»Es sind die Infanten des Gral, des ›sangue real‹.« John war es leid, die Diskussion überhaupt zugelassen zu haben. »Die Welt wird uns dereinst danken, daß wir es gerettet haben, wo immer es sich dann manifestieren wird –«

»Wie auch immer!« pflichtete ihm Tarik korrigierend bei. »Es ist kostbares Blut; wir wollen es nicht verschütten, sondern es behutsam konservieren bis zu dem Tage, an dem uns Allah wissen lassen wird, wie sein Ratschluß lautet!«

»Ehre sei Gott«, schloß John erlöst ab, »und Friede auf Erden und –«

»– und den Menschen ein Wohlgefallen!« fiel Laurence ein.

»Wenn die Kinder alt genug sind, werden sie vielleicht auch noch ein Wort mitreden wollen!«

Die Gräfin mußte das letzte Wort haben, auch wenn sie es erst beim Herausgehen zwischen Tür und Angel von sich gab.

So hörte sie auch nicht mehr, wie der alte Turnbull: »Da sei Gott davor!« murmelte und Tarik von sich gab: »*Wa' tanbah kelab al-kaflah!*«

»Von welchem König sind wir eigentlich die Kinder?« Roç schaute Crean von unten an; er war schneller die Stiegen hinabgeklettert als der freundliche Mann mit dem traurigen Narbengesicht, der sie vom Montségur weg übers Meer bis hierher begleitet hatte und zu dem er volles Vertrauen empfand. Gut, er war zu alt, um so ein Freund zu sein wie William, so ein lustiger! Crean wirkte immer so, als dächte er schwer über etwas nach, das ihm auf der Seele lastete.

»Hörst du mir zu?« sagte der Junge. »Alle sagen, wir seien Königskinder.«

Crean nahm sich Zeit, zumal Yeza als neues Spiel herausgefunden hatte, von den Brüstungen der Plattformen hinunterzuspringen und sich von Creans Armen auffangen zu lassen; das gefiel ihr, und sie juchzte jedesmal, wenn sie sich fallen ließ.

Die drei befanden sich noch immer im Inneren des Donjon, in jenem fensterlosen Hauptraum, der nur Licht aus den hochliegenden Einlässen erhielt.

»Ach«, sagte Crean und setzte sich auf die unterste Stufe der hölzernen Treppenkonstruktion, Yeza auf sein Knie lassend. »Das weiß ich auch nicht so recht. Aber ich denke, es hat mit allen Königen zu tun –«

»Mit dem König der Könige?« fragte Yeza begierig.

»Das ist doch der Kaiser!« wies sie Roç belehrend zurecht.

»Es war einmal ein König, der hatte die zwölf besten Ritter an seiner Tafel –«

»König Arthur!« fiel ihm Roç aufgeregt ins Wort. »Ist das unser Vater?«

»Irgendwie ja«, sinnierte Crean, »Auch wenn er schon lange tot ist ...«

»Er lebt in einem Berg«, klärte ihn Roç auf, »und eines Tages kommt –«

»Ich möchte nicht so 'nen alten König«, verkündete Yeza. »Mein Vater soll ein Held sein!«

»Gut«, sagte Crean, »das Land, in dem der Montségur stand, gehörte einst einem jungen König. Sie nannten ihn Parsifal, das kommt von Perce-val und heißt ›Schneid mitten durch‹. Er war ein tapferer Krieger, aber –«

»Aber?« Yeza war ganz aufgeregt.

»Sie haben ihn vergiftet!«

»Gefährlich?« fragte sie. »Wer hat ihn gegiftet?«

»Sicher die Franzosen«, trug Roç bei. »Sie sind gefährlich!«

»Und warum, wenn er doch ein Held war?« Yeza war enttäuscht, daß auch dieser Vater nicht mehr greifbar war.

»Der König von Frankreich«, klärte Crean sie auf, »und der Papst von Rom waren beide von Neid erfüllt, weil sie nicht das königliche Blut hatten wie Arthur und Parsifal –«

»Also wie wir!« stellte Roç fest.

»Deshalb«, sagte Crean und setzte Yeza ab, »müßt ihr Euch vor diesen Feinden hüten.«

»Wenn ich groß bin und ein Ritter, werde ich sie zum Zweikampf fordern und besiegen!«

»Ich auch«, rief Yeza, »jeder einen!« Sie dachte nach, ob sich das wohl mit der ihr zugewiesenen Rolle als Mädchen vereinbaren ließ. ›Frauen können keine Ritter werden!‹ hatte Roç ihr eingebleut, weil Ritter Frauen dienen. »Ich gifte den Papst«, erklärte sie entschlossen, »wenn er mich heiraten will!«

Crean lachte, vor allem, als Roç erstaunt zu seiner Gefährtin aufsah und meinte: »Laß mich das machen, ich bin doch dein Ritter!«

Sie sprangen auf und zerrten Crean die steile Wendeltreppe hinunter, überholten ihn dann, kletterten hastig die angelehnte Leiter hinab, mit dem spontanen Einfall, sie vom Turm wegzuziehen, bevor er in der hochgelegenen Außentür erschienen war. Doch Crean ahnte, welcher Schabernack ihm blühte; er war schneller draußen, als sie gehofft hatten, setzte geschwind einen Fuß auf die Leiter und schloß die eiserne Pforte sorgfältig ab. Die Kinder rannten davon.

Die Lawine
Alpen, Winter 1245/46 (Chronik)

Wir bogen in ein Tal ein, an dessen Südhängen noch Wein geerntet wurde, die letzten Trauben hatten schon den nächtlichen Frost erfahren, und dahinter erhoben sich in majestätischer Eiseskälte die weißen Zacken der Alpen. Bei einer einsamen Kapelle begann der Aufstieg zum Paß. Ich verlangte – selten genug, daß ich dies Verlangen äußerte –, dort zur Madonna zu beten, bevor wir uns auf den schmalen Pfad machten, der sich über den Wipfeln der letzten Lärchen und dunklen Tannen in sturmumtoste Höhen emporschängelte.

Selbst hier lag schon Schnee. Hamo ließ mir die Ketten abnehmen, die ich schon lange als überflüssig empfand. In dem kargen Gottesraum fand ich einen Priester, der das ewige Licht mit Öl versorgte. Er war entsetzt, als er hörte, daß wir noch über den Paß wollten.

»Bruder des heiligen Franz«, sprach er mich an und schlug das Kreuzeszeichen über mir, »gerade Ihr solltet diese *via crucis* meiden. Dort oben hausen die Saratz. Kein Minorit ist je lebend über ihre Brücke ins Hochtal des En gelangt.«

»Die Saratz?« fragte ich belustigt, was konnte mich noch schrecken.

»Das sind Teufel, sie können über den Schnee rennen, ohne zu versinken – das ist Teufelei! Sie wittern jeden Minoriten gegen den Wind und hetzen ihn zu Tode!«

»Und fressen ihn samt härener Kutte?« spottete ich.

»Ach, Bruder«, seufzte der Eremit, »ich wollt', ich könnt' Euch die unzähligen Holzkreuze, Stecken und Pilgertaschen zeigen, die jedes Frühjahr mit der Schmelze den Fluß heruntertreiben.«

»Wir werden Euch einen fangen«, scherzte ich, »und ihn auf einem Floß angekettet zu Euch schicken!«

Er segnete uns alle und weinte, als wir weiter zogen.

Den Karren, der bisher mich großen Sünder, mein lüstern Weib – diese gute Amme von gräßlicher Häßlichkeit – und die blöde Brut meiner Lenden getragen hatte, ließen wir bei ihm stehen. Der Pfad war zu steil und das Geröll zerfurcht von Regen und Schneewassern.

Ich ließ mich nicht wieder anketten, aber Hamo bestand darauf, daß die Amme und die Kinder auf diese Weise verbunden blieben, damit keines der beiden Tröpfe abstürzte.

Eingedenk der merkwürdigen Warnungen des Eremiten hielt ich es trotz meiner laut geäußerten Zweifel für das Klügste, mich meiner Kutte zu entledigen und sie gegen den Rock des Fahnenträgers einzutauschen, wenn auch dessen Wams mir über dem Bauch nicht zuging. Der arme Kerl hatte gefroren und fühlte sich in der braunwollenen Kutte meines Ordens sauwohl.

Wir waren noch nicht lang gestiegen und hatten gerade den letzten Wald erreicht, als ich mich noch einmal umschaute. Unten bei dem Kirchlein war ein starker Reitertrupp eingetroffen; sie umringten den Karren und hatten den Eremiten aus der Kirche gezerrt. An ihrer Spitze sah ich die düstere Gestalt im schwarzen Umhang.

Wir beschleunigten unsere Schritte, doch die Verfolger begannen den Aufstieg. Hamo befahl den Soldaten, hinter Bäumen Position zu beziehen und den Feind mit einem Pfeilschauer zurückzuweisen, solange er noch ohne Deckung sei. Wir anderen, er, Roberto, die Amme und die Kinder und der Fahnenträger, eilten durchs Gehölz, immer höher, doch als ich mich umdrehte, sah ich unsere Bogenschützen wie die Hasen zwischen den Bäumen davonlaufen.

Als der Wald zu Ende war, öffnete sich vor uns eine tiefe Schlucht, in der ein Wildbach toste. Zwei nebeneinander liegende Baumstämme dienten als schmale Bruck. Da mir schwindelte, ließ ich mir von dem Fahnenträger die Fahne reichen und benutzte sie als Balancierstange; er folgte auf allen vieren. Danach kam der starke Roberto, der die Amme an der Kette führte, und hinter den Kindern hielt Hamo das andere Ende. Die dicke Frau ging tapfer voran, hatte aber die Augen fest geschlossen, doch Roberto zog sie in seine Richtung, bis sie festen Boden unter den Füßen hatte.

Roberto zerrte sie weiter, denn die Kinder hatten sich vor Angst schreiend auf die Erde geworfen, so daß er auch ihre beiden Körper an der Kette über die Bohlen schleifen mußte, bis sie in Sicherheit waren, aber immer noch brüllten sie wie am Spieß, übertönt vom Tosen des Flusses.

»Der Steg muß weg!« rief Roberto, warf sich auf den Boden und rüttelte an den Stämmen, die sich im Lauf der Zeit fest in die schroff abfallende Felsböschung verklemmt hatten. Sie rührten sich nicht. Roberto kniete nieder und umschlang sie mit beiden Armen, die Adern traten ihm auf die Stirn – plötzlich, mit einem Ruck hatte er sie hochgerissen. Roberto schwankte, dann wurde ihr frei gewordenes Gewicht übermächtig, er verlor die Balance und stürzte vornüber vor unseren Augen in die Tiefe. Wir sahen seinen Kopf noch mal auftauchen, zwischen Felsen und den schnell davontreibenden Hölzern, und dann war nichts mehr, nur noch das schäumende Wasser – und drüben im Wald blitzten die Helme unserer Verfolger auf.

Wir hasteten den Felspfad hoch, weniger aus Furcht, gesehen zu werden, als um uns aus dem Bereich ihrer Pfeile zu bringen. Vorsichtig über einen Stein spähend, sah ich drüben Vitus von Viterbo wohl nach einer Axt schreien und, als man sie ihm endlich gereicht, mit solcher Wucht auf die nächste Tanne einhauen, daß der Schaft zersplitterte und das Eisen im hohen Bogen ins gurgelnde Wasser flog. Hätte er den hohen Baum mit Maß gefällt, er wäre genau über die Schlucht gestürzt, und unser letztes Stündlein hätte gar bald geschlagen. So aber zogen sie ab.

Ich betete still für Roberto, den tapferen Mann, und redete mir ein, daß er sich womöglich an einem hängenden Ast herauszuziehen vermocht hatte. Sonst möge der Herr seiner Seele gnädig sein!

Erst stellenweise, doch bald überall bedeckte harter Schneefirniß den Felshang, Verwehungen hinderten unseren mühseligen Aufstieg ebenso wie Gesteinsbrocken, die des öfteren sich aus der Wand lösten und mit Gepolter an uns vorbei talwärts sprangen. Die Luft wurde schwerer zu atmen und vor allem kälter und der Schnee immer höher.

»Laß uns umkehren, Hamo« sagte ich ruhig, um nicht seinen Stolz zu verletzen und seinen jugendlichen Trotz herauszufordern, »wir sind längst vom Weg abgekommen und bald geht's auch nicht mehr weiter. Noch können wir unseren Spuren zurückfolgen und uns vielleicht retten.«

»Du hast recht«, sagte Hamo und starrte auf die dicke Amme, die die Kinder hinter sich herzog.

In dem Moment erfüllte ein Donnern und Pfeifen die Luft, eine Eiswolke fegte über uns weg, preßte den Atem aus den Lungen, ich sah noch, wie die Amme leicht wie eine Feder davonschwebte, die Kinder wohl mit sich reißend, doch sah ich sie nicht mehr in dem weißen Schneemeer, das mich forttrug und unter sich begrub. Es wirbelte mich herum, krampfhaft hielt ich die Fahne fest, ich wußte nicht, ob ich schon im Himmel war oder nur kopfstand, ich spuckte, keuchte – Hölle! Du bist mir sicher! Wozu noch mit den Engeln worsteln? Der dicke William tat seinen letzten Schnaufer, seine Lebensgeister fuhren stöhnend zum Teufel, mich umfing ein warmes Himmelsbett, in dem ich sanft entschlief ...

VII
DIE SARATZ

Der Graue Kardinal
Castel Sant' Angelo, Winter 1245/46

Die Peitschenschläge klatschten nicht, fauchend surrten sie nieder auf den muskulösen Rücken des Delinquenten; sie pfiffen wie die Stöße eines Sturmwinds, legten Pausen ein zum unhörbaren Mitzählen, zum hastigen Atmen zwischen zusammengebissenen Zähnen, um dann mit schrecklich gleichmütigem Pendelschlag aufs neue die Luft und dann die Haut zu durchschneiden. Das Fleisch auf den Rippen rötete sich, schwoll und platzte auf – Striemen für Striemen.

»*Nicht weil du sie hast entkommen lassen*«, sagte die Stimme des Unsichtbaren zwischen zwei Schläge hinein, kühl das lästige Geräusch des nächsten abwartend; eine Unterbrechung lag ihm fern, »*sondern weil du mir einen Tort vor aller Welt angetan!*« Pfeifen und Aufschlag des biegsamen Holzes auf dem gebeugten Rücken; daß es jetzt doch nach Klatschen klang, bedingte das heraussickernde Blut.

»Das lag mir fern«, würgte Vitus hervor, bemüht, kein Leid mitschwingen zu lassen.

»*Noch mal drei für jedes dieser dümmlichen Worte!*«

Zwischen den folgenden zwölf Hieben verblieb Vitus Zeit, erbittert darüber nachzudenken, daß ›alle Welt‹ wohl nichts anderes bedeutete als den überraschenden Besuch der alten Dame in ihrer Sänfte, die den ›Grauen Kardinal‹ in einer mit seinem Selbstverständnis nicht zu vereinbarenden Situation angetroffen hatte – ›*dieci*‹ –, und in diese unwürdige Lage hatte er den Herrn der Engelsburg gebracht, und – ›*undici*‹ – dafür wurde er bestraft – ›*dodici!*‹

»*Ungehorsam? Unfähigkeit? Oder nur Gleichgültigkeit?*« höhnte die Stimme.

»Mitleid habt Ihr vergessen, Eminenz! Warum entlaßt Ihr mich nicht aus Euren Diensten, tötet mich wie einen alten Hund?« Vitus wußte, daß nicht weitere Aufsässigkeit, sondern nur völlige Unterwerfung ihm Nachsicht verschaffen, ihm ersparen würde, zum Krüppel geprügelt zu werden.

Der Ton des Unsichtbaren änderte sich: »*Hast du bedacht, daß mit der gelungenen Flucht in den Osten jetzt ein Mythos entstehen könnte, der viel schwerer umzubringen ist als ein Mönch und zwei Kinder?*« fragte die Stimme resignierend. »*Die Kinder, heute in der Hand der Mongolen, bilden vielleicht morgen das Unterpfand für ihren latenten Anspruch auf Weltherrschaft!*«

»Den hegen die Nachkommen Dschingis-Khans sowieso – und dann wissen sie ebensowenig wie wir, wer diese Blagen eigentlich sind!«

»*Der ihre Flucht bewerkstelligt hat – ich meine nicht diesen Mönch –, der wird auch dafür Sorge tragen, daß der Großkhan es beizeiten erfährt.*«

»Oder auch nicht!« entgegnete Vitus mit wiedergewonnener Selbstsicherheit »Die Mächte, die hinter dem Unternehmen stehen, sind Mächte des Okzidents und wohl nur an ihm interessiert. Für mich werden sie den tumben Tataren nur zur Aufzucht untergeschoben, ohne daß man auch nur den geringsten Wert darauf legt, daß Wert und Bestimmung dieser Brut erkannt wird!« schloß er seine Überlegungen stolz ab.

»*Nicht schlecht, Vitus!*« lobte ihn der Unsichtbare. »*Bisweilen macht Euer ererbter Scharfsinn Eurem Erzeuger alle Ehre!*«

Es klopfte an der Tür. Der Mönch, der mit herabgezogener Kapuze als *frater poenitor* seines Amtes gewaltet hatte, horchte auf.

»*Ihr könnt gehen*«, sagte die Stimme, und zu Vitus' Erleichterung verließ sein Peiniger den Raum, und Bartholomäus von Cremona trat ein; er brachte Salben und Verbandszeug und machte sich am Rücken des Gezüchtigten zu schaffen, der immer noch gekrümmt über dem Bock hing.

Der Raum, in dem sie sich befanden, war nicht der Kerker, sondern eine Kammer im ›Archiv für Angelegenheiten des Reiches‹.

»Woher wißt Ihr eigentlich«, knurrte Vitus, den jede Berührung jetzt zusammenzucken ließ, »daß dieser flämische Minorit, dieser William von Roebruk, Deutschland erreicht und sich diesem Pio Carpedies angeschlossen hat?«

»Giovanni del Piano de Carpiniis war immerhin Kustos von Sachsen und amtierte als deutscher Provinzial gut fünf Jahre«, klärte ihn Bartholomäus auf. »Den kennt jeder!«

»Und sollte nicht ursprünglich Benedikt von Polen ihn begleiten?« Vitus war verständlicherweise nicht bester Laune. »Wer bezeugt denn das Zusammentreffen der beiden vom ›*ordo fautuorum minorum*‹?«

Vitus haßte diese armen Brüder, diese überall herumwieselnden braunen Feldmäuse. Sie gruben ihre Gänge, wie es ihnen gefiel, man trat hinein, und schon war der Knöchel verstaucht, wenn nicht das Bein gebrochen.

»Wir wissen nur, daß es so und nicht anders geschah; die Nachricht kam aus zuverlässiger Quelle«, trumpfte Bartholomäus auf. »Von Andreas von Longjumeau, der gerade zu Antiochia mit Ignatius verhandelt wegen der Wiedervereinigung –«

»Ach«, schnaufte Vitus, »dieser Jakobit, der an unseren Prozessionen teilnimmt, aber dennoch der orthodoxen Doktrin anhängt und vor allem selbständig bleiben möchte.«

»Genau der«, bestätigte lächelnd Bartholomäus, der den malträtierten Rücken inzwischen vollends mit Aloë-feuchten Tüchern abgedeckt hatte und nun mit Binden zu umwickeln begann. »Andreas hat ihn jetzt in den Orden des Dominikus aufgenommen.«

Als darauf keine Reaktion erfolgte, plauderte Bartholomäus weiter, auf die eigentliche Frage zurückkommend: »Daß William und Pian zusammen beim Großkhan weilen, das hat Andreas vom Kanzler der syrischen Assassinen erfahren – unter dem Schwur des *silentium strictum* – und der muß es ja wissen!«

Vitus entrang sich ein Lachen, das er schnell wieder einstellte; jede Bewegung der Rippen schmerzte höllisch. »In Masyaf«, spottete er, »hören sie das Gras wachsen – und wenn's in der mongolischen Steppe geschieht –«

»*Wo hingegen der Herr von Viterbo hintritt*«, ließ sich die Stimme des Unsichtbaren vernehmen, »*da wächst keines mehr!*«

Die Stimme erscholl über ihren Köpfen, doch da waren nur Regale, angefüllt bis zur Decke mit in Leder gebundenen Folianten. »*So nützlich seine Mumifizierung sein könnte*«, richtete sie sich jetzt an den helfenden Bruder, »*laßt es nun gut sein mit Euren Samariterdiensten, Bartholomäus!*«

Der raffte seine Sachen und verschwand hastig durch die Tür, die dumpf ins Schloß fiel.

»›*Carpe diem*‹!« sagte die Stimme. »*Wenn du schon nichts für deine Bildung tun willst, dann zum Denken, Nach-Denken und vor allem: Im-Voraus-Denken. Ich gebe dir soviel Zeit, wie du brauchst, um einzusehen, daß der* logos *den* homo agens *beherrschen soll, nicht seine* humores, Vitus!«

»Habt Ihr je bedacht«, entgegnete dieser rasch, »daß die anderen, die Pri ...«

»*Sprich deinen Verdacht nicht aus, niemals! Auch nicht in diesen vier Wänden!*« fuhr ihm die Stimme des Grauen Kardinals dazwischen, vor Wut zitternd. »*Behalt deine Mutmaßungen für dich, so dir dein Leben lieb ist!*«

»Ich hänge an meinem Körper, dessen Unversehrtheit mir lieb ist!« knurrte Vitus. »Dennoch: Habt Ihr je bedacht, daß die ›anderen‹ Euch auf eine falsche Fährte locken könnten? – Andreas, der eitle Pfau! Glaubt Ihr denn allen Ernstes, daß ein Kanzler der Assassinen, der straffgeführtesten Sekte auf Erden, ›unter dem Siegel der Verschwiegenheit‹ einer solchen Plaudertasche ein Geheimnis von derartiger Tragweite anvertraut? Sie stecken alle unter einer Decke! Gebt mir die Flotte, und ich hol' Euch die Kinder aus ihrem Versteck, das sie nie verlassen haben: Otranto!«

Die Stimme des Grauen Kardinals wartete, ob noch ein Nachsatz kommen würde, bevor sie ihren Beschluß verkündete:

»*Du wirst diesen Raum nicht verlassen, bis ich mich überzeugt habe, daß wir dich wieder ohne Schaden und Schande auf die Menschheit loslassen können!*«

Damit war das Gespräch beendet. Vitus fühlte, wie ihn ein eisiger Lufthauch anwehte; irgendwo ging eine Tür.

Regenschauer peitschten die glatten Mauern der Engelsburg. Vom Fluß aus gesehen leuchtete kein einziges Licht dem nächtlichen Ankömmling – nur wenn die schnell fliehenden Wolkenfetzen den Wintermond für eines Atem Länge freigaben, war die schmale Tiberpforte auszumachen. Mehrmals mußte Matthäus von Paris am Glockenstrang ziehen, ehe rasselnd sich das Tor als Laufsteg senkte und ihn das Gemäuer verschluckte.

Das Documentarium war ein Gewölbetrakt, wie eine Grabkammer angelegt, mit dreifachen Eisentüren und Schlössern abgesichert. Sie waren nur von unterschiedlichen Schlüsseln zu öffnen, und auch das nur von außen und innen gleichzeitig, die jedoch verschiedenen Händen anvertraut waren. Hier brannten noch alle Öllampen, deren Leuchtkraft gebogene Silberspiegel verstärkten und gebündelt auf die Arbeitsplätze warfen. Graue Mönche bleicher Gesichtsfarbe – sie sahen das Tageslicht selten – beaufsichtigten eine Schar von Schreibsklaven, kunstfertige Chaldäer aus dem Zweistromland, die in Alexandria studiert hatten, und jüdische Gelehrte, die man in Spanien erworben hatte. Diese Spezialisten konnten das Documentarium nur mit den Füßen voraus verlassen. Hier wurden die päpstlichen Bullen ausgefertigt, Verträge kopiert und erbliche Verfügungen zu Gunsten der Kurie verfaßt, nachgebessert, Unwesentliches wie Unangenehmes ward »*omissis*« weggelassen und Unziemliches »geschönt«. Der Zahn der Zeit nagte nicht nur an alten Pergamenten, die also »aufzufrischen« waren, sondern auch an Gehalt und Ausdruck, die es den sich verändernden Gegebenheiten anzugleichen galt. Was einem Konzil einst frommte, mochte Hunderte von Jahren später den Interessen des Patrimonium Petri zuwiderlaufen. So waren denn auch Petschafte, Siegel und Unterschriftsschablonen verblichener Päpste und Legaten zur Hand, Tinten, Lacke, Schnüre und Kordeln aus allen Epochen römisch-katholischen Kuriensekretariats.

»Seine Eminenz erwartet Euch in unserer Fälscherwerkstatt!« begrüßte Bartholomäus den späten Besucher. Ihm gegenüber konnte er sich den verpönten Ausdruck leisten; Matthäus von Paris war nicht nur der fähige Oberaufseher dieser nützlichen Einrichtung, sondern auch ihr wandelnder Index. Niemand außer ihm hatte alle Daten und Fakten im Kopf – und wußte auch, wo sie zu finden waren.

Während Bartholomäus den durchnäßten Bruder durch das Ritual das Auf- und Zuschließens der Türen begleitete, versorgte er ihn mit den Neuigkeiten des Tages:

»Vitus hat dreimal das volle Dutzend kassiert und steht unter Hausarrest!«

Wenn er Häme erwartet hatte, wurde er enttäuscht. Matthäus zeigte keine Meinung.

Im Documentarium eingetroffen, begab sich Matthäus von Paris an seinen Arbeitsplatz und blickte ergeben auf zur Decke.

»*Bringt Lorenz von Orta uns eine Antwort auf die Bulle ›Dei Patris Immensa‹ – des Papstes an die Tataren? Von wann war sie doch datiert?*«

Ohne nachdenken oder gar nachschauen zu müssen, antwortete Matthäus: »Sie wurde am fünften des Monats März vergangenen Jahres registriert, doch eine schriftliche Replik würde ich von diesen Barbaren nicht erwarten, Eminenz. Sicher ist dagegen wohl, daß Lorenz ein Schreiben des Sultans an Seine Heiligkeit mit sich führen wird – ein ziemlich grobes, ist anzunehmen!«

»*Das sollte man hindern, zumindest lindern, zumal eine Kopie mit Sicherheit in die Hände der Franzosen gelangt –*«

»Soll ich ein Substitut –?«

»*Setzt es auf, und überlegt schon mal, wie ein Austausch zu bewerkstelligen –*«

»Andreas?«

»*Ungeeignet! Höchstens als ahnungsloser Überbringer. Überlaßt die transactio unserem Mann in Konstantinopel! Sorgt nur dafür, daß sich die beiden treffen, Longjumeau und Orta!*«

Matthäus kramte in seinen Regalen nach der Sorte Pergament, wie es die Kanzlei des Hofes von Kairo zu benutzen pflegte. Er dachte auch an die rechte Tinte. Dann drehte er die Dochte in den Lampen an seinem Pult höher.

»*Und nicht zu empfindlich, Matthäus!*« ließ sich die Stimme noch einmal vernehmen; ihm war, als schwänge ein verhaltenes Lachen mit – ein Gedanke, der alsgleich verworfen wurde! Der Graue Kardinal kannte keinen Spaß. »*Wenn wir schon dem Rad der Weltgeschichte in die Speichen greifen*«, fuhr die Stimme aus dem Dunkeln fort, »*dann kräftig! Mag's auch aufkommen auf kurz oder lang: Etwas Schlamm bleibt immer haften!*«

Der Windzug, der die Lichter flackern ließ, zeigte Matthäus an, daß er sich nun an die Arbeit machen konnte.

Die Brücke der Sarazenen
Punt'razena, Winter 1245/46 (Chronik)

Ich bin im Himmel! Vom weißen Kissen, das mich umhüllte und meinen Blick einengte, wischte ein Engel mit zarter Hand die letzten Kristallfedern, und meine Augen starrten aus Eisesgruft in ein tiefes Blau von solcher Reinheit, wie ich's noch nie erschaut. Das war also das Jenseits, dieser dunkel leuchtende Azur, in dessen Tiefe ich vor meinen Gott gebracht wurde. »*Ma lahu lachm abyad bidscha adat al-chamra?*« Wenn da nur nicht die Gesichter gewesen wären, die meine Aussicht kranzförmig rahmten. »*Mithl khimzir al-saghir?*« Koboldsmasken im Gegenlicht, sie blinzelten neugierig auf mich herab und sprachen eine Sprache, die ich am allerwenigsten hier erwartete: Arabisch! »*Wa walfuf fi beraq al-qaisar!*«

Meine körperliche Hülle, steif wie ein Brett, wurde rücklings auf einen niedrigen Schlitten gehoben, mit Lederfellen bedeckt und festgezurrt. Lautlos glitt der sündige Leib des unwerten Bruders William von Roebruk, von zotteligen Teufeln gezogen, seiner gerechten Bestimmung entgegen.

Wieso hatte ich mir die Hölle immer als schwarzes Grottengewirr vorgestellt, von flackernden Feuern kaum erhellt? Sie war weiß wie Schnee, glitzernd und blendend und dennoch brennend heiß! Daß ihr ewiges Eis nie schmolz, das war eines Seiner Wunder. Er ließ meine Sinne an Seiner Unermeßlichkeit teilhaben, bevor Er mich verstieß. Die logische Folgerung dieser Erkenntnis war, daß ich noch denken konnte, also vielleicht doch nicht tot war? Aus diesen Zweifeln konnten mich nur die kleinen Teufel erlösen, die mich umschwärmten und über die Schneefläche sausten, ohne in ihr zu versinken. Und jetzt sah ich auch die gezackten Wipfel wieder gegen das blaue Firmament, und meine Erinnerung kehrte zurück. Sie zu erzwingen strengte mein Gehirn derart an, daß mir die Augen gegen meinen schwachen Willen zufielen; ich war nicht Herr über meinen Körper, ich spürte ihn nicht, ich versank wieder in dem weißen Federbett ...

Die Hölle hat mich! Gnome wieseln um mich herum, brühen meinen Leib in kochendem Wasser, erschrecken mein Fleisch mit plötzlichen Güssen aus eiskaltem Quell. Ich bin nackt und wehrlos. Sie springen mich an, sie verrenken mir die Glieder, schlagen meine Haut mit Ruten, reißen an meinem Kopf, daß die Knochen krachen, pressen meinen Brustkorb; ich ringe nach Luft, doch das Leben hat mich wieder. Ich verstehe ihre Fragen, und sie antworten auf die meinen.

Ich war unter eine Lawine geraten. Die dicke Frau und die beiden Kinder waren in eine Schlucht gerissen worden; man könne sie in der Tiefe liegen sehen, aber nicht bergen. Die Schneeschmelze im Frühjahr würde ihre Körper schon herausspülen, unverwest aus dem Eis, das sie jetzt überzogen habe.

Mich, den Mann mit der Fahne hätte man schnell gefunden, weil deren Spitze aus den Schneemassen herausragte: Ich hätte nur einen halben Klafter tief gelegen, wäre allerdings um ein Haar erstickt. Dann sei noch ein Mönch mit von der Partie gewesen; nach ihm hätten sie aber nicht mehr gesucht. Ihn habe wohl das Schicksal ereilt, das ihm sowieso bestimmt sei, und der dickste von den schwitzenden Kobolden demonstrierte am Hals eines seiner Gefährten Erwürgen mit Strick oder Kehledurchschneiden, jedenfalls nichts Gutes. »Ein Franziskaner!« meinte er geringschätzig. »Gott hat sie verflucht!«, und alle nickten beifällig.

Ich hätte lieber geschwiegen, doch fiel mir siedend heiß ein, daß sie Hamo nicht erwähnt hatten. »Und sonst niemand?«

»Firouz«, sagte der dicke Henkersgehilfe, »hat einen Burschen davonlaufen sehen!« Er wies auf den kräftigen Kerl, der abseits hockte und sich grimmig mit Wasser begoß.

»Leider«, knurrte der Angesprochene. »Er befreite sich aus eigener Kraft und ist entkommen, bevor ich zur Stelle sein konnte – aber seinen Beutel haben wir!«

Während sie alle zufrieden lachten, stellte ich mir die Gnome vor, wie sie oben am Berg lauerten und Lawinen oder Felsschlag auf arme – oder weniger arme – Reisende niedergehen ließen, um sie dann auszuplündern, wenn nicht gar umzubringen. Als hätten sie meine Gedanken erraten, versicherte mir der Henkersgehilfe mit dem gutmütigen Bauerngesicht: »Daß du lebst, verdankst du der Fahne!«

»Ach«, sagte ich, weniger entsetzt, als um mehr zu hören.

»Dein Banner zeigt die Farben des Imperator Fredericus, unseres Kaisers!«

Auf Anordnung des Dorfältesten, den ich noch nicht zu Gesicht bekommen hatte, wurde ich im Haus des Xaver untergebracht, und zwar unten im gemauerten Sockelgeschoß bei den Ziegen. Ich war so erschöpft, daß die Männer mich mehr hintrugen als -geleiteten. Ich nahm auch meine Gastgeber nicht mehr wahr, sondern fiel hinten im Futterverschlag ins würzig duftende Heu und sofort in tiefen Schlaf.

Die Sonne stand schon hoch, und die Ziegen waren fort, als ich erwachte. Tage mochten vergangen sein. Ich kroch aus den getrockneten Blumen und Gräsern und fand einen aus dem Stein plätschernden Quell, dessen köstliches Wasser in einer Rinne die Mauer des Stalls entlanglief. Das Haus war an den abfallenden Fels gesetzt; der schräg ansteigende Mittelgang durch den Stall mündete neben meinem Verschlag in eine Steintreppe, die ins Obergeschoß führte. Ich hörte oben Schritte, traute mich aber nicht hinauf, obgleich mir der Magen knurrte.

Dann entdeckte ich, daß auch aus dem Heu eine Leiter nach oben führte, zu einer Bodenklappe, eingelassen zwischen den Holzbohlen. Vor allem konnte man von ihr aus die geräucherten

Fleischstücke erreichen, die von den Deckenbalken herunterhingen, und die hohen Regale, auf denen dicke, runde Käselaibe ruhten. Erst jetzt nahm ich ihren säuerlich-dumpfen Geruch wahr, und mein leeres Gedärm begann sich zu verknoten, während mir der Speichel im Munde zusammenlief.

Ich biß die Zähne aufeinander und rannte aus dem Haus. Davor saß Xaver, mein Gastgeber. Ein freundlicher Mann mit einem verknitterten Gesicht, wie ein Steinpilz, den man in Öl gesotten. Und vor sich hatte er frischen Ziegenquark in einer Schale, mit allerlei Kräutern angerührt, und ofenwarmes Fladenbrot dazu. Ich muß die Köstlichkeiten angestarrt haben wie ein Hund vor der Bank des Metzgers.

»Alva!« rief er gutgelaunt. »Unser Murmeltier ist aus seinem Winterschlaf aufgewacht und will mir meinen Käs' wegessen!«

Dabei wartete er gar nicht erst auf das Erscheinen seines Weibes, sondern schob mir Brot und Schüssel hin. Ich tunkte den Fladen in den weichen weißen Quark und schlang alles in mich hinein, leckte mir dann die Finger und sagte endlich: »Gelobet sei der Herr«, und fügte ein verschämtes: »Danke!« hinzu.

»Hör dir das an, Alva«, rief mein Wirt frohgemut, »ein gottesfürchtiger Bannerträger des Kaisers!« Vor dem Hintergrund der weißgezackten Berge wirkte sein gutturales Arabisch befremdlich, verband sich doch meine Vorstellung von dieser Sprache immer mit Wüstensand.

Die Frau des Hauses trat aus dem Torbogen und brachte eine neue Schüssel, diesmal nicht mit Spezereien angemacht, sondern mit dunklem Tannenhonig, dazu einen Krug frischer Milch. Sie war dunkeläugig, eine kräftige Schönheit, und trug ihr schwarzblaues Haar unter einem Schleier verborgen, dessen Zipfel sie züchtig anhob, als sie meiner Neugier gewahr wurde.

Ihr Mann lachte. »William ist schlimmer als ein Mönch; er mag keine Speise anrühren, bevor er nicht sein Gebet gesprochen hat!«

Das Weib warf mir einen feurigen Blick zu, oder bildete ich mir die Glut der Sehnsucht nur ein, weil das raffinierte Freilassen der Augenpartie die Phantasie anstachelte oder weil ich so lange keine

Frau mehr gehabt hatte? Meine mir von Xaver zugewiesene Rolle als frommer Mann kam mir zupaß; so mochte es nicht auffallen, wenn ich aus alter Gewohnheit gedankenlos das Kreuz schlug, oder ›pax et bonum‹ murmelte, denn Franziskaner waren hier wohl nicht sonderlich gelitten, wie mich schon die *vox populi* im Hammam, dem Badehaus, gelehrt hatte. Ich fragte nach der Kirche.

»Wir haben zwar eine, oben am Hang, neben dem Wachturm, doch mangels eines Priesters dient sie mehr als Räucherkammer, oder als Verwahrraum – oder beides zusammen!« Mein Gastgeber grinste zufrieden bei der Vorstellung. »Du solltest mal erleben, wie schnell so ein Minorit im beizenden Rauch mit seiner verlogenen Seele ins Reine kommt. Aus Furcht, zur Wurst zu werden, hängen sie lieber in der frischen Luft!« Er schlug sich vor Lachen auf die Schenkel. »Luftgetrocknet!«

Ich lachte mit, weil das Erschrecken ja dem Menschen diese Gabe zuteil werden wie auch den Mut wachsen läßt. »Die Brüder aus Assisi brachten Euch also das Christentum, bauten das Kirchlein und Ihr habt sie ausgeräuchert?«

»Sie haben das Haus Gottes entweiht!« erregte sich der sonst so behäbig-verschmitzte Xaver, beruhigte sich aber wieder. »Unser Stamm wurde schon unter der Regierung Lothars, Sohn des großen Karl, missioniert; die Kapelle San Murezzan, dem ersten Märtyrer geweiht, findest du unten am See, wenn du über die Brücke durch den Wald und dann über das Moor gehst –«

»– und wenn ich mich verlaufe?« fragte ich betont kleinmütig, um zu erproben, welche Freiheit man mir ließ.

»Du kannst nur diesen Pfad gehen, er ist gestampft. Jedes Abweichen, wie jeder Fluchtversuch, würde dich im Schnee versinken lassen – und an jedem der beiden Talausgänge stehen Wachen wie an der Brücke, Tag und Nacht!« Xaver war jetzt ernsthaft geworden, ja sogar emphatisch. »Die *guarda lej* gen Westen, die *guarda gadin* gen Osten. Es sind schon etliche am Morgen erfroren angetroffen worden, zu Eiswächtern erstarrt, doch seit Menschengedenken gelang es nie anderen, unbemerkt die Brücke der Saratz zu passieren! Für den Kaiser wachen wir über den Paß!«

Er war aufgesprungen und hatte Haltung angenommen wie ein Soldat. »In Italien unten«, fügte er stolz hinzu, »nennen sie ihn nur ›*diavolezza*‹ – und das ist auch gut so, sonst würden noch mehr verräterische Geldboten des Papstes, als Bettelmönche verkleidet, versuchen, diesen Weg nach Deutschland zu nehmen, um dem untreuen Landgrafen die Kriegskasse aufzufüllen! Lumpenpack!« Xaver schlug mit der Faust auf das Tischbrett, daß unsere leergegessenen Schüsseln sprangen.

»Wir erwischen alle!« rief er mir nach, als ich mich eiligst auf den Weg machte.

Erst als ich etliche der steilen Gassen und damit das eigentliche Dorf hinter mich gebracht hatte, wagte ich, mich umzudrehen. Oben am Hang stand der steinerne Wachturm und unweit davon die ebenfalls gemauerte Kirche; ihr Dach schien eingefallen zu sein, und ein feiner Rauch zog aus der Lücke.

Die anderen Häuser des Ortes waren meist nur im Sockelgeschoß aus grob behauenem Fels, das obere Stockwerk aus schweren braunen Balken gefügt, die Dächer mit dicken Kieseln beschwert. Ein Fenster eines jeden Anwesens war vergittert, kunstvoll geschmiedet und unten ausgebuchtet, gleich ob es sich um einfache Hütten wie die unsrige handelte oder um verputzte und mit Dekor bemalte Bauten ganz aus Stein.

»Da staunst du«, keuchte Xaver, der mich eingeholt hatte. »Das können die in Mailand und Raben auch nicht besser, die holen sich unsere *sgraffittisti*, wenn sie ihre *palazzi* ornamentieren wollen!« Ich war neugierig stehengeblieben, zumal er nicht von meiner Seite wich, wohl unsicher, wie weit seine Aufsichtspflicht ging, aber er hatte mir fürsorglich Fellstiefel nachgetragen und einen Mantel.

»Und wer wohnt darin?«

»Das sind Stammsitze der alten Familien, die seit Anbeginn hier gesiedelt haben. Sie werden auf die jüngste Tochter vererbt, wenn sie heiratet. Die anderen Töchter dürfen sich nur Hütten bauen, und das auch nur unterhalb der Steinhäuser, um ihnen die Sonne nicht zu nehmen.«

»Und hinter den eisernen Gittern?« wollte ich wissen.

»Das waren einst die Haremsfenster«, lachte Xaver. »Heute sichern sie nur noch das Gemach der jüngsten Tochter, so daß auch mit einer Leiter keiner zu ihr in die Kammer steigen kann!«

»Hartes Los!« murmelte ich und dachte an die jungen Mädchen, doch Xaver hatte mehr das Los der Männer im Sinn.

»Den Burschen, denen es nicht gelingt, eine Saratz-Tochter zu freien, bleibt nur, den Ort zu verlassen und sich in der Fremde zu verdingen.«

Wir waren an der Brücke angekommen, der ›Punt‹, die im kühnen Bogen die schrundige Klamm überquerte; unten gurgelte, krachte und zischte das Wasser, das man von oben nicht sehen konnte, so zerklüftet waren die Wände, so tief hatte sich der Fluß in den Fels gefressen, aber ein feiner Gischtschleier stieg auf, und wenn ein Sonnenstrahl ihn traf, leuchteten die Farben des Regenbogens. Die Punt war ganz aus Holz und trug, ich weiß nicht warum, ein Dach, wie sie auch seitlich verschalt war bis auf ein paar Schießscharten.

»Damit die Wachen nicht einschneien«, erläuterte mir Xaver die Bauweise, »und weil sie so leichter gegen Überrumpelungsversuche zu verteidigen ist: Ein Reiter muß nämlich absitzen, um sie zu passieren!«

»Aber ein ganzes Heer, mit Schleudern und Katapulten?« warf ich ein.

»Schaff das erst mal über den Paß – und wenn sie nicht mehr zu halten ist, kann sich die Besatzung ungehindert mit der gesamten Konstruktion in die Tiefe stürzen!«

»Auch kein schöner Tod«, murmelte ich mehr zu mir selbst, erregte aber Xavers Widerspruch.

»So erwirbt sich ein Saratz den Eintritt ins Paradies!« wies er mich zurecht. »Das ist bislang erst einmal nötig gewesen, als der junge Welf von Bayern, dessen Vasallen wir damals waren, dem glücklosen Kaiser Heinrich nach seinem Bußgang zu Canossa den Rückweg über die Alpen sperren wollte ...«

»Sie gaben sich freiwillig den Tod?«

»Um dem Gewissenskonflikt zu entgehen, hatten damals die Saratz die Brücke samt der bayrischen Wache in die Schlucht fallen lassen!«

Ich schwieg und starrte hinunter in die Schlucht; ich dachte plötzlich an den tapferen Roberto.

»Danach«, tröstete mich mein Gastgeber, »unter der Regierung der Staufer, haben sie sich der Reichsunmittelbarkeit unterstellt und von Friedrich den gleichen Status wie die Juden des Imperiums erhalten: ›*Servi Camerae Nostrae*‹.«

Xaver, dem auch im Ort allerseits Respekt gezeigt wurde, stellte mich der *guarda del punt*, der Brückenwache, vor – »William, mein Gast!« – und verbürgte sich für mich. Dann durchschritt ich den dunklen Holzgang und stapfte allein durch den nahen Wald.

Xaver hatte mich mit einem Pelzmantel ausgerüstet, der aus den Bälgen vieler Murmeltiere zusammengesetzt war und mich angenehm warm hielt, doch sank ich immer wieder im Schnee ein und kam nur mühsam vorwärts. Ich wunderte mich nur, wie sie sich wohl bewegten, die Saratz? Sicher waren sie mit dem Teufel im Bunde! Was sonst mochte diese heidnischen Kobolde hier in diese eisklirrende Einöde verschlagen haben?

Der Wald lichtete sich, und vor mir lag eine weite weiße Fläche, das Moor, von dem Xaver gesprochen. Ganz in der Ferne, auf einer Anhöhe sah ich die Kapelle stehen. Ihr Anblick gab mir Mut; ungeachtet des trügerischen Untergrunds setzte ich meinen Weg fort, der nun keiner ausgetretenen Spur mehr folgte. Ich vertraute darauf, daß die Erde genügend fest gefroren war.

Als ich das Gemäuer erreichte, standen die Strahlen der Sonne schon tief. Ich mußte mich sputen, vor Anbruch der Dunkelheit zurück zu sein.

Der kärgliche Innenraum wies nicht einmal ein Kruzifix auf. Ich zeichnete mit meinem Finger ein Kreuz in die Staubschicht auf dem Altar und kniete nieder zum Gebet. Die offene Tür, es gab keine in meinem Rücken, machte mich nervös. Obgleich vorher kein Mensch auf der weiten Fläche zu sehen gewesen war, wandte ich mich um und hatte jetzt die dunklen Seen vor dem Auge, denen es nicht vergönnt schien zuzufrieren, wie winterliches Gebot es verlangt. Erstarrt glotzten sie mich an, schwarze Pupillen von bodenloser Tiefe. Sicher warfen sie einem Christenmenschen nicht sein Spiegelbild zurück, wenn er sich arglos näherte, sondern sogen ihn in sich auf, ohne daß eine Welle Kreise zog.

Teufels Machwerk! Ich schlug dreimal das Kreuz.

Da sah ich ihn kommen. Eine einsame Gestalt, die Kapuze tief ins Gesicht gezogen. Ich dachte unwillkürlich an Vitus, meinen Verfolger. Doch dieser trug, ich konnte es deutlich erkennen, je näher er kam, die Kutte der Franziskaner, von gleicher Farbe wie das braune Fell seines Maulesels, der schwer bepackt hinter ihm hertrottete. Der Bruder mußte das störrische Tier zerren, obgleich er ihm schon einen Teil der Last abgenommen hatte, denn das Gewicht seiner Pilgertasche zog ihn fast zu Boden. Von Zeit zu Zeit hielt er inne, schaute sich ängstlich um, als würde auch er sich des Bösen bewußt werden, das ihn bedrohte, solange er nicht den heiligen Ort, den Schutz der Kapelle, erreicht hatte.

Gerade wollte ich mich aufraffen und ihm hilfreich entgegeneilen, als aus dem Wald über dem Seeufer die Teufel herabsprangen. Sie warfen sich auf ihn, entrissen ihm den Sack, führten einen Freudentanz um ihn auf. Ich konnte ihre Gesichter nicht erkennen, sie hatten sie mit Ruß geschwärzt und mit Dämonenmasken unkenntlich gemacht, doch ihr Anführer erinnerte mich an den finsteren Burschen im Hammam, den sie Firouz nannten. Er schlang des Esels Strick um des Minoriten Hals, und sie prügelten den Armen mitsamt seinem Braunen mit sich fort in den Wald.

Ich war wie versteinert knien geblieben. Erst als ich gewiß sein konnte, die teuflischen Kobolde im Forst nicht mehr anzutreffen, faßte ich mir ein Herz und trat hastig den Heimweg an, meinen eigenen Spuren im Schnee folgend.

Unter den hohen Tannen war es schon düster, die orange-blutrot untergehende Sonne warf den Stämmen lange blauviolette Schatten in den Schnee. Ich begann zu laufen, fiel hin und hatte meine Fußstapfen und auch die Richtung verloren. Da ertönten Glöckchen, erst leise, dann immer lauter scheppernd. Die Beelzebuben hatten mich geortet, machten sich über mich arme Seele lustig, die im Forst umherirrte wie das Wild auf der Suche nach dem Futter, das dann auf den Schützen traf.

Eine Herde Bergziegen brach durch das Unterholz, gescheucht von zwei jungen Mädchen, die sich in dicke Pelze vermummt hatten. Daß sie dennoch Satans Töchter waren, erkannte ich an ihren Füßen. Ihre Stiefel steckten in länglichen Gestellen, oben geflochten und unten wie breite, mit Leder bespannte Teller. Auf ihnen glitten sie über den verharschten Schnee, ohne einzusinken. Das Trügerische waren ihre frischen Gesichter: sie glühten zwar vom höllischen Feuer, aber ihre Äuglein glitzerten frech und eigentlich unbefangen fröhlich. Sie hatten kleine scharfe Zähne wie Eichkatzen und Münder wie – ja wie eben Wechselbalge. Sonst sah ich nichts von menschlichem Fleisch und Blut an ihnen, weil sie eben alles wohlweislich unter den Pelzen von Luchs und Wolf versteckten, ihren nächtlichen Gefährten, mit denen sie sich im tiefen Walde paarten, wenn sie sich nicht dem Geißbock hingaben, oder ihre spitzen Greifer in den Hals unschuldiger Christenkinder schlugen.

Sie kamen schnell auf mich zu und höhnten auch noch! »Rüesch!« rief die eine. »Ist das nicht der Herr William, Euer Gast?«, und die jüngere brachte ihre Höllentreter so knapp vor mir zum Stehen, daß der Schnee aufstieb und mein Gesicht bestäubte. Ich war nämlich niedergekniet vor Angst.

»Ich bin Rüesch-Savoign«, sagte sie freundlich und mit wohlklingender Stimme, während die andere kicherte, »die Tochter der Alva!«

»Die jüngste?« fuhr es mir heraus.

»Die einzige!« lachte sie erstaunt. »Und dies ist meine Base Madulain.«

»Ich will Euch, schöne junge Herrin«, sagte ich, immer noch auf den Knien vor ihr, »folgen wie eine Eurer Ziegen, wenn Ihr mich nur rausführt aus diesem finstren Tann.«

Ich stand auf und klopfte mir den Schnee ab, doch die beiden Mädchen lachten nur über mich.

»So behende vermögt Ihr nicht zu springen«, scherzte Madulain, »nicht einmal, wenn wir Euch den Stock spüren ließen!« Und sie scheuchte die Herde zusammen, die weiter in gewohnter Richtung zum heimatlichen Stall drängte.

Rüesch, die Tochter, sie mochte höchstens fünfzehn Lenze zählen, hatte ein Herz mit mir. »Wenn ich Euch meine Schneeschuhe gäbe...« Doch ein stummes Kopfschütteln ihrer Cousine ließ sie den Gedanken gleich wieder aufgeben. »Folgt nur unserer Spur, den Kötteln im Schnee, wenn die Dunkelheit fällt, dann findet Ihr den Weg nach Hause«, und sie sauste auf ihren Gleitern den Tieren nach, die schon zwischen den Bäumen verschwunden waren.

Dank der niedergetretenen Firndecke kam auch ich jetzt schneller vorwärts, und bald sah ich im Abendlicht den aufsteigenden Rauch über den Dächern der Häuser oben am Hang. Ich stürmte durch den Holzgang der Punt, die Wachen machten keine Anstalten, mich aufzuhalten, und keuchend begann ich den Anstieg der engen Gassen.

Es war die Stunde des Vesperläutens, woran ich durch das dreimalige Tuten eines Horns gemahnt wurde, und alle Männer des Ortes, meist Handwerker und Händler, hatten kleine Teppiche in den Schnee gebreitet, auf denen sie schweigend ihr Gebet verrichteten, während oben vom Wachturm das dumpfe Dröhnen des Kuhhornes verklang. Ihre gebeugten Köpfe wiesen in Richtung des Passes, hinter dem weit in südöstlicher Ferne irgendwo Mekka liegen mußte.

Ich stieg behutsam an ihnen vorbei, sah in die offenen glühenden Essen der Schmiede, roch das harzige Holz in den Werkstätten der Schlittenmacher, den strengen Geruch des Leders in den Läden der Schneeschuhflechter. Ich traf auf Jäger, an deren Spießen das erjagte Hochwild ausblutete und von Pfeilen durchbohrte fette Murmeltiere. Nur Frauen sah ich nicht, auch nicht die beiden Mädchen. Dafür saß Xaver wieder auf der Bank vor seinem Haus und beobachtete ein Zicklein, das über einem Feuer sich langsam drehte, weil er gemächlich an einer Lederschnur zog, die über ein Rad lief.

»Ich würde gern noch in der Kirche beten«, fragte ich bescheiden an und wies mit dem Kopf in ihre Richtung.

»Heute nicht!« beschied er mich. »Morgen wieder!«, und er grinste. Als er mein Unverständnis bemerkte, fügte er beschwichtigend hinzu: »Die Meß ist jetzt vorüber, die Weiber kommen schon zurück«, und ich sah den Zug der Frauen, alle mit Kopftüchern, die Gesichter verborgen, der sich am Hang auflöste und ins Dorf verteilte.

Kurz darauf traf Frau Alva ein und servierte uns wortlos das Zicklein.

»Zur Feier des Tages«, sagte Xaver und legte mir ein gutes Lendenstück vor. »Fette Beute! Hat der Papst uns doch heute wieder siebzig Quintaler Silber und dreihundert Goldbezanten geschickt, samt einem Esel.« Er schnitt sich eine Keule. »Der Minorit deklarierte den Schatz als ›Almosen‹«, schmatzte Xaver gutgelaunt. »Als wenn wir nicht wüßten, daß der heilige Franz seinen Brüdern Annahme und Besitz von jeglicher Münz' strikt verboten hat.«

Frau Alva erschien unterwürfig mit einer leeren Schüssel, in die ihr Mann etwas, nicht gerade die besten Stücke, von dem Zicklein tat, worauf sie wieder ins Haus zurückhuschte. »Und dann wollte er besonders klug sein und stieg – unter Umgehung der Diavolezza – über die Seen ins Tal hinauf und lief prompt den Teufeln von der *guarda lej* in die Arme!«

»Ich hab's gesehen« sagte ich. »Ein mutiger Diener Christi.«

»Ein Esel!« schloß Xaver ab.

Meine Augen suchten nach der Tochter, die ich mit der Mutter in der Kirche vermutet hatte. Meine Augen glitten hoch zu dem vergitterten Fenster. Da stand sie und nagte grinsend an einem der Knochen, wobei man durchaus hätte meinen können, sie strecke ihrem Vater die Zunge raus. Als sie meinen Blick bemerkte, wandte sie sich schnell ab ins Dunkle des dahinterliegenden Raumes.

Inzwischen war die Nacht hereingebrochen und das Feuer nahezu verloschen. Xaver wischte sich Mund und Hände ab, zündete einen Kienspan als Fackel und wies mir den Weg.

»Kommt, William«, sagte er feierlich, »Zaroth, unser Dorfältester, erwartet dich!«

Wir stiegen die Gassen hinab, wobei ich Mühe hatte, nicht auszugleiten, denn jetzt in der Nacht zog die Kälte gewaltig an. In der Mitte des Ortes, an einem nahezu ebenen Platz, lag das Haus des Podestà; eine breite Steintreppe führte zum Obergeschoß, wo sich eine eisenbeschlagene Tür zu einer Halle hin öffnete. Um ein mächtiges Feuer hatten sich wohl die meisten Männer des Ortes versammelt. Sie tranken Wein.

»Gläubige in Eis und Schnee hat der Prophet nicht bedacht«, flüsterte mir Xaver zu, als wir in einer hinteren Reihe Platz nahmen. »Wir Saratz nennen das Getränk nicht beim Namen, es ist Arzenei gegen die Unbillen des Winters, gegen Heiserkeit im Halse und Frost in den Füßen!«

Ich nickte verständnisvoll und ließ mir einen Humpen reichen. »Ein guter Tropfen! Wo bekommt Ihr ihn her?«

»Aus dem Veltlin, dem Tal jenseits des Passes – wir helfen im Herbst bei der Lese und tauschen ihn auch gegen unseren Zieger.«

Zaroth, ein würdiger Alter mit wallendem Bart, hatte uns entdeckt. »Nach dem Verdikt der Grauen Räte können wir den niederträchtigen Mönch nun vergessen« – er hob seinen kostbaren Kelch –, »und wollen statt dessen einen Freund des Kaisers begrüßen, William von Roebruk, der unser Gast ist.«

Alle tranken mir zu, der ich verwirrt aufgestanden war.

»William ist ein frommer Mann, ein Christ«, fuhr Zaroth fort. »Ich lege Wert darauf, daß er bezeugen kann, daß die Saratz, die Wächter der Punt, nicht Jagd auf Angehörige seines Glaubens machen, sondern auf Feinde unseres Kaisers, Kuriere des Papstes, die sich unter den unscheinbaren Kutten der Armen Brüder verstecken, um ihr böses Werk zu vollbringen. So sicher wie sie dafür die Hölle verdienen, zu der wir ihnen in unserer Räucherkammer nur den Vorgeschmack des Fegefeuers anbieten können« – dröhnendes Gelächter –, »so sicher ist uns das Paradies!«, und alle tranken erfreut ihre Humpen aus. »Willkommen, William!«

Sie setzten sich wieder, doch ich sah mich genötigt, einen letzten Versuch für das Leben meines Bruders zu unternehmen: »Zeugte es nicht« – fast hätte ich gesagt: ›von christlicher Nächstenliebe‹ – »von größter Überlegenheit, wenn die Saratz so eindeutige Verräter der kaiserlichen Sache – meinetwegen mit abgeschnittenen Nasen« – irgendwas muß man ja bieten! – »zurück nach Italien schickten, damit ein jeder sieht –«

»Falscher Rat!« unterbrach mich da wütend der kräftige Kerl, den sie Firouz nannten. »Dem Kaiser würden sie's ankreiden: Seht! So verfolgt der Antichrist die armen kleinen Minoriten« – Zaroth versuchte vergeblich ihm Schweigen zu gebieten –, »und uns entginge das schöne Kopfgeld, immerhin die Hälfte –«

»Schweig, Firouz!« donnerte jetzt Zaroth, und zu mir gewandt erläuterte er: »Glaubt nicht, daß es Blutgeld ist, das uns so handeln läßt: Die Einkünfte aus solchen Fängen, die ja auch nicht täglich sind, decken gerade die Kosten für die Überwachung von Paß und Tal, sommers und winters, Tag und Nacht!«

»Ein Geschäft ist es nicht!« murmelte mir Xaver zu. »Es lohnt sich nur für die Fänger und den Alten, jeder bekommt erst mal einen Zehnten. Firouz ist der reichste Jäger der Saratz!«

Ich mochte nicht aufgeben. »Und wenn Ihr sie einem kaiserlichen Gericht überstellen würdet –?«

»Dann geschähe Ihnen das Gleiche – oder Schlimmeres!« grölte Firouz. »Außerdem ist Kaiser Friedrich grad froh, daß wir ihm Papstscheiße solcher Art vom Halse halten!«

»Es lebe der Kaiser!« rief Xaver, ehe sich die Stimmung der Männer gegen mich wenden konnte, und alle hoben wieder ihre Humpen und tranken sich zu. Es wurde ein arges Besäufnis; nur wenn mein Blick Firouz suchte, sah ich, daß er, finster brütend, mich nicht aus den Augen ließ.

Als die ersten Saratz von ihren Bänken zu Boden torkelten, nahm ich Xaver unter den Arm und schleppte ihn mit mir den Berg hoch zu seiner Hütte. Er stellte sich breitbeinig hin und pinkelte gegen seine eigene Mauer, dann – angesichts seines prallen Schwanzes – muß ihm wohl eine eigentlich nicht mehr naheliegende Idee gekommen sein. »Alva!« brüllte er. »Alva, mein Weib, mich verlangt nach dir!«, und stürmte mit offenem Hosenlatz durch den Ziegenstall die Steintreppe hoch zu seiner Schlafstelle.

Ich kroch – ohne Licht zu schlagen – in meinen Heuschober und wickelte mich in die Decke. Oben ächzten die Bohlenbretter, dann schlug eine Tür, und die restlichen Geräusche gingen für mich unter im nächtlichen Gemurmel und leisen Mäh der Bergziegen, die nach der Störung wieder ihren Schlaf suchten.

Ich dachte kurz an den fremden Bruder, der sicher auch keine Ruhe finden konnte, an die Gefahr, die mir von Firouz drohen mochte, wenn er herausbekam, daß ich keineswegs Bannerträger des Staufers war, sondern ein hundsgemeiner Jünger des Franziskus, dem nur die Tonsur im Verlauf von bald zwei abenteuerlichen Jahren spurlos zugewachsen war. Ich dachte an die beiden Bälger, die irgendwo im Eis erstarrt lagen, und an die Kinder in der Sonne zu Otranto, an Hamo, der wohl entkommen war, und an Clarion, die ich jetzt gern hier neben mir im Heu gehabt hätte –...

Über meinem Kopf knarrte Holz. Aus dem Dunkel erschienen auf der Leiter zwei nackte Füße, gefolgt von einem langen Hemd, in dem sie züchtig verschwanden, ohne mir den Blick auf mehr freizugeben, und dann plumpste die jüngste Tochter neben mir ins Heu.

Ich schlug meine Decke zurück, und sie kroch auch brav an meine Seite. Sie roch frisch wie Ziegenkäse.

»Alva läßt sich's von Xaver besorgen«, flüsterte sie mir ins Ohr. »Das dauert, bis er schnarcht«, klärte mich die Tochter weiter auf. »Du schnarchst auch, William – ich hab's gestern nacht gehört!«

Ich preßte mutig meinen Arm um sie und meine Hand spürte ihr festes Fleisch. Wenn mir nur ihr Name eingefallen wär! Statt dessen schob sie ihr Hemd hoch bis zum Hals, so daß ich nun auch frohen Lauf für meine Finger fand.

»Ich will wissen, ob du schnarchst, wenn du bei einem Weibe liegst?«

»Drunter oder drüber?« scherzte ich, und wir beide lachten.

Sie schlug die Decke zurück. »Laß mich sehen, wie weiß deine Haut ist!« befahl sie keck.

»Es ist dunkel« flüsterte ich, und ich spürte meinen Stößel wachsen. »Du mußt es fühlen, Rüesch!« Jetzt war er mir wieder eingefallen: Rüesch-Savoign!

Und Rüesch-Savoign griff zu. Sie krallte sich in meine Eichel, sie biß zart in meine Eier, ihre Zunge glitt den Stamm hoch, der, eh ich mich's versah, pulsierend meinen Samen verspritzte. Sie warf sich über mich und ich dachte, jetzt öffnet sie mir ihr Gärtchen, doch es war ihr Mädchenarsch, den sie mir entgegenstreckte. Ich griff unter ihm durch, hatten meine Finger doch schon das Beet bestellt, doch Rüesch gab ihnen einen verweisenden Schlag – »Sind wir etwa verheiratet?« – und schob ihr strammes Hinterteil über meinen immer noch steifnassen Ständer. Ich ließ sie gewähren und kostete ihre Erregung aus, die sie mir jetzt mit kleinen Stößen mitteilte. Unzufrieden über meine abwartende Haltung wand und drehte sie ihn immer tiefer in sich hinein, stöhnend und glucksend zugleich. Endlich nahm ich ihre beiden Bakken und begann dem kleinen Luder Bescheid zu stoßen. Wir rollten dabei durchs Heu, so daß mal der eine, mal der andere Pferd oder Reiter war.

»Drunter oder drüber?« lachte Rüesch, und ich spürte wie ein zweiter Samenerguß aus mir hinausfuhr und sie keuchend zum Schweigen brachte. Nicht für lange; wir lauschten, ob oben sich etwas rührte, und Rüesch sagte leise: »William, du bist ein guter Bock!«, und sie erhob sich breitbeinig über mich und brunzte auf mich herab, wohl das äußerste Zeichen ihrer Zufriedenheit. Dann wischte sie sich mit einem Heubüschel die Spuren meiner Leistung aus Spalt und Scham, streifte sich das Hemd wieder über und eilte zurück zur Leiter, um wieder in ihr vergittertes Tochtergemach zu entschwinden.

»Rüesch«, sagte ich leise, »gib mir wenigstens noch einen Kuß zur guten Nacht!«

»Du bist ein lieber Mann, William« sagte sie und begann nach oben zu steigen, »aber eine Saratz küßt nur den eigenen Mann in den Mund!«

Glühende Eisen
Castell Sant' Angelo, Frühjahr 1246

Es schien Vitus, als sei eine Ewigkeit vergangen, als sich die Tür seiner Kammer öffnete und Matthäus von Paris, der Oberaufseher des Documentariums, ihm mitteilte, sein *carcer strictus* sei zur *custodia ad domicilium* herabgesetzt worden.

»Ihr dürft also das Castel nicht verlassen ohne ausdrückliche –«

Den besorgten Mönch nicht ausreden lassend, stürmte Vitus an ihm vorbei. »Wo ist der Gefangene, den ich Euch geschickt?«

»Im finstersten aller Verliese, wie Ihr geheißen!«

»Dann wollen wir ihm ein letztes Licht aufsetzen; begleitet mich!«

»Ich kann kein Blut sehen!« entgegnete Matthäus entgeistert, aber entschieden. »Noch Verstümmelung! Ich schick' Euch den *castigator!*«

»Nein, den *carnifex!*« Vitus lachte grob und ließ ihn stehen. Er kannte den Weg in die Tiefen des Kastells.

Roberto, der bärenstarke Kettensprenger, war ohnmächtig gewesen, als ihn hilfreiche Stangen aus dem eiskalten Wasser der Klamm gezogen hatten. Er wurde noch in diesem Zustand, in Eisen gelegt und gefesselt, in einer Kiste wie ein Sarg abtransportiert, bis er sich – nach Tagen – geschwächt von Hunger und Durst in der Dunkelheit eines ihm unbekannten Ortes an nassen Fels geschmiedet wiederfand. Das von den Wänden herabtropfende Wasser erhielt ihn am Leben.

Es war auch jetzt das einzige Geräusch, das er vernahm. Nun aber drang ein ferner Lichtschein zu ihm. Schritte näherten sich über eine zu seinem Verlies führende Treppe, und die Schatten der Gitterstäbe wanderten, je näher die Fackeln kamen.

Vitus ließ sich aufsperren, und Roberto erkannte müde blinzelnd den »Schwarzen« wieder, den unheimlichen Gesellen, der sie durch ganz Norditalien bis an die Alpen hinein verfolgt hatte. Und er sah auch hinter ihm das rotglühende Feuer, das aus einer

Kupferpfanne züngelte, und die Brandeisen, spitzen Nadeln, Zwacken und Zangen, die ein Mönch sachkundig darin erhitzte.

»Ein kräftiger Kerl«, sprach Vitus trocken zu seinem Gehilfen, dessen lange Arme und breites Kreuz trotz der ihn verhüllenden Kutte mit Kapuze auffielen. »Er kann Ketten zerreißen, zwei Baumstämme zugleich stemmen.« Er trat näher und leuchtete Roberto mit seiner Fackel ins Gesicht. Sein Häftling hing mehr in den Eisenringen, als daß er von seinen Füßen aufrecht gehalten wurde, aber er hielt seinem Blick stand. »Pech für ihn, daß die beiden Balken die Brücke bildeten, über die zu schreiten ich so dringend begehrte.«

Er brachte die Glut noch näher, Pech tropfte von der Fackel auf die Brust des Opfers, doch es zuckte nicht. »Schade, daß er meinen Feinden so treulich zu Diensten war!« Selbst als kleine Flammen das Brusthaar fraßen, die Haut Blasen schlug, gab Roberto keinen Laut von sich.

Vitus wandte sich von ihm ab und ging zurück zur Gittertür. »Walte deines Amtes!« sagte er laut im Vorbeigehen zu dem Mönch mit dem Brandeisen.

Er hatte die Treppe noch nicht erreicht, da brüllte der Kraftprotz wie ein verwundeter Stier: »Halt! Kommt zurück, Herr, und befehlt Eurem Diener!«

Vitus blieb stehen, einen Fuß auf der ersten Stufe. In der Hand des Folterknechtes glühten rot die Enden der langen Eisen, wie man sie benutzt, um Vieh zu zeichnen.

»Einen Burschen wie ihn könnt' ich schon brauchen«, gab Vitus mehr sich als dem Henker zu bedenken. »In meinen Diensten braucht er nicht zu reden, weder mit mir noch mit anderen, nur blind zu gehorchen!«

Der Mönch am Feuertrog nickte einverständig und griff zu Nadel und Zange, doch Roberto gab nicht auf: »Wie ein treuer Hund will ich Euch dienen, Herr, ich schwör's! Ich will Euer Leben bewachen als ob's mein eigenes wär! Doch dazu muß ich sehen, bellen und beißen können – ein Krüppel nützt Euch nichts, tötet mich lieber!«

Vitus fand Gefallen an der schlichten Argumentation, mit der Roberto die Unversehrtheit seines Leibes verteidigte, wo er ihm noch das Leben nehmen konnte. Er winselte nicht um Gnade. Dumm war der Bursche nicht. Und auch nicht feige!

»Damit ein jeder sieht«, wies der Viterbenser den Henker an, »in wessen Dienst er getreten ist, zeichne ihn! Ein ›C‹ wie ›Christus‹ – oder ›Capoccio‹« – er lachte dröhnend ob seiner Leutseligkeit, daß es schaurig in dem Gewölbe widerhallte – »auf die Brust und das übliche Kreuz auf die Stirn!«

Ohne sich noch mal umzudrehen, schritt er die Treppe hinauf. Er wartete auf den tierischen Schrei des Gebrandmarkten, doch das einzige, was er hörte, war ein dumpfes Stöhnen.

Vitus von Viterbo lächelte befriedigt – und das geschah selten genug.

Er stampfte die gewundenen Gänge des Castels entlang. Es ziellos zu durchqueren, ohne Hast und vor allem ohne Zweck, bereitete ihm Übelkeit. Seine Narben waren inzwischen weitgehend verheilt, die Schmerzen vergessen, doch dieser Hausarrest kam ihm als die perfideste Strafverschärfung an, die sich der böse Geist – er gab sich nicht die Blöße, Wände und Decken nach seinem Versteck abzusuchen – für ihn, nur um ihn zu quälen, hatte einfallen lassen. Wie ein herrenloser Hund des Streunens leid, zog er sich in seine Kammer zurück, um sich die Wunden seiner arg verletzten Eitelkeit zu lecken.

»Nun«, höhnte die Stimme, »*hat der Herr sein Mütchen gekühlt?*« Vitus schaute nicht auf von seinem Lager. »*Nach erfolgter Zurichtung deines neuen Lawinenhundes*«, fuhr die Stimme fort, »*zieht es dich wohl nach Norden? Möchtest du diese Saratzbande in den Alpen ausräuchern? Keine schlechte Idee! Auch wenn's der Kurie auf ein paar Minoriten mehr oder weniger nicht ankommt – es ist das Geld der Kirche, das seinen Bestimmungszweck nicht erreicht, wenn nicht gar die Taschen des Staufers füllt!*«

Vitus ahnte den Köder, doch er konnte es sich nicht verkneifen, zuzupacken. »Ich kenne Euch, Eminenz«, knurrte er. »Ihr wollt sicher gehen, daß dort die Gesuchten nicht etwa doch Unterschlupf gefunden haben?« Vitus wußte, daß ihn den Kardinal auf die Probe stellte, aber er mochte von der Provokation des Mächtigen nicht lassen. »In Wahrheit wollt Ihr mich nur dorthin abschieben.«

»Nutzlos, Vitus, bist du auch hier. Doch zum Unterschied zu allen Landen, die du durchqueren müßtest, zu allen Orten, wohin du deine Haufen setzen, allen Bäumen, die du anpinkeln würdest, kannst du hier den geringsten Schaden anrichten.«

»Ich flehe Euch nicht an, ich plädiere dafür, die Probe aufs Exempel mit Eurem Hund nicht an den Waden dieser Saratz abzuhalten, sondern ihn im Süden die Gräfin von Otranto verbellen zu lassen. Vielleicht sind die Kinder ja nie abgereist. Vielleicht habe ich mich täuschen lassen, habe geträumt? Gebt mir eine Flotte, und ich –«

»Ein törichtes Plädoyer. Dein Hund sollte sich einen besseren Anwalt nehmen. So machst du es jedem Quästor leicht: Du bleibst an der Leine!«

Damit war das Verhör beendet: ›Gewahrsam *in perpetuo* wegen dauernder Unzurechnungsfähigkeit‹. Es hatte keinen Sinn, wütend über die eigene Ohnmacht zu sein. Er mußte *oboedientia* lernen, bis sie ihm in Fleisch und Blut übergegangen war. Der Gedanke machte ihn krank!

Die Räucherkirche
Punt'razena, Frühjahr 1246 (Chronik)

Der dumpf röhrende Ton des Alphorns ließ mich im Morgengrauen aus dem warmen Heu fahren. Für die Saratz war es die Erinnerung an das Morgengebet, für mich die Mahnung zur Frühmette.

Den ganzen Winter lang hatte ich mich feige davor gedrückt, die Kirche und meinen darin gefangenen Mitbruder aufzusuchen. Eine Bemerkung Xavers am gestrigen Abend hatte mein Gewissen aufgescheucht. Über die noch vor sich hin dösenden Bergziegen hinweg tappte ich zum Quell, weckte mich mit Schüben seines Eiswassers und trat, noch im Halbdunkel, vor das Haus.

Als die Kirche oben am Hang vor mir lag, sah ich, wie eine Gruppe der jüngeren Saratz, wie immer angeführt von Firouz, den Minoriten hinauszerrte und ihn, die Hände mit einem Strick gebunden, mit sich ins Tal führte.

Ich war schnell unter die Deckung der letzten Häuser getreten, weniger aus Furcht, von ihnen entdeckt zu werden, als aus Scham, meinem Bruder in seiner schweren Stunde nicht beizustehen. Für ihn mit halblauter Stimme betend, setzte ich meinen Aufstieg fort, als sie die Punt durchschritten hatten und gleich danach nicht den Weg durch den Wald nahmen, den ich kannte, sondern scharf nach links abbogen.

Wie schon lange nicht mehr fühlte ich mich an diesem unheiligen Ort gefordert, das Wort des Heilands zu predigen. Ich betrat mit dem Mut eines Missionars den leeren Kirchenraum, den blauer, beizender Rauch erfüllte. Wo sonst Altar und Kruzifix die Gegenwart Gottes bezeugten, brannten in hineingemauerten *forni* schwelende Feuer und räucherten das über ihnen in der Apsis hängende Fleisch.

Es hätte mich nicht sonderlich verwundert, dort auch den geschundenen Körper des Bruders am Haken zu sehen, wenn er nicht vor meinen Augen diese stinkende Vorkammer ewiger Verdammnis hinter sich gelassen hätte. Mit tränenden Augen suchte ich nach einer letzten Nachricht von ihm, seinen Namen wenigstens – indes: Schall und Rauch! Die Wände waren vollgeritzt mit Namen und Daten und nicht selten mit dem Zusatz ›O. F. M.‹ und verzweifelten Ausrufen, letzten Botschaften, wie: ›Der Herr möge sich meiner Seele erbarmen!‹, ›In deine Hände befehl ich meinen Geist‹, ›Maria, bitte für mich armen Sünder!‹, oder einfach nur: ›I N P + F + SS‹ oder schlicht ›INRI‹. Eine Todeskammer, welche von den Unglücklichen, die ihre Not oft einzig mit Fingernägeln in den Putz gekratzt, nur verlassen werden durfte, um zur Hinrichtung zu schreiten!

Mir blieb nicht viel Zeit, sie alle zu studieren, denn es drängten jetzt mehr und mehr Frauen des Ortes in den Kirchenraum. Sie knieten auf dem nackten Steinfußboden und sangen in ihrem von Latinesken durchsetzten Saratz-Dialekt eine auf und ab schwellende Weise, die mich wie eine Totenklage andeuchte. Ihre Gesichter hatten sie hinter Tüchern verborgen, aber ich spürte, es waren alles alte Weiber. Ich drängte meine Trauer und die Schwermut zurück, die wie lähmend von mir Besitz ergriffen, an diesem Ort des Todes, und trat bebend vor sie hin.

»Der Friede des Herrn sei mit euch? – Erwartet das nicht von Gott, dem Gerechten! Sein Zorn wird über euch kommen! Der Sohn, euch gegeben zur Versöhnung, wurde hinweggeführt von den Häschern und ans Kreuz geschlagen – ihr aber habt eure Stimmen nicht erhoben. Ihr hockt da und heult und fleht, statt den Söldnern des Imperators in den Arm zu fallen und zu schreien: Du sollst nicht töten!«

Die verhüllten Gestalten hatten bei meinen ersten lauten Worten ihr monotones Lamento unterbrochen und mich schweigend, ja feindlich kalt angestarrt, doch dann duckten sie sich wie unter Peitschenhieben.

»Jesus Christus ist nicht in euer von Gott verlassenes Tal gekommen, um sich abermals für dreißig Silberlinge verraten zu lassen, sondern um eure Schuld auf sich zu nehmen. Und eure Schuld ist groß, und sie wird größer mit jedem Diener Gottes, an den ihr, durch eure Söhne, Hand legt – denn so spricht der Herr: Mein ist die Rache! Ihr habt Sünde aufgetürmt auf eure Seelen, höher und schwerer als die Berge, die euch umgeben. Kehrt um, tuet Buße – oder der Herr wird euch verdammen! *Per omnia saecula saeculorum. Amen!*«

Ich stürzte aus der Kirche, rannte hinunter bis zur Punt, schob wütend die Wachen beiseite, die mir willig Platz machten, und stürmte in den Wald hinein, bis die ersten Bäume mich vor den Blicken der sicher verdutzten Wächter verbargen. Dann erst verschnaufte ich und ließ kühle Umsicht über meinen ohnmächtigen Zorn gewinnen. Vorsichtig verließ ich den ausgetretenen Pfad, der zu den Seen führte, und suchte mir einen Weg durch Unterholz und tiefen Schnee, der mich zur Spur der Saratz führen sollte, die den Gefangenen eskortiert hatten.

Meine Hoffnung, ihn noch lebend anzutreffen, war gering und schwand mit jedem Schritt, den ich durch das hüfthohe, unberührte winterliche Weiß stapfte und irrte. Doch den Anblick, der sich dann vor mir auftat, hatte ich nicht erwartet.

Ich stand am Rande einer Lichtung, und an den ausladenden Ästen der dunklen Tannen hingen wie übergroße, längliche Zapfen die Körper von mindestens einem Dutzend Franziskaner. Sie baumelten nicht, denn kein Windzug streifte diesen Ort, sie klirrten nur leise; denn die meisten waren verwittert und von einer Eisschicht überzogen. Der dunkelste, auf dessen Kutte sich frische Schneeflecken noch deutlich abhoben, muß wohl das letzte Opfer gewesen sein, der Minorit mit dem Esel. Ich wagte ihm nicht ins Gesicht zu schauen, sondern schlug hastig mein Kreuz und brach mir den Weg zurück, nur fort von diesem schaurigen Ort, in den kein Sonnenstrahl fiel.

Nicht weit entfernt hörte ich die Wasser in der Schlucht tosen. Ich stolperte, fiel, wankte durch den Wald, bis ich durch das Schwarz der Stämme Helle schimmern sah und die Bäume sich lichteten. Auf einer leicht ansteigenden Almwiese, die durch ein glückliches Zusammenspiel von Wind und Sonne sich fast schneefrei darbot, kamen mir mit Gebimmel Bergziegen entgegen, die dort mit meckerndem Vergnügen die herausstehenden Gräser und Kräuter abweideten. Und oben am Hang, wo die Schneefläche nicht aufgerissen war, tummelten sich die Mädchen.

Die wilden Hirtinnen vergnügten sich auf ihren Schneeschuhen; sie glitten miteinander im Zweikampf in wundervollen Bögen hinab, nutzten die geringste Bodenerhebung für unerwartete Richtungsänderungen oder ließen sich in die Luft hinaustragen, um dann unter anfeuerndem Geschrei oder schadenfrohem Gelächter zu Boden, in den Schnee zu stürzen, mal die Nase voraus, mal das stramme Hinterteil. Keine sauste so geschwinde, wendete so behende, sprang so hoch und weit, ohne zu stürzen, wie Rüesch-Savoign. Wie auch immer sie es tollkühn anstellte, sie landete geschickt auf ihren Schuhen, als seien diese angewachsener Teil ihres jungen Körpers.

Begeistert klatschte ich in die Hände, und die Mädchen sahen zu mir herüber. Statt sich über meinen Beifall zu freuen, rotteten sie sich kichernd zusammen, bückten sich und formten Kugeln aus dem Schnee. Ehe ich es mich versah, stürmte die gesamte Phalanx den Hügel hinab zwischen die verschreckten Ziegen und deckte mich mit einem Hagel von Schneebällen ein, die härter in meinem Gesicht zerplatzten, als ich das für möglich gehalten hatte. So floh ich wieder in den Wald, hinter mir das Hohngelächter der Bergamazonen.

Ich kämpfte mich zurück, immer in der Angst, ich könnte nochmals auf die Galgenbäume stoßen. Erschöpft erreichte ich den Trampelpfad zum Kirchlein des heiligen Murezzan, des ersten, bei weitem nicht letzten Märtyrers des Tales. Ich war noch keine zwei Schritt gegangen, als sich ein Pfeil mit hartem Schlag in die Rinde des Lärchenstammes bohrte, direkt neben mir, in Brusthöhe. Ich blieb wie angewurzelt stehen, das Herz klopfte mir bis zum Halse. Dann trat, gut fünfzig Schritt vor mir, Firouz aus dem Schatten eines Baumes, ein ausblutendes Reh über der Schulter.

»Ich hielt dich für einen äsenden Bock!« rief er ohne jegliche Entschuldigung im Ton.

»Wohl eher für einen Esel!« Ich mochte ihm für seine Flegelei nichts schuldig bleiben. Ich griff den Pfeil und zog ihn mit einem Ruck aus dem Baumstamm, um ihn dann genüßlich überm Knie zu zerbrechen.

Neben Firouz tauchte der dicke Henkersgehilfe auf, den ich schon aus dem Hammam in unangenehmer Erinnerung hatte. Er war mit gleich zwei erlegten Tieren beladen, und über sein gutmütiges Bauerngesicht lief ein blödes Grienen.

Da Firouz herausfordernd stehenblieb, setzte ich meinen Weg fort. Als ich ihn passierte, ohne seinem mißtrauischen Blick auszuweichen, knurrte er: »Wer äst, wo er nichts zu suchen hat, dem kann leicht etwas zustoßen!«

»Sicher, Firouz«, entgegnete ich ihm, ohne meinen Schritt anzuhalten, »besonders, wenn er auf Schützen trifft, die erst schießen und dann nachsehen!«

»Hüte deine Zunge!« schnaubte er.

»Tu dir etwas Eis auf die Stirn«, warf ich ihm über die Schulter zu, »davon wirst du zwar nicht klüger, aber es schafft Linderung!« Ich dachte, jetzt springt er mich von hinten an oder jagt mir einen Pfeil zwischen die Schulterblätter, doch Firouz rührte sich nicht von der Stelle, und ich setzte meinen Weg fort.

Vor dem Haus erwartete mich Xaver mit einem besorgten Lächeln. »Die alten Weiber des Dorfes sind ganz verzückt nach dir, William. Du habest gepredigt wie der Engel mit dem Flammenschwert an der Pforte des Paradieses! Die wollen dich jetzt als Priester!«

»Ich hab' zwar Theologie studiert, mein Herr«, sagte ich sanft, doch bestimmt, »aber nicht, um hier zwischen verschneiten Wäldern und erfrorenen Seelen als Verkünder des Evangeliums zu enden! Da bin ich lieber ein gelehrter Kriegsmann, dem manchmal die Galle überläuft.«

»Du mußt nicht so übel von uns Saratz denken, William«, suchte mich mein Gastgeber zu überzeugen. »Wenn der Föhn den Schnee vertreibt und das Eis schmilzt, dann blühen hier die schönsten Blumen, und auch unsere Herzen tauen auf!«

»Bis zum nächsten Winter!« spottete ich, doch Xaver ließ sich nicht beirren.

»Kein Winter ist wie der andere, der Kaiser wird über seine Feinde siegen, und jeder durchreisende Franziskaner wird wieder die Gastfreundschaft der Saratz zu schmecken bekommen, wie früher!«

»Mit gut abgehangenem Schinken aus der Räucherkammer, die einst das Haus Gottes war, in Betten aus dem Holz der Tannen, die seine Brüder trugen, deren Federn und Linnen mit ihrem Blutgeld bezahlt wurden?«

»Darüber wird auch Moos wachsen, William, und du wirst gern hier bei uns bleiben!« Ich schüttelte den Kopf, doch er hielt mich zurück. »Du verstehst unsere Sprache, du kannst predigen, du könntest eine angesehene Stellung einnehmen. Jemanden wie dich als Botschafter zur Welt, die uns umgibt, von der wir uns abgeschlossen haben – die Saratz dürfen den Zug der Zeit nicht an sich vorbeiziehen lassen!«

»Dann öffnet euch, statt Schrecken zu verbreiten! Nehmt *civitas* an, statt wie Barbaren zu hausen!«

»Man würde uns, die Fremden, die Nicht-Christen, schnell unterwerfen, dann unterdrücken und schließlich vertreiben. Mit der Toleranz ist es bei euch Christen nicht weit her!«

»Mit der Zivilisation auch nicht, Xaver«, mußte ich lachen. »Es gibt eigentlich wenig, worauf wir uns etwas einbilden können, und das haben wir meist aus den Ländern deiner Vorfahren importiert. Doch es bleibt euer Problem, daß ihr im christlichen Abendland ein Fremdkörper seid, wie unsere Kreuzfahrerstaaten Stachel im Fleische des Islam bleiben –«

»– oder nicht bleiben«, sagte Xaver nachdenklich. »Wer weiß, welches Schicksal den Saratz blüht, wenn die weitsichtige und großzügige Herrschaft des Staufers einmal zu Ende geht, wenn ein eiferndes Rom obsiegt – dann sind auch die Tage der Saratz hier gezählt –«

»Oder ihr macht beizeiten vergessen, wo ihr herkommt, wo eure Wurzeln liegen. Säubert die Kirche, begrabt die Gerichteten, zwingt den nächsten Minoriten, den ihr abfangt, euch Männer das Evangelium zu lehren, lernt Latein, und lernt beten!«

»Da siehst du, William, wie sehr wir dich brauchen!«

»Ich bin ein Wanderer, Xaver – nicht dazu bestimmt, irgendwo Wurzeln zu schlagen. Meinen Rat schenk ich dir, als geringes Entgelt für die Gastfreundschaft, die mir dein Haus gewährt – und jetzt hab' ich Hunger!«

»Zaroth hat uns eingeladen zum Wildpret. Seine Frau liegt ihm seit deinen aufrüttelnden Worten mit ihrer neuen Hinwendung zu Christus in den Ohren, und den Braten hat unser Firouz geschossen. Alles dir zu Ehren!«

Ich ließ den Mann, den ich gerngewonnen hatte ob seiner Lauterkeit, im Glauben an die rechte Interpretation meiner Worte durch des Ältesten Weib und an das dringende Bedürfnis des Firouz, mir Gutes zu tun, und wir begaben uns eilends zum Haus des Podestà.

Alle warteten auf uns, was sie nicht gehindert hatte, dem Wein schon kräftig zuzusprechen.

»Wir heißen Euch willkommen, William von Roebruk. Dies ist der Beschluß der Grauen Räte: Wünscht Ihr Euch ein Haus, die Saratz geben es Euch gerne, wählt eine Tochter aus unserer Mitte, sie sei die Eure –«

Zaroth unterbrach seine Rede, von eigener Rührung übermannt; auch hatte er schon stark getrunken. Er hob seinen Pokal und trank mir zu, eine Geste, der alle gern nachkamen – mit Ausnahme von Firouz, was mir nicht verborgen blieb.

»Ehrwürdiger Zaroth«, sah ich mich genötigt zu replizieren, »wenn ich das Haus frei wählen darf –«

»So sei es!« sprach der Älteste feierlich.

»– dann bitte ich um die Kirche!« Allgemeines, doch achtungsvolles Geraune. »Jedoch«, fuhr ich fort, »wenn Ihr mich als Prediger haben wollt, mögen sich das die Grauen Räte gründlich überlegen; denn die Saratz brauchen keinen willfährigen Liturgisten für ihre Ehefrauen, sondern einen Mann Gottes, der Männern den Weg weist –« Ich ließ ihnen wenig Zeit über diese Bedrohung ihrer traditionellen Lebensart nachzudenken. »Auch ich muß mir Euer Angebot überlegen; denn dem Priester untersagt unsere *Ecclesia catolica*, sich ein Weib zu nehmen –«

»Für dich gründen wir eine eigene Kirche nach eigenem Ritus!« warf Xaver vorlaut ein, wurde aber beifällig, ja mit Gelächter aufgenommen, und Zaroth fing den Ball auf: »Auch der Prophet hatte eine, ja, mehrere Frauen, William – daran soll's also nicht scheitern!«

Das Eintreten Xavers für mich hatte im sonstig heiteren Besäufnis einen alarmiert auf den Platz gerufen: Firouz! Er drängte sich ungestüm vor, so daß er zwischen den Ältesten und meinen Gastgeber zu stehen kam. »Vergeßt nicht, Xaver, daß Eure Tochter mir versprochen ist!«

Einige lachten, verstummten aber schnell, um des Vaters Antwort zu hören. »Ihr freit um sie, Firouz«, sagte Xaver bedächtig, »doch eine freie Jüngste ist auch so frei, sich den Mann zu erwählen, den sie will!«

»Sie ist keine Jüngste!« schnaubte Firouz. »Sie hat sich meiner Werbung zu fügen!«

»Rüesch-Savoign ist Alvas einzige Tochter«, wandte sich Xaver an den Ältesten, der – schon vom Wein benebelt – lang überlegen mußte. »Wenn sie die einzige ist, dann ist sie auch die Jüngste«, brachte er mit schwerer Zunge heraus. »Aber auch die Älteste.«

»Also ist sie mein!« brüllte Firouz.

»Nie!« schrie Xaver dagegen an, und beide mußten von den Umstehenden davon abgehalten werden, mit blanken Fäusten aufeinander loszugehen, auch das nur dank der weisen Regel, daß im Haus des Ältesten das Tragen von Waffen verboten war.

Zaroth griff ein. Ärgerlicherweise wandte er sich mir zu. »Laßt uns Williams Rat hören!«

Ich war unsicher. »Laßt uns erst mal einen Schluck trinken!« sagte ich, um Zeit zu gewinnen, und hatte damit auch schon die Zustimmung der meisten gewonnen. »Nehmt die Erbschaft«, sann ich laut. »Gibt es nur eine Tochter, so ist sie Erbe! Keiner kann ihr das streitig machen, sie dafür bestrafen, einziges Kind zu sein!«

»Richtig!« grölten genug, um mich behutsam fortfahren zu lassen: »Also steht auch das Recht der Gattenwahl durch die Jüngste außer Zweifel!«

Der Beifall übertönte das Wutgebrüll von Firouz, der aus der Halle stürmte.

Ich warf Xaver einen besorgten Blick zu, doch der schüttelte beruhigend den Kopf, Hinweis auf sein Vertrauen in Frau und Tochter gegen jeglichen Überrumpelungsangriff des erbosten Freiers gewappnet zu sein. So setzte ich noch eins drauf:

»Außer jedem Zweifel«, nahm ich den Diskurs wieder auf, »steht ihr Recht über dem Unrecht, das den älteren Töchtern widerfährt, denen die Saratz einen Mann wider ihren Willen aufzwängen!« Jetzt wußten sie, was sie an mir hatten, und ich gab

Xaver ein Zeichen, daß ich aufbrechen wollte – ohne das gerade hereingetragene Wildpret zu kosten.

»Es wäre ein Zeichen von Schwäche, jetzt dem Firouz nachzugehen«, flüsterte mir mein Wirt zu. »Laß uns essen und trinken, als ob nichts geschehen wäre!«

»Es ist ja auch nichts geschehen«, sagte ich ärgerlich nachgebend, »außer, daß ich jetzt als Werber um deine Tochter dasteh'!«

Er lachte, und wir aßen und tranken mit den anderen, bis wir genauso voll und betrunken waren wie sie.

Uns gegenseitig stützend, schwankten wir die Gassen hoch nach Hause. Es lag friedlich im Dunkeln, nur sah ich gleich bei Betreten des Untergeschosses, daß die Leiter, die in meine Kammer führte, hochgezogen war.

»Brave Frauensleut'!« grunzte Xaver, der ihr Fehlen auch vermerkt hatte. »Wir wollen sie nicht noch mal aus dem Schlaf reißen«, seine Stimme senkte sich verschwörerisch, »doch ich hab' jetzt noch Lust auf einen guten Tropfen!«

Er zeigte hoch zu den Regalen über meiner Schlafstätte, wo die Käse lagerten und die Schinken hingen. »Dort ist er versteckt! Wir müssen nur drankommen – ohne Leiter!«

Ich hatte verstanden und machte den Bock. Xaver stieg auf meine Schultern und kramte oben in der Mauer herum, wohin ich nicht sehen konnte, weil Staub und Kalk mir auf den Kopf rieselten. Schließlich reichte er mir eine versiegelte Amphore herunter und sprang ins Heu.

»Komm, William«, krächzte er zufrieden, »die leeren wir bei mir oben auf dem warmen Ofen – hier neiden's einem die Ziegen und verderben die Blume mit ihren Fürzen!«

So tasteten wir uns die Steintreppe hoch, und zum erstenmal sah ich im Vorbeigehen die eisenbeschlagene Tür, die zum Gemach der Frauen führte. Sie sah nicht so aus, als ob sie Fäusten oder auch Fußtritten so einfach nachgeben würde.

Die andere Hälfte des Raumes wurde von der geräumigen Küche eingenommen, deren Prunkstück ein gemauerter Kachelofen war, dessen kleinster Teil durch die Mauer wohl in das Zimmer von Mutter und Tochter ragte. Er war kaum mannshoch und oben platt. Eine ideale Schlafstätte für kalte Winternächte und für den Hausherrn, wie ein Haufen von Fellen und Decken bezeugte, die, von weiblicher Hand ordentlich gerichtet, zuoberst lagen.

Stufen führten von hinten – vorne war das Ofenloch – zu diesem Lager hinauf. Wir ließen uns im Schneidersitz nieder, und Xaver öffnete behutsam die verstaubte Amphore, die sogleich einen betörenden Duft verströmte. Auf Becher verzichteten wir und nahmen abwechselnd kleine Schlucke, die wir im Mund rollten, bevor wir sie den Gaumen hinabrinnen ließen.

»Eine Köstlichkeit von höchster Güte«, schnalzte Xaver »– wie meine Jüngste – Rüesch-Savoign«, fügte er hinzu, als er keine sichtbare Zustimmung auf meiner Miene lesen konnte. »Du hast sie ja schon gesehen. Wie gefällt sie dir?«

Kaum hatte er das gesagt, vernahmen wir unten im Ziegenstall einen Krach, als sei jemand durch die Bretterwand des Verschlages gebrochen, und Firouz' Stimme ertönte.

»Wo steckst du, William?«

Es krachte wieder, Holz splitterte, die Geißen meckerten aufgescheucht dazwischen.

»Wenn ich dich bei meiner Braut finde, brech' ich dir die Knochen, reiß' dir die Eier raus und zertret' deinen Schwanz – wo bist du Hurensohn, sich bei den Saratz einschmeichelndes Christenschwein? Zeig dich!«

Ich wollte aufspringen und dem Tobenden gegenübertreten, bevor er den Stall in Trümmer legte, doch Xaver hielt mich zurück. Er trat an die Brüstung seines Fensters und rief laut in die Nacht:

»Firouz, du bist nicht bei Sinnen – du brichst den Frieden meines Hauses, du verletzt meine Ehre ...« Er wartete wohl ab, bis der Gescholtene aus dem Tor ins Freie getorkelt war und sich auch die Türen der umliegenden Häuser öffneten. »Und vor allem, Firouz: Der große Jäger läuft Gefahr, sein Gesicht zu verlieren! Wenn du noch einmal ungeladen meine Schwelle übertrittst, dann schlage ich dich nicht tot, wie es mein Recht jetzt schon ist, sondern ich beantrage deine Ehrlosigkeit beim Rat der Grauen!«

Das hatte gesessen, und alle hatten es gehört. Ich war neben Xaver getreten, was auch alle sehen konnten, nur Firouz nicht, denn er schlich sich von dannen wie ein geprügelter Hund, ohne den Blick zu heben.

Xaver grinste mir zu, was mir auch nicht eben recht war. So wie er Firouz als Schwiegersohn verleugnete, zwang er mich – und Firouz ging ihm dabei unwillentlich zur Hand, dieser Tölpel! – in die Rolle des ausgemachten Freiers für seine Tochter. Doch ich mochte das delikate Thema jetzt um Himmels willen nicht anrühren. Xaver war durch Wein und Erregung jetzt so in Fahrt, daß er Rüesch mitten in der Nacht geweckt und mir mein Jawort abgerungen hätte.

Ich sagte daher nur: »Danke, Xaver«, und nach einem letzten Schluck aus der Amphore, die damit sowieso leer war: »Ich bin jetzt müde!«

Er geleitete mich mit der Öllampe bis zur Treppe, und ich scheuchte die Ziegen aus dem Heu, an dem sie sich bereits gütlich taten. Ich wickelte mich in meine Decke und legte mich so vor das große Loch, daß ihnen weiteres Naschen verwehrt war.

Ich konnte nicht einschlafen. Die Ziegen zupften an meinem Haar, und ihre rauhen Zungen leckten über mein Gesicht. Ich hätte nichts einzuwenden gehabt, wenn sich die Luke über mir jetzt geöffnet hätte und Rüesch auf mich herabgesprungen wär', das wilde Kind. Ich hätt' auch gute Lust, sie zur Frau zu machen oder wenigstens wie die Ziegen mit der Zunge sie die Seligkeiten spüren lassen, die sie sicher noch nicht kannte – oder? Firouz? So wie der üble Geselle sich aufspielte, hatte sie ihm nicht mal ihren Steiß gegönnt. Sicher schlief sie auch nicht, hatte alles gehört und freute sich, auch wenn heute nacht die Nähe der Mutter ein ›Drunter oder Drüber‹ unmöglich machten oder zu gefährlich. Sie war ein kluges Kind. Die Erinnerung an ihre festen Brüste und ihr strammes Gesäß, der Gedanke an ihre – bei aller jugendlichen Unbekümmertheit – so tapfer gezähmte Sinnlichkeit, ihre Heiterkeit und ihre Offenheit, aber vor allem an ihre noch aufzustoßende Paradiespforte, erregten meine Männlichkeit. Mein Stößel stand hart unter der Decke, die Ziegen leckten jeden Zentimeter meiner verschwitzten Haut, dessen sie habhaft werden konnten, mit ihren rauhen Zungen.

Ich schlug behutsam, um sie nicht zu verscheuchen, die Decke zurück ...

... Rüesch!

Byzantinische Verschwörung
Konstantinopel, Kallistos-Palast, Sommer 1246

»Es macht keinen Sinn, werter Cousin: Wenn du den Springer nicht ziehst, kommt mein Läufer in die Lage, deinem Herrscherpaar Unannehmlichkeiten zu bereiten. Der Turm steht schon parat.« Nicola della Porta, lateinischer Bischof im griechischen Byzanz, wies mit lässigem Amüsement auf die elfenbeinerne Figur seines jugendlichen Gegenübers, die von seiner Ebenholz-Dame und einem seiner schwarzen Krieger bedrängt wurde. Seine feingliedrige Hand war sorgfältig maniküt und trug schwer an dem Bischofsring, einem funkelnd geschliffenen dunklen Rubin, umkränzt von Smaragden leuchtenden grünlichen Feuers.

»Wenn ich springe, schlägst du meinen Turm, und ich kann die Bresche nicht mehr schließen, – ich kenn' dich, Onkel Nicola!« Hamo trug eine korallenfarbene Toga, die seine gebräunte Schulter frei ließ, ein Anblick, der sein Gegenüber mehr erfreute als die ungleiche Partie.

»Du täuschst dich, mein Lieber«, lächelte der Bischof, »wie du mich nicht Onkel nennen sollst«, nahm zärtlich die braune Hand des Jüngeren und ließ ihn den Zug ausführen. »Wir haben immerhin die gleiche Großmutter, und – οὐκ ἔστιν οὐδείς, ὅστις οὐχ αὐτῷ φίλος –«, er schlug mit geschicktem Schlenker den vorgeschobenen weißen Läufer, daß er vom Brett sprang, »meine alte Dame kommt auch so ans Ziel – *gardez!*«

Hamo schaute nicht sonderlich betrübt; er spielte mit Nicola mehr, damit dieser auf andere Gedanken kam, als – unter dem

Vorwand, ständig neue Kleidungsstücke anzuprobieren – an ihm herumzufingern. So tat er ihm den erwarteten Gefallen nicht, die praktisch verlorene Partie gleich zu beenden, sondern vollzog tollkühn den Damentausch, der sie nochmals in die Länge gezogen hätte.

Doch der Bischof verspürte keine Lust mehr. Die Herausforderung, die er bei Hamo suchte, sollte nicht auf dem Schachbrett stattfinden. Süß-säuerlich erklärte er: »*Remis?*«, weniger ein Angebot als eine großzügige Geste, und erhob sich.

Hamo stierte einen Moment noch auf das Feld und die wirre Position seiner Mannen. Dann gab er ihm einen Stoß, der ausgleichend fast alle Figuren stürzen ließ.

»So töricht wie du«, schalt ihn Nicola lächelnd, »verhält sich nur unser Kaiser, ich meine Balduin.«

Hamos Blick folgte dem des Bischofs über das weit größere marmorne Schachfeld, das den tiefergelegten Boden des ganzen Saales bedeckte und, auf raffinierte Weise in schwarzweiße Quadrate aufgeteilt, das Imperium von Byzanz darstellte, in seiner machtvollsten Ausdehnung wie wohl zu Zeiten des Imperators Justinian.

»Den kümmerlichen Rest«, sagte Nicola wehmütig, »unseres ›Lateinischen Reiches‹, also was Bulgaren und Seldschuken noch übriggelassen haben, werden sich die Griechen bald zurückholen. Dann ist meine Zeit hier auch abgelaufen!«

Hamo stand auf und trat neben ihn. »Friedrich, den ihr den Westkaiser nennt, kann er Euch nicht zu Hilfe kommen?«

Der Bischof, nicht etwa im Ornat seines Standes, sondern in einer fließend fallenden Tunika aus leichtem weißem Wollgewebe, die seine zarten Gliedmaßen durchscheinen ließ, lachte bitter. »Der Staufer muß selber um den Erhalt seiner Macht kämpfen, auf ihn können wir nicht zählen. Außerdem hat er seine Tochter Anna dem Vatatses zur Frau gegeben. Er setzt auf die Griechen. Recht hat er!«

Beide waren an die Brüstung getreten, die die Loggia vor dem Saal zum Chrysokeras, dem Goldenen Horn hin abschloß.

Sie schauten schweigend auf die Kuppelbauten, Mauern und Türme der Stadt am Bosporus, die sich zu ihren Füßen ausbreitete, das Gewimmel der Schiffe im Hafen, die Boots-Brücke hinüber zur Neustadt von Galata. Wenn sie den Blick noch weiter nach rechts gewendet hätten, wäre auch das hochaufragende Ufer der asiatischen Seite zum Greifen nah gewesen. Doch Nicola wandte sich ab.

Der Kallistos-Palast lag in den Gärten, die sich bis zur Hagia Sophia, der Kathedrale der Göttlichen Weisheit, erstreckten, zwischen St. Irene und der Kirche, die dem Sergius und dem Bacchus geweiht war. Einst für kaiserliche Prinzen gebaut, hatte ihn schon Balduins Vormund und Schwiegervater, der alte Jean de Brienne dem römischen Bischof zur Verfügung gestellt, als dieser sich diplomatisch weigerte, den Palast des Patriarchen zu beziehen, der zu Vatatses geflohen war.

Die seelsorgerische Tätigkeit des päpstlichen Interessenvertreters beschränkte sich auf Eheschließungen, Taufen und zunehmend Beerdigungen der importierten Oberschicht römisch-katholischen Glaubens; das Volk hing weiterhin an seinen orthodoxen Popen. Es nicht zu reizen war della Portas kluges Prinzip; er besuchte auch die nahe liegenden Kirchen nur auf besondere Einladung seiner griechischen Amtsbrüder und widmete sich in seinem so schön gelegenen Lustschloß der Politik und gut gewachsenen griechischen Jünglingen.

Aus Wachträumen aufsteigende Erinnerung an ihre bronzenen Körper ließ Nicola wieder auf Hamo kommen, bei dem ihn der Gedanke des Inzestes weitaus mehr reizte als der spröde Knabe selbst.

»Hier im ›Mittelpunkt der Welt‹«, sagte er versonnen und legte seinen Arm wie gedankenlos um die Schulter des Jungen, »trafen sich die Prinzen zum Schach, das ihnen spielerisch Macht und Größe von Byzanz vertraut machte.« Er zeigte auf den Boden des Saales, von dem aus auf drei Seiten Stufen wie in einer Arena aufstiegen. »Auf den Emporen stehen sie noch, die hölzernen Kostümständer, auf denen die Kleider und Rüstungen der Mitspieler hingen, die ›Schwarzen‹ auf der einen, die ›Weißen‹ auf der anderen Seite. Nur die Schilder der Krieger wiesen das wirkliche Wappen der Edelleute auf, die sich als ›Vasallen‹ verdingen mußten; denn es wurde heftig gewettet, und der Hofstaat sah eine hohe Ehre darin, die spielführenden Kaisersöhne finanziell zu unterstützen! Χρύσιον δ' οὐδὲν ὄνειδος ...« Der Bischof lächelte wehmütig bei der Vorstellung dieses Zeitvertreibs, den er nicht mehr miterlebt hatte und den aufleben zu lassen seine Stellung ihm untunlich erscheinen ließ. »Dort siehst du noch die Gestelle, in die sich die ›Türme‹ zwängen mußten, und die ›Rösser‹ der Reiter; sie zu besetzen überboten sich die Günstlinge.«

»Und der König und die Königin?« wollte Hamo wissen.

»Sie durften nur von nächsten Angehörigen des Kaiserhauses dargestellt werden, wahrscheinlich in eigens dafür gefertigten kostbaren Roben«, antwortete Nicola. »Und dann konnte man das ganze Spielfeld unter Wasser setzen, was sicher den Spaß noch vergrößerte. Siehst du die Vertiefungen für das Schwarze Meer, das Marmara- und das Mittelmeer? Diese Flächen waren immer geflutet, so daß man ordentlich nasse Füße bekam, wenn man nicht beim Schlagwechsel sowieso ausrutschte und ins Wasser fiel.«

»Also, mir ist ein echter Ritterkampf lieber«, sagte Hamo, »das ist doch Kinderei!«

»Schach ist immer auch Erziehung zum strategischen Denken, zum πολιτικός!« verwies der Bischof seinen ungestümen Schützling, diesen kleinen Barbaren aus Apulien. »Wenn ich meinem Kastellan befehle, von Antiochia nach Zypern überzusetzen, dann ist das im Grunde nichts anderes, als wenn ich meinen Turm von h-1 nach f-1 rochieren lasse, wie die Araber als kühle Mathematiker sich ausdrücken, oder mein Gegner zieht seinen Botschafter von Ikonion nach Konstantinopel zurück, so ist das im Wortlaut, nicht aber in der Sache anschaulicher als ›Läufer von c-3 nach e-5‹.«

»Otranto ist auch noch drauf, dort die Spitze!« Mit dieser Entdeckung war dann auch Hamos Interesse an der Welt erloschen, er gähnte gelangweilt.

»Müde?« Der Bischof klatschte viermal in die Hände, und bald darauf erschien ein Knabe und servierte drei Schalen eines heißen Getränks dunkler Färbung

»Trink!« sagte Nicola auffordernd und nahm selbst eine vorsichtig zu den Lippen. »Es ist zwar Gift, aber in wohldosierter Menge weckt es die Lebensgeister!«

Hamo schüttelte ablehnend den Kopf, schaute einen Augenblick erstaunt auf die dritte Schale und lehnte sich in die Kissen zurück, die die Marmorstufen bedeckten.

Der Bischof lagerte sich neben ihm. »Was Otranto anbelangt, willst du nicht doch deiner Mutter eine Nachricht zukommen lassen?« insistierte er in einem Tonfall, der zeigte, daß dieses Thema nicht zum erstenmal angeschnitten wurde und ihm die störrische Haltung Hamos durchaus geläufig war. Der antwortete auch gar nicht erst. »Irgendwann stöbern sie dich doch auf, Freunde oder Feinde, da deucht es mich doch besser –«

»Ich habe keine Freunde«, beschied ihn Hamo patzig.

»Dann kann ich dich ja auf einen Besuch vorbereiten, der dir nicht feindlich gesinnt ist, aber ein starkes Interesse an deinem Bericht zeigt, was dir denn nun wirklich in den Alpen geschehen ist –«

»Wer?« Hamo fuhr hoch in unsicherer Abwehr. »Der edle Herr Crean de Bourivan!«

»Der?« Hamos Ausdruck zeigte alles andere als Begeisterung. »Ich will ihn nicht sehen!«

»Aber er dich! Und er hat auch Macht und Vollmacht dazu! Καὶ κύντερον ἄλλο ποτ' ἔτλης.«

Hamo zupfte affektiert seine Toga zurecht und klatschte in die Hände. »Wir lassen bitten!« rief er und fügte leise hinzu: »Bevor die Willkommensbrühe kalt wird«; er wies mit der Gestik des Bischofs auf die dritte Schale.

Crean trat von der Terrasse her ein, was zeigte, daß sein Auftritt abgesprochen war. Er nickte auch Nicola nur einvernehmlich zu und gab sich auch keine Mühe, Hamos stumme Abneigung zu überbrücken. Er setzte sich an den Schachtisch und begann die umgestoßene Partie wieder aufzubauen.

»Ich höre«, wandte er sich nach einiger Zeit auffordernd an den Jungen. »Wenn du allerdings das dir anvertraute Unternehmen geführt hast wie deine Figuren hier, müssen wir uns wohl auf eine Katastrophe einrichten...«

»Eine Lawine!« verteidigte sich Hamo. »Höhere Gewalt!«

»Meist höchster Leichtsinn!« erwiderte Crean trocken. »Waren alle tot?«

»Wie soll ich das wissen!« begehrte der Gefragte auf. »Ich wurde als einziger nicht verschüttet und habe mich –«

»– davongemacht, statt dich um die anderen zu kümmern und dich insbesondere zu vergewissern, daß vor allem der Mönch nicht überlebt hat?«

»Ich hätte ihn wohl noch töten sollen, falls er noch atmete!« Hamo verbarg seine Wut nicht, zumal er sah, daß Nicola seinem Inquisitor maliziöses Einverständnis signalisierte, daß er, Hamo, wohl überfordert gewesen sei, ein Versager also!

»So lautete der Befehl!« meinte Crean bündig. »Wir können also davon ausgehen, daß William von Roebruk spurlos verschwunden ist?«

»Aber nicht, ohne eine Spur zu hinterlassen«, schaltete sich Nicola ein. »Er könnte genausogut seine Reise fortgesetzt und sein Ziel erreicht haben. Wir brauchen das nur zu behaupten. So lange kein Zeuge für das Gegenteil aufsteht, ist diese Version wahrscheinlicher als ein finaler Abgang mittels eines verrutschten Schneehaufens.«

»Prächtig. Ἀρχὴ ἥμισυ παντός«, sagte Crean, ohne seine Miene zu verziehen. »Doch nun hat wohl inzwischen Pian del Carpine samt Begleiter den Hof des Großkhans erreicht und wird sich nach Genuß mongolischer Gastfreundschaft irgendwann wieder auf den Heimweg machen. Und von William samt den Kindern keine Spur?«

»Er könnte zum Beispiel dort erst später eintreffen, oder?« Dem Bischof kamen jetzt auch Zweifel an seinem Konzept. »Allerdings reist man nicht *incognito* durch das Reich der Goldenen Horde; diese Tataren sind da leider sehr formell –«

»Und werden sich auch nicht dafür hergeben, eine solche Lügengeschichte in die Welt zu setzen, es sei denn, man weiht sie in alles ein – und das halte ich für äußerst gefährlich!« schloß Crean.

»Ich könnte doch als Zeuge für die Wahrheit auftreten!« meldete sich jetzt plötzlich wieder Hamo zu Wort, doch er sah sofort, daß die anderen beiden seine Vorschläge nicht recht ernst nahmen. Sie lächelten nur über ihn.

»Junge«, sagte Nicola della Porta väterlich, »du bist Partei und daher schon unglaubwürdig, ja verdächtig! Deine Person würde die Spekulationen genau wieder dahin lenken, von wo wir sie mit viel Mühe abziehen wollten, nach Otranto!«

»Ich stelle mich hier dem Vertreter des Papstes und schwöre –«

Jetzt mußte della Porta schallend lachen. »Der bin ich – und ich kann dir versichern, daß du im Verhör eines Inquisitionstribunals, selbst ohne Anwendung der geringsten Folter, alles ausspukken würdest, was man dir in den Mund legt. Du würdest deine leibliche Mutter verraten und die Kinder noch als Dreingabe. Vergiß das! Das fehlte gerade noch, daß du in die Hände Roms fällst!«

»Es müßte eine über jeden Verdacht erhabene Persönlichkeit sein, die glaubhaft über Williams Ende im fernen Land der Mongolen berichtet, in einer Weise, daß sich jede weitere Nachforschung nach dem Verbleib der königlichen Kinder erübrigt...« Crean wußte auch nicht weiter.

»Kann man diesen Pian denn nicht bestechen oder sonstwie korrumpieren?« schlug der Bischof vor. »Jeder Mensch hat seinen Preis.«

»Erst einmal müßte man sich seiner Person versichern, bevor er wieder in menschliche Gegenden eintritt, bevor er mit irgend jemandem Kontakt aufnehmen kann – und dann ist er ja nicht allein, eine ganze Delegation begleitet ihn –«

»Es ist nur einer, Benedikt von Polen – und der überlebt die mongolische Küche nicht. Spätfolgen!« schlug Nicola della Porta mit feinem Zynismus vor.

Crean teilte das Lächeln des Bischofs nicht. »Irgendein treuer Sohn der Kirche«, beendete er sarkastisch die Erörterung der

Lage, »wird auf jeden Fall als ›Blutzeuge‹ der *fida'i*, dem Gesetz, zum Opfer gebracht werden müssen, Exzellenz!« Und er wandte sich jetzt leutselig an Hamo, der mit aufgerissenen Augen und Ohren diese erste Lektion politischer Intrigen in sich aufgesogen hatte. »Ich bin froh, dich gesund wiederzusehen, gibt es doch Gerüchte, du würdest verwahrlost, als Bettler, durch die griechische Inselwelt streifen, üblen Umgang pflegen und seiest orientalischen Drogen verfallen ...?«

Bei der letzten Bemerkung Creans hatte der Bischof dem Jungen schnell komplizenhaft zugezwinkert, bevor er dem Abgesandten der Assassinen abwiegelnd – nicht ohne leichten Vorwurf – erklärte: »Das haben wir alles hinter uns. Als der arme Junge, der sich natürlich mittellos durchschlagen mußte und sich auch seinen ›Umgang‹ nicht aussuchen konnte, endlich in Konstantinopel gestrandet war, habe ich mich seiner angenommen – ich verbürge mich für sein Wohlergehen, falls das Tante Laurence beunruhigt.«

»Ich gehe nicht zurück nach Otranto!« maulte Hamo auch gleich wie ein ungezogenes Kind.

»Mußt du auch nicht!« hieß ihn Nicola schweigen. »Es deucht mich allerdings köstlich«, wandte sich der Bischof mit ironisch hochgezogener Braue an Crean, »wenn sich ein Ismaëlit besorgt nach dem Konsum von *cannabis sativa*, vulgo ›Haschisch‹, erkundigt – ist es der Übereifer des Konvertiten? Hat doch Hassan-i-Sabbah, auf den Ihr Euch sonst so gern beruft, zum Gebrauch der Droge ermuntert!«

Crean war anzusehen, daß er mit sich kämpfen mußte, den Affront des Bischofs zu schlucken; er schaffte es nicht: »*Keyf* ist ein geistiger Zustand, den schadlos zu erreichen es langer Übung und großer Disziplin verlangt. Ich sehe in Euch nicht den geeigneten Lehrmeister.«

»Auch das Belehren anderer ist eine Kunst«, antwortete della Porta spitz, »der man sich mit Enthaltsamkeit unterziehen sollte. Laßt mir als bereits Unverbesserlichem die Freiheit der Fehlentscheidung, und« – er deutete auf Hamo – »räumt dem heranwachsenden Jüngling das Recht ein, selbst herauszufinden, was ihm nutzt und frommt.« Nicola löste die Spannung mit einem Lachen auf. »Γηράσκω δ' αἰεὶ πολλὰ διδασκόμενος ... Und wenn Ihr vom Guten aus Alamut oder vom Feinsten aus den Bergen von Masyaf etwas bei Euch habt, dann sollen die Pagen gleich die Pfeifen bringen!«

Da Crean mit einem an Hamo gerichteten Seufzer Platz nahm und in seine Taschen griff, klatschte der Bischof in die Hände. »Ὡς μέγα τὸ μικρόν ἐστιν ἐν καιρῷ δοθέν...«

Die Hirtinnen
Punt'razena, Sommer 1246 (Chronik)

Die Frühlingslüfte waren verweht, der warme Wind hatte die Schneeschmelze gebracht, die Franziskaner fielen verfault und verrottet stückweise von den Bäumen, und ich setzte durch, daß sie wenigstens ein christliches Begräbnis erhielten, auf dem kleinen Herrgottsacker hinter der Kirche.

Zu Beginn des Sommers war auch das neue Räucherhaus aus festem Stein errichtet, und das Innere des Gotteshaus wies keine Spuren seiner schmählichen Vergangenheit mehr auf – außer den in die Wand gekratzten letzten Worten meiner armen Brüder. Ich predigte jeden Morgen und jeden Abend den alten Weibern des Dorfes das Evangelium, und tagsüber streifte ich in der Gegend umher.

Kaum hatte sich die Schneedecke von den Hängen verzogen, sprießte auf den Almwiesen eine gar bunte Blumenpracht, Bienen summten und labten sich am Nektar, wie auch die prächtigen Schmetterlinge und leuchtenden Käferlein. Und des Nachts ergötzte ich mich des Leibes meiner jungen Braut.

Rüesch kam zwar immer noch verstohlen über die Leiter in meinen Verschlag bei den Ziegen, doch wahrscheinlich wußte der ganze Ort über unser Liebesverhältnis, und ihre Eltern drückten beide Augen zu – und mir die Hand. Unsere Verlobung galt als ausgemacht, und unsere Heirat stand unmittelbar bevor. Es lag an dem Vater, vor den Rat der Ältesten zu treten und dessen Zustimmung zu erfragen. Xaver war längst dazu bereit, doch er wartete darauf, daß seine einzige Tochter ihn darum bat, und Rüesch wollte meiner sicher sein – nicht eines resignierten Einverständnisses, sondern meines Herzens.

»Ich bin ein Mädchen aus einem Volk, das in der Fremde lebt, in selbstgewählter Einöde von Ziegen und Bergen –«

»Du bist so sprunghaft, meckernd wie sie«, antwortete ich ihr lachend und drückte sie an mich, »doch dein Verstand ist so klar wie die Luft; dein Wille, mein Zicklein, geschehe!«

Sie schubste mich ärgerlich von sich. »William«, schnaubte sie angriffslustig, »ich will keine Ergebenheit, ich will, daß du mich jauchzend liebst!«

»Rüesch«, sagte ich, und meine Hand fuhr ihr zwischen die Schenkel, die sie sofort zusammenpreßte, »wenn ich Juchzer ausstoße wie du bei deinen Geißen, dann fällt der Xaver von seiner Ofenbank und Alva in Ohnmacht.« Meine streichelnd bohrenden Finger gaben nicht auf, hatten sie doch das Naß des Gärtleins ertastet, wollten wie der Maulwurf sich in die frisch aufgeworfene Erde wühlen. »Ich sag's dir leise ins Ohr, Rüesch: Ich bin dein!«

Sie schlug mir auf die Hand und als das nichts nützte, schob sie die Begehrliche hoch, bis sie über dem Fellchen auf ihrem festen glatten Bauch zu liegen kam. »Du bist acht Jahre älter als ich, William – du hast die Welt bereist, die Universität besucht, den König gelehrt –«

»Arabisch«, unterbrach ich sie. »Das kannst du besser als Ludwig!«

»Aber ich bin keine Königin«, beschied sie mich ernsthaft, »noch eine der feinen Damen am Hof! Wie kannst du mich –«

»Rüesch, du bist meine Königin, ich werde jeden Tag vor dir niederknien und dich –«

Sie lachte. »Knie lieber hinter mich, du Bock! Wenn ich deine Frau bin, darfst du endlich auf mir liegen, freust du dich, William?« Rüesch küßte mich. »Sag mir, daß du dich freust!«

»Wie du!« stöhnte ich und zog sie an mich.

»William«, sagte sie, »kannst du verzichten?«

»Sicher«, antwortete ich, »auf fast alles, außer auf dich!« Ich wollte sie in die rechte Position *a tergo* rollen, wie es den Regeln unserer vorehelichen Vergnügungen entsprach, doch mit einem unerwarteten Sprung brachte sie ihren kleinen Hintern vor meinem aufgerichteten Stößel in Sicherheit.

»William«, sagte sie, vor mir kniend; ihre dunklen Brustwarzen bebten, sie legte beide Hände auf meine Schultern und sah mir prüfend ins Gesicht. »William, morgen abend soll der Vater es verkünden – und den Tag darauf heiraten wir –?«

»Nimmst du mich alten Mann, Rüesch?« scherzte ich.

»Nein«, flüsterte sie, »ich will von dir genommen werden – in der Hochzeitsnacht und am Morgen soll Alva das Bettlinnen aushängen – und deswegen will ich heute nacht und morgen nacht unberührt bleiben, verzichten! Verstehst du das?«

Ich verstand es, aber nicht *er*. »Können wir den Beginn dieser plötzlichen Keuschheit nicht auf morgen nacht verschieben, das ändert doch auch nichts an deiner Jungfernschaft?«

Ihre Augen füllten sich mit Tränen, ihre Arme sanken herab. »Du liebst mich nicht!«

»Ich liebe dich viel zu sehr«, beeilte ich mich meiner kleinen Braut zu versichern; ich bedeckte ihren Hals mit Küssen, ihre Augen, ihre Stirn, ihr Näschen, bis sie unter Schluchzen wieder lachte.

»William, du bist unverbesserlich!« Sie gab mir einen Stoß, der mich hintüber warf, und griff sich den Uneinsichtigen. Sie strafte ihn herrisch, und als sie spürte, wie er heiß pulsierend tonlos nach Erfüllung schrie, da drückte sie ihre Lippen auf ihn, nahm den Tobenden zart in ihren Mund und schluckte den Vulkanausbruch meiner Lava, kein Tropfen entging ihrer schnellkreisenden Zunge. Ihre Augen leuchteten, Sperma glänzte an ihren Lippen – meine verständige Hirtin.

»Jetzt kannst du leichter verzichten!« strahlte die Keusche, während ich noch keuchend um Worte des Dankes rang. »Mir reicht's jedenfalls, du Unhold!«

Ich versuchte mich gerade aufzurichten, als sich über uns die

Bodenklappe einen Spalt öffnete und Alvas Stimme, seltsam belegt, ihre Tochter zu sich rief, wie ein Kind, das nach Anbruch der Dunkelheit noch in der Gasse herumtollte.

»Faß mich nicht an!« fauchte Rüesch geistesgegenwärtig, küßte mich im Aufstehen hastig ins Ohr, rief: »Ich komm ja schon, Mutter!«, während sie sich ihr Hemd überstreifte, und enteilte über die Leiter. »Bis morgen, Liebster!« gurrte sie, ganz kleine Braut, von oben, so daß es auch ihre Mutter hören mußte, und verschloß die Luke.

Erschöpft sank ich zurück ins Heu. Ich verschränkte die Arme hinterm Kopf und sann ihr nach ...

Der Sommer war ins Tal gezogen, warm und kräftig. In den Wäldern schoben sich die Pilze aus dem Laub, der Honig tropfte aus den Bienenstöcken, und es reiften die Beeren. Die Schneekappen waren auf die Wipfel der Berge entflohen, die Mädchen konnten ihre Herden in immer höhere Regionen der Almwiesen treiben. Sie kamen oft tagelang nicht hinunter ins Dorf. Nur wenn ihnen der Proviant ausging, schickten sie eine aus ihrer Mitte hinunter.

Wie viele Burschen aus dem Ort war ich gezwungen, ihnen auf gefährlichen Saumpfaden nachzusteigen, oft grad hinauf über Fels und Geröll. Mein Vorteil war, daß ich außer der morgendlichen Messe und der zur Vesper keine Arbeiten zu verrichten hatte und so meinen Trieb frei gegen die beschwerliche Kletterei abwägen konnte, sehr zum Neid der anderen und vor allem des finsteren Firouz, des einsamen Jägers, den ich oft von weitem erblickte, der aber immer wegsah, sobald ich irgendwo auftauchte. Mancher Stein, der mir in Wand oder Halde plötzlich von oben entgegensprang, mag von seiner Hand ins Rollen gebracht worden sein.

Ich traf mich mit Rüesch meist zur Stunde des Mittagläutens, ein Ritual, das ich selber eingeführt, in einer abgelegenen Hütte. Sie war für Notfälle wie plötzlich einsetzende Schneefälle mit Heu für die Tiere gefüllt und kargen Vorräten für die Hirtinnen. In dem duftenden Haufen fielen wir übereinander her wie Verdurstende, lagen auch träumend Hand in Hand, meist in dieser Reihenfolge.

Es war mir aufgefallen, daß sie nicht mehr mit ihrer Cousine Madulain zusammen hütete, der sie sonst für die Zeit unseres Stelldicheins ihre Herde anvertraute, sondern allein mit allen ihren Ziegen erschien.

»Madulain ist in Firouz verliebt«, klärte mich meine Braut auf.

»Wie schön«, sagte ich, »dann gibt er doch endlich Ruh'!«

»Ach, William«, sagte sie und streckte ihre nackten Beine aus, daß der Rock verlockend hochrutschte, »du bist jetzt schon bald ein Jahr bei uns und hast immer noch nicht begriffen, daß er sein Gesicht nicht verlieren kann –«

»Eine verlorene Braut ist doch kein Grund, sich umzubringen«, lachte ich.

»Sich nicht, aber den anderen!« Rüesch lag auf dem Rücken; ich schob den Rock etwas höher, sie wußte, was ich wollte, und das wollte sie auch. »Ich müßte ihn bitten, mich zur Frau zu nehmen, dann kann er ›nein‹ sagen und sich einer anderen zuwenden. Das verlangt Madulain von mir!«

»Dann hättest du dein hübsches Gesicht noch lange nicht verloren!« verspottete ich sie und warf ihr den Rock mit einem Ruck über ihren Kopf. Vor mir lag ausgebreitet das Tier, das dunkel glänzende Fellchen, Abwehr und Einladung zugleich. Ich beugte mich herab, aber sie schlug den Rock zurück.

»Wir Mädchen haben kein Gesicht!« sagte sie ernst.

»Na, also, dann tu ihr – und uns – doch den Gefallen!«

Rüesch funkelte mich an. »Und wenn er ›ja‹ sagt!?«

»Er muß vorher schwören, daß er so was nicht –«

Rüesch kam nicht weiter in ihren Ausführungen, denn meine Zunge war frech in das Kraushaar gefahren, was Rüesch immer erst mal kitzelte, wie sie behauptete. Sie versuchte zwischen Juchzern und Kichern den Sittendiskurs zu Ende zu bringen.

»Das hat mir Madulain auch versprochen!« seufzte sie. »Ach, William ...«, was mich animierte, mich nun mit Lust meiner mir zugewiesenen Aufgabe zu widmen; aber das Problem des gesichtslosen Firouz verfolgte mich, minderte meine Inbrunst.

»Sollte ich vielleicht«, stieß ich auftauchend hervor, meine

Zunge zur Formulierung meiner Gedanken beurlaubend, »vielleicht mit Firouz reden –?«

Rüesch preßte statt einer Antwort meinen Kopf mit beiden Händen zurück in das zu bestellende Gärtchen, aber bevor ich Mund und Nase wieder in ihm vergraben konnte, tauchte hinter ihr aus dem Heu das versteinerte Gesicht von Madulain auf, die Haare wirr mit getrockneten Halmen bedeckt, die Augen weit aufgerissen. Sie schüttelte lautlos beschwörend den Kopf, starrte mich flehend an und versank wieder im Heu, wie eine Ertrinkende.

Ich hatte während der ›Erscheinung‹ zwar in meinem Bemühen nicht innegehalten, aber meine Begierde, Peitsche meiner von Rüesch so geschätzten Zungenfertigkeit, erlosch zusehends, um alsbald auch meine Bewegungen ermatten zu lassen. Rüesch hatte nichts von all dem bemerkt, nur mein ungewohntes Nachlassen.

»Macht nichts, William«, sagte sie mütterlich. »Du bist erschöpft von dem Weg«, sie nötigte mich, meinen Kopf zwischen ihren Brüsten zu rasten. »Du bist ja völlig außer Atem!« bemerkte sie besorgt meinen Schwächeanfall. »Ruh dich aus«, setzte sie liebevoll hinzu, »ich muß mich jetzt um die Tiere kümmern. Heute abend hol' ich dich ab und begleite dich hinunter.«

Sie verließ die Hütte, aber ich sprang auf und folgte ihr, denn jetzt noch ein Disput mit der offensichtlich stark verwirrten Cousine, das war mir zu viel.

»Es geht schon wieder!« scherzte ich mühsam. »Es ist das Alter!«, und ich küßte meine verständige Braut und hüpfte wie ein Böckchen – so munter zu erscheinen hoffte ich wenigstens – über Stock und Stein hinab ins Dorf. Ich verschwieg Rüesch die ›Begegnung‹.

VIII
SOLSTIZ

Des Bischofs Schatzkammer
Konstantinopel, Kallistos-Palast, Herbst 1246

»Was war das?« fragte Crean ruhig, während Hamo bei diesem heiseren Blaffen, das in ein Knurren überging, zusammengezuckt war. »Das klang, als käme es aus der Unterwelt.«

»Das ist dieser gräßliche Styx!« sagte der Bischof, und sein angewiderter Gesichtsausdruck zeigte, daß er es auch so meinte. »Ein neapolitanischer Molosser, gekreuzt mit einer Luxor-Dogge, wie man sie im Sudan zur Jagd auf entlaufene Sklaven benutzt, ein widerwärtiges Vieh! Ich wollte es nicht im Haus haben, noch im Garten, doch das Küchenpersonal liebt diese Kreatur. So ist sie nun in die unterirdischen Gänge rund um das Labyrinth verbannt – ich warte nur darauf, daß die Bestie eines Tages mit triefenden Lefzen an meinem Bett auftaucht und mir das Gesicht ableckt – bevor sie mich zerfleischt!«

»In Wahrheit bewacht der Hund Eure Schatzkammer – sonst hättet Ihr ihn längst getötet«, wandte Crean kühl ein.

Hamo gab die Antwort: »Er hat nur Angst, sein Koch würde ihn dann vergiften; der ist ganz närrisch mit dem Styx, gleichwohl das gute Hundchen, weil stets unter Erde, wahrscheinlich längst erblindet ist!«

Und wieder ertönte dieses mal knirschende, mal schmatzende Grollen.

»Vielleicht ist die Bestie so wenigstens nützlich, Erdbeben anzukündigen«, scherzte der Bischof.

»Oder Gäste!« beeilte sich Hamo gerade festzustellen, als der Page eintrat und die Ankunft hohen Besuches ansagte, mit großem Gefolge, ein päpstlicher Legat.

Hamo war erschrocken aufgesprungen. Das konnte nur dieser düstere Kerl sein, der mit dem schwarzen Umhang, der ihnen durch ganz Italien gefolgt war – bis sie ihn durch das Opfer Robertos an der Wildwasserklamm abgehängt hatten.

»Der Häscher des Grauen Kardinals!« stammelte er furchtsam. »Ihr müßt mich schützen!« Er klammerte sich an Crean, doch der Bischof winkte ab.

»›Vitellaccio di Carpaccio‹ kann es kaum sein!« Er straffte sich zu episcopaler Würde, lächelte seinen Gästen beruhigend zu, zeigte sich dennoch besorgt genug, den Ankömmlingen entgegenzugehen.

In der Halle traf er zu seiner angenehmen Überraschung auf Lorenz von Orta, den er kannte, wenngleich nicht in Amt und Würden als päpstlicher Legat. Lorenz befand sich auf der Rückreise aus dem Heiligen Land und war in Begleitung zweier Araber höheren Standes, die er dem Bischof vorstellte:

»Der edle Faress ed-Din Octay, Emir des Sultans, und der Kanzler der Assassinen von Masyaf, Tarik ibn-Nasr.«

Da letzterer – nach Austausch der Begrüßungsformeln – ziemlich dringend, fast unhöflich, Crean zu sehen begehrte, sah Nicola keine Veranlassung, die Besucher nicht in den ›Mittelpunkt der Welt‹ zu bitten.

Zu seinem Erstaunen begrüßten sich auch Crean und der junge Emir auf das herzlichste, und selbst Hamo rief erfreut: »Roter Falke!« und umarmte den gutaussehenden Araber. »Das ist Konstanz von Selinunt«, verkündete er lauthals, »Ritter des Kaisers Friedrich!«

»Vergiß das alles, und zwar sofort, Hamo!« sprach der so Präsentierte mit freundlichem Nachdruck. »Hier bin ich Botschafter meines Sultans, und auch das nur für Freunde. Meine Reise ist keineswegs offiziell und daher auch nicht ungefährlich. Fügen wir keine unnötigen Risiken hinzu.«

Er trat bescheiden zurück, und Hamo senkte beschämt den Kopf. Die Welt der Ritter war – statt von schlichten Tugenden – von komplizierten und nicht immer ganz sauberen Praktiken beherrscht.

Konstanz winkte den Bischof diskret zu sich, während Tarik und Crean sich nach draußen in eine Ecke der Loggia zurückzogen. Man ließ ihn allein mit dem päpstlichen Legaten, vor dem er sich – ob des bedeutsamen Titels – fürchtete. Dabei schien dieser Lorenz recht heiteren Gemütes zu sein. Schalk sprühte ihm aus den Augen, als Hamo, um seine Verlegenheit zu überbrücken, aus heiterem Himmel ihm das Schachspiel der byzantinischen Prinzen zu erläutern begann.

»Wir hätten dem jungen Grafen nicht die Expedition aufbürden dürfen«, konstatierte Tarik Ibn-Nasr. »Die Schuld muß ich mir geben, Crean. Ich werde mein Haupt dem Großmeister zu Füßen legen«, fügte er trocken hinzu, ungeachtet des besorgten Ausdrucks seines Untergebenen und Zöglings. »Es gibt keinen Zweifel: William lebt! Es war der naheliegende Schluß, ihn dort zu suchen, wo ihn Hamo das letzte Mal lebend gesehen hatte: in der Gebirgsmark der Saratz, die bei der Punt die Alpenpässe kontrollieren. Das Signalement wurde positiv beantwortet, er ist in ihrem Gewahrsam!«

»Also greifbar?« versuchte Crean seinen Kanzler zu ermutigen.

»Das steht zu entscheiden«, raffte sich Tarik auf, »derweil Pian bereits die Rückreise angetreten hat, samt Benedikt.«

Die Hände auf dem Rücken verschränkt, wanderte er gebeugt die Loggia entlang, ohne einen Blick auf das sich zu seinen Füßen erstreckende Panorama der Stadt zu verschwenden. Er ist alt geworden, dachte Crean.

»So daß es über kurz oder lang«, spann Tarik mißmutig seinen Faden weiter, »doch ans Licht kommen würde, wenn wir ›Kinder-bei-den-Mongolen‹-Märchen erfinden –«

»Also müssen dieser William und Pian wenigstens jetzt endlich zusammengebracht werden, wie es der ursprüngliche Plan ja auch vorsah; denn ...«

»... denn das ist die einzige gute Nachricht: Keiner, außer uns, weiß irgend etwas von Roebruks jetziger Existenz. Der nächste überraschende Auftritt dieses Unglücksraben – und das schwör mir, auch sein letzter! – muß ein für alle Male die Ungewißheit über den Verbleib der Kinder aus der Welt schaffen.«

»Ihr wollt sie also für tot erklären?«

»Nein«, sagte Tarik, »das wäre gefährlich für ihren Nimbus; sie würden dann später als ihre eigenen Impostatoren dastehen. Nein, mich dünkt das Beste, sie wären an einem wahrhaft sicheren Ort, dem sichersten und spektakulärsten zugleich – sie wachsen auf im geheimnisumwobenen Alamut, um eines Tages die Herrschaft zu übernehmen!«

Für den Kanzler der Assassinen war damit die Unterredung mit seinem erwachsenen Zögling beendet, doch Crean konnte sich erlauben, ihn aufzuhalten. »Und warum, erhabener Meister – verzeiht mir die Schlichtheit meines Gedankens mehr noch als meine Keckheit – warum vergessen wir nicht alle Gespinste, vergessen William in Schnee und Eis sowie Pian zum und vom Großkhan, sondern schaffen die Kinder dorthin, wohin Ihr sie haben wollt, nach Alamut, was auch mich, mit Verlaub, das Beste dünkt?«

»Weil«, lächelte Tarik, »diese Lösung der Prieuré zu einfach ist, zu einseitig.« Er sah das Unverständnis in der Miene des Jüngeren. »Was ist das Bild der Katze mit der Maus? Nicht: Die Katze fängt und frißt! Sondern: Sie schlägt die Maus, läßt sie entkommen, wirft sie hoch, belauert; sie spielt mit der Maus! Und am liebsten vor den Nasen vieler anderer Katzen, die ihr den Fang neiden. Das ist das wahre Glück der Katze.«

»Und die Prieuré ist der Katzenkönig!?« empörte sich Crean.

»Das habe ich nicht gesagt«, lächelte Tarik maliziös, »schon weil ein solches Verhalten den Regeln des Ordens, dem wir beide angehören, zutiefst widerspräche. Ich will nicht Katze spielen, bis ein Hund daherkommt, der sich überhaupt nicht dafür interessiert, was die Katze im Maul hält, wenn er sie totbeißt!«

»Tut Ihr da nicht dem Capoccio zuviel Ehr'?«

Sein gebeugter Kanzler sah erstaunt auf. »Ich denke an die Mongolen«, war die unwirsche Erklärung, »und an ihre Vorstellung von der Herrschaft der Welt.«

Crean und Tarik beendeten ihre unstete Wanderung und schauten von der Balustrade auf das alte Byzantium, die Mündung des Goldenen Horns: Dort wies der Bosporus unbestimmt gen Osten, nach Alamut, zu den spirituellen Kräften der ismaëlitischen Geheimsekte wie auch ins unendliche und doch so straff geführte Steppenreich der Mongolen, aus dem irgendwann Pian auftauchen mußte. In ihrem Rücken verlief irgendwo die Kette der ewig mit Schnee bedeckten Alpen, in denen William von Roebruk sich verschollen und vergessen wähnte, während die Saratz auf Weisung harrten, wie mit ihrem Gast zu verfahren sei.

Weit reichte der Arm der Assassinen, doch noch feiner, länger und zähklebriger verliefen die Fäden der Prieuré; ihr unsichtbares Netz umspannte beide, Orient wie Okzident – und niemand wußte, wer sie zog.

»Die Herrschaft der Welt«, sinnierte Tarik, »wird kein Spiel sein und schon gar kein Kinderspiel«, und wandte sich ab von dem Bild der auseinanderstrebenden Landmassen, der sie teilenden Wasser. »Kein Mensch kann vier Pferde ertragen, die in verschiedene Richtungen ziehen – wie wir aus grausamem Spektakel wissen. Wie sollen die Kinder eine solche Krone halten, ohne zerrissen zu werden?«

Der Bischof hatte sich mit dem jungen Emir in die Kapelle des Kallistos-Palastes begeben, einen mit Goldmosaiken ausgeschmückten Raum, der den Vorteil hatte, im Herzen der Mauern verborgen zu liegen. Seine Existenz war nur wenigen bekannt, und diese wußten nur um einen einzigen Zugang. Er hatte aber sechs Türen, und eine siebente war der anscheinend festgemauerte Thron des Hausherrn, der die Treppe abschloß, welche hinunter zu der großen Zisterne des Justinian führte und von da aus den Hafen ungesehen per Boot erreichen ließ.

Hier, in der Kapelle, hat Nicola della Porta seine Schätze angehäuft, die er in über zehn Jahren Tätigkeit im Dienst vieler Herren – und der meisten gleichzeitig – zusammengerafft hatte. Daß er seine Schatzkammer dem Fremden, den er noch nie vorher gesehen hatte, so freimütig öffnete, zeigte das besondere Verhältnis zu seinem Besucher.

»Die Kiste mit dem Tafelsilber«, meinte der Emir, amüsiert über die ihm vorgeführten Prunkstücke, »das ich auf Reisen so bei mir führe, dürft Ihr auch hierher schaffen lassen.« Als er sah, daß sein Gegenüber die Mundwinkel geringschätzig verzog, fügte er schnell hinzu: »Laßt es einschmelzen, es besteht aus massivem Gold!«

Nicola seufzte erleichtert. »Wie kann ich meinem Herrn und Wohltäter, dem erhabenen Ayub, Gott schenke ihm ein langes Leben –«

»Der Sultan will wissen«, unterbrach ihn der Jüngere knapp, »von wo und wann er den Kreuzzug des französischen Königs erwarten muß – falls es unserem Freund Friedrich nicht gelingt, dieses Unternehmen zu verhindern?«

Nicola della Porta überlegte nicht lange. »Ὁ χρήσιμ' εἰδώς οὐχ ὁ πόλλ' εἰδώς ... Zypern wird als Sammelhafen dienen. Die Vorbereitungen werden noch zwei Jahre in Anspruch nehmen. Nicht voraussehbar ist, wie lange Ludwig dort verweilen wird – oder man ihn aufhalten kann, was ich mir zu empfehlen erlaube –, doch muß der Sultan damit rechnen, daß der Stoß ins Herz zielen, also gegen Kairo gerichtet sein wird –«

»Wieso?« fragte der Emir ungläubig nach. »Will der König nicht seinen Landsleuten in Akkon zur Hilfe kommen?«

Nicola lächelte mitleidig. »Ludwig ist zwar fromm, aber nicht einfältig. Das Heilige Land ist nicht durch zeitweilige Besetzung zu retten, sondern nur durch Vernichtung der Macht, die es sonst immer wieder bedrohen wird: Ägypten!«

»An Euch ist ein Stratege verloren gegangen, Bischof – aber ist der König von ebenso klugen wie entschlossenen Beratern umgeben, wie Ihr es ihm sein könntet?«

»Leider habe ich sein Ohr nicht.« Nicola della Porta lächelte geschmeichelt. »Ich würde ihm raten – und mir diesen Rat gut bezahlen lassen –, auf den Kreuzzug zu verzichten oder ihn auf einen formellen Besuch Jerusalems, natürlich als glorreiche Eroberung verkleidet, umzumünzen – Friedrich hat's ihm vorgemacht!«

»Das kann das Oberhaupt aller rechtgläubigen Muslime nicht zulassen!«

»Dann wird die Kirche nicht davon ablassen, den Franzosen auf Euch zu hetzen, zumal Friedrich ihr wohl kaum willentlich zu Diensten sein wird!«

»Uns wahrscheinlich auch nicht!« bedauerte der Emir lakonisch. »Ihr haltet den Kreuzzug also für eine ausgemachte Sache?«

»Ich bin das Gold wert, das Ihr mir zahlt, glaubt mir – und jetzt laßt uns zu Tische gehen, ich möchte hören, was Lorenz von Orta diesmal zum Besten zu geben hat!«

»Nichts, was ich nicht auch erzählen könnte; aber der Herr Legat sieht die Dinge mit einem Humor, der mir mehr und mehr abgeht!«

»Laßt Euch nicht den Appetit verderben«, lachte der Bischof. »Ἄριστον μὲν ὕδωρ, ὁ δὲ χρυσός ...«

Er ging seinem Gast voran, und kurz darauf standen beide im Speisesaal des Palastes, dessen hohe Fenster aufs Marmarameer hinausgingen.

Hamo und Lorenz unterbrachen ihr Schachspiel, das dem Jungen schon deswegen gefallen hatte, weil der Legat so leicht zu schlagen war und sich dessen auch noch freute, vor allem aber, weil er so schön aufregend von seiner Reise ins Heilige Land erzählte, wobei er die Figuren des Brettes zur Illustration heranzog.

»... hier, das ist Damaskus unter Ismaïl, die weiße Dame, daneben die Türme von Homs und Kerak unter el-Masur Ibrahim und an-Nasir. Diese schwarzen Krieger sind die wilden Choresmier. Sie hatten gehofft, vom ägyptischen Sultan – dort der schwarze König – in Kairo, für ihre Hilfe bei der Schlacht von La Forbie, also Gazah, belohnt zu werden, woran Ayub, mit dem Heer auf Damaskus vorrückend, nicht im Traume dachte. Erst mal nimmt er an-Nasir Kerak weg – ersetze weißen Turm gegen einen schwarzen –, dann tritt Ismaïl Damaskus ab – weiße Dame raus, schwarzer König rein –, erhält zum Trost Baalbek – gib ihm ein weißes Pferd!«

Tarik und Crean waren hinzugetreten und verfolgten interessiert die Darstellung der Machtkämpfe durch den Legaten.

»Die Choresmier kriegen immer noch nichts, sie bieten daher ihre Dienste Ismaïl an. Also sind sie jetzt weiß. Mit ihrer Hilfe will Ismaïl Damaskus zurückgewinnen, also stell die weiße Dame wieder hin und den ganzen weißen Haufen daneben!« Hamo war mit Eifer bei der Sache, und Lorenz hatte seinen Spaß, dem Jungen die Sprunghaftigkeit der Araber vorzuführen. »Doch Weiß-Homs und Weiß-Kerak können die Choresmier noch weniger leiden als die Ägypter und werden über Nacht schwarz. Natürlich von Ayub bestochen! Sie entsetzen zusammen mit den Ägyptern Damaskus, Ismaïl läuft weg – gib ihm noch mal den Schimmel! –, und die Choresmier werden vernichtend geschlagen. Das abgeschlagene Haupt ihres Anführers – stell dir den weißen Läufer ohne Kopf vor – wird im Triumph durch die Straßen getragen, die Überlebenden retten sich zu den Mongolen. Der schwarze Sultan herrscht jetzt auch über Palästina, den Libanon und Syrien!« Lorenz' Tonfall wurde sarkastisch. »Die Kräfte des Islam vereinigt und bereit, den Christen nun den Garaus zu machen! Und weswegen schickt man einen päpstlichen Legaten ins Heilige Land? Um dafür zu sorgen, daß diejenigen Popen der griechisch-orthodoxen Kirche, welche die Oberhoheit des Papstes anerkennen, mit den römisch-katholischen Priestern auf eine Stufe gestellt werden, sofern sich das liturgisch vertreten läßt! Κύριε ἐλέισον!« schloß der Legat komisch-verbittert seinen Vortrag.

Alle applaudierten. Und Lorenz gab noch ein letztes Beispiel für das in seinen Augen absurde Verhalten. »Und die Ritterorden? Die Templer hacken sich wie die Krähen mit den Johannitern in jeder – noch so bedrohten – Stadt, liefern sich Straßenkämpfe, den Gassenjungen gleich! Und die Deutschen feuern die sich Prügelnden an wie in der Arena und betrinken sich! Matrosen der Venezianer, Pisaner und Genuesen hauen und stechen einander in den Häfen, zünden sich gegenseitig die Schiffe an und die Lagerhäuser, nur um den anderen auszubooten beim profitablen Handel – mit wem? Mit den Muslimen natürlich!«

»Die Uneinigkeit der Gegenseite ist des halben Heeres wert«, stimmte Tarik zu, »und der zuverlässigste Verbündete!«

»Deswegen muß auch ein Kreuzzug her, der die Dinge wieder ins rechte Lot rückt!« knurrte Lorenz grimmig.

»Wovor uns Allah bewahre!« beschwor ihn der Kanzler. »Nur eine ausgewogene Uneinigkeit erhält uns das Gleichgewicht des Friedens!«

Der Liebesdienst
Punt'razena, Herbst 1246 (Chronik)

So war der Sommer ins Land gegangen, der Herbst kündigte sich an mit Rauhreif, und die letzten Beeren, die gesammelt werden mußten, bevor der Frost einfiel, auch die Nüsse und Kastanien, Bucheckern und Eicheln waren einzubringen, sonst verdarben sie in den beginnenden Regenfällen, die sich jetzt schon mit kurzen Schneeschauern mischten.

Jeden Tag zogen die Berge ihre weißen Kapuzen **tiefer** in die Stirn ihrer Hänge. Bald ein Jahr war ich nun schon bei den Saratz, heiter und unbeschwert wie die Kränze aus den strohigen Blumen im Fels, die mir meine Hirtinnen wanden, hatten sich die Tage aneinandergereiht. Der einen war er Brautkranz, mich zu halten, der anderen Abschiedsgebinde, stille Mahnung, endlich aus ihrem Leben zu verschwinden. Ich hatte mich an beider Blumen erfreut, wenn auch mit gemischten Gefühlen. Warum sollte ich mich entscheiden; von mir aus mochte ich das gute Leben und die Liebe noch viele Sommer so weitertreiben.

Doch nun war morgen Hochzeitstag. Ich war noch einmal hinaufgestiegen zur Hütte, die mir so viel Abwechslung geschenkt, dieses köstliche Gehäuse einer doppelten Liebe, Lust und Leidenschaft. Ich erinnerte mich des fröhlichen Lachens meines Zickleins, der munteren Rüesch, doch schnell wurde es verdrängt von der wortkargen Melancholie und mühsam gezähmten Wildheit der Bergkatze Madulein.

Meine Prinzessin! Mir war es, als sei es gestern gewesen! Wie sie aus dem Heu aufgetaucht war, mit zusammengepreßten Lippen ihre Betroffenheit kundtat – und mir Schweigen auferlegte. In jenem Augenblick war ich zu ihrem Komplizen, geworden, zum Verschwörer – und Verräter.

Bald darauf war es gewesen, da lag ich wieder zur gewohnten Stunde im Heu unseres Liebesnests, als draußen das Bimmeln und Bammeln der Glocken die Ankunft der Ziegenherde ankündigte. Ich blieb liegen und stellte mich schlafend. Es fiel mir auf, daß durch die aufgestoßene Tür auch die Tiere in die Hütte drangen, die Rüesch sonst immer mit ihrer Rute vom Notvorrat ferngehalten hatte. Jemand glitt neben mir ins Heu. Ich blinzelte unter den Lidern hervor und schaute in die veilchenblauen Augen von Madulain.

Sie war ein schönes Mädchen, schlanker, größer als Rüesch, mit einem weichen Gesicht, hervortretenden Backenknochen, vollen Lippen und eben diesen großen Augen, die zu ihrer dunklen Haarflechte so seltsam kontrastierten. Sie wirkte wie eine Fremde, wie eine Prinzessin unter den stämmigen Bergtöchtern der Saratz, die braungebrannt, heiter und muskulös waren. Madulain redete auch nicht wie ein lustig sprudelnder Wasserfall, wenn die Mädchen untereinander waren. Sie war eine Versponnene.

»William«, sagte sie, »du verfügst nicht nur über eine vortreffliche Zunge, sondern du hast auch gute Ohren.« Sie rückte nicht näher an mich heran, aber ich fühlte, wie Flammen nach mir griffen; mir wurde es mulmig, mein eigenes Fleisch begann zu sieden. »Ich habe ein Auge auf Firouz geworfen ...« Mein Mienenspiel muß wenig Verständnis für diese Wahl ausgedrückt haben. »Er hat einen Schwanz wie ein Pferd. Ich will ihn haben! Er hält ihn für mich bereit. Du, William«, sagte sie traurig, »hinderst unser Glück!«

»Nimm ihn dir doch«, unterbrach ich sie fast ärgerlich, neidisch auf diesen Kerl mit seinem –

»Solange du da bist, muß er sich mir verweigern, muß seinen Anspruch auf Rüesch aufrechterhalten, auch wenn er sie gar nicht mehr will –«

»Bist du dir da sicher, Madulain?«

Das schöne Geschöpf schaute mir offen in die Augen, ihre Melancholie drängte sich wie ein dumpfes Weh in mein verstörtes Gehirn.

»Sicher«, sprach sie, »sind wir uns alle nur im Augenblick der fleischlichen Vereinigung. Rüesch mag sich nach dem Honigmond wieder Firouz zuwenden, du könntest noch vor der Hochzeit verschwinden –«

»Ich werde aber bleiben und sie zu meinem Weib nehmen!« sagte ich fest, was Madulain nicht aus ihrer stoischen Ruhe brachte. In ihrem Kopf spukten Gedanken, die sich meiner Vorstellung entzogen.

»Ich gebe dir heimlich meine Schneeschuhe«, flüsterte sie und brachte ihren breit geschwungenen Mund, diese glänzenden, vollen Lippen näher an mein Ohr. »Ich bringe dir bei, wie man auf ihnen läuft, gleitet und springt. Kein Steinbock, keine Gams ist schneller; vor dem Schneeschuhmenschen gibt es kein Entkommen –«

»In Wahrheit, Madulain«, begehrte ich empört auf, »willst du mich loswerden, indem du mich zur Flucht verleitest!«

»Ich bin ehrlich mit dir, William«, gurrte sie leise in mein Ohr, und die Schlange der Versuchung fuhr mir in Muschel und Gehörgang.

Natürlich wollte ich, schon immer – aus Neugier, aus Freiheitstrieb. Ohne die Beherrschung der Gleitkunst blieb ich Gefangener des Hochtals. »Ich will Rüesch nicht verlassen, ich habe mich entschieden, an ihrer Seite meine Tage wie Nächte hier –«

»Schweig!« zischte Madulain und legte mir ihren Finger auf den Mund »Ich habe dir ein Angebot gemacht, das gegen das Gesetz verstößt. Die Grauen Räte würden mich dafür steinigen lassen. Hast du mal gesehen, wie eine Frau gesteinigt wird?«

»Ich kann es mir vorstellen, Madulain, aber ich kann dir nicht versprechen zu fliehen. Im Gegenteil, ich schwöre dir –«

»Schwöre nicht, William!« Sie erhob sich räkelnd in die Knie. »Die Zunge würde dir verdorren«, und zum ersten Mal glitt ein überlegenes Lächeln über ihre traurig verschlossenen Züge. »Wir schließen einen Pakt, der nichts ausschließt: Ich lehre dich den geschickten Gebrauch der Schneeschuhe –«

»Und ich?«

»Du lehrtest meine Lieblingsziege den geschickten Gebrauch ihrer Zunge«, und mit aufwühlend langsamer Bewegung schlug sie ihr Kleid zur Seite: frei lagen ihre glatten Schenkel, sie öffnete schamlos ihren Schoß, den ich natürlich keiner noch so rosigrauhen Ziegenzunge mehr gönnen mochte.

Und so verging der Sommer. Ich wurde schlank wie eine Gerte; denn um die nötigen Schneefelder zu erreichen, mußten wir uns in immer höhere Lagen begeben. Meine »Herrin« – zu der ward Madulain von der ersten Stunde an, da ich ihr zu Diensten war – gefiel sich in Strenge: als Lehrmeisterin in den Schneeschuhexerzitien und als fordernde, unersättliche Gebieterin über meine arme Zunge, die sie nur anfangs als Vasallen betrachtete, zu bald jedoch als stets verfügbaren Leibeigenen.

Wir trafen uns in den entferntesten Hütten, oft aber auch auf nacktem Fels oder gar im kalten Firnschnee. Da ich oft nach dem Klettern, Laufen, Gleiten – und Stürzen – hinterher außer Atem war, forderte sie ihren Tribut vorher ein. Ich war ihr verfallen. Sie gab mir nichts, sie legte keine Hand an mich und mein gequältes Glied, ich durfte sie nicht berühren. Ich hatte meine Zunge verkauft, wie man seine Seele dem Teufel verschreiben mag.

Madulain war kein Satansweib, sie war kalt und entrückt. Sie stöhnte zwar, wenn meine *lingua franca* sie meisterlich zur höchsten Erregung stieß, aber nicht einmal dann ließ sie mich zärtliches Einvernehmen spüren. Ich taumelte danach oft die Hänge hinunter ins Tal, oder schlief in Rüeschs Hütte vor Erschöpfung ein. Meine kleine Braut nichts merken und vor allem nicht leiden zu lassen machte mich meine Anstrengungen verdoppeln und verdreifachen.

Daß Rüesch ihre Cousine und mich nicht zusammen entdeckte, dafür sorgten die Mädchen, die sich von Prinzessin Madulain kommandieren ließen. Rüesch wurde dann immer unter einem Vorwand ins Dorf geschickt. Den Befehl, mich zu meiner

Herrin zu begeben, fand ich vor der Hütte. Eine Handvoll Steine, jeweils entsprechend ausgelegt, wies mir Richtung und Weg. Höher als Madulain wagte eh keine zu hüten, so blieben wir vor Überraschungen sicher.

Als der Sommer sich neigte, hatte ich es in der Beherrschung meiner zweiten Füße zur Meisterschaft gebracht. Ich bewegte mich auf ihnen mit völliger Sicherheit und wagte mich auch an die kühnsten Sprünge über Felsnasen und sauste die steilsten Hänge hinab, zwischen Steinen und Tannen, ohne mich zu bedenken.

Meine Lehrmeisterin konnte mir nicht mehr beibringen. Und doch folgte ich ihrem Ruf, wann immer er mich erreichte, nahm die Strapazen auf mich, zu ihr zu gelangen, hechelte mir die Lunge aus dem Leib – und vergaß alles, wenn sie mir ihren Schoß öffnete. Die Wonnen ihr zu dienen waren unvergleichlich mit den kleinen vorehelichen Freuden, welche ich mir mit Rüesch bereiten konnte, die ich von Herzen liebte, der ich gut war, wie sie mir. Ich war unglücklich; ich hatte eine Geliebte, die nicht nach Treue fragte, noch den Tag zu fürchten schien, an dem ich ihr den Dienst aufsagte. Ich bewegte mich in völliger Freiheit und saß in der Falle. Und kein Ende war abzusehen – schlaflos wie diese, hatte ich manche Nacht des beginnenden Herbstes verbracht.

Die Tage wurden kürzer, die Herden und die Mädchen stiegen von den Bergen herab. Rüesch schlief jetzt meist wieder oben in ihrer Kammer, besuchte mich mit legalisierter Heimlichtuerei, und ich träumte von *vulva* und *vagina* der Prinzessin, die einen *penis equestris* im Kopf hatte, dessen Träger um seines Gesichtes willen auf meiner Braut bestand und in seiner Verbohrtheit gar nicht ahnte, welche Lust er versäumte – sollte ich mich mit ihm schlagen? Mich verprügeln lassen? Vielleicht würde sich so der Knoten lösen, in den sich mein Hirn verstrickt?

Das Fleisch ist willig, aber der Geist ist schwach.

Die Speisefolge
Konstantinopel, Kallistos-Palast, Herbst 1246

Ein Page bat die Herren zu Tisch. Im Speisesaal trat Nicolas glatzköpfiger »Koch der Köche«, der berühmte Yarzinth, auch genannt ›die Zunge‹, auf, gefolgt von einer Schar Epheben, die halbnackt die Silberplatten trugen.

Yarzinth deklamierte die Speisefolge und ihre Zubereitung: »In Weinblätter gerolltes ausgelassenes Krebsfleisch, übergossen mit einer Tunke geronnener Milch, koriander- und minzgewürzt. Gefüllte junge Pfefferschoten mit gehackten Wachtelbrüsten und deren in Weinessig gehärteten Eiern; Schnecken im eigenen Sud gesotten, mit Knoblauch abgeschmeckt in Gurkentaschen...«

Bevor noch die Hauptgerichte aufgefahren wurden, wechselte der Wein vom leichten Kaukasier zum dunkel geharzten Trapezunter.

»Vatatzes läßt seine Weinkeller in Konstantinopel auffüllen, bevor er hier wieder die Macht übernimmt!« spottete der Bischof. »Dies ist nur eine kleine Kostprobe, die er uns Lateinern schon mal zukommen läßt!«

»Wie ich Euch kenne, Eminenz«, hob Tarik sein Glas, »werdet Ihr uns auch unter griechischer Herrschaft hierselbst erhalten bleiben!«

»Lieber in Byzanz auf verlorenem Posten als in Rom einer unter vielen, die sich im Kampf um Purpur selbst zerfleischen oder sich, vom Wahn der Vernichtung des Staufers besessen, noch viel übleren Todesarten aussetzen!«

»Noch lebt Friedrich!« prostete ihm der Gesandte des Sultans zu. »Ihr solltet hören, welche Antwort mein Gebieter dem Herrn Papst zukommen läßt. Der Herr Legat« – er wies mit ermunternder Geste auf seinen Nachbarn –, »unser Freund Lorenz von Orta, wird Euch den Inhalt des Schreibens zum Besten geben. Wir haben es beide auf unserer Schiffsreise hierher auswendig gelernt, doch seine Deklamation übertrifft die meine bei weitem!«

Lorenz schob noch schnell eine in Olivenöl panierte Kürbisblüte, gefüllt mit dem Mus von Wildentenleber, versetzt mit krokant angebratenen Bröcklein aus deren wohlschmeckender Haut, in den Mund und erhob sich.

»Ich zitiere im originalen Wortlaut der auf griechisch abgefaßten Replik des Herrschers aller Gläubigen«, schmatzte der Legat und begann mit singender Stimme eines Muezzin: »›An den edlen, großen, hochgesinnten, geneigten, heiligen Papst, den dreizehnten Apostel, den Sprecher der gesamten Christenheit, der die Verehrer des Kreuzes beherrscht, den Richter des christlichen Volkes, den Führer der Söhne der Taufe, den höchsten Priester der Christen – Gott stärke ihn und schenke ihm Heil! –‹«, er schob noch schnell eine ölglänzende Dolmade nach, »›von dem allmächtigen Sultan, dem Herrscher über die Häupter der Völker, der Gewalt hat über das Schwert und die Feder, der die beiden hervorragendsten Kräfte besitzt: die Lehre und das Gesetz, dem König der beiden Weltmeere, dem Herrn des Nordens und des Südens, dem König über Ägypten, Syrien und Mesopotamien, über Medien, Idumäa und Ophir, dem König al-Malik al-Salih Nachm al-Din Aiyub, dem Sohne des Sultans al-Malik al-Kamil, des Sohnes des Sultans al-Malik al-Adil Abu Bekr Muhammed ben Aiyub Saif al-Din, des Sohnes des ersten Nadjm al-Din Aiyub, dessen Herrschaft Gott liebt. Im Namen des Bamherzigen!‹«

Lorenz legte eine Verschnaufpause ein, nahm noch einen Schluck, weidete sich an den durch die lange Titulatur gefolterten Mienen seiner Zuhörer und fuhr genüßlich fort:

»›Es wurde Uns vor Augen gebracht ein Schreiben des vorgenannten Papstes, des edlen, hochgesinnten, großen, heiligen, dreizehnten der Apostel, des Sprechers der gesamten Christenheit, der die Verehrer des Kreuzes beherrscht, des Richters des christlichen Volkes, des höchsten Priesters der Söhne der Taufe – mache ihn Gott gut im Denken und Handeln, zum Beförderer des Friedens und Wahrer seiner Ursachen, und helfe ihm Gott in dem, was jenen, die seines Glaubens und Brauches sind, frommt, sowie auch anderen! –‹«

»Da habt Ihr die Toleranz des Sultans«, unterbrach ihn Crean, an den Bischof gewandt, »wie wohl stünde sie auch der ›allein seligmachenden Kirche‹ an!«

Doch sein Vorgesetzter fuhr ihm barsch über den Mund: »Toleranz ist der Brei der Lauen, die sich nicht entscheiden können, ob sie beißen oder saugen wollen, ob heiß oder kalt, ob Glauben oder Unglauben!«

Lorenz unterband eine weitere Diskussion, indem er nun, den Cantus Gregorianus meisterlich imitierend, seinen Vortrag fortsetzte: »›Und Wir haben das genannte Schreiben genau betrachtet und haben die Punkte, die es enthält, verstanden, ihr Inhalt gefiel Uns, und Unser Ohr wurde durch ihren Vortrag erfreut. Und der Bote, den Uns der Heilige Vater sandte, kam zu Uns, und Wir empfingen ihn in Liebe und Ehre, mit Ehrfurcht und Hochachtung, und Wir riefen ihn vor Unser Antlitz, indem Wir Uns vor ihm neigten.‹ – Was natürlich nur symbolisch zu verstehen ist«, erlaubte sich Lorenz lächelnd einzufügen; »natürlich saß der Erhabene auf seinem Thron, und ich lag platt auf dem Bauch vor ihm!« Der Legat wechselte wieder im Tonfall, feierlich: »›Wir liehen aber seinen Worten Unser Ohr und schenkten dem Glauben, der Uns von Christus sprach, dem Lob und Ruhm sei. Von diesem Christus wissen Wir nämlich mehr, als Ihr von ihm wißt, und achten ihn höher, als Ihr ihn achtet. Und bezüglich dessen, worin Ihr in Euren Worten Ruhe und Frieden ersehnt und Anlaß seht, die Völker zum Frieden zu rufen, wünschen Wir ähnliches, und hierin wollen Wir nicht widersprechen; denn dies haben Wir immer gewollt und gewünscht.‹« Lorenz sah, daß der erste Hauptgang hereingetragen wurde, Perltauben in Blätterteig mit Kaneel bestreut und Rosinen gefüllt. Er schnupperte begehrlich durch die Nase und beschleunigte den Fluß seiner Worte, diese jedoch, ob der nun folgenden wesentlichen Aussage der Botschaft, nunmehr auch stark akzentuierend: »›Aber der Papst, den Gott stärkt, weiß, daß zwischen Uns und dem Kaiser schon seit langem, seit der Zeit des Sultans al-Malik al-Kamil, Unseres Vaters, dem Gott Ruhm verleihe, Eintracht und Freundschaft geschlossen sind und bis heute zwischen Uns und dem erwähnten Kaiser bestehen, wie Ihr wißt. Daher ist es Uns unmöglich, mit den Christen irgendeinen Vertrag zu schließen, wenn Wir nicht vorher seine Meinung darüber und seine Zustimmung eingeholt haben. Und Wir haben Unserem Gesandten am Hofe des Kaisers geschrieben und ihm die Fragen, die Uns der Bote des Papstes übermittelte, Punkt für Punkt auseinandergesetzt. Dieser Unser Gesandter –‹«

»Konstanz, das bist du!« fuhr es Hamo vorlaut heraus; er hatte die ganze Zeit schweigend gegessen und sich still geärgert, nicht am komplizierten Disput der Ritter teilnehmen zu können.

»Das ist des Sultans Vertrauter, der edle Emir Faress ed-Din Octay, Sohn des erhabenen Wesirs Fakhr ed-Din, zwar Freund des Westkaisers Friedrich, der diesen Sohn zum Zeichen seiner Zuneigung und Anerkennung auch zum Ritter schlug und ihm den Namen verlieh, der dir eben über die Lippen kam, aber in erster Linie und hier: der Gesandte des Sultans!« tadelte der Bischof seinen jungen Freund. »Wie oft soll man es dir noch sagen!«

Hamo senkte gedemütigt den Kopf und haßte seinen Vetter.

»›Dieser Unser Gesandter‹«, fuhr Lorenz fort – die Taube sollte nicht erkalten –, »›wird vor Unsere Augen treten und wird Uns Bericht erstatten, und wenn er Uns Meldung gemacht hat, werden Wir gemäß dem Inhalt seines Berichtes handeln und werden nicht von dem abweichen, was nützlich ist und allen nützlich erscheint, so daß Wir ein Verdienst haben können vor Gott. Dies melden Wir Euch, und durch Gottes Gnade möge Euer Gut sich mehren. Geschrieben wurde dies am siebten Tage des Monats Macharon.‹«

»Es folgt noch ein *post scriptum*«, setzte der Emir hinzu: »›Es steht geschrieben: ›Lob sei Gott allein, und sein Segen über unseren Herrn Mohammed und sein Geschlecht! Er selbst sei unser Teil!‹«‹«, aber da hatte sich Lorenz schon über die Taube hergemacht.

Es folgten Schollen aus dem Schwarzen Meer, garniert mit kleinen Polypen, deren dunkler Saft, mit Oliven verschnitten, gar köstlich zum Fisch mundete, so sehr, daß der Hausherr zu seiner Betrübnis dem Verlangen seiner Gäste entsprach und weitere Gänge aufzutragen seiner Küche untersagte.

»Ich will den Kaiser noch lebend erreichen!« lobte der Emir das bisher Gebotene. »Wer verbürgt ihm sonst, daß der Sultan dies und nichts anderes geschrieben hat?«

»Yarzinth kann Euch rasch eine Kopie des Briefes anfertigen, dann habt Ihr es schwarz auf weiß!« bot der Bischof an.

»Vortreffliche Idee!« stöhnte der Emir und händigte ihm das Schreiben des Sultans aus. »Dennoch rebelliert mein Magen.«

»Laßt es gut sein mit der Versuchung unseres Gaumens«, trat ihm auch der Kanzler bei, »sind wir doch Askese gewöhnt – und auch Abstinenz!« fügte er mit strengem Blick auf Crean, seinen Untergebenen, hinzu. »Doch laßt den Legaten darob nicht darben.« Es war eines der wenigen Male, daß Tarik ein Lächeln zeigte. »Sein Herr Papst wird ihn aus Ärger über den abschlägigen Bescheid vielleicht auf Wasser und Brot setzen!«

Der Gesandte des Sultans bat um Erlaubnis, sich zurückziehen zu dürfen, und verließ auffällig schnell die Tafel. Doch bevor er in den stillen Abort verschwinden konnte, trat Yarzinth auf ihn zu.

»Hat es Euch nicht geschmeckt?« zischelte er vorwurfsvoll.

»Μηδὲν ἄγαν!« antwortete der Emir und schloß sich ein.

Der Bischof ließ abräumen und war im Begriff, sich mit den beiden Assassinen in seine private Kapelle zu begeben. Er wäre fast mit dem Koch zusammengestoßen, der mit zurückgeworfenem Kopf in den Saal stürmte. Yarzinths lange Nase zielte empört auf seinen Herrn.

»Hat Euch die gedünstete Scholle nicht gemundet? Waren die Tintenfische nicht zart im eigenen Sud? Tötet mich, aber unterbrecht nicht grausam die ausgeklügelte Folge der Euren Gästen zugedachten Gaumenfreuden! Weist nicht meine Schöpfungen kalt von Eurer Tafel!« Der Koch stürzte nieder und bot dem Bischof seinen kahlen Nacken dar.

»Mein frevelhafter Eingriff in das Menü«, entschuldigte sich Nicola, »geschah nur im Bestreben, wenigstens dem Herrn Legaten die Aufnahmefähigkeit für deine Dessertkompositionen zu retten. Laß nun die Schleckereien auffahren, die Hamo so liebt! Und« – er reichte ihm den Brief an den Papst – »besorg mit gleicher Kunstfertigkeit hiervon zwei Abschriften, die keiner vom Original unterscheiden kann, samt unerbrochenem Siegel! Ich weiß, daß du darin ein Meister bist, der auf der Welt nicht seinesgleichen hat!« Mit dieser Tröstung entließ er Yarzinth.

Crean schaute bewundernd um sich in der Pracht, die Tarik mit einem kurzen Blick erfaßte. »Der Heilige Vater läßt seine Diener nicht in Armut verkommen«, bemerkte er trocken. »Oder ist das die unfreiwillige Hinterlassenschaft des Patriarchen?«

»Leihgaben, meine Herren! Was nützen sie dem treuen Sohn der Kirche, der allein das Himmelreich anstrebt?«

»Und der Kaiser? Und Vatatses? Sie stiften der bischöflichen Schatulle nur, weil sie um ihr Seelenheil besorgt sind?«

»Balduin zahlt, damit ich für den Erhalt seines Thrones in Rom interveniere; der Grieche dafür, daß ich es tunlichst unterlasse – er zahlt besser!«

»Und was zahlt Ayub Euch?«

»Was ihm meine bescheidenen Dienste wert sind ...«

»Wir Assassinen«, sagte Tarik, »zahlen nichts. Wir lassen Euch leben!«

»Zu gütig«, antwortete della Porta leichthin, doch das maliziöse Lächeln auf seinen Lippen wirkte erstarrt.

»William von Roebruk«, wechselte der Kanzler von der Einleitung zur Sache, »wird von Crean herbeigeschafft werden, hierher! Ich werde dafür Sorge tragen, daß Pian del Carpine nebst Begleiter seinen Rückweg über Konstantinopel nimmt. Das weitere wird sich finden, definitiv!«

»Und die Kinder?« fragte Crean.

»Faress ed-Din wird auf dem Weg zu Friedrich in Otranto Weisung erteilen, sie der Besatzung von Lucera zu überstellen. Dort lasse ich sie abholen!«

»Der Emir wird sich weigern«, sagte der Bischof, »und er kann das!«

Tarik funkelte ihn für einen Augenblick unbeherrscht an. »Dann soll Lorenz diesen Auftrag ausführen, der kann sich nicht weigern!«

»Der Legat wird sich freuen, in Otranto Station zu machen, würde er doch am liebsten dem Papst mit dieser Antwort des Sultans gar nicht erst unter die Augen treten«, versetzte sich Crean in die Lage des Lorenz von Orta. »Am liebsten wäre ihm, der Emir überbrächte das Schreiben selbst Seiner Heiligkeit –«

»Das wäre dem glatt zuzutrauen«, meldete sich der Bischof; »sie tauschen einfach!«

Tariks Blick ließ ihn verstummen.

»Und Hamo?« fragte der Bischof ziemlich kleinlaut.

»Er weiß zu viel vom ›Großen Plan‹, hat ihn mehr gestört als ihm genützt«. Tarik überlegte lange. »Eine längere Erziehung in Alamut würde ihm guttun!«

»Kann er nicht bei mir bleiben, ich bürge für –«

»In Konstantinopel wird danach keiner mehr sein, der um die Lösung weiß!«

»Anwesende hoffentlich ausgeschlossen!« spöttelte della Porta, aber mit Unsicherheit in der Stimme. »Σπεῦδε βραδέως. Ich würde mich das etwas kosten lassen«, fügte der Bischof hinzu und wies auf die aufgehäuften Schätze.«

»Eher geht ein Kamel durchs Nadelöhr«, begann Crean salbungsvoll, »als daß ein Reicher –«

»Ach«, unterbrach ihn der Bischof, »›κάμιλος‹ ist nicht Euer vierhufiges Trampeltier, sondern ein Schiffstau, und somit ist die Frage auf die Größe der aufnehmenden Öse reduziert ...«

»Kein Lebender!« schloß Tarik weitere Mißverständnisse aus. »Ihr werdet ohnehin versetzt werden, auf Euch wartet das Heilige Land!« Der Bischof verfiel in betroffenes Schweigen.

»Ihr reist gemeinsam«, wandte sich der Kanzler abrupt an Crean, »mit dem Segler der Serenissima. Der Gesandte und der Legat gehen in Brindisi von Bord, du in Venedig! Meine weiteren Anordnungen findest du bei deiner Rückkehr mit dem Mönch hier bei unserm zuverlässigen Freund della Porta!«

»Und wenn sich die Gräfin weigert?« hakte Crean nach, doch Tarik würdigte ihn keiner Antwort. Er verließ grußlos die Kapelle. Sein Untergebener und der Bischof folgten ihm betreten.

Im Speisesaal zog der Kanzler drei Bündel Lederschnüre hervor, deren jede verschiedene Länge aufwies sowie eine Anzahl ungleicher Knoten. Sie sahen aus wie schlecht geknüpfte billige Peitschen ohne Stiel. Er übergab die Schnüre dem überraschten Lorenz mit der dringenden Bitte – *preces armatae* – sie auf seinem Weg nach Rom in Lucera bei dem Kommandanten der Garnison abzugeben. Der Legat steckte sie widerwillig ein.

»Der Kaiser erwartet Euch in seiner Residenz zu Foggia«, wandte sich der Kanzler freundlich dem jungen Emir zu. »Ihr segelt morgen früh!«

Der Tag vor der Hochzeit
Punt'razena, Herbst 1246 (Chronik)

Ich döste im Heu; die Ziegen mummelten und furzten im Schlaf. Draußen war es noch dunkel, fahl kündete sich der Tag an.

Plötzlich dröhnten die Hörner vom Turm. ›Feuer?‹ oder ›Feind?‹ war mein erster Gedanke, dann erschollen Stimmen in der Gasse, die zu unserem Haus herauführte. Mich deuchte »Der Kaiser! Der Kaiser!« zu vernehmen, doch dann tönte Firouz' Stimme, wie stets aufgeregt drohend: »Wo ist William? Wo steckt der Kerl?«

Oben war, scheint's, Xaver an die Fensterbrüstung gesprungen. »Wenn du es wagen solltest, Firouz –«, brüllte er hinunter, wütend aufgrund der Störung seines Nachtschlafs, aber vor allem über den abgewiesenen Freier. »Wann willst du's endlich begreifen, du Hammel!«

»Der Kaiser ist im Anmarsch!« verteidigte sich Firouz. »Auf Befehl von Zaroth, unserem Ältesten«, wies er Xaver zurecht, »sollen wir William im Verwahr nehmen, solange Seine Majestät in unserer Gemarkung weilt!«

»William ist doch kein gedungener Meuchelmörder!« empörte sich Xaver an meiner Statt, doch auch dieses Argument verfing nicht, weil Firouz es besser wußte.

»Deinem William soll keine Möglichkeit des Kontakts gegeben werden, noch soll man ihn zu Gesicht bekommen!«

Also trat ich vors Haus und hielt meine Hände hin, damit man mich fesselte, wozu aber keiner Anstalten traf. Sie berieten, wohin mit mir.

»In die Kirche?«

»Der hohe Besuch könnte dort beten wollen!«

Firouz, der es vermied, mir in die Augen zu schauen, schlug scheinheilig das neue Räucherhaus vor. Gott sei Dank traf gerade Zaroth ein und reichte mir die Hand mit einer Geste, die um Verständnis bat.

»Ich geh' in den Wald«, schlug ich vor.

»– und läufst ihnen in die Arme!« verwarf der Älteste das unüberlegte Angebot. »Firouz«, wandte er sich an meinen Rivalen, »dein Neubau ist doch fast fertig und steht leer.« Ein paar der Burschen begannen zu feixen. »Dort sperren wir William für die paar Stunden ein und du bürgst für seine Abgeschiedenheit – wie für seine Unversehrtheit!«

Sie trieben's wirklich arg mit ihm. Zu meinem Erstaunen begehrte Firouz auch nicht auf ob der Zumutung, sondern schluckte die Schmach schweigend. So winkte ich meiner kleinen Braut oben hinter ihrem Fenstergitter und ließ mich in das Steinhaus verbringen, das sich Firouz stolz auf einem Felsen oberhalb der Punt errichtet hatte.

Da es noch keine Türen hatte, stellten sie einen Wächter davor, und ich konnte mich im Innern frei bewegen. Vom Haremszimmer aus vermochte ich unter mir die Schlucht einzusehen und auf beiden Seiten den Zugang zur überdachten Holzbrücke.

Mein Bewacher, ein Neffe des Podestà, der in Deutschland gedient hatte und sich in den Dingen des Reiches auskannte, zumal er erst kürzlich zu den Saratz zurückgekehrt war, erklärte mir willig, was sich unter meinen Augen abspielte.

Als erste kamen leichte Reiter vom Paß her durchs Dorf gesprengt; sie trugen keine Wimpel und waren wohl Späher. Sie preschten bis vor die Punt, riefen die männlichen Saratz zusammen und teilten sie in zwei Gruppen. Die eine, unsere Miliz, die Handwerker und Bauern, darunter auch mein Xaver, mußte den Ortsdurchgang absichern und den diesseitigen Rand der Schlucht. Die anderen, die Jäger und Fänger unter Firouz, wurden hinübergeschickt, den Wald zu durchstöbern und den Weg zu den Seen und ins Untertal zu bewachen. Es war ein Kommandogerufe und Kommen und Gehen.

Dann erschien die Vorhut des Kaisers. Das waren schon Ritter mit ihren Knappen und Soldaten. Sie bildeten einen weiteren Kordon, der in zwei Halbkreisen rechts und links unseres Aufganges zur Brücke postiert wurde und den nun auch kein Saratz mehr betreten durfte. Sie ließen nur den Ortseingang frei. Jetzt ertönten auch Hornsignale von jenseits des Waldes, und bald sah ich zwischen den Räumen schimmernde Wehren und Helme blitzen. Es tauchten auch Fähnlein auf, ich konnte aber die Wappen nicht erkennen.

Die Ritter hielten am Waldesrand und schwärmten ebenfalls zur Sicherung der Flanken aus. Die zurückkehrenden Saratz hielten sich in respektvoller Entfernung. Dann schollen Fanfaren oberhalb des Dorfes. Ich eilte zur Tür und sah, in prächtigen Roben, das Gefolge des Kaisers einziehen. Unsere Miliz stand am Straßenrand und salutierte mit Dreschflegeln, Sensen, Äxten und Hämmern. Wer Spieß oder Schwert besaß, hatte es herausgeholt ebenso wie manch alten Helm oder Schild.

Auf einem Dromedar, das viele hier noch nie gesehen, hockte ein Mohr mit Turban und schlug die Kesselpauke. Es war ein Gewirr und Gewimmel von Fahnen und Standarten, in denen unser Empfangskomitee, ein um Würde bemühter Zaroth und die anderen Ältesten, mit dem Streitbanner der Guarda del Punt sang- und klanglos unterging. Sie wurden zur Seite gedrängt von der nun im Laufschritt zu Fuß antrabenden Sarazenen-Leibgarde des Staufers.

Friedrich saß auf einem Rappen, den vier Grafen führten. Er trug keine Krone, sondern war barhäuptig. Ich konnte sein rotblondes Haar genau sehen. Da auf der Gegenseite sein Kontrahent, der Landgraf von Thüringen, noch nicht eingetroffen war, ließen des Kaisers Berater ihn halten, und Zaroth kam doch noch dazu, ihm ein Willkommen zu entbieten.

Ich hatte wieder hinter dem Haremsgitter Position bezogen und konnte unter mir alles genau beobachten.

Drüben, jenseits der Punt näherte sich jetzt im schnellen Trab ein Reitertrupp, der wohl Heinrich Raspe umringte, den Landgrafen, der sich – auf Drängen des Papstes – in Deutschland zum Gegenkönig hatte ausrufen lassen, sich aber keineswegs wohl in seiner Haut fühlte, weswegen er auf das Angebot Friedrichs zu einem Geheimtreffen willig eingegangen war, auch wenn ihn seine Umgebung vor einer Tücke oder Verrat des Staufers gewarnt hatte. Raspe war ein mutiger Krieger und eigentlich seinem Kaiser treu ergeben. Dennoch zögerte er offensichtlich noch, sich – wie vereinbart – mit engstem Gefolge zur eigentliche Aussprache auf die überdachte Brücke zu begeben.

Ich hatte somit noch Muße, den Kaiser und seine nächste Entourage zu beschauen. Und wen entdeck' ich zu meiner Überraschung: meinen Präzeptor der Templer, den edlen Herrn Gavin Montbard de Bethune, und in seiner Begleitung den jungen Herrn Guillem von Gisors. Ihre weißen Mäntel mit dem roten Tatzenkreuz fielen hier nicht so sehr auf, denn es hatte viele Ritter des Deutschen Ordens, und die trugen ja ebenfalls weiße Mäntel, nur, daß das Kreuz größer war und schwarz. Aber ich sah, leider konnt' ich's nicht hören, daß der Herr Gavin das Ohr des Kaisers hatte. Der beugte sich zu ihm hinab, sie lachten – ein Scherz? Vielleicht über die Verzagtheit des Landgrafen; doch gerade in diesem Augenblick löste dieser sich von seinem Gefolge, legte sichtbar sein Schwert ab und ging, nur von wenigen Getreuen begleitet auf die Punt zu.

Friedrich ließ ihn etwas warten, bevor er vom Pferd stieg und nun seinerseits die Herren bestimmte, die ihn zu geleiten die Ehre hatten, Gavin war darunter. Die anderen bildeten nun einen dichten Ring, der nach außen und innen von gezückten Waffen starrte, wie ein Halsband, das man Bluthunden anlegt, bereit, sich auf jeden zu stürzen, der den Kaiser anfallen könnte. Drüben hatte sich die gleiche Nervosität breitgemacht, und es senkte sich eine schweigende Spannung um verbindende Brücke und trennende Schlucht, sobald die beiden, der abgesetzte Kaiser und der gegen seinen Sohn Konrad angetretene Gegenkönig, unter dem Dach der Punt verschwunden waren.

Das galt natürlich nicht für die Bewohner des Dorfes. Kaum waren die Hauptpersonen des Spektakels ihren Blicken derart entzogen, lösten die Saratz, Alte wie Kinder, das Spalier in den Straßen auf und kehrten, aufgeregt das Ereignis beredend, in ihre Ställe und Werkstätten zurück.

Xaver kam zu meinem *maison d'arrêt* heraufgestiegen. »Der Kaiser ist offiziell aus Italien abgereist, weil er der Hochzeit seines Sohnes Konrad mit Elisabeth von Bayern beiwohnen will«, sprudelte er sein aufgeschnapptes Wissen heraus. »Er wird aber heute noch ›sich zur Umkehr bewegen lassen‹«, ließ er mich konspirativ an seiner Erkenntnis teilhaben, »woraus du ersehen kannst, daß er nur den Raspe zur Rede stellen wollte!«

»Und der dankt jetzt wieder ab?« spottete ich ungläubig, »wo er sich doch gerade zu Veitshöchheim vom Mainzer Erzbischof zum deutschen König hat küren lassen ...« Ich brillierte mit meinem frisch erworbenen Wissen, das ich meinem Wächter aus der Nase gezogen hatte.

»Der Landgraf schämt sich gar sehr«, vertraute mir Xaver an, »daß er seinem gütigen Herrn solch Ungemach angetan –«

»– hat er doch gerade Ende Juli zu Frankfurt einen Reichstag einberufen und des Kaisers Sohn schimpflich davongejagt.« So gab ich vor, bestens auf dem laufenden zu sein über das, was sich im Reich tat, zogen doch genug auskunftswillige Reisende durch das Land der Saratz.

Xaver war ganz unglücklich mit mir, der ich seinen kaiserfreundlichen Phantastereien so wenig Glauben schenkte. »Der Raspe will eigentlich nur wieder Herzog von Thüringen sein und daß sein Kaiser ihm wieder gunstvoll gewogen sei!« beschloß er trotzig seine vom Wunschdenken bestimmten Auspizien zum Ausgang des nun schon über eine Stunde dauernden Treffens.

»Mag ja sein«, tröstete ich ihn, »aber die Kirche wird's schon zu hindern wissen.«

Er ließ mich abrupt wieder allein, denn Fanfarenstöße und Kesselpaukenschläge zeigten an, daß der Kaiser zurückkam. Die schroffe Art, mit der Friedrich sein Pferd bestieg, bewies mir, daß ich mit meiner Schwarzmalerei wohl recht hatte. Drüben schlich der Landgraf fast gebeugt zurück zu den Seinen. Wie sie gekommen waren, galoppierten und trabten sie davon.

Die Saratz eilten noch einmal auf die Straße und winkten, dann war es vorbei. Glitzernd bewegte sich des Staufers Troß hinauf zum Paß und verschwand gar bald oben in den Serpentinen, während im Wald jenseits der Punt noch ein paar Fähnchen irrlichterten und sich dann auch dort die gewohnte Einödstille wieder ausbreitete wie herbstliche Abendnebel.

Mir wurde von meiner Wache bedeutet, daß ich nun gehen könne, wohin es mir beliebe.

Ich traf Zaroth, der im Kreise der Ältesten zwei Buben verhörte, die sich im Gebälk gleich unter den Bohlen der Punt verborgen gehalten hatten.

»– hätten die Leibwächter euch gefaßt«, schalt einer und gab einem der Knaben einen Backenstreich, »wäret ihr in einen Ledersack gekommen, zusammen mit Hund, Hahn und Schlange!«

»Einen Fuß, eine Hand hätt' euch der Kaiser abhauen lassen, ein Aug' ausstechen!« fügte ein anderer schauerlich hinzu. »Das machen sie so mit Spionen und Verrätern!«

Nun wollten die Knaben gar nimmer mit der Sprache herausrücken, doch Zaroth streichelte den Geschlagenen, und der kindliche Stolz obsiegte.

»Der Kaiser sagte, er gibt ihm die Krone nicht, die stünd' Konrad zu –«, und der andere fiel ihm ins Wort: »– und der Raspe sagte, die sei entweiht, er brauche sie nicht, um König zu sein, ihm genüge die Zustimmung der Deutschen –«

»– und die habe ein Gebannter nicht, deswegen sei er kein Kaiser mehr und auch kein König nicht!«

Da hatten wir's: Keine Einigung! Rom hatte gesiegt.

»Lombardien bleibt dem Staufer treu, und auch die Bajuwaren sind ihm durch die Hand Lisabethens verbunden«, stellte Zaroth abschließend zur Lage fest. »So mag uns hier der Frieden erhalten bleiben, und wir bewachen weiter Paß und Punt für das Reich!«

Alle nickten zufrieden, da drängte sich Xaver vor. »Welch ein Tag!« rief er mit gespielter Fröhlichkeit. »Alva lädt euch alle ein, am Abend vor unserem Haus Küchlein zu essen!«

Das war's! Wie liebte ich diese Küchlein aus glasierten Kastanien, geschmorten Äpfeln, in Bucheckernteigtaschen gebacken und dann mit frischem Eierschaum, roten Beeren und gehackten Nüssen gefüllt. Sie zerplatzten einem im Gesicht, ihr halber Inhalt lief über Bart, Gewand und Hände – was macht's, die konnte man abschlecken, auch gegenseitig, ein beliebtes Spiel der Jungen und Anbahnung des ersten Werbens, war es doch ein traditionelles Zeremoniell, womit die Mutter der Braut im Dorf kundtat, daß die Tochter am nächsten Abend ihrem Freier das Jawort geben würde. Xaver hatte meine Vermählung mit Rüesch für morgen unwiderruflich in die Wege geleitet, und da wieder alle freudige Zustimmung nickten, war es wohl im Rat so abgesprochen worden, während ich ›festgesetzt‹ war im Haus des Firouz und dieser im Wald, damit wir uns keinen Schaden tun konnten.

Ich schlich wie benommen von dannen; ich wußte nicht, wohin. Am liebsten hätt' ich mich wieder in der unwirtlichen Trutzburg meines Rivalen verkrochen. Der Rohbau machte eh nicht den Eindruck, als wolle sein Besitzer, der ihn mit eigenen Händen errichtet, jemals noch dort einziehen. Ein verlassenes Schneckenhaus zerbrochener Liebe.

Ich lenkte meine Schritte hinauf zur Kirche, mein ›Zuhause‹ geflissentlich umgehend, wo Alva – sicher brav assistiert von ihrem Töchterlein Rüesch-Savoign –, jetzt wohl schon die Küchlein buk. Die Aufregungen des Tages, der hohe Besuch und die Verlobungsanzeige waren für die Frauen doch wohl zuviel Gesprächsstoff, zumal sie ihre Gesponse einbeziehen konnten, daß sie heute den lieben Herrgott einen guten Mann sein ließen und sich und ihre Kinder lieber für das Küchleinessen herrichteten. Wann gab's schon mal Gelegenheit, Tracht, Hauben und Bänder anzulegen, sich zu zeigen und einander auszustechen!

Ich sah diese Bilder, während ich durch die steilen Gassen bergwärts stieg. Meine Person als Bräutigam wurde zwar betuschelt, konnte es aber als Attraktion nicht mit dem Mohren mit der Kesselpauke auf dem Höckertier aufnehmen. Nach gut einem Jahr war ich fast einer der ihren, würde anderntags wie auch sonst morgens und abends zu bewundern sein, beim Vorbeten und Singen, bei Messe und Predigt. Sie würden sich erschüttern lassen, wohlig erschauern ob der Schwere ihrer Sünden, in sich gehen bis zum Verlassen der Kirche, um dann beim Abstieg durch die Gassen alle Bedenken, alle guten Vorsätze zur Errettung des Seelenheils flugs abzustreifen, zugunsten ihrer kleinen Kriege und Siege, über Kräuter und Pülverchen gegen Gicht und Zahnschmerz, über zerstoßene Morcheln und das gemahlene Horn des Steinbocks zur Erlangung von ›Liebeskraft‹ und ›schneller Erbschaft‹.

So erwartete ich mit mir und meinem Gott allein in seinem Haus zu sein, hatten wir doch etwas miteinander auszumachen angesichts meines nun eminent bedrohten Zölibats. Doch gleich beim Eintreten sah ich mich mit einem Paar konfrontiert, das ich nie und nimmer dort erwartet hätte. In der vordersten Bank knieten, eng aneinandergerückt und mit todernsten Mienen, Firouz und Madulain.

Nach einer ersten starken Verwirrung begann ich den liturgischen Dienst wie sonst auch. Firouz ließ mich nicht aus den Augen und zum ersten Mal sah ich keinen Haß, sondern nur Trauer. Von Madulain war ich diesen Blick gewohnt, er ging wie immer durch mich hindurch in weite Fernen ...

»William«, sagte Firouz, als ich die Anrufung beendet hatte, »Ihr seid doch Priester?«

Nicht ganz, dachte ich. »Ja«, gab ich zur Antwort.

»Dann schließ uns den Bund der Ehe. Madulain und ich wollen noch heute Ort und Tal verlassen.« Ich schwieg betroffen. »Mein Haus schenke ich dir und auch Rüesch-Savoign« – nie würden wir darin glücklich werden, durchzuckte es mich –; »wir ziehen in die

Fremde, ich werde mich als Soldat oder Jäger verdingen. Madulain ist bereit, dieses Los an meiner Seite auf sich zu nehmen, also bitten wir dich um den Segen des Herrn.«

Sie knieten beide so stolz und wild entschlossen vor mir, daß mir die Hände zitterten, als ich die Stola umlegte, das Kreuz ergriff und es ihnen zum Kusse reichte. Auf dem Altar lagen zwei Ringe; wer von ihnen mochte sie wohl bis zu diesem Tag und mit welchen Träumen und Sehnsüchten bewahrt haben? Sie brannten zwischen meinen Fingern wie glühende Kohlen, als ich sie ihnen reichte. Gegenseitig streiften sie sich die Ringe über, mit soviel zärtlicher Zuversicht, daß es mir weh ums Herz wurde.

Ich schlang die Stola um ihre ineinandergelegten Hände und betete still und lange. Ich hatte mich in das Leben dieser Kinder des Dorfes gedrängt, hatte sie aus diesem überschaubaren Paradiese vertrieben, und sie verziehen mir! Hatten sie es nicht meiner Selbstsucht, meiner Weigerung, das Opfer zu bringen, letztlich zu verdanken, daß sie sich gefunden hatten?

Ha, mieser William, du Krämerseele! Zu recht bist du nun gedemütigt angesichts dieser großen Liebe! Wirft sie nicht deine Kuppelei, dein kleinliches Aufrechnen ab wie einen stinkenden Mantel? Du bleibst hier, läßt dich heiraten von der jüngsten und einzigen Tochter; arbeitsscheu, wie du bist, wirst du das Amt des Priesters und das Joch der Ehe bequem miteinander verbinden, wirst den Verrat an der *Ecclesia catolica* verdrängen wie den Verrat an dir –!

»Amen«, sagte ich laut und riß mich aus Zweifeln und Zagen. »Der Herr behüte und beschütze euch und eure Liebe!«

Die beiden standen auf. »Wenn du morgen abend«, sprach mich Firouz an, und weder Bedauern noch Neid lagen in seinen Worten, »deine Braut über die Schwelle trägst, dann denke an uns –«, doch dann versagte ihm die Stimme, der starke Mann war zu ergriffen. Ich drückte schweigend seine Hand. Madulain war es, die den Satz zu Ende führte: »– dann, William, werden wir uns unter dem Himmelszelt betten, auf fremder Erde, aber wir werden zum ersten Mal frei sein – und glücklich!«

»Vergeßt uns nicht!« sagte Firouz, und ich bemerkte Tränen in seinen Augen, als wir aus der Kirche traten und übers abendliche Tal sahen, doch meine Prinzessin fuhr ihm hart dazwischen: »Vergiß uns!« Sie nahm Firouz am Arm und ließ mich stehen.

Ich wandelte wie im Schlafe über den Friedhof, wo namenlose Holzkreuze, nur mit einem ›O. F. M.‹ gekennzeichnet, auf die Gräber meiner Brüder hinwiesen. Sollte ich dereinst hier zur letzten Ruhe gebettet werden? Beweint von Kindern und Enkelkindern, von meiner kleinen Witwe? Rüesch-Savoign würde mich sicher überleben.

Der Duft der Küchlein stieg bis hier herauf. Ich eilte ›heim‹ und fand eine beachtliche Menschenmenge vor dem Haus von Xaver und Alva, die mich mit vorwurfsvollen Blicken empfingen und der betrüblichen Nachricht, daß alle Küchlein schon ihre Abnehmer gefunden hätten. Ich sah die glücklich beschmierten Gesichter der Kinder, die Alten leckten sich die Hände ab und ein paar Burschen meine Braut. Das war wohl Sitte! Ich lächelte ihr zu, lächelte auch zu ein paar Scherzworten, die mir zugeworfen wurden und verdrückte mich in meinen Verschlag bei den Ziegen.

Mein Kopf summte. Ich fiel auf die Knie und preßte den Kopf tief in das duftende Heu. »Herr, laß deinen Diener wissen, daß du ihn segnest!«

Ich wartete schwer atmend auf ein Zeichen: eine Ziege, die mich zupfte, eine Zunge, die mir rauh über das Gesicht fuhr – der Verlust von Madulain traf mein Bewußtsein erst jetzt wie ein Hammer. Mir war im Leibe zumute, als hätt' ich alle Küchlein der Welt in mich hineingestopft, gefressen, geschleckt. Statt der Überfülle spürte ich eine gewaltige Leere, ein schwarzes Loch!

»William!« Xaver klopfte mir besorgt auf die Schulter. »Es ist an der Zeit, zu Zaroth zu gehen.« Er war wie immer unbekümmert, hatte kein Gefühl für mein Unglück, wie sollte er auch. Er gab mir seinen Augapfel zur Frau. Draußen herrscht eitel Frohsinn, und jetzt gingen wir Männer auch noch saufen! »He da, William, keine Schwäche – morgen geht's erst richtig rund!« Er schlug sich in seiner Vorfreude auf die Schenkel und seinem Eheweibe im Vorbeigehen auf den Hintern. »Morgen wird aufgespielt zum Hochzeitstanz!«

Ich trottete benommen hinter ihm bis zur Halle des Podestà, wo – wie schon gewohnt – die versammelten Männer längst angetrunken waren vom Weine aus der sonnigen Lombardei.

Mein erster Blick eilte zu der Säule, an der immer Firouz lehnte und mich aus glühenden Augen anstarrte. Sein Platz war leer. Er fehlte mir. Keiner sprach von ihm, noch von meiner Prinzessin, der schönen Madulain. Sicher hatten sie sich noch vor Anbruch der Dunkelheit auf den Weg gemacht in den Süden.

Trunkene Stimmen rissen mich aus meinen Grübeleien: Man beglückwünschte den Bräutigam, pries die Braut und trank. Ich prostete allen zu, entschlossen, sie heute an Trunkenheit zu überflügeln. Auch Xaver begoß seine Rolle als Schwiegervater eines so herausragenden Mannes wie mich, der lesen und schreiben konnte, ihre Sprache beherrschte und noch dazu die der Welschen und der Römer, der lateinisch singen und beten konnte, aber auf Saratz predigen! Welch ein formidabler Schwiegersohn! Ich soff, was mir gereicht wurde, erwiderte jeden Trinkspruch meinen Becher leerend, und da ich nichts gegessen hatte, tat der Wein schon bald seine Wirkung.

Nur Xaver war noch gründlicher als ich. Schon zweimal waren wir aus der Halle gewankt, hatten im gebührenden Abstand von den Mauern des Hauses auf die Gasse gekotzt und den Harn abgeschlagen und uns geschworen, jetzt nur noch einen Abschiedsschluck zu nehmen und dann zu versuchen, nach Hause zu finden. Als wir uns ein drittes Mal, uns gegenseitig stützend und fast anpissend, auf dem Platz wiederfanden, zwang ich mein Resthirn zu einer List. Ich wies uns den falschen Weg, und statt die Treppe zum Saal des Ältesten noch einmal hinaufzustolpern, schleppte ich Xaver die Gasse aufwärts.

Auf allen vieren gelangten wir schließlich vor unser Haus. Da wurde Xaver plötzlich wieder munter, und ich mußte auf die Leiter steigen, um noch eine ›ganz kleine Amphore‹ eines besonders guten Tropfens herunterzuholen. Ich weiß nicht mehr, wie ich sie nach seinen wirren Angaben gefunden habe, nur noch, daß ich von der Leiter ins Heu fiel, ohne dabei das kostbare Gefäß zu zerbrechen.

Wir torkelten in die Küche, krochen auf den Ofen. Xaver bestand darauf, ich solle heute nacht dort schlafen. Er entfernte umständlich die Versiegelung aus Wachs und Harz, goß das Öl ab, roch an der Amphore und fiel in totenähnlichen Schlaf. Gerade noch konnte ich ihm das Gefäß aus der Hand winden.

So saß ich da, als die Tür leise aufging und Alva im Hemd eintrat. Sie sagte kein Wort, sondern bestieg entschlossen unser Lager und bettete sich neben mich, nachdem sie einen tiefen Schluck aus der Weinamphore genommen.

»Ich habe dir noch mal Küchlein nachgebacken, William«, schnurrte sie zufrieden wie eine Katzenmutter, »weil du sie ja so gerne magst – und heut' zu kurz gekommen bist –«

»Wo sind sie denn?« fragte ich begehrlich, doch Alva griff noch einmal zur Amphore, wobei das Schulterband ihres Hemdes verrutschte und ihre wohlgeformte weiße Brust vor meiner Nase freilegte. »Direkt unter uns im Ofen«, flüsterte sie, während der Wein ihren Hals hinablief, über den wogenden Busen. »Damit sie auch schön warm bleiben.« Sie nahm einen letzten Schluck, seufzte wohlig und schob ihr Hemd hoch bis zum Bauchnabel. Ich starrte auf die dargebotene Pracht, Xaver schlief fest, die Küchlein dünsteten im Ofen.

»Darf ich, Alva?« fragte ich bebend, und sie schloß die Augen, ihre Flechten waren aufgegangen und ihr schwarzes Haar umflutete ihr in Vorfreude verklärtes Gesicht.

Sie war ein stattliches Weib. Ich beugte mich über sie, genoß mit geilem Schauer die flüchtige Berührung mit ihrem Fleisch, stieg über sie hinweg und stolperte zur Ofentür. Der Lärm weckte Xaver; Alva zog mit einem wütenden Ruck ihr Hemd bis über die Knie; ich hatte das erste Küchlein in den Mund gestopft. Es war noch so warm, wie ich es mir vorgestellt hatte, die *crema* hatte sich vollgesogen mit dem Saft der Beeren und sich glitschig mit dem gebackenen Teig vermählt, die Kastanien waren mürbe und die

Walnüsse knackig. Ich hatte es noch nicht verschlungen, da griff ich schon gierig zum nächsten.

Über mir erschien oben auf dem Ofen der nackte Arsch der Alva, und ehe ich's mich versah, hatte sie mir in mein mit Küchlein verschmiertes Gesicht gefurzt. Dann stürzte meine Schwiegermutter abgewandten Blicks an mir vorbei, und nur im letzten Augenblick bedachte sie sich, die Tür nicht wütend ins Schloß zu schmettern. Ich schüttelte den Kopf, packte die restlichen Schätze in meinen gerafften Kittel und stieg mit ihnen hinunter in die Sicherheit meines Verschlages bei den Ziegen. Als ich alle aufgegessen hatte, schlief ich ein.

Ein seekranker Franziskaner
Ionisches Meer, Herbst 1246

Der venezianische Schnellsegler war eines der achtungsgebietenden Kriegsschiffe, wie sie die Serenissima im zunehmendem Maße zwischen der von ihr unangefochten beherrschten Adria und den griechischen Inseln einsetzte, um gegen das vermehrte Auftauchen der Genuesen Flagge zu zeigen. Die rivalisierende tyrrhenische Seerepublik setzte auf den baldigen Zerfall des ›Lateinischen Kaiserreiches‹ unter dem schwachen Balduin, unterstützte offen den von Trapezunt her herandrängenden Vatatses, und ließ sich das auch einiges kosten – Investitionen auf eine Vormacht Genuas im wiedererstandenen Byzanz.

Aber noch war Venedig Herrin der Dardanellen und des einträglichen Monopols. So war es für den Kommandanten des Seglers auch eine selbstverständliche Ehre, in letzter Minute vor dem Ablegen aus Konstantinopel noch einen päpstlichen Legaten an Bord zu nehmen, den Dominikaner Andreas de Longjumeau.

Sein Auftauchen wurde von den bereits gebuchten Passagieren keineswegs mit Vergnügen gesehen, verbot es sich nun doch aus Sitte und Feindbild, noch ungezwungen und vertraut untereinander zu verkehren.

Für den Dominikaner bot sich folgendes Bild: Da war ein orientalischer Kaufmann, der sich als Armenier ausgab, was ihm der Legat nicht abnahm. Auf keinen Fall war er ein Christ, nicht einmal ein armenischer. Sich unter dem Deckmantel eines Handelsherrn einen muslimischen Emir vorzustellen, der im Auftrag seines Sultans zum Kaiser unterwegs war, dazu reichte die Phantasie des Legaten nicht aus. Daß der Staufer eben diesen Emir, den Sohn des Großwesirs, auch noch mit eigener Hand zum Ritter geschlagen und ihm Würde und Titel eines Prinzen von Selinunt verliehen hatte, würde der Legat nicht einmal glauben, wenn es ihm jemand beschworen hätte.

Um sein Leben des Nachts hätte er hingegen gefürchtet, wenn ihm die Identität des kaum älteren Mitreisenden offenbart worden wäre, der nach seinen Gesichtszügen zu schließen zwar dem Abendland entstammte, aber in Habit und Gestus sich wie ein Orientale verhielt. Auch er stellte sich als armenischer Kaufmann vor, war aber in Wahrheit ein zum Islam konvertierter Flüchtling aus dem ketzerischen Languedoc und – um das Maß des Grauens vollzumachen – Mitglied der Mördersekte der Assassinen.

Der dritte im Bunde hingegen war wenigstens ein *collega* des Legaten, ein mit gleichem Status versehener Minorit in päpstlicher Mission auf dem Rückweg vom Hofe des Sultans nach Lyon, wo ihn der Heilige Vater erwartete.

Bevor sich Andreas, verständlicherweise, die sonstige naserümpfende Hochmut gegenüber den sich nicht so oft waschenden Franziskanern mutig außer acht lassend, an den Bruder im Glauben heranmachen konnte und während er noch mit dem Kommandanten verhandelte, verabredeten sich die drei stumm durch Zeichen zu einem Treffen unter dem hochgelegenen Heckzelt, von wo aus das Schiff zu übersehen war und ein Zusammensein der Passagiere auch unverfänglich erscheinen mußte.

»Wie soll ich diesen Hund des Herrn von meinen Fersen schütteln?« jammerte ärgerlich Lorenz von Orta. »Mit welcher Argumentation soll ich an der Küste Apuliens von Bord gehen, statt mit ihm bis zum Papst zu reisen?«

»Paßt erst mal auf, daß er Euch nicht beißt!« lachte der junge Emir. »Denkt daran, daß Ihr uns nicht kennt, und vergeßt am besten alles, was Ihr zwischen Otranto und Konstantinopel über Euren Bruder William von Roebruk gehört habt.«

»Denkt immer daran«, mahnte auch Crean, »daß zwar der Herr Papst im fernen Lyon Euch die heikle Mission anvertraut hat, es aber in der Kurie und vor allem bei den Anhängern des Dominikus genügend gibt, die Euch Brüdern aus Assisi nicht über den Weg trauen – und bis das Leuchtfeuer der Gräfin in Sicht kommt, wird uns schon etwas eingefallen sein, das die gemeinsame Weiterreise der beiden Herren Legaten leider unmöglich macht!« Crean, der kaum je lächelte, blinzelte vielsagend Faress ed-Din zu.

Lorenz fühlte sich in seinem Unbehagen eher bestärkt. »Und jetzt geht Eurem Bruder in Christo entgegen und grüßt uns nur noch«, forderte ihn der junge Emir auf, »wenn wir an der Tafel des Kommandanten gemeinsam speisen –«

»Und widersprecht uns weitgereisten Kaufleuten aus dem Orient auch dann nicht, wenn Euch unsere Geschichten an die Erzählungen der Scheherazade erinnern sollten!«

Lorenz trat aus dem Schatten des Zeltes. Das Schiff hatte das Goldene Horn verlassen, und er schaute hinauf zu den Hügeln, in deren Grün der Palast des Bischofs liegen mußte. Noch einmal sah er die Kreuze auf den Kuppeln der Hagia Sophia aufblitzen, und dann entzog sich Byzantium seinen Blicken; nur seine weitgesteckten Mauern begleiteten noch eine Zeitlang die entschwindende Küste.

»Eigentlich könnten wir wie der Kuckuck dem Legaten das Ei mit William ins Nest legen, damit er es in höchsten Kurienkreisen ausbrütet«, wandte sich Crean gutgelaunt an Faress ed-Din. »Vielleicht setzt sich der Herr Papst höchstselbst darauf –«

»– und der ›Große Plan‹ wird zum unfehlbaren Dogma der *Ecclesia catolica?*« spottete der Emir. »Crean«, fügte er mit dem Finger drohend hinzu, »kaum seid Ihr der gestrengen Fuchtel Eures Kanzlers entwischt, werdet Ihr schon übermütig. Doch laßt mich diesmal aus dem Spiel. Dem Kaiser zuliebe will ich mit diesem

Komplott nicht in Verbindung gebracht werden – noch sonst irgendwie auffallen!«

»So kenn' ich den ›Roten Falken‹ nicht«, bohrte Crean noch einmal nach, »seit wann habt Ihr Euch in eine Taube verwandelt?«

»Seit ich als Briefbote unterwegs bin, mit der klaren Vorgabe, schnell und lautlos zu fliegen und nicht durch lautes ›Kuckuck‹-Geschrei unnötig auf mich aufmerksam zu machen!«

»Verzeiht mir, Konstanz«, gestand Crean seine Niederlage ein, »ich vergaß, daß die Zeiten sich geändert haben –«

»Die Zeit wird nur älter, die Interessen ändern sich – aber«, er war bemüht, den Anführer aus vergangenen Tagen wieder aufzumuntern, »ich will Euch gern als Stichwortgeber beispringen – wenn mir Gescheites einfallen sollte!«

Auch Crean ließ sich Zeit zum Nachdenken.

Sie waren noch in der Ägäis, als Lorenz sichtlich aufgeregt seine beiden Freunde mit verstohlenen Gesten ins Heckzelt winkte.

»Ich habe gesehen, wie sich der Herr Legat an meinen Sachen zu schaffen machte. Ich bilde mir ein, den Brief an den Papst in seinen Händen gesehen zu haben. Als ich dann nachschaute, fehlte nichts, doch irgend etwas muß er doch gesucht haben ...?«

»Habt Ihr den Brief jetzt bei Euch?«

Lorenz nestelte ihn aus seiner Kutte. Konstanz nahm ihn, und mit einer geschickten Bewegung löste er das Siegel vom Pergament, ohne daß es zerbrach.

»O je!« stöhnte Lorenz erschrocken. »Wie steh' ich jetzt da?«

»Ziemlich glorreich!« höhnte der Emir, während sein Falkenauge das Schreiben überflog. »Harsche Worte meines erhabenen Sultans gegen den Kaiser, den er des Undanks und der Treulosigkeit zeiht, ganz als ob der Staufer ein abtrünniger Moslem wär', der nicht nur Christus und seine Kirche stets verraten habe, sondern jetzt auch den rechten Glauben des Propheten –«

»Nicht übel!« staunte Crean.

»Perfid!« stieß Lorenz hervor.

»Hört weiter«, sagte der Emir: »›... daher wollen Wir mit dem edlen und frommen König von Frankreich, den Wir für den einzig wahren und aufrichtigen christlichen Herrscher halten, gern Frieden schließen und ihn in einem Vertrag aller Stätten versichern, die ihm heilig sind; dazu wollen Wir Uns auch Jerusalem von Unserem Herzen reißen und Bethlehem und Nazareth, dazu alle Städte und Festungen zu deren Schutz und alle am Meer gelegenen, deren er zu freiem Handel bedarf, bis hinab nach El Gahza, das Ihr La Forbie nennt ...‹«

»So daß ein Kreuzzung des verehrten Ludwig sich eigentlich erübrigen könnt'!« spottete Crean.

»So ist es«, kommentierte der lesende Konstanz. »Mit feinen Worten insinuiert mein Herr, daß die Christenheit besser daran täte, sich des elenden Staufers zu entledigen, ›eine Schmach eines jeden Gläubigen und mit dem kein Friede auf Erden‹! Es fehlt eigentlich nur noch, daß der Sultan dem Papst anbietet, sich demnächst zum Christentum zu bekennen!«

»Ergo: Ludwig soll seinen Kreuzzug wenn schon nicht abblasen, dann doch wenigstens umleiten und auf Sizilien landen«, faßte Crean zusammen.

»Gut«, sagte der Emir, erhitzte über einer Kerze das Siegel behutsam und verschloß das Schreiben wieder. »Dieses Machwerk überbringt unser lieber Lorenz, der hier übrigens keineswegs belobigt, sondern als obstinater Parteigänger des Kaisers hingestellt wird: ›Wir verstehen nicht, daß Ihr einen solchen, der Euer Vertrauen nicht verdient, zu dieser Mission zu Uns auserwählt habt, der Wir Euch schätzen wie einen Freund, der von falschen Zungen beraten wird, in Uns einen Feind zu sehen, während der wahre Feind ...‹, *et cetera*. Dies sollte Lorenz also in Lyon abliefern, von wo aus es der Krone Frankreichs sogleich kund und zu wissen getan würde.«

»Ich denk' nicht daran!« empörte sich Lorenz. »Ihr, werter Fassr ed-Din, seid ja glücklicherweise noch im Besitz einer zu Konstantinopel verfertigten Kopie des weniger freundlichen Originals – gebt sie mir bitte und tragt dem Kaiser das Geschehen mündlich vor!«

»Ich gäb' sie Euch von Herzen gern, schon um Euch Ungemach in päpstlichen Kerkern, wenn nicht Schlimmeres, zu ersparen. Doch ich möchte gern dem Kaiser wie auch meinem Sultan zeigen, wessen sich die Kurie erdreistet; zum anderen brennt es mir auf den Fingern, dem Herrn Legaten einen Denkzettel zu verpassen. Händigt mir auf jeden Fall die Fälschung gegen das Original – will sagen, gegen die perfekte Kopie des Kochs – aus!«

So geschah es. Ohne Lorenz weiter mit einzubeziehen – ja, sie schärften ihm ein, sich fürderhin von ihnen fernzuhalten –, sannen Crean und der Emir, wie sie es bewerkstelligen könnten, den diebischen Legaten fein zu düpieren.

Sie waren schon im Ionischen Meer, als der Kommandant sich endlich bequemte, seine zahlenden Gäste zusammen an seinen Tisch zu bitten. Ansonsten hatte er es vorgezogen, allein unter dem schattigen Zeltdach zu tafeln, und hatte sowohl den beiden Kirchenmännern wie den armenischen Händlern ihr Essen getrennt unter heißer Sonne servieren lassen. Er zeigte sich auch jetzt nicht interessiert, das Gespräch zu führen, so daß Crean sein Wort an den Dominikaner richten konnte.

»Ein Mann mit Eurer Kenntnis des Orients«, sprach er höflich, nachdem er ein stummes Tischgebet vorgetäuscht und sich auch wie ein armenischer Christ bekreuzigt hatte, »wird sicher bald vom Heiligen Vater mit wichtigeren Missionen beauftragt werden, wie« – er wies mit dem Kinn auf Lorenz, der seine Nase tief in die Schüssel versenkt hatte, um nicht vor Lachen herauszuprusten – »die beiden Minoriten Pian del Carpine und William von Roebruk, die schon am Hofe des Großkhans eingetroffen sein dürften. Wir in Armenien sind mehr als interessiert, daß die guten Beziehungen mit den Mongolen –«

Hier unterbrach ihn Andreas, der sich den Vortrag alsbald mit hochgezogener Augenbraue angehört hatte. »Woher wißt Ihr um die geheime Mission des William von Roebruk?« fragte er mißtrauisch. »Ich erfuhr von ihr nur unter dem Siegel der Verschwiegenheit«

»Ach«, warf Faress ed-Din ein, »wir Armenier müssen uns rascher kundig machen als Ihr im Abendland –«

»– und flinker reagieren«, hakte Crean ein. »Das ist für uns eine Überlebensfrage; denn wir sind als erste dran, wenn die Mongolen –«

»Da kann ich Euch beruhigen«, entgegnete der Legat eitel, »Sie bilden sich zwar ein, uns, das Abendland – für sie ›der Rest der Welt‹ –«, er lachte vor sich hin über soviel Torheit, »eines Tages auch noch zu unterwerfen, aber dazu wollen sie erst mal ein kindliches Herrscherpaar großziehen, das« – er zwinkerte vertraulich, wie das große Herren tun, wenn sie sich leutselig geben und doch bedeutend –, »das Rom ihnen, in weiser Voraussicht und um genügend Zeit zu gewinnen, geschickt zugespielt hat. Das ist nämlich die wichtige Aufgabe des William von Roebruk! Ich weiß das –«, fügte er noch nebensächlich hinzu, »aus Masyaf vom Großmeister der Assassinen, Taj al-Din persönlich.« Man konnte spüren, daß er auf diese Bekanntschaft stolz war; erstaunt war allerdings Crean. Es verschlug ihm die Sprache, was der Legat zum Anlaß nahm, jetzt seinerseits gönnerhaft das Wort an ihn zu richten: »Macht Euch nur keine Sorgen, Armenien ist wie eine Katze, sie fällt immer auf die Füße!« Als einziger über seinen Scherz wiehernd, fuhr er fort: »Nach dem Tod der Königinmutter Alice tragt ihr ja nun in Zypern die Krone, was immerhin jetzt auch den Thron des Königreiches von Jerusalem bedeutet!«

Sein belustigtes Lachen verebbte, als weder Crean noch der Emir schnell genug ihre Kenntnis kundtaten. »Königin Stephanie ist doch Armenierin!« ergänzte er vorwurfsvoll.

Ehe Mißtrauen hochkommen konnte, warf sich Faress ed-Din in die Bresche. »Natürlich«, rief er, Zerstreuung vortäuschend, »die Schwester Hethoums, unseres Königs!«

»Armeniern kann man nicht trauen!« mischte sich nun auch griesgrämig der Kommandant ein. »Anwesende natürlich ausgeschlossen«, setzte er hinzu, seine Unhöflichkeit mühsam bemäntelnd.

Crean und der Emir nahmen das zum Anlaß, sich unter der

ebenso durchsichtigen Entschuldigung, die bekannte Gastlichkeit Venedigs nicht länger mißbrauchen zu wollen, von der Tafel zu erheben.

Sie vergewisserten sich, daß niemand sie beobachtete. Crean stand Wache, während Konstanz die Truhe des Legaten mit einem Eisendraht öffnete und nach dem Brief durchwühlte. Er fand ihn unterm Seidenfutter des Deckels versteckt, doch er suchte noch weiter, bis er auch den Gegenstand aus dem Besitz des Legaten gefunden hatte, den er zu seiner Operation noch benötigte.

Er entzündete ein Licht und holte die Kopie hervor, die er sich von Lorenz entliehen hatte. Deren Siegel erhitzte er nun über der Flamme, bis die Oberfläche des Lacks flüssig wurde. Dann drückte er das Petschaft des Herrn von Longjumeau hinein und wartete, bis das Signum wieder erstarrt war. Einem oberflächlichen Betrachter – und so durfte man Andreas einschätzen – fiel die Veränderung nicht weiter auf.

Der Emir verbarg das Schreiben wieder an der gleichen Stelle, löschte alle Spuren und das Licht und trat hinaus zu Crean. Sie freuten sich über den Streich wie zwei junge Scholaren.

Unter dem Zeltdach des Kapitäns hatte Lorenz von Orta derweil den Legaten seinerseits in ein Gespräch zu ziehen versucht.

»Erzählt mir was von diesen Kindern!« ermunterte er scheinheilig den Dominikaner, doch der gab sich nun verschwiegen:

»Euer Bruder aus Roebruk ist der Geheimnisträger, ihn müßt ihr zur Rede stellen, nicht mich!« sagte er unwirsch. Der Neid war nicht zu überhören.

»William scheint mir eine Forelle im Gebirgsbach, man kriegt ihn nie zu fassen!« beklagte sich Lorenz lachend.

»Ja«, knurrte Andreas, »aber eines Tages geht jeder Franziskaner ins Netz der Inquisition – exzellente Anwesende natürlich exculpiert!«

Und damit hatten sich auch die beiden Herren Legaten für den Rest der Reise nichts mehr zu sagen und nahmen ihre Mahlzeiten getrennt ein.

Das Schiff segelte jetzt die Adria hoch; bald mußte im Westen die Südspitze Apuliens auftauchen.

»Seht unseren Freund Lorenz. Er muß jetzt immer allein sein kärgliches Mahl zu sich nehmen«, wandte sich Crean an seinen mitreisenden ›Armenier‹, »und das Essen an Bord wird auch immer miserabler!«

»Das kommt davon, wenn man einem Venezianer die Passage im voraus entlohnt!« Faress ed-Din ließ sich die gute Laune nicht verderben. »Doch wir sollten bald unser Trinkwasser erneuern, es wird zusehends brackiger.« Er hatte das laut genug gesagt, damit es auch der vorbeistolzierende Kommandant hören konnte.

»Typhus und Ruhr sind die unausbleiblichen Folgen!« hieb Crean in die Kerbe.

»Wir laufen Bari an«, beschied sie der Kommandant hochnäsig, »bis dahin müssen die werten Herren ihre erlesenen Ansprüche zurückstellen!«

»Wie angenehm«, antwortete ihm der Emir höflich. »Dort wollte ich sowieso aussteigen –«

»Ihr habt bis Venedig bezahlt –«

»Ich möchte Euch nicht länger zur Last fallen«, beendete Faress ed-Din das Gespräch, die Grobheit in Kauf nehmend.

Crean hatte sich zu Lorenz gehockt und ihn in ein Gespräch verwickelt, das wohl mit dem Auftauchen des Kaps von Otranto zu tun hatte. Lorenz ließ sich ablenken und starrte auf den diesigen Horizont. Crean warf ihm schnell einige Krümel in die stinkende Fischsuppe, was nicht einmal der Emir bemerkte, an den sich der Legat wandte:

»Habt Ihr nun Mittel und Wege gefunden, wie wir diesen gräßlichen Dominikaner loswerden?«

Er hatte es kaum ausgesprochen, als Krämpfe ihn zu schütteln begannen; er wurde aschfahl im Gesicht, verdrehte die Augen, und Schweiß trat ihm auf die Stirn. Lorenz begann zu würgen und taumelte an die Reling.

»Mit dem Wind gefälligst!« schnarrte der herbeieilende Kommandant, den nur die Sorge bewegte, Lorenz könnte ihm das Deck vollspeien. Doch gestützt von Faress ed-Din, erbrach sich der kleine Legat ins völlig glatte Meer.

»Seekrankheit kann es nicht sein«, knurrte der Venezianer mißtrauisch.

»Sieht nach Typhus aus«, brummte Crean, »ansteckend! – doch macht Euch keine Sorgen, mein Freund ist ein Arzt, er hat in Salerno studiert, er kennt –«

»Das interessiert mich nicht. Er kann der Doktor Abu Lafia persönlich sein – die beiden müssen sofort von Bord!«

»Seid nicht unmenschlich!« beschwor ihn Crean. »Ihr könnt doch nicht einen Todkranken –«

»Ich kann – im Interesse meiner Mannschaft – ihn samt Eurem sicher schon infizierten Aeskulapjünger auf der Stelle aussetzen! Und das werde ich auch!«

Crean hatte die Reaktion nicht so heftig eingeschätzt, doch da tauchte luvwärts ein Fischerboot auf. Der Kommandant ließ es stoppen, brachte seinen Segler längsseits und hieß die beiden übersetzen.

Der Emir hatte begriffen, wer die Suppe eingebrockt, und leistete keinen Widerstand. Die Kisten mit seinem Hab und Gut wurden ihm nachgereicht. Bald war das Boot Richtung Küste unterwegs und der Venezianer aus dem stauferischen Gewässer entschwunden.

Bei dem kurzen Zwischenaufenthalt in Bari, wo die Serenissima eine eigene Niederlassung unterhielt, hatte Crean erwartet, daß auch Andreas von Longjumeau von Bord gehen würde, wie es dieser selbst angekündigt hatte. Doch der Legat setzte seine Schiffsreise fort.

»Wißt Ihr«, sagte er zu Crean, »ich traute Eurem Mitreisenden nicht. Man hört soviel von verkleideten Emissären der Assassinen, die nicht zurückschrecken, selbst im Herzen des Abendlandes ihre schändlichen Mordaufträge mit Gift und Dolch auszuführen. Er kam mir sehr verdächtig vor – eigentlich mehr wie ein Syrer: diese Hakennase, diese stechenden Raubvogelaugen! Ich halte ihn auch für keinen Christen – nicht einmal für einen armenischen!« Crean lächelte. »Ihr«, fuhr der Legat erregt fort, »seid ein guter Mann, fromm und ohne Falsch, das spürt einer mit meiner Erfahrung gleich. Im Dienste des Heiligen Vaters kann man sich nicht genug vorsehen, der Staufer ist zu jeder Teufelei fähig. Gerade hat man mir stolz erzählt im Hafen, daß er Mörder gedungen hat, die den Papst in Lyon beseitigen sollten. Das schimpfliche Attentat ist fehlgeschlagen, was die verstockten Untertanen des Verfemten offensichtlich noch bedauern! Deswegen bin ich auch nicht in diesem Bari geblieben. Drei Kerzen habe ich dem heiligen Nikolaus in der Kathedrale angezündet und ihn um Vergebung gebeten und um gute Heimkehr! Ich fahr' mit Euch bis Venedig!«

»Ihr hättet gleich ein genuesisches Schiff nehmen sollen, dann wärt Ihr jetzt schon am Ziel«, unterbrach Crean den Redefluß.

»Ach, Genua«, seufzte der Legat. »Wie oft hängt es sein Fähnchen nach dem Wind – wie oft schwenkte es schon plötzlich ins Lager des Reiches. Bei der Serenissima weiß man, woran man ist. Sie hält es nicht mit dem Papst, noch kümmert sie der Kaiser; sie vertritt zuverlässig und konstant nur ein Interesse: das eigene! Ich werde mir einen Schutzbrief kaufen und auf dem Landweg nach Lyon reisen – und Ihr?«

»Mich werden Geschäfte vorerst in der Lagune festhalten«, sagte Crean bescheiden und erwartete mit Ungeduld das Ende der langen Reise, deren beschwerlichster Teil noch vor ihm lag.

Der Herzenshüter
Punt'razena, Herbst 1246 (Chronik)

Der Cor-Vatsch, der »Herzenshüter«, ragte oberhalb der *guarda-lej* als Wächter über die Seen des Hochtals und seines steilen Abstiegs zum kaiserlichen Chiavenna. Er galt den Saratz als Berg ehelichen Glücks und der Treue. Verlobte bestiegen ihn am Tag der Hochzeit, um ein letztes Mal ihre Herzen zu prüfen. Er war ein schroffer Gesell, abweisend; sein ewig eisbedeckter Gipfel lag auch im Sommer meist in den Wolken, oft von heftigen Schneestürmen umtost.

Jetzt im Herbst waren seine Geröllhänge die ersten, die sich schon in winterliches Weiß hüllten.

Hier hinauf hatte Rüesch heute natürlich ihre Herde getrieben, nachdem sie vergeblich versucht hatte, mich Schlaftrunkenen zum gemeinsamen Aufbruch zu bewegen. Ich war ihr mittags nachgeeilt, und fand sie, der Spur ihrer Ziegen folgend, auf einem Felsen in einem weiten Schneegefilde, das sich bis tief ins Tal erstreckte, bis hinunter zu der sich schlängelnden Saumstraße ins Bergell, die nach Erreichen der Seen, wo die Saratz wachten, sich dann wieder hinaufwand zum Julier, dem alten Paß der römischen Legionen.

Ich schämte mich ein wenig, ihr so spät unter die Augen zu treten. Die Sonne stand als brennende Scheibe an einem kobaltblauen Himmel, der Schweiß des Aufstiegs und der trunkenen Nacht brach mir aus allen Poren. Und hungrig war ich auch schon wieder. Mit einem – für mich erzwungenen – Lächeln reichte Rüesch mir eine Schale frischen Quellwassers, das eiskalt aus der Schneedecke sprudelte.

»Trink nicht so hastig, William«, mahnte sie mich fürsorglich, »daß dich nicht der Schlag trifft!« Derweil brach sie das Brot und schnitt mir auch ein Stück von ihrem Käse ab. Sie band ihre Schneeschuhe ab, und wir lagerten auf dem trockenen Stein, der wie eine Insel aus der Schneeschicht ragte, welche wie ein gewaltiger Teppich Mulden und Buckel bedeckte. Nur die Ziegen fanden immer noch würzige Kräuter, Latschengestrüpp, an dem sie knabbern konnten. Das grelle Licht blendete meine Augen, ich schloß sie gern, auch um ihrem – wie ich meinte – fragenden Blick zu entgehen.

Das klägliche Piepsen eines Vogels erlöste uns aus dem Schweigen. Rüesch sprang auf, eilte hinter den Felsen und kehrte mit einem Mauersegler zurück, behutsam in ihren sicheren Händen geborgen. Er blutete leicht am Fuß, seine Flügel waren unverletzt. Wir fütterten ihn mit speichelgetränkten Krumen, bis er wieder mit den Schwingen zu schlagen begann.

»Wirf ihn in die Luft!« war mein Ratschlag, doch Rüesch sah mich mit so weher Miene an, daß ich schwieg.

»Wenn ich ihn in die Luft werfe«, sagte sie leise, »dann glaubt er, fliegen zu müssen. Wenn er aber fliegen will, dann bedarf's meiner Aufforderung nicht, noch werd' ich ihn hindern.« Sie streichelte sein Köpfchen und küßte es. »Willst du aber bleiben, mein Vögelein, über den Winter oder für immer, so will ich für dich sorgen und dir ein warmes Nest geben.«

Sie öffnete langsam ihre Handflächen; sie zitterte. Die Schwalbe tat einen ersten unsicheren Schritt, breitete ihre Flügel aus und ließ sich fallen, erhob sich im Sturz dicht über dem Schnee und strich davon.

Ich sah ihr lange nach, bis sie in die Sonne fliegend verschwunden war. Ein Schluchzen brachte mich zurück. Rüesch weinte bitterlich, und ich streichelte ihr übers Haar, weil mir die Worte nicht über die Lippen kommen wollten. Sie stieß meine Hand ärgerlich zur Seite, sprang zum Quell und warf sich das kalte Wasser ins Gesicht. Ihre Augen glänzten jetzt merkwürdig entschlossen.

»William«, sagte sie fest, »du weißt vom Verbot der Grauen Räte, dir Schneeschuhe zu geben, dich ihren Gebrauch zu lehren oder dich auch nur einen Augenblick mit ihnen allein zu lassen!« Sie wartete meine Antwort nicht ab – ich hatte auch keine – sondern kniete vor mir nieder und begann mir ihre Schneeschuhe anzuschnallen. Sie machte es mit einer Sorgfalt und Umsicht, daß ich gar nicht hinschauen mochte. »Heute abend bist du mir angetraut«, sprach sie weiter, ohne sich aufzurichten. »Ich nehme mir das Recht, meinem Mann –«

Weiter kam sie nicht, ihr versagte die Stimme. Doch sie hatte ihr Vorhaben ausgeführt.

Ich umarmte sie und zog sie zu mir hoch. »Rüesch«, sagte ich seufzend, »ich will dich nicht verlassen, ich liebe dich!«

»William«, sie stand jetzt vor mir, und wir schauten uns in die Augen, »du weißt, daß ich dich liebe – und ich weiß, daß du mich verlassen wirst. Küß mich in den Mund!« Sie schlang ihre Hände um meinen Kopf und riß mich an sich. Wir küßten uns wie Ertrinkende, wohl wissend, daß ein Aussetzen das Ende, den unwiderruflichen Abschied bedeuten würde. So biß sie mich erst zärtlich, langsam immer stärker – ohne loszulassen in die Zunge, bis ich den Schmerz nicht mehr ertrug und von ihr abließ.

»Geh jetzt!« sagte sie. »Zeig mir, was Madulain dir beigebracht hat!«

Ich streckte meine Arme nach ihr aus, nicht nur, daß ich mich plötzlich so unsicher auf den Schneeschuhen fühlte, als stünde ich das erste Mal auf ihnen, ich wollte bei ihr bleiben, ich –

»Mach deiner Lehrmeisterin keine Schande!« forderte mich Rüesch auf, als ging es nur um den ersten Rutscher am Übungshang, nicht um unser Leben, unsere Liebe –

»Nein!« schrie ich in meinem Schmerz und geriet ins Gleiten; ich wollte mich hinwerfen, aber die Gewohnheit des routinierten Umgangs mit den Schneeschuhen war stärker, sie trugen mich aufrecht hinweg von meiner kleinen Braut, die am Felsen stand und mir nachsah, regungslos, starr, wie versteinert.

»Rüesch!« schrie ich. »Ich liebe dich!«

Es hallte wider vom Berg, während die Figur dort oben immer kleiner wurde, bald nur noch ein Pünktchen im Schnee. Vor mir taten sich Schluchten und Steilhänge auf, ich stürzte mich brüllend in sie hinein, sie wild angehend wie einer, dem der Tod gleich war. Tränen verschleierten meinen Blick, der sausende Fahrtwind preßte mir den Atem aus der Brust, ich raste dem Unbekannten entgegen, dem Abenteuer, das sich wieder vor mir auftat, wie neue Klüfte und unberührte Hänge, der Schnee stäubte, ich weinte und schrie – Freiheit!

IX
DIE FÄHRTE DES MÖNCHS

Ein heißes Bad
Otranto, Herbst 1246

Wie eine bissige Muräne, die ein Fischlein als Beute im Wasser erspäht hatte, glitt die Triëre aus dem Hafen von Otranto, um das Fischerboot aufzubringen. Doch bevor sich ihr Rammdorn in die Planken bohren konnte, hatte der Kapitän der Triëre den ›Roten Falken‹ wiedererkannt; vor zwei Jahren hatte er ihn, zusammen mit Sigbert, dem Komtur, nach Akkon zurückgeleitet. Er bot ihm höflich die Hand, als er ihn an Bord nahm.

»Wir sind in Alarm versetzt; vom Papst bezahlte Verräter haben versucht, den Kaiser umzubringen!« berichtete der Otranter empört. »Ihr Anschlag wurde vereitelt.«

Die Fischer hievten den kranken Mönch in einem Netz hinüber auf das Deck der Triëre. Lorenz schüttelte sich in Krämpfen, was den Kapitän wenig störte.

»Nun trachten die flüchtigen Frondeure, den Aufstand ins Land zu tragen. Jeder, der ihnen Transport, Unterkunft oder Nahrung gewährt, verfällt der gleichen Bestrafung wie sie. Schon mußten die Bewohner von Altavilla über die Klinge springen! Ob groß oder klein!«

Laurence war mit ihrer Ziehtochter hinunter an die Hafenmole geeilt, als sie die Triëre mit dem Fischerboot zurückkommen sah. Clarion, jetzt zwanzig – und ihr Erbteil arabischen Blutes hatte sich noch mehr durchgesetzt –, strahlte sichtbar vor Freude über das Wiedersehen.

Faress ed-Din, alias Konstanz von Selinunt, ihr jugendlicher Oheim sprang leichtfüßig an Land, während die Mannschaft den armen Lorenz behutsam auf der Mole bettete. Er war leichenblaß und fühlte sich zumindest sterbenselend.

»Welch blendende Schönheit! Du siehst deiner Mutter immer ähnlicher!« begrüßte sie der Emir. »Und vom Kaiser hast du die Augen!«

»Was völlig genügt!« mischte sich Laurence ein. »Denn einen schönen Menschen kann man Friedrich nicht gerade nennen!«

»Sein Geist und sein Blut«, warf sich Clarion in die Brust, »darauf bin ich stolz!«

»Solltest du auch seine Menschenliebe und Güte geerbt haben, dann kümmere dich um unseren Lorenz; er ist ein Freund Williams und auf dem Weg nach Lucera. Ich kann leider nicht auf seine Genesung warten, sondern muß sofort zum Kaiser nach Foggia.« Er wandte sich an die Gräfin. »Wenn Eure Triëre mich –«

»Von Herzen gern.« Laurence biß sich auf die Lippen; von nichts auf der Welt trennte sie sich schwerer als von ihrem waffenstarrenden Schlachtschiff. »Doch ich fürchte, Ihr werdet ihn nicht antreffen: Friedrich rast durch seine Lande und rächt sich an den Verrätern...«

»Ich werde ihn zu finden wissen«, entgegnete der Emir, ehe sie einen Grund formulieren konnte, ihm das Schiff zu verweigern.

»Setzt den Prinzen von Selinunt in Andria ab, nächst der kaiserlichen Residenz, und kehrt sofort zurück!« wies sie ärgerlich ihren Kapitän an.

Die Triëre hatte schon mit geschicktem Rudermanöver wieder abgelegt, als Lorenz auf die Burg getragen wurde. Nur Clarion stand noch an der Mole und sah dem davoneilenden Schiff nach. »Männer!« schnaubte sie wütend. »Ein hurtiges Kompliment, und schon sind sie wieder unterwegs – in ihre Ritterwelt! Und ich? Frauen dürfen warten!«

»Ich hab' ihn in die Badewanne stecken lassen«, empfing die Gräfin Clarion. »Nach der langen Schiffsreise überstieg seine Ausdünstung den Normalpegel für Minoriten bei weitem!« Laurence trat ans Fenster, als bedürfe sie dringend der frischen Brise, die sich im Winter über Apuliens Hitzeglocke hermachte. »Er hat was von Hamo gesabbert –«

»Er ist krank, Laurence!« wies Clarion ihre mißgelaunte Ziehmutter zurecht. »Gleich geh' ich nach ihm schauen!«

»Kannst es wohl nicht abwarten?« höhnte die schlanke Gestalt, deren hennagefärbtes Haar grell von ihrem ansonsten schlichten Habit abstach.

Ihr Kampf gegen das Alter, dachte Clarion, macht vor nichts halt! Sie wird mich auch noch aus dem Haus ekeln wie Hamo, ihren Sohn! »Wozu auch?« fragte sie aufreizend und wandte sich entschlossen zum Gehen.

»Er ist zwar ein Mönch, und ein stinkender dazu, aber dafür bist du –«

»Ich weiß: das schamloseste Geschöpf auf Gottes Erdboden, zumindest zwischen hier und Foggia – ich hätt' mit Konstanz davonsegeln sollen! Der ist zwar mein Onkel, aber das hätte mir nichts gemacht. Auf ›deiner‹ Triëre, vor den Augen der gesamten Mannschaft, hätt ich mich ihm hingegeben.«

Sie verließ schnell den Raum; der Gräfin rutschte bei solcherlei Exkursen rasch die Hand aus.

Lorenz hockte im dampfenden Badezuber und ließ sich – zwar unter Stöhnen, doch offenbar mit Genuß – von zwei Mägden den Rücken schrubben. Es ging ihm zunehmend besser; die Krämpfe im Magen hatten merklich nachgelassen, das leichte Grimmen entschwand in der wohligen Wärme der ihn umspülenden Wellen im Bottich. Über den Rand starrten ihn die neugierigen Augen der Kinder an, die schnell Mut faßten, mit ihren Händen ins Wasser zu langen, um erst sich, bald ihn zu bespritzen.

Lorenz mit seinem lockig-gelichteten Haarkranz war keine Respektsfigur.

»War das nicht Konstanz«, versuchte ihn Roç auszufragen, »der mit dir gekommen ist? Der ›Rote Falke‹!« setzte er nach, als Lorenz nicht sofort zu verstehen schien, wen er meinte. »Das ist nämlich sein *nom de guerre!*« klärte er den Mönch auf. »So heißt er zu Hause.«

Yeza mischte sich ein, weil sie es nicht leiden konnte, daß Roç so tat, als wüßte er alles nur allein. »... wenn er in seinem Zelt in der Wüste auf Taubenjagd geht.«

»Ach«, sagte Roç herablassend zu Lorenz, »sie bringt wieder

alles durcheinander – die Brieftauben fangen die Falken natürlich vor dem Palast des Sultans ab, damit der alles lesen kann, was die anderen schreiben – und in der Wüste gibt es überhaupt keine Tauben!«

»Doch«, beharrte Yeza, »denn die müssen sie überfliegen, wie das weite Meer, wenn sie irgendwohin wollen!«

»Da kannst du aber lange warten, bis eine Taube vorbeikommt!«

»Deswegen hat er ja auch sein Zelt, darin kann er schlafen!« Yeza ließ sich nicht in die Ecke drängen.

»Sicher meint sie Möwen«, wandte sich Roç noch mal an Lorenz, der lachend sich den Streit angehört hatte.

»Es war der Rote Falke«, bestätigte er die Frage. »Er läßt euch grüßen – wie übrigens auch Crean de –«

»Was?« entfuhr es Clarion in der Tür des Baderaumes. »Der Schuft!« Sie trat funkelnden Auges an den Bottich, in dem Lorenz sich bemühte, seine Blöße zu bedecken. »Er reiste mit Euch, ohne hier vorbeizuschauen? Das sieht dem Kerl ähnlich, sich klammheimlich an Otranto vorbeizuschleichen! Warum –«

»Laßt Euren Zorn nicht an mir aus!« beschwor sie lächelnd der Mönch, den Zerknirschten spielend. »Ich bin nur zufällig hier, weil mich der Venezianer ins Meer werfen wollte. Crean durfte an Bord bleiben.«

»Ihn hätten sie ins Wasser stoßen sollen – mit einem Mühlstein um den Hals! Der Treulose!«

»Sie liebt ihn nämlich«, erläuterte Yeza dem verschüchtert wirkenden Lorenz, was ihr einen Klaps eintrug, dem sie geschickt auswich. »Du bist ein Freund von William?«, und sie spritzten Lorenz, weil er nicht schnell genug antwortete, und Clarion gleich dazu, weil sie die Plagegeister wegzudrängen versuchte.

»Ich glaube, William ist bei den Mongolen.« Lorenz lächelte nachsichtig. »Ich verpasse ihn immer – das letzte Mal traf ich statt dessen eine reisende Dame, eine« – er war etwas zögerlich mit dem Ausdruck, auch wegen der Kinder –, »eine Dienerin der *amor vulgus* –«

»Ach«, krähte Yeza fröhlich dazwischen, »Ingolinda, die Hur!«

»Habt Ihr uns die« – Clarions Blick schweifte zum erstenmal über die Lenden des Mönchs – »auf den Hals geschickt? Laßt das die Gräfin nicht wissen, von der höchsten Mauer würdet Ihr ins Meer gestürzt!«

»Es war wichtig«, verteidigte sich Lorenz, »wegen William –«

Das löste gleich wieder ein Geschrei der Kinder aus: »William! William! Wir wollen unseren William wiederhaben!«

»Ruhe und ins Bett!« Clarion wußte sich nicht anders zu helfen, als selbst Interesse für William zu zeigen. »Wann kehrt er denn wieder heim von den Mongolen?«

»Das kann Ewigkeiten dauern«, sagte Lorenz und sah sich nach einer Möglichkeit um, bedeckt aus seiner belagerten Wanne zu kommen. »Das Land ist weit –«

»Wie weit?« fragte Roç sofort. »So weit wie Konstantinopel?«

»Zehnmal so weit«, lächelte Lorenz bibbernd.

»Ihr habt in Byzanz meinen Bruder getroffen?«

»Das ist nicht dein Bruder«, quatschte Yeza vorlaut dazwischen, und diesmal konnte sie dem Knuff am Hinterkopf nicht ausweichen.

»Laß das meine Sorge sein!«

»Hamo liebt sie nämlich!« fühlte sich Roç verpflichtet, den Mönch aufzuklären.

»Hamo ist immer noch mein Sohn«, tönte die scharfe Stimme der Gräfin, »und Ihr solltet vielleicht mir zuerst Bericht geben!«

»Ist er ein *vagabundus* geworden?« Yeza mußte dieses Wort in der Küche oder Wäschekammer aufgeschnappt haben, vielleicht auch bei den Reitknechten.

»Bockt er Huren, ist er jetzt liederich und verkommen?« wollte Roç noch schnell in Erfahrung bringen, wohl wissend, daß es nun keinen Pardon mehr gab: die Amme und die Zofen standen schon bereit, sie ins Bett zu bringen.

»Morgen mußt du uns alles erzählen, oder wir ertränken dich!« brüllte Yeza, als sie schon hinausbefördert wurde.

»Euer Sohn lebt im Haus des Bischofs und spielt miserables

Schach!« erlaubte sich Lorenz den Damen die erwünschte Antwort zu geben.

»Was?!« entfuhr es der Gräfin schrill. »Bei meinem Neffen – dem Päderasten?« Einen Augenblick hätte man denken können, sie würde den Mönch für diese Auskunft schlagen. »Da möchte der Junge doch lieber allen Drogen des Orients verfallen sein!«

»Was du nicht sagst!« fuhr ihr Clarion in die Parade.

»Also«, sagte Lorenz ruhig und ließ sich von den Mägden ein Badetuch reichen, »davon war nicht die Rede!« Er begann sich mühsam aus dem Zuber zu erheben. »Aber nun laßt, werte Gräfin, einen alten Knaben züchtig seinem Bade entsteigen« – es gelang ihm das Tuch um die Hüften zu schlingen, und er stand jetzt aufrecht im Bottich –, »denn das Wasser ist kalt – und ich habe Hunger!« Er stieg, gestützt von den verhalten kichernden Mägden über den Rand und schritt auf die Damen zu, die sich im letzten Moment abgewendet hatten. »Gestatten, daß ich mich vorstelle: Lorenz von Orta, O.F.M., päpstlicher Legat in besonderer Mission auf seiner Rückreise zum Heiligen Stuhl –«

»Verräter!« zischte die Gräfin und wich zurück.

»– für Euch aber«, fuhr Lorenz fort, bevor Clarion an der Tür die Wachen herbeirufen konnte, »der Vertrauensmann Eures Freundes Elia von Cortona und«, er griff zum Stuhl neben dem Bottich, wo bei seinen Kleidern die drei Lederschnüre lagen, »ein Abgesandter des Kanzlers Tarik ibn-Nasr von Masyaf!« Er hielt sie hoch.

»Der gute alte Tarik!« seufzte die Gräfin erleichtert. »Kommt!«

Die Mausefalle
Cortona, Winter 1246/47 (Chronik)

Das brausende Hochgefühl meiner Flucht aus dem Hochtal der Saratz ebbte so schnell ab, wie der Schnee in den tieferen Lagen spärlicher wurde. Bald waren die Schneeschuhe mir nur noch eine Last, ich war zwischen den immer häufiger aus der dünnen Decke ragenden Steinen ein paarmal schon erbärmlich auf die Nase gefallen und etliche Geröllhänge auf dem Bauch heruntergerutscht. Ich schnallte sie ab und warf sie über den Rücken, um beim weiteren Abstieg Hände und Füße frei zu haben.

Durch meinen letztlich doch überstürzten und gewiß so nicht geplanten Abgang hatte ich auch versäumt, Proviant mitzunehmen. Jetzt meldete sich der Hunger, aber mehr als alles Ungemach pochte mein schlechtes Gewissen. Ich hatte mich Rüesch gegenüber gräßlich benommen, allen Saratz, die mir so uneigennützig und herzlich ihre Gastfreundschaft gewährt, wie ein Schwein hatte ich mich verhalten, schlimmer wie ein Wolf war ich in ihre friedliche Herde eingefallen, hatte ihre liebenden Herzen aus den warmen Körpern gerissen, die Eingeweide ihrer Sitten rücksichtslos verstreut, ihre Zuneigung, ihre Hilfsbereitschaft, ihre Treue, ihren Stolz mißbraucht, geschändet!

Ich stolperte einen Saumpfad entlang und weinte vor Scham. Zum erstenmal hielt ich inne und wandte meinen Blick zurück in die Höhe, wo über den dunklen Wäldern und schwarzen Felsen ganz klar und rein die gezackten Gipfel der Alpen in den blauen Himmel ragten. Ein unwirkliches Bild, eine andere Welt, aus der ich mich losgerissen hatte, so zum Greifen nah noch und doch schon in so weite Ferne gerückt.

Ich sah noch einmal meine kleine Braut vor mir stehen – ich Feigling! Sie war der Held; sie hatte tapfer dem sie entehrenden und gefährdenden Tun dieser erbärmlichen Kreatur William ins Auge geschaut, hatte ihm sogar noch geholfen, zu sich zu finden, völlig selbstlos! Und ich, ich windiger Egoist! Was wollte ich eigentlich? Ich glaube, ich bin krank im Gemüte. Da streb' ich nach Geborgenheit und Glück, nach Anerkennung und Zärtlichkeit wie nach einer seltenen Blume im Walde, die nie verwelkt, herrlich duftet und auch noch wunderschön anzusehen ist in allen ihren Farben, Blütenblättern, Dolden und dem Kelch, und wenn ich sie gefunden habe, dann trampel' ich auf ihr herum! Jetzt ziehe ich unglücklich fürbaß, zerschunden und bald sicher auch zerlumpt und verhungert. Was liegt vor mir? Ich weiß es nicht. Wohin will ich? Das weiß ich erst recht nicht, da ist nur dieses unbestimmte Kribbeln in den Beinen, dieses flaue Gefühl im Bauch, dieses Rauschen im Kopf, das mich treibt – weg von dem, was war, was sicher ist – weiter, weiter ins Ungewisse, vor dem ich mich immer gefürchtet habe.

Bei einbrechender Dunkelheit sah ich das Feuer eines Köhlers im Walde; ich fand ihn umringt von vielen kleinen Kindern und am Lager seiner verhärmten Frau, die sich anscheinend von ihrem letzten Kindbett nicht wieder erholt hatte. Sie um Eßbares anzugehen kam mir nicht über die Lippen. Ich schenkte der ältesten Tochter die Schneeschuhe und ging stumm weiter.

Kastanien und Eicheln vom Herbst zwischen faulendem Laub und ein Schluck Quellwasser waren meine einzige Nahrung. Ich schlief unter freiem Himmel. So verließ ich die Berge und betrat die Poebene. Ich mied die großen Städte; ihre Richtstätten und Schindanger vor den Mauern machten mir angst. Nichts an meiner Kleidung mochte an einen Bettelmönch erinnern, ich war ein zerlumpter Vagabund, und mit solchen machten die Städter wenig Federlesens, wie die vollen Galgen und die zerfleischten Gerippe auf den Rädern mich mahnten, von denen Raben und Geier kreischend auffuhren, wenn ein Lebender wie ich sich nahte.

So traf ich auch die alte Larissa wieder. Sie hing in einem Käfig, ihre ausgestochenen oder von Vögeln ausgehackten Augenhöhlen grinsten mich an. Aber kein Zweifel, es war die Schaustellerfamilie, die vor über einem Jahr unseren Weg nach Norden so erfindungsreich und lustig begleitet hatte. Die Kleinen hingen als Traube gleich neben ihr, ein Strick um aller dünne Fersen hatte genügt, sie – Kopf nach unten – hochzuziehen. Von ihren Müttern, diesen jungen Weibern, zeugten nur noch Reste längst verglimmter Scheiterhaufen, ein Knöchlein hier, ein Schädel da. Ihre Männer mocht' ich nicht heraussuchen unter den Reihen der Gehenkten. Ein kleiner Mundraub in der Not, ein fliegenumschwirrter Kalbsfuß vielleicht oder gar ein Stück ofenwarmes Brot – schon war die letzte Vorstellung angebrochen, mit dem Spruch eines hartherzigen, hochmütigen Richters als Prolog und als stummem Epilog dem dumpfen Werkeln eines Henkers und seiner Gehilfen.

Ich kniete nieder und betete für ihre armen Seelen. Robertos Kopf kam mir in den Sinn, wie er noch einmal aus den tosenden Wassern der Klamm aufgetaucht war, nachdem seine Tat uns vor Vitus gerettet – Gott in seiner Güte hatte den wackeren Kettensprenger mit raschem Ertrinken vor solchem Ende in Schmach bewahrt. *Requiem aeternam dona eis, Domine, et lux perpetua luceat eis. Amen!*

Die Überfahrt über den Po schenkte mir der Fährmann, als er einsah, daß ich die Fähre eher zum Kentern bringen würde mit meinem Angebot, die Überfahrt rudernd abzuarbeiten. Ich erklomm die Gebirgskette des Apennin. Es regnete viel, und ich fror erbärmlich. Immerhin fand ich hilfreiche Brüder, die mir im Namen des heiligen Franz mit einer Kutte aushalfen, nicht weil sie mich für einen der ihren hielten, sondern weil mir die Fellkleidung der Saratz mittlerweile in Fetzen vom Leibe hing. Ich vermied es tunlichst, mich mit Ordenszugehörigkeit, oder gar meinem Namen zu erkennen zu geben, wußte ich doch nicht, ob die Kurie einen Preis auf meinen Kopf ausgesetzt hatte oder zumindest noch immer nach mir fahndete.

Ich stieg hinab in die Toscana, umging Florenz, wanderte durch das Tal des Arno, unter den Mauern von Arezzo vorbei, bis ich den Spiegel des Trasimenischen Sees blinken sah.

Ich war wieder in Cortona, der Stadt des Elia. Ein drittes Mal! All Ungemach hatte nun ein Ende. Gersende – so hieß, wie ich mich entsann, die tüchtige Haushälterin – würde sich meines leiblichen Wohls annehmen, und solcherart gestärkt, könnte ich dem General unter die Augen treten, der sich nicht schlecht wundern würde, wenn er meine Geschichte hörte. Mit dieser Aussicht beschleunigte ich meine Schritte, trabte den sich windenden Torweg hoch zum Palazzo über der Stadt, wunderte mich nur flüchtig, keine Torwache vorzufinden, betrat den Burghof ...

Zerschlagenes Mobiliar lag herum, Spuren von Brand und Kampf. Ehe Erschrecken meine Neugier ablösen konnte – mir schwante plötzlich nichts Gutes –, kamen päpstliche Soldaten aus dem Portal geschlendert. Ich wollte mich rasch verstecken, doch sie ergriffen mich und schleppten mich in das Haus. Sie schoben und zerrten ihre Beute durch mir wohlbekannte Gänge, und so stand ich plötzlich im Arbeitsraum des Elia vor einem finsteren Mann, den ich noch nie von Angesicht zu Angesicht gesehen, doch ich wußte gleich: Es war Vitus von Viterbo!

Er saß hinter dem Schreibtisch des Generals, und über ihm hing – das war das einzige, was ich spaßig finden konnte an der Situation –, gerahmt sein eigenes Portrait. Beide starrten mich an wie zwei alte Schafsböcke, denen spät noch die Gnade der Vision zuteil wurde.

Auch Vitus hatte keinen Zweifel, mit wem er es zu tun hatte. Sein Staunen bezog sich wohl darauf, daß seine Gebete – oder wahrscheinlich eher seine Flüche – plötzlich erhört worden waren. Es ließ mir jedenfalls Zeit für den Gedankenblitz, daß er mich nicht gesucht, sondern ich ihn endlich gefunden hatte!

So faßte ich meinen Mut zusammen und begrüßte ihn keck: »William von Roebruk vom Orden der Minderen Brüder zu Euren Diensten, edler Vitus von Viterbo! Womit kann ich Euer Gnaden dienen?«

Kaum hatte ich es ausgesprochen, dachte ich, er explodiere. Sein Kopf lief hochrot an, ein Keuchen entrang sich seiner Kehle, als habe er eine Kröte in den Hals bekommen – die Kröte war wohl ich – und würde auf der Stelle daran ersticken. Doch Vitus, der sich schon halb erhoben hatte, ließ sich zurück in seinen Sessel fallen und stierte mich sprachlos an, bevor er herauswürgte:

»Was fällt dir Strolch ein, dich mit dem Namen des berühmten und geschätzten Franziskaners zu schmücken, von dem alle Welt weiß, daß er im Auftrag unseres Heiligen Vaters mit seinem Ordensbruder Giovanni Pian del Carpine zu einer wichtigen Mission zu den Mongolen aufgebrochen ist, von der er nicht zurückkehren mag – und wenn, dann mit einem Antwortschreiben des Großkhans an Seine Heiligkeit Innozenz IV., Vater der gesamten Christenheit: Zeig es her!« So schrie er mich förmlich an, wobei sich seine Stimme überschlug, denn er war vorher schon zunehmends lauter geworden. Wohl mehr, um mich einzuschüchtern; denn wie ein Gewitter, das vorüberzieht und sich entlädt, wechselte er in einen milden plaudernden Tonfall und bot mir an, Platz zu nehmen – nicht ungeschickt, denn nun mußte ich zu ihm aufschauen.

»William«, sagte er sanft, »die Tatsache, daß du vor mich zu treten wagtest, beweist nur, daß man dir die Beine noch nicht mit Eisenstangen gebrochen hat.« Er lächelte. »Daß du jetzt zu meinen Füßen sitzen darfst und kannst, belegt lediglich, daß man dir den Hintern noch nicht ausgepeitscht, dir noch kein glühendes Rohr hineingeschlagen, deine Hoden noch nicht gequetscht und abgezwackt hat. Daß du mich noch siehst, heißt nur, daß du noch deine Augen im Kopf hast. Was hast du sonst noch im Kopf, William, spuck es lieber gleich aus!«

Ich war in seiner Hand, er konnte – und würde – alles das mit mir machen, wenn ich Wirkung zeigte. »Ihr seht, Vitus, weil Euer Augenlicht Euch noch nicht im Stich läßt, daß ich nicht bei den Mongolen weile, und Euer Scharfsinn wird daraus zu folgern vermögen, daß ich mich nie dorthin begeben habe –«

»Sind dieser Art die Dienste, William«, fragte er mich leise – es sollte besorgt klingen, tönte aber drohend –, »die Ihr mir eingangs so frei wart anzubieten?«

»Dazwischen liegt Euer ebenso freimütiger Vortrag, Vitus, über die Speisefolge Eurer nicht eben phantasiereichen Folterküche – nun denn, was könnt Ihr mir zu essen anbieten, ich bin hungrig von der langen Reise!« Vitus, das mußte ich ihm lassen, hatte sich wieder voll im Griff – und mich damit auch. Ich spielte mit meinem Leben, zumindest in seiner unversehrten Form. Alles, was ich einsetzen konnte, war wohl weniger mein Wille als eben den noch lebenden William.

Vitus klatschte in die Hände, und in der Tür zu den Wirtschaftsräumen erschien Gersende. Die kluge Frau zeigte mit keiner Miene, daß sie mich kannte – sie hatte wohl gelauscht –; sie plapperte von den kargen Vorräten, die ihr geblieben seien, um Vitus und seinen werten Gast zufrieden zu stellen.

Der Herr des Hauses schnitt ihr Lamento ab. »Für uns Diener der Kirche ist die geringste Speise eine unverdiente Gabe Gottes!« Damit entließ er sie. Warum hatte sie ihn nicht längst vergiftet!

»Was die lange Reise betrifft, William«, fragte er leutselig, »von wo kommt Ihr eigentlich?«

»Von dort, werter Herr, wo ich Euch verloren habe. Ein Jahr und mehr hab' ich gewartet, aber Ihr kamt nicht, so hab' ich mich denn aufgemacht, Euch –«

»Ihr rührt mein Herz ob soviel Anhänglichkeit«, unterbrach er mich – man sah förmlich, wie er vor sich hin kochte –, »wenn da nur nicht die Erinnerung wär', Ihr hättet die schmale Brücke –«

»Ach«, entschuldigte ich mich, »dieser Tölpel! Er sollte die Bohlen zu Eurer Sicherheit ordentlich richten und fiel statt dessen mit ihnen ins Wasser! Frieden seiner Seele!«

Gersende trug geschnittenen Schinken mit Wein und Käse auf, dazu schnell in die Pfanne geschlagene Eier und frisch angemachten Wintersalat ›puntarelle‹, wobei sie für das Fehlen der Sardellenschnetze um Vergebung bat. Wir langten beide kräftig zu, vor uns lag noch etliches, das anstrengender Klärung bedurfte.

»Und die Kinder?« schmatzte Vitus so leichthin, dabei war es nur das, was er von mir wollte.

»Oh, die Kinder! Eigentlich sind sie mit mir bei den Mongolen –« Vitus wollte aufbrausen, hatte aber gerade zuviel Salat im Mund, so fuhr ich schnell fort: »Da ich jedoch hier mit leeren Händen vor Euch stehe –«

»Ihr sitzt bequem und eßt mit mir!«

»– hab' ich sie wohl verloren...«

»Oder Ihr hattet sie gar nicht bei Euch?« kam lauernd die Frage, und ich überzog:

»Traut Ihr Eurem eigenen Augenschein nicht mehr, Vitus?«

Er trat den Tisch zwischen uns um, daß Teller und Speisen auf den Estrich fielen.

»Genug!« schnaubte er. »Genug gegessen, genug des Spiels, genug der Frechheiten! Ich will Euch sagen, wo sie sind: Sie haben Otranto nie verlassen! Wo immer Ihr Euch herumgetrieben haben mögt, in Konstantinopel ist uns der Sohn der Gräfin ins Netz gegangen – ohne Kinder! Sie haben sich nicht in Luft aufgelöst, Ihr habt uns nur ein Jahr zum Narren gehalten! In Byzanz haben die Wände Ohren, wir brauchten den jungen Hamo nicht einmal foltern oder ihm drohen, ein wenig Cannabis genügte, ihn zum Reden zu bringen ...«

Er lehnte sich zufrieden zurück und betrachtete mich wie ein großer schwarzer Kater eine kleine Feldmaus, die ihr Loch nicht findet. Also raffte ich mich zum letzten Widerstand auf, wozu brauchte er mich noch, wenn er eh alles wußte?

»Wenn Hamo noch lebt, dann will ich dem Schöpfer danken! Alle anderen sind umgekommen, nur ich habe mich retten können! Für mich gibt es die Kinder nicht mehr!«

»Das könnte dir so passen, aber es sind längst nicht alle tot, obgleich sie es sich wünschen sollten – und schon gar nicht die Kinder!« Er dachte nach. »Dein Wiederauftauchen, William, kommt dem Geständnis gleich, das du törichterweise verweigert hast. Ich brauche dich tatsächlich nicht mehr. Ich lasse dich an einem sicheren Ort einkerkern, so lange, wie es mir gefällt, und vor allem, bis ich mein Ziel erreicht habe. Ob ich dich vor deinem Tode quäle, dich Stück für Stück sterben lasse – was du dir ja reichlich verdient hast – oder ob ich dich kurzerhand erwürge, mit eigenen Händen, das hängt nicht mehr von dir, sondern von meiner Laune ab. Wünsch dir eine gute Laune und letzteres Angebot!«

»Dann will ich meinen Frieden mit meinem Herrn machen«, murmelte ich gottergeben und faltete die Hände zum Gebet.

»Frieden mit Gott!« schnarrte Vitus. »Dein Herr bin immer noch ich! Und so höre auch, wie all euer Unterfangen, diese Ketzerbrut zu retten, nun scheitert.« Er schnaufte vor Selbstzufriedenheit, und ich war ganz Ohr.

»Gilt Otranto nicht«, hub er an, sich schon am Vorgeschmack meines zunehmenden Entsetzens weidend, »von Wasser wie zu Land als uneinnehmbar?« Er gab sich die Antwort selber. »O ja – mit Recht ist der Staufer stolz auf diese Burg, und auf die Treue der

Gräfin kann er bauen! Der Feind könnte ihr eigen Fleisch und Blut, ihren einzigen Sohn anschleppen und sein Haupt vor ihren Augen abschlagen, Laurence de Belgrave übergäbe die Schlüssel nicht!«

Vitus legte eine Pause ein, um sich der Wirkung seiner Gedanken zu vergewissern. Nicht übel – und so sicher war ich mir nicht, was ihr Verhältnis zu Hamo anbelangte. Wären die fremden Kinder ihr näher? Ich ließ mir nichts anmerken.

»Doch«, fuhr er ruhig fort, was mich aufhorchen ließ, »wenn ein Freund käme, ein Vertrauter des Kaisers, ihr an Treue zu diesem und zu diesen Bastarden königlichen Bluts gleich und ebenbürtig? Sie würde die Tore öffnen, wie eine alte Hure die Beine breit macht, und wenn dessen mitgebrachtes Heer noch so groß und stattlich wäre! Immer nur hereingestürmt in dieses eklig stinkende Loch dieser verlebten Vettel! Und so fällt Otranto wie eine reife, wie eine faule Frucht!«

»Ihr habt wenig Sympathien für die Gräfin?« bemerkte ich vorwurfsvoll, komplizenhaft lächelnd. »Und wer soll der stattliche Freier sein, den Laurence de Belgrave, die sich aus Männern nichts macht, so mir nichts, dir nichts in ihre Festung einlassen wird?«

Er ließ die Katze aus dem Sack. »Elia von Cortona hat seinen Frieden mit der Kirche gemacht. Der Sünder hat um Vergebung geheischt. Der Heilige Vater in seiner unendlichen Güte hat sie dem Reuigen in Aussicht gestellt, doch als geringe Buße wird er mit einem ausgesuchten Trupp päpstlicher Elitesoldaten – Söldner natürlich, und als Schwaben verkleidet – Otranto ›verstärken‹ gegen einen Überfall von außen. Die Gräfin wird ihm das Kommando übertragen. Unsere Flotte legt im Hafen an, überwältigt die Besatzung der Triëre, die Elia nicht in Alarm versetzt hat, wir übernehmen die Kinder, derer sich der Freund aus Cortona als erstes versichert hat: ›ohne Kinder kein Ablaß dem Sünder‹!« Der Viterbenser lachte sein rohes Landsknechtslachen. »Elia hat zwar ausgemacht, daß wir auch ihn und seine Soldaten nach erledigter Sühne-Mission an Bord nehmen, aber wir wollen dem Strafgericht des Staufers nicht vorgreifen, weswegen wir auch noch die Triëre versenken, damit keiner uns folgen oder gar sich retten kann! – Wie gefällt dir das, William!«

»Ihr seid ein Teufel!« Das gefiel ihm.

»Jedoch kein armer und dummer dazu, wie Ihr – weswegen der Heilige Vater auch keine Franziskaner zu Inquisitoren erhebt!«

Er stand auf. »Wache!« brüllte er ungeduldig. Seine Soldateska kam alsgleich hereingestürzt. »Legt den Kerl, der sich als William von Roebruk ausgibt, in Ketten!«

Sie ergriffen mich, schleiften mich hinaus auf den Hof, wo an offener Esse ein Hufschmied sich meiner annahm. Er hämmerte die Ringe um Füße, Hände und Hals so flink auf meiner Knöchel Umfang, daß er nicht abwartete, bis die Eisen erkaltet waren. Das Zischen und der stechende Schmerz meiner aufplatzenden Haut waren mir der erste Vorgeschmack auf die Höllenpein, die der Viterbese mir zugedacht.

Was mich aber weit mehr in Angst versetzte, war der gebückte Mönch, der im gleichen Feuer seine Brandeisen zum Glühen brachte. Doch da trat Vitus aus dem Haus hinzu, klopfte dem Gnom, dessen Gesicht tief unter riesiger Kapuze versteckt war, wohlwollend auf die bucklige Schulter:

»Wart noch, Alban!« Mit sachverständigem Blick prüfte er meine Ketten. »Den Henker«, sprach er zu mir, »schick' ich dir erst morgen früh«, und als ich ihn doch wohl erschrocken angestarrt hatte: »Damit er dich zeichnet, wie er's auch bei allen anderen Gefangenen gemacht hat, die du im Kerker antreffen wirst!« Das war zu meiner Beruhigung gedacht, und ich dankte es ihm durch verständiges Nicken, soweit meine Halskrause es zuließ. »Ein großes ›C‹ auf die Brust, wie es sich für einen guten Christen gehört« – diesmal lachten die umstehenden Soldaten für ihren Herrn –, »und ein Kreuz aufs Auge« – das pflichtschuldige Gewieher steigerte sich –, »da unten im Dunkel reicht dir eines vollauf!«, und um das allgemeine Vergnügen noch zu erhöhen: »Eitelkeit gilt nur für Männer in der Sonne des Herrn, dich aber wird eh keiner mehr sehen! Kerkermeister!« rief er leutselig.

Die Soldaten hatten ihren Spaß gehabt, obgleich sie die Exekution am liebsten auf der Stelle erlebt hätten. Ich war tief betrübt. Meine Hoffnung, ihn durch Keckheit umzustimmen, hatte sich als trügerisch erwiesen. Ich hatte Vitus stets für den rücksichtslosen Vollstrecker des Willens der Kurie eingeschätzt, hart und unbeugsam, eben einen *canis Domini*, doch nun wußte ich, er war von abgrundtiefer Schlechtigkeit, und seine Machtposition gestattete ihm das hemmungslose Ausleben seines bösen Geistes. Ich verfluchte ihn, was ihn nicht sonderlich zu rühren schien, denn er wandte mir den Rücken und verschwand im Portal des Hauses.

Ein heftiger Stoß in die Kniekehlen ließ mich fast vornüberstürzen. »Ab mit ihm in den Kerker!« krähte eine Stimme, die mir vertraut war: Guiscard!

Ehe ich einen Fehler des Erkennens machen konnte, traf mich ein zweiter Knüppelschlag vor beide Schienbeine. Die Soldaten hatten wieder was zu grölen; denn womit mein alter Freund mich malträtierte, war sein Holzbein, das gleich unterm Knie angeschnallt war.

Während ich die immer dunkleren und stickigeren Treppen in die Tiefe der Keller gezerrt wurde, fiel mir der Pfeil ein, den sich der tollkühne Amalfitaner vor dem Castel Sant' Angelo eingefangen, und wie wir den tapferen Haudegen mit dem schlimmen Wundbrand in den Händen von Gersende zurückgelassen hatten. Es hatte ihn also den Unterschenkel gekostet. Glück gehabt!

Damit war auch meine Hoffnung wieder erwacht. Irgend etwas hatte sich Guiscard immer einfallen lassen! Und daß er mir gewogen war und nicht etwa auf der Seite des Viterbensers stand, daran hegte ich keinen Zweifel. Der hätte ihm beide Arme und Beine stückweise abhacken lassen, wenn er erfahren hätte, daß dies der Bursche war, der ihn in Rom vor den Augen der gesamten dort verbliebenen Kurie wie einen trotteligen Tanzbär vorgeführt hatte.

Das war eine Freude: Guiscard als ›Kerkermeister‹ des Vitus im Hause des Elia! Und so nahm ich innerlich lächelnd in Kauf, hinter schweren Eisengittern an nassen Felsen gekettet zu werden, was Guiscard mit meisterhaft gespielter Rohheit durchführte. Die Gittertür fiel ins Schloß, und Dunkelheit umfing mich.

Brief ohne Absender
Castel Sant' Angelo, Winter 1246/47

In selbiger Nacht begab sich Matthäus von Paris weisungsgemäß ins Documentarium. Er hatte selbst Sorge dafür tragen müssen, daß sich kein schreibender Mönch mehr dort aufhielt, was zu dieser Stunde durchaus vorkommen konnte, und er war auch sicher, daß die Befolgung der Anordnung von höchster Stelle kontrolliert worden war.

Er trat an seinen erhöhten Arbeitsplatz, drehte die Dochte der Öllampen hoch, so daß die blankgeputzten Silberschirme ihn reichlich ausleuchteten. Die geheimsten Arbeiten, pflegte er selbst immer zu sagen, benötigen das hellste Licht!

Er mußte nicht lange warten.

»*Nimm kostbares Pergament*«, tönte die Stimme freundlich, »*so wie sie es zu Jerusalem benutzen, jenes, das die Templer aus Kairo beziehen –*«

»Also *papyros?*« erlaubte sich Matthäus zu korrigieren. »Soll ich so schreiben wie die Pri ...?«

»*Du hast es erraten, aber nicht zur Gänze!*« Die Stimme amüsierte sich ob der Intrige: »*Stell dir vor, der geheime Schreiber will nicht erkannt werden – wir aber wollen, daß er dennoch verdächtigt wird!*«

»Er muß also Fehler machen«, eiferte sich Matthäus stolz; die verlangte Arbeit begann ihm Spaß zu bereiten. »Die Allergeheimsten, Unaussprechbaren verwenden für ihre Initialmajuskeln immer noch die gleichen Schablonen wie zu Zeiten des großen Bernhard – Gott hab' ihn selig!«

»*Heilig, Matthäus. Heilig!*« gemahnte die Stimme, doch der Mönch wühlte schon in einer der kleinen Truhen, die hinter seinem Arbeitsplatz, durch eiserne Gitter und doppelte Schlösser gesichert, in der Wand verborgen waren.

»Es gibt da die nicht offizielle Ordensregel«, murmelte er, »die könnte uns helfen.« Er kehrte mit einem Bündel dünner Kupferschablonen zurück. »Sie alle weisen versteckt – und für das Auge des Nichteingeweihten verborgen – das Symbol der Lilie im Druidenfuß auf – die nehmen wir?« schlug er als Frage verkleidet vor.

»*Gut*«, sagte die Stimme, »*ich sehe, du hast schon die richtige Feder und jene Tinte. ›An Ludwig Capet, Neunter in der Reihe schamloser Usurpatoren auf dem Throne Frankreichs!‹*«

Matthäus schrieb behende; Geheimbotschaften – auch falsche – müssen den Eindruck hastiger, unter Druck verfaßter Schriftstücke vermitteln, Korrekturen und Kleckse sind einzufügen.

»*›Einen Zehnten wird das Abendland nicht mehr ertragen müssen, denn es lebt das Merowingerblut! Mögen deine sündigen Vorfahren auch unsern guten König Dagobert erschlagen haben, dein elender Vater das heilige Blut des rechtmäßigen Hauses Okzitanien betrügerisch mit dem Eurer Sippe vermischt, nachdem er Hand in Hand mit dem verräterischen Innozenz –‹*«

Hier stockte die Hand des Mönches. »Soll ich das wirklich ...?«

»*Wer glaubwürdig schmähen will, darf sich selbst nicht schonen! Also: ›... den edlen Trencavel gemeuchelt, mögt Ihr, schändlicher Ludwig Capet, nun auch den Hort des Gral, den Montségur, nun auch Euch unterworfen haben, den Gral habt Ihr nicht – er lebt und wird fortleben in den Kindern, die wir gerettet und deren Friedrich sich gewaltsam und nicht ohne Eigennutz bemächtigt hat und sie unter seiner Protektion in seiner kaiserlichen Festung zu Otranto aufziehen läßt. Ihr mögt fortfahren, den Beteuerungen seiner Freundschaft für Euch, Capet, Glauben zu schenken, seinen ehelichen Banden mit den Plantagenet keine Beachtung beizumessen, die familiären Netze zu mißachten, die den Staufer schon mit den Normannen, mit Aragon und nun auch mit dem zukünftigen Herrscher von Byzanz verbinden. Die Kinder des Gral sind ausersehen, die Herrschaft dereinst wieder auszuüben, die ihnen zusteht, beginnend dort, wo das heilige Blut Jesu einst an Land ging! Laßt Euch nicht von Gerüchten täuschen, die Kaiser und Papst, nur für Eure blinden Augen durch Haß entzweit, in die Welt gesetzt haben, die königlichen Kinder vom heiligen Blute seien mit einem gewissen abtrünnigen Mönche bei den Mongolen, als Geisel für Frieden und Freundschaft für die Teilung der übrigen Welt, bei der für Euch kein Platz mehr vorgese-*

hen ist. Tretet nur Euren Kreuzzug an, der Sultan wird Euch schon den Empfang bereiten, wie er es seinem Freunde Friedrich versprochen hat. Zieht nur ins Heilige Land, und bleibt gleich dort; denn eine Rückkehr nach Paris wird Euch nicht mehr vergönnt sein. Ihr werdet sinnlos die besten Schwerter Frankreichs gegen aufrechte Verteidiger des wahren Glaubens ins ehrliche Gefecht führen, während Euch falsche Freunde den Dolch in den Rücken stoßen werden. Ihr könnt den Untergang der Capets nicht aufhalten, die Kinder des Gral sind in der Hand des Staufers. Sie sind die Zukunft!‹«

Die Feder des Mönches kratzte über das Papier. »Und wer unterschreibt?« fragte er sachlich, als er aufatmend geendet hatte.

»Niemand!« sagte die Stimme. »Anonym ist die beste Drohung, weil Paris sich keinen Reim auf das Motiv des Schreibers bilden kann!«

»Also«, sagte Matthäus beeindruckt, »ich an Ludwigs Stelle würde meinen Kreuzzug erst einmal zurückstellen, um – wenn schon nicht präventiv gegen den Staufer vorzugehen – wenigstens Mittel und Wege zu erkunden, wie ich mir den Rücken freihalte?«

»*Der Verfasser bedarf des Lobes nicht, wohl aber der Schreiber Matthäus*«, sagte die Stimme kalt, und obgleich es nicht das erste Mal war, daß er dem Grauen Kardinal seine Feder geliehen hatte, lief dem Mönch ein Schauer über den Rücken. »*Du begibst dich morgen früh nach Ostia und erwartest dort unseren Legaten Andreas von Longjumeau, den du sofort zum Heiligen Vater weiterbeförderst.*«

»Ich weiß«, bestätigte Matthäus das ihm bekannte *procedere*.

»*Was du aber nicht wissen kannst, ist, daß dich jemand ansprechen wird, mit der Bitte um das passende Bibelwort zum Tage. Dem händigst du das versiegelte Schreiben aus; er wird dich mit einem Beutel Dukaten entlohnen.*«

»– den ich hier abliefern werde«, beeilte sich Matthäus hinzuzusetzen. »Welches Stemma soll das Siegel aufweisen?«

»Nimm ein altes Tatzenkreuz«, die Stimme klang kurz erheitert. »*Die Templer sollen auch ihr Fett abbekommen!*«

Während der Mönch den Siegellack erhitzte, ging ein leichter kühler Luftzug durch das Documentarium; die Flamme flackerte. Irgendwo schloß sich eine Tür.

Roberto der Kettensprenger
Cortona, Winter 1246/47 (Chronik)

Ich weiß nicht, wie lange ich im Dunkeln stand, an das sich meine Augen – noch hatte ich beide! – nur mühsam gewöhnen wollten. Von irgendwoher ganz oben im Deckengewölbe drang das matte Licht der Nacht hinab, wie es von Wolken reflektiert wird, die der gute Mond erhellt. Dann riß die Wolkendecke wohl, und sein milchigkalter Strahl fiel direkt in meinen Kerker.

Es mußte sich hier um den Tiefkeller handeln, hinter der schweren Eisentür, den ich nie hatte betreten dürfen. Irgendwo hier mußte der Splitter des Wahren Kreuzes eingemauert liegen – zusammen mit einem gewissen Pergament.

Ich sah meinen Zellengenossen. Er hockte apathisch am Boden und hob jetzt erst langsam seine Stirn, die ein eingebranntes, schon weiß vernarbtes Kreuz verunzierte, die Ränder noch wülstig rot. So würde ich also aussehen – nein! Mir sollte die Markierung ja aufs Auge gedrückt werden.

Mir wurde schlecht bei dem Gedanken an das rotglühende Kreuz, das auf mich zustieß. Ich schrie auf, wollte die Hände schützend vors Gesicht schlagen, doch die Ketten an meine Gelenken rissen sie schmerzhaft zurück.

»Still!« sagte der Gefangene, und ich erkannte ihn: Es war Roberto, der Eisensprenger, der vor meinen Augen ertrunken war.

»Roberto?« flüsterte ich, weil es vielleicht doch Geister geben konnte, zumal in solchen Burgverliesen. »Bist du's?«

»Nenn mich nicht beim Namen!« keuchte er. »Sie könnten uns belauschen, ein Loch in der Wand – ich kenn' dich nicht!«

Der arme Kerl! Ich konnte mir zwar nicht vorstellen, wie er in ihre Hände gefallen war, aber durchaus, was sie alles mit ihm angestellt hatten – daß er noch lebte, war schon ein Wunder, doch hatte er die Torturen offensichtlich nicht ohne Schaden an seinem schlichten Gemüt überstanden.

Wie haßte ich Vitus! Ich mußte fliehen, und dazu brauchte ich Robertos Kraft – wie es sonst auch um ihn bestellt sein mochte!

»Wie haben sie dich gefangen?« versuchte ich noch mal den Dialog aufzunehmen.

»Warum bist du zurückgekommen?« war die gestöhnte Antwort. »Jetzt wird er mir den Prozeß machen – mit dir als Zeugen. Er wird mich vierteilen lassen!«

»Hab keine Angst«, flüsterte ich, »wir werden hier schon rauskommen!«

»Oh, ja!« antwortete er bitter. »Morgen früh holen sie mich hier raus, im Burghof scharren vier Rosse – oh, William, ich hab' Angst!«

»Ruhig, ruhig!« besänftigte ich ihn, dabei stand sie mir selbst bis zum Hals.

»Du hast gut reden«, würgte er. »Du wirst morgen früh nur ›markiert‹, das macht er mit allen –« Roberto zeigte auf die Gestalten, die im Dämmerlicht hinter anderen Gittern auf ihr Schicksal warteten. »Mir hat er das Auge nur gelassen, damit ich nicht nur zwei statt vier Pferdeärsche sehe, die in verschiedene Richtungen gepeitscht –«

»Hör auf!« sagte ich.

»– und damit ich selber feststellen kann, daß ein Arm eher ausreißt als ein Bein –!«

»Halt den Mund!« sagte ich wütend. »Wir fliehen heute nacht.«

»Dazu müßten wir den Kerkermeister niederschlagen!« Robertos verwirrtes Gemüt begann in der von mir gewünschten Richtung zu arbeiten. Todesangst ist doch ein guter Bundesgenosse! »Er kommt dreimal die Nacht!«

»Beim zweiten Mal muß es sein«, bestimmte ich. »Kannst du dich bis dahin befreien – und mich dazu?«

»Meine Arm- und Beinschellen hab' ich schon am ersten Tag ›geweitet‹, kein gutes Eisen!« grinste Roberto, der jetzt Zuversicht gewann. »Es bleibt nur noch das Halsband!«

Vor meinen Augen schüttelte er seine Manschetten ab und griff mit beiden Händen hinter sein Genick. Das Kreuz auf seiner Stirn schwoll an, und mit einem Knirschen brach die Verriegelung. Roberto klappte die zwei Hälften auseinander und rieb sich den Hals. Dann schlüpfte er aus den Fußschellen und kam zu mir rübergekrochen.

»Setz dich«, befahl er. Mit zwei freien Händen war das Aufbiegen meiner Fesselung für ihn ein Kinderspiel, mit dem öffentlich aufzutreten er sich geschämt hätte.

Wir legten die Eisen wieder an, damit wenigstens flüchtiger Augenschein uns nicht verriet. Es muß Mitternacht gewesen sein, als mein alter Guiscard mit einer Laterne das erste Mal nach uns sah. Er machte sich nicht die Mühe, das Gitter aufzuschließen, leuchtete nur kurz in unsere Gesichter, machte seine Runde und verschwand wieder.

Eigentlich widerstrebte mir der Gedanke, gegen den alten Freund tätlich vorgehen zu müssen, zumal ich mir gut vorstellen konnte, daß er uns helfen würde. Aber was wußte ich – vielleicht hatte er resigniert, wollte den Posten nicht verlieren, und dann war da ja auch noch Gersende, die als Pfand in der Hand des Viterbesen geblieben wäre. Also gut, ein kleiner Schlag auf den Hinterkopf mit der Fußkette, die Roberto mit einem Stoffetzen umwickelte, eine kurze Ohnmacht, bis wir über alle Berge waren, das heißt auf dem Weg nach Ancona.

»Wenn er wiederkommt«, flüsterte Roberto, »dann greif' ich ihn an der Gurgel, wenn er vor mir steht, und du schlägst von hinten zu, denn das bring ich nicht fertig, einen Menschen –«

»Roberto«, beschwor ich ihn, »ich hab' so etwas noch nie gemacht – ich kann das nicht, meine Hand zittert.«

»Also«, sagte Roberto, »wenn der Preis für meine Freiheit das Leben eines anderen ist –«

»Wenn du mich zwingst, ist die Gefahr viel größer, weil ich einen Schlag nicht zu dosieren weiß –«

»Dann leg' ich mich morgen lieber zwischen die Pferde.« Roberto war wie ausgewechselt, oder wollte er mir zeigen, was gelebtes Christentum bedeutet? »Ich hätt' zwar gern noch mal meine Familie wiedergesehen, die alte Larissa – und die Kleinen –«

»Die siehst du nicht wieder«, unterbrach ich ihn trocken; ich hatte einen Kloß im Hals, aber besser jetzt raus damit als später – oder nie! »Sie sind tot, alle tot, Roberto – und mit einem Kreuz in die Stirn gebrannt!«

»Das ist nicht wahr, William! Das sagst du jetzt nur, damit ich meine Vorsätze vergesse und das tue, was du von mir verlangst!«

Ich kam nicht dazu, ihm zu antworten, denn oben an der Kellertreppe schien die Laterne unseres Kerkermeisters auf, er tappte mit seinem Holzbein die Stufen hinunter. Er schloß unsere Gittertür auf und trat ein.

Wie vereinbart entrang sich Roberto ein Stöhnen: »Mein Hals!« Es klang sehr echt, doch Guiscard wandte sich zu mir.

»Mach keine Dummheit, William!« zischte er. »Und vor allem keinen Krach!« Er drehte den Öldocht seiner Lampe herunter. »Ich habe Euch belauscht – und mich entschlossen, mit Euch zu fliehen. Vor einer Seitenpforte in der Mauer stehen vier Pferde bereit. Gersende habe ich heimlich aus dem Haus geschickt, als der Inquisitor den Wein getrunken hatte – er war immer so vorsichtig, aber diesmal hat er vergessen, mich vorkosten zu lassen –«

»Laß uns keine Zeit verlieren!« unterbrach ich die treue Seele. »Es gibt sicher noch mehr zu erzählen, wenn wir Cortona erst mal hinter uns haben. Aber laß mich noch schnell einem Bedürfnis nachkommen, das mich schon länger plagt.«

Guiscard dachte wohl, ich wolle meinen Darm entleeren, ich aber stolperte durch die mir von dieser Seite her unbekannten Gewölbe, bis ich in dem Raum mit der Eisentür stand.

Doch so sehr ich mich auch mühte, im dämmrigen Licht die Stelle wiederzufinden, so sehr ich tastete, klopfte, lauschte – ich fand sie nicht. Der alte Steinmetz hatte zu gute Arbeit geleistet.

Enttäuscht hastete ich zurück zu Guiscard.

»Gersende geht zu Verwandten aufs Land, dort findet sie keiner«, plapperte der Alte weiter, während er uns in einen niedrigen Gang scheuchte, der unter der Burg durch zu einer Pforte führte.

Die Nachtluft war kühl und eisklar. Gersende war schon aufgesessen. Sie reichte mir einen Sack voller Proviant. »Ich kenn' doch euch Brüder«, gluckste sie, »immer hungrig!«

Wir schritten, die Pferde am Zügel, durch das Gras, bis wir außer Hörweite der Burg waren. Gersende winkte uns zu, was ihr Guiscard mit einer galant hingeworfenen Kußhand dankte. Sie ritt gen Umbrien, die Richtung, die auch ich sofort einschlug, doch Guiscard fiel mir in die Zügel.

»Genau dies wird jeder Verfolger sich ausrechnen! Wir reiten entgegengesetzt, nach Pisa, und nehmen dort ein Schiff!«

»Doppelt so lang!« meuterte ich.

»Doppelt so kurz! William, verlaß dich in der Seefahrt auf deinen alten Normannen!«

Also preschten wir nach Westen, quer durch die Toscana. Wir ritten scharf die ganze restliche Nacht, an Siena vorbei. Als die Sonne aufging, hatten wir Poggibonsi gerade hinter uns gelassen. Guiscard ließ die Pferde an einem Bach trinken. Plötzlich brach er in schallendes Gelächter aus.

»Ach, William!« rief er. »Das war alles eine Farce! Nur wär's dem Robert grad' jetzt schlecht ergangen, wenn er dich nicht zur Flucht in selbiger Nacht verleitet hätte!«

»Ich habe ihn zur Flucht überredet«, empörte ich mich, doch Guiscard lachte noch mehr.

»Und wer hat dich soweit gebracht? Der Vitus! Er bestand darauf, daß du heute nacht fliehst –«

»Verzeih mir, William«, mischte sich jetzt auch Roberto fröhlich ein, »daß ich dir diesen Bären mit dem Vierteilen aufgebunden, aber du hast dich ja revanchiert ...«

»Roberto«, sagte ich ernst, »ich wollt', es wär nur ein übler Scherz, aber, ich hätt's dir vielleicht nicht sagen sollen, es ist die Wahrheit: Man hat sie alle erbärmlich gehenkt!«

Roberto stierte mich an. »Meine Vettern? Meine Basen, auch die Kleinen?«

»Ja«, sagte ich, »ich hab' sie hängen sehen. Es muß vor zwei Monden geschehen sein!«

»Auch Eliza?« Ich nickte stumm, und Roberto, der starke Mann, brach in Tränen aus.

»Ich hab' dich nicht angelogen, William – ich habe nie einem

Menschen oder Tier etwas zuleide getan. Mein Traum war immer gewesen, als Bauer von meiner Hände Arbeit und von den Früchten des Feldes zu leben, mit einer lieben Frau, für die ich sorgen kann, und die mir gut ist –« Wieder begannen ihn Weinkrämpfe zu schütteln. »Ich bin von diesem Ungeheuer gezeichnet, vor mir schließen sich die Türen, wo soll ich nun hin – ach, wär' ich doch ertrunken!«

Da kam mir die Eingebung. »Roberto«, sagte ich, »findest du den Wildbach wieder, die Stelle –?«

»Sicher!« Er sah mich fragend an.

»Schlag dir eine neue Brücke, oder such dir sonst einen Übergang, steig den Paßweg hinauf, und wenn du hinab kommst, bist du an der Punt bei den Saratz. Frag nach dem Haus des Xaver und der Alva. Sie haben eine einzige Tochter, Rüesch-Savoign! Du wirst sie lieben, wenn du sie siehst. Frei um sie, nimm sie zur Frau, und leb dort das Leben, das du dir gewünscht!«

Ich hatte selbst nun Tränen in den Augen, als ich von dem verlorenen Paradies in den Bergen gesprochen hatte. Und Rüesch? Wie oft sehnte ich mich nach ihr und schämte mich. Hier bot sich der Versuch, am Schicksalsrad zu drehen, die eigenen Fehler, Schweinereien zuzudecken, wie mit einem Schneeteppich.

»Du hast sie geliebt?« fragte mich Roberto zartfühlend. »Wie kann sie dann mich ... und mit dem Kreuz auf der Stirn? Nie werd' ich überhaupt bis dorthin gelangen!«

Er war schon wieder verzweifelt. Ich zog meine Minoritenkutte aus und reichte sie ihm.

»Zieh die Kapuze tief über die Stirn, dann sieht's keiner. Man wird dich für besonders fromm halten. Und Rüesch wird die Narbe bewundern!« richtete ich ihn auf. »Roberto, du bist mein Bruder. Du hast mich gefunden, abgestürzt mit meinen Schneeschuhen von einem Felsen, die Glieder zerbrochen. Du hast mich gepflegt – drei lange Wochen. Umsonst. Ich bin in deinen Armen verschieden. Meine letzten Worte waren: ›Such meine kleine Braut, Rüesch-Savoign, an der ich schwer gefehlt, und bitt' sie, in des Heilands Namen ihrem armen William zu verzeihen, der seinen liebsten Bruder schickt, damit er den Platz einnimmt, den Ichsucht, Unvernunft – und nun auch Schicksal dem armen, und nun toten William von Roebruk verwehrt haben.‹«

»Nie werd' ich das so schön sagen können«, klagte Roberto.

»Sag einfach: William ist tot, und es tut ihm leid!« schlug Guiscard vor. »Wir müssen weiter!«

Roberto gab mir seine Jacke und Hose, und ich sagte: »Nimm dein gutes Herz in die Hand. Es wird schon werden!« Ich umarmte ihn zum Abschied, und er ritt los gen Norden.

»Besser den Schwanz!« rief Guiscard ihm nach. »Das ist der beste Witwentröster!« Ich hoffte sehr, daß Roberto den Rat nicht mehr hörte.

»Ich unterstelle«, sagte Guiscard, als wir weiter der Küste zu trabten, »du kannst reiten und denken gleichzeitig.« Er zog ein versiegeltes Schriftstück aus seinem Wams. Ich erkannte das Stemma der Capoccio. »Ich brauch' es nicht zu erbrechen«, lachte Guiscard, »es ist an den Hafenkommandanten in Ostia gerichtet und weist ihn an, dir ein Schiff zu geben. Ich wette, es steht da auch geschrieben: das langsamste, das gerade zur Hand ist!« Ich verstand nichts. »Vitus will zwar, daß du nach Otranto gelangst, dir dabei einbildest, dies so schnell wie menschenmöglich zu vollbringen, in Wahrheit aber so langsam, daß er weit vor dir dort eintreffen kann.«

Ich hatte immer noch nicht verstanden und sagte deshalb töricht: »Aber wir reiten doch gar nicht nach Rom?«

»Ich sehe, beides zusammen macht dir doch Schwierigkeiten, William!«

»Am besten, Guiscard, du packst die Geschichte von vorne an, beginnend mit deinem Holzbein!«

Der Amalfitaner lachte und klopfte auf das Holz. »Sein Vorgänger lief erst blau, dann schwarz an; ich wußte, das war Wundbrand und ich müßte die Segel streichen. Doch Gersende schickte nach Arezzo zu einem arabischen Doktor und ließ ihn mitsamt seinem Gehilfen und allen Geräten mitten in der Nacht herbeiholen. Er sagte nur: ›Wenn wir noch drei Stunden warten, gibt's ein steifes

Holzbein, noch mal drei Stunden und der ganze Körper ist steif: Holzsarg! Sofort aber, kann ich dir die Beweglichkeit des Knies erhalten.‹ So machten wir's, und ich blieb bei Elia als Kellermeister, denn der Bombarone versteht sich auf einen guten Tropfen, und mir war's recht. Dann rief der Kaiser ihn als treuen Berater zu sich, wohl weil er vielen in seiner Nähe nicht mehr traute. Darauf müssen die Päpstlichen nur gewartet haben. Kaum war er fort, überfielen sie uns. Vitus scheint auf der Suche nach irgendwas oder -wem zu sein; er durchwühlte Truhen und Laden, ohne daß er es wohl gefunden hat. Mich hatte Gersende als altes Hausfaktotum vorgestellt, und er beließ es dabei. Und dann kamst schon du hereinspaziert. Als dir im Hofe die Eisen angelegt wurden, rief er diesen Roberto zu sich, den er wie einen Kettenhund mit sich führte, und befahl mir, ihn im Keller als Gefangen anzuketten, damit du gleich siehst, welches Schicksal dir blüht. Auch hatte er dich ja vorher schon eingeschüchtert, so daß wohl zu erwarten stand, daß du nach alsbaldiger Flucht trachtest – denn das hatt' der Vitus einzig und dringlich im Sinn, daß du in Panik zur Gräfin rennst und dort für Verwirrung und überstürzte Flucht sorgst!«

»Wie sollte ich auch nicht alarmiert sein angesichts des armen Hamo und eines so verräterischen Elia?«

»William«, sagte er belustigt, »hast du immer noch nicht begriffen: Weder ist Hamo in ihren Händen, noch denkt Elia daran, sich mit ihnen gemein zu machen! Die wissen von nichts! Es sind alles pure Erfindungen des Vitus und nur dazu ausgedacht, dich mürbe zu machen. Du bist sein einziger Schlüssel!« Der Amalfitaner schaute mich mitleidig von der Seite an, war ich doch schwer von Begriff. »›Also‹, sagte ich zum Herrn Vitus, als ich die Kerkerszenerie mit Roberto und einigen Soldaten zu seiner Zufriedenheit in unserem Tiefkeller ausstaffiert hatte, ›Euer Roberto mag ja einen zum Tode Verurteilten für ein paar Stunden ganz glaubwürdig spielen, aber eine Gewähr für die weitere Flucht und das Erreichen Eures eigentlichen Zieles bietet er nicht!‹ Der Vitus faßte Vertrauen zu mir und meinte: ›Schade, daß du mit deiner Verkrüppelung –‹ – ›Mein Schenkeldruck reicht immer noch für jeden Gaul – und jedes Weib!‹ sagte ich grob; das ist die Sprache, die er versteht. ›Ich würde diesen William schon dahin befördern, wo Ihr's wünscht – und wenn's zur Hölle wär!‹ Da gab er mir die Hand und einen Sack Gold dazu. ›Dem blöden Roberto verpaßt du einen Stich ins Herz, sobald er seinen Part gegeben hat, den William aber bringst du nach Ostia und lieferst ihn beim Hafenkommandanten ab, samt einem versiegelten Brief, den ich dir mitgeben werd'. Dann kehrst du zurück und ich werd's dir nochmals reichlich lohnen!‹«

Hier unterbrach ich Guiscard: »Ich wette, daß in dem Brief auch geschrieben steht, dem Begleiter des William auf der Stelle den Garaus zu machen!«

»Das mag wohl sein, doch spielt es keine Rolle, weil alles ganz anders kommen wird. Aber das erklär' ich dir, wenn wir in Pisa sind, jetzt wollen wir uns sputen, denn Schnelligkeit ist die Voraussetzung für jedwede Zauberei, von ihr hängt die Verblüffung ab – und darum wollen wir den Herrn von Viterbo ja nicht bringen, schließlich hat er dafür gezahlt!«

Wir gaben unseren Pferden die Sporen und erreichten Pisa noch in tiefer Nacht.

Ärger in Ostia
Castel Sant' Angelo, Frühjahr 1247

Die beiden Mönche hatten das Gestell mit der Leiter vor die Mittelwand der *mappa mundi* gerückt, dorthin, wo oben sich die germanischen Kernlande ausbreiteten und dann mit der Lombardei der italienische Stiefel des deutschen Reiches anschloß.

»Es ist ein Jammer«, klagte der eine, in der Kutte der Franziskaner, laut, »daß gerade, wo sie nun den Landgrafen krönen wollten, dieser furchtbare Konrad angefegt kommt, sie erbärmlich aufs Haupt schlägt und sie in alle Winde zerstreut ...«

Sein Kollege, ein Dominikaner, entfernte kalt Banner und königliche Reiterfigur in den Farben Thüringens und ließ beides in den Korb zu seinen Füßen fallen. »Der Raspe hatte nicht die *palle*, gegen Friedrich und seinen Sohn zu halten – die Memme verkroch sich und leckte ihre Wunden –«

»Er starb an gebrochenem Herzen!« lamentierte der Minorit. »Es ist ein schrecklich Ungemach!«

Unbeeindruckt setzte der andere eine neue Figur in die verwaiste Grafschaft. »Der Herzog von Brabant«, erläuterte er, »nimmt Besitz unter dem Vorwand, seine Tochter, die Gemahlin des Verstorbenen schützen zu müssen – vielleicht will er auch –«

»*Entfernt den Brabanter sofort, Simon von Saint-Quentin!*« ertönte von oben eine Stimme. Der Graue Kardinal war auf die Empore getreten und hatte dem Disput zugehört. Sie zuckten zusammen und taten wie geheißen. »Wilhelm von Holland ist nun unserem Herzen am nächsten! – habt ihn *in pectore!*«

Sie wühlten beide in ihren Körben nach dem gewünschten Kandidaten, während der Blick der hageren Gestalt mit der grauen Maske sich bereits norditalienischen Gefilden zuwandte.

»Zeigt unsere Huld nun auch der Stadt Parma«, forderte er den Franziskaner auf, »und erinnert mich in zwei Monden daran!« Der Minorit duckte sich, als hätte man ihn geschlagen.

Ein Bruder Pförtner erschien unter der Bögen. »Vitus von Viterbo ist eingetroffen«, meldete er zaghaft.

»Schafft ihn in die ›Angelegenheiten des Reiches‹ – dort soll er warten!« Der Graue Kardinal warf noch einen mißmutigen Blick auf das Mittelmeer und entschwand von der Balustrade durch eine von unten nicht einsehbare Tür in einem der Pfeiler.

Die Kartographen wagten erst aufzublicken, nachdem sie Parma mit Fähnchen und Kreuz versehen hatten.

»Daß der Staufer gerade den Süden seinem Söhnchen Carlotto hat huldigen lassen, davon sagte ›er‹ kein Wort«, mokierte sich flüsternd Simon, der kühlere der beiden.

»Es wird ihn nicht freuen«, entschuldigte der furchtsame Bartholomäus seinen Herrn und Gebieter.

»Dafür freut's den König von England, entstammt das Kind doch seiner Schwester Schoß!«

In dem Archiv für Reichsangelegenheiten schritt Vitus unruhig zwischen hohen Regalen auf und ab.

»Zeigt Verständnis, Eminenz«, sprach er laut in den leeren Raum hinein, gewohnt von seinem unsichtbaren Vorgesetzten vernommen zu werden, »ich hab' wenig Zeit und muß heute noch von Ostia aus –«

»*Wieso bist du schon zurückgekehrt?*« schnarrte die gefürchtete Stimme direkt hinter ihm. Der Graue Kardinal war durch eine Bücherwand lautlos in den Raum getreten und zeigte sein Gesicht. »Befahl ich dir nicht in den Alpen diese Bande von Sarazenen auszuräuchern?«

Rainer von Capoccio, Kardinaldiakon von Santa Maria in Cosmedin hatte Ornat angelegt, nichts hätte den Verdacht erwecken können, er sei mit dem ›Grauen Kardinal‹, diesem unheimlichen Wächter über Wohl und Wehe des Patrimonium Petri, identisch. Ein hochgewachsener Mann mit prägnanten Zügen, ergraut, doch von einer Strafheit, die sein Alter, zwischen Ende Fünfzig und Anfang Siebzig wohl zu schätzen, nicht erkennen ließ.

»Das erübrigt sich nun«, brüstete sich Vitus, »weil William von Roebruk mir zu Cortona in die Hände fiel. Er war nie bei den Mongolen –«

»Nein, bei den Saratz!« Der alte Capoccio hatte auf dem einzigen Stuhl Platz genommen, so daß Vitus wie ein Novize vor ihm stand. »Was trieb dich nach Cortona?« Der Kardinal war nicht gut gelaunt, eher ärgerlich darüber, sich mit Vitus' Eigenmächtigkeiten auseinandersetzen zu müssen, wo doch wichtigere Entscheidungen anstanden. »Antworte!«

Vitus war nicht sensibel genug, die Stimmung richtig einzuschätzen. »Hab' mal bei Elia reingeschaut – er hat einen vortrefflichen Weinkeller.«

»Du bist wohl verrückt! Gerade, wo wir in geheimen Verhandlungen seine Rückkehr in den Schoß der Kirche vorbereiten, da plünderst du –«

»Ich hab' William!«, trumpfte Vitus noch einmal auf, in völlig überzogener Bewertung seines Erfolges.

»Zeig ihn her!« Der alte Capoccio, dem der Kopf nach der Lösung ganz anderer, für die Kirche weitaus aktuellerer Probleme stand, verlor die Geduld. Doch Vitus hatte immer noch nicht begriffen, daß sein Fang zur Zeit keinen Trumpf darstellte, geschweige denn einen Grund zum Triumphieren. »Besser noch! Er ist schon für mich unterwegs nach Otranto, die Gräfin und diese Kinder aus ihrer Burg zu scheuchen wie Fledermäuse, aufgeschreckt vom Licht der Sonne!« Vitus nahm seinen eigenen Eifer als Maß aller Dinge. »Deswegen muß ich auch sofort –« Endlich brach er ab.

Der alte Capoccio betrachtete den Vitus, Frucht seiner Lenden vor gut einem Menschenalter, mit Kopfschütteln. Licht der Sonne! Würde der gräßliche Kerl denn nie hineinwachsen in die geistige Überlegenheit, die die Capoccios auszeichnete? Fehltritte erfahren eben doch keine Vergebung.

»Wer garantiert dir denn«, er gab sich Mühe, wohlwollend zu klingen, doch der Sarkasmus tönte bald durch, »daß dieser William von Roebruk sich nun – wieder in Freiheit – nach Apulien begibt?«

»Ich hab ihm die Hölle heißgemacht«, Vitus war es leid, von dem Alten immer noch als Trottel vorgeführt zu werden, »ihm Feuer unter dem Hintern gezündet, mit der drohenden Ankündigung, daß wir Elia dorthin schicken –«

»Sehr witzig!« Der Kardinal kochte.

»– und hab' mir noch den zuverlässigen Kellermeister des Bombarone gekauft«, fuhr Vitus unbeirrt fort, »daß er ihn in Rom in unseren langsamsten Kahn setzt. So bin ich mit der Flotte weit vor ihm in Otranto und kann die Triëre abfangen!« Vitus erwartete wenigstens jetzt etwas Anerkennung für seine strategischen Fähigkeiten.

»›Kellermeister!‹ – Du mußt dort dein Hirn versoffen haben«, knurrte der Alte. »Zwei Schiffe gebe ich dir, nicht mehr!«

Es klopfte an der Tür. Die Stimme des Bruder Pförtners meldete die Ankunft des Legaten Andreas von Longjumeau.

Jetzt begriff Vitus, weswegen der Kardinal ihn im Ornat empfangen hatte. Oh, wie er dieses überlegene Taktieren haßte! Er wollte sich verabschieden, doch der Alte hieß ihn bleiben.

Andreas trat ein, hinter ihm schleppte der Bruder einen Sessel, damit der Legat sich setzen konnte. Vitus stand noch immer.

»Hatte ich Euch nicht den Matthäus von Paris nach Ostia geschickt«, begann der Kardinal, nach Begrüßung und Bruderkuß – Vitus vorzustellen hielt er nicht für nötig –, »damit er Euch sogleich ein Schiff besorgt, das Euch unverzüglich weiter befördert nach Lyon, zum Heiligen Vater, der Euch sehnlichst erwartet?«

Der Legat war zu erregt, seine Geschichte loszuwerden; er machte von der angebotenen Sitzgelegenheit keinen Gebrauch. »Der stand auch an der Mole, um mich zu erwarten. Grad' hatt' er mich begrüßt, da ruft er plötzlich: ›Ich seh' Gespenster! Alle bösen Geister – dort drüben geht William von Roebruk! Der kann doch noch nicht von den Mongolen zurück sein? Kommt, Andreas, laßt uns ihn begrüßen – und sofort verhaften!‹ Ich sagte: ›Guter Matthäus, besorgt mir erst mal mein Schiff – und dann verhaftet, wen Ihr wollt!‹ Doch Matthäus hörte nicht auf mich, er ließ mich einfach stehen« – der aufgebrachte Legat verbarg seine Indignation nicht –, »rennt würdelos hinüber zu dem Franziskaner, nimmt ihn freundlich unter den Arm, und die beiden schlendern plaudernd, als gäb's mich gar nicht, zum Hafenkommandanten. Dieser William zieht ein Dokument heraus, reicht es dem Hafenkommandanten, der erbricht das Siegel, liest es zweimal, ruft dann nach seinen Wachsoldaten und läßt den Matthäus abführen, obgleich der heftig schreit, daß es eine Verwechslung sei, jener sei der William von Roebruk. Den hingegen behandelt der Kommandant mit ausgesuchter Höflichkeit, führt ihn zu einem Schiff – ich hätt's ja nicht genommen, es war der morscheste Lastkahn im Hafenbecken. Ich verlier' die Geduld, der Hafenkommandant wird obstinat. ›Das war mein letztes verfügbares Schiff, Herr Legat!‹ erfrecht er sich zu behaupten. ›Ich empfehle, sich für einige Tage in Rom einzuquartieren. Ich werde Euch gern Nachricht zukommen lassen, Hochwürden, wenn sich eine Passage ergibt!‹ – ›Und das da?‹ Ich zeige auf den schlanken Schnellsegler, der dort liegt, voll aufgetakelt, fertig zum sofortigen Auslaufen. ›Vorbestellt für besondere Mission!‹ fertigt mich der Kerl ab. ›Ich bin Legat!‹ fahr' ich ihn an. ›Und ich bin empört. Erst läßt mich die perfide Serenissima nicht auf die *terra ferma* zur Weiterreise durch die Lombardei ...‹ – ›Die klugen Venezianer verhinderten nur, daß ein Legat sich in Gefahr begibt‹, weist er mich zurecht. ›... dann nötigt mir Venedig noch mal eine Reise um den ganzen Stiefel auf, gegen doppelte Bezahlung, durch stauferische Gewässer – und auch nur bis hierher nach Ostia! Wegen der Pisaner! Und jetzt behandelt Ihr, Herr Kommandant, mich wie –‹, mir fehlen die Worte, aber der Rohling erdreistet sich, sie mir zu ergänzen: ›Wie einen höchst weltfremden Legaten, der es versäumt hat in der Terra Sancta schon ein genuesisches Schiff zu besteigen!‹ – ›Unverschämter!‹ – ›Ihr könnt Euch beschweren!‹ – und das tue ich hiermit!« Ob des erlittenen Torts außer Atem, wollte sich Andreas de Longjumeau jetzt in den Sessel fallen lassen, Ausdruck seiner empörten Meinung, er könnte jetzt hier sitzen bleiben, bis der diensthabende Kardinal Abhilfe geschaffen habe.

Der aber sprang behende auf, legte seinen Arm um die Schulter des Andreas. »Das schönste Schiff sollt Ihr haben – sogleich wird Euch volle Genugtuung geleistet, für all die Unbill, die Ihr im Namen Christi erlitten!« Und damit komplimentierte er ihn zur Tür hinaus.

Vitus wollte ihnen folgen, doch der Kardinal ließ sie vor seiner Nase ins Schloß fallen. Das Geräusch des sich doppelt umdrehenden Schlüssels verriet ihm, daß für ihn der Spaß nun ein Ende hatte. Zwar war während des Lamentos des Legaten zwischen ihm und dem Alten einiges an amüsiertem Zwinkern hin- und hergegangen, doch ab der Verhaftung des Matthäus war dem Kardinal wieder die starre Maske wie ein Visier heruntergefallen.

Vitus hockte sich auf den freigewordenen Sessel des Legaten und vergrub seinen Kopf in den Händen.

Dem Kardinaldiakon von Santa Maria in Cosmedin, Rainer von Capoccio, Herrn von Viterbo, gelang es indes nicht so ohne weiteres, den päpstlichen Legaten abzuschütteln.

»Das versprochene Schiff?« quengelte dieser sofort. »Ich habe dem Heiligen Vater wichtige Briefe zu überbringen –«

»Ach«, sagte der Kardinal, »Ihr meint wohl den Brief, den man dem Lorenz von Orta abgenommen?«

»Ausgetauscht«, berichtigte ihn der Legat. »Ich habe es höchstselbst bewerkstelligt!« verkündete er und zog triumphierend das Schreiben an den Papst aus seinem Rock.

»Darf ich es mal sehen?« fragte der Kardinal voll höchstem Mißtrauen.

»Vorsicht! Verletzt das Siegel nicht!« Andreas reichte ihm das *corpus delicti* mit spitzen Fingern.

Der Kardinal hatte kaum einen Blick darauf geworfen, da brach er in sardonisches Gelächter aus. Er hielt dem Legaten den Abdruck seines eigenen Petschafts vor die Nase.

»Das Siegel des Sultans von Kairo?«

Andreas war kreidebleich geworden. »Unmöglich!« stammelte er. Zu seinem Entsetzen erbrach der Kardinal das Siegel und öffnete das Schreiben. Heraus flatterte ein Zettel; der Kardinal hob ihn auf und las:

»›William von Roebruk grüßt Matthäus von Paris...‹«

Jetzt war auch dem Kardinal das Lachen vergangen. Er zerknüllte den Zettel und warf dem Legaten den Brief vor die Füße. Dann wandte er sich um und stürmte grußlos aus der Halle.

Vitus hockte noch immer im ›Archiv für Angelegenheiten des Reiches‹ und haderte mit sich selbst. Es war seine verfluchte Eitelkeit – sein Stolz, es dem Alten zu zeigen –, die ihn bewogen hatte, erst noch schnell in der Engelsburg Bericht zu erstatten, anstatt sofort nach Ostia zu eilen...

»*Ich warte*«, tönte die eiskalte Stimme in den Raum. »*Was hast du mir zu sagen, außer daß du Hand auf meine* Laus Santae Virgini *hattest legen wollen?*«

Ehe Vitus antworten konnte – er wußte, wie eigen Capoccio mit seinem Segler war; nicht mal dem Papst... –, da klopfte es schon wieder an der Tür.

»Der Sekretär des Hafenkommandanten!« wurde gemeldet. »Es ist dringend!«

Vitus zögerte. »*Laß dir Bericht erstatten!*« befahl die Stimme barsch, aber gedämpft.

Die Tür wurde aufgeschlossen und der Sekretär eingelassen. Es war ein älterer Mann, der es gewohnt war, sachlich vorzutragen:

»Der Kommandant des Hafens läßt ausrichten: Das weisungsgemäß dem William von Roebruk übergebene Schiff blockiert versenkt die Hafenausfahrt.« Er nahm keine Rücksicht darauf, daß Vitus aschfahl im Gesicht ward, und fuhr fort: »William von Roebruk wurde von einem plötzlich meerseitig auftauchenden pisanischen Schnellsegler übernommen, Kurs: Süden!«

Wie ein Häufchen Elend sackte der grobschlächtige Viterbese in seinem Sessel zusammen.

»Das will der Hafenkommandant noch melden: Er hat das Individuum wiedererkannt, das zusammen mit einigen Spießgesellen das Schiff enterte, die mit Äxten behende die Lecks in die Wanten schlugen, bis es sank – nachdem es mit einem riskanten Wendemanöver die *Laus Santae Virgini* gerammt und ihr die Flanke aufgeschlitzt hatte: Es war Guiscard, der Amalfitaner, ein ehemals berüchtigter Pirat, der gleiche, der vor zwei Jahren so frech den Hafen überfallen hat und mit Langbooten den Tiber hoch bis hier zum Kastell vorgedrungen ist. Der Herr Kommandant ist sich ganz sicher – ›auch wenn der Kerl jetzt ein Holzbein trägt!‹«

Der Sekretär hatte alles gesagt und schaute erwartungsvoll auf Vitus, der ihn anstarrte wie einen Spuk, ein aus dem Grab gestiegenes Gerippe. Er wies mit spitzen Fingern auf den Sekretär, als wolle er ihn aufspießen. Der schlug beklommen und heimlich ein Kreuz, als Vitus seinen Kopf wieder zwischen seinen Händen verbarg.

»Übrigens«, fügte er dann gefaßt noch hinzu, »der Herr Kommandant erbittet – in Anbetracht der merkwürdigen Umstände – um Bestätigung des Hinrichtungsbefehls für den Begleiter des William von Roebruk. Der sagt, er sei ›Matthäus von Paris‹, und es müsse sich um ein Versehen handeln ...«

»*Zwanzig Stockhiebe!*« ertönte eine Stimme, die den Sekretär gar sehr verschreckte. »*Und dann herschicken!*«

Er verneigte sich in die Richtung, aus der sie gekommen war, dann gegen Vitus und war froh, schnell aus der Tür zu sein. Wieder war das zweimalige Einschnappen der Verriegelung zu hören.

»Das war also deine Vertrauensperson.« Die Stimme erklang nun wie aus der Ferne, obgleich der Kardinal wieder seinen Platz eingenommen hatte. Er vermochte seine maßlose Enttäuschung nicht zu verbergen, doch die verhaltene Trauer kündigte keine milde Nachsicht an, sondern den harten Strafvollzug gegen das eigene Blut.

Eine lebenslange Bande mußte durchschnitten werden. Der *taglio,* dachte Vitus, der endgültige Schnitt, war unausweichlich, Frage nur, wo er angesetzt wurde. *Testa* oder *croce.* Das eine – Kopf ab – war endgültig, das Kreuz mußte getragen werden.

»Strafe mich!« sagte Vitus. »Ich habe mein Leben verwirkt.«

»Tausend Peitschenhiebe wären ein zu geringes Äquivalent für die Strafe, die du meinem Leben bereitest, Vitus; ich bin gestraft gewesen mit jedem Tag deiner Existenz. Ich muß sie nun auslöschen«, die Stimme klang leer und müde, »ich mag keine Sühne mehr ersinnen.«

»Gib mir ein Schiff, und ich werde nicht mehr unter deine Augen treten – es sei denn, du bist willens, die Köpfe der Kinder an Stelle meines blöden Schädels anzunehmen. Ich werde –«

»Ach Vitus«, seufzte der Alte, »du wirst es nie begreifen, worauf es wirklich ankommt. Du bist eben nicht der Sohn, den ich mir immer gewünscht, sondern ein Bastard. Das ist auch meine Schuld, und es ist sicher schlechtes Gewissen, weshalb ich dich nicht mehr sehen will –«

»Laßt uns keine Zeit verlieren, sonst –« Vitus sah, kaum daß er seinen Kopf gerettet hatte, nur seine enteilende Beute vor sich. Der Kardinal lachte.

»Du bist unverbesserlich, darin eben doch ein Capoccio, schon hast du vergessen, daß die Vögel dank deiner monströsen Warnungen – längst ausgeflogen sein werden!«

»Ich kann sie noch –«

»Nein, du kannst es nicht, und dessen bedarf es auch nicht. Die Kirche hat keine Zeit in deinem Sinne zu verlieren, weil sie diesen Begriff nicht kennt. So wenig, wie die Kinder für sie eine Gefahr als solche darstellen; nein, die Bedrohung erwächst nur aus dem Plan derer, die sie in den Händen haben.«

»Wollt Ihr sie lebend oder tot?« Vitus schöpfte Hoffnung für sein eigenes Wohlergehen.

»Ich weiß es nicht«, murmelte der Graue Kardinal nach längerem Nachdenken. »Solange ich über die Geschicke der Nachfolge Petri wache, könnte ich mir auch ihren nützlichen Einbau in unsere Herrschaft auf Erden vorstellen! Sollte ich eines Tages jedoch nicht mehr sein und« – er bekam einen Lachanfall, daß Vitus glaubte, der Alte ersticke – »solche Spatzenhirne wie du ihre Taten bestimmen, wäre es besser, sie wären tot!«

»Also hat mein Spatzenhirn die Freiheit –«

»Bedingt«, eröffnete ihm der Kardinal kalt. »Du wirst mit dem nächsten verfügbaren Schiff reisen, das den Legaten Anselm von Longjumeau ins Schwarze Meer verbringt, er soll zu Täbriz Khan Baitschu seine Aufwartung machen.«

»Ich danke Euch!« rief Vitus erfreut und ließ sich von seinem Stuhl zu Boden fallen, kniete nicht, sondern warf sich platt auf den Bauch, wie Priester vor der Weihe. Mit Fra' Ascelin, schoß es ihm in den Sinn, Anselm, dem kleinen Bruder des eben zurückgekehrten Andreas, würde er schon klarkommen. Kumpanei aus alten Tagen, wenn auch mit erheblichem Altersunterschied – oder gerade deshalb – und schließlich Dominikaner wie er!

»Wachen«, sagte die Stimme unbeteiligt, »der Herr Vitus von Viterbo ist aller Ämter im Dienst entkleidet sowie aller Verfügungsgewalt im Kastell, im Heer und im Hafen. Legt ihn in Ketten und schafft ihn nach Ostia!«

Der Sekretär des Hafenkommandanten, der weisungsgemäß im Vorraum gewartet hatte und darüber eingeschlummert war, fuhr aus seinem Dösen, als die Stimme jetzt direkt in sein Ohr bellte: *»Richtet dem Kommandanten unseres Hafens aus, daß er den Vitus von*

Viterbo – ab sofort bar aller Ehr und Rechte! – dem Schiff des Legaten Anselm von Longjumeau zuteilt, sobald es aus Lyon eintrifft. Er wird die nächsten zehn Monde als Rudersklave eingesetzt!«

»Besondere Behandlung?« fragte der Sekretär sachlich nach; er war an alles gewöhnt, auch an den plötzlichen Sturz von Herren, die gestern noch einem kleinen *secretarius* das Leben zur Hölle machen konnten.

»*Ja*«, tönte die Stimme, jetzt nicht mehr direkt in sein Ohr, denn er war ehrerbietig aufgesprungen, »*der Rudermeister ist anzuweisen, den Sträfling auch des Nachts oder im Hafen nicht aufzuschließen, sondern ein Auge auf ihn zu haben – und, nicht zu vergessen, die Peitsche!«*

»Der Herr Legat Andreas will nach Lyon gebracht werden; der Kommandant hatte eigentlich gedacht –«

»*Nein*«, sagte die Stimme, »*der kann warten! Wir legen Wert darauf, daß der Vitus von Viterbo ohne Verzug seine Reise antritt!«*

William der Unglücksrabe
Otranto, Frühjahr 1247 (Chronik)

Seit meiner ›Flucht‹ aus Cortona und der Trennung von dem starken Roberto hatte ich mich ganz und gar auf die tollkühne Planung des Amalfitaners verlassen, was den Ablauf unserer Reise nach Otranto anging. Der pisanische Schnellsegler hatte nach dem turbulenten Aufkreuzen in der Hafeneinfahrt von Ostia, wo Guiscard und ich von der sinkenden päpstlichen Barke an Bord gehievt worden waren, nur einmal kurz in Messina angelegt und war dann durchgesegelt, am Golf von Tarent vorbei, und hielt jetzt auf Kap Lëuca zu.

Guiscard hatte auf diese Eile gedrängt. »Wie ich Vitus von Viterbo einschätze«, vertraute er mir an, dem ob solch seemännischem Tatarenritt gar furchtbar übel war, »wird er die abgesoffene Barke in Grund und Boden rammen, aber keine Zeit verlieren, uns nachzusetzen wie ein von Harpunen getroffener Hai!«

»Besonders, wenn ihm gesteckt wird, daß der brave Kellermeister in Wahrheit der Steuermann des Teufels ist!« stöhnte ich und spie – hoffentlich das letzte Mal – über die Reling. Vor uns tauchte der Turm von Leuca auf, den wir in einem waghalsigen Manöver umsegelten, was mir nochmals den Magen umdrehte. Gottergeben lächelte ich dennoch meinem Peiniger zu. Wir hatten es geschafft, kein Vitus hatte uns eingeholt!

Zwei Jahre waren vergangen. Zum erstenmal sah ich Otranto vom Meer aus, die Stadt, die Bucht und das Kastell. Mächtig lagerte es auf den Klippen, und wenn es schon von Land aus einen unangreifbaren Eindruck erweckt hatte, die Seeseite beherrschte es wie ein lauerndes Raubtier, dessen Tatzenhieb ein jedes in Sichtweite vorbeifahrendes Schiff befürchten mußte. Und da schoß auch schon die berüchtigte Triëre der Gräfin aus dem befestigten Hafenbecken und hielt mit geblähten Segeln und den mörderisch blitzenden Rudern direkt auf uns zu.

Der pisanische Kapitän beeilte sich, Flagge zu zeigen, und die Triëre drehte bei. Es gab kein schlechtes Hallo, als die Soldaten der Gräfin ihren alten Bootsmann wiedererkannten, jetzt mit Holzbein. Um zu beweisen, daß er seine affengleiche Geschicklichkeit noch nicht verloren hatte, griff sich der Amalfitaner eines der zum Mast führenden Taue und schwang sich in bester Piratenmanier hinüber auf die Triëre, wo ihn die Arme der Ruderer auffingen, die ihn hochleben ließen, indem sie ihn gleich dreimal in die Luft warfen.

Der pisanische Kapitän ließ seinen Segler vor der Mole ankern, denn Guiscard hatte ihm die Bezahlung unserer Fährkosten durch die Gräfin zugesichert. So traten wir zu dritt vor Laurence, die mir unverändert, doch wenig erfreut über meinen Besuch erschien.

Sie kam nicht dazu, ihre Mißlaunigkeit in Worte zu fassen, denn die Tür krachte auf, und die Kinder kamen hereingestürmt:

»William! William!«

Sie rissen mich fast um. Was vor drei Jahren noch blasse Bündel gewesen waren, so wie wir sie aus dem Montségur errettet hatten, waren jetzt braungebrannte, sehnige Rangen. Die kleine Yeza, frech wie immer, schleuderte ihre blonden Zöpfe und versuchte mir mit einem Satz an die Brust zu springen.

»Wenn dein dicker Bauch nicht wär', William!« scherzte sie. »Wie können dich die Mägdelein küssen? Sag es mir!«

»Eine Jungfer, die auf sich hält«, schalt Roç seine Gefährtin, »die läßt sich – und William braucht nicht zu küssen«, fiel ihm abweichend ein, »denn der ist Mönch!«

»Was aber nichts besagt«, mischte sich Clarion ein, »und jetzt fort mit Euch!«

»William soll bei uns –!« maulte Roç, und Yeza umklammerte meinen Arm, um ihn nicht wieder loszulassen.

»William ist gerade erst angekommen und bleibt sicher über Nacht«, fuhr die Gräfin säuerlich dazwischen, »und jetzt gebt Frieden!«

Die Zofen standen schon in der Tür und winkten die Gören zaghaft zu sich; sie an die Hand zu nehmen traute sich das Personal wohl nicht mehr.

»Verhungert seht Ihr nicht aus, William«, Laurence musterte mich, ihren Bootsmann, von dessen Abenteuern wenigstens ein Holzbein zeugte, während mein Bäuchlein mir erhalten geblieben war, und den pisanischen Kapitän wie drei Bittsteller. »Was kann ich für Euch tun, bevor Ihr weiterreist?«

Sie hatte es kaum ausgesprochen, da wurde die Tür um ein anderes Mal aufgerissen und die Kinder zerrten einen älteren Minoriten in den Saal, der sich lachend wehrte.

»Ein Freund von dir, William!« verkündete Roç und erwartete meine begeisterte Zustimmung, dabei fürchtete ich nichts so sehr wie das Zusammentreffen mit einem Ordensbruder.

»Lorenz von Orta«, stellte ihn die Gräfin mir vor, »päpstlicher Legat!« Ich erkannte ihn sofort wieder. Er hatte mich in Parma vor Vitus gewarnt und uns bei der Flucht aus der Stadt geholfen. Ich blinzelte ihm zu. »Und das hier ist William von Roebruk, vormaliger Hauslehrer des Königs von Frankreich, zur Zeit ›entlaufen‹!« setzte sie mokant hinzu.

Der Legat begrüßte mich gar freundlich, ohne erkennen zu lassen, daß wir uns längst begegnet waren. »Endlich sehe ich dich von Angesicht zu Angesicht«, lachte er ohne Arg, »den meistgesuchten Franziskaner des Orients und Okzidents!« Er wandte sich augenzwinkernd an die Damen. »Dabei haben wir etliche gemeinsame Feinde – aber auch allerliebste Freundinnen, hervorragende Vertreterinnen des schönen Geschlechts!« Ich versuchte krampfhaft seine Elogen nicht entgleisen zu lassen. »Gersende, die Gute«, sprudelte er fort, »und dann Ingolinde –«

»Kinder«, fuhr die Gräfin dazwischen, »marsch ins Bett!« Sie gehorchten, nur daß Yeza noch schnell: »Und mich!« dazwischen krähte. »Mich habt Ihr vergessen, ich bin auch eine gute Hur!« Clarion sorgte dafür, daß sich die Tür schnellstens hinter der Göre schloß.

»Eure Weibergeschichten könnt Ihr vielleicht ein andermal austauschen!« zischte Laurence. »Von William sind wir ja Geschmacklosigkeiten gewohnt, aber Ihr, Lorenz, Ihr solltet Euch schämen! In Eurem Alter – und als *legatus Papae!*«

Zu meinem Vergnügen gab sich mein Bruder weder verschämt noch kleinlaut. »Daß Eros mir noch Gesellschaft leistet, ehrt mich, um so mehr, als mein Gelübde – gleich einem Engel mit dem Flammenschwert – ihn von mir fernhalten möchte. Ihr Widerstreit erhält mich jung!«

Laurence war brüsk ans Fenster getreten; die Anspielungen auf das Alter hatte sie selbst ins Spiel gebracht – das ärgerte sie am meisten. Unbeherrscht fuhr sie den Kapitän an: »Und in wessen Liebeslohn steht Ihr?«

Ehe der Pisaner, gekränkt in seiner Ehre, aufgebracht antworten konnte, warf sich Guiscard dazwischen, der bislang – wie Clarion – schweigend im Hintergrund das Schauspiel eher peinlich berührt hatte über sich ergehen lassen. Er kannte seine Herrin.

»Der Mann erhält seinen Lohn für die Passage des William von Roebruck von Pisa bis Otranto – Tarif für Schnellsegler in besonderer Mission!«

Die Gräfin schluckte. »Der Konnetabel soll ihm zahlen, was er verlangt«, bestimmte sie, »und für die Rückreise gleich dazu. Er wird sowohl den Herrn Legaten wie auch William nach Pisa mitnehmen. Von da aus sollen sie sehen, wie sie sich zum Papst – oder zum Teufel – scheren!«

»Ihr seid zu gütig, Gräfin, aber für beide Varianten ist der Kämmerer der Kurie zuständig, das kann sie sich leisten!« Während Lorenz von Orta grinsend über beide Backen in seiner Tasche nestelte, hatte sich der Pisaner, von Guiscard geleitet, schon mit einer knappen Verbeugung verabschiedet.

Lorenz zog drei verknotete Lederschnüre hervor, er hielt sie Laurence unter die Nase.

»Euer treuer Freund, der Kanzler Tarik, bat mich sie in Lucera abzugeben. Dazu komme ich nun nicht mehr. Auch sagt mir mein Gefühl, daß sie nichts Gutes verheißen: Eine ist wohl auf unseren Freund William gemünzt, den Crean de Bourivan gerade vergeblich im hohen Norden sucht – die zweite betrifft Euch, Gräfin – oder die Kinder? Nur bei der dritten bin ich mir nicht sicher –«

Laurence war bleich geworden, als sie die Schnüre sah, doch sie faßte sich schnell.

»Wißt Ihr denn nicht, Lorenz von Orta, daß eine Schnur immer dem Überbringer selbst vorbehalten ist. Das ist Assassinenregel – meist tödlich!« Sie weidete sich an dem Schreck meines Bruders, dessen zierlicher Lockenkranz leicht zitterte. »Doch da Ihr Euer Leben bis in die alten Tage hinein genossen habt, mag Euch der Eintritt ins Paradies ja nicht so schwer ankommen« – sie reichte ihre faltige Hand dem Legaten zum Kuß –, »falls der Engel mit dem Flammenschwert Euch nicht den Zugang verwehrt!«

Lorenz steckte die Schnüre unschlüssig wieder ein und verließ nachdenklich den Raum. Mich konnte nichts mehr erschüttern.

Warum sollte ich nicht mit diesem Lorenz zurückreisen, mich meinem König wieder andienen und die ganze Geschichte vergessen – wie einen Ausrutscher! Mein franziskanischer Mitbruder, gar im Rang eines Legaten, würde mir die Beichte für diese drei Jahre ›in Sünde‹ abnehmen, ich ein halbes Jahr – na ja, drei Monate – zur Buße ins Kloster gehen, und danach könnte ich meine Studien zu Paris wiederaufnehmen ...

»Was stehst du Unglücksrabe da noch rum?« riß mich die scharfe Stimme der Gräfin aus meinen Gedanken.

»Vitus von Viterbo, der Häscher der Kurie, weiß, daß die Kinder hier sind!« verteidigte ich meine ungewünschte Anwesenheit.

»Er brauchte sich ja nur an deine Elefantenferse zu heften!« höhnte Laurence unbeeindruckt. »Die Päpstlichen werden nicht wagen, Otranto –«

»Er ist der Teufel – er wird nicht rasten noch ruhen«, stammelte ich. »Er ist schon auf dem Wege –«

»Das sagt Ihr erst jetzt!?« fauchte die Herrin des Hauses mich an, nun doch aus der Fassung gebracht. »Seid Ihr Euch sicher?«

»Sicher wie ein Elefant!«

Laurence betrachtete mich nicht mit Wohlwollen, aber wenigstens nicht mehr wie eine lästige dicke Schmeißfliege. »Laßt uns allein«, sagte sie und wandte sich an Clarion.

»Bitte William, draußen zu warten«, forderte das Mädchen die Gräfin auf. »Und nicht wegzugehen!« setzte sie hinzu, quasi sich für Laurence entschuldigend.

So ernst hatte ich Clarion von Salentin nicht in Erinnerung – fast ein wenig zu resigniert für die Rolle, die ihr das Leben bislang zugeteilt. Sie mußte zwar die Zwanzig überschritten haben, aber war beileibe noch keine alte Jungfer! Ich lächelte ihr zu und verließ den Raum.

Da ich aufgefordert war, vor der Tür zu bleiben, konnte ich auch mit reinem Gewissen alles mit anhören.

»Ich habe Nachricht von Konstanz aus Foggia«, eröffnete die Gräfin. »Der Kaiser habe mir nicht die Aufzucht sämtlicher Bastarde anvertraut. Ob ich vorhätte, in Otranto einen Hort seines Blutes zu errichten – welchen Aufrührern gegen ihn, Friedrich, ich mich andienen wolle?«

»So kann mein kaiserlicher Vater nicht von mir gesprochen haben!«

»Da kennst du ihn schlecht. Er hat noch hinzugefügt, ob die Salentin so häßlich sei, daß sie keinen Mann findet – oder ob er dir einen suchen solle!«

»Um Gottes willen!« schauderte es Clarion. »Er ist ein Ungeheuer! Laß uns fliehen!«

So sehr ich als Lauscher vor der Tür auch den Eindruck hatte, die Gräfin habe die Botschaft des ›Roten Falken‹, die sicher verschlüsselt gewesen war und so nicht geklungen hatte, mit hörbarer Süffisanz an ihre Ziehtochter weitergereicht, so schien sie im folgenden doch betroffen.

»Wir sollten diese Möglichkeit ins Auge fassen«, sagte sie.

»– bevor der Staufer die Auslieferung der Kinder verlangt«, fiel ihr Clarion ins Wort.

»Und bevor dieser Vitus hier auftaucht. Nicht, daß ich die Päpstlichen fürchte – nicht zu Wasser, nicht zu Lande –, ich fürchte aber den Lärm und das Geschrei! Wenn Friedrich bislang sich nicht um uns gekümmert hat, dann wird er es jetzt – seine Nerven sind in Fetzen! Er wird eingreifen, um die Ursache zu beseitigen, deren ketzerische Seite ihm sowieso nicht paßt in seinem Bestreben, sich mit der Kirche zu versöhnen –«

»Er würde wahrscheinlich Elia schicken...«, dachte Clarion laut nach, und ich erschrak ob der höllischen Fähigkeiten des Vitus; mir war es so abwegig erschienen.

»Dem ich ahnungslos Tür und Tor öffnen würde«, fügte die Gräfin erbost hinzu. »Das könnte denen so passen! Aber ich denke nicht daran, Otranto aufzugeben – und nehmen sollen sie es mir erst einmal!«

Ich vor der Tür freute mich, ja, ich war stolz auf die Herrin von Otranto, daß sie die Intrigengespinste des Vitus so tapfer zerriß. Der Kaiser und die wenigen Getreuen, die ihm verblieben waren, hatten anderes zu tun, als sich gegenseitig zu zerfleischen! Jetzt ging es nur noch darum, der Gräfin auszureden, mich davonzujagen wie einen Hund. In Otranto war ich am besten aufgehoben und konnte mich auch nützlich machen, und die Kinder liebten mich!

Guiscard kam mit seinem Holzbein über den Marmorestrich gestockelt. Er führte einen Sarazenen mit sich, einen Kurier. Guiscards Gesicht war ernst, und er achtete nicht auf meine neugierig fragende Miene, sondern schob den Mann, ohne anzuklopfen, durch die Tür. Ich hörte alles.

»Im Namen des Kaisers«, sagte der Kurier, »entbietet Euch unser Kommandant Gruß und Ehrerbietung. Ein Regiment wird zu Eurer Verstärkung von Lucera hierherverlegt, und Ihr mögt Euch vorbereiten, das Heer des Elia aufzunehmen, das ebenfalls von Ancona abgezogen wird und bereits die Küste hinabsegelt.«

Es herrschte tödliches Schweigen im Raum. Dann sagte die Gräfin mit tonloser Stimme:

»Dankt dem Kommandanten für seine Hilfe und sagt ihm, er könne frei über Otranto verfügen – im Namen des Kaisers!«

Ich spürte durch die Tür, die sich jetzt öffnete und den Amalfitaner mit dem Kurier herausließ, die furchtbare Anstrengung von Laurence, an sich zu halten. Als die beiden weit genug den Korridor entlang waren, brach sie in schrilles Lachen aus, das das einsetzende Schluchzen von Clarion übertönte. »Im Namen des Kaisers!« höhnte sie. »Was Papst und Kurie nicht erreichten – und niemals erreicht hätten« – ihr Gelächter wurde höllisch, ich schlug das Kreuz –, »Friedrich schafft es!«

Stille trat ein.

»Also?« fragte Clarion kleinlaut.

»Also«, sagte die Gräfin ruhig, »auf nach Konstantinopel!« Sie riß die Tür auf, daß ich in den Raum taumelte. »Guiscard!« brüllte sie in den Flur und zu mir gewandt: »Du kommst mit uns!« Keine Frage, ein Befehl. Das war wieder die alte ›Äbtissin!‹

»William kümmert sich um die Kinder«, schlug Clarion vor.

»Um was denn sonst!« zischte die Gräfin und rauschte davon: »Guiscard!«

Ich machte mich auf zu den Räumen der Kinder. Also, William von Roebruk, dachte ich mir, *et quacumque viam dederit fortuna sequamur!* Das Studium, das fromme Klosterdasein konnten warten – das Leben! ›Konstantinopel!‹, und ich weckte die Zofen im Vorzimmer.

Yeza und Roç hockten aufrecht in ihren Betten. Sie hatten nicht geschlafen.

»Zieht euch an!« lachte ich. »Wir gehen auf große Fahrt!«
»Oh, William!« Jubelnd flog mir Yeza an den Hals.

»Ich wußte gleich«, erklärte mir Roç, der die Mithilfe seiner Zofe abwehrte, um in die Hosen zu steigen, »als du kamst –«

»Ich hab's als erste gesagt!« kreischte Yeza, ließ sich aber ihr Blondhaar in Zöpfchen flechten. »Wenn William kommt, dann passiert was!«

»Mit William ist es eben schön!« pflichtete ihr Roç bei. »Ich muß mein Schwert mitnehmen!«

»Ich habe auch ein Messer!« Yeza wühlte in ihrer Kiste und zog einen arabischen Krummdolch mit kostbar ziselierter Scheide heraus. »Es ist furchtbar scharf – und ein Geheimnis!«

Roç war konsterniert, tat ihr aber den Gefallen nicht, nach dem edlen, wenn auch leichtsinnigen Verehrer zu fragen, der einem kleinen Mädchen solch eine Waffe geschenkt hatte.

»Nimm lieber deine Puppen mit!« sagte er schroff und warf seinen Holzdegen in die Ecke. »Wenn ich Ritter bin, dann hab' ich ein richtiges Schwert!«

»Vorher bekommst du von mir Pfeil und Bogen«, fühlte ich mich genötigt, den Jungen aufzurichten, zumal Yeza nun auch erklärte, die Zeit des Puppenspielens sei jetzt vorüber, und sie stopfte sie in ihr Bett, küßte jede einzelne und würdigte sie danach keines Blickes mehr. Sie streifte ihren Rock hoch und band sich den Dolch um die Hüfte, so daß keiner ihn sehen konnte.

»Guiscard, der Amalfitaner«, sagte ich zu Roç, der immer noch unschlüssig dastand und nun auch nichts mehr mitnehmen wollte, »ist ein toller Schütze, der wird dein Lehrer!«

»Versprochen?« sagte Roç und hielt mir seine Hand hin. In seinen Augenwinkeln glänzte es verräterisch.

»Mein Ehrenwort«, erwiderte ich und schob ihn aus dem Zimmer, während die Zofen die Kleidung der Kinder in eine Seekiste packten.

Yeza war uns schon vorausgehüpft. Trotz tiefer Nacht – es waren schon die frühen Stunden –, summte das Kastell wie ein Bienenstock, wimmelte wie ein Ameisenhaufen, in den der achtlose

Wandersmann – war ich das? – seinen Stock gestoßen. Überall hasteten Bedienstete, wurden Truhen und Ballen geschleppt und gezerrt.

Ich begab mich mit den beiden Kindern hinunter zum Hafenbecken der Triëre. Dem Amalfitaner war das Kommando übertragen worden. Dem bisherigen Kapitän, ein französischer Normanne, der ihr volles Vertrauen besaß, hatte Laurence für die Zeit ihrer Abwesenheit den Oberbefehl über das Kastell übergeben.

Guiscard stand mit seinem Holzbein breitbeinig auf dem Bug des Schiffes und beaufsichtigte das Schleifen der Zähne des Rammdorns. Ich bugsierte Yeza und Roç an Bord mit der milden Aufforderung, der Mannschaft beim Laden nicht störend zwischen den Beinen herumzulaufen. Da Roç darauf bestand, sogleich seinen Bogen und einen Köcher mit Pfeilen zu bekommen, machte ich mich auf die Suche.

Vor der Mole lag noch der Pisaner, und sein Kapitän stand mit Lorenz von Orta unterm Steven unserer Triëre. Er hatte den dringenden Wunsch des Jungen mitbekommen und winkte einen seiner Leute zu sich, der sofort ins Wasser sprang und zum Schnellsegler hinüberschwamm.

»Wir warten noch ab«, erläuterte mir Lorenz, »zu zweit können wir es mit jeder päpstlichen Flotte aufnehmen, zumal ihr Flaggschiff, die schnelle ›Laus Santae Virgini‹«, lachte er, »ja wohl flügellahm in Ostia bleiben muß!«

»Capoccios liebste Jungfer haben wir ordentlich angebufft!« griente der pisanische Kapitän. »Wir geben Euch Geleit bis zur Meerenge von Messina, von dort gelangt Ihr ungeschoren bis nach Palermo.«

Ich sagte nichts. Es war wohl die Parole ausgegeben worden, wir führen zum Kaiser nach Sizilien. Von Konstantinopel wußte wohl nur ich, außer den beiden Damen, die jetzt die Stufen hinabschritten, als die letzten Proviantfässer, Säcke und Kisten geladen, alle Soldaten und Ruderer an Bord waren.

Die oberste Reihe hob salutierend die geschliffenen Lanzenruder – sie blinkten matt im rotvioletten Licht der gerade aufgehenden Sonne. Dorthin – in den fernen, geheimnisvollen Orient – geht nun deine Reise, William! Weiter eng verbunden, ja gefesselt an das Schicksal dieser fliehenden Kinder, die neben Guiscard am Bug standen. Yeza hielt sich an seinem Holzbein fest.

Die Gräfin, gefolgt von Clarion, betrat das Schiff. Sie wollte gerade das Zeichen zur Abfahrt geben, da tauchte ein pisanischer Matrose aus dem Wasser auf. In seinen Zähnen hielt er einen ziemlich kleinen, merkwürdig runden Bogen, der in sich noch mal gekrümmt war, dazu einen flachen Lederköcher voll gefiederter Pfeile.

Der pisanische Kapitän reichte beides zu Roç hinauf. »Es ist eine Tatarenwaffe, ganz leicht, weil sie vom reitenden Pferd aus abgeschossen wird – Freund Guiscard wird es dich lehren, junger Ritter!«

Ich dankte ihm überschwenglich für das kluge Geschenk und umarmte Lorenz.

»Wir hätten uns so viel zu erzählen, Bruder William«, lächelte er, »unsere Wege sollten sich noch öfter kreuzen!«

»Das hoffe ich auch, Lorenz«, sagte ich, »ich bin froh – außer mir noch einen Minoriten zu kennen, der das Leben liebt! Bete für mich!«

»William!« mahnte mich die herrische Stimme der Gräfin, und ich kletterte als letzter an Deck.

Mit vorsichtigem Ruderschlag legten wir ab. Auch der Pisaner hatte die Anker gelichtet.

»Fahrt Ihr voraus!« rief ihnen mit quergestellten Rudern der Amalfitaner zu. »Wir folgen Euch mit Abstand!«

Alsbald blähte sich das Tuch des Schnellseglers, überholte uns wie eine Möwe den Wasserläufer – ich winkte mit den Kindern hinüber zu Lorenz. Kaum war der Pisaner um das Cap von Leuca verschwunden, schlug Guiscard das Ruder ein und wir glitten über das morgendliche Meer der Sonne entgegen gen Osten.

Eine Schnur im Wasser
Ionisches Meer, Frühjahr 1247

Die päpstlichen Segler hatten alles Tuch gesetzt und waren auch zügig vorangekommen, doch bei dem Versuch, den Golf von Tarent – ein stauferisches Gewässer *per se* – in weitem Bogen zu umgehen, gerieten sie in eine Flaute, und noch vor dem Kap der Heiligen Maria von Lëuca mußten sie bei Ausentum wieder zu den Rudern greifen.

Ein Stöhnen ging durch die Reihe der Bänke, in denen die Füße der Sklaven angekettet waren. Das Peitschenknallen des Rudermeisters war die unausweichliche Antwort.

»Ich werde jetzt den Standort wechseln«, sagte der päpstliche Legat, der sich zu dem in Eisen gelegten Vitus begeben hatte, »sonst bekomm' ich noch eins über den Allerwertesten!« Er erhob sich.

»Ihr könnt mich hier nicht länger gefesselt lassen, Fra' Ascelin!« keuchte Vitus wütend. »Bevor wir Otranto erreichen, muß ich frei und Herr des Geschehens sein! Ihr wißt, worum es geht!«

»Das gefällt mir«, polterte der aufmerksame Rudermeister, der wohl abwarten wollte, bis der Herr Legat seinen schützenden Rücken von dem aufsässigen Sträfling abgezogen hatte. »Nicht nur Freiheit!« höhnte er. »Nein! Auch das Schiff! Ist das nicht Meuterei?« Er knallte noch einmal, bedrohlich näher kommend.

»Laßt es gut sein!« verwandte sich der Legat für das auserkorene Opfer und zwinkerte dem Peiniger zu. »Vitus ist ein reuiger Sünder, seine Strafe vermag nur Gott gerecht zu bemessen!« Damit schritt er eilig von dannen, während die Ruderer sich unter dem rhythmischen Knallen der Peitsche ins Zeug legten.

Fra' Ascelin drehte sich nicht mehr um, so konnte Vitus da unten in den Bänken nicht das befriedigte Lächeln erahnen, das seinen Ordensbruder im Rang eines päpstlichen Legaten bei jedem Schlag um die Mundwinkel zuckte, den der Galeerensträfling empfing. *Canes Domini*, Hunde eines gemeinsamen Herren, das mußte noch lange nicht heißen, daß sie sich liebten wie Brüder!

Und Vitus von Viterbo zu lieben war wohl auch für den frömmsten Christen zuviel verlangt!

Ascelin begab sich zum Kapitän des Schiffes, einem Genuesen, den die Kurie für diese Mission angeheuert hatte, wie auch das zweite Boot, das ihnen im dichten Abstand folgte, ein genuesisches war. Sie fuhren aus begreiflichen Gründen, ohne die Flaggen der Republik oder des Kirchenstaates zu zeigen.

»Euer Lieblingsruderer will mit Euch reden«, sagte er leise; er wußte, wie schlecht der Kapitän auf Vitus zu sprechen war. Wenn er, Ascelin, es auch auf seine Schultern genommen hatte, war dem Mann doch klar, wem man die Hetzfahrt hier in den Süden Apuliens, die ganze Nacht hindurch, zu verdanken hatte.

»Hat er immer noch nicht genug Prügel eingesteckt?« höhnte der geplagte Genuese und folgte widerwillig seinem hohen Gast, der sich eine Antwort ersparte. Man konnte nie wissen, wie sich die Dinge entwickelten; Vitus war das beste Beispiel für Aufstieg, Hochmut, Leichtsinn und Fall. Ihm, Ascelin, sollte dergleichen nicht passieren, er hielt sich bedeckt – nach allen Seiten! Deswegen auch das ›offizielle‹ Gespräch zwischen Häftling und Kommandanten.

»Gleich erreichen wir Otranto!« Vitus bemühte sich rudernd seine Beherrschung zu wahren. »Laßt mich frei – auf Ehrenwort!«

»Nein«, sagte der Kapitän, »und wir nehmen einen weiteren Umweg auch nicht auf uns –«

»Der Herr Legat kann es Euch befehlen!« Vitus keuchte vor Wut.

»Mein Befehl lautet, den Herrn Legaten nach Syrien zu bringen, damit er von dort aus auf dem Landweg nach Täbriz zu den Mongolen reist – und Euch, Vitus von Viterbo weder auf der Hin- noch auf der Rückfahrt, auch in keinem Hafen und unter keinen Umständen, freizulassen.«

»Dann bringt mich in Ketten nach Otranto!« änderte Vitus seine Taktik

»Wozu?« entgegnete der Genuese überlegen. »Erstens ist die Triëre schon längst auf und davon – wäre sie es nicht, würde sich auch nicht viel ändern. Das Kastell ist schon wegen seiner weitreichenden Katapulte unangreifbar!«

Vitus gab immer noch nicht auf. »Wir könnten auf dem Meer auf sie warten, – oder fürchtet Ihr die ›Triëre des Admirals‹?«

Der Kapitän ließ sich auch durch diesen Hohn nicht provozieren. »Worauf sollen wir warten? Kommen wir der Küste zu nahe, erkennen sie uns – bleiben wir zu weit auf See, können sie uns jede Nacht entkommen!«

»Schiff in Sicht!« rief die Knabenstimme des Ausgucks. Um das Kap bog ein Schnellsegler; er hielt mutig auf die beiden Schiffe zu und hißte gleichzeitig die Fahne.

»Ein Pisaner!« Der genuesische Kapitän sprühte vor Angriffslust. »Setzt Segel und zeigt Farbe!« brüllte er. »Was der kann, vermögen wir auch!«

So stieg das Banner Genuas zusammen mit den Schlüsseln des Patimonium Petri empor, zum Zeichen, daß ein Legat an Bord war. Doch der Pisaner antwortete mit Gleichem.

»Unverschämter!« wetterte der Kapitän. »Diesen Trug sollst du mir büßen!«, und die beiden Genuesen beeilten sich, den Entgegenkommenden in die Zange zu nehmen. »Wenn du keinen Pfaff mit Brief und Siegel unseres Herren Papstes vorweisen kannst, dann schicken wir dich den Fischen Petri zum Fraß!« schwor er dem Pisaner, der furchtlos auf die Päpstlichen zuhielt.

Ascelin nickte einvernehmlich; der trügerische Gebrauch der päpstlichen Insignien war zu strafen, und woher sollte wohl ein *legatus Papae* seinen Fuß auf die Planken eines kaiserlichen Schiffes setzen! So rauschten sie einander entgegen.

»Soll ich ausweichen?« fragte der pisanische Kapitän den neben ihm stehenden Lorenz von Orta. »Sie sind zu schwerfällig und zu langsam, um uns zu folgen!«

»Nein«, sagte der Franziskaner. »Wir müssen sie ein klein wenig aufhalten, bis die Triëre gewißlich außer Sichtweite ist!« Ganz wohl war es Lorenz aber nicht zumute.

»Wenn sie uns beidseitig entern, haben wir keine Chancen

mehr!« beschwor ihn der Kapitän. »Laßt uns ihnen ein Schnippchen schlagen!«

Er riß das Steuer herum; das Schiff bäumte sich auf – einen Moment konnte man meinen, es wolle die Flucht ergreifen. Die Genuesen gingen deshalb beide voll in die Ruder, doch der Pisaner wendete blitzschnell in den Wind und schoß direkt auf das Flaggschiff der Genuesen zu.

»Ruder hoch«, brüllte der genuesische Kapitän, doch auf dem Schwesterschiff waren sie zu langsam. Der Pisaner glitt in voller Fahrt zwischen ihnen hindurch, und das Brechen von vielen Ruderblättern war deutlich zu hören. Die hilflosen Stümpfe sprachen ein beredtes Bild, als der Genuese Fluch und Blick hinüberwarf. Der Pisaner war entkommen!

»Nun könnt Ihr in Ruhe mit Eurem Kollegen sprechen!« lachte der pisanische Kapitän, beschrieb einen eleganten Bogen und kurvte auf der seezugewandten Seite zurück zum genuesischen Flaggschiff, bis sie auf Rufweite längseits waren.

Obgleich er nun Vertrauen in die Künste des Pisaners hatte, fürchtete Lorenz immer noch, der übermächtige Feind könnte sie entern und Hand an ihn legen. Verstohlen ließ er die verräterischen Lederschnüre der Assassinen über Bord fallen, als sie sich dem Genuesen näherten.

»Der Legat unseres Heiligen Vaters Lorenz von Orta«, ließ sich der Kapitän nicht nehmen hinüberzurufen, »auf der Heimreise aus dem Heiligen Land nach Lyon!« Und Ascelin, der neben den zähneknirschenden Genuesen getreten war, erkannte die kleine Gestalt des unbotmäßigen Franziskaners wieder, der ihm schon im Castel Sant' Angelo durch seine verschmitzte Frechheit aufgefallen war. Ihm war auch nicht entgangen, daß Lorenz etwas ins Wasser geworfen hatte.

Fra' Ascelin war ein guter Verlierer. Er trat an die Reling, und während er unauffällig eine von den Wellen herübergeschwemmte Schnur aus dem Wasser fischte, rief er: »Gute Heimreise wünschen Anselm von Longjumeau und Vitus von Viterbo, beide *Ordinis Praedicatorum*, beide im Auftrag des Heiligen Vaters auf dem Weg *in Terram Sanctam!*«

Sie winkten sich zu, und bald war der Pisaner gen Kalabrien entschwunden, während der Genuese Kurs Süden nahm.

Ascelin stieg hinab zu den Ruderbänken und warf Vitus die Knotenbotschaft der Assassinen zu. »Einen schönen Gruß sollt ich Euch von Lorenz von Orta ausrichten, es war dem Künstler aus Zeitmangel nicht vergönnt, Euch in neuer Umgebung zu portraitieren!«

»Ihr hättet ihn ertränken sollen!« knurrte Vitus, ohne aufzublicken. »Wäre ich ohne Ketten, ich hätt' ihn mit eigenen Händen erwürgt!«

»Deswegen rudert Ihr ja auch«, lächelte Ascelin, »damit Ihr Eure Hände nicht mit dem Blut von Legaten befleckt! Wenn Ihr wollt, Vitus, so werd' ich jetzt mit Euch beten!«

»Ach, geht zum Teufel!« bellte Vitus in ohnmächtiger Wut. »Wie konnte ich nur glauben, ein Bruder gleichen Ordens und Legat dazu würde sich nicht gegen diese aufgeblasenen Genuesen, diese seemännischen Tagelöhner, durchsetzen! Kein Fischer auf den Seen um Viterbo hätte sich so dumm Ruder und Manöver aus der Hand fahren lassen wie diese Hilfsmatrosen der Seerepublik!«

Vitus hatte sich so in Rage geredet, daß er nicht wahrnahm, wie hinter seinem Rücken Kapitän und Rudermeister Aufstellung genommen hatten. Ascelin faltete die Hände und ging laut vor sich hinbetend ab. Das sofort einsetzende Klatschen der Peitsche übertönte sein »*Ave Maria, gratia plena ...!*«

X
CHRYSOKERAS

Die Äbtissin
Ionisches Meer, Frühjahr 1247 (Chronik)

Die Triëre glitt der Sonne entgegen. Die leuchtende Scheibe stieg blendend empor, die leicht gekräuselte See vor unseren zugekniffenen Augen in einen Teppich aus purem Gold verwandelnd, der uns einladend entgegenrollte. *Ex oriente lux!*

Doch hart nach Süden schlug jetzt Guiscard das Steuer, kaum daß alle Segel gesetzt waren. Die Kinder hatten sich zu dem Amalfitaner gesellt, Clarion sich schlafen gelegt, und ich strich die Reihen der Ruderer entlang, die ihre Hölzer längs den Planken eingelegt hatten und sich von dem verbissen-schweigsamen Sturmritt aus dem schützenden Otranto bis hierher mitten ins *Mare Ionicum* nun mit lauten, derben Zurufen erholten. Sie streckten ihre Glieder, schöpften schnaufend in ihren stickigen Verschlägen den Atem der frischen Brise, die ihren Schweiß jetzt bis zum Steg hinauf wehte. Die meisten jedoch blieben gekrümmt; die Köpfe gebeugt, hüllten sie sich in Decken, die man ihnen von oben zuwarf.

Nur die oberste Reihe, ihre sensenbewehrten Lanzenruder im Stakett aufgestellt, überblickte während der Fahrt das Meer, konnte dem Feind auf gegnerischem Schiff ins Auge sehen. Diese Männer riskierten als erste ihre Haut, wenn sie im Hagel der Pfeile ihre furchterregenden Klingen führten. Es waren verwegene Gestalten, die sich ihrer herausgehobenen Stellung bewußt waren – gegenüber dem gemeinen Fischerpack im Frondienst des Unterdecks. Die *lancelotti* waren der Stolz der Herrin von Otranto; sie kannte jeden bei Namen. Es waren meist Normannen, und manch einer war ritterlichen Geblüts. Sie standen im guten Sold der Gräfin und waren an Prisen und Beute beteiligt, genau wie die schwäbischen Katapulteure, die katalanischen Armbrustiers und die griechischen Bootsmänner, wahre Meister unter dem Segel. Dazu kamen die wilden *moriskos*, in deren Adern maurisches Blut rollte, die im Entern zum Kampf Mann gegen Mann ausgebildet waren.

Alles in allem verfügte Laurence mit ihrer vollbemannten Triëre über mehr denn zweihundert wehrkräftige Arme und das Holzbein ihres Kapitäns. Der Stumpen trug Guiscard mehr Respekt ein als alle Narben, und die Mannschaft verehrte es wie eine Reliquie – am liebsten hätte sie den Bocksfuß vorn an den Rammdorn genagelt oder wie die Flagge von Otranto hoch oben am Hauptmast gehißt.

Der Gefechtsstand am Heck trug die schießschartenbewehrte *cabana* der Gräfin, durch ein baldachinartiges Zelttuch zur überdeckten Terrasse erweitert, wenn gerade kein Feind zu erwarten war. Die Bootsmänner zurrten gerade noch die Seile fest, legten den Boden mit Teppichen aus, und Laurence lagerte sich auf ihren bereitgestellten Diwan. Sie winkte mich zu sich.

»William«, sagte sie matt mit seltenem Sanftmut, »setz dich zu mir!« Die Aufregungen der letzten Tage hatten sie doch mehr mitgenommen, als sie sich zugeben mochte – immerhin war sie nicht mehr ganz die Jüngste. »Du gehörst ja fast schon zur Familie. Die Kinder lieben dich – übrigens, was treiben sie?«

Ich schaute hinüber zum Bug, was ihr ihre zunehmende Kurzsichtigkeit nicht mehr vergönnte. Yeza war am Vormast angebunden und diente Roç als Zielscheibe. Zu meiner Beruhigung sah ich, daß Guiscard ihm beibrachte, den Bogen richtig zu halten.

»Sie spielen mit dem Amalfitaner«, antwortete ich leichthin, obgleich mir der Atem stehenblieb, als ich den Pfeil fliegen und unter Yezas Achselhöhle zitternd im Holz steckenbleiben sah. »Sie lassen sich das Manövrieren eines Schiffes erklären«, log ich mit unbeteiligter Stimme.

»Die Triëre ist kein Schiff wie die anderen«, sagte versonnen Laurence, »sie ist ein Tier, ein Fabelwesen aus einer anderen Welt. Als ich sie zum erstenmal auf mich zurasen sah, dachte ich, der gischtige Schlund der Hölle habe sich mitten auf dem Meere aufgetan, um mich und meinen Kahn zu verschlingen, zu zermalmen. Ich war vogelfrei, hatte Aufbringung und kurzen Prozeß zu gewärtigen und hatte mich nichtsdestotrotz zu weit die Adria hinaufgewagt, um meinen Halbbruder zu bergen, worum mich Freund

Turnbull gebeten hatte. Er kam nicht; die Päpstlichen hatten meinen törichten dicken Bischof umgebracht, bevor er sich zur Küste aufraffte. Ich wartete, kreuzend, zu lange – so schoß die Muräne aus ihrem Felsenloch, wohlfeile Beute witternd – in des Wortes wahrster Bedeutung, denn ich hatte nur übles Korsarenpack an Bord und vor allem – Mädchen!«

»Wie – Ihr handeltet mit Mädchen?«

»Nein, mit Männern!« Laurence lächelte grimmig. »Ich war keine unbekannte Piratin, für Geld jedermann zu Diensten. Daher in kaiserlicher Reichsacht und vom Grauen Kardinal als falsche Äbtissin und Ketzerin auf die geheime Liste der Inquisition gesetzt, was schlimmer ist als jede Exkommunikation. Und jetzt war ich in den Fängen von Friedrichs Admiral, Enrico Pescatore, denn die Triëre war sein Flaggschiff. Ich sah uns schon, mich an der Spitze, in die Rahen meines armseligen Seglers gehenkt. Ich verbot jedwelche Gegenwehr, in der absurden Hoffnung, wenigstens die Hälse meiner Mädchen vor der Schlinge retten zu können. Der Admiral, ein alter Haudegen und für seine Rigorosität berüchtigt, kam an Bord, schritt mit blanker Waffe auf mich zu – und stürzte wie vom Donnerwetter gerührt zu Boden. Er kniete vor mir und bat um meine Hand...«

Die Gräfin war bei ihrer Erzählung in Fahrt gekommen, Funken sprühten in ihren grauen Augen; das war wohl die alte Laurence, von deren männerbetörenden Reizen und Grausamkeit man mir gemunkelt hatte.

»Nun – wie du schon gehört haben wirst, wenn's auch nicht für eines Minoriten Ohren bestimmt sein mag« – sie lächelte mir maliziös zu, sich an meiner Verlegenheit weidend – »mach' ich mir ja nichts aus Männern.« Ich nickte ergeben, damit sie fortfahren konnte. »Angesichts des erhöhten Ausblicks vom Mast aufs Meer samt einem Strick als Halsgeschmeide währte mein Zögern nur die gebührliche Länge. Doch kaum meines Sieges sicher, ritt mich der Teufel: Ich bedang mir aus, noch vor der festlichen Trauung meine persönlichen Angelegenheiten ordnen zu dürfen. Ich versprach Enrico feierlich die Ehe, beschwor bei allen Heiligen, daß ich in zwei Monden in Otranto zu ihrem Vollzug eintreffen würde. – eine Vorstellung, vor der mir so grauste, daß ich fast ohnmächtig wurde; dabei war der Admiral zwar schon an die Siebzig, aber noch rüstig. Er ließ mich meine verlogenen Beteuerungen – in wohlgesetzten Worten, wie es einer Dame ziemt – seelenruhig beenden, um mir dann herauszugeben: ›Ihr seid keine Heilige‹, so weidete er sich an meiner Pein. ›Schwört mir bei Eurer *fica*, dem goldenen Vlies, das angeblich noch kein Mann besessen‹ – einige seiner Soldaten lachten laut, doch sein Blick brachte sie zum Schweigen –, ›daß Ihr in genau sieben Wochen – von heute an – zu Otranto in meinem Bette liegt!‹

›Ich schwöre bei meiner Möse, meinen Titten, meinem Arsch‹, sagte ich laut, und keiner lachte mehr, ›daß ich dann dort die Beine breitmachen werde, wie mein Gebieter es befiehlt!‹«

Sie erwartete wohl, daß ich einen roten Kopf bekam ob dieses Ausbruchs ins Vulgäre, und das aus gräflichem Munde, denn Laurence lachte mir schamlos ins Gesicht.

»Die heilige Clara – ich hatte das Privileg, diese Betschwester deines Francesco kennenzulernen – hätte sicher andere Worte gefunden. Mir lag der Strick um den Hals – und weißt du, William, wie schwer dann plötzlich dein Hintern wird? Drauf geschissen!«

Ich schlug die Augen nieder.

»Enrico ließ sich von meiner ehrlichen Absicht überzeugen. Wir hatten uns verstanden, meinte er wohl. Er küßte mir galant die Hand. Später erfuhr ich, daß er die Lacher unter seinen Leuten gleich danach aufknüpfen ließ. Mir streifte er einen kostbaren Ring über, ein Familienerbstück der Pescatore, das ich heute noch in Ehren halte – sieh her!«

Sie hob ihre faltige Hand und ließ den schweren Schmuck in der Sonne aufblitzen: ein von Saphiren eingefaßter länglicher Aquamarin, wie ich ihn in solcher Größe und Reinheit noch nie gesehen. Ich bestaunte ihn ehrfürchtig und ausgiebig, schließlich muß man sich ja die Zuhörerschaft extravaganter *curricula* irgendwie verdienen, doch ausgerechnet jetzt wurde nach mir gerufen, und zwar aufgeregt und heftig. Ich sprang auf.

»Was ist?« fragte unwillig Laurence, in ihren fernen Erinnerungen versunken.

»Man ruft mich zum Essen!« stammelte ich mit gespielter Scham; denn mir schwante, daß etwas mit den Kindern war.

»Ich erwarte Euch zurück«, sagte sie huldvoll, »sobald Ihr Euer schwaches Fleisch gestärkt habt.«

Sie dachte wohl an den Degen in der Hose des ›rüstigen‹ Admirals, der ihr nun statt des Stricks gewiß gewesen. Und ich eilte durch die Rudergänge der Triëre hinüber zum Steven, wo sich einige Matrosen und die aufgeregten Zofen um Roç kümmerten, der auf den Planken lag und aus einer leichten Halswunde blutete.

Yeza, ihren Dolch noch in der Hand, kniete bei ihm und bemühte sich, das quellende Blut aus der Wunde zu saugen. Sie tat es mit Sachkenntnis und einer wilden Verzweiflung, ihr Mund war blutverschmiert, und sie flüsterte: »Oh, Roç! Roç! Wenn du stirbst, gebe ich mir den Tod!«

Da tauchte Guiscard wieder auf, der einen ganzen Stab ineinandergesteckter Dolche anschleppte, dazu ein Säckchen mit Kräutern.

»Er wird nicht sterben«, beruhigte er das kleine Mädchen und reichte ihr ein Stück trockenes Moos. »Preß das auf die Wunde, bete ein Ave Maria, und –«

»Kenn' ich nicht«, entgegnete Yeza, die schon wieder Oberhand hatte, aber sie tat den Samariterdienst, wie ihr geheißen.

»Dann sing ein Wiegenlied!« lenkte der Amalfitaner ein, doch jetzt wurde der blasse Roç wieder munter.

»Ich bin kein Säugling«, murrte er, »ich brauch' keine Amme!«

Er schob ihre Hand weg und preßte selbst das Gewächs auf die Schnittwunde, richtete sich auf und stellte sich leicht wankend wieder an den Mast, wo wohl das Unglück passiert war. »Zeig ihr, wie man werfen muß!«

Der Amalfitaner nahm Yezas Dolch und wog das Heft in seiner Hand. Dann, mit einer blitzschnellen Bewegung, die keiner hatte kommen sehen, schleuderte er die Waffe direkt über Roç' Kopf in das Holz, kaum daß einem Blatt Platz über seinem Haar blieb.

»Dies sind Wurfdolche, wie sie die Assassinen benutzen«, erläuterte er den Kindern. »Deswegen wiegen die Griffe so schwer und sind die Klingen relativ kurz. Sieben Fingerbreit reichen für jedes Herz!« scherzte der alte Haudegen. »Du mußt sie an der Schneide packen«, wandte er sich an Yeza, »und aus der gleichen Bewegung heraus auch schon fliegen lassen ...«

Ein weiteres Messer sauste neben Roç' Ohr, so dicht, daß er die Kühle des Stahls fühlen konnte.

»Am besten, du trägst ihn hinter der Schulter in der Kapuze oder im Haar verborgen. Da kommt keiner drauf, und dein Griff nach ihm ist völlig unverfänglich.«

Als ob er sich am Kopf kratzen wollte, hatte Guiscard ein drittes Messer aus seinem Kragen gezogen, und schon steckte es zitternd auf der anderen Seite des Jungen im Mast.

»Jetzt will ich!« schrie Yeza, balancierte ihren Dolch, die Spitze nach vorn, auf ihrem blonden Lockenkopf, alle waren still geworden. Sie griff mit geschlossenen Augen langsam nach der Spitze und schleuderte wütend mit der ganzen Kraft ihres kleinen Körpers die Waffe Richtung Mast. Sie stak genau da, wo Roç' Herz sich befunden hätte, wenn er sich nicht – in letzter Sekunde – auf einen Wink Guiscards hin hätte hinabrutschen lassen.

»Mädchen und Messer!« seufzte er, die Augen verdrehend, während Yeza mit Tränen des Zorns kämpfte.

»Ich kann auch mit geschlossenen Augen zielen!« erklärte Roç und nahm Bogen und Köcher wieder auf, was mich nötigte, nun einzugreifen.

»Wie wär's«, sagte ich lächelnd, »ihr würdet erst mal ohne lebende Scheibe treffen lernen?«

»Falsch«, knurrte Guiscard, »Ziel muß leben!« Er zog eine Goldmünze aus der Tasche und schlug sie mit bloßer Faust in das Holz, daß sie haften blieb. »Wer sie zuerst trifft, ohne daß sie herunterfällt! – der darf sie behalten.« Die Kinder juchzten und nahmen wieder Aufstellung. Ich kehrte zu Laurence zurück.

Sie war eingeschlafen, deuchte mich. Doch als ich mich wieder auf Zehenspitzen entfernen wollte, schlug sie die Augen auf.

»William«, eröffnete sie mir mit Bestimmtheit, »ich ernenne dich zum ersten Schiffskaplan auf diesen Planken. Mir ist nach einer wohligen Beichte zumute!«

Ich hockte mich zu ihren Füßen, um ganz Ohr zu sein. »Nein«, verwies sie mich, »ich will knien, und du setzt dich hierhin.« Und so geschah es auch, sie war die Herrin.

»Ich durfte mein Schiff behalten«, fuhr sie fort, »und meiner Mannschaft wurde kein Haar gekrümmt, wenngleich die Soldaten des Admirals gar sehr nach meinen Mädchen gierten. Ich segelte unbehelligt von dannen und machte mir eigentlich erst jetzt Gedanken, wie ich mit meinem geschenkten Leben und der eingegangenen Eheverpflichtung – denn mein Wort hatte ich gegeben – umgehen wollte –«

»Ein Priester hätte Euch von diesem Verlöbnis –«, warf ich ein, doch sie fuhr mir über den Mund:

»Laß deine bigotte Kirche aus dem Spiel, William! Der Pakt zwischen Enrico und mir hatte nicht nach ihrem Segen gefragt, noch bedurfte er ihrer Lösung – die konnte nur in der Hölle vollzogen werden.«

Ich bekreuzigte mich schnell, was sie geflissentlich übersah.

»Zwischen Teufeln und Räubern gibt es genügend Ehr'! Ich nahm Kurs auf Konstantinopel. Meinen Mädchen war nicht wohl bei dem Gedanken ...«

Laurence schaute versonnen übers Meer, schließlich fuhren wir wieder gen jenes Byzanz ihrer Erinnerungen.

»Wir hatten die Stadt, das Bordell am Hafen, das unser Haushalt war – es ist über zwanzig Jahre her, doch damals waren gerade erst fünf verstrichen – unter widrigen Umständen überstürzt verlassen müssen. Einige hatten inzwischen, obgleich sie bei mir blieben, geheiratet und Kinder bekommen und wollten nicht mehr mit ihrer Vergangenheit konfrontiert werden – oder ihnen steckte noch schlicht die Angst in den Knochen; denn gestäupt und gebrandmarkt wird man ungern zweimal. Ich sagte: ›Kinder, schöner seid ihr nicht geworden; für den Sklavenmarkt seid ihr zu alt, keiner wird euch erkennen, vor allem wenn ihr wieder eure alte Nonnentracht aus den Kisten holt, nicht flucht und spuckt und es nicht auf offenem Deck wie Huren treibt!‹ Und so legten wir an den Landungsbrücken bei der Einfahrt zum Goldenen Horn an.

Ich begab mich sogleich zu einem alten Bekannten, Olim, dem Oberhenker, der oft in brenzligen Situationen seine Hand – gegen Überlassung von ein paar hübschen Knaben, versteht sich – über uns gehalten hatte oder, wenn es sich nicht vermeiden ließ, sein Brandeisen nur kurz ansetzte, an Stellen, die nicht jedem gleich ins Auge fielen. Ich ließ mich von Olim durch das Gefängnis führen – ohne recht zu wissen, wonach ich Ausschau hielt.

Dann sah ich den jungen Mann; er gefiel mir auf Anhieb, weil er anders war als die anderen. Ein Fremder mit fernöstlichem Gesichtsschnitt, hoher Stirn und mandelförmigen Augen, die mich verträumt, doch ohne Trauer ansahen; er lächelte ob meiner Neugier.

Ich fragte Olim, den Henker, was er über ihn wisse, und erfuhr als erstes, daß er ihn morgen früh köpfen müsse. Er sei wohl ein Heide, aus dem fernsten Osten, wo hinter der Eisernen Pforte, sogar noch weiter als der Fluß Ganges, seltsame Völker hausten, die sich ›Tataren‹ nennen und auf das Kommando eines gewissen Priester Johannes hörten, von dem es hieße, er wäre Christ ... Jedenfalls sei der Jüngling als Spion verurteilt, obgleich der Hinrichtungsgrund wohl eher der sei, daß keiner seine Sprache richtig verstünde. Für ihn sei der Fremde ein Prinz; er habe so edle Züge und auch sein Betragen sei von nobler Freundlichkeit – wenn auch völlig uninteressiert an seinem Schicksal, das er ihm behutsam versucht habe klarzumachen.

Ich zahlte Olim einige Goldstücke dafür, daß er mich diese Nacht mit dem Gefangenen allein ließe, und man führte mich zurück zu dessen Zelle. – William«, wandte sich Laurence besorgt-spöttisch an mich, immer noch zu meinen Füßen kniend, »sitzt Ihr bequem? Ertragt Ihr, was nun folgt?«

»Eure Beichte foltert meine Seele«, gab ich zu, »doch bitt' ich Euch, hohe Herrin, nicht abzulassen!« Ich schuldete ihr diese Freimut, und ich mochte mich nun auch nicht schämen ob solcher Kühnheit, doch schloß ich die Lider; grausame Lust, ins Auge sehen wollt' ich ihr nicht.

»Hinter mir fiel die Gittertür ins Schloß, und ich vergaß die Welt, die Umgebung des Kerkers, die anderen Gefangenen hinter den Eisenstangen. An meiner Absicht ließ ich keinen Zweifel. Ich trat vor den Jüngling, der sich bei meinem Eintreten erhoben hatte, kniete nieder – schmiegte mich an seine Lenden, ergriff seine Hand, deren Fläche ich küssend leckte, bevor ich seinen Gürtel löste und ihm sein ledernes Beinkleid abstreifte. Er zog mich zu sich empor und schaute mir in die Augen, doch seine Arme beugten mich mit Stärke hintüber. Ich ließ mich in sie fallen, und im Fallen öffnete sich meine Robe.

Er bettete mich auf dem nackten Boden und drang in mich ein, ohne den ruhigen Fluß seiner Bewegung zu ändern. Ich war schon über vierzig, mein Rosenhag kannte die zitternden Küsse, die fiebrigen Finger und die erregten Zungenspitzen der Gespielinnen, aber nie war ein Mann in den Garten eingedrungen, hatte mich durch seine Pracht geführt – ich dachte, sie nimmt kein Ende, ich fuhr mit ihm durch das Dickicht von taubekränzten Blüten und Dornen, von denen Blutstropfen stieben, ich glitt mit ihm durch das Moos eines tiefen Brunnens, immer tiefer, ich bekam keine Luft mehr, wir tauchten in das klare Wasser, dorthin, wo kein Lichtstrahl mehr dringt, mir dröhnte der Kopf, ich ließ mich sinken zum Sterben, zum erlösenden Tod des Ertrinkens in der Nacht, weiter, weiter – da platzten die Adern in meinem Gehirn, eine Lichtquelle im Innersten der Erde zerbarst mir ins Gesicht, lodernde Lava verbrannte mich, und ich hörte meinen Schrei – ich schrie und ich wurde erhört: der Mann ließ mich nicht liegen in dem Höllenschlund, mit gleich ruhigen Schüben führte er mich zurück ans Licht, ich sah den Himmel wieder und sah ihm in die Augen. Er lächelte –«

Ihr Atem ging schwer, ich wagte nicht sie anzuschauen; ich war berührt, aber nicht peinlich.

»Wir liebten uns noch oft in dieser Nacht«, fuhr Laurence mit rauher Stimme fort. »Je mehr das graue Licht des herandrängenden Morgens den bergenden Mantel der Nacht auflöste, desto wilder geriet unser Umarmen. Ich schlang meine Beine um seine Hüften, meine Nägel krallten sich in seinen Rücken, Schweiß floß von unserer Haut, und unser Fleisch klatschte in dem hemmungslosen Stakkato unserer sich attackierenden Leiber, das wir nicht einmal unterbrachen, wenn wir gierig nach dem Wasserkrug griffen, um unseren Kehlen das Atmen zu ermöglichen; wir verschmolzen ineinander in anbrandenden und verebbenden Wellen, wir klammerten uns aneinander wie Ertrinkende und gaben uns doch zu trinken, daß wir in unserer Lust schwammen. Das fahle Licht zeigte uns mehr und mehr die Endlichkeit unserer Körper, wir wußten beide, es geht zu Ende ... Mein Kopf war leer, das Dröhnen dahin. Eine Müdigkeit, gegen die sich nur noch meine Seele wehrte, ergriff Besitz von meinen Gliedern, ich gab ihr erschlaffend nach, unfähig, noch einen Laut herauszubringen. Ich spürte, wie in tiefer Ohnmacht, daß er mich verließ.

Das Eintreten von Olim und seinen Gehilfen hatte ich nicht gehört. Sie lösten ihn sanft von mir und führten ihn weg. Ich beschloß, die Augen nie wieder zu öffnen, doch dann kehrte er noch einmal zurück; ich fühlte, wie er etwas auf meinen immer noch bebenden Busen niederlegte – kühl und zart. Ich wußte, daß er lächelte, und ich lächelte zurück, ohne meine Augen zu öffnen.

Ich wartete, bis die Schritte verhallt waren, dann stand Laurence auf – eine andere Frau. Sie trat an das vergitterte Fenster. Im Hof beugte der fremde Jüngling seinen Nacken – sie sah Olims gekrümmtes Richtschwert blitzen. Laurence wandte ihren Blick erst ab, als der Henker das abgeschlagene Haupt in die Höhe hob. Sie hatte sichergehen wollen, daß der Mann, den sie sich genommen hatte, nicht mehr war ...«

Mein Räuspern, das meine Beklommenheit löste, ließ auch die Gräfin wieder zu sich finden.

»Der Rest meiner Beichte ist leicht erzählt. Ich fand mich wie versprochen bei meinem Verlobten in Otranto ein –«

Ich unterbrach sie mit meiner unziemlichen Neugier. »Was hatte Euch der Fremde gelassen?«

»Ein Amulett, ein östliches Glückssymbol, eine Jadescheibe an einem einfachen Lederband – doch davon später!« Laurence hatte sich wieder vollkommen in der Hand. »Es war die letzte Fahrt der ›Äbtissin‹ – so hießen Schiff und seine Herrin hinter vorgehaltener Hand. Ich ließ es meinen Mädchen und ihren Gesponsen, sobald sie mich bei Kap Lëuca abgesetzt hatten, wo mich der Admiral mit allem Pomp in Empfang nahm –«

»Ich habe läuten hören«, ich kehrte jetzt mal den Beichtvater heraus, »Ihr hättet das Schiff vorher heimlich angebohrt...«

»Geschwätz!« zischte die Gräfin. »Ihr seht ja selbst, William, ich mache aus meiner Vergangenheit keinen Hehl und aus meinem Herzen keine Mördergrube!«

»Schamlosigkeit und Grausamkeit sind schwere Sünden, für die man büßen muß – vorausgesetzt, Ihr seid bereit, Gräfin, sie einzusehen, zu bereuen und Buße zu tun?«

»Ich bereue nichts!«

»So steht auch zu befürchten« – luzid sah ich plötzlich die Gefahr und wußte mir nicht anders zu helfen, als sie auszusprechen –, »daß Ihr mit Eurem unwürdigen Beichtvater verfahrt wie mit den übrigen Mitwissern und Komplizen Eures verwerflichen Lebens –«

»William«, sagte sie kalt, »werft Euch nicht zum Richter auf. Eure lächerliche Existenz ist zwar in meiner Hand, aber ich werde mir diese nicht beschmutzen, um ihr ein Ende zu bereiten, nur weil ich Euch als Kübel benutzt habe. Euch schützen nicht Euer armseliges Gewand noch Euer Holzkreuz auf der Brust, sondern einzig und allein Roger und Yezabel, die an Euch hängen – und an denen Ihr hängt wie eine Klette! Mit dem Schicksal der Infanten vollzieht sich auch das Eurige. Meines wird höheren Ortes entschieden. Entsprechend unterscheidet sich auch meine Moral von der Euren.«

»Ich bin willens zu lernen – und zu schweigen, Herrin«, entgegnete ich. »Wenn ich's so besehe, habe ich vielleicht auch noch das Zeug zum Kardinal, oder gar zum Papst! Dann will ich Euch Eure Güte vergelten.« Mit den letzten Worten rutschte ich von dem Diwan und warf mich ihr zu Füßen. »Verfahrt mit mir, wie es Euch beliebt – aber fahret fort!«

Laurence mußte lachen. »Ich vergebe Euch, William!« Sie nahm wieder den ihr angestammten Platz auf dem Diwan ein.

»Enrico«, berichtete sie weiter, »feierte unsere Vermählung mit einem rauschenden Fest, das ihn ziemlich betrunken in das Brautbett fallen ließ. Ich sorgte dafür, daß er seiner ehelichen Verpflichtung dennoch nachkam und gab auch den obligaten Blutsflecken im Laken am Morgen zur Besichtigung frei. Nach knapp neun Monaten wurde ich eines Knaben entbunden – Hamo, mein Sohn. Enrico war außer sich vor Freude und erhob nicht länger Anspruch darauf, zwischen meinen Beinen seine Männlichkeit unter Beweis zu stellen. Sein Kaiser hatte ihn in Anerkennung seiner langjährigen Dienste zum Grafen von Malta gemacht; als solcher hatte er schon Yolanda, die Kindsbraut Friedrichs, aus dem Heiligen Land heimgeholt. Als der Staufer in jener berüchtigten Hochzeitsnacht von Brindisi statt ihrer eine der Kammerzofen schwängerte – eine Tochter seines Freundes Fakhr-ed-Din übrigens, Wesir des Sultans –, wurde die werdende Mutter der diskreten Obhut des Admirals zu Otranto übergeben. Sie genas dort eines Mädchens –«

»Das ist Clarion?« war es mir vorwitzig entfahren.

»Clarion von Salentin war schon fast drei Jahre alt, als ich in Otranto einzog. Sie war dort geblieben, obgleich ihre Mutter inzwischen im Harem von Palermo willkommen war; denn Königin Yolanda war im Kindbett gestorben. Ich übernahm die Erziehung des Mädchens, was mir Friedrich dankte, indem er mir – nach Enricos Tod auf Malta – die Grafschaft Otranto samt der Admirals-Triëre beließ.«

Vom Bug her ertönte wieder Geschrei; eine Frauenstimme kreischte. »Die Gräfin Salentin möge sich beherrschen!« lautete sarkastisch die Anweisung der Gräfin an mich, und ich beeilte mich ihr nachzukommen; denn sicher waren die Kinder die Ursache für das unstandesgemäße Betragen der armen Clarion.

Und so war es denn auch. Roç und Yeza hatten ein neues Opfer gefunden. Clarion war sich wohl nicht bewußt gewesen, auf was sie sich einließ, als die Kinder ihr vorschlugen, sich an den Mast fesseln zu lassen. Als dann Roç mit Pfeil und Bogen und mit geschlossenen Augen vor sie hintrat, schrie sie gellend um Hilfe. Guiscard befreite sie, gerade als Yeza ihren Dolch – sie ließ sich Zeit und vergnügte sich an der Hysterie des Opfers – ihr mit Schwung zwischen die Beine plaziert hatte. Der Amalfitaner spendete Yeza kein Lob.

»Ein Skorpion, der daherkommt mit Trommeln und Trompeten, kann sich gleich lebendig verbrennen lassen!« Er zog das Messer aus dem Holz und warf es – ohne sich dabei umzudrehen – Yeza vor die Füße, daß es in der Decksplanke steckenblieb. »Ein Dolch muß überraschen!« grinste er und half dem kleinen Mädchen, die festsitzende Waffe wieder aus dem Holz zu ziehen. »Doch ohne Hast! Vergiß nie, du hast nur einen!«

Yeza stopfte sich die scharfe Klinge, Griff nach unten, hinter dem Kragen in den Kittel, den sie eigens dafür gelöchert hatte. Sie sann auf eine neue Möglichkeit, ihre Fähigkeit unter Beweis zu stellen. Ich sah es an ihrem zusammengekniffenen Mund und vor allem an der steilen Falte auf ihrer Stirn.

Jetzt war es bald drei Jahre her, daß ich sie kannte, ein frühgereiftes Kind, doch ihren Trotz hatte sie nicht verloren. Roç tat sich immer schwerer – er war jetzt wohl sieben –, den geringen Altersunterschied noch sichtbar werden zu lassen. Sie überholte ihn, obgleich sie ›nur‹ ein Mädchen war, und ausgerechnet auf Gebieten, die doch ›Männern‹ vorbehalten waren. Der Dolch steckte tief in seinem Gemüt, und sein Kinderbogen machte ihm eigentlich keine rechte Freude mehr.

Guiscard konnte sich gut genug in den Jungen hineinversetzen, um sein Dilemma zu erkennen. Die Goldmünze stak noch immer im Mastbaum.

»Den guten Bogenschützen – und nur der lebt lange –«, richtete er ihn väterlich auf, »zeichnet Besonnenheit und Konzentration aus.« Er hängte ihm den Köcher auf den Rücken, so daß die gefiederten Pfeilenden über seine schmalen Schultern ragten.

»Seine innere Sicherheit erwächst ihm durch den fließenden Ablauf der Bewegungen«, wies er Roç an, »der Griff nach dem Pfeil, sein Auflegen, das Spannen der Sehne im Zurückgleiten, im Anwinkeln des Armes, sind schon Teil des Zielens. Das Loslassen erfolgt genau dann, wenn das Höchstmaß an Bogenspannung sich mit dem Ziel im Visier vereint.«

Roç hatte wie in Trance versetzt die Anweisungen befolgt; sein Schuß nagelte die Münze an den Mast.

»Der Siegestreffer«, schloß der Amalfitaner aufatmend ab, triumphierend über den Erfolg seiner Schule, »ist nur noch die logische Folge!«

Er wollte gerade vortreten, um den Pfeil mit der Münze herauszuziehen, als Yeza direkt vor seiner Nase und dicht vor seiner zugreifenden Hand ihren Wurfdolch durch die Luft wirbeln ließ. Die Klinge drängte die Pfeilspitze zur Seite und halbierte das Goldstück.

»Halbe-halbe«, krähte Yeza. Seit sie kaum noch lispelte, bekam ihre Stimme oft einen metallischen Klang, wenn sie aufgeregt und glücklich war. Guiscard gab jedem der Kinder eine Hälfte, und sie liefen los, quer durch die Ruderbänke, um allen die Siegesbeute zu zeigen.

Die *lancelotti* liebten die Kinder abgöttisch, sie hätten sich für sie in Stücke hauen lassen. So bedachten sie deren Leistung mit Bravorufen und ließen ihre Sichelruder scheppernd aneinanderschlagen, was gar furchteinflößend klang, aber höchste Ehrung und Respektsbezeugung bedeutete.

Die Kinder waren davongerannt, Clarion und ich versuchten ihnen zu folgen, ein vergebliches Mühen. Ich gab auf.

Laurence lagerte auf ihrem Diwan.

»Und was geschah mit dem Amulett Eures Fremden?« knüpfte ich an unser vorheriges Gespräch an.

»Gleich nach der solennen Bestattung des Admirals nahm ich die Scheibe aus grüner Jade, eine schöne Filigranarbeit, aus meiner Schatulle und legte sie meinem Sohn um den Hals. Sollte er dereinst einmal in das Land seiner Väter gelangen, oder den Mongolen sonstwie in die Hände fallen, werden sie daran vielleicht erkennen, von welchem Geschlecht er abstammt –«

»Hamo l'Estrange – ein Tatarenprinz? Gar noch verwandt mit Dschingis-Khan?«

»Wer weiß«, lächelte die Äbtissin. Clarion kam erschöpft von der nutzlosen Jagd und ließ sich zu ihren Füßen nieder. Ich war verabschiedet.

In Erwartung der Dinge
Konstantinopel, Kallistos-Palast, Sommer 1247

Der Bischof hatte für sich und seinen jungen Gast auf der Balustrade den Tisch decken lassen, wohlbeschattet von weißen Sonnensegeln.

Yarzinth, der gerissene Koch mit den kunstfertigen Händen, tranchierte selbst seinem Herrn den köstlichen Chapon, dessen Fleisch schon deswegen so zartfaserig ausfällt, weil er sich nur von Langusten ernährt. Yarzinth faßte behutsam ins gräßliche Maul des gefürchteten Schalenknackers und löste die rötlichen Bäckchen hinter den Kiemen. Nachdem er jede einzelne Gräte und die rauhe Haut entfernt hatte, drapierte er den Fisch mit Hilfe von gedünsteten ἀσπάραγοι wieder in seine ursprüngliche Drachenform, belegte ihn schuppenartig mit in Olivenöl knusprig gesottenen Blättern der Artischocke und begoß dann sein Werk mit einer schaumigen Soße aus Zitronen, Ei und Muskat. Es war ein Verführungsmahl. Yarzinth beugte seine lange Nase ein letztes Mal hinab, schnupperte befriedigt und servierte.

Nicola della Porta kredenzte einen leichten Perlenden von der Krim in zwei silbernen Pokalen und beobachtete Hamo aus den Augenwinkeln. Der schlanke Jüngling hatte fasziniert dem flinken Treiben des glatzköpfigen Kochs zugeschaut und griff jetzt gedankenlos in die Schale, wo unter warmen Tüchern ofenfrisches Fladenbrot bereit stand. Er riß sich ein Stück ab, tunkte es in die Soße und stopfte es in sich hinein, während Yarzinth ihm vorlegte.

Der Bischof und sein Koch wechselten einen Blick gelinder Verzweiflung ob des jungen Barbaren. Nicola zog entschuldigend die Schultern hoch, Yarzinth entfernte sich diskret.

Hamo ließ seinen Blick über die Gärten des Kallistos-Palastes schweifen, hinab zum Goldenen Horn, wo auf sich spiegelnder Fläche die Schiffe wie Libellen einherglitten. Die lauten, groben Geräusche des Hafens drangen nicht bis hier hinauf. Er leerte seinen Pokal mit einem Zug und wischte sich mit dem Handrücken den Mund.

»Willst du mich küssen?« scherzte Nicola. »Soviel Feinfühligkeit hätte ich von dir nicht erwartet – außerdem hast du noch Eierschaum auf der Nase!«

»Ich mag keinen Fisch!« sagte Hamo.

»Dann iß das Gemüse – oder laß dir von Yarzinth eine τραχάνα kochen, mir mundet der Chapon vorzüglich!«

»Ich will weg von hier«, sagte Hamo, »mit einem Schiff übers Meer, mit einem Kamel durch die Wüste –«

»Warum nicht auf einem Pferd durch die Steppe, tagelang nichts als Steppe, wochenlang!« höhnte der Bischof. »Du ernährst dich von Stutenmilch und Dörrfleisch, das du unterm Sattel mürbe geritten hast, dein zarter Hintern –«

»Laß das!« sagte Hamo, doch ehe er weitere Zukunftspläne von sich geben konnte, war Yarzinth wieder hinter ihnen unter den Arkaden aufgetaucht, die zum ›Mittelpunkt der Welt‹, dem Saal des großen Spiels, führten. Der Bischof hatte ihn sofort bemerkt und winkte ihn zu sich.

»Der Herr Crean de Bourivan«, informierte Yarzinth mit gedämpfter Stimme, wie es seine Art war, »ist mit einem Templerschiff aus Aquileja eingetroffen. Es hat einen Präzeptor an Bord, wie aus dem Stander ersichtlich –«

»Du weißt natürlich auch schon, wie der heißt«, neckte Nicola seinen Vertrauten. »Ob sündig oder korrupt, mit wem und wie, dazu den Namen seiner Großmutter ...«

»Ein Enkel des Teufels: Gavin de Bethune«, gab Yarzinth sein Wissen preis, »und im Orden importanter, als sein Titel besagt.

Sein Erscheinen kündigt große Dinge an – nicht immer erfreuliche!«

»Was kümmert's uns!« schnaubte Nicola spöttisch.

»Sie stehen in der Halle«, flüsterte der Koch.

»Nicht mehr!« ertönte Creans Stimme. »Verzeiht die Störung, Exzellenz, doch verschluckt Euch nicht: Ich komme mit leeren Händen: William ist von den Saratz entflohen!«

»Verschwunden, umgekommen oder gefangen –?«

»Uns auf jede dieser Möglichkeiten einzustellen, dazu habe ich mir Beistand mitgebracht: den edlen Ritter Gavin Montbard de Bethune!«

»*Sacrae domus militiae templi Hierosolymitani magistrorum*«, verblüffte der Bischof seinen Gast. »Was sind die letzten Reaktionen des *mundus vulgus* auf das feingesponnene Ränkewerk der Herren vom Tempel?« begrüßte er süffisant den ihm unbekannten Präzeptor, der hinter Crean auf die Balustrade trat.

»Für ein Glas« – Hamo als perfekter Ganymed hatte ihm schon einen Pokal gefüllt und ehrerbietig gereicht; Gavin nahm einen Schluck – »43er Spätlese, kaiserliche Domäne Odessa«, schnalzte er anerkennend, »für diesen Gaumenkitzler verrate ich Euch, lieber Episcopus, daß Ihr wenn nicht im Sold, so doch in der Gunst des Vatatzes steht; des weiteren, daß der Sultan von Ägypten Tiberias erobert hat, samt dem Belvoir der Kollegen vom Hospital, und jetzt Askalon bedrängt; daß der päpstliche Legat Anselmus, genannt Fra' Ascelin, gerade den mongolischen Statthalter Baitschu in Täbriz trifft, der ihn nicht leiden kann und am liebsten ausstopfen würde ... Oder verlangt es Euch nach Nachrichten aus dem Westreich? Die Parmenser haben sich vom Herrn Papst kaufen lassen, erschlugen den stauferischen Podestà und wandten sich gegen den abgesetzten Kaiser, worauf Friedrich, gerade auf dem Wege nach Lyon, um seinen Widersacher festzunehmen, zurück eilt in die Lombardei, bevor das Beispiel böse Schule macht. Er baut Parma gegenüber einen befestigten Belagerungsplatz, eine ganze Stadt aus Holz und Lehm gestampft, die er forsch ›Vittoria‹ tauft, und im übrigen wetteifert der Staufer mit Innozenz, sich wechselseitiger Anschläge auf ihr Leben durch Verschwörer und gedungene Meuchelmörder zu beschuldigen –«

Gavin hielt inne und reichte Hamo seinen geleerten Pokal. Der Junge war fasziniert von diesem weltläufigen Kriegsmann, Mönch und Diplomat zugleich, elitäre Führungsschicht eines Ordens, der die Welt beherrschte und dennoch ritterliche Abenteuer suchte, fand und bestand.

Nicola della Porta schenkte ihm nach. »Ihr habt Euch den edlen Tropfen, der sonst, wie Ihr zu Recht vermutet, nur an der kaiserlichen Tafel kredenzt wird, redlich verdient. Doch war Bescheidenheit nie meine Stärke, werter Herr Gavin; so laßt mich denn die Gunst der Stunde nutzen, die Euch in mein Haus führte.« Der Bischof hob seinen Becher. »Wie hat der König von Frankreich das anonyme Schreiben aufgenommen, das den von ihm so verehrten Kaiser verleumderisch mit den legitimen Erben des Gral, mit den ominösen Kindern vom Montségur, in Verbindung brachte?«

Gavin lächelte. »Ihr wollt unterstellen, Exzellenz, der Tempel hätte etwas mit der Flucht und dem Verschwinden der Infanten zu schaffen?«

»Nicht im geringsten, hochwürdiger Präzeptor, pure Neugier trieb mich zu der indiskreten Frage – ἀκούειν τὰ λεγόμενα, πράττειν τὰ προσεχόμενα – und ein gewisses Faible für Intrigen ...«

»Ludwigs Reaktion war bedächtig; er erhob keine Vorwürfe gegen Friedrich, das Dokument wanderte – sehr zum Ärger seiner Schreiber – ohne Kommentar ins Archiv. Die Kanzlei ordnete lediglich eine Kontrolle an, ob William von Roebruk tatsächlich mit Pian del Carpine von den Mongolen zurückkehren wird. Kundschafter des Capet stehen Euch also ins Haus.«

Hier mischte sich höflich Yarzinth ins Gespräch, der gerade den kaum berührten Chapon abräumen ließ. Er wandte sich in seiner schleichenden Art an seinen Herrn, den Bischof. »Von der Ostgrenze des Imperiums wird vermeldet, daß der Legat samt einem gewissen Benedikt von Polen sie überquert habe und sich Byzanz nähere.« Obgleich der Koch nur flüsterte, hatten alle mitgehört.

»Wir müssen jedoch davon ausgehen«, äußerte sich der Präzeptor als erster, »daß unser guter William sich in den Händen der Kurie befindet, eingekerkert im Castel Sant' Angelo oder sonstwo im Gewahrsam des Grauen Kardinals –«

»Wir verhalten uns aber so«, hielt Crean dagegen, »als hätten wir William zu unserer Verfügung!«

»Ἄγραφος νόμος – oder die Illusion zur Realität erhoben?« höhnte der Bischof. Crean ließ sich nicht beirren.

»In der Politik zählt die Behauptung als Tatsache. Also haben wir William, glücklich heimkehrend vom Hofe des Großkhans –«

»Was nur noch Pian beizubringen ist!« spöttelte della Porta.

»Für jeden Daumen findet sich eine Schraube«, schlug Gavin vor, »Ihr solltet Pian und Benedikt gegeneinander ausspielen, als erstes, so gewinnt man Zeit!«

Das gefiel dem Bischof. »Benedikt durch einen gefälschten Geheimbericht verleumden, der Pian aufs Ärgste belastet – Yarzinth«, rief er wohlgemut, »das giftige Süppchen wirst du uns kochen!«

»Aber wird denn dieser Pian beschwören, daß Roç und Yeza bei den Mongolen sind?« Hamo stellte plötzlich diese Frage, eingedenk daß er selbst einmal mit diesem Problem befaßt gewesen war, und zwar mit unrühmlichem Ausgang.

»Ach, mach dir keine Sorgen«, tröstete ihn der Bischof. »Pian muß heilfroh sein, daß wir die Natter Benedikt von seinem Busen reißen, egal was wir mit dem anstellen! Pest und Tod wird er ihm an den Hals wünschen.«

»Und Benedikt ist William!« überkam den Jungen die Erleuchtung.

»Und William muß sterben!« konstatierte Crean bündig.

Doch Hamo gab sich nicht geschlagen: »Wenn William aber tatsächlich in Rom im Kerker schmachtet, dann könnt ihr ihn doch hier nicht sterben lassen?«

»Hier stirbt der echte, Pian wird's bezeugen«, belehrte ihn Crean. »Der im Castel Sant' Angelo ist ein Betrüger!«

»Tod vor aller Augen!« resümierte der Bischof belustigt. »Dazu wird uns noch etwas einfallen. Wenn Pian mitspielt, kann er ihn noch vorher als William vorstellen, und danach wird er – ich meine Benedikt – sowieso mundtot gemacht und verscharrt.«

»Mundtot bitte schon vorher!« ermahnte Crean. »Und unter Hinterlassung eines Testaments gefälligst, einer reuigen Beichte, daß er im Auftrag dunkler Mächte, ketzerischer Weltverschwörung und so, die Kinder zu den Mongolen gebracht habe ...«

Doch Hamo war nicht einverstanden, und er gefiel sich, im grausamen Konzil der Älteren mitzureden. »Und warum Benedikt umbringen? Zwei Zeugen sind doch besser als einer!«

»Nein, schlechter!« bürstete ihn Gavin ab, der sich ansonsten aus der Diskussion heraushielt. »Es könnte sie jemand gegeneinander ausspielen!«

»Und«, fügte Crean ärgerlich hinzu, »wir haben immer behauptet, William, nicht er, habe Pian begleitet –«

»Also ist Benedikt eine Unperson«, schloß der Bischof die Erörterung ab. »Der wir nur noch einen spektakulären Abgang verschaffen müssen – Yarzinth!«

Der Koch war Hamo noch unheimlicher als zuvor. Mit seinen spitzen Fingern und undurchdringlichem Gesicht füllte er die Becher nach.

»'Ἀεὶ γὰρ εὖ πίπτουσιν οἱ Διὸς κύβοι!« Alle tranken, und jeder dachte sich seinen Teil.

Falsificatio Errata
Konstantinopel, Sommerresidenz, Sommer 1247

Das kleine Grüppchen, zwei Mönche auf Mauleseln samt ein paar Lasttieren, behängt mit Kisten, Truhen und Säcken, und deren Treibern, näherte sich wohlgemut von Norden her Konstantinopel. Sie waren vom Gebirge herabgestiegen; unter ihnen glänzte feucht der Bosporus. Aus dem Dunst erhoben sich die Mauern und Türme des mächtigen Byzanz.

»Θάλαττα, θάλαττα!« jubelte der Schmächtigere, dessen teigiges, bartloses Gesicht, von keinem Sonnenstrahl gebräunt – dafür sorgte schon der breitkrempige Pilgerhut –, die Entbehrungen und Strapazen der weiten Reise widerspiegelte. »Am Ende der ἀνάβασις das fast schon heimatliche Meer!«

Der Würdigere, eine mächtige Erscheinung mit wallendem Rauschebart, ranzte ihn an, ohne sich umzuwenden: »Ich dachte immer, Euer Land, Benedikt, grenzt ans *mare balticum* –«

»Überall ist Polen!« versicherte ihm der Gemaßregelte treuherzig. »Überall, Pian, wo uns statt Kumiz ein ordentliches Bier winkt, ein gedeckter Tisch mit Messer und Gabel, ein Bad und ein richtiges Bett!«

»Wie weit bist du eigentlich mit dem Schreiben meiner ›Ystoria Mongalorum‹?«

»Bis zum zweiundzwanzigsten Julius vergangenen Jahres!« antwortete Benedikt, ohne überlegen zu müssen.

Nicht so Pian: »Was war denn da?«

»Kuriltay zu Sira Ordu, sprich Karakorum. Die Versammlung wählte Guyuk, den Sohn Ögedeis zum neuen Großkhan.«

Jetzt erinnerte sich auch Pian del Carpine. »Ach ja«, murmelte er. »Dabei hatte ihn sein Vater verbannt und einen Enkel als Nachfolger ausersehen, wie hieß er noch –?«

»Schiremon! Aber die Witwe, die Khatun Toragina, wußte das zu verhindern. Sie übernahm die Regentschaft und ließ so lange abstimmen, bis sie das ihr genehme Ergebnis erreicht hatte –«

»War sie nicht Christin?« Pian fühlte sich da nicht sicher, und Benedikt interessierte es nicht:

»Die meisten Khatuna sind naimanische oder keraitische Prinzessinnen, also Nestorianerinnen. Was sagt das schon. Ihr Günstling, Abd ar-Rahman war Muselmane –«

»Habgierig und bestechlich!« murrte Pian.

»– aber nicht unfähig«, hielt Benedikt dagegen. »Er sorgte dafür, daß der fähigste Heerführer der Mongolen, Baitschu, als Statthalter gen Westen zog und seither den Islam bedroht.«

»Merkwürdiges Volk!« hatte Pian gerade geseufzt, als ein Trupp kaiserlicher Polizei im scharfen Galopp vor ihnen auftauchte und sie umstellte.

Der Offizier beäugte die beiden Mönche mit äußerstem Mißtrauen.

»Wir sind päpstliche Legaten«, beeilte sich Pian zu erklären, erstaunt, ein derartiges Willkommen des christlichen Abendlandes zu erfahren. »Wir kehren zurück von einer Mission beim Großkhan der Mongolen!«

Er machte keine Anstalten, sich aufhalten zu lassen, doch der Offizier fiel ihm in die Zügel.

»Das kann jeder sagen!« schnauzte er barsch. »Spitzel der Tataren seid Ihr, erwischt beim Versuch, heimlich in die Stadt zu schleichen, um deren militärische Stärke auszukundschaften. Da seid Ihr bei mir an den Rechten gekommen!« polterte er, ohne Widerrede aufkommen zu lassen.

Pian war empört. »Zeig ihm das Schreiben, Benedikt!« befahl er, doch der Offizier bellte: »Absteigen!« und brüllte seine Untergebenen an: »Durchsuchen! Vor allem die Kleidung!«

Der Pole war sofort vor Schreck von seinem Maultier gerutscht und sah sich sogleich seiner mongolischen Joppe beraubt, einer dicken wattierten Jacke, die mit bunten fremdartigen Symbolen bestickt war. Pian protestierte noch, während Benedikt von zwei Polizisten bereits die Stiefel von den Beinen gezogen wurden.

Wie eine Fügung des Himmels kam ein Zug des Weges, eine Sänfte, eskortiert von Tempelrittern.

»Platz dem Inquisitor!« rief der vorderste und schlug mit dem stumpfen Ende seiner Lanze nach einem der Esel, die im Wege standen.

Pian schrie laut: »Um Christi willen, helft uns!« Die Templer zügelten ihre Pferde. »Gestattet nicht, daß diese Banditen Hand an einen Legaten des Heiligen Vaters legen!«

Aus der abgesetzten Sänfte erhob sich eine in Schwarz gehüllte Gestalt, die Kapuze tief in die Stirn gezogen: Crean, in der Rolle des ›Inquisitors‹, winkte Yarzinth, seinen ›Adlaten‹, zu sich. »Sieh nach, was die kaiserlichen Ordnungshüter gegen einen so hochgestellten Mann der Kirche vorzubringen haben –«

»Wahrscheinlich mongolische Spione!« meldete der Offizier

und wies auf die beiden Gestalten, die beide schon barfuß in Unterhosen dastanden.

»Eine schwerwiegende Beschuldigung!« fuhr Crean mit lauter Stimme fort, machte aber keine Anstalten, den Bedrängten zu Hilfe zu kommen oder sich auch nur ihnen zu nähern. »Kontrolliert sie«, sagte er, »aber bedenkt, was Ihr Euch für Schwierigkeiten einhandelt, wenn sie tatsächlich Gesandte Seiner Heiligkeit sein sollten!«

»Ich tue nur meine Pflicht«, entgegnete der Offizier, »und Ihr solltet mich nicht dabei aufhalten!« Ein schneller Blick geheimen Einverständnisses flog zwischen ihnen.

»Schneidet die Stiefel auf!« kommandierte der Offizier, und so geschah es.

Niemand, vor allem nicht die Betroffenen, achtete auf Yarzinth, der sich die Joppe Benedikts gegriffen hatte und abseits an ihr herumfingerte. Es ging unter seinen flinken Händen in Blitzesschnelle: Brief im Futter ertastet, Naht aufgetrennt, das Schriftstück gegen ein anderes vertauscht und sich von der Joppe entfernt. Die Ablenkung hatte ihren Zweck erfüllt.

In den verwüsteten Schuhsohlen fand sich natürlich nichts.
»Also war Euer Verdacht unbegründet!« rügte Crean laut den Offizier, der längst nicht aufgab: »Die Jacke noch!«

Einer seiner Polizisten brachte sie ihm. Er tastete, erfühlte ein Päckchen, riß rüde die Naht auf, wühlte im Futter – und hielt triumphierend das Dokument hoch.

»Das ist der Brief des Großkhans an seine Heiligkeit Innozenz IV.!« Jetzt erst machte Benedikt das Maul auf.

»Wagt nicht, das Siegel zu erbrechen!« heulte Pian auf, und zum Inquisitor gewandt: »Herr, steht uns bei!«

»›An seine Exzellenz, den Kardinaldiakon Rainierus Caputius, oberster Schutzherr von uns armen Brüdern zu treuen Händen‹«, las der Offizier ungerührt die Adresse vor, »›das verzweifelte Geständnis des unwürdigen Bruders William von Roebruk, *Ordinis Fratrum Minorum.*‹«

Inzwischen war Crean zur Gruppe aufgerückt. »Dann seid Ihr

wahrhaftig«, wandte er sich, immer noch Abstand haltend, an Pian, »Johannes Piano del Carpinis«, und auf Benedikt deutend, »denn in seiner Begleitung, so wissen wir gar wohl, reiste Bruder William!«

Jetzt riß Pian der letzte Geduldsfaden. »Wo ist der Brief?!« schrie er mit überschnappender Stimme Benedikt an, und zum Inquisitor gewandt: »Der Mann heißt nicht William!«

»Verhaftet ihn!« befahl Crean trocken, und mehrere Polizisten stürzten sich auf Benedikt. Doch flinker noch war Yarzinth, der dem Polen eine kleine Kapsel zwischen die Zähne schob, als dieser endlich seinen Mund zum Protest auf- und zuklappte; dann riß er ihm den Kiefer auseinander. Benedikt spuckte die Splitter aus, aber er konnte nur noch lallen.

»Der Kerl wollte sich vergiften!« beschuldigte ihn vorwurfsvoll Yarzinth.

»... sich der irdischen Gerechtigkeit entziehen«, ergänzte der Offizier erregt den Vorgang, »als er sah, daß sein doppeltes Spiel entdeckt war.«

»Nehmt ihn in Gewahrsam«, ordnete Crean an, »aber tragt Sorge, daß der ertappte Sünder nicht ein weiteres Mal Hand an sich legen kann – schafft ihn fort!«

Die Polizisten banden den sprachlosen Benedikt auf ein freies Pferd. Er versuchte noch zu gestikulieren, bis ihm auch die Arme schlaff herabsanken; Schaum trat ihm vor den Mund. Yarzinth sorgte dafür, daß die Maultiertreiber die Kisten und Truhen bezeichneten, die dem Beschuldigten gehörten. Sie wurden eiligst umgeladen.

»Seine Habe ist beschlagnahmt!« Der Offizier salutierte vor Crean und händigte ihm das Schreiben aus, und sie preschten mit ihrem Opfer von dannen.

»Erlaubt, daß ich Euch begleite, zum Schutze fürderhin und auch zur Wiedergutmachung erlittener Unbill! Nicht weit von hier liegt die Sommerresidenz des Lateinischen Bischofs von Konstantinopel«, wandte sich Crean beruhigend Pian zu, der, immer noch irre an der Welt und vor allem an Benedikt, alles über sich ergehen ließ. »Dort seid Ihr ein willkommener Gast und sollt Euch erholen von diesem unwürdigen Empfang und von diesem widersprüchlichen, fragwürdigen, ziemlich verdächtigen Benehmen Eures Begleiters William von Roebruk«

»Das ist Benedikt von Polen!« platzte Pian heraus. »Er war es immer, seit der Heilige Vater uns ernannte, er war es in Polen und die ganze weite Reise lang – ich kenne diesen William nicht! Nie von ihm gehört!«

Der Zug hatte sich in Bewegung gesetzt. »Alles wird sich klären« tröstete Crean den verwirrten Legaten. »Ruht Euch aus und –«

»Der Brief!« jammerte Pian und raufte sich seinen Bart. »Der Brief an den Herrn Papst! Einziger Sinn meiner Mission, wenn auch wahrlich kein glorreiches Resultat. Ohne die Botschaft des Großkhans kann ich dem Heiligen Vater nicht unter die Augen treten!«

»Auch das wird sich finden!«

»Was soll ich nur von diesem Polen halten –?«

»Wenn es denn einer ist«, nährte Crean den aufsteigenden Argwohn. »Bruder William ist meines Wissens Flame –«

»Und was soll besagtes Schreiben, das sie bei – bei meinem Begleiter fanden –?«

Pian war genügend verunsichert. Crean hielt ihm das Schriftstück hin.

»Erbrecht das Siegel selbst!« forderte er ihn auf. Pian zögerte.

»Ihr müßt es jetzt nicht lesen«, beruhigte ihn Crean. »Doch lege ich Wert darauf, daß Ihr es identifizieren könnt.«

»Es geht mich nichts an!« versuchte sich der Legat mißmutig dem Begehr zu entziehen.

»Eine Weigerung könnte Euch als Billigung, als Mitwisserschaft ausgelegt werden.« Crean sprach als hilfreicher Freund.

Pian erbrach das Siegel. Er warf aber keinen Blick hinein, sondern steckte ein Stück des Siegelbruchs in die Tasche. »Das reicht mir als Beweis.« Er reichte das Schreiben Crean: »Lest Ihr es und laßt mich dann wissen, falls es mich betreffen sollte. Ich schnüffle nicht in fremder Leute Briefschaft!«

»Ist William nicht Euer Bruder, Bruder des gleichen Ordens?« hielt ihm Crean vor.

»*Benedikt* war und ist mein Bruder«, stellte Pian klar, »und ich will *den* Brief haben!«

Alsgleich änderte Crean sein Verhalten und zeigte Pian, wie er sich eine gute Zusammenarbeit vorstellen konnte: »Ich werde mir den Brief des Großkhans, so sich einer findet, von der Polizei aushändigen lassen. In Konstantinopel ist mit klingender Münze alles zu erreichen.«

»Auf eine gute Löhnung soll es mir nicht ankommen – ich bin sogar bereit, diesen William-Benedikt aus dem Gefängnis freizukaufen, wenn nur der Brief des Großkhans wieder ...«

Sie hatten die Residenz des Bischofs erreicht. Sie lag direkt an der Stadtmauer, die ihre Gärten begrenzte, aber auch hermetisch abriegelte. Ein Gast war auch Gefangener, ohne es ärgerlich zu spüren.

Pian wurde in einem sonnendurchfluteten Seitenflügel untergebracht, man ließ es ihm an nichts fehlen. Was er nicht ahnte, war, daß sein so übel beschuldigter Weggefährte im gleichen Hause im dunklen Keller einquartiert war – nur daß Benedikt die Gewölbe für den Staatskerker hielt und sich auf das Schlimmste gefaßt machte.

Sein Verstand funktionierte klar, nur sein Körper war immer noch wie gelähmt. Er hörte die Schlüssel im Loch rasseln, und umgeben von den düster dreinblickenden Templern trat der Inquisitor samt seinem infamen Gehilfen in den Raum. Sie hielten Fakkeln und leuchteten ihm ins Gesicht, daß er meinte, sie wollten ihm das Augenlicht verbrennen.

»Nun, Bruder William«, eröffnete Crean väterlich das Verhör, »was habt Ihr vorzubringen?«

Benedikt druckste herum; Lippen und Zunge versagten ihm immer noch den Dienst, nur seiner Gurgel entrang sich ein Zischen und ein Keuchen. Dabei wollte er sich verständlich machen, sich erklären, daß er weder der sei, für den sie ihn hielten, noch diesen Brief geschrieben habe, doch er brachte nur unartikulierte Laute zustande.

»Wie können wir dir nur helfen, Bruder«, dauerte Crean besorgt, »deine Spache wiederzufinden? – Yarzinth, zeig ihm die Instrumente!« fügte er sanft hinzu, als sei er der Doktor Lobesam, der einen Kranken hilfreich zur Ader lassen müßt'. Und nichts fürchtete Benedikt so sehr, wie von diesem Gehilfen umsorgt zu werden. Mit äußerster Kraftanstrengung würgte es aus seiner Kehle:

»Ich, ich schäme mich!«

Der Inquisitor war erfreut. »Ob deiner Schandbarkeit, William?«

»Weil, weil ich nicht sch-sch-sch- nicht sch-sch-sch-sch–« Er brachte es nicht heraus. Ein Erstickungsanfall setzte seinem quälenden Bemühen ein Ende, dem Yarzinth nicht mehr nachhelfen mußte. Benedikt war erschöpft in Ohnmacht gesunken.

Sie löschten die Fackeln und zogen sich zurück. Kaum war die Eichentür hinter ihnen ins Schloß gefallen, hielten die Templer nicht länger an sich: Sie lachten schallend.

Im Kreuzgang des ehemaligen Klosters griechischer Mönche stießen sie auf Gavin und den Bischof. Nicola della Porta hatte auch seine Gäste vom Tempel hier untergebracht.

»Yarzinth muß ihm erst ein Gegengift verabreichen«, informierte Crean ihn über den Zustand des Gefangenen.

»Am besten versetzt mit deinen Blitz-und-Donner-Pilzen aus Indien«, setzte der Bischof hinzu, »damit er sich schließlich selbst für William von Roebruk hält!« Was wieder stürmische Heiterkeit auslöste, doch der Präzeptor unterbrach diesen kurzen Moment der Entspannung:

»Euer Problem, Crean de Bourivan, ist weniger der arme Tropf im Keller, sondern der äußerst aufgebrachte Pian«, wandte er ein, »mit dem Ihr nicht so umspringen könnt und auf den allein es ankommt! Wie wollt Ihr den Legaten dazu bringen, Euer Spiel mitzuspielen!«

»Mit Honigbrot und Schraubstock, mit glühenden Eisen,

wenn's sein muß!« lächelte der Bischof maliziös. »Noch kennt Pian ja den Inhalt des Geständnisses nicht; er wird nur begriffen haben, daß es an den Capoccio gerichtet ist – und den Grauen Kardinal fürchtet jeder, auch ein päpstlicher Legat und mag er noch so ein reines Gewissen haben!«

»Und wo ist der Honig?« hakte Gavin voller Sarkasmus nach.

»Der fürsorgliche Bischof, dem nichts als das Wohl seines hohen Gastes am Herzen liegt, hat seinen Einfluß spielen lassen und das so schmerzlich vermißte Schreiben des Großkhans bei der Polizei sichergestellt. Seiner Übergabe an den rechtmäßigen Überbringer steht nichts im Wege – nur eine kleine Gefälligkeit, ein Dienst an ungenannt bleiben wollenden Freunden ...«

»Ihr solltet Pian jetzt empfangen, Exzellenz«, verabschiedete sich der Templer. »Ich halte mich zurück!«

»Unsere eiserne Reserve«, scherzte der Bischof. »Doch ich schwöre, Ihr laßt Euch etwas entgehen!«

Im kleinen Audienzsaal der bischöflichen Sommerresidenz, dem ehemaligen Refektorium empfing der Bischof seinen Gast. Nicola della Porta trug jetzt volles Ornat, war von einigen Priestern flankiert und etlichen hübschen Meßknaben, die mit glockenhellen Stimmen einen Psalter sangen, als der Franziskaner Pian del Carpine, Legat Seiner Heiligkeit, in den dunkel getäfelten, düsteren Raum geführt wurde.

Der Herr Inquisitor saß an einem Tisch neben der Tür, sein Gehilfe stand hinter ihm, von ihnen ging bedrohliche Strenge aus. Zuspruch und freundschaftliche Hilfe konnten nur vom Bischof kommen.

»Gelobt sei Jesus Christus«, säuselte dieser, eilig von seinem Thron herabsteigend und Pian umarmend, kaum daß dieser zum Ringkuß niedergekniet war. »Ich bringe Euch frohe Botschaft«, fuhr er fort, seinen Gast auf einen bereitgestellten Hocker drückend, »und es beglückt meine Seele, daß ich Euch diesen Liebesdienst tun durfte«, frohlockte Seine Exzellenz umschweifig, während Pian auf glühenden Kohlen saß. »Es bedurfte nur des Zeigens der Instrumente, da gestand William schon, wo er die Botschaft an den Papst versteckt hatte. Er hatte wohl vor, sie selbst zu übergeben, sich im Ruhm des erfolgreichen Missionars zu sonnen –«

»Wo ist sie?« brach es aus Pian hervor, doch della Porta ließ sich nicht aus dem Konzept bringen.

»Wie Ihr selbst gesehen habt, lieber Bruder, war William im Besitz von Gift – man fand genug bei ihm, um zehn so kräftige Männer, wie Ihr es seid, ins Jenseits zu befördern –«

»Kann ich den Brief – hoffentlich unversehrt – jetzt wiederbekommen?« begehrte Pian auf wie ein Kind. »Ich will ihn an mich drücken, ihn unter meinem Herzen tragen, bis ich ihn meinem Herrn Papst –«

»Er befindet sich im kaiserlichen Archiv«, belehrte ihn sachlich der Inquisitor, »und soll Euch übergeben werden, wenn Ihr die Stadt verlaßt!«

»Unter sicherem Geleit«, fügte der Bischof ölig hinzu, »auf daß Ihr nicht noch einmal einer Schlange Euer Vertrauen schenkt! Preisen wir den Herrn, daß er alles so trefflich gerichtet!«

Doch Pian schien weder zufrieden noch beglückt. »Ich danke Euch, Exzellenz«, murmelte er, »und will Euch von ganzer Seele vertrauen, daß ein für unsere heilige Mutter Kirche so wichtiges Dokument nicht verlorengeht, daß es in sachkundigen Händen bleibt, bis ich meinen Weg nach Lyon fortsetze – dafür habt Ihr jetzt die Verantwortung übernommen. Doch das andere, das mir auf der Seele brennt, ist –«

Hier unterbrach ihn der Inquisitor: »– das Geständnis Eures Begleiters!« Crean veränderte seine Tonlage, dem Ernst der Situation angemessen. »Es muß Euch auf der Seele brennen, Herr Legat, denn es enthält schwere, ja Grauen erregende Anschuldigungen. – Yarzinth!«

Der Gehilfe trat vor und reichte seinem Meister das Schriftstück; der erhob sich feierlich und verkündete: »In Anbetracht des Ausmaßes von Sünden wider Papst und Kirche muß ich jeden von dieser Verlesung ausschließen, der nicht auf die heilige Inquisition eingeschworen ist –«

Der Bischof tat erstaunt, leicht beleidigt. »Wenn Ihr mit dem – ich denke zu Unrecht oder verleumderisch – Angeklagten allein zu sein wünscht, so verfügt über mein Haus!« Er raffte seine Gewänder und rauschte, gefolgt von seinen Priestern und Meßknaben hinaus.

Die Tür fiel etwas zu laut ins Schloß. Pian zuckte zusammen und starrte den verwaisten Bischofsthron an.

»Der Adressat ist Euch ja schon bekannt«, wandte sich Crean an den Legaten, ihm das halbierte Siegel vorweisend, doch Pian achtete kaum darauf. So begann denn, auf einen Wink Creans, Yarzinth mit dem Vortrag:

»›Ich, William von Roebruk, in Furcht eines unnatürlichen Todes, den mir Pian del Carpine bereiten mag, bekenne alle meine Sünden und beschwöre folgendes: Ich begab mich – wie mir von Bruder Elia befohlen – mit den beiden Kindern zum vereinbarten Treffpunkt mit Bruder Pian in die Alpen zu einem Orte, der da heißt ›Die Brücke der Saratz‹.

Der gesamten Christenheit zum Trotz und Hohn haben die Ungläubigen im Herzen des Abendlandes, dort wo die Luft am reinsten sein sollte, sie verpestet, kristallene Moscheen tief in die Berge gebaut, wo sie Christus bespeien und die Jungfrau Maria, wo sie in tiefen Verliesen treue Christenmenschen und Brüder allzumal mit entsetzlichen Torturen foltern, schächten und töten. Bezahlt hat das infame Treiben der frevelhafte Staufer, wie er es schon zu Lucera trieb, mit Silberlingen, die er den Sendboten des Papstes raubte, armen Brüdern des heiligen Franz wie ich, die dort gehenkt werden ohne letzten Zuspruch, ohne Trost.

Dort, in diesem Vorort zur Hölle, unter den Teufeln sitzend, erwartete mich Pian –‹«

Ein Stöhnen entrang sich der Brust des Legaten; er sackte vornüber zusammen, fast, daß er vom Schemel gefallen wäre, er verbarg sein Gesicht in den Händen. Ungerührt, ja mit diabolischem Vergnügen fuhr Yarzinth fort mit seiner blumigen Schilderung:

»›Mein Bruder Pian saß unter den Teufeln, als wäre er ihresgleichen, er fluchte dem Heiland und spie auf mein Kreuz. Seinen

Begleiter Benedikt von Polen hatte er schon von den Gottlosen umbringen lassen –‹«

»Nein!« schrie Pian, »hört auf!«

»Wir fangen gerade erst an«, sagte Crean, »oder wollt Ihr gestehen?«

»Nein!« würgte Pian hervor, und Yarzinth fuhr fort:

»›Pian zwang mich, ihn und die Kinder in die Mongolei zu begleiten. Er nannte mich fortan »Benedikt von Polen«.

Die Kinder waren Ketzerkinder, wie ich jetzt erkannte, und eine furchtbare Bedrohung der Kirche. Pian, der seinen lästerlichen Auftrag von Elia hatte, der Christenheit und dem Abendland zum Schaden, denn – so vertraute mir Pian an –, sie sollten Herrscher werden auf Petri Stuhl, heidnische Priesterkönige von Großkhans Gnaden. Sie sollten der Botschaft des katharischen Grals zum Siege verhelfen über das Testament Christi und seinen römischen Vollstrecker, unsern Heiligen Vater, den Herrn Papst. Dies weiß ich aus dem Munde des Pian, der, wie Elia, dem Antichristen seine Seele verschrieben hat. Elia hatte mir die Ketzerbälger untergeschoben, und jetzt preßte mich Pian, ihm zu den Mongolen zu folgen, die Grausen und Schrecken verbreiten. Zwei Jahre sollte ich keine ehrliche Christenseele mehr zu Gesicht bekommen.

Pian, der eigentlich von unserem Herrn Papst nur den Auftrag hatte, bis zu Batu ins Land der Goldenen Horde zu reisen, bestand darauf, die Kinder bis zum Hof des Großkhans zu geleiten, wo er gar schlecht über den Papst redete und sich reich für seine Tat beschenken ließ. Ich habe daran keinen Anteil; schwer genug lastet auf meiner Seele, daß ich mich aus Angst um mein geringes Leben nicht verweigert, daß ich an diesem sündigen Tun teilgenommen habe.

Ich werde es büßen. Hinter Pian, hinter Elia stehen noch teuflischere Mächte, und sie werden mich als Zeugen zum Schweigen bringen, bevor ich reuig meine sündige Schwäche werde bekennen können. Mein Name ist auf immer entehrt, möge dieses Bekenntnis wenigstens meiner armen Seele helfen.

William von Roebruk, O. F. M.‹«

»Ungeheuerlich!« stöhnte Pian. »Hölle, tu dich auf!«

»Das Tor zur Hölle ist stets geöffnet«, setzte Crean nach; »ist das alles, was Ihr uns sagen wollt?«

»Ich war nie in den Alpen, ich weiß nichts von irgendwelchen Kindern!« heulte Pian. »Und Benedikt von Polen ist mir als solcher beigegeben worden!«

»Ihr wart doch jahrelang Ordensprovinzial in Deutschland. Dabei müßt Ihr mehrfach die Alpen überquert haben. Kennt Ihr den Ort?«

»Nie gehört!« fuhr es Pian heraus.

»Bedenkt Euch gut«, mahnte Crean ihn sanft.

»Gehört natürlich«, verbesserte sich der Legat, »er soll in einem verfluchten Seitental vor dem Julier liegen. Ich habe den Paß immer gemieden –«

»Wie lautete Euer Auftrag? Stimmt es, daß Ihr gar keine Vollmacht hattet, bis zum Großkhan zu reisen? Was hat Euch bewogen, der Kirche ungehorsam zu sein? Die Kinder?«

»Das ist erstunken und erlogen!« brüllte Pian. »Das päpstliche Schreiben ›Cum Non Solum‹ war an den obersten Herrscher aller Mongolen gerichtet, deswegen verwies mich Batu –«

»Was ist mit den Kindern?« beharrte Crean unerbittlich. »Bis wohin habt Ihr sie gebracht?«

»Zum Teufel mit den Kindern!« schrie Pian. »Da waren keine Kinder, ich habe nie welche gesehen!«

»Und William, den Ihr beharrlich Benedikt nennt – worin Ihr ja mit dem Geständnis vollauf übereinstimmt –«, Crean ließ diese Zwischenbemerkung genüßlich auf der Zunge zergehen, »wer hat ihn Euch beigesellt, wo ist er zu Euch gestoßen? In Lyon war er nicht dabei!«

»Der Graue Kardinal«, schluchzte Pian, »Ihr wißt genau –«

»Ich will es genau wissen«, sagte Crean, »und Ihr tätet besser daran, mit der heiligen Inquisition zusammenzuarbeiten, anstatt Euch in Lügen zu verstricken –«

»Ich habe nichts zu verbergen, das ist eine verleumderische Verschwörung gegen mich. Jemand will mich um die Früchte meiner Mission bringen! Helft mir doch, statt mich anzuklagen!« Der Legat war verzweifelt und trotzig zugleich, der starke Mann dem Zusammenbruch nahe. »Ich habe nichts zu gestehen!«

»Also, Pian«, wechselte Crean den Ton, »alles kann sich William ja nicht aus den Fingern gesogen haben, schließlich ist es ja ein Wesen aus Fleisch und Blut, aus dessen mongolischer Jacke man dieses Geständnis herausgeschnitten hat –«

»Ein Scheusal, ein blutsaugendes Scheusal!« heulte der Legat noch einmal auf, aber es klang schon resigniert. Einsam, von allen verlassen, war er der Inquisition ausgeliefert. Du mußt jetzt deinen Hals aus der Schlinge bringen, Pian, sagte er sich selbst. Nur der Inquisitor selbst ist noch dein Freund, streichelt deine vor Zorn zitternde Hand ...

»Gib also zu, Pian, daß William und diese Kinder mit dir in die Mongolei gereist sind – du mußt ja nicht gewußt haben, um was es ging. Wir drehen den Spieß um: Du schiebst die Initiative auf diesen ›William von Roebruk‹ alias ›Benedikt von Polen‹, der dich offensichtlich in seine üblen Machenschaften verstricken will. Nach den Kindern werden dich zu viele fragen; ihre Existenz, die auch dem Grauen Kardinal bekannt ist, ihre Reise zu den Mongolen sind in aller Munde: Du kannst sie nicht verleugnen! Sei froh, wenn wir ein Anerkenntnis des William besorgen, daß er allein verantwortlich ist, damit mag er vor den höchsten Richter treten! Steh du zu den Kindern; wir sorgen dafür, daß der Kerl den Mund nicht mehr aufmacht« – Crean seufzte ob der schweren Bürde, die er da in brüderlicher Nächstenliebe auf sich nahm –, »und dieses dich so unangenehm belastenden ›Geständnis‹ wollen wir dann vernichten. William ist ein toter Mann!«

»Um Gottes willen«, sagte Pian, von dem man hätte annehmen können, er wäre froh, daß ein so glimpflicher Ausweg aufgezeigt war, »ihm darf kein Leid geschehen!«

»Wie? Ihr bittet um das Leben dieses Schurken?«

Pian war es peinlich. »William – ich meine Benedikt – wie auch immer: William war mir vom Castel als Dolmetscher mitgegeben worden. Ich benutzte ihn, aus eitler Bequemlichkeit, auch als Schreiber. Ich diktierte ihm während unserer ganzen Reise meine ›Ystoria Mongalorum‹, mein Lebenswerk, mit dem ich beim Heiligen Vater Ruhm zu erwerben gedenke und Ehre bei allen Fürsten des Abendlandes; denn es gibt sonst keinen Bericht über das Leben und Treiben der Mongolen, vor allem nicht über ihre Ziele und Fähigkeiten, diese zu erreichen, ihre gesamte militärische Organisation. Ich habe es diesem Menschen diktiert, wo ich ging und stand; er machte sich Notizen in seiner ›Kurzschrift‹, wie er sagte, die ich nicht lesen kann. Er versprach mir, es Zug um Zug ins Reine zu schreiben. Ohne diese Niederschrift bin ich ruiniert. – Ihr müßt doch seine Aufzeichnungen bei ihm gefunden haben –?« fragte Pian ängstlich; nicht mehr die soeben noch akute, kaum abgewendete Bedrohung seines irdischen Lebenswandels interessierte ihn, nein, sein schriftstellerischer Nachruhm.

»Gewiß«, beeilte sich Crean zu versichern, »die vielen Blätter wurden in seiner Truhe gefunden, alle voll mit unleserlichem Gekrickel!«

»Das soll er nun lesbar aufschreiben!« befand der Legat, der seine Autorität wiedergefunden hatte. »Eher will ich mich hier nicht vom Fleck rühren; ich werde krank bei dem Gedanken, der Kerl säße untätig herum und würde sich nicht die Finger wund schreiben!«

»Beruhigt Euch«, sagte Crean, und diesmal war sein Stoßseufzer echt, »ich werde veranlassen, daß er sofort Tinte und Feder und bestes Pergament in die Zelle bekommt –«

»Und Schläge, wenn er nicht fleißig ist«, fügte der Legat patriarchalisch hinzu. »Danach möget Ihr mit ihm verfahren, wie es ihm gebührt! Erzählt mir von diesen Kindern!«

»Gelegentlich«, sagte Crean unbewegt – er hatte die erste Schlacht gewonnen. »Laßt mich jetzt Sorge tragen, daß Euer *opus magnum* Formen annimmt, die seiner würdig sind.«

Er stand auf. »Geleite den Herrn Legaten zurück zu seinen Räumen!« wies er Yarzinth an.

»Ich finde den Weg allein« sagte Pian leutselig. »Danken wir dem Herrn, der alles so gütig wendet«.

In der Tür drehte er sich noch einmal um. »... und nie einen Polen als Papst!« flüsterte er, sein Mittelfinger stach senkrecht in die Luft, zu ordinärer Geste.

»Amen!« antwortete Crean.

»Da haben wir uns was eingebrockt!« stöhnte der ›Gehilfe‹, als sie wieder allein waren.

»Das ist der Preis, Yarzinth!« entgegnete der erschöpfte Inquisitor. »Du mußt dem Legaten ab sofort Sedativa ins Essen beigeben und herausfinden, womit er sich sonst noch die Zeit vertreiben möchte, die wir, das heißt Benedikt, brauchen ...«

Damit waren sie im Kreuzgang angekommen, wo sie der Bischof und Gavin erwarteten.

»Mürbe?« fragten sie.

Crean nickte.

»Wir haben inzwischen herausgefunden, was unser Gefangener im Keller zu sagen wünschte: Er kann nicht schreiben!« Gavin lachte. »Benedikt ist zwar kein Analphabet; er kann lesen und ist auch sonst nicht auf den Kopf gefallen, aber er hat nie Schreiben gelernt!«

»Gott der Allmächtige!« entfuhr es Yarzinth. »Das darf Pian nicht erfahren!«

»Wenn der aufgeblasene Trottel es bislang nicht gemerkt hat«, sagte Gavin, »wird sich das ja auch in Zukunft vermeiden lassen!« Er lachte dröhnend. »Eine fabelhafte Verschwörung! Falsifikation eines Geständnisses, dessen Autor unfähig ist, auch nur eine lesbare Zeile zu Pergament zu bringen!«

Crean war blaß geworden, das warf nun alle Pläne wieder um. »Das ist das eine«, faßte er sarkastisch zusammen, »das andere: Der Herr Legat ist Verfasser einer ausgiebigen endgültigen ›Ystoria Mongalorum‹, an deren Texte er sich leider nicht erinnern kann, weil er sie dem Schreiber, der nicht schreiben kann, diktiert hat und nun dessen *scriptum* erwartet.«

»Worin wir ihm zur Hand gehen wollen!« sagte der Bischof schlau. »Yarzinth! Du hast doch bewiesen, welch exzellente Feder –«

»Ohne mich, Exzellenz«, sagte der Koch mit undurchdringlicher Miene. »Ich sage den Dienst auf; lieber stelle ich mich Olim, dem Henker!«

Die Triëre
Konstantinopel, Sommer 1247

Es war ein herrliches Wetter. Das Auge hatte sich schon seit Tagen erfreut an den Inseln der Griechen, die aus dem türkisfarbenen Meer ragten, den hell leuchtenden Dörfern, die sich im Wasser spiegelten, den Tempeln auf den Höhen gegen einen lichten Himmel und den Fischerbooten, Draken und Barken in den Buchten, von denen die Menschen herüberwinkten, wenn das Schiff mit geblähtem Segel oder kraftvollem Schlag der Ruder vorüberglitt. Hier wohnten also die Götter! William konnte es ihnen nachempfinden.

Doch nichts überwältigte die Kinder so sehr wie der erste Anblick des alten Byzantium, das sich wie der strahlende Olymp aus dem Propontis erhob. Eine mächtige Mauer lief zur Linken ins Land hinein, überwand Täler und Hügel, umfaßte kraftvoll die ungeheure, nicht enden wollende Anhäufung von Türmen und Kuppeln. Auch zur Meeresflanke hin, an der die Triëre jetzt grüßend vorbeizog, gestattete sich die Stadt der Städte eine umlaufende Befestigungsanlage, in der künstliche Hafenbecken, von Leuchtfeuern flankiert, eingelassen waren, samt riesigen Arsenalen, Bollwerken, Bastionen, gespickt mit Katapulten, Lagerhäusern und Kranbäumen.

Und das Menschengewimmel darunter! Noch nie hatten die Kinder so viele Schiffe dicht aneinandergedrängt auf einmal gesehen. Wie armselig erschienen dagegen plötzlich der Hafen von Marseille und der kleine von Civitavecchia, den sie noch vor Augen hatten. Und die Waren, die Ballen, die Tonnen, die Amphoren und Kisten! Hoch aufeinandergestapelt, als gälte es, die ganze Welt mit Gütern zu versorgen, doch waren sie nur für die eine

Stadt bestimmt, die jetzt immer höher dahinter aufragte, ein Häusermeer zum Hafen hin, darüber im satten Dunkelgrün der Zypressen der Hügel mit den eingestreuten Palästen und Kirchen; golden glänzten die Kreuze von ihren Dächern.

Die Triëre bog ins Goldene Horn ein und legte im Alten Hafen an, noch vor der Bootsbrücke, auf halber Höhe zwischen dem Quartier der Genuesen und dem der Venezianer.

Die Gräfin stand im Schatten des Zeltvordaches der *cabana*, und nichts deutete darauf hin, daß es ihr Schiff war, dessen Ruder jetzt eingezogen wurden. Sie war eine ganz gewöhnliche Passagierin und völlig in die Bedeutungslosigkeit der Anonymität zurückgetreten.

Das Kommando führte lauthals Guiscard, dem die Rolle des bizarren wie gottesfürchtigen Eigners zugefallen war. Er transportierte eine züchtige Nonnenschar auf Pilgerreise ins Heilige Land, und auffallend war höchstens die fremdländische Schönheit der jungen Äbtissin.

Clarion hatte Laurence zuliebe allen Schmuck abgelegt und tat sich durch besondere Ernsthaftigkeit im Gebet hervor, zu der sie ihre ›Schwestern‹, die gräflichen Zofen und Kammerfrauen, jetzt auf Deck um sich versammelt hatte. Die *lancelotti* samt ihren Lanzenriemen, die Katapulte und überhaupt alles an Martialisches gemahnende Gerät waren tief unten im Kielraum verstaut, wohin man auch William samt den Kindern verbannt hatte.

Laurence war vorsichtig; sie ließ Guiscard erst mal ein paar ihrer Vertrauten ausschicken, die prüfen sollten, ob die Luft rein sei vom ›schwarzen Fliegen-Geschmeiß‹, womit sie die Päpstlichen meinte.

Das Schiff lag unweit des Eintritts der Cloaca Maxima ins Hafenbecken, was zwar etwas strenger duftete als die sonstige brakkige, faulige Umgebung, aber einen nur wenigen bekannten Vorteil bot. Laurence gehörte zu diesen wenigen.

Schräg gegenüber erhob sich immer noch auf hölzernen Stelzen das Freudenhaus; sie schickte einen verstohlenen Blick hinüber. Kein nacktes Bein, kein entblößter Busen zeigte sich lockend am Fenster, doch sie erinnerte sich des Geruchs aus dem Abwasserkanal, den man – mit zugehaltener Nase – an die dreihundert Fuß hochwaten mußte, um an die Stelle zu kommen, wo hinter einem entfernbaren Gitter der Überlauf der Großen Zisterne des Kaisers Justinian einmündete.

Hatte man diesen unterirdischen Säulenwald erst einmal erreicht, konnte man fast an jeden Punkt der Stadt gelangen; zumindest jeder Palast von Bedeutung hatte eine geheime Verbindung mit dem Wasserreservoir, sei es durch Irrgärten von Naturgrotten oder ein ausgeklügeltes System begehbarer Aquädukte.

Laurence nahm schnell Abstand von dem Gedanken, mittels dieser ungewöhnlichen und nicht unbeschwerlichen Methode dem Palast ihres Neffen, des Bischofs, zu erreichen, aber es tat gut, um einen solchen Fluchtweg zu wissen. Zu oft in ihrem Leben hatte sie Hals über Kopf das Feld räumen müssen!

Sie ließ ihre persönliche Habe, eine beträchtliche Anzahl von Truhen, Ballen, Kästen und Körben von den *moriskos* aufladen, die sich ihr gern als Träger anboten, in Anbetracht der ansonsten geringen Aussicht, dem dunklen Bauch der Triëre zu entrinnen. Auf die Mitnahme einer ihrer Kammerzofen verzichtete die Gräfin, zumal diese Clarion als ›Nonnen‹ zu dienen hatten. Ihr lag daran, möglichst rasch und unauffällig Abstand zwischen sich und den Hafen zu bringen.

Es hätte ja doch sein können, daß jemand in ihr die ›Äbtissin‹ wiedererkannt hätte. Vielleicht stand auf ihr inzwischen hennagefärbtes Haupt ja noch immer ein Preis – und ob Olim, der Henker, noch seines Amtes waltete, war zu bezweifeln, wenn er überhaupt noch lebte. Die Triëre war ein zu auffälliges Schiff, prächtig in ihrer altmodischen Form, die sich mehr auf die Kraft der Arme als auf neueste Segeltechnik verließ. Schon hatten sich neugierige Gaffer am Kai versammelt.

Vorneweg die Sänfte mit der Gräfin, setzte sich der Trupp in Bewegung. Die *moriskos* scheuchten die Leute zur Seite. Durch die ansteigende Altstadt ging's hinauf zu den Klöstern und Palästen.

Nicola della Porta, römischer Episcopus im griechischen Byzanz, lagerte zur späten Morgenstunde immer noch unter dem Baldachin seiner Bettstatt. Er teilte sich mit Hamo eine Schale frischer Trauben und Äpfel, welche Yarzinth ihm schon vorgeschält hatte.

»Ich habe deinen Künsten und Rezepturen immer vertraut«, wandte er sich an seinen Koch, »doch aus unserer Sommerresidenz erreicht mich die betrübliche Nachricht, daß Pian blaß und elend sei?«

»Ich lasse ihn auf das Beste bekochen, schicke sogar Leckerbissen aus unserer Küche täglich auf den Tisch«, verwahrte sich der Koch. »Der Herr Präzeptor hat schon vier Pfunde angesetzt, doch bei dem Herrn Legaten schlägt's nicht an. Er grämt sich, weil er nichts Geschriebenes zu sehen bekommt und sich sorgt, daß seine Tatarenlegende niemals das Auge eines staunenden Lesers zum Leuchten bringen wird. Er jammert Schimpf und Schande und denkt, sein inhaftierter Ordensbruder, dessen Namen er nicht mehr ausspricht, sei nicht in die Lage versetzt, seiner Schreibpflicht nachzukommen!«

»Und warum erbricht sich unser Kalligraphos pausenlos unten in unserem Keller?«

»Der steckt sich zwei Finger in den Hals und kotzt alles raus, aus Furcht vergiftet zu werden!«

»Kein so falscher Instinkt!« mokierte sich Hamo. »Damit würde Yarzinth jede Notwendigkeit aus der Welt schaffen, sich doch noch als Schreiber verdient zu machen!«

»Über jedem hängt sein Damoklesschwert!« Ein einziger Blick dankte Hamo für seinen suggestiven Vorschlag. Yarzinth wandte sich an den Bischof. »Ich habe eine gute Nachricht, Exzellenz, und eine schlechte. Die gute ist: William von Roebruk ist soeben eingetroffen! Die schlechte: die Kinder auch!«

Schweigen unterm Baldachin. »Τέτλαθι δὴ κραδίη? Hier in Konstantinopel?«

»Eure Frau Tante, die Gräfin von Otranto, ist bereits im Anmarsch!« Das war eigentlich mehr für Hamo gedacht; mit feinem Lächeln entfernte sich Yarzinth.

Der Junge reagierte auch sofort mit Panik. »Meine Mutter? Ich verschwinde!«

Es klopfte an die Tür, Crean trat ein. »Woher weiß Euer Koch eigentlich, was unten am Hafen die Miesmuscheln unter Wasser singen? Ist er ein Spion?«

»Ach«, sagte der Bischof und erhob sich aus seinen Kissen, »ich hab' ihn bei Olim eingekauft. Er sollte als Giftmischer die Hand, als Taschendieb den Fuß und als Fälscher ein Auge verlieren, da dachte ich mir, soviel Nützliches in einem Stück sollte nicht zerhackt werden – er hat mir's allein schon als Koch gelohnt!«

Hamo entschwand durch die Tapetentür, gerade noch bevor, ohne anzuklopfen, Laurence in das Schlafzimmer stürmte.

Sie besah den Bischof in seinem langen Nachtgewand, übersah Crean. »Was ist das für ein Empfang!« polterte sie los. »Du hättest wenigstens mit dem Ankleiden fertig sein können. – Wo ist Hamo?«

»Eben war er noch hier, und nun Ihr, liebste Tante«, freute sich der Bischof über den Besuch. »Δὶς καὶ τρὶς τὸ καλόν.« Unten in der Halle luden die Träger geräuschvoll ihre Kisten und Packen, Tragstühle und Kleiderschränke, Schmuckschatullen und Wäschesäcke ab. Der Bischof warf einen Blick über die Brüstung. »Oh, ich sehe, Ihr bleibt nur wenige Tage.« Seine Stimme troff vor Bedauern.

»Ich will so schnell wie möglich wieder weg von hier!« verwies ihn die Gräfin barsch. »Jetzt zieh dich an, wir haben uns zu besprechen! Und Ihr, Crean de Bourivan, solltet auch zugegen sein!«

Der Kriegsrat tagte in dem fensterlosen Kabinett neben der Schatzkammer. Gavin Montbard de Bethune, Präzeptor des Templerordens war der Gräfin vorgestellt worden, und sie fand sofort Gefallen an seiner souveränen Art.

Gavin zog auch sogleich den Vorsitz in der Versammlung an sich. »Da Ihr nun mal hier vor Anker gegangen seid, wozu es einigen Mutes bedarf«, richtete er seine erste Ansprache an Laurence,

»sind die Kinder samt William umgehend und ungesehen in vorläufige Sicherheit an Land zu bringen!«

»Dagegen ist wenig einzuwenden«, entgegnete die Gräfin, »zeigt mir, wie diese Sicherheit heute aussieht, und garantiert sie mir für die Zukunft!«

»In diesem Haus kann ihnen nichts geschehen«, bot der Bischof an, doch das genügte Laurence bei weitem nicht.

»Da kennt Ihr die geballte Macht und die Niedertracht der Päpstlichen nicht!« warf sie ihm vor. »Dies ist keine Festung wie Otranto, und Ihr verfügt über keine Streitmacht wie ich mit meiner Triëre – und doch habe ich es vorgezogen, die Kinder fortzubringen, aber in eine *securitas major!*«

»Ich biete *maxima!* Ihr vergeßt, daß hier die Katholizität nur eine mißlaunig geduldete Besatzungsreligion darstellt. Alle Leiber der Stadt würden sich den Angreifern entgegenstellen!«

»Sehr ehrenwert, Eure Griechen«, suchte Gavin zu vermitteln, »aber Ihr unterschätzt den geheimen Arm der Kurie, die Intrigen des Castels und die Infamie des Grauen Kardinals. Byzanz ist genau der trübe Sumpf, in dem seine Machenschaften aufgehen wie der Schimmelpilz in feuchter Hitze!« Der Präzeptor ließ die Bilder wirken, bevor er fortfuhr: »Es gibt nur eine Organisation, die ihm gewachsen, ja überlegen ist, weil sie nicht außerhalb des päpstlichen Imperiums steht, sondern in seinem Zentrum, weil sie besser noch als die Herren Capoccio, *pater filiusque*, spirituelle und weltliche Potenz in sich vereint und anzuwenden weiß, das ist der Templer-Orden!«

»Ihr könnt nicht für den Orden sprechen, Gavin«, unterlief ihn Crean mit verhaltener Erregung. »Eher könnte ich für den meinen mich verbürgen, weil sich bis zum Großmeister im fernen Alamut alle Eingeweihten einig sind, die Kinder nicht nur zu retten, sondern auch in die Überhöhung zu bringen, die eine beschlossene Sache ist: der ›Große Plan‹! Dahinter stehen die Assassinen, zu jedem Opfer bereit, seine Durchführung zu gewährleisten!« Crean holte Atem und zwang sich zum gebotenen Takt. »Die Templer, die initiiert sind im geheimen Bund, unsere Brüder, Blutsbrüder, und die unserer höchsten Achtung gewiß sein können, sind nur einige wenige –«

»*Pauci electi!*« stemmte sich Gavin gegen das Verdikt, doch Crean war noch nicht am Ende:

»Wer garantiert Euch, was morgen eine andere Ordensspitze für opportun hält? Die Sicherheit, die Ihr bieten könnt, steht auf tönernen Füßen!«

»Ich würde den Templern die Kinder so wenig anvertrauen wie den Assassinen!« sagte der Bischof in seiner impulsiven Art. »Nicht, weil ich ihnen nicht traue, aber ich sehe die Überparteilichkeit gefährdet: Zwangsläufig kann sich mit den einen der Islam, mit den anderen das Christentum nicht abfinden. Der Große Plan muß auch vor denen geschützt werden, die ihn mit entworfen haben. Es geht nicht nur um die äußere Sicherheit der Kinder, sondern um ihr Gotteskönigtum, es geht um die Reinheit des Gral!«

»Ihr erstaunt mich, Nicola«, antwortete ihm Gavin, »und Ihr beschämt mich, ich habe Euch unterschätzt.« Der Präzeptor hatte sich erhoben und umarmte den Bischof spontan. »Ich habe mein Angebot gemacht, meine Ritter, unser Schiff stehen zur Verfügung, wie immer wir entscheiden werden!«

Sprach der Bischof: »Γνῶθι σεαυτόν! Ich bin nur ein Mensch, ein schwacher dazu, Erbteil eines mir unbekannten Vaters; meine Leichtfertigkeit überschattet gelegentliche tiefere Einsichten. Ich bin weder würdig, noch stark, noch aufopfernd genug, erklären zu können: ›Hier bei mir sind die Kinder sicher.‹ Ich kann diese Verantwortung nicht übernehmen!«

»Und ich kann sie nicht länger tragen!« rief Laurence. »Nicht, daß ich sie loswerden will, dazu sind sie mir zu sehr ans Herz gewachsen. Auch ich bin keine so starke Person, wie es vielen erscheinen mag. Ich möchte endlich wieder ein normales Leben führen, wenn man es denn als solches bezeichnen will. Es war sicher ein Fehler von mir hierherzukommen, aus dem sicheren Otranto auszubrechen, die Kinder damit zu gefährden; ich bin unsicher, ich fühle mich der Aufgabe nicht gewachsen!«

»Ich bin tief beeindruckt«, sagte Crean, »wie Ihr Euch allesamt in Selbsterkenntnis übertrefft wie auch an edlen Tugenden der Bescheidenheit und des Verzichts. Es liegt mir ferne oder ich überlass' es anderen, diese Zurückhaltung billig zu nennen, diese Flucht vor den anstehenden wie künftigen Problemen Feigheit und Bequemlichkeit. Doch der Große Plan bedarf des Mutes von Löwen und Adlern!« Crean redete sich über die Beleidigungen hinaus in Rage. »Ich beschwöre Euch, laßt uns die Kinder aus dem Mittelmeerraum fortschaffen! Gebt sie mir mit! Ich bringe sie nach Alamut. Dort sind sie nicht nur sicher, sondern erhalten auch die geistige Unterweisung, der sie für die Übernahme ihrer Aufgabe bedürfen.«

»Nein!« sagte Gavin. »Der Mut der Assassinen mag Löwen und Adlern gleichen, ich will das Schicksal der Kinder aber der politischen Klugheit von weisen Menschen anvertraut wissen, die auch den Mut zur Feigheit haben!«

»Nein!« sagte Laurence. »Die Kinder sollen das Leben lieben lernen, nicht den tollkühnen Tod, der angeblich die Pforte zum Paradies aufstößt!«

»Nein!« sagte der Bischof. »Für mich ist Alamut zu fern und zu sektiererisch – und zu nah den Mongolen! Für mich verläuft die Nabelschnur zwischen Abendland und Morgenland immer noch auf der Achse Konstantinopel-Jerusalem! Gerade der Mittelmeerraum bedarf endlich eines Friedenskönigtums, das ich mir von den Kindern erhoffe!«

»Dann kann ich ja gehen!« Crean war aufgesprungen.

»Wartet«, sagte Gavin, »wir müssen Beschluß fassen. Resultat unserer *seduta*: Zwei Parteien, die sie wollen, aber nicht sollen – zwei, die sie haben, aber zagen. Ich schlage vor, die Entscheidung höheren Ortes anzufordern, und zwar schnellstens. So lange sollten die Kinder hierbleiben, und wir alle wollen unsere Kraft vereinen, ihnen Schutz zu geben. Ich schlage des weiteren vor, daß Crean de Bourivan sich sofort einschifft, um das *dictum* der Väter des Großen Plans einzuholen. Hierfür stelle ich mein Schiff zur Verfügung.«

Der Bischof und die Gräfin nickten ihr Einverständnis, doch Crean begehrte auf. »Ich habe meinen Willen bekundet, unseren Willen –«

»Ihr könnt vielleicht im Namen Eures Kanzlers sprechen«, unterbrach die Gräfin schneidend, »aber im Namen der Prieuré? Bringt Euren Vater her, der soll entscheiden!«

»John Turnbull denkt wie ich«, erwiderte Crean bitter, »aber ich füge mich Eurem Wunsch« – er verneigte sich leicht gegen Gavin – »und werde ihn benachrichtigen. Eures Schiffes bedarf ich nicht!«

Er grüßte die Anwesenden und wollte den Raum verlassen. Der Bischof geleitete ihn zur Tür.

»Noch lebt William«, gab er flüsternd zu bedenken, »und wir werden ihn noch brauchen. Μὴ κινεῖν κακὸν εὖ κείμενον. Sorgt bitte dafür, daß ihm vorerst nichts zustößt; denn ich weiß, daß seine Lebensschnur bereits geknüpft ist.«

»Dann wißt Ihr auch, daß wenn ein solcher Auftrag erteilt worden ist, kein Lebender seinem Tode zu entrinnen vermag. Die Vollstrecker sind wahrscheinlich längst unterwegs, sind vielleicht schon unter euch hier in Byzanz. – So seid am besten auf der Hut, laßt niemanden, den Ihr nicht kennt, in seine Nähe!«

»Ἀλλ' ἤτοι μὲν ταῦτα θεῶν ἐν γούνασι κεῖται!« Der Bischof war enttäuscht, und Crean eilte von dannen.

»Ich hoffe«, verkündete Nicola della Porta, als er zurückkehrte, »es hat niemand etwas dagegen einzuwenden, daß wir den echten William sofort in den Keller verfrachten, damit er aufschreibt, was Benedikt ihm erzählt.«

»Und wie wird sein unfreiwilliger Namensträger es aufnehmen, nun mit dem Original konfrontiert zu werden, eine böse ›Verwechslung‹, die ihm nur Ärger schuf?« wollte Gavin wissen.

»Die können reden, was sie wollen – zumal ja beide nichts von dem Brief wissen, den wir Pian verlesen haben«, erläuterte der Bischof, nun wieder mit böser Zunge. »Sie können sich die Augen auskratzen oder sich verbrüdert in die Arme fallen: nichts von dem wird aus den Mauern dieses Hauses dringen. Wichtig ist nur, daß sie die verdammte Geschichte der Mongolen verfassen, damit Pian glücklich ist. Auf Pians Kooperation sind wir jetzt mehr denn je angewiesen, wo nun die Kinder da sind – wir müssen uns an die Gegebenheiten halten!«

»Ich werde Eurem *major domus* ein paar Zeilen mitgeben, damit sie auf der Triëre wissen, daß alles seine Richtigkeit hat!«

So schickte der Bischof seinen Koch hinunter zum Hafen, damit er den Mönch William von Roebruk und die beiden Kinder sicher durch die Kanäle ungesehen in den Kallistos-Palast schaffe, William in den Keller, die Kinder in den ›Pavillon der menschlichen Irrungen‹.

Crean erreichte schnellen Schritts die Triëre an der Hafenmole. William und die Kinder konnte er nicht entdecken, wohl aber Clarion in Nonnentracht, umgeben von ihren Mitschwestern. Sie beteten unter dem Vordach der *cabana* auf den Knien zur Vesper. Crean trat ungeduldig von einem Bein aufs andere. Schließlich erhob sich die junge Äbtissin und hieß ihn näher treten.

»Wenn Ihr um meine Hand anhalten wolltet, Crean de Bourivan«, überspielte sie kokett die Befangenheit, die sie jedesmal überfiel, wenn sie ihn sah. »Zu spät! Ich habe den Schleier genommen!«

»Kommt dennoch mit mir – und den Kindern«, brachte Crean sein Anliegen unverblümt zur Sprache. »Sie sind hier nicht mehr sicher. Laßt uns zusammen mit ihnen fliehen!«

Clarion hatte sich erhoben, was sie jetzt schon bereute. »Nicht um mich geht es Euch, Crean, sondern um die Kinder allein! Mich würdet Ihr in Kauf nehmen oder als nützliche Dreingabe!«

Crean wußte ihr nicht recht zu antworten; er ärgerte sich, überhaupt den Versuch unternommen zu haben. ›Weiber!‹ dachte er. Man sollte wirklich nicht nur auf sie, sondern auch auf ihre Mitwirkung verzichten.

»Gebt mir die Kinder!« drängte er, doch da war Guiscard schon aufgetaucht.

»Nur über meine Leiche, Herr Bourivan!«

Jetzt sah Crean die Kinder unten zwischen den Ruderbänken herumtollen; sie spielten mit William ›Blinder Ochse‹. Wie waren sie gewachsen, seit er sie das letzte Mal gesehen hatte. Der Mönch stolperte mit verbundenen Augen über die durch die Wanten ragenden Ruderhölzer.

Crean gab auf. Roç und Yeza waren keine hilflosen Kleinkinder mehr, für die eine Amme – und sei es in Gestalt eines dicken Franziskaners – die wichtigste Bezugsperson war. Sie waren nun so weit, daß man aufhören sollte, an ihrem Schicksal zu ziehen und zu zerren. War ihnen Großes bestimmt, würde Gott sie dorthin führen.

»Betet für sie«, sagte er unvermittelt zur unschlüssigen Clarion und den sie umringenden Nonnen, die mit fragenden Blicken zu ihm aufschauten. Brüsk wandte er sich ab und verließ erhobenen Hauptes die Triëre.

Insha'allah! Die Zeit war noch nicht gekommen, daß er, Crean, über die Geschicke der Kinder bestimmen sollte, obgleich für ihn außer Frage stand, was für sie das Beste war: Es mußte endlich ein Schlußstrich gezogen werden unter alle Fälschungen und falschen Mönche!

Crean sah sich unter den Schiffen des Hafens um. Sein Blick entdeckte bald den ägyptischen Handelssegler, der freimütig die grüne Fahne des Propheten zeigte. Seine Eigner, zwei arabische Kaufleute, hockten beim Tee. Schweigend setzte sich Crean zu ihnen und nippte an dem heißen Getränk. Der Geruch von frischer Minze stieg ihm angenehm erregend in die Nase.

»*As-salamu 'alaina.*«

»*Wa 'ala 'ibadillahis-salihim.*«

»Es ist Allahs Wille«, sagte Crean bedächtig, »daß es bei dem bleibt, was mit der Schnur gesagt worden ist.« Die beiden nickten kaum merklich. Crean wartete eine angemessene Zeit, dann fuhr er fort: »Ich brauche ein Schiff, um dringend heimzureisen, ich möchte Euch bitten, mir Euer Schiff zu überlassen.«

Der ältere Moslem, mit elegant gestutztem Backenbart, goß Crean aus der Kupferkanne vom Tee nach. »Verfüge über dein

Schiff.« Nach kurzem Blick des Einverständnisses mit dem Jüngeren fügte er noch hinzu: »Laß uns wissen, was du an Proviant und Geschenken begehrst, damit wir alles an Bord schaffen lassen, während wir Herberge an Land nehmen.«

»Ich hoffe«, sagte Crean, »daß mein Wunsch sich nicht nachteilig auswirkt oder gar störend auf Euer Tun und Handeln.«

»*Allah karim*. Das liegt in Allahs Hand! Nur er kann der unsrigen in den Arm fallen, Ihr nicht, werter Herr!«

Die beiden Muslime erhoben sich und verneigten sich tief vor Crean, bevor sie in die Hände klatschten, um ihre Sklaven zur Arbeit zu rufen.

XI
IM LABYRINTH DES KALLISTOS

Der Pavillon menschlicher Irrungen
Konstantinopel, Kallistos-Palast, Sommer 1247 (Chronik)

»Wollen die Herrschaften mir bitte folgen?«

Der Glatzkopf mit der seine Stirn so auffällig verlängernden Nase war in Begleitung Clarions oben auf das Ruderdeck der *lancelotti* getreten, und seine höfliche Aufforderung galt wohl mir und den Kindern. Ich sah ihn erst, als ich mich, erschöpft vom Spiel, von der Augenbinde befreit hatte.

Clarion nickte mir zu. »Yarzinth wird Euch ungesehen in den Bischofspalast bringen, vertraut ihm!« instruierte sie mehr Roç und Yeza als mich, der ich eh zu folgen hatte. Hätte sie es nicht ausdrücklich gesagt, wäre mir dieser Yarzinth ziemlich suspekt erschienen. In seinem bartlosen, flächigen Gesicht schwammen die Augen so starr und flach – Fischaugen! Doch es war wohl vor allem das völlige Fehlen von Augenbrauen, das den langen Kopf so unangenehm auf mich wirken ließ.

Die Kinder turnten schnell durch das Gestänge hinauf nach achtern, kaum daß ich ihnen folgen konnte. Clarion umarmte sie, ihre psalmodierenden Nonnen winkten ihnen verstohlen zu, sie hatten alle Yeza und Roç ins Herz geschlossen.

Wir verließen die Triëre, und Yarzinth steuerte auf ein verlottertes Lagerhaus zu, das sich dem Kai gegenüber auf Stelzen erhob. Im von Abfall übersäten Hinterhof flohen etliche Ratten bei unserem Kommen und wiesen uns den Einstieg in die ungastliche Kanalisation.

Weder Yeza noch Roç schauderten zurück, nur ich hielt mir die Nase zu und fürchtete um meine nackten Zehen in den Sandalen. Yarzinth kletterte vorweg und reichte den Kindern die Hand, bis sie Halt in dem schlammigen Untergrund gefunden hatten. Roç hielt Pfeil und Bogen bereit, Yeza umklammerte ihren Dolch, doch die Ratten griffen uns nicht an, sondern entschwanden quiekend in der Tiefe der Kloake, deren gurgelnder Fluß im gemauerten Bett zu unseren Füßen dem Meer entgegeneilte. Nachdem wir uns schweigend etwa dreihundert Fuß durch den glitschigen Morast getastet hatten, bog Yarzinth seitlich ab. Klares Wasser strömte jetzt um unsere Knöchel, der Gang war enger geworden und stieg in Windungen kräftig an, bis ein dicker Mauerwall uns den Weg verbaute. Davor drehte sich rasselnd eine Gittertrommel mit messerscharfen Haken. Ein Schaufelrad trieb sie mit jenem klaren Wasser an, das sich plätschernd aus der Öffnung in der Mitte der Mauer ergoß. Eine Leiter aus glattem Eisenrohr führte über das Hindernis hinweg.

»Eine Rattensperre?« fragte ich ingeniös.

»O ja«, antwortete unser Cicerone durch die Unterwelt, »doch an die schlauen Zweibeiner ist auch gedacht worden.« Ich stieg nach ihm hinauf.

»Seht euch vor, es ist nicht gut für die Füße!« bemerkte der hilfreiche Herr Yarzinth.

Ich griff nach den höchst beeindruckten, aber keineswegs verängstigten Kindern und hielt sie fest an den Händen, bis sie sicher auf der Mauer von ihm in Empfang genommen waren.

Nach etlichen Stufen standen wir auf der Krone des Steindamms, der eine Schleuse war. Ziemlich mächtig, wollte mir scheinen, für das Rinnsal, das da unten seinen Weg durch den Schlitz in der Mauer nahm. Darüber hing an einer Kette eine schwere doppelte Eichenbohle als hochgezogenes Schleusentor.

Ich hatte erwartet, mich jetzt am Rand einer Zisterne zu befinden, doch der Raum, in den wir, den Damm auf der anderen Seite wieder hinabsteigend, blickten, war völlig trocken. Dafür versperrte uns jetzt ein Eisengitter mit nach außen und nach innen starrenden Spitzen das Weiterkommen. Es wirkte auf mich wie eine gigantische Falle für wilde Tiere, denn ich sah auch an den Wänden, einem seitlich aufgerissenen Wolfsrachen gleich, zwei ›Torflügel‹, ebenfalls mit Stacheln bewehrt, ein furchtbares Gebiß, bereit zum Zuklappen.

»Für Kenner kein Problem!« schnalzte Yarzinth und griff furchtlos in das Eisen. Lautlos drehte es sich um seine Mittelachse und gab die Passage frei. »Nach Euch, mein Herr!« forderte er mich auf, als erster hindurchzugehen, »und nicht auf die Schwelle treten! Es klemmt zwar manchmal, aber darauf sollte man sich nicht verlassen.«

Ich zögerte noch, mein Herz pochte wie das eines kleinen Maulwurfs zwischen zwei Igeln, da ergriff Roç meine Hand und schritt mir voran. Yarzinth nahm Yeza sicherheitshalber auf den Arm und trug sie über die Schwelle.

Wir befanden uns in einem niedrigen Raum, die flache Decke aus Stein war mit den Händen greifbar. Sie wurde von einer kunstvollen Säule gestützt, die sich bei näherem Hinsehen als ein Kupferrohr erwies, das frei über dem Boden endete. Der Raum war völlig leer, nur durchquert von einer das klare Wasser führenden Rinne.

Und doch gemahnte er mich bedrückend an eine Grabkammer oder, schlimmer noch, an eine Opferstätte; es fehlte nur noch das Blut in der Abflußrinne. William, sagte ich mir, welch alberne, heidnische Vorstellungen fechten dich an! Am anderen Ende des Raumes erblickte ich – und das trug kaum zur Aufheiterung meines Gemüts bei – noch einmal die gleiche Kombination von spitzigem Eisengitter und wuchtiger Mauer dahinter. Als hätte unser Führer mein Unbehagen gespürt, sah er sich zu einer Erklärung veranlaßt:

»Wir stehen jetzt genau unter der Fontäne der Nemesis. Diese Kammer kann völlig unter Wasser gesetzt werden, so daß ein Druck entsteht, der eine höchst eindrucksvolle Fontäne erzeugt, einen Wasserstrahl von imponierender Kraft. Er schießt durch dieses Rohr in die Höhe, wenn der Raum geflutet ist«, erläuterte uns Yarzinth sachverständig, »weswegen oben im Tempel auf dem Abschlußstein auch die schwere Bronzestatue der Göttin steht.«

»Und wenn jemand hier eingesperrt ist«, folgerte Yeza, »und das Wasser kommt angeschwommen – was macht er da?«

»Sich ganz klein, wie eine Maus, dann fliegt er durch das Rohr nach oben in den Himmel!« Yarzinth hatte eine rührende Art, mit zarten Kinderseelen umzugehen.

»Mäuse können nicht fliegen«, sagte Roç, »und wenn Ratten hier nicht reindürfen, geht man als Mensch besser auch nicht rein!«

»Weswegen ja die Gitter sind«, bestätigte ihm der Glatzkopf, erfreut über soviel Verständnis, »damit keiner unbefugt die Schleuse verschließt.«

Er zeigte auf das Ende der eisernen Kette, an der das eichene Schleusentor hing. Sie war, ich hatte das übersehen, an einem im Boden eingelassenen Haken festgemacht und lief über das Stachelgatter hinweg, hoch zu einer Rolle.

Doch Yeza ließ nicht locker. »Dann müßte das Gitter«, und sie wies mit ihrem Dolch schnippisch zurück, »doch besser vor der Tür für das Wasser stehen!«

»Ach«, sagte Yarzinth, leicht pikiert, »das ist nun mal so, und es wird ja auch nicht mehr gebraucht, das ist noch aus der Kaiserzeit!«

»So dumm können die doch nicht gewesen sein«, setzte Yeza, höchst verärgert, noch eins drauf und ließ sich von Yarzinth auch nicht mehr auf den Arm nehmen, als wir jetzt das zweite Hindernis durchquerten. Im Gegenteil, sie schaute Yarzinth genau auf die Finger, wie er den tödlichen Mechanismus außer Kraft setzt. »Wer nicht weiß, wie es geht«, sagte sie leise, »der ist hier ganz schön eingesperrt.«

Wir schritten wieder über eine Steintreppe zur Dammkrone hinauf. Es gab in dieser Mauer keinen Auslaß, das Wasser floß uns flach die Stufen entgegen, und wir standen vor dem wunderbarsten Prospekt, den je Menschenwerk dem Auge vergönnt! Maria und Joseph! Die Kinder waren uns leichtfüßig vorausgeeilt, und selbst sie verharrten in ehrfürchtigem Staunen.

Es war ja auch ein geradezu märchenhafter Anblick: ein gewaltiger dunkler See, in dem Säulen standen, wie ich sie nur von Tempeln kannte: Hunderte, gleichmäßig in Reih und Glied. Sie trugen Gewölbe, die im Dunkel dem Auge nicht erfaßbar waren, von denen Tropfen vereinzelt, in langsamer ungleicher Folge in den ruhigen Spiegel des Beckens schlugen, Zeiteinheiten einer

Weltuhr, Ewigkeiten entfernt von dem Trubel der Stadt über uns, unbeeindruckt von der Hast eines einzelnen Menschen.

»Die Zisterne des Justinian«, erläuterte Yarzinth und führte uns behutsam am Rand entlang, bis ein Nachen zu unseren Füßen lag. »Jede Familie hat hier irgendwo einen Kahn versteckt«, plauderte er, stehend mit einer Stange uns durch das Säulenlabyrinth stakend, »weswegen hier unten auch schon manch hitzige Wasserschlacht ausgetragen wurde, wobei nur der Gebrauch der Stangen gestattet ist, kein Dolch!« Yarzinth schenkte Yeza ein Augenzwinkern. »Ebenso ist bei Todesstrafe verboten, die Leiche eines Erschlagenen im Wasser liegenzulassen!«

»Und Pfeile?« wollte Roç eingeschüchtert wissen.

»Wenn du triffst, fließt Blut und verunreinigt das Wasser!« klärte ihn Yarzinth auf.

Doch Roç gab nicht auf. »Man kann so schießen«, und er zielte auf den Bauch Yarzinths, »daß der Getroffene innendrin verblutet, hat Guiscard gesagt« – der war in puncto Waffen zumindest die höchste Autorität der Kinder.

»Dann mußt du den so von dir Erschossenen auf deinen Armen von hier wegtragen«, erwiderte Yarzinth, von dem Gedanken seltsam berührt, »also ich tät's lieber nicht!«

»Ich tu's ja nicht!« versicherte ihm Roç.

Wir erreichten eine in den Stein gehauene Anlegestelle, von der aus Stufen direkt in die Wand führten, eine schmale Öffnung in halber Höhe.

Der Gang erweiterte sich nach einigem verwirrenden Zickzack zu einer Grotte, die nun mehrere Ausgänge zu haben schien; jedenfalls waren überall Löcher, die solche sein konnten. Ich bemerkte sie erst im flackernden Licht der Fackel, die Yarzinth hier entzündete, denn bisher, selbst in der Zisterne war immer irgendwoher diffuses Licht eingefallen, daß ich nie das Gefühl absoluter Finsternis hatte, die ich mehr fürchte als die Enge eines absehbaren Raumes.

Den Kindern gefiel unsere Reise durch die Unterwelt. »Wir sind die Mäuse«, sang Yeza. »Wir sind die Mäuse und haben eins – zwei –

drei – vier Loch, und sitzt auch die Katz davor, Katz davor, raus komm' wir eins – zwei – drei – vier doch!«

So stapften wir im geisterhaft umherirrenden Schein der Pechfackel durch Höhlen und Katakomben, an verwitterten Sarkophagen vorbei und verblichenen Wandmalereien, in den Fels geritzten Zeichen und Zahlen, Beschwörungen von Verliebten, Flüchtigen und Verurteilten. Und plötzlich waren wir vor einer Wendeltreppe angelangt, und über unseren Köpfen stieß Yarzinth eine Klappe auf. Wir wanden uns in einer steinernen Spirale hinauf und standen in einem kreisrunden Saal, den Tageslicht erhellte, obgleich ich kein Fenster nach außen entdeckte.

»Willkommen im Pavillon der menschlichen Irrungen!« sagte Yarzinth förmlich und verbeugte sich vor uns, kaum daß wir der Luke entstiegen waren.

Mir gefiel die Einrichtung; ich hatte so etwas noch nie gesehen. Auf dem Marmorboden lagen Teppiche mit orientalischem Muster, in der Mitte waren einige zu Liegen erhöht, dazwischen standen niedrige Ebenholztischchen mit feiner Intarsienarbeit aus Horn und Perlmutt, die Platten getriebenes Kupferblech, schlanke Ständer für Öllampen, ziseliert mit geflochtenen Silberdrähten und kunstvoll gefaßten Steinen. Auch eine Wärmewanne aus Messing und Holzkohlepfannen waren zu unserer Behaglichkeit, Bekken, in denen Rosenblüten schwammen, sowie Wasserkrüge zu unserer Erfrischung bereitgestellt. Rundum lief eine geschnitzte Vertäfelung mit eingebauten Wandschränken. Das filigrane Steinwerk darüber, durch das das Licht fiel, vermittelte den Eindruck einer heiteren Gartenlaube. Yarzinth klopfte an eine der Schranktüren, und heraus trat: Hamo!

Wir hatten uns seit der entsetzlichen Lawine in den Alpen nicht mehr gesehen, und das war bald zwei Jahre her. Er war nun achtzehn und ein junger Mann, was ein Schnurrbärtchen unterstrich. Ich betrachtete ihn, – aufgrund von Laurence' Beichte – jetzt mit ganz anderen Augen: Hamo L'Estrange! Aber auch sonst wäre er mir fremder gewesen, als er es mir schon bei unserem ersten Zusammentreffen damals in Otranto war.

Auch die Kinder brachen in kein Freudengeheul aus. »Ohne Bart warst du schöner!« eröffnete ihm Yeza kühl, und Roç schob nach: »Und Clarion wird er auch nicht gefallen!«

Das verwirrte Hamo. »Warum ist sie nicht mit Euch gekommen?« verlangte er von mir zu wissen, doch Yeza enthob mich einer Erklärung:

»Sie ist Nonne geworden!«

»Das glaub' ich nicht!« entfuhr es dem Sohn der Gräfin, und ich sah mich genötigt, kein Mißverständnis aufkommen zu lassen.

»Sie hat nur die Tracht angelegt«, erklärte ich, »um in diesem Hafen der Sünde eindeutigen Angeboten aus dem Weg zu gehen, die sonst einer schönen Jungfer allzu locker und allzu aufdringlich gemacht werden. So ist sie Braut Christi auf Pilgerfahrt zu den heiligen Stätten!«

»Solche Travestie kann sich nur unsere Frau Gräfin einfallen lassen!«

»Es steht ihr nicht schlecht!« versicherte ich ihm.

Dann unterbrach uns Yarzinth. »William«, erklärte er den Kindern, »kommt jetzt mit mir – ihr ruht euch aus!«

Da kannte er die Rangen schlecht. Ein Pfeil sauste neben ihm in die Täfelung. Yarzinth verzog keine Miene; er schob mich durch eine andere Geheimtür und verschloß sie, gerade noch bevor Yezas Dolch sich in das Holz bohrte.

Wir schritten im Halbkreis um den Pavillon, immer noch Gefangene seiner mit steinernem Rautenwerk und Ranken durchbrochenen Wände, die ihn umschlangen wie einen Rosenhag. Wir konnten nicht in den Raum hineinsehen, aber das aufgeregte Geschrei der Kinder zeigte mir, daß meine Silhouette zumindest noch eine Weile für sie sichtbar war.

Unser Gang führte in die Höhe, wechselte über den eben durchschrittenen, treppab ging es in die Tiefe. Manchmal hatte ich das Gefühl, den Weg zurückzulaufen, mal tauchten neben mir die Innenwände auf, mal das Außenmauerwerk des Pavillon, ohne daß ich einen Ausweg aus dem kreisförmig angelegten dreidimensionalen steinernen Irrgarten fand.

»Ich seh' mich schon als verhungerte Laus!« schnaufte ich.

Yarzinth lächelte ob meiner Verzagtheit. »Dabei läufst du zielstrebig auf die Küche zu!«

Er öffnete eine Tür in der Mauer, und ich schaute, ohne gesehen zu werden, von oben durch den Dampf, der aus Kesseln und Kasserollen aufstieg, herab auf das Treiben der Köche und Küchenjungen.

»Mein Reich«, sagte Yarzinth voller Stolz, »aber dir verschlossen! Für dich bin ich der Engel mit dem Flammenschwert: Jedesmal wenn ich dich in der Küche erwische, schneid' ich dir einen Finger ab!«

Ich wußte nicht, ob er scherzte, beschloß aber, es nicht auf die Probe ankommen zu lassen.

Yarzinth brachte mich nunmehr auf kürzestem Weg in ein hohes Kellergewölbe. Es war weiß gekalkt, Licht fiel durch Öffnungen in den Bögen; sie waren nicht einmal vergittert, aber viel zu hoch.

An einem Tisch voller Pergamente saß ein Mönch und schaute mir erwartungsvoll, fast demütig entgegen.

Yarzinth hatte die Tür hinter mir verschlossen und von außen verriegelt. Sicher belauschte er uns noch.

»Ich bin Benedikt von Polen«, sagte der blasse Mann in der Franziskanerkutte bescheiden.

»Du bist doch mit Pian –?« fiel mir ein.

»Nein, William, das warst du!« entgegnete er.

Er kannte mich also, und ich versuchte richtigzustellen: »Ich sollte«, erklärte ich, »aber –«

»Kein Aber: Du warst mit ihm bei den Mongolen, und da er dir während der ganzen langen Reise seine Eindrücke diktiert hat, mußt du sie jetzt aufschreiben!«

»Was?« fragte ich entgeistert.

»Die ›Ystoria Mongalorum‹ des berühmten Bruders Giovanni Pian del Carpine!«

»Aber ich –«, wollte ich mich wehren, »ich weiß von nichts!«, doch Benedikt kam mir mit verdächtiger Freundlichkeit entgegen:

»Ich erzähl' dir alles! William von Roebruk, tauch' nur die Feder in die Tinte, das Pergament auf dem Pult habe ich schon geglättet, und schreib endlich nieder, was die Welt da draußen als Bericht von deiner glorreichen Mission erwartet!«

»Und wenn ich mich weigere?« Mir schoß diese Möglichkeit kaum durch den Kopf, da hatte ich sie schon laut ausgesprochen.

»Ich glaube nicht«, sagte Benedikt, »daß wir dann noch zu essen bekommen!«

Das leuchtete mir ein. Ich trat an das Schreibpult und spitzte die Feder.

»›Allen christgläubigen Menschen‹«, diktierte mir Benedikt, »›denen diese Schrift in die Hände kommt, entbietet der Bruder Johannes de Piano Carpini vom Orden der Minoriten, Legat des apostolischen Stuhles, der als Gesandter zu den Tataren und anderen Nationen des Morgenlandes geschickt wurde, Gottes Gnade in diesem Leben, Herrlichkeit im zukünftigen Leben und glorreichen Sieg über die Feinde Gottes und unseres Herrn Jesu Christi.

Als wir auf Befehl des apostolischen Stuhles zu den Tataren und anderen Nationen des Morgenlandes gingen und uns der Wille des Papstes und der hochwürdigen Kardinale kundgetan war, entschieden wir uns aus freier Wahl, zuerst zu den Tataren zu reisen. Wir fürchteten nämlich, es möchte von dieser Seite für die nächste Zukunft eine Gefahr für die Kirche Gottes drohen. Und obgleich wir fürchteten, von den Tataren oder anderen Nationen getötet oder in ewiger Gefangenschaft gehalten zu werden oder durch Hunger, Durst, Kälte, Hitze, schmachvolle Behandlung und übermäßige Strapazen, die unsere Kräfte fast überstiegen, hart mitgenommen zu werden – und alles das mit Ausnahme von Tod oder ewiger Gefangenschaft ward uns wirklich viel zuteil, viel mehr, als wir vorher geglaubt hatten –, so schonten wir doch nicht unser selbst, sondern trachteten danach, den Willen Gottes gemäß dem Befehl des Papstes zu erfüllen und den Christen in irgendeiner Beziehung nützlich zu sein. Zum mindesten wollten wir versuchen, hinter die wirklichen Pläne und Ansichten der Tataren zu kommen, um sie den Christen zu offenbaren, damit jene nicht vielleicht wieder bei einem plötzlichen Ansturm die Christen unvorbereitet fänden, wie es schon einmal zur Strafe für die Sünden der Menschen der Fall war, und damals richteten sie eine große Niederlage und Niedermetzelung unter den Christen an. Daher müßt ihr alles, was wir zu euerm Besten euch schreiben, um euch vor ihnen zu warnen, um so gewisser glauben, als wir das alles, während wir ein Jahr und noch etwas über vier Monate durch ihr Land und zugleich in ihrer Begleitung reisten und unter ihnen lebten, mit unsern eignen Augen gesehen oder es wenigstens von kriegsgefangenen Christen, die unter ihnen leben und nach unserer Meinung glaubwürdig sind, gehört haben. Wir hatten auch vom obersten Priester den Auftrag, alles genau zu erforschen und auf alles ein achtsames Auge zu haben. Das haben wir denn auch, ebenso wie unser Ordensbruder William von Roebruk, der der Genosse unserer Drangsale und unser Dolmetscher war, mit allem Eifer —‹«

»Halt«, sagte ich, »das kann ich nicht schreiben!«

»So mußt du es schreiben, William – sie werden es erzwingen!«

»Warum dann nicht unser beider Namen, du bist doch nicht verschwunden?« empörte ich mich gegen soviel Unlogik.

»Doch«, sagte Benedikt, »ich werde verschwinden. Erst ich, dann du! Schreib meinen Namen nur hin, er wird gelöscht. Deiner bleibt – und jener der königlichen Kinder die du zum Großkhan begleitet hast. Das ist die ›Ystoria‹!«

Seine stille Resignation machte mich wütend. »Du hast mich überzeugt«, sagte ich laut genug für jeden Lauscher, »ich schreibe, wie du es diktiert hast!« Ich schrieb aber ›Benedikt von Polen‹, und er fuhr fort:

»›Aber wenn wir manches der Wißbegierde unserer Leser zuliebe schreiben, was in euern Gegenden unbekannt ist, so dürft ihr uns doch nicht deshalb Lügner schelten. Denn wir berichten euch nur solches, was wir entweder selbst gesehen oder von anderen Leuten, die nach unserer Ansicht glaubwürdig sind, als sichere Tatsache gehört haben. Es wäre doch gewiß grausam, wenn jemand um des Guten willen, das er tut, von andern geschmäht würde.‹«

Wir wurden unterbrochen durch den Eintritt Yarzinths, der das Abendessen für Benedikt brachte.

»Willst du mich wieder vergiften?« Mein polnischer Bruder beäugte argwöhnisch die dampfende Suppenterrine und die Schüsseln mit Salaten und kaltem Fleisch. Es fehlte auch nicht an Käse und Früchten. Mir lief das Wasser im Munde zusammen; sehr gierig muß ich auf die Speisen gestarrt haben.

»Du wirst heute noch einmal mit den Kindern essen, William; sie sind außer Rand und Band«, sagte Yarzinth vorwurfsvoll. »Es ist an dir, ihnen beizubringen, daß du in nächster Zeit zuviel zu tun haben wirst«, er wies mit dem Kinn auf das zweite Feldbett, das schon für mich aufgeschlagen war, »als daß du ihre Amme spielen kannst!«

»Irgend jemand muß sie hüten!« warf ich ein. »Ich wundere mich sowieso schon, daß sie noch nicht hier aufgetaucht sind.«

»Keiner kann den Pavillon verlassen, der nicht mit verbundenen Augen durchs Labyrinth findet!«

»Da kennt Ihr die Kinder schlecht«, erwiderte ich auftrumpfend.

Yarzinth lächelte gequält. »Bei Kerkern handelt es sich für die Insassen nicht ums Herein-, sondern ums Herauskommen!« Er zeigte auf ein Loch in der Kellermauer, das sich trichterförmig zum dunklen Gang verengte. »Der Fluchtweg ist allerdings für ausgemergelte Gefangene bemessen.« Er musterte mich und Benedikt dabei mit einem Blick, als wolle er unser Lebendgewicht abschätzen.

Ich traute ihm nicht. Plötzlich sah ich mich in seiner Küche wieder, meine Finger waren schon alle abgehackt, jetzt wartete der große Bottich auf mich. Ich stand oben in der Maueröffnung und sollte springen ...

»Bevor ich dich jetzt zum Pavillon zurückbringe«, weckte mich der Koch, »könnte Benedikt noch meine Neugier befriedigen.« Er holte eine verkorkte Flasche unter seiner Schürze hervor und stellte sie ihm hin. »Wie konnte es geschehen, daß Pian del Carpine während der ganzen Reise nie spitzgekriegt hat, daß du der Feder nicht mächtig bist, Benedikt?«

Der Pole hatte beide Backen voll Salat und eine knusprig angebratene Hühnerkeule quer zwischen den Zähnen, so daß seine geschmatzte Erzählung mein Ohr nur bruchstückweise erreichte. »... mir immer Notizen ... Pian denkt Geheimschrift ... ich male Männchen, Kringel, Kreuze ... er fragt: Hast du auch alles? ... ich sag: Ich kann mich nicht konzentrieren, wenn du mir über die Schulter schaust, ich brauche meine meditative Isolation ... Er insistiert: Lies mir vor, was du schon geschrieben hast! Ich ›lese‹ vor bei Kerzenschein, Pian ist jedesmal außer sich vor Glück über die Gewähltheit seines Ausdrucks, die Schärfe seiner Beobachtungen und die Genialität seiner Schlüsse, die er aus allen Begebenheiten zu ziehen vermag. Er schluchzt vor Rührung bei meinem impromptu vorgetragenen Rezital seiner tiefschürfenden Gedanken und spontanen Geistesblitze. Wir ergänzen uns bestens: Er kann nichts behalten, und ich habe ein Gedächtnis wie Gottvater!«

»Das tut auch not«, flötete Yarzinth maliziös, »denn diesmal wird er sie wohl lesen wollen, seine heldenhaften Legenden von den wilden Tataren.«

Benedikt setzte an, dem Koch zu widersprechen, schluckte es dann aber runter mit dem letzten Stück Hühnerbrust und spülte mit dem spendierten Wein nach. »Mir ist ja so wohl, William«, rülpste er zufrieden, »daß du jetzt alles so schön aufschreibst!«

Ich konnte sein Glück nicht teilen; mir schmerzten die Finger, und ich war froh, zurück zum Pavillon geführt zu werden. Es gelang mir auch diesmal nicht im entferntesten, den Weg, den Yarzinth nahm, meinem Gedächtnis einzuprägen; er fand ihn mit schlafwandlerischer Sicherheit.

Ich fühlte mich unwohl, derart auf ihn angewiesen zu sein, aber allein hätte ich die unterirdischen Gänge sowieso nie betreten. Nie und nimmer!

Auch war es mir, als hätte ich ein Heulen, das Knurren oder Kratzen eines wilden Tieres gehört. Vielleicht gab es hier unten bösartige Kloakenschweine oder, wenn nicht Drachen, so doch irgendwelche Riesenlurche? Es war schon gut, daß der Koch voranging.

»Sagt mir die Wahrheit über die vergitterte Kammer!«

Yarzinth drehte sich nicht um. »Das ›balaneion‹? Das Bad der tausend Füße?« Sein leichter Spott in der Stimme machte mich, hier unten in den unheimlichen Windungen des Labyrinths, erschauern. »Natürlich war es eine Richtstätte, für Massenhinrichtungen vor allem – Volksaufstände, Kriegsgefangene, für die niemand zahlen wollte –; es gehen leicht fünfhundert auf einen Schub hinein, daher ›Bad der tausend Füße‹!« Er fand die Einrichtung wohl belustigend. »Ihr habt doch die Kette gesehen. Sie war dort natürlich nicht befestigt, sondern außen vor dem Gatter. Wenn alles vollgepackt war, dann wurde die Schleuse dicht gemacht –«

»Und das Rohr?« fragte ich entsetzt.

»Der herausschießende Wasserstrahl zeigte denen oben an, daß das Urteil vollstreckt war – vorher spritzt es nämlich nicht, erst wenn die letzte Luft entwichen ist.«

»Furchtbar!« sagte ich. »Die armen Seelen!«

»Deswegen ja auch die kräftigen Eisengitter – und die direkte, leicht abschüssige Verbindung zur Kloake, wenn alles vorbei ist ...«

»Gräßlich! Wie können Menschen nur –«

»Πολλὰ τὰ δεινὰ κοὐδὲν ἀνϑρώπου δεινότερον πέλει – 's ist kein größeres Ungeheuer als der Mensch.«

Wir betraten leise den Pavillon durch eine Schranktür, so daß Hamo, der beim Schein eines Öllichts gewacht hatte, auffuhr. Die Kinder schliefen schon, fest, so schien es mir.

Ich war ärgerlich ob meines Unvermögens, Zugang und Abgang aus dem Pavillon zu beherrschen; ich hielt Yarzinth zurück: »Jenes Loch in der Mauer, dieser direkte Weg aus dem Keller, der doch jeden Gefangenen zur Flucht einladen muß, soll doch auch hier irgendwo münden – welchen Haken hat er?«

»Viele Haken!« flüsterte Yarzinth, »er ist so angelegt, daß keiner, der ihn betreten, wieder zurück kann. Spitze, federnde Klingen sind ledergeschürzt in die engen Wände eingelassen. Vorwärts durchlaufen, schmiegen sie sich freundlich an, doch bei der geringsten Gegenbewegung bohren sie sich in den Körper des Flüchtlings. Nur Ratten und kurzbeinige Hunde sind in der Lage, unter den Klingen hindurchzuschlüpfen. Früher soll der Pavillon als Zwinger für Bluthunde gedient haben, denen solcherart Zugang zu den gequälten Opfern im Keller gewährt wurde.«

»Also Grund genug für einen Eingekerkerten, zu fliehen?«

»Wenn er nur gewußt hätte, was ihn im Pavillon erwartet ...« Das war jetzt wieder die Dämonie des Kochs, dessen Glatzkopf im schwachen Lichtschein glänzte; seine Augen glühten wie Kohlestückchen in tiefen Höhlen. »Morgen früh hol' ich dich ab, William.« Das klang wie der Teufel, wie der Henker zumindest! Yarzinth verschwand in der Täfelung; diesmal hatte er eine andere Tür gewählt.

»Der Pavillon der menschlichen Irrungen ist keine Pforte zur Eroberung des Palastes, sondern Knotenpunkt aller Fluchtwege aus ihm hinaus«, erläuterte mir Hamo leise. »Natürlich können Eingeweihte sie auch in entgegengesetzer Richtung benutzen, doch bei der geringsten Nachlässigkeit schnappen die tödlichen Fallen zu.«

»Ich will nicht fliehen, Hamo«, flüsterte ich, »ich will den Kindern Hüter sein!«

»Ich würde gern fliehen, William«, vertraute er mir an, »aber ich weiß nicht wohin.«

»Mir ginge es ähnlich«, versuchte ich ihn zu trösten, während ich die Decke über mich zog.

Beim Ausdrücken des Dochts fiel mein Blick auf Yezas Gesicht. Sie zwinkerte mir zu, sie war hellwach und hatte mit Sicherheit die Ohren gespitzt. Ich drohte ihr mit dem Finger und löschte das Licht.

Venerabilis
Konstantinopel, Herbst 1247

Die lähmende, staubige Hitze eines byzantinischen Sommers war einem heiteren Herbstwetter gewichen. Wolken zogen vom Marmara-Meer herauf und entluden ihr lang ersehntes Naß an den Hügeln der Stadt am Bosporus.

Der Bischof war von seiner Sommerresidenz in den Kallistos-Palast zurückgekehrt, hatte sich vom Fortgang der Schreibarbeit der Franziskaner im Keller überzeugt, vom Wohlergehen der Kinder und natürlich von der Laune seiner Tante Laurence. Der ungeladene Besuch der hohen Frau war wohl der ausschlaggebende Grund für Nicola della Porta gewesen, sich aufs Land zurückzuziehen, wenngleich dort auch ein Gast wider Willen interniert war, der nur mit täglichem guten Zureden zu überzeugen war, daß die Mönche im Keller sich die Finger wund schrieben, um seine, Pian del Carpinis' ›Ystoria Mongalorum‹ schnellstens fertigzustellen, damit der weitgereiste Missionar sich mit ihr beim Papst zurückmelden konnte.

Der Bischof hatte Pian dort in der ›Obhut‹ anderer Quartiergäste belassen, der Templer-Abordnung unter ihrem Präzeptor Gavin Montbard de Bethune. Die Anwesenheit der Ordensritter fand Nicola della Porta überaus beruhigend, wenn sie ihm auch auf der Tasche lagen. Er war reich, konnte es sich leisten, und Schutz schien ihm für die schwierigen Zeitläufte, denen das Lateinische Kaiserreich von Konstantinopel entgegenging, das absolut Wichtigste. Zumal in nächster Zukunft der Bischofspalast noch gern – nein gern nicht, aber leicht – Schauplatz heftiger Auseinandersetzungen werden könnte. Die schönen Tage des Altweibersommers waren also zu genießen.

Er hatte Tante Laurence ins Hippodrom eingeladen, weil er sich gedacht hatte, daß ihre Gesellschaft dort leichter zu ertragen sei. So saß er denn mit der Gräfin und ihrer Ziehtochter Clarion, die man für die Dauer ihres Aufenthalts in Nonnentracht gesteckt hatte, in seiner schattigen Loge, kurz vor der Nordkurve, in der

Höhe des kleinen Theodosius-Obelisken und genoß die scharfen Ausdünstungen von Pferdedung und Leder, das Vorbeipreschen der schweißtriefenden Reiter, die sich beim Eingang zur Kurve in der Innenbahn zusammenknäulten, bedrängten, schlugen und stießen – danach kamen die Sekunden, wo er, auf die Folter gespannt, warten mußte, ob Reiter und Pferd, auf das er gesetzt hatte, zu den Gestürzten zählten oder nicht – und so Runde für Runde. Der Bischof sprang auf und schrie wie ein Gassenjunge – nur daß keiner davon Notiz nahm: Alle wetteten, auch Tante Laurence. Endlich wurde Nicola erlöst: sein Pferd schoß mit leerem Sattel in die Gerade, vom Reiter keine Spur.

»Τῆς δ' ἀρετῆς ἱδρῶτα θεοὶ προπάροιθεν ἔθηκαν. Vor den Sieg haben die Götter den Schweiß gesetzt.« Die Gräfin triumphierte, doch auch nur zwei weitere Runden lang. »Ἀθάνατοι· μακρὸς δὲ καὶ ὄρθιος οἶμος ἐς αὐτήν«, ergänzte der Bischof schadenfroh. Ihre Farben waren nicht unter denen, die jetzt unter ohrenbetäubendem Geschrei die Ziellinie passierten.

»Νίκη, νίκη! Sieg für Franziskus und die Seinen!« rief eine Stimme, die beide herumfahren ließ. Ein Mönch drängte sich lachend in die Loge. Es war Lorenz von Orta, der päpstliche Legat, der schon letztes Jahr beim Bischof Station gemacht hatte und den die Gräfin bereits von Otranto her kannte.

»Seit wann dürfen Minoriten auf Pferde wetten?« begrüßte ihn Laurence erbost; sie hatte ihre Niederlage noch nicht verwunden.

»Boukephalos – so heißt der wundervolle Gaul«, strahlte Lorenz sie an, »frißt sein Futter in unserer Pfarrgemeinde! Heiliger Franz, Patron aller lieben Tiere, ich danke dir!«

Die drei rückten zusammen und machten ihm Platz.

»Wieso schon wieder im sündigen Byzantium?« fragte der Bischof leutselig.

»Segeltet Ihr nicht von Otranto zu Eurem Herrn Papst?« befragte ihn auch die Gräfin scharf.

»Schon erledigt!« grinste Lorenz. »Diesmal begleite ich – etwas auf eigene Faust zugegebenermaßen – den Sonderbotschafter König Ludwigs von Frankreich, den Herrn de Joinville«, so sprudelte er heraus, »der in geheimer Mission hier nach dem Rechten sehen soll.« Jetzt erst dämpfte er seine Stimme. »Der Graf soll bei Ankunft des Bruders Pian del Carpine überprüfen, wer als sein Begleiter mit ihm zu den Mongolen reiste und was es mit diesen Kindern auf sich hat, die angeblich von einem William von Roebruk dorthin verbracht worden sind ...«

Er ließ mit unverändert heiterem Gesichtsausdruck die Botschaft wirken, doch zeigten weder der Bischof noch die Gräfin die leiseste Betroffenheit. So setzte er noch eine Nachricht drauf:

»In der Begleitung des Seneschalls befindet sich ein ehemaliger Priester, ein gewisser Yves, genannt der Bretone. Der ist nun der persönliche Beichtvater des Königs, mehr noch: sein Schatten, und nicht seine rechte, aber linke Hand! Daß der fromme Ludwig sich – auch nur für kurze Zeit – seiner entblößt, zeigt, wie wichtig die Klärung dieser ominösen Geschichte dem König ist: Sie liegt ihm im Magen!«

»Das ist die Hand des Grauen Kardinals!« fauchte Laurence, »Er läßt uns den langen Arm des Castels spüren. Ich will hier weg!« Ihre Stimme schnappte über in plötzlicher Panik.

Der Bischof suchte sie zu beschwichtigen. »Ich bitte Euch, Tante –«

»Nenn mich nicht Tante!« zischte sie. »Clarion! Wir reisen sofort ab – mit den Kindern!«

»Beruhige dich!« Clarion war die Situation peinlich. Gott sei Dank hatte ein neues Rennen begonnen, und keiner kümmerte sich um ihren Disput.

»Ruhe?« Laurence war aufgesprungen. »Dieser Yves ist ein Mörder – ein gedungener Meuchelmörder. William hat mir von ihm berichtet. Der ist nur hier, um die Kinder –« Diesmal hatte ihr der Bischof so sehr in den Arm gekniffen, daß ihr Wortschwall abbrach.

Sie verließen eiligst die Loge, riefen nach ihren Sänften und kehrten auf schnellstem Wege in den Kallistos-Palast zurück.

»Kennt die Gräfin den Zugang zum Pavillon?« fragte Nicola seinen sogleich herbeigeeilten Koch, kaum, daß Laurence Türen schlagend und gefolgt von Clarion in ihre Gemächer gerauscht war.

»Besser als Ihr und ich«, räumte Yarzinth ein. »Sie hat die Kinder schon einige Male dort besucht und Clarion desgleichen –«

»Ach ja, Hamo ist dann jedesmal geflüchtet«, amüsierte sich der Bischof kurz. »Eine anstrengende Verwandtschaft!« Lorenz war hinzugetreten. »Ihr hättet mir zuerst und allein Bericht erstatten sollen!« zog er sich sofort den Tadel zu.

»So kenn' ich die Gräfin nicht«, verteidigte sich der Franziskaner. »In Otranto zeigte sie sich mir kühl und überlegt!«

Lorenz folgte dem Bischof und dessen Koch durch deren unterirdisches Reich, bis sie vor einer Tür stehenblieben.

»Sorgt dafür«, wandte sich der Bischof an Yarzinth, »daß der Weg ihr versperrt ist!«

»Die Fluchtmöglichkeit zum Hafen sollte offen bleiben, immer!« gab der zu bedenken, und Nicola gab ihm innerlich recht.

»Auf jeden Fall muß unterbunden werden, daß jemand in den Pavillon eindringt und die Kinder fortbringt«, sagte er ärgerlich, »und zwar sofort!«

»Unmittelbare Gefahr besteht nicht«, erwiderte der Koch und öffnete die Tür.

Sie bestiegen ein Holztreppchen und konnten von oben durch eines der runden Oberfenster in den großen Kellerraum hinabsehen. William stand am Schreibpult und schrieb, was ihm Benedikt, der mit hinter dem Rücken verschränkten Händen im Kreis herumwanderte, diktierte. Seine Stimme war deutlich vernehmbar. Zu Füßen des Pultes saßen friedlich die Kinder und hörten Benedikts Erzählung mit Interesse zu.

»›... So fiel zu der Zeit, als Guyuk zum Großkhan erwählt wurde, wir waren dabei, im Feldlager soviel Hagel in so dicken Körnern, daß beim plötzlichen Schmelzen über hundert Menschen ertranken, mehrere Jurten und andere Habe weggeschwemmt wurden –‹«

»Was ist eine ›Jurte‹?« fragte Yeza.

Benedikt unterbrach sich.

»Ein aus Zweigen geflochtenes Rundzelt, groß wie ein Haus, mit Filz bespannt«, erklärte er freundlich.

»Und was ist ›Filz‹?«

»Ein Stoff, der weich und warm ist und sogar vor Regen schützt!« Benedikt war ein vorbildlicher Lehrer. »Nachher wühlen wir in meiner Truhe, und ich schenk dir ein Kleid aus Filz«, bot er der Fragerin an.

»Hosen!« sagte Yeza. »Hose ist mir lieber!«

»Und solche ganzen Häuser stellen sie auf ihre Wagen und fahren mit ihnen herum?« meldete sich jetzt Roç. »Die müssen ja sehr groß sein!«

»Die Wagen sind so groß wie – wie euer Pavillon«, erklärte Benedikt, »und haben Räder, die höher sind als William und ich aufeinandergestellt.«

»Und wer soll die ziehen?« Roç war mißtrauisch ob solcher Dimensionen.

»Bis zu zweihundert Ochsen«, Benedikts Langmut war durch nichts zu erschüttern, »und eine einzige Frau lenkt sie!«

»Siehst du!« sagte Yeza stolz zu ihrem Gefährten. Der Bischof winkte zum Gehen, und die unbemerkten Zuschauer zogen sich auf Zehenspitzen zurück.

»So reiste auch ich«, sinnierte Lorenz; »mit einem päpstlichen Legationsschreiben kommt man überall herum – und umsonst!« Er zog es voller Stolz aus seiner Kutte. »Es ist zwar datiert auf das Jahr des Herrn 1246, aber es tut immer noch seinen Dienst!«

»Darf ich es mal sehen?« fragte der Bischof, und er reichte es nach kurzem Überfliegen weiter an seinen Koch. »Kannst du das kopieren? Gegeben von seiner Heiligkeit Innozenz IV. zu Lyon Ostern 1245 – das genaue Datum entlocken wir Pian – und ausgestellt auf William von Roebruk ...?«

»Das wäre«, murmelte Yarzinth nach eingehendem Studium des mit Schnur und Siegel versehenen Pergaments und nachdem er sich vergewissert hatte, daß Lorenz schon arglos vorausgeeilt war, »das *ist* das Todesurteil für Bruder William?«

»Es könnte bei seiner Leiche gefunden werden und die letzten Zweifel ausräumen.«

»Und Benedikt?«

»Der wird diesen Zeitpunkt nicht mehr erleben – und Pian wird sich fügen!«

»Und die Kinder? Wie werden sie es aufnehmen?«

»Woher die Sentimentalitäten, Yarzinth? Κύκλος τῶν ἀνϑρωπηίων πρηγμάτων!« Der Bischof fühlte sich unbehaglich. »Das ist der Preis ihrer Rettung – und außerdem ist es höheren Ortes bestimmt. ... Wieso sind die überhaupt dort im Keller bei diesen Franziskanern?«

»Sie haben herausgefunden, wie Hunde und Ratten den ›letzten‹ Gang benutzen, ohne sich aufzuspießen«, lachte der Koch leise. »Seitdem kriechen sie jeden Morgen auf allen vieren vom Pavillon in den Keller – nachdem ich ihnen verboten habe, in der Zisterne Kahn zu fahren –«

»Was?« Der Bischof war irritiert, doch sein Koch mochte ihn nicht schonen:

»In Eurer Schatzkammer habe ich sie auch schon zweimal gefunden. Sie sind wie die Mäuse!«

»Daß nur die Katze sie nicht holt!« sagte der Bischof. »Oder dein Styx!« Nicola war, wie stets, unwohl bei dem Gedanken an das Tier. »Hast du ihn angekettet? Eingesperrt? Hast du auch wirklich jede Vorsichtsmaßnahme ergriffen, daß die Bestie nicht die Kinder anfallen kann?«

»Ich verbürge mich für Styx«, knurrte der Koch.

»Verbürg dich für die Sicherheit der Kinder! Du haftest mir dafür – mit deinem Kopf!«

»Wie stets, mein Gebieter!«

Der Bischof wandte sich zum Gehen. In der Tür wäre er fast mit Hamo zusammengestoßen, der ihn bereits gesucht hatte.

»Die Gräfin hat sich mit Clarion zu ihrem Schiff in den Hafen begeben.« Hamo wandte sich erleichtert wieder um, der Bischof folgte ihm alarmiert.

Yarzinth hatte inzwischen Lorenz eingeholt und in ein Gespräch verwickelt. Eher beiläufig erwähnte er die Zeitnot, die Ungeduld Pians, das Mißgeschick oder genauer die Mißlichkeit des schreibunkundigen Benedikt und die schmerzenden Finger des William.

Ohne Umschweife bot sich Lorenz an, seinen Brüdern im Keller beim Schreiben zu helfen. Der Koch unterschlug sein eigenes Interesse an diesem Samariterdienst; denn der Bischof hatte ihm bereits angedroht, nun doch noch seine Schreibfähigkeit in den Dienst der ›Ystoria Mongalorum‹ zu stellen. Nur der Hinweis auf die vordringliche Fabrikation der päpstlichen Bestallungsurkunde hatte ihn vorerst gerettet.

Er geleitete Lorenz erfreut in den Keller, ließ den Mönchen ein opulentes Mahl auftischen und eröffnete den Kindern, daß sie heute nacht hier bei ihren Freunden schlafen dürften. Freudengeheul.

Freudiges Wiedersehen auch bei den drei Franziskanern. »Drei Jahre ist es her, daß ich dich gesehen habe, Lorenz«, rechnete der Pole gerührt nach. »Damals steckte dich der Graue Kardinal noch wegen Aufsässigkeit in den Karzer; heute bist du Legat.«

»Ach, *lo spaventa passeri*, unsere Vogelscheuche!« lachte der kleine Minorit. »Was meinst du, was er erst mit William anstellen würde, wenn der ihm in die Finger geriete!«

»Schlimmer als hier, Schreibsklave unseres hochmögenden Bruders Pian, der sich auf meiner Wirbelsäule und Fingergelenke Kosten ewigen Ruhm als Historiker erwerben will, kann es mir nicht mehr gehen! Lös mich bitte ab, für eine kleine Weile, lieber Herr Legat!«

Gavin, der Templer, traf den Bischof beim Nachtmahl an, das er mit Hamo im Speisesaal einnahm. Sie waren schon beim Nachtisch angelangt, zu dem die Küche Marzipangebäck und frische Feigen geschickt hatte, mit geschrotetem Pfeffer überstreut, glasierte Datteln, in denen Walnüsse eingelegt waren, kandierte Kastanien und Mandelküchlein. Sie tranken dazu den heißen, bitteren Sud indischer Teeblätter, denen beim Aufguß etwas wilde

Minze, ein Stück eingelegter Ingwerwurz und die Schale der grünen Zitrusfrucht beigegeben war. Davon boten sie auch dem Präzeptor an.

»Was habt Ihr uns über das Wohlbefinden unseres erlauchten Gastes zu berichten?« plauderte der Bischof, wenig gewillt sich für Pians Zustand wirklich zu interessieren.

Dementsprechend fiel auch die Antwort aus: »Der Herr del Carpine fühlt sich weder wohl noch als Gast! Sein einziger Seelenbalsam besteht aus den ungeduldig erwarteten Seiten beschriebenen Pergaments, die ihm täglich mit seiner Mahlzeit serviert werden, das Produktionsergebnis des Vortages unseres Autoren-Gespanns William und Benedikt. Er wäre gern selbst mit der Peitsche dabei, die Schreibmulis anzutreiben.«

»Βραχὺς ὁ βίος ἡ δὲ τέχνη μακρά. Wenn die beiden braunen Esel wüßten, daß sie sich das Ende ihrer irdischen Tage herbeischreiben, würden sie sich in die Hosen scheißen, statt wie wild Tinte zu verspritzen!« Nicola verbarg unter einer Mischung von Gelehrsamkeit und aufgesetzter Vulgarität sein Unbehagen über das grausame Geschick, das den schuldlosen Mönchen zugedacht war und an dem er, in seinem Hause, mitwirken sollte, und Gavin verstand ihn.

»Der Flame hat sich schließlich selber ins Unglück geritten, aber der Pole? Könnte er nicht entfliehen?«

»Οἶδα οὐκ εἰδώς – Gott sei's gedankt –, und ich will auch nicht wissen, wie man höheren Ortes entschieden hat, auf welchem Weg man das Lamm nach getaner Arbeit zum Metzger schicken wird. Ich bin's nicht – doch wenn ich die Perfidie der Menschen bedenke und die schandbare Tradition dieses Palastes –«

»Du denkst an den ›letzten Gang‹?« Hamo war im Gegensatz zur stoischen Gleichmut des Templers von der Todesbedrohung eines Menschen, den er kannte, erregt und bedrückt zugleich. »Warum nimmt er ihn nicht?«

»Irgendwer wird ihm geschildert haben, wie ein Gefangener in der letzten Nacht vor der Hinrichtung der Einladung des Loches in der Mauer folgt, durch den Gang hetzt, der kein Zurück erlaubt;

er rennt außer Atem um Ecken und über Treppen des Labyrinths, immer schneller, immer hoffnungsvoller – schließlich sieht er am Ende eines Ganges einen Lichtschein, ein Loch in der Wand, dahinter Helle, die Freiheit winkt, er steckt freudig den Kopf hindurch, um sich umzuschauen –«

»Weiter!« rief Hamo aufgeregt. »Kann er sich retten?«

»Hinter der Wand im Pavillon der menschlichen Irrungen stand der Henker«

»Daher der Name!« sagte Gavin in die Stille. Hamo lauschte einem Knacken in der Vertäfelung; ihn fröstelte. Dennoch zwang er sich, dem Geräusch nachzugehen. Er riß mit einem Ruck die Schranktür auf. Dahinter kauerten mit angstvoll aufgerissenen Augen die Kinder.

»Scheiße«, sagte der Bischof.

Als Hamo die verstörte Yeza, die kein Wort über die Lippen brachte, und den weinenden Roç dem Koch übergeben hatte, damit er sie zurück in den Keller verfrachte, hatte er die Lust verloren, weiter Zeuge solcher Gespräche zu sein. Den Minoriten, zu denen jetzt auch Lorenz gestoßen war, mochte er auch keine Gesellschaft leisten. Er empfand es als unanständig, einen zum Tode Verurteilten wie Benedikt anzustarren, wie man eine Maus betrachtet, die zwar die Schlange nicht sieht, aber ihre Nähe riecht, ihr lautloses Herangleiten spürt. So beschloß er den bischöflichen Palast zu verlassen und die Nacht in der Stadt oder vielleicht am Hafen, zu verbringen, selbst auf die Gefahr hin, seiner Mutter in die Arme zu laufen.

Gavin und der Bischof waren im Speisesaal zurückgeblieben. Erst jetzt kam der Templer auf den eigentlichen Grund seines Erscheinens zu sprechen. »Höchster Ratschluß braut sich über unseren Köpfen zusammen«, eröffnete er dem Bischof. »John Turnbull ist eingetroffen.«

Nicola della Porta wirkte erleichtert. Endlich würden Anordnungen ergehen, die er nicht mehr zu verantworten hatte. Ob er sie zu befolgen willens war, würde sich erweisen. Er hoffte auf klare Entscheidungen, was beim alten John nicht immer angesagt war, und vor allem auf eine rasche und schmerzlose Durchführung. Er litt nicht gern.

»Habt Ihr ihm Euren Vorschlag unterbreitet, die Kinder in die Obhut der Templer zu nehmen?«

»Der *venerabile* will sich heute nacht entscheiden!«

»Es ist bald Mitternacht«, murrte der Bischof. »Zu welcher Nachtstunde will er uns denn mit seinem Besuch beehren?«

»Er ist schon da«, entgegnete der Präzeptor, »oben auf dem Dach, in Eurem Observatorium!«

Der Hausherr wollte auffahren, doch der Templer hielt ihn zurück: »Der Meister wünschte sich, von niemandem angesprochen zu werden, bevor er sich den Fragen des Schicksals und den Antworten gestellt habe, die in den Sternen geschrieben stünden. Ich habe ihn von Yarzinth hinaufführen lassen und denke, jetzt ist es Zeit, den Spruch der Planeten, das Echo aus den Häusern aus berufenem Munde zu vernehmen.«

Der Bischof klatschte in die Hände und befahl dem wie auf Samtpfoten herbeigleitenden Yarzinth, Käse, Oliven und eine Karaffe guten, trockenen Weines auf die Veranda unterhalb der Observatoriumsplattform zu schaffen. Er selbst griff sich eine Fackel, und so stiegen sie zu dritt über Treppen und Balustraden hinauf in die Höhe des obersten Stockwerks des Kallistos-Palastes.

In der Tiefe unter ihnen dehnte sich das flackernde Lichterdiadem des Hafens, dahinter das schwarze Band des Bosporus. Von Asia Minor her glommen kleine Feuerpünktchen, gerade noch den Verlauf der gegenüberliegenden Küste verratend.

An der untersten Stufe einer steil hinaufführenden letzten Stiege stand Sigbert von Öxfeld, der hünenhafte Komtur der Deutschen Ordensritter und hielt Wache. Da er zur Begrüßung den Finger beschwörend vor den Mund führte, hielt der Bischof an sich, der lockere Scherz über den Teutonen als ›Erzengel vom Dienst‹ lag ihm schon auf der Zunge.

So warteten sie schweigend. Sigbert griff beherzt zur Käseplatte, während Yarzinth die Pokale füllte.

Als sich die Augen an die Dunkelheit gewöhnt hatten, erschien oben auf der Plattform die schmale Gestalt John Turnbulls. Hinter ihr zeichneten sich die Armillarsphäre, der Bogenmesser und andere Instrumente ab, die einem Astrologus unentbehrlich. Ihre *corpi metallici*, ihr Gestänge aus poliertem Messing glänzten matt im Licht der Mondsichel. Die Gestalt huschte, einer weißen Fledermaus ähnelnd, zwischen den Winkeln, Rohren und Segmenten umher. Wie ätherisch, dachte Nicola, wirkt doch der Leib eines alten Menschen, dessen Geist nicht Ruhe sucht, sondern sich rege betätigt. Die Alten – sie gleichen großen Vögeln, deren Krächzen die Nacht erfüllt, bis sie sich Flügel schlagend erheben und auf immer entschwinden.

»Heute ist der Tag der heidnischen Venus«, endlich war Turnbull an die Brüstung getreten und richtete das Wort an die Wartenden, »morgen der Sabbat der Juden und Sonntag der Tag des Herrn, *Sol invictus*, Triumph des lichten Apoll, König im Himmel wie auf Erden!« Wie in Trance schritt der Alte Stufe für Stufe hinab. »Sonntag steht das lebenspendende Feuer im Aquarius, der neue Mensch im Licht der Sonne, diametral regiert Jupiter mit der Kraft des Löwen, eine Achse siegreicher Stärke. In Konjunktion schützt der ritterliche Mars den mütterlichen Krebs, so wie der Mond sich in den Fischen zum großen Amas gesellt – das Herrscherpaar!«

Turnbull war am unteren Ende der Treppe angelangt, Sigbert machte ihm ehrerbietig Platz. Der Bischof und Gavin standen mit ihren Gläsern in der Hand und wagten nicht, sie zum Mund zu führen, als könne ein Schluck Wein den magischen Zauber des Orakels unterbrechen, das mit der Stimme des Alten zu ihnen sprach.

»Das dritte Wesen im heiligen Trigon ist der Adler. Auf seine Flügel setzt Merkur, Götterbote und göttliches Kind zugleich. Ihm zur Seite der weise Saturn in der Waage der Gerechtigkeit und des Ausgleichs, des Friedens zwischen den Völkern und Religionen – zur anderen hat sich die Göttin der Liebe den Sagittarius untertan gemacht. Nicht Amors Pfeil fliegt über Grenzen und Meere, nein, Agape ist es, die die Menschheit versöhnt!«

Mit diesen Worten war John zu ihnen getreten, und es war, als ob er sie erst jetzt erkennen würde. Sein Tonfall war völlig verändert, als er den Bischof und den Templer begrüßte. Mit Kopfschütteln wies er den angebotenen Wein zurück.

»Nicht einer törichten Nüchternheit zuliebe«, erklärte er freundlich, »sondern zu Ehren eines höheren Rausches!« Sein Blick ging durch die Anwesenden hindurch in Weiten, die sich nur ihm zu erschließen schienen. »Ich habe die Entscheidung getroffen«, sagte er leise. »Sonntag ist der Tag der Offenbarung des Gral. Die Zeit des sich Versteckens, der Flucht und Ängste ist vorbei, Wir zeigen die königlichen Kinder mutig der staunenden Welt.«

Nicola della Porta und Gavin Montbard de Bethune hoben schweigend ihre Pokale, auch Sigbert von Öxfeld ließ sich nicht zweimal bitten. Sie tranken.

»Pian del Carpine«, gab der Bischof zu bedenken, »ist noch nicht bereit, seine ›Ystoria‹ noch nicht abgeschlossen; er wird –«

»Pian wird sich der weitaus wichtigeren Publikation und der ihm zufallenden Rolle darin nicht entziehen«, entschied Turnbull bündig. »Was jetzt noch nicht geschrieben ist, wird nie geschrieben!«

»Und was machen wir mit William?«

Aber der Alte wischte alle Bedenken beiseite und ließ sich von Sigbert die Treppen hinunterführen. »Morgen nacht ist Generalprobe. Καιρὸν γνῶθι!« Der Bischof folgte ihm eiligst.

Aus dem Hintergrund löste sich Yarzinth. Er schenkte dem als einzigem zurückgebliebenen Präzeptor nach.

Gavin betrachtete skeptisch das Instrumentarium, die in den Himmel ragenden aufgehängten Rohre. Er hatte Bedenken ob dieses ihm arg überhastet erscheinenden Entschlusses, den der Alte in einsamer Wacht gefällt hatte. Er mochte ihn nicht der Scharlatanerie zeihen, Turnbull hatte sich immer schon vom Lauf der Sterne beeinflussen lassen, solange er ihn kannte. »Wir gehen aufregenden Tagen entgegen, Yarzinth!« sagte er seufzend.

»Stunden!« entgegnete der Koch höflich. »Minuten, Augenblicke! – Von Lilith, dem schwarzen Mond im Skorpion, im bösen

Quadrat zum Jupiter wie auch die Sonne verdunkelnd, vom peitschenden Schwanz des Drachen, *cauda draconis*, hinter der Mondin hat der Herr nichts gesagt!«

»Oder er hat sie nicht gesehen! – Gute Nacht, Yarzinth!«

Der letzte Gang
Konstantinopel, Herbst 1247 (Chronik)

»*Adjutorium nostrum in nomine Domini.*«
»*Qui fecit coelum et terram.*«

Im Kellergewölbe verdrängte das Morgengrauen zögerlich die Schleier der Nacht. Es war Herbst geworden, und die Stunde der Frühmette fiel längst wieder in diese düstertrübe Dunkelheit. Lorenz von Orta, mein freiwilliger Helfer in der Feder, hatte uns geweckt, um die Vigil zu beten.

»Benedikt? Ist Benedikt noch da?« murmelte Yeza angstvoll im Halbschlaf und schloß die Augen beruhigt wieder, als sie den Polen unweit ihrer Lagerstätte knien sah.

Ich war eifersüchtig auf ihre plötzliche Hinwendung zu dem blassen Mönch. Auch Roç hatte ihn gestern abend vor dem Einschlafen eindringlich angefleht, den Raum nicht zu verlassen, als wenn sein Glück davon abhinge. Wie hatte sich der Pole in die Herzen der Kinder gestohlen? Gleich schämte ich mich meiner Mißgunst und erlegte mir noch ein Ave Maria auf, in das ich alle, auch Benedikt, einschloß. Möge die Mutter Gottes uns behüten! Amen!

Lautlos war Yarzinth eingetreten und hatte unser Frühstück, heiße Milch und für jeden einen Eierfisch, hingestellt und sich wieder zurückgezogen. Der Essensduft weckte die Kinder, und so nahmen wir gleich nach Einnahme der Mahlzeit unsere Arbeit auf. Μέγα βιβλίον, μέγα κακόν.

Lorenz begann mit dem Schreiben, wir lösten uns in Quint-Abständen ab, so daß ein jeder ohne Schonung der Fingergelenke die Feder rasant über das Pergament tanzen lassen konnte, während der andere die nächste spitzte, Tintenkleckse und Fehler beseitigte.

»›In der ganzen Welt‹«, diktierte Benedikt, »›gibt es weder bei den Laien noch bei den Ordensbrüdern gehorsamere Untertanen als die Tataren. Sie lügen nicht, niemals stoßen sie Scheltworte gegeneinander aus. Wenn sie streiten, artet der Zank niemals in Tätlichkeiten aus, Körperverletzung oder gar Totschlag kommt unter ihnen nie vor noch Diebereí – und obwohl sie wenig Lebensmittel haben, teilen sie dieselben gern miteinander –‹«

»Hör auf!« unterbrach ich ihn. »Haben Engelchen Ungarn verwüstet, die Männer geschunden, die Frauen geschändet?« Mit Rücksicht auf die Kinder sparte ich mir drastischere Details. »Ob soviel Lauterkeit und Güte muß ein Christenmensch ja vor Neid erblassen!«

»›Neid kennen sie auch nicht‹«, lächelte Benedikt, »›noch Ehebruch und Hurerei! Doch bedienen sie sich im Scherz, und da stehen die Frauen den Männern nicht nach, recht schandbarer und unzüchtiger Worte. Trunkenheit gilt ihnen als ehrenvoll. Wenn jemand allzuviel getrunken hat, erbricht er sich auf der Stelle und trinkt dann aufs Neue!‹«

»Das klingt schon menschlicher!« lachte Lorenz. »Mir scheint, deine Tataren haben zwei Gesichter: ein liebes für ihr friedliches Leben untereinander und eine grausame Fratze für ihren Umgang mit anderen Völkern...«

»Da hast du recht«, sagte Benedikt nach einigem Nachsinnen, »sie fühlen sich als das auserwählte Volk und betrachten den ›Rest der Welt‹ als Sklaven –«

»Und Ritter gibt es nicht?« fragte Roç, der gebannt gelauscht hatte.

»Nein«, erklärte Benedikt, »nur Reiter – Zehntausende, Hunderttausende!«

»Wie langweilig!« Damit war für den Jungen das Thema erledigt.

»›Aber auch in ihrem Äußeren unterscheiden sich die Tataren von allen übrigen Menschen...‹« Er hielt inne, weil sich die eiserne Tür öffnete und Hamo einließ, der schon oft als stiller, aber interessierter Zuhörer uns Gesellschaft geleistet hatte. Spürte er seine Zugehörigkeit zu diesem Volk, dessen Blut in seinen Adern rann – ohne daß er es wußte? Ich beobachtete ihn nur verstohlen in der peinlichen Sorge, mein Wissen um seine Herkunft könnte sich verräterisch bemerkbar machen.

Benedikt fuhr fort: »›... denn der Abstand zwischen den Augen und Wangen ist breiter als sonst bei den Menschen, auch stehen ihre Backenknochen ziemlich weit von der Kinnlade ab. Ihre Nase ist platt und ziemlich klein –‹«

»Wie Hamo!« kreischte Yeza vergnügt, verstummte aber wieder, als sie der Störung gewahr wurde – und vor allem bar jeden Beifalls blieb.

»›... die Lider ihrer nicht besonders großen Augen sind bis zu den Brauen heraufgezogen. Sie haben eine schlanke Taille und ihr Bartwuchs ist schwach entwickelt!‹«

»Wirklich wie Hamo«, ließ sich jetzt auch Roç herbei in die Kerbe zu hauen, »wenn ich an den Schnurrbart vom Roten Falken denke!«

Der Vergleich ärgerte den Sohn der Gräfin sicher mehr als alles andere, mußte er ihn doch daran erinnern, wie seine Ziehschwester Clarion auf diesen Araber geflogen war.

»Frauen«, versuchte ich die Situation zu retten, »Frauen zählen nicht die Barthaare, für sie zählt –« Ich kam nicht dazu es ihm mitzuteilen.

»Frauen«, sagte Hamo, »können nicht rechnen, nicht schreiben, nicht denken; ich will keine!«

»Bravo«, sagte Lorenz. »Du sparst dir viel Ärger!«

»›Bei den Mongolen‹«, fuhr Benedikt fort, »›darf jedermann so viele Frauen nehmen, wie er unterhalten kann, zehn, fünfzig, hundert!‹«

»Dann will ich nicht heiraten!« unterbrach ihn Yeza. »Ich kann alles, was ein Mann kann, und Kinder kriegen dazu!«

»Ohne Mann?« lachte Hamo sie aus, doch da ging Roç dazwischen.

»Sie hat ja mich«, erklärte er die Autonomie seiner Spielgefährtin, die ihn zwar wurmte, die er aber gegen Dritte verteidigte.

»Seid ihr nicht Geschwister?« fragte Benedikt argwöhnisch.

»Das werden wir sehen, wenn wir Hochzeit machen!« verblüffte ihn Yeza, und Benedikt beeilte sich, zu seinen Mongolen zurückzukommen, deren schlechtes Beispiel ihm hier helfen mochte, die Moral der Kirche hochzuhalten:

»›Diese Tataren dürfen ihre Verwandten heiraten, mit Ausnahme der leiblichen Mutter, der eigenen Tochter und der Schwester von der gleichen Mutter. Im Todesfall des Vaters sind sie sogar verpflichtet, dessen Frauen, außer der eigenen Mutter, zur Ehe zu nehmen –‹«

»Gott sei Dank«, sagte Hamo, »daß es diese eine Ausnahme gibt!«, und alle lachten. »Wie hat die Gräfin getobt«, gab er jetzt zum Besten, »als sie heute morgen die Kinder nicht im Pavillon vorfand. Sie hatte eigens Guiscard mitgeschleppt, der mit der Axt die Luke von unten aufschlagen mußte, grad daß ich noch entwischen konnte –«

Die Schlüssel rasselten vernehmlich in der Eisentür, und herein trat der Komtur der Deutschen, den ich und die Kinder seit Otranto nicht mehr gesehen hatten. Sie erkannten ihn sofort.

»Onkel Sigbert!« rief Yeza, sprang ihm an die breite Brust und warf ihre Arme um seinen Hals. »Admirabel toll, daß du da bist!«, und sie zog ihren Dolch und fuchtelte damit vor seinem grauen Bart herum, worauf auch Roç mit Pfeil und Bogen vor ihn trat.

»Oho«, dröhnte der mächtige Teutone, »mein kleiner Ritter!«, und er hob den Jungen auf seinen anderen Arm. Er wäre sicher den Kindern ein guter Vater gewesen, wenn nicht die Wirren der Kreuzzüge ihn dazu gebracht hätten, die vermißte Geborgenheit einer nie gegründeten Familie im Orden der deutschen Schwertbrüder zu suchen. Sein Herz hing an den Kindern, und sie fühlten das, so rauh auch sein Äußeres war.

Auch Hamo entsann sich seiner Gespräche mit dem Ritter, der ihn – wohl in Abstimmung mit der Gräfin – für den Orden hatte gewinnen wollen. Der Stachel gegen seine Mutter hingegen saß so tief, daß er ihn mit Trotz begrüßte, indem er fortfuhr: »Stellt Euch vor, wie sie ins bischöfliche Schlafgemach stürmte, voller Empörung, eine Henne, der man ihre Küken geraubt, wie Nicola, noch im Nachtgewand, die Protestierende von seinem Leibkoch vor John Turnbull bringen ließ, der ihr mit wackelndem Hals« – Hamo machte mit seinem mimischen Talent auch den Alten nach – »die Leviten las!«

»Hamo«, grollte der Komtur, »ein Mann macht weniger Worte. Und ein Ritter stellt keinen anderen bloß!« Hamo schwieg beschämt. »Die Frau Gräfin und ihr alter, treuer Freund John Turnbull wurden sich auf der Stelle einig«, fuhr Sigbert fort, »sowohl in der Sache wie im Zeitplan. Es bleibt bei Sonntag!« Da der Herr von Öxfeld mit dieser Ankündigung bei uns allen auf Unverständnis stieß, sah er sich genötigt hinzuzufügen: »Damit ist eure Arbeit binnen zweimal zwölf Stunden beendet.«

»Das schaffen wir nicht!« klagte Benedikt und suchte bei mir und Lorenz Hilfe, doch Sigbert war ein Mann weniger Worte.

»Faß dich kürzer, Mönchlein«, raunzte er, »je knapper, desto mehr werden's lesen!« Der Komtur stapfte von dannen.

»Vorwärts!« rief Lorenz. »William, die Reihe ist an dir!«

»›In den Kampf‹«, diktierte Benedikt, »›schicken sie vornweg gern kriegsgefangene Angehörige unterjochter Stämme; flieht einer aus der Reihe, werden alle niedergemacht. Um ihre Zahl größer erscheinen zu lassen, setzen sie in den hinteren Linien auch Puppen auf die Pferde, die zusammen mit den berittenen Frauen und Kindern von weitem eine gewaltige Streitmacht abgeben.‹«

»Dürfen Mädchen mitkämpfen?« wollte Yeza wissen.

»Die Frauen reiten und galoppieren genauso geschickt wie die Männer, sie lernen das schon als Kinder, genau wie das Bogenschießen, da alle, Jungen wie Mädchen, Hosen tragen und die gleichen Kittel –«

»Du hast mir eine Hose versprochen«, unterbrach ihn Yeza und deutete auf die messingbeschlagene Reisetruhe des Polen, in der sie die ersehnten Beinkleider wußte, doch Roç kam ihr dazwischen.

»Sag ihr erst noch, daß Mädchen auch in Hosen nicht mitkämpfen dürfen«, verlangte er störrisch. »Auch wenn sie mit Pfeil und Bogen umgehen können, schießen sie nicht so gut wie Männer – sag es ihr!«

»Sie bilden die Nachhut und greifen in den Kampf nur ein, wenn die Männer feige flüchten sollten, was aber nicht vorkommt, weil sie dann zur Strafe doch getötet würden!«

»Die Hose!« sagte Yeza beharrlich. »Gib sie ihr, damit wir vorankommen!« schlug Lorenz vor, und Benedikt öffnete die Riegel der Kiste, ihr gewölbter Deckel schwang auf, und er begann in den Tüchern, Teppichen und allerlei Gefäßen und anderen Gebrauchsgegenständen zu wühlen. Es kam ein Kinderhut zum Vorschein, mit einer Krempe aus Samtbesatz, mit gelber Seide gefaßt, die Blumen waren eingewebt, die Blätter Applikation. Oben hatte er einen roten Knopf aus Koralle. Benedikt setzte ihn sich kokett aufs Haupt, doch Yeza ließ sich nicht ablenken.

»Ist das die Hose?« insistierte sie, als der Mönch einen verschnürten Ballen heraufbeförderte.

»Eine Ringerjacke«, erläuterte der Pole murmelnd und legte sie in den Deckel. Sie war mit einem Drachen aus Seide bestickt und saß auf einem breiten Gürtel aus Leder, mit metallenen Nägeln verziert. Roç jubelte.

Dann kamen Stiefel aus rotem Leder, besetzt mit bunten Streifen und innen mit grünem Seidenfutter, fein paspeliert. Dann Kleider aus Samt und Seide, reich bestickt mit Perlen und mit Goldfäden durchwirkt. Am Saum ein Fries aus Wogen und Bergen aus Türkisen und Kristallen.

»Das Muster nennen sie ›ewiger Knoten‹«, erklärte Benedikt, stolz auf sein Wissen.

Es folgten Hauben, Kopfschmuck, Pektorale und Futterale für die Zöpfe – ein Stück kostbarer als das andere, alle aus getriebenem Gold oder Silber, aufs Feinste ziseliert, und mit Edelsteinen bedeckt.

»Botag!« rief Lorenz. »Das ist der große Festschmuck für verheiratete Frauen!«

»Und die Hose?« Yeza stampfte mit dem Fuß auf, während Hamo andächtig eine solche Kappe aufsetzte. Es sah aus, als hätte er nie etwas anderes getragen, dabei war es gar nicht für Männer gedacht.

Schließlich fischte Benedikt ein Paar Hosen aus dem untersten Teil der Kiste. Es waren schlichte Filzhosen, an den Knien abgesteppt und mit Leder geschützt, ein feiner roter Streifen betonte die Seitennaht – alles ganz einfach, doch die Freude Yezas war grenzenlos. Sie schlüpfte in die Hosenbeine, die Maße stimmten, auch wohl weil ihr Vorgänger ein schlanker Mongolenknabe gewesen sein mußte, nur in der Taille waren sie etwas zu lang, weswegen ich sie umkrempelte. Sie fand auch sofort eine Seitentasche für ihren Dolch und hüpfte glücklich herum, zumal Benedikt ihr noch ein Paar von diesen spitz zulaufenden Fellstiefelchen schenkte, deren Stulpen innen mit Pelz gefüttert waren und in die sie die Hosen stopfen konnte.

Der Pole war so klug, auch Roç zu bedenken, dem er die kostbare Ringerjacke mit dem Drachen vermachte und den metallbeschlagenen Kampfgürtel, der in der Mitte so breit war wie eine Hand und das Swastika-Symbol aus Malachiten in Silber gefaßt aufwies. Die Schultern waren hochgestellt gefüttert, und Roç wirkte plötzlich sehr gefährlich, wenn er seinen Köcher überwarf und den Bogen spannte.

Sie waren beide stolz und ein wunderhübsches Paar voll kindlicher Würde. Meine kleinen Könige! Doch sie achteten nicht auf meine Bewunderung, Benedikt hatte jetzt ihre Herzen erobert.

»So, Kinder, jetzt gebt Ruhe, wir müssen arbeiten!« mahnte uns Lorenz, der mir als einziger in den Sinn und Zweck unseres Tuns eingeweiht schien und uns – bei allem Sinn für Späße – pausenlos antrieb.

Doch gerade jetzt trat Yarzinth schlüsselrasselnd ein und brachte unser Abendessen: »Auf daß die Herren Dichter nicht vom Fleische fallen!«

Stolz präsentierte er, begleitet von zwei Pagen, in Olivenöl und Pepperoni eingelegten Aal, von Weinessig durchzogenen süßen

Kürbis, gebackene Eierfrüchte mit pikant gerösteter Entenleber, gedünstete Artischocken mit Miesmuscheln gesotten, das alles nur als Vorspeise. Er legte formvollendet jedem einzelnen von uns vor; mir blieb wenig Zeit, mich zu kränken, daß er Benedikt mit besonderer Aufmerksamkeit und reichlicher bediente als mich oder Lorenz, denn wir stürzten uns alle wie die Tataren mit Heißhunger auf die Platten. Dazu kredenzte er aus schlanker Amphore einen spritzigen Weißen aus Kreta, und als wir unsere Schüsselchen leergeputzt hatten, als seien wir mit Kälberzungen drüber weggestrichen und uns die Finger ableckten, da hob er den Silberdeckel von der größten Schale: Duftschleier eines gebratenen Kapauns umwehten meine Nase. Er lag auf einem bunten Bett von purpurner Beltrave, korallenfarbigen Möhren, dem zarten Grün der Bohne und dem dunklen des Blattspinats, versetzt mit schimmernden Perlen von jungen Zwiebeln und dem Elfenbein der Knoblauchzehen.

Yarzinth tranchierte mit einem Scimitar, einem Damaszener Krummsäbel, der am Ende nicht spitz, sondern als Dreizack verlief – eine Waffe, schwer und scharf genug, einen Ochsen lebend zu enthaupten. Er handhabte sie mit Leichtigkeit, und die Klinge schnitt das Fleisch wie Butter.

Wie um seine Kunstfertigkeit zu unterstreichen, ließ er sich jetzt von einem der Pagen eine bauchige Korbflasche halten, deren tönerner Hals noch versiegelt war. Mit einem Hieb köpfte er sie so sauber, daß kein Tonsplitter stäubte. Er bestand darauf, daß wir die Pokale wechselten und servierte uns.

»Grusinischer Rotwein! – wie ihn auch Euer Großkhan nicht aufgetischt bekommt«, schnalzte der Koch mit seiner langen Zunge.

»Der trinkt Kumys«, sagte Benedikt.

»Kuhmist?« fragte Roç ungläubig.

»Das ist gegorene Stutenmilch, mit Blut vermischt!«

»Menschenblut?« Roç war entsetzt, aber alle lachten nur und tranken.

»Die Kinder sollten jetzt zu Bett«, rückte Yarzinth vorsichtig heraus, »heute nacht können sie wieder im Pavillon schlafen –«, und als sich Protestgeheul erhob, setzte er freundlich hinzu: »Benedikt darf heute – so er mit der Arbeit fertig ist – bei euch schlafen. Ich geh schon voraus, alles vorzubereiten. Ihr kennt ja den Weg.«

Das war an Benedikt gerichtet, Yarzinths spitzes Kinn wies auf das Loch in der Wand, den Einstieg zum ›Fluchtgang‹, den die Kinder immer benutzten, auf allen vieren zu uns in den Keller. ›Wir sind die Mäuse‹, sang Yeza jedesmal – wohl um sich Mut zu machen – und damit ihr Kommen ankündigend –, und aufrecht ›wie ein Huhn‹ ging es zurück zum Pavillon.

Yarzinth fiel es gar nicht auf, daß seine Offerte, den neuen Freund als Schlafgast zu haben, statt zu erwartender Begeisterung bei den Kindern Beklemmung hervorrief. Sie schauten sich vielsagend an und warfen dem Koch, der nicht länger wartete, böse Blicke nach. Ich war im Innersten meines Herzens froh, daß der Pole wohl doch nicht die Freundschaft der Kinder mit seinen Geschenken erkauft hatte. Bei mir hatten sie immer gern geschlafen!

»Weiter!« sagte Lorenz. »Morgen müssen wir fertig sein.«

»›Wenn einer ihrer Führer stirbt, dann wird sein Lieblingspferd getötet, das Fleisch zur Leichenfeier verzehrt‹«, erzählte der griesgrämige Benedikt, »›die Frauen verbrennen die Knochen, und das Fell wird ausgestopft und über dem einsamen Grab in der Steppe aufgehängt samt Sattel und Zaumzeug. Sein Wagen wird zerbrochen, seine Jurte niedergerissen, und seinen Namen darf niemand mehr in den Mund nehmen. Sie graben eine Grube und legen den Lieblingssklaven des Verstorbenen unter den Leichnam und lassen ihn so lange darunter liegen, bis er nahe daran ist, seinen Geist auszuhauchen. Gerade bevor er erstickt, ziehen sie ihn heraus und lassen ihn ein wenig Atem holen. Das wird dreimal wiederholt, und wenn er dann glücklich mit dem Leben davongekommen ist, wird er zum freien Mann erklärt und genießt bei allen Verwandten des Toten hohes Ansehen. Die Grube aber verschließen sie so, daß – wenn einmal das Pferd verrottet ist – keiner das Grab mehr finden kann.‹«

»Und warum muß das arme Pferd sterben?« fragte Roç eingeschüchtert.

»Damit der Mongole auch im Jenseits sein Liebstes bei sich hat!«

»Und seine Frau?« hakte Yeza nach.

»Willst du dich ausstopfen lassen?« spöttelte Hamo, der keine Lust verspürte, länger zu bleiben. Er klopfte an die Eisentür und wurde aus unserem ›Verlies‹ gelassen.

Benedikt erhob sich. »Schluß für heute!« sagte er. »Den Rest schaffen wir morgen mit frischem Mut – Pian wird stolz auf uns sein!«

»Auf sich!« feixte ich.

»Auf dich, William von Roebruk!« Er hob seinen Pokal, trank ihn mit einem Zug aus und wandte sich zum Gang.

»Warte!« schrie Yeza erregt und rannte an ihm vorbei und sauste wie eine Maus in Richtung Loch.

»Tu das nicht, Yeza!« gellte jetzt die Stimme von Roç. »William, halte sie!«

Ich sprang auf und stolperte hinter ihr her. »Yeza!« rief auch ich, doch sie entwischte mir und verschwand in dem sich verengenden Einlaß in der Mauer.

»Yeza!« Roç witschte mir durch die Beine und erreichte das Loch vor mir, doch seine Panik ließ mich mit voller Wucht folgen, und schon saß ich fest. Meine Füße berührten kaum noch den Boden, mein dicker Körper war eingeklemmt, und vor meinen Augen – ich konnte den Kopf nicht drehen – dehnte sich das Dunkel des Ganges, aus dem ein letztes verzweifeltes »Yeza!« mir entgegenwehte, sich als vielfaches Echo wiederholte und dann zur Totenstille verebbte.

Was war nur in die Kinder gefahren? Ich versuchte verärgert mich zurückzuschieben, da stach etwas in meinen Schenkel. Autsch! Ich drückte meinen Brustkorb nach hinten, da pieksten mich Messer in die Arme und in die Hüften.

»Jachwei, helft mir doch!« rief ich in den dunklen Gang, und ich fühlte daß Hände von hinten an mir zerrten, doch gleichzeitig bohrten sich wieder die Spitzen in meine Flanken. »Laßt mich los!« keuchte ich. »Ihr bringt mich um!«

»Willst du da die Nacht verbringen und mir den Weg versperren!« scherzte Benedikt in meinem Rücken.

»Ihr müßt – einer oben, einer unten – mit euren Händen rechts und links von mir die verdammten Klingen flach an die Wand drücken, nach vorne – und mich dann herausziehen!«

»Wie viele Spickeisen sind dir denn ins Pökelfleisch geraten?« spottete Lorenz, dessen Hand sich an meiner Hüfte vorbeitastete.

»Mindestens drei auf jeder Seite!« brüllte ich unter Schmerzen.

»Wir haben nur vier Hände!« resignierte Benedikt. »Wir müssen Hilfe holen!«

Ich fühlte mich schon wie ein geschächtetes Schwein langsam verbluten, auch machte sich eine gewisse Platzangst bemerkbar. Ich war hilflos, hinten konnte man mir den Arsch kreuzweise versohlen, vorne den Kopf abhacken – da rasselten die Schlüssel in der Tür, und die Stimme Yarzinths, der erstaunlich schnell vom Pavillon zurückgekehrt war, sagte:

»Ich hab ihm doch gesagt, daß ›der letzte Gang‹ nicht für ihn erdacht war. Nun müssen wir ihn entkorken! William, unser Proppen – als Geist aus der Flasche!«

Alsbald faßten mehrere Hände gleichzeitig zu, und ruckweise wurde ich wieder in den Keller befördert. Meine Kutte, Hemd und Unterhose waren gar arg zerfetzt, und ich blutete wie schlecht balbiert. Und meine Brüder samt dem Koch lachten auch noch über mich.

»Versteh' einer«, beklagte sich Yarzinth, »was in den Köpfen dieser Kinder vorgeht. Fast hätten sie Clarion erschossen und erdolcht, die im Pavillon auf sie wartete, um sie zu Bett zu bringen. Die Gute lauschte durch das runde Loch auf ihr Kommen, als plötzlich Pfeil und Dolch haarscharf an ihr vorbeizischten. Sie kreischte gleich los: ›Laßt den Unsinn!‹, aber die Kinder schrien aus dem Labyrinth: ›Tod dem Henker, Tod dem Henker!‹ Ich hab' mich durch eine andere Tür verdrückt. Ich versteh' mich nicht auf erzieherische Maßnahmen – schon gar nicht bei Kindern.«

»Das kommt davon, William«, rügte mich Benedikt sanft, »weil du sie immer hier zuhören läßt. Da kommen sie auf so blutrünstige Gedanken – ihre kleinen Gemüter sind verwirrt!«

»Absurd!« sagte Lorenz. »Laßt uns morgen früh weitermachen!«

»Ich schlafe hier«, erklärte Benedikt, und Yarzinth wünschte uns eine gute Nacht.

Der Sträfling des Legaten
Konstantinopel, Herbst 1247

Gegen Mittag des folgenden Tages schlich sich der päpstliche Segler vom Schwarzmeer kommend die Flanken des Bosporus entlang. Es wehte kein Wind, der Himmel war grau, und über den Wassern lag Nebel. Die Segel hingen naß und schlaff, und die Ruderer waren ob der langen Seereise erschöpft. Langsam treibend tastete sich die Dreimastbark gen Südwest, wo irgendwann die Einfahrt zum Goldenen Horn sich öffnen mußte.

Anselm von Longjumeau, der feinsinnige und ehrgeizige Dominikaner, der es seiner Jugend – und seinem berühmten älteren Bruder zum Trotz – zum päpstlichen Legaten gebracht hatte, kauerte auf einer Taurolle am Bug des Schiffes und starrte fröstelnd in die milchige Suppe. Er wollte niemanden sehen und eigentlich auch nie in Konstantinopel ankommen. Er war unzufrieden mit sich. Seine Missionsreise zu Baitschu, dem am weitesten vorgeschobenen Statthalter der Mongolen, war ein Fehlschlag gewesen, den er sich allein zuzuschreiben hatte. Er brachte kein Schreiben des widerlichen Tataren-Feldherrn mit, sondern nur zwei geschwätzige Nestorianer, die der Kurie versichern wollten, daß auch sie gläubige Christen seien – von einer Anerkenntnis des Papstes war nicht die Rede. Baitschu erwartete vielmehr, daß sie den Führer der Christenheit zum Kotau in seinen Palast brächten, und diese verlotterten Priester hatten sich – aus Furcht um ihre schäbige Kragen – gehütet, diesem Ansinnen zu widersprechen.

Baitschu war eben nur der Statthalter in Persien und nicht der Großkhan. Der Kerl hatte weder Zuständigkeit noch Großmut bewiesen. Und er, Ascelin, war auch nicht über sich hinausgewachsen, er hatte nicht darauf bestanden, nach Karakorum weiterzureisen wie diese Franziskaner. Der Ruf der erfolgreichen Mission des Pian del Carpine war ihm von Täbriz bis Tiflis lästig in die Ohren geträufelt – wahrscheinlich waren die Minoriten längst zum Heiligen Vater zurückgekehrt, und auf ihn und auf das Ergebnis seiner qualvollen Bemühungen war niemand mehr erpicht.

»Wir sollten mit Vorsicht uns dem Hafen nähern«, räusperte sich hinter ihm die Stimme des Vitus von Viterbo, »und sehen, was uns dort erwartet, bevor wir gesehen werden, Fra' Ascelin!«

Der Angesprochene fuhr herum wie von einer Tarantel gestochen. Niemand – nicht einmal Baitschu – hing ihm so zum Hals heraus, bereitete ihm Übelkeit, wenn er ihn nur sah, wie dieser Viterbese – und er hatte ihn die ganze Reise ertragen müssen!

»Uns erwartet niemand«, fauchte er gereizt, ohne sich umzudrehen, »außer den Phantasmen, denen Ihr nachjagt!« Der Legat war aufgesprungen, brüllte aber seine Wut in die Nebelwand vor sich. »Habt Ihr immer noch nicht genug von Eurem Wahn? Vitus, Ihr seid von einem Dämon besessen! Nicht in Ketten sollte man Euch legen, sondern in eine Jacke ohne Ärmel und den Exorzisten rufen!«

Vitus von Viterbo hatte etliches von seiner büffeligen Statur verloren. Die schwarze Kutte schlotterte um seine hochgewachsene Gestalt; sie war speckig und er selbst ungepflegt, sein Haar fiel strähnig aus der Kapuze. Nur seine Augen glühten noch wie vor Antritt seiner Sträflingszeit.

»Wahnwitz ist, Ascelin, daß Ihr sehenden Auges in Euer Unglück rennt!« Vitus senkte seine Stimme verschwörerisch. »Ihr müßt nicht mit leeren Händen zurückkommen, Fra' Ascelin! Ich schwöre Euch –«

»– daß die verdammten Kinder des Gral jetzt in Byzanz zu finden sind? Hinter diesem wabernden Dunst stehen sie winkend am Kai und warten auf uns! Wir brauchen nur zuzugreifen!«

Dem ätzenden Hohn des Legaten setzte Vitus sein Geifern entgegen: »Wo sonst kann die gräfliche Zicke auf den Schutz einer Hütte und Futtertrog für die Geißlein hoffen? Bei ihrem Neffen, dem Bischof, dem Päderasten. Und war sie nicht Patronin eines Hurenhauses, bestückt mit jungen Nonnen, ›die Äbtissin‹ – bis die Häscher der heiligen Inquisition die verkappte Ketzerin davonjagten?«

»Und sie hat nichts Besseres zu tun, als nach Jahren an den Ort ihrer Schande zurückzukehren, um diesmal dem gefürchtesten Büttel des Castel Sant' Angelo, dem schröcklichen Herrn von Viterbo in die Arme zu laufen«, spottete Fra' Ascelin und erhob sich. »Vitus, Ihr seid ein Schaf im Wolfspelz!«

Vor ihnen lichtete sich die Nebelwand, sie zerriß wie ein Schleier, und im gelben Licht der Herbstsonne gleißten die Kuppeln und Türme von Konstantinopel. Sie glitten direkt auf die Mole zu.

»Haltet ein!« röchelte Vitus. »Zurück!« Es hatte ihm die Sprache verschlagen, und alle starrten ihn an, als ob er nun auch von seinem bösen Geist verlassen sei. »Da ist sie! Da ist sie!« zischte er, und sein spitzer Finger bohrte sich durch die letzten Nebelschwaden und zeigte auf das Gewimmel der Segler und Galeeren, Lastkähne und Fischerboote, die an den Kais vom Goldenen Horn vertäut dümpelten.

Keiner sah, auf was er zielte, nur Ascelin begriff, was der Viterbese meinte, der nun endgültig dem Irrsinn verfallen schien. »Legt ihn in Fesseln!« befahl er ruhig der sie umringenden Mannschaft. »Er sieht Gespenster!«

»Nein!« schrie Vitus, als sich die Leute auf ihn warfen. »Sie ist da! Dort liegt die Triëre! Wir müssen uns verstecken!« Sie schleppten ihn ins Unterdeck.

»Nun ist er versteckt!« meldete der Rudermeister und erwartete den Befehl des Legaten zum Anlaufen des Hafens, doch Ascelin sagte:

»Wendet! Wir gehen an der gegenüberliegenden Küste von Asia Minor vor Anker.«

Murrend kam die Mannschaft der Aufforderung nach; auch der Kapitän warf dem Vertreter des Papstes einen Blick zu, der seine Mißbilligung ausdrücken sollte. Doch der Herr Legat hatte sich wieder auf der Taurolle niedergelassen, stützte seinen Kopf in die Hände und war für niemanden mehr zu sprechen.

Als die Ankerkette rasselnd niederging, lag das leuchtende Byzanz schon wieder in diffuser Ferne. Aus dem Zelt am Heck schoben sich erregt Anselms Begleiter Simon von Saint-Quentin und die beiden nestorianischen Priester, die wild gestikulierend auf ihn einredeten.

Simon besänftigte sie und nahm es auf sich, Ascelin wegen des unerwarteten Kurswechsels zur Rede zu stellen.

Als er sich seinen Weg durch die Ruderbänke bahnte, krächzte unten der in Ketten gelegte Vitus: »Simon, so habt Ihr doch wenigstens Vernunft! Laßt mich meinen Kopf riskieren, aber ich schwöre Euch bei der heiligen Mutter Christi, dort drüben in dem gottlosen Byzanz wandelt irgendwo ungestraft die größte Feindin der Kirche, die falsche Äbtissin, und nährt ihre ketzerische Schlangenbrut!«

Die Wortbrocken brachen stoßweise aus dem Mund des Galeerensträflings, denn der Rudermeister hatte sehr schnell begriffen, wer ihm und seinen Leuten diesen Ankerplatz weitab von den Wonnen des Hafens eingebrockt hatte, und ließ seine Peitsche auf Vitus Rücken niederklatschen.

»Wirst du faules Schwein dich wohl in die Riemen legen!« knirschte er vor Wut. Obgleich das Schiff längst straff an der Kette hing, prügelte er weiter auf den Wehrlosen ein.

»Genug«, sagte der Legat, der das Schauspiel betrachtet hatte. »Dich kennt keiner«, wandte er sich an Simon, bevor dieser ihn ansprach, »du kannst mit ihm die Fähre nehmen. Hier im ›Orient‹«, lächelte der junge Legat spitzfindig, »darf ich ihn laufen lassen, das ›strictum‹ gilt nur für den Boden des Abendlandes. Allerdings haftest du mir für unauffälliges Vorgehen im Hafen und für seine Rückkehr an Bord. Ihr mögt nur die Augen offenhalten, sollt jedoch nichts unternehmen – ›nullum‹!«

Simon zögerte, ob er diese Verantwortung auf sich nehmen sollte.

»Ich schwöre«, stöhnte Vitus.

»Deine Eigenmächtigkeiten haben der Kirche genügend Schaden bereitet«, mahnte ihn dräuend Simon. »Vielleicht wäre es wirklich besser, dich totprügeln zu lassen wie einen tollen Hund!«

Er gab dem Rudermeister ein Zeichen, daß er die Fußeisen aufschließen möge. Die Handfesseln beließ er seinem Gefangenen, den zwei Soldaten hinter ihm her zur Fährstelle eskortierten.

Sie verließen das Fährboot, und Simon schritt vorweg, während Vitus, dem sie die Kapuze tief ins Gesicht gezogen und die Hände wie zum Gebet verschränkt von den Ärmeln bedeckt hatten, so daß keiner die Eisenkette sah, an der sie ihn links und recht führten, hinter ihm herstolperte.

»Langsam!« keuchte Vitus. »Da vorne liegt die Triëre. Seht Ihr den Gnom mit dem Holzbein?« zischte er haßerfüllt. »Das ist Guiscard der Amalfitaner, Steuermann der Äbtissin!« Und sie sahen Clarion umgeben von ihren Nonnen, die zum Mittagsgebet niedergekniet waren. Von den Kindern keine Spur.

So zerrten sie Vitus weiter, bevor jemand seiner stechenden Blicke gewahr werden konnte, mit denen er die Bootsplanken am liebsten durchbohrt hätte – in Brand gesetzt, zertrümmert und versenkt, die Triëre der Teufelin! Sie war flankiert von einer streng bewachten Galeere der Templer, die den Stander eines Präzeptors gehißt hatte. Von plötzlichem Argwohn gepackt, fragte Simon die Wache nach Namen, Herkunft und Ziel. Die Antwort war bündig: »Gavin, Graf Montbard de Bethune, nebst fünfzehn Rittern im Dienst des Ordens!«

Um kein Aufsehen zu erregen, schlenderten sie schnell weiter, achteten nicht der beiden arabischen Händler, die ihre Ware, Schmuck und seltene Essenzen in kostbaren Kristallamphoren vor sich ausgebreitet hatten. Sie saßen auf einem Teppich, tranken ihren Tee und ließen die Schiffe vor sich nicht aus den Augen.

Neben dem roten Tatzenkreuz wehten das schwarze Kreuz der Deutschen und die grüne Fahne des Propheten einträchtig am

Mast eines gedrungenen Rammschoners. Die Mannschaft bestand aus Ägyptern, und trotz aller Mühe, die sie sich gaben, mehr als »Botschafter des Sultans« war nicht zu verstehen. Den Mund schloß ihnen auch nicht ihr eigener Kapitän, sondern ein Ritter vom Hospital, der sie mit arabischen Schimpfworten zurück an Bord jagte.

Die prächtige Geleere des Großmeisters der Johanniter hielt Abstand von allen anderen und war nur mit Ruderbooten erreichbar. Von den Fährleuten erfuhr Simon dann auch bereitwilligst, daß dessen Stellvertreter, Jean de Ronnay, beim Kaiser Balduin zu Besuch sei.

Das Auftauchen kaiserlicher Polizei beendete die neugierigen Fragen des Mönches. Er gab den Soldaten einen Wink, Vitus fortzuschaffen. Doch gerade das erregte den Verdacht der Polizisten. Sie versperrten den Weg.

»Weist Euch aus, Fremder!« Bevor Simon die Situation klären konnte, ertönte eine Stimme hinter ihnen:

»Ich kenne diesen Herrn!« Yves der Bretone, begleitet von einer Abteilung Soldaten im Tuch des französischen Königs mit dem Wimpel seines Gesandten Joinville, den jeder im Hafen kannte, war dazwischen getreten, und die Polizisten salutierten und gingen ihres Weges.

»Ich sollte nicht für Euch bürgen, Vitus von Viterbo!« sagte der Bretone mit kalter Geringschätzung. »Zu lange mußte schon mein Herr Ludwig Eures Gebetes entbehren.«

»Die Kurie bedurfte meiner Dienste, Herr Yves«, murmelte Vitus, ärgerlich, ausgerechnet hier von seiner Vergangenheit eingeholt zu werden.

»Ihr solltet Euch überlegen, wem zu dienen Ihr die Präferenz gebt«, spottete Yves mit einem verächtlichen Blick auf das ungepflegte Äußere des Dominikaners. »Allerdings hat Euer unentschuldigtes Fernbleiben von den Pflichten eines Beichtvaters auch sein Gutes gehabt: Das Castel Sant' Angelo hört nicht mehr jedes Husten des Königs, bevor dieser sein *sputum* von sich gegeben hat!«

»Ich bin kein Verräter!« bäumte sich Vitus auf.

»Nein«, sagte der Bretone, »aber ein unwürdiger Spucknapf!« Er spie dem Viterbesen vor die Füße und schritt von dannen.

»Wer war das«, raunzte Simon von Saint-Quentin seinen ungeliebten Begleiter an, »daß Ihr mich nicht vorgestellt habt?«

»Ein Totschläger«, knurrte Vitus, »der das Kleid des Priesters mit dem Rock des Königs vertauschen durfte.« Sie begaben sich zur Fähre, die sie zurück an das andere Ufer brachte.

»Ihr könnt sagen, was Ihr wollt«, eiferte sich Vitus, als er wieder vor den Legaten geführt wurde, »eine solche Versammlung von höchsten Würdenträgern, Botschaftern und Legaten, wie sie hier und heute in Byzanz zusammengekommen ist, ereignet sich nicht von ungefähr, sie wurde höheren Ortes einberufen!«

»Als Legaten der Kirche sehe ich nur mich – und mich hat niemand einzuberufen außer meinem Herrn Papst, zu dem ich zurückkehren will – und zwar auf dem schnellsten Wege!«

»Vieles kann sich in Eurer Abwesenheit ereignet haben, Fra' Ascelin«, gab Vitus zu bedenken. »Ihr solltet nicht noch einmal den Fehler begehen, eine Euch von der Geschichte angebotene einmalige Gelegenheit auszuschlagen, nur weil Ihr Euch engstirnig an die Buchstaben Eures Legats klammert, statt im höheren Sinne Eurer politischen Mission zu agieren!« Vitus nahm mit dem Mut dessen, der nichts mehr zu verlieren hat, die Mißbilligung, den aufsteigenden Zorn des Legaten in Kauf. »Ihr dürft Euch nicht zum Briefträger machen lassen, bei der glanzvollen Omnipotenz, die die Kirche ihren Gesandten verleiht! Die Situation hier verpflichtet zum Handeln, zum Erfassen, Beurteilen und Angreifen.« Der hochgewachsene Mönch reckte seine gefesselten Hände kreuzförmig in die Höhe. »Im Namen Christi und unserer heiligen Kirche!«

»Glanzvoll?« Ascelin warf ihm einen mitleidigen Blick zu, bevor er den Rudermeister heranwinkte. »Anketten!« befahl er mit leiser Stimme. »Keine Prügel – aber einen Knebel ins Maul«, stöhnte er, »bevor ich mir seine Belehrungen zu Herzen nehme und ihn mir – und der Kirche – vom Halse schaffe!«

Aibeg und Serkis, die beiden Nestorianer, die ihm Baitschu als Botschafter aufgezwungen hatte, drängelten sich vor.

»Was vertun wir hier unsere Zeit?« nörgelte der hagere Serkis, während der dickliche Aibeg sehnsüchtig über den Bosporus auf das zum Greifen nahe Byzanz starrte. »An dieser unwirtlichen Küste lohnt es sich ja nicht einmal, sich an Land tragen zu lassen!«

Der Legat biß die Zähne zusammen. Die Priester widerten ihn an. Er hätte sie liebend gern hier – oder seinetwegen auch drüben in dem Sündenbabel – abgesetzt, doch dann stünde er mit völlig leeren Händen da, wenn er nach dieser mißglückten Mission vor den Heiligen Vater treten mußte.

»Ich mag nicht meinen Kopf verlieren«, insistierte Serkis, »den mir Baitschu abschlagen wird, wenn wir nicht pünktlich mit dem Herrn Papst wieder vor ihm erscheinen –«

»Dieser Märtyrertod ist Euch gewiß«, beschied ihn Simon, »und Euer grauslicher Tatarengeneral mag an seiner Galle ersticken: Nie wird sich das Oberhaupt der Christenheit vor ihm verbeugen!«

»Solche Worte habt Ihr Euch vor seinem Thron nicht getraut!« giftete Serkis zurück. »Baitschu verließ sich in seiner Großmut darauf, daß seinen Wünschen willfahren wird – das rettete Euer Leben!«

»Er wollte Euch eigentlich ausstopfen!« setzte Aibeg versonnen hinzu.

»Da seht Ihr, Fra' Ascelin«, bemerkte Simon trocken, »wie recht ich hatte! Es ist jammerschade, daß wir diesen Baitschu nicht als musterhaftes Beispiel eines Tatarenschädels in Essig eingelegt dem Abendland vorführen können: häßlich geformt, schwülstige Lippen, hervorquellende Augen, platte Nüstern, niedrige Stirn, Ziegenbart!«

»Vergeßt nicht, daß wir seine Gesandten sind! Er wird Euch strafen an Euren Kindern und Kindeskindern!« fauchte Serkis. »So vergilt also ein Christ genossene Gastfreundschaft!«

»Gastfreundschaft?« höhnte Simon »Dieser Fraß, diese stinkenden Abfälle, die wir verzehren mußten, aus vor Schmutz starrendem Geschirr, in Gesellschaft rülpsender, schmatzender, kotzender Trunkenbolde!«

»Baitschu hätte Euch doch kochen und häuten sollen!« entgegnete Aibeg in seiner ruhigen Art, die Simon noch mehr reizte.

»Menschenfresser!« schrillte Simon. »Hab' ich's nicht gesagt, Fra' Ascelin? Die Tataren schlachten Christenmenschen, braten und verspeisen sie ohne Reue, sie schlürfen unser Blut mit Lust und Gier!«

»Laß gut sein, Simon«, beendete der Legat den mehr und mehr haßerfüllten Disput. »Wir sollten uns nicht gemein machen mit Barbaren.« Er lächelte gequält. »Wir erweisen den Herrn Gesandten die Gunst, abendländische *civitas* zu erfahren, den Priestern Nestors, wahre *christianitas* kennenzulernen. Heute abend, bei Anbruch der Dunkelheit, ankern wir in Konstantinopel!«

XII
CONJUNCTIO
FATALIS

Die Generalprobe
Konstantinopel, Kallistos-Palast, Sommer 1247 (Chronik)

Als es Abend wurde, erschien Yarzinth bei uns im Keller.

»William und die Kinder sollen sich oben zeigen«, eröffnete er Lorenz, »und Ihr auch!«

Wir hatten gerade die Feder gewechselt, und Benedikt diktierte ihm über die grausame Heeresdisziplin der mongolischen Armee:

»›Wenn auch nur eine Zehnerreihe aus dem Hunderterverband flieht, werden alle mit dem Tode bestraft. Umgekehrt, wenn einer sich kühn in den Kampf stürzt und seine Zehnerreihe folgt ihm nicht nach oder einer wird gefangen, ohne daß seine Kameraden ihn befreien, so müssen sie es allesamt mit dem Leben büßen.‹«

»So sollte man mit Minoriten auch verfahren!« scherzte der Koch. »Schluß jetzt mit der Schreiberei! Den Rest eures Märchens müßt ihr mündlich kundtun!«

»Und warum kann Benedikt nicht mitkommen?« fragte Roç argwöhnisch, der auch heute sofort wieder seine Ringerjacke angezogen hatte, wie auch Yeza sich nicht von ihren Filzhosen trennen mochte.

»Weil er nicht gefragt ist!« erklärte Yarzinth barsch, »Kommt jetzt!«

»Nein!« sagte Yeza und wog ihren Dolch in der Hand. Sie wußte inzwischen damit meisterlich umzugehen, und Yarzinth hob unwillkürlich seine Hände in einer schreckhaften Geste der Abwehr. »Sag denen da oben, daß wir nur erscheinen, wenn wir das Wort Sigberts haben, daß ihm« – sie wies mit der Spitze, die bis dahin noch auf Yarzinths Bauch zielte, kurz auf den Polen – »niemand an Leib und Seele schaden tut!«

»Geht jetzt«, gesellte sich Roç zu ihr, mit gespanntem Bogen, »tut, wie Euch geheißen!«

Yarzinth verbeugte sich, und ich folgte ihm mit Lorenz. Ich war stolz auf meine kleinen Könige, wenn mich auch der Einsatz für

Benedikt kränkte, doch sie hätten für mich sicher gleichermaßen gehandelt. War des Polen Leben in Gefahr? Und hatte er sich nicht so eingeführt: ›Erst ich, dann du!‹? Obacht, William, sagte ich mir, während ich hinter dem Koch die Treppe hochstolperte.

Es war der Abend vor dem Tag des Herrn. Yarzinth führte uns in einen prächtigen Saal, dessen Boden mit großen Marmorquadraten im Schachbrettmuster ausgelegt war.

»Der ›Mittelpunkt der Welt‹!« flüsterte mir Lorenz zu.

Die Arkaden der Stirnseite waren mit schwerem roten Samt abgehängt, daß der Eindruck einer Bühne entstand, was noch dadurch verstärkt wurde, daß die mir bekannten Persönlichkeiten von Rang und Namen sich dort versammelt hatten. Regie schien der alte John Turnbull zu führen, denn er huschte aufgeregt hin und her; dabei war ich eigentlich erstaunt, ihn überhaupt noch unter den Lebenden zu sehen. Er winkte mich und Lorenz sogleich zu sich und schob den stämmigen Sigbert von einer Ecke in die andere, was dieser stoisch mit sich anstellen ließ.

»Er stellt Pian dar«, informierte mich Clarion, die sich bemühte, dem alten Herrn Assistenz zu leisten. »Was ist mit den Kindern?« erkundigte sie sich sofort besorgt, als wir allein erschienen.

»Sie verlangen freies Geleit, die Garantie körperlicher Unversehrtheit für Benedikt von Polen«, spöttelte Lorenz, »und verhandeln nur mit dem Komtur des Deutschen Ritterordens!«

»Ich kann Sigbert jetzt nicht entbehren«, schnaubte der alte John, der die Forderung der Kinder für einen ihrer bizarren Spieleinfälle hielt, doch Sigbert nahm mit zwei Händen eines der herumstehenden Turmgestelle, drapierte seinen reich bestickten mongolischen Umhang darüber und stellte ihn an seiner Stelle auf. »Das ist der glorreiche Abgesandte des Großkhans!« beschied er Turnbull und setzte der Schachfigur seinen breitkrempigen, spitzzulaufenden Ehrenhut auf. »Erweist ihm Eure Huldigung!« Er stapfte von dannen.

John nahm es leicht verwirrt hin. »Also«, befand er, »wenn ich Pian« – er wies mit höflicher Geste auf den massiven Kleiderständer – »vorgestellt habe, erweist du, Lorenz, als Legat des Innozenz dem heimkehrenden Missionar die Ehre –«

»Aber ich habe doch gar kein Legat!« wandte Lorenz ein.

»Der Bischof wird dir einen schönen Mantel geben!« tat John das Bestallungsproblem ab. »Dann spricht Pian ein paar Worte über die Gefährlichkeit der Reise und führt lobend seinen Begleiter in all diesen Fährnissen ein: William von Roebruk!«

»Und die Kinder?« wagte ich einzuwerfen.

»Ach ja, die Kinder – wie treten sie am wirkungsvollsten auf?«

»Pian sollte –«

»Nein!« entschied Turnbull. »Du, Lorenz, ergreifst noch einmal das Wort und richtest eine Dankadresse an den Großkhan, der uns zum Zeichen seines Friedenswillens, seiner Hochachtung für das Abendland, die Symbolträger einer überhöhten Symbiose zwischen den Welten, die Inkarnation –«

»Und so fort«, flüsterte Lorenz respektlos mir zu.

»– des königlichen Blutes schickt«, fuhr John emphatisch fort. »Die Kinder des Gral!« Er schwieg erschöpft.

»Das ist dein Stichwort, William!« sagte Lorenz. »Jetzt erst trittst du auf, mit den beiden Kindern an der Hand, du schiebst sie nach vorne und trittst selbst bescheiden in den Hintergrund –!«

»Wir könnten doch alle niederknien?« spielte ich das Spiel mit. »Pian, du und ich?«

»Wir halten eine Probe ab«, beschied mich Turnbull. »Wo sind die Kinder?«

Roç und Yeza tobten auf den Zuschauerrängen, wo sich die Gräfin, der Bischof und zu meinem Befremden auch Gavin, der Tempelritter niedergelassen hatten. Das Auftauchen des Präzeptors hatte in meinem Leben immer Umwälzungen angekündigt, die mich bedrohlich nah an den Rand meiner physischen Existenz gestoßen hatten. Eine Alarmglocke bimmelte schrill in meinem dumpfen Kopf, der sowieso benommen war von allem, was um ihn herum vor sich ging.

Die Kinder stürmten herbei, ohne daß man sie zweimal rufen mußte, auch Sigbert nahm seinen Platz wieder ein.

»Wie seht ihr denn aus?« rügte John die martialische Aufmachung der beiden. »Können sie nicht würdiger gekleidet sein?« wandte er sich an Clarion.

»Au ja!« rief Yeza und rannte zu der Kostümkiste Benedikts, die man ebenfalls auf die Bühne geschafft hatte.

»Auch William sollte vielleicht wie ein Hoherpriester wirken«, schlug Lorenz vor, sich auf meine Kosten amüsierend, »so als Oberschamane, damit schon durch seinen Auftritt der ganze Zauber des Orients –?«

»Fauler Zauber!« murmelte Sigbert, der sich wieder den für Pian vorgesehenen Umhang über die breiten Schultern geworfen hatte, doch Turnbull griff Lorenz' Anregung dankbar auf:

»Das kann mitschwingen!« sinnierte er, und ich begab mich zu der Kiste, in der schon die Kinder und Clarion wühlten.

»Wir sollten die Verteilung der Sitzplätze besprechen«, wandte sich della Porta, der von der Empore herabgestiegen war, an Turnbull, »ich dachte den griechischen Klerus und die übrigen christlichen Religionen rechts –«

»Gemischt?« warf Gavin ein, der Laurence galant seinen Arm geboten hatte.

»Also postieren wir die Ritterorden zwischen den Fraktionen?« bot der Bischof an. »Die Johanniter zwischen den Römischen –«

»Doch wohl nicht neben die Herren vom Tempel!« Auch die Gräfin erfaßte sofort die Möglichkeiten des boshaften Spiels. »Zwischen den Orden sollte eine Mauer gezogen werden – oder man stellt die Teutonen dazwischen!«

»Ich bin allein«, scherzte Sigbert, »und hab nur zwei Arme, um sie auseinanderzuhalten.«

»Wir vom Tempel werden gegenüber Aufstellung nehmen«, entschied Gavin. »Wir stellen uns zu den Sufis und den Abgeordneten des Sultans!«

»Was mir viel mehr Sorge bereitet«, ließ sich Sigbert vernehmen und senkte seine Stimme, »wo bleiben eigentlich die Emissäre des Alten vom Berge? Wir sollten mit ihnen rechnen!«

»Assassinen erhalten keinen Zutritt!« verkündete der Bischof auftrumpfend. »Ich lasse jeden an Tür und Tor kontrollieren, mit dreifachem Kordon!«

Gavin und Sigbert warfen sich einen Blick zu, der volles Einverständnis über den törichten della Porta signalisierte, der da glaubte, sich durch verstärkte Wachen in Sicherheit wiegen zu können.

»Die Abgesandten der Republiken verteilen wir ebenso auf beide Seiten«, schlug Gavin vor, »damit nicht die Serenissima neben Genua zu sitzen kommt –«

»Da sitzen die Schwerter nicht lange locker«, lachte Sigbert. »Am besten wir überlassen es den diversen Streithähnen, sich ihren Platz so weit entfernt vom Gegner zu suchen, wie es ihnen beliebt.«

»Und haben sofort eine Schlägerei um die Sessel in der ersten Reihe!« lachte die Gräfin.

»In der ersten Reihe«, Turnbull versuchte sich wieder Autorität zu verschaffen, »sitzen der Gesandte des Königs von Frankreich, der Graf Joinville; ein Sohn des Königs Bela von Ungarn –«

»Bastardsohn!« zischelte der Bischof dazwischen.

»– dann der Konnetabel von Armenien, Sempad, leiblicher Bruder des Königs Hethum, der gerade auf dem Weg zum Großkhan hier Station macht – und daneben vielleicht Ihr, werte Laurence, mit Eurer liebreizenden Ziehtochter Clarion, in Vertretung des Kaisers?«

In diesem Moment zog Yarzinth seinen Herrn beiseite und flüsterte ihm etwas ins Ohr, was diesen leicht erblassen ließ.

»Der Kaiser!« verkündete er. »Kaiser Balduin und Kaiserin Maria erwarten, daß morgen nachmittag die Kinder in ihren Palast gebracht werden, damit sie über ihr Schicksal entscheiden – alle hier Versammelten sollen sich als unter Arrest betrachten!«

In das dem Schweigen folgende Gemurmel der Empörung tönte die Stimme Turnbulls; er war jetzt wieder Herr der Lage, unberührbarer *maestro venerabile*.

»Die Sterne«, rief er, »strahlen uns auch am Tage – nur, daß wir sie nicht sehen! Ihre Gunst ist nicht auf den morgigen Abend beschränkt: Wir stellen die Kinder im Meridian vor, hier, ohne Furcht vor kaiserlichen Sbirren zu Mittagsstund'!«

»Und die geladenen Gäste?« wagte der Bischof entgegenzuhalten.

»Sorgt für die Kunde!« wies ihn Turnbull zurecht. »Wem es vergönnt sein soll, in dieser Stunde mit uns zu sein, wer getragen ist vom Verlangen, den königlichen Kindern seine Aufwartung zu machen, der wird Ohren haben zu hören. Ein Stern wird heut' nacht über diesem Palast –« Er brach ab, die Vision hatte ihn erschöpft.

John Turnbull ließ seine Entourage stehen und ging zu den Kindern, die Clarion inzwischen zu kleinen mongolischen Prinzen ausstaffiert hatte.

Ich verdrückte mich; denn mein Schamanengewand, ein weiter Kaftan mit überlangen Ärmeln, besetzt mit Knöchelchen, zahlreichen Rasselringen und farbigen Bändern erschien mir zu lächerlich. Am schlimmsten empfand ich jedoch die kupferne Gesichtsmaske, der um die Mundöffnung Barthaare aus Fell aufgeklebt waren und falsche Stirnfransen, Glöckchen an den Ohren. Dazu hatte mir Clarion eine Trommel in die Hand gedrückt, deren Schlegel wie Fliegenwedel aussahen. So wollte ich nicht auftreten, aber die Kinder waren begeistert.

»Wie fühlt Ihr Euch als Mutter Maria«, hörte ich Gavin den Bischof verspotten, »in Erwartung eines mittäglichen Bethlehems?«

»Wie der Esel!« fauchte della Porta. »Wir müssen den Saal abdunkeln«, setzte er hinzu, »sonst ist die Stimmung zum Teufel!«

»Der wird uns in jedem Fall die Ehr' erweisen – ob nun am hellichten Tage oder in künstlicher Nacht – wir treten in das *aequinoctium* ein, da spielt der Fürst dieser Erde den Seinen zum Tanz«, tröstete ihn Gavin, grad als sie meiner ansichtig wurden. Der Bischof bekreuzigte sich, während Gavin in eine Lache des Hohnes ausbrach, als ich mir die Maske vom Gesicht riß.

»William ist die wandelnde Garantie«, rief er aus, »daß morgen alles schiefgeht, was schiefgehen kann!«

Inzwischen waren die Kinder neu eingekleidet. Roç trug über weiten, bestickten Hosen und Brokatstiefeln einen fürstlichen Zeremonialmantel mit Stehkragen und darunter eine goldgewirkte Weste. Um seine schlanke Taille war ein Seidentuch geschlungen, aus dem das edelsteinbesetzte Gehänge einer Schwertscheide blitzte, in die Clarion zwei elfenbeinerne Eßstäbchen geschoben hatte, um nicht neue Gefahren heraufzubeschwören. Von seinem Bogen und Köcher wollte er sich sowieso nicht trennen. Der Mantel verbarg das kriegerische Gerät.

Yeza hatte – um ihre Hosen zu retten – sich für ein wattiertes Jackenkleid entschieden, das mit enorm hochgepolsterten Schultern sie zu einer kleinen Puppenfrau stilisierte. Ihr Ohrgehänge, ihre Ketten und Armreifen, vor allem aber ihr langer Kunstzopf ließen sie wesentlich älter erscheinen. Clarion hatte für sie – wie für Roç – eine Kappe gewählt, die diademgeschmückt an eine Krone erinnerte, den Dolch trug sie an einer Kette, zusammen mit anderen Gerätschaften hausfraulicher Tugend wie Feuerzeug, Scher, Kamm und Schnupfdose.

Sie sahen stattlich aus, doch trotz der kindlichen Würde, die sie ausstrahlten, waren sie mir plötzlich sehr fremd. Sie beachteten mich auch nicht, sondern lächelten sich an und lauschten geduldig den Anweisungen, die ihnen John Turnbull mehr großväterlich denn patriarchalisch erteilte:

»Wenn William euch hierhergebracht hat und sich zurückzieht, dreht euch nicht nach ihm um – verstanden? Ich trete dann zu euch und nehme die Weihe vor –«

»Bekommen wir ein Geschenk?« wollte Yeza sogleich wissen.

Roç knuffte sie. »Es gibt Ehre, nicht wahr?« Sein Blick wandte sich fragend an mich; ich nickte.

»Und dann feiern wir die chymische Hochzeit!« sagte John feierlich. Er schloß verzückt die Augen, womit ihm entging, daß Yeza ihrem Gefährten den Knuff von eben zurückgab, worauf Roç Bedenken kamen: »Für immer?«

»Proben wir's mal!« mischte sich die Gräfin ein, der jedes Gefühl für Innerlichkeit abging. »Yeza, gib ihm ein Küßchen!«

»Um aller Geister willen«, rief Gavin, »zerstört nicht die Magie eines solchen Augenblicks mit dümmlicher Demonstration menschlicher Regungen!«

»Lächelt euch an, nehmt euch an der Hand – und sonst nichts!« trug jetzt auch der Bischof seinen Teil bei. »Der Heilige Geist besorgt den Rest!«

»Wie«, spottete der Templer, »die Taube vom Dienst erscheint auch? Das sollten wir doch lieber proben!«

»Die chymische Hochzeit«, wies ihn Turnbull zurecht, »kann man nicht proben – sondern nur vollziehen!« Er seufzte. »Das heißt, sie vollzieht sich *eo ipso*, wie das ›Große Werk‹! Wir können nur bereit sein ...«

»Amen«, sagte der Bischof. »Es ist spät, unsere kleinen Friedenskönige sollten zu Bett! Morgen ist ein anstrengender Tag.«

»Ich werde sie am Nachmittag zum Kaiser von Byzanz begleiten«, bot sich Gavin an, »war doch Kuno von Bethune, mein Onkel, hier Regent, bevor Klein Balduin vom Topf auf den Thron steigen durfte –«

»Von dem man auch nicht weiß«, knurrte Sigbert, »wie lange man ihn noch dort sitzen läßt!«

»Macht Euch keine Sorgen um Balduin. Der ist nur beleidigt, weil wir vergessen haben, ihn einzuladen«, beendete der Bischof die Generalprobe. »Gute Nacht.« Er klatschte in die Hände, und die Bediensteten löschten die Lichter.

Doch keiner mochte schlafen gehen in dieser Nacht. Turnbull ließ sich von Gavin und Lorenz die Treppen hinauf zum Observatorium begleiten. Mir oblag es, die Kinder in den Keller zu bringen, die nicht schnell genug rennen konnten, um zu sehen, ob Benedikt heil und ganz war. Clarion nahm Yarzinth in Beschlag, daß er sie zum Hafen eskortierte. Sie hatte ihre Kleiderkiste auf der Triëre und wollte wohl morgen zum Festakt schmuck aufgeputzt sein, in Anbetracht der hohen Herren und Ritter, neben denen sie in der ersten Reihe zu sitzen kommen sollte. Mit Ruhe zu Bett gingen nur zwei: die Gräfin um ihres Schönheitsschlafes willen, und Sigbert, weil er hundemüde war.

Der Bischof lag unruhig wach, dessen war ich sicher. Zuviel stand auf dem Spiel, und zu sehr hatte Turnbull in seinem Altersstarrsinn den Gang der Dinge beschleunigt. War er nicht Verfasser des ›Großen Plans‹ gewesen, der vor – mein Gott, das war jetzt schon über drei Jahre her, daß jenes Dokument statt in Elias Händen in meiner Hose gelandet war – und wer weiß, was danach mit ihm geschah? Ich hatte ihn vergessen, aber John Turnbull wohl kaum! Sicher stand er jetzt auf dem Dach und forderte von den Sternen die Bestätigung seiner Schritte ein. Ich begriff uns alle als kreisende Gestirne, immer schneller, immer schneller – bis ich aus der Bahn flog, hinaus in die Kuppel des Firmaments; ich sah die Kinder neben mir fliegen, ich streckte die Hand aus, aber sie verschwanden als immer kleiner werdende Figürchen zwischen den funkelnden Sternen in der Weite des Raumes.

Die Stunde der Mystiker
Konstantinopel, Herbst 1247

Kaum war die Nacht hereingebrochen, wechselte der päpstliche Segler hinüber zum griechischen Ufer. Ascelin hatte, gestützt auf die Informationen des Bruders Simon, Befehl gegeben, nicht den Haupthafen anzulaufen, sondern gegenüber, unterhalb des Friedhofs von Galata, Anker zu werfen, von wo eine Schiffsbrücke das Goldene Horn überquerte. Zu Fuß, nur mit kleinem Gefolge, machte sich der Legat bereit zum Landgang.

»Wenn Vitus auf allen vieren laufen könnte, würde er am wenigsten auffallen!« schlug Simon vor, als der Viterbese in Ketten an Deck gebracht wurde.

»So eng kann kein Halsband geschmiedet werden«, nahm der junge Legat den Ball auf, »daß Vitus im ungeeignetsten Moment uns nicht doch entwischte und heulend und zähnefletschend alle Aufmerksamkeit auf sich zöge. Vitus, kannst du uns versprechen, den Wolfshund an Bord zu lassen?« wandte er sich um Verständnis heischend seinem Strafbefohlenen zu. »Auch wir sind des Kardinals Spürnasen und erpicht darauf, die Witterung der Ketzerkinder aufzunehmen, sie jedoch nicht zu verbellen!«

Vitus schwieg verbissen, seine gefesselten Hände anklagend von sich gestreckt.

»Kannst du nicht hören?!« fuhr ihn der Rudermeister an, die neunschwänzige Katze zum Schlag erhoben.

»Ich versteh' Euch nicht, Fra' Ascelin«, setzte Vitus endlich zu grollender Erwiderung an, doch seinem Aufseher riß die Geduld ob des obstinaten Verhalten. Er hatte plötzlich ein Messer gezogen.

»Ohren, die nicht taugen«, zischte er drohend, »kann man abschneiden!«

»Ich verspreche«, beeilte sich Vitus, »keinen Laut zu geben noch Euch von den Fersen zu weichen!«

So wurden seine Fußeisen gelöst und er an unsichtbar gemachter Kette von Bord geführt. Man hatte seinen Arm geschient und dick verbunden, ihm auch die Stirn umwickelt, so daß keiner ihn erkennen mochte noch sich wundern, daß zwei als Brüder verkleidete kräftige Matrosen ihn rechts und links stützten.

Die beiden Nestorianer, Aibeg und Serkis, die schon den ganzen Tag aus Ärger über die verlorene Zeit des Herumliegens mit keinem mehr ein Wort gewechselt hatten, verließen noch vor ihnen das Schiff und verschwanden grußlos in der Menge, die sich auch zur Nachtzeit an der Brücke drängte. Der Legat schritt mit Simon vorweg, beide hatten sie ebenfalls nur einfache Dominikanerkutten angelegt.

»Wohin mag es unsere beiden Schamanen so eilig treiben?« spöttelte Simon.

»Beleidige mir nicht die Zunft der Schamanen durch ein *parasimile* mit diesen elenden Priestern Nestors!« verwies ihn Ascelin. »Ich hege tiefen Respekt vor Menschen, die sich den Stürmen der Elemente, der Kargheit der Einöde aussetzen, um die Erfahrung einer alles zusammenwebenden mystischen Natureinheit mit der Hinwendung zum Geist, zu Gott zu verbinden!«

»Man sollte meinen«, Simon ließ sich in seinem Hochmut

nicht beirren, »Ihr zieht die schamanische Einweihung der christlichen Taufe vor?!«

»Ich verdamme die sogenannten ›christlichen‹ Nestorianer«, rückte der Legat zurecht. »Sie kriechen den mongolischen Herrschern mit dem Evangelium in den Arsch und richten die eherne Formulierung des Glaubensbekenntnisses nach dem stinkenden Atem aus, der ihnen aus dem Maul des Großkhans entgegenweht –«

»– oder furzt!«

»So seht Ihr, Simon, weswegen mir ein echter erdverbundener Schamane, der von Christus nichts weiß, lieber ist, als ein schleimiger Nestorianer, der ihn täglich verrät!«

Simon hatte während des Diskurses, nach Verlassen der Schiffsbrücke, die Schiffe am alten Kai nicht aus dem Auge gelassen. Er hatte nicht vor, sich nochmals dem Liegeplatz der Triëre zu nähern, um das Schicksal nicht herauszufordern, denn der ›kranke‹ Vitus zog doch manchen Blick auf sich, wie er bei mehrfachem Umsehen feststellen mußte. So schlugen sie einen großen Bogen um das abgedunkelte, im Schlaf dümpelnde Schiff der Gräfin, so neugierig er auch war, es einmal ganz aus der Nähe zu betrachten.

Da zupfte ihn Ascelin am Ärmel: Im Lichtschein eines geöffneten Zeltes, das mit unzähligen Öllämpchen bestückt war, tanzte ein erwachsener Mann drehend, wirbelnd und dabei völlig selbstversunken zu monotonem Trommelrhythmus und einer sich immer wieder schrill überschlagenden Flöte. »*Allahu akbar, allahu akbar, aschhadu an la ilaha illallah* ...« Ein Zuschauerring, nach der Kleidung zu schließen meist Leute aus Rum oder Ikonion, also dem gegenüberliegenden Kleinasien, klatschte heftig mit.

Die beiden Mönche wollten sich diskret vorbeidrücken, doch da erhob sich einer der beiden arabischen Kaufleute, die vor dem Zelt ihre Waren ausgebreitet hatten, und trat auf Ascelin zu. Mit einem Blick auf den erbarmungswürdigen Vitus lud er sie zum Sitzen und Verweilen.

»*As-salamu alaika*. Ein heißes Getränk, bitter für den Magen, süß für die Seele, wird Euch erwärmen für die Kühle der Nacht und Euren Geist erfrischen zur Klarheit des Verstandes, welcher in ihr sucht!«

So genötigt blieben die Dominikaner stehen, Vitus bemüht, nicht ins Licht zu treten. Ein Knabe servierte die Schalen mit der dunklen Flüssigkeit, auf frische Minze aufgegossen. Der Tänzer hatte weder innegehalten noch von ihnen Notiz genommen, was Simon zu der lockeren Frage: »Derwisch?« verleitete.

Der Araber lächelte fein, »Nein, ein Sufi!«

»Ich bin Dominikaner«, entgegnete Simon.

»Das sieht man, mein Herr.«

»Er ist Legat des Heiligen Vaters, Seiner Heiligkeit Innozenz des Vierten, des Papstes der gesamten Christenheit«, wies er auftrumpfend auf Ascelin, dem dies eher peinlich war.

»Das sieht man nicht«, sagte der Kaufmann und verbeugte sich leicht. »Seid uns dennoch willkommen; der da das ›sema‹ tanzt, ist nur der bescheidene Diener Allahs, Mevlana Jellaludin Rumi.« Er erwartete keine Reaktion der beiden Mönche und fuhr fast unbeteiligt fort: »Er mußte vor den Mongolen, von denen Ihr ja gehört haben müßt, aus seiner Heimat fliehen. Sie erschlugen seinen Meister Shams-i Täbrisi, und der weise Rumi lebt und lehrt jetzt in Ikonion –«

»Wir kennen diese Mongolen«, beeilte sich Simon zu erklären, »unsere Mission führte uns gerade dorthin. Gräßliche Kerle, nein, wilde, unreine Tiere!«

»Wir sind alle ziemlich gräßlich«, wies ihn der Araber sanft zurecht. »Die einen stehen im Dunkel, die anderen hatten das Glück, die Worte der Propheten zu hören –« Er fuhr in seiner Rede so geschickt fort, daß Simon ihn nicht unterbrechen konnte. »Rumi hat die lange Reise aus Asia Minor angetreten, weil ihm eine Stimme kundtat, er würde morgen hier in Byzantium das kindliche Herrscherpaar, die künftigen Friedenskönige, sehen dürfen!«

Ascelin verbarg die Erregung nur mühsam; sie konnte dem aufmerksamen Erzähler nicht entgangen sein. »Ein Paar? Wollt ihr sagen: ein Mädchen und ein Junge?«

»Warum sollte es Allah nicht gefallen«, lächelte der Kaufmann ob des sich vor Neugier windenden Legaten, »auch ein Wesen weiblichen Geschlechts emporzuheben zur Menschwerdung, zu krönen an der Seite des männlichen Herrschers?«

»Wo, wann werden sie gekrönt?« platzte es aus Simon heraus.

»Die Eingeweihten werden es erfahren«, sagte der Araber mit leichter Zurückweisung, »ich kann warten.«

»Wir auch!« erklärte Ascelin rasch. »Wir wollen uns etwas in der uns fremden Stadt umsehen; vielleicht –«

»Wenn ich Euch meine geringen Dienste als Führer anbieten darf, will ich Euch gern und kundig begleiten.«

Das hatte Ascelin zwar keineswegs im Sinn gehegt, aber abschlagen mochte er das freundliche Angebot auch nicht.

»Ihr habt einen hohen Gast«, wandte er ein, doch der Kaufmann hatte schon ein paar schnelle Worte auf arabisch mit seinem jüngeren Kollegen gewechselt, der nur nickte, und so zogen sie los gegen die hinter dem Hafen ansteigende Altstadt.

Das flache Dach des pyramidenartigen Flügels des Kallistos-Palastes überragte alle Baumwipfel und auch aufgrund seiner höheren Lage die Türme der nahe gelegenen Kirchen der Heiligen Irina und der des Sergei und des Bacchus. Der Rundblick sah die armseligen Feuer in den zum Hafen hinabfallenden Straßen der Altstadt, das breitgeschwungene Lichtermeer des Goldenen Horns mit seiner hell illuminierten Bootsbrücke und in der Ferne die matt leuchtende Uferkette Kleinasiens. Doch die Augen des alten Mannes an dem langen Rohr, das wie ein gen Himmel gerichtetes Katapult in einer Holzkonstruktion aufgehängt war, waren auf andere Lichter geheftet.

»Ich rufe dich, Mithras«, keuchte Turnbull. »Meine Jahre lassen mir nicht mehr die Zeit, alle sieben Stufen zu erklimmen, aber mach mich noch einmal wissen, ob ich unwürdiger Adept die Befehle deiner sieben Planeten richtig auslege!« Er schwenkte das Rohr, ohne sein Auge von ihm zu lassen. »Handele ich im Einklang mit den Sphären, wenn ich beim nächsten, höchsten Stand des Herrschergestirns die königlichen Kinder der Welt präsentiere?« Es klang wie Gebet, ein verzweifeltes Gebet und wurde auch von den andern beiden Männern gehört, die sich in repektvollem Abstand hielten.

»Es gehört der Wagemut des nicht Initiierten dazu«, murmelte Gavin dem neben ihm stehenden Lorenz zu, »sich über die Traditionen der alten Kulte hinwegzusetzen und dem Apoll, sei es in seiner dionysischen oder orpheischen Form, dem solitären männlichen Herrscher jedenfalls, die weibliche Gefährtin gleichberechtigt gegenüberzustellen!«

»*Ad latere*«, korrigierte ihn flüsternd der Mönch, der – anders als der distanzierte Templer – leuchtenden Auges der Beschwörung folgte, »und vergeßt nicht Persephone, Hekate, und«, setzte er zaghaft hinzu, »vergeßt nicht Aphrodite, die Göttin der Liebe! Das ist der Mut, dessen wir bedürfen: Die Liebe wieder mit einzubeziehen in den Gedanken der Herrschaft!«

Als hätte der alte John die Worte gehört, wandte er sich an seine beiden Begleiter: »Dreht sich nicht auch an König Arthurs Tafelrunde alles nur um die Liebe?« sinnierte er, ohne sie anzuschauen, sein Blick wanderte schon wieder himmelwärts. »Die zwölf Ritter, zwölf Zeichen des Kyklos Zodiakos, zwölf Stufen, Stufen wohin? Zur Liebe!« Er sprach jetzt lauter, als spräche ein Orakel aus ihm. »Jesus? Ein Jesus ohne Liebe? Auch wenn Eure Patriarchenkirche Maria von Magdala zur Hure abgestempelt hat!«

Er atmete schwer, er mußte sich an seinem Himmelsrohr festhalten, für den Templer ein Anblick der Pein, zwischen Lächerlichkeit und Rührung, für den Franziskaner eine erhebende, verklärende Offenbarung; er hing an den Lippen des Alten wie eine Hummel an der Honigblüte.

»Das Zentrum dieser Welt, die hyperboreische Heimat des Apoll, Atlantis, Avalon«, seufzte Lorenz ergriffen, »alles Inseln der Liebe!«

»Und die Suche nach dem Gral?« frohlockte Turnbull dankbar. »Alles ausstrahlende Liebe, Liebe zu den Menschen, Liebe zwischen den Menschen!«

Doch Gavin schnitt ihm die Emphase ab. Er brach in ein sarkastisches Lachen aus. »Die Kirchenväter haben bigotte und mediokre Dogmen zuhauf produziert, doch in einem waren sie von weiser Weitsicht: in der Bannung des Weibes vom Mann, der sich dem Geist, dem Heiligen weiht.«

Turnbull ließ sein Rohr fahren und stellte den Templer: »Könnt Ihr nicht die Paarung im dumpfen Erdensinn hintanstellen? Um die Versöhnung der Schöpfung geht es! Gott hat beide geschaffen, Eva ist keine Zutat des Teufels! Sie sind eins, wie Gott selbst, Geschwister!«

»Angenommen Roç und Yeza wären es, was keiner von uns weiß, könnt Ihr nicht abstreiten, *maestro venerabile*, daß sie zwei äußerst verschiedene Lebewesen sind, im Geist, wie im Fleisch – und dieser Dualismus trägt in sich die Spannung, die Auseinandersetzung –«

»– und die Verschmelzung!« fuhr ihm John in die Parade.

»Ob als herkömmliches Paar oder als im Inzest vereinte Geschwister: Sie bleiben zwei und werden weder Frieden finden noch bringen!«

»Ihr Templer liebt keine Frauen«, erboste sich Lorenz, doch damit brachte er Gavin erst recht in Rage.

»Dummes Geschwätz! Unser Orden ist Mariae geweiht, und ich will gern alle Marien dieser Welt einbeziehen! Ich kann mir auch die Herrschaft einer Himmelskönigin vorstellen, dann aber ohne Mann!«

»Dafür gibt's sorgende Erzengel!« spottete Lorenz.

»Warum hat Euer Franziskus die heilige, doch nachweislich heiß liebende Clara abgewiesen? Weil er wußte, daß nur einer herrschen kann! Der andere bleibt bestenfalls Mitregent. Seht Ihr Yeza in der Rolle?«

Lorenz wußte keine ihn selbst überzeugende Antwort, und auch John schwieg lange. »Zwei Fragen, edler Herr von Bethune«, sagte er dann. »Warum meldet Ihr solche Zweifel erst jetzt, und warum habt Ihr bisher den Großen Plan so umsichtig unterstützt?«

»Ich kann sie Euch in einem beantworten: Der Schutz und Erhalt des Grals ist, wie Ihr wißt, Grund und Zweck des Ordens der Templer. Diese Verpflichtung überträgt sich auf sein manifestiertes Blut, auf die Kinder, ohne daß irgendein Mitglied unserer Gemeinschaft darüber zu befinden hat, schon gar nicht ein unbedeutender Präzeptor!«

»Mich interessiert jedoch«, beharrte John, »gerade dessen persönliche Einstellung.«

Gavin fiel die Auskunft nicht leicht, er kämpfte mit sich. »Meine Ergebenheit zu den Kindern des Gral hat mit meiner Person zu tun, mit Gefühlen – mein Gehorsam gegenüber dem Befehl des Ordens mit der Gewißheit, daß nur so – nach aller Voraussehbarkeit, nach aller Erfahrung und dem Kalkül der größten Wahrscheinlichkeit –, wenn überhaupt, wenigstens eines der beiden Kinder das Ziel erreichen kann!«

»Das liegt in Gottes Hand!« Turnbull atmete erleichtert auf.

»Euch fehlt, wie mir scheint, die Kraft des Glaubens«, stellte Lorenz verwirrt fest.

»Die Tragik der Templer!« richtete ihn John auf. »Sie wissen zuviel. Doch, werter Gavin, nachdem Ihr uns in die Tiefen des Zweifels geführt habt, dem Versucher nicht ungleich, will ich den Kindern eine andere Gottheit, oder ein weiteres Gesicht des Ewig-Selben, zur Protektion voranstellen: Hermes-Trismegistos! Er ist nicht nur, als der ägyptische Toth, der Hüter des einen, göttlichen Kindes, sondern in seiner Januskröpfigkeit auch zuständig für die Zwillinge, die Geschwister – und das letzte Geheimnis, von dem keiner weiß, ob es eines oder zwei sind! Ihm will ich mich anvertrauen.« Er trat von den Instrumenten zurück in die Mitte der Plattform. »Verlaßt mich jetzt, Freunde, und stärkt mit euren Gebeten die Kraft meiner Gedanken!«

Damit waren Gavin und Lorenz verabschiedet, und sie zogen sich die steile Treppe hinab zu der tiefergelegenen Terrasse zurück.

»Wißt Ihr wirklich nicht«, wagte Lorenz die neugierige Frage, »wessen Geschlechts die Kinder sind?«

»In der Spitze der Pyramide des Großen Plans sind mit Sicherheit auch Namen und Samen niedergelegt. Wem zu wissen bestimmt ist, wird es zu seiner Zeit erfahren.«

Damit mußte sich auch der kleine Franziskaner wohl oder übel zufriedengeben.

»Das kann nicht das prächtige Byzanz sein, dessen Macht *ad extremum* und dessen innere Ordnung von allen gepriesen werden!« grollte Serkis. »Was ich sehe, ist Chaos und Anarchie – und kein Ordnungshüter weit und breit.«

»Das ist die Seuche der Lateiner«, der beleibte Aibeg mochte sich nicht aufregen, »das Sündengebot der römischen Kirche, damit sie mit Fegefeuer und Verdammnis locken kann – Macht über die Seelen, das ist die wahre Macht!«

Die beiden Nestorianer mühten sich die Stiegen hoch, die vom Hafen in die Altstadt hinaufführten. Ihre mißbilligenden Blicke fielen in offene Torbögen, in denen die Bettler lagen und Almosen heischend die Hände ausstreckten, Dirnen ihre Reize wohlfeil anpriesen und Kinder wie Fliegen um die Stände lungerten, an denen schleimige Quallen, stinkende Muscheln und anderes aus dem Hafenbecken gefischtes unreines Getier angeboten wurde. Andere Händler saßen vor stacheligen Kakteenfrüchten oder einer halben Wassermelone. Wenig Brot, kein Fleisch. Der nächtliche Markt der Armen. Nur Zuckerwerk gab's reichlich; klebrig und schmutzig wurde die Melasse allerorts aus heißen Kesseln geschöpft, die Frauen über dem Feuer drehten. Nichts war von den Kindern so begehrt wie diese Süßigkeit. Sie starrten gebannt: weit aufgerissene dunkle Augen und schmale Münder in bleichen Gesichtern. Sie starrten sehnsüchtig auf die nicht erreichbare Herrlichkeit. Alles, was sie erhielten, waren Schläge mit den großen hölzernen Löffeln auf die Finger, die sie sich dann unter Schmerzen abschlecken konnten.

Ein Geruch von Fäulnis hing zwischen den verfallenen Behausungen, in den Höhlen und Höfen. Dann plötzlich Kreischen, Flüche. Eine Horde Halbwüchsiger, die Köpfe geschoren, die Gesichter mit grellen Symbolen der Bande bemalt, rannte durch den

Markt, kettenschwingend, mit Knüppeln und Messern. Sie stießen um, was ihnen in den Weg kam, warfen eine Fackel in die Stoffballen eines Schneiders und warteten höhnisch und schweigend, bis er ihnen Geld zuwarf, bevor er sich an das Löschen des Brandes wagte. Einige trugen auch Helme, die ihre Gesichter verbargen.

Lärmend zogen sie weiter. Ihr Johlen ging bald unter in den Geräuschen der Nacht von Byzanz, aus der bald wieder Schreie und Feuer aufflammten. Anderswo.

Die beiden Abgesandten des mongolischen Statthalters strollten mißmutig durch die engen Gassen. Ihr Groll über die schlechte Behandlung durch den Legaten und damit durch den gesamten Okzident, diesen aufgeblasenen ›Rest der Welt‹, ließ sie auch untereinander lange Zeit kein Wort finden.

»Baitschu hätte sie doch ausstopfen lassen sollen!« grantelte der hagere Serkis. »Was hat das Abendland uns voraus?«

Sie schritten durch ärmliche Viertel, in denen der Unrat in der Mitte des löchrigen Pflasters herablief, qualmende Feuerstellen, auf denen in schmutzigen Kesseln karge Abfälle im Wasser schwammen, heruntergekommene Holzhäuser, viele davon halb verkohlt, ragten schwarz gegen den rauchigen Himmel. Die zerlumpten Bewohner stritten sich untereinander, und fremdes Gesindel bedrängte sie, bedrohte und bestahl die Ärmsten der Armen. Es stank, und es war laut und gewalttätig. »Es herrscht keine Ordnung, keiner befolgt das Gesetz!«

»Die Freiheit, lieber Serkis!« murmelte der dicke Aibeg. »Sie nehmen sich die Freiheit, so zu leben, wie es ihnen gefällt!«

»Hunger, Diebstahl, Neid, Totschlag – können ihnen doch nicht gefallen?« ereiferte sich Serkis. »Raub und Vergewaltigung, Mord und Ehebruch ächten doch auch sie durch strengste Strafen –?«

»Ja, aber Durchstich und Begünstigung, Ansehen und vor allem Adel läßt die Reichen und Mächtigen andere Richter finden als die Armen. Das ist die Freiheit des Abendlandes, deswegen gelten wir ihnen als grausame Unterdrücker, weil das Gesetz der Jasa für alle gleich ist – und strikt angewandt wird.«

Sie sahen empört, wie zwei angetrunkene Soldaten einer Frau

ihr Kind von der Brust rissen und es zu zerschmettern drohten, hätte sie nicht weinend, zu schreien wagte sie nicht, unter ihren Rock gegriffen und den Soldaten den Beutel hingestreckt. Gerade griff die Hand gierig zu, als ein metallischer Blitz dazwischenfuhr und der Soldat sprachlos auf seinen Armstumpf starrte, aus dem das Blut über die Frau und das Kind spritzte, das sie wieder an sich drückte. Das Schwert zeigte nur kurz in Richtung des anderen, der rückwärts stolperte und sofort Fersengeld gab, während der tödlich Verwundete noch zwei Schritte tat und dann vornüber auf sein Gesicht fiel.

Jetzt wagten sich plötzlich viele Leute aus ihren Löchern. Sie umringten jammernd die Frau, die sie vorher ihrem Schicksal überlassen hatten.

»Wenn die Wachen kommen«, sagte der Mann im Rock des Königs von Frankreich, »sagt ihnen, Yves der Bretone stünde zu ihrer Verfügung!«

Der Mann, der sich so selbstbewußt vorstellte, war keineswegs von imponierender Statur. Er stand vornübergebeugt mit krummem Rücken. Seine Arme waren viel zu lang, gemessen an seinem gedrungenen Körper, doch die Brust, die Schultern waren auffällig breit und mächtig, unter dem Wams aus dunkelblauem Sammet, auf das in Goldfäden die Lilien appliziert waren.

Er steckte sein Schwert ein und wandte sich zum Gehen.

»Ihr solltet fliehen, braver Mann!« trat Serkis auf ihn zu. »Ihr habt recht gehandelt. Wir könnten Euch auf unserm Schiff verstecken, dann stündet Ihr unter dem Schutz des päpstlichen Legaten!«

»Ich denke gar nicht daran!« beschied ihn Yves kurz und hielt nur inne, weil Aibeg sagte. »Siehst du, Serkis, wie der Okzident dich schon korrumpiert? Entweder war der Herr im Recht, dann muß er sich nicht verleugnen, oder er hat gesetzlos gehandelt, dann muß er die Strafe auf sich nehmen. Nur so herrscht Ordnung!«

»Euer Freund beschämt mich«, wandte sich Yves an Serkis, »aber ich neige ein wenig zum Jähzorn. Hätte ich dulden sollen –«

»Das ist wohl nicht Eure Stärke!« lächelte Aibeg und hielt ihm die Hand hin. »Laßt uns dennoch aus dieser Gegend verschwinden, der Tote könnte Freunde haben.«

»Sorgt euch nicht«, sagte Yves, »mein Ruf hält sie fern!«

»Dann seid wenigstens unser Gast für einen Humpen Met oder einen starken Trank«, lud ihn Serkis zum Gehen. »Mein Magen braucht jetzt ein flüssig Sedativum!«

Sie stiegen noch ein paar winklige Straßen hinauf, und die beiden steuerten mit sicherem Gespür eine Taverne an.

»Eurem Habitus nach seid ihr Priester?« bemerkte Yves, der keine Anstalten machte, in das Gewühl einzutreten.

»Wir verkünden den Glauben des Christus, so wie es uns von Nestor überliefert ist«, gab ihm Aibeg Bescheid. Er zupfte Yves einladend am Wams. »Auf einen Schluck?«

»Verzeiht mir, daß ich nicht trinke«, sagte Yves fest, »ich liebe meinen klaren Kopf!« Mit diesen Worten ließ er sie stehen und verschwand im Dunkeln.

»Sicher ein Muselmane, so gut wie er das Arabische sprach«, tröstete sich Aibeg und zog seinen Kumpanen mit sich über die Schwelle. »Konstantinopel scheint eine tolerante Stadt zu sein –«

»Ja«, grummelte Serkis, »Babylon! – Hier hat die Herrschaft des Antichristen bereits begonnen!«

Sie setzten sich an einen der Tische, und je mehr sie dem Wein zusprachen, desto weniger wunderten sie sich über die Vielzahl der Völker, Sprachen und Religionen, die sich in dieser Nacht im alten Byzanz ihr Stelldichein gaben.

Im ›Mittelpunkt der Welt‹ brannten noch Lichter. Die Bediensteten des Bischofs richteten den Saal mit dem schwarzweißen Marmorestrich für den morgigen Tag her. An der Stirnseite unter den Arkaden hatten sie mit Bretterbohlen einen Aufbau eingezogen, der wie eine Bühne wirkte und hoch ragte wie die höchsten Treppenstufen der seitlichen Ränge. Sie belegten den Boden mit kostbaren Teppichen.

Nicola della Porta saß gebeugten Hauptes über dem leeren

Schachbrett, als Gavin und Lorenz den Raum betraten. »Das Spiel des Asha«, ging ihn der Templer im Vorbeigehen an, »scheint mir ein Leichtes gegen das, was Euch morgen hier bevorsteht!?«

»Ach«, seufzte der Bischof, »wenn man nur wüßte, wen den Armeen Ahura Mazdas, wem den Part Ahrimans zuordnen!?«

»So ist das Spiel des Lebens!« tröstete ihn Gavin und wollte Lorenz mit sich hinausziehen.

Doch der Bischof hielt den Templer zurück: »Ich möchte mit Euch sprechen, Gavin!«

Der Templer nahm Platz, während Lorenz das Weite suchte. Der Minorit schien guter Dinge zu sein, denn er hüpfte wie ein Kind über die Felder der Welt, bemüht, die Wasser der Meere zu meiden. Er verschwand leichtfüßig zwischen den Säulen der Front, die sich zur Terrasse und den Treppen öffnete.

»Ich bin bekümmert«, sagte der Bischof, als erwarte er Heilung von der Hand des Templers, »verwirrt und melancholisch. Schwarze Figuren auf weißen Feldern, lichte im Dunkeln. Und wo steh' ich?« Er seufzte tief und mitleidheischend, doch Gavin war kaum gewillt, ihn zu trösten.

»Ihr habt auf diesen marmornen Feldern der Hybris zuviel Halma gespielt, zu viele Hindernisse übersprungen, anstatt Euch mit ihnen auseinanderzusetzen. Es ist Eure Halbherzigkeit, die Euch jetzt zu schaffen macht, denn morgen müßt Ihr Stellung beziehen und Euren Mann stehen!« Er machte Anstalten, sich wieder zu erheben, doch Nicola drückte ihn noch einmal auf die Kissen.

»Ich habe Angst«, klagte er, »Angst, meine bisherige Position zu verlieren, Angst vor dem falschen Zug.« Er wagte nicht, dem Templer ins Gesicht zu schauen, obgleich er liebend gern darin eine Antwort gelesen hätte. Er hätte nicht, denn Gavins Züge blieben unbeweglich, darin gleichen sich kampferprobte Soldaten und erfahrene Spieler.

»Trennt Euch von der Illusion, Exzellenz, Ihr würdet hier noch Figuren schieben.« Gavin war jetzt hart. »Ihr werdet geschoben. Setzt auf das richtige Pferd, und haltet Euch im Sattel, gleich wie hoch es auch steigt, sich bäumt und schüttelt. Fallt Ihr runter, so geratet Ihr genauso unter die Hufe, als würdet Ihr auf dem falschen Pferd in anscheinend sicherem Ritt von der Lanze in den Sand gestoßen werden.«

Der Bischof sah nun doch dem Templer in die Augen, voller Zweifel.

»Es wird zum Kampf kommen«, sagte der Präzeptor; »ob es ein Hauen und Stechen wird, liegt vor allem an unserer Festigkeit. Euer Platz ist – wie der meine –«, Gavin versuchte, dem Schwankenden Mut zuzusprechen, »an der Seite der Kinder.«

Er klopfte ihm aufmunternd auf die Schulter und ließ sich nicht länger aufhalten.

Es war noch vor Mitternacht, als der päpstliche Legat Anselm von Longjumeau nebst Simon von Saint-Quentin unter Führung des arabischen Kaufmanns die Altstadt durchquert hatte.

Das düstere Auftreten des Trupps hielt räuberische Banden von ihnen fern. Wenn die Mönche auch sichtbar keine Waffen trugen, so ging von ihnen doch eine Aura der Gefährlichkeit aus, besonders von dem Mann, der schon Blessuren im Kampf davongetragen hatte. Der unter seinen Wundverbänden gefesselte Vitus stampfte schweigend hinterher, doch war er es, der die Richtung bestimmte. Der hoch über der Stadt gelegene Bischofspalast zog ihn magisch an, und seine in Ketten gelegte Ungeduld sorgte dafür, daß der kleine Trupp nirgendwo länger verweilte.

»In meinem ganzen Leben als vielgereister Missionar«, keuchte Fra' Ascelin, »habe ich noch nie so viele Jünger Buddhas, Parzen, Kopten und Starzen, ketzerische Manichäer, Paterener und Bugomilen, orthodoxe Jakobiten und Andreaner, schismatische Armenier und Jovianer, chassidische Juden, persische Feueranbeter, Brahmanen und Schamanen, tanzende Derwische, entrückte Sufis, schlangenbeflötende Fakire, Gebetsmühlen rasselnde Tibetaner, verrenkte Yogis und von noch ferner die schlitzäugigen Schüler eines Laotse, Illuministen und Hermetiker auf einen Schlag gesehen wie in dieser Nacht!«

»Ihr habt all die vergessen«, schmunzelte der Muselmane, »die man nicht erkennt, die Gnostiker, die Druiden, die Pythagoreer, die Neuplatoniker, die Essener und die Chaldäer, die Ismaëliten und ihren unsichtbaren Schwertarm, die aus dem Nichts zuschlagenden Gefolgsleute des Alten vom Berge!«

»Ihr denkt an die Assassinen?« hakte Simon ein, da er sah, daß Fra' Ascelin noch Luft holen mußte nach seiner so beredten Aufzählung der sich überschlagenden Eindrücke einer Nacht in Byzanz. »Dolchstoß-Legenden aus der Zeit der ersten Kreuzzüge. Sie sind so unsichtbar, weil es sie nie gegeben hat!«

»Still«, fauchte Vitus leise; es war das erste Mal, daß er ein Wort an seine Begleiter richtete. »Wenn ihr unbedingt quatschen müßt, dann hebt es Euch für später auf!«

Über ihnen erhoben sich die Mauern des Kallistos-Palastes. Sie stahlen sich am Tor vorbei, als sie sahen, daß am Ende der dahinterliegenden Freitreppe noch Fackeln in den Haltern brannten und die Wache aufgezogen war. Leise schlichen sie an den Mauern entlang, auf der Suche nach einem weiteren Einlaß. Sie fanden keinen. Glatt und ohne jede verdächtige Unterbrechung zogen sich die hohen Wände rings um den mächtigen Besitz, wenn man von dem Brunnen absah, der an einer Stelle in die Mauerquadern eingefügt war. Er stellte einen jungen Dionysos dar, voll im Fleische, der mit einem alten Satyr um den Besitz einer Weinamphore rang, deren Inhalt sich dabei in kräftigem Schwall in eine tiefer gelegene Muschel ergoß.

Simon beugte sich über die Schale und ließ sich das sprudelnde Wasser in den aufgerissenen Mund spritzen.

Aus den Arkaden vor dem Hauptsaal drang noch Licht, ungewöhnlich um diese Zeit, da alle anderen Paläste und Kirchen rings um längst im tiefen Dunkel ihrer Gärten lagen.

»Dies muß der Ort sein!« zischte Vitus dem enttäuschten Legaten zu, der sich ratlos umsah.

»Es ist der Ort«, sagte der arabische Kaufmann, »und er öffnet sich wohl nur dem, der morgen erhobenen Hauptes durch sein Portal schreiten kann!«

»Ihr habt gut reden«, nörgelte Simon, »Euch betrifft dies Problem ja nicht!«

»Laßt uns jetzt zurück zum Schiff gehen«, drängte Fra' Ascelin, und sie begannen den Abstieg.

Hamo hatte sich ausgerechnet, daß seine Mutter um diese Zeit schon längst zu Bett sein mußte. Er war es leid, in den Straßen der Stadt herumzulungern, und beschloß daher, sich nächtlicherweise in den Palast zurückzubegeben. Der unterirdische Gang war ihm bei Dunkelheit nicht sonderlich geheuer, schon wegen Styx und der Ratten, und da er die Herbstnacht als einladend und angenehm lau empfand, nahm er eine Abkürzung der sich in Serpentinen windenden Zufahrtsstraße, deren steile Treppen direkt vor dem Hauptportal mündeten.

Er war gerade im Begriff, die letzten Stufen zählend zu bewältigen, als er die verdächtigen Silhouetten vor der Helle der Fackeln vorbeihuschen sah. Die ersten konnte er nicht erkennen, doch dann kam einer, den sie zerrten, und der Feuerschein fiel lang genug auf sein Gesicht, und er erkannte die Augen – trotz des Stirnverbandes, trotz der tief gezogenen Kapuze. Das war er! Der schwarze Verfolger, Vitus von Viterbo, der Hamos unglückseligen Zug durch ganz Italien bis in die Alpen belauert und bedrängt hatte. Kein Zweifel. Das verdächtige Verhalten seiner Begleiter bestärkte Hamo in der Gewißheit seiner Entdeckung.

Die Wachen zu rufen war es zu spät, den Bischof zu wecken sinnlos, zumal ihm der Name des Viterbesen nichts sagen würde, und ihn erst lang und breit über die Gefährlichkeit des wölfischen Inquisitors aufzuklären, verspürte er keine Lust. Guiscard war der Mann, den er sofort benachrichtigen mußte.

Seufzend drehte Hamo um und sprang die Treppen, die er gerade mühsam erklommen hatte, in langen Sätzen hinunter zum Hafen. Fast hätte er einen Betrunkenen umgerissen und wollte ihn mit einem derben Fluch bedenken, doch dann sah er, daß der Mann unter seinem Umhang den kostbaren Ornat eines Bischofs trug und seinerseits wütend mit dem Krummstab nach ihm schlug. Geschickt wich Hamo aus und wollte nach einer knapp gemurmelten Entschuldigung weiter rennen.

»Halt, du junger Flegel!« beschimpfte ihn der Mann, der Mühe hatte, sich auf den Beinen zu halten. »Geht's hier zum Empfang des latèinischen Bischofs?«

»Nicola?« fragte Hamo und blieb verunsichert stehen.

»Was weiß ich!« grummelte der Fremde unwirsch. »Es geht um die Vorstellung irgendwelcher Prinzen«, schnaufte er, »und zu trinken wird's ja auch wohl geben. Einen guten Wein habt ihr hier!«

Hamo beschloß den reichlich verfrühten Gast schonungslos aufzuklären. »Die Präsentation der königlichen Kinder findet mittags um zwölf statt —«

»Jeden Tag?«

»Nein, nur morgen«, Hamo wußte nicht, ob er sich ärgern oder amüsieren sollte, »und jetzt vergebt mir, ich hab's eilig!«

»Nicht so hastig, junger Freund«, hielt ihn der Fremde zurück. »Ich bin Galeran, Eures Bischofs Amtskollege in Beirut, und Ihr begleitet mich jetzt diese verdammten Stufen hinab, bis zur nächsten noch offenen Taverne!« Er hatte sich inzwischen Hamos Ärmel bemächtigt, so daß diesem gar nichts anderes übrigblieb, als ihn unterzuhaken und Schritt für Schritt die Treppen hinabzugeleiten.

Die Nacht des Styx
Konstantinopel, Herbst 1247

Unter seinem Baldachin wälzte sich der Bischof unruhig im ersten Schlaf. Nicola della Porta hatte lange noch auf die Rückkehr Hamos gewartet und seine Tante Laurence de Belgrave verwünscht, deren Anwesenheit im Kallistos-Palast den Jungen praktisch in den Untergrund, wenn nicht aus dem Hause trieb.

Das Gespräch mit Gavin war auch nicht dazu angetan gewesen, ihn zu beruhigen. Hätte er doch nie diesen Flüchtlingen aus

Otranto unter seinem Dach Obhut gewährt! Jetzt beherrschte ihr Schicksal die Szene, die milden Tage lockerer Ausübung des Amtes und lässiger Beschäftigung mit den Aufgaben, die nicht seines Amtes waren, hatten ein Ende gefunden, nein, nicht abrupt, eher einem Strick gleich, der sich um seinen Hals zusammenzog. Die Angst hatte den Bischof eingeholt, er knäulte sein damastenes Bettuch, riß es sich von der Brust, auf der es plötzlich so schwer lag, daß es ihn zu ersticken drohte ...

Er war eingeschlafen, doch Hamo war bei ihm, er war geschmeidig unter das Laken geschlüpft, seine Haut roch nach Hafen und Sünde. Sein heißer Atem blies ihm ins Gesicht, aber seine Lippen preßten sich an sein Ohr, und seine Zunge leckte begehrlich seinen Hals. Nicola wagte kaum zu atmen, wie sehr hatte er diese Stunde herbeigesehnt, hatte den Jungen umworben mit Liebkosungen und Geschenken, mit Aufmerksamkeiten und Großzügigkeit. Nie hatte er ihn gedrängt. Jetzt zahlte sich seine Taktik aus. Aus freien Stücken war Hamo zu ihm gekommen, um ihm seine Liebe zu schenken. Still vor Glück entspannte sich Nicola, um die ungeschickten, feuchtstürmischen Zärtlichkeiten hinzunehmen, diese unermüdlich seine Wangen, seine Nase, seine Schultern leckende herrliche, wilde Zunge ...

Yarzinth hatte Clarion zur Triëre gebracht. Er hatte sich noch von ihr aufhalten lassen, weil sie seinen Rat verlangte, welche Robe sie morgen anlegen sollte. Auch ihre Begleiterinnen, die Zofen und Kammerfrauen bestürmten ihn mit verschämten, doch oft auch kichernd zudringlichen Bitten, ein Wort zu ihren Gewändern abzugeben, beziehungsweise zu dem, was sie freiließen, was wallend und bloß nun mit Schmuck behängt werden sollte. Yarzinth, der selbst einem Unbefangenen sofort als unempfänglich für weibliche Reize zu erkennen gewesen wäre, wand sich aus seiner Bedrängnis nach einigem Zaudern mit Häme: Er dirigierte die Damen zu den gewagtesten und offenherzigsten Entblößungen, die sie kokett auf sich nahmen, bis Clarion dazwischen fuhr und ihren Hofstaat mit einem Machtwort daran erinnerte, daß sie von züchtigen Nonnen umgeben zu sein wünsche. Die allgemeine Betrübnis nutzte Yarzinth sich davonzustehlen.

Der Koch war heiter gestimmt. Er beschloß im Palast seines Herrn Bischofs noch schnell nach dem Rechten zu sehen und danach Styx mit sich zu nehmen, auf dem nächtlichen Besuch, den er dem Geliebten ἕκτος τειχός abzustatten vorhatte. Sein heimlicher Freund war der einzige, der gut zu dem Hund war, und Yarzinths große Liebe zu dem Tier verstand. Der Koch eilte sich ...

Nicola della Porta breitete seine Arme aus, um den drängenden Liebhaber endlich an sich zu ziehen, ihm die Wege wahrer Erfüllung zu weisen. Er umarmte den Kopf, griff fest in das dichte Haar – und starrte in den aufgerissenen Rachen des Styx, von dessen Lefzen der Speichel troff und dessen breite Zunge schlappend ihm ans Kinn schlug.

Der schrille Schrei, den er ausstoßen wollte, erstarb ihm im Hals, nur ein entsetztes Röcheln entrang sich seiner Kehle. Kalter Angstschweiß trat ihm auf die Stirn, während er mit letzter Kraft das Haupt des mächtigen Tieres von sich wegdrückte, so daß die Zunge seinem Arm entlangglitt, bis sie ihm die nun erschlafft herabhängende Hand leckte.

»Yarzinth!« Jetzt schrie der Bischof schrill und laut. »Yarziiinth!«

Das Biest mußte durch die Wandtür gekommen sein, aus dem Gang, der zur Schatzkammer führte. Vielleicht hatte er den geheimen Einlaß nicht sorgfältig genug verschlossen, aber was waren alle Schätze gegen diese wahnsinnige Bedrohung seines Lebens, seiner körperlichen Unversehrtheit!

»Yarziiiinth!«

Der dienstbare Geist stürzte in das Gemach seines Herrn, was den Hund sofort mit dem Schwanz wedeln ließ, ohne von der Hand des Bischofs abzulassen.

Nicola richtete sich zitternd auf.

»Schaff das Tier fort!« stöhnte er.

Yarzinth packte Styx am Halsband und schob ihn Richtung

Wandvertäfelung. »Ihr habt die Tür offengelassen, Exzellenz!« sagte er vorwurfsvoll.

Nicola wagte zum erstenmal aus der geringen Entfernung, für die er schon dem Schicksal dankbar war, den Hund zu betrachten: ein gräßliches Maul unter wülstigen Nüstern, ein gedrungener Kopf auf einem mächtigen Brustkorb, dessen Fell, ansonsten rotbraun-schwarz gefleckt, hier einen weißen Latz aufwies. So stand er da, breitbeinig, und fletschte den Bischof an. Das Entsetzliche aber waren seine Augen, diese rotunterlaufenen, toten Augen. Styx war wirklich blind!

Das gab dem Bischof Mut. Sein Blick fiel auf das Halsband von feinster Silberarbeit.

»Yarzinth«, sagte er gedehnt, »dein Hund hat mir nach dem Leben getrachtet.« Nicola beobachtete lauernd den unschlüssig harrenden Koch mit seiner sabbernden Kreatur. »Ich will sichergehen, daß mir dies nie wieder zustößt. Du schaffst ihn fort, für immer – und bringst mir dann sein Halsband zum Zeichen deines Gehorsams!«

Auf Yarzinths Zügen malte sich Erschrecken. »Das geht nicht!« stammelte er. »Es geht nicht über seinen Kopf, es ist fest zusammengeschmiedet!«

»Genau«, sagte Nicola, »du sollst ihm ja auch den Hals abschneiden! Ich will, daß es ihn nicht mehr gibt, weder über noch unter der Erde!«

Yarzinth stand zitternd, als wolle er auf die Knie fallen.

»Fort mit euch!« keifte der Bischof. »Und wage mir nicht mit leeren Händen ...«

Den Rest vernahm der Koch nicht mehr; denn der Bischof hatte sich das Laken über den Kopf gezogen, und er selbst war hinter Styx durch die Wandtür gestolpert. Sein Herz pochte ihm bis zum Hals.

»Roç, schläfst du?« wisperte Yeza. »Ich muß pieseln!«

Ihr Gefährte kontrollierte aus halbgeschlossenen Lidern den ruhigen Schlaf der beiden Mönche. Eine Kerze zwischen William und Benedikt war fast bis zum Stumpf niedergebrannt und quakelte kurz vorm Erlöschen.

»Wollen wir in den Pavillon?« fragte er flüsternd zurück.

Yeza nickte einverständig. »Wenn ich es bis dahin schaffe ...«

Sie rutschte aus ihrem Bett, und Roç sah im Schein des flakkernden Dochts, daß ein zarter Flaum den kleinen Hügel zu bedecken begann, aus dem sie ihr Wasser schießen ließ – jedenfalls hatte er dieses wie Schatten wirkende goldblonde Vlies vorher noch nie an ihr wahrgenommen. Und was ihn viel mehr erschreckte, wohlig erschauern ließ, sein Glied reckte sich plötzlich zu einer Steifheit, die er zwar kannte, aber nie mit Yeza in Zusammenhang gebracht hatte.

Er drehte sich aus seiner Decke, den starren Piephahn schamhaft vor ihr verbergend, doch als er sie an der Hand nahm, begann der zu pulsieren, als ob er klopfte, und Roç fürchtete, Yeza könnte sehen, wie er riesengroß wuchs. So schob er sie hastig in die Maueröffnung, was gar nicht nötig war, denn Yeza, vom Druck ihrer Blase getrieben, stürmte den ›letzten Gang‹ wie ein Wirbelwind entlang, kaum, daß er ihr folgen konnte.

Sie kannten sich beide blind aus in dem Labyrinth, so daß es Roç nicht wunderte, nach drei Ecken mit dem Fuß an ihren nackten Po zu stoßen. Yeza hatte sich ihr Hemdchen hochgezogen und einfach hingehockt, sie hielt es nicht mehr aus. Vorsichtig kniete auch Roç nieder und schob seine Hand unter sie. Das heiße Naß sprühte über seine Finger, doch er hatte nur einen Gedanken.

»Warte«, stammelte er und staute den Fluß. Er warf sich in dem dunklen, steinigen Gang hintenüber und zerrte sie rücklings mit, seine Hand mußte den Quell freigeben, und das ersehnte Naß bespritzte seine Knie, seine Schenkel, bis es endlich sein Glied traf.

»Kannst du noch?« stöhnte er, doch Yeza, die letzten Tropfen versprühend, verkündete stolz: »Fertig!« und erhob sich. Sie ging ein paar Schritt, als sie merkte, daß Roç ihr nicht folgte.

»Roç?« fragte sie angstvoll in das Dunkel zurück. »Roç, was ist mit dir?«

Sie drehte um und kroch auf allen vieren, der Steine nicht achtend, die ihr spitz die Knie schürften. Sie ertastete seine Zehen.

»Roç? – So antworte doch!« Aber sie vernahm nur sein heftiges Atmen.

Sie glitt zwischen seine Beine, und ihre vorgestreckten Hände fanden den erstarrten Piephahn, der so ungewohnt fremd zwischen den beiden Hoden, mit denen sie gern herumspielte, herausgewachsen war. »Oh!« war das einzige, was sie herausbrachte. »Oh, Roç.«

Er tat ihr leid, er mußte Schmerzen leiden. Sie warf sich über ihn und preßte ihr Gesicht auf seinen Bauch. Der harte Fremdling zwischen ihnen störte sie, aber noch mehr befremdete sie, daß er zu erschlaffen begann, in sich zusammenfiel. Sie griff vorsichtig nach ihm, als sei er aus Glas und könnte zerbrechen, was ihr Angst machte, aber erleichtert stellte sie fest, daß es wieder der alte Piephahn war, den sie kannte.

»Aua«, sagte Roç, »die Steine!«, und sie erhoben sich beide und wanderten, Roç vorweg, Yeza an der Hand, durch den Gang, bis sie im Pavillon angekommen waren.

»Wir können unter der gleichen Decke schlafen«, schlug Yeza vor, der etwas fröstelte.

In den Raum fiel – gesprenkelt durch das Filigran des Steinwerks – ein scheckiges Mondlicht. Sie schlüpften unter die Decke und preßten ihre Körper eng aneinander.

»War es schlimm?« fragte Yeza neugierig. Ihre kleine Hand war schon wieder ›wie ein Käfer‹ seine Hüften entlanggekrabbelt und hatte sich in seinem Gekröse vergraben.

»Nicht besonders«, schnaufte Roç, »dein Pipi war schuld.«

Als Yezas Hand sich daraufhin brüsk zurückzog und sie nicht antwortete, suchten seine Lippen ihre Augen, sie schmeckten sofort, wenn sie weinte.

»Das ist doch kein Unglück!« Er leckte ihre Tränen, doch sie schwieg verstockt. »Sag mir, was du dir wünscht!« flüsterte er in ihr Ohr und ließ seine Zungenspitze in der Muschel kreisen. Er wußte, daß sie das liebte, daß sie ihm dann noch immer vergeben hatte. Doch diesmal wandte Yeza ihren Kopf weg, ihre Haare kitzelten seine Nase. Sie richtete sich auf und riß die Decke weg.

»Ich wünsch' mir ...«, schluchzte sie und fand die Worte nicht.

»Was?« drängte Roç und bedeckte ihren Hals, das Hemd über ihrer kleinen Brust mit ungelenken Küssen.

»Ich wünsche mir, daß du *in* mich Pipi machst, jetzt!«

Roç war wie erstarrt. »Ich muß aber gar nicht«, preßte er nach einer Zeitlang heraus, »ich kann nicht!«

Da lachte Yeza und schlang ihre Arme um ihn. »Dann habe ich eins gut!« Sie zog ihn zurück unter die Decke. »Du bist mir ein Pieselchen schuld, versprich es mir!« bettelte sie glücklich.

»Großes Ehrenwort!« seufzte Roç und drehte sich zur Seite, auf der er immer einschlief.

»Versprochen ist versprochen!« flüsterte Yeza und schob sich an seine gebogene Wirbelsäule, wo sie jede Rippe fühlen konnte, vorsichtig, damit ihre Haare ihn nicht verrückt machten. Sie wartete, bis sein ruhiges Atmen verriet, daß er eingeschlafen war, dann streckte sie sich auf den Rücken, räkelte sich wohlig in der Wärme, die Roç ausstrahlte, und zählte leise die Lichtflecken an der Decke.

Mit Styx an der Kette eilte Yarzinth die Stufen hinab, die vom Kallistos-Palast, vorbei am hochgelegenen Friedhof der Angeloi, auf kürzestem Wege in die Altstadt führten. Der Hund zerrte in seinem Halsgeschmeide, und es tat Yarzinth im Herzen weh, daß er jetzt einen Silberschmied suchen mußte, der seine Werkstatt noch des Nachts offenhielt, um den teuren Reif, wahrhaft ein schönes, schweres Stück Silber, fein ziseliert, brutal zu zersägen, um ihn dann wieder nahtlos zusammenzufügen. Er hatte dieses Band der Freundschaft eigens für Styx anfertigen lassen, ein Verlobungsring gewissermaßen, und daß er aus einem Stück, unabstreifbar war, darauf waren er und Styx stolz: Es war das Zeichen ihrer Verbundenheit in Liebe und Treue.

Nicola hatte einen abgefeimten Charakter. Oh, wie er ihn haßte! Den Kopf Hamos sollte er ihm abgeschlagen, blutig aufs

Bett werfen! Oder diesen Unmenschen selbst vergiften! Nichts hatte ihm das Tier getan, das gute! Geherzt und geküßt hatte es ihn, diesen Unhold, diesen unmenschlichen!

Es geschah selten, daß Yarzinth mit Styx nachts durch die Altstadt streifte. Nicht, daß er fürchtete, angegriffen zu werden, dafür waren der glatzköpfige Koch und sein Bluthund ein zu sehr furchteinflößendes Paar; nein, ihm erschienen die Altstadt mit ihren Greueln, ihrem Schmutz und ihrem Verbrechergesindel für die zarte Seele seines blinden Freundes als ein schlechtes Pflaster und die räudigen Straßenköter in ihr als schlechter Umgang.

Daß Styx blind war, wußte ja keiner, und Yarzinth hatte längst vorsorglich Abhilfe geschaffen. Er trug ein kleines Flakon mit Moschusöl bei sich. Darauf hatte er Styx scharf gemacht. Wenn jemand – betrunken oder sonstwie von Sinnen – tatsächlich ihn mit blanker Waffe bedrohte, dann genügten wenige Spritzer auf den Angreifer, und der von seiner Kette gelassene Styx ging ihm an die Kehle. Styx vertat keine Zeit damit, dem Gesindel Arme oder Beine zu zerfleischen; er suchte nur einen knackenden Biß, und der war tödlich. Wer es erlebt hatte, der machte einen respektvollen Bogen um Yarzinth und seinen Hund.

In der kleinen Kirche Sankt Georgios wurde die Mitternachtsmesse gefeiert. Aus der offenen Tür warf das goldene Licht der unzähligen Kerzen seinen Schein wie einen einladenden Teppich auf das Pflaster der abschüssigen Straße. Yarzinth setzte sich auf eine umgestürzte Marmorsäule zwischen zwei Zypressen, zog seinen Hund zu sich und lauschte dem machtvollen Chorgesang der Priester.

Eine Gruppe Dominikaner drängte rüde aus dem Portal. »Ascelin«, rief einer von ihnen, kaum daß sie im Freien waren, aber laut genug, daß es jeder da drinnen noch hören konnte, »diese präpotente Orthodoxie der Griechen! Kein Wunder, daß sie die Suprematie des Papstes verleugnen, bei denen gebärdet sich ja jeder Pope, als sei er der Heilige Vater höchstselbst! Gottväter mit Rauschebärten!«

»Halt doch dein verdammtes Lästermaul, Simon!« fauchte der

Angesprochene. »Wir sind hier in einem fremden Land!«, und er zerrte die anderen, die einen Verwundeten stützten, schnell mit sich.

Kein Wunder, daß sie sich blutige Köpfe holen, dachte Yarzinth bei sich, als einige erboste Gemeindemitglieder aus der Tür quollen, Steine griffen und sie den eilends bergabwärts Flüchtenden hinterherwarfen. Da sie ihr Ziel nicht mehr erreichten, ihr Zorn aber noch nicht verraucht war, kam ihnen der Hund – mehr als sein glatzköpfiger Herr! – willkommen ins Visier.

»Seht nur, das häßliche Tier! Ἀπάγε! Ἀπάγε! Fort! Fort!«

Yarzinth versuchte sich abwehrend vor Styx zu stellen, aber als der erste Stein ihn getroffen hatte, daß er vor Schreck aufjaulte, bevor er zähnefletschend in die falsche Richtung knurrte, riß Yarzinth ihn mit sich und floh unter die Bäume. Er weinte. Warum waren die Menschen nur so schlecht! Dann fiel ihm der Silberschmied wieder ein, und Herr und Hund stiegen hinunter in die Gassen.

Daß er vor einer Taverne stehenblieb, weil er den Sohn der Gräfin mit einem schwankenden Bischof, den er nicht kannte, dort hineingehen sah und einen Augenblick unsicher war, ob er Hamo anrufen sollte, wurde Yarzinth zum nächsten Verhängnis.

Zwei merkwürdige Priester, ein hagerer und ein dicker, traten gerade heraus auf die Gasse. Sie zeigten nicht die geringste Spur von Trunkenheit und entdeckten wachen Auges sofort den glatzköpfigen Koch mit seinem Hund, die an ihnen vorbei ins Innere starrten.

»Kommt mit uns!« wandte sich Serkis an den verwirrten Yarzinth. »Wenn Ihr kein Geld habt, laden wir Euch ein, aber zeigt uns jetzt, wo die schönen Frauen dieser Stadt sich verbergen ...«

»Die wohlfeilen Dienerinnen käuflicher Liebe«, fügte der Dicke hinzu, um kein Mißverständnis aufkommen zu lassen, und schon hatten sie den Koch in ihre Mitte genommen und zogen ihn mit sich fort. Styx tappte folgsam hinterher.

»Wir sind aus Täbris«, klärte der Hagere ihn auf, »und fremd in dieser Stadt –«

»– weswegen wir auch unser Priestergelübde für ein paar Stunden läßlicher Sünde vergessen wollen«, fügte Aibeg schnell hinzu.

Serkis meinte: »Wo geht's hier zum Kallistos-Palast, und wie kommt man da hinein?«

»Jetzt?« fragte Yarzinth konsterniert.

»Nein, morgen!«

»Ganz einfach«, Yarzinth suchte Zeit zu gewinnen, »ich kann Euch den Weg weisen, wenn Ihr mir sagt, was Euch dorthin führt.«

»Zeigt uns lieber das nächste Freudenhaus!«

Yarzinth konnte ihr Idiom nur schwer verstehen, obgleich er der Turkdialekte einigermaßen mächtig war. So erschien es ihm als das einfachste, die beiden seltsamen Gottesdiener auf schnellstem Wege zu ihrem vordringlichen Ziel zu bringen und sie dann ihren Vergnügungen zu überlassen. Doch dann kam ihn ein Argwohn. »Aus Persien? Dann müßt Ihr ja den ›Alten vom Berge‹ kennen?«

»Nie gehört!«

»Seid Ihr Christen?« fragte er nach, denn sein Verdacht verstärkte sich.

»Nestorianer!« bekräftigte Serkis, »wir stehen in mongolischen Diensten.«

»Ich hätte Euch für Ismaëliten gehalten –?«

»Da seht Ihr, wie man sich in den Menschen täuschen kann«, sagte der dicke Aibeg. »Wie oft sind sie wer ganz anderes, als sie scheinen.«

»O ja«, preßte Yarzinth heraus, »vor allem wenn sie nicht erkannt werden wollen, als das, was sie sind!«

Damit waren sie vor einem niedrigen Gebäude angekommen, das einem hochherrschaftlichen Haus glich. Durch den offenen Torbogen sah man in den Innenhof, in dessen Mitte ein großes Feuer brannte, um das herum nur Männer saßen.

»Hier haust Aphrodite?« schauderte der hagere Serkis zurück.

»Immer nur der Nase nach«, beschied ihn Yarzinth und deutete auf die vielen halbhohen Holztüren, die vom Hof ins Innere gingen, wie zu Schweinekoben, »und achtet auf die Reihenfolge, sonst handelt Ihr Euch Ärger ein!«

»Wollt Ihr und Euer Hund nicht doch mitkommen?« lockte Serkis, während Aibeg unschlüssig den Hund zu kraulen versuchte, was der aber mit bösem Knurren abwehrte.

»Hunde dürfen nicht«, sagte Yarzinth und zog Styx mit sich um die nächste Häuserecke. Er war sich ganz sicher, zwei Assassinen getroffen zu haben.

Yarzinth war noch zehn Schritte gegangen, als er hinter sich spitzes Weibergeschrei und gellende Hilferufe in allen Sprachen vernahm: »Δολοφόνοι! Σφαγεῖ! Mörder, Assassini!«

Wie recht er gehabt hatte! Und da Styx auch an der Kette zerrte, rannte der Koch zurück und bog um die Ecke.

Er hatte erwartet, die Dolche der beiden Assassinen ihr meuchlerisches Handwerk ausüben zu sehen, doch von den Verdächtigen war keine Spur.

Gegenüber dem Freudenhaus hatte eine Bande von jugendlichen Lestai einen einzelnen Soldaten in die Enge getrieben. Ein Fremder! Er stand mit dem Rücken zur Wand und ließ bissig sein Schwert spielen. Doch der Anführer der Lestai war ein Bulle von Kerl; er trug einen Helm, aus dem zwei Stierhörner ragten, und auch die anderen trugen aufgerissene Wolfsrachen, ausgestopfte Köpfe von Schwertfischen und ganze Ratten, einer sogar einen Geier als Schrecken einflößende Zier auf ihren Hauben. Dem Koch erschienen sie eher wie Vogelscheuchen. Doch sie waren etwa zwanzig und alle bewaffnet mit Morgenstern und Sicheln und ließen kantige Eisenkugeln und Schiffsanker an Ketten wild über ihren Häuptern kreisen.

Der Soldat war kein Feigling, sondern wild entschlossen, sein Leben so teuer wie möglich zu verkaufen. Doch er hatte nicht mit der Tücke der Lestai gerechnet. Wagemutig stieß er sein Schwert gegen den zurückweichenden Hordenbullen, da schlangen sich von rechts und links Ketten um seine Waffe, das Schwert wurde ihm aus der Hand gerissen und fiel klirrend auf das Pflaster. Die Lestai johlten.

»Er trägt den Rock des Königs von Frankreich!« rief da Yarzinth und stürmte vor, suchte sie zurückzuhalten.

»Halt dich raus, Hundeficker!« brüllte ihm der Anführer entgegen, und gleich bezogen einige seiner Leute gegen ihn Stellung. Als der vorderste mit seiner Keule nach Styx schlug, den Yarzinth gerade noch zurückreißen konnte, da spritzte der Koch ihnen sein Moschusöl entgegen. Es traf auch den Bullen, der sich gerade umdrehte: »Wollen wir erst den Glatzarsch kämmen?« Sie brüllten vor Freude. »Schlagt dem Köter den Schädel ein!«

Yarzinth ließ Styx von der Kette. Mit einem gewaltigen Satz sprang er über die ersten hinweg, die zu Boden stürzten. Styx hing nur kurz an der Gurgel des Bullen, dann knirschte es, und der Helm mit den Stierhörnern fiel von dem schlaff wegsinkenden Kopf. Styx warf sich herum, riß dem nächsten die Kehle auf; er hatte jetzt Blut geleckt, und das spritzte reichlich. Es war ein einziges Schreien in der Straße.

Der Soldat hatte Yarzinth am Arm gepackt und hinter sich an die Wand gerissen; mit der gleichen geduckten Bewegung seiner langen Arme hatte er sein Schwert gerafft und es von unten dem zuvorderst anstürmenden Angreifer ins Gedärm gestoßen. Dem nächsten trat er ins Gekröse, bis er seine Waffe wieder herausgezogen und mit schnellem Schnitt einen Morgenstern und eine Kette samt Hand und Arm von ihren Besitzern getrennt hatte.

Derweil hatte Styx schon einem halben Dutzend die Halsschlagader durchgebissen. Er stand breitbeinig da und schnupperte nach Moschus, doch die überlebenden Lestai hatten panisch die Flucht ergriffen.

Yarzinth verließ die schützende Wand hinter dem breiten Kreuz des Soldaten. Er legte Styx wieder an die Kette.

»Yves der Bretone ist Euch zu Dank verpflichtet«, sagte der Soldat. »Wer seid Ihr seltener Mann, der mir so selbstlos zur Hilfe kam?« Er wischte sein Schwert ab und stopfte es fast mißmutig in die Scheide.

»Ich bin nur der Koch des Bischofs«, sagte Yarzinth bescheiden, »und es war mir eine Ehre.«

»Euer Hund ist Gold wert«, sagte Yves und betrachtete das silberne Halsband, »Gold sollte er tragen!«, als ob Styx das Lob verstehen würde.

»Mein Herr haßt ihn!« vertraute sich Yarzinth dem Kampfgefährten an. »Er will ihm nicht einmal das silberne lassen, seinen Kopf soll ich ihm abschneiden!« Er kniete nieder und tätschelte Styx voller Zärtlichkeit. So entging ihm das Aufblitzen in den Augen des Bretonen.

»Euer Herr handelt unrecht an Euch und Eurem Gefährten«, sagte er bedächtig. »Zwar trag' ich kein Gold bei mir, wie die Kerle anscheinend glaubten« – er schlug sein Wams offenherzig zurück, als müsse er's dem Koch beweisen –, »doch ich will Euch belohnen. Ihr und Euer treuer Hund habt es verdient. Sagt mir, wo ich Euch in etwa dreimal einer halben Stunde treffen kann?«

Yarzinth überlegte nur, ob ihm die Zeit ausreichen würde, endlich den Silberschmied aufzusuchen. »Auf dem Friedhof der Angeloi, wenn Ihr darauf besteht«, gab er dann zur Antwort.

»Auf mein Wort!« sagte Yves, stieg über die Körper der Toten hinweg und war alsbald im Dunkeln verschwunden.

Die Uhr des Hephaistos schlug die fünfte Stunde des Hesperos. Ihr Turm stand unterhalb des Friedhofs der Angeloi und ragte wie eine Bastion über Stadt und Hafen. Sie gab keine Glockenschläge von sich, sondern für jede volle Stunde einen anderen metallischen Ton, der weithin drang.

Hier hatte sich der in schmähliche Flucht getriebene Trupp des Legaten wieder gesammelt, doch das kunstvolle Horologion gab ihnen keinen Hinweis darauf, welche Zeit es geschlagen hatte. Ein Räderwerk spannte eine gewaltige metallische Feder, und wenn sie umsprang, schnellte eine Figur mit einem Hammer hervor und schlug an das vor ihm hängende Eisenstück. Es waren ihrer sechs an dem großen Zentralrad aufgehängt, verschieden gebogene und geformte Platten bis zur Röhre. Sie gaben vom hellen Klingen bis zum dumpfen Dröhnen jeder der sechs Stunden einer Halbnacht oder eines Halbtages ihren eigenen spezifischen Klang.

»Warum die Griechen das Schlagwerk dem Gott der Schmiede zuschreiben, bleibt ihnen selbst unerfindlich. Es war ein Geschenk des Kalifen von Bagdad an den Kaiser Alexios Komnenos«, mokierte sich jetzt sogar der ansonsten schweigsame arabische Kaufmann.

»Das Volk von Konstantinopel liebt anscheinend die Uhr, schon weil sie die Fremden ärgert, die aus dem Ton die Zeit nicht zu lesen verstehen!« fügte Ascelin lächelnd hinzu: »Γνῶθι καιρόν!«

»Alle Griechen sind falsch«, faßte Simon von Saint-Quentin seine Eindrücke zusammen. »So falsch, daß sie einen Christen sogar um die Uhrzeit betrügen.«

»Schlechte Menschen findet man selbst im christlichen Abendland. Ein jeder kehre vor der eigenen Tür!« Ascelin lag daran, jetzt keinen Streit aufkommen zu lassen. Er war mit dem Ergebnis der Nacht zufrieden und führte seinen Trupp wohlbehalten zurück, selbst Vitus hatte keine Schwierigkeiten gemacht. Sie hatten ungesehen den Weg vom Hafen zum Bischofspalast ausgekundschaftet und strebten nun wieder dem päpstlichen Schnellsegler zu.

An der Schiffsbrücke angelangt, verabschiedeten sie den freundlichen Araber. Er wies ein Geldgeschenk Ascelins stolz zurück – »*Afwan ashkurukum...*« – und bedankte sich seinerseits wortreich dafür – »*... ala suchbatikum...*« –, daß sie ihn mit ihrer Gesellschaft geehrt hätten – »*... al-dschamila.*« Ascelin wunderte sich etwas über den Mann, den sie mehr durch die nächtliche Stadt geschleift hatten – bis hinauf zu den Mauern des Kallistos –, als daß er sie geführt hatte, und seinen gebildeten Ausführungen hatte unhöflicherweise auch keiner so recht Gehör geschenkt, geschweige denn, daß sie darauf eingegangen wären.

»Ihr habt viel geredet, wenig gesehen«, sagte der Viterbese, als keiner es hören konnte, »ich habe geplant.« Ascelin und Simon tauschten ein ironisch-mitleidiges Lächeln, ließen ihn aber sich erklären: »Drei Stunden nach der Matutin gehe ich mit einem Drittel unserer Truppen von Bord. Wir ziehen in kleinsten Gruppen durch die Stadt, sammeln uns auf dem Friedhof der Angeloi und umzingeln dann mit einer unsichtbaren Postenkette den Palast.« Das heimliche Amüsement zwischen dem Legaten und seinem Begleiter gewann an Heftigkeit, sie mußten an sich halten, um nicht laut herauszuprusten. »Eine Stunde später, also zwei vor Mittag, rudert ihr das Schiff in den eigentlichen Hafen, wo kein Liegeplatz frei ist, weswegen ihr euch längsseits hinter die Triëre legt – womit dieser jede Bewegungsmöglichkeit genommen ist – und höflich bittet, den apostolischen Legaten anlanden zu dürfen. Dieser verläßt ohne Hast in aller Würde nach einer weiteren Stunde sein Schiff, begibt sich – so erlaubt – über die Planken von Otranto mit einem weiteren Drittel als angemessener Eskorte an Land und zieht offiziell – und möglichst als letzter – in den Bischofspalast ein. Wenn Ihr seht«, wandte sich der Viterbese an Ascelin, der gesenkten Hauptes zuhörte, »daß Ihr zu früh dort anlangt, dann haltet unterwegs an zum Gebet und bewegt Euch wie auf der *via crucis* die Serpentinen hoch. Vor dem Tor werde ich mich unauffällig zu Euch gesellen! Das letzte Drittel –«

»Haltet inne, hochmögender Feldherr!« zwang sich Ascelin mit Ironie den Respekt ab, den Vitus' Plan tatsächlich für sich reklamieren konnte. »Alles soll geschehen, wie Ihr es Euch ausgedacht, nur daß Simon Euch begleiten wird –«

»Und daß Euch die Fesseln nicht abgenommen werden!« fügte dieser boshaft hinzu. »Und was verfügt Ihr betreffs des letzten Drittels unserer Truppen?« »Sie bleiben an Bord, machen sich gut Freund mit der auf der Triëre zurückbleibenden Wache, so daß sie im Falle eines Fluchtversuchs der Gräfin diesen mit listiger Gewalt leicht verhindern können.«

»Auf jeden Fall, bis der Legat oder ich eintreffen!« ergänzte Simon. »Bis dahin gilt für unseren Kapitän einzig und allein das päpstliche Sigillum des Legaten!«

Sie hatten mittlerweile die Brücke überquert und ihr Schiff erreicht. Simon ließ Vitus wieder unter Deck anketten und instruierte Kapitän und Rudermeister.

Die Uhr des Hephaistos schlug die sechste Stunde des Hesperos. Mitternacht.

Yarzinth hatte endlich einen Silberschmied gefunden, gerade als der seine Werkstatt schließen wollte. Das Ansinnen des Kochs, den grimmig die Zähne bleckenden Styx bei lebendigem Leib von seinem Halsband zu befreien, kam ihm äußerst ungelegen; er hatte schlicht Angst vor dem Hund. Yarzinth zählte eine so stattliche Anzahl Münzen auf die Werkbank, daß die Habgier die Furcht, gebissen zu werden, bald überwog. Dennoch bestand der Schmied darauf, daß dem Hund das Maul verbunden würde und auch die Beine gefesselt.

Als sie schließlich genügend Stricke aufgetrieben hatten, machte Styx Schwierigkeiten. Er schnappte nach den Stricken und nach jedem, der ihm zu nahe kam.

In diesem Moment sah Yarzinth auf der gegenüberliegenden Seite der Straße den jungen Grafen von Otranto mit einem schon leicht schwankenden Bischof im Schlepptau vorüberstolpern.

»Junger Herr!« rief er laut. »Darf ich Euch um einen Gefallen bitten?«

Hamo war mehr als froh, seinem lästigen Mandat entrinnen zu können. Er ließ Galeran einfach stehen – was dem, seiner jugendlichen Stütze beraubt, gar nicht leicht fiel; er schimpfte, und Styx knurrte.

»Wollt Ihr meinem Styx bitte den Strick um Kopf und Rachen winden, derweil ich ihm die Kiefer zusammenhalte!«

Hamo war es zwar etwas unbehaglich so dicht an der Schnauze des Hundes, aber er ließ sich zu der Prozedur herbei.

»Ich habe den Verdacht, junger Herr«, flüsterte Yarzinth, als sie beide sich über den Kopf des Hundes beugten, der sich wand und sträubte, »daß ich die Assassinen entdeckt habe, die auf uns angesetzt sind. Es sind zwei als nestorianische Priester verkleidete Typen – die nichts anderes im Schilde führen, als morgen ...«

Mittlerweile war es ihnen gelungen, dem Styx das Maul so weit zu verschnüren, daß er kaum noch japsen konnte, er winselte still vor sich hin. Yarzinth wollte es das Herz brechen, aber er gab dem Silberschmied ein Zeichen, sich an die Arbeit zu machen.

»Und wo sind sie?« fragte Hamo schnaufend; es war nicht

leicht gewesen, außerdem ekelte er sich vor dem Tier. »Ich hab' sie in die Lasterhöhle geschickt, wo billige Kebsen –«

»In den Tempel der Hetären?« Hamo war ganz aufgeregt. »Schafft mir diesen als Bischof maskierten Trunkenbold mit Anstand vom Hals, so will ich Guiscard finden!«

Der Schmied hatte mit einer fein gezackten Feile das Halsband durchtrennt und es soweit aufgebogen, daß es sich abziehen ließ. Yarzinth lockerte Styx' Fesselung ein wenig, was Hamo sogleich ängstlich aufspringen ließ, doch der Hund jaulte nur voller Anklage.

»Auch ich«, zischte Hamo, »habe eine schlimme Entdeckung gemacht. Die katholische Kurie Roms hat ihren übelsten Häscher geschickt. Ich sah ihn unseren Palast ausspionieren. Gefahr droht ...«

Er schaute sich kurz um nach Galeran, der damit beschäftigt war, den gefesselten Styx zu hänseln, ihn mit seinem Stock zu stoßen, so daß Hamo die günstige Gelegenheit wahrnahm und mit schnellem Satz um die Ecke verschwand.

Galeran hatte es dennoch bemerkt und schrie wütend hinter ihm her: »Treulose Jugend, perfides Byzantium!« und fuchtelte mit seinem Stab, machte aber keine Anstalten, seinem jungen Begleiter zu folgen, was Yarzinth heimlich erhofft hatte.

Dafür tauchte auf der anderen Seite der Basargasse wie ein Geschenk des Himmels Lorenz von Orta auf. Yarzinth eilte hinüber.

»Führt Ihr Pergament und Rötel bei Euch?« überfiel er ihn.

»Immer«, sagte Lorenz, leicht verwundert.

»Wollt Ihr auf meine Kosten in den Venustempel?«

»Jederzeit!«

»Dann nehmt den Bischof«, Yarzinth wies verstohlen hinüber zu Galeran, der sich schwankend auf seinen Stab stützte und mit Styx Zwiesprache zu halten schien, »und führt ihn in das Freudenhaus, das Ihr ja kennt –«

»Nur von außen!« wehrte Lorenz lächelnd ab.

»Geht diesmal hinein. Im Hof werdet Ihr zwei Nestorianer finden, einen langen Hageren und einen kurzen Dicken –«

»Mich interessieren Gesichter, lieber Yarzinth, nicht Knochengestelle und Fettwänste!«

Der Koch mochte keine Zeit verlieren. Er schüttete sein letztes Geld aus dem Beutel vor Lorenz hin. »Ich kaufe ihre Portraits Euch, großer Meister, im blinden Vertrauen auf Euer Talent im voraus ab!« Er schleifte den immer noch widerstrebenden Mönch über die Straße und stellte ihn Galeran vor, der sich sofort bei Lorenz einhakte.

»Endlich ein Christ in diesem Sündenbabel, ein Jünger der Keuschheit und der Armut! Laßt uns fliehen von diesem Ort, wo alles geschlossen ist.« In der Tat hatte der Silberschmied seine Ladentür verriegelt und war eilends von dannen gegangen. »Es muß doch noch eine offene Taverne zu finden sein!«, und mit einem schelmischen Seitenblick auf den Franziskaner aus seinen vom Wein bereits getrübten Augen: »Einen kleinen Schluck vom Saft der Rebe hat Euch auch der heilige Franziskus nicht verwehrt?«

Yarzinth lud sich den gefesselten Styx wie einen Sack quer auf die Schultern – der Hund war längst eingeschlafen und ließ alles mit sich geschehen –, griff das wieder säuberlich zsammengeschmiedete Halsband aus Silber – keine Spur verriet die Trennstelle, nur in der Seele des Kochs schmerzte die grausame Verletzung des Ringes –, und schritt mit seiner Last von dannen.

»Folgt mir denn!« wandte sich Lorenz gottergeben an Galeran und führte ihn mit sich fort.

Die Uhr des Hephaistos schlug die erste Stunde des Phosphoros, doch da der metallene Ton beiden nichts sagte, ließen sie sich von der vorgerückten Stunde auch nicht aufhalten.

Der Friedhof der Angeloi
Konstantinopel, Herbst 1247

Der Friedhof der Angeloi lag etwas unterhalb der Göttlichen Weisheit, deren schimmernde Kuppeln jedoch bei Tag durch die Zypressen zu sehen waren. Bei Nacht war diese Bastion in halber

Höhe zwischen dem Kallistos-Palast und den Basaren, den überbauten Ladengassen der Handwerker, eine Oase der Ruhe, die Gavin immer wieder gern aufsuchte.

Schon von weitem erspähte er die gedrungene Gestalt, die zwischen den Kreuzen an der Umfassungsmauer stand und auf die Stadt im nächtlichen Glanz vieler kleiner Feuer herabstarrte. Um den fremden Besucher nicht zu verschrecken, räusperte sich der Templer vernehmlich, aber schon hatte der andere sein Schwert gezogen, die Klinge blitzte im Schein des Mondes.

»*Baucent à la rescousse!*«

»*Frances?*« fragte eine rauhe Stimme und steckte hörbar das Schwert weg.

»*Templi militiae!*« sagte Gavin. »König Ludwig zugetan.« Er war stehengeblieben. Er wußte nicht, ob er sich ärgern sollte, seinen Lieblingsplatz mit jemandem zu teilen, oder ob es ihn angenehm zerstreuen würde, die Bekanntschaft des Fremden zu machen. »Und wer seid Ihr?«

»Yves der Bretone, im Dienst der Krone Frankreichs!« Das klang stolz und fordernd.

»Gavin Montbard de Bethune!« stellte sich der Templer vor, dem sofort die Schilderung in Erinnerung war, die Lorenz von diesem besonderen Diener Ludwigs gegeben hatte, aber er ließ es sich nicht anmerken.

»So seid Ihr auch hier, um aus erster Hand zu erfahren, welche Kund' und Mär uns die Mission der Franziskaner vom Großkhan bringen wird.« Das war keine Frage, sondern setzte voraus, daß der Templer Bescheid wußte, doch der schwieg erst mal. »Hoffentlich trifft Pian del Carpine rechtzeitig ein?«

»Er wird«, parierte Gavin mit Bestimmtheit, »das Treffen mit dem außerordentlichen Gesandten des Königs, dem Grafen Joinville, nicht verfehlen.« Sie gingen vorsichtig miteinander um.

»Veritablen Königskindern soll dann gehuldigt werden«, der Bretone mußte lauernd die Deckung verlassen, »ich weiß zwar nicht, von wem«, setzte er abschwächend hinzu, »doch die Stadt ist voller Erwartung, es gemahnt einen gläubigen Christen an die

Nacht von Bethlehem, es fehlt nur noch der Stern über dem Kallistos-Palast!« scherzte er.

»Und das ist nicht grad' ein Stall«, ging Gavin auf den Plauderton ein, »wenn's auch morgen nicht an Schaf und Esel gebrechen wird!«

»Ich bin hier nur als Beobachter«, schränkte der Bretone vorsichtig ein. »Eine offizielle Stellung zu beziehen ist Sache des Grafen von Joinville.«

»Der wird sich hüten«, gab Gavin zu bedenken, »so lautet auch nicht sein Auftrag!«

»Ihr werdet nicht unterschätzt, Präzeptor«, sagte Yves, »doch sind die Templer an Eide gebunden, die Zweifel an ihrer Haltung nicht zulassen – oder will sich der Orden dem Verdacht aussetzen, er halte seine Hand über die Kinder?«

Gavin trat einen Schritt auf sein Gegenüber zu. »Was wißt Ihr von dem Eid der Templer?«

»Ich bin nur von niederer Geburt«, wich Yves zurück, »vergebt dem König, daß er mich in den Stand erhob, so mit Euch zu sprechen!«

»Das kann kein König!« antwortete Gavin, und seine Hand zuckte zum Schwert.

»Verzeiht«, sagte Yves rechtzeitig, »daß ich meiner losen Zunge freien Lauf ließ für dumme Gedanken.«

»Eines Tages wird man sie Euch abschneiden!« knurrte der Templer. »Die Ehre des Ordens kann sie nicht treffen! Und wem wolltet ihr Messianismus unterstellen mit Eurer Weihnachtsgeschichte?«

Yves ging dankbar auf die Wendung des Templers ein. »Die Idee – und das Warten auf das Erscheinen – eines Weltenheilers reicht weit vor die Geburt Christi zurück; schon die Essener –«

»Wenn Euch schon von den Offenbarungen des Melchisedek bekannt ist, was mich erstaunt, warum tatet Ihr dann das angekündigte Auftreten von Kindern als Friedenskönige so ironisch ab? Mysterien kann man nur ohne Vorurteil gegenübertreten – oder man halte sich fern!«

»Ach«, sagte Yves, »die Zeit der Wunder ist vorbei, unsere Welt wird längst von anderen Mächten regiert.«

»Und woraus beziehen diese Mächte ihr Charisma, wenn nicht aus dem Mysterium des Blutes?«

»Geld, Gold, Handel«, hielt Yves trocken dagegen, »Ihr solltet das ja wissen!«

»Ihr solltet mit Eurer Zunge kämpfen, wie Jakob mit dem Engel!« drohte Gavin.

»Jakob träumte von Engeln, die eine Leiter zum Himmel hinauf- und herabstiegen. Ich sehe sie bald allesamt in weißen Gewändern mit dem roten Tatzenkreuz!«

Das Bild stimmte nun den Templer wieder heiter. »Ihr solltet Euch an den Eremiten ein Beispiel nehmen. Sie erlangen ihre stärksten Visionen nicht nur durch Fasten, sondern auch durch eine intensive Schweigezeit. Das könnte Euer Leben verlängern –«

»Oder mich in Ekstase treiben, den Ri'fais gleich ...«

»Ich sehe, Ihr kennt Euch auch in islamischer Mystik aus«, lächelte Gavin milde. »Dann solltet Ihr doch einen Sinn haben für die Botschaft der Apokryphen, die, ob nun frühchristlich-gnostischen, jüdisch-essenischen, sufischen oder fernöstlichen Ursprungs, allumfassend eines gemeinsam haben –«

»Die Möglichkeit eines weltlichen Friedenskönigtums? – Nie!«

»Den Wunsch nach Versöhnung –«

»Nein und abermals Nein!«

»– Versöhnung mit uns selbst!« brachte Gavin seinen Satz geduldig zu Ende.

Yves sah ihn an. »Das laß ich gelten«, sagte er nach langem Nachdenken.

»Dafür könnten die Kinder als Symbol dastehen«, bohrte der Templer, aber ohne Erfolg.

»Scharlatanerie«, schimpfte der Bretone, »die es zu bekämpfen gilt. Mein König Ludwig kann niemals –«

»Bekämpft Euch selbst, Yves«, sagte der Templer schroff, »oder Ihr werdet unversöhnt zur Hölle fahren!« Er drehte dem Bretonen den Rücken zu.

»Vorher sehen wir uns erst mal morgen mittag wieder!« rief der ihm nach, und Gavin war sich unklar, ob das Hohn, Kampfansage oder ein ungelenker Versuch war, einen Waffenstillstand vorzuschlagen.

»Geht zum Teufel!« murmelte der Präzeptor, als er durch das eiserne Tor den Friedhof verließ. Er hätte sich mit ihm schlagen sollen, statt zu reden! Yves der Bretone war eben kein Ritter! Aber leider ein ernst zu nehmender Gegner. Er ärgerte sich über sich und den Ort, der ihm jetzt verleidet war.

Im hoch über der Hagia Sophia und dem Friedhof der Angeloi gelegenen Kallistos-Palast konnte Nicola della Porta keinen Schlaf finden. Er wanderte durch die Hallen, begab sich in seine Schatzkammer, zählte fahrig die Kisten, in denen die am leichtesten wegzuschaffenden Kleinodien ruhten, sein ›Notproviant‹, wie er ihn scherzhaft nannte; nur war ihm nicht nach Scherzen zumute. Er stieg in die Küche, in der Hoffnung, Yarzinth dort vorzufinden, der ihm ein paar Eier in die Pfanne schlagen könnte, mit Milch verrührt. Er traf nur auf große Kakerlaken, die eilig über den Estrich weghuschten. Er trank die gefundene Milch, lau wie sie war.

Gavin verspürte nach der Begegnung mit dem Bretonen kein sonderliches Verlangen mehr, noch bis zum Hafen hinunterzusteigen, um sich einen letzten Überblick zu verschaffen, wer alles ihm morgen mittag mit heruntergelassenem Visier oder offen gegenübertreten mochte. Von den Franzosen wußte er, die Kurie würde zur Stelle sein, in welcher Person auch immer. Dies nicht als gegeben anzunehmen, hieße das Castel gröblich zu unterschätzen. Friedrich, das gesamte Abendland, sie waren ja alle vertreten, reichlich!

Was ihm Sorge machte, war der Orient, und zwar der unsichtbare: Die Assassinen und die Mongolen – und dann war da schließlich auch noch der lokale Herrscher, Kaiser Balduin, zwar schwach im Vergleich zu den anderen Mächten, doch immerhin stark genug, innerhalb der Mauern dieser Stadt seinen Willen durchzusetzen – auch wenn Nicola della Porta dies auf die leichte Schulter nahm. Der Präzeptor beschloß, zum Kallistos-Palast zurückzukehren.

Die baumbestandene Allee, die vom Palast in Serpentinen zu Stadt und Hafen führte, kamen Reiter heraufgesprengt, die eine schwarze Sänfte eskortierten.

Er erkannte gerade noch rechtzeitig, daß es seine eigenen Templer waren, und trat zurück in den Schatten. ›La Grande Maitresse!‹. Er verspürte keine Lust, jetzt auch noch der Großmeisterin Rede und Antwort zu stehen. Der Zug preschte vorbei und entschwand im Dunkel der Nacht.

Suchte man nach ihm? Er begann zögerlich die Treppen hinaufzusteigen, bog aber dann ab und verweilte am Turm des Hephaistos, bis das Schlagwerk die zweite Stunde des Phosphoros verkündet hatte. Jetzt mußte die Luft wieder rein sein!

Yves der Bretone war es nicht gewohnt, daß man ihn warten ließ, doch als er den gebeugten Koch mit seinem verschnürten Hund auf dem Rücken endlich durch das Friedhofsgatter schlüpfen sah, verrauchte sein Zorn. Die Unpünktlichkeit hatte ja auch den Vorteil gezeitigt, daß sein Stelldichein mit dem Glatzköpfigen nicht diesem arroganten, doch sicherlich nicht auf den Kopf gefallenen und sofort alarmierten Templer offenbart ward. Um weiteren unliebsamen Überraschungen aus dem Wege zu gehen, faßte Yves sein Angebot und sein Begehr knapp. Er zog einen Sack aus seinem Rock.

»Das ist Silber«, erläuterte er dem verlegen dreinschauenden Yarzinth, der erst mal den schlafenden Styx behutsam abgelegt hatte. »An was erinnert dich dieser Sack von Silberlingen? – An einen Kinderkopf!« gab sich der Bretone die Antwort selbst. »Zwei weitere, doch diesmal mit purem Gold gefüllt, so schwer, wie du einen mit ausgestrecktem Arm bis zur Achselhöhe aufheben kannst, erhältst du« – Yarzinth starrte ihn mit vor Entsetzen aufgerissenen Augen an; ihm schwante Furchtbares –, »zwei Säcke Gold sind dein, davon können du und dein treuer Hund bis ans

Ende eurer Tage in Frieden leben, wenn du mir morgen die Köpfe der Kinder bringst!«

»Nein!« sagte Yarzinth. »Nein, das kann ich nicht!«

»Liebst du die Kinder mehr als deinen Styx?«

Yarzinth war so konsterniert von dieser Frage, daß ihm der blitzschnelle Griff des Bretonen nach seinem Schwert entging. Plötzlich funkelte die Schneide über Styx, der wehrlos zu seinen Füßen schlummerte.

»So wie ich ihn dir jetzt abstechen könnte«, sagte Yves kalt, »werde ich ihn finden und töten, wo immer du ihn auch versteckst. Mein Eisen sticht schneller, als du dein Moschus zu verspritzen magst!«

Yarzinths Hand rutschte schlaff von dem Flakon ab. Er begriff, daß er keine Wahl hatte. »Müssen es denn ihre Köpfe sein?« stammelte er. »Kann ich sie nicht –?«

»Nein!« zerschnitt ihm Yves die Gedanken an Ersticken im Schlaf, heimliches Erwürgen oder schmerzloses Vergiften. »Ich will die Köpfe – *ihre* Köpfe, keine untergeschobenen, deren Mäuler in der Altstadt keiner vermissen würde. Du bringst sie mir morgen – bevor die Sonne untergeht – in einem Korb!«

»Wohin?« fragte Yarzinth mit gebrochener Stimme. »Hier. Ein Friedhof deucht mich der rechte Ort!«

Yves grinste nicht, nur seine Stimme machte sich lustig über das Grauen, das den Glatzkopf befallen hatte. »Nun nimm den verdienten Lohn, daß du nichts Besseres zu tun hattest, als Yves dem Bretonen das Leben zu retten!« Jetzt mußte er doch lachen, es klang höllisch in des Kochs Ohren.

Styx erwachte und gähnte mit aufgerissenem Rachen, soweit ihm sein Maulkorbstrick das erlaubte. Yarzinth bückte sich, nahm seinen Hund in beide Arme, Yves reichte ihm den Beutel nach, und er entschwand.

Dieser Teufel sollte wenigstens nicht die Genugtuung der Tränen erleben, die ihm jetzt herunterrannen und das Fell von Styx benetzten. So schnell er konnte, lief er mit seiner Last aus dem Friedhof.

Der Bischof schlurfte, eine wollene Stola über den Schultern und in Brokatpantöffelchen, mißmutig durch seinen Palast, als ihm die Torwache meldete, ein junger Tempelritter stehe draußen und wünsche ihn zu sprechen.

»Führt ihn herein!« Er dachte an eine Nachricht von Gavin.

»Nein, Ihr sollt herauskommen!«

Nicola erschrak, ihm fielen plötzlich siedend heiß die von Crean angekündigten Assassinen ein, die sich in jeder Verkleidung Zugang verschafften. Doch der schlanke Ritter mit den mädchenhaften Zügen war sicher kein ismaëlitischer Meuchelmörder.

»Guillem de Gisors«, stellte er sich vor. »Exzellenz, Ihr seid gebeten, mir zu folgen!«

Nicolas Blick wanderte fahrig über die Freitreppe hinunter zum Außenportal seines Palastes. Im flackernden Licht der Fakkeln sah er eine abgesetzte Sänfte, von den ihm vertrauten Templern eskortiert.

»Ich bürge für Eure leibliche Unversehrtheit«, setzte Guillem sanft hinzu, und über seine hübsche Miene glitt ein leichtes Lächeln, gemünzt auf den Aufzug des Bischofs.

Nicola wäre gewiß lieber mit dem schönen Knaben allein zusammengetroffen, und sei's im Nachtgewand; nichtsdestoweniger ließ er sich dessen Arm reichen und stieg die Stufen so würdevoll wie möglich hinab.

Als er an der schwarzen Sänfte anlangte, öffnete sich der Vorhang einen Spalt und ein versiegeltes Schreiben wurde ihm von einer feingliedrigen, schneeweißen Hand herausgereicht. Der Bischof erkannte es sofort. Es war der Brief des Großkhans an den Papst, den Crean im Verein mit Gavin den aus der Mongolei zurückkehrenden Missionaren abgenommen hatte und der eigentlich sicher verwahrt in seiner Schatzkammer ruhen sollte.

»Wie kommt der Brief in Eure Hände?!« sprach er empört den Vorhang an, doch die Antwort kam von dem jungen Ritter.

»Fragt nicht nach den Wegen, sondern hört das Ziel!« Er zog ein Papier aus seinem Rock. »Hier ist die Übersetzung des in persischer Sprache mit arabischen Buchstaben geschriebenen Originals.« Er drückte das Papier dem verdutzten Nicola in die Hand. »Euer junger Freund –«

»Hamo?« entfuhr es dem Bischof erschrocken.

»Der junge Graf von Otranto verfügt über eine wohlklingende Stimme. Er wird diesen Text für alle Welt überraschend verlesen, also ohne jegliche Vorankündigung, bevor Pian del Carpine das Wort ergreifen kann.« Guillem de Gisors war schön, wie ein Engel! »Ihr, Nicola della Porta, werdet dafür sorgen, daß der ›vortragende Bote‹, Euer junger Freund, danach für niemanden mehr habhaft ist. Das gleiche gilt für den geschriebenen Text der Übersetzung!«

Dem Bischof war es, als ob ihm ein Messer ins Herz gestoßen würde. Als er kein Wort herausbrachte, tönte eine Stimme hinter dem Vorhang wie aus einer Gruft: »Schwört!«

Bevor sich Nicola einen Einwand überlegen konnte, zog der junge Ritter sein Schwert. »Kniet nieder!« forderte er ihn auf und hielt ihm die blanke Klinge hin. »Schwört beim Leben des Grafen von Otranto, daß Ihr so verfahren werdet!«

»So sei es!« sagte der Bischof mit zittriger Stimme. Wie schön dieser Jüngling ist, dachte er wiederum, wie der Erzengel mit dem Flammenschwert; und schauderte zugleich wohlig ob der Gefahr für die körperliche Unversehrtheit seines Geliebten. Ὅν οἱ θεοὶ φιλοῦσιν ἀποθνήσκει νέος, und er küßte den kalten Stahl.

»Schweigt über alles!« fügte Guillem hinzu. »Zu jedem!« Er reichte ihm sogar den Arm, als sich der Bischof wieder erhob. »Und jetzt schickt uns den John Turnbull!«

Benommen, unsicher schritt Nicola die Freitreppe wieder hinauf. In der einen Hand das Papier, in der anderen das Schreiben des Guyuk an Innozenz IV.; das Siegel war unversehrt. Oben angelangt, erteilte er den Wachen Order, sofort zum Hafen zu reiten und Hamo, den Sohn der Gräfin, zu holen.

Die Uhr des Hephaistos kündigte die dritte Stunde des Phosphoros an. Ihr Klang drang nur schwach durch die Mauern des Palastes. Stille herrschte in den Hallen; nur aus der Kammer Sigberts tönte ein kräftiges Schnarchen.

So gut und fest wie der Komtur schliefen längst nicht alle in dieser Nacht. Die Gräfin plagten Alpträume. Sie wachte immer wieder schweißgebadet auf und machte sich Vorwürfe, daß sie nicht längst mit den Kindern diese Stadt verlassen hatte. Mal sah sie ihre Triëre, Clarion winkend an Deck, mit geblähten Segeln enteilen, ohne daß sie selbst an Bord war; mal befahl sie den Ruderern in höchster Not, sich in die Riemen zu legen, aber kein Ruder ragte aus den Flanken des Schiffes ...

John Turnbull hatte gar nicht geschlafen. Er versucht gerade, die wirr auf ihn einstürzenden Blasen quälender Unsicherheit, Brocken der Furcht, funkelndes Sterngesplitter der Verheißung unter eine gemeinsame weiche, einschläfernde Decke der Hoffnung zu betten, als Gavin in sein Zimmer trat.

»Was hat sie von mir gewollt?« überfiel er den erschrockenen Alten.

»Nichts!« murrte Turnbull. »Sie hat nicht einmal nach Euch verlangt – *mich* hat sie aus dem Bett holen lassen!«

»Und?« forschte der Präzeptor ärgerlich und trommelte mit den Fingern nervös auf seinem Schwertknauf.

John richtete sich auf. »Ihr Befehlsholz klopfte Mißbilligung, und ihre Stimme erteilte mir Verweis – und das nach allem Einsatz, den ich für die Bergung und die Geborgenheit der Kinder geleistet habe!« Der Alte war tief gekränkt. »›Hängt Ihr noch immer den Hirngespinsten an‹, hat sie gesagt, ›die Ihr vor nunmehr drei Jahren unautorisiert, was Inhalt und Empfänger betraf, als »Großen Plan« leichtsinnigerweise schriftlich abgesondert habt?‹ Ich konnte sie ja nicht sehen, aber die Grande Maitresse spie Gift und Galle. ›Wie konnten wir nur annehmen, Ihr würdet mit dem Alter vernünftig werden?‹ – ›Elia hat das Papier nie erhalten‹, verteidigte ich mich. ›Aber das Castel!‹ rügt sie mich. ›Wir in eigener Person mußten es doch aus dem Archiv entfernen und fanden nur eine Kopie. Wie erklärt Ihr Euch das?‹ Diese Erklärung konnte ich Ihr nun wirklich nicht geben, was sie mir wohl als Verstocktheit ausgelegt hat. ›Bildet Ihr Euch ein‹, fuhr sie mich an, ›unausgegorene Maische ergibt allein durch heftiges Gestampfe einen klaren Wein?‹ – ›Soll ich die Ernte etwa wegschütten?‹ halte ich dagegen. ›Lagern‹, sagt sie, ›in abgedichteten Fässern und schweigen, statt alle Welt zum bacchantischen Fest zu laden.‹ Damit war ich entlassen.«

»Und wie wollt Ihr Euch nun verhalten? Blast Ihr die Vorstellung ab?«

»Ich denke nicht daran!« krächzte Turnbull. »Visier runter und durch! Angriff ist die beste Verteidigung!«

»*Eure* beste Verteidigung!« verbesserte ihn der Templer. »Doch wenn sie fehlschlägt?«

»Ich zähle auf meine Freunde, ich zähle auf Euch, Gavin. Ein Rückzug würde der Ehre – der Ehre der Kinder – jetzt mehr schaden als der Tod!« Turnbull geriet dem nüchternen Präzeptor in eine gefährliche Schwärmerei. »Laßt uns den Kreis um sie schließen und unsere Schwerter ziehen –«

»Zum letzten Gefecht, John, ist es noch zu früh. Die Kinder sind zu jung, sie sollen ihr Leben noch vor sich haben! einem alten *faidit*, wie Ihr es seid, Hasardeur seines Lebens immerdar, mag ein solch stolzes Untergehen mit wehender Fahne wohl erstrebenswert scheinen, den Kindern wünsch' ich es nicht!« So unrecht hatte die ›Grande Maitresse‹ doch wieder nicht, dachte Gavin. »Wenn Ihr, John, die Präsentation der königlichen Kinder für unwiderruflich erachtet, dann laßt doch wenigstens Umsicht walten, so Ihr Vorsicht verschmäht!«

»Ich sag' ja, laßt uns einen undurchdringlichen Ring um sie schließen, sie mit unsern Leibern schützen! Schwört mir das?«

»Das kann ich Euch versprechen!«

»*Baucent à la rescousse!*« rief der Alte grimmig erfreut, »Jetzt laßt mich noch etwas schlafen!«

Yarzinth hatte Styx von seinen Fußfesseln befreit, und der Hund lief an der Kette hinter ihm her, immer noch mit der Kappe aus Strick über dem Kopf, die Hamo ihm geknüpft hatte. Sie ließ sich nicht abstreifen.

Sie waren an der Außenmauer des Kallistos-Palastes angelangt, an der Stelle, wo der Satyr-Brunnen eingelassen war. Yarzinth schaute sich um, ob auch niemand sich auf der einsamen Allee zeigte. Dann stieg er auf den Beckenrand und hielt mit dem Handballen das Wasser auf, das dem Hals der Amphore entströmte. Styx versuchte von dem Naß aus der Muschel zu schlabbern. Yarzinth preßte eine gute Weile, dann begann mit leisem Knirschen das ringende Paar sich zu trennen, der Satyr verschwand im Innern einer Höhle, die sich in der Mauer auftat, während der holde Weingott weiter seine Amphore über die Muschel hielt.

Yarzinth ließ das gestaute Wasser mit einem Schwall fahren, beugte sich zu dem aufgerichteten Styx, zog ihn zu sich hoch und entschwand mit ihm im Dunkeln eines Ganges. Der Satyr schwang zurück in seine streitbare Position, und die Allee lag still da wie zuvor.

Kurz darauf verließ Yarzinth – von den Ställen kommend, ohne Hund – hoch zu Roß den Palast, nachdem er sich ordnungsgemäß bei den Torwachen abgemeldet hatte. Sein Hufschlag hallte laut durch die Nacht. Die Uhr des Hephaistos zeigte mit dumpfem Klang die vierte Stunde des Phosphoros an. Den Nachthimmel über Asia Minor durchzuckte ein fernes Wetterleuchten, wohl weit im Landesinneren. Zu hören war es nicht.

Lorenz von Orta hatte gedacht, mit dem ihm aufgedrängten Galeran auf kürzestem Wege das Freudenhaus aufzusuchen, um die ihm vom Koch beschriebenen ›Assassinen‹ zu finden und mittels seines Zeichenstifts zu fixieren. Doch kamen sie an drei noch ausschenkenden Weinstuben vorbei, und jedesmal mußte er wenigstens einen Schluck aus dem Krug nehmen, den der Herr Bischof von Beirut ansonsten alleine leerte.

Lorenz spürte schon bald die Wirkung und machte sich Sorgen um die Sicherheit seiner Hand und sein ungetrübtes Augenmaß. Doch Galeran war ein Faß ohne Boden. Er hatte Lorenz zwar versprochen, ihm bei seiner ›äußerst gefährlichen Mission, die ismaëlitischen Meuchelmörder zu entlarven‹, mit besten Kräften zu unterstützen, aber als sie den Hof betraten, schien Galeran längst vergessen zu haben, warum er Lorenz hierhin begleiten sollte.

Der kleine Mönch hatte die beiden verdächtigen Priester sofort erspäht, und Galeran hatte es auch noch fertiggebracht, ihn als Maler einzuführen:

»Lorenz von Orta ist der größte lebende Künstler Italiens auf dem Gebiet des Portraitierens menschlicher Antlitze! Erlaubt ihm, mit uns zu sitzen und seine Studien an einem so ausgefallenen Ort unbehelligt zu betreiben!«

Die beiden Nestorianer hatten geschmeichelt genickt, und damit es ihnen nicht auffiel, daß ihre Gesichter das Ziel der Skizzen war, beschrieb Galeran, der zwischen den beiden Platz genommen hatte, eifrig flüsternd die Nasencharakteristika der anderen Männer im Hof:

»Seht Ihr den Langnasigen, Blassen? Stellt Euch sein Pendant vor, das ungeduldig ihm unter dem Kaftan schwillt – oder dort, die Hakennase aus Georgien, sein feuerrotes Schwert wird ihm gleich das Beinklein zerschneiden ...«

Aibeg und Serkis lachten erheitert, während Lorenz' Rötelstift übers Pergament flog. Er nahm Maß aus den Augenwinkeln, doch ihre Blicke folgten in argloser Belustigung den bildhaften Paraphrasen, die Galeran vor ihnen ausbreitete.

»Der Bulgare mit der Knollennase, wann wird ihm die Pluderhose platzen? Oder die beiden Rum-Seldschuken, diese Lastenträger aus Ikonion, kleine hungrige Adlerschnäbel, doch unterm Lendenschurz brüten sie gewaltige Eier ...« Galeran schielte zu dem Mönch hinüber, der mit einem Nicken signalisierte, daß seine Arbeit erledigt sei. »Sie alle«, wandte sich Galeran aufmunternd an die beiden Nestorianer, »sie alle sind vor Euch dran, weswegen ich jetzt –«

»Ihr wißt nicht, was Ihr Euch entgehen laßt«, unterbrach ihn Aibeg freundlich. »Ihr seid unser Gast!« Lorenz hatte sich geschickt verdrückt, wie Galeran mit Schrecken feststellte.

»Verzicht ist Vermeiden des Möglichen, zur Tugend erhoben!« lächelte Galeran zurück und unternahm schwankend den Versuch, auf die Füße zu kommen. »Mich zieht es zum Palast des Lateinischen Bischofs.«

»Und wo ist der zu finden?« fragte Serkis schnell, als er sah, daß der angeheiterte Würdenträger fest entschlossen war, sie zu verlassen.

»Über der Altstadt«, Galeran rülpste, »jedes Kind kennt ihn!«

Mit kleinen tapsigen Schritten, auf seinen Stab gestützt, verließ der Besucher aus der Terra Sancta den Hof. Die beiden Nestorianer grinsten sich verstohlen an und warteten darauf, daß er auf die Nase fiele. Doch Galeran erreichte wohlbehalten den Ausgang und entschwand aus ihrem Blickfeld.

Eine stattliche Frau, die gewiß soviel wog wie die beiden seltsamen Priester zusammen, winkte breitbeinig aus einer weit offenen Tür: Die Reihe war an ihnen.

Guiscard hatte die Wachen auf der Triëre schon am Abend zu verschärfter Aufmerksamkeit angetrieben und die Mannschaft so aufgeteilt, daß nur jeweils eine gut gemischte Gruppe für drei Stunden Landgang bekam; das reichte für ein paar ordentliche Stöße im Hurenhaus oder für ein mittleres Besäufnis. Die wildesten zuerst, das waren vor allem die *moriskos*. Für die letzte Abteilung hatte er sich die ›*pace dei sensi*‹, die Abgeklärten aufgehoben, die weder dem einen noch dem anderen etwas abzugewinnen wußten, was ihnen den Spott der Säufer und Hurenböcke eintrug; ›*pazzi dei sensi*‹, ›die Verrückten‹ wurden sie gehänselt. Doch so ging der Amalfitaner sicher, daß morgen alle einen einigermaßen klaren Kopf hatten.

Ein stetes Ziehen und Stechen in seinem Beinstumpf signalisierte ihm, daß irgendwas in der Luft lag. Er war vorsichtig geworden.

Nachdem die Weiber sich über die Kleiderordnung für den morgigen Tag geeinigt hatten und Clarion zu Bett gegangen war, inspizierte er noch einmal die Triëre. Sie lag so friedlich still, keiner stritt sich, keine Beanstandungen, auch das war ungewöhnlich. Er schwang sein Holzbein über die Reling und hinkte das

Fallreep hinunter, grüßte die beiden Araber, die ihm einen Tee anboten, und strich dann weiter den Kai entlang.

Die Galeere des Präzeptors der Templer lag gleich nebenan. Draußen im Hafenbecken dümpelte die des Großmeisters der Johanniter, weitaus prächtiger und sichtbar auf Abstand bedacht. Es folgte am Kai der unscheinbare ägyptische Rammschoner, der neben dem Banner des Sultans auch den Adler der Deutschen zeigte, und dann das prunkende Schiff des französischen Gesandten mit wehender Oriflamme – nirgendwo war Verdächtiges zu entdecken!

Guiscard beschloß, sich nicht allzu weit von seiner Triëre zu entfernen; auch wollte er nicht in der Altstadt seinen Freigängern über den Weg laufen. Er galt wahrhaftig nicht als Spaßverderber, aber heute war ihm weder nach einem scharfen Ritt unter einer weichbäuchigen Armenierin noch danach, sein drittes Bein zwischen die prallen Arschbacken einer Jungen aus Galizien zu rammeln. Er hatte Hunger auf ein knuspriges Zicklein in Thymian! Dazu einen Roten aus Georgien; der aus Trapezunt war zu teuer, und den Gewächsen von der Krim bekam die Seereise nicht.

Der Amalfitaner schnupperte die sich über offenen Feuern drehenden Spieße, hob die Deckel der Töpfe, steckte seinen Finger prüfend in den Sud von Tiegeln und Pfannen und ließ sich schließlich an einem Tisch nieder, wo nur ein Pärchen mit schweigsamer Miene dünne Gemüsebrühe aus einer gemeinsamen Schüssel löffelte. Sie brachen ihr Brot hinein. Offensichtlich fehlte es ihnen an Geld, sich mehr zu leisten.

Guiscard wollte sich nicht den Appetit verderben lassen. Er bestellte eine ›rosa‹ Hammelkeule mit viel Reis und Paprika und forderte die beiden auf, mit ihm zu teilen. Sie griffen mit Heißhunger zu, der Mann finster und schweigsam, die junge Frau, deren schönes, trauriges Gesicht den Amalfitaner sofort faszinierte, mit dem Versuch, sich in einer ihm fremden Mundart für ihre Not zu entschuldigen. Über ein seltsames Arabisch, mit deutschen und latinesken Brocken durchsetzt, verständigten sie sich doch schließlich, doch auf die Frage, woher sie kämen, schnitt der Mann seiner Frau das Wort ab:

»Wir wollen es nicht sagen, keiner glaubt es –«

»– und es hat uns nur Unglück gebracht!« ergänzte sie bitter.

Guiscard hielt sie für Gitanos, was auch vom Typ her möglich war, obgleich beide schlank und hochgewachsen waren. Jedenfalls orderte er noch zwei Becher und goß ihnen vom Wein ein, was dann ihre Zungen bald lockerte.

»Wir kommen aus den Bergen und mußten um unserer Liebe wegen Dorf und Sippe verlassen«, erklärte ihm die herbe Schöne. »Wir zogen die Küste hinunter –«

»Welche Küste?«

»Die dalmatische. Immer wenn Firouz«, sie zeigte auf ihren Mann, »der Jäger ist und ein guter Schütze, sich hätte als Soldat verdingen können, war für mich kein Bleiben, und das, was man mir in den Hafenstädten anbot, hätte uns wohl beide ernährt, aber unsere Ehre, seine und meine, zerstört.«

Guiscard gab sich Mühe, das junge Weib nicht allzusehr anzustarren, er verstand, wie sehr dieser Mann gerade unter solchen Blicken leiden mußte. Doch ihn beeindruckte der Stolz der Frau, wenn sie von ›ihrer und seiner‹ Ehre sprach, mit dieser rauchigen Stimme voller Melancholie, die Männer verrückt machen mußte nach ihr, und in der sie jetzt, bedächtig nach Worten suchend, fortfuhr:

»Wir ernährten uns lieber von gelegentlichen Tagelöhnerarbeiten auf dem Lande – wir können beide zupacken –, halfen bei der Ernte und flickten Gerätschaften.«

»Ach, Madulain«, unterbrach sie schroff der Mann, »warum erzählst du das alles? Seit dieser William in unser Leben eingegriffen hat, ist nichts mehr in Ordnung zu bringen, unsere Wurzeln sind im Tal der Punt –«

»William?« sagte Guiscard und setzte den Becher ab, den er gerade zum Mund führen wollte.

»Ein Soldat, der besser hätte Priester werden sollen!« sagte der Mann bitter-höhnisch. »Er nahm –«

»Ihr seid Saratz, richtig?« Die beiden nickten, fast erschrocken. »Keine Angst, ich verrat' euch nicht!« Guiscard goß sich und auch ihnen nach. »Ein rotblonder, stämmiger Flame? Er kam aus Otranto? William von Roebruk?«

»Ja«, sagte die schöne blasse Madulain, »so hieß er«, und in ihren Augen glomm ein Glitzern. »Kennt Ihr ihn?«

»Und ob!« sagte Guiscard. »Hätte ich nicht auf unserer Fahrt Ärger mit meinem Bein gekriegt«, er klopfte auf seinen Holzstumpen, »ich wäre mit ihm unter die Lawine gekommen!«

»Und ist er mit Rüesch-Savoign glücklich geworden?« bohrte Firouz nach, plötzlich an der Geschichte interessiert. »Ihre Hochzeit war am Tag, als wir Punt und Saratz verließen ...«

»William verheiratet?« wunderte sich jetzt der Amalfitaner. »Wohl kaum!« Er schüttelte den Kopf. »Er muß gleich nach euch das Weite gesucht haben —«

»Arme Rüesch!« sagte Madulain.

»Recht geschieht ihr!« murmelte Firouz, was ihm einen flammenden Verweis einbrachte.

»Sie liebte ihren William sehr, und«, fauchte sie ihren Firouz an, »wir beide säßen jetzt nicht hier!«

»Was auch besser wär!« knurrte Firouz zurück, griff aber zärtlich nach ihrer Hand.

»Deine Frau hat mal wieder recht«, schnalzte Guiscard gerührt. »Ich bin der Kapitän der Triëre von Otranto«, er ließ sich Zeit und füllte noch mal die Becher nach, womit der Krug leer war, »ich kann Euch beide auf meinem Schiff brauchen! Schlagt ein!«

Die beiden starrten ihn an, eine Träne schimmerte kurz zwischen Madulains Wimpern, doch dann war sie die erste, die ihr Lachen wiederfand. Sie umarmte ihren Mann, bis der sich dann löste, aufstand und sein Glas erhob.

»Wir werden Euch treu dienen, Rais!« sagte er feierlich und trank aus.

Pian del Carpine hatte in der Sommerresidenz die ganze Nacht die von William und Lorenz beschriebenen Pergamente gelesen, als endlich Yarzinth in das Zimmer schlüpfte.

»Ich habe dir kandierte Früchte gebracht«, schmeichelte er,

doch Pian sah kaum auf. So zog er sich aus und streckte seinen nackten Körper wohlig unter dem kalten Laken. »Kommst du nicht?«

»Ich will die Geschichte noch fertig lesen, sie ist so erhebend.«

»Es ist deine ›Ystoria Mongalorum‹«, sagte Yarzinth mit zärtlichem Stolz.

»Ah ja«, antwortete der Missionar, von der Ausmalung seines künftigen Ruhmes weit weggetragen, erst nach geraumer Zeit.

Yarzinth war eingeschlafen. Pian betrachtete seinen Geliebten, seinen ›Wärter‹ – mit dem Abschluß der Arbeiten würde auch dieses Verhältnis ein Ende finden. Er würde den Glatzkopf vermissen.

Pian wandte sich wieder seiner Lektüre zu.

»*Qifa nabki min dhikra habibin / wa mansili bi saqti aluuwa / baina adduchuli fa haumali*. Als ich sah, wie du in unserem Haus das Feuer löschtest – und du weintest, ahnte ich, daß ich dir Schmerz bereitet.«

Die dunkle Stimme von Madulain hatte ihre Zuhörer in den Bann geschlagen. An den offenen Feuerstellen des Hafens, wo in dicken Kupferkesseln aus allerlei Abfällen der nächtlich einlaufenden Fischerflotte die ›Suppe des Meeres‹ zusammengekocht wurde und sich um die glühenden Roste um diese Stunde nicht gerade die feinen Leute auf Holzbänken drückten, war es still geworden.

»*Afatimu mahlan ba'ada hadha / at-tadalluli wa in kunti qad / azma'ti sarmi fa adschmili*. Als ich sah, daß deinem Lieblingskamel, das uns trug, der Sattel aufgelegt war, fürchtete ich, daß du mich verlassen würdest.«

Der rauchige, melancholische Gesang klang weit über den Kai, auf dem sie mit Firouz und Guiscard saß. Sie begleitete sich auf einer kleine Laute.

»*Wa inna schifa'i abratun / muhraqatun fa hal 'inda / rasmin darisin min mu'auwili*. Als ich sah, daß unser Lager, die Stätte unserer Liebe ein Teppich bedeckte, wußte ich, daß du mich verlassen hattest.«

Madulain schlug einen letzten Akkord und lächelte ihren Firouz an.

Als die beiden ihr Bündel geschnürt hatten und sie zusammen zum Schiff gingen, dachte Guiscard daran, was wohl William sagen würde, dieser alte Hurenbock, dieses flämische Schlitzohr! Doch er ließ nichts davon verlauten, daß der Mönch geradezu fester Bestandteil der Mannschaft geworden und auch nicht, daß er zur gleichen Stund' hier in Konstantinopel war.

Beim Betreten der Triëre meldete die Wache, daß der junge Graf den *capitano* gesucht habe, sehr aufgeregt, aber wieder gegangen sei.

»Hamo L'Estrange!« knurrte der Amalfitaner. »Das hat sicher Zeit bis morgen früh!«

Clarion hatte sehr wohl in der Nacht gehört, wie Hamo auf der Triëre aufgetaucht war und nach erregtem Wortwechsel – davon war sie aufgewacht – auch nach ihr gefragt hatte, dann aber das Angebot, die Contessa zu wecken, barsch zurückwies. Für einen Augenblick hatte sie mit dem Gedanken gespielt, den ›kleinen Bruder‹ an ihre Seite zu holen, ihm von ihres Leibes Hitze abzugeben, sein schönes Glied hart – Nein! Stöhnend lenkte sie ihre eigene Hand zwischen die Schenkel und nach wenigen – tausendmal verfluchten Griffen – schob sich das Bild von Creans vernarbtem Körper über ihren zuckenden Schoß.

In der Sonne des Apoll
Konstantinopel, Herbst 1247

Die Uhr des Hephaistos zeigte mit hellem Klang die fünfte Stunde an. Benedikt wachte auf und nötigte den schlaftrunkenen William, mit ihm für sein Seelenheil zu beten.

»... *ora pro nobis peccatoribus, nunc et in hora mortis nostrae. Amen.*«

Als sie die Anrufung Mariae beendet hatten und William wieder seiner Lagerstatt zustrebte, stellten sie fest, daß die Kinder fort waren, ihre Decken waren aber noch warm.

»Sie werden im Pavillon sein!« beruhigte sich William.

Benedikt aber schwante sogleich Unheil. »Man hat sie geraubt!«

»Wer denn?« murmelte William und schlief gleich wieder ein.

Benedikt blieb wach liegen und starrte hinauf zu den runden Öffnungen in der Gewölbedecke – in der Hoffnung, dort den Himmel zu sehen. Es fiel aber nur das indirekte Licht ein, das mit dem Hellerwerden im Morgengrauen den Keller in ein trübes, diffuses Graublau tauchte.

Gavin hatte mit Erleichterung vernommen, daß der hohe Besuch zu nächtlicher Stunde nicht ihm gegolten hatte. Er verspürte keine Lust, sich die Nacht weiter um die Ohren zu schlagen und noch in sein Quartier in der Sommerresidenz zu reiten.

So weckte er Sigbert, der ihm bereitwillig ein Lager in seinem Zimmer bereitete. Doch mit der gleichen Selbstverständlichkeit verfiel der Deutschritter auch wieder in ein kräftiges Schnarchen, das Gavin ein Einschlafen unmöglich machte.

Er erhob sich leise und ritt in der Morgendämmerung aus der Stadt, um sich an die Spitze seiner Templer zu stellen. Mit ihnen im Rücken würde sich alles überstehen lassen, was da auf ihn zukommen sollte.

Nach Passieren der Stadtmauer kamen ihm doch Zweifel. Bei der nächsten Kapelle am Wegesrand stieg er ab und kniete nieder. *»Ave Maria, gratia plena, Dominus tecum, benedicta tu in mulieribus«*, betete er laut, *»et benedictus fructus ventris tui, Jesus.«* Er setzte seinen Helm wieder auf und schwang sich auf sein Pferd. *»Vive Dieu Saint-Amour!«* Das aufgehende Licht versprach einen schönen Tag.

Lorenz von Orta strich wie ein streunender Hund durch die mit Abfällen der Nacht besäten Gassen. Er liebte diese Stunde des ersten orangevioletten Tageslichtes, das auch die Asyle der Armut für kurze Zeit in versöhnliche Pastelltöne tauchte. Wie sehr bedauerte es der kleine Mönch, für solche Farbenpracht keine bunte Kreide zu besitzen, der Rötel allein vermochte die Stimmung nicht wiederzugeben. Dennoch erwog er, das am Straßenrand abgestellte Wägelchen mit dem Zeltdach, als letztes Idyll zu verewigen, bevor er heimkehrte.

»Hallo, schöner Fremder!« gurrte plötzlich eine Stimme, die ihn aus seinen Träumereien riß. Jetzt erst sah er die Frau am Brunnen, die sich Gesicht und Brüste mit kaltem Wasser besprengte.

»I-Inga–?«

»Ingolinde aus Metz!« rief sie sich ihm in Erinnerung.

»O ja«, dämmerte es dem Mönch. »William!«

»Zum Teufel mit William!« schimpfte sie. »Wo steckt diese stramme Zier Eures Ordens?«

»Was kümmert's mich«, log Lorenz und tat einen mißzuverstehenden Schritt in Richtung auf das Hurenwägelchen.

»Pst!« sagte Ingolinde. »Ich kann Euch nicht zu Diensten sein.« Sie kam näher und trocknete ihren Busen mit einem Tuch, daß ihre vollen Brüste vor seiner Nase wippten. »Da drin liegt schon ein leibhaftiger Bischof und schläft ... Nicht, daß Ihr Falsches denkt, der Alte tat mir leid – er wußte nicht wo sein Haupt betten in der fremden Stadt, deren nichtsnutziges Gesindel den Armen auch noch ausgeplündert hat bis aufs Hemd«, plauderte sie munter drauflos.

»Laßt mich einen Blick auf ihn werfen«, bat Lorenz, »vielleicht kann ich –«

Sie lupfte leicht das Zeltleinen. Galeran schlief in den fleckigen Kissen des Lotterbetts seinen Rausch aus.

»Ich nehm' ihn mit und sorge für ihn«, sagte Lorenz nach kurzem Überlegen, »das ist wirklich der Bischof von Beirut.« Wenn die Quellen seiner Fabulierkunst nüchtern so sprudelten wie voll geharzten Weines, dann könnte Galeran gut die ihm, Lorenz, zugedachte Aufgabe bei der Präsentation der Kinder übernehmen, dachte sich schlau der kleine Minorit.

»So sorgt, wenn schon nicht die Kirche, so doch der heilige Franz für die Würde ihrer erlauchten Glieder«, gluckste Ingolinde, und sie weckten den Schlafenden, der sie mit einem Wortschwall wüster Beschimpfungen bedachte.

Lorenz ließ sie über sich ergehen. »Exzellenz«, sagte er freundlich, »der Bischof wird Euch neu einkleiden, kommt nur mit mir!«

Galeran kletterte, immer noch trunken und immer noch recht unsicher auf seinen Beinen, aus der Lasterhöhle. »Hurenweib, liederliche Dirne!« war der Dank, den er für Ingolinde hatte. Die lachte, und Lorenz zog den Zeternden schnell mit sich fort.

Als der Kurier ohne Hamo vom Hafen zurückgekehrt war, machte sich Nicola della Porta auf den Weg zum Pavillon. Er betrat das unterirdische Labyrinth ungern, auch wenn er sich jetzt nicht mehr vor dem Hund fürchten mußte.

Er fand Hamo in voller Kleidung auf dem Teppich schlafend – die Kinder verbrachten die Nacht wohl im Keller bei den Mönchen, jedenfalls waren sie nicht da.

Er weckte den Jungen. Hamo reagierte unwirsch und drehte sich auf die andere Seite. Die Morgensonne schien durch das steinerne Rankenwerk und sprenkelte Boden und Teppich mit hellen Tupfern, ohne daß aber ein Strahl gleißend einfallen konnte. Das Innere des Pavillons war stets, ob bei Vollmond oder greller Mittagssonne, in ein leicht bläuliches Zauberlicht getaucht.

»Hamo«, sagte der Bischof, »ich muß mit dir reden!«

»Laß mich in Ruh'!«

Der Bischof setzte sich auf eines der Kissen und zog das Blatt mit der Übersetzung des Briefes heraus. Das Knistern weckte Hamos Neugier mehr als jede Einladung. Er war hellwach, blinzelte aber nur, um es nicht zu zeigen.

»Diesen Text hier«, sagte der Bischof, »mußt du heute verlesen. Es ist das Transkript eines Schreibens des Großkhans an den Papst in Rom.«

»Ich denke nicht daran«, sagte Hamo deutlich, »vor die Leute zu treten wie ein Herold!«

»Hamo! Ich bitte dich von Herzen, und wenn es das letzte ist, worum ich dich je bitten werde ...«

»Nein!« sagte Hamo, dem es Freude bereitete, Nicola einen Herzenswunsch abschlagen zu können.

»Hamo«, seufzte der Bischof, »es gibt zwei Gründe, weswegen du – und nur du – es auf dich nehmen mußt. Der eine ist, daß du von höchster Stelle bestimmt worden bist –«

»Vom Papst? Der Herr befiehlt, und alle folgen? Ich nicht!«

»Hamo!« mahnte der Bischof.

»Und der andere Grund?« unterbrach der Junge den zu erwartenden Sermon. »Sag ihn mir! Vielleicht überzeugt der mich.«

»Ich wollte nicht in die Situation kommen, es dir zu eröffnen; das steht nur deiner Mutter zu –«

»Was hat die damit zu schaffen?« fragte Hamo ärgerlich und voller Mißtrauen. »Laß sie gefälligst aus dem Spiel, wenn du mich nicht wütend machen willst.«

»Ich möchte von deinem Vater reden.«

»Dem Admiral?« Hamo zeigte kein Interesse. »Den hab' ich nie gekannt.«

»Heinrich von Malta, Graf von Otranto, gilt zwar als dein Vater, doch der Same, aus dem du stammst, ist vom Geschlecht Dschingis-Khans.«

Es herrschte ein langes Schweigen. Hamo hielt die Augen geschlossen, und der Bischof starrte in das filigrane Gitterwerk, das wie eine lichte Kuppel zu ihren Häuptern den Pavillon abschloß.

»Deswegen möchte Guyuk, daß ich sein Schreiben verlese.« Hamo hatte das nicht gefragt, sondern als sichere, schlichte Feststellung gesprochen. »Gut«, sagte er, »ich werde den Auftrag ausführen. Dich aber will ich nicht mehr sehen. Die Geschichte meiner Zeugung möchte ich mir von meiner Mutter erzählen lassen. Geh jetzt, ich will mich bereit machen!«

Der Bischof erhob sich schweigend. Er wußte, er hatte den Jungen für immer verloren. Stumm – δακρυόεν γελάσασα, unter Tränen lächelnd – verließ er den Pavillon.

Die Uhr des Hephaistos schlug mit dunklem Klang die sechste und letzte Stunde des Phosphoros. Venus verblaßte am Morgenhimmel. Die Sonne war aufgegangen.

Gavin Montbard de Bethune, Präzeptor des Ordens der Templer, hatte bei seiner Ankunft in der Sommerresidenz seine Ritter und Sergeanten bereits gerüstet bei den Pferden angetroffen. Er begab sich sofort durch den weitläufigen Park zu dem Nebengebäude, das Pian del Carpine für die lange Zeit seines unfreiwilligen Aufenthaltes als gastliches Quartier diente.

Da niemand auf sein Klopfen antwortete, andererseits er für den sicheren und pünktlichen Kondukt des Missionars die Verantwortung übernommen hatte, trat er leise ein.

Pian war an seinem Arbeitstisch über dem Lesen seiner ›Ystoria Mongalorum‹ eingenickt. Im Bett lag, ebenfalls fest schlafend, der Koch.

Was Gavin indes mehr stutzig machte als die Tatsache an sich, war der pralle Beutel Geldes, der gleich neben dem Lager des Glatzkopfes stand, in Reichweite von dessen ausgestreckt herabhängender Hand. Der Templer stieß mit der Stiefelspitze leicht dagegen, und einige Silberstücke fielen klingelnd auf den Boden. Französische Doublonen!

Pian war von dem Geräusch aufgewacht. Gavin entschuldigte sein Eindringen.

»Ich muß Euch stören, Herr Legat.« Er vermied es taktvoll, den noch immer schlummernden Yarzinth wahrzunehmen. »Es ist Zeit! Heute ist Euer großer Tag, Pian del Carpine!«

Lorenz fand Nicola della Porta und John Turnbull unter dem Hauptportal. Zu seinem Erstaunen erkannte der Alte den Bischof von Beirut sofort und begrüßte ihn überschwenglich. Galeran wurde sogleich ins Bad geleitet, und ein prächtiger Ornat wurde für ihn bereit gelegt.

Die Portraitskizze der beiden ›Assassinen‹ ließ Nicola auf der Stelle von den Wachen an die Tür nageln, und er schärfte ihnen ein, jeden Ankömmling auf auch nur die geringste Ähnlichkeit zu prüfen und gegebenenfalls abzuweisen!

»Vorsicht!« setzte Lorenz hinzu. »Die sind mit dem Dolche schneller zur Hand, als einer zum Schwert greifen mag!«

Turnbull saß neben dem dampfenden Badezuber und redete so verschwörerisch wie eindringlich auf Galeran ein. Diener brachten ›ein kleines Geschenk des Hausherrn‹, einen mit Edelsteinen besetzten Bischofsstab, eine schwere goldene Kette mit einem elfenbeinernen Christus an einem Kreuz aus Ebenholz, was den Kirchenmann aus dem Heiligen Land – »Um alter Bande willen!« – endgültig alle Einwände beiseite wischen und die ihm zugedachte zeremoniale Aufgabe bereitwillig übernehmen ließ.

»Warum so eilig?« Die behandschuhte Faust des Präzeptors hatte in die Zügel gegriffen, als Yarzinth, in Hast ob seiner Verspätung, sich auf ein Pferd schwingen wollte. »Der Bischof muß ein wenig länger warten«, sagte der Templer, »Denn Ihr, Yarzinth, seid nicht nur ein Meister der Kochkunst, sondern, wie ich gehört habe, auch der Kalligraphie. Ihr werdet mir eine Fürbitte niederschreiben, so wie ich sie Euch sage.«

Yarzinth erkannte am Ton, daß jeder Einwand sinnlos war; er hätte es auch am Druck der Faust gespürt, die ihn in das Studierzimmer des Präzeptors führte. Pergament und Schreibzeug lagen bereit. Er tauchte die Feder ein.

»›Maria voller Gnaden, heilige Gottesmutter, Königin des Himmels wie auf Erden‹«, diktierte Gavin bedächtig, so daß der Schreiber ihm folgen konnte, »›Dein Diener Gavin ist bereit, alles, was in seiner bescheidenen Macht steht, die Du ihm verliehen, dafür einzusetzen, auch sein Leben, daß dem königlichen Kinde, Deinem Schoß entsprossen, kein Leid geschieht. Dich, Maria, bitt' ich, nimm Dich seiner an, wenn die Mächte der Finsternis, die Teufel der Hölle, nach ihm greifen. Halte Deine Hand über ihn, dort, wohin die meine nicht reicht. *Per Jesum Christum filium tuum. Amen.*‹«

Yarzinth schrieb schnell und fließend, so überflüssig ihn die Abfassung dieser holprigen Fürbitte ankam; merkwürdige Anwandlungen überfielen den Präzeptor am hellichten Tage! Doch er verbiß sich jede Bemerkung, um nicht noch länger aufgehalten zu werden. Er schrieb ein schwungvolles ›Amen!‹ und reichte dem

Templer das Blatt. Gavin steckte es ein, ohne einen Blick darauf zu werfen, was Yarzinth noch mehr ärgerte.

»Alles hat seinen Lohn«, sagte Gavin und warf dem Koch eine Silbermünze zu. Yarzinth fing sie auf und erkannte sie sofort: eine französische Doublone! Mit hochrotem Kopf – das ärgerte ihn am meisten – schwang er sich auf sein Roß und galoppierte davon.

Der Präzeptor winkte einen seiner Leute zu sich. »Bringt das Papier zum Hafen und gebt es in die Hand von Guillem de Gisors, den Ihr auf dem Schiff des Gesandten des Königs von Frankreich antreffen werdet!«

Guiscard war überhaupt nicht zu Bett gegangen, er wusch sich nur kurz kalt das Gesicht, fettete seinen Stumpf ein und beschloß, den Schlaf nachzuholen, wenn die Herrschaften von Bord waren. Er mochte sich auch jetzt nicht den Kopf zerbrechen, wie er Firouz, der sich schon bei ihm eingefunden hatte, am zweckmäßigsten einsetzen sollte, und befahl ihm, einfach an seiner Seite zu bleiben.

Die Mannschaft derer von Otranto war mittlerweile vollständig an Deck angetreten. Der Amalfitaner sah prüfend zum Himmel und über das Wasser, gerade als die Geleere des Großmeisters der Johanniter mit exaktem Schlag die Ruder eintauchte und mit ärgerlicher Bugwelle den Hafen verließ. Die Schwarzmäntel mit dem schwertförmigen weißen Langkreuz standen Spalier an Deck; sie hatten wohl keinen Bedarf verspürt, mit den Templern bei dieser Veranstaltung zusammenzutreffen. Auch das Zelt der arabischen Kaufleute war verschwunden.

Auf Guiscards Kommando hoben die *lancelotti* ihre Lanzenruder und grüßten die davonziehende Galeere. Da sah er, wie sich aus dem Hintergrund ein päpstlicher Schnellsegler heranschob. Er hatte den unübersehbaren Stander eines Legaten gesetzt und hielt genau auf die Triëre zu ...

XIII
DIE OFFENBARUNG

Aufstellung, Ausfall und Parade
Konstantinopel, Kallistos-Palast, Herbst 1247 (Chronik)

Mich hatte ein übernächtigter Yarzinth geweckt, der sich zur Feier des Tages in ein dunkelgrünes Wams gezwängt hatte, mit goldenen Schnüren über der Brust, zweifarbigen engen Hosen und dem Stemma des Bischofs, ebenfalls in Gold, auf der weiten Toga: zwei sich in den Schwanz beißende Schlangen – hatte ich das nicht schon irgendwo gesehen?

Mit schläfrigem Blick stellte ich fest, daß die Kinder wieder da waren, schon fertig kostümiert in ihrer Mongolentracht, und wie Benedikt sich liebevoll darum kümmerte, daß sie sich nicht mit der warmen Morgenmilch bekleckerten. Ich folgte dem ungeduldigen Koch aus unserem Kellerraum, der uns für lange Wochen als Schreib-, Eß- und Schlafstätte gedient hatte. Nun war es soweit, und ich wußte nicht, ob ich mich freuen sollte.

Oben angekommen, überließ mich Yarzinth mir selbst und verschwand hastig hinter dem schweren Vorhang, der den Saal, den ›Mittelpunkt der Welt‹, von der Bühne trennte. Ich schob den Sammetstoff einen Spalt zur Seite und äugte durch den Schlitz auf den schwarz-weißen Marmorestrich, den man geflutet hatte: ›Aegaeis‹ und ›Propontis‹ standen knöcheltief unter Wasser, was die erste Sitzreihe im gebührenden Abstand vom Proszenium hielt, auf dem ich stand – und später auftreten sollte.

Die Ränge rechts und links, wo die Leute auf den Stufen sitzen mußten, begannen sich zu füllen. Es waren seltsame Gestalten, die sich einfanden. Einige hüpften wie in Trance, die Augen geschlossen, sicheren Schritts von ›Festland‹ zu ›Festland‹, um zu ihrem Platz zu gelangen, andere gestikulierten wild, tanzten singend die Emporen hinab, begleitet vom begeisterten Klatschen ihrer Anhänger. Wie ein Fels in der Brandung stand Yarzinth im Gewühl, wies jedem den ihm zukommenden Fleck zu, ließ sie zusammenrücken oder sich verteilen.

Die starke Mannschaft aus Otranto war eingetoffen, mit ihr Clarion, die sich aber sogleich durch eine Seitentür verdrückte, als sie sah, daß auf den Sesseln der ersten Reihe noch keiner Platz genommen hatte. Yarzinth wies den Leuten von der Triëre die – von mir aus gesehen – linke Seite zu, vor deren Rängen sie Aufstellung nahmen. Mit ihrer Fahne und ihren funkelnden Waffen gaben sie ein beeindruckendes Bild ab, lediglich die riesigen Lanzenruder hatte ihnen Guiscard nicht mitgegeben.

Dann führte Gavin seine kleine Templerstreitmacht herein. Sie imponierten durch die Uniformität ihrer weißen Umhänge mit dem roten Tatzenkreuz; nur das von Gavin war etwas größer. Er stellte sich an den äußersten Rand der ersten Reihe, während seine Ritter die rechte Flanke des Saales einnahmen.

»William, was stehst du hier herum?« scheuchte mich die Stimme des Bischofs auf. »Du solltest dich jetzt ankleiden lassen!«

Ich wurde von seinen Kammerdienern in ein Zimmer hinter der Bühne geführt, wo ich zum erstenmal in meinem Leben mit meinem berühmten Ordensbruder Pian del Carpine zusammentraf. Ich erkannte ihn sofort und er mich auch, und wir lächelten uns etwas gequält zu.

Da die Bediensteten um mich herumsprangen, konnten wir auch kein klärendes Wort zu unserer Situation abgeben. Auch hatte der Missionar andere Interessen: »Sagt Eurem Bischof, ich trete nicht auf, wenn ich nicht vorher den Brief in den Händen habe!«

Jemand beeilte sich, dem Bischof die Drohung mitzuteilen. Statt in das häßliche Schamanengewand wurde ich in eine Robe aus gelbem Seidenbrokat gesteckt, auf die ein reiches Dekor von rotbeigen Velour-Ornamenten, mit Goldfäden durchzogen, appliziert war. Die Ärmelstulpen waren aus blaßvioletter Chinaseide und die hohen Schulterstücke aus türkis-blauem Samt, mit Goldborten verziert. Das Schönste war jedoch meine Kopfbedeckung, eine Haube aus dunkelrotem Filz, die zu beiden Seiten in zwei breite Hörner auslief, von Silberfiligranen in Form gehalten. An den Enden hingen zwei mit Korallen und Bernstein bestückte Röhren, die mich an die kostbaren Thorarollenbehälter gemahnten, wie ich sie bei Rabbinern in der Großen Synagoge von Paris gesehen. Ich fühlte mich wie ein Hoherpriester des Alten Testaments; sollte der Großkhan aller Tataren sich einen eigenen Papst erküren: So wollte ich mich bewerben!

Die Kinder waren inzwischen auch heraufgebracht worden und umtanzten mich wie einen mit Bändern geschmückten Erntebaum; es war wie zu meiner Jugend in Flandern, wenn das ganze Dorf seine Ehre dreinlegte – und viel Schabernack –, die meisten Ringe und Girlanden an einen Stamm zu hängen, ohne daß er einknickte.

Nur Pian betrachtete mich ziemlich fassungslos, zwang sich aber dann ein Grinsen ab, wahrscheinlich war er, als die Hauptperson, als die er sich empfand, neidisch ob meiner und der Kinder Pracht und Würde! Er trug nur die einfache braune Kutte der Minderen Brüder, einzig seine Pilgertasche war wohl ein Geschenk der Mongolen, sie war aus verschiedenen Ledern kunstvoll gesteppt, und ihre Ornamente waren mit Perlen gerandet. Dazu trug er Schuhwerk in der gleichen Machart. Doch auch meine waren kostbare spitze Filzstiefel mit samtgefütterten violetten Stulpen und verbrämtem Fellbesatz. Meine darin steckenden weiten gelben Beinkleider sah man kaum unter dem alles bedeckenden Zeremonialmantel.

Ich trat aus dem Zimmer, um mich dem Bischof zu zeigen, doch der wurde gerade abgelenkt von einer Torwache: Zwei arabische Kaufherren seien eingetroffen, mit kostbaren Geschenken beladen.

»Für die Kinder?« fragte Nicola zerstreut; dann fielen ihm wohl Sicherheitsanweisungen ein, die er selbst erlassen hatte. »Ähneln sie auch nicht –?«

»Die Gaben sind für Euch, Exzellenz!« Das wischte sogleich des Bischofs Bedenken hinweg, zumal die Torwache schwärmerisch hinzufügte: »Sie sind reich wie die Könige aus dem Morgenland und große Herren! Sie lassen Euch –«

»Schon gut«, schnitt Nicola begehrlich ab, »Yarzinth soll die

Sachen in Empfang nehmen und den beiden einen Ehrenplatz zuweisen!«

Auch della Porta hatte inzwischen seinen vollen Ornat angelegt, eine raffinierte Farbkombination in Rottönen, vom leuchtendem Zinnober bis zum ans Violette reichenden Purpur; keinen Schmuck, nur das massive Goldkreuz und seinen berühmten schweren Ring. Ich fand ihn eine glänzende Erscheinung, ein großes Fest stand ihm ins Haus, hohe und höchste Gäste, doch er machte mir einen – bei aller Geschäfigkeit – unglücklichen Eindruck. Manche Menschen finden nie zur Zufriedenheit, weil sie einfach den Hals nicht voll kriegen!

Er riß die Tür eines anderen Zimmers auf, und ich sah einen mir fremden Bischof, sich an seinem Krummstab festhaltend, auf einer Kiste hocken – oder kannte ich ihn doch? Ein Schluckauf richtete kurz sein Gesicht auf, dessen Augen den Weinspecht verrieten – wo hatte ich die Rebennase schon mal getroffen?

Mein Blick wanderte blitzschnell zu den anderen im Raum: Da war Lorenz, der Hamo etwas vordeklamierte; er las es von einem Papier ab, und Hamo versuchte ihm nachzusprechen. Ich versuchte den Wortlaut des Gedichts mitzubekommen, da wurde die Tür wieder zugeschlagen.

Ich schaute mich um. Auf der Bühne war in der Mitte eine Art Altar aufgebaut, zu dem Stufen hinaufführten; das Ganze war mit einem weißen Tuch abgedeckt. Rechts und links standen je zwei Stühle an der Stirnwand. Auf dem einen saß kerzengerade und ebenso schneeweiß wie das Tuch der alte Turnbull. Er regte sich nicht, beachtete mich auch nicht – immerhin war ja meine Erscheinung eines kurzen Aufmerkens wert –; wie erloschen blickten seine Augen auf den Vorhang, durch ihn hindurch, über den Saal, aus dem gedämpft Stimmen und erwartungsvolles Gemurmel drangen. Mir fiel auf, wie weiß auch sein Haar geworden war – eine zerbrechliche Erscheinung, deren Gedanken weit weg von dem Geschehen hier weilten, nicht hörbarer Flügelschlag ziehender Wildgänse hoch oben am milchig-grauen Himmel. Ich zog mich leise zurück.

Durch ein vergittertes Rundfenster fiel mein Blick hinunter auf einen Ausschnitt der Freitreppe und des Hauptportals, die ich ja noch nie zu Gesicht bekommen, da man mich ja sogleich nach unserer Ankunft in den Keller verfrachtet hatte. Mit leichtem Schrecken sah ich päpstliche Soldaten in wohlgeordneter Formation die Stufen hinaufsteigen, feierlich wie eine Prozession. Sie begleiteten wohl einige Mönche, von denen ich von oben aber nur die schwarzen Kapuzen sah.

Aufregung am Portal, zwei seltsam aufgemachte Priester, ein hagerer und ein dicker, versuchten im Gefolge der Mönche mit den Päpstlichen hineinzugelangen, aber die Wachen stießen sie grob zurück, einige zogen sogar ihre Schwerter. Die beiden gestikulierten wild und suchten die Päpstlichen zur Hilfe zu rufen, doch die Soldaten und die Mönche reagierten nicht. Ohne ihnen Beachtung zu schenken, zogen sie, starren Blicks die einen, gebeugten Hauptes die letzteren, an den Unglücklichen vorbei, die sich jetzt auf die Brust schlugen und ihre Kreuze zeigten. Sie wurden weggejagt wie räudige Straßenköter, sogar Steine warfen die Wachen hinter ihnen her.

Doch dann nahmen sie schnell wieder respektvolle Haltung an: Mit wehender Oriflamme rückten die angekündigten Franzosen an und hoch zu Roß der Graf von Joinville. Den erkannte ich sofort, wenn ich ihn auch seit Marseille nicht mehr gesehen, einen so eitlen Pfau – und so strohdumm dazu – kann man nicht vergessen! Dieser Torheit vertraute ich, daß er sich nicht mehr meiner entsinnen würde, sonst hätte er sich womöglich wieder gewundert: ›In geheimer Mission!‹ Haha!!

Ich beeilte mich, wieder an mein Guckloch im Vorhang zum Saal zu gelangen, zumal jetzt die Stirnwand mit blauem Damast abgehangen wurde, gegen den sich das Weiß des Altars vornehm abhob. Zwei Dreifüße wurden *ad latere* postiert, in deren Schalen die Diener eine brennbare Flüssigkeit füllten, auch rechts und links an die Bühnenecken wurden ähnliche Piedestale zur Illumination hingestellt.

Feierlichkeit ergriff mein Herz, doch meine Neugier überwog.

Ich erlaubte mir einen letzten Blick durch den Schlitz im Vorhang, bevor man mich wegjagen würde.

Der Saal war inzwischen gut gefüllt. Die meisten hatten sich gesetzt, um den eroberten Sitzplatz nicht mehr zu verlieren. Unter den Arkaden, mir gegenüber, wo die Treppen vom Untergeschoß herauf mündeten, überboten sich ein päpstlicher Legat und der französische Sonderbotschafter gegenseitig an Courtoisie, um dem anderen den Vortritt zu geben, dabei wollte wohl jeder nur als letzter seinen Einzug halten, wie die Gräfin, die ich gerade am Arm von Sigbert durch eine Seitentür entschwinden sah. Sie würde beide Herren ausstechen, da war ich mir sicher!

Als der Kirchenmann klein beigegeben hatte und die Päpstlichen vor den Franzosen in den Saal strömten, da machte ich zwei Entdeckungen: Ich erkannte den jungen Mönch wieder, der mich in Sutri in Empfang genommen: Fra' Ascelin! Hatte es also der Dominikaner zum Legaten gebracht! Und neben dem Grafen Joinville schritt Guillem de Gisors, der hübsche Tempelritter, den ich als vertrauten Begleiter einer schwarzen Sänfte erinnerte – ›La Grande Maitresse‹! So zeigte sie also ihre Aufmerksamkeit, wenn auch selbst nicht in Erscheinung tretend, und ich war mir plötzlich einer Wichtigkeit bewußt, die ich vorher nicht mit meiner Person verbunden hatte: Nicht nur die Kinder, nein: ›William und die Kinder!‹

»Was ist mit meinem Brief?« zeterte hinter mir Pian del Carpine so laut, daß es auch der geschäftig umhereilende Bischof hören mußte.

»Mäßigt Eure Stimme!« zischte er Pian zu. »Ihr werdet ihn hier und heute in Händen halten.«

Fra' Ascelin nahm zusammen mit einem Mitbruder auf der rechten Seite Platz, die anderen Mönche setzten sich in die Reihen dahinter. Der Bannerträger stellte sich neben ihn, und die päpstlichen Soldaten drängten auf der Flanke. Die Templer rührten sich nicht vom Fleck, bis Gavin sie nach vorne zur Bühne abrücken ließ. Der französische Gesandte nahm seinen Platz in der Mitte der ersten Reihe ein, an seiner Seite Guillem de Gisors, der Gavin mit einer knappen Beugung und mit hochrotem Kopf begrüßte. Es war dem jungen Ritter sichtlich unangenehm, so herausgehoben zu sitzen, während der Präzeptor stand. Die Soldaten des Königs von Frankreich, waren den Päpstlichen gegenüber postiert, neben den Otrantern. Vor den Plätzen, die für die Gräfin reserviert waren, auf der linken Seite, hatten sich die muselmanischen Kaufleute im Schneidersitz auf dem Marmorboden niedergelassen, und einige kleine, kostbar beschlagene Truhen, edelsteinbesetzte Räuchergefäße und güldene Schalen mit wohlriechenden Essenzen vor sich aufgebaut. Danach ging der Marmor ins Wasser über, dessen Fläche den festlichen Saal und seine erlauchten Besucher spiegelte.

Nun trat auch die Gräfin ein, von Clarion begleitet und von Sigbert als ihrem Ritter beschützt. Die beiden Frauen genossen ihren Auftritt, ihre feinen Roben waren in äußerst raffinierter Einfachheit gehalten, um den Juwelen und Perlen nichts an Glanz zu stehlen, außerdem unterstrichen sie so die immer noch hinreißend schlanke Gestalt der Gräfin und die überbordende Prosperitas ihrer Ziehtochter. Die Zofen traten zum Kontrast als schlichte Nonnen in einem warmen Beige auf – bis auf eine. Mir fielen die Augen aus dem Kopf, fast wäre ich durch den Schlitz in den Saal gefallen, das konnte nur ein Trugbild sein: Das Antlitz der Zofe trug die Züge von Madulain!

Ich glotzte und glotzte, während das Traumwesen, meine Prinzessin der Saratz, anmutig den Platz hinter den Damen einnahm, als wäre es das Selbstverständlichste auf der Welt!

»William!« riß mich die Mahnung Yarzinths aus meinen verwirrten Träumen. »Der Bischof hat sich bereits in den Saal begeben.« Der Koch trug jetzt eine Perücke und einen Heroldstab in der Hand und scheuchte mich hinter die damastenen Quinten, wo schon Lorenz und der fremde Bischof – jetzt fiel mir sein Name wieder ein: Galeran von Beirut – sowie Pian del Carpine und in der Ecke auch die aufgeregten Kinder mit Hamo bereit standen.

Der Sohn der Gräfin war nun ebenfalls als Mongole ausstaffiert, ein strenges Kriegergewand, aber gut geschnitten, mit Stehkragen und pelzbesetzten hohen Stiefeln, auf dem Haupt ein kunstvoll geschmiedeter Helm mit einer langen Spitze. Er wirkte dadurch viel größer und sah aus, als hätte er sein Leben lang nichts anderes getragen. Sein Gesicht war sehr ernst.

Obgleich ich mich nun eigentlich hätte zurückhalten sollen, suchte und fand ich auch jetzt ein kleines Loch, durch das ich in den Saal würde blinzeln können, wenn der Hauptvorhang erst einmal aufgezogen wäre. Doch daran war erst mal gar nicht zu denken, denn Hamo drückte mir die Kinder in die Hand, die sich eng an mich drückten, und das erste, was mir Yeza anvertraute, war, daß sie jetzt sofort Pipi machen müßte. Ich warf Yarzinth einen verzweifelten Blick zu und schob sie in das leere Zimmer; Roç war mir am Rockschoß gefolgt. Ich hielt sie mitten im Raum ab, gab acht, daß sie mich nicht naßspritzte.

Pian schaute durch die Tür. »Tüchtige Chalcha-Frau!« griente er. »Dir fehlen nur noch die langen Flechten in den Zopfetuis – aber du kannst sie dir ja noch wachsen lassen!« Ich verstand nicht, was er meinte, offensichtlich spielte er auf meine großartigen Widderhörner an, die er mir als Frauending madig zu machen suchte!

Ich zerrte die Kinder hinaus, und wir nahmen wieder hinter dem blauen Damast Aufstellung. Jetzt wurden die Feuer in den Schalen entzündet: Sie warfen ein phosphoreszierendes Licht an Decke und Wände, und der tuchbedeckte Altar leuchtete magisch auf. Yarzinth trat vor, er stieß dreimal seinen Stab auf den Boden, und langsam glitt der schwere Samtvorhang nach beiden Seiten.

»Der oberste Priester der katholischen Kirche zu Konstantinopel, Erzdiakon der ›Göttlichen Weisheit‹, begrüßt seine erlauchten Gäste!« Er ließ den Angesprochenen Zeit, dem Bischof, der zwischen Ascelin und Joinville Platz genommen hatte, ihre Reverenz anzudeuten. »Wir feiern jetzt die Heilige Messe!«

Er trat zurück, dafür sah ich Galeran vortreten, gefolgt von Lorenz, der ihm zur Hand gehen würde. Die Menschen erhoben sich, die Damen und die Frömmsten fielen auf die Knie.

»Κύριε, Κύριε, Κύριε ἐλέισον!« intonierte ein für mich ebenfalls nicht sichtbarer Knabenchor über unseren Köpfen. Wahrscheinlich hatten die Lieblinge Nicolas auf der Empore Aufstellung genommen. »Χρίστε ελέισον!« antwortete die dunkle Stimme Galerans, der kein Weingenuß mehr anzumerken war. Leider konnte ich ihn bei seinem Offizium nicht beobachten, so sehr ich auch schielte. »Κύριε, Κύριε, Κύριε ἐλέισον!« antworteten die Knaben, und ich dachte, daß eigenlich eine gar stattliche Versammlung sich hier mir zu Ehren eingefunden hatte; denn wer im ›Mittelpunkt der Welt‹, weder im Saal noch hinter der Bühne, konnte wohl so viele Fäden feinsten Gespinst auf sich vereinen wie ich? Durch wen wurden hier so viele Schicksale verknüpft? Gut, die Kinder waren wohl der Antrieb, auch das Interesse, doch ohne mich, wo wären sie? Ich empfand es als richtig und gerecht nach soviel Entbehrungen und Nöten, dann bald vor das staunende Publikum gerufen zu werden: ›William – und die Kinder!‹

»*Gloria in excelsis Deo*«, gab Galeran als *praecantor* vor, und die Knaben antworteten glockenhell: »*Et in terra pax hominibus bonae voluntatis!*« Die Kinder würden heute ›überhöht‹ werden, wie sich der alte John Turnbull ausgedrückt hatte, er saß immer noch steif auf seinem Stuhl, wahrscheinlich konnte ihn nur der linke Teil des Saales sehen, und sicher machte der Alte einen Eindruck von großer Würde und Weisheit, ›Ἅγια Σοφία‹, doch beschlichen mich Zweifel, ob alles so anstandslos über die Bühne gehen würde, wenn er dann zur weihevollen ›chymischen Hochzeit‹ schreiten würde? Wie mochten die Päpstlichen reagieren?

»*Sanctus, sanctus, sanctus*«, tönte die sonore Stimme des Galeran. Es war ein kluger Schachzug gewesen, diesen Bischof hineinzuziehen, zweifelsfrei ausgewiesen als ›einer aus dem Heiligen Lande‹ – so hatte es weniger den Anstrich eines hausgemachten byzantinischen Komplottes, falls die Römer uns das vorwerfen wollten. »*Dominus Deus Sabaoth!*«

Ich blinzelte durch mein Loch. Vorn kniete Clarion, und ihre Augen hingen an dem jungen Templer, ihre feurigen Blicke umschwirrten ihn wie tausend Hummeln die Blüte. Verwirrt bog er sein Knie, als könne er so in Demut der Sünde leichter widerstehen – dabei begab er sich auf gleicher Höhe mit der Versucherin erst recht in Gefahr. Als hätte der Graf sein Schutzbedürfnis oder das Unziemliche verspürt, trat er beiläufig zwischen die beiden.

Diese Rochade gab mir plötzlich den Blick frei auf zwei kalt brennende Augen; verschwommen drang das ›Hosianna‹ des Chores zu mir durch. Diese Augen gehörten dem Mann, der, im blauen Rock des Königs, mit Goldlilien übersät, hinter dem Gesandten stand. Das war der Mann, der uns im Nebel der Camargue begegnet war, der drei Sergeanten erschlagen hatte und den der Profoß auf seinem Karren ... die Erschlagenen lagen bleich und mit gespaltenen Schädeln ... das war Yves der Bretone!

Ich sah Gespenster! Fra' Ascelin, Madulain, Gisors! Doch diesmal fuhr mir ein Schrecken in die Knochen, als hätten sich Gräber aufgetan, der Saal voller Gerippe meiner Vergangenheit, die ihre Knochenhände nach mir ausstreckten. Ich zitterte am ganzen Leibe, kalter Schweiß brach mir aus, auf Stirn, Rücken an den Händen.

»*Agnus Dei, qui tollis peccata mundi:*«

»*Dona nobis pacem!*« antwortete der Chorus.

Jetzt müßte, so war es mir von der Generalprobe bedrohlich in Erinnerung, denn mein eigener Auftritt wurde dadurch eingeleitet, Bruder Lorenz von Orta – der Zusatz ›Legat Seiner Heiligkeit‹ mochte mir nicht mehr über die Lippen kommen, seit im Saal einer saß, der sich diesen Rang sicher nicht schmälern lassen würde –, Lorenz müßte jetzt den heimkehrenden Mongolen-Missionar Pian del Carpine ankündigen! Wo bleibt er nur?!

Auch John Turnbull rutschte unruhig auf seinem Stuhl, reckte sich fragend vor; leichte Unruhe im Saal. Da trat Yarzinth feierlich an die Rampe, stieß dreimal seinen Heroldsstab auf und verkündete:

»Eine Botschaft des Großkhans Guyuk!«

Als ich mich umdrehte, sah ich, wie Hamo plötzlich aus dem Nichts vortrat. In seiner Kostümierung war er für niemanden zu erkennen, der ihn nicht zumindest so gut kannte wie ich. Ich sah Pian erbleichen und Turnbull erstarren. Hamo, eine Rolle Pergament in der Hand, wartete, bis im Saal Mäuschenstille herrschte:

»›Durch die Kraft des ewigen Himmels, des ozeangleichen Khans des mächtigen, großen Volkes der Mongolen, hier Unser Befehl:‹« Wenn seine Stimme erst noch belegt klang, sprach Hamo jetzt fest und sehr männlich. »›Dies ist eine Weisung, an den großen Papst gesandt; er möge sie zur Kenntnis nehmen und begreifen. Dieses Schreiben wurde beraten, und die Bitte um Unterwerfung wurde von seiten Eurer Gesandten gehört. Wenn Ihr entsprechend Eurem Wort vorgeht, so kommt: Du, der große Papst, und die Könige alle persönlich, um Uns zu huldigen. Dann werden Wir auch die Weisungen, die es gibt, vernehmen lassen. Weiter habt Ihr gesagt, für mich werde in der Annahme der Taufe ein Vorteil liegen. Du hast es mir mitgeteilt und eine entsprechende Aufforderung geschickt. Dies Dein Gesuch habe ich nicht verstanden. Und wenn Du weiterhin sagst: ›Ich bin Christ, ich verehre Gott‹, wie willst du wissen, wen Gott freispricht und zu wessen Gunsten er sein Mitleid ausübt? Wie willst Du das wissen, daß Du eine solche Ansicht äußerst? Durch die Kraft Gottes sind Uns alle Reiche vom Sonnenaufgang zum Untergang übergeben worden, und Wir besitzen sie. Wie könnte jemand, außer auf Gottes Befehl, etwas vollbringen? Jetzt aber müßt Ihr mit aufrichtigem Herzen sagen: Wir wollen gehorsam sein, wir stellen auch unsere Kraft zur Verfügung. Du persönlich an der Spitze der Könige, Ihr alle zusammen, sollt kommen, um Uns zu huldigen und Dienst zu leisten. Dann wollen Wir Eure Unterwerfung zur Kenntnis nehmen. Wenn Ihr aber Gottes Befehl nicht annehmt und Unserem Befehl zuwiderhandelt, werden Wir erkennen, daß Ihr Unsere Feinde seid.‹«

O großer Gott, schoß es mir durch den Kopf, wie kann man nur so die Stimmung verderben! Pian ist mit dieser Publikation eines offiziellen Briefes an seinen Herrn Innozenz völlig bloßgestellt! Wie soll er seinen Hals aus dieser Schlinge ziehen? Und Turnbull mit seiner Vorstellung der Kinder als ›Friedensboten‹ macht sich geradezu lächerlich! Wer hat sich nur diesen infamen ›Schritt in die Öffentlichkeit‹ ausgedacht? Ich mußte gleich Hamo zur Rede stellen!

Der hatte inzwischen mit folgender Floskel geendet: »›Das ist es, was Wir Euch kundtun. Wenn Ihr dem zuwiderhandelt, was sollen Wir dann wissen, was geschieht? Das weiß nur Gott.‹«

Betroffenes Schweigen im Saal, dann brach, ausgehend von den Päpstlichen und den Franzosen, ein Tumult los. Ich sah, wie Yarzinth den jungen Grafen hinter den Damast zerrte und dann ungerührt vortrat, mit dem Pergament in der Hand, das er entrollte: »›Geschrieben am Ende der Dschumada im Jahre 644 nach der Hedschra!‹ Das gilt den Muslimen unter unseren Gästen«, verkündete er launig, und der Aufstand im Saal legte sich etwas. »Für die Christen datiert das Schreiben auf Anfang November Anno Domini 1246!« Und ehe sich jemand versah, hatte Yarzinth seine Hand mit der Rolle über das Feuer einer der Schalen gehalten. Es flammte kurz auf und zerfiel sofort zu Asche.

»Mein Brief!« Pian stürzte verzweifelt hinzu, und mit einer raschen Bewegung, die niemand nachvollziehen konnte, hielt Yarzinth plötzlich ein Schreiben in der Hand, das er mit einer lässigen Verbeugung dem Missionar in die Hand drückte. Pian drehte und wendete es: Es trug das Siegel des Guyuk, und das Siegel war unversehrt.

Ich war hinter den Damast gesprungen, um mir Hamo zu greifen, doch dort war niemand, dabei hatte ich beide Seiten im Auge gehabt, und keiner konnte den Platz verlassen haben! Ich eilte zurück zu den Kindern, die den ganzen Rummel sichtlich genossen und eigentlich nur wünschten, sich endlich in ihren Mongolenkleidern zeigen zu dürfen. Ich mußte sie regelrecht zurückhalten.

»Ich kann auch eine Geschichte von einem großen König erzählen, wie Hamo!« drängelte Roç.

»Und der war gar nicht dran!« stellte Yeza fest, die sich die Programmfolge genau gemerkt hatte. »Jetzt ist alles durcheinander! Typisch Hamo!« ärgerte sie sich.

Ich zerbrach mir den Kopf, wie der junge Graf bloß verschwunden war. Yarzinth war doch ein Hexer!

Lorenz trat vor und versuchte die Situation zu retten, doch zu allem Überfluß kam ihm Yarzinth zuvor und kündigte ihn an: »Lorenz von Orta vom Orden der Minderen Brüder des heiligen Franz von Assisi« – er wird doch nicht, betete ich und schloß die Augen, doch eiskalt fuhr dieser Herold des Teufels fort: »Legat seiner Heiligkeit des Papstes Innozenz!«

Ein Schlag ins Gesicht des Dominikaners unten im Saal, nur daß ich dessen Reaktion nicht sehen konnte, denn ich hatte alle Hände voll zu tun, die nach vorn zur Rampe strebenden Kinder festzuhalten. Doch im Saal kehrte Ruhe ein, ein eisiges Schweigen allerdings.

»Der ozeangleiche Herrscher«, plauderte Lorenz launig und hatte gleich ein paar Lacher auf seiner Seite, die aber sofort wieder erstarben, »der die Kraft Gottes für sich und sein Volk so anmaßend beansprucht«, jetzt klatschten sogar etliche, »hat zwei Gesichter, ein grausames, das wir alle kennen, von dem die Ungarn ein Lied singen können, und das mußte er uns wohl erst mal als drohende Grimasse zeigen.« Jetzt schienen die Leute im Saal interessiert, war jetzt das Eis gebrochen? »Doch es gibt noch ein anderes, das fürchtet Gott und ist sich der Superiorität der Mongolen gar nicht so sicher; denn der Khan weiß sehr wohl um die spirituelle Macht des Heiligen Vaters, um das Gottesgnadentum eines gesalbten Königs von Frankreich, und dieses andere Gesicht des Khans ist von Tränen erfüllt, er rauft sich verzweifelt den Bart und schlägt sich reumütig auf die Brust.« An Lorenz war ein Moritatensänger erster Güte verlorengegangen, er kostete selbst die Pausen aus, in denen seine Phantasie schnell den Faden weiterspann. »Als der Missionar des Heiligen Vaters, der Bruder Pian del Carpine, sah, wie verstockt der Herrscher aller Tataren war, trat er vor ihn und sagte: ›Ich werde deinen Brief an mich nehmen, aber ich werde ihn der ganzen Christenheit zu Gehör bringen, und Gott wird dich strafen!‹« Stille zeigte die erreichte Spannung im Saal, und Lorenz bewies die Nerven und die Meisterschaft, genau an diesem Punkt abzubrechen; mir blieb die Spucke weg. »Aus dem Munde des großen und weisen Missionars selbst werdet Ihr jetzt hören, was er sagte«, und damit räumte er das Feld, und Pian stürzte auf die Bühne. Er war so erregt und zornig, daß ich nicht zu hoffen wagte, er könnte den Ball auffangen, den ihm Lorenz zugeworfen.

»Gott straft dich, er straft dich durch mich«, rief er mit lauter Stimme, als stünde der Khan vor ihm, »und ich strafe dich durch den Entzug der königlichen Kinder, die dir mein Herr, der Papst unter der Obhut des Bruders William von Roebruk gesandt und die du so sehnlich erwartest, denn sie sind das Heil der Welt, das versöhnende höchste Blut, die Garanten des Friedens, dessen du so dringend bedarfst. Diese Kinder werden dir nicht übergeben, du wirst sie nicht erhalten, bis daß du öffentlich Abbitte getan für diesen Brief!« Pian hielt ihn triumphierend hoch und leistete sich nun auch eine komödiantische Extravaganz, die ich ihm nicht zugetraut hätte. »›Wie kannst du es wagen‹«, schnaufte er mit veränderter Stimme, »›so zu Uns zu sprechen! Den Kopf werden Wir dir vor deine schmutzigen Füße legen! Wachen! Reicht Uns das Henkersschwert!‹« Pian spielte die Szene dem hingerissenen Publikum vor. »Da sagte ich: ›Großmächtiger Khan! Schneide du mir den Kopf ab, zerschneidest du auch den letzten seidenen Faden, an dem deine Möglichkeit hängt, die königlichen Kinder doch noch – nach getaner Buße und Abbitte, wohlgemerkt – eines Tages heimzuführen, in deine Arme schließen zu können. Und vergiß eines nicht: Die Kinder wachsen. Verlierst du zuviel kostbare Zeit, werden sie eines Tages als die Friedenskönige dieser Welt, des Orients wie des Okzidents, dich aus deiner Macht stoßen. Ein Wink mit dem kleinen Finger reicht!‹ Da umarmte mich der große Khan, beschenkte mich reich und versprach, in sich zu gehen. Ich aber kehrte heim, holte meinen Bruder William und die Kinder aus ihrem Versteck – und hier sind sie«, beschloß er emphatisch seine Ballade: »William von Roebruk und die Kinder des Gral!«

Da war das Wort gefallen! Pian schaute stolz in die Runde, und ich nahm Roç an die Rechte und Yeza an die Linke, und wir stürmten auf die Bühne.

Ohrenbetäubender Beifall begrüßte uns, prasselte orkanartig auf Pian, den glänzenden Schauspieler, und auf meine Wenigkeit nieder. Die Leute waren aufgesprungen, sie schrien vor Wonne und Ergriffenheit, doch ihr größtes Entzücken galt den Kindern, die sich an den Händen hielten und lächelten. Die Leute gerieten in Ekstase, Pian und ich traten bescheiden zurück, die Ovationen für Roç und Yeza wollten kein Ende nehmen, da raffte sich aus dem Hintergrund der alte John Turnbull aus seiner Erstarrung auf. Die ›Vorstellung‹ drohte ihm aus den Händen zu gleiten, er drängte sich vor, ruderte mit den Armen, worauf tatsächlich etwas Ruhe eintrat. Er war eine würdige Erscheinung mit seinem schlohweißen Haar und in dem weißen Gewand.

»Die Kinder des Gral«, hob er an mit krächzender Stimme, da brüllte einer auf wie ein angestochener Stier, einer der schwarzen Dominikaner hinter Fra' Ascelin: »Fälschung!« schrie er, sprang auf, wollte sein Kruzifix beschwörend hochreißen. »Ketzerische Fälschung –« Das Wort wurde ihm gurgelnd im Munde abgewürgt, er fiel zurück auf seinen Stuhl, als habe ihn der Teufel ins Genick gepackt, doch es reichte mir, ihn sofort zu erkennen, eh' die Kapuze ihm wieder in sein Wolfsgesicht fiel: Vitus von Viterbo! Endlich wußte ich, auf was ich gewartet hatte!

Turnbulls ungeschickte Intervention genügte auch, um den Mönch neben Ascelin: »Verrat, Verrat! Ergreift sie!« kreischen zu lassen. Die Franzosen, die gar nicht gemeint waren, rannten los, gerieten an die von Otranto, die sich auch ohne Befehl schützend vor die Kinder schoben. Noch wurde nicht blank gezogen, doch die Verwirrung reichte aus, die vorstürmenden Päpstlichen nicht durchkommen zu lassen. »Verrat, Verrat!« riefen auch die Esoteriker.

Ich griff die beiden, die das Chaos zu ihren Füßen betrachteten, immer noch lächelnd, wie ihnen geheißen, zerrte sie in den Hintergrund der Bühne, hinter den blauen Samtvorhang.

»Stehengeblieben!« fauchte mich völlig überraschend dort Yarzinth an. Ich wollte schon mit bloßen Fäusten auf ihn losgehen, im Saal schrillte die Stimme der Gräfin: »Otranti, alla riscossa!«, da tat sich der Boden auf. Wir rutschten die Schräge mehr, als daß wir fielen, glitten in eine blanke Kupferrinne.

»Uiih!« quietschte Yeza. »Da ist was los!«

Die Kinder eng an mich gepreßt, sausten wir in Kurven in die Tiefe der Keller, bis wir durch ein vorher nie bemerktes Loch in der Wand – ich hatte es immer für ein Fenster gehalten – von oben unsanft auf die Betten in dem Verlies plumpsten, wo immer noch Benedikt hockte.

»Hamo wartet im Pavillon!« rief er uns zu.

Ich bildete mir ein, schon das Getrampel der Verfolger auf den Treppen zu hören, die Schläge ihrer Schwertknäufe an der Tür.

»Das hätten wir vorher wissen sollen!« rief Roç begeistert.

»Wer konnte wissen, daß Vitus –«, versuchte ich ihm die gefährliche Lage zu erklären.

»Ich mein' die herrliche Rutsche!«

Ich schob ihn in die Öffnung des Ganges und Yeza hinterher.

»Lauft, lauft!« schnaufte ich. »Hamo soll euch aufs Schiff bringen!«

»Wir sind die Mäuse!« sang Yeza, und sie rannten los.

Ich umarmte Benedikt, der hinzugesprungen war, ich mußte das Opfer bringen, mein dicker Körper war dazu prädestiniert. Einmal in meinem Leben sollte er einen Wert haben!

Jetzt näherte sich der Tumult der Tür, lange würde sie nicht standhalten. Ich nahm Anlauf und knallte mich wie einen Pfropfen in die trichterförmige Öffnung!

Ich spürte wie mein Fleisch sich quetschte, mein Brustkorb zusammengedrückt wurde. Ich vernahm noch das Krachen, mit dem die Tür aufgebrochen wurde; es war, als schnaube mir der heißfeuchte Atem des Häschers ins Genick. Mein letztes Stündlein hatte geschlagen.

William, kam es mir, du stirbst als Held: Die Kinder sind gerettet!

Die Prophezeiung schoß mir in den Sinn, die mir am Fuße des Montségur der sterbende Baske anvertraut hatte: War ich nicht ein braver ›Hüter‹? Bis zuletzt! Mein Leben für die Kinder des Gral! Nimm mich, Schnitter Tod. »Maria, in Deine Hände empfehle ich meinen Geist – erbarme Dich meiner!« flüsterte ich.

Sie läßt mich nicht lebend in die Hände des Vitus fallen, dachte ich dankbar und fühlte kaum noch, wie mir erst keuchend der Atem, dann die Sinne schwanden ...

Das Spiel des Asha
Konstantinopel, Kallistos-Palast, Herbst 1247

Lorenz von Orta war der einzige, der sich noch einen Blick bewahrt hatte für die schwarz-weißen Quadrate, auf denen das Spiel ausgetragen wurde. Gewiß, es tobte ein Tumult im Saal des ›Mittelpunkts der Welt‹, doch für den kleinen Minoriten, der von allen unbeachtet hinter einem Vorhang von der Bühne herab das Getümmel übersah, war es nichts anderes als das alte Spiel auf Erden, die ewige Auseinandersetzung zwischen den Mächten des Lichts und der Finsternis. Mit flinken Augen erfaßte er die den Beteiligten so verworrene Lage.

Zu seinen Füßen vorn links das Dreieck derer von Otranto. Es reichte mit seiner Breitseite von der Mitte der Ränge bis zur Hälfte der Bühne. An der äußersten Spitze stand wie ein Turm Sigbert, der die Gräfin und Clarion mit sich gezogen hatte.

Die Franzosen, ursprünglich ihnen nachstehend vor den linken Rängen aufgereiht, waren undiszipliniert diagonal zur Bühne vorgeprescht, die nur noch auf der rechten Seite offen war. Sie zu erklimmen hatten sie nicht gewagt.

Damit hatten sie auf der einen Flankenseite die Otranter, auf der anderen die Templer, die immer noch vor den vorderen Rängen rechts wie eine Mauer verharrten. Ihr Präzeptor, nur einen Schritt vorgetreten, schloß ihre Reihe zum Saal hin ab.

Die Päpstlichen versuchten, an den Templern vorbei, ebenfalls zur Bühne vorzustoßen, fanden aber den Weg von den schnelleren Franzosen versperrt. Auch fehlte ihnen ein Anführer im Felde, denn ihre Befehlshaber waren zurückgeblieben und hatten sich um den Legaten geschart.

Das war die Lage, wie sie sich Lorenz darbot. Er warf noch

einen Blick auf die vorderste Sitzreihe. Es saß keiner mehr, außer dem Bischof. Zu dessen Rechten die Vertreter der Kurie um Fra' Ascelin, die sichtbar auf Abstand zu Nicola hielten; zu seiner Linken trippelte empört der Graf von Joinville, sekundiert von dem jungen Gisors; in seinem Rücken: Yves der Bretone. Die Stühle der Gräfin und ihrer Damen waren geräumt.

Dahinter die jeweiligen Bediensteten – und auf den Rängen wogte die Masse der sonstigen Gäste. Sie drängte, teils aus Neugier, nach vorn, immer wieder traten und schubsten welche ins Wasser, daß es aufspritzte; sie fielen auch hin. Nur einige wenige versuchten furchtsam, den Ausgang zu erreichen. Der größte Teil hatte die Stufen der Ränge besetzt, disputierte lautstark oder tuschelnd in kleinen Grüppchen. Einzelgänger sahen ihre Stunde gekommen; sie tanzten ekstatisch auf den Treppen, nachdem ihnen der Zugang zur Bühne verwehrt war, bemüht, mit Schreien und Geheul dennoch die Aufmerksamkeit auf sich zu ziehen.

Die Templer standen immer noch unerschütterlich wie eine Mauer. Ihre Langschwerter vor sich aufgepflanzt, betrachteten sie stoisch das Gewühl, da von ihrem Präzeptor kein Befehl kam. Gavin Montbard de Bethune hatte die Augen geschlossen, sein Kinn auf den Schwertknauf gestützt.

Der höchst irritierte Gesandte Frankreichs ließ es zu, daß Yves auf einen Stuhl sprang und die Franzosen zurückrief. Dadurch wurden die Päpstlichen vollends zerstreut, und die von Otranto riegelten die Bühne nun restlos ab.

Da durch das Geschrei immer noch die geifernde Stimme des Simon von Saint-Quentin drang: »Faßt sie! Laßt sie nicht entkommen!«, zogen jetzt doch die falschen Dominikaner um Vitus ihre unter den Kutten verborgenen Schwerter.

»Macht Platz dem Inquisitor!« donnerte der Viterbese und zerrte seine Bewacher zum Angriff auf die Bühne, worauf der ganze Saal aufschrie, jeder fürchtete, wenn nicht um sein Leben, so doch zumindest die Inquisition! Die Gäste versuchten in Panik den Ausgang zu erreichen.

»Keiner verläßt den Saal!« schrillte Simon.

Fra' Ascelin bedrängte den Bischof. »Als Legat Seiner Heiligkeit verlange ich –«

Nicola hatte nichts mehr zu verlieren. »Solange ich Herr dieses Hauses –«

»Ihr seid abgesetzt!« schrie Simon dazwischen.

»Ich verlange Durchsuchung des Palastes!« schob Ascelin ihn unwirsch zur Seite.

»Fühlt Euch wie zu Hause!« lachte der Bischof und ließ ihn stehen.

Sigbert stand mit gezücktem Schwert vor der Gräfin und Clarion, und alle machten einen großen Bogen um den hünenhaften Deutschritter, der das Kommando über die von Otranto übernommen hatte. Auf den Rängen gestikulierten und sangen Priester und Mönche der unterschiedlichsten Konfessionen. Ein Derwisch tanzte, viele weinten.

»Laßt uns durch!« sagte Gavin zu Sigbert. »Ich übernehme den Schutz unserer Freunde auf der Bühne.« Der Templer schob auch den Bischof hoch, bevor seine Mannen durch die Gasse hinaufstiegen, die ihnen die Otranter bereitwillig räumten.

Nicht so den nachdrängenden Dominikanern. Vor dem mächtigen Deutschritter hatte sich Simon aufgebaut und zeterte: »Ich exkommuniziere Euch alle, wenn Ihr den Inquisitor nicht durchlaßt!«, was ihm nur dröhnendes Gelächter einbrachte; von denen aus Otranto war jeder bewaffnet, und sie warteten nur darauf, auf die Päpstlichen einschlagen zu dürfen.

Doch Sigbert verhielt sich genauso besonnen wie auf der anderen Seite Gavin – und der verhielt sich neutral. Es war der Bischof, der die Spannung löste, indem er Vitus mit verächtlicher Geste den Weg freigab, das Haus zu durchsuchen.

Wütend über die verlorene Zeit stürmte der Viterbese mit seinen Dominikanern wortlos am Bischof vorbei.

»Yarzinth!« rief Nicola. »Weise dem Herrn den Weg in den Keller!« Doch der als Zeremonienmeister verkleidete Koch war verschwunden.

Da der Legat und Simon am Fuß der Bühne zurückgeblieben

waren, nahm Vitus die Gelegenheit wahr, sich von einem der ihn begleitenden Schlüsselsoldaten mit einem Schwerthieb die Handkette durchschlagen zu lassen. Die Enden der Kette ungestüm schlenkernd, rannte er als erster die Kellertreppe hinunter.

Das Spiel des Asha verlagerte sich mehr und mehr auf die Bühne und verlor in Ermangelung der schwarz-weißen Felder für den leidenschaftslosen Beobachter Lorenz seinen Reiz. Es löste sich auf in totaler Konfusion. Es würde keine Entscheidung geben, keinen Sieger, nur Besiegte! Die Lichten mit dunklen Flecken beschmutzt, die Mächte der Finsternis nicht erhellt!

Joinville hatte inzwischen genügend Franzosen um die Oriflamme geschart und ließ sich von ihnen zum Ausgang schieben; er zitterte am ganzen Körper. Lorenz schloß sich ihm unauffällig an, waren sie doch von der gemeinsamen Reise hierher miteinander vertraut. Er nahm den Gesandten einfach beim Arm, und kein Päpstlicher traute sich, ihn am Verlassen des Saales zu hindern, obgleich hinter ihnen die sich überschlagende Stimme des Simon zu hören war: »Haltet den falschen Minoriten! Laßt ihn nicht entkommen!«

In dem Getümmel waren nur die beiden arabischen Kaufleute ruhig auf ihren Kissen sitzen geblieben, als ging sie der Aufruhr nichts an. Sie hatten lediglich ihre Schatztruhen, Weihrauchpfannen und Amphoren vorsorglich an sich gezogen, als die Soldateska um sie hin und her wogte. Sie sahen sich an und lächelten.

Die Gräfin war nervös. »Die Kinder?« flüsterte sie ängstlich Sigbert zu.

»Die sind längst im Pavillon«, suchte Clarion sie zu beruhigen.

»Oder bereits auf dem Schiff!« begütigte der Ritter. »Hamo wird sie in Sicherheit gebracht haben.«

»Laßt uns gehen!« drängte Laurence. »Ich brauche Gewißheit – und die Planken der Triere unter meinen Füßen!«

»Ruhig Blut!« grummelte Sigbert. »Zieht jetzt keine Aufmerksamkeit auf Euch. Sobald die Gelegenheit sich ergibt, bringe ich Euch zum Hafen!«

Die Templer unter Gavin hielten den weitaus größten Teil der

Bühne abgeriegelt. Sie hatten Turnbull, Galeran und Pian dem unmittelbaren Zugriff der Päpstlichen entzogen, indem sie sich als undurchdringliche Mauer vor ihnen aufgebaut hatten.

»Wir haben ihn!« ertönten Rufe dumpf und diffus aus dem Keller. »Wir haben den Richtigen gefunden, den Betrüger gefangen!«, und die verbliebenen Gäste, die päpstlichen Soldaten drängten jetzt wieder vor zur Bühne, wo ihnen sofort die von Otranto entgegentraten.

»Keine Gewalt!« rief Sigbert mit dröhnender Stimme den Seinen zu. »Laßt uns sehen, was der Herr Inquisitor ans Tageslicht bringt!«

Mit Gelächter löste sich die Spannung, aber alle, die ausgeharrt hatten – in Neugier – in Furcht – aus Devotion, und das waren die meisten –, sie schoben und schubsten nach vorn, um so dicht wie möglich am Ort des Geschehens zu sein.

Im Hades
Konstantinopel, Herbst 1247

Hamo steuerte das schwankende Boot fahrig zwischen den Säulen hindurch. Es schlingerte heftig, er war dieses Staken mit einer einzelnen Stange nicht gewohnt und schrammte immer wieder an Säulen entlang, die wie hundert widrige Hindernisse vor ihm aus dem dunklen Wasser wuchsen.

Die Kinder hockten vorne im Bug und rührten sich nicht. Sie hatten keine Angst, sondern wollten Hamo ›nicht noch verrückter machen‹.

Mit einem vernünftigen Paar Ruder hätte er den unterirdischen Säulenwald längst hinter sich gebracht! Dazu kam diese unheimliche Stille, in der jeder aus den Gewölben fallende Tropfen ihn zusammenfahren ließ. Hielt sich noch jemand anderes in der Zisterne auf, versteckte sich hinter der nächsten Säule, glitt pfeilschnell aus einer Seitengasse oder folgte abwartend ihrer Spur? Jedes Umschauen brachte ihn vom Kurs ab; er war sich sowieso schon nicht mehr ganz sicher, ob er nicht die Richtung verloren hatte, im Zickzack, im Kreise herumstakte? Eine Säule war wie die andere, ihr Abstand war gleich, und ein Ende des Sees, gar der einzige Ausgang, waren nicht in Sicht – oder hatte er ihn bereits verfehlt?

Hamo schwor sich, jetzt einfach geradeaus zu halten, irgendwann mußte er ja an eine Wand stoßen, an der er sich dann mit dem Boot entlangtasten könnte. Der junge Graf fühlte sich elend schlapp und angespannt zugleich.

Roç und Yeza hatten es ihm auch nicht leichter gemacht. Er spürte die Verantwortung wie einen Alp im Nacken, auf der Brust, überall! Sein Druck wollte ihm die Luft nehmen. Diesmal waren es keine hergenommenen Waisenkinder – und Guiscard war auch nicht da!

Hamo hatte die Kinder immer wieder zur Eile antreiben müssen, denn sie erwarteten, daß William ihnen nachkommen würde, sie drehten sich immer wieder nach ihm um. Mühsam, bemüht seine eigene Angst nicht zu zeigen, hatte er sie überreden können, den Pavillon zu verlassen, aus dem sie unbedingt ihre liebsten Spielsachen, Dolch, Bogen und Pfeile, mitschleppen mußten.

In der unterirdischen Zisterne angelangt, hatte er sie in das bereitliegende Boot verfrachtet, doch Yeza bestand darauf, erst noch ein anderes zu finden, das für William bestimmt sein sollte, wenn er gleich dort einträfe. Also war Hamo durch das Riesengewölbe gestakt, um zwischen den Hunderten von Säulen ein weiteres Gefährt aufzutreiben, dabei wollte er diesen Ort so schnell wie möglich verlassen, wußte er doch, daß viele geheime Gänge dort mündeten, und jederzeit konnten aus einem auch die Verfolger auftauchen.

Sie entdeckten schließlich ein halbversunkenes Schifflein, schleppten es zum Steg, wo sie es festbanden. Aufs Wasserausschöpfen hatte er sich dann nicht mehr eingelassen, sondern sich hastig auf den Weg gemacht. Mochten die Kinder schmollen. Ihn, Hamo – ausgerechnet ihn, der mit den ganzen Machenschaften seiner Mutter und ihrer Freunde nichts zu schaffen haben wollte, der nach der Lawine einfach davongelaufen war, dem der ›Große Plan‹ zum Hals raushing – ihn hatten die Kinder mal wieder eingeholt, und er konnte sie nicht sitzenlassen. Er mußte da durch!

Und als habe ihn die große Unbekannte, die Macht des Schicksals, gerade jetzt in seiner Not erhört, sah er plötzlich vor sich die ins Wasser führende Treppe des Dammes, der die Zisterne abschloß. Mit einem letzten Stoß landete er das Boot an.

Roç und Yeza sprangen auf und gleich hinüber auf die Stufen. Sie erinnerten sich an den Weg, den sie bei ihrer Ankunft gekommen waren. Ehe Hamo die Stange weglegen konnte, waren sie schon auf der Mauer.

»Das Gatter ist offen!« schrie Yeza begeistert und stürmte auf der anderen Seite hinunter. Roç, der immer seinen Bogen erst mal ordentlich schultern mußte, folgte ihr, doch kurz darauf, Hamo hatte gerade das Boot an dem Poller festgebunden, erschien Roç kreideweiß wieder auf der Dammkrone.

»Die Tür«, sagte er leise, »sie hat gewackelt – und wir sind nicht auf die Schwelle getreten –«, fügte er gleich hinzu, »als wolle sie zuklappen!«

Hamo nahm die Ruderstange wieder auf, Roç legte einen Pfeil auf seinen Bogen, und sie eilten sich, Yeza zu folgen.

Sie stand in der Mitte der Kammer an der Kupferröhre und wirkte verstört. »Für mich ist hier jemand!« sagte sie.

Da fiel krachend hinter ihnen das eiserne Tor zu. Die beiden mit Stahlspitzen besetzten Flügel waren wie von einer unsichtbaren Hand in Bewegung gesetzt worden. Wie sich jetzt zeigte, waren die Stacheln so angeordnet, daß nicht einmal eine Katze hätte ihren Leib retten können – sie wäre durchbohrt und aufgespießt worden, von beiden Seiten!

»Ich wette«, sagte Roç in die Stille des Schreckens, »die vorne ist auch zu!«

»Laßt uns lieber wieder zum Boot gehen.« Hamo zitterte wie Espenlaub. »Ich fürchte mich hier.«

Doch Yeza war schon zum Gatter zurückgelaufen, ganz dicht heran traute sie sich nicht. Es sah zu gefährlich aus, die Spitzen starrten sie an wie böse Augen, aber sie hatte schon genug gesehen.

»Die kriegt man nicht mehr auf!« verkündete sie sachverständig. »Wir sind eingesperrt.«

Sie ging langsam zurück zu den anderen, die sich um die falsche Säule geschart hatten, als würde ausgerechnet die Kupferröhre ihnen Schutz geben. Keiner sagte etwas, und jeder hoffte, daß die vordere Gittertür, die zur Kloake, also in die Freiheit, führte, von allein den Weg freigeben würde. Ihre klingengespickten Flügel lehnten erwartungsvoll an der Wand, sie schienen nur darauf zu warten, wie eine Spinne am Rand ihres Netzes, daß jemand ahnungslos oder von blinder Angst getrieben die tödliche Schwelle berührte.

Das Ruderholz, das Hamo mitgenommen hatte, war viel zu lang für den niedrigen Raum, es stieß an die Decke und entglitt seiner Hand. Im Fallen schlug es an die freihängende Röhre und erzeugte einen laut dröhnenden Ton, der, vom Echo mehrfach gebrochen, seltsam beruhigend nachhallte.

Hamo griff das Holz und schlug noch mal auf die Röhre und noch mal, bis die ganze Kammer von dem Getöse erfüllt war. Er prügelte in wilder Verzweiflung auf sie ein. Die Kinder waren zurückgetreten, um dem Holz nicht in die Quere zu geraten. Es splitterte und zerbrach in zwei Stücke, und mit dem verebbenden Gedröhn fielen ihre Blicke durch das vordere Gitterwerk auf die dahinterliegende Treppe. An den Hosenbeinen erkannten sie ihn sogleich: Es war Yarzinth, und an seiner Seite tänzelte Styx.

Zwei, drei weitere Schritte lang, die Stufen hinab – und die Stiefel ließen sich Zeit, eine Ewigkeit –, keimte bei den Eingeschlossenen die Hoffnung, nun habe ihre Not ein Ende, die Rettung ist da! Als aber sein nackter Oberkörper ins Bild kam, mit Silberreifen an den muskulösen Armen und seltsamen Tätowierungen und in der Hand den gewaltigen Scimitar, seinen messerscharfen Krummsäbel, da drang die blutige Bedrohung so rasch in die Kammer, wie die Sonne durch die Wolken bricht.

Des Kochs Blick war glasig, er war wie verwandelt, wie aus

einer anderen Welt. Er trug ein rotes Band um seine kahle Stirn, doch nichts von einem kühnen Piraten haftete ihm an. Er war der Henker! Der Henker, der schon hinter dem Kopfloch im Pavillon der menschlichen Irrungen auf den armen Benedikt gelauert, sie des Nachts umschlichen hatte.

Yarzinth griff durch das Gatter und betrat lautlos, wie es seine Art war, den Raum. Styx ging in Wartestellung, bis sein Herr die Tür wieder hinter sich geschlossen hatte.

Hamo hielt es nicht aus. Er hob sein zerbrochenes Holz, denn er hatte keine Waffe, und stürmte vorwärts.

»Willst du uns hier ertränken? Uns umbringen?«

Er holte aus, doch Yarzinth parierte den ungelenken Schlag und trat ihm gleichzeitig gegen den Leib, daß Hamo hintüber stürzte.

»Geht mir aus dem Weg, Hamo«, sagte er ruhig, »mit Euch habe ich nichts zu schaffen.«

Yeza und Roç, die bei der Säule zurückgeblieben waren, schauten sich an. Roç' Blick war voller Trauer, er kämpfte mit den Tränen, doch seinen Bogen mit dem aufgelegten Pfeil hielt er immer noch in den zusammengepreßten Fäusten, nur daß sie zitterten. Yeza lächelte ihm Mut zu.

Hamo rappelte sich wieder auf, warf einen Blick zurück auf die Kinder. »Da mußt du erst mich töten!« schrie er den Koch an und schlug überraschend nach dessen Beinen. Yarzinth wich aus, Styx fletschte knurrend die Zähne.

»Zwingt mich nicht!« zischte Yarzinth gereizt, doch schon stieß Hamo wieder zu. Yarzinth ließ ihn ins Leere laufen – die Kinder schrien gellend auf –, er hob seinen Säbel und schlug dem jungen Grafen den Knauf auf Ohr und Schläfe. Hamo flog wie ein nasser Sack zu Boden, das Holz in die Ecke.

Der Koch verschwendete keinen Blick an den Bewußtlosen. Er bewegte sich langsam auf die Kinder zu.

»Warum willst du uns ans Leben?« rief Roç ihn mit kläglicher Stimme an. Yeza sagte kein Wort, ihre grünen Augen waren zwei Schlitze, aus denen ihm ihre kalte Wut entgegenblitzte.

»Kniet nieder und schließt die Augen«, sagte Yarzinth mit der sanften Stimme, mit der er sie immer zu Bett geschickt hatte.

Roç gehorchte, er beugte das Knie, bis es den Stein berührte, senkte seinen Bogen, schloß die Augen und bot dem Herankommenden seinen Nacken dar. Yeza fixierte ihn ohne auch nur die geringste Demutsgebärde. Ihr Blick irritierte ihn derart, daß er noch mal zu ihr rüberschaute, obgleich er den Scimitar schon erhoben hatte.

Da hob Roç den Bogen hoch und ließ den Pfeil von der Sehne schnellen. Er drang Yarzinth von unten genau ins rechte Auge. Der Koch brüllte auf, lauter als ein Stier im brennenden Stall, taumelte zurück, schrie seinen Hund an: »Faß, faß!«, während er selbst immer noch Schritt für Schritt rückwärts in den vorderen Teil der Kammer torkelte.

Die Kinder hielten den Atem an. Doch kurz vor dem aufgerissenem Rachen des Gatters hielt Yarzinth inne und lachte roh über sich und seine Opfer! Es klang schaurig. Dunkles Blut rann aus dem Auge, der Pfeil war ihm nicht bis ins Gehirn gedrungen. Er riß ihn raus samt dem Augapfel, was Styx endlich in Bewegung setzte; er zerbiß die Pfeilspitze und schlabberte die gallertartige Masse. Der Koch sah es nicht.

»Faß sie, faß!« schrie er seinem Hund zu und fingerte im Gürtel nach seinem Moschus-Flakon.

»Styx!« rief da Yeza mit ihrer hellen Stimme, sie lispelte immer, wenn sie sich aufregte. »Komm, lieber Styx!« Und der Hund sprang freudig bellend in die Richtung, aus der die vertraute Stimme gekommen war. Sie legte ihren Arm um seinen wulstigen Nacken, und der Hund wedelte mit dem Schwanz.

Das war zu viel für Yarzinth. Er stieß einen markerschütternden Schrei aus. »Styx!« Doch der rührte sich nicht vom Fleck.

»Styx!« schrie der Koch noch mal, in einer furchtbaren Mischung aus zutiefst verletzter Liebe und abgrundtiefem Haß. Er schwenkte seinen Säbel: Gespaltene Schädel würden ihren Zweck auch erfüllen – ja, von den frechen Hälsen würde er sie ihnen schlagen!

Röchelnd, schwankend tappte er auf die Kinder zu. Roç war in der Aufregung der nächste Pfeil zu Boden gefallen, er wagte es nicht mehr, sich zu bücken. Yeza sprang vor ihn hin; sie hatte ihren Dolch gezogen und hielt ihn sichtbar in der Faust, genau das Gegenteil von dem, was Guiscard ihr eingebläut hatte. Die steile Zornesfalte der Staufer erschien auf ihrer Stirn. Sie schritt auf Yarzinth zu, der erstaunt stehenblieb. Wollte sie mit dem Messer gegen seine Klinge antreten?

Dann sah er seinen Hund, der hinter dem Mädchen hertrottete. Böse leuchtete des Kochs verbliebenes rotes Fischauge auf. Er entstöpselte das Flakon ...

Yeza kam immer näher, sie hielt den Dolch vor sich, von sich, als wolle sie ihn loswerden.

»Komm«, flüsterte Yarzinth einschmeichelnd. »Komm, gib mir den Dolch!«

Yeza hob den Arm, als würde sie sich zieren, sie brachte die Waffe hinter ihren Kopf, sie spürte den Stahl durch ihr Haar hindurch.

»Da hast du ihn!« sagte sie und schleuderte die Klinge gegen Yarzinth.

Sie flog nicht schnell, doch sich wirbelnd überschlagend; er konnte sie nicht fangen, ihr aber auch nicht ausweichen. Das Moschuselixier ergoß sich über seine nackte Brust.

Ehe sich noch der Duft ausbreiten konnte, schoß Styx durch die Luft. Sein Aufprall warf Yarzinth mit Macht zurück in das Gitterwerk. Styx hing an seiner Kehle – doch da knallten schon die Kieferladen des stählernen Gebisses zusammen. Die Dornen nagelten Hund und Herrn zusammen, mit einem Geräusch, das Yeza zum erstenmal die Augen schließen ließ, so daß sie die aus dem Fleisch ragenden Stacheln und das Spritzen, dann Rinnen des Bluts gar nicht mehr wahrnahm. Und dann war es still.

Und in die Stille hinein vernahm Roç als erster das knirschende Geräusch. In seinem blinden Tötungsrausch hatte Styx die Kette gestreift und sie nahezu gänzlich aus ihrer Halterung gerissen. Die war im Boden eingelassen, gerade gleich weit entfernt von Roç an der Säule und Yeza vor dem Gatter. Sie starrten beide auf den Haken, der sich vor ihren Augen langsam aufbog.

Yeza trat zur Seite, und die Kette peitschte durch die Luft, schlug klirrend an das Eisengitter. Die Rolle quietschte kurz auf, und das eichene Schleusentor stürzte dumpf in den einzigen Auslaß des Dammes auf der anderen Seite des Gatters mit den Toten in den Dornen. Das leise Plätschern in der Rinne erstarb. Das Wasser trat schnell über den Rand und ergriff mit sich ausbreitenden Lachen Besitz von dem steinernen Boden der Kammer.

»Oh, Styx!« sagte Yeza. »Das hab ich nicht gewollt!«

Sie hatte sich, seitdem das Gatter vor ihren Augen zugeschlagen war, nicht mehr nach den aufgespießten Körpern umgedreht und vermied es auch jetzt. Nur Roç starrte immer noch gebannt auf das Tor, in dem Yarzinth und sein Hund wie ein Leib zusammengepreßt hingen. Er konnte seinen Blick nicht losreißen von dem Bild, aber näher rangehen mochte er auch nicht.

»Wir müssen Hamo wecken!« sagte er. Er nahm das abgesplitterte Teil des Ruderholzes und schlug damit an die Kupferröhre. Yeza schöpfte mit beiden Handflächen Wasser aus der Rinne, ging zu dem immer noch am Boden Liegenden. Sie träufelte ihm das Wasser ins Genick. Er bewegte sich stöhnend.

»Ich dachte schon, du bist auch tot«, sagte sie laut. »Wir werden jetzt ertrinken. Und Ertrinken ist gefährlich«, setzte sie ernsthaft hinzu.

Das Wasser hatte sich jetzt schon fingerhoch ausgebreitet und auch Hamo erreicht. Er stützte sich auf, schüttelte den Kopf, er hatte eine blutige Beule.

»Steh auf, Hamo«, sagte Yeza. »Wir ertrinken!«

Roç schlug wie wild auf die Röhre ein. Ihr Klang war aber nicht mehr das hallende Dröhnen, sondern ein dumpfes Hämmern wie aus der Tiefe. Das Wasser hatte ihren unteren Rand erreicht und stieg.

Die Rochade
Konstantinopel, Kallistos-Palast, Herbst 1247 (Chronik)

Ich kam erst wieder zu mir, als sie mich wie eine abgestochene Sau die Kellertreppe hochschleiften. Zwei schwarze Mönche hielten mich an den Armen; die meine Beine gefaßt hatten, konnte ich nicht sehen, denn mein Kopf hing runter, schlug an etliche Stufenkanten, wenn ihn nicht gerade der Absatz eines Stiefels hochschleuderte – von ›zu mir kommen‹ konnte somit eigentlich nicht die Rede sein. Ich blutete wie ein Schwein. Vitus' Knechte mußten mich mit aller Gewalt aus den Widerhaken des Trichters gerissen haben, ich kannte ja die Messer, die sich unweigerlich ins Fleisch schnitten und bohrten. Vitus hatte nicht viel Federlesens gemacht mit mir dickem Pfropf, schon aus Wut darüber, daß ich ihm so den Fluchtweg der Kinder anzeigte, als es längst zu spät war, ihnen zu folgen.

Als wir endlich oben ankamen, was ich nur noch dankbar vermerkte, weil mein armer Hinterkopf nicht mehr Stoß für Stoß die Stufen zählen mußte – meine schöne Kopfbedeckung, die ihn sicher geschützt hätte, war in den Dornen der Öffnung hängengeblieben –, wischte eine braune Kutte zwischen all den schwarzen über mich hinweg. Benedikt! Sie hatten auch den Polen mitgeschleppt.

Mein Fleisch brannte wie Feuer, mein Schädel dröhnte wie eine Kesselpauke, auf die eine Schlacht lang eingeschlagen wurde, ich wünschte mir nur, sie würden mich endlich fallen lassen, liegenlassen, damit ich in Frieden ausbluten konnte, mich hinüberretten in die Wolken, in denen die Schmerzen mit den Sinnen schwinden. Doch statt dessen richteten mich grobe Hände auf, hielten mich wie eine blutige Wurst hoch, in die tausend Gabeln gestochen hatten. Vor meinen Augen stieß Vitus den Benedikt mehr, als daß er ihn schob, auf die Bühne, wohin man schon Pian befohlen hatte. Ich sah die erst schweigend erregte, dann johlende Meute am Fuß der Bühne, alles im Saal drängte jetzt nach vorn. Mit verzerrtem Gesicht schubste Vitus den Benedikt an die Seite des Missionars, riß ihm den Arm hoch, als wolle er einen Faustkämpfer zum Sieger erklären.

»Dies ist der wahre Begleiter des Pian del Carpine!« brüllte er triumphierend. »Nicht William«, er zeigte röchelnd auf mich schwankenden Sülzbeutel, »sondern Benedikt von Polen hat in Wahrheit –« Ich hörte sein Geschrei nicht mehr, mir wurde immer schwindeliger.

»*Huwa sadiq al-mubassir!*« Ich sah, wie die beiden arabischen Kaufleute wie Katzen auf die Bühne sprangen, im Sprung beiden Dolche aus den Händen wuchsen und die Schneide des einen sich in Benedikts Brust senkte, einmal, zweimal, dreimal – und dann blitzte auch mir schon das Eisen, es traf mich irgendwo an der Schulter, denn mit fletschendem Wolfsrachen hatte sich Vitus auf meinen Aggressor gestürzt – ein Schrei gellte:

»Assassinen!«

Benedikt stürzte, sich vergeblich an Pian klammernd, zu Boden. Sein Mörder, es war der Jüngere der beiden, sprang mit einem Satz durch das kleine Fenster, das auf das Vordach des Einganges führte. Doch mein Angreifer konnte sich nicht retten. Vitus hatte ihm das lose Ende seiner Handkette von hinten um die Gurgel geworfen, und mit dem Griff des geübten Henkers würgte er ihn – die Klinge fiel scheppernd aus der erschlaffenden Hand des freundlichen älteren Arabers.

Erst als die kräftigen Pranken der Templer dem Viterbesen sein Opfer entrissen, konnte der leblose Körper zu Boden sinken, neben Benedikt, der schon tot und steif dalag.

Ich hatte den Stich als Wohltat empfunden, als Befreiungsstoß. Endlich ließen mich auch meine schwarzen Mönche fahren, um sich in Sicherheit zu bringen. Ich sackte in mich zusammen, ich ruhte – und wurde auch steif und starr. Der Tod kam nun sicherlich auch zu mir, doch warum arbeitete mein Gehirn noch immer so aufmerksam? Ich konnte längst keinen Muskel mehr rühren, selbst meine Augäpfel gefroren wie zu Eis, sie sahen noch, aber ich konnte sie nicht mehr drehen – meine Ohren hörten noch scharf und fein jedes Geräusch.

Der Saal kochte nun endlich über wie Milch, die man vergessen hatte vom Feuer zu nehmen. Ich sah zwischen den Beinen der mich Umstehenden, wie Sigbert die von Otranto um die Gräfin und Clarion scharte, auch Madulain war dabei – nie würde ich meiner Prinzessin mehr in die schönen Augen schauen. Ich sah, wie sie mit erhobener Fahne aus dem Saal zogen, mich einfach hier liegenließen, aber ich konnte sie ja nicht rufen; gern hätte ich ihnen vor dem Absterben auch meines Hirnes Grüße an die Kinder aufgetragen, ihnen gesagt, daß ihr William auch vom Himmel aus sie behüten und beschützen wolle, daß er sie von ganzem Herzen liebe!

Jetzt hatten auch Vitus und Simon den Abgang der Otranter bemerkt.

»Ihr dürft sie nicht fliehen lassen!« heulte der Viterbese auf.

»Wollt Ihr sie aufhalten?« höhnte Simon. »Auch sie mit bloßen Händen?«

»Sie können ja nicht entkommen«, beschwichtigte Fra' Ascelin die Streithähne, »unser Schiff –!«

Sein Blick aus dem Fenster hinunter zum Goldenen Horn zeigte ihm den päpstlichen Schnellsegler, der gerade mit geblähtem Tuch den Hafen verließ.

»Halt! Halt!« brüllte Vitus, als sollte seine Stimme bis zu den Hafenbehörden dringen. »Jemand muß –«

Vitus brachte nur noch ein Röcheln hervor. Gleich wird er einen Herzschlag erleiden, dachte ich, dann ist auch er tot. Er war an das Fenster gesprungen. Jetzt stürzt er sich hinaus, freute ich mich, aber er lehnte nur stöhnend in der Öffnung und starrte dem davonsegelnden Schiff nach.

»Wie konnte der Kapitän ... ich bringe ihn um!« Er schüttelte die Fäuste, daß die losen Kettenenden klirrten. »Wer hält jetzt die verdammte Gräfin auf?«

»Die Kinder fangt Ihr sicher ein andermal!« spöttelte Ascelin, dabei kochte er sicher vor Wut. »Ihr habt dank Eurer genialen Strategie unser Schiff gegen William von Roebruk eingetauscht, den könnt Ihr ja als Trophäe zu Fuß, auf Eurem Rücken –«

»Nach meinem unmaßgeblichen Dafürhalten«, der Bischof verstärkte genüßlich die Verspottung des Viterbesen, »ist der nicht transportfähig!«

Ich sah jetzt die Beinkleider aller um mich versammelt.

»William ist tot!« beendete die Stimme Gavins das Gezänk. Die Hand des Templers strich mir über die kalte Stirn, ohne daß ich sie noch verspürte und drückte sachkundig mir die Lider über die erstarrten Augäpfel ...

Die Ehre Otrantos
Konstantinopel, Hafen, Herbst 1247

Das Wasser stand Hamo bis zu den Knien und den Kindern bis zum Bauch. Es stieg nur unmerklich, aber es stieg. Sie standen bei der Säule, dem einzigen im Raum, an dem man sich festhalten konnte, wenn darin noch ein Sinn lag. Sie hatten es längst aufgegeben, mit den beiden Stücken des Ruderholzes auf die Röhre einzuschlagen; sie gab keinen Klang mehr ab, und das Kupfer war zerbeult. Die Hölzer schwammen irgendwo im Wasser.

Sie hatten mutig an dem hinteren Gatter gerüttelt, zu dritt, es hatte sich nichts gerührt. Zum vorderen trauten sie sich nicht. Nur Yeza war, bevor das Wasser alles bedeckte, vormarschiert, den Blick fest auf ihren Dolch gerichtet, der unterhalb der beiden Leichen im Gitter auf dem Steinboden lag. Sie hatte ihn sich geholt, ohne aufzuschauen, und ihn wieder sachgerecht hinter ihrem Kragen verstaut. Das war alles, was man machen konnte.

So langsam hatte sie sich Ertrinken nicht vorgestellt, fast langweilig. Auch Roç klagte nicht, er war nur sehr still und so ernst. Bloß Hamo stöhnte und machte groß was her aus seiner Beule. Wie kann man auch so blöd sein, gänzlich unbewaffnet herumzulaufen! Er hatte ein feuerrotes Ohr, was ihn auch nicht schöner machte, eher komisch. Nie würde aus Hamo ein Ritter werden! Er kühlte pausenlos seinen Schädel, indem er mit Hand Wasser schöpfte und es sich an die Schläfen klatschte. Wenn das Wasser erst mal höher gestiegen sein würde, brauchte er sich nicht mehr zu bücken, doch dann waren sie und Roç längst ertrunken ...

Wie das wohl sein würde: Ertrinken? Sie konnten ja auch nicht schwimmen, wie Hamo, weil sie nie runter durften in Otranto, ans Meer, oder wenigstens in den kleinen Hafen, wo die Triere wohnte, wenn sie da war. Die Gräfin war selber schuld! Jetzt konnte sie lange warten, sie überall suchen ...

Nie würde sie auf die Idee kommen, hier nachzuschauen! Wahrscheinlich ging Tante Laurence nicht mal bis in die Kloake, wegen der Ratten! Und Clarion? Die heulte sicher!

Yeza ging langsam zurück zu den Männern. Roç war wirklich ein Ritter. Ihr Ritter! Sie legte beide Arme um ihn.

»Es ist gut, daß wir zusammen sind«, sagte sie leise.

Etwas vom geheimnisvollen Lächeln ihrer grünen Augen sprang auf ihn über. »Halt dich fest« sagte er schroff und führte ihre Hand zur Säule. In Wirklichkeit war er froh, daß Yeza dicht bei ihm war. Yeza tat ihm den Gefallen und legte ihre Hand auf die seine.

Da ruckte die Röhre, ganz deutlich, sie bewegte sich!

Hamo faßte nun auch zu, doch die Säule glitt zitternd nach oben: also zog jemand an ihr! Sie wußten nicht, ob sie festhalten sollten oder loslassen, auf jeden Fall ließ das glatte Kupfer sich nicht halten, das offene Ende kam mit einem Plop hoch aus dem Wasser und glitt an ihnen vorbei in die Felswand.

Dann fiel ihnen Sand und Steinstaub in die Augen, und in der Decke bildete sich ein kreisrunder Ring, schildgroß, und er begann seitlich zu klaffen, und der schwere eingepaßte Stein verschwand erst knirschend, dann mit einem dumpfen Getöse. Durch das Loch, das sich aufgetan hatte, konnten sie zwar nicht den blauen Himmel sehen, zumindest aber helleres Licht, als hier unten in der Gruft herrschte. Sie hörten Stimmen, und ein Tau wurde herabgelassen.

Es baumelte noch über ihren Köpfen, da ließ sich schon ein Tempelritter an ihm herunter wie ein Matrose vom Mast eines Schiffes und landete mit einem Klatsch im Wasser. »Alles in Ordnung!« rief er nach oben. »Die Kinder sind wohlauf – und auch der junge Graf!«

»Danke«, sagte Hamo und hob ihm Yeza entgegen, die der Templer an sich preßte und mit der er hochgezogen wurde.

»... so wurden die Kinder geborgen!« beendete der Ritter seinen Rapport gegen den schwarzen Vorhang der Sänfte.

»Bringt sie mir«, sagte die Stimme aus dem Inneren.

Der Templer zog sich zurück und trat zu der Gruppe, die noch um die Öffnung im Boden stand. Er winkte Roç und Yeza zu sich, die gerade noch zusahen, wie Hamo dem Loch aus eigenen Kräften entstieg. Dann folgten sie neugierig dem Ritter.

»Wer will uns sehen?« fragte Roç, doch der Templer legte nur lächelnd den Finger auf die Lippen. »Ich verstehe«, sagte Roç, »großes Geheimnis!«

Yeza war vorausgelaufen und hatte unbekümmert den schwarzen Vorhang gelüftet. Im Inneren saß eine alte Dame und reichte ihr hilfreich die Hand. »Komm doch, Roç!« rief sie ihrem Gefährten zu, der sich den schwarzen Kasten erst mal von außen betrachten wollte.

»Laß nicht auf dich warten!« sagte der ihn begleitende Ritter und schob Roç freundlich vorwärts. Der Vorhang schloß sich hinter den beiden Kindern.

Hamo sah sich um. Er stand in einem Tempel. Durch die Säulen konnte man herabsehen auf den Bosporus. Die Bronzestatue der Göttin war seitlich umgelegt worden und wurde gerade wieder mit Hilfe von Balken und Seilen aufgerichtet. Der dicke runde Steinsockel senkte sich wieder in die Öffnung, aus der man sie geborgen hatte.

»Wie habt Ihr erfahren«, wandte er sich an Guillem von Gisors, an den er sich genau erinnerte, weil er in der ersten Reihe neben dem französischen Botschafter gesessen hatte, »daß wir dort unten waren?«

»Themis hat es uns angezeigt!« lächelte der schöne Ritter, und als er auf Hamos Miene völliges Unverständnis las, erklärte er es ihm. »Die Leute hier denken zwar, dies sei der Tempel der Nemesis, aber das Standbild zeigt die Göttin der Gerechtigkeit: in der einen Hand die Waage, in der anderen das Schwert!«

»Aber wie kann die Statue Euch mitgeteilt haben, daß wir –« rebellierte Hamos Sinn für logische Zusammenhänge, doch Guillem fuhr fort:

»Der Künstler, der die Statue schuf, hat sie mit einem Mechanismus versehen: Wenn im βαλανεῖον die Kette über die Rolle abläuft und das Schleusentor verschließt, dann senkt Themis hier oben die Waage und hebt gleichzeitig das Schwert. Als wir Euch suchten, kam jemand gelaufen und schrie voller Schrecken, die Nemesis, die Rachegöttin, habe mit einem gräßlichen Ruck die Waagschalen fallen lassen und ihr Schwert hochgerissen, das sei ein schlimmes Omen für Unheil, Pest und Blut, Verderben würde über die Stadt kommen. – Nun«, lachte Guillem, »über den zitternden Mann kam ein Goldregen, und wir wußten, wo ihr stecktet. Er zeigte uns auch die Möglichkeit der ›Rettung aus Gnade‹.«

»Ihr wißt nicht«, sagte Hamo nachdenklich, »was dem Wasser an Furchtbarem vorausgegangen ist. Ich glaube, die Leute haben doch recht, wenn sie diesen Ort der Nemesis zuweisen ...«

»Inzwischen wissen wir es, und unsere Herrin bittet Euch, darüber Schweigen zu bewahren«

»Wie!« rief Hamo. »Ich soll niemandem erzählen, wie verräterisch Yarzinth –, kein Wort über diese heimtückischen Türen des Todes, mit ihren widerlichen Eisendornen, die –?«

»Nein!« sagte Guillem ernsthaft. »Kein Wort, zu niemandem!« Er wartete, bis Hamos Erregung sich gelegt hatte. »Unsere Herrin ist erbost, daß die Kinder überhaupt in eine solche Gefahr geraten konnten. Das durfte nicht geschehen!« Er sah Hamo streng an. »Das mußt du beschwören.«

Hamo fühlte sich als Mann ernst genommen. »Meine Lippen sind versiegelt«, sagte er feierlich. »Aber die Kinder?«

»Denen wird es beigebracht. Sie werden nicht darüber sprechen.«

Mittlerweile war der Tempel in seinen vorherigen Zustand versetzt worden. Die Göttin hielt Schwert und Waage wieder in ausgeglichener Haltung. Die Sergeanten nahmen die Sänfte auf, und die Ritter in den weißen Umhängen mit dem roten Tatzenkreuz rückten ab.

Sie zogen durch die abfallenden Gärten, unter Umgehung der Altstadt, und dann am Kai entlang, bis die Triëre in Sicht kam.

Die Kinder entstiegen der Sänfte und waren guten Mutes. Vier Ritter begleiteten sie und Hamo noch, bis sie dem Schiff genau gegenüberstanden. Roç und Yeza drängten. Hamo äugte erst mal als erfahrener Krieger, ob der Weg bis zur Triëre frei war von Feinden und auch nirgends eine Falle gestellt, dann ließ er sie los.

Mit Kampfgeschrei, ihre Waffen schwenkend, stürmten die Kinder auf Guiscard zu, der sie in die Luft hob und im Kreise schwenkte, wozu er geschickt sein Holzbein als Ausleger nutzte.

»Ich wußte, daß Ihr kommen würdet«, sagte Guiscard frohgemut, und Hamo sah sofort, daß die Triëre fertig zum Auslaufen war. »Lorenz von Orta hat es mir im Vorbeigehen zugerufen!« fuhr der Amalfitaner fort. »Dann ist der Herr Legat hinüber an Bord des päpstlichen Schiffes, das uns längsseits lag, hat sich ausgewiesen mit Brief und Siegel und sofortiges Ablegen befohlen. Der Kapitän zögerte erst, weil er ja eigentlich einen anderen Legaten beförderte, doch da kamen die zwei nestorianischen Priester gelaufen, die Gesandte sind vom Großkhan, und riefen, alle seien tot, die Assassinen hätten den Herrn Ascelin und den Herrn Simon im Bischofspalast ermordet und es sei besser, jetzt sofort zum Papst zu fahren! Da hat der Kapitän die Segel setzen lassen und der Rudermeister eiligst das Kommando zum Ablegen gegeben...« Er verschnaufte kurz und grimmig. »Mir war's nur recht! Ich hab' nicht gern einen Päpstlichen auf der Pelle, und schon gar nicht längsseits!« Guiscard schielte grinsend zu Hamo. »Aber für mich war das alles eine einzige feine Lüge des Minoriten, um den Dominikanern das Schiff abzujagen?«

Hamo war noch immer verstört, das Ohr brannte, seine Beule war angeschwollen und schmerzte heftig.

»So hat es also wirklich Kampf gegeben?« Der Amalfitaner

nahm die Blessur nicht tragisch, eher tat's ihm wohl leid, nicht dabeigewesen zu sein.

»Da war wirklich was los!« rief Yeza quietschvergnügt. Sie hatte das Geschehene so schnell abgeschüttelt wie Wassertropfen, die sie jetzt von ihren nassen Hosen sprühen ließ. »Die Leute haben geklatscht –«

»– und geschrien!« mischte sich Roç ein, »und der Lorenz hat ihnen eine Geschichte von einem großen Kahn erzählt –«

»– der dem anderen den Kopf abschlagen wollte, wegen uns!« fügte Yeza begeistert hinzu. »Und dann sind wir weggerutscht – und fast ertrunken!«

Roç warf ihr einen Blick zu, sich nicht zu verplappern, und Yeza brach ihren Bericht schnell ab.

»Und die Gräfin?« wandte sich Guiscard besorgt an Hamo.

»Da kommt sie!« sagte der bloß und wollte sich verdrücken.

»Bleibt!« sagte der Amalfitaner leise beschwörend. »In der Not muß Otranto zusammenstehen!« Denn er sah mit einem Blick, daß die Damen von Sigbert mit gezogenem Schwert geleitet wurden und daß alle sehr aufgeregt waren.

»Sofort hier weg!« rief die Gräfin, kaum daß alle an Bord geströmt waren. »Legt ab!« schrie sie Guiscard an.

»Wo ist William?« fragte jetzt Yeza die verstörte Clarion, die sich hilfesuchend an den Deutschritter wandte, der als einziger am Kai geblieben war, während schon die Taue losgemacht wurden.

»William ist –«

»William ist verwundet und kann nicht mit uns reisen!« verkündete die Gräfin barsch. »Ablegen!«

»Nein!« schrie da Roç und sprang über die Reling zurück auf den Kai. »Nicht ohne William!«

»Komm sofort zurück!« zeterte die Gräfin.

»Nein!« rief Roç mit heller Stimme. »Otranto! Her zu mir!« Er stand da, und alle spürten die Willenskraft des Jungen. »Wir gehen William holen!«

»Holt das Kind an Bord!« befahl die Gräfin Guiscard. »Bringt ihn her!« fauchte sie den Ritter an.

Da trat Hamo als erster von Bord an Land. »Die Ehre Otrantos verlangt«, wandte er sich an die *lancelotti, moriskos* und Armbrustiers, die dicht gedrängt an der Reling standen und schweigend das Duell verfolgten, »daß wir so handeln, wie Roç gesagt!«

»Die Schiffswache bleibt!« befahl Guiscard. »Alle anderen folgen dem Kommando!«

Da traten alle zurück an Land, diesmal schulterten die Lancelotti ihre Sensenruder, und der Zug setzte sich in Bewegung, vorneweg Roç, dem Hamo den Arm um die Schulter legte. »Du hast deinen Bogen vergessen!«

»Kinderkram!« sagte Roç und vergewisserte sich, daß die Fahne mitgekommen war.

»Mist«, meinte Yeza, »daß wir Frauen keine Ritter sind!«

»Wir können ihnen winken«, schlug Clarion vor und tat es auch ausgiebig. Da sah sie Yeza, die sich heimlich von ihrer Seite davongestohlen hatte, von allen Zurückgebliebenen unbeachtet über die Reling geklettert war, wie sie wieselflink die Abziehenden einholte.

Clarion schaute stolz dem Heereszug nach, der sich auf die Altstadt zubewegte. Sigbert bildete die Nachhut, was alle als beruhigend empfanden. Er hatte Yeza bei der Hand genommen.

Der Gral entrückt
Konstantinopel, Herbst 1247

»Ich verlange die Auslieferung dieses ketzerischen Oberpriesters«, Vitus' Finger stach durch die undurchdringliche Mauer der Tempelritter, als wolle er John Turnbull aufspießen, »seine Überstellung an die Inquisition! Und auch dieser *episcopus Terrae Sanctae* sollte –«

Ein weiteres Geifern des Viterbesen wurde auf einen Wink Fra' Ascelins unterbunden. Einer seiner Soldaten, die Vitus festhielten wie einen bissigen Hund unter Tollwutverdacht, hatte ihm mit dem eiserenen Halsring die Stimme abgewürgt.

Die Bühne war in zwei feindliche Lager gespalten. Die Mauer der Templer, die zweifellos hier die Macht des Schwertes besaßen, bildete die Grenze. In der hinteren Ecke, von den Rittern abgeschirmt, saßen die Angeklagten John Turnbull und Galeran. Sie taten beide so, als ginge sie das Verlangen des Viterbesen nichts an. Der Alte kauerte immer noch versteinert in seinem Stuhl und starrte leeren Blickes, und der Bischof von Beirut rutschte unbehaglich auf seinem Sitz herum; ihm machte nur zu schaffen, daß es hier nichts zu trinken gab. Vor den schweigsamen Templern standen ihr Präzeptor und der Bischof beisammen.

Der andere Teil der Bühne war in der Hand der Päpstlichen. Vitus war von den als Schwarzkutten verkleideten Schlüsselsoldaten umringt, die teils mit ihm sympathisierten oder zumindest nicht wußten, ob sie die Aggression des Viterbesen gegen den Rest der Anwesenden unterstützen oder ob sie den schrecklichen Vitus weiterhin in strengem Gewahrsam halten sollten, wie Fra' Ascelin, der Herr Legat, es wünschte.

Die Bediensteten des Bischofs hatten die Leiche des Assassinen weggeschafft, die der beiden Franziskaner vor den Altar gebettet. Pian del Carpine hatte beiden die Hände über der Brust gefaltet, als er den Zipfel eines zusammengefalteten Papiers aus der Innentasche des tatarischen Mantels ragen sah, der die sterblichen Überreste des William von Roebruk umhüllte. Von Fortuna im Umgang mit Briefen nicht sonderlich verwöhnt, versuchte er es verstohlen an sich zu bringen.

Doch Simon, der Dominikaner, hatte seine braunen Brüder von Assisi nicht einmal während dieses ›letzten Dienstes‹ aus den Augen gelassen: »Finger weg, Minorit!« zischte er, um dann mit voller Lautstärke hinzuzufügen: »Oder wollt Ihr der Kurie ein weiteres Dokument unterschlagen?« Er sprang hinzu und riß dem verdatterten Pian das Schreiben aus der Hand.

»Laßt hören!« sagte Ascelin, und sein Mitbruder entrollte es. »Ein Legat – seiner Heiligkeit Innozenz IV. –«, übermittelte Simon den Inhalt stockend, »– gegeben zu Sutri in der Vigilia des Heiligen Petrus A. D. 1244 ...«

»Jetzt erinnere ich mich«, sagte plötzlich Ascelin, nachdem er noch einen Blick auf das Gesicht Williams geworfen, »es war im Juli, der Heilige Vater auf seinem Weg nach Lyon, ja, der Kerl war in Sutri!«

»Fälschung!« schnaubte Vitus, den seine Bewacher mit Mühe zurückhielten.

»Das würde um so mehr beweisen, daß William von Roebruk unbedingt die Kinder zu den Mongolen –«

»Nie war er dort!«

»Aber die Kinder?« Ascelin ging so sanft mit Vitus um, als zählte der für ihn auch schon zu den Verblichenen.

»Erst recht nicht!« keuchte Vitus, der Eisenring hatte seinen Hals bös' geschunden bei jeder Untat seiner Hände, und nun waren Kiefer und Nacken dick geschwollen. »Fragt sie doch!« setzte er höhnisch hinzu; denn er war der erste, der die Otranter von der Treppe her in den inzwischen ziemlich entleerten Saal strömen sah.

Abgesehen von den Schlüsselsoldaten, die unten vor der Bühne mit nassen Füßen im knöchelhohen Wasser standen, mit dem der Marmorestrich geflutet war, und sich ärgerten, daß der Legat es nicht zuließ, ihre Überzahl gegen das Dutzend arrogante Templer da oben einzusetzen, waren im ›Mittelpunkt der Welt‹ immer noch einige besonders Hartnäckige, Übereifrige und unstillbar Neugierige geblieben, die ins Gebet versunken, singend, trommelnd oder in Ekstase tanzend für eine ausreichende Geräuschkulisse sorgten, so daß niemand das Waffenrasseln und die Tritte der Soldaten gehört hatte. Der Zug bewegte sich schweigend vorwärts, an seiner Spitze ging furchtlos der Knabe.

»Laßt die Waffen stecken!« befahl die rauhe Stimme des Präzeptors, als er sah, daß einige der Päpstlichen zu ihren Schwertern griffen. Sie gehorchten dem fremden Befehl sofort; denn die Mienen derer von Otranto verrieten, daß sie keine Gefangenen machen würden, und die alles überragenden Lanzenruder hielten grimmig nach vorwitzigen Händen Ausschau. So wichen die Päpstlichen unten sogleich zur Seite, der Legat und die seinen auf der Bühne bis in den Schutz der Templermauer, während die Soldaten im Saal sich furchtsam auf die Ränge zurückzogen.

Nicht einmal Vitus gab einen Laut. Es fiel kein Wort, das Singen und Trommeln hatte schlagartig aufgehört, alle starrten auf Roç, der ohne die geringste Unsicherheit zu zeigen, zwischen die Schlüsselsoldaten getreten war, sich von Hamo die Fahne reichen ließ und das Tuch voller Ernst an seine Lippen führte.

Hamo wollte es ihm gerade nachtun, weniger verärgert als tief beeindruckt von dieser Geste des Jungen, auf die er nicht gekommen war, als sich die Augen aller auf den Ausgang richteten. Wache hielt dort in der offenen Tür die mächtige Gestalt des deutschen Ordensritters, auf sein breites Schwert gestützt. Von seiner Seite löste sich jetzt die zierliche Figur Yezas. Sie schritt ganz allein durch den leeren Saal, bis sie in dessen Mitte angelangt war. Sie blieb stehen und richtete den Blick ihrer grünen Augen fest auf die Bühne, bis sie die von Vitus gefunden hatte, der sie haßerfüllt anstarrte, aber keinen Ton herausbrachte.

Mit einer anmutigen Gebärde der Demut beugte Yeza das Knie. »Wir beten«, sagte sie fest und kniete nieder.

Da fielen die Leute im Saal auf die Knie, einer nach dem anderen, es war wie eine sanfte Woge, die durch die Menschen ging. Ihr konnten sich auch die auf der Bühne nicht entziehen.

Die Templer machten den Anfang – wenn auch nur auf einem Knie –, es beteten der Bischof und Pian, der sich gleich ganz zu Boden warf. Die päpstliche Kerntruppe stand plötzlich alleine, ihre Soldaten unten im Saal waren längst dem Beispiel des Mädchens gefolgt. Ascelin zuckte leicht mit den Achseln und kniete ebenfalls nieder, Simon tat es ihm unwillig nach. Nur Vitus hielt sich noch auf den Füßen. Da – zwang ihn der Blick Yezas oder preßte ihn der Soldat, der ihn am Halsband hielt – brach auch Vitus in die Knie.

Schweigend beteten alle, wenn auch sicher nicht für die gleiche Sache und mit der gleichen Inbrunst wie Galeran. Selbst Turnbull, aus seiner Starre gerissen, hatte die Hände gefaltet, sein greises Haupt ergeben gesenkt: Sie waren die königlichen Kinder, die

Kinder des Gral! Es war sein Fehler gewesen. Nicht er war auserwählt, sie zu erhöhen: Sie erhöhten sich selber! Er dankte Gott.

Yeza erhob sich, nickte Roç kurz zu und ging zurück zu Sigbert. Die Armbrustiers hielten ihre gespannten Bogen auf jedermann gerichtet; die *moriskos* kletterten auf die Bühne, zogen den Körper Williams auf einen normannischen Langschild und bedeckten ihn mit der Fahne; die *lancelotti* hoben ihn auf die Schultern und verließen in bedrohlicher Disziplin den Saal, ohne jede Hast. Es dauerte eine geraume Weile, und erst als der letzte Soldat der Gräfin den Saal verlassen hatte, wagte einer der Verbliebenen den Mund aufzumachen.

»Nun können wir ja diesen Ort verlassen«, sagte Fra' Ascelin mit einem Blick zum Bischof, der wenig Dank verhieß. Ascelin war viel zu müde, um sich über die gerade erfahrene Demütigung auch noch den Kopf zu zerbrechen.

Doch da hielt es Vitus nicht länger. »Ihr steckt alle unter einer Decke«, sagte er, ohne die Stimme laut zu erheben. »Ihr seid alle beteiligt an dieser Verschwörung gegen Papst und Kirche.« Vitus hatte instinktiv begriffen, daß seine Anklage schwerwiegender wirkte, wenn er sich nicht aufbäumte und schrie. Tatsächlich ließ man ihn reden. »Der mongolische Gesandte, frisch vom Großkhan eingetroffen, ist in Wahrheit der Bastard der Gräfin von Otranto!« Vitus wartete vergebens auf eine Reaktion des schuldbewußten Erschreckens bei seinen Zuhörern. Sie taten ihm den Gefallen nicht. »Der falsche William hat seine Strafe schon erhalten: Zur Hölle ist er gefahren! Auch Benedikt wird wissen, warum er dort seinen Kumpanen wiedertreffen muß! Lorenz von Orta ist ein Spitzel und Verräter – und Pian del Carpine ist meineidig!«

»*Pax et bonum!*« höhnte Simon von Saint-Quentin. »Das wissen wir ja: alle Franziskaner sind verlogene Ketzer!«

Ascelin sah sich genötigt, nun doch einzugreifen: »Es waren und sind allesamt vom Papst ernannte Legaten«, wies er die beiden Streithähne zurecht und wandte sich an Vitus, »und zwei von ihnen sind nun tot, durch dein Verschulden!«

Da überschlug sich die Stimme des Viterbesen: »Das könnte dir so passen, Anselm von Longjumeau, mit dieser Version vor den Papst zu treten!« Der Schlüsselsoldat, dessen Aufgabe es war, Vitus mittels Halsring am Sprechen zu hindern, achtete des Winks des Legaten nicht, zu sehr überwog die Neugier, was jetzt wohl vorgebracht würde. Vitus senkte auch seine Stimme wieder, der Aufdeckung einer Verschwörung angemessen: »Ich habe dein Komplott durchschaut, Fra' Ascelin! Ich durfte als Zeuge herhalten, wie du dich ›zufällig‹ mit den Assassinen getroffen, ihnen den Weg hierher gezeigt und die Meuchelmorde verabredet hast –«

»Stopft ihm das Maul!« schrie jetzt Simon dazwischen, doch keiner der Soldaten wagte es; sie waren froh, daß Vitus sich nicht losriß.

»Und warum? Um Zeugen zu beseitigen! Dir lästige Beispiele des Erfolges, während du auf deiner Mission kläglich versagt hast! Pian wäre der nächste gewesen, wenn ich nicht dem von dir bestellten Mörder in den Arm gefallen wäre! Du hättest auch mich beseitigen lassen!«

»Warum geschieht das nicht?« polterte eine Stimme, die sich bisher nicht hatte vernehmen lassen: Yves der Bretone war zurückgekehrt, und er war offensichtlich schlechtester Laune. »Werft ihn doch aus dem Fenster«, schlug er vor, und meinte es auch so, »›auf der Flucht zu Tode gekommen!‹ Ich will euch gern behilflich sein ...« Yves machte Anstalten, die Bühne zu betreten.

»Macht mit ihm, was Ihr wollt!« rief Simon von Saint-Quentin, und es war ihm anzumerken, wie sehr ihm der Vorschlag gefiel.

Doch in einer seltsamen Allianz traten dem Bretonen Gavin und Ascelin entgegen, stumm sein Ansinnen zurückweisend, und Yves blieb, wo er war. Wegen Vitus lohnte es sich nicht, mit dem Templer die Klingen zu kreuzen.

»Vitus von Viterbo ist verhaftet!« protestierte der Bischof förmlich. »Er wird unter Anklage des Mordes der kaiserlichen Justiz überstellt!«

»Macht Euch nicht lächerlich, Exzellenz«, rügte ihn sanft Fra' Ascelin. »Spart Eure letzten Amtshandlungen als Bischof unserer Kirche für Würdigere auf, begrabt den da« – er wies auf Benedikt –,

»und seid gewiß«, lächelte er leise, »daß auf Vitus von Viterbo im Castel von Sant' Angelo einer wartet, der ihm ein furchtbarer Richter sein wird, weit schauderhafter als der Henker von Konstantinopel! Legt ihn endlich wieder in Ketten!«

Da ließ sich Vitus blitzschnell zu Boden fallen. Die Soldaten dachten, er sei gestürzt. Als sie ihn wieder aufrichteten, funkelte plötzlich die Waffe in seiner Hand: der Dolch des Assassinen, den sein Auge erspäht hatte! Sie wichen zurück, und Vitus sprang mit einem Satz in die Fensteröffnung.

»Dahin bringt Ihr mich nicht zurück!« rief er, bereit zum Sprung. »Weder du, Ascelin, du erbärmlicher Knecht, du Versager – noch du, Yves, Totschläger von Königs Gnaden!«

Vitus warf einen raschen Blick hinter sich, um die Entfernung für seinen Sprung richtig abzuschätzen, die Schräge und Ziegelstärke des Vordaches bedenkend. Als seine Augen zurückglitten, sah er direkt unter sich, wie eine Eidechse an der Mauer klebend, den jüngeren der Assassinen.

Keiner auf der Bühne bemerkte etwas, Vitus konnte sich nicht helfen – mit einem einzigen ruhigen Schnitt durchtrennte die Klinge des Assassinen ihm beide Fußsehnen. Ohne noch einen Schrei hervorzubringen, stürzte Vitus rücklings aus dem Fenster, schlug aufs Vordach auf und blieb mit zerschmetterten Gliedern auf der Treppe vor dem Eingang liegen.

»Er hat sich selbst gerichtet«, sagte Ascelin leise. »Ihr habt es alle gesehen!« wandte er sich an die erschrockenen Soldaten.

»Ihr kommt mit uns, Pian del Carpine«, sagte Simon, »doch vorher gesteht uns endlich –«

»Ich gebe nur dem Papst selber noch Rechenschaft!« bellte ihn der verstörte Missionar an, und da Yves der Bretone jetzt auch die Bühne betreten hatte, um als einziger einen Blick aus dem Fenster zu werfen, rief ihm Pian laut zu – es war ein Hilferuf: »Ich stelle mich unter den Schutz des Königs von Frankreich! Bringt mich nach Lyon!«

Simon ließ von ihm ab. Sein Blick fiel auf John Turnbull, für ihn unerreichbar hinter der Templermauer.

»Und der Gral?« höhnte der Dominikaner. »Was ist der Gral?«

Mit einem raschen Griff hatte Simon das Tuch vom Altar weggezogen, als wäre darunter das Geheimnis verborgen. Doch da war nur nackter Stein.

Er ließ das blutbefleckte Laken achtlos falle; es bedeckte das bleiche Antlitz des Benedikt von Polen, an den schon keiner mehr dachte.

Die Päpstlichen zogen mit leeren Händen ab. Yves der Bretone geleitete den geknickten Pian aus dem Saal, nachdem der seine Kisten gepackt und sich vergewissert hatte, daß sowohl der Brief des Großkhans als auch seine ›Ystoria Mongalorum‹ wohlbehalten darinnen waren. Bedienstete des Bischofs trugen sie ihm nach. Die Templer nahmen sich des alten Turnbull an, Gavin verabschiedete sich knapp von seinem Gastgeber. Er sah unter der hohen Tür des Saales Sigbert auf sie warten.

Trionfo Finale
Konstantinopel, Hafen, Herbst 1247 (Chronik)

Als sie das Fahnentuch über mich breiteten, streifte ein Hauch mein Gesicht – wankend schwebte mein Körper schwerelos von dannen. Doch die Tatsache, daß ich ihn verspürte, ließ mich denken, daß ich vielleicht immer noch nicht verschieden sei; daß ich darüber zu reflektieren vermochte, bestärkte mich in dem Gedanken – dabei war ich mir mit meinem Ableben doch schon so vertraut. Daß es sich um die Fahne von Otranto handelte, stellte ich erst später fest, als ich mich entschloß, meine Augen wieder zu öffnen, die mir Gavin so fürsorglich verschlossen. War es nicht auch der Templer gewesen, der zu Beginn meiner Abenteuer, bei Loba, der Wölfin, mich durch todesähnliche Ohnmacht begleitete, mich dann den Kindern beigab, die seither mein Schicksal bestimmten? Damals hatte es mir nur einen Knuff versetzt, der mich hätte warnen sollen, diesmal hatte es mich schlimmer erwischt.

Ich spürte, wie die Lähmung prickelnd aus meinen Gliedern

wich. Der Stich des Assassinen hatte wohl auch Gift enthalten, wahrscheinlich hatte er mir das Leben gerettet, mich vor Wundkrampf und Ausbluten bewahrt, mir vor allem die Schmerzen erspart, denen mich die rüde Behandlung von Vitus und seinen Spießgesellen ausgesetzt hatte. War ich in ihre Hände gefallen? Wer trug mich wie ein schwankendes Schiff, wo war ich?

Wie fernes Rauschen vernahm ich den Tritt Marschierender, die mich geleiteten, das Rasseln und Scheppern ihrer Waffen. Wie Wolken glitten die Beifallsrufe an mir vorbei, das Klatschen der Menge in den Straßen, durch die ich getragen wurde. Ich blinzelte und sah das Tuch über meiner Nase, meine Hände lagen verschränkt auf meiner Brust, ich spannte die Sehnen ihrer Finger, sie bewegten sich, ich zupfte am Tuch, zog es vorsichtig zur Seite, bis sich auf der einen Seite ein Spalt ergab und ich die Gesichter der Leute sah, die da ergriffen Spalier standen. Einige schneuzten sich, andere riefen auf griechisch: »Nieder mit Rom!« und: »Es leben die Kinder des Gral!«, und sie ballten die Fäuste.

Ich sah den Nacken des Mannes vor mir, der einer von denen war, die mich trugen; ich erkannte ihn am blaugelben Halstuch als einen derer von Otranto. Das waren auch die Farben der Fahne, unter der ich ruhte, als im heroischen Kampfe gefallener Held.

Ich zog so dicht an den Gesichtern der Gaffer und der Trauernden vorbei, der Wütenden und der Neugierigen auf den Schultern der Neugierigen, ich hätte die Münder küssen können, die hochgehaltenen Säuglinge der jüngeren Frauen, da erblickte ich Ingolinde. Ich blinzelte ihr zu, aber sie schaute über mich weg, wohl auf die Fahne und rief: »Ach, William!«, und in ihren schönen Augen standen Tränen – vorbei!

Hinab ging es die steilen Gassen der Altstadt, ich fürchtete vom Schild zu gleiten, stemmte unbewußt meine Fersen gegen den Rand. In einer Kurve bekam ich auch die Spitze des Zuges zu sehen. Da schritt aufrecht und voller Würde mein kleiner Roç und Hamo an seiner Seite, der sich immer wieder umsah, ob ich auf meinem Schild noch folgen würde. Winkte er mir zu?

Ich sah, wie Roç stehenblieb und den Zug an sich vorbei passieren ließ; jetzt mußte ich ihn gleich erreicht haben, doch da schwenkte die Marschkolonne in eine entgegengesetzte Richtung, und ich sah wieder nur fremde Gesichter. Doch plötzlich hörte ich die Stimmen der Kinder, es war wie im Himmel!

»Wenn ich ihn auch nicht tragen kann« – mein kleiner Roç schien das zu bedauern –, »gefällt es mir doch, William so nahe zu sein.«

Wo steckten sie bloß, gingen sie etwa direkt unter mir? Yeza enthob mich endgültig dieses Zweifels.

»Es würde William auch gefallen, wo er uns doch immer Schild und Schutz sein wollte!«

»Nun haben wir ihn nicht mehr!« klagte Roç. Sicher legte sie jetzt den Arm um ihn ...

»Denk daran, was die Frau gesagt hat!«

»Wenn sie nicht so weiße Haare hätte«, dachte Roç laut, »so stell' ich mir unsere gütige Mutter vor.«

Yeza schien ihm beizustimmen. »Sie hat gesagt: ›Fürchtet euch nicht. Ich werde bei euch sein bis ans Ende der Tage.‹«

»Ich fürchte mich ja auch nicht!« sagte Roç tapfer, aber ich konnte hören, wie er mit den Tränen kämpfte, »und du mußt dich auch nicht fürchten; denn das hat sie auch gesagt: ›Liebet einander, so wie ich euch liebe!‹«

In dem nachfolgenden Schweigen, nur gestört vom Tritt der Marschierenden, vom Klirren der Waffen und dem Klatschen und Jubeln der Zuschauer in den engen Gassen der Altstadt, glaubte ich doch das leise Weinen der Kinder zu vernehmen. Sollte ich hinunterlangen, ihre Köpfe streicheln?

»Jetzt geh du wieder nach vorn«, Yezas Stimmchen war belegt, »zur Fahne! Ich bilde mit Sigbert die Nachhut. Es kann euch nichts geschehen!« Das Hinwegtrippeln ihrer Füße bildete ich mir nur ein.

Ich warf noch einen letzten Blick nach vorne. Voller Beruhigung vermerkte ich die blinkenden Sensenblätter auf den Ruderstangen der *lancelotti*, die geschulterten Arquebusen und die Morgensterne, Enterhaken und Äxte der *moriskos*, und dann kamen wir am Hafen an, da standen die Franzosen des Grafen Joinville, und sie senkten ihre Oriflamme mit den königlichen Lilien vor dem Leichnam des William von Roebruk. Ich war gerührt – oder war es die Brise vom Meer her, die mein Auge tränen ließ?

Meine Träger hoben mich an Bord der Triëre.

»Lebt wohl, William!« hörte ich den bärbeißigen Sigbert flüstern, der wohl am Kai zurückgeblieben war, und die Stimme der Gräfin sagte, so zärtlich rauh hatte ich sie noch nie gehört: »Alles wird gut, mein Junge!« Hatte sie etwa zu Hamo gesprochen, ihrem heimgekehrten Sohne? Schluchzte sie? Nein, sicher nicht.

»Ablegen!« befahl sie, wie ich's von ihr gewohnt.

»*Agli ordini, contessa!*« rief der brave Amalfitaner.

Ich war auf dem Heck abgesetzt worden, vor dem Zelt. Ich vernahm den Schlag, mit dem die Ruder ins Wasser fuhren, ein Windstoß blies die Fahne zur Hälfte von meinem Gesicht. Sie kitzelte etwas, doch kümmerte sich keiner um mich, aber mir war's recht, ich lag gut so.

Wir fuhren aufs Meer hinaus. In seiner eigenen Art, der prophetischen des John Turnbull, hatte sich der Wunsch des Großen Plans erfüllt. Wir sind zwar keine stattliche Flotille, stehts gegenwärtig, doch unfaßbar, dachte ich. Aber wir sind auf See, frei, und ich lebe.

Am Holzbein des guten Guiscard vorbei sah ich Laurence stehen, neben ihr Clarion. Die Gräfin hatte den Arm um die Schultern Hamos gelegt, und weiter hinten am Heck, wo sich der Stander blähte, saßen die Kinder einträchtig und betrachteten die Heckwellen, die von der mächtigen Triëre gefurcht wurden. Sie ließen ihre Beine in die Gischt baumeln. Feines Salzwasser sprühte bis zu mir. Hinter uns versank die Stadt am Bosporus im Dunst der Nachmittagssonne, die noch einmal die goldenen Kuppeln und mächtigen Türme aufleuchten ließ.

›Bei euch sein bis ans Ende der Tage!‹ Ich lächelte und war glücklich.

ANMERKUNGEN

Mit Übersetzungen der fremdsprachlichen Zitate

PROLOG

Gral: Der Gral war das große Geheimnis der Katharer, nur Eingeweihten offenbart. Es ist bis heute ungeklärt, ob es sich um einen Gegenstand handelte, einen Stein, einen Kelch (mit den aufgefangenen Blutstropfen Christi), einen Schatz oder um ein Wissen um geheime Dinge (wie die Dynastie des königlichen Hauses Davids über Jesus von Nazareth bis nach Okzitanien hinein). Es existiert auch die Theorie, daß der »Heilige Gral« = »San Gral« als »Sang Réal« = »Heiliges Blut« gelesen werden sollte. In der Alchemie vermischt sich der Gral mit dem »Stein der Weisen«, in der Mythologie mit den Gralsrittern von König Artus' Tafelrunde.

Aus der Chronik ...: Fragment eines Schreibens des William von Roebruk an einen Ordensbruder.

William von Roebruk: geb. 1222 als Willem im Dorf Roebruk (auch Rubruc oder Roebroek) in Flandern, studierte als Minoritenbruder Guglielmus in Paris.

Montségur, die berühmteste aller Katharer-Burgen auf einem Bergkegel (»Pog«) im Ariège (Grafschaft Foix), wurde 1204 zur Festung ausgebaut, und zwar auf Veranlassung der Esclarmonde von Foix. An der Stelle befand sich bereits eine keltische Kultstätte. Die gut erhaltene Ruine des Munsalvätsch ist heute noch zu besichtigen.

vocatio: lat. Berufung

Häresie: Der Katharismus (aus dem griech. ›hoi katharoi‹ = die Reinen) war eine sich von der römisch-katholischen Amtskirche radikal lossagende Erneuerungsbewegung. Örtlich ausgehend vom südwestfranzösischen Languedoc hatte sich die »Ketzerei« (das deutsche Wort ist ein Derivat des griech. ›katharos‹) sowohl über die Pyrenäen als auch durch die Provence und über die Alpen bis in die Lombardei, bis in den Balkan hinein ausgebreitet. Die Lehre der ›Reinen‹ hatte ihren Ursprung in frühchristlichen Gemeinden, jüdischer Diaspora und keltischem Druidentum. Unter Einfluß von Gnosis und der dualistischen Mani entwickelte sie sich im Lauf des 12. Jahrhunderts zur gefährlichen Gegenmacht Roms. Vor allem die Bedürfnislosigkeit des katharischen Priestertums verschaffte den Ketzern enormen Zulauf beim einfachen Volke, aber auch der lokale Adel hing der Lehre an, die nicht – wie die römische Kirche – weltliche Machtansprüche stellte. Die katharische Religion wurde von ihren Anhängern freudig getragen, verhieß sie doch das Paradies, und mit dem Adel verband sie die gemeinsame Sehnsucht nach dem Heiligen Gral.

Kaiser von Konstantinopel: nach dem von Venedig umgeleiteten IV. Kreuzzug, der mit der Eroberung von Konstantinopel (Byzanz) 1204 endete, riefen die europäischen Kreuzfahrer ein »Lateinisches Kaiserreich« aus und wählten Balduin IX., Graf von Flandern zum ersten Kaiser = Balduin I. (16.5.1204 bis 15.4.1205).

obolus: lat. Spende; ursprüngl. kleine griechische Münze

viribus unitis: lat. mit vereinten Kräften

Terra Sancta: lat. das Heilige Land

Ludwig der Heilige: Louis IX., König von Frankreich (8.11.1226 bis 25.8.1270), erhielt schon zu Lebzeiten den Beinamen »der Heilige« (Saint-Louis)

Friedrich II.: Kaiser des »Heiligen Römischen Reiches« (22.11.1220 bis 13.12.1250). Der Staufer war durch seine Mutter Constance d'Hauteville gleichzeitig auch König von Sizilien.

Saint-François: Franz von Assisi, (1181–3.10.1226) geb. als Giovanni Bernardone. Begründer des Minoritenordens, »ordo fratrum minorum« (O. F. M.), nach ihm dann »Franziskaner« genannt.

Vitus von Viterbo: geb. 1208 als Bastardsohn der einflußreichen Kurienfamilie Capoccio, Dominikaner

Päpste: Am 22.8.1241 starb Gregor IX., ein erbitterter Gegner des Kaisers. Ihm folgte mit Coelestin IV. (25.10 bis 10.11.1241), Goffredo di Castiglione, vormals Kardinalbischof von Mailand, ein stauferfreundlicher Papst, der aber beseitigt wurde, um Innozenz IV. (25.6.1243–7.12.1254), Sinibaldo Fieschi Conte di Lavagna, vormals Kardinalbischof von Genua, Platz zu machen. Unter ihm wurde auf dem Konzil von Lyon (28.6. bis 17.7.1245) Friedrich als Kaiser abgesetzt.

Inquisitorenmord von Avignonet: Am Himmelfahrtstag 1242 ermordeten okzitanische Ritter unter der Führung von Pierre-Roger de Mirepoix den Inquisitor von Toulouse Guillaume Arnaud und seine Gehilfen.

Skylla und Charybdis: Meeresenge mit Strudel aus der Odysseussage, wird heute bei Messina lokalisiert.

Ecclesia catolica: lat. die allgemeine Kirche

Assassinen: Schiitisch-ismaëlitische Geheimsekte mit Hauptsitz in Alamut (Persien), die 1196 auch in Syrien Fuß faßte. Ihr erster Großmeister dort war der Sheik Rashid ed-Din Sinan, der unter seinem Beinamen »der Alte vom Berge« berühmt und berüchtigt wurde. Das Wort »Assassinen« soll sich von »haschaschin« ableiten (den Mitgliedern der Sekte nachgesagter Drogengebrauch) und steht bis heute im gesamten Mittelmeerraum für »Meuchelmörder«. Die Benutzung des Beinamens ›der Alte vom Berge‹ dehnte sich auf alle Nachfolger aus.

Tataren: Bezeichnung der fernöstlichen Steppenvölker, die um 1240 erstmals nach Europa eindrangen. Erst danach setzte sich der präzisere Begriff »Mongolen« durch.

I. MONTSÉGUR

Die Belagerung 22

Toulouse: Die Grafen von Toulouse. Nach Raimond VI. (1194–1222) übernahm der Sohn aus seiner (vierten) Ehe mit Joan Plantagenet (Schwester des Richard Löwenherz), Raimond VII., nominell den Grafentitel, eroberte 1218 Toulouse (von Simon de Montfort) zurück, verlor aber die Grafschaft im Vertrag von Meaux 1229 endgültig an Frankreich. 1242 letzter erfolgloser Aufstand, 1249 stirbt der letzte rechtmäßige ›Comte de Tolosa‹.

Vicomte von Foix: eng verwandt mit

dem Haus Trencavel. Der Bruder der berühmten Esclarmonde, Roger-Bernard II., war 1241 gestorben. Ihm folgte Roger-Bernard III., dessen Bastardbruder Wolf ›Lops de Foisch‹, zum berüchtigten Faidit (s. u.) wurde. Dessen Schwester war Esclarmonde d'Alion.

Guy de Levis: Die Familie de Levis hatte nach dem Kreuzzug gegen den Gral (1209–1213) die Vizegrafschaft von Mirepoix (Vescomtat de Miralpeix) erhalten. Eine Isabel de Levis ist die Mutter von Marie de Saint-Clair.

Fourageure: aus dem Frz., für die Verpflegung Zuständige

Esclarmonde de Perelha (frz. de Pereille), nicht zu verwechseln mit der »großen Esclarmonde« von Foix, der ›Schwester‹ Parsifals.

parfait, parfaite: frz. der bzw. die »Vollkommene«, Ausdruck für die in die katharische Glaubensgemeinschaft aufgenommenen »Reinen«, auch »buonhommes« = »Gutmänner« genannt.

Die Montagnards 27

Montagnards: frz. Gebirgsjäger.
Donjon: In der normannischen Burgbauweise übliche Bezeichnung für den festungsartigen Hauptturm
Barbacane: frz. ursprünglich Schießscharte, dann allgemein üblich für Außenwerk einer Festung
consolamentum: lat. Tröstung, im Katharismus übliche freiwillige Todesweihe, an die sich nur noch die »endura«, der letzte »harte« Weg bis zum Erreichen der »Pforte zum Paradies« anschloß.
Loba: provenç. die Wölfin, geb. 1194, nom-de-guerre einer katharischen »parfaite«, Roxalba Cecelie Stephanie de Cabaret (Cab d'Aret), okzitanische Adelsfamilie, ihr Cousin Pierre-Roger de Cabaret war der Anführer der Faidits.

Die Barbacane 33

adoratrix murorum: lat. Maueranbeterin.

Die Kapitulation 35

macte anime: lat. frischen Muts.
Gavin Montbard de Bethune, geb. 1191, Vorsteher des Ordenshauses von Rennes-le-Château. André de Montbard war auf Anregung seines Neffens Bernard von Clairvaux eines der Gründungsmitglieder und vierter Großmeister des nach dem ersten Kreuzzuges gegründeten Templerordens gewesen. Conon de Bethune, aus okzitanischer Adelsfamilie, war der 1219 verstorbene Minnesänger. Sein Sohn war 1216 bis 1221 Regent des Lateinischen Kaiserreiches und starb 1224. Gavin war 1209 als junger Ritter von den Führern des Kreuzzuges dazu benutzt worden, als Herold dem Vicomte von Carcassonne (Trencavel = Perceval = Parsifal) freies Geleit anzubieten. Dieses Wort wurde von Simon de Montfort gebrochen, der Vicomte gefangen und umgebracht.

quidquid pertinens vicarium ...: lat. Was den Stellvertreter [Christi] betrifft, die jungfräuliche Geburt, den Sohn und den heiligen Geist ...

Sephirot: Stufe in der Geheimlehre der jüdischen Kabala.

Portiuncula: Kapelle unterhalb von Assisi, Ausgangsort der franziskanischen Bewegung, heute mit einer Kathedrale überbaut.

laudato si' mi' Signore ...: ital. Gelobt sei mein Herr für Bruder Wind und für Luft und Wolken, für Heiteres ... (aus dem *Cantico delle creature*, dem »Sonnengesang« des Franz von Assisi (1225))

laudate e benedicte mi' Signore ...: ital. Lobet und preiset meinen Herren und danket ihm und dienet ihm in großer Demut. (Ebda.)

Bertrand en-Marti, Katharerbischof, Nachfolger des Guilhabert de Castres

treuga Dei: lat. feiertägliches Fehdeverbot

conditio sine qua non: lat. Bedingung, ohne die etwas nicht zustande kommt

legatus Papae: lat. Päpstlicher Legat

Abakus: lat. ursprüngl. Rechenbrett (aus dem Griech.), dann nur noch für den Kommandostab der Templerherren gebräuchlich.

La Grande Maitresse, frz. despektierlicher Ausdruck für die selten vorkommenden Großmeister weiblichen Geschlechts, hier Marie de Saint-Clair geb. 1192, Großmeisterin der Prieuré de Sion (1220–1266) nach dem Tode ihres Mannes, Jean de Gisors.

Guillem de Gisors, ihr Stiefsohn, geb. 1219, wurde dann ihr Nachfolger und 1269 in den »Orden des Schiffes und des doppelten Halbmondes« aufgenommen, den Ludwig IX. für adelige Teilnehmer des VI. Kreuzzuges gegründet hatte.

pacta sunt servanda: lat. Verträge sind einzuhalten

Autodafé: portug. auto-de-fe, Akt des Glaubens, gebräuchlich für Verbrennung von Ketzern auf Scheiterhaufen.

Die letzte Nacht 48

maxima constellatio: lat. astrologisch bedeutsame Planetenkonstellation

credentes: lat. Gläubige (Katharer), Novizen, Vorstufe der Erlangung des Ranges eines »parfait«

Konstanz von Selinunt, geb. 1215 als Sohn des ägyptischen Wesirs Fakhr ed-Din und einer christlichen Sklavin unter dem Namen Faress ed-Din Octay. Der junge Emir wurde von seinem Vater zu dem von ihm hochverehrten Kaiser Friedrich nach Sizilien geschickt, erhielt von diesem den Ritterschlag und den Titel ›Prinz von Selinunt‹, nom-de-guerre ›Roter Falke‹, im Dienst des Sultans von Kairo.

Sigbert von Öxfeld, geb. 1195, diente unter seinem Bruder Gunther beim Bischof von Assisi, schloß sich 1212 in Köln dem Kinderkreuzzug an, geriet in ägyptische Gefangenschaft, trat nach seiner Freilassung dem neugegründeten deutschen Ritterorden bei und wurde dessen Komtur auf Starkenberg.

Interludium Nocturnum 51

Albertus Magnus: (1193–1280), Dominikaner, Philosoph, Lehrer des Thomas von Aquin

Roger Baconius (Bacon): (c. 1214 bis 1294) engl. Franziskaner und Scholastiker; studierte in den dreißiger Jahren in Paris

Nasir ed-Din el-Tusi: (1201–1274), arab. Universalgelehrter

Ibn al-Kifti: (1172–1248), arab. Gelehrter, Verfasser einer Chronik der großen Ärzte

gesta Dei per los Francos: lat. Gunstbezeugung Gottes für die Franken

sublimatio ultima: lat. letzte Läuterung (Begriff aus der Alchemie)

lapis excillis, lapis ex coelis: lat. lapis = der Stein, excellens = hervorragend, ex coelis = vom Himmel (Auslegungsstreit auf den Gral be-

zogen; s. u. ›Das Große Werk‹,
›Wolfram von Eschenbach‹)
pax et bonum: lat. Frieden und Gutes,
ital.: pace e bene; Begrüßungsformel der Franziskaner
Mysterien: griech. Geheimlehren
Großmeister in Akkon: Nach der Rückeroberung Jerusalems 1187 durch
Saladin wurde Akkon Hauptstadt
des Königreiches von Jerusalem.
Outremer: frz. jenseits des Meeres, gebräuchlich damals nur für das Heilige Land, später für alle französischen Überseebesitzungen
Esoterik: griech. geheimes Wissen,
Wissen der Eingeweihten
apokryph: griech. geheimes, nicht offiziell anerkanntes Schriftgut
baucent, auch *beaucéant*: frz., war das
Kriegsbanner der Templer; *à la rescousse*: frz. zur Hilfe! zum Entsatz!
Initiation: lat. Einweihung
Adept: Begriff aus der Alchemie für die
»sich um Einweihung Bewerbenden«
Das Große Werk: die Erlangung des
›Steins der Weisen‹, im alchimistischen Sinne der Katalysator, der niedere Metalle in Gold verwandelt, im
metaphysischen die Erlangung der
göttlichen Weisheit (s. o. ›sublimatio ultima‹)
Deus vult!: lat. Gott will es!; vulgärlat./ital.: *Deus lo volt!*

Maxima Constellatio 60

Diaus vos benesiga: provenç. Gott
segne Euch!
Aitals vos etz forz ...: provenç. So daß
ihr stark seid, um sie verteidigen zu
können!
N'Esclarmunda, vostre noms significa ...: provenç.: Esclarmonde, Euer
Nam' besagt, daß Ihr der Welt klares Licht (Leuchten) gebt, und daß
Ihr rein seid, daß Ihr nichts tatet,

was nicht ziemt; so daß Ihr eine würdige Trägerin seid des Reichtums eines solchen Namens.
Ay, efans ...: provenç. Kinder, daß
Gott Euch behüte!

II. DIE BERGUNG

Loba die Wölfin 66

les enfants du mont!: frz. die Kinder
vom Berge
Salvaz!: provenç. gerettet!
faidits: frz. die Verfemten (vom arab.
faida); heute noch für Blutrache,
Fehde im Mittelmeerraum gebräuchlich
Vive Dieu Saint-Amour: frz. Es lebe der
Gott der Heiligen Liebe! Kampfruf
der Templer.

Le trou' des tipli'es 69

trou des tipli'es: frz. das Loch der Templer (Verballhornung); eine Ruine
gleichen Namens befindet sich in
Südwestfrankreich, der Zugang ist
jedoch von Staats wegen gesperrt
insha'allah!: arab. Gottes Wille geschehe!
Crean de Bourivan, geb 1201, natürlicher Sohn des John Turnbull, Mutter war die Katharerin Alazais
d'Estrombezes (verbrannt 3.5.1211),
wuchs auf unter dem Namen seines
Ziehvaters, erzogen auf der Burg Belgrave in Südfrankreich, wurde von
John Turnbull mit dem (äußerst dubiosen) Lehen Blanchefort in Griechenland betraut, wo er 1221 die Erbin Elena Champ-Litte d'Arcady
heiratete. Nach ihrem gewaltsamen
Tode zum Islam konvertiert und in
den Orden der syrischen Assassinen
aufgenommen.
langue d'oc: Sprache Okzitaniens =
Provençalisch

Le Bucher 73

le bucher: frz. der Scheiterhaufen
Camp des Crematz: provenç. ›Feld der Verbrannten‹, so wird der Abhang unterhalb des Montségur heute noch genannt
Dieus recepja las armas ...: provenç. Möge Gott, wenn es ihm gefällt, sich der Armen im Paradies annehmen!
Pietà: ital. fester Begriff für die Darstellung Mariens mit dem Leichnam ihres Sohnes im Schoß
ratio: lat. Vernunft
de jure: lat. von Rechts wegen

Xacbert de Barbera 78

Xacbert de Barbera, gen. ›Lion de combat‹: frz. »Löwe der Schlacht«, (1185–1273), okzitanischer Kriegsherr, durch seinen ständigen, letztlich erfolglosen Widerstand gegen Frankreich (Toulouse 1218/19 und Carcassonne 1240/41) oft ins Exil getrieben, nahm unter König Jacob I. (1213–27.7.1276) von Aragon an der Eroberung von Mallorca teil und setzte sich schließlich unter dessen Protektion auf Quéribus fest.
Wolfram von Eschenbach, 1170–1220, mittelhochdeutscher Dichter, schrieb ca. 1210 den ›Parzival‹ nach dem frz. Vorbild des Chrétien de Troyes und 1218 das Kreuzzugs-Epos ›Willehalm‹ und den ›Titurel‹
Trencavel: Geschlechtsname der Vicomtes von Carcassonne (Vescomtat de Carcassona). Da das Haus von Okzitanien sich aus gotischem Ursprung schlicht ›Comtes de Tolosa‹ nannte, firmierten die umliegenden Grafschaften respektvoll als ›Vizegrafen‹. Der Name Trencavel mutierte in der Legendenbildung um den Berühmtesten aus diesem Geschlecht zu ›Parsifal‹ (Perceval ‹ Tranchez-bel = Schneid-gut, Schneid-mitten-durch).
Parsifal: historisch Ramon-Roger II. von Carcassonne, geb. 1185, der gleich zu Beginn des Kreuzzugs gegen den Gral, der sogenannnten »Albigenserkriege«, 1209 als Gefangener in Carcassonne umgebracht wurde.
Simon de Montfort, (1150–1218), Count of Leicester, verheiratet mit Alix de Montmorency, wurde 1209 Anführer des Kreuzzuges und direkter Nutznießer im Namen Frankreichs; usurpierte den Thron des Grafen von Toulouse, besetzte Tolosa 1215 an der Seite des Dauphins Louis VIII., verlor die Stadt wieder an Raimond und wurde bei der Belagerung von einem Katapultgeschoß getötet. Seine Sippe spielte noch lange eine wichtige Rolle im Heiligen Land.
Okzitanien: Landschaft in Südwest-Frankreich, politisch in etwa identisch mit der damals mächtigen Grafschaft Toulouse
Ramon-Roger III.: geb. 1207, Sohn des Parsifal, fiel 1240 bei dem Versuch, Carcassonne zurückzuerobern
Oliver von Termes: geb.1198; sein Vater Ramon von Termes wurde nach dem Fall der Stadt 1211 umgebracht, sein Onkel Benoit von Termes war der katharische Bischof von Razes. Termes wurde Alain de Roucy übergeben, der in der Schlacht von Muret 1213 Peter II., König von Aragon, erschlagen hatte. Der damit zum Faidit gewordene Oliver unterstützte den letzten Trencavel. Nach dessen Scheitern wechselte er zu den Fahnen Frankreichs und geriet somit in erbitterte Gegnerschaft zu Xacbert de Barbera, der den Franzosen weiterhin Widerstand leistete.

Canço: prov. Lied (vgl. frz. chanson)

Der Esel des heiligen Franz 83

nolens volens: lat. unwillig
inter pocula: lat. beim Glase

Les Gitanes 88

les gitanes: frz. Zigan, Zigeuner; provenç.: gitanos
Aigues Mortes: frz. wörtl. tote Lauge, von Ludwig IX. im Sumpfgebiet der Camargue angelegter rechtwinkliger, befestigter Kreuzzugshafen.
Minnekirche: Ausdruck für die kirchliche Struktur des Katharismus
Sirventes: wörtl. Dienstlieder; Spottverse, die von Troubadouren für und gegen bestimmte Personen verfaßt wurden
armigieri: ital. wörtl. Zeugmeister, verantwortlich für die Wartung der Waffen, im militärischen Rang des Ordens den Rittern nicht gleichgestellt (rotes Kreuz auf schwarzer Kutte).

An den Gestaden Babylons 94

Graf Jean de Joinville: geb. 1225, Seneschall der Champagne, nahm am Kreuzzug Ludwig IX. teil und beschrieb ihn als Chronist.
nom-de-guerre: frz. Kampfname, Deckname
Yves der Bretone: geb. 1224, ehemaliger Priester, von König Ludwig IX. begnadigter Totschläger, in dessen Dienste er dann trat, später Aufnahme in den Dominikanerorden
Höchster Schiedsrichter: Beiname für Ludwig IX., der – über alle Zweifel an seiner Katholizität erhaben – zwischen Kaiser und Papst vermittelte.
poverello: ital. kleiner Armer, Spitzname für Franziskaner

III. IN FUGAM PAPA

in fugam papa: lat. der Papst auf der Flucht

Mappa Mundi 106

mappa mundi: lat. Weltkarte
Castel Sant' Angelo: ital. Engelsburg, auf dem Tumulus (Grabmal) des Kaiser Hadrian errichtet
Capoccio: Rainer von Capoccio, geb. 1181, Kardinaldiakon von S. M. in Cosmedin, 1216 Beauftragter der Kurie für die Entwicklung des Franziskanerordens, Mitglied der Zisterzienser und Herr von Viterbo.
Petrus von Capoccio, Kardinaldiakon (1244–1259) von St. Georg ad velum aureum, sein Vetter.
archivi secreti: lat. Geheim-Archive
personae sine gratia: lat. Personen, die nicht begnadigt werden
Dschebel al-Tarik: Felskegel des Tarik, nach dem Omaijaden-Heerführer, der 711 von Tanger übergesetzt war und dort das Visigotenheer unter Roderich geschlagen hatte.
hic sunt leones: lat. hier gibt's Löwen
Divina Hierosolyma: lat. göttliches Jerusalem
terra incognita: lat. das unbekannte Land
Chrysokeras: griech. Goldenes Horn
Patriarchat von Aquileja: dt. Aglei (Friaul) fällt am 18.7.1445 unter die Oberhoheit der »Serenissima« (Republik Venedig)
caput mundi: Haupt(-stadt) der Welt, Rom
Goldene Horde: unter den Enkel des Dschingis-Khan, Batu, selbständig gewordenes Khanat, heutiges Weißrußland
reconquista: Rückeroberung Südspaniens von den Mauren durch die christl. Königreiche Nordspaniens,

insbes. Kastilien und Aragon. Findet am 6.1.1492 mit dem Fall von Granada ihren Abschluß.

Schlacht bei Liegnitz: Nach der Einnahme von Kiew am 6.12.1240 spaltete sich das Mongolenheer Batus und griff unter seinem Vetter Baidar das vereinigte Heer des Königs von Polen, des Deutschritterordens und des Herzogs Heinrich II. von Schlesien an, das es am 9.4.1241 vernichtend schlug.

Schlacht am Sajofluß: Batu und sein Heerführer Subutai vernichteten am 11.4.1241 die Streitmacht des Königs Bela von Ungarn.

Gregor IX.: (19.3.1227–22.8.1241), Ugolino di Segni, Kardinalbischof von Ostia, Kardinal-Protektor der Franziskaner seit 1220.

Priester Johannes: legendäre Figur eines christl. Priester-Königs im Fernen Osten, von dem sich das Abendland im Zeitalter der Kreuzzüge immer wieder Hilfe versprach. Eine Zeitlang hielt man (den nestorianisch-christlichen) Dschingis-Khan für diesen Retter, wurde aber durch die Mongoleneinfälle 1240/41 eines Schlechteren belehrt. Dann glaubte man, Priester Johannes käme wie die Königin von Saba aus dem koptischen Abessinien.

Ögedai: Großkhan der Mongolen, starb am 11.12.1241 in Karakorum

Kuriltay: Reichstag der Mongolen. Es dauerte diesmal fünf Jahre bis sich die Erben auf Ögedais ältesten Sohn Guyuk als Großkhan einigten.

spaventa passeri: ital. Vogel(Spatzen)-Scheuche

omnes praelati ...: lat. Spottvers auf die Aufbringung und Einkerkerung von einem genuesischen Schiff voller Kardinäle durch des Kaisers natürlichen Sohn Ezio und die Pisaner (3.5.1241): Alle Prälaten / vom Päpstlichen Mandat getragen / und drei Legaten / wurden hier in Ketten geschlagen.

Metzgersbalg: Böse Anspielung auf den Zweifel an der königlichen Geburt von Friedrich II. zu Jesi (26.12.1194): Seine vierzigjährige Mutter, die Normannenerbin Konstanze, habe sich das Neugeborene einer einheimischen Metzgersfrau unterschieben lassen.

Kebse im Kindbett: Friedrichs dritte und letzte Frau Isabel-Elisabeth von England (Schwester des Königs Henry III.) starb 1241 bei der Geburt ihres dritten Kindes.

Freitod des Erstgeborenen: Am 10.12.1242 gab sich des Kaisers ältester Sohn Heinrich VII., von Friedrich wegen Aufruhrs im Reich in Apulien zu Festungshaft verurteilt, auf dem Transport den Tod, indem er sich mitsamt Pferd in eine Schlucht stürzte.

Verrat von Viterbo: 9.9.1243. Der von Rainer von Capoccio geschürte und von Rom unterstützte Aufstand gegen die Garnison des Kaisers, der freier Abzug versprochen wurde, fand seinen Abschluß im Überfall und der Einkerkerung des kaiserlichen Markgrafen Simon von Tuskien (Toscana)

canis Domini: lat. wörtl. Hund des Herrn; Wortspiel mit »Domini canis« (Dominikaner)

Elia von Cortona, geb. 1178, aus der Familie der Barone Coppi, Beiname »il bombarone« (ital. der gute Baron), trat 1211 dem Orden des Franziskus bei, der ihn 1217 zum Provinzial der Toscana machte, 1218–20 Provinzial für Syrien, 1221 Franziskus' Stellvertreter, 1223 Generalminister des Ordens, 1232 wiedergewählt, 15.5.1239 Absetzung, Rückzug nach Cortona, erste Ex-

kommunikation. Elia schloß sich
Friedrich an, für den er 1242/43 als
Gesandter nach Konstantinopel ging
(Schlichtung des Streites zwischen
Lat. Kaiser Balduin II. (1228 bis
25.7.1261) und Griech. Kaiser Johannes III. Vatatzes, Verheiratung
mit Friedrichs natürlicher Tochter
Anna-Constanze), 1244 Rückkehr
mit der hl. Kreuzreliquie nach
Cortona. Im gleichen Jahr lädt der
neue Generalminister Aimone, ein
Engländer, Elia auf ein für den
4.10.1244 einberufenes Generalkapitel nach Genua. Elia entschuldigt
sich schriftlich.

Der Verfolgten Wahn 117

idiota: griech. wörtl. der Abgesonderte, ein von der Gesellschaft Ausgeschlossener
la grande puttana: ital. die große Hure
a priori: lat. im vornherein

Schnittpunkt zweier Fluchten 135

Silberberg: Monte Argentario (südliche Küste der Toscana), dem Sumpf- und Waldgebiet der »Maremma« vorgelagert
incubus: lat. Alptraum
vicarius Petri, lat. Stellvertreter des hl. Petrus; der Papst
papabiles: lat. Kardinäle, die für die Wahl zum Papst in Frage kommen
codex militiae: lat. Heeresvorschrift, Militärgesetz
Johannes der Täufer, festum eius (A.D. 1244) 1. Juli

Der Bombarone 149

Sbirren: Häscher, Spionageabwehr, Agenten Venedigs
Patriarch von Antiochia: Albert von Rezzato (1226–1245/46)

Rukn ed-Din Baibars, geb.1211, nom-de-guerre ›der Bogenschütze‹, ein mamelukischer Emir, bringt es später – als Usurpator – bis zum Sultan, energischer Vernichter aller wichtigen christlichen Stützpunkte im Heiligen Land.
Stemma: (kirchl.) Wappen
Papst Urban II. (12.3.1088–29.7.1099), rief im Jahre 1095 auf dem Konzil von Clermont zum ersten Kreuzzug auf
Kaiser Johannes III. Dukas gen. Vatatzes: (1193–1254). Nach der Gründung des Lat. Kaiserreiches 1204 waren Mitglieder des byzantinischen Herrscherhauses nach Kleinasien ausgewichen und hatten dort das Kaiserreich von Trapezunt und Kaiserreich von Nicaea gegründet. Letzteres macht unter dem Nachfolger des Vatatzes, Michael VIII. Palaiologos mit Hilfe Genuas der lat. Herrschaft unter Balduin II. 1261 ein Ende.

IV. VERWISCHTE SPUREN

Wider den Antichrist 162

intricata ... composita ... cantata: lat. Intrigen ... komponiert ... gesungen
Lektionar: aus dem Lat., Lesepult
Sankt Albans: Abtei in Herfortshire, England

Eine Haremsgeschichte 168

Admiral Enrico Pescatore war 1221 von Friedrich II. als Vorhut nach Dammiette geschickt worden, konnte die Rückgabe der Stadt an Sultan El-Kamil nicht mehr verhindern. Im August 1225 holte er im Auftrag des Kaisers die junge Braut Yolanda in Akkon ab, um sie nach Brindisi zu bringen (Trauung 9.11.1225). Wurde für seine Verdienste von Friedrich zum Grafen von Malta ernannt.

Laurence de Belgrave: geb. 1191, Tochter aus der morganatischen Ehe der Livia de Septemsoliis-Frangipane mit Lionel Lord Belgrave, Bundesgenosse des Montfort und späterer Schutzherr der »Resistenza«. Laurence wurde 1212 Äbtissin des Kameliterinnenklosters auf dem Monte Sacro zu Rom; 1217 unter der Inquisition aus Italien vertrieben, begab sich nach Konstantinopel. Bordellbesitzerin, später berüchtigt als Piratin und Sklavenhändlerin, gen. ›die Äbtissin‹, heiratete 1228 den Admiral und wurde Gräfin von Otranto. 1229 Geburt ihres Sohnes Hamo mit dem Beinamen ›L'Estrange‹.

Clarion: (geb. 1226); »Nebenprodukt« der Hochzeitsnacht von Brindisi (9.11.1225): Friedrich II. schwängerte Anaïs (Tochter des Wesirs Fakhr ed-Din), eine Brautjungfer Yolandas. Clarion wuchs in Otranto auf und erhielt von Friedrich den Titel einer ›Gräfin von Salentin‹.

bismillahi al-rahmani al-rahim: arab. Im Namen Allahs, des Allerbarmers, des Barmherzigen. Anrufung zu Beginn jeder Sure des Korans.

qul a'udhu birabbi al-nasi ...: arab. Spruch: ›Ich suche Zuflucht im Herrn der Menschheit, dem König der Menschheit, dem Gott der Menschheit, vor den üblen Einflüsterungen des schleichenden Flüsterers, der in die Herzen der Menschen flüstert, hervor aus Dschinn und Menschen‹ (Der Koran, Sure Al-Nas).

Dschellabah: geschlossener arabischer Umhang, knöchellang, oft mit Kapuze, auch für Männer

Guido della Porta, geb. 1176 als natürlicher Sohn der Livia di Septemsoliis-Frangipane und des Markgrafen Wilhelm von Montferrat. 1204 bis zu seinem Tode 1228 als Guido II. Bischof von Assisi, in dessen Garde kurz (1212) Sigbert von Öxfeld diente und John Turnbull 1204 bis 1209 als Secretarius.

Geoffroy de Villehardouin, geb. 1150, Marschall der Champagne und Historiker *(Histoire de la conquête de Constantinople),* ab 1204 Marschall des Lat. Kaiserreiches, 1210–1218 Fürst von Achaia, Lehnsherr des John Turnbull (Blanchefort, das dieser später an Crean de Bourivan vererbte).

Anna, Jugendliebe des Sigbert, die er mit auf den Kinderkreuzzug 1212 nahm und die im Harem des Wesirs Fakhr ed-Din landete, Mutter des Fassr ed-Din Octay.

qul a'udhu birabbi al-falqi ...: arab. Spruch: ›Ich suche Zuflucht im Herrn des Morgens vor dem Bösen dessen, was er geschaffen hat, ... und vor dem Bösen derer, die auf die Knoten wechselseitiger Beziehungen blasen, um sie zu lösen, und vor dem Bösen des Neiders, wenn er neidet‹ (Der Koran, Sure Al-Falaq).

pax mediterranea: lat. Frieden im Mittelmeerraum, Begriff von Kaiser Augustus geprägt

Das Opfer des Beccalaria 177

Euphemismus: aus dem Griech., Schönfärberei

Der Große Plan 185

De profundis ...: lat. Aus der Tiefe schrie ich zu dir, Herr

Tod in Palermo 204

Richard von Cornwall, geb 1209 Bruder von Henry III., Neffe des Richard Löwenherz, Graf von Cornwall seit 1225; war 1240/41 auf der Rückfahrt von seinem Kreuzzug Gast Friedrich II. in Sizilien; wird später nach Friedrichs Tod zusammen mit Alfons von Kastilien als deutscher Gegenkönig (13.1.1257–2.4.1272) gegen die Staufer (Manfred) aufgestellt, stirbt 1272.

Alfons X., König von Kastilien, ›der Weise‹ (1252–4.4.1284). Deutscher Gegenkönig 1.4.1257–1275 (resigniert), Sohn von Ferdinand III. ›der Heilige‹, König von Kastilien und Leon; Mutter: Beatrix von Hohenstaufen.

Tochter Arthurs: Anspielung auf die mythologische Verbindung der Katharer mit König Artus' Tafelrunde, Parsifal = Gralsritter

Capella Palatina: Normannisch-byzantinische Kapelle im ersten Stock des Königspalastes zu Palermo

Wasserspiele 209

meden agan: griech. nie zuviel, nichts zuviel

Großmeister des Deutschen Ritterordens: hier Hermann II. von Salza (1210–20.3.1239), der wichtigste und treueste Freund des Kaisers, der immer wieder zwischen ihm und dem Papsttum vermittelte.

el-Kamil, Sultan von Kairo (1218 bis 1238)

Aiyub, Sultan von Kairo (1238–1249)

Oi llasso ...: ein von Friedrich II. selbst verfaßtes Gedicht, das ›der Blume Syriens‹, der Wesirstochter Anaïs gewidmet war

Ein Diener zweier Herren 215

Die Gräfin von Otranto 224

Triëre: Drei-Deck-Kampfschiff von übereinander angeordneten Ruderreihen betrieben, zusätzlich auch Betakelung

Konrad IV., geb. 25.4.1228, Sohn und Nachfolger Friedrich II. als deutscher König, stammt aus der Ehe mit Yolanda (die im Kindbett starb), wird mit Geburt nomineller ›König von Jerusalem‹, heiratet am 1.9.1246 Elisabeth von Bayern (Tochter des Otto II. von Wittelsbach); dieser Ehe entspringt Konrad V. (›Konradin‹), der letzte Staufer.

Conde Jean-Odo du Mont-Sion, nom-de-guerre des John Turnbull. Mutter wahrscheinlich Héloise de Gisors (geb. 1141), die sich, wohl gegen den Willen der Familie, welche sich in direkter Linie von den Payens (Gründer des Templerordens) und den Grafen von Chaumont herleitete, mit Roderich von Mont, dem Bruder des Bischofs von Sitten (»Sion« im Wallis), vermählte; diesem morganatischen Verhältnis entsproß wohl 1170 (oder 1180) »Jean-Odo«. 1200–1205 als Secretarius im Dienste des Geoffrey de Villehardouin; 1205–1209 im Dienste von Guido II., Bischof von Assisi; 1209 bis 1216 untergetaucht in der »Resistenza« gegen Simon de Montfort; 1216–1220 im Dienst des Jacques de Vitry, Bischof von Akkon, danach im Dienst des Sultans El-Kamil. 1221 Reise nach Achaia, danach noch mehrmals in Assisi. Auch der Name seines Lehens auf dem Peloponnes, »Blanchefort«, weist auf vielfältige Beziehungen zu den Templern und dem Geheimbund der ›Prieuré de Sion‹ hin, der auch Bertrand de Blanchefort (Großmeister der Templer) und die Gisors ange-

hörten. (Vgl. auch Peter Berling, *Franziskus oder Das zweite Memorandum.*)
ordo equitum theutonicorum: lat. Orden der Deutschritter
Blanchefort: Name des Lehens in Achaia, das John Turnbull von Geoffroy de Villehardouin für seine Dienste erhielt, und das er seinem natürlichen Sohn Crean vermachte. Blanchefort war inzwischen längst in den Besitz der Familie Champ-Litte d'Arcady übergegangen, Crean heiratete deren Tochter Helena.
reine innocente: frz. unschuldige Königin, Lilienart
allahu akbar: arab. Allah ist groß
wa-Muhammad rasululah: arab. Und Mohammed ist sein Prophet

Diebe auf Reisen 235

advocatus diaboli: lat. wörtl. Anwalt des Teufels, bei Heiligsprechungsprozessen die Rolle des kritischen Prüfers

V. DAS OHR DES DIONYSOS

Dionysos: griech. Gott des Weines, des Rausches und der Mysterien; lat. Bacchus. »Das Ohr des Dionysos« wurde eine architektonische Konstruktion genannt (Schalltrichter), mit Hilfe derer man in entfernten Räumen Gesprochenes deutlich vernehmen konnte.

Die Fontäne 242

Eine Tür ohne Klinke 246

Lucera: Friedrich hatte bei der Befriedung seines sizilianischen Königreiches einen Teil der aufständischen Sarazenen nach Apulien deportiert und sie vor allem in der eigens dafür erbauten Stadt Lucera angesiedelt. Sie wurden dort seine zuverlässigste, ihm treu ergebene Truppe.
apage satana: griech. Weiche, Satan!

Quéribus 253

Picardiers: aus dem Frz., Fußsoldaten aus der Picardie mit Spießen (›pica‹)
Die vier apokalyptischen Reiter: allegorische Schreckensgestalten aus der Apokalypse des Johannes, Pest, Krieg, Hunger und Tod versinnbildlichend

Die Höhle der Muräne 256

Die falsche Spur 261

Ein blinder Stollen 265

aurum purum: lat. reines Gold
vasama la uallera: ital. (neapolitan. Dialekt) Küß mir die Eier!

Weibergeschichten 273

maestro venerabile: ital. ehrwürdiger Meister, Anrede für Meister eines Ordens oder einer Loge
Patrimonium Petri: lat. päpstl. Besitz, die Landschaften in Italien, die im Mittelalter den Kirchenstaat ausmachten: Latium, umstrittene Teile der Toscana, Umbriens, sowie der »Marken« (Bologna, Ferrara, Ancona)
preces armatae: lat. dringende Bitten
Boëthius: Anicius Torquatus Severinus Boetius, röm Philosoph und Politiker, Verfasser der *Consolatio Philosophiae,* 480–524 (hingerichtet)
status quo ante: lat. Zustand, wie er zuvor bestand
Giovanni Pian del Carpine (auch: Piano

di Carpinis): (c. 1182–1252), erster
Kustos von Sachsen, Verfasser des
Liber Tartarorum
Jakobiter: frühchristliche Kirchenrichtung nach dem Apostel Jakobus

Aigues Mortes 283

Piere Vidal: okzitanischer Troubadour
(1175–1211)
Drut: provenç. ›der Verliebte‹,
Spottname für Roger-Bernard II.
von Foix
Kronland: Die Tochter des Grafen Raimond VII. und letzte Erbin von Toulouse, Johanna, wurde bereits als
Kind mit Alfons von Poitiers (Bruder Ludwig IX.) verheiratet, ihr Vater so lange in Paris festgehalten, bis
die Ehe vollzogen werden konnte.
Toulouse wurde französische Provinz.

Leere Betten 289

Die Sänfte 293

Vergil: Publius Vergilius Maro, röm.
Dichter (70–19 v. Chr.); prophezeite
ca. 40 v. Chr. in seiner Bucolica den
Anbruch eines »Goldenen Zeitalters« nach Geburt eines »heiligbringenden« Kindes.

Böses Erwachen 296

VI. CANES DOMINI

Ein einsamer Wolf 302

In Acht und Bann 308

Schlüsselsoldaten: päpstl. Truppen
(nach dem Wappen des Kirchenstaats: gekreuzte Schlüssel)
Graf Raimund-Berengar IV., (1209 bis
19.8.1245). Von seinen vier Töchtern

heirateten: Margarete (1234) Ludwig IX., König von Frankreich; Elenore (1236) Henry III., König von
England; Sancha (1244) Richard
von Cornwall, König von Deutschland; Beatrix (1246) Charles I. d'Anjou (Bruder Ludwig IX.), der es
1265 zum König von Neapel bringt
(Enthauptung Konradins); die Provence entgleitet dem Deutschen
Reich.
Herzog Berthold von Meran, Patriarch
von Aglei (27.3.1218–23.5.1251)
Thaddäus von Suessa: Friedrich II.
treuer Großhofrichter, wird am
18.2.1248 beim Aufstand der Stadt
Parma und Zerstörung der Lagerstadt »Victoria« erschlagen.
pro imperatore: lat. für den Kaiser
cisalpina: lat. diesseitig der Alpen
stupor mundi: lat. das Erstaunen der
Welt, Beiname Friedrich II., der ihm
noch nicht anhaftete, als er am
25.12.1194 auf dem Marktplatz von
Jesi das Licht der Welt erblickte.
Um jedem Mißtrauen an seiner Geburt vorzubeugen, hatte seine Mutter für ihre Niederkunft ein großes
Zelt aufschlagen lassen und 18 Prälaten, Kardinäle aus Rom und Bischöfe der Umgebung, gezwungen,
der Geburt beizuwohnen.
iella: ital., aus dem arab., Unglück,
Pech
mal'occhio: ital. böser Blick

Der Amalfitaner 316

herostratisch: nach Herostratos, griech.
Brandstifter, der 356 v. Chr. den Tempel von Ephesos, eines der sieben
Weltwunder, zerstörte

La Grande Maitresse 320

Sankt Peter: Rom, Basilika über dem
Grab des Apostels Petrus (gest. im

Zirkus des Nero ca. 65) erbaut 324 unter Kaiser Constantin I. (307 bis 337), 326 eingeweiht von Papst Silvester I. (314–347)

intra muros: lat. innerhalb der Stadtmauern (Roms)

Enzio: (1216–1272), natürlicher Sohn Friedrich II., König von Torre und Gallura (Sardinien), stirbt in bolognesischer Gefangenschaft

Marie de Saint-Clair, geb. 1192, heiratete Johann von Gisors 1220, als dieser schon auf dem Totenbett lag, um die Nachfolge in der Großmeisterwürde des Geheimen Ordens der ›Prieuré de Sion‹ für das Kind Guillem (geb. 1219) zu sichern, dessen Mutter Adelaide de Chaumont im Kindbett gestorben war; gilt als Mutter der Kaisertochter Blanchefleur (1224–1279).

König Philipp II. Augustus von Frankreich (1180–14.7.1223). Dauphin Louis VIII., König von Frankreich (1223–8.11.1226); ihm folgte sein Sohn Louis IX.

Jean de Brienne, heiratete am 13.9.1210 die Erbin des Königreiches von Jerusalem Maria ›la Marquise‹. Sie starb 1212 im Wochenbett bei der Geburt ihrer Tochter Isabella II., gen. ›Yolanda‹.

Pelagius (Pelagius Galvani O. S. B.), span. Herkunft (?), Kardinalbischof von Albano (1213–1229), mehrfach päpstl. Legat erst im Lat. Kaiserreich, dann auch im sogenannten Dammiette-Kreuzzug (1217–1221), danach sowohl mit der Einvernahme der armenischen Kirche als auch mit der Thronfolge in Zypern befaßt.

Großmeister des Hospitals: damals Guarin I. von Montague (1208–1230)

Innozenz III.: (1198–1216), Lothar Conti, Graf von Segni, war 1197 bis 1215 Vormund des jungen Friedrich II. gewesen, danach dessen erbitterter Gegner wegen nicht eingehaltenen Kreuzzugversprechens

Honorius III.: (18.7.1216–18.3.1227), Cencio Savelli, Kardinalbischof von San Giovanni, Pate Friedrich II., behandelte sein Mündel zeitlebens mit Nachsicht.

vita sicarii: lat. Lebenslauf eines Häschers

venefex: lat. Giftmischer

Pourqoui cette éjaculation ...: frz. Warum solch vorzeitiger Samenerguß? War Euer ›Hahn‹ des Kündens nicht mehr fähig? (Wortspiel mit ›précox‹, ›coq‹ und ›préconiser‹, bischöfliches Verkünden.)

Esclarmonde, Gräfin von Foix, die Esclarmunde des Gral-Epos, war die Tante Parsifals; ihr Sohn Bernard Jourdain heiratete India von Toulouse-Lautrec, die Schwester Adelaides (›Herzeloide‹, die Mutter Parsifals), woran man die Generationenverschiebung sieht, die dazu geführt hat, in Parsifal und Esclarmunda Geschwister zu sehen. Sie erteilte 1207 den Auftrag, den Pog de Montségur (Grundsteinlegung 12.3.1204) zur Befestigung und zum Hort des katharischen Grals auszubauen; kurz darauf muß sie gestorben sein.

Domenicus: Domingo Guzman de Caleruega (1170–1221), Subprior von Ozma, gründete 1207 bei Fanjeaux das Frauenkloster Notre Dame de Prouille und 1216 den Kleriker-Orden der Dominikaner (»ordo fratrum praedicatorum« = O. P.), Wanderprediger mit der Aufgabe, die Katharer zu bekehren, 1220 als Bettelorden bestätigt, ab 1231/32 mit der »Inquisition« der Ketzer beauftragt. Der eifrige Streiter wurde 1234 kanonisiert.

prati: ital. die Wiesen, rechtsseitig des Tiber gelegen

transtiberim: lat. jenseits des Tiber; ital. Trastevere, zum Schutz des Ripahafens als einziger rechtsseitig gelegener Stadtteil Roms in die Mauer einbezogen.

Capet: Dynastie der Könige Frankreichs, Stammvater Hugo (987 bis 996), von ›cappa‹, Mantel. Die Kapetinger verdrängten die Merowinger vom Thron und hielten sich bis zur Französischen Revolution.

warmes Brötchen: Schon aus Chronikberichten von Richard Löwenherz wie auch von Saladin bekannte »letzte Warnung« der Assassinen. Die Ofenwärme des Fladenbrots sollte demonstrieren, wie sie ungesehen in jedes Privatgemach gelangen konnten.

Der Überfall 331

Gewitter über Apulien 335

pupazzi: ital. Hampelmänner, Puppen
sine glossa: lat. ohne einschränkende Bemerkung, bezieht sich hier spöttisch auf das sog. ›Testament des Franziskus‹
bismillahi al-rahmani al-rahim ...: Im Namen Allahs, des Allerbarmers, des Barmherzigen. Alle Lobpreisung gebührt Allah, dem Herrn der Welten, dem Allerbarmer, dem Barmherzigen, dem Herrscher am Tage des Gerichts. Dir allein dienen wir, und Dich allein flehen wir um Hilfe an. Leite uns den rechten Pfad, den Pfad derer, denen Du gnädig bist, nicht derer, denen Du zürnst, und nicht derer, die in die Irre gehen. Amen. (Anrufung zum Gebet.)

Zerschlagenes Geschirr 343

Zelanten: eifernde Mitglieder des Minoritenordens, die sich streng an die »regula sine glossa«, das von der Kirche nicht anerkannte Testament des Franziskus, hielten.
salsicce: ital. grobe Schweinswürstel

Das Blitzen 348

Avlona: Ort an der dalmat. Küste, Otranto gegenüber gelegen

Die königlichen Kinder 353

Chymische Hochzeit: die Vereinigung der polaren Gegensätze, coincidentia oppositorum, in der hermetischalchemistischen Symbolik Bezeichnung des chemischen oder geistigen »Schöpfungsaktes«, der für die »Geburt« alles Neuen nötig ist.
Hermes Trismegistos: griech. Hermes der Dreifach-Größte; siebzehn Bücher, ihm zugeschrieben, stammen wahrscheinlich aus den ersten Jahrhunderten n. Chr., aus der esoterischen Schule Alexandrias, behandeln Astrologie, Tempelrituale und Medizin.

Erhebende Zweifel 360

Sunna: arab. »Überlieferung«; Sunniten = Anhänger des Wahlkalifats – im Gegensatz zu Schiiten (schia), den Anhängern der direkten Nachkommenschaft des Propheten (Fatimiden)
In einem Berg: Anspielung auf die damals entstehende Kyffhäuser-Sage von Friedrich I. Barbarossa, die sich später auf Friedrich II. ausweitete

Die Lawine 367

via crucis: lat. Kreuzweg
Saratz: Um ca. 850 drang (wohl den Po aufwärts bzw. über Venedig) eine Heeresgruppe der Araber (die zu die-

ser Zeit ganz Süditalien und Sizilien von den Griechen eroberten) bis in die Alpen vor und wurde nach Vermischung mit den einheimischen Bergstämmen im heutigen Graubünden seßhaft.

VII. DIE SARATZ

Der Graue Kardinal 372

dieci, undici, dodici: ital. 10, 11, 12
frater poenitor: lat. der für die Strafen zuständige Bruder
ordo fautuorum minorum: bewußtes Wortspiel: Orden der Einfältigen, der albernen Minderbrüder
silentium strictum: lat. absolutes Schweigen
carpe diem!: lat. Nutze den Tag!
logos: griech. das Wort, der Geist
homo agens: lat. tätiger Mensch
humores: im Mittelalter die vier typisierenden Körpersäfte, daraus später: Launen, Stimmungen
omissis: lat. unterdrückt, weggelassen (Spezialausdruck von Kopisten)
Dei Patris Immensa: Papstbulle vom 5.3.1245 von Innozenz IV., dem Legaten Lorenz von Orta für seine Mongolenmission übergeben. Alle Papstbullen werden noch heute nach ihren ersten drei Worten registriert. Es war nicht wichtig, daß diese ersten drei Worte einen Sinn ergaben, sondern vor allem, daß sie nie wiederholt wurden.

Die Brücke der Sarazenen 378

ma lahu lachm abayd ...: arab. Was für weißes Fleisch er hat – mit roten Löckchen? ... Wie ein junges Schwein? ... Aber in die Fahne des Kaisers gewickelt!
vox populi: lat. Stimme des Volkes
guarda lej: raetorom. Seewache
guarda gadin: raetorom. Talwache
diavolezza: ital. die Teuflische
Landgraf (von Thüringen): Heinrich der Raspe (1242–17.12.1247), deutscher Gegenkönig (22.5.1246 bis 17.12.1247), Schwager der hl. Elisabeth von Ungarn. Mit Raspe stirbt das Geschlecht der ›Ludovinger‹ aus: Im Erbfolgestreit (bis 1264) geht Meißen an die Wettiner, Thüringen und Hessen an Brabant.
sgraffittisti: ital. besondere Technik im Wanddekor durch »Auskratzen« verschiedener Farbschichten
Herzog Welf I. von Bayern, verheiratet mit der zehn Jahre älteren Mathilde Markgräfin von Tuskien; versucht 1077 (nach Canossa) Kaiser Heinrich IV. (1056–1106) die Heimkehr ins Reich zu verwehren, wo die deutschen Kurfürsten inzwischen Rudolf von Schwaben als Gegenkönig ausgerufen hatten.
Servi Camerae Nostrae: lat. unsere »Kammerknechte«; Erlaß Friedrich II. 1236 zum Schutz der Juden, die so direkt dem Kaiser unterstellt wurden
guarda del punt: raetorom. Brückenwache

Glühende Eisen 394

carcer strictus: lat. strenge Kerkerhaft
custodia ad domicilium: lat. Hausarrest
castigator: lat. Züchtiger
carnifex: lat. Henker
Quästor: aus dem Lat., Untersuchungsrichter, Staatsanwalt
in perpetuo: lat. fortlaufend
oboedientia: lat. Gehorsam
forni: ital. Backöfen
I N P + F + SS: Abk. für: In Nomine Patris et Filii et Spiritus Sancti: lat. im Namen des Vaters, des Sohnes und des Heiligen Geistes
I N R I: Abk. für: Iesus Nazarenus Rex

Iudaeorum: lat. Jesus von Nazareth, König der Juden

per omnia saecula saeculorum: lat. von Ewigkeit zu Ewigkeit

civitas: lat. ursprüngl. römische Bürgertugend, hier: Zivilisation

Byzantinische Verschwörung 409

Nicola della Porta, geb 1205 in Konstantinopel (natürl. Sohn von Guido II., Bischof von Assisi; Mutter unbekannt), wurde unmittelbar nach dem Tode seines Vaters 1228 Bischof von Spoleto und 1235 ins Lat. Kaiserreich. delegiert.

Großmutter: Livia di Septemsoliis-Frangipane (war sowohl Mutter des Guido della Porta wie auch der Laurence de Belgrave)

uk estin udeis, hostis uch hauto philos: griech. jeder ist sich selbst der beste Freund

Jean de Brienne: Als König Jean von Jerusalem durch die Verheiratung seiner Tochter Yolanda sein Königreich an Friedrich II. eingebüßt hatte (Wortbruch des Staufers), trat er erst in päpstliche Dienste, wurde dann 1229 Regent und ›Mitkaiser‹ – für das Kind Balduin II. (1228 bis 1261) – von Konstantinopel, bis zu seinem Tode 1237.

chrysion d' uden oneidos: griech. Gold schändet nicht.

politikos: griech. etwa: gesellschaftlich denkender und handelnder Mensch

Hydruntum: lat. Name von Otranto; aus dem Griech.

kai kynteron allo pot' etles: griech. ... schon Schlimmeres (Hündischeres) hast du erduldet.

arche hemisy pantos: griech. Der Anfang ist die Hälfte des Ganzen.

Hasan-i-Sabbah, stammte aus Quom (Geburtsdatum unbekannt), Begründer und erster Großmeister der geheimen Sekte der Assassinen 1090 in Alamut (›Adlerhorst‹ im Khorassam-Gebirge südl. des Kaspischen Meeres an der Seidenstraße). Straffer Aufbau des Ordens (der später den Templern als Vorbild diente) in einen engeren Kreis von Initiierten ›da'i‹ und sich um Aufnahme bewerbende ›fida'i‹, die unbedingten Gehorsam (bis in den Tod) zu leisten hatten. Hasan-i-Sabbah starb 1124. Seit 1221 wurde der Orden von Muhammad III. regiert, der schon mit 9 Jahren Großmeister wurde.

keyf (auch: *kaif*): berauschter Seelenzustand durch Haschisch/Marihuana

gerasko d' aiei polla didaskomenos: griech. Ich werde alt und lerne stets noch viel dazu.

hos mega to mikron estin en kairo dothen: griech. Wie groß ist doch das Kleine zur rechten Zeit.

Die Hirtinnen 417

VIII. SOLSTIZ

solstitium: lat. Sonnenwende im Sommer (Juni) und Winter (Dezember), kürzeste bzw. längste Nacht

Des Bischofs Schatzkammmer 424

styx: Grenzfluß zur Unterwelt, dem Hades

Vitellaccio di Carpaccio: ital. Spott auf ›Vitus‹ und ›Capoccio‹; Vitellaccio: blödes, grobschlächtiges Kalb; Carpaccio: Tartar in Scheiben

Impostator: lat. jemand, der durch Betrug auf den Thron gelangt

Damaskus: Kapitale der Gezira, eine Art »Freie Reichsstadt«, war auf islamischer Seite die dritte Kraft zwischen Bagdad (Sitz des Kalifen) und

Kairo (Sitz des Sultans); ihr stand meist ein ›Malik‹ (König) vor. Homs, Hama und Kerak waren syrische Emirate, wie Damaskus und Aleppo (die offizielle Hauptstadt Syriens) zu dieser Zeit sämtlich in ayubitischer Hand.
Ho chresim' eidos uch ho poll' eidos [sophos]: griech. Wer Nützliches weiß, nicht wer viel weiß [ist weise].
ariston men hydor, ho de chrysos: griech. Wasser ist zwar ein hohes Gut, doch Gold ...
kyrie eleison: griech. Herr, erbarme Dich

Der Liebesdienst 432

lingua franca: lat. üblicher Ausdruck für die Sprache der Franken (Franzosen), hier wörtl. gemeint: freimütige, freizügige Zunge
penis equestris: lat. Pferdepenis

Die Speisefolge 437

Epheben: griech. Jünglinge
Al-Salih al-Din Aiyub: In den Namen des jetzigen Sultan Aiyub ist auch der seines berühmten Großonkels Saladin eingegangen. Aiyub war der Sohn des Sultans el-Kamil, der war der Sohn des Sultans el-Adil (Bruder des Saladin), und deren beider Vater war der General Nadjm Aiyub, Begründer der Dynastie der Ayubiten (Dynastie 1171–1254).
Nadjm Aiyub starb 1173. Sein Sohn Salah ad-Din (Saladin) löste 1171 die Fatimiden-Dynastie ab, machte sich 1176 zum Sultan von Ägypten und Syrien, eroberte 1187 Jerusalem von den Christen zurück und starb am 3.3.1192.
El-Adil (Saphadin), Saladins Bruder, setzte sich Ende 1201 gegen dessen Söhne in der Nachfolge durch und starb 31.8.1218. Nach seinem Tode wurde das Reich unter seine drei Söhne aufgeteilt: el-Kamil, Sultan von Ägypten (Kairo) starb 8.3.1238; el-Mu'azzam, Sultan von Syrien (Aleppo) starb 11.11.1227; al-Ashraf, Herrscher der Gezira (Damaskus) starb 27.8.1237. As-Salih Aiyub folgte seinem Vater el-Kamil auf dem Thron von Kairo, stirbt 23.11.49.
7. Tag des Macharon: 23.Juli
speude bradeos: griech. Eile mit Weile!

Der Tag vor der Hochzeit 444

maison d'arrêt: frz. Zwangsaufenthalt
Mainzer Erzbischof: Sigfried III. von Eppstein (Okt. 1230–9.3.1249)
Elisabeth von Bayern, (1227–1273), Tochter des Herzogs Otto II. von Bayern, heiratet den Staufersohn Konrad IV. (1228–1254; seit 1237 dt. König); aus dieser Ehe stammt Konradin (geb. 1252, hingerichtet 1268)

Ein seekranker Franziskaner 456

Taj al-Din, Großmeister der Assassinen von Masyaf, Syrien, wohin er vom Stammsitz des Ordens in Alamut entsandt worden war; er regiert nachweislich im Zeitraum 1240 bis 1249.
Königinmutter Alice von der Champagne, war 1229 bis zu ihrem Tode 1246 Regentin des Königreiches von Jerusalem, verheiratet mit Hugo I. von Zypern. Die Regentschaft ging über auf ihren Sohn Heinrich I. von Zypern. Dieser heiratete 1237 Stephanie von Armenien, die Schwester König Hethoums, womit es zur Aussöhnung zwischen Armenien und Antiochia kam (Kirchenstreit).

Der Herzenshüter 466

IX. DIE FÄHRTE DES MÖNCHS

Ein heißes Bad 472

amor vulgus: lat. gewöhnliche, niedere Liebe

Die Mausefalle 477

requiem aeternam ...: lat: Herr, gib ihnen die ewige Ruhe, und das ewige Licht leuchte ihnen. Amen.
Bernhard von Clairvaux (c. 1090 bis 20.8.1153), adeliger Abstammung (Vater: de Chatillon, Mutter: de Montbard), trat 1112 in den Zisterzienserorden ein und gründete 1115 das Reformkloster »Clara Vallis«. 1130 entschied er die Papstwahl (Innozenz II.); 1140 verurteilte er den berühmten Scholastiker Abelard; 1145 begleitete er den päpstlichen Legaten Albveric auf einer Mission gegen die albigensischen Ketzer. Durch seine Predigten veranlaßte er den II. Kreuzzug (1147–1149). 1174 heiliggesprochen. Sein Onkel André de Montbard gehörte zu den Gründern des Templerordens.
König Dagobert III., (711–715) berühmter Merowingerkönig, ermordet
Plantagenet: Als Mathilde von England, letzte Normannenerbin, 1128 den Herzog Gottfried von Anjou heiratete, entstand eine neue Dynastie, nach der Helmzier der Angovinen ›planta genestra‹, der Ginsterzweig ›Plantagenet‹ genannt. Richard Löwenherz war ihr Enkel.

Roberto der Kettensprenger 491

Ärger in Ostia 499

palle: ital. wörtl. Eier, keinen Mumm haben
Herzog Heinrich II. von Brabant (1235–1248), verheiratet mit Sophia Landgräfin von Thüringen. Die Herzöge ›von Brabant‹ nannten sich vorher Herzöge ›von Nieder-Lotharingien‹.
Wilhelm Graf von Holland (1234), nächster deutscher Gegenkönig (3.10.1247–28.1.1256) nach dem Tod des Raspe von Thüringen.
in pectore: lat. wörtl. in der Brust [haben], im Hinterkopf
Carlotto: Heinrich Carlotto (1238/39 bis 1253), aus der (dritten) Ehe Friedrich II. mit Isabel von England; ab 1247 Statthalter in Sizilien
terra ferma: lat. Festland, Ausdruck benutzt speziell von Venedig zum Unterschied zu den Inselbesitzungen in der Lagune.
corpus delicti: lat. Gegenstand des Verbrechens, Tatwaffe
Laus Sanctae Virgini: lat. Lob der Heiligen Jungfrau (Dat.), hier Schiffsname
taglio: ital. Schnitt
testa: ital. Kopf, *croce:* ital. Kreuz, ›testa o croce‹: die beiden Seiten einer Münze, ›Zahl oder Adler‹; taglia: ital. Kopfgeld

William der Unglücksrabe 509

Et quacumque viam dederit ...: lat. Und welchen Weg auch immer Fortuna uns weist, wir folgen. (Vergil)

Eine Schnur im Wasser 520

X. CHRYSOKERAS

Die Äbtissin 526

ex oriente lux: lat. aus dem Osten [kommt] das Licht
fica: ital. Möse

heilige Clara: (1195–11.8.1253), begründete in San Damiano nach dem Vorbild des Franz von Assisi am 18.3.1212 den Klarissenorden, dessen Äbtissin sie am 27.9.1212 wurde
curricula: lat. (pl.) (Lebens-)Lauf

In Erwartung der Dinge 540

asparagoi: griech. Spargel
trachana: griech. Buchweizengrütze
sacrae domus militiae ...: lat. Herren und Hüter des Heiligen Tempels von Jerusalem
mundus vulgus: lat. gemeine Welt
Ganymed: griech. Mythologie (Ilias 20,232), schöner Jüngling in den Olymp erhoben, um dort Zeus den Becher zu füllen
Belvoir: Burg der ›Johanniter‹ (nach ihrem Schutzpatron), damals noch gen. ›Hospitaler‹, Orden der Ritter vom Hospital zu Jerusalem, gegr. 1118 (als Reaktion auf die gleichzeitig gegründeten Templer), später nach ihrem Rückzug aus dem Heiligen Land nach Rhodos und Malta: ›Malteser‹
Podestà: ital. Bürgermeister, Gemeindevorsteher
akuein ta legomena, prattein ta prosechomena: griech. hören, was berichtet wird, tun, was zu hören ist
agraphos nomos: griech. ungeschriebenes Gesetz, regle-du-jeu
aei gar oi piptusin hoi dios kyboi: griech. Denn allemal gut fallen die Würfel des Zeus!

Falsificatio Errata 545

falsificatio errata: lat. fehlerhafte Fälschung
thalatta, thalatta!: griech. das Meer, das Meer! berühmter Ausruf in der ›Anabasis‹ des Xenophon
anabasis: griech. wörtl. Aufstieg

Ystoria Mongalorum: Geschichte der Mongolen
Mongolen: Der Einiger der Volksstämme der Tataren, dann Mongolen genannt, war Temudschin, der sich dann Dschingis-Khan nannte und Stammvater der Dynastie wurde. Er starb 1227 und hinterließ vier Söhne: Juji, Jagatai, Ögedei, und Tului.
Ögedei (s. o.), seinem Nachfolger als ›Großkhan‹, folgte nicht, wie vorgesehen, sein Enkel Schiremon, sondern (auf Betreiben seiner Witwe Toragina-Khatun) 1246 sein ältester Sohn Guyuk. König Hethoum von Armenien schickte seinen Bruder Sempad zur Huldigung. Guyuk war verheiratet mit der Oghul Qaimach/Qaimisch, die nach seinem Tode 1248 die Regentschaft übernimmt. Nachfolger als Großkhan werden jedoch nicht Guyuks Söhne, sondern die des Tului, dessen Witwe Sorghaqtani, eine keraitische Prinzessin dafür sorgt, daß der Kuriltay erst Möngke, dann Kubilai (erster Kaiser von China) zum Großkhan ernennt, während ihr dritter Sohn Hulagu Ilkhan von Persien wird. Batu, der Sohn Jujis, setzte sich vom Großkhanat ab und gründete mit seinem Sohn Sartaq das Khanat der ›Goldenen Horde‹.
Baitschu: Mongolischer Heerführer und Gouverneur, der in Mesopotanien einfällt. Bohemund IV. von Antiochia unterwirft sich ihm.
Cum Non Solum: lat. Päpstliche Bulle vom 13.3.1245 von Innozenz IV. für Pian del Carpine ausgestellt für dessen Mongolenmission.
opus magnum: lat. das große Werk

Die Triëre 561

Propontis: Marmarameer

kalligraphos: griech. Schönschreiber
tetlathi de kradie: griech. Halte denn aus mein Herz!
Dis kai tris to kalon: griech. Das Schöne [nicht einmal, nein] zweimal, dreimal!
securitas major/maxima: lat. größere/größte Sicherheit
pater filiusque: lat. Vater und Sohn
pauci electi: lat. Wenige sind auserwählt.
gnothi seauton: griech. Erkenne dich selbst!
seduta: ital. Sitzung
dictum: lat. Urteilsspruch
me kinein kakon eu keimenon: griech. Ein Übel, das gut liegt, nicht bewegen (aufrühren)
all' etoi men tauta theon en gunasi keitai: griech. Wahrlich! So liegt nun alles im Schoß der Götter!
as-salamu 'alaina ...: arab. Friede sei mit uns / und den frommen Dienern Allahs.
allah karim: arab. Allahs Wille [geschehe]!

XI. IM LABYRINTH DES KALLISTOS

Der Pavillon menschlicher Irrungen 574

Justinian I., geb. 483, oström. Kaiser (527–565). Beeinflußt durch seine Gattin Theodora (508–548), ließ er 529 die Philosophenschule in Athen schließen, zerstörte 533 das Wandalenreich (Sizilien, Sardinien) und 535 das Ostgotenreich in Italien; erließ 534 als Rechtsgrundlage ›Corpus Iuris Civilis‹.
Themis: griech. Göttin der Gerechtigkeit
Nemesis: griech. Göttin der Rache
Sarkophag: aus dem Griech. wörtl. Fleischfresser = steinerner Sarg
Polla ta deina k' uden anthropu deinoteron pelei: griech. [Viele Ungeheuer gibt es, doch] kein größeres Ungeheuer als den Menschen.

Venerabilis 588

halkyonische Tage: aus dem Griech., Tage voll Glück, Frieden, Ruhe
Theodosius II., geb. 401, oström. Kaiser 408–450
tes d' aretes hidrota theoi proparoithen ethekan: griech. Vor die Vollendung haben die Götter den Schweiß gesetzt ...
athanatoi makros de kai orthios oinos es auten: griech. ..., die Unsterblichen! Lang und steil ist der Weg!
nike, nike!: griech. Sieg, Sieg!
kyklos ton anthropeion pregmaton: griech. der Kreislauf der menschlichen Dinge
brachys ho bios, he de techne makra: griech. Kurz ist das Leben, aber lang währt die Kunst.
oida uk eidos: griech. Ich weiß, daß ich nichts weiß.
Armillarsphäre: klass. astronom. Winkelmeßgerät, zusammen mit dem ›Astrolabium‹ die bevorzugte Rechenhilfe der Astrologie bis in die Neuzeit hinein. Ihre Erfindung wird Thales oder Anaximander (4. Jh. v. Chr.) zugeschrieben.
Sol invictus: lat. die unbesiegte Sonne; spätröm. Gottheit
Amas: Konjunktion der ›Hauptlichter‹ Sonne und Mond oder grundsätzlich die Massierung von mindestens drei Lichtern (Planeten).
Adler: Dieses alte, ›feste‹ Tierkreiszeichen wurde später durch den Skorpion ersetzt. Wir finden es noch in der astrolog. Zuordnung für den Evangelisten Johannes.
Agape: griech. die reine, allumfassende, göttliche Liebe; im Gegensatz zu Eros und Philia (Freundschaft)

kairon gnothi: griech. Erkenne den (richtigen) Zeitpunkt!

Der letzte Gang 600

adjutorium nostrum ...: lat. Unsere Hilfe ist im Namen des Herrn, / der Himmel und Erde erschaffen hat.
mega biblion mega kakon: griech. Ein großes Buch ist ein großes Übel.

Der Sträfling des Legaten 611

Nestorianer: 431 (III. Konzil zu Ephesos) als Ketzer aus dem Röm. Reich vertrieben, gründeten Kirche in Persien mit Patriarchat in Ktesiphon. Sie missionierten Indien, China und Afrika, so auch die Mongolen, ohne deren Schamanentum abzulösen. Dualistische Lehre. Ablehnung des Marienkultes. Benannt nach dem Patriarchaten von Konstantinopel Nestorius (gest. 451).
sputum: lat. Spucke, Auswurf

XII. CONJUNCTIO FATALIS

conjunctio (fatalis): lat. wörtl. Verbindung, auch gesellschaftlich, hier astrolog.: das enge Beieinanderstehen von mindestens zwei Planeten

Die Generalprobe 622

Kaiser Balduin II. (1228–25.7.1261, abgesetzt, gest. 1273); seine Eltern waren Peter von Courtenay (Lat. Kaiser von Konstantinopel vom 9.4. bis 11.7.1217) und Yolanda von Flandern (gest. 1219). Balduin war verheiratet mit Maria von Brienne, Tochter aus der (dritten) und letzten Ehe des Jean de Brienne (mit Berengaria von Kastilien).
Schamanen: Durch keine Kaste oder Religion organisiertes, freies Priestertum, das seine Einweihung aus mystischer Einheit mit der Natur, den Tieren und den Elementen bezieht. Aussöhnung zwischen Mensch und Welt durch universelle Grundbetrachtung einerseits und meditative Selbstfindung andererseits.
aequinoctium, aequinox: Tagundnachtgleiche, zu Frühlings- bzw. Herbstbeginn (März und September)
eo ipso: lat. von selbst
Kuno (Conon) von Bethune, Regent des Lat. Kaiserreiches (1216–1221), gest. 1224

Die Stunde der Mystiker 630

parasimile: lat. Vergleich
allahu akbar ...: arab. Allah ist der Allergrößte, ich bezeuge, daß es keinen Gott gibt außer Allah.
as-salamu alaika: arab. Friede sei mit dir!
Derwisch: aus dem Arab., ›der an der Schwelle steht‹, in Orden organisierte islamische ›Suchende‹, Vertiefung mit Hilfe der Ekstase
Sufi: aus dem Arab., Weise, die die Ergründung des Spirituellen einerseits in den Rang einer Sufi-Wissenschaft erhoben haben, andererseits sich der Meditation bedienen; starke Einflüsse auf die westliche Scholastik des Mittelalters. Bedeutendster Vertreter der damaligen Zeit: Ahmed Badawi, geb. 1199 in Fez (Marokko), lebte in Mekka, hatte Visionen, in denen ihm der Prophet Mohammed erschien; stirbt 1277.
Mevlana Jellaludin Rumi, sufischer Mystiker, stammt aus Afghanistan, floh vor den Mongolen zu den Rum-Selschucken (Konya), wurde 1244 Schüler des Shams-i Täbrisi. Nach der Legende erfand er den Drehtanz der ›wirbelnden Derwische‹, das ›sema‹, um seinem Schmerz über

den Verlust des ermordeten Shams Ausdruck zu verleihen. Sein berühmtestes Buch ist das auf persisch geschriebene ›Mesnevi‹.

Mithraskult: aus dem Pers. stammende Mysterien (in sieben Weihegrade aufgeteilt), stark von hellenistischem Gedankengut geprägt; wurde eine der bedeutesten Religionen im Röm. Reich, besonders innerhalb des Militärs

ad latere: lat. zur Seite

Kyklos Zodiakos: griech. Tierkreis

Hyperboreer: Theorie einer Hochkultur ca. 6000 v. Chr. im europäischen Raum (Atlantis, Stonehenge, Carnac) mit Niederschlag in der Götterwelt der Griechen

Thot: ägyptischer Gott der Schrift und der Weisheit

ad extremum: lat. bis zum äußersten

jasa: mongol. Gesetzwerk

Zarathustra (Zaraostra): Stifter einer der ältesten Religionen der Welt, lebte ca. zwischen 1700 und 1500 v. Chr., Einfluß auf die jüdischen Essener, als Parsismus 600 vor Chr. persische Staatsreligion. Die von ihm überlieferten Schriften ›Avesta‹ finden auch Entsprechungen in der Mythologie der indischen ›Rigveda‹. Basierend auf Naturreligionen (Feuer und Wasser) formt Zarathustra Ahura Mazda, den Schöpfergott, und dessen Widerpart Ahriman, den Zerstörer. Kosmischer Gegensatz zweier in der Schöpfung enthaltener Kräfte (siehe auch das taoistische Yin-Yang) führte zum ›Spiel des Asha‹, dem rituellen Schachspiel.

Buddha: Indischer Religionsstifter, 550–480 v. Chr.

Lama: aus dem Tibetan., buddhistischer Priester im Volksstammbereich der Mongolei/Tibet; geistl. und weltl. Oberhaupt: Dalai-Lama

Parsen: ›Feueranbeter‹, Zoroastier (Zarathustra) aus Persien, die wegen arab. Verfolgung 766 n. Chr. in Indien einwandern

Kopten: Nach dem griech. Wort aigyptos = ägyptisch; frühchristliche Kirche, verbreitet in Ägypten und Äthiopien. Der Zusammenschluß ihrer essenisch beeinflußten Eremiten in Lebensgemeinschaften wurde zum Vorbild für das europäische Mönchs- und Klosterwesen (Hieronymus und Benedikt von Nursia).

Starzen: im russ. Starez, Einsiedler der orthodoxen Ostkirchen, starke Betonung des Kontemplativen

Manichäer: Mani (242 v. Chr.) gründete in Persien arianisch-gnostische Religion, basierend auf dem Dualismus des Zaroastra, wirksam bis zum Mittelalter, starker Einfluß auf den Katharismus

Patarener: ›die aus dem Lumpensammlerviertel Pataria‹, kirchl. Reformbewegung, die 1056 in Mailand entsteht

Bugomilen: im Sinne der kathol. Kirche frühketzerische christl.-gnostische Bewegung, von Bulgarien ausgehend, von essenischen Lehren beeinflußt und vom Katharismus aufgegriffen

Andreaner: Da es sich hier noch nicht um Anhänger des Johannes Valentinus Andreae ›Rosenkreuz‹ handeln kann, ist anzunehmen, daß Jünger des Apostels Andreas gemeint sind.

Jovianer: ketzerische Richtung, entstanden unter dem röm. Kaiser Jovian (363–364)

Brahmanen: Priesterklasse, erste der hinduistischen Kasten, ihre Organisation innerhalb des Buddhismus geht auf das 1. Jh. zurück

Konfuzius: chinesischer Philosoph und Sittenlehrer (551–479 v. Chr.)

Illuministen: pers. Schule (13. Jh.), die zu keiner Ordensgründung führte; spezielle Bedeutung haben die Lehre von Farbe und Licht, bedeutende Vertreter: Al-Kubra (geb. 1145, bereiste Indien und Ägypten), Ibn-Arabi und Suhrawardi. Einfluß auf die Sufis.

Gnostiker: von griech. ›gnosis‹ = Erkenntnis, Hauptzentrum war Alexandria. Christl. Glaube an einen transzendenten Gott, der barmherzig und gut, doch entfernt vom Kosmos ist.

Pythagoräer: Anhänger der Lehren des Pythagoras (goldene Mitte, Schnitt, Dreieck), wurde besonders in der Schule von Kroton (Kalabrien) gepflegt.

Neuplatoniker: philosophische Doktrin, entstanden 3. Jh. in Alexandria, bedeutende Vertreter: Plotinus, Porphyros; Verbindung zwischen Mystik und den Lehren des Platon

Essener: Bruderschaft ca. 150 v. Chr. bis 100 n. Chr. am Toten Meer (Qumran), strenge, jüdische Geheimsekte. Als Gründer gilt der legendäre ›Lehrer der Gerechtigkeit‹ (Avatar Melchi-Tsedeq), der gleiche unsichtbare Meister findet sich bei den Sufis als ›Khidr-Elias‹. Die esoterischen Essener vereinten die monothoistischen Lehren von Moses und Zarathustra. Jesus von Nazareth soll Essener gewesen sein.

Chaldäer: Volksstamm in Mesopotamien, Nachfolger der Assyrer, ca. 626 v. Chr. Unter ihren Hohepriestern Blütezeit der Astrologie des Okzidents (Bibliothek von Ninive, zerstört 612). Danach wurde der Ausdruck ›Chaldäer‹ im Röm. Reich für Astrologen und Wahrsager generell benutzt.

Ismaëliten: schiitische Sekte, vor allem im Osten verbreitet (Pakistan), Oberhaupt = Aga-Khan. Aus ihr gingen die Assassinen hervor.

Die Nacht des Styx 646

ektos teichos: griech. außerhalb der Mauern

Suprematie: aus dem Lat. Oberhoheit, Vormacht

sphagei! dolophonoi!: griech. Mörder! Meuchelmörder!

Lestai: griech. Räuber

Hephaistos: Gott des Feuers und der Schmiede

Horologion: griech. Uhrwerk

afwan ashkurukum ...: arab. Nichts zu danken ... ich habe zu danken ... für Eure Gesellschaft.

Sigillum: lat. Siegel

Der Friedhof der Angeloi 663

Angeloi: byzantinisches Herrschergeschlecht

Melchisedek: s. Essener

Ri'fais: Derwisch-Linie geht zurück auf Ahmed Ri'fais, geb. 1106 in Basra, gest. 1183; Niederlassungen bis heute in Syrien und Ägypten; bekannt für intensive Schweige- und Fastenzeiten, vor allem aber für ihre ungewöhnlichen Exstasetechniken.

Hon hoi theoi philusin apothneskei neos: griech. Wen die Götter lieben, der stirbt jung.

pace dei sensi / pazzi dei sensi: ital. Wortspiel: (im) Frieden der Sinne / Verrückte

Oriflamme, Aurifiamma: die Fahne des Königs von Frankreich: goldene Lilien auf blauem Feld

rais: arab. Führer, Hauptmann, Kapitän

quifa nabki min ...: nach einem arab. Liebeslied des Imru'ul Quais (6. Jh.)

In der Sonne des Apoll 681

ora pro nobis ...: lat. Bitte für uns Sünder, jetzt und in der Stunde unseres Todes.
Ave Maria, gratia plena ...: lat. Gegrüßet seist Du, Maria, voll der Gnaden, der Herr ist mit Dir, Du bist gebenedeit unter den Frauen, und gebenedeit ist die Frucht Deines Leibes, Jesus.
dakryoen gelasasa: griech. unter Tränen lächelnd (Ilias 6,484)
per Jesum Christum filium tuum: lat. durch Jesus Christus, Deinen Sohn

VIII. DIE OFFENBARUNG

Aufstellung, Ausfall und Parade 690

veni creator Spiritus: lat. komm, Schöpfer Geist
prosperitas: lat. glückhaftes Gedeihen
Kyrie eleison/Christe eleison: griech. Herr, erbarme Dich/Christus, erbarme Dich
Gloria in excelsis Deo/et in terra pax ...: lat. Ehre sei Gott in der Höhe und Frieden auf Erden allen Menschen, die guten Willens sind.
praecantor: lat. Vorsänger
Hagia Sophia: griech. Heilige Weisheit
sanctus, sanctus ...: lat. Heilig, heilig, heilig/Herr Gott der Heerscharen.
Agnus Dei ...: lat. Lamm Gottes, das Du hinwegnimmst die Sünden der Welt – gib uns den Frieden
Hedschra: Auszug des Propheten 15.6.622 von Mekka nach Medina, Beginn der mohammedanischen Zeitrechnung.

Das Spiel des Asha 706

Im Hades 710

Die Rochade 718

Rochade: interner Austauschzug beim Schachspiel: König gegen Turm
huwa sadiq al-mubassir: arab. Das ist der wahre Begleiter des Missionars.
balaneion: griech. Bad

Die Ehre Otrantos 721

Der Gral entrückt 727

Trionfo Finale 729

trionfo finale: ital. der letzte, endgültige Triumph
agli ordini, contessa: ital. Zu Befehl, Gräfin!

DANK FÜR MITARBEIT UND QUELLEN

Walter Fritzsche für den Mut, sich auf Thema und Autor eingelassen zu haben, sowie für die ständige Ermutigung des Letzteren, Ersteres voll auszuschöpfen.

Dr. Helmut W. Pesch für die Aufopferung, ein Feld von über tausend Seiten Zeile für Zeile behutsam und (vollhumanistisch) verständig durchfurcht zu haben.

Professor Achim Kiel, Braunschweig, und seinem Mitarbeiter Achim Przygodda für das sensible Eingehen auf meine Intentionen und deren (auch für mich) interessante Umsetzung in bildliche Darstellung.

Last not least meinem Agenten Michael Görden, der sich (auch diesmal wieder) als Ansprechpartner von unschätzbarem Wert erwies und als sachkundiger Katalysator bei der Fülle des Materials und der Ideen seines Schutzbefohlenen.

Für Unterstützung auf dem Gebiet der Arabistik gilt mein Dank Frau Dr. Gisela Ruppel, FU Berlin; für liturgische Fragen dem Professor für Musikgeschichte an der Universität von Aquila, Dario della Porta; für Ordensgeschichte Frau Dr. Claudia von Montbart, Institut der Weltbank, Paris; für Sektenforschung und Geheimlehren Professor Wieland Schulz-Keil, Uppsala; für linguistische Hinweise Privatdozent Peter H. Schroeder, Paris; für Unterstützung *sui generis* Dieter Geissler, Leonardo Pescarolo, Philipp Kreuzer; und meinem Vater für die vererbte und geförderte Liebe zur Geschichtsschreibung.

Ich habe dieses Buch mit der Hand geschrieben. Die insgesamt ca. 1600 Seiten ›manuscriptum‹ in Computer diverser Systeme eingegeben zu haben, war unermüdliches und geduldiges Werk von Simone Pethke, Angelika Hansen, Numi Teusch, Bettina Petry, Sabine Rohe und Arnulf.

Ein ganz besonderer Dank geht auch an alle Mitarbeiter des

Verlagshauses Gustav Lübbe, die mir in den schwierigen Phasen der Endfertigung und Herstellung so wohltuend aufgeschlossen und hilfsbereit zur Hand gingen.

Bei aller Berücksichtigung von zeitgenössischen Chroniken und Dokumenten wie: Jean de Joinville, *Chronicles of the Crusades*, hg. The Estate of M. R. B. Shaw, 1963; *Kaiser Friedrich II.*, hg. Klaus J. Heinisch, Winkler-dtv, 1977; *Die Kreuzzüge aus arabischer Sicht*, hg. Francesco Gabrieli, Winkler-dtv, 1973; ist für mich das Verfassen eines Romans, der im Hochmittelalter spielt, ohne: Steven Runciman, *A History of the Crusades*, Cambridge University Press, 1954; undenkbar – ich habe ihm immer wieder zu danken. Flankierend zu seinem *opus magnum* waren mir von Wert: Otto Rahn, *Kreuzzug gegen den Gral*, Urban Verlag, Freiburg i. Brsg., 1933; Eugen Roll, *Die Katharer*, J. Ch. Mellinger, Stuttgart, 1979; Jordi Costa i Roca, *Xacbert de Barbera*, Llibres del Trabucaire, Perpinya (Cat.), 1989; John Charpentier, *L'Ordre des Templiers*, Klett-Cotta, Stuttgart, 1959; Hans Prutz, *Entweihung und Untergang des Tempelherrenordens*, G. Grote'sche Verl., Berlin, 1888; Bernhard Lewis, *The Assassins*, Weidenfeld & Nicholson, London, 1967; Edward Burman, *Gli Assassini*, Convivio – Nardini edit., Florenz, 1987; Bertold Spuler, *Geschichte der Mongolen*, Artemis, Zürich, 1968; Gian Andri Bezzola, *Die Mongolen in abendländischer Sicht*, A. Francke, Bern, 1974; Friedrich Risch (Hg.), *Johan de Piano Carpini, Reisebericht 1245–1247*, Leipzig, 1930; Friedrich Risch (Hg.), *Wilhelm Rubruk, Reise zu den Mongolen 1253–1255*, Leipzig, 1934; und schließlich mein eigenes Buch samt Index und Anhang: Peter Berling, *Franziskus oder Das zweite Memorandum*, Goldmann, München, 1989 (2. Aufl. 1990).

Roma, den 1. Mai 1991
    Peter Berling

ÜBER DEN AUTOR

Peter Berling wurde 1934 in Meseritz-Obrawalde (ehem. Grenzmark) als Sohn der Architekten und Poelzig-Schüler Max und Asta Berling geboren und wuchs auf in Berlin und Osnabrück. Mit fünfzehn trampte er das erste Mal nach Paris, mit siebzehn flog er von der Schule. Nach einer Maurerlehre und verschiedenen Jobs studierte er an der Akademie der Bildenden Künste in München und kam über die Werbegrafik zum Film.

Bekannt wurde er als Produzent (u.a. für Alexander Kluge, Rainer Werner Fassbinder – über den er, zusammen mit Robert Katz, auch ein Buch schrieb, *Love Is Colder than Death* – und Werner Schroeter), als Charakterdarsteller in mehr als 70 Filmen (darunter *Aguirre – der Zorn Gottes, Der Name der Rose, Die letzte Versuchung* und *Homo Faber*), Kritiker, Chronist und gewichtiger Gourmet, und er ist seit Jahrzehnten fasziniert vom Mittelalter. Seine Rolle in Liliana Cavanis ›Franziskus‹-Film (neben Mickey Rourke) brachte ihm das Angebot, ein ›Buch zum Film‹ zu verfassen; statt dessen schrieb er den Roman *Franziskus*, aus der Sicht des Bischof von Assisi, den er selbst gespielt hatte.

Seine Freunde nennen ihn einen Renaissance-Menschen; er selbst hätte, wie er sagt, lieber am Hofe Friedrich II. gewirkt. Peter Berling lebt seit über zwanzig Jahren in Rom.

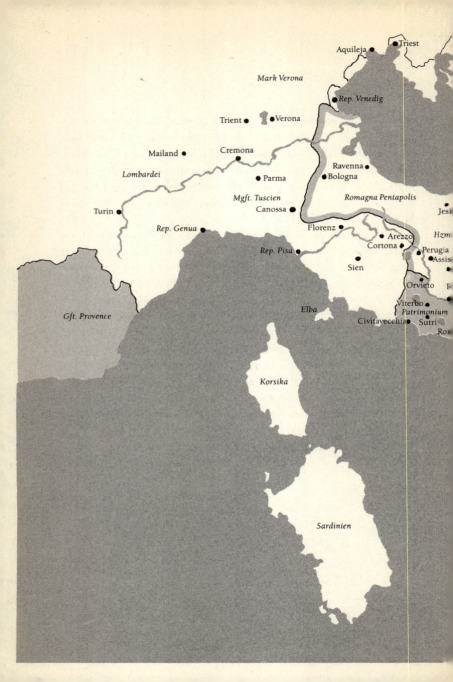

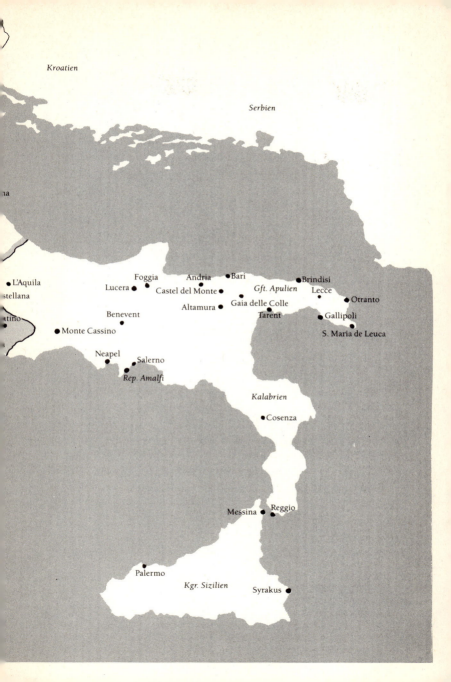

Band 12368

Peter Berling
Das Blut der Könige

Die Kinder des Gral in den Wirren der Kreuzzüge

Im Jahre 1249 führt der französische König Ludwig ein gewaltiges Kreuzfahrerheer nach Ägypten. Zwei Kinder kreuzen seinen Weg, Roç und Yezabel aus dem sagenumwobenen Geschlecht der Gralshüter. Noch hat sich ihre Mission, gelenkt von einem geheimen Orden, der den Weltfrieden zwischen Orient und Okzident anstrebt, nicht erfüllt. Vor der Kulisse von Sultanspalästen und Kreuzritterburgen, Harem und Pyramiden entwirft Peter Berling ein farbiges Bild des Mittelalters zur Zeit der Kreuzzüge.